LA LUMIÈRE
DES JUSTES

DU MÊME AUTEUR

Romans isolés :

FAUX JOUR (Plon)
LE VIVIER (Plon)
GRANDEUR NATURE (Plon)
L'ARAIGNE (Plon) *Prix Goncourt 1938*
LE MORT SAISIT LE VIF (Plon)
LE SIGNE DU TAUREAU (Plon)
LA TÊTE SUR LES ÉPAULES (Plon)
UNE EXTRÊME AMITIÉ (La Table Ronde)
LA NEIGE EN DEUIL (Flammarion)
LA PIERRE, LA FEUILLE ET LES CISEAUX (Flammarion)
ANNE PRÉDAILLE (Flammarion)
GRIMBOSQ (Flammarion)
LE FRONT DANS LES NUAGES (Flammarion)
LE PRISONNIER Nº 1

Cycles romanesques :

LES SEMAILLES ET LES MOISSONS (Plon)
  I — Les Semailles et les moissons
  II — Amélie
  III — La Grive
  IV — Tendre et violente Élisabeth
  V — La Rencontre
LES EYGLETIÈRE (Flammarion)
  I — Les Eygletière
  II — La Faim des lionceaux
  III — La Malandre
LA LUMIÈRE DES JUSTES (Flammarion)
  I — Les Compagnons du Coquelicot
  II — La Barynia
  III — La Gloire des vaincus
  IV — Les Dames de Sibérie
  V — Sophie ou la fin des combats
LES HÉRITIERS DE L'AVENIR (Flammarion)
  I — Le Cahier
  II — Cent un coups de canon
  III — L'Éléphant blanc
TANT QUE LA TERRE DURERA... (La Table Ronde)
  I — Tant que la terre durera...
  II — Le Sac et la Cendre
  III — Étrangers sur la terre
LE MOSCOVITE (Flammarion)
  I — Le Moscovite
  II — Les Désordres secrets
  III — Les Feux du matin

Nouvelles :

LA CLEF DE VOÛTE (Plon)
LA FOSSE COMMUNE (Plon)
LE JUGEMENT DE DIEU (Plon)
DU PHILANTHROPE A LA ROUQUINE (Flammarion)
LE GESTE D'ÈVE (Flammarion)
LES AILES DU DIABLE (Flammarion)

Biographies :

DOSTOÏEVSKI (Fayard)
POUCHKINE (Plon)
L'ÉTRANGE DESTIN DE LERMONTOV (Plon)
TOLSTOÏ (Fayard)
GOGOL Flammarion)
CATHERINE LA GRANDE (Flammarion)

Essais, voyages, divers :

LA CASE DE L'ONCLE SAM (La Table Ronde)
DE GRATTE-CIEL EN COCOTIER (Plon)
SAINTE-RUSSIE, *réflexions et souvenirs* (Grasset)
LES PONTS DE PARIS, *illustré d'aquarelles* (Flammarion)
NAISSANCE D'UNE DAUPHINE (Gallimard)
LA VIE QUOTIDIENNE EN RUSSIE AU TEMPS DU DERNIER TSAR (Hachette)
LES VIVANTS, *théâtre* (André Bonne)
UN SI LONG CHEMIN (Stock)

HENRI TROYAT
de l'Académie française

LA LUMIÈRE DES JUSTES

roman

FLAMMARION

© Flammarion, 1979.
Printed in France

ISBN 2-08-064135-2

LES COMPAGNONS DU COQUELICOT

> « La lumière des justes donne la joie. »
>
> *Proverbes de Salomon,*
> XIII,9.

PREMIÈRE PARTIE

1

Il n'y avait plus de route : à sa place, un fleuve d'uniformes, de drapeaux, de lances, de fusils coulait avec lenteur à travers la campagne. Pris dans le mouvement de cette armée intarissable, Nicolas Mikhaïlovitch Ozareff, lieutenant des gardes de Lithuanie, se haussait de temps à autre sur sa selle pour essayer d'apercevoir au loin la tête du défilé. L'ordre de marche était connu de tous. Impossible de se tromper : cette tache écarlate, dans un nuage de poussière, c'était, à la limite du regard, le régiment des cosaques rouges du tsar, rangés par quinze de front. Sur leurs talons, chevauchaient les cuirassiers, les hussards et les escadrons de volontaires de la garde royale prussienne, les dragons et les hussards de la garde impériale russe. L'empereur Alexandre s'avançait ensuite, entre le roi de Prusse et le prince de Schwarzenberg, représentant l'empereur d'Autriche. Un état-major de plusieurs centaines d'officiers de toutes les armes et de toutes les nations entourait les triomphateurs de la veille : le vieux Blücher et Barclay de Tolly, promu feld-maréchal sur le champ de bataille. Derrière eux, ouvrant l'interminable cortège des troupes d'infanterie alliées, venaient les gardes de Lithuanie, qui appartenaient à la deuxième division de la garde impériale russe.

Ils avaient été tenus en réserve pendant les derniers combats. Tous les hommes avaient un air fort, discipliné et joyeux. Les fusils, portés sur l'épaule gauche, oscillaient régulièrement. Le soleil luisait sur les baïonnettes, sur les gibernes bien astiquées, sur les étuis des sabres-briquets. Les baudriers de cuir, passés au blanc cru, coupaient le vert déteint des tuniques. Des tambours roulaient par-devant. Mille semelles claquaient ensemble dans la poussière.

Exceptionnellement, les jeunes officiers de l'infanterie de la garde possédant une monture avaient obtenu le droit de chevaucher en tête de leurs sections respectives, au lieu de défiler à pied comme dans les parades habituelles. Nicolas Ozareff se réjouissait de cette mesure qui le mettait à l'aise pour tout voir et être vu de tous. Sa jument, Kitty, n'était pas belle, avec son gros ventre gris pommelé, son encolure courte et ses jambes maigres. Mais quoi ? il n'avait jamais prétendu rivaliser d'élégance avec ces messieurs de la cavalerie. Jetant un regard par-dessus son épaule, il chercha, derrière lui, les cuirassiers et les chevaliers-gardes qui fermaient la marche. La route martelée fumait. Le reflet des cuirasses sautillait en cadence dans la brume bleuâtre de l'horizon. Comme l'armée, malgré sa fatigue, ses blessures, paraissait nombreuse, ordonnée, puissante ! Comme la victoire avait bon goût, en cette tiède matinée du mois de mars 1814 ! Des cadavres avaient été traînés sur le talus pour dégager le passage. Nicolas Ozareff évitait de penser à eux, par souci de ne pas gâcher son plaisir. Il les voyait à peine, du coin de l'œil. Des gêneurs ! Un pantin disloqué, à la figure sale, une rosse bouffie, aux jambes roides comme des pieds de table, un affût de canon rompu, un boulet noir enlisé dans l'herbe, un havresac en peau de chèvre, avec quelqu'un dessous, les bras en croix, la face contre terre. On disait que les morts se chiffraient par milliers d'un côté comme de l'autre.

Une rangée de peupliers, sur la gauche, avait été hachée par la mitraille. Sur la droite, en revanche, le paysage semblait intact, avec ses pentes piquées de vignes, les fissures crayeuses de ses carrières, ses petites maisons tapies dans un feuillage vert tendre et ses moulins à vent aux ailes immobiles. Au sommet d'une colline, la potence du télégraphe, bras coupés, ne transmettait plus de signaux. Les batteries s'étaient tues. Hier encore, elles tonnaient parmi de rondes bouffées de fumée blanche ; les régiments, en ordre de bataille, rampaient, telles des chenilles, à travers la plaine ; le tsar et son état-major s'installaient sur une éminence qui dominait la région...

Bercé par le pas de son cheval, Nicolas Ozareff retournait en esprit à la minute étrange où, peu après le coucher du soleil, un brusque silence était descendu sur le front. Chez les gardes de Lithuanie, massés en deuxième ligne, les officiers s'interrogeaient anxieusement sur les raisons de ce répit. Des estafettes galopaient en tous sens, la face pourpre, l'œil important. Soudain, une clameur avait soulevé la terre. Cela jaillissait des faubourgs de la ville, cela gagnait l'arrière-pays comme une vague, cela grandissait, cela devenait un seul cri poussé par des centaines de voix joyeuses : « Paris !... Paris s'est rendu !... Hourra !... » Les soldats s'embrassaient. Des chapeaux volaient en l'air. Un officier d'ordonnance arrivait exprès de l'état-major pour confirmer la nouvelle : l'armistice venait d'être signé dans une auberge de La Chapelle, près de la barrière Saint-Denis, entre le maréchal Marmont et les envoyés du tsar. Maintenant, Napoléon pouvait accourir des provinces de l'Est, il trouverait sa capitale occupée. Serait-ce la fin de la guerre ? Hier, aussitôt après la sonnerie du « cessez-le-feu », Nicolas Ozareff s'était rendu à Belleville avec quelques hommes de corvée pour tâcher de s'approvisionner en vin. Dans les caves, forcées à coups de crosses, les soldats russes, français, prussiens, autrichiens, se désaltéraient aux mêmes tonneaux. Pour boire plus commodément, ils avaient appuyé leurs fusils côte à côte contre le mur. « Je n'ai que vingt ans et je viens de connaître l'un des plus beaux jours de ma vie ! » songea Nicolas Ozareff en cambrant légèrement les reins, comme s'il eût posé pour son portrait devant un peintre de batailles. Il se promettait une grande joie de son entrée à Paris, cité des arts, de la philosophie et des amours faciles. Jamais il ne remercierait trop ses parents de lui avoir donné une éducation occidentale ! Grâce à son précepteur, un émigré précieux et besogneux, M. Lesur, il s'exprimait dès son plus jeune âge aussi aisément en français qu'en russe. Cela lui serait utile pour conquérir, comme disaient ses camarades, « la sympathie des habitants et les faveurs des habitantes ». Plus qu'une verste jusqu'à la barrière de Pantin ! Le régiment s'arrêta pour se changer et se brosser avant de défiler dans la ville. Sur un ordre transmis de section en section, les gardes de Lithuanie tirèrent de leurs housses les magnifiques shakos de parade, s'en coiffèrent, la visière au ras des sourcils, et une floraison de plumets noirs frissonna au-dessus de leurs têtes. Puis, ils troquèrent leurs culottes de campagne contre des culottes blanches de sortie, bien propres, conservées dans les havresacs. Nicolas descendit de cheval pour s'arranger lui aussi. Toute l'infanterie russe se déculottait en riant au bord des talus. Deux paysannes épouvantées s'enfuirent à travers champs, poursuivies par les quolibets des soldats. Ayant rectifié sa tenue, Nicolas inspecta ses hommes pour voir s'ils avaient attaché tous les boutons de leurs houseaux de toile et astiqué tous ceux de leurs habits. Le colonel-comte Héraclius de Polignac, un émigré français, chef de bataillon aux gardes de Lithuanie, passa entre les rangs, se déclara satisfait et fit battre la marche.

Nicolas remonta en selle et se prépara, dans son âme, à vivre des minutes plus émouvantes encore. Déjà, des deux côtés de la chaussée, les jardins devenaient plus petits, les maisons plus grandes, plus serrées et plus sales. Etaient-ce les faubourgs de Paris ? Des gens se montraient sur le pas de leur porte. Hommes, femmes, enfants, ils étaient pauvrement vêtus et leurs visages exprimaient la crainte. Il y avait un contraste étrange entre la pompe du défilé, ses drapeaux, ses musiques fracassantes, et l'apathie funèbre de la population. « Evidemment, ils ne nous aiment pas ! songea Nicolas avec tristesse. Ils ont peur de nous. Mais, un jour, ceux-là mêmes qui nous considèrent avec hostilité nous remercieront de les avoir débarrassés d'un tyran sanguinaire. » La conviction de Nicolas était partagée par tous ses camarades. Comment eussent-ils pu être d'un avis différent, alors que de nombreux émigrés français combattaient sous le drapeau russe ? Polignac, Rochechouart, Lambert, Damas, Montpezat, Rapatel, Boutet... L'armée alliée comprenait tant de nations, tant d'uniformes, tant d'insignes que, pour éviter les méprises entre serviteurs d'une même cause, l'ordre avait été donné aux officiers comme aux hommes de troupe de porter une écharpe blanche à leur bras. Les soldats se contentaient d'un morceau de toile, plus ou moins propre. Nicolas, lui, s'était confectionné un joli brassard avec deux mouchoirs de batiste noués bout à bout. Devant lui, à perte de vue, tous les habits verts étaient ainsi marqués de linges pacifiques. Les tambours, les fifres résonnaient plus fort dans la rue aux façades rapprochées. Soudain, le défilé s'engouffra sous une arche de pierre monumentale, tourna sur sa droite et découvrit une artère plantée d'arbres et bordée de hautes maisons. D'après le plan de Paris que Nicolas avait consulté la veille sous la tente de son capitaine, le cortège, ayant franchi la porte Saint-Martin, devait suivre maintenant la ligne des boulevards.

Il était entendu que les souverains passeraient l'armée en revue sur les Champs-Elysées. A mesure que les régiments victorieux pénétraient plus profondément dans Paris, le nombre des badauds augmentait sur leur parcours. Selon les conventions d'armistice, les troupes régulières françaises avaient évacué la ville durant la nuit. Seuls les gardes nationaux étaient restés sur place pour maintenir l'ordre. Vêtus de leurs uniformes bleus à épaulettes et parements écarlates, la culotte blanche mal tirée sur la cuisse, le mollet au large dans de hautes guêtres, les soldats-citoyens formaient la haie sur le passage de ceux qu'ils avaient combattus la veille. Nicolas regardait à la dérobée ces visages de bourgeois suant à plein front sous leur grand chapeau à calotte rouge et s'accordait le luxe de les plaindre. Derrière eux, grouillait, bouillonnait, murmurait l'immense foule parisienne. Toutes les fenêtres étaient garnies de têtes. Des curieux s'étaient perchés dans les arbres, sur les impériales des voitures et jusqu'au sommet des toits. Brusquement, des cris éclatèrent :

— Vivent les Alliés ! Vive l'empereur Alexandre ! Vive la paix ! A bas le tyran !...

Ces clameurs enthousiastes, succédant au silence haineux des faubourgs, étonnèrent Nicolas, comme si, passant d'un quartier à l'autre, il eût changé de pays. Quelques femmes élégantes battaient des mains et sautillaient sur place, dans une palpitation de châles, de capelines et de rubans. Des hommes aux gilets voyants agitaient leurs mouchoirs, brandissaient leurs chapeaux, leurs cannes. Certains étaient décorés de cocardes blanches. Au premier rang, un monsieur congestionné aboya :

— Le trône aux Bourbons !

A l'instant même, Nicolas éprouva un léger choc sur la joue. Un bouquet, lancé de tout près, l'avait frappé à la figure. Il eut la présence d'esprit de rattraper les fleurs comme elles allaient glisser par terre. Puis, les ayant galamment respirées, il les enfonça entre deux boutons de son habit. N'avait-il pas mis trop d'affectation dans son geste ? Il le craignit, un moment. Mais des applaudissements crépitèrent à ses oreilles. Une femme glapit :

— Bravo ! Bravo les Russes !

Nicolas sourit de bonheur et se tourna sur sa selle. Il s'efforçait de voir d'où émanait cet hommage. Mais il y avait trop de monde autour de lui. Les visages français se confondaient en une sorte de matière rose, mouvante. La jument Kitty, flattée, encensait de la tête. « Je dois être vraiment beau sur mon cheval, pensa Nicolas. Comme c'est agréable d'être russe en cette minute ! Nous ne bénirons jamais assez notre cher empereur pour la gloire impérissable qu'il nous a permis de conquérir. » Une voix rude le fit sursauter. Cela venait du flanc gauche de la colonne. Le sergent Matvéïtch vociférait sans ralentir le pas :

— Votre Noblesse, ils vont nous couper du régiment ! Faut faire quelque chose !...

Brisant le barrage des gardes nationaux, la foule s'était infiltrée entre la section de tirailleurs commandée par Nicolas et le reste du bataillon qui s'éloignait dans la poussière. En un clin d'œil, Nicolas se vit pressé par cent inconnus aux visages hilares. Il tenta de parlementer :

— Allons, messieurs, laissez-nous passer !... Vous voyez bien que vous retardez le mouvement !... Dégagez la rue !...

Des exclamations fusèrent dans la multitude :

— Mais il parle français comme vous et moi !... Et on nous disait que ce sont des barbares !... D'où venez-vous, charmant jeune homme ?

Nicolas, naïvement ému, voulut d'abord répondre à cette question. Mais il n'avait que trop perdu de temps ! Son cheval, engagé dans la cohue, ne pouvait plus ni avancer ni reculer sans écraser quelqu'un. Une jeune femme blonde, assez jolie, avec une lumière impertinente dans les yeux, tenait la jument par la bride.

— Laissez donc, Madame, dit Nicolas dans un soupir.

Puis, se dressant sur ses étriers, il cria :

— Si vous ne vous écartez pas, j'ordonne à mes hommes de charger à la baïonnette !

Il répéta le commandement en russe. Ses sourcils froncés donnaient, pensait-il, un caractère martial à sa physionomie. Un cliquetis métallique lui répondit. Derrière lui, les soldats inclinaient leurs armes, tous ensemble, pour l'attaque. Aussitôt, les flots de la foule s'ouvrirent.

— Marche ! rugit Nicolas.

La section de tirailleurs, forçant l'allure, eut tôt fait de rattraper le gros de la troupe. Les fifres, qu'on n'entendait plus depuis un moment, retentirent de nouveau, aigus et joyeux, à bonne distance. Quelques gardes sautèrent sur place pour se remettre au pas. La foule criait toujours sur leur passage. A un endroit où le boulevard tournait, le régiment s'arrêta encore. Les hommes vérifièrent leur alignement. Nicolas était très ému à l'idée qu'il allait défiler devant son souverain sur les lieux mêmes où avait été décapité le dernier roi de France.

Tout à coup, les façades des maisons s'écartèrent et le régiment se déversa dans un large estuaire de clarté : l'ancienne place Louis-XV. Une multitude bigarrée ondulait aux confins de cet espace blanc. L'air vibrait du chant fou des trompettes et du roulement profond des tambours. Les souverains alliés se tenaient à cheval au débouché d'une avenue de verdure. Avec une régularité d'automates, les gardes de Lithuanie défilèrent par trente de front. Nicolas, l'épée tendue vers le bas, la tête violemment tournée vers la droite, vit grandir Alexandre comme un soleil. L'empereur était en petite tenue de chevalier-garde, la poitrine barrée du cordon bleu de l'ordre de Saint-André. De lourdes épaulettes dorées élargissaient sa carrure. Sous le grand bicorne vert, planté de biais et orné d'une cascade de plumes de coq, son visage était d'une jeunesse et d'une gravité saisissantes. Il montait la belle jument grise qui lui avait été offerte jadis par Napoléon. De nombreux officiers généraux entouraient le tsar, mais Nicolas ne voyait que lui, le libérateur de la patrie, le vainqueur de l'hydre, l'Agamemnon des temps modernes. Une fraction de seconde et, déjà, ce tableau majestueux n'était plus qu'un souvenir dans l'esprit de celui qui l'avait contemplé.

Vers la fin de l'après-midi, une pluie fine descendit du ciel. Ayant traversé tout Paris au pas de parade, les gardes de Lithuanie s'arrêtèrent dans des labours, au-delà de la barrière, près du village de Neuilly. Nicolas fit former les faisceaux. Comme il était probable que le régiment ne resterait pas longtemps à cet endroit, le colonel avait jugé suffisant de dresser trois tentes pour lui-même et les officiers de son entourage. Mais les heures passaient et aucune estafette n'apportait l'ordre de faire mouvement.

Nicolas sortit de la tente pour se promener dans la campagne. Deux factionnaires montaient la garde devant le drapeau du régiment, planté en terre. Un fanal les éclairait par en bas, à la manière d'un lumignon de théâtre. Il ne pleuvait plus. Des hommes en manches de chemise bavardaient, assis à croupetons devant un feu de branches qui dégageait moins de flammes que de fumée. L'un recousait un bouton, l'autre grattait la boue de ses semelles, un autre encore taillait une badine pour passer le temps. Un brosseur époussetait à coups de balayette un manteau d'officier pendu à une souche. Des chevaux à l'attache hennissaient au loin. Un vieux tambour moustachu enseignait le maniement des baguettes à un gamin de seize ans, qui avait l'air d'une fille habillée en soldat. Une corvée rentrait, chargée de seaux de toile, d'où l'eau débordait à chaque secousse. Des rires gras sonnaient autour d'une marmite. Nicolas huma l'odeur d'une soupe aux choux et son appétit augmenta. Le dîner des officiers avait été frugal : harengs, gruau et fromage de Hollande. Les provisions personnelles de Nicolas étaient restées dans ses bagages. Et les bagages avaient disparu, depuis la veille, avec tous les hommes du train. Nicolas se demanda s'il retrouverait jamais Antipe, son ordonnance. Ce serf rusé, paresseux, bavard — l'un des plus intelligents du domaine — avait été choisi par le propre père de Nicolas pour accompagner le jeune seigneur à la guerre. « Tu ne le lâcheras pas d'une semelle. Tu veilleras sur lui. Tu me répondras de lui sur la peau de tes reins ! » Nicolas entendait encore cette recommandation tonnante et revoyait son père, dressé de toute sa taille, les favoris touffus, l'œil gris d'acier, la narine large, devant les domestiques assemblés sur le perron. Derrière lui, se tenait Marie, la sœur cadette de Nicolas, si pâle, si désarmée qu'il ne pouvait songer à elle sans un serrement de cœur. Leur mère à tous deux était morte six ans auparavant. Ce deuil les avait encore rapprochés l'un de l'autre. Que devenait-elle, loin de lui, dans la vieille propriété de Kachtanovka, aux côtés de ce père ombrageux et maniaque ? Les lettres mettaient plusieurs semaines à parvenir en Russie. « Demain, je lui écrirai encore, décida Nicolas. Je lui raconterai tout. La bataille, l'entrée à Paris, la magnifique tenue de mes hommes à la parade... »

Nicolas était très fier d'appartenir aux gardes de Lithuanie et, cependant, il n'avait rien fait pour être affecté à ce régiment. En 1812, il n'était encore qu'un gamin poursuivant ses études au deuxième corps des cadets, à Saint-Pétersbourg, lorsque la nouvelle de la prise de Moscou par les Français avait consterné la Russie. Peu après, le colonel commandant l'école annonçait qu'en raison des pertes subies par l'armée russe les meilleurs élèves seraient nommés officiers dans des unités de la garde sans attendre la fin de leur période d'instruction. Un matin gris du mois de novembre, tous les cadets avaient été rassemblés dans la salle de conférences et rangés, côte à côte, contre le mur. Le grand-duc Constantin était arrivé, sanglé dans l'uniforme des gardes à cheval, les épaules lourdes, le nez écrasé, les sourcils roux. Sans écouter les discours du directeur, il avait demandé un morceau de craie. Puis, passant devant les élèves qui se figeaient et bombaient le torse, il leur avait tracé des signes cabalistiques sur la poitrine. Qui était gratifié d'une croix, qui d'un triangle, qui d'un cercle et qui d'un carré. Aussitôt après ce travail de marquage, sur un ordre du terrible grand-duc, les carrés s'étaient joints aux carrés, les croix aux croix et ainsi de suite. Nicolas, décoré d'un triangle, avait appris que cette indication le destinait à servir dans les gardes de Lithuanie. Que ces épreuves lui paraissaient aujourd'hui lointaines et puériles ! Il devait faire un effort de réflexion pour se persuader qu'il n'était pas dans l'armée depuis dix ans au moins : campagne de Bohême, combats de Dresde, de Kulm, de Leipzig, passage du Rhin, bataille d'Ems, bataille de Paris... Tant de camarades blessés, tués ! Le dernier en date était le petit Fadéieff, proprement couché dans l'herbe, devant Belleville. Une balle en plein front. Peu de sang. Une pâleur de cire. Des dents jaunes entre des lèvres bleues. La veille encore, il parlait de se commander un nouvel uniforme pour mener la grande vie à Paris. Plongé dans ses méditations, Nicolas se heurta au chariot de la cantine, arrêté sous un arbre. La vue de cette caisse, haute sur roues et couverte d'une bâche, lui rappela qu'il avait très faim. Le cantinier le reçut avec regret :

— Je n'ai rien que du pain d'épice et du tabac, Votre Noblesse !

Le lieutenant Hippolyte Roznikoff, qui mastiquait quelque chose, assis sur un tambour, grommela :

— On pourrait paver les rues avec son pain d'épice !

Nicolas en acheta tout de même un bout. D'autres officiers s'approchèrent du groupe. Tous étaient désœuvrés et heureux. Mais ils se plaignaient pour la forme. Hippolyte Roznikoff donnait le ton :

— Dire que nous avons pris Paris de haute lutte et que les Parisiens mangent à leur faim et dorment dans leurs lits, pendant que nous campons, le ventre creux, dans la boue ! Est-ce que c'est juste ?

— Les Français n'ont pas fait tant de manières quand ils sont entrés à Moscou ! renchérit le gros capitaine Maximoff.

— Pour ce qu'ils y ont trouvé !... dit Nicolas. Des ruines et des flammes ! Au moins, nous, on ne nous volera pas notre victoire !

— Tu crois ça ! ricana Hippolyte Roznikoff. Mais, mon pauvre ami, pour profiter de Paris, il faut avoir de l'argent, beaucoup d'argent ! Tu as touché ta solde, toi ?

— Pas depuis un mois !

— Alors ? Avec quoi t'offriras-tu les plaisirs de la capitale ? Le Palais-Royal, les théâtres, les cafés, les alcôves hospitalières...

Roznikoff énumérait ces tentations avec un visage si animé que tous éclatèrent de rire. La nuit était lentement venue. Un à un, des falots s'allumèrent dans le camp. La tente principale rayonnait, au ras du sol, comme une grande lanterne en papier huilé. Une sonnerie retentit : l'appel aux chefs de section. Tous se précipitèrent vers le point de rassemblement. Les semelles claquaient dans la boue avec un bruit de langue. Les épées battaient les cuisses. Le colonel sortit de sa tente. Un papier brillait dans sa main comme une feuille de métal. Il le lut avec emphase. Par ordre du général Ermoloff, commandant la 2e division de la garde, le régiment des gardes de Lithuanie devait revenir immédiatement à Paris et prendre ses quartiers dans la caserne de Babylone. Un murmure de jubilation courut parmi les jeunes officiers. Roznikoff poussa Nicolas du coude :

— Babylone ! Le symbole de la richesse, de la corruption et de la luxure ! Ce n'est pas dans notre austère Russie qu'on aurait baptisé une caserne de ce nom-là. Nous n'allons pas nous embêter, frères ! En avant, pour Babylone !...

A peine la nouvelle fut-elle communiquée aux sous-officiers que le camp retentit de leurs coups de gueule. Courant de part et d'autre avec l'affairement de chiens de berger, renversant des marmites, brandissant le poing, pestant, sacrant, promettant des corvées et des tours de garde supplémentaires, ils eurent tôt fait de ramasser leur monde sur la route. Nicolas remonta à cheval, devant sa section. Le régiment s'ébranla dans la nuit. Des porteurs de falots le précédaient. D'autres marchaient en serre-file. Une brume dorée enveloppait les lanternes.

Il pouvait être dix heures du soir quand les gardes de Lithuanie arrivèrent devant la barrière de l'Etoile. Les deux pavillons de l'octroi, avec leurs colonnes trapues et leurs frontons triangulaires, prenaient, dans l'obscurité, de faux airs de temples grecs. Des gardes nationaux étaient assis sur les marches. Mais c'était un peloton de cosaques qui surveillait l'entrée de Paris. Leurs chevaux étaient attachés aux grilles.

Le régiment traversa une sorte de terrain vague, encombré de gros blocs de pierre. Les porteurs de lanternes éclairèrent au passage les soubassements d'un arc de triomphe, qui, sans doute, ne serait jamais achevé. Quatre énormes piliers, sortant de terre, s'élevaient dans le vide, stupidement, comme pour symboliser l'échec de celui qui avait voulu dédier ce monument à la gloire de son armée soi-disant invincible. L'avenue des Champs-Elysées commençait là, profonde et ténébreuse. Sur les côtés, entre les arbres, brillaient des feux de bivouac. Des cosaques campaient sous les branches. Leurs chants, leurs rires s'entendaient de loin.

Parmi les gardes de Lithuanie, quelques hommes fatigués traînaient la patte. Pour ranimer leur énergie, le colonel ordonna aux fifres et aux tambours de jouer la marche du régiment. Aux sons de la musique, les têtes se redressèrent. On franchit la Seine sur un grand pont. Des monuments, des palais se détachaient de la pénombre. Ils paraissaient irréels, sans épaisseur, comme des décors de carton. Tout Paris dormait, cuvant sa défaite. Pourtant, çà et là, au bruit de la troupe, une bougie s'allumait derrière un carreau sombre, une fenêtre s'ouvrait, un Français, une Française en bonnet de nuit se penchait craintivement sur la rue. Nicolas levait les yeux vers ces citadins mal éveillés et imaginait leur angoisse devant le cortège guerrier qui traversait la ville. « Ce sont les Russes, les Russes qui passent ! » Une croisée se refermait en claquant, puis une autre.

Tout à coup, le régiment s'arrêta devant un édifice noir. Les porteurs de lanternes s'avancèrent. Un factionnaire russe se tenait dans une guérite aux couleurs françaises. Au-dessus du porche, Nicolas lut un écriteau : « Caserne de Babylone. »

— Ça n'a pas l'air gai ! grommela quelqu'un dans les rangs.

2

Le lendemain matin, après l'appel, le capitaine Maximoff prit Nicolas par le bras et l'entraîna, d'un air mystérieux, dans un coin de la cour.

— Regarde ce que j'ai reçu, dit-il en tirant un papier de sa poche.

C'était un billet de logement, chargé de cachets et de signatures.

— Peux-tu déchiffrer ce qu'il y a là-dessus ? reprit-il. C'est écrit en français et je n'y comprends rien !

— « Hôtel de M. le comte de Lambrefoux, lut Nicolas. 81, rue de Grenelle. »

Le capitaine Maximoff secoua sa face rougeaude avec colère :

— Le comte de Lambrefoux ! Qu'est-ce que c'est encore que cet oiseau-là ?

— Quelqu'un de fort aimable, sans doute !

Une grimace de dédain plissa les grosses lèvres de Maximoff. Elles avaient la couleur et le luisant de la viande crue.

— Justement, c'est ce que je déteste le plus au monde ! dit-il avec vivacité. Tu me vois logé chez un perroquet français qui parlera tout le temps sans que je le comprenne ?

— Pourquoi pas ? Vous pourriez y être très bien.

— Non, mon cher. Je suis un vieux militaire russe. J'ai mes habitudes. J'aime la cuisine de chez nous. A quelle heure me fera-t-il manger, ce comte de je ne sais quoi, et que mettra-t-il dans mon assiette, et comment répondrai-je à ses compliments et à ses sourires ? Tout compte fait, je préfère rester à la caserne. Le lit y est dur, mais la soupe y est bonne.

— Vous allez rendre votre billet de logement ? demanda Nicolas consterné.

— Oui. A moins que tu ne veuilles le prendre ! dit Maximoff en clignant de l'œil.

Une allégresse subite fondit sur Nicolas.

— Vous feriez ça ? s'écria-t-il.

— Pour ce qu'il m'en coûte ! dit Maximoff.

Et, tordant la bouche sur le côté, il envoya, à six pas devant lui, un jet de salive teinté de jus de chique.

Nicolas lui serra les mains avec effusion, empocha le billet et se précipita vers la chambre qu'il occupait avec trois lieutenants, au premier étage de la caserne. Par une chance appréciable, ses camarades n'étaient pas là. Il en profita pour se contempler à loisir dans un morceau de glace que quelque officier de Napoléon, féru d'élégance, avait fixé au mur avec quatre clous.

Pour son entrée dans une maison française, Nicolas voulait être, de la tête aux pieds, à son avantage. Un rapide coup d'œil le rassura : les talons joints, les épaules raides, une main négligemment posée sur la garde de son épée, il avait une physionomie tout ensemble victorieuse et magnanime, comme il convenait à un officier russe en occupation à Paris. Le hâle qui recouvrait uniformément son visage accentuait encore la blondeur soyeuse de ses cheveux et donnait du relief à ses pommettes hautes, à son menton carré, à son nez mince légèrement retroussé au bout. Ses yeux n'étaient pas grands, mais débordaient d'une lumière loyale. Son habit vert foncé, à courtes basques, collet rouge, revers rouges et double rangée de boutons dorés, était rembourré par-devant et bombait sur sa poitrine. Son pantalon blanc s'enfonçait dans de hautes bottes noires. Une ceinture d'argent serrait sa taille à lui couper la respiration. Deux archines, dix verchoks ; des muscles de fer ; un estomac à broyer les cailloux ; et, au niveau du cœur, une palpitation douce, chaude, impatiente... Il tira ses manches, coiffa son shako à plumet noir et sortit de la chambre pour conquérir le monde.

Dix minutes plus tard, il passait devant le poste de garde et la sentinelle lui rendait les honneurs. C'était la première fois qu'il marchait librement dans Paris. La rue qu'il suivait lui parut étroite et sale. Des promeneurs se retournaient avec curiosité sur son uniforme. Derrière lui, c'était toujours le même murmure :

— Vous avez vu le Russe ?... Regardez, c'est un Russe !...

Il demanda son chemin. Un monsieur en habit bleu barbeau le renseigna aimablement :

— Vous êtes dans la rue de Babylone. Tournez à droite dans le boulevard des Invalides, longez-le jusqu'à l'esplanade, vous trouverez la rue de Grenelle des deux côtés de la place... Vous ne pouvez pas vous tromper...

Il se trompa pourtant, et à plusieurs reprises. Finalement, deux gamins en guenilles s'attachèrent à ses pas :

— Un sou pour chacun, Monsieur, et on vous y conduit !

Il accepta. Les garçons trottaient à côté de lui, le nez en l'air, le regard fixé sur la pointe de son plumet. Le plus jeune avait des yeux globuleux à fleur de tête et une large bouche de grenouille ; les traits du second étaient voilés par un semis de taches de rousseur. Au début, l'un et l'autre observèrent le silence. Puis, le plus petit demanda :

— Vous vous êtes battu très fort, avant-hier ?

— Moi, non, dit Nicolas ; j'étais en deuxième ligne. Mais mes camarades...

— Si vous avez gagné, dit le plus grand, c'est parce que Napoléon n'était pas là.

— Peut-être !

Alors, le petit pivota sur lui-même et, marchant très vite à reculons, pour voir Nicolas de face, il s'écria :

— C'est pas fini, vous savez ? Il va revenir... Paraît qu'il est déjà à Fontainebleau !...

— On le dit.

— S'il revient, qu'est-ce que vous ferez ?

— Nous nous battrons encore.

— Et vous ne croyez pas que ça ira mal pour vous, cette fois-ci ?

— Nous sommes très nombreux, dit Nicolas en souriant.

— C'est vrai, concéda le plus grand. Partout, ça grouille de Russes, d'Autrichiens !... Mon père dit qu'on a été trahis !... Et il voit des tas de gens, mon père, dans son métier... Il est rémouleur au Gros-Caillou... Moi, je m'appelle Augustin, lui, c'est mon frère, Emile... Quand mon père travaille dans le quartier, on lui rabat la clientèle... Si vous voulez faire aiguiser votre sabre !...

Il rit et ce fut comme si un grelot tombait dans le fond de sa gorge. Bientôt, la vue des deux gamins accompagnant un officier russe incita d'autres enfants à se joindre au groupe. Nicolas était gêné de cette escorte peu réglementaire. La crainte d'amuser les passants le contraignit à raidir son port de tête, et, plus il se gourmait, plus il se sentait ridicule. Les gosses discutaient avec fièvre dans son dos :

— Moi, je te dis que ça ne peut pas être un Russe, puisqu'il cause le français !

— Alors, qu'est-ce qu'il serait ?

— Un émigré, peut-être !

— Tu rigoles ! Il ne nous aurait pas demandé son chemin ! C'est un Russe ! Un vrai !

— T'as vu son uniforme ? Il est chouette ! Mais pourquoi qu'il a les cheveux si longs ? C'est un fantassin ou un artiflo ? A quoi ça sert, le truc qu'il a sur le côté ?

Nicolas, par dignité, feignait de ne rien entendre. Enfin, on s'arrêta devant un porche peint en vert et surmonté d'une lanterne sur sa potence. Emile et Augustin tendirent leur main cirée de crasse. Nicolas avait pu se procurer quelque argent français chez le trésorier du régiment, contre l'équivalent approximatif en roubles. Il plaça une pièce d'un sou dans chacune des deux paumes ouvertes et demanda :

— Vous êtes sûrs que c'est ici ?

— Aussi sûrs que vous serez bientôt foutus dehors par Napoléon ! hurla Augustin.

Et tous les gosses détalèrent en piaillant. Nicolas sourit et avança la main vers le heurtoir. Un portier, cassé en deux et coiffé d'une calotte, entrebâilla le vantail avec méfiance. En apercevant l'uniforme, il eut un haut-le-corps et ses joues flasques se mirent à trembler. Avec beaucoup de ménagements, Nicolas lui expliqua le motif de sa visite. Alors, le portier, soupirant et geignant, le conduisit à travers une cour pavée jusqu'au perron d'une belle et vaste maison de deux étages, dont toutes les fenêtres étaient garnies de rideaux.

— Je vais prévenir M. le Comte, dit un valet de pied en introduisant Nicolas dans le salon.

Cette pièce était toute en boiseries vert d'eau à filets d'or. La lumière du jour y prenait une coloration sous-marine. Il n'y avait là que des meubles très fins, aux marqueteries précieuses, des sièges aux tapisseries fanées. Des portraits peu éclairés inclinaient vers le sol leurs sourires fardés et leurs regards morts. Un bouquet de lilas s'épanouissait sur la table d'un piano-forte. « Comment va-t-on me recevoir? pensait Nicolas. Mal, sans doute. En tant que Russe, je suis condamné à choquer, à déplaire... » Le sentiment d'être un intrus lui était de plus en plus désagréable. Soudain, il regretta d'avoir accepté le billet de logement. Le capitaine Maximoff avait raison : la place d'un officier russe était à la caserne. « Et si j'y retournais ? Tant pis pour le bon lit, la bonne table, les conversations en français... » Une porte s'ouvrit derrière son dos, livrant passage à un petit vieux sec. Vêtu à la mode de l'ancien temps, il paraissait échappé à quelque bal en travesti, dont la musique lui eût encore tourné la tête. Une perruque poudrée dominait son haut front d'ivoire. Un jabot de dentelle s'évasait sous son menton en galoche. Il portait un frac de couleur puce, des bas crème à baguettes d'argent, et un face-à-main en sautoir.

— Le capitaine Maximoff, sans doute, dit-il en ajustant le binocle sur son nez.

Nicolas s'excusa, déclina son identité véritable et affirma que le capitaine Maximoff était désolé de ne pouvoir profiter en personne de l'hospitalité du comte de Lambrefoux. Celui-ce se montra enchanté de l'aisance avec laquelle son jeune interlocuteur s'exprimait en français et le pria de s'asseoir.

— Ah! monsieur Ozareff, s'écria-t-il, j'aurais certes préféré vous recevoir chez moi dans des circonstances moins pénibles, mais seriez-vous venu en France si vous n'y aviez été apporté par le vent de la guerre ? Comment avez-vous trouvé notre pauvre pays ?

— Moins abîmé que n'a été le nôtre, dit Nicolas avec réserve.

— Je ne parle pas des destructions matérielles ! répliqua le comte de Lambrefoux en claquant des doigts dans le vide. Je veux dire l'atmosphère... l'atmosphère de l'accueil...

Nicolas voulut être équitable.

— Les sentiments de la population à notre égard m'ont semblé très divisés, murmura-t-il. Mais, dans l'ensemble, je me serais attendu à plus de froideur.

M. de Lambrefoux laissa tomber son face-à-main et leva les yeux au plafond :

— La nation a trop souffert des incessantes guerres napoléoniennes !

Entre les partisans fanatiques de l'empereur qui refusent d'accepter le désastre et les royalistes qui exigent une restauration immédiate du trône de Saint Louis, il y a l'immense masse des Français, qui, hors de toute considération politique, se réjouit en pensant que le massacre a pris fin. Pour bien des gens, le retour à la sécurité compense la honte de la défaite. On ne raisonne plus, on respire. En ce qui me concerne, je ne vous cacherai pas que je suis toujours resté fidèle aux Bourbons. A ce propos, mes amis et moi-même avons été particulièrement touchés de voir que les troupes alliées arboraient, pour leur entrée dans Paris, le brassard blanc, symbole de la monarchie française !

Surpris par ce flot de paroles enthousiastes, Nicolas ne put s'empêcher de dire que le brassard blanc dont M. de Lambrefoux faisait si grand cas n'était, pour les coalisés, qu'un signe de reconnaissance. Cette remarque parut affliger le comte, qui mit le nez dans son jabot. Mais, bientôt, redressant la tête, il s'exclama gaiement :

— Qu'à cela ne tienne ! Les intentions du tsar ne nous sont pas inconnues ! La déclaration qu'il a fait placarder sur les murs de Paris prouve assez qu'il ne traitera pas avec quelque membre que ce soit de la famille Buonaparte et qu'en revanche il garde son estime à la dynastie qui a construit la France. D'ailleurs, M. de Talleyrand a déjà convoqué le Sénat pour désigner un gouvernement provisoire. Buonaparte sortira par une porte et Louis XVIII entrera par l'autre...

Fort ignorant de la politique française, Nicolas écoutait ces propos avec ennui. Cette agitation doctrinaire lui semblait futile auprès de la grandeur tragique des combats. Les seuls faits importants n'étaient-ils pas que les troupes napoléoniennes eussent été chassées de Russie et qu'Alexandre Ier fût entré en triomphateur dans Paris ? Pour le reste, les Français n'avaient qu'à se débrouiller entre eux. Comme s'il eût deviné les pensées de son hôte, M. de Lambrefoux changea bientôt de conversation.

— Vous tombez dans une maison à l'abandon, cher monsieur Ozareff, dit-il. Craignant des combats de rues dans Paris, j'ai fait partir ma femme et ma fille pour Limoges. Si Buonaparte veut bien se tenir tranquille, elles ne tarderont pas à revenir. Mais je bavarde et vous devez être pressé de vous installer : vous plairait-il de me suivre ?

La chambre attribuée à Nicolas était située au rez-de-chaussée. Un tissu gris pervenche tendait les murs. Tenu par deux lances d'acajou, un lourd baldaquin jaune surmontait le lit. Face à la porte d'entrée, une autre porte ouvrait de plain-pied sur le jardin vert et touffu qui s'étendait derrière la maison. Tandis que Nicolas admirait son nouveau domaine, un valet accourut, essoufflé, affolé, pour prévenir M. le Comte que le portier était en discussion avec un individu sorti d'on ne savait où, parlant un charabia effroyable et menaçant de tout casser si on ne le conduisait pas immédiatement au lieutenant Ozareff. Inquiet, Nicolas suivit le domestique dans la cour et y découvrit, en face du concierge qui écartait les bras dans un geste théâtral d'interception, Antipe, l'œil terrible, la mèche sur le front et les poings serrés.

— Ah ! Votre Noblesse ! glapit-il d'une voix enrouée en apercevant son maître. Dites à ce chien français de retourner dans sa niche !

— Mais quand es-tu arrivé ? D'où as-tu eu mon adresse ? demanda Nicolas.

— On a dormi dans les champs la nuit dernière, et, ce matin, à l'aube, tout le monde debout ! Direction caserne de Babylone ! Là, le capitaine Maximoff m'a dit où vous étiez...

Pendant qu'il s'expliquait ainsi, avec force gestes, Nicolas l'examinait et s'attristait de sa mauvaise tenue. Si les hommes de troupe étaient correctement vêtus dans l'armée russe, les ordonnances s'habillaient avec tout ce qui leur tombait sous la main. Encore ne devait-il pas y en avoir un seul qui fût aussi étrangement déguisé qu'Antipe ! Sur ses cheveux roux, il portait une casquette jaunâtre à la coiffe plissée en accordéon. Une tunique bleue, trop grande, volée à quelque cadavre de grenadier français, pendait de ses maigres épaules. Ses mollets s'enfournaient dans d'énormes bottes de postillon. Toutefois, pour corriger par un détail réglementaire l'extravagance de son accoutrement, il avait noué à son bras une superbe écharpe blanche. A côté de lui, par terre, reposaient une cage avec deux poules dedans, un tas de chiffons d'où émergeait le goulot d'une bouteille et trois casseroles de cuivre attachées ensemble. Sans doute ce butin provenait-il d'une ferme des faubourgs. Nicolas eut honte devant le comte de Lambrefoux, qui observait la scène avec un sourire malicieux.

— J'en ai encore autant à la caserne ! dit Antipe en clignant de l'œil. Vous comprenez, barine, j'ai pas pu tout emporter en une fois...

— Voleur ! grommela Nicolas entre ses dents.

— Seul le Christ ne vole pas : il a les mains clouées !

— Tu oses blasphémer ?

— Ces choses-là, même si je voulais m'en débarrasser, je ne saurais pas à qui les rendre !

— Eh bien ! rapporte-les à la caserne. Laisse-les à n'importe qui. Et tâche de t'habiller convenablement !

— On fera ce qu'on pourra, Votre Noblesse. C'est pas l'envie qui manque, ce sont les moyens. Nous logeons ici ?

— Oui.

— La maison est belle !

— Raison de plus pour y vivre honnêtement ! Si j'entends la moindre plainte à ton sujet, je te renvoie, je te remets dans le rang, je te fais fouetter à mort ! Compris ? Et maintenant, va chercher mes affaires !

Après le départ d'Antipe, Nicolas pria M. de Lambrefoux d'excuser les mauvaises manières du personnage. Mais le comte n'en paraissait nullement affecté. Le portier reçut l'ordre de considérer Antipe comme faisant partie de la maison. Il fut convenu que Nicolas prendrait ses repas dans sa chambre, servi par son ordonnance. Ce soir, pourtant, le comte désirait avoir le jeune officier à sa table :

— Je reçois quelques intimes. Il vous sera intéressant de les connaître. Nous dînons à six heures. Soyez des nôtres.

Nicolas devina que son hôte voulait le présenter comme une bête curieuse à ses amis. La réputation d'esprit des Français était telle qu'il craignit de sembler balourd à cette compagnie de moqueurs professionnels. A Saint-Pétersbourg même, il n'avait guère eu l'occasion de sortir dans le monde. Enfin, forçant sa timidité, il accepta.

Tout l'après-midi, il fut de service à la caserne, où le régiment lavait ses hardes, nettoyait ses buffleteries, démontait et graissait ses armes, comptait ses boutons et ses cartouches en prévision des prochaines revues de détail. Entre temps, Antipe avait transporté les bagages de son maître à l'hôtel de la rue de Grenelle. Nicolas y retourna vers cinq heures et demie, et eut juste le temps de se rafraîchir avant de passer à table.

En le voyant paraître, les invités de M. de Lambrefoux eurent le bon ton de maintenir leur intérêt dans les limites de la courtoisie. Il y avait là le comte et la comtesse de Maleferre-Jouët, penchant ensemble vers la soixantaine, un banquier podagre, M. Nouailles, et son fils au long visage de navet, une jeune femme charmante, aux cheveux blonds et aux yeux bleus, avec une mouche au coin de la lèvre, son mari, le ventripotent baron de Charlaz, qui aurait pu être son père, et deux adolescents aux figures poupines engoncées dans de hautes cravates blanches. Nicolas se sentit bientôt parfaitement à l'aise. Son seul regret était de ne pouvoir suivre la conversation dans ses plus subtils détours. Les mêmes noms revenaient d'une bouche à l'autre : Talleyrand, Caulaincourt, le comte d'Artois, Nesselrode, Marmont, Berthier, Buonaparte, Marie-Louise, Metternich... Tous les convives se demandaient si Napoléon, réfugié à Fontainebleau, abdiquerait enfin comme le lui conseillaient, disait-on, ses propres maréchaux, ou, emporté par son orgueil, reprendrait pour quelques jours une guerre perdue d'avance. Quant au futur gouvernement de la France, les avis étaient partagés. Si certains, comme M. de Lambrefoux, ne voyaient de salut que dans la restauration des Bourbons, d'autres, comme M. Nouailles, le banquier, estimaient qu'une régence de Marie-Louise serait peut-être préférable. L'un des jeunes gens osa prononcer les mots de « constitution républicaine ». Nicolas était surpris de la liberté avec laquelle chaque invité exprimait son point de vue sur un problème aussi grave. En allait-il de même pour eux sous Napoléon ? N'était-ce pas la chute de l'Empire qui leur déliait la langue ? On eût dit que, dans ce pays, le moindre citoyen avait en lui les capacités d'un ministre. La politique était l'affaire de tous. Evidemment, une pareille discussion eût été inconcevable en Russie. L'omnipotence du tsar excluait toute tentation de critiquer ses actes ou de prévoir ses décisions. On ne pouvait être russe sans vénérer son souverain, alors qu'on pouvait être français et souhaiter changer de gouvernement, voire de régime. « Au fond, songea Nicolas, la révolution qu'ils ont faite, vingt-deux ans auparavant, les a marqués comme un péché originel. Toute leur vie, maintenant, est empoisonnée par le désir de se mêler des affaires publiques. Ils expient dans la discorde, le cynisme, l'agitation et les bavardages, le crime d'avoir versé jadis le sang de leur roi. »

M. de Lambrefoux s'excusa de ne pouvoir, étant donné les difficultés du ravitaillement, offrir à ses amis un dîner plus convenable. En fait, le repas fut long et copieux. Le maître de maison découpait lui-même les viandes, mais c'étaient deux valets, en livrée marron, qui passaient les assiettes et versaient les vins. Nicolas s'étonnait du petit nombre de gens attachés à la personne du comte. En Russie, un homme de sa condition aurait eu dix fois plus de monde à l'office. Il est vrai qu'en France la domesticité n'était pas serve et qu'il fallait même, peut-être, la payer ! Cela paraissait incroyable ! De temps à autre, rompant le fil de la conversation, quelqu'un posait à Nicolas une question anodine : avait-il eu le loisir de visiter Paris ? par quel monument comptait-il commencer ? Sa voisine, la jolie baronne de Charlaz, finit par se pencher vers lui en murmurant :

— Etrange réunion, n'est-il pas vrai ? Tous ces gens sont venus ici pour voir un Russe authentique et, une fois devant vous, ils n'osent plus vous interroger selon leur désir. Pourtant, je vous jure qu'ils ont mille choses importantes à vous demander !

— Lesquelles, par exemple ?

— Eh bien ! mais, d'abord, ce que vous pensez de nous !

— Jusqu'à ce jour, Madame, dit Nicolas, les Français n'ont été pour moi que de valeureux adversaires. Laissez-moi le temps de les apprécier autrement que sur les champs de bataille.

— Eprouvez-vous réellement le besoin de les mieux connaître, ou n'est-ce de votre part que politesse de vainqueur ? demanda-t-elle avec un imperceptible sourire.

— Je vous jure, Madame, dit Nicolas, que, depuis longtemps, mon vœu le plus cher était de me rendre en France, mais j'eusse préféré m'y présenter en simple voyageur !

— Vous auriez eu tort : l'uniforme vous sied à ravir !

Nicolas rougit : toute la tablée avait entendu la réflexion de Mme de Charlaz. On se leva pour prendre le café au salon. M. de Lambrefoux versa dans de petits verres une merveilleuse liqueur des îles. Sans l'avoir voulu, Nicolas se retrouva assis, dans une méridienne, à côté de la baronne.

— Ainsi, reprit-elle, vous avez l'intention, pendant votre séjour ici, d'étudier nos mœurs à la façon de Réaumur penché sur ses insectes. Je tremble des désillusions qui vous attendent !

— Si j'en juge par mon premier contact avec la société parisienne, ce n'est pas à une déception que je vais, mais à un enchantement !

Elle lui appliqua une tape sur les doigts avec son éventail, comme pour le prier de n'en point dire davantage. Il s'inquiéta de l'avoir offusquée. Mais, déjà, elle l'éblouissait d'un sourire :

— Confidence pour confidence, désormais je me méfierai des idées préconçues. Avant de vous connaître, j'imaginais les Russes comme des êtres incultes, barbares, dépravés, sanguinaires, vivant à cheval, mangeant des chandelles de suif, oui, des espèces de Huns déferlant sur nous des steppes de l'Asie ! Il ne m'a pas fallu deux heures pour m'apercevoir à quel point je me trompais. Me feriez-vous le plaisir de venir prendre le thé à la maison ? Je vous fixerai le jour...

Nicolas n'avait qu'une crainte : paraître trop heureux. Il dut se contraindre pour arrêter le flot de lumière qui montait à ses prunelles. Quel succès pour ses premiers pas dans le monde ! La baronne de Charlaz lui semblait deux fois plus intelligente et plus désirable depuis qu'elle l'avait distingué.

— Ce sera avec joie ! balbutia-t-il. Quand vous voudrez !

— Peut-être attendrai-je que Mme de Lambrefoux et sa fille soient revenues à Paris, dit-elle. Savez-vous quand elles rentrent ?

— Non.

— C'est ma foi vrai ! Vous débarquez à peine et je vous parle comme si vous étiez de la famille. Mme de Lambrefoux est une femme charmante. Vous verrez... Sa fille aussi est charmante, bien qu'elle ne soit pas du tout dans nos idées. En vérité, je l'ai rencontrée rarement depuis son deuil...

— Elle a perdu un être cher ?

— Un être proche, en tout cas, dit Mme de Charlaz avec un sourire. Son mari, M. de Champlitte.

— Y a-t-il longtemps qu'il est mort ? demanda Nicolas.

— Deux ans, je crois...

— Dans quelle bataille ?

Mme de Charlaz leva les sourcils et un rire musical enfla sa gorge :

— Ah ! ces militaires ! Ils ne conçoivent pas qu'un honnête homme puisse décéder autrement que la poitrine percée d'une baïonnette ou la tête emportée par un boulet. M. de Champlitte n'a jamais fait la guerre. Il s'est éteint dans son lit, à quarante-deux ans, d'une fièvre maligne et probablement cérébrale. C'était, m'a-t-on-dit, un excellent mathématicien et un déplorable philosophe. Si vous voulez en savoir davantage sur lui, fouillez donc la bibliothèque de votre hôte : il doit bien y avoir un ou deux ouvrages de Champlitte dans le tas...

Elle cacha le bas de son visage derrière son éventail et chuchota encore, les prunelles au coin des paupières :

— Pour ma part, je n'ai jamais eu le courage de les lire !

Comme elle s'était inclinée vers Nicolas pour prononcer cette phrase, il respira un parfum de peau tiède et d'essence de vanille. Une brume enveloppa instantanément ses idées. M. de Lambrefoux tomba mal à propos dans ce mirage avec sa perruque poudrée et son sourire voltairien.

— Eh bien ! dit-il, je vois que la Russie n'a pas encore déposé les armes ! La campagne de France continue...

Nicolas jugea cette allusion du dernier mauvais goût. Le charme était rompu. D'autres invités s'approchèrent du groupe. Mme de Charlaz se leva avec une mollesse voluptueuse. Elle était belle, blonde, chaude, elle rayonnait. Ses amis l'appelaient Delphine. Nicolas les enviait d'en avoir le droit. Comment une créature aussi exceptionnelle avait-elle pu épouser le baron de Charlaz, qui était adipeux, livide et à demi chauve ? Une fois de plus, Nicolas tenta de s'isoler avec la jeune femme. Mais elle ne fit rien pour l'y aider et, jusqu'à la fin de la soirée, la conversation resta générale.

Vers minuit, en allant se coucher, Nicolas buta sur le corps d'Antipe, qui, selon son habitude, dormait roulé dans une couverture, en travers du couloir, devant la porte. Son ronflement était, à lui seul, un moyen d'intimidation. Nicolas enjamba l'ordonnance, en ayant soin de ne pas l'éveiller, et, tenant haut sa bougie, pénétra dans la chambre. Habitué à la rude vie des camps, il était persuadé qu'il lui suffirait de s'étendre dans un bon lit, aux draps propres, pour s'assoupir aussitôt. Il n'en fut rien. La soirée avait été trop riche. Allongé sur le dos, les mains croisées derrière la nuque, l'œil perdu dans la pénombre, Nicolas pensait à Delphine avec une impatience qui excluait toute idée de repos. « Est-il possible qu'elle m'ait trouvé à son goût ? A-t-elle sincèrement l'intention de me revoir ? Posséder une femme pareille, ce doit être aussi exaltant que d'entrer à cheval dans Paris. » Il s'amusa de cette plaisanterie irrévérencieuse et, comme exorcisé, coula de tout son poids dans un sommeil innocent.

3

Parti à cheval dès les premiers rayons du soleil, Nicolas franchit la barrière vers huit heures du matin. Il était porteur d'un pli de service pour un détachement de gardes de Lithuanie cantonné sur la route du Pré-Saint-Gervais. En traversant Belleville, il fut surpris de constater que, trois jours après la fin des combats, de nombreux cadavres n'avaient pas encore été enterrés. Simplement, on les avait traînés sur le côté de la rue pour faciliter la circulation des convois. Rigides, indifférents, dépouillés de leurs armes et de leurs uniformes, ils prenaient le soleil, appuyés au mur des maisons. On reconnaissait les Français aux taches bleues que leurs habits avaient laissées sur leurs chemises sous l'effet de la sueur et de la pluie. Des mouches se promenaient sur leur visage. Une odeur poisseuse, écœurante, se mêlait au parfum des lilas qui commençaient à fleurir. Les habitants, qui s'étaient réfugiés à Paris pendant la bataille, trouvaient, en rentrant chez eux, des morts inconnus et sans gêne installés sur le pas de leur porte ou dans leur potager. Des familles entières, rassemblées devant une maison aux vitres brisées, aux volets noirs de poudre, tiraient des chaises, des casseroles, d'une montagne de gravats. Ce qui pouvait servir encore était chargé sur une charrette. Quelques cosaques, la lance au poing, caracolaient avec superbe parmi ces chiffonniers aux épaules basses. Sur le passage des Russes, tout n'était que silence et que haine. La France entière, semblait-il, les détestait. Cependant, la veille, à l'Opéra, un public en délire avait acclamé les souverains alliés et le ténor Lays avait chanté sur l'air de *Vive Henri IV* :

> *Vive Alexandre,*
> *Vive ce roi des rois !...*

Les journaux, qui, naguère, célébraient la gloire de Napoléon, le couvraient maintenant d'injures et de sarcasmes. Un quarteron de royalistes tentait de déboulonner la statue de l'empereur, sur la colonne de la place Vendôme. Des enfants misérables vendaient dans les rues les caricatures du tigre Buonaparte et des portraits flatteurs du souverain russe, ou bien encore fredonnaient des couplets de bienvenue en tendant la main pour l'aumône :

> *Que le bon Dieu maintienne*
> *Alexandre et ses descendants*
> *Jusqu'à ce qu'on prenne*
> *La lune avec les dents !*

A cet hommage servile, Nicolas préférait l'insolente réplique d'un autre gamin de Paris : « Aussi sûr que vous serez bientôt foutus dehors par Napoléon !... » La prédiction de l'enfant ne semblait pas devoir se réaliser. Certes, Napoléon refusait encore d'abdiquer et son armée campait à quelques verstes de la capitale, mais le Sénat l'avait déjà déclaré déchu, un gouvernement provisoire s'était constitué en hâte pour appeler Louis XVIII sur le trône et on chuchotait que plusieurs maréchaux de l'Empire, Marmont en tête, allaient passer avec leurs troupes au service des Alliés. Alors, il ne resterait plus à Napoléon qu'à se rendre sans conditions. Et cette boucherie, devant Paris, n'aurait servi à rien.

Nicolas reconnut au passage le cabaret où, la nuit de l'armistice, Russes et Français s'étaient enivrés devant les mêmes barriques. La bicoque était déserte, des débris de verre jonchaient le sol. Il n'y avait plus un banc, plus une table sous les tonnelles. Dans les champs, brûlaient de grands feux d'ordures, dont l'odeur âcre prenait à la gorge. Quelques gardes de Lithuanie étaient cantonnés aux abords d'un village dévasté. Là se trouvait un dépôt de voitures et de munitions, qu'il était impossible de laisser sans surveillance. Ayant remis le pli au capitaine commandant le détachement, Nicolas s'apprêtait à reprendre la route, quand le lieutenant Hippolyte Roznikoff sortit d'une tente. Grand, dégingandé, les cheveux d'un noir de corbeau, le nez en forme de bec, l'œil sombre profondément retiré dans l'orbite, il gesticulait et criait :

— Attends-moi ! Je vais à Paris ! J'ai une permission !

Moins chanceux que Nicolas, il avait été affecté depuis deux jours à ce service monotone en dehors de la capitale.

— Mais ça va changer ! dit-il en enfourchant son cheval. Après-demain, je serai relevé par un petit sous-lieutenant qui veut faire du zèle. Et je ne retournerai pas à la caserne. Non, mon cher ! J'ai obtenu, moi aussi, un billet de logement !

— Chez qui habiteras-tu ? demanda Nicolas.

Hippolyte Roznikoff fit la moue :

— Ce n'est pas très brillant : chez un architecte. Il est veuf, il n'a pas de fille et sa servante est une matrone moustachue de soixante ans ! Mais les occasions ne doivent pas manquer à Paris. As-tu déjà quelque aventure française à ton actif ?

— Rien de très net encore, dit Nicolas, mais de fortes espérances !

Il exagérait dans son optimisme : Delphine, comme il l'appelait impunément dans ses rêves, ne lui avait plus donné signe de vie depuis leur rencontre, rue de Grenelle. Il comprenait d'ailleurs très bien qu'elle fût tenue, par sa condition même, à ménager des étapes dans le déroulement de leur intrigue. Les femmes de son rang ne se distinguaient-elles pas des autres justement parce qu'au lieu de s'abandonner tout de go à leur passion elles s'ingéniaient par mille remords, par mille contretemps pudiques, à retarder les délices d'une défaite qu'elles savaient inévitable ? Quarante-huit heures de séparation, pour lui c'était un supplice, mais pour elle, sans doute, un simple prélude à l'idée qu'elle pourrait devenir infidèle. Généreusement, il lui accorda encore trois jours — non : deux jours — pour conclure son débat de conscience. Après quoi, il commencerait à désespérer. « L'aimerais-je déjà au point de ne plus pouvoir me passer d'elle ? » songea-t-il avec crainte.

— Jolie ? demanda Hippolyte Roznikoff.
— Plus que jolie, dit Nicolas.
— Mariée ?
— Hélas !
— Cela vaut mieux. Ainsi tu auras moins d'histoires !
— Il s'agit d'une femme du meilleur monde, dit Nicolas en poussant son cheval sur la route.

Hippolyte Roznikoff siffla d'admiration et observa :
— Cela signifie qu'en véritable homme d'honneur tu ne me raconteras plus rien sur elle ?
— Plus rien, dit Nicolas.

Et son regard partit en flèche vers l'horizon.

Sur le chemin du retour, ils croisèrent une bande de soldats russes. En apercevant les deux lieutenants, les hommes s'égaillèrent et disparurent dans les buissons : des pillards ou des déserteurs, sans doute. Non loin de là, sur la pente d'une colline, des officiers français et alliés marchaient à petits pas et se baissaient, de temps à autre, comme pour une cueillette : ils dénombraient les morts par nationalité.

Du côté du château de Vincennes, le canon tonnait, à longs intervalles. Bien que Paris eût capitulé, le général Daumesnil, enfermé dans le donjon, refusait toujours de se rendre. A la barrière de Ménilmontant, des cosaques montraient leurs faces barbues entre les barreaux de la grille. Cependant, les commis de l'octroi avaient repris leur travail de perception et arrêtaient toutes les voitures, fouillaient tous les sacs.

La mort s'était arrêtée aux portes de la capitale. Il y avait un contraste terrible entre la désolation de la campagne jonchée de cadavres et l'aspect animé de la ville où les promeneurs n'avaient jamais été plus nombreux. Nicolas et Roznikoff, après s'être restaurés dans une auberge du faubourg du Temple, remontèrent à cheval pour gagner le centre de Paris. Roznikoff voulait voir si la statue de Napoléon se trouvait encore sur sa colonne. Elle y était, mais enroulée dans des toiles d'emballage. De cet énorme poupon, des cordes pendaient jusqu'à terre. Au pied du monument, un marchand vendait des cocardes blanches. Peu de gens lui en achetaient.

Continuant leur chemin, Nicolas et Roznikoff s'engagèrent dans la rue Saint-Honoré, qui grouillait de piétons et de voitures. Tous les uniformes des armées alliées se coudoyaient dans cette voie étroite, bordée de magasins. Cosaques aux tuniques rouges ou bleues, aux pantalons bouffants, le knout autour du cou et le bonnet crânement enfoncé sur l'oreille, officiers autrichiens en tenue blanche de parade, lanciers aux coiffures carrées, hussards à la poitrine ornée de brandebourgs massifs comme des chaînes. Quelques vêtements civils étaient submergés par cette marée d'épaulettes, de médailles, de galons, de plumets, de franges et de plaques. Les femmes ne savaient plus où donner du regard.

Le flot s'épaississait aux approches de la place Louis-XV. Ce lieu était devenu, depuis peu, le centre politique de Paris. En effet, le tsar résidait encore dans l'hôtel de M. de Talleyrand, à l'angle de la rue Saint-Florentin. Les abords de cette belle demeure étaient gardés par une compagnie du régiment Préobrajensky. Courriers, officiers généraux, diplomates, policiers, quémandeurs de tout poil entraient, sortaient, se heurtaient, se saluaient, dans un bourdonnement de ruche au soleil. Sur les murs des maisons avoisinantes, se détachaient les affiches blanches des proclamations impériales. Mais il était rare qu'un passant s'arrêtât pour les lire. La plupart des Français les connaissaient par cœur. La curiosité de la foule se portait plutôt vers les Champs-Elysées, où campaient les cosaques. Ce tableau, si familier à Nicolas, plongeait les badauds parisiens dans un émerveillement craintif. Ils venaient là par familles complètes, afin de voir en liberté « les tribus sauvages de la steppe ». C'était un spectacle instructif et qui ne coûtait rien. On s'exclamait en chœur devant l'aspect primitif du bivouac :

— C'est inouï !... A notre époque !...

Les huttes étaient des bottes de paille soutenues par des lances fichées en terre. De tous côtés, de petits chevaux à l'attache mangeaient l'écorce des arbres. Les feux battaient de l'aile sous les marmites de campagne. Une lessive de haillons pavoisait les branches. Dans l'air flottait une odeur de fourrure, de suif et de crottin. Tous les chiens du quartier étaient assemblés autour d'un amas d'ossements. Sans souci des promeneurs, les hommes s'épouillaient, jouaient aux cartes, dormaient, la tête appuyée contre une selle, ou s'expliquaient par gestes avec un colporteur qui leur proposait des oranges. Ils étaient presque tous barbus, hirsutes, avec des yeux bridés et des sourires naïfs. Plus d'une jeune fille, en passant devant eux, baissait pudiquement les paupières. Les mères de famille serraient leurs marmots contre leurs jupes. Les maris cambraient la taille et s'efforçaient de prendre un air martial sous leur redingote à collet de velours et leur chapeau haut de forme. De temps à autre, quelque civil, désireux de briller devant son épouse, interpellait un de ces cosaques terrifiants. Nicolas et Roznikoff prêtaient l'oreille à leur conversation de sourds. La discussion aboutissait parfois à un échange de souvenirs : chaînette de montre contre médaille, paquet de tabac français contre gobelet d'émail russe. De l'autre côté de l'avenue, le camp des Prussiens attirait moins de spectateurs.

Après avoir tourné dans l'allée des Veuves, Nicolas et Roznikoff franchirent la Seine sur le pont d'Iéna et se dirigèrent vers le Champ-de-Mars. La caserne de l'Ecole militaire était occupée par des unités de la garde. Deux géants du régiment Pavlovsky, coiffés de leurs mitres dorées, se tenaient en faction devant le porche. Sur l'esplanade, s'étendait un parc d'artillerie français, dont des officiers russes dressaient l'inventaire. Des gardes nationaux empêchaient les badauds de s'avancer jusqu'aux barils de poudre. L'avenue de La Motte-Picquet était hérissée de tentes pointues et les accents de la langue allemande retentissaient jusque sur le seuil des maisons. L'impression de dépaysement s'accentuait encore devant l'hôtel des Invalides. Là, on n'était plus sur les bords de la Seine, mais sur les bords du Rhin. Drapeaux au vent, sonneries de trompettes, allées et venues d'officiers prussiens à la poitrine bombée comme celle des pigeons, bruit du fer battu sur une enclume, meuglement des vaches réquisitionnées pour les besoins de la troupe... Réfugiés sur la plate-forme, derrière les grilles, entre deux vieux canons, les invalides de Napoléon, bonnet de police en tête et ruban rouge sur le cœur, contemplaient tristement cette déchéance. Nicolas dit à Roznikoff qu'il les plaignait pour l'épreuve qui leur était imposée, mais celui-ci protesta :

— Tu es un sentimental à idées fausses : l'espèce la plus redoutable ! Ces vétérans sont avant tout des soldats. Ils mouraient d'ennui dans leur retraite. Maintenant, ils sont tout heureux de participer à la vie tumultueuse d'un camp, même s'il s'agit d'un camp ennemi ! Tu verras quand tu auras leur âge !...

Les deux amis laissèrent leurs chevaux à la caserne de Babylone et décidèrent de se rendre à pied au Palais-Royal, pour y passer la soirée. En traversant le jardin des Tuileries, ils remarquèrent, comme aux Champs-Elysées, une grande affluence de promeneurs. A croire que toute la population de Paris avait été mise en vacances pour célébrer une fête patriotique. Des femmes aux visages heureux regardaient leurs enfants s'ébattre en poussant des cris d'oiseaux parmi les arbustes et les statues. Des vieillards se chauffaient au soleil. Des amoureux recherchaient l'ombre. Un soldat russe et un garde national étaient en sentinelle à chacune des issues.

— Les Français sont inconscients ! grommela Roznikoff. A les voir, on jurerait que ce sont eux qui ont gagné la guerre !

— Sans doute le propre des peuples très civilisés est-il de ne jamais se sentir vaincus !

— ... Parce que tu trouves, toi, que les Français sont très civilisés ? s'écria Roznikoff. Plus civilisés que nous, par exemple ?

Nicolas prit le temps de réfléchir à cette question et dit enfin :

— Oui, Hippolyte, ils ont plus de culture et moins de cœur, plus d'intelligence et moins de sentiment. Chez nous, c'est l'instinct qui commande tout, chez eux, la raison !

Il s'aperçut qu'il venait d'employer les phrases mêmes dont se servait son père quand il voulait agacer M. Lesur, le précepteur des enfants. Alors, le Français devenait tout rouge, citait Jean-Jacques Rousseau et Racine, le maître de maison s'étranglait dans des quintes de rire, Marie détournait ses grands yeux humides, et Nicolas plaignait en silence l'infortuné bonhomme, chassé de chez lui par la révolution et condamné à vivre sous un toit où l'on critiquait sa patrie. Quelles étaient les pensées de M. Lesur, à présent que la France était envahie, Napoléon déchu et la monarchie sur le point d'être restaurée ? Ses jeunes élèves ayant grandi, il était resté au service de leur père en qualité de souffre-douleur. Les deux hommes ne se quittaient plus, unis par une petite haine joyeuse, plus forte que l'amitié. L'un avait autant besoin d'obéir, de ramper, de craindre que l'autre de dominer, d'humilier et de se repentir. Nicolas imagina leurs discussions dans le salon de Kachtanovka. « Pourquoi ne partez-vous pas pour la France, monsieur Lesur ? Grâce à nous, les frontières de votre pays vous sont ouvertes. — Je partirais immédiatement si j'étais sûr de recouvrer mes biens ! — Vous en aviez donc ? Je l'ignorais. Combien de villages ? Combien de dessiatines de terres ? Combien de têtes de bétail ? — Monsieur, l'ironie de vos propos me blesse !... » Et ainsi de suite ! Nicolas dodelina de la tête comme à l'audition d'un air connu. Kachtanovka, la vieille maison rose au fronton triangulaire soutenu par quatre colonnes dont le plâtre s'écaillait, les tilleuls entourés d'abeilles bourdonnantes, la robe de Marie glissant parmi les buissons, une balançoire vide entre deux arbres, un samovar sur une table rustique, le parfum des confitures cuisant en plein air... « Quand retrouverai-je tout cela ? » La voix d'Hippolyte Roznikoff le tira de sa rêverie :

— Qu'est-ce que tu penses de Paris ?
— C'est une ville magnifique ! dit Nicolas.
— Oui, bien sûr, si tu regardes les places, les avenues ; mais il y a tant de petites rues tortueuses, tant de maisons sales et vétustes, tant de coins et de recoins ! Moi, je préfère Saint-Pétersbourg. Là, au moins, on trouve de l'ordre, de la solidité, de la géométrie. Les monuments sont tout neufs. Les perspectives se coupent à angles droits...
— A Moscou, les perspectives ne se coupaient pas à angles droits et, pourtant, quel charme dans ce chaos ! soupira Nicolas. Qu'en reste-t-il maintenant ?
— Il paraît qu'ils auront bientôt tout reconstruit.
— Ils ne feront pas mieux que ce qu'il y avait !

Sans se concerter, ils se retournèrent ensemble sur une jeune personne qui marchait d'un pas vif, le sein pointé en avant, la tête mollement balancée sous une capote de mousseline.

— En tout cas, dit Roznikoff, il faut rendre une justice à la France. C'est encore dans ce pays qu'on trouve les plus jolies femmes !

Nicolas appuya violemment cette remarque. Confrontant leurs observations personnelles, ils convinrent que la Française avait des yeux spirituels, le plus petit pied du monde, une grâce divine dans le maintien, des appas d'une rondeur parfaite et que sa réputation d'amoureuse n'était certainement pas usurpée. Ce sujet les exaltait si fort qu'ils arrivèrent au Palais-

Royal dans les meilleures dispositions pour goûter le charme des promeneuses. Malheureusement, ils n'étaient pas les seuls officiers de l'armée d'occupation à avoir eu cette idée. Un parterre d'uniformes s'étendait dans les jardins et sous les arcades. Les femmes seules ne le restaient pas longtemps. Tout ce qui, dans le quartier, portait jupe, avouait moins de quarante ans et avait une tournure aimable semblait s'être donné rendez-vous ici pour séduire les militaires désœuvrés. Le murmure des conversations était ponctué par les appels aigus des marchands de coco, le dos courbé sous le poids de leur fontaine, et par les cris enroués des vendeurs d'eau-de-vie : « Prenez la goutte, cassez la croûte ! » On trouvait de tout dans les boutiques qui entouraient le jardin : bottes sans couture, éventails, perruques, colliers de perles, châles des Indes, estampes galantes et paysages de cheveux.

Ayant lorgné les vitrines, Nicolas et Roznikoff entrèrent dans un café frais et sombre pour se reposer. Des exclamations joyeuses les accueillirent. Il y avait là quatre officiers de leur régiment, qui les invitèrent à boire du punch. Dès les premières rasades, la compagnie devint très bruyante. A la table voisine, des civils français, la cocarde blanche à la boutonnière, se levèrent pour porter un toast aux vaillants Alliés. Les Russes ne purent faire moins que de trinquer ensuite à la santé de la France. Cet échange d'amabilités parut déplaire à quelques consommateurs assis près de la porte. Leur mine renfrognée disait assez que c'étaient des bonapartistes. L'un d'eux avait des cheveux gris et un bandeau noir sur l'œil. Soudain, il se dressa et prononça d'une voix forte :

— Je lève mon verre à la vraie France, qui n'a pas dit son dernier mot !

Les officiers russes se regardèrent : cette déclaration n'était pas injurieuse pour leur uniforme et, cependant, elle sonnait comme une provocation. Roznikoff, qui supportait mal l'alcool, arrondit des prunelles furibondes et bégaya :

— Quoi ? Qu'est-ce qu'il raconte ? Il veut ternir notre honneur ?

— Non, Hippolyte, dit Nicolas en le retenant par le bras. Reste tranquille. C'est une affaire entre Français.

Mais Roznikoff était comme grisé par la formule qu'il avait trouvée.

— Il veut ternir notre honneur ! répétait-il en tapant du poing sur la table. Je ne permettrai pas ! Je ne tolérerai pas !...

On le calma en le défiant de boire un punch plus corsé à la gloire des gardes de Lithuanie. Il avala trois gobelets coup sur coup, sans presque reprendre le souffle. Nicolas en fit autant. Les royalistes de la table voisine étaient dans l'admiration :

— Ces Russes, quel estomac !...

Cependant, les idées de Nicolas se brouillaient, il voyait trouble. Ce fut ce moment que choisit l'homme au bandeau noir pour élever de nouveau la voix. Debout derrière sa table, il récitait avec emphase la liste des victoires napoléoniennes :

— Austerlitz, Iéna, Eylau, Friedland...

Comme il prononçait le nom de « Moskova », Roznikoff bondit de sa chaise et s'avança vers lui, en titubant :

— Répétez, monsieur !

— La Moskova ! hurla l'autre en brandissant un gourdin.

Frappé à la naissance du cou, Roznikoff s'affaissa doucement par terre. A vrai dire, il était tellement ivre qu'une chiquenaude eût suffi à le renverser. Nicolas se sentit enflammé par l'esprit de vengeance. D'un geste, il commanda aux autres officiers de rester sur place.

— Laissez ! dit-il. C'est de moi seul que ce monsieur recevra la correction qu'il mérite.

Et il s'avança entre les tables, avec une lenteur calculée, en balançant un peu les épaules. Des pensées nobles sur la camaraderie, la justice, le patriotisme précipitaient les battements de son cœur. Sur son passage, des gens reculaient en silence et se collaient contre le mur. Enfin, il fut devant l'insulteur, qui le toisait de son seul œil gris et froid.

— Je pourrais vous tailler en pièces avec mon sabre, Monsieur, dit Nicolas d'une voix qui déraillait d'émotion. Mais ce serait encore vous traiter avec trop d'égards. Vos façons de rustre appellent un châtiment de rustre. Jetez votre gourdin et combattons à mains nues !

Au lieu d'obéir, l'homme au bandeau noir leva de nouveau sa canne et Nicolas eut juste le temps de parer le coup avec son avant-bras. Le choc retentit dans son omoplate. Réprimant un cri de douleur, il lança son poing gauche, atteignit un menton osseux, frappa encore une fois, deux fois, en pleine face, vit le bandeau noir qui glissait, découvrant un trou rose en forme d'étoile, saisit le bâton et l'arracha à son adversaire. Une empoignade suivit, les deux hommes se tenant à la gorge. Mais Nicolas était le plus fort. Sous ses doigts crispés, l'homme faiblit, comme vidé de son sang. Alors, Nicolas le poussa rudement contre le mur. Le crâne du Français rendit, en heurtant la pierre, un son creux de calebasse. Son œil unique s'agrandit, se voila. Un filet de bave rougeâtre coula du coin de sa bouche. Il haletait. Nicolas se paya le luxe de rester immobile, tremblant de tous ses nerfs, sans profiter de son avantage. Deux secondes passèrent. Puis, le bonapartiste ramassa son gourdin, épousseta ses vêtements et sortit.

Les royalistes explosèrent en vivats. Un verre d'eau froide, jeté à la figure de Roznikoff, le ramena sur terre. Content de son exploit, Nicolas essayait néanmoins de paraître modeste. Il y avait du mérite, car Français et Russes s'accordaient pour le féliciter. Un mauvais goût de sang lui gonflait la bouche. Sans doute avait-il eu la lèvre fendue. Pourtant, il ne se rappelait pas avoir reçu de coup au visage. Le plus âgé des messieurs à cocarde blanche commanda du champagne pour tout le monde.

A partir de cet instant, Nicolas n'eut plus des lieux et des événements qu'une notion confuse. D'énormes quantités de liquide passaient par son gosier. Vingt inconnus riaient et braillaient dans sa tête. Brusquement, des femmes surgirent, la face enduite de rose et de blanc, les yeux hardis, les cheveux parfumés telle une nuit de mai en Ukraine. Etaient-ce là les célèbres grisettes parisiennes ? Ou, plus vraisemblablement, des prostituées ? L'une d'elles, nommée Elvire, embrassait Nicolas avec fougue en chuchotant : « Mon cosaque ! » ce qui l'agaçait beaucoup puisqu'il était un garde de Lithuanie. Il tenta de lui expliquer son erreur quand ils se retrouvèrent seuls dans une chambre. Mais la petite s'obstinait à dire : « Sois mon cosaque, sois mon cosaque tout de même ! » Et Nicolas se décourageait. Roznikoff était enfermé dans la pièce voisine, avec une brune capiteuse qui avait un peu de moustache. Comme il parlait mal le français, Nicolas lui servait d'interprète à travers la cloison.

— Eh ! Nicolas, grognait une voix pâteuse. Qu'est-ce qu'elle vient de dire ? Tu as entendu ?

— Oui. Elle a dit qu'elle te trouvait beau et mystérieux.

— Ah ! bon ! Merci. Elle est gentille, tu sais ? Et toi, ça va toujours ?

— Ça va ! soupirait Nicolas en aidant Elvire à dégrafer sa robe.

En fait, ça n'allait pas du tout. Il était rompu. Sa lèvre enflait. Son crâne était un globe de feu. Il se demandait avec angoisse s'il aurait assez d'argent pour payer la fille.

4

Nicolas relut le billet avec dévotion et en baisa la signature : Delphine le conviait chez elle, ce soir même, vers minuit, pour « un thé à l'anglaise, tout à fait improvisé ». L'heure de la réunion et son appellation insolite le confirmèrent dans l'opinion que cette femme était une merveilleuse ennemie de la banalité. M. de Lambrefoux avait reçu une invitation analogue. Sans doute y aurait-il foule dans les salons de la baronne. Mais il était plus facile à deux êtres de se parler dans la multitude qu'en présence de témoins comptés. Delphine avait dû avoir cette pensée ingénieuse. Nicolas l'en remercia dans un battement de cœur. Il n'avait qu'un regret : les événements de la veille ne l'avaient guère préparé à se montrer en public sous un jour favorable. Sa lèvre inférieure avait encore enflé pendant la nuit et ressemblait à un fruit bleuâtre. Une égratignure marquait sa joue. Et son bel uniforme avait été déchiré au col dans le combat. Pour les dégâts vestimentaires, Antipe jurait qu'il y remédierait facilement. Assis en tailleur sur une table, au milieu de la chambre, il tirait l'aiguille d'un geste large et fredonnait une navrante mélopée. Nicolas, planté devant une glace, s'appliquait des compresses d'eau fraîche sur le coin de la bouche, en espérant que la boursouflure disparaîtrait. De temps à autre, il se tournait vers Antipe et l'interrogeait du regard. Antipe hochait la tête négativement. Nicolas soupirait et revenait à ses soins. Après deux heures d'effort, il renonça.

— Vous êtes assez beau comme ça pour les Françaises, barine ! ricana Antipe. Est-ce qu'elles savent seulement ce que c'est qu'un homme ? Vous entrerez, et tout le monde fera : Ah !

Mais Nicolas refusait de se laisser convaincre :

— C'est stupide ! On va me demander ce qui s'est passé, d'où me vient cette blessure...

— Eh bien, vous leur raconterez comment vous avez rossé l'ami de Napoléon, et, s'ils sont chrétiens, les gens vous diront merci. Regardez, il est comme neuf, votre uniforme ! Maintenant, je n'ai plus qu'à cirer vos bottes et à repasser votre chemise.

— Tu ne l'as pas encore fait ? dit Nicolas. Mais qu'est-ce que tu attends ? Il va être dix heures !...

Il courut derrière Antipe dans la blanchisserie, d'où deux femmes en tablier s'envolèrent, effarouchées par l'intrusion des Russes. Ayant pris possession des lieux, Antipe saisit un fer chaud et se mit en devoir de repasser la chemise. Il s'emplissait la bouche d'eau et la vaporisait en pluie sur l'étoffe. Son visage aux joues gonflées était l'allégorie mythologique de la tempête. Nicolas s'impatientait. Jamais il ne serait prêt à temps.

Il le fut si bien qu'il lui restait une heure à perdre quand il enfila ses gants blancs et se regarda dans la glace. A part la lèvre fendue et le teint brouillé, tout était en ordre. Enfin, M. de Lambrefoux le fit quérir et ils montèrent ensemble dans une calèche. L'hôtel du baron de Charlaz se trouvait dans la rue de Sèvres. Chemin faisant, M. de Lambrefoux dit à Nicolas qu'il avait reçu, le matin même, d'heureuses nouvelles de sa famille. Seule la petite poste avait été rétablie jusqu'à présent, mais un ami était arrivé de Limoges porteur d'une lettre. La comtesse et sa fille, après s'être reposées chez des cousins, comptaient revenir à Paris dans une huitaine de jours.

— Je regrette de leur avoir imposé un voyage inutile en province, dit le comte, mais, dans l'angoisse où nous étions, pouvais-je prévoir que Paris serait miraculeusement épargné ? Ma femme surtout était très inquiète. Sophie est notre seule enfant. Son triste départ dans la vie nous la rend deux fois plus chère.

Nicolas éprouvait un tel besoin de prononcer le nom de la femme aimée que, pour marquer son intérêt aux propos du comte, il dit avec sentiment :

— Je sais, monsieur : l'autre soir, Mme de Charlaz m'a appris le deuil cruel qui avait frappé votre fille.

— Ah ! dit M. de Lambrefoux avec un rire fêlé, je vois que j'ai été devancé sur le chemin des confidences. Tant pis pour moi, tant mieux pour vous ! Mme de Charlaz connaît fort bien notre Sophie. Elles étaient pensionnaires dans le même couvent...

Nicolas cacha sa surprise : vu l'âge du comte, il imaginait que sa fille approchait de la quarantaine, et voici qu'elle rivalisait de jeunesse avec Delphine. Le mot de « couvent » le troublait aussi : Delphine élevée par des religieuses ! Cela semblait inconcevable. Décidément, cette femme était une somme de contradictions.

La calèche du comte tressauta en passant un caniveau. Deux valets, porteurs de lanternes, se précipitèrent au-devant des visiteurs. Suivant M. de Lambrefoux, qui était plus corseté et plus parfumé que de coutume, Nicolas gravit un large escalier de marbre et s'arrêta sous les feux d'un lustre. Au seuil du salon, un autre valet, à bas blancs et perruque poudrée, bombait le poitrail et arrondissait une bouche de conque marine pour clamer les noms :

— M. le comte de Lambrefoux !... Le lieutenant Ozareff !...

Nicolas fit deux pas en avant. Delphine s'épanouit, toute de nacre, de rose et de lumière, auprès de son mari, gras et blafard. Une société brillante les entourait, parmi laquelle Nicolas remarqua deux autres uniformes russes, un prussien et un autrichien. Un instant, il eut peur de la concurrence. Mais les deux Russes étaient de vieux colonels du régiment Sémionovsky, chauves, couverts de décorations et sans prétention à la galanterie. Après leur avoir présenté ses respects, Nicolas se sentit plus à l'aise. La maîtresse de maison le promenait de groupe en groupe avec une fierté de propriétaire. Pour achever de la séduire, il s'efforçait d'être courtois dans ses manières, désinvolte dans ses reparties. Soudain, Delphine, l'observant de plus près, s'écria :

— Mais... vous êtes blessé !...

Il se mit à rire et, prenant de l'assurance, relata son expédition au Palais-Royal avec tant de drôlerie que des exclamations saluèrent son récit :

— Charmant ! Il est charmant ! Aurait-on plus d'esprit sur les bords de la Néva que sur ceux de la Seine ?

Le nombre des jeunes femmes augmentait autour de Nicolas et Delphine en paraissait ravie. A plusieurs reprises, elle dut le laisser pour accueillir de nouveaux venus, mais ses absences n'étaient jamais longues. Quelques dames, d'une grande distinction, interrogèrent Nicolas sur les mœurs de son pays. Etait-il vrai que le servage existât encore en Russie ? La mode féminine était-elle la même à Saint-Pétersbourg qu'à Paris ? Et les théâtres, la poésie, la table, la danse, la religion ? Il répondait de son mieux. Quand il en vint à parler des rites de l'Eglise orthodoxe, une flamme d'intérêt brilla dans toutes les prunelles. Les fêtes de Pâques étant proches, il raconta comment, après la messe de minuit, les fidèles, hommes et femmes, échangeaient un triple baiser de joie en prononçant la formule : « Christ est ressuscité ! » Cette coutume amusa vivement l'assistance. Delphine intervint :

— Sans doute ne s'embrasse-t-on ainsi qu'entre proches parents, entre gens d'une même famille ?...

— Non, Madame, dit Nicolas. Nul n'a le droit de refuser le baiser pascal.

— Même une femme qui vous serait à peu près inconnue, même une jeune fille ?...

— Elles sont tenues d'accepter, comme les autres !

Les dames crièrent à la barbarie.

— Rassurez-vous, reprit Nicolas. Chez nous, seul un incroyant pourrait mettre une mauvaise intention dans ce geste de fraternité.

— Quand faites-vous vos Pâques ? demanda Delphine.

— Dans la nuit de samedi à dimanche prochain, dit Nicolas. Oui, tout à fait exceptionnellement, cette année, les Pâques orthodoxes coïncident avec les Pâques catholiques !

— Eh bien ! je vous attends chez moi, dimanche prochain, à trois heures. Vous serez des nôtres, Mesdames, n'est-ce pas ?

De petits rires gênés répondirent à Delphine :

— Mais oui, certainement...

— Je compte sur vous toutes, renchérit-elle. Ce sera très intéressant. Nous verrons si M. Ozareff a le courage de nous annoncer la résurrection du Christ... à la manière russe !

Un remous agita dix visages féminins, coiffés de diadèmes et de plumes :

— Delphine, vous êtes incorrigible !...

— Monsieur, qu'allez-vous penser ?...

— Nous sommes en pleine extravagance !...

— Je tiens le pari, dit Nicolas en claquant des talons militairement. Rendez-vous ici, le 29 mars.

— Comment, le 29 mars ? dit Delphine. Vous retardez, M. Ozareff. Nous sommes déjà le 5 avril !

Nicolas s'excusa. Où avait-il la tête ? Toujours cet absurde décalage chronologique : le calendrier des pays occidentaux était en avance de douze jours sur le calendrier russe (1).

— Quelle est donc, pour vos compatriotes, la date historique de l'entrée des troupes russes à Paris ? demanda Delphine.

— Le 19 mars 1814, Madame, répondit Nicolas avec fierté.

— Eh bien, Monsieur, dit-elle en souriant de toute la profondeur de ses yeux, je vois qu'il y a loin de votre 19 mars au nôtre. Le 19 mars, pour nous, vous étiez battus sur les rives de l'Aube, et c'est le 31 mars seulement que vous nous avez fait l'honneur de nous délivrer. Avec ces façons différentes de compter le temps, Français et Russes auront bien du mal à se rejoindre !

— Le temps n'est qu'une convention, Madame, dit Nicolas, et aucune convention n'a jamais résisté aux sentiments sincères !

Cette réplique lui était venue si spontanément qu'il dut se retenir pour n'en point paraître aussi enchanté que son entourage. On se pâmait d'aise. Il y avait de la gratitude féminine dans l'air. « Pourvu que je sois aussi bien inspiré jusqu'à la fin de la réception ! » se dit Nicolas.

Le « thé à l'anglaise » n'était en fait qu'un abondant souper, arrosé de toutes les boissons possibles, y compris la fade infusion britannique. Les convives étaient répartis dans deux salons, entre six tables fleuries. Séparé de Delphine, Nicolas trouva moins de plaisir à cette deuxième phase du programme. Mais, par la force acquise, il continua de briller au profit de ses deux voisines, qui n'étaient ni jeunes, ni jolies. Charmées, elles se laissèrent aller pour lui à quelques indiscrétions. Il apprit que le baron de Charlaz, aujourd'hui adversaire déclaré de Napoléon, lui devait son titre et sa fortune comme ancien fournisseur aux armées. Quant au comte de Lambrefoux, ruiné par la Révolution, il n'avait que très péniblement recouvré un peu d'aisance grâce aux capitaux que sa femme avait pu rapatrier d'Italie. « La

---

(1) Le décalage entre le calendrier grégorien et le calendrier julien était de douze jours au XIXe siècle. Il fut porté à treize jours au XXe siècle.

France est si divisée ! disait la dame de gauche. La vieille noblesse et la noblesse nouvelle se jalousent et se détestent ! » « Il est rare, disait la dame de droite, qu'on les trouve réunies, comme c'est le cas, dans la même maison ! Mais la baronne de Charlaz est une ensorceleuse ! » Nicolas approuvait, entre deux bouchées. Devant lui, passaient des gigots, des côtelettes d'agneau, du gibier en sauce. Après les entremets et les desserts, il avala une glace à la vanille, et ce fut comme si une calotte polaire eût coiffé les aliments dans son estomac. Il regretta de n'avoir pas un verre de vodka à sa disposition pour réchauffer toutes ces victuailles françaises. Champagne et liqueur achevèrent de l'alourdir. Au café, la conversation devenant politique, il eut moins l'occasion d'intervenir et commença de s'ennuyer. On parlait du pamphlet qu'un écrivain français, M. de Chateaubriand, avait publié avec éclat, le jour même : *De Buonaparte et des Bourbons.* Ceux qui avaient lu ce texte disaient qu'il respirait le génie. Après une démonstration aussi magistrale, les derniers partisans de Napoléon se détacheraient de lui. Réfugié à Fontainebleau, parmi quelques soldats fidèles, « l'infâme » avait d'ailleurs abdiqué en faveur de son fils, pour gagner du temps. Mais les Alliés n'étaient pas dupes de la manœuvre. Il était d'ores et déjà décidé que le Sénat, dans sa séance du lendemain, 6 avril, appellerait officiellement Louis XVIII au trône. Quant au comte d'Artois, Paris lui préparait une réception triomphale. Une aïeule à aigrette entretint Nicolas de cette perspective :

— Mes petits-neveux se sont fait inscrire pour participer à la cavalerie qui ira au-devant de Monsieur. Ces jeunes gens s'équipent tous à leurs frais : il en coûte mille deux cents livres par personne. Ce n'est pas excessif. Les officiers porteront le panache blanc et une écharpe blanche au bras, avec trois fleurs de lys en or brodées dessus. Lorsque je songe à cette arrivée, j'ai peur que mon vieux cœur ne puisse supporter un tel excès de joie !

— Que sera-ce lorsque vous devrez acclamer notre souverain en personne ! dit Delphine en s'approchant d'elle, une tasse de café à la main.

— Quand le comte d'Artois a-t-il prévu d'entrer à Paris ? demanda Nicolas.

Delphine inclina la tête sur le côté et fit une moue coquette :

— Dois-je vous répondre selon le calendrier français ou selon le calendrier russe ?

— Selon le calendrier français, dit Nicolas : je n'en veux point connaître d'autre maintenant.

— Le mardi 12 avril, dit Delphine, deux jours après la visite que vous avez promis de me faire à l'occasion des Pâques orthodoxes.

Jusqu'à la fin de la réception, Nicolas vécut sur le plaisir que lui avait procuré cette phrase. Il fut même très aimable avec le baron de Charlaz. Celui-ci, contrairement aux apparences, n'était ni bête ni jaloux. Il semblait amusé du succès que sa femme remportait auprès du jeune officier russe.

— Il faudra revenir, dit-il en prenant Nicolas par le bras, familièrement.

« Vraiment, les Français sont plus évolués que nous ! songea Nicolas. Un mari russe m'aurait déjà provoqué en duel ! » Cette affirmation était gratuite, Nicolas n'ayant guère eu le temps de vivre en société dans son propre pays. A trois heures du matin, ce fut un homme délirant de bonheur que M. de Lambrefoux ramena, en calèche, à la maison.

Dans la nuit du samedi au dimanche, les soldats russes assistèrent à la messe solennelle de Pâques, célébrée par des prêtres orthodoxes au milieu des camps, dans les cours des casernes, dans des chapelles improvisées et même dans des églises catholiques. Le lendemain matin, l'armée alliée et les gardes nationaux furent assemblés en carré sur la place Louis-XV pour un *Te Deum*. L'autel se dressait à l'endroit où avait été exécuté Louis XVI. Après avoir passé les troupes en revue, le tsar et le roi de Prusse gravirent sans escorte les marches de l'estrade sacrée. Dès le début du service divin, tous les régiments d'infanterie se découvrirent et mirent un genou en terre, à l'exception des gardes nationaux. Les cavaliers demeurèrent à cheval, mais tête nue et le sabre bas. Nicolas goûtait profondément l'étrangeté du spectacle : au cœur de Paris, près de la Seine, face au jardin des Tuileries, des prêtres barbus, mitrés, revêtus de chasubles d'or, officiaient en vieux slavon, parmi le scintillement des bannières et des icônes. Le soleil brillait haut dans le ciel. Des nuages bleutés s'échappaient des encensoirs balancés par les diacres. Les chœurs militaires chantaient à pleine voix. Cent un coups de canon annoncèrent la fin de la cérémonie. Il fallut plus d'une heure pour que le régiment des gardes de Lithuanie pût, à son tour, musique en tête, prendre le chemin de la caserne.

Les soldats étaient mécontents, parce que, contrairement à la coutume, ils n'avaient pas reçu d'œufs coloriés pour leurs Pâques. Quant à la vodka, celle qu'on leur avait distribuée était, disaient-ils, de fabrication prussienne et provenait de la distillation de pommes de terre. En tout cas, elle se buvait comme de l'eau et restait froide dans le ventre. Sans œufs rituels et avec une vodka pareille, les Pâques n'étaient plus une fête orthodoxe ! La pensée de tous les hommes se tournait vers la Russie, où la résurrection du Seigneur se célébrait présentement dans la joie, l'abondance et la tradition. Même les officiers étaient enclins à la nostalgie. Seul peut-être de tout le régiment, Nicolas était heureux. Il songeait avec impatience à sa prochaine entrevue avec Delphine. Serait-elle dans d'aussi bonnes dispositions que le soir où elle l'avait mis au défi de l'embrasser « à la russe » ?

Le temps de faire brosser son uniforme par Antipe, et il se précipita vers la rue de Sèvres.

Delphine l'accueillit dans un petit salon bouton d'or. Elle était assise entre deux jeunes femmes que Nicolas avait déjà vues chez elle. Rassemblant son courage, il dit : « Christ est ressuscité. » Puis, il attendit que le plafond s'écroulât. Mais Delphine, avec une grâce ingénue, haussa son visage vers lui comme une fleur s'oriente vers le soleil. Engourdi de respect, il lui effleura les joues du bout des lèvres, à trois reprises. En se redressant, il était cramoisi.

— A vous, Mariette ! A vous, Zélie ! dit-elle. Joyeuses Pâques !...

Moins hardies que Delphine, ses deux amies refusèrent, par minauderie, de se laisser embrasser. Le baron de Charlaz arriva sur leurs éclats de rire, et, apprenant de quoi il retournait, voulut qu'au nom du Christ Nicolas lui donnât aussi l'accolade. Le vieux bonhomme grimaçait, bouffonnait, les bras ouverts, la face luisante et l'œil porcin. En obéissant à son injonction, Nicolas se demanda s'il ne se couvrait pas de ridicule. Un chaud regard de la baronne le rassura. On le garda pour le dîner. Cette fois, il n'y eut que douze convives. En sortant de table, Delphine attira Nicolas dans l'embrasure d'une fenêtre et dit :

— Nous nous voyons bien mal, nous avons à peine l'occasion d'échanger trois mots ! Je vous ferai savoir quand je pourrai vous rencontrer plus tranquillement.

Il ne la reconnaissait pas : elle avait des yeux vagues, comme embués de larmes, deux plaques roses sur les joues et une lèvre inférieure qui tremblait. Avant même qu'il eût trouvé que répondre, elle s'était éloignée de lui. Quand il la rejoignit dans le groupe des invités, elle s'était déjà ressaisie. Son maintien était si naturel que Nicolas se demanda s'il avait bien compris ce qu'elle lui avait chuchoté au passage.

Napoléon abdiquait et acceptait de se retirer dans l'île d'Elbe, le comte d'Artois faisait une entrée brillante à Paris, Louis XVIII se préparait à quitter l'Angleterre pour la France et Nicolas attendait que Delphine se décidât. Le jour même de l'arrivée de Monsieur, frère du roi, le tsar avait laissé l'hôtel de M. de Talleyrand pour s'installer à l'Elysée-Bourbon avec son état-major. La surveillance du palais était assurée à tour de rôle par les différents régiments de la garde. Bientôt, Nicolas fut appelé à prendre ce service, avec sa compagnie, sous les ordres du capitaine Maximoff. Après la relève en musique, les gardes de Lithuanie s'établirent dans la cour d'honneur, sur le côté droit, tandis que les gardes nationaux formaient les faisceaux sur le côté gauche. La maladresse de ces soldats français d'occasion excitait les moqueries des Russes. Nicolas dut intervenir pour défendre à ses hommes de lancer des quolibets à leurs vis-à-vis.

Dès que les sentinelles eurent été disposées, le prince Volkonsky, chef d'état-major du tsar, apparut sur le perron et appela le capitaine Maximoff d'un geste impératif de la main. En revenant au poste de garde, le vieux militaire était très troublé.

— Une sale histoire ! grommela-t-il. Le tsar attend le général polonais Kosciuszko et veut qu'on lui rende, à son arrivée, les mêmes honneurs qu'à un feld-maréchal. Malheur à nous si nous le laissons passer sans un roulement de tambours ! Mais comment le reconnaître ? Je ne l'ai jamais vu, moi !

— Moi non plus !

— Le prince m'a simplement dit que Kosciuszko avait le nez retroussé !

En voilà un signalement ! Maintenant, toi comme moi, il faut ouvrir l'œil ! Tu n'aimerais pas être mis aux arrêts de rigueur pour une bévue, hein ?

Nicolas imagina le drame : Delphine l'appelant chez elle pour un tête-à-tête amoureux, et lui empêché de la rejoindre parce qu'il n'aurait pas salué à temps le général Kosciuszko !

— Comptez sur moi, dit-il. Pas un homme au nez retroussé n'entrera ici sans que je le remarque !

Et le supplice commença : d'après le règlement, seuls les princes du sang avaient le droit d'arriver jusqu'au perron de l'Elysée en voiture. Les autres devaient laisser leur équipage devant la porte et traverser la cour à pied, tête nue. Planté devant le poste de garde, Nicolas scrutait avec anxiété la figure des visiteurs. Il en identifia quelques-uns au passage : les maréchaux Ney, Marmont, Berthier, le général de Sacken, le baron de Stein... Quant aux personnages qui lui étaient inconnus, il se fiait à son instinct pour évaluer leur importance. Les heures s'écoulaient lentement et aucun nez retroussé ne se montrait à l'horizon. Viendrait-il seulement, ce Polonais diabolique ? La fatigue aidant, Nicolas était déjà enclin, vers midi, à relâcher sa surveillance. Soudain, comme il regardait par le porche ouvert sur le faubourg Saint-Honoré, il vit un fiacre jaune, marqué d'un gros numéro, qui s'arrêtait à deux pas de là, dans la rue. Un vieillard descendit de voiture, péniblement. Il portait un uniforme bleu à col violet brodé d'or. Une petite épée, qui avait l'air d'un jouet d'enfant, pendait sur sa cuisse. Son bras replié serrait contre son flanc un bicorne à plumes noires. Avant même d'avoir distingué ses traits, Nicolas fut frappé par une conviction foudroyante : c'était Kosciuszko ! Il se rua dans le poste de garde et annonça d'une voix étranglée :

— Il arrive !

Le capitaine Maximoff boutonna en hâte son habit.

— Tout le monde dehors ! hurla-t-il.

Une minute plus tard, le vieillard en uniforme bleu franchissait le porche, et la compagnie de garde, rangée de front, lui présentait les armes. Les tambours battaient rondement sur son passage. Il salua le détachement d'un geste mou de la main. « Pourvu que ce soit bien lui ! pensa Nicolas avec angoisse. S'il s'agit d'un visiteur ordinaire, je suis perdu ! Les arrêts de rigueur !... » Attiré par le bruit, le prince Volkonsky reparut sur les marches de l'Elysée. Allait-il s'étonner, se fâcher ? Non ! son visage sévère se dénoua dans une grimace d'accueil. Il tendit ses deux bras vers le nouveau venu. Sans bouger un cil, le capitaine Maximoff chuchota :

— On a deviné juste !...

La chance souriait tellement à Nicolas qu'il fut à peine surpris de voir, sur le coup de deux heures, Antipe se camper, les mains derrière le dos, de l'autre côté de la rue. Pas de doute possible : Delphine avait fait déposer un billet rue de Grenelle, et Antipe, en fidèle serviteur, l'apportait à son maître. Au mépris des instructions reçues, Nicolas sortit rapidement de la cour et s'avança vers son ordonnance.

— Qu'est-ce que tu fais là ? demanda-t-il.

— Je venais voir où habitait le tsar, barine.
— Et c'est tout ?
— C'est déjà beaucoup pour un simple pêcheur comme moi !
— Tu ne m'as rien apporté ?
— Pourquoi ? Vous avez faim ?
— Mais non, imbécile !... Je veux dire... il n'y a pas une lettre pour moi, à la maison ?
— Toujours rien de Russie.
— Et d'ailleurs ?
— Non plus. Ah ! tiens, une nouvelle : la femme et la fille du comte de Lambrefoux viennent de débarquer. Partout, on remue des valises. Les domestiques courent dans les couloirs...

Nicolas haussa les épaules. Il était déçu.
— Ne reste pas ici, dit-il.
Et il rentra dans la cour, tête basse.

De retour à l'hôtel de Lambrefoux, Nicolas trouva la maison aussi calme qu'il l'avait laissée le matin pour se rendre à l'Elysée-Bourbon. Le comte se tenait seul au salon et reçut le jeune homme d'un air compassé. Nicolas lui demanda si sa femme et sa fille étaient bien arrivées.
— Oui, oui, marmonna-t-il, elles sont là. Elles ont fait un excellent voyage. Je vous remercie...
— J'espère avoir bientôt l'occasion de leur présenter mes hommages, dit Nicolas.
— Certainement ! Mais pour l'instant, elles se reposent. Elles sont très lasses...

Nicolas comprit qu'il ne devait pas insister. Il allait se retirer, lorsque la porte du salon s'ouvrit devant une femme rondelette d'une cinquantaine d'années, aux yeux noirs sous des boucles de cheveux gris. M. de Lambrefoux, réprimant un mouvement de surprise, s'avança vers son épouse et lui présenta Nicolas.
— J'ai déjà beaucoup entendu parler de vous par mon mari, Monsieur, dit la comtesse.

Elle le considérait avec un mélange d'amitié et de crainte. « C'est mon uniforme qui l'étonne ! » pensa Nicolas. Pour la rassurer, il lui parla de l'hospitalité qu'il avait trouvée dans cette demeure et du scrupule qu'il éprouvait à y prolonger son séjour.
— Je ne voudrais pas vous déranger ! dit-il.
— Vous ne nous dérangez pas du tout, Monsieur ! s'écria Mme de Lambrefoux en lançant à son mari un regard qui demandait conseil. D'ailleurs, la maison est grande. Chacun peut y vivre à sa guise...

Cette remarque laissa Nicolas perplexe. Etait-ce un moyen de lui faire entendre qu'il devait rester dans son coin ou, tout au contraire, une invitation à prendre ses aises ? Dans le doute, il sourit et remercia Mme de

Lambrefoux. Comme il s'inquiétait de savoir si Mme de Champlitte était remise de sa fatigue, le comte, une fois de plus, changea de conversation. On eût dit que ni lui ni sa femme ne désiraient parler de leur fille devant un étranger. Tout cela sentait le mystère. Mais Nicolas était trop amoureux pour s'intéresser plus de dix minutes aux affaires des autres.

Il prit congé de ses hôtes, et dîna, comme d'habitude, dans sa chambre, servi par Antipe qui lui apportait les plats de la cuisine. Le couloir était si long que l'ordonnance avait beau courir : à l'arrivée, c'était lui qui avait chaud et la nourriture qui était froide. Le repas terminé, Nicolas se mit à sa correspondance. Il commençait une lettre pour son père, quand un pas léger retentit à hauteur du plafond. Etonné, il leva la tête :

— Qu'est-ce que c'est ?
— La fille du comte habite au-dessus de vous, dit Antipe.
— Tu l'as vue ?
— Non. Elle ne se montre pas. Vous avez encore besoin de moi, barine ?

Nicolas l'envoya coucher dans le couloir. Lui-même n'avait pas sommeil. Deux grosses bougies brûlaient sur sa table. En travers de la page blanche, l'ombre de la plume d'oie bougeait faiblement. Si Nicolas avait écrit à Delphine, il n'eût pas hésité une seconde sur le choix des mots. Mais que dire à un père si lointain, si incompréhensible ? « J'espère que vous êtes toujours en bonne santé et que le domaine ne vous donne pas trop de souci. Fédotenko a-t-il pu installer son atelier de teillage près de l'étang ?... »

Là-haut, Mme de Champlitte marchait, s'arrêtait, repartait, s'approchait de la fenêtre...

Les jours suivants, Nicolas n'eut pas davantage l'occasion d'apercevoir la fille du comte de Lambrefoux. Mme de Champlitte et sa mère se cantonnaient dans leur appartement au premier étage. Le comte lui-même semblait, depuis peu, éviter toute rencontre avec le jeune homme. « En quoi ai-je démérité ? » se demandait Nicolas. Il se consolait en pensant que Delphine, du moins, lui accordait une confiance toujours accrue. Elle l'avait invité dans sa loge, à l'Opéra, pour une représentation d'*Œdipe à Colone*. Son mari serait là, bien entendu, mais Nicolas ne pouvait en prendre ombrage. Il avait même l'impression que cet homme affable était disposé à l'encourager dans son entreprise. Peut-être, pour certains vieillards, le meilleur moyen d'honorer une épouse était-il encore de fermer les yeux sur ses égarements ? Quoi qu'il en fût, lorsque Nicolas parut, à sept heures du soir, en grand uniforme, dans la loge de l'Opéra, le mari et la femme eurent pour lui le même regard d'amitié et presque de reconnaissance. Ils étaient accompagnés du comte et de la comtesse de Maleferre-Jouët. Pour ne gêner personne, Nicolas resta debout derrière les sièges. Il voyait la nuque blonde de Delphine, ses épaules nues. Elle désignait, au fond de la salle, l'ancienne loge de Napoléon, dont l'aigle était masqué par des draperies et les cloisons tendues de velours bleu brodé de fleurs de lys. La décoration avait été improvisée pour recevoir, deux jours auparavant, le comte d'Artois.

— Je ne me console pas d'avoir manqué cette brillante soirée ! dit Delphine en se tournant vers Nicolas, comme pour le prendre à témoin d'un malheur. Ma vie est un tourbillon où le secondaire prime le principal. Je n'ai même plus le temps de prévoir...

— Bien des gens vous soutiendront qu'à notre époque c'est une chance ! dit le baron.

La salle s'emplissait. Des vendeurs de journaux et des loueurs de jumelles circulaient entre les rangs du parterre. Les quinquets étaient déjà allumés. Tout à coup, le public se figea, des violons gémirent, une basse ronfla, une flûte se lamenta d'être seule. Pendant tout le spectacle, Nicolas ne put songer à l'amour autrement qu'en musique. C'était son tourment personnel qu'orchestre et chanteurs célébraient avec pompe, bien qu'en apparence ils fussent chargés d'interpréter les malheurs du vieil Œdipe aveugle, barbu et proscrit. A l'opéra succéda un ballet pantomime : *Nina ou la Folle par amour*. Le rideau rouge tomba définitivement à neuf heures et demie, sur une ovation fracassante.

La rue de Richelieu, aux abords du théâtre, était encombrée d'équipages dont les lanternes ponctuaient la nuit. Sur le perron, des crieurs appelaient les voitures. Des porteurs de falots numérotés proposaient leurs services aux bourgeois qui rentraient chez eux à pied. Les Maleferre-Jouët se hissèrent dans leur berline à fond jaune serin et partirent après avoir débité mille propos aimables par la portière. La calèche de M. de Charlaz fut avancée aussitôt. Nicolas voulut prendre congé, par discrétion, mais le baron se fâcha :

— Quelle idée ! Vous allez monter avec nous !

Demi-content, demi-gêné, Nicolas s'installa sur la banquette qui tournait le dos à la route. En face de lui, il y avait Delphine en robe claire, et le mari, énorme, mou et méditatif, en habit noir et plastron blanc. La calèche roulait au petit trot. A chaque secousse, le genou de Nicolas effleurait celui de la jeune femme. Parfois, un rayon lumineux entrait dans la voiture. Alors, le temps d'un battement de paupières, la figure de Delphine se détachait, souriante, énigmatique, de la pénombre. Son parfum emplissait la caisse aux vitres fermées. Occupé à le respirer profondément, Nicolas entendait à peine les propos qui s'échangeaient devant lui. Soudain, il dressa l'oreille. Le baron disait d'une voix autoritaire :

— Je vous assure, ma bonne amie, que je ne puis faire autrement. J'ai promis à M. Nouailles de passer le voir ce soir, vers dix heures, en sortant du théâtre. Nous avons à parler affaires.

— Ne pourriez-vous le voir demain, à la banque ? demanda Delphine.

— Il y est constamment dérangé par des solliciteurs !

Delphine poussa un soupir et détourna la tête.

— Rassurez-vous, reprit le baron, je ne vous imposerai pas l'épreuve de m'accompagner.

— Merci, dit Delphine. Je vous avoue que je suis bien lasse !

Le baron prit la main de sa femme, y colla ses lèvres et conclut :

— Vous allez donc me laisser devant la porte de ce cher Nouailles, vous rentrerez directement chez vous, puis la voiture conduira M. Ozareff rue de Grenelle et viendra me reprendre. J'ai donné mes instructions au cocher.

— Mais je peux rentrer à pied ! balbutia Nicolas.

— Vous auriez tort, puisque je mets quatre bonnes roues à votre disposition, répliqua le baron. En outre, dites-vous bien que je serais inquiet de laisser ma femme rouler seule en calèche dans la nuit. Votre présence auprès d'elle m'est un gage de sécurité.

L'intonation était ironique. Nicolas eut l'impression d'être joué. En allant au-devant de ses désirs, M. de Charlaz lui enlevait l'illusion d'une conquête difficile. Mais peut-être cet arrangement avait-il été pris à l'instigation de Delphine ? Peut-être était-elle d'accord avec son mari, bien qu'elle feignît d'être surprise ? De toute façon, la situation était embarrassante pour un homme d'honneur.

— Me voici arrivé, dit le baron.

Il déposa encore un baiser sur les doigts de sa femme, serra la main de Nicolas, comme pour le remercier de ce qu'il allait faire, descendit de voiture aidé par le cocher et se dirigea en boitillant vers une maison au portail ouvert. Quand le cocher revint, Delphine lui dit :

— Nous rentrons, Germain. Mais n'allez pas trop vite. Vos secousses m'ont rompu la tête.

Puis, tournée vers Nicolas, elle ajouta d'une voix suave :

— Asseyez-vous près de moi, Monsieur. Vous avez l'air en pénitence sur votre banquette.

En prenant place à côté de Delphine, Nicolas entra dans un nuage de bonheur. La notion de sa chance le paralysait. Incapable de dire un mot, il regardait sa voisine, dans l'ombre, avec une intensité dévorante. La calèche s'ébranla doucement. Les deux chevaux marchaient au pas. Des claquements de sabots, des grincements de ressorts se mêlaient aux rêves de Nicolas et l'entraînaient à croire qu'il était parti pour un voyage sans fin avec la femme aimée. Au bout d'un long moment, il s'enhardit à murmurer :

— Quelle soirée merveilleuse, n'est-il pas vrai ?

Pour toute réponse, une tiédeur vivante se rapprocha de son épaule. A ce contact, il perdit la tête.

— Je vous aime ! dit-il.

Un cri étouffé lui parvint, qui était plus d'étonnement que de courroux. La calèche tressauta, soulevée par un cahot. Sans avoir bougé, Nicolas se retrouva avec une femme pantelante sur la poitrine. Il était presque sûr qu'elle pleurait. Tant de délicatesse le transporta.

— Je vous aime, Delphine, répéta-t-il pour se donner le courage d'aller plus avant.

Elle ne répondait pas, soupirait et frissonnait toujours. L'un des chevaux hennit longuement. Ce fut pour Nicolas comme un joyeux signal. Il inclina son visage, chercha le souffle de Delphine et lui baisa les lèvres. Elle se débattit un peu sous son étreinte, puis l'embrassa elle-même, en lui tenant la tête dans ses deux mains. Quand elle le lâcha, il avait un goût de sang sur la langue. Elle l'avait mordu. C'était sublime ! Il voulut la ressaisir, mais, cette fois, elle le repoussa de ses bras tendus et gémit :

— Non !

— Mais pourquoi, Delphine ? chuchota-t-il.

— Nous n'avons pas le droit !

Il ne comprit pas qu'elle s'avisât de cet empêchement après lui avoir donné sa bouche avec tant de fougue.

— Delphine, s'écria-t-il, soyez charitable !

— Ah ! Monsieur, je le voudrais bien ! dit-elle. Mais je ne suis pas libre ! Vous me mépriseriez si je cédais à vos prières !

— Pas du tout ! bégaya-t-il. Comment pouvez-vous croire ?...

Elle secoua tristement la tête :

— Vous m'avez volé un baiser en profitant de ma faiblesse. Je veux bien l'oublier. Mais à la condition que vous me promettiez de l'oublier vous-même. Redevenons des amis. Sinon, je ne pourrais plus vous revoir.

Le passage de l'ivresse amoureuse à la froide morale avait été si rapide que Nicolas en fut comme déséquilibré. Un ange de sagesse lui parlait maintenant du fond de la voiture. « Elle est fidèle ! songea Nicolas. C'est affreux et c'est admirable ! Je l'en aime deux fois plus ! »

— Laissez-moi espérer, du moins ! balbutia-t-il.

— Non ! Non ! dit-elle en se tordant les doigts. Ne me tourmentez pas davantage. Quand j'aurai recouvré mon calme, ma raison, je vous le ferai savoir. Mais pour l'heure, fuyez-moi, je vous en supplie !... Et que Dieu vous protège !

Ces derniers mots stimulèrent l'enthousiasme de Nicolas. A demi agenouillé dans la calèche, il sentait la garde de son épée qui lui entrait dans les côtes. Ses lèvres couraient fiévreusement sur les mains abandonnées de Delphine. Elle était comme morte. La voiture s'arrêta.

— Déjà ! soupira Nicolas.

— Il le faut bien, mon doux ami ! dit Delphine.

Il l'accompagna jusqu'à la porte de sa maison et demanda encore :

— Quand vous reverrai-je ?

Elle mit un doigt sur ses lèvres, étincela en passant sous une lanterne et disparut. La lourde porte retomba au nez de Nicolas. Victoire ou défaite ? Il ne savait que penser. Le cocher attendait ses instructions. Nicolas décida noblement qu'il ne pouvait profiter de la voiture d'un homme dont il avait failli compromettre l'épouse.

— Je rentrerai par mes propres moyens, dit-il.

Et il partit à pied dans la nuit.

Toutes les étoiles du ciel brillaient sur son désespoir. En arrivant à l'hôtel de Lambrefoux, il se demandait encore s'il pourrait continuer de vivre dans l'incertitude où le laissait Delphine. Le portier, dormant debout, consentit à lui ouvrir. Deux fenêtres étaient éclairées au rez-de-chaussée et trois au premier étage. Le pas de Nicolas résonna dans le grand vestibule à colonnes de stuc comme dans une église vide. Un quinquet brûlait sur une table, près de l'entrée, sous le portrait d'un homme triste, en costume Louis XV, qui tenait un livre à la main. Soudain, une silhouette noire, vive, légère traversa la zone lumineuse et s'élança dans l'escalier. Sans avoir jamais vu Mme de Champlitte, Nicolas ne douta pas que ce fût elle. Il espéra qu'elle se retournerait, qu'il apercevrait enfin son visage. Mais la jeune femme courut sans s'arrêter jusqu'au sommet des marches et s'enfonça dans l'ombre. Cette fuite était absurde et désobligeante. Intrigué plus qu'il n'aurait voulu l'être, Nicolas franchit le vestibule, évita le corps d'Antipe affalé dans le couloir, ouvrit la porte de sa chambre et entendit, au-dessus de sa tête, un pas menu qui faisait craquer le plancher.

5

— Barine! Barine, vous voulez la voir? chuchota Antipe.
— Qui? demanda Nicolas en posant sa plume.
Assis devant sa table, il était en train d'écrire à Delphine une lettre qu'il ne lui enverrait pas, mais dont les phrases poétiques exaltaient son chagrin.
— La fille du comte, répondit Antipe. Elle est dans la bibliothèque avec ses parents. Du jardin on les distingue très bien. Venez vite!
Piqué dans sa curiosité, Nicolas hésita une seconde, puis sortit à pas de loup, derrière son ordonnance. Un crépuscule bleu alourdissait les feuillages des arbres. L'allée principale conduisait à la statue d'un Cupidon, bandant son arc au-dessus d'une vasque. Au lieu de se diriger vers la fontaine, Antipe entraîna Nicolas dans un sentier étroit qui revenait vers la maison. Une fenêtre apparut derrière une haie de buis sombres. Le gravier crissait sous les bottes d'Antipe. Il se retourna vers Nicolas et lui indiqua un banc de pierre.
— Montez dessus, barine.
Nicolas obéit. Antipe se hissa derrière lui et tendit le bras vers la fenêtre :
— Qu'est-ce que je vous disais? Voilà le papa! Voilà la maman! Et voilà la fille!
Nicolas écarquilla les prunelles. Assise entre M. et Mme de Lambrefoux, une jeune femme en noir penchait son front sur un livre. Etait-ce l'éloignement qui la faisait paraître si belle? Sous des cheveux très bruns, coiffés en hauteur, elle avait un visage pâle aux pommettes proéminentes. Antipe clappa de la langue, comme après une bonne rasade :
— Moi, je trouve qu'elle est jolie mais un peu maigre, n'est-ce pas, barine?
— C'est vrai! dit Nicolas.
Il pensait à autre chose. Après une courte contemplation, il redescendit du banc et regagna sa chambre. Là, il tourna en rond, s'arrêta, se croisa les bras et décida, tout à coup, qu'il allait adresser une lettre à Delphine. Certes, il n'était pas question de lui envoyer l'épître chaleureuse qu'il avait d'abord

composée. Un billet de politesse la toucherait autant sans la compromettre. Il le rédigea d'une traite :

« Chère Madame, laissez-moi vous remercier encore pour cette soirée dont le souvenir ne me quitte plus. Je vous devrai donc, ainsi qu'à M. de Charlaz, mes plus belles heures parisiennes. Ma seule crainte est de vous avoir importunée par ma présence dans votre loge, mon seul espoir est que vous ne m'en tiendrez pas rigueur trop longtemps. Permettez-moi, chère Madame, de me dire votre très humble et très obéissant serviteur. — Nicolas Ozareff. »

Ce texte lui parut un chef-d'œuvre de diplomatie amoureuse. Il plia le papier, le cacheta en imprimant sa bague dans la cire rouge et ordonna à Antipe de porter immédiatement la missive à destination.

— Mais je ne trouverai jamais ! protesta l'autre. Comment voulez-vous que je demande mon chemin en français ?

— Débrouille-toi ! dit Nicolas en le poussant vers la porte. Et, une fois là-bas, attends un peu avant de repartir. Il y aura peut-être une réponse !

Resté seul, il retourna dans le jardin et grimpa sur le banc. La croisée de la bibliothèque était entrouverte. Comme la nuit approchait, on avait allumé une lampe à l'intérieur. Mme de Champlitte se trouvait toujours là, entre ses parents. Mais, cette fois-ci, elle était debout, le dos à la fenêtre. Le bruit d'une discussion atteignit Nicolas par-dessus la rumeur du vent dans les feuillages. Il crut entendre le mot « russe » et tendit l'oreille.

— Je suis sûre, disait Mme de Champlitte, que vous auriez pu refuser d'installer ce Russe chez vous !

— Mais il avait un billet de logement ! répliqua M. de Lambrefoux.

— La belle excuse ! Ne dirait-on pas que vous manquez de relations ? Je vous citerai cent personnes de qualité qui se sont arrangées pour échapper à cette contrainte ! Avouez donc qu'il ne vous déplaisait pas d'héberger un représentant de l'armée d'occupation !

Nicolas tressaillit, le sang fouetté de colère. Quel mépris dans le discours de cette jeune femme ! Comment osait-elle se prononcer ainsi contre un homme qu'elle ne connaissait pas, contre un pays qui était le plus glorieux du monde ? Il eût aimé lui répondre. Ce fut la voix du comte qui s'éleva, trop conciliante :

— Que vous le vouliez ou non, Sophie, ce garçon est d'un commerce agréable. Votre mère, qui l'a vu, pourrait en témoigner !

— C'est vrai, dit Mme de Lambrefoux, il paraît fort honnête.

— Il n'en est pas moins un étranger ! s'écria Mme de Champlitte. Un étranger qui a combattu contre nous !

— Auriez-vous des sentiments bonapartistes ? demanda M. de Lambrefoux. Du temps de Napoléon, vous n'approuviez pas tellement sa politique !

— Je ne l'approuve pas davantage aujourd'hui, père. Mais la joie de vos amis me blesse. Ils sont royalistes avant d'être français. Comment peut-on accueillir à bras ouverts ceux qui ont tué tant des nôtres ?

Cloué sur place, Nicolas serrait les poings à s'en craquer les jointures. Jamais, en Russie, une fille n'aurait parlé sur ce ton à son père ! Que savait-elle de la politique, à vingt-deux ou vingt-trois ans ? Certes, il était normal que des Français fussent choqués dans leur patriotisme par la présence des troupes alliées sur leur sol. Mais l'extraordinaire générosité du tsar devait inciter les vaincus à plus de gratitude que de rancune. Voilà ce que Nicolas aurait voulu crier, de son banc.

— Libre à vous, père, de loger qui bon vous semble, reprit Mme de Champlitte. Mais, pour ma part, je ne me sens plus chez moi dans notre maison. Tant que cet officier restera ici, dispensez-moi de paraître...

« La peste ! pensa Nicolas. J'espère qu'ils ne vont pas lui céder ! » Pendant un moment, il n'entendit qu'un murmure. Puis, M. de Lambrefoux dit :

— Vous ferez comme vous voudrez, Sophie. Je ne vous ai jamais brusquée en rien. Mais ne comptez pas sur moi pour demander à ce garçon de partir.

— Je le regrette, dit Mme de Champlitte avec vivacité.

Sur ces mots, elle s'éloigna de la fenêtre. Blessé dans son amour-propre, Nicolas envisagea d'abord de quitter avec éclat une maison où il était tenu pour indésirable. Puis, il réfléchit qu'en agissant de la sorte il eût précisément comblé les vœux de Mme de Champlitte. Or, il n'avait aucune raison de capituler devant cette créature orgueilleuse et autoritaire. Ce n'était pas à titre personnel qu'il était logé ici, mais en tant qu'officier de l'armée russe. L'uniforme dont il était revêtu avait droit au respect de tous. Il saurait le faire voir ! « Je reste ! » décida-t-il dans un mouvement de défi.

Là-bas, les voix s'étaient tues, des ombres se déplaçaient autour de la lampe. Une porte claqua. Les parents se retrouvaient seul à seul. Sans doute allaient-ils parler encore du caractère difficile de Sophie et des précautions à prendre pour ne pas l'irriter. « Pauvres gens ! » se dit Nicolas. Il les jugeait deux fois plus aimables depuis qu'il les avait vus aux prises avec leur fille.

Lentement, il revint à sa chambre et ferma la porte qui donnait sur le jardin. Au-dessus de lui, rien ne bougeait. Mais ce silence était vivant, habité, hostile. « Elle pense à moi et elle me déteste, sans même savoir qui je suis ! » Il remonta dans ses souvenirs pour tâcher de se rappeler s'il avait déjà excité la haine de quelqu'un. Non, jusqu'à ce jour, il n'avait rencontré partout que de la sympathie. Sa franchise, sa simplicité désarmaient les esprits les plus malveillants. Il ôta ses bottes, s'affala sur le lit et leva les yeux vers le plafond où la lampe projetait un rond de clarté jaune. Des pas précipités le tirèrent de sa somnolence. Antipe entra dans la chambre en courant. Il soufflait, suait, rayonnait de toute la face :

— Barine, ça y est ! J'y suis allé, j'ai donné la lettre et j'en rapporte une ! Tenez !

Nicolas décacheta le pli avec des doigts nerveux, ouvrit une feuille de papier satiné et lut dans le ravissement :

« Cher Monsieur,

« Sans doute n'ignorez-vous pas que notre roi bien-aimé fera son entrée à Paris le 3 mai prochain. Tous les vrais Français auront à cœur de le saluer, ce jour-là. J'ai la chance d'avoir parmi mes obligées une couturière, Adrienne Poulet, qui habite à l'angle de la rue Saint-Denis et du boulevard, sur le parcours du cortège. Elle m'offre une de ses fenêtres pour jouir du spectacle. Vous plairait-il de profiter de cette invitation toute simple ? Dans ce cas, notez bien l'adresse, allez-y le 3 mai, vers onze heures du matin, et n'oubliez pas de détruire la présente missive aussitôt après l'avoir lue.

« Je compte sur votre discrétion autant que sur votre présence.

« Delphine de Charlaz. »

Ayant repris la lettre dix fois pour en retenir chaque mot, Nicolas, transporté de bonheur, la brûla solennellement à la flamme d'une bougie, devant Antipe qui se signait et ouvrait de grands yeux.

* * *

Nicolas dormit mal et s'éveilla l'esprit en désordre. Il aurait voulu ne songer qu'à la lettre de Delphine, mais le souvenir des propos désagréables qu'il avait entendus la veille, dans le jardin, dominait ses réflexions et l'empêchait d'en tirer une joie sans mélange. Ce matin plus qu'hier, il se sentait humilié, comme si, par couardise, il eût renoncé à demander la réparation d'une offense. Il savait bien qu'il n'aurait pu le faire sans révéler du même coup qu'il s'était caché pour surprendre la conversation de ses hôtes, mais la situation fausse où il se trouvait vis-à-vis d'eux lui paraissait incompatible avec son goût de la probité. Un jour ou l'autre, il faudrait qu'il s'en expliquât devant le comte et la comtesse de Lambrefoux, ou, du moins, devant leur fille. Cette décision ramena un peu de calme dans son cerveau et, lavé, rasé, habillé, il revint en pensée à la plus compréhensive et à la plus élégante des Parisiennes, qui lui avait, au risque de se perdre, fixé un rendez-vous.

Ce fut encore à elle qu'il rêva en faisant manœuvrer ses hommes dans la cour de la caserne. Tout péril étant écarté par l'abdication de Napoléon et son départ pour l'île d'Elbe, les troupes victorieuses reprenaient leur instruction à la base. Héros ou non, les soldats n'avaient plus d'autre occupation que de marcher au pas et de présenter les armes avec un ensemble parfait. Il y avait du plaisir, pour Nicolas, à commander tant de rudes gaillards aux faces de moujiks et à se dire que lui-même, leur chef, était sous le charme d'une faible et blonde créature, française de surcroît. Une autre idée contribuait à le rendre optimiste. Par une décision généreuse, l'autorité militaire venait d'accorder aux officiers logés chez l'habitant une indemnité journalière de six francs pour les capitaines et de trois francs pour les lieutenants. C'était le Pactole ! Délivré de ses soucis d'argent, Nicolas se tournait tout entier vers l'amour.

En rentrant à l'hôtel de Lambrefoux, il eut une initiative qui le surprit. Delphine lui avait suggéré de lire les œuvres philosophiques de Champlitte.

Il n'avait prêté aucune attention, d'abord, à ce conseil. Mais, à présent, il était curieux de savoir quelles étaient les théories d'un homme dont la veuve paraissait si intransigeante. Peut-être les opinions du mari avaient-elles déteint sur la femme ?

La bibliothèque se trouvait au premier étage. Une porte vitrée la séparait du palier. Après avoir jeté un regard par le carreau pour s'assurer que la pièce était vide, Nicolas y pénétra subrepticement. Une douce odeur de cuir embaumait ce lieu de méditation. La fenêtre était grande ouverte, la verdure du jardin se prolongeait entre les murs par une réverbération frissonnante. Nicolas contourna le bureau et parcourut des yeux le haut rempart des livres. Heureusement, ils étaient classés par ordre alphabétique. Entre Chamfort et Chapelain, il découvrit Champlitte. Il y avait trois ouvrages de lui, très minces et habillés de basanes neuves. Nicolas les saisit comme un voleur et les emporta dans sa chambre. La porte fermée, il s'assit à sa table et détailla le butin : *Lettres sur le progrès incessant de l'esprit humain..., Nature, Justice et Conscience..., La République heureuse ou Douze Raisons de croire que la liberté et l'égalité sont les principes nécessaires du bien-être universel...*

Dès les premières lignes, Nicolas comprit de quoi il s'agissait. Sans être précisément athée, l'auteur ignorait l'enseignement de l'Eglise et ne parlait de Dieu qu'en le désignant par les appellations bizarres de « Grand Moteur » ou de « Force créatrice initiale ». Sa conviction, sans cesse répétée, était que tous les hommes naissaient libres, égaux et vertueux, et qu'un système social injuste les empêchait d'accéder à la prospérité dans la concorde. En tout cela, il y avait du Jean-Jacques Rousseau et du Diderot, avec une pointe de Voltaire. Nicolas se rappela les ennuyeuses lectures que lui imposait son précepteur. Victime de la Révolution, M. Lesur n'en admirait pas moins les encyclopédistes. Hélas ! Champlitte n'avait pas leur talent. Sa pensée était fumeuse et sa langue terne. En tête du livre intitulé *Nature, Justice et Conscience* figurait un portrait de l'auteur. Il était laid, avec un front bombé, un nez d'aigle et une bouche en forme de cerise. Comment la fille du comte de Lambrefoux, qui était jeune et bien tournée, avait-elle pu épouser un personnage de quinze ou vingt ans plus âgé qu'elle et d'un extérieur si peu engageant ? Ses parents l'avaient-ils obligée à ce mariage ? La façon dont elle parlait ne permettait pas de croire qu'elle leur eût jamais obéi en rien. Avait-elle été séduite par l'intelligence de son mari au point de ne plus le voir sous son vrai visage ? Ce genre d'estime n'était pas d'une femme à peine dégagée de l'enfance. Une courte notice biographique était imprimée sous l'effigie de l'écrivain. Nicolas apprit que le marquis de Champlitte (né le 3 février 1773) avait été d'une précocité extraordinaire dans ses publications scientifiques et politiques et qu'il s'était toujours montré, en dépit de ses origines nobles, un ardent défenseur des décisions de l'Assemblée législative, puis de la Convention. Toutefois, son amitié pour les Girondins l'avait fait décréter d'accusation, en 1793, par le Comité de salut public. Emprisonné le jour même de ses vingt et un ans, il n'avait dû qu'à la réaction thermidorienne d'échapper à la guillotine. Sous le Directoire, puis sous le Consulat et l'Empire, il avait continué de servir par la plume et par la parole « un idéal pour lequel, jadis, il n'eût pas hésité à gravir, tête haute, les marches de l'échafaud ». Malgré cette belle conclusion, Nicolas jugea que Champlitte avait été, sans doute, un individu ennuyeux et peu sympathique. Renonçant à lire jusqu'au bout les trois livres, il alla, l'heure du dîner approchant, les remettre à leur place.

Cette fois encore, avant d'entrer dans la bibliothèque, il glissa un regard par le carreau. Tout paraissait calme à l'intérieur. Nicolas franchit le seuil avec la légèreté d'une ombre et se dirigea vers le fond de la pièce. Il s'apprêtait à ranger les volumes sur leur rayon, quand un froissement d'étoffe lui fit tourner la tête. Une silhouette féminine se dressait hors d'un fauteuil à dossier droit. Pris au dépourvu, il balbutia :

— Mme de Champlitte, sans doute ?

— Oui, dit-elle.

— Lieutenant Ozareff, dit Nicolas en claquant des talons.

Il avait parlé dans le vide. Mme de Champlitte ne l'écoutait pas et regardait les livres qu'il tenait à la main. Elle avait un visage pâle et froid, d'une pureté tragique.

— Je suis confus de vous avoir dérangée, Madame, reprit Nicolas. Je voulais simplement rapporter ces livres...

— A qui aviez-vous demandé la permission de les prendre ? dit-elle d'un ton sec.

Il se rebiffa :

— A personne, puisque, depuis votre arrivée, tout le monde me fuit dans cette maison !

— Vous n'êtes pas notre invité, que je sache ! répliqua-t-elle avec un sourire de mépris.

Nicolas s'inclina dans un demi-salut :

— Monsieur votre père avait eu la bonté de me le faire oublier.

— Comptez-vous rester longtemps sous notre toit ?

Vue de près, elle était plus belle qu'il ne l'avait cru : svelte, brune, le cou long et souple, la lèvre supérieure un peu courte, les yeux noirs, agrandis de courroux, rayonnants d'insolence.

— Aussi longtemps que l'armée russe occupera Paris, répondit-il fièrement.

Mme de Champlitte haussa imperceptiblement les épaules. Nicolas craignit de ne pouvoir garder son sang-froid jusqu'au bout.

— Je suis un militaire, Madame, reprit-il. Ce n'est pas moi qui ai décidé de venir en France et ce n'est pas moi qui déciderai d'en partir. D'ailleurs, si Napoléon n'avait pas envahi notre pays, jamais nous n'aurions pris les armes contre le vôtre...

— Je vous l'accorde, dit-elle, et je comprends même que nous devions vous supporter, puisque c'est là une conséquence de la défaite, mais ne nous demandez pas en plus d'être aimables !

— Heureusement pour la France, bien des gens pensent autrement que vous !

— Ceux que vous fréquentez ne sont pas ceux qui peuvent me convaincre !

— Est-ce l'avis de monsieur votre père ?

— Mon père est un homme âgé. Il est resté fidèle à ses traditions. Pour lui, rien ne compte dans cette guerre perdue que le retour du roi. Il en oublie tout respect, toute décence !

Elle hésita une seconde et proféra entre ses dents :

— Il me fait honte !

Soudain, Nicolas eut pitié de Mme de Champlitte. Ayant pris l'avantage sur elle, il regrettait ses coups et souhaitait presque une réconciliation, fût-elle précaire. Ce combat de paroles, loin de les séparer, avait créé entre eux, lui semblait-il, une sorte de respect mutuel dans l'incompréhension, d'intimité dans la discorde.

— Madame, dit-il enfin, j'admets que vous me détestiez à cause de l'uniforme que je porte, du pays dont je viens, des morts que vous pleurez. Mais si, dans la guerre, l'individu doit se fondre à la nation et suivre aveuglément ses chefs, le premier bienfait de la paix n'est-il pas de permettre que chacun retrouve ses propres raisons de vivre ? Tant que je me battais, les Français m'apparaissaient, indistinctement, comme une race ennemie. Maintenant, je ne vois parmi eux que des hommes, des femmes, des enfants exactement semblables à ceux que j'ai laissés derrière moi, ni meilleurs ni pires qu'en Russie...

Il s'interrompit pour suivre l'effet de son discours sur le visage de Mme de Champlitte. Elle ne bronchait pas, la tête dressée sur son long cou, la bouche entrouverte, respirant à peine, regardant au loin.

— Cette métamorphose, j'espère que vous la connaîtrez bientôt, vous aussi, reprit-il. D'ailleurs, ou je me trompe fort, ou les livres de M. de Champlitte prônent la fraternité entre les peuples...

Les sourcils de la jeune femme se joignirent. Elle rougit et dit d'une voix essoufflée :

— Laissez cela, Monsieur.

— Vous ne pouvez m'en vouloir d'apprécier l'œuvre de votre mari !

— Je vous prie de ne m'en point parler, c'est tout !

— Je le regrette, Madame, dit Nicolas. Il me faudra donc ne compter que sur moi pour vous persuader...

— De quoi ?

— Du fait que je ne suis pas un ogre ! L'officier russe que vous haïssez est âgé de vingt ans. Il a un père, une sœur, qui habitent dans une vieille maison de campagne, à deux mille cinq cents verstes d'ici. Il les aime, il est sans nouvelles d'eux depuis longtemps. Il espère, une fois revenu chez lui, retrouver des plaisirs pacifiques, tels que la lecture, la chasse, la pêche, les promenades en forêt...

Tout en parlant, il s'était approché de la bibliothèque pour replacer les trois livres sur leur rayon. Quand il se retourna, Mme de Champlitte avait quitté la pièce.

6

Le lundi 2 mai, en arrivant à la caserne, Nicolas trouva ses camarades consternés. Par courtoisie envers Louis XVIII, le général de Sacken, gouverneur militaire de Paris, avait ordonné qu'aucun uniforme allié ne se montrerait dans les rues, le lendemain, jour de l'entrée du roi dans la capitale. Les hommes seraient consignés dans leurs casernes, les officiers resteraient dans leurs logements respectifs et chaque commandant d'unité veillerait personnellement à la stricte observance des instructions reçues. Pour la plupart des compagnons de Nicolas, cette mesure n'entraînait que des inconvénients secondaires. Pour lui, c'était l'écroulement d'une tour vertigineuse avec Delphine au sommet. Il relut dix fois, le cœur battant de rage, la proclamation imbécile affichée à la porte du bureau. Une machination ourdie contre son amour par tous les généraux des troupes d'occupation ne l'eût pas révolté davantage. Comment avertir Delphine ? Comment lui expliquer ? Comment obtenir d'elle un autre rendez-vous ? Dans son désespoir, il distribua à ses soldats quelques punitions imméritées, sans parvenir à se consoler d'être lui-même victime d'une injustice. En le voyant si nerveux, Hippolyte Roznikoff le prit à part et l'interrogea sur les raisons de sa mauvaise humeur. Nicolas lui dit tout et l'autre éclata de rire :

— Ce n'est que cela ? Mais, mon cher, tu n'as aucune imagination ! Il t'est interdit de circuler en uniforme dans les rues, soit ! mais si tu t'habilles en civil, personne ne te dira rien.

— En civil ? balbutia Nicolas, frappé de honte, comme si Roznikoff lui eût offert de déserter.

— Parbleu ! répliqua l'autre. Tu ne seras ni le premier ni le dernier. C'est l'avantage de loger chez l'habitant : il n'y a pas de contrôle ! Toumansky s'est acheté avant-hier une garde-robe complète de bourgeois pour se promener librement en ville. Et Ouchakoff aussi. Ils m'ont indiqué un très bon magasin où on vend des vêtements d'occasion. Tu veux l'adresse ?

— Non, dit Nicolas précipitamment.

Il avait peur de se laisser entraîner dans un marché diabolique. Le tentateur eut un mince sourire :

— Qu'est-ce que tu risques ? Il est toujours bon d'être renseigné. Le magasin se trouve au début de la rue Saint-Merri et s'appelle : « Au Bonheur des petites Bourses. » Tu t'en souviendras ?

Nicolas baissa la tête. Son choix était fait, mais il ne voulait pas en convenir, il luttait encore.

Il était cinq heures de l'après-midi quand il arriva, plein de remords, au « Bonheur des petites Bourses ». Avant de franchir le seuil de la boutique, il jeta autour de lui un regard inquiet, comme s'il eût craint d'être surpris pénétrant dans un mauvais lieu. Le patron, qui était gras et jovial, ne parut nullement étonné qu'un officier russe lui demandât des vêtements civils à sa taille. On eût juré que toute l'armée d'occupation n'avait d'autre fournisseur que lui. De courbette en courbette, il conduisit Nicolas vers le fond du magasin, où pendaient cent costumes d'une extraordinaire variété de ligne et de couleur. Aux dires du marchand, ces « occasions » étaient presque neuves, en tout cas nettoyées, et provenaient de gandins capricieux, de grands seigneurs ruinés et de fils de famille à qui leurs parents avaient coupé les vivres.

— Je ne les montre qu'aux connaisseurs, dit-il. Sans doute serez-vous étonné quand vous saurez qu'il m'arrive de servir des gens du monde politique et de la finance, des étrangers illustres, des acteurs de l'Opéra et du Théâtre-Français. Pour vous, je vois un bel habit couleur crottin, ou fumée de Londres, un gilet croisé et rayé, à la matelote, tirant sur le vert tendre ou le jaune nankin...

Il déplia un paravent pour isoler Nicolas devant une glace, le laissa se déshabiller et revint les bras chargés de vêtements. Enveloppé soudain de « fumée de Londres », cravaté de blanc, le torse emprisonné dans une soie brochée émeraude, Nicolas écarquillait les prunelles sur cette image imprévue de lui-même. Certes, l'habit manquait de carrure et bâillait sur le ventre, mais le marchand pinça l'étoffe par-derrière, déchira une couture, effaça un pli, et ce fut parfait. Un tailleur bossu emporta le costume pour le rectifier dans l'arrière-boutique. Après une heure d'attente, Nicolas put enfin juger du résultat. Entre temps, le marchand lui avait vendu un chapeau de castor, une canne du genre « porte-respect », des souliers souples et deux mouchoirs de batiste. Devant ce client habillé de pied en cap par ses soins, l'homme joignait les mains et criait au chef-d'œuvre. Malgré ses adjurations, Nicolas remit l'uniforme pour rentrer chez lui. Comme il portait un gros paquet sous le bras, il évita les rues fréquentées.

Un moment pénible pour Nicolas fut celui où, le matin du 3 mai, il dut affronter l'œil critique de son ordonnance.

— Un vrai Français! soupira Antipe en le voyant dans son nouvel habit. Où est-ce que vous allez comme ça, barine?

— Cela ne te regarde pas!

— Vous savez que nous autres Russes on n'a pas le droit de sortir?

— Oui.

— Si quelqu'un vous reconnaît...

— Personne ne me reconnaîtra!

Antipe révulsa les prunelles et dit :

— Que le Seigneur jette un voile sur les yeux des honnêtes gens!

Il était temps de partir. Antipe brossa son maître, le bénit, à tout hasard, d'un signe de croix et l'accompagna hors de la chambre.

Nicolas n'avait plus revu Mme de Champlitte depuis leur conversation dans la bibliothèque et appréhendait de la rencontrer, ainsi vêtu, au tournant du couloir. Certes, il n'avait aucun motif de rechercher l'estime de cette femme. Mais il eût souffert de se sentir en état d'infériorité devant elle. Or, privé de son uniforme, il était comme déshonoré. Qui sait si Delphine elle-même ne serait pas déçue lorsqu'il lui apparaîtrait dans cette tenue banale ? La traversée de la cour s'accomplit sans encombre et il entra bravement dans le mouvement et le bruit de la rue.

Marchant parmi des gens qui le prenaient pour leur compatriote, il avait l'impression de n'être pas tout à fait dans sa peau. Sa taille bougeait à l'aise dans des étoffes molles. Un chapeau d'une légèreté irréelle coiffait son front. Ses pieds avaient des ailes. Sa cuisse gauche s'étonnait de ne plus sentir, à chaque pas, le frôlement d'un fourreau d'épée. Mais ce bien-être même inquiétait Nicolas. Ne trahissait-il pas l'armée, le tsar, pour courir à une femme ? Ne sacrifiait-il pas la discipline au plaisir, l'honneur à l'amour, ou presque ? Delphine comprendrait-elle l'ampleur de son renoncement ?

Comme il craignait d'être en retard, il fut heureux de trouver un fiacre en stationnement sur le quai d'Orsay. La voiture était vieille, avec une capote crasseuse rabattue par-derrière, un cheval squelettique attelé par-devant, et, perché sur son siège, un cocher centenaire qui jurait d'aller comme la foudre. On partit au tout petit trot. Dès les premiers tours de roue, l'homme se retourna vers Nicolas et dit :

— Ça fait tout de même plaisir de ne plus en voir un seul dans la rue !

— De qui parlez-vous ? demanda Nicolas.

— De tous ceux qui sont ici et qui devraient être ailleurs. Mangeurs de suif et voleurs de poulets, Cosaques, Prussiens, Autrichiens, je les mets dans le même sac, moi ! Pas vrai, Monsieur ?

L'injure parut d'autant plus forte à Nicolas qu'elle était involontaire. Sa punition d'avoir quitté l'uniforme était de ne pouvoir répondre à ceux qui insultaient l'armée devant lui. N'y avait-il donc rien dans son maintien, dans sa physionomie, qui le distinguât du reste de la population ?

— Je parie que vous allez voir passer le cortège ! reprit le cocher.

— En effet, dit Nicolas.

— Ça sera beau. Ils ont mis des banderoles partout. Moi, roi ou pas roi, je suis pour la paix et le commerce. Entre Français, on s'entendra toujours !

Il parlait encore, quand des gardes nationaux, la cocarde blanche au chapeau, l'arrêtèrent dans la rue Saint-Denis. Interdiction aux voitures d'aller plus loin. Nicolas paya le cocher et continua son chemin à pied, parmi une cohue endimanchée.

A onze heures juste, il frappait à la porte de Mlle Adrienne Poulet, couturière, habitant au troisième étage d'une maison qui sentait le chou-fleur. La femme potelée et rose qui lui ouvrit devait être prévenue de sa visite, car, sans rien lui demander, elle le salua d'une révérence et dit :

— Madame n'est pas encore arrivée. Si vous voulez me suivre...

Marchant derrière elle, il traversa l'atelier désert où régnait un désordre d'étoffes et de bobines, plongea dans un couloir étroit en effaçant une épaule pour ne pas raser le mur, et déboucha dans une chambre tendue de tissu framboise. Il s'attendait à trouver là quelques personnes venues, comme lui, pour voir le cortège, et fut heureusement surpris d'être seul dans la place. Ce qui frappait l'œil, dès l'abord, c'était un large lit, enveloppé de mousseline brodée et monté sur une estrade. On y accédait par deux marches. Un lampadaire de style égyptien dominait une chaise longue. Sur un bonheur-du-jour, trônait un écritoire en forme de vase grec.

— Voici la meilleure fenêtre de la maison, dit Mlle Adrienne Poulet en désignant une croisée ouverte à l'angle de la rue et du boulevard.

Et elle s'éclipsa, après une deuxième révérence. Nicolas se demanda comment une simple couturière avait pu se meubler aussi richement. Sans doute les Parisiennes dépensaient-elles beaucoup d'argent pour leurs toilettes. Il posa son castor et son « porte-respect » sur une commode, retira ses gants et se repeigna devant une glace au trumeau décoré d'amours. Ses cheveux longs et blonds bouffaient sur ses oreilles. Depuis le début de la guerre, tous les jeunes officiers russes avaient adopté cette coiffure léonine. Nicolas finissait à peine de s'admirer, quand la porte s'ouvrit de nouveau et Delphine parut.

— Ah! vous! s'écria-t-il avec un accent de folle gratitude.

Les épaules drapées dans un châle de cachemire, la tête pudiquement inclinée sous une capote bordée de rubans, elle montrait, pensa Nicolas, une séduction diabolique alliée à la grâce d'un ange. Tandis qu'il lui baisait les mains, elle battit des paupières et dit dans un sourire tendre :

— Comme vous voilà fait, Monsieur !

Il lui expliqua les raisons de son déguisement et elle le remercia d'avoir bravé les ordres de ses supérieurs pour la rejoindre. D'ailleurs, elle le trouvait fort bien mis. Tout au plus eût-elle souhaité un gilet d'une teinte moins franche.

— Je vous indiquerai le fournisseur de mon mari, dit-elle.

Il déplora un peu qu'elle mêlât le baron de Charlaz à la conversation, mais sans doute était-ce un signe de trouble chez une femme que d'évoquer le souvenir de son époux dans des circonstances où il n'avait que faire.

— Quel temps superbe ! reprit-elle d'une voix chantante.
— Oui, dit-il.
— Nous serons bien, à cette fenêtre !
— Certainement.
— Je regrette que mon mari n'ait pu m'accompagner !

Cette seconde allusion à M. de Charlaz parut à Nicolas plus pertinente que la première.

— C'est, en effet, très regrettable, dit-il en contenant sa joie.

Et il ajouta, de son ton le plus détaché :

— Savez-vous si Mlle Poulet a invité d'autres personnes ?
— Cela m'étonnerait fort, dit Delphine, la fenêtre est juste assez grande pour deux !

Il comprit qu'elle lui avait définitivement pardonné son baiser dans la voiture.

— Ah! Madame, s'écria-t-il, comment vous remercier ?
— Ce n'est pas moi qu'il faut remercier, dit-elle, mais notre bon roi, dont

le retour providentiel nous permet de nous réunir. Venez vite. Je ne veux pas manquer un détail de la fête !

Ils s'accoudèrent à la fenêtre. La rue, en contrebas, grouillait d'une foule bruyante. Vus d'en haut, les chapeaux étaient des bouchons multicolores, balancés par de lents remous. Des gardes nationaux, alignés sur deux rangs, limitaient un couloir pour le passage du défilé. Aux façades des maisons, pendaient des banderoles blanches. L'arc de triomphe du faubourg Saint-Denis disparaissait à moitié sous une profusion de drapeaux, de feuillages et d'écussons de carton peint. Du cintre descendait une couronne royale, soutenue par des guirlandes tressées de rubans et de lys. Les cris des petits marchands de boissons et de sucreries piquaient l'épaisse rumeur de la multitude.

— Ah ! qu'il vienne ! gémissait Delphine. Qu'il ne nous fasse pas languir !...

En l'observant de plus près, Nicolas remarqua qu'elle avait trois fleurs de lys brodées sur ses manches bouffantes, qu'une fleur de lys, en or ciselé, lui servait de broche et que le mouchoir dont elle s'éventait dans son émotion portait, lui aussi, une fleur de lys à chaque coin. Comme elle semblait défaillir d'impatience, il lui prit la main et la serra doucement. Mais aucune caresse ne pouvait distraire la jeune femme de son enthousiasme politique. A mesure que le temps s'écoulait, l'atmosphère de la rue devenait plus houleuse. Ça et là, des messieurs intrépides, un plumet blanc au chapeau, brandissaient des gourdins, haranguaient le peuple. Leurs exclamations se mêlaient aux notes plaintives d'un orgue de Barbarie qui jouait : *Vive Henri IV*. Une horloge tinta midi. Soudain, une vibration sourde, hachée, courut dans l'air : le gros bourdon sonnait au loin. Des cloches plus légères lui répondirent.

— Il arrive ! s'écria Delphine d'une voix aiguë.

Et des larmes d'allégresse jaillirent de ses yeux. Les gardes nationaux se serraient les coudes pour contenir la vague humaine qui voulait forcer leur barrage. Cependant, Nicolas se rappelait l'entrée des troupes russes à Paris et pensait qu'il n'y avait pas plus de monde aujourd'hui pour acclamer Louis XVIII qu'un mois auparavant pour saluer les souverains alliés. Il se retint d'en faire la réflexion à Delphine par crainte de la froisser. Au reste, elle ne l'eût pas entendu. Tournée vers le faubourg, elle attendait une apparition céleste, un miracle. Nicolas en profita pour lui prendre la taille. Elle n'eut ni l'idée ni le temps de se défendre. Mille poitrines rugirent en chœur :

— Le voici !... Le voici !... Ne poussez pas !...

Penché sur Delphine, Nicolas respira avec ivresse son parfum de vanille et vit, comme dans un rêve, une calèche ouverte, attelée de huit chevaux blancs, rouler sous l'arc de triomphe. Un bonhomme obèse, joufflu, vêtu d'un surtout bleu à épaulettes d'or, était assis dans la voiture et répondait aux acclamations en soulevant, avec ennui, son volumineux tricorne. Delphine se pâmait.

— C'est lui ! C'est bien lui ! balbutiait-elle. Ah ! mon Dieu, l'heureuse journée ! A côté de notre bon roi, sa nièce ; en face, le prince de Condé et le duc de Bourbon !

— Oui, oui ! dit Nicolas.

Et il lui toucha la joue, du bout des lèvres, sous le bord plongeant du chapeau.

— Oh ! regardez, regardez vite, reprit-elle, ces deux beaux cavaliers qui trottent aux portières ! Les reconnaissez-vous ?

— Non, répondit Nicolas.

En même temps, il lui piqua un baiser à la naissance du cou.

— Ce sont le comte d'Artois et son fils le duc de Berry, chuchota-t-elle d'une voix mourante.

— Ils ont fière allure, dit Nicolas en cherchant la bouche de Delphine.

Un cri lui partit en pleine figure, à bout portant :

— Vive le roi !

Ebranlé comme par un coup de canon, il s'écarta de la jeune femme qui trépignait et vociférait de bonheur :

— Vive le roi ! Vivent nos princes !...

La calèche royale passait sous la fenêtre. Derrière elle, chevauchaient les maréchaux d'Empire hâtivement ralliés à la monarchie. Tous portaient le cordon de la Légion d'honneur en sautoir. Les gardes nationaux présentaient les armes. Une musique militaire jouait au loin. Des cloches sonnaient. Des chapeaux volaient. On jetait des fleurs. Dans un geste insensé, Delphine lança par la fenêtre son mouchoir brodé de fleurs de lys. Il se posa sur la capote d'une grosse femme en mauve, qui ne s'en aperçut même pas. Au milieu du tumulte, Nicolas s'enhardit à murmurer :

— Oh ! Delphine, ma bien-aimée !

Mais Delphine criait toujours :

— Vive le roi ! Vive le roi ! Vivent nos princes !

Alors, enflammé par l'exemple, aiguillonné par l'amour, Nicolas hurla, lui aussi :

— Vive le roi ! Vivent nos princes !

Et Delphine, subjuguée, lui donna sa bouche. Ils vacillèrent ensemble sous les ovations de la foule.

En regagnant l'hôtel de Lambrefoux, vers cinq heures du soir, Nicolas se retenait de danser dans la rue. Ah ! ces Françaises !... Comme Delphine l'avait aimé ! Avec quelle fougue et quelle expérience ! Lui qui se figurait n'être plus un novice en matière de volupté, c'était aujourd'hui seulement qu'il avait eu la révélation de la femme. Entre deux étreintes, elle avait exigé qu'il se fît couper les cheveux : « Pourquoi cette tignasse, qui te descend dans le cou et te mange les oreilles ? C'est peut-être la mode en Russie, pour les hommes, mais pas en France. Tu seras tellement plus beau quand tu m'auras cédé ! » il lui avait promis qu'à leur prochaine rencontre, dans deux jours, elle le verrait coiffé à la française. Le lieu du rendez-vous devait être, cette fois encore, l'appartement de Mlle Adrienne Poulet. Nicolas avait remarqué que Delphine y était comme chez elle. Il semblait même qu'elle eût du linge et des objets de toilette personnels dans les tiroirs. Avait-elle loué cette chambre à sa couturière pour y abriter des liaisons clandestines ? N'était-il qu'un amant parmi d'autres, sur une liste ? Cette supposition était si désobligeante pour lui qu'il préféra ne pas s'y arrêter. Il avait le sentiment que, s'il voulait continuer à être heureux avec Delphine, il fallait avant tout qu'il évitât de se poser des questions. Mais saurait-il se contenter du plaisir physique ? N'allait-il pas engager dans cette affaire son espoir, sa jalousie, son honneur, son goût du sublime, bref le plus pur de son âme ? Tout à coup, il eut hâte de se remettre en uniforme.

La porte cochère se referma en claquant et Sophie dressa la tête.
— Serait-ce déjà votre père ? dit Mme de Lambrefoux.
— Je vais voir, murmura Sophie en posant son livre.

Et elle s'approcha de la fenêtre. Mme de Lambrefoux, assise dans un grand fauteuil, reprit son ouvrage de tapisserie. Elle aimait travailler ainsi, le soir, dans sa chambre, tandis que sa fille lui faisait la lecture à haute voix.
— Eh bien ? dit-elle.

Sophie écarta le rideau. Un homme traversait la cour et se dirigeait vers le perron. Elle reconnut le lieutenant russe. Mais pourquoi s'était-il habillé en bourgeois ? A peine se le fut-elle demandé qu'une réponse émouvante illumina son esprit. Assurément, c'était à cause d'elle que Nicolas Ozareff avait adopté la tenue civile. Leur conversation de l'autre soir l'avait marqué. Sachant qu'elle tolérait difficilement la présence d'un officier étranger dans sa maison, il avait décidé de ne plus porter l'uniforme en dehors des heures de service. Tant de prévenance, chez un homme si jeune, révélait un noble caractère. Elle l'avait déjà deviné à certains propos, dans la bibliothèque. Elle en avait la confirmation maintenant.
— Vous ne dites rien, Sophie ? demanda Mme de Lambrefoux sans lever le nez de son canevas.
— C'est le lieutenant Ozareff, répondit Sophie d'une voix neutre.
— Ah ! murmura Mme de Lambrefoux.

Et elle se tassa dans le fauteuil. Son visage restait impassible et comme somnolent. Elle jugeait prudent de ne pas aborder avec sa fille un sujet qui les avait divisées quelques jours plus tôt. Sophie attendit un instant les réactions de sa mère, puis, déçue par le silence qui se prolongeait, revint à sa chaise et rouvrit son livre : c'était *Corinne ou l'Italie*, de Mme de Staël. Bien qu'elle connût cet ouvrage par cœur, elle aimait à le relire, en souvenir du temps où, jeune fille, elle avait pleuré sur les malheurs de l'ardente poétesse abandonnée par le cruel lord Nelvil. Cette fois, pourtant, elle perdit rapidement le fil de l'histoire. Elle entendait sa voix résonner dans la chambre et ne comprenait pas les phrases qu'elle disait. Lord Nelvil n'était plus anglais, mais russe. Il portait un habit gris et un gilet vert. Elle s'étonna d'avoir si bien retenu ces détails de toilette, alors qu'elle avait à peine eu le loisir d'entrevoir le lieutenant Ozareff dans la cour. Par chance, il n'avait pas levé les yeux vers la fenêtre du premier étage. Elle fût morte de honte s'il l'avait aperçue derrière la vitre. Elle buta sur un mot et sa mère dit :

— N'êtes-vous pas un peu lasse, Sophie ?

— Je crois surtout, dit Sophie, que ce roman n'a plus pour moi l'attrait de la nouveauté. Je vais en choisir un autre dans la bibliothèque.

— Ce n'est plus la peine, mon enfant, il est tard...

— Mais si, mère. Je reviens dans un instant.

Elle se leva d'un mouvement naturel et sortit dans le couloir. Quiconque se fût permis de lui dire qu'elle usait là d'un prétexte pour revoir le lieutenant Ozareff l'eût profondément révoltée. Il n'y avait rien d'équivoque dans ses intentions : elle allait chercher un livre, comme elle l'eût fait hier, comme elle le ferait demain... Toutefois, en approchant de la bibliothèque, elle fut tourmentée d'un espoir étrange et se dédoubla sur place. Une part d'elle-même mentait à l'autre. Elle poussa la porte. La pièce était vide. Une pendule battait dans le silence. Sophie posa le livre sur le bureau, s'avança vers la croisée, jeta un regard dans le jardin. L'ombre des arbres s'allongeait. Les pelouses étaient d'un vert sombre. Personne ne se promenait dans les allées. Le lieutenant Ozareff avait dû regagner sa chambre. Son ordonnance fredonnait une chanson russe, du côté des communs. Oubliant ce qu'elle était venue faire, Sophie s'assit dans un fauteuil et une tristesse sans cause l'envahit.

Ce fut dans cette position que ses parents la découvrirent, une demi-heure plus tard. M. de Lambrefoux revenait des Tuileries où il s'était précipité avec des amis pour saluer le roi, retour de Notre-Dame, et l'assurer de son dévouement. Il débordait d'histoires attendrissantes sur l'enthousiasme que l'apparition de Louis XVIII avait soulevé dans la foule. A table, pendant le dîner, il expliqua qu'un grand espoir s'ouvrait devant le peuple français, par la sagesse de son souverain et la bienveillance du tsar. Sophie, que ce genre de propos eût irritée naguère, les écoutait maintenant avec indulgence.

— Même ceux qui ont manifesté au début quelque méfiance envers l'empereur de Russie sont confondus aujourd'hui par sa mansuétude, dit le comte en découpant une aile de poulet. Songez, chère amie, qu'afin d'éviter à notre bon roi l'humiliation de voir des soldats étrangers le jour de son entrée dans la capitale, il a décidé que toutes les troupes alliées seraient consignées dans leurs casernes. Je n'ai pas rencontré un seul officier russe, autrichien ou prussien durant ma traversée de Paris...

Les yeux de Sophie se voilèrent, ses mains faiblirent ; elle les appuya sur la table, de part et d'autre de son assiette. Ainsi, ce n'était pas par égard pour elle que Nicolas Ozareff avait quitté l'uniforme ! Avait-elle été assez naïve, assez sotte pour lui prêter des intentions d'une telle délicatesse ? « Ma première impression avait été la bonne, se dit-elle. Cet homme n'est qu'un Russe ! » Tandis que ses parents bavardaient à mille lieues de là, elle rêvait au vide absolu de son existence. Depuis deux ans que son mari était mort, elle vivait dans un engourdissement intellectuel et physique dont rien, semblait-il, ne devait la distraire. Pourtant, elle n'avait jamais éprouvé pour M. de Champlitte qu'une admiration voisine du respect. Il l'avait conquise par ses idées et retenue par sa douceur. En le perdant, elle s'était sentie frustrée d'une amitié irremplaçable, mais à peine contrariée dans ses habitudes de femme. Secrètement, elle lui savait gré de l'avoir si peu et si mal approchée. Ainsi, du moins, pouvait-elle songer à lui maintenant sans qu'aucune image charnelle n'entachât la pureté de son souvenir. Elle se dit qu'elle était une personne de tête, tranquille, froide, incapable de connaître les tourments amoureux chers aux romanciers à la mode. Cette idée la réconcilia avec son destin. Elle s'embarqua, de nouveau, sur un lac d'indifférence. Le valet changea les assiettes et apporta un sorbet au citron. Sophie plongeait sa cuillère dans la masse onctueuse et glacée, quand une pétarade éclata. Mme de Lambrefoux appliqua une main sur sa poitrine. Le comte jeta sa serviette et dit :

— Le feu d'artifice du roi ! Allons dans le jardin, c'est de là que nous le verrons au mieux !

Sophie se leva de table et suivit ses parents. Lorsqu'elle aperçut la silhouette du lieutenant Ozareff dans l'allée, elle n'eut pas un tressaillement et pensa : « Eh bien ! quoi ? Je m'y attendais ! C'est tout à fait normal ! » Il avait remis son uniforme. Elle vit là une preuve de franchise. Son père voulut lui présenter l'officier, mais elle dit avec netteté :

— Nous nous connaissons déjà.

Cette réfexion surprit ses parents, qui se confondirent en propos embarrassés. Des fusées éclataient au ciel, libérant une pluie d'étincelles jaunes. Tous les domestiques étaient sortis de la maison. M. de Lambrefoux, paterne et seigneurial, les encourageait à s'avancer dans l'allée :

— Venez, Mariette, venez, Lubin... Vous ne pouvez rien voir du coin où vous êtes... Ce n'est pas tous les jours que la France accueille son roi !...

Les serviteurs se groupèrent derrière lui, à distance respectueuse. Sophie les entendait murmurer :

— C'est beau ! On dirait des étoiles qui sautent !...

L'ordonnance de Nicolas Ozareff se signait après chaque détonation. Un vrai barbare ! Ne disait-on pas qu'il couchait sur le plancher, dans le couloir, devant la porte de son maître ? Il fallait que ce dernier eût lui-même une mentalité bien primitive pour tolérer de pareilles pratiques ! Elle l'observa à la dérobée. Le flamboiement du ciel éclairait sa figure. Il avait une expression à la fois puérile et sauvage. Un enfant émerveillé devant un incendie. « Il est d'une autre race, c'est indéniable ! résolut-elle. Même s'il parle en français, il pense en russe. » Une explosion, plus violente, la fit sursauter. Parmi les domestiques, une femme cria de peur, un homme rit niaisement :

— Oh ! Celle-là, c'est la plus belle !...

Au firmament, s'ouvrait une ombrelle de feu. Des reflets brillaient dans les vitres. Les arbres se découpaient en dentelles noires sur un fond d'aurore palpitante.

— Ils font bien les choses, dit le comte avec satisfaction Je regrette, monsieur Ozareff, que vous n'ayez pu voir le cortège royal...

Comme Nicolas, déconcerté, gardait le silence, Sophie s'entendit prononcer d'une voix mélodieuse :

— Pourquoi croyez-vous, père, que le lieutenant se soit privé de ce plaisir ?

— Parce que, comme je vous l'ai déjà dit, mon enfant, aucun représentant de l'armée alliée n'avait le **droit** de se montrer aujourd'hui dans les rues.

— Un officier, fût-il russe, **n'e**st jamais en peine pour tourner les règlements, dit Sophie.

Nicolas lui décocha un regard amusé.

— Vous avez le don de double vue, Madame, dit-il. En effet, certains de mes camarades et moi-même éprouvions un tel désir de vivre ces grandes heures que nous avons adopté le costume civil pour nous mêler à la foule de vos compatriotes. Que nos supérieurs hiérarchiques nous le reprochent, ce serait justice, mais quel Français, quelle Française pourrait nous en tenir rigueur ?

— Monsieur, dit le comte, je vous félicite, et j'espère que vous avez emporté un beau souvenir de l'entrée du roi à Paris.

— Magnifique ! dit Nicolas.

Sa voix vibrait de gratitude : il pensait aux baisers de Delphine.

— Permettez-moi de m'en réjouir en tant que Français, dit M. de Lambrefoux.

Ils échangèrent un petit salut de courtoisie. Les dernières pièces du feu d'artifice éclatèrent du côté du pont Louis-XVI en un gigantesque bouquet blanc, semé de rubis et d'émeraudes. Quand le ciel se fut éteint, les domestiques regagnèrent l'office.

La nuit était fraîche. Sophie serra son châle sur ses épaules. Un moment, elle se demanda si son père n'aurait pas l'idée saugrenue d'inviter le lieutenant Ozareff à prendre une tasse de café au salon. Mais M. de Lambrefoux était trop soucieux de ménager les sentiments politiques de sa fille pour émettre une proposition aussi hasardeuse. Il se contenta de s'appuyer au bras du Russe pour suivre l'allée principale. Sophie et sa mère marchèrent derrière eux. Le gravier craquait. Les deux hommes parlaient à voix basse. Que pouvaient-ils se dire ? Auprès du comte, qui était petit, Nicolas paraissait immense, avec ses longues jambes, son torse tout d'un jet, sa taille fine et ses larges épaules qui bougeaient à peine au rythme de son pas. On se sépara devant la maison.

— Je vous souhaite une bonne nuit, Madame, dit Nicolas.

Un très léger accent slave donnait du charme à ses moindres propos. Sophie essaya de trouver quelque chose d'aimable à répondre, mais ce furent, une fois de plus, des paroles désobligeantes qui lui vinrent aux lèvres :

— Les officiers russes auront-ils le droit de se promener demain dans les rues ?

— Oui, Madame, dit Nicolas sur un ton ironique. A moins que Paris n'attende un autre roi !
— A Dieu ne plaise ! s'écria Sophie.

Elle avait de plus en plus l'impression de n'être pas elle-même, de parler faux, de jouer mal.

— En somme, vous n'aurez laissé que vingt-quatre heures à Louis XVIII l'illusion d'être chez lui ! reprit-elle. C'est peu !
— Nous ferons mieux dans un ou deux mois, je l'espère, dit Nicolas.
— Comment cela ?
— En nous retirant tout à fait.
— Bien des gens vous regretteront ! soupira M. de Lambrefoux en tapotant l'épaule du jeune homme.

Sophie ramassa ses jupes et rentra vivement dans le salon, suivie de sa mère. M. de Lambrefoux les rejoignit bientôt. Nicolas resta dans le jardin, alluma un petit cigare et le fuma avec délices, en regardant les étoiles.

7

En quittant la boutique du coiffeur, Nicolas se sentit la tête légère sous un shako trop grand. Habitué à porter les cheveux longs, il songeait avec tristesse aux mèches blondes qu'il avait laissées sur le carrelage. N'était-il pas ridicule, ainsi tondu à la française, les tempes dégagées, des pattes sur les joues et des boucles courtes sur le front ? Delphine le détrompa en tombant, ivre d'admiration, sur sa poitrine. Il l'avait écoutée, il était deux fois plus séduisant que naguère, il méritait tous les plaisirs.

A quelque temps de là, il remarqua que certains de ses camarades avaient adopté la même coiffure et en conclut qu'ils s'étaient pliés, eux aussi, à des exigences féminines. Cette nouvelle coupe de cheveux fut bientôt un signe de reconnaissance entre officiers russes nantis d'une maîtresse française. Hippolyte Roznikoff, ayant suivi la mode par amour d'une pâtissière de la rue de Cléry, disait en riant que la plupart des Parisiennes avaient des âmes de Dalila. Tout en s'amusant des bonnes fortunes que lui racontaient ses compagnons d'armes, Nicolas gardait le secret sur sa propre aventure. Il n'y avait d'ailleurs, pensait-il, aucun rapport entre les liaisons banales dont se contentaient les autres et l'exceptionnelle passion qu'il éprouvait lui-même.

Son service à la caserne était devenu si peu astreignant qu'il pouvait s'échapper chaque jour, au début de l'après-midi, pour rejoindre Delphine dans la chambre aux tentures framboise Elle l'attendait là, ravissante, ponctuelle et pleine d'appétit. La volupté commençait dès le seuil de la porte. Cette femme avait un tel besoin d'amour que Nicolas, parfois, craignait de ne pas lui suffire. D'étreinte en étreinte, elle s'exaltait davantage. On avait à peine le loisir de parler. Cela durait deux heures, trois heures, puis Delphine se rhabillait, rose, fraîche, innocente, reposée, baisait

Nicolas sur le front et s'envolait vers quelque réception mondaine. Il restait au bord du lit, émerveillé de sa chance et les jambes faibles. Une fois pour toutes, il avait admis que Delphine menait une double vie, que cette chambre était le lieu habituel de ses rendez-vous et qu'il ne devait se montrer jaloux ni de son passé ni de son avenir. Cependant, il regrettait l'époque où, le connaissant à peine, elle dissimulait son désir sous un voile de mystère et de dignité. Du jour où elle s'était donnée à lui, elle n'avait plus jugé utile de cacher sa véritable nature. Pour se consoler d'avoir avec elle tant de satisfaction physique et si peu de conversation, Nicolas se disait que le temps leur manquait de communier dans la tendresse. En rentrant, le soir, à l'hôtel de Lambrefoux, il éprouvait l'impression d'avoir été à la fois comblé et déçu. Son corps n'exigeait plus rien, mais son âme était assoiffée de poésie.

Un jour, il prit les œuvres de Fontanes dans la bibliothèque, les lut, les admira, les rapporta, mais sans rencontrer Mme de Champlitte. Après les répliques acerbes échangées pendant le feu d'artifice, elle était redevenue invisible. Nicolas le déplorait, car il eût aimé rabattre, une fois de plus, l'humeur hautaine de cette femme. Il avait d'ailleurs parlé d'elle, incidemment, à Delphine, et celle-ci lui avait dit dans un éclat de rire : « Je ne suis pas étonnée que Sophie te fasse mauvais visage, mon amour ! Elle est incapable du moindre sentiment humain. Une machine à réfléchir, une fanatique de l'intelligence ! Depuis qu'elle est veuve, elle confond la haute philosophie avec le bas ennui, la vertu triomphante avec l'impuissance congénitale. Entre nous, une créature pareille ne devrait pas avoir le droit de porter une robe. Il est vrai qu'il ne se trouverait personne pour lui demander de l'ôter ! » Nicolas avait été frappé, sur le moment, par la perspicacité de cette critique. Devant sa mine réjouie, Delphine avait sollicité son avis d'homme sur la question. Il avait répondu avec un air de sincérité : « Pour moi, même si j'y étais obligé, je ne pourrais pas... » Aussitôt, elle s'était jetée sur lui et l'avait étouffé de baisers en criant : « Veux-tu te taire ? On ne parle pas ainsi d'une femme ! » A dater de ce jour, elle l'avait souvent interrogé sur les péripéties de ses relations avec Sophie et, comme il n'avait jamais rien à lui raconter, elle paraissait déçue.

Un dimanche après-midi, en retrouvant Delphine dans la chambre, il fut surpris de lui voir un visage encore plus animé que d'habitude. Il crut à de l'impatience amoureuse, mais, dès qu'il l'eut saisie dans ses bras, elle se dégagea et dit énigmatiquement :

— Ecoute-moi d'abord, Nicolas : j'ai une grande nouvelle à t'annoncer !

— Laquelle ? chuchota-t-il en lui baisant les mains.

— Tu déménages !

Il se redressa, ébahi :

— Comment cela ?

— Le plus simplement du monde : tu viens habiter chez moi.

— Mais... mais c'est impossible ! bégaya-t-il.

— Pourquoi ?

— Ton mari !...

— Je lui en ai parlé hier : il sera ravi de te recevoir !

D'abord, Nicolas ne sut que répondre. Bien que Delphine l'eût accoutumé à une grande liberté de manières, il était choqué par le cynisme de sa proposition. Toute une part chevaleresque de lui-même s'insurgeait contre la facilité en amour. Il regardait sa maîtresse et relevait sur ses traits une expression avide, presque vulgaire, dont il ne s'était pas avisé plus tôt.

— Même si ton mari est d'accord, dit-il, je ne peux pas accepter... C'est... c'est moralement inconcevable !...

— Nous ne ferons rien de plus ni de moins qu'ici, dit Delphine avec objectivité.

— Oui, mais nous le ferons sous *son* toit !

— La belle affaire ! Crois-tu que mon mari ignore ce que nous sommes l'un pour l'autre ?

— Tu le lui as dit ? s'écria-t-il.

— Il l'a lu dans mes yeux.

— Et alors ?

— J'ai lu dans les siens qu'il n'avait rien contre...

Elle marquait des points. Logiquement, Nicolas n'eût pas été plus coupable en rencontrant Delphine chez elle qu'il ne l'était en la rencontrant ici, puisque, dans les deux cas, le baron était consentant. Cependant, il protesta :

— Non, Delphine. Tout cela est absurde ! Songe à ta réputation ! Que diront vos amis, vos connaissances, si je m'installe chez vous ?

— N'habites-tu pas chez les Lambrefoux, qui ont une fille en âge d'être compromise ? répliqua-t-elle avec vivacité. Nul ne se scandalise de ton séjour dans leur maison !

— Tu ne peux pas comparer : je suis hébergé par les Lambrefoux en qualité d'officier de l'armée russe !

— C'est au même titre que je t'hébergerai moi aussi. Un simple changement d'adresse. Le billet de logement couvrira tout. Tu m'auras été imposé par l'autorité militaire. Pour le reste, il dépendra de nous d'être très discrets. Ah ! comme nous serons bien lorsque toutes les heures nous appartiendront, le jour, la nuit !...

Elle se blottit dans ses bras si amoureusement qu'il perdit un peu de son intransigeance.

— Aimerais-tu mieux continuer à vivre chez ces gens qui ne te sont rien que chez moi qui te suis si profondément attachée ? reprit-elle d'un ton suppliant.

Nicolas reconnut intérieurement que, là encore, elle raisonnait juste. Il devait être possédé par l'esprit de contradiction pour s'incruster dans une maison où on ne voulait plus de lui, alors qu'il y en avait une où sa présence était ardemment souhaitée. En l'invitant chez elle, Delphine lui permettait de quitter l'hôtel de Lambrefoux, tête haute. La possibilité de donner ainsi une leçon de savoir-vivre à Sophie n'était pas le moindre attrait de cette solution. Il envisagea l'explication définitive qu'il aurait avec elle et, tout à coup, n'hésita plus. Penché sur Delphine, il dit :

— C'est entendu. J'irai habiter chez toi !...

Elle se pendit à son cou et le remercia d'un interminable baiser.

Quand elle l'eut quitté, après l'amour, il fut ressaisi par les scrupules. Au fond de lui, demeurait une impression de déshonneur confortable. Il ne s'admirait pas dans cette aventure. Des idées blessantes pour sa vanité l'accompagnèrent jusqu'à la rue de Grenelle. Après le dîner, il songea au meilleur moyen de rencontrer Sophie et, payant d'audace, lui fit porter un billet par son ordonnance : « Madame, je vous serais très obligé si vous pouviez m'accorder dix minutes d'entretien... » Antipe revint avec la réponse : « Je vous attends dans la bibliothèque. »

Il s'y rendit joyeusement, comme à un assaut d'escrime, l'esprit bouillonnant du désir de provoquer, d'esquiver, de piquer vite et bien. Mais, en voyant le visage calme de Sophie, son ardeur s'apaisa.

— Qu'avez-vous à me dire ? demanda-t-elle en lui désignant un fauteuil près de celui qu'elle occupait elle-même.

Il resta debout pour mieux marquer le caractère agressif de sa visite.

— Madame, dit-il, je vais quitter votre maison !

Il y eut un silence. Sophie réfléchissait. Enfin, elle entrouvrit les lèvres et proféra dans un souffle :

— En avez-vous prévenu mon père ?

— Pas encore !

— Je ne comprends pas pourquoi vous m'avertissez en premier d'une décision qui concerne mes parents plus que moi !

Battu sur son propre terrain, il répondit sottement :

— Parce que je sais que vous êtes plus pressée qu'eux de me voir partir !

— En effet, dit-elle avec effort, vous pouvez avoir cette idée. Est-ce pour bientôt ?

— Pour demain, sans doute.

Les sourcils de Sophie se contractèrent, une lumière passa dans ses yeux, puis s'éteignit.

— Vous ne serez pas demeuré longtemps à Paris, marmonna-t-elle. Où va votre régiment ?

— Mais, nulle part. Mon régiment ne bouge pas. C'est moi qui...

Il n'acheva pas. Sophie le considérait avec un reproche douloureux.

— Voulez-vous dire, balbutia-t-elle, que la résolution vient de vous, que vous n'obéissez pas à un ordre supérieur ?...

Nicolas tressaillit, touché par la douceur de cette voix. Subitement, il n'était plus sûr d'agir avec finesse. La conscience de son incorrection le gênait.

— Il vaut mieux que je m'en aille, dit-il. Vous le savez bien !

Elle serra ses mains dans le creux de sa jupe. Son front se pencha, réduisant le visage à n'être qu'un triangle pâle sous deux sourcils noirs nettement dessinés. Repliée sur elle-même, elle semblait en prière.

— C'est à cause de moi, n'est-ce pas ? demanda-t-elle enfin.

Il répondit :

— Oui, Madame !

Alors, elle releva la tête avec fougue, ses yeux étincelèrent

— Monsieur, je vous prie de rester !

Il fut frappé d'étonnement. Sophie elle-même paraissait surprise de ce qu'elle avait osé dire. Pendant quelques secondes, elle demeura figée dans la lumière de la lampe qui brûlait non loin d'elle, sur le bureau, puis, se ranimant, elle dit encore :

— J'ai des torts envers vous, Monsieur, j'ai été brutale, maladroite... Mais il n'est pas facile de dominer certains sentiments par la raison... Je serais malheureuse si vous me gardiez rancune de l'offense que je vous ai infligée... Mes parents me rendraient responsable de votre départ...

Il se taisait, suffoqué par une émotion dont les causes principales lui échappaient encore.

— Où comptiez-vous aller ? demanda-t-elle.

Nicolas fut sur le point de répondre : « Chez le baron de Charlaz ! », mais la phrase resta en travers de son gosier. Il avait honte.

— Je ne sais pas où j'irai, grommela-t-il évasivement. Ce ne sont pas les chambres qui manquent à Paris...

Et, à partir de cet instant, il comprit qu'il ne croyait plus à la nécessité de son projet. Ce qu'il n'avait pas le courage d'annoncer, pourquoi aurait-il le courage de le faire ?

— Vous ne voulez vraiment pas vous asseoir ? demanda-t-elle avec un sourire triste.

— Si, si, bredouilla-t-il.

Installé au creux d'un fauteuil, il se sentait de moins en moins prêt à plier bagages.

— Vous n'avez aucune raison de nous quitter, dit Sophie. Mes parents se sont attachés à vous. Et moi, voyez, je vous rends les armes. Ne me faites pas regretter d'être si peu fière aujourd'hui après l'avoir été, sans doute, à l'excès !

Ecoutant, regardant Sophie, Nicolas se pénétrait de l'idée qu'à moins d'être un malotru il ne pouvait refuser à cette femme belle et noble la grâce qu'elle sollicitait. Mais que dirait-il à Delphine pour justifier son revirement ? Avec une joyeuse insolence, il balaya ce souci de sa tête. Chaque chose en son temps : demain, il examinerait la seconde partie du problème.

— Eh bien ? murmura Sophie. Vous ne m'avez pas répondu.

— Madame, s'écria Nicolas, après ce que vous m'avez dit, non seulement je ne veux plus partir, mais je suis confus d'en avoir eu l'intention !

Sophie inclina la tête. Pendant dix minutes, elle avait lutté contre son caractère comme contre un assaut de vagues furieuses. C'était la première fois de sa vie, peut-être, qu'elle triomphait en reconnaissant ses erreurs. Quant à savoir pourquoi il était si important pour elle que Nicolas restât dans la maison, l'explication était toute simple : elle était heureuse d'avoir réparé une injustice. En règle avec sa conscience, elle se sentait mieux. Il la contemplait avec une admiration juvénile : « Deux ans de moins que moi, songea-t-elle. Quel enfant ! » Elle lui demanda s'il continuait de se plaire à Paris et s'il ne regrettait pas trop la Russie. Il répondit avec enthousiasme que Paris avait pour lui un attrait toujours grandissant, mais qu'il n'était pas encore parvenu à se former une idée de la « mentalité française ».

— Chez nous, dit-il, les gens en apparence les plus dissemblables ont en commun des principes qui ne se discutent pas. Quand je pense à mon pays, je vois une seule Russie, nettement dessinée ; quand je pense au vôtre, je vois trente-six France qui se disputent. Je ne sais laquelle est la vraie. Toutes, probablement. Mais, pour un Russe, il est difficile de s'y retrouver. Ainsi vous, Madame, je suis persuadé que vous ne partagez pas les opinions de la plupart de vos compatriotes, alors que, si vous nous interrogiez, moi et mes camarades de régiment, sur les grands problèmes, nous vous répondrions tous de la même façon !

— Qu'appelez-vous les grands problèmes ? demanda-t-elle en souriant de sa naïveté.

— La religion, le bien, le mal, le sens de la vie, la croyance en l'immortalité de l'âme, la meilleure façon de gouverner les peuples...

Tout en parlant, il l'observait avec insistance, comme pour voir si, malgré son éducation française, elle était à même de comprendre l'importance de certains mots. Elle devina qu'il était anxieux de la mieux connaître et dit :

— Le propre des grands problèmes n'est-il pas justement de susciter des discussions passionnées ? A partir du moment où tout le monde est d'accord sur une idée, elle perd de sa force, elle s'éteint, elle disparaît.

— Mais pas du tout ! s'écria-t-il. Voyez la religion ! Ne doit-elle pas son extraordinaire rayonnement à la soumission d'un nombre toujours plus élevé de fidèles ?

— Les vrais fidèles ne sont pas ceux qui croient aveuglément, dit-elle, mais ceux qui s'interrogent. La chrétienté périrait d'ennui s'il n'y avait, à côté du troupeau des ouailles dociles, quelques esprits inquiets, révoltés, qui souffrent en adorant, qui prient mais qui doutent...

— Etes-vous de ceux-là ? demanda-t-il avec tant d'intérêt qu'elle en fut remuée.

— Oh ! non ! dit-elle.

— Vous ne croyez pas en Dieu ?

— Je crois en l'homme.

— Je ne vous comprends pas. Il suffit de réfléchir une seconde pour sentir qu'il existe au-dessus de nous une puissance merveilleuse, qui nous guide, qui nous juge...

— Qui nous guide, peut-être, qui nous juge, cela me paraît bien improbable, dit Sophie.

— Où est la différence ?

— Mais, voyons ! Guider est une activité mécanique, juger est une activité de l'esprit. N'y a-t-il pas quelque absurdité à prétendre d'une part que le monde est dominé par une figure céleste, inaccessible, surnaturelle, et vouloir, d'autre part, donner de ses agissements une explication qui satisfasse nos pauvres intelligences ? N'insultez-vous pas Celui que vous placez au-dessus de tout en lui supposant une logique conforme à la nôtre ? Ne pensez-vous pas que l'Eglise diminue la grande énigme en l'entourant de ses pompes théâtrales, que chacun doit pouvoir prier le Très-Haut à sa manière et que le plus beau temple ne vaut pas un ciel étoilé ?

Ces paroles rappelèrent à Nicolas une page qu'il avait lue dans *Nature, Justice et Conscience*. Mais les ennuyeuses théories de Champlitte prenaient, en passant par la bouche de sa veuve, un charme bouleversant. L'animation du débat colorait les joues de Sophie. Des fossettes se creusaient aux commissures de ses lèvres. Le désir de convaincre éclairait ses yeux et la rendait plus piquante dans sa fougue qu'elle ne l'était au repos. Nicolas la regardait avec curiosité, comme un feu qui s'élance, et ne songeait qu'à attiser les flammes pour les voir briller davantage.

— Je constate, dit-il, que vous raisonnez comme certains de vos concitoyens au temps de la Révolution !

— Je ne le nie pas !

— Vous êtes trop jeune pour avoir connu cette époque de folie antireligieuse et meurtrière. Mais vos parents, vos amis ont dû vous raconter...

— Ils ne s'en sont pas privés, dit-elle avec un léger haussement d'épaules.

— Et malgré cela...

— Malgré cela, oui, je crois qu'en 1789 un immense espoir a soulevé la race humaine. Les erreurs, les lâchetés, les crimes auxquels vous pensez ne déshonorent pas l'idéal qui leur a servi de prétexte. Je hais les bourreaux, je plains les victimes, mais n'est-il pas extraordinaire que, depuis ce massacre, le monde ne puisse plus vivre comme jadis ? Un mot, un simple mot s'est mis à hanter les consciences : liberté !

— Napoléon n'en faisait pas grand cas, dit Nicolas.

— C'est ce qui l'a perdu, répliqua Sophie. De nos jours, il n'est plus permis d'être un despote. Le peuple entier doit concourir par ses députés à la confection des lois. Il ne faut plus que le grand nombre soit immolé à l'ambition d'une minorité privilégiée, que les forts oppriment les faibles, que les chefs de guerre décident sans consulter personne du destin de la nation...

Nicolas fut pris d'inquiétude, soudain, devant cette révolutionnaire intrépide. Elle allait trop loin dans la démolition. Les trônes vacillaient, les églises se vidaient, les routes se couvraient de paysans terribles, armés de fourches et de faux. Il essaya d'apaiser la jeune femme en lui représentant que cette soif de liberté était une maladie occidentale et qu'en Russie, par exemple, les gens étaient très heureux sous la domination absolue et paternelle du tsar.

— Même les paysans serfs ? s'écria-t-elle.

— Même eux. Que feraient-ils de l'indépendance ? Fixés à la terre, ils n'ont aucune responsabilité, et, par conséquent, aucun souci. Dès leur naissance, ils savent qu'ils ne peuvent rien espérer d'autre. Donc, ils ne souffrent pas. Après tout, l'inégalité est une loi de la nature.

— Aux hommes de la corriger !

— Vous l'avez essayé en France : cela a fait un beau gâchis !

Sophie hocha la tête dubitativement. Cet homme était en retard de deux siècles sur elle. Et pourtant, il avait l'air bon, intelligent, ouvert.

— Nous sommes bien loin l'un de l'autre! soupira-t-elle.

Cette phrase parut le consterner. Il balbutia :

— Mais non, mais non! Avez-vous vu mon ordonnance, Antipe ? C'est un serf attaché à ma personne. Vous semble-t-il plus malheureux que votre portier ou votre palefrenier, qui sont, eux, des citoyens libres ? Le bonheur individuel est une question de caractère, de chance, de santé, de religion, mais jamais de politique !

Elle fut sur le point de s'indigner. Il ne lui en laissa pas le temps et reprit d'une voix chaude, persuasive, qui accrochait les « r » imperceptiblement :

— Je suis sûr que, si vous connaissiez mieux notre vie, à nous autres Russes, vous conviendriez qu'elle est harmonieuse et sage. Tenez, j'ai une idée ! Vous devriez assister à un office religieux orthodoxe. La cérémonie la plus émouvante est la messe qui est célébrée chaque dimanche dans la chapelle particulière du tsar, à l'Elysée-Bourbon. Des étrangers peuvent y être admis sur invitation...

— Je n'y serais vraiment pas à ma place ! dit Sophie.

— Ne croyez pas cela. Les gens les plus distingués se retrouvent à cette occasion. Tout le monde s'accorde à louer la beauté des chants liturgiques. Et puis, vous verriez notre empereur...

Elle secoua le front avec énergie.

— Vous ne voulez pas ? demanda-t-il tristement.

Comme elle se taisait, il dit encore :

— Je n'insiste pas... Je comprends !...

Le tic-tac de la pendule emplit le silence. Sophie prit conscience qu'elle avait passé près d'une heure en compagnie d'un homme, et l'idée de ce tête-à-tête l'inquiéta. Ses parents devaient se tenir encore dans le petit salon où elle les avait laissés. Qu'allaient-ils penser de sa longue absence ? Décidée à éluder leurs questions, elle se leva.

— Déjà ? s'écria Nicolas.

Il semblait si déçu qu'elle eut envie de rire :

— Il est tard !

— Mais j'ai encore tant de choses à vous dire, Madame ! Il faut absolument que je vous revoie !...

— Nous avons bien le temps, puisque vous ne partez plus, murmura-t-elle en lui tendant la main.

8

Nicolas eut beau expliquer à Delphine que M. de Lambrefoux mettait un point d'honneur à le retenir, et que, dans ces conditions, il ne pouvait aller habiter ailleurs sans passer pour un ingrat, elle refusa d'entendre ses raisons, se vexa, se fâcha et lui dit qu'elle le préviendrait quand elle serait disposée à le revoir. A ces mots, il afficha une contrition plus grande qu'il ne l'éprouvait réellement, ce qui permit à sa maîtresse de quitter la chambre avec dignité. Sa robe siffla en franchissant la porte. Nicolas se précipita derrière elle : « Delphine ! Delphine ! Ce n'est pas possible !... » Il la rattrapa dans le couloir, essaya encore de la fléchir, mais elle dit : « Non, Monsieur. Vous attendrez que je vous aie pardonné ! » Ce vouvoiement le cloua sur place. Il laissa retomber ses bras avec désespoir. Quand elle se fut éloignée, il rebroussa chemin, s'assit au bord du lit qui n'avait pas été défait, se prépara à être très malheureux et ressentit un profond soulagement. A tout prendre, la discussion avait été moins orageuse qu'il ne l'aurait cru. Deux ou trois jours de séparation suffiraient à calmer la rancœur de Delphine. Il regagna l'hôtel de Lambrefoux, la conscience en paix.

Là, il connut sa seconde émotion de la journée. En son absence, M. de Lambrefoux lui avait fait porter un billet, le priant à dîner le soir même. C'était la première fois qu'il était convié à la table du comte depuis l'arrivée de Sophie. Sans doute était-ce elle qui avait demandé à ses parents de l'inviter, comme elle les avait obligés, jadis, à le fuir. Cette idée le flattait prodigieusement. Son cœur avait besoin de confiance, sa vanité de succès. En vérifiant sa tenue devant la glace, il s'interrogea sur la nature de ses sentiments et constata qu'il n'éprouvait aucune tendresse envers Sophie, mais qu'il ne pourrait jamais se résigner à lui déplaire. Satisfait de cette mise au point, il attendit dans l'euphorie le moment de se montrer à ses hôtes.

Il pensait rencontrer une grande société dans le salon et fut surpris de n'y voir que Sophie et ses parents. On lui proposait un repas intime. Il en fut bouleversé. Cette table mise simplement, ces quatre couverts lui rappelaient la maison paternelle. Après des mois de guerre, il retrouvait la chaleur d'un foyer. Comme pour accroître son trouble, Mme de Lambrefoux le questionna aimablement sur son existence en Russie. La gorge serrée, il évoqua son père, sa sœur, M. Lesur, des voisins de campagne, le bois de bouleaux, une petite rivière poissonneuse où il allait pêcher lorsqu'il était enfant. Il se rendait compte que cette nostalgie était peu militaire et qu'il risquait de perdre son prestige aux yeux de Sophie en témoignant trop de sensibilité, mais un souvenir entraînait l'autre, les mots se pressaient dans sa bouche. Plus il parlait, plus il était agité par l'envie de convaincre ses interlocuteurs qu'il n'était pas un déraciné, un vagabond en uniforme, que lui aussi avait un toit, un refuge, une famille lointaine mais bien vivante et qui tenait à lui. M. et Mme de Lambrefoux l'écoutaient avec sympathie. Sophie, elle, semblait absente. Assise, roide, sur sa chaise, elle mangeait du bout des dents, ne disait pas deux mots. Nicolas en était à se demander si ce dîner avait été vraiment voulu par elle. Tout à coup, il se sentit incapable de poursuivre ses confidences et se tut, découragé.

Le comte relança la conversation sur un terrain politique : préparation de la Charte, négociations autour du traité de paix, manœuvres haineuses de Metternich, magnifiques ripostes d'Alexandre Ier qui refusait de laisser démembrer et avilir la France, toutes ces nouvelles, vraies ou fausses, bourdonnaient aux oreilles de Nicolas sans parvenir à l'intéresser. Il observait Sophie et tentait d'accrocher son regard. Pendant un changement de plats, leurs yeux se rencontrèrent. Elle rougit légèrement. A ce moment, la voix de la comtesse retentit dans le silence :

— Mon mari et moi avons une grâce à vous demander. Notre fille nous a dit qu'il vous serait possible d'obtenir des invitations pour un office religieux à l'Elysée-Bourbon. J'avoue que nous serions très honorés s'il nous était permis, à cette occasion, d'approcher votre tsar !

Nicolas resta une seconde étourdi. Jamais il n'aurait cru que Sophie rapporterait leur conversation à ses parents ! Devait-il comprendre que c'étaient eux seuls qui désiraient se rendre à l'église russe ou pouvait-il espérer que leur fille, changeant d'avis, les accompagnerait ?

— Mais avec joie, Madame ! balbutia-t-il. Dès demain, je vais m'en occuper. Combien voulez-vous d'invitations ? Deux ?...

— Non, trois, Monsieur, dit la comtesse avec un sourire. Si ce n'est pas abuser...

— Nullement !... Nullement !... Au contraire !...

Il rayonnait, une jubilation trépidante lui montait au cerveau. De nouveau, il essaya de capter les yeux de Sophie pour lui exprimer, dans un regard, toute sa gratitude. Mais, jusqu'à la fin du repas, elle parut ignorer ce qu'il voulait lui dire.

Le lendemain matin, après l'appel, Nicolas se précipita pour solliciter trois invitations à la prochaine messe dominicale. Selon ses camarades de régiment, c'était le prince Volkonsky, chef d'état-major du tsar, qui dressait la liste des personnalités étrangères admises à la cérémonie et délivrait les billets d'entrée. Nicolas était certes impressionné de déranger un homme de cette importance, mais la pensée de la promesse qu'il avait faite à ses hôtes l'eût déterminé à viser plus haut encore, s'il l'avait fallu. A l'huissier qui, dans le vestibule du palais, lui demandait le motif pour lequel il devait voir Son Excellence, il répondit :

— C'est une affaire personnelle et urgente.

— Son Excellence est très occupée.

— J'ai le temps.

— Votre nom ?

— Nicolas Mikhaïlovitch Ozareff, lieutenant aux gardes de Lithuanie.

L'huissier conduisit Nicolas dans un salon tendu de vieilles tapisseries, où d'autres quémandeurs attendaient leur tour. Tous étaient âgés, décorés, et serraient une serviette de cuir sous leur bras. Nicolas fut accablé par le sentiment de sa jeunesse. Dès qu'une porte s'ouvrait, il se mettait instinctivement au garde-à-vous. Le fait est qu'une fois sur deux c'était un général qui franchissait le seuil. Les audiences se succédaient à un rythme rapide. Une clochette d'argent tintait dans le bureau où travaillait le prince. Aussitôt, un secrétaire traversait l'antichambre d'un pas vif, les bras chargés de paperasses ; ou bien encore, c'étaient des courriers qui apparaissaient et disparaissaient, le temps d'un claquement de talons. A midi, le salon était encore à demi plein de monde. Nicolas craignit qu'on ne l'eût oublié et pria l'huissier de rappeler sa présence au prince Volkonsky.

— Vous ne voulez vraiment pas voir un de ses aides de camp ? demanda l'huissier.

Croyant que ce subalterne cherchait à l'éconduire, Nicolas répliqua vertement :

— Si telle avait été mon intention, je n'aurais pas attendu deux heures pour vous le faire savoir !

Dix minutes plus tard, il était introduit dans une pièce si vaste et si claire qu'il en fut ébloui. Le prince siégeait derrière un bureau orné de bronzes massifs. Il avait un visage plein et rose, aux épais sourcils noirs, aux prunelles globuleuses et au menton lourd. Des favoris pelucheux encadraient ses joues. Le reflet d'une fenêtre brillait au sommet de son front. Une plume d'oie tremblait dans sa main. Sans s'arrêter d'écrire, il demanda :

— Eh bien ! que voulez-vous ?

Changé en statue, Nicolas eut à peine la force de remuer les lèvres.

— Quoi ? grommela le prince. Parlez plus fort !

Nicolas répéta sa requête et soudain vingt étoiles brillantes montèrent devant lui : le prince Volkonsky se levait de toute sa taille en bombant un torse constellé de décorations. La foudre jaillit de ses yeux. Il glapit :

— Vous vous moquez de moi ?

— Mais non, Excellence. On m'avait dit...

— Savez-vous bien à qui vous avez affaire ?

— Oui, Excellence...

— Je traite ici des problèmes d'Etat, je dirige le mouvement des armées, le tsar m'attend d'une minute à l'autre pour le rapport, et vous venez m'importuner avec vos histoires d'invitations à la messe ! Adressez-vous à l'officier de service, à l'huissier, au portier, à n'importe qui, mais pas à moi ! C'est de l'insolence, Monsieur, de l'insolence ! Je saurai bien vous le faire comprendre ! Je vais vous mettre aux arrêts. Immédiatement ! Donnez-moi votre épée !...

Nicolas perdit le souffle dans la bourrasque. Un grand froid tomba sur ses épaules. Avec des mains tremblantes, il détacha son épée et la présenta au prince. En même temps, il pensait à Sophie, au comte, à la comtesse, qui seraient si désappointés ! Il leur apportait sa dégradation en hommage ! Au lieu de prendre l'arme que Nicolas lui tendait à bout de bras, le prince marchait de long en large dans la pièce.

— Posez ça sur le bureau ! hurla-t-il enfin, comme si l'épée de Nicolas eût été un objet malpropre.

Au même instant, quelqu'un frappa à la porte, le prince cria : « Entrez ! » et un aide de camp lui annonça que Sa Majesté était disposée à le recevoir. Le chef d'état-major changea de visage, tira les manches de son uniforme, haussa le menton et saisit une liasse de papiers sur la table. Nicolas continuait à se tenir raide, muet, l'épée à la main, au centre de la pièce. En passant devant lui, le prince gronda :

— Allez-vous-en ! Que je ne vous revoie plus jamais !

Et il sortit à grands pas. Un huissier reconduisit le visiteur malchanceux dans l'antichambre. Echappé par miracle à la peine disciplinaire, Nicolas reprenait lentement ses esprits. Comment faire pour obtenir des invitations ? Il ne pouvait se résigner à rentrer chez lui les mains vides ! Ravalant son orgueil, il demanda conseil à l'huissier.

— Pourquoi ne me l'avez-vous pas dit plus tôt, Votre Noblesse ? s'écria l'homme. Je vais tout de suite vous conduire à l'aide de camp qui est chargé de ça !...

— Mais le prince Volkonsky...

— Vous pensez bien qu'il n'a rien à voir personnellement dans cette affaire !... C'est son secrétaire qui établit les listes et délivre les billets.

Nicolas était partagé entre la joie de toucher au but et la honte de s'être montré si naïf. L'aide de camp, qui le reçut dans une pièce sans tapisseries et derrière un bureau sans dorures, ne fit aucune difficulté pour inscrire les noms du comte, de la comtesse et de leur fille sur un beau carton blanc gravé aux armes impériales.

— Bien entendu, vous me répondez de la parfaite honorabilité de ces personnes, dit-il en remettant l'invitation à Nicolas.

— Sur mon âme, sur ma vie ! balbutia Nicolas avec enthousiasme.

L'aide de camp sourit et leva une main molle, comme pour signifier qu'il n'en demandait pas tant.

Une heure avant le début de l'office religieux, Nicolas se trouvait déjà, en tenue de parade, à l'Elysée-Bourbon. L'un des plus beaux salons du palais avait été transformé en chapelle orthodoxe, mais ses portes étaient encore fermées. Une foule d'officiers et de courtisans se pressaient dans la galerie qui conduisait au sanctuaire. Sur un moutonnement d'uniformes verts, bleus, blancs et rouges, brillait la moisson des épaulettes d'or. Chaque col brodé soutenait une tête illustre, chaque poitrine, largement décorée, était un livre de gloire. Quelques femmes très élégantes assemblaient autour d'elles les jeunes lieutenants de la garde. Des diplomates se parlaient à l'oreille dans l'embrasure d'une fenêtre. L'air sentait la pommade et l'encens. Perdu parmi toutes ces Excellences, Nicolas se faufilait entre les groupes, s'effaçait, saluait, et attendait avec impatience l'instant où paraîtraient Sophie et ses parents. Ils lui avaient promis de n'être pas en retard. S'ils arrivaient après l'empereur, on ne les laisserait pas entrer à l'église. Au paroxysme de sa crainte, il éprouva soudain la joie d'être exaucé. Le comte, la comtesse et leur fille s'avançaient dans la galerie et le cherchaient des yeux. Comme Sophie était belle, dans sa robe de demi-deuil, en taffetas violet pâle à fines broderies noires ! Sur son long cou souple, sa petite tête penchait un peu, couronnée de fleurs, de rubans, avec une fumée de mousseline grise sur le tout. Des pendants d'oreille en améthyste tremblaient au bord de ses joues. Elle avait le regard sombre et doux d'une Vierge byzantine. Autour d'elle montait un murmure flatteur. Nicolas entendit très distinctement :

— Elle est ravissante !... Merveilleuse !... Une Autrichienne ?... Une Française ?... Savez-vous son nom ?... Qui l'a invitée ?...

Affolé d'orgueil, il se détacha des rangs et, devant tous ces hauts personnages qui n'en croyaient pas leurs yeux, un simple lieutenant des gardes de Lithuanie accueillit par un profond salut la plus jolie femme de l'assistance. Chacun, pensait-il, devait l'envier et supputer jusqu'où allait son pouvoir sur elle. Une promotion dans l'armée ne l'eût pas réjoui davantage. Quand il se redressa, ce fut pour lire sur le visage de Sophie qu'elle était émue de se trouver dans une société si nombreuse. Sans doute, contrairement à Delphine, n'avait-elle pas le goût du monde. Nicolas lui sut gré de cette sauvagerie. Le comte et la comtesse, en revanche, étaient tout à fait dans leur élément. Ils demandèrent à Nicolas de leur nommer les principales figures de l'assemblée. Sans être grand connaisseur, il put leur désigner le maréchal Barclay de Tolly, le général de Sacken, le comte Platoff, *ataman* des cosaques du Don, le prince Lopoukhine, aide de camp du tsar... Subitement, il ravala son souffle. La porte du salon s'ouvrait à deux battants sur le miroitement doré des icônes et les points lumineux de mille cierges allumés. Les conversations se turent, les têtes s'inclinèrent et la foule se mit en mouvement.

— Quel est ce personnage qui se tient sur le seuil ? chuchota le comte.

Nicolas suivit le regard de M. de Lambrefoux et se troubla. Le prince Volkonsky se dressait en personne à l'entrée de la chapelle, pour accueillir les invités. Par ses soins, les dames étaient toutes réunies à gauche d'une allée centrale, les messieurs à droite. Ses manières aimables étaient celles d'un maître de cérémonies. Mais Nicolas savait trop ce que cachait cette politesse. Un cri terrible résonnait encore dans sa tête : « Que je ne vous revoie plus jamais ! » Il pensa : « Si le prince me reconnaît, je suis perdu !... Le scandale, les arrêts, l'épée rendue devant tout le monde... » Il murmura à l'oreille du comte :

— C'est notre chef d'état-major. Il vous indiquera vos places. Moi, je vous laisse, je vous rejoindrai plus tard...

Et, avec une feinte modestie, il s'effaça derrière un groupe de généraux. Ce fut seulement lorsque tous les invités de marque eurent été introduits et installés dans la chapelle que le prince Volkonsky s'écarta de la porte. Nicolas entra, mêlé avec le menu fretin des lieutenants de la garde, et se glissa au dernier rang de l'assistance. De l'endroit où il se trouvait, il pouvait apercevoir, loin devant lui, sur la gauche, une petite tache violette : le chapeau de Sophie.

*
* *

La messe terminée, le flot des invités se répandit de nouveau dans la galerie. Le tsar était sorti le premier, suivi de son chef d'état-major et de quelques généraux. N'ayant plus rien à craindre du prince Volkonsky, Nicolas rejoignit Sophie et ses parents.

— Comment l'avez-vous trouvé ? chuchota-t-il.
— Qui ? demanda Sophie.

Cette question surprit Nicolas :

— Mais... le tsar !...

Elle savait qu'il espérait une réponse enthousiaste, mais ne pouvait se résoudre à lui donner ce plaisir. Au passage de l'empereur, elle n'avait éprouvé qu'une émotion banale, due au contentement de la curiosité.

— Il est fort bien ! dit-elle.

C'était insuffisant ! Nicolas fronça les sourcils.

— Je constate que vous ne le voyez pas du même regard que nous ! dit-il.
— Ce n'est pourtant pas un surhomme !
— Aux yeux de ses sujets, il est le représentant de Dieu sur la terre.
— Le croyez-vous réellement, Monsieur ?
— Mais oui, répondit Nicolas avec une simplicité tranquille. Je ne serais pas russe si je pensais différemment.

Venant d'un autre, cette affirmation eût paru à Sophie d'une bêtise politique incommensurable, mais, en observant Nicolas, elle était plutôt disposée à s'attendrir sur la naïveté de ses opinions. Tout ce qui aurait pu la heurter en lui bénéficiait de l'excuse qu'il était étranger, et leurs rares rencontres d'idées n'en semblaient que plus exceptionnelles.

— Pour ma part, dit Mme de Lambrefoux, j'ai été subjuguée ! Votre empereur a vraiment une stature, une prestance, une grâce qui ne s'oublient pas !

— Evidemment, mère, soupira Sophie, si vous le comparez à Louis XVIII...

— Allons ! Allons ! dit le comte. Les souverains ne sont pas des acteurs chargés de rallier les suffrages de la foule !...

Portés par le courant des visiteurs, ils se retrouvèrent bientôt dans la cour de l'Elysée-Bourbon. Là, Nicolas eut l'occasion de saluer encore quelques officiers, ce qui lui fut très agréable : il ne se lassait pas d'être vu aux côtés de Sophie. La voiture de M. de Lambrefoux attendait dans la rue. Il offrit à Nicolas de le ramener. Chemin faisant, on parla de l'office religieux, qui avait enchanté le comte, la comtesse et même leur fille, bien qu'elle fût plus réservée dans ses appréciations : elle admirait la décoration de l'iconostase, les vêtements somptueux du prêtre et le chant du chœur, mais commentait la cérémonie du même ton qu'elle l'eût fait pour une représentation théâtrale. Nicolas mit cette funeste incroyance sur le compte d'une enfance bouleversée par la Révolution et d'une première jeunesse vouée à un époux vieillissant, libéral et athée. Sophie était la victime d'une époque, d'une éducation, d'un mariage, mais son âme était belle. Il se sentait des envies farouches de la sauver. Doucement secoué dans la boîte de la voiture, il déplorait que la présence du comte et de la comtesse l'empêchât d'avoir avec la jeune femme une conversation à cœur ouvert, comme il les aimait. De retour à l'hôtel de Lambrefoux, il se sépara de ses hôtes avec l'impression d'être leur obligé, alors que c'étaient eux qui le remerciaient de la joie qu'il leur avait procurée.

Son après-midi fut morose. Il se promena, désœuvré, à travers la ville, alla boire une « demi-tasse » dans un café du Palais-Royal avec Roznikoff, et, n'ayant rien à lui dire, l'écouta parler de ses ambitions. Au contact de Paris, Hippolyte Roznikoff, jadis très simple de manières, s'était découvert des prétentions à l'élégance. Il prenait un soin extraordinaire de sa personne, huilait ses courts cheveux noirs pour les rendre plus brillants, se parfumait, se polissait les ongles et posait sur toutes les femmes des regards doux comme le velours. Bien qu'il ne fût pas beau, son assurance était telle que ses camarades l'avaient surnommé « le bel Hippolyte ». Sous son air de légèreté, il avait d'ailleurs un grand souci de sa carrière. Les épaulettes des aides de camp le fascinaient. Il était prêt à tout pour entrer à l'état-major du prince Volkonsky.

— J'y arriverai, tu verras, disait-il. Par relations ou autrement, peu importe ! Il faut savoir ce qu'on veut dans la vie. Et toi, quel est ton but ?

— Je n'en ai pas, dit Nicolas avec amertume.

Il regagna la rue de Grenelle, sur les huit heures du soir, sans avoir dîné. Antipe lui proposa un en-cas de charcuterie qu'il refusa dédaigneusement : il n'avait pas faim et sa poitrine était oppressée. Par la porte-fenêtre de sa chambre entrait le parfum du jardin obscur. Tout au fond, près de la clôture, une tache blême se dressait entre deux masses de buis noirs : le Cupidon. Nicolas sourit à ce vieux compagnon de sa solitude et s'engagea dans le chemin, en évitant de faire crisser le gravier sous son pas.

Arrivé près de la statue, il s'assit sur un banc de pierre et regarda la maison. Les fenêtres de la salle à manger étaient encore allumées. Puis, une lumière brilla derrière les vitres du salon, une autre derrière celles de la bibliothèque. Sophie allait-elle chercher un livre ? Un moment, Nicolas conçut le projet insensé de la rejoindre. Mais, déjà, une autre croisée s'éclairait au premier étage : Sophie rentrait dans sa chambre. Une silhouette rapide intercepta les rayons de la lampe. Les rideaux se fermèrent sur leur secret. Nicolas écarquilla les yeux dans les ténèbres. Comme le ciel était étoilé, il ne lui venait à l'esprit que des idées nobles et mélancoliques. Il n'avait pas envie de se coucher, il souhaitait rester là, songeur, en attendant que l'horizon pâlît, que les oiseaux s'éveillassent dans les arbres et que la rosée du matin rafraîchît ses joues.

Un bruit léger le frappa dans sa méditation. Il leva la tête et pensa qu'il rêvait plus profondément encore : Sophie, ou son fantôme, s'avançait dans l'allée. Evidemment, elle se croyait seule dans le jardin ! Il sortit prudemment de l'ombre noire qu'un feuillage maintenait au-dessus du banc. La jeune femme n'eut pas un mouvement de surprise et se dirigea sur lui, comme s'ils fussent convenus de ce rendez-vous. Etait-elle descendue exprès pour le rencontrer ? Bouleversé par cette supposition, il dit avec effort :

— Quelle magnifique soirée, n'est-ce pas ?

— Oui, murmura-t-elle. A la belle saison, je viens souvent m'asseoir ici, avant de monter dans ma chambre.

— Je vous ai pris votre place ! Je vous dérange !...
— Mais non, dit-elle. Restez.
Il s'installa à côté d'elle sur le banc.
— Je n'ai cessé de penser à la cérémonie religieuse de ce matin, reprit-elle. Tout y était beau, étrange, captivant. Il n'est pas toujours nécessaire de croire pour être ému. Je me demande si c'est à Dieu ou à la Russie que vous avez voulu me convertir en m'invitant avec mes parents à cette messe orthodoxe !

Elle souriait, à demi sérieuse, à demi amusée.
— Je désirais simplement, dit-il, vous faire comprendre que nous ne sommes pas complètement des barbares !
— Si j'avais besoin d'en être convaincue, ce ne serait pas vers vos prêtres à grande barbe que je me tournerais, mais vers certains de leurs fidèles !

La hardiesse de ce propos les troubla l'un et l'autre au point qu'ils demeurèrent longtemps silencieux. Nicolas entendait battre son cœur avec une violence inaccoutumée. Brusquement, elle se leva :
— Il est tard ! Il faut que je rentre...

Navré de cette décision, Nicolas bredouilla une protestation embarrassée, alors qu'il eût aimé s'exprimer en poète. Elle fut soulagée qu'il ne cherchât pas à la retenir et s'éloigna, fuyant son propre trouble autant que celui dont elle le devinait possédé.

Sur le palier du premier étage, elle se heurta à sa mère. Mme de Lambrefoux était déjà en peignoir, avec une fanchon de dentelle sur la tête et de la crème par tout le visage. Cela ne l'empêchait pas d'avoir un air de grande dignité. Elle tenait un chandelier à la main.
— Mon enfant, j'ai deux mots à vous dire, prononça-t-elle d'une voix ferme.

Elle entra dans la chambre de sa fille, posa son chandelier, refusa de s'asseoir et, serrant ses petites mains en boule à hauteur de son ventre, chargeant ses yeux d'une douce lumière maternelle, poursuivit un ton plus bas :
— Malgré moi, je viens de voir que vous aviez rejoint ce jeune homme dans le jardin ! Etait-ce bien nécessaire, Sophie ?

L'observation était si imprévue que Sophie s'étonna d'abord, puis s'emporta, le feu aux joues, le souffle entrecoupé :
— Je ne vous comprends pas, mère. Il y a quelques jours encore vous me reprochiez d'être peu aimable avec M. Ozareff, et maintenant...
— Maintenant, vous avez, me semble-t-il, péché par excès contraire. Je me demande ce qu'a pu penser ce garçon quand vous êtes allée vers lui, tout à l'heure...
— J'ignorais qu'il se trouvait là ! s'écria-t-elle.

La réplique lui était montée si naturellement aux lèvres que, pendant une seconde, son mensonge eut pour elle force de vérité. Puis, elle se revit scrutant le jardin par la fenêtre, découvrant une tache sombre près du banc, dévalant l'escalier, marchant, légère, heureuse, dans l'allée, et une colère la prit, non point contre elle-même, mais contre sa mère qui l'obligeait à la simulation.

— Evidemment, reprit-elle, j'aurais pu, en l'apercevant, revenir en arrière, mais j'avoue que l'idée ne m'en a même pas effleuré l'esprit. Je ne suis plus une enfant ! J'ai le droit d'agir à ma guise !...

— Une femme n'a jamais le droit d'agir à sa guise, dit Mme de Lambrefoux dans un soupir qui témoignait de sa longue expérience. La crainte d'une mauvaise réputation contribue tout ensemble à notre assujettissement et à notre sauvegarde. Loin de moi l'idée de blâmer gravement votre conduite, mais je l'aimerais plus équilibrée. Vous vous engagez trop vite, trop loin, dans la haine comme dans la bienveillance. Vivez plus prudemment et vous serez plus heureuse...

— Quel pauvre bonheur me promettez-vous là ?

— Celui que j'ai connu avec votre père ! rétorqua la comtesse en dressant le menton.

— Pardonnez-moi, mère, dit Sophie, mais je ne comprends pas l'utilité de notre conversation. Allez-vous me gronder comme une pensionnaire parce que j'ai échangé dix mots avec cet homme dans le jardin ?

— Il faisait déjà noir ! dit la comtesse.

— Est-ce la rencontre ou l'obscurité qui vous gêne ? demanda Sophie.

— C'est la rencontre dans l'obscurité, mon enfant !

Sophie haussa nerveusement les épaules. Habituée à dominer ses parents, sa réaction naturelle était de répondre à toute critique en exagérant le défaut même qu'on lui reprochait. Il suffisait que sa mère la priât d'être plus distante avec l'officier russe pour qu'elle eût envie de se montrer doublement affable envers lui.

— Je suis désolée de vous contrarier, dit-elle, mais je vous annonce que j'ai l'intention de sortir, un jour prochain, avec le lieutenant Ozareff, pour lui faire visiter Paris...

Elle avait inventé cela sur le moment et jouissait de la surprise qui arrondissait les yeux, la bouche et le menton de sa mère. Dépassée par les événements, Mme de Lambrefoux ne sut que balbutier :

— Imprudence !... Imprudence et impudence !... Ah ! Sophie, quel plaisir prenez-vous à me torturer ? Ne voulez-vous pas songer sérieusement à votre avenir ? Croyez-moi, il est grand temps de construire...

— Que voulez-vous que je construise, mère ?

— Un foyer, s'écria Mme de Lambrefoux en unissant ses deux mains en forme de nid palpitant. Votre cher époux est mort depuis deux ans, c'est un bon délai de tristesse. Vous n'avez pas d'enfant, c'est une bénédiction dans la circonstance. Vous êtes belle, c'est une qualité qui ne s'améliore pas avec les années...

— Et pourtant, je refuse de convoler ! trancha Sophie dans un éclat de rire. Qu'y a-t-il là d'incompréhensible ? Ne dirait-on pas que les seules raisons d'être de la femme sont le mariage et la procréation ?

Mme de Lambrefoux eut un haut-le-corps devant le mot, sinon devant l'idée.

— Sophie, dit-elle, vos lectures vous montent à la tête. Vous offensez notre sexe !

— Parce que je veux mon émancipation ? Je ne suis pas la seule !

Mme de Lambrefoux se démonta : elle se rappelait avoir lu jadis quelque chose de très révolutionnaire à ce sujet dans les écrits de son gendre. En ce cas, évidemment, ses reproches ne tenaient plus. Il était admissible qu'une épouse partageât les opinions, fussent-elles aberrantes, de son mari. Elle-même, d'ailleurs, se plaisait à répéter dans les salons les propos politiques du comte de Lambrefoux, avec tant d'aisance que les gens voyaient de la conviction là où il n'y avait que de la docilité conjugale. Sophie lui prit le bras tendrement, l'accompagna jusqu'à la porte, et dit encore :

— N'ayez pas de souci, mère. Je suis trop contente de mon sort pour encourager vos espoirs, trop sûre de ma raison pour mériter vos inquiétudes. Que M. Ozareff ne vous empêche pas de dormir, puisqu'il ne m'empêche pas de dormir moi-même. Ce devrait être un repos pour des parents de posséder une fille telle que moi !...

Doucement retournée, moquée, cajolée, Mme de Lambrefoux partait dans la confiance. Elle était d'ailleurs ainsi faite que ses angoisses ne duraient jamais plus d'une heure.

9

« On » attendait une réponse. Nicolas reprit la lettre et la relut, marchant de long en large dans sa chambre. A chaque pas, il raidissait le mollet. Debout près de la porte, Antipe regardait son maître comme un orage en déplacement. L'écriture perlée dansait devant les yeux de Nicolas :

« Ai-je tort, ai-je raison de lever si tôt une punition si méritée ? Je vous attends demain, vers trois heures, à l'adresse que vous savez. Le porteur de ce message est une personne sûre. Remettez-lui un billet enfermant le seul mot : « Oui ! » et ne me tenez pas rigueur si le présent aveu ne porte pas de signature. Souvent un simple parfum vaut mieux qu'un prénom tracé au bas d'une page... »

Nicolas approcha son nez du papier et respira un champ de vanille. Delphine tout entière venait à lui dans cette bouffée odorante. Cependant, il n'était pas ému. L'insistance de cette femme le contrariait. Il avait l'impression d'être grimpé très haut et qu'on le priait de redescendre. Après avoir tourné dix fois autour de la table, il s'assit, plissa le front et écrivit en balançant chaque mot au bout de sa plume avant de le coucher sur le papier :

« Chère Madame,

« Profondément touché de votre bienveillance, je n'en suis que plus confus à l'idée qu'il me sera impossible d'être au rendez-vous que vous me proposez. »

C'était très sec. « Elle comprendra ! » pensa-t-il avec une cruauté virile, et il cacheta le pli. Antipe ouvrit la porte. Dans le couloir, se tenait un domestique de Delphine, vieux, maigre, blafard, en livrée bleue à boutons d'argent.

— Voici, dit Nicolas en lui remettant la lettre.

L'homme fit un œil de confident zélé, plia l'échine et disparut. Soulagé, détendu, Nicolas prit un livre avec l'intention de s'oublier dans la poésie. Une demi-heure plus tard, il comprit qu'il s'était réjoui trop tôt : le serviteur de Delphine revenait avec un nouveau mandatement, aussi parfumé que le premier : « Préférez-vous un autre jour ? Je puis me libérer mercredi ou vendredi prochains. » Sans hésiter, Nicolas écrivit : « Nous jouons de malchance : je serai également pris aux deux dates que vous m'indiquez. » Le vieillard en livrée bleue s'éclipsa, porteur de ce deuxième refus. Une heure s'écoula encore et Nicolas le vit reparaître, essoufflé, la paupière triste, une enveloppe entre ses doigts tremblants. « Quand donc, alors ? » demandait Delphine. C'était le cri d'une amoureuse frustrée. Nicolas en conçut de l'ennui et de la vanité. Il n'avait pas le courage de répondre : « Jamais. » La politesse autant que la charité l'inclinèrent vers un euphémisme : « Je ne le sais pas encore, chère Madame. Mon service m'occupe beaucoup. Dès que je serai en mesure de vous revoir, je vous préviendrai. Excusez-moi... » Le domestique avait repris sa respiration derrière la porte. Persuadé que cette course serait la dernière, Nicolas le gratifia d'un pourboire. Mais il semblait que l'homme fût un volant renvoyé entre deux raquettes. Bientôt, il resurgit au seuil de la chambre, son chapeau plaqué contre le ventre, des gouttes de sueur au front, la bouche haletante et le mollet mou. Sans doute lui avait-on recommandé de courir. Il n'eut pas la force de prononcer un mot et tendit à Nicolas un papier plié en quatre et cacheté de cire mauve : « Cruel, quel jeu m'imposez-vous ? Espérez-vous ainsi piquer mon orgueil et assurer votre victoire ? Ou dois-je comprendre que votre cœur, en apparence généreux, est, en fait, tout glacé par les neiges du Nord ? » Nicolas leva son regard sur le valet de Delphine. Les yeux de l'homme répétaient à leur façon ce que disait la lettre. Si ce va-et-vient continuait, il tomberait de fatigue entre les deux maisons. Assez étrangement, c'était le serviteur et non la maîtresse que Nicolas plaignait le plus dans l'affaire. Delphine avait fini de l'intéresser. Mû par un élan de charité chrétienne, il murmura :

— Il n'y a pas de réponse !

Une lueur de gratitude brilla dans les prunelles du vieux domestique. Il tourna les talons et s'en alla. Ce fut la dernière alerte de la journée.

Le lendemain, au lieu de rejoindre Delphine, Nicolas consacra toutes ses heures à la sagesse. En homme détaché des contingences de la chair, il se plut à visiter le musée du Louvre. « Je pourrais être, en ce moment, dans les bras de ma maîtresse, songeait-il, et je regarde des tableaux. Quelle force de caractère ! » On racontait parmi les Russes qu'Alexandre Ier était intervenu en personne pour empêcher ses alliés de reprendre dans la galerie certaines toiles et certaines statues que Napoléon y avait apportées comme butin de guerre. Cette circonstance incitait Nicolas à mêler dans une même admiration son souverain et les œuvres d'art qu'il avait protégées. Marchant dans les salles pleines de monde, lorgnant aux murs des apothéoses guerrières, des nudités mythologiques, des vues champêtres et des portraits de princes méditatifs, il se sentait de plus en plus disposé à n'aimer dans la vie que le pur, le grand et le beau. Quand un tableau le frappait particulièrement, il en notait le titre à l'intention de Sophie : il trouverait bien l'occasion de lui relater sa visite au Louvre !

En sortant du musée, il était comme écœuré de splendeur. Il passa par le jardin des Tuileries pour s'aérer. Dans l'allée des Orangers, il rencontra Hippolyte Roznikoff et quelques officiers de son régiment, assis en cercle sur des chaises. Ils discutaient un projet : louer deux fiacres pour la journée du lendemain et aller visiter en bande la Malmaison où résidait l'ex-impératrice Joséphine. Accusé par Roznikoff d'agir, ces derniers temps, en « solitaire orgueilleux », Nicolas accepta, par camaraderie, de se joindre au groupe. L'heure de fiacre coûtait deux francs. On serait six ou huit à se partager les frais du pèlerinage. Le tsar ne donnait-il pas l'exemple à ses officiers en faisant de fréquentes visites à l'impératrice répudiée et à sa fille, la reine Hortense ? Il était de bon ton, parmi les Russes, de dénigrer Napoléon et d'estimer sa famille. Rendez-vous fut pris pour le jour suivant, à huit heures du matin, sur l'esplanade des Invalides. Le bel Hippolyte s'était chargé d'organiser le transport et le pique-nique.

En arrivant à l'heure dite sur le lieu du rassemblement, Nicolas y trouva deux fiacres vermoulus, entourés d'une dizaine d'officiers en petite tenue. L'ordonnance de Roznikoff portait un énorme panier à provisions, d'où émergeaient des goulots de bouteilles. Il faisait beau et chaud. L'armée avait envie de rire. On s'entassa dans les voitures. Les ressorts s'affaissèrent en grinçant. Eveillés en sursaut, les chevaux étiques dressèrent l'oreille, frémirent de la croupe, et, sans attendre l'ordre du cocher, se mirent en marche avec résignation.

Il n'y avait plus de bivouacs sous les arbres des Champs-Elysées. Les cosaques n'étaient restés là que les premiers jours de l'occupation : aussi longtemps qu'une contre-attaque de Napoléon avait été à craindre. Maintenant, ils logeaient à l'étroit dans des casernes. Si les officiers russes se montraient partout, les hommes de troupe, sévèrement consignés, demeuraient invisibles. Sage précaution, car, depuis la fin de la guerre, un nombre toujours croissant de soldats français refluait des frontières vers la capitale. Ces revenants n'avaient pas connu les péripéties de la campagne de France, ne s'étaient pas battus aux portes de Paris et ne comprenaient pas que l'empereur eût abdiqué pour céder la place à « un foutu Bourbon ». Il ne se passait pas de jour qu'une bagarre n'éclatât dans les bas quartiers pour des raisons politiques. Tous les occupants de la voiture étaient d'accord pour estimer que le malaise allait s'accroître avec la signature du traité de paix et le retour des premiers prisonniers français dans leur patrie. Le capitaine Maximoff déclarait rondement :

— Quand je regarde ce qui se passe à Paris, j'aime mieux être dans ma peau que dans celle d'un Français. Dès que nous partirons d'ici, ce sera de nouveau la révolution. Ils couperont la tête à leur numéro dix-huit comme ils l'ont fait à leur numéro seize. On ne peut pas leur en vouloir. C'est devenu chez eux une manie !

— Ne parlez pas de départ ! soupira Hippolyte Roznikoff, qui était — ou se voulait croire — amoureux. Il me semble qu'en quittant la France je dirai adieu à ma jeunesse.

A ces mots, Nicolas eut un serrement de cœur.

— Et ça n'a pas vingt-deux ans ! rugit Maximoff. Mais, bouge de blanc-bec, tu te figures donc qu'on ne cultive pas de jolies filles hors de Paris ? Les beaux yeux, les beaux seins et les belles fesses, il en pousse partout sur la terre ! En Russie aussi, tu trouveras des pâtissières accueillantes ! Surtout bâti et nippé comme te voilà !

Le bel Hippolyte rougit sous sa tignasse noire, huileuse, et éclata d'un rire de corbeau :

— Vous êtes au courant ?

— Toute la caserne ne parle que de ça ! D'ailleurs, là-dessus, je te félicite. Il faut qu'un militaire trousse tant qu'il peut les femmes des vaincus. Mais à une condition : qu'il ne les regrette pas quand son régiment se remet en marche !

Assis à côté du capitaine Maximoff, le capitaine Doubakhine approuva ces propos d'un hochement de tête. C'était un personnage sec, pâle, myope, dont on chuchotait qu'il était franc-maçon.

— Endosser l'uniforme, dit-il, c'est accepter de vivre au jour le jour, sans s'attacher à rien ni à personne, et dans l'unique espoir que de glorieux souvenirs de campagne nous consoleront, plus tard, d'avoir été partout et toujours des passants.

— Tu n'es pas gai ! s'écria Maximoff. Te sentirais-tu déjà une âme de vieillard ? Si c'est ça, je change de voiture !

Nicolas glissa un regard ému à son vis-à-vis. Le capitaine Doubakhine venait d'exprimer en peu de mots le malaise qui le tourmentait lui-même : ce sentiment que le paysage, les gens, le ciel bleu, tout ce qu'il voyait, tout ce qu'il aimait, lui avait été prêté pour un temps très court, que le bonheur qu'il éprouvait depuis son arrivée en France ne reposait sur rien de solide, qu'il vivait un rêve dont la fin était proche.

— Parle-nous de ta pâtissière ! reprit Maximoff. Comment est-elle ?

— Aussi blonde que ses petits pains ! dit Hippolyte Roznikoff.

— Et aussi chaude qu'eux ?

— Au lit, c'est une vraie diablesse !

— Son nom ?

— Vous n'allez pas me croire : Joséphine !

Les deux capitaines pouffèrent de rire. Nicolas se joignit à eux par politesse. Mais cette hilarité lui était pénible. Au fond, il supportait difficilement qu'on manquât de respect devant lui à une femme. C'était une impression nouvelle et encombrante.

Les fiacres, ayant franchi la barrière de l'octroi, roulaient vers la Seine entre deux haies de gros arbres feuillus. Le fleuve apparut, bordé de prés verts et de saules aux mornes chevelures. Dans les bosquets, brillaient de petites maisons entourées de fleurs et coiffées de toits roses. Des barcasses lourdement chargées glissaient au fil de l'eau. Passé le pont de Neuilly, les chevaux prirent le pas pour monter la côte. Dans la voiture, les hommes plaisantaient toujours. Le capitaine Maximoff demanda à Nicolas s'il n'avait pas quelque bonne fortune dont il pût leur conter les péripéties. Il répondit : « Non ! » avec fermeté et tristesse.

A trois reprises, le cocher arrêta l'équipage et fit souffler ses bêtes. Enfin, les deux fiacres se retrouvèrent dans un petit chemin, derrière le château de la Malmaison. Hippolyte Roznikoff, qui s'était préalablement renseigné sur la possibilité d'inspecter les lieux, entraîna toute la compagnie vers une entrée secondaire. Là, se tenait un vieux jardinier sensible à l'uniforme et aux pourboires. Il expliqua que de nombreux officiers alliés étaient déjà venus visiter le parc. Le portail principal était gardé par un détachement de soldats russes.

— Nous voyons souvent votre tsar, dit-il. Sa bonté pour nous est grande. Je vous recommande toutefois de ne pas vous approcher du château, de ne pas faire trop de bruit...

Ils promirent d'être discrets et s'enfoncèrent, avec la légèreté d'une patrouille d'éclaireurs, sous les ombrages d'un chemin qui paraissait contourner le domaine. En fait, sans le savoir, ils se dirigeaient droit vers le centre du parc. Comme ils débouchaient dans l'allée conduisant à la grille d'honneur, un roulement de tambour les figea sur place. Là-bas, devant le portail, des uniformes s'agitaient, se rangeaient en ligne. Nicolas identifia les collets bleu ciel du régiment Sémionovsky. Une calèche, tirée par de magnifiques chevaux gris pommelés, émergea d'un nuage de poussière et passa devant la garde qui présentait les armes.

— Qu'est-ce que c'est ? demanda Hippolyte Roznikoff.

— Tu n'as pas reconnu l'équipage ? grogna le capitaine Maximoff. C'est le tsar, le tsar qui arrive !...

— Mes amis, il ne nous reste plus qu'à décamper ! conclut le capitaine Doubakhine.

Comme surpris à découvert par un orage, ils rebroussèrent chemin en courant. L'empereur entrant par la grande porte, ses sujets ne pouvaient ressortir que par la petite. Le jardinier les escorta jusqu'à leurs fiacres, avec la mine confuse d'un commerçant qui n'a pas su satisfaire sa clientèle :

— Je suis désolé de ce contretemps... Vous devriez revenir, Messieurs...

Une fois remontés en voiture, ils s'amusèrent beaucoup du péril auquel ils avaient échappé. Tout le monde, brusquement, avait faim et soif. Roznikoff enjoignit au cocher de prendre la direction du parc de Saint-Cloud. Là, dans une clairière, les voyageurs s'assirent en cercle et déballèrent leurs victuailles. Le fond du repas était fait de poulet froid, de jambon et de saucisson sec.

Faute de pouvoir se procurer de la bonne vodka, Roznikoff avait apporté du vin. Les officiers de l'armée d'occupation étaient tous convertis maintenant à ce breuvage. Mais douze bouteilles pour huit, c'était insuffisant ! On accusa l'organisateur d'avoir sous-estimé la capacité d'absorption de ses camarades. Vautrés dans l'herbe, l'habit ouvert, la ceinture déboutonnée, les convives tranchaient les parts avec leurs couteaux, mangeaient à pleines mains, buvaient au goulot, parlaient et riaient tout ensemble. Parmi eux, Nicolas retrouvait ses habitudes de bivouac. Ils étaient quelque part en Europe, entre deux batailles. Le capitaine Doubakhine avait raison : cette existence rude, vagabonde, virile, avait son charme. Au dessert, Roznikoff entonna d'une belle voix de ténor une chanson militaire très leste. Tous en chœur reprirent le refrain. Le capitaine Maximoff demanda aux cochers de chanter aussi. Comme ils avaient bien mangé et bien bu, ils acceptèrent. Nicolas leur apprit les paroles russes ; ils les répétèrent en les écorchant ; à chaque faute, c'était un rugissement de rires dans le groupe des officiers.

— Ouf ! que c'est bon ! grognait Roznikoff. Si seulement nous avions quelques petites Françaises avec nous !

— En voilà une idée ! Nous ferions des manières devant elles et ce ne serait plus drôle du tout ! dit Maximoff.

Vers trois heures, le capitaine Doubakhine ordonna le rassemblement : on allait visiter le château de Saint-Cloud. Un valet en livrée accueillit les officiers dans le vestibule. N'ayant plus de maître, il occupait son temps et gagnait sa vie en servant de guide aux étrangers. Cette maison, d'où, naguère encore, Napoléon dictait sa volonté au monde, n'était plus à présent qu'un musée froid et silencieux. Dans le cabinet de travail, tous les meubles, tous les bibelots étaient restés à leur place. Sur l'invitation du domestique, Nicolas s'assit dans le fauteuil de l'empereur, toucha son encrier, sa plume, s'approcha d'une fenêtre ouverte sur les rives basses de la Seine : au loin, les pierres, la fumée, le miroitement de Paris...

— Quel panorama ! soupira le capitaine Maximoff. Je me demande ce qu'il est allé chercher en Russie alors qu'il avait ça sous les yeux !

Ce fut le mot de la fin. Roznikoff aurait voulu pousser jusqu'au château de Versailles, mais on n'avait plus le temps, les cochers s'impatientaient, les bêtes étaient lasses. Au retour, la compagnie fut moins gaie qu'à l'aller. Tous pensaient au prodigieux destin de Napoléon, maître de la moitié de l'Europe, puis prisonnier d'une île. Déjà, la foule visitait avec déférence les lieux qu'il avait marqués de son pas. Ses ennemis d'hier construisaient sa légende de demain. « Je vis l'époque la plus passionnante de l'Histoire ! se dit Nicolas. L'humanité ne peut connaître, dans les siècles futurs, de guerre plus étendue, plus violente, plus meurtrière que celle qui vient de se terminer. Peut-être nos enfants, nos petits-enfants verront-ils en nous les derniers combattants du monde ! » Comme chaque fois qu'il songeait à un avenir trop lointain, ses idées se perdirent dans la brume : malgré un effort sincère, il ne parvenait pas à s'imaginer en vieillard.

★
★ ★

En rentrant de promenade, il trouva sur son bureau un billet de Delphine, qui l'invitait cérémonieusement à dîner pour le dernier dimanche du mois. D'un coup d'humeur, il saisit sa plume et écrivit une lettre de refus. L'idée que les troupes alliées seraient, un jour prochain, obligées de quitter Paris le rendait avare de ses loisirs. Il ne voulait gaspiller ni son temps ni ses sentiments. Après avoir dîné en solitaire, sur un coin de table, il envoya Antipe porter la lettre et sortit dans la galerie pour se dégourdir les jambes.

Un poids de tristesse écrasait son cœur. Par la porte entrebâillée du salon, il aperçut Sophie et ses parents qui prenaient le café du soir. On l'appela. Il s'empressa d'entrer. La famille était dans un grand émoi politique : M. de Lambrefoux venait d'apprendre, par un diplomate de ses amis, quelles seraient vraisemblablement les clauses du traité de paix dont la signature était imminente. Privée de toutes ses conquêtes depuis 1792, la France se retrouverait, à peu de chose près, dans les limites de l'ancienne monarchie et n'aurait à verser aucune indemnité de guerre. Pour M. de Lambrefoux, Talleyrand s'en tirait à bon compte. Sophie, elle, était indignée. Tout en exécrant Napoléon, elle revendiquait les territoires qu'il avait envahis. Le prince de Bénévent n'avait pas le droit, disait-elle, d'abandonner sans compensation les places fortes d'Allemagne et de Belgique encore occupées par les troupes françaises. Comme elle s'échauffait à ce propos, Nicolas intervint avec douceur.

— Croyez-vous que le bonheur de la France soit une affaire de superficie ? demanda-t-il.

Cette observation étonna ses interlocuteurs. Même M. de Lambrefoux parut offusqué dans ses sentiments patriotiques. Nicolas eut conscience de s'être mal fait comprendre.

— Je veux dire, reprit-il, qu'à mon avis la France n'a pas besoin de s'étaler, de menacer, de brandir des armes pour être respectée de tous. C'est par la pensée et non par la force qu'elle s'imposera le mieux à ses voisins. Regardez bien sur une carte votre pays d'autrefois, celui que vous allez retrouver. Il est tout petit. Un trèfle à quatre feuilles au bord de l'Europe. Mais l'Europe serait inconcevable sans ce trèfle à quatre feuilles. Elle n'aurait plus de civilisation, plus d'intelligence, plus de tradition, plus de fantaisie, plus de charme si ce trèfle à quatre feuilles disparaissait tout à coup !...

M. de Lambrefoux sourit et murmura :

— Ce sont des vues de poète, Monsieur. Néanmoins, je vous remercie.

Sophie n'ajouta rien, mais fixa sur Nicolas un regard lumineux. Contenant à grand-peine son émotion, il dit encore :

— Enfin, que ce traité soit bon ou mauvais, il aura pour premier résultat de libérer la France des troupes d'occupation !

— Rien n'a encore été décidé à cet égard, que je sache ! dit M. de Lambrefoux.

— Rien ! soupira Nicolas. Nous sommes dans l'incertitude. L'ordre de route peut aussi bien arriver demain que dans un mois...

Il lui sembla que le visage de Sophie pâlissait. Elle sortit du salon sans donner d'excuse. Nicolas resta quelques minutes encore avec le comte et la comtesse, puis retourna dans sa chambre, inquiet, malheureux, et cependant plein d'un espoir confus. A peine eut-il posé sa lampe sur la table qu'une voix l'interpella du jardin :

— Monsieur, Monsieur...

Il ouvrit la porte-fenêtre et se trouva devant Sophie. Faiblement éclairée par les rayons qui venaient de l'intérieur, elle était à la fois irréelle et précise, avec l'ombre démesurée qui s'allongeait derrière elle sur le chemin.

— Pensez-vous sincèrement ce que vous avez dit tout à l'heure ? demanda-t-elle.

— A quel sujet ?

— Au sujet de la France, de sa vocation dans le monde...

— Mais oui.

Elle baissa les paupières, comme pour ne plus le voir pendant une seconde, puis les rouvrit et chuchota :

— J'aimerais vous présenter à quelques amis.

— Avec plaisir ! dit-il.

— C'est un petit cercle que mon mari fréquentait jadis et où je me rends moi-même volontiers, car on y rencontre les esprits les plus vifs, les plus généreux, les plus instruits de notre temps. Là, point de contrainte, chacun parle à cœur ouvert. Mais tous ces personnages, si divers de naissance, de fortune, de formation, ont en commun une même idée : l'amour de la liberté !

Nicolas se mit sur ses gardes. On le tirait vers un terrain glissant. Qu'avait-il à faire de la liberté française ?

— Très bien, très bien ! dit-il avec une politesse évasive.

— Evidemment, reprit-elle, mes parents me reprochent les relations que je compte dans ce milieu. Ils sont d'un autre siècle, ils ne peuvent pas comprendre. Mais, pour vous, je suis sûre qu'un entretien avec des hommes de cette qualité sera passionnant !

Ne recevant pas de réponse, elle ajouta d'un ton brusque :

— Vous ne pouvez partir de France sans les avoir connus !

— Je vous fais confiance, dit-il, étonné de la passion qu'elle mettait dans ces paroles.

— Ainsi, je compte sur vous, après-demain ?

— Oui, Madame.

— A cinq heures, chez M. Poitevin, rue Jacob, au-dessus de la librairie du « Berger fidèle ». J'y serai avant vous, Mme Poitevin m'ayant priée de l'aider à recevoir. Oh ! ce sera très simple...

Il eut un dernier scrupule :

— Comment me présenterai-je ? Ne craignez-vous pas que cette tenue militaire... ?

— Elle sera aussi bien accueillie chez mes amis que partout ailleurs.

Cette précision le rassura. Qu'avait-il à redouter de gens qui l'acceptaient en officier russe ? Du reste, il n'était pas éloigné de croire que son uniforme purifiait les milieux où il pénétrait, comme certains cristaux clarifient, dit-on, les eaux troubles.

* * *

Les Poitevin habitaient au deuxième étage d'une vieille maison à la façade noire. Ce qui frappait l'œil, dès les premiers pas dans l'appartement, c'était l'absence de tout couloir, de toute galerie. Les pièces, petites et basses de plafond, étaient disposées en enfilade. Dans ces compartiments, ouverts l'un sur l'autre, se pressait une compagnie si nombreuse que Nicolas en fut intimidé. Pas une épaulette, pas une aiguillette, pas une épée. Les hommes étaient voués au tissu bourgeois et au collet de velours. Deux valets ahuris proposaient des verres de boissons sur des plateaux. Malgré les fenêtres béantes, la chaleur était encore plus forte que dans la rue. Les femmes avaient des pommettes roses, parlaient avec des voies aiguës et agitaient des éventails devant leur corsage.

Comme il ne s'était trouvé personne pour annoncer Nicolas à l'entrée, il naviguait au jugé, dans la cohue, cherchant Sophie et s'inquiétant de ne pas la voir. L'ameublement modeste des lieux, la livrée terne des domestiques, le ton passé des tentures, tout témoignait que les Poitevin étaient d'un niveau social très inférieur à celui des Lambrefoux ou des Charlaz. Il y avait des livres dans les coins, sur le plancher, sur des rayons, sur des guéridons, sur des chaises. Sans doute, le maître de maison n'avait-il guère l'habitude de recevoir des militaires étrangers, car les regards des invités convergeaient sur Nicolas avec une surprise peu aimable. Des visages se renfrognaient, des conversations s'arrêtaient à son passage. Il se sentit un objet de scandale et s'emporta, comme si Sophie l'eût attiré dans un guet-apens. Au plus fort des reproches qu'il lui adressait en pensée, elle se dressa devant lui, souriante.

— Venez ! lui dit-elle.

Fondu de tendresse, il se laissa conduire jusqu'à un grand vieillard, à la figure parcheminée, qui était M. Poitevin. De longs cheveux gris tombaient sur ses épaules. Ses prunelles étaient d'un bleu puéril. Une dizaine de personnes l'entouraient avec déférence. Les présentations terminées, la conversation reprit avec autant d'ardeur que si Nicolas n'eût pas existé. Bien que les journaux fussent encore muets sur la future constitution de la France, M. Poitevin croyait savoir qu'elle s'inspirerait des généreux principes de Montesquieu et garantirait notamment la liberté individuelle, la liberté de la presse et la liberté des cultes. Ces vues optimistes exaspéraient un jeune homme maigre, étincelant, au visage secoué de tics.

— Ne vous réjouissez pas trop tôt ! s'écria-t-il. Quiconque veut gouverner les Français doit connaître son Histoire de France. Louis XVIII est un revenant, un réchappé de l'ancien régime. Il n'a rien appris en exil. Quoi qu'il dise, quoi qu'il proclame, pour lui, il n'y a de salut que dans un retour en arrière !

— Qui est ce monsieur ? demanda Nicolas en se penchant vers Sophie.

— Un garçon remarquable mais un peu fou, chuchota-t-elle. Il s'appelle

Augustin Vavasseur et tient la librairie du « Berger fidèle » que vous avez vue en bas.

— Je n'aime pas sa violence, dit Nicolas. On a l'impression qu'il voudrait tout casser, mais ne saurait rien reconstruire !

Sophie acquiesça de la tête :

— Vous l'avez dépeint en trois mots !

Cette remarque rendit à Nicolas toute son assurance. Soudain, il eut envie de se lancer dans des subtilités républicaines. Toisant Augustin Vavasseur avec ironie, il dit :

— En somme, même si la constitution est exactement telle que vous la souhaitez, vous la jugerez mauvaise parce qu'elle est l'œuvre d'un roi ?

Augustin Vavasseur eut un haut-le-corps et répliqua :

— Certes oui, Monsieur ! Car tout ce qu'il y a d'excellent dans un document de ce genre peut rester lettre morte si le gouvernement fausse l'esprit des textes en les appliquant. A quoi sert la Déclaration des droits de l'homme et du citoyen quand la Convention l'ignore dans ses actes ? De quelle utilité est la Constitution de l'an VIII lorsque Napoléon n'en tient pas compte ? Pourquoi se réjouir de la nouvelle loi qui nous est promise, puisque nous ne savons pas encore à quelle sauce on nous la servira ? Si, en littérature, pour apprécier une œuvre il faut oublier la personnalité de l'écrivain, en politique la valeur d'une proclamation est dans la confiance qu'inspire son auteur !

— Et, décidément, vous n'avez pas confiance en Louis XVIII ?

— Nous ne sommes pas les seuls ! répondit Augustin Vavasseur avec un rire métallique. Le tsar, en particulier, nous donne l'exemple d'une sage circonspection. Lui et ses alliés doutent à tel point des bonnes intentions de notre monarque qu'ils refusent de s'en aller avant de savoir le sort qu'il nous réserve !

— Que craignent-ils donc, d'après vous ?

— Eh ! parbleu ! que notre vieux Bourbon ne perde la tête et ne rallume la révolution en se montrant trop conservateur ! Ils lui prêchent le libéralisme. Avouez qu'il y a là une situation piquante !

— Je ne vois pas pourquoi ! balbutia Nicolas.

— Tant pis pour vous, Monsieur ! En ce qui me concerne, j'admire ces grands princes, si jaloux de leur autocratie en Russie, en Autriche, en Prusse, et pressant Louis XVIII de doter son pays d'institutions parlementaires sérieuses. La liberté, l'égalité, la représentation nationale, dont ils se font les champions en France, ne croyez-vous pas qu'ils les poursuivraient comme crimes de lèse-majesté dans leurs propres Etats ?

— Il est normal, dit Nicolas, que chaque pays ait une organisation conforme à son histoire, à sa situation géographique, à son climat, au génie particulier de sa race...

— Vous ne me soutiendrez pas, tout de même, que le génie particulier de la race justifie le servage où vivent tant de vos compatriotes !...

Etourdi par le choc, Nicolas se demanda s'il existait une autre réponse que le soufflet à un pareil affront. Il serrait les poings et cherchait ses mots, tandis qu'augmentait sa colère. Des regards amusés se fixaient sur lui. Il allait éclater, quand une voix douce dit, à sa gauche :

— Monsieur Vavasseur, il me semble que vous oubliez la date à laquelle les derniers serfs ont été libérés chez nous !

Nicolas tressaillit de bonheur : Sophie prenait fait et cause pour lui, sans qu'il l'en eût priée. Avec un calme souriant, elle poursuivit :

— Le 4 août 1789 ! Vingt-cinq ans à peine ! Pour une nation éclairée, il n'y a pas de quoi être fière ! Quant à l'esclavage des noirs, malgré tous nos philosophes, il subsiste encore ! Et vous voulez donner des leçons de libéralisme à la patrie de Pierre le Grand, qui n'est sortie de la nuit du Moyen Age que depuis un siècle ? Laissez à la Russie le temps de nous rattraper dans la voie du progrès ! Je suis sûre que, bientôt, nos idées passeront les frontières du nord. Là-bas comme ici, des esprits férus de justice, d'égalité, d'indépendance soutiendront la cause de l'individu en face de l'Etat !

Elle quêtait du regard l'approbation de Nicolas. Bien qu'il fût loin de partager ces opinions subversives, il ne put faire moins que de marmonner :

— Mais certainement !... Il est impossible de penser que la Russie restera à l'écart de... du grand mouvement humanitaire auquel vous faites allusion !...

Cette déclaration, assez inattendue pour lui-même, fut accueillie par un murmure de satisfaction. Sophie rayonnait, comme exaucée dans ses prières. Augustin Vavasseur, déconcerté, se mordait les lèvres. M. Poitevin dit :

— Voilà, Monsieur, des paroles qui vous font honneur. Etes-vous militaire de carrière ?

— Non, dit Nicolas, je me suis engagé.

Et il eut l'impression que, par un fatal concours de circonstances, il devenait le premier officier révolutionnaire de l'armée russe. Tout à coup, on l'entourait de soins et de sourires. Il vivait sur un malentendu gênant. M. Poitevin lui demanda, avec un air de triste complicité, quelle était la situation actuelle du paysan russe. Devant un auditoire assoiffé d'équité sociale, Nicolas se devait de plaindre les moujiks. Il le fit avec un brin de mauvaise conscience. Sophie l'encourageait par une attention extraordinaire. Il la contemplait et, pour elle, acceptait la honte de dire :

— La plupart d'entre eux sont en effet très misérables... Oui, le seigneur peut leur infliger des peines corporelles, les envoyer à l'armée pour vingt-cinq ans... On achète un serf en Russie avec la terre ou sans la terre... Les prix ?... Oh ! je crois me rappeler qu'un homme vaut trois à quatre cents roubles à Saint-Pétersbourg... A la campagne, les tarifs sont moins élevés...

Autour de lui, on s'étonnait, on s'indignait :

— Entendez-vous ? Quelle horreur ! Ah ! les pauvres gens !

— Mais vous-même, Monsieur, avez-vous des serfs ? demanda quelqu'un.

— Pas moi, dit Nicolas. Mon père...

— Combien ?

— Deux mille âmes environ.

Ce mot d'âme parut, inexplicablement, bouleverser toute la compagnie.

Nicolas était de plus en plus tiraillé entre le plaisir de produire tant d'effet par ses révélations et le remords de desservir sa patrie dans l'opinion française.

— Tout cela est navrant ! dit-il. Mais c'est la coutume... Une coutume solidement établie...

— Et personne ne se révolte ? demanda M. Poitevin.

— Si, dit Nicolas, de temps à autre éclate une émeute de paysans. Elle est vite réprimée !

— Je vois ce que c'est, dit Augustin Vavasseur. Ils manquent d'instruction, de direction...

Nicolas secoua la tête :

— Seraient-ils instruits, dirigés, qu'ils ne voudraient pas renverser l'ordre qui les opprime. Les plus téméraires combattent parfois le mauvais seigneur. Mais ils ne vont jamais plus haut...

— Ils ont peur du tsar ?

— Non, Monsieur, ils l'aiment, ils le respectent. Ils ne lui reprochent pas davantage leur misère qu'ils ne reprochent à Dieu de les avoir créés. C'est, chez eux, une question de foi.

M. Poitevin fronça les sourcils et grommela :

— Il faut espérer, cependant, que, peu à peu, ils prendront conscience de leurs droits, et que les pouvoirs publics, de leur côté...

— Oui, dit Nicolas précipitamment, il faut l'espérer...

Mme Poitevin interrompit la conversation en se mettant au clavecin. Elle avait une rondeur et un luisant de pomme. Tout le monde fit cercle autour d'elle. Cet intermède musical devait être de tradition. Une jeune fille se campa près d'une plante verte et chanta langoureusement :

Bel oiseau, si tu viens
Du pays où l'on aime...

Debout derrière le fauteuil de Sophie, Nicolas recouvrait ses forces après un combat épuisant. De temps à autre, elle tournait la tête, levait les yeux sur lui et son regard semblait à la fois le remercier et lui réclamer quelque chose. Il ne fut plus question de politique jusqu'à la fin de la réception. Au moment où Sophie et Nicolas s'apprêtaient à prendre congé des Poitevin, ceux-ci les prièrent de revenir le dimanche suivant, après le dîner :

— Benjamin Constant et Mme de Staël seront peut-être des nôtres...

Malgré cette prévision alléchante, Sophie s'excusa : ce jour-là, elle était invitée ailleurs ; quant à Nicolas, il n'avait aucune envie de retourner sans elle dans un salon, dont, pensait-il, elle constituait le principal attrait. Dans la voiture qui les ramenait ensemble à l'hôtel de Lambrefoux, elle lui reprocha son manque de sociabilité :

— Vous avez eu tort de refuser. Songez donc : Mme de Staël, Benjamin Constant !... Vous ne trouverez pas une autre occasion de les voir...

— Les voir sans vous ne m'intéresse pas, dit-il.

Cette phrase était partie si vite qu'il en fut étonné, comme par l'intervention d'un tiers dans le débat. Une tendresse bouillonnante montait en lui et submergeait ses derniers îlots de raison. Il se sentit parvenu à ce point d'émotion où, généralement, il commettait une sottise.

— Ne pouvez-vous vraiment vous libérer ? reprit-il.

— Non, répondit-elle, j'ai promis depuis longtemps à mon amie, Mme de Charlaz, d'assister avec mes parents au dîner qu'elle donne dimanche...

Il perdit le souffle. Un seau d'eau froide sur la tête ne l'eût pas dégrisé davantage. Sophie chez Delphine ! Et lui qui avait refusé d'y aller ! Sans doute était-ce préférable. Mais le charme était rompu. Muré dans un silence déloyal, il évitait de regarder la jeune femme.

— Je crois d'ailleurs que vous les connaissez, dit-elle encore.

— Qui ? marmonna-t-il.

— Les Charlaz. Mon père m'a raconté que vous leur aviez rendu visite, ensemble, pendant que ma mère et moi nous trouvions à Limoges.

— En effet...

— Autrefois, je voyais souvent Delphine. Mais, depuis son mariage, nos destins ont pris des voies si différentes...

La phrase resta en suspens. Nicolas pria intérieurement les chevaux d'aller plus vite. Ils semblèrent lui obéir. Le porche de l'hôtel de Lambrefoux s'ouvrit devant eux et ils s'y engouffrèrent avec fracas.

Aussitôt après avoir dîné avec ses parents, Sophie monta dans sa chambre. Elle avait besoin d'être seule pour repasser en mémoire les détails de sa visite aux Poitevin. En vérité, de tout ce qu'elle avait vu et entendu chez eux, elle ne se rappelait que le visage, les gestes, les propos de Nicolas Ozareff. Elle songeait à lui, à son air de candeur et de force, au timbre grave de sa voix, à ses cheveux blonds, à la couleur marine de ses yeux quand il regardait du côté de la lumière, et chaque souvenir qu'elle évoquait ainsi augmentait son désarroi devant elle-même. De sa vie elle n'avait éprouvé une pareille confusion. Son bonheur ressemblait à une gêne respiratoire. « Je l'aime ! » se dit-elle avec autant de crainte que si elle eût constaté une maladie mortelle. Et, en effet, c'était bien la pire aventure qui pût lui arriver ! Un étranger ! Un officier en occupation à Paris ! Tôt ou tard, il allait partir !... La sagesse était de résister à cet entraînement. Plus elle saurait garder ses distances, moins la séparation serait déchirante. A ce moment, elle s'aperçut qu'elle raisonnait comme si les sentiments de Nicolas lui étaient aussi connus que les siens propres. Il ne lui avait jamais avoué qu'il était épris d'elle, mais elle le lisait, à chaque rencontre, dans ses yeux. Que de fois l'avait-il serrée dans ses bras, sans que leurs corps se fussent rapprochés ! On frappa à la porte. Elle sursauta, pensant à un homme jeune et fier, en uniforme ennemi. C'était la femme de chambre.

— Non, dit Sophie, je me déshabillerai moi-même.

Des pas s'éloignèrent. Sophie n'avait que son reflet dans la glace pour toute compagnie. Mais elle évitait de le regarder : elle avait peur de se trouver trop belle pour la solitude. A aucun prix, elle ne devait s'attendrir sur le couple qu'elle eût pu former avec Nicolas. Elle se félicita d'avoir tenu bon lorsqu'il l'avait priée de renoncer au dîner de Delphine. « Oui, c'est mieux ainsi. Bien mieux ! » Machinalement, elle s'approcha de la fenêtre ouverte. Le jardin était déjà obscur. Soudain, elle discerna une silhouette noire, près du banc de pierre. Debout dans l'ombre, Nicolas, immobile, attendait. Frappée d'une joie fulgurante, Sophie voulut bondir, courir vers lui, se jeter contre sa poitrine, mais elle se ravisa. Une grande concentration d'énergie s'opérait en elle, ses idées devenaient de fer. Avec décision, elle ferma la croisée. Le choc de l'espagnolette rabattue se communiqua douloureusement à son cerveau.

10

A onze heures, les invités commencèrent à se disperser. Delphine aurait aimé garder Sophie et ses parents quelque temps encore, avec les intimes. Mais, si M. de Lambrefoux eût volontiers prolongé la soirée, sa femme et sa fille étaient pressées de rentrer à la maison. Un long dîner et des bavardages insipides les avaient toutes deux fatiguées. Sophie, du reste, paraissait encore plus lasse que sa mère.

— Vous faites partie d'une génération triste, mon enfant, lui dit le comte dans la voiture. Autrefois, les personnes de votre âge avaient du vif argent dans les veines. Une nuit blanche ne les effrayait pas !

— Vos souvenirs embellissent tout, mon ami ! soupira sa femme.

— En tout cas, reprit M. de Lambrefoux, j'ai trouvé Delphine plus attirante que jamais. Je la crois du dernier bien avec ce jeune colonel de la maison militaire du roi qui était son vis-à-vis à table. Le jour où elle n'aura plus le cœur occupé, elle vieillira de dix ans ! Heureusement, le baron l'aime assez pour ne point lui souhaiter une pareille déchéance !...

— Ne dites donc pas de sornettes ! trancha Mme de Lambrefoux.

Elle ne tolérait pas que son mari débitât des discours libertins après un bon repas. Les mêmes propos, qui, tenus à jeun, avaient quelque piquant, prenaient, lui semblait-il, un caractère grossier à l'heure de la digestion. Le comte, connaissant cette faiblesse de son épouse, insistait, par taquinerie :

— Je suis on ne peut plus sérieux, ma chère ! La complaisance de notre hôte est tout à son honneur...

Sophie les entendait discuter avec la même indifférence que si elle eût écouté tomber la pluie. A mesure que la voiture se rapprochait de la maison, ses propres réflexions devenaient plus obsédantes. Depuis deux jours, elle avait évité de rencontrer Nicolas. Ce soir, elle était partie avec ses parents pour le dîner des Charlaz avant qu'il ne fût rentré de la caserne. Allait-elle se coucher sans l'avoir revu, ou le trouverait-elle dressé au coin de la galerie, devant la bibliothèque, dans le jardin, sous sa fenêtre ? Son cœur tournait, courait avec les roues.

Un valet s'éveilla pour accueillir la famille dans le vestibule. Sophie remarqua une lampe allumée au débouché du couloir qui menait à la chambre de Nicolas. Des pas retentirent. Elle se raidit. Son pressentiment ne l'avait pas trompée. Une haute silhouette se détacha de l'ombre.

— Tiens ! s'écria le comte. Vous ne dormez pas encore ?

— Non, dit Nicolas. Avez-vous passé une bonne soirée ?

— Excellente ! Manger sans avoir faim, boire quand on n'a plus soif, parler pour ne rien dire et faire la cour à des femmes que l'on n'aime point, n'est-ce pas, à notre époque, le comble du raffinement ? Mais vous-même, mon cher, que devenez-vous ? Il me semble que, depuis un certain temps, l'armée vous accapare !...

Nicolas fit un sourire sans joie et ses yeux se posèrent sur Sophie. Il lui criait quelque chose en silence, et elle ne le comprenait pas. Jamais elle ne l'avait vu si désemparé. Elle eut peur qu'il ne trahît son secret devant tout le monde.

— Je viens d'apprendre une nouvelle très importante pour moi, dit-il.

— Ah ? dit le comte. Venez donc... Ne restons pas ici, dans le courant d'air...

On passa dans le salon. Le valet de chambre alluma deux lampes. Des ombres grandirent et se cassèrent la tête au plafond. Mme de Lambrefoux attira sa fille près d'elle sur un canapé.

— Cet après-midi, murmura Nicolas, mon régiment a reçu son ordre de route. Nous quitterons Paris dans quatre jours, le 3 juin, à l'aube.

Il semblait à Sophie que sa tête se vidait. Un bruissement de source emplissait l'air et noyait tous les autres sons autour d'elle. Sa seule volonté, dans ce désordre, était de garder un visage calme.

— C'était à prévoir, grommela M. de Lambrefoux. J'ai entendu dire que l'empereur Alexandre était lui-même sur le départ...

— Oui, dit Nicolas. Demain, tous les régiments de la garde défileront pour la dernière fois à Paris devant Sa Majesté. Nous irons ensuite, par petites étapes, jusqu'à Cherbourg. Des navires russes nous attendront là pour nous transporter à Cronstadt...

En parlant, il observait Sophie avec une attention suppliante. Il aurait voulu qu'elle exprimât dans un regard sa réponse au chagrin qui le bouleversait ! Mais elle demeurait impassible, lointaine, comme si ce qu'il disait ne l'intéressait pas. Il fut ulcéré de cette indifférence. « Ah ! je me suis trompé ! songeait-il. Elle n'a pour moi aucun sentiment profond. Ma présence l'amusait naguère, mais, maintenant que je vais partir, elle se détourne, elle m'ignore... » Sa robe, d'un blanc d'ivoire, était semée de nœuds en velours mauve. Une lumière montait de ses épaules nues à son visage. Tant de grâce, tant de beauté pouvaient donc couvrir une âme cruelle ? M. de Lambrefoux se montra plus humain que sa fille.

— Je suis égoïstement désolé d'apprendre que vous nous quittez déjà !

dit-il. Cependant, j'imagine qu'après de longs mois de dépaysement vous êtes heureux de retourner dans votre patrie.

— Votre père, votre sœur doivent vous attendre avec impatience ! renchérit la comtesse.

— Certainement, dit Nicolas, et c'est même leur pensée qui me soutiendra au moment où j'abandonnerai votre maison...

Sa voix s'étranglait.

— Vous m'avez bien dit que c'était pour le 3 juin ? reprit le comte.

— Oui, Monsieur.

— Faites-nous donc le plaisir de souper ici, le 2 juin, de la façon la plus simple.

Nicolas, trop ému pour parler, accepta d'un signe de tête, puis, recouvrant ses esprits, il souhaita une bonne nuit au comte, à la comtesse, lança un regard tragique à Sophie et sortit à grands pas. Peu après, Sophie laissa ses parents pour monter dans sa chambre. Restée seule avec son mari dans le salon, Mme de Lambrefoux murmura :

— Avez-vous remarqué ?

— Quoi ? demanda le comte.

— Sophie...

— Oui, dit-il, elle aurait pu se montrer un peu plus aimable avec ce pauvre garçon...

— Vraiment ? s'écria la comtesse. Eh bien ! ce n'est pas mon avis ! Ou je me trompe fort, ou il est grand temps que votre Russe s'en aille !

Massées depuis neuf heures du matin sur la route de Neuilly, les troupes ne commencèrent à défiler qu'à midi juste. Le tsar, le grand-duc Constantin, l'empereur d'Autriche et le roi de Prusse recevaient le salut, place de l'Etoile. Quarante mille hommes en mouvement. Marchant à la tête de sa section, Nicolas avait la nuque raide, l'œil fixe et des ressorts dans les mollets. Arrivé à la hauteur du tsar, le régiment hurla en chœur :

— Bonne santé à Votre Majesté Impériale ! Hourra ! Hourra ! Hourra !

Ce tonnerre de voix russes ébranla les pierres de Paris. Puis, les tambours retentirent de nouveau pour marquer la cadence.

En rentrant, assoiffé, poussiéreux, fourbu, à la caserne, Nicolas apprit du capitaine Doubakhine une nouvelle qui l'étonna : l'impératrice Joséphine venait de mourir des suites d'un refroidissement. C'était imprimé en toutes lettres dans le *Journal des débats*. Mais, pour éviter de souligner les rapports de la défunte avec Napoléon, le chroniqueur ne la désignait pas autrement que « la mère du prince Eugène ». Nicolas relut l'information avec mélancolie. Il se rappelait sa visite récente au parc de la Malmaison. Comme il était heureux, insouciant, à ce moment-là, comme il riait avec ses camarades ! En quelques jours, tout s'était assombri dans le monde ! Les gazettes parlaient encore de la fin des discussions diplomatiques, du prochain voyage de l'empereur Alexandre en Angleterre, des adieux du général de Sacken à la ville de Paris, et Nicolas devinait, derrière ces renseignements laconiques, la joie qu'éprouvait la France à voir partir l'armée d'occupation.

Le lendemain, 31 mai, à cinq heures de l'après-midi, des salves d'artillerie annoncèrent la signature du traité de paix. Nicolas et deux de ses camarades sortirent de la caserne et coururent jusqu'à la place du Palais-Bourbon, où, leur avait-on dit, une proclamation serait lue au peuple par un héraut. Ils tombèrent en pleine cohue, aperçurent au loin des bicornes, des plumets, des drapeaux à fleurs de lys et entendirent, par-dessus un rempart de têtes, une voix forte qui disait :

— « Habitants de Paris, la paix vient d'être conclue entre la France, l'Autriche, la Russie, l'Angleterre et la Prusse. Le traité qui la cimente a été signé le 30 mai. Laissez éclater votre allégresse à la nouvelle de ce bienfait qui réalise déjà une partie du bonheur qui vous attend sous le gouvernement paternel du prince que la Providence nous a rendu. »

Ayant eu son content de vivats, de chapeaux en l'air et de gesticulation frénétique, le cortège officiel se dirigea vers le boulevard Saint-Germain. Dans la foule, nul ne prêtait attention aux officiers russes. A croire qu'ils étaient déjà partis !

Nicolas et ses compagnons rentrèrent au quartier. La cour était encombrée de malles, de paniers et de portemanteaux. Des sentinelles montaient la garde devant une file de chariots pleins de bagages. Toutes fenêtres béantes, les soldats récuraient leurs chambrées, battaient leurs habits, astiquaient leurs armes en chantant. Eux, du moins, étaient satisfaits de retourner au pays. De Paris, ils n'avaient connu que les murs de la caserne et quelques larges rues où, les jours de fête, ils défilaient au pas cadencé, l'air superbe et le cerveau vide. Nicolas envia leur simplicité. Si seulement il avait pu oublier Sophie ! Plus elle se dérobait à lui, plus il se persuadait qu'il n'aimerait qu'elle jusqu'à la fin de ses jours.

Le 2 juin, pour le souper d'adieu, il endossa son uniforme de parade et se promit d'étonner ses hôtes par l'aisance de son maintien. Mais, en revoyant Sophie à table, en face de lui, l'énergie nerveuse qui l'avait soutenu jusqu'à cette minute l'abandonna. Il devait se forcer pour faire honneur aux plats et à la conversation. Quand son regard croisait celui de la jeune femme, il en recevait comme un coup de poignard. La froideur qu'elle lui avait témoignée naguère semblait maintenant une hostilité ouverte. Il se rappelait lui avoir vu ce visage dur lorsqu'il l'avait rencontrée pour la première fois dans la bibliothèque. On eût dit qu'elle lui reprochait aujourd'hui son départ comme elle lui avait reproché jadis son arrivée. L'instant le plus pénible fut celui du dessert. Un verre de champagne à la main, M. de Lambrefoux crut nécessaire de prononcer quelques mots sur l'entente des gens de bien par-dessus les frontières. Pour sanglante qu'eût été cette guerre, elle avait, disait-il, servi au rapprochement des peuples. Il termina son discours en rendant hommage à l'armée russe et particulièrement à l'officier qu'il avait eu le privilège d'héberger sous son toit. Nicolas le remercia de tout ce qu'il avait fait pour lui.

— Grâce à vous, murmura-t-il, durant mon séjour à Paris je me suis constamment senti en famille. J'admirais la France avant de vous connaître, maintenant, je l'aime...

Ce disant, il rougit jusqu'à la racine des cheveux car, dans son esprit, la France et Sophie ne faisaient qu'un. Mais la jeune femme se montra indifférente à cette déclaration, dont le sens lui échappait peut-être. Belle et silencieuse, elle attendait la fin du repas avec un ennui évident. Si extraordinaire que cela pût paraître, sa mère était plus émue qu'elle. Ennemi des effusions prolongées, le comte, lui, s'évertuait à mettre un peu de gaieté dans les adieux :

— Eh ! que diable ! Vous ne partez pas pour la lune, mon jeune ami ! Un jour ou l'autre, vous aurez bien l'occasion de revenir en France !

— Non, Monsieur, balbutia Nicolas. Je ne reviendrai plus... plus jamais !...

Un spasme contracta sa gorge. Ses yeux se voilèrent. Il saisit son verre, le vida d'un trait et regretta de ne pouvoir le briser contre le mur, ainsi qu'il était d'usage dans les beuveries d'officiers.

Paris dormait encore dans le brouillard du petit matin. Les rues désertes paraissaient anormalement larges. Entre deux rangées de façades aux fenêtres closes, les gardes de Lithuanie marchaient par cinq hommes de front. Nicolas et Roznikoff chevauchaient en tête d'une section de grenadiers. Loin devant eux, le drapeau du régiment oscillait dans son étui de cuir noir. Fifres et tambours jouaient un air guilleret, plein de pépiements d'oiseaux et de roulements d'avalanche. Parfois, comme lors de l'entrée des troupes alliées dans la capitale, une croisée s'ouvrait, un visage d'homme sortait du sommeil et se penchait au-dessus du vide. Mais les temps avaient changé, l'espoir avait remplacé la crainte. Tirés de leur lit, les braves paysans soupiraient d'aise : « Fini... ! Les Russes s'en vont !... Bon voyage !... » Nicolas croyait entendre ce chuchotement unanime. Parce que Sophie n'avait pas su trouver un mot tendre à l'heure de la séparation, il était convaincu que tout Paris le détestait et le chassait.

Passé le pont, le régiment tourna sur la place Louis-XV et monta les Champs-Elysées vers l'Etoile. La première étape devait être Saint-Germain. Le ciel bleuissait. Au-dessus des piliers de l'Arc de Triomphe, un long nuage blanc, ouvert en forme d'aile, perdait ses plumes dans le soleil. Le bel Hippolyte humait béatement la fraîcheur du jour. Pendant une pause de la musique militaire, il se mit à fredonner, avec un terrible accent russe, la chanson d'Henri IV, chère aux royalistes français :

Charmante Gabrielle,
Percé de mille dards,
Quand la gloire m'appelle
A la suite de Mars...

Comment cet homme pouvait-il être heureux, alors que, de son aveu même, il laissait à Paris une maîtresse ? Ou il ne l'avait pas aimée, ou il avait le don de se ressaisir très vite. Nicolas avait un tel besoin de parler sentiments qu'il demanda :
— Tu l'as vue hier ?
— Qui ?
— Cette jeune pâtissière... Joséphine...

> *Cruelle départie,*
> *Malheureux jour !*
> *Que ne suis-je sans vie*
> *Ou sans amour...*

Hippolyte Roznikoff s'arrêta de chanter et dit :
— Oh ! non, la pauvre ! Il y a trois jours que j'ai pris congé d'elle dans les larmes et les serments. Moi, tu sais, dès qu'une femme soupire, je m'enfuis... Devine à quoi j'ai employé mes dernières heures parisiennes ?
— A faire d'autres conquêtes ! dit Nicolas.
— Tu n'y es pas du tout ! s'écria Roznikoff. Je vais te confier un secret. Mais promets-moi de garder ta langue !
— Je te le jure !
Hippolyte Roznikoff plissa un œil de conspirateur et chuchota :
— Hier, j'ai assisté à la séance d'une loge maçonnique française !
— Tu es franc-maçon ?
— Je ne l'étais pas, mais le capitaine Doubakhine m'a entraîné. C'est intéressant !...
— Pourquoi ?
— Pour réussir. Il paraît que le grand-duc Constantin est franc-maçon, et de nombreux généraux, et des aides de camp du tsar. Comme j'ai l'intention de faire ma carrière dans l'armée... Ah ! j'aurais voulu que tu entendes en quels termes élogieux les frères français parlaient de notre souverain dans l'atelier où nous étions reçus !...
Nicolas écouta la suite du récit d'une oreille distraite. Les préoccupations d'Hippolyte Roznikoff lui semblaient mesquines. Au moment de franchir la barrière de l'Etoile, il fut accablé par la notion de l'irrémédiable.
— Adieu, Paris ! dit Roznikoff.
Nicolas serra les dents comme pour dominer une douleur physique. A l'idée qu'il ne reverrait jamais plus Sophie, le désespoir, longtemps contenu, s'engouffrait dans sa tête. Que faisait-il sur cette route, parmi tous ces hommes en uniforme, alors que chaque pas l'éloignait de sa raison de vivre ? Il regarda en arrière. L'armée coulait à ras bords avec une lenteur disciplinée. Les baïonnettes brillaient, les toits fumaient, la journée s'annonçait radieuse. Sophie !... Dormait-elle encore ? L'avait-elle entendu partir ? Pensait-elle à lui seulement ? Malgré le flegme qu'elle avait affecté la veille, il refusait de croire qu'elle se fût déprise de lui. « Je ne peux m'être

trompé à ce point ! Il s'agit d'un malentendu affreux ! Et je m'en vais sans m'être expliqué avec elle, sans savoir si elle m'aime encore ou pourquoi elle ne m'aime plus !... »

Le régiment aborda le village de Neuilly, au pas de route. Sur l'ordre de leur chef, les choristes entonnèrent une chanson de marche, composée au début de la guerre :

> *Chantons comment Koutouzoff*
> *Attira les Français chez nous*
> *Pour qu'ils dansent à Moscou...*
> *Bonaparte n'aime pas la danse,*
> *Il a perdu ses jar'tières,*
> *Et voilà qu'il crie : Pardon !...*

Un soldat passa son fusil à un voisin et, sans sortir du rang, se mit à danser, les genoux pliés, les bras croisés sur la poitrine. Ses camarades l'encourageaient par des coups de sifflet, des rires et des cris stridents. Attirés par le bruit, des Français soupçonneux se hasardaient sur le pas de leur porte. De temps à autre, Hippolyte Roznikoff prétendait découvrir une jolie fille à sa fenêtre :

— Et cette blonde, tu l'as vue ? Regarde ! Mais regarde donc !

Agacé par les propos joyeux de son camarade, Nicolas finit par le prier de se taire. Celui-ci s'étonna d'abord, puis se vexa. Pendant le reste du trajet, ils n'échangèrent plus une parole.

Saint-Germain, où le régiment pénétra, musique en tête, à deux heures de l'après-midi, était submergé par des troupes russes de toutes armes, venant de Paris et des environs. Les rues étaient si encombrées d'équipages militaires qu'au premier carrefour il fallut s'arrêter. Après vingt minutes d'attente, les gardes de Lithuanie reçurent l'ordre de rebrousser chemin et d'aller établir leur cantonnement dans la campagne. Des hangars, des granges, des étables avaient été réquisitionnés à leur intention. Les hommes s'enfonçaient dans la paille et le foin en maugréant : où étaient-elles les belles casernes qu'on leur avait promises ? Sûrement, une fois de plus, les Préobrajensky et les Sémionovsky seraient mieux servis qu'eux. Nicolas et Roznikoff, munis d'un billet de logement illisible, visitèrent trois fermes avant de découvrir, dans l'une d'elles, la resserre à outils qui leur était destinée. Jetant dehors les pelles et les pioches, Antipe eut tôt fait de dresser dans le réduit deux lits de planches, recouverts de toiles de sac.

— Vous y dormirez aussi bien que rue de Grenelle, barine ! s'écria-t-il.

Le cœur de Nicolas défaillit de tristesse. Sa première nuit loin de Sophie ! Pour s'étourdir, il rejoignit les autres officiers devant la tente régimentaire, plantée au bord de la route. Là, il apprit qu'à la suite d'un contre-ordre seule la première division de la garde irait s'embarquer à Cherbourg ; la deuxième division, dont dépendaient les gardes de Lithuanie, rentrerait en Russie par voie de terre. Roznikoff et ses camarades étaient ravis de la nouvelle, car tous les régiments acheminés suivant cet itinéraire seraient, disait-on, réunis d'abord à Berlin pour y participer à des fêtes organisées par le roi de Prusse.

— Je serai personnellement très heureux de comparer les Berlinoises aux Parisiennes ! disait le bel Hippolyte.

Nicolas tourna les talons et s'éloigna. Il ne pouvait plus supporter la moindre plaisanterie. Son ordonnance le rattrapa pour lui annoncer qu'un dîner serait servi aux officiers dans la cour de la ferme. Nicolas refusa de s'y rendre. Il n'avait pas faim. Jusqu'au crépuscule, il rôda dans la campagne où brillaient des feux de bivouac. Un détachement rompait les faisceaux pour aller relever les sentinelles, des officiers jouaient aux cartes sur un tambour, une estafette revenait à travers champs au pas de son cheval fourbu, le coiffeur du régiment rasait un crâne, et ces images, que Nicolas avait vues cent fois pendant la guerre, lui semblaient aujourd'hui illustrer la vie d'un autre. Les sonneries habituelles retentirent aux quatre coins du camp : la soupe, l'appel, le couvre-feu... Après le rapport, Nicolas inspecta la grange où logeaient les hommes de sa section, puis, comme saisi de fièvre, il se dépêcha de regagner sa cabane. Hippolyte Roznikoff, qui fumait un cigare, debout devant la porte, accueillit son ami par une exclamation ironique :

— Tu rentres déjà te coucher ?

— Non, dit Nicolas, je pars.

Roznikoff grandit de deux pouces et ouvrit des yeux ronds :

— Comment ça, tu pars ?

— Il faut absolument que je retourne ce soir à Paris, répondit Nicolas avec flamme.

— Tu as une permission ?

— Non.

— Tu comptes en demander une ?

— Certainement pas : on me la refuserait. Je vais seller mon cheval et prendre la route sans avertir personne.

— C'est de la folie ! s'écria Roznikoff.

— Tranquillise-toi, dit Nicolas, je serai revenu demain à l'aube pour le rassemblement.

— Et si tu te fais pincer ?

— Je m'en moque !

— Tu oublies ce que tu risques : une escapade de ce genre peut être considérée comme un cas de désertion !

— N'emploie donc pas de grands mots ! Tout se passera bien !

Roznikoff jeta son cigare et demanda :

— As-tu seulement calculé combien de temps il te faudrait pour l'aller et le retour ?

— Sept heures.

— Avec une monture fraîche ! La tienne est fatiguée !

— Kitty s'est bien reposée cet après-midi. Menée par moi, je sais de quoi elle est capable.

— Dieu t'entende ! grommela Roznikoff. Et tout ça, je parie, à cause d'une femme !

— Oui.
— Je ne te croyais pas si amoureux !
— Moi non plus ! dit Nicolas.

Et, soudain, il sauta de l'abattement dans une jubilation extrême. La décision qu'il avait prise contentait en lui un besoin de dépassement. Il se sentait fou de grandeur. Sans laisser à Roznikoff le temps de protester davantage, il plongea dans la cabane, en ressortit avec ses sacoches et courut vers l'enclos, où deux gardes d'écurie dormaient par terre, devant une rangée de chevaux à l'attache.

Sophie dénouait ses cheveux avant de se mettre au lit, quand Emilienne, sa femme de chambre, gratta à la porte, passa un museau de fouine par l'entrebâillement et se faufila dans la pièce :

— Madame ! Madame ! Il y a quelqu'un qui vous demande !
— Qui ? balbutia Sophie, pendant qu'un brusque pressentiment lui coupait les jambes.
— Ce monsieur russe... le lieutenant...

Sophie appuya les deux mains sur son cœur et dit :
— Es-tu sûre de ne pas te tromper ?
— Certaine, Madame ! Je l'ai vu arriver. Dois-je prévenir vos parents ?
— Surtout pas ! s'écria Sophie. Où sont-ils ?
— Dans leur chambre.
— Et lui ?
— Il est en bas. Il vous attend. Je le fais entrer au salon ?
— Oui... ou plutôt, non... Dans la bibliothèque... Va vite !

Emilienne s'enfuit et Sophie rajusta en hâte ses vêtements. Tandis qu'elle se recoiffait devant la glace, elle se vit si pâle, si exaltée que son air radieux l'effraya. « D'où est-il revenu ? Par quel moyen ? Pour combien de temps ? Comment pourrais-je douter encore de son amour pour moi ? » En reparaissant à l'improviste, il la contrariait dans ses projets, il compliquait tout, et, cependant, elle débordait de gratitude pour la folie qu'il avait commise. Sans réfléchir plus avant, elle se jeta hors de la chambre et courut jusqu'à la bibliothèque. Il y était déjà, grand, les bottes poudreuses, le visage en feu. Une lampe, posée sur un guéridon, éclairait par en bas son menton carré et ses yeux verts. N'osant prononcer un mot, il considérait Sophie avec l'intensité suppliante qu'un muet peut mettre dans son regard. Elle murmura :

— Que se passe-t-il, Monsieur ? Je vous croyais à Saint-Germain...
— J'y étais encore, il y a quatre heures.

Elle eut un espoir :
— On vous a renvoyé ici en service commandé ?

Il secoua la tête :
— Non, Madame. Je vais même repartir bientôt. Mon cheval boite un peu. La route est longue...

Elle ne savait plus si c'était de joie ou de peine que son cœur se serrait ainsi.

— Alors..., pourquoi ? marmonna-t-elle.

C'était ce qu'elle n'aurait pas dû dire : une invitation à la réponse qu'elle redoutait le plus.

— J'avais besoin de vous revoir ! répliqua-t-il.

Ayant provoqué cet aveu, elle feignit d'en être étonnée.

— Oui, reprit-il, nous nous étions quittés si étrangement, si froidement...

— Pas du tout !

— Oh ! si, Madame ! Vous avez changé à mon égard, depuis quelques jours, ne le niez pas. Vous aurais-je offensée sans le vouloir ?

Avant qu'elle n'eût trouvé que répondre, la porte de la bibliothèque s'ouvrit dans son dos. Elle se retourna avec colère : ses parents ! Qui les avait prévenus ? Ils paraissaient confus et alarmés.

— Quelle surprise ! dit M. de Lambrefoux. Puis-je savoir ce qui nous vaut le plaisir d'un si prompt retour ?

En deux pas, Sophie fut devant son père.

— Je vous l'expliquerai plus tard, dit-elle d'une voix entrecoupée. Maintenant, je vous supplie de me laisser seule avec monsieur...

— Mais, Sophie, mon enfant, ce n'est pas possible ! bredouilla Mme de Lambrefoux. Ce que vous nous demandez là...

— Laissez-moi seule ! répéta Sophie.

Et ses yeux se chargèrent d'une telle autorité que la comtesse fondit sur place. Le comte lui-même, comprenant la gravité de l'événement, préféra une retraite digne aux risques d'une altercation devant un étranger. Sa fille lui en imposait. Il ne trouvait en elle aucune des qualités d'indulgence, de scepticisme et de civilité dont il se flattait d'être pourvu, mais une fermeté d'âme, qui, personnellement, lui avait toujours fait défaut.

— Eh bien ! c'est entendu, dit-il avec une fausse bonhomie. Venez donc nous rejoindre au salon, tout à l'heure...

Il sortit, donnant le bras à sa femme, qui penchait une tête triste et pliait les genoux. Sophie attendit que leur pas se fût éloigné, puis, faisant face à Nicolas, elle dit avec fougue :

— Parlez, à présent ! Vous en étiez à me reprocher mon indifférence !...

— Oui, il m'avait semblé...

Elle ne lui laissa pas achever sa phrase :

— Et, parce qu'il vous « avait semblé », vous êtes revenu en pleine nuit me demander une explication ? De quel droit, Monsieur, me dérangez-vous ainsi ? Qu'attendez-vous que je vous dise ?

Sa voix se brisait de fureur. Plus elle avait envie de se jeter dans les bras de cet homme, plus elle s'acharnait à le repousser en paroles. Les reproches qu'elle lui adressait la protégeaient contre sa propre faiblesse. Jusqu'à quand faudrait-il qu'elle lui fît mal et se fît mal à elle-même pour que, vaincu, il acceptât de partir ? Lorsqu'il serait loin, elle retrouverait la paix dans le désespoir, elle en était sûre. Mais maintenant, devant ce visage étonné, malheureux, elle ne pouvait que frapper et souffrir.

— Vous êtes fâchée et je vous demande pardon ! dit Nicolas avec un regard si loyal et si tendre qu'elle en fut bouleversée. Mais, quand je me suis vu sur la route, ce matin, j'ai compris que je ne pouvais m'en aller ainsi pour toujours, sans m'être assuré des sentiments que vous aviez pour moi...

— Vraiment ? s'écria Sophie.

Elle perdit le fil de sa pensée et resta une seconde la bouche ouverte, sans voix : « Qu'il lâche prise, qu'il renonce, qu'il disparaisse, sinon c'est moi qui céderai ! Je n'en peux plus ! Vite ! Vite ! »

— Vous avez donc rebroussé chemin avec l'espoir de me retrouver éplorée ? dit-elle enfin. Sans doute ne vous aurait-il pas déplu d'emporter ce souvenir de votre temps d'occupation à Paris. Je regrette, Monsieur, de ne pouvoir satisfaire votre vanité sur ce point...

— Je ne suis pas venu pour vous demander si vous m'aimez, Madame, murmura-t-il, mais pour vous dire que je vous aime !

La douceur de ces mots était intolérable. Elle savait déjà que, pendant des mois, des années, ils empoisonneraient sa solitude. Un mauvais sourire aux lèvres, elle demanda :

— Est-ce la certitude que vous ne me reverrez pas demain qui vous encourage à me faire cette déclaration aujourd'hui ? Croyez-vous généreux, amusant de jeter le trouble et de disparaître ? Que me répondriez-vous, qu'entreprendriez-vous si, d'aventure, je me montrais émue ?

— Mais, Madame...

— Resteriez-vous en France ? Non, n'est-ce pas ? Votre vie, c'est l'armée, votre patrie, la Russie. Vous ne pouvez faire autrement que retourner là-bas. Alors, que signifie ce jeu ? Où voulez-vous en venir ? Je vous le dis tout net, Monsieur : j'ai eu pour vous quelque sympathie, je garderai un bon souvenir de vous, ne me forcez pas à réviser mon jugement !...

Nicolas inclinait la tête et laissait pendre les bras. Sophie eût aimé voler à son secours, mais demeurait sur place, prisonnière de son rôle. Plus blessée que lui, elle n'avait même pas la licence de montrer sa douleur. Soudain, elle dit d'une voix forte :

— Il est tard, Monsieur... Il faut que vous partiez...

Il sursauta, comme si, jusqu'à ce dernier mot, il eût encore espéré la convaincre. Subitement, il comprenait son erreur ! Tous les risques d'une chevauchée nocturne pour en arriver là ! En le rabrouant, Sophie lui rendait service. Dès qu'on touchait à son honneur, il voyait rouge. Il sortit de la bibliothèque, rabattit la porte et dévala l'escalier.

En atteignant la dernière marche, il aperçut deux personnes qui semblaient l'attendre. Les parents de Sophie. Une angoisse muette les tendait vers Nicolas. Il les balaya d'un regard aveugle. Tout à la colère, il regrettait déjà d'avoir quitté la jeune femme sans lui avoir dit son fait. Des phrases vengeresses le secouaient : « Madame, ou vous m'avez joué la comédie jadis, ou vous me la jouez maintenant ! Dans les deux cas, votre attitude est indigne ! » Voilà ce qu'il aurait dû lui lancer à la face.

— Eh bien, Monsieur ! demanda timidement M. de Lambrefoux, nous ferez-vous le plaisir de nous accorder un instant d'entretien ?

Sans l'écouter, Nicolas tourna sur lui-même, empoigna la rampe et remonta l'escalier en courant. Un ouragan le poussait dans le dos. En quatre pas, il franchit le palier. Elle allait l'entendre! Chacun son tour! Brutalement, il ouvrit la porte de la bibliothèque. La stupeur le cloua sur le seuil. Devant lui, cette forme écroulée dans un fauteuil, c'était Sophie. Elle leva un visage baigné de larmes. Il vit ces traits crispés, ces joues humides, ces yeux flambants de crainte et de haine, et, tout à coup, il se sentit démesurément heureux.

— Madame, chuchota-t-il, vous pleurez...

Elle se dressa d'une seule détente. Ses prunelles s'élargirent encore, ses narines se pincèrent. Comme elle le détestait de l'avoir surprise! C'était une ennemie qui s'avançait vers lui, les mains vides, mais avec un éclat meurtrier dans le regard. Tendrement, pour la première fois, il prononça son prénom :

— Sophie! Sophie!...

Elle secoua la tête. Un râle s'échappa de ses lèvres :

— Allez-vous-en!

Il restait immobile, enchanté.

— Allez-vous-en! cria-t-elle plus fort. Dois-je appeler mes gens pour qu'ils vous jettent à la porte?

— Sophie, dit-il, je partirai... Je partirai à l'instant, je vous le jure!... Mais il faut que vous sachiez...

Un éclair blanc et noir lui fouetta les yeux. Sophie s'était ruée hors de la pièce. Le temps de reprendre ses esprits, et Nicolas se lançait à sa poursuite. Une porte claqua. Une clef tourna dans une serrure. Sophie s'était enfermée dans sa chambre. Devant le battant de bois plein, il dit encore :

— Sophie! Sophie! Je vous aime! Je ne vous oublierai jamais!

Il parlait à un tombeau. Enfin, ce silence le chassa. En redescendant l'escalier, il s'étonna d'être si léger malgré l'idée que tout était fini entre lui et Sophie. L'avait-il à ce point sublimée qu'il n'eût pas besoin de sa présence réelle pour être heureux? Dans son exaltation, il fut près de le croire. Déjà, il l'associait en imagination à tous les devoirs, à toutes les joies, à toutes les vicissitudes d'un avenir auquel pourtant elle resterait étrangère. Comme à travers un brouillard, il vit deux silhouettes dressées en contrebas, dans un halo de lumière. De nouveau, M. et Mme de Lambrefoux eurent un mouvement vers le somnambule qui passait devant eux. Ce déplacement d'ombres l'éveilla à demi. Ralentissant le pas, il les salua d'une inclination du buste :

— Adieu, Monsieur... Adieu, Madame...

On n'osa pas le retenir. Dans la cour, il trouva son cheval attaché à un anneau. La jument paraissait dispose. Nicolas l'enfourcha, lui flatta l'encolure de sa main gantée et se fit ouvrir le portail par un concierge en bonnet de coton.

Paris continuait à dormir. Les ombres de la nuit, le vaste silence où résonnait le pas du cheval donnaient aux réflexions de Nicolas une tournure plus solennelle encore. Sa souffrance était si haute, si désintéressée qu'il l'éprouvait avec un plaisir respectueux. La fatigue physique contribua bientôt à transformer son délire en un sentiment tranquille. Des larmes tremblaient dans ses yeux. Après la barrière de l'Etoile, il poussa son cheval au trot. Les étoiles dansèrent au-dessus de sa tête. La route s'allongea, grise entre les champs noirs.

Balancé sur sa selle, la bouche ouverte, les paupières à demi closes, Nicolas n'avait plus qu'une notion confuse du monde. Pour ne point s'assoupir tout à fait, il se mit à parler en russe à Sophie.

DEUXIÈME PARTIE

1

A force de tourner dans la chambre, Nicolas prenait en horreur le papier jaune des murs, les meubles de gros bois ciré, le lit garni d'un édredon rouge, le crucifix catholique en ivoire et la lampe à huile, dont un abat-jour de carton vert atténuait l'éclat. Cette fois, son billet de logement l'avait conduit chez un notaire. C'était assurément l'un des meilleurs gîtes qui lui eût été assigné depuis la reprise de la guerre au mois de mai 1815, mais il était trop anxieux pour en apprécier le confort. Toutes les cinq minutes, il s'approchait de la fenêtre et jetait un regard dans la rue. Neuf heures du soir et toujours pas de Roznikoff ! Que faisait-il si longtemps au quartier général ? « S'il avait réussi dans sa mission, il serait déjà de retour, décida Nicolas. Mais il est trop optimiste. Il va irriter le prince Volkonsky en insistant. J'aurais dû l'empêcher d'aller là-bas ! » Il avait beau se répéter que la partie était déjà perdue, son espoir demeurait vivace. Penché à la croisée, il humait, il écoutait, il implorait la nuit.

La ville de Saint-Dizier n'était que ténèbres et silence. Dans toutes les maisons, des civils craintifs se serraient pour laisser la place aux militaires. Avec quelle rapidité les Français étaient passés de l'enthousiasme le plus fou à l'abattement le plus misérable ! Le débarquement de Napoléon, évadé de l'île d'Elbe, avait surpris les armées alliées au repos dans leurs garnisons et les diplomates alliés en discussion au congrès de Vienne. Avant d'avoir compris ce qui lui arrivait, le gros Louis XVIII, trahi par un peuple volage, fuyait les Tuileries, où le tyran d'hier se réinstallait avec arrogance. Aussitôt, les souverains coalisés mettaient Bonaparte hors la loi et ordonnaient la reprise des hostilités. Evacuées de France l'année précédente, les troupes russes se dirigeaient à marche forcée vers le Rhin. Mais elles venaient de si loin que les unités anglaises, autrichiennes, prussiennes les devançaient. dans leur mouvement et entraient les premières en contact avec l'ennemi. Après quelques rencontres secondaires, l'écrasante victoire de Waterloo semblait avoir réglé le sort de la campagne. L'orgueil militaire de Nicolas s'accommodait mal du fait que ses compatriotes n'eussent pas gagné leur part de gloire à cette occasion.

Sans avoir eu la chance de combattre, le IVe corps d'armée du général Raïevsky passait le Rhin et progressait par Haguenau, Phalsbourg et Nancy vers le cœur de la France. Avec ces régiments d'élite, habillés et armés comme pour la parade, voyageaient le tsar, l'empereur d'Autriche, le roi de Prusse, leurs états-majors, leurs ministres, tous les officiers de leur suite et une nuée de secrétaires et de courtisans. Hippolyte Roznikoff faisait partie, depuis peu, de cette brillante cohorte. Devait-il cette brusque ascension à ses qualités militaires, à son caractère aimable ou à ses relations dans les milieux de la franc-maçonnerie ? Quelques mois d'intrigues lui avaient suffi pour être nommé officier d'ordonnance auprès du prince Volkonsky. Pourtant, ce succès ne lui avait pas tourné la tête. Peu après, il avait obtenu que Nicolas, alors en garnison à Varsovie, fût tiré de son régiment et affecté, lui aussi, à l'état-major. Les attributions du nouveau venu étaient encore mal définies. Placé sous les ordres d'un vieux colonel, chef du département topographique, Nicolas avait l'impression que nul n'avait besoin de lui et que, s'il disparaissait, son absence ne serait même pas remarquée. En d'autres circonstances, il eût souffert de sa situation inutile, mais, aujourd'hui, il osait en espérer un extraordinaire avantage. Avant d'arriver à Saint-Dizier, l'empereur Alexandre avait appris sur la route, par un courrier spécial, que les troupes prussiennes occupaient Paris. D'après le général Tchernycheff, qui avait rejoint Blücher et Wellington, la population se montrait hostile au retour de Louis XVIII et seul le tsar était capable d'apaiser l'agitation politique par son auguste présence. Mais il y avait deux cents verstes entre Paris et Saint-Dizier. L'armée ne pouvait couvrir cette distance en moins de huit jours. Or, à présent, chaque minute était précieuse. Sans doute le tsar allait-il charger quelques officiers d'ordonnance de se rendre en éclaireurs dans la capitale. Si le bel Hippolyte savait se montrer persuasif, Nicolas pourrait être du nombre. Depuis un an qu'il avait quitté Paris, il ne cessait de rêver à l'instant où il lui serait donné d'y revenir. Certes, les trois lettres qu'il avait écrites à Sophie étaient demeurées sans réponse, mais il refusait d'en conclure qu'elle l'avait oublié. N'y avait-il pas quelque chose de providentiel dans cette nouvelle guerre, qui, à travers la fumée et le sang des combats, lui offrait une chance de la rejoindre ? Facilement superstitieux, Nicolas n'était pas éloigné de croire que Dieu avait pris son cas particulier en considération pour décider le choc énorme des peuples sur la terre. C'était vers Dieu encore qu'il se tournait pour le supplier d'aider Hippolyte Roznikoff à obtenir gain de cause. Mais l'icône familiale était restée dans les bagages. Pouvait-on prier convenablement devant un crucifix catholique ? Il se posait la question, quand un pas viril retentit dans la rue. Sans attendre que son ami fût entré dans la maison, Nicolas cria par la fenêtre :

— Alors ?

Roznikoff renversa la tête, sa figure apparut sous la visière du shako, mais il ne répondit rien. « Mauvais signe », pensa Nicolas. Et il se dépêcha d'ouvrir la porte.

— Alors ? répéta-t-il, comme Roznikoff pénétrait dans la chambre.

— Alors, dit Roznikoff, c'est de la démence ! Sais-tu ce qu'a décidé le tsar ? Il abandonne l'armée et se rend à Paris, en voiture, avec l'empereur d'Autriche et le roi de Prusse. Notre état-major général et le IVe corps suivront l'itinéraire prévu, par Sézanne et Coulommiers, tandis que les souverains passeront à toute vitesse par Châlons, Epernay, Château-Thierry et Meaux.

— Qui les protégera ?

— Une escorte de cinquante cosaques, en tout et pour tout ! Ils ne veulent pas s'encombrer de troupes qui retarderaient leur mouvement !

— Et s'ils sont attaqués en cours de route ? Le pays est loin d'être pacifié !...

— Le prince Volkonsky a présenté toutes ces objections à l'empereur, mais Sa Majesté n'a pas daigné en tenir compte, soupira Roznikoff. C'est plus que du courage, c'est de la témérité !

Déçu dans ses espérances, Nicolas s'assit au bord du lit et regarda Roznikoff, qui posait son épée et déboutonnait son habit vert à retroussis écarlates.

— Tu ne me demandes pas si j'ai parlé de toi au prince ? reprit Roznikoff.

Nicolas haussa les épaules :

— A quoi bon, maintenant !...

Sa conviction était faite. Il suivrait le lent mouvement de l'armée. Peut-être, le département topographique ne serait-il même pas installé à Paris !

— L'empereur sera accompagné de Volkonsky, de Nesselrode et de Capo d'Istria, dit encore Roznikoff dans un bâillement. Plus, évidemment, des aides de camp, des secrétaires... et six officiers d'ordonnance, choisis parmi ceux qui parlent le mieux le français ! Voilà qui devrait te faire dresser l'oreille !

— Pourquoi ?

— Tu ne comprends pas ?

Nicolas bondit sur ses jambes :

— Tu ne veux pas dire que... ?

— Si, mon cher. Comme tu es de nous tous celui qui s'exprime le plus aisément dans la langue de Voltaire, je n'ai pas eu de mal à soutenir ta candidature.

— Et Volkonsky a accepté ? balbutia Nicolas.

— Oui.

Dans sa joie, Nicolas courut sur Roznikoff, le secoua par les épaules et le bourra de coups de poing en riant aux éclats :

— Tu es extraordinaire, Hippolyte !... Ah ! comme je suis heureux !... Ah ! comme je te remercie !... Mon cher ami, mon grand ami !... Si Volkonsky se doutait que je suis ce même lieutenant qu'il a voulu mettre aux arrêts pour insolence, à Paris...

— Il le sait fort bien, dit Roznikoff. C'est même, en partie, ce qui l'a décidé !

— Comment ça ?

— Il m'a dit : « Votre ami Ozareff et moi sommes de vieilles connaissances. Un garçon qui ose demander des cartes d'invitation au chef d'état-major est certainement capable d'initiative dans des circonstances plus importantes ! » Bref, il a signé ton ordre de route. Nous partons demain matin, à huit heures.

Nicolas ne l'écoutait plus et hurlait :

— Antipe ! Antipe ! Viens vite !

Antipe surgit de la pièce voisine, un tablier sale sur le ventre et une brosse noire à la main.

— Sers-nous immédiatement du thé et du rhum ! dit Nicolas.

Roznikoff protesta qu'il n'avait pas soif et qu'il voulait se coucher tôt : il habitait dans la maison d'en face. Mais Nicolas se fâcha :

— Non, non, tu vas rester, ou je m'offense ! Après ce que tu as fait pour moi, il faut que nous buvions !

Antipe apporta la bouteille de rhum et se mit à ranimer les charbons du petit samovar de voyage. Pour réussir cette opération, la méthode la plus simple consistait à coiffer le tuyau avec une botte et à manœuvrer la tige de cuir, de haut en bas, à la manière d'un accordéon. La botte soufflait sur les braises. Un bourdonnement de bulles emplissait la panse de cuivre jaune. Bientôt, une eau bouillante coula du robinet dans les verres à demi pleins d'alcool. Une goutte de thé concentré, un morceau de sucre pour adoucir le breuvage, et les deux amis, debout l'un devant l'autre, trinquèrent, la tête haute et le bras tendu. A Varsovie encore, poussé par l'ennui de la vie de caserne, Nicolas avait raconté à Roznikoff son amour pour Sophie et les circonstances étranges de leur séparation. Les confidences qu'il avait faites hier à son ami le dispensaient de lui expliquer aujourd'hui les motifs de son allégresse. Roznikoff buvait, riait, clignait de l'œil, disait :

— Sacré cochon ! Si tu te voyais ! On jurerait que tu viens d'être promu général ! Tout ça parce que tu espères revoir une femme qui ne pense peut-être plus à toi !

— N'espères-tu pas revoir ta pâtissière ?

— Joséphine ? s'écria Roznikoff. J'avoue qu'elle m'est complètement sortie de la tête.

— Je comprends, dit Nicolas avec ironie. Un officier d'ordonnance du prince Volkonsky se doit de viser plus haut.

— Sans doute, concéda Roznikoff. « Noblesse oblige », comme disent les Français... Encore un verre, et je pars !

Il resta au-delà de minuit. Comme la consigne était de ne pas s'encombrer de bagages, Antipe prépara une seule cantine à vivres pour son maître et pour Roznikoff. C'était un coffre long d'une aune, recouvert de peau de cerf, ferré aux angles et pourvu d'une serrure. Là-dedans, sur les indications de Nicolas, l'ordonnance rangea une casserole, quatre tasses, quatre verres, quatre assiettes, des serviettes, des plumes d'oie, du papier, un rasoir, un savon, des brosses à reluire, trois bouteilles de vin, une bouteille de rhum et un poulet froid. Tout en serrant ces objets, Antipe reniflait de désolation. Il ne pouvait être question de l'emmener dans un voyage de ce genre.

Comment retrouverait-il son maître à Paris ? Pour le tranquilliser, Nicolas lui signa une attestation de service. Antipe, qui ne savait pas lire, baisa le papier, le roula en tuyau et le suspendit à la chaînette de sa croix de baptême, entre la peau et la chemise.

Des rires et des bruits de bottes venaient de la rue. Quelques officiers éméchés rôdaient dans la ville à la recherche de leur logement. Dans un élan de camaraderie, Nicolas les invita à monter chez lui. Ils lui étaient tous inconnus et tous sympathiques. L'un d'eux s'était procuré des bouteilles de kummel. De quoi boire dignement à la santé du tsar, de l'armée et des jolies femmes. A deux heures du matin, ils chantaient encore. De temps à autre, Nicolas entendait grincer une porte. C'étaient le notaire et son épouse qui s'aventuraient dans le couloir, écoutaient le vacarme et, terrifiés, se dépêchaient de regagner leur chambre.

Au premier relais après Saint-Dizier, Nicolas, laissant ses compagnons dans la voiture, était grimpé sur le siège, à côté du cocher, pour respirer l'air pur et regarder le paysage. La lourde berline du tsar, tirée par six chevaux, menait le mouvement. Derrière, attelées de quatre chevaux, venaient les berlines des généraux, des aides de camp, des officiers d'ordonnance, et, en queue, le fourgon du service des archives. Cela formait en tout un cortège de neuf véhicules énormes, à caisses jaunes et noires, écrasés de bagages et nimbés de poussière. Le fracas des roues était assourdissant. De chaque côté de l'équipage impérial, galopaient de grands cosaques en tunique rouge, la lance au poing. C'était le comte Orloff-Dénissoff en personne qui commandait le détachement. Les souverains de Prusse et d'Autriche s'étaient laissé distancer par les Russes et se traînaient très loin, au milieu d'une lente caravane de carrosses, de coupés, de malles-poste et de chariots. Depuis midi, on les avait perdus de vue. Mais nul ne s'inquiétait de cette disparition. La consigne était d'aller vite. Heureusement, la route se prêtait à une course rapide, car elle était pavée en son milieu, ce qui offrait un bon passage pour les roues.

Cramponné de la main gauche à la rambarde du siège, Nicolas serrait dans sa main droite la crosse courbe de son pistolet. La folie de cette expédition lui était apparue pour la première fois en fin de matinée, devant Vitry-le-François. Une garnison française tenait encore la place. A l'approche des voitures, trois escadrons étaient sortis de la ville, comme pour couper la route aux voyageurs. Inférieurs en nombre, les cosaques n'auraient pu opposer qu'une courte résistance. Quelle chance pour Napoléon si le tsar, son chef d'état-major et ses principaux ministres avaient été faits prisonniers avant l'ouverture des négociations de paix ! Mais les Français, arrivés en vue du convoi, s'étaient arrêtés, puis avaient tourné bride, refusant un combat dont ils ne supposaient pas que l'enjeu fût si important. Nicolas percevait la volonté divine dans cette sauvegarde accordée à un prince audacieux. Mais un pareil miracle se renouvellerait-il en toute occasion ? Les éclaireurs cosaques avaient signalé des rassemblements suspects aux abords de certains villages : déserteurs, partisans, brigands de grands chemins ? Nicolas scrutait l'horizon. Tout était calme. La chaussée suivait le cours de la Marne. Entre les rives vertes, l'eau jouait avec les reflets du soleil et les ombres des arbres. Cela donnait envie de se mettre nu et de plonger dans le courant. Plus il pensait à la baignade, plus Nicolas avait chaud sous son uniforme boutonné jusqu'au col. A côté de lui, le cocher, barbu, pansu, transpirait à pleines joues et tirait la langue. Parfois, il faisait claquer son long fouet dans l'air, moins pour exciter les bêtes que pour se dégourdir lui-même. Les deux chevaux de devant galopaient tête baissée, avec application (un postillon était assis sur celui de gauche); les deux timoniers, en revanche, tendaient l'encolure, secouaient la crinière et hennissaient de joie. Leurs croupes solides et soyeuses étaient déjà couvertes d'écume. Nicolas se laissait fasciner par la puissante régularité de leur travail. Une odeur âcre venait à lui de leur pelage humide et de leur harnais de cuir chaud. Le bruit des sabots et des roues bandées de fer lui martelait le crâne.

La route devenant mauvaise, le cortège ralentit son allure. Là-bas, en tête du défilé, la berline impériale dansait entre ses ressorts. Derrière elle, les voitures de la suite imitaient ses moindres soubresauts avec un empressement comique. Les maisons blanches d'un village s'écartèrent devant les cosaques qui passaient au trot, la lance basse. Des poules se perchèrent en caquetant sur un tas de fumier juteux. Un troupeau d'oies indignées se rangea contre le mur, avec, parmi toutes ces plumes blanches, une fillette en haillons gris. Une charrette de foin, barrant à demi la route, faillit être accrochée par la troisième voiture, celle des aides de camp. Deux paysans affolés sortirent de la forge. Ils criaient :

— Heu-là ! Heu-là !

Dans l'atelier ouvert, le maréchal-ferrant continuait son travail : le feu ronflait, le marteau tapait le fer sur l'enclume. Une mère cacha la tête de son petit garçon dans son tablier, pour l'empêcher de voir les barbares. Le cocher enveloppa ses chevaux d'un souple coup de fouet. Des toits s'envolèrent. La campagne verte et jaune recouvrit tout comme une lame de fond.

Une verste encore et ce fut le relais. Des chevaux tout harnachés attendaient les voyageurs devant une auberge, sous la garde d'une cinquantaine de cosaques destinés à la relève des convoyeurs. Nicolas descendit de son siège, juste à temps pour voir le tsar et quatre généraux s'engouffrer dans la maison. Les officiers d'ordonnance n'osèrent y entrer à leur tour et se massèrent dans la courette, à l'ombre d'une tonnelle. Ils pliaient les genoux, remuaient les épaules pour défatiguer leurs membres moulus. Hippolyte Roznikoff commanda du vin blanc pour tout le monde. Mais aurait-on le loisir de le boire ? La fille de l'aubergiste, rose comme une cerise, apporta deux pichets et des verres.

— Que vous êtes jolie, Mademoiselle ! dit le bel Hippolyte en frisant son brin de moustache. Comment vous appelez-vous ?

Elle parut s'offusquer d'être interpellée en français par un officier russe.

Ce fut seulement lorsqu'il lui eut pincé la taille qu'elle se rassura. Enfin, elle se retrouvait en pays de connaissance.

— Je m'appelle Germaine, dit-elle.

Et elle s'enfuit.

Charmante Germaine,
Percé de mille dards...,

fredonna Roznikoff.

Cependant, les postillons s'affairaient autour des bêtes fraîches et les poussaient vers les brancards. Soudain, comme apporté par la bourrasque, un cavalier passa sous le porche, sauta de sa selle, jeta la bride à un valet d'écurie et se précipita vers le bâtiment central. Sans doute était-ce une estafette, expédiée de Paris à la rencontre du tsar. N'y avait-il pas des combats de rues dans la capitale entre bonapartistes et royalistes ? Les Prussiens, dont la haine contre la France était bien connue, pouvaient prendre prétexte des moindres désordres pour mettre la ville à feu et à sang. Les craintes de Nicolas à ce sujet étaient si vives qu'il s'en ouvrit à ses compagnons. Chacun donnait son opinion sur l'affaire, lorsque le prince Volkonsky sortit de l'auberge, appela Roznikoff et lui tendit une liasse de journaux.

— Les dernières gazettes de Paris, dit-il d'une voix brève. Lisez-les en cours de route. Je veux, pour ce soir, un rapport sur l'ensemble, avec traduction en russe des passages les plus importants.

Les six officiers d'ordonnance s'étaient figés au garde-à-vous pour écouter les instructions du prince. Quand il fut parti, Roznikoff étala les feuilles imprimées sur la table, entre les verres, et tous se penchèrent dessus. La gazette la plus récente datait de la veille, 8 juillet. Le *Moniteur*, composé en caractères plus gros que de coutume, proclamait : « La commission de gouvernement a fait connaître au roi, par l'organe de son président, qu'elle venait de se dissoudre... Le roi entrera à Paris vers trois heures après midi. » Dans un autre numéro, on lisait que « tout gouvernement qui serait imposé par la force, n'adopterait pas les couleurs nationales et ne garantirait pas les libertés constitutionnelles n'aurait qu'une existence éphémère » ; ailleurs encore, c'était l'annonce de l'abdication de Napoléon en faveur de son fils, puis de fumeuses déclarations de Fouché, de La Fayette, une grisaille de discours patriotiques et de mandements contradictoires qui dissimulaient mal le désarroi d'un peuple vaincu pour la seconde fois en un an. Hippolyte Roznikoff dit avec force :

— La France est vraiment un pays d'écervelés. Leur vanité n'a d'égale que leur fourberie. Qu'ils trahissent Napoléon pour se rallier à Louis XVIII, ou Louis XVIII pour se rallier à Napoléon, ils croient utile de se draper dans leur dignité nationale !

Nicolas aurait voulu défendre les compatriotes de Sophie, mais était obligé de convenir qu'ils s'étaient placés dans un mauvais cas. Si, l'année précédente, il était possible de trouver des excuses aux Français conduits à leur ruine par un tyran, comment justifier qu'ils lui eussent rendu leur confiance au point de reprendre la guerre sous ses ordres ? A présent, les

Alliés étaient en droit de regretter la façon magnanime dont ils avaient traité ces adversaires impénitents. L'empereur Alexandre ne pourrait plus dire qu'il n'avait d'autre ennemi en France que Bonaparte !

— Comme toujours, nous avons eu tort d'être trop généreux ! grommela Hippolyte Roznikoff en vidant son verre. C'est un défaut chez les Russes. Ils ont l'âme large, ils donnent leur amitié sans garantie...

Depuis un moment, l'aubergiste rôdait dans la cour et regardait avec envie les journaux venus tout droit de la capitale. Enfin, n'y tenant plus, il s'approcha des officiers et leur demanda s'il y avait « du nouveau dans la politique ». On lui assura que tout allait mal à Paris, mais que le tsar saurait, une fois de plus, rétablir de l'ordre dans les affaires de la France.

— Ah ! qu'il se dépêche, grogna l'homme, car pour nous, ici, entre les royalistes qui menacent d'égorger les bonapartistes, les bonapartistes qui menacent d'égorger les royalistes et les jacobins qui préparent une nouvelle révolution, comment voulez-vous que ça marche ? Avant-hier, j'ai été pillé par des soldats français en maraude qui criaient : « Vive l'Empereur ! » en vidant mes bouteilles et en saignant mes poulets... Hier, ce sont des ultras qui sont venus de Pogny pour me rançonner : ils me reprochaient d'avoir nourri la veille une troupe de déserteurs. Ces mêmes déserteurs ont mis le feu, ce matin, paraît-il, à un château, dans les deux lieues d'ici, parce que le monsieur avait hissé un drapeau à fleurs de lys au mât de sa tourelle...

L'aubergiste avait un front trop bas, des joues trop sanguines et des avant-bras trop velus pour être soupçonné de poltronnerie. A l'entendre parler de la sorte, Nicolas se sentait plus pressé encore de retrouver Sophie et de la prendre sous sa protection. L'ordre de route prévoyait que le tsar et sa suite passeraient la nuit à Châlons et en repartiraient le lendemain, 10 juillet, à l'aube, pour être à Paris dans la soirée. Encore fallait-il ne pas s'attarder inutilement aux relais ! Que faisait-on dans cette cour, alors que les chevaux étaient attelés depuis un quart d'heure ? Rongé d'impatience, Nicolas n'entendait plus ses voisins de table et se tapotait nerveusement la cuisse avec une paire de gants. Bien que l'auberge fût loin du village, des paysans, venus d'on ne savait où, se massaient sous le porche. Comme tous ceux qui travaillent la terre, ils avaient des visages las, durs et inexpressifs. Ils reluquaient les cosaques et échangeaient des observations en patois.

Enfin, le tsar reparut, la taille un peu voûtée, le regard soucieux, et se dirigea d'un pas leste vers sa voiture. Chaque fois que Nicolas voyait passer l'empereur, il éprouvait dans la poitrine une crispation de respect. Au moment d'escalader le marchepied, Sa Majesté se tourna vers l'aubergiste et lui parla en souriant. Nicolas ne put saisir les propos du monarque, mais devina qu'il faisait un mot historique. En toute occasion, Alexandre Ier soignait sa réputation de charmeur. Un aide de camp tira un carnet de sa poche et y nota ce qu'il avait entendu. L'aubergiste s'était plié jusqu'à terre, sous le poids de la reconnaissance. Nul doute que, demain, il clouerait une plaque commémorative au mur de sa maison. Le temps d'un clin d'œil, et tous les cosaques furent à cheval, tous les officiers de la suite dans leurs voitures. Nicolas retrouva avec plaisir son siège haut perché. Les portières claquèrent, un postillon sonna dans une corne et le convoi repartit.

La voiture de l'empereur menait toujours le train entre deux haies de cosaques rouges, la barbe au vent. Après Pogny, où on changea encore de chevaux, Nicolas eut une émotion en apercevant, loin de lui, au bord de la route, les taches bleues de quelques uniformes. En arrivant sur eux, il reconnut une dizaine de soldats français, l'habit poudreux, la joue creuse et velue, l'œil hagard. L'un avait un bandage sanglant autour du crâne, un autre marchait pieds nus et boitait à chaque pas. La plupart portaient un fusil en bandoulière. Mais ils ne songeaient pas à s'en servir. Etaient-ce les mêmes qui avaient incendié le château ? Nicolas fut déchiré par leurs regards comme par un buisson d'épines. Quelle haine impuissante sur le visage de ces hommes, dont certains étaient peut-être entrés victorieux à Moscou ! Qui pourrait leur donner une paix acceptable après les rêves de gloire qu'ils avaient faits avec Napoléon ?

Tourné sur son siège, Nicolas vit la petite troupe diminuer et disparaître dans la poussière. Les chevaux galopaient rondement et, cependant, il avait l'impression que la voiture se traînait sur la route. Il se demanda si Sophie n'avait pas une vague prescience de son retour. En apprenant que les armées russes pénétraient en France, elle avait pu se dire qu'il marchait sur Paris avec son régiment. Elle l'attendait sans véritablement espérer sa venue !... A moins qu'elle ne se fût encore une fois réfugiée en province !... Comment osait-il se réjouir de leur prochaine rencontre, alors qu'il ne savait rien d'elle depuis un an ? Il se traita d'imbécile et tomba de l'exaltation dans la détresse la plus profonde.

Tard dans la journée, de fortes secousses l'arrachèrent à ses méditations. Le convoi entrait dans une ville aux pavés inégaux. Châlons avait été occupé par la cavalerie du général Tchernycheff. Il y avait beaucoup de monde dans les rues. Assis près du cocher, Nicolas passait à la hauteur des enseignes en tôle peinte des magasins : une botte énorme, un grand chapeau rouge, un superbe pain jaune à nervures. Des jouets pour mains de géants. Et, au-dessous, la foule menue et silencieuse. Un mélange de paysans et de citadins. Les derniers rayons du soleil embrasaient les vitres des maisons et doraient le visage des femmes. Çà et là, se voyaient une fleur de lys, une cocarde blanche. On se bousculait autour des chevaux, qui marchaient au pas. Les cosaques avaient du mal à empêcher les Châlonnais de jeter des regards indiscrets dans les voitures. Parmi ceux qui avaient aperçu le tsar, certains retiraient leur chapeau. Mais personne ne criait plus comme autrefois : « Vivent les Alliés ! Vive l'empereur Alexandre ! »

2

« Et si elle s'était mariée ? » Cette idée arrêta Nicolas dans la rue de Grenelle. Il avait tout envisagé, sauf l'éventualité la plus simple et la plus tragique. Maintenant, vidé de ses forces, il n'osait plus avancer, et les passants s'écartaient de lui comme l'eau contourne un récif. Certains le regardaient avec une curiosité ironique, ce qui lui donnait encore plus l'impression de s'être fourvoyé. Que de temps perdu ! En arrivant à Paris, la veille au soir, il avait espéré pouvoir se précipiter chez Sophie, mais des obligations de service l'avaient retenu très tard à l'Elysée-Bourbon. L'empereur Alexandre se réinstallait dans les meubles de l'an dernier et accueillait Louis XVIII, qui, en gage de gratitude, le décorait, séance tenante, du grand cordon de l'ordre du Saint-Esprit. Après cette réception, Nicolas avait gagné la chambre réquisitionnée pour lui dans un appartement du faubourg Saint-Honoré, et avait passé toute la nuit à rêver d'heureuses retrouvailles. Le soleil s'était levé pour lui sur cette promesse. Et voici qu'au moment d'atteindre le but il doutait encore.

Mais non, Sophie ne pouvait s'être mariée alors qu'il continuait à être amoureux d'elle. Si un pareil malheur était survenu, il en eût été averti par quelque signe mystérieux, par quelque indéfinissable transmission de pensée. Ce matin clair, cette ville bruyante donnaient raison à son espoir. Un vitrier passa devant lui en criant, et il fut aveuglé par le reflet du ciel dans les glaces. « Tout ira bien ! se dit-il. Courage ! » Il se remit en marche. Son excitation ne l'empêchait pas d'ailleurs de réfléchir en stratège au meilleur moyen de se présenter. Surtout, ne pas renouveler les erreurs de l'année précédente. Cette arrivée à cheval, en pleine nuit, cette scène violente dans la bibliothèque, ce passage en trombe devant les parents confus ! Quel enfant il avait été !...

Malgré son désir de maîtrise, il tressaillit d'émotion en apercevant la lanterne de l'hôtel de Lambrefoux. Trop de souvenirs l'envahissaient ensemble. Une mollesse lui vint dans les jarrets. Il se dit : « Si j'atteins le portail en huit pas, c'est que Sophie m'aime et qu'elle est libre ! » Pour gagner son pari, il dut allonger démesurément la dernière enjambée.

Le portier n'avait pas changé. Il fut si étonné en reconnaissant le visiteur que Nicolas lui fourra trois francs dans la main pour l'aider à se remettre. Instantanément, l'homme cessa de croire aux fantômes. Acheté jusqu'au fond de l'âme, il ne demandait qu'à rendre service. Nicolas apprit de lui que le comte et la comtesse étaient à la maison, mais que Mme de Champlitte avait fui la chaleur et les encombrements de Paris, et se trouvait, depuis quinze jours, chez une amie, à la campagne. Cette nouvelle déçut Nicolas au point qu'il faillit s'emporter. Il lui semblait que Sophie avait manqué un rendez-vous fixé de longue date. Mais, tout en maudissant ce contretemps absurde, il était soulagé de sa principale inquiétude : Sophie ne s'était pas mariée. Cela ressortait nettement des confidences du portier.

— Cette campagne où se trouve Mme de Champlitte, pouvez-vous me dire si elle est loin de Paris ? demanda-t-il.

— Je ne sais pas du tout, grommela l'homme en plissant des yeux minces et bêtes comme des boutonnières.

Il mentait. Nicolas, très amer et très digne, se fit annoncer au comte. Un valet qu'il ne connaissait pas l'introduisit dans le salon et le pria d'attendre. « C'est peut-être plus correct ainsi, songeait Nicolas. Revoir ses parents avant de la revoir. Ne rien brusquer, ne rien précipiter... » Il se recommandait le flegme et bouillait sur place. Les portraits de famille le considéraient sans bienveillance.

Tout à coup, une porte s'ouvrit et M. de Lambrefoux apparut parmi ses ancêtres. Il s'avança vers Nicolas avec vivacité, lui serra la main, mais ne l'invita pas à s'asseoir. Après un échange de paroles banales sur les vicissitudes de la politique et les horreurs de la guerre, Nicolas exprima le désir de présenter ses hommages à la comtesse et à sa fille. M. de Lambrefoux lui répondit d'un ton sec que sa femme était occupée et que Sophie était absente de Paris.

— Pense-t-elle revenir bientôt ? demanda Nicolas en rougissant de son audace.

— Je l'ignore, Monsieur, dit le comte.

Un silence suivit. Nicolas ne savait par quel biais reprendre l'entretien. Il sentait que sa visite irritait le comte et, cependant, il n'acceptait pas de se retirer sur cette déconvenue. Avec un branle-bas d'angoisse dans la poitrine, il dit encore :

— Pourriez-vous au moins me communiquer son adresse ?

La réplique partit comme une flèche :

— Non, Monsieur.

Le comte avait cambré sa petite taille corsetée. Son port de tête était celui d'un serpent tourné vers l'adversaire. Nicolas ne l'avait jamais vu aussi peu aimable. « Pourtant, je n'ai rien à me reprocher ! » se dit-il. Cette pensée le raffermit.

— Je ne sais ce qui me vaut un refus si abrupt, Monsieur, murmura-t-il. Mais, quels que soient vos griefs contre moi, je puis vous assurer qu'ils sont vains. Si vous me trouvez indiscret dans mes questions, n'en accusez que le merveilleux souvenir que j'ai gardé de mon passage dans votre famille.

A ces mots, les traits du comte se détendirent. Il avait toujours été sensible à la musique des phrases.

— Moi aussi, dit-il, j'ai gardé un agréable souvenir de votre séjour sous mon toit. Si j'avais été seul, je vous aurais même prié, sans doute, de revenir vous installer ici, puisqu'une juste guerre vous ramène dans nos parages. Mais je suis père, Monsieur, et, dans ces conditions, vous comprendrez que je vous demande instamment de ne plus reparaître.

— Mais non... Mais non, je ne comprends pas ! bredouilla Nicolas en écartant ses bras comme des ailes.

Ce manque de perspicacité parut irriter le comte. Le langage par allusion était pour lui la plus haute forme de la courtoisie. Il dit à contrecœur :

— L'année dernière, ma femme et moi n'avons pas été sans remarquer vos assiduités auprès de notre fille. Je vous concède que, de son côté, elle a éprouvé quelque sympathie à votre égard. Le départ de l'armée russe a tranché net ces relations qui, en se prolongeant, auraient pu devenir équivoques. Vous n'avez pas le droit, maintenant, de revenir troubler notre quiétude à tous...

Il haussait le ton par degrés. Nicolas l'interrompit d'un cri rauque :

— Mais je l'aime, Monsieur !

M. de Lambrefoux fit la moue d'un grammairien heurté par un pléonasme :

— Oui, oui, bien sûr !... On aime facilement à votre âge... La jeunesse, la gloire des armes, le dépaysement, l'attrait de la nouveauté... Mais vous n'allez pas me faire croire que...

— Si, Monsieur ! dit Nicolas avec un élan qui lui fit éclater le cœur. Je l'aime, je l'aime tellement que je ne peux plus me passer d'elle ! Un an de séparation n'a servi qu'à augmenter ma souffrance de l'avoir perdue et mon désir de la revoir...

Tout en parlant, il s'étonnait de son impudeur. Comment pouvait-il déballer sa passion devant un étranger, livrer le plus chaud, le plus rouge de ses secrets à un homme incapable de le comprendre ? Si le comte osait sourire de ses aveux, il ne le supporterait pas, il le tuerait, il se tuerait lui-même. Le comte ne sourit pas, mais demanda d'un air intéressé :

— Avez-vous écrit à ma fille ce que vous me dites là ?

— Oui, répliqua Nicolas. A trois reprises.

— Vous a-t-elle répondu ?

— Non.

— Alors ? soupira le comte avec une satisfaction diabolique.

Et il tapota son jabot de dentelle pour en faire tomber quelques brins de tabac.

— Je ne sais même pas si elle a reçu mes lettres ! dit Nicolas.

— Je puis vous affirmer que si. Je les lui ai remises moi-même.

Profitant du désordre où ces paroles plongeaient son interlocuteur, M. de Lambrefoux poursuivit :

— La vérité, Monsieur, est que ma fille jouit d'une volonté et d'une droiture peu communes. Après l'extravagante visite nocturne que vous lui avez faite l'année précédente, j'ai eu avec elle une grande conversation. Elle n'a pas tardé à se rendre compte que rien de durable, rien de solide ne pouvait sortir de ses sentiments pour vous. Ayant passé l'âge des idylles et des chimères, elle ne veut pas compromettre sa réputation dans des amusements sans lendemain...

— Mais il ne s'agit pas d'amusements sans lendemain ! dit Nicolas avec désespoir.

— Allons donc, Monsieur ! Vous êtes un étranger pour nous. Vous venez en France et vous en repartez selon le mouvement des armées. Et vous voudriez que j'attache du crédit à vos déclarations ?

Ces paroles étaient un écho de celles que Sophie avait prononcées elle-même devant Nicolas, lors de leur dernière rencontre. Il sentit qu'il était en train de la perdre. Tout devint froid et noir au-dedans de lui. En plein désarroi, il se rappela un projet qu'il avait envisagé à plusieurs reprises, sans jamais le formuler nettement.

— Monsieur, dit-il, me feriez-vous l'honneur de m'accorder la main de votre fille ?

M. de Lambrefoux sursauta et ses joues s'empourprèrent. Se fût-il étranglé avec une arête de poisson que son regard n'eût pas été plus furieux. Enfin, reprenant sa respiration, il prononça d'une voix où sifflait la salive :

— Vous n'y pensez pas, Monsieur !

— Mais si, Monsieur ! rétorqua Nicolas avec superbe.

Et il éprouva une légère frayeur devant la brusquerie et l'énormité de sa résolution.

— Voyons ! Voyons ! dit le comte dans un petit rire. C'est un enfantillage ! Ma fille n'acceptera jamais... Et, à supposer même qu'elle accepte, songez qu'il vous faudrait quitter votre pays, venir vous installer en France...

— Ce n'est pas mon intention, dit Nicolas. Si j'ai le bonheur d'épouser votre fille, je l'emmènerai en Russie, nous habiterons là-bas...

Cette fois, le comte perdit tout à fait contenance. Il se trouvait devant un fou dangereux. Levant les yeux sur Nicolas, il protesta faiblement :

— Mais, mais... c'est impossible !

— Pourquoi ?

— La Russie est au bout du monde ! Nous ne reverrions jamais notre enfant ! Nous ne saurions plus rien d'elle ! Soyez raisonnable, Monsieur ! Je ne reviendrai pas sur ma décision !

— J'aimerais connaître celle de votre fille, dit Nicolas sans broncher.

— Elle sera identique à la mienne !

— Dans ce cas, bien sûr, je m'inclinerai. Mais, quelle que soit votre opinion, vous n'avez pas le droit de laisser ignorer ma demande à Mme de Champlitte !

— Comptez-vous sur moi pour la lui transmettre ? demanda le comte en avançant les lèvres dans une grimace de dédain.

— Oui, Monsieur, je vous en prie, dit Nicolas avec un abandon sincère. Voyez, je me fie entièrement à votre sens de l'honneur. Je sais que vous ne me desservirez pas comme vous en auriez le pouvoir !

Le comte salua ce compliment d'une petite inclination de la tête. Son adversaire le touchait à un point sensible.

— Soit, Monsieur, dit-il. La commission sera faite. Où pourrai-je vous envoyer un message ?

Nicolas lui donna son adresse. N'ayant plus rien à se dire, ils se toisèrent encore avec la froide dignité de deux escrimeurs après l'assaut. Puis, M. de Lambrefoux se dirigea vers la porte. Il était redevenu très calme.

— Adieu, Monsieur, dit-il sur le seuil. Je vous ai prévenu : vous ne pourrez vous en prendre qu'à vous de la réponse que vous recevrez.

— Quelle que soit cette réponse, elle sera sacrée à mes yeux puisqu'elle émanera d'une femme que j'aime et que je vénère plus que tout au monde ! s'écria Nicolas.

Il eut conscience d'avoir mis trop d'emphase dans son discours, bomba le torse, coiffa son shako et sortit avec une raideur militaire.

*
* *

Ce fut en se retrouvant seul, le soir, dans sa chambre, qu'il mesura les graves conséquences de son initiative. Il ne pourrait se marier sans la bénédiction paternelle et l'approbation des autorités militaires. Certes, du côté de ses supérieurs hiérarchiques, il ne pensait pas qu'il y eût à redouter une opposition insurmontable, mais, du côté de son père, il prévoyait les pires difficultés. Pour un Russe non amoureux, Sophie avait trois défauts : elle était veuve, française et catholique. Nul doute qu'en sa qualité de chef de famille Michel Borissovitch Ozareff condamnerait le projet de son fils. Si encore Nicolas lui avait parlé de Sophie, lors des trois semaines de permission qu'il avait passées, au mois de février, à Kachtanovka, s'il lui avait raconté de vive voix sa passion, s'il l'avait préparé à la perspective de ses fiançailles ! Mais il n'avait fait de confidences qu'à sa sœur, Marie, qui était la discrétion même. Qu'adviendrait-il si Sophie acceptait de l'épouser et qu'il ne reçût pas le consentement de son père ? Comment expliquerait-il à cette femme imbue d'idées républicaines qu'à vingt et un ans il ne fût pas encore libre de choisir sa voie ?

Au moment d'écrire à l'homme terrible dont dépendait son destin, Nicolas était paralysé de crainte. Pour ses soldats, il était « Votre Noblesse », pour son père, il n'était qu'un gamin. La page blanche attendait, devant lui, sous la lampe. Impossible de différer l'épreuve. Mais par où commencer ? En quelle langue même exprimer sa requête ? Parmi la haute société, l'usage était de rédiger en français les lettres les plus importantes et en russe les billets d'un tour plus familier. Dans le cas présent, il semblait donc que le français fût indiqué par-dessus tout. Cependant, pour prouver à son père qu'il n'avait pas perdu le sens national en s'éprenant d'une Française, Nicolas opta pour le russe.

Cette première décision lui parut déjà épuisante. Privé des services d'Antipe qui n'était pas encore arrivé à Paris, il avait disposé lui-même son samovar et sa bouteille de rhum sur un guéridon. Ayant bu un verre de thé brûlant additionné de sucre et d'alcool, il se mit en manches de chemise, tailla sa plume, vit son père en imagination et s'embrouilla dans ses idées. Une deuxième rasade n'eut d'autre effet que de lui donner chaud. Une troisième rasade, enfin, le détermina :

« Mon père profondément aimé et respecté,

« Sur le point de franchir un pas dont dépendra le bonheur de mon existence, je vous supplie d'approuver et de bénir le projet que je vais avoir l'honneur de vous exposer ci-dessous. L'année précédente, lors de mon séjour à Paris, j'ai eu la chance de rencontrer une jeune Française... »

L'embarras commençait précisément à cet endroit-là. Après s'être enlisé dans plusieurs circonlocutions, Nicolas eut un sursaut de bravoure et parla un langage simple. Il dit à son père que Sophie appartenait à une grande famille, qu'elle alliait la beauté la plus éclatante à l'esprit le plus fin, qu'elle avait perdu son mari, philosophe âgé et célèbre, et que, depuis ce deuil, elle menait une existence recluse, dont lui, Nicolas, entendait la faire sortir en la prenant pour épouse.

« Je ne l'aurais certes pas remarquée si elle avait été indigne d'entrer dans notre maison, écrivit-il encore. Mais la perfection de ses vertus est telle, que vous serez fier de lui voir porter notre nom. Ah! père, dites-moi oui et je serai le plus heureux des hommes! »

Nicolas en était aux formules de politesse filiale, quand Hippolyte Roznikoff frappa du poing à la porte. Il habitait la chambre voisine. Leur hôte à tous deux était un vieil ébéniste, qui vivait seul, dans un appartement trop grand pour lui, encombré de fauteuils rompus, d'armoires démantelées et de commodes bancales, qu'il n'avait ni le goût ni le temps de réparer. Avant même que Nicolas eût crié : « Entre ! », Hippolyte Roznikoff avait franchi le seuil et se penchait, pommadé, parfumé et rieur, sur son épaule :

— Une lettre pour papa ?
— Oui, dit Nicolas.
— Tu lui racontes les exploits de notre armée invincible ? Tu lui annonces ton affectation à la chancellerie du prince Volkonsky ? Tu lui demandes de l'argent ?
— Rien de tout cela, répondit Nicolas. Je lui dis que je voudrais me marier.

Le sourire mourut sur les lèvres de Roznikoff. Ses yeux s'arrondirent, contemplant un abîme. L'espace d'un instant, il ressembla à M. de Lambrefoux dans la surprise.

— Tu ne parles pas sérieusement ? chuchota-t-il.
— Si, dit Nicolas.

Roznikoff se laissa tomber dans un fauteuil, se releva aussitôt comme s'il se fût piqué et appliqua sur son front une claque retentissante :

— Tu es complètement fou ! Tu mérites qu'on t'enferme ! A ton âge, avec l'avenir brillant qui s'ouvre devant toi, tu vas t'encombrer d'une femme ?

Nicolas courbait le dos sous cette pluie de pierres. Il s'attendait aux remontrances de Roznikoff et n'en souffrait pas.

— Mais quand as-tu décidé ça ? reprit Roznikoff.
— Ce matin.
— Tu n'aurais pas pu m'en parler avant ?
— Tes conseils n'auraient rien changé.
— Je ne te demande pas de qui il s'agit ! Toujours Sophie, la belle, la cruelle Sophie ?

Comme s'il eût prononcé une formule magique, propre à calmer les tempêtes, Nicolas dit avec douceur :

— Toujours elle !
— Tu as de la suite dans les idées, toi !
— Je n'y ai aucun mérite. Elle est... elle est...
— Exceptionnelle ! Tu me l'as répété cent fois ! Mais tu devrais attendre un peu pour écrire à ton père !

— Non, Hippolyte, dit Nicolas. Il n'y a pas de temps à perdre. Même si j'envoie ma lettre par courrier officiel rapide, elle mettra trois semaines pour parvenir à Kachtanovka. Compte trois semaines pour la réponse. Cela fera un mois et demi, tout un mois et demi d'incertitude !

— Et s'il refuse ? demanda Roznikoff.

— Je crois que je lui désobéirai, dit Nicolas en baissant le front.

Son ami lui lança un regard oblique et grommela :

— Ne dis pas de bêtises. Tu ne te rends pas compte des suites que cela pourrait avoir...

— Je renoncerai à tout, dit Nicolas, je donnerai ma démission d'officier, je resterai en France avec elle...

— Et tu feras ton malheur et le sien ! s'écria Roznikoff. Il faut à tout prix empêcher cette folie. Veux-tu me montrer ce que tu as écrit ?

Nicolas lui tendit la feuille de papier.

— Ah ! dit Roznikoff, c'est en russe... Tu as préféré ?...

Il lut la lettre avec une attention extrême et reconnut qu'elle était déférente et persuasive.

— Quand me présentes-tu à ta fiancée ? reprit-il en jetant la missive sur la table.

— Plus tard, dit Nicolas : elle n'est pas à Paris pour le moment.

— Tu ne l'as pas revue ?

— Non.

— Alors, comment as-tu pu la demander en mariage ?

— J'ai eu un entretien avec son père.

— Et il est d'accord ?

— Pas précisément. Mais il m'a promis d'avertir sa fille de mes intentions.

— Comment ? Elle n'est encore au courant de rien ?

— Non ! dit Nicolas.

Roznikoff leva les mains au plafond et les laissa retomber sur ses cuisses. L'étonnement arrondissait sa bouche sous une petite moustache noire, frisée au fer.

— Attends ! Attends, que je débrouille ton cas ! dit-il. Si je comprends bien, pour l'instant, personne, à part toi, ne désire le mariage : les deux pères sont très vraisemblablement hostiles à l'affaire et la fille n'a pas encore été consultée ! Tu mets tout en branle sans même savoir si elle partage tes sentiments ! Ne crains-tu pas, en partant trop tôt, de te retrouver seul, en rase campagne ?

— Je dois prendre ce risque, dit Nicolas. Si tu aimais, tu me comprendrais sans doute...

Un éclat de rire l'interrompit. Roznikoff se tenait les côtes :

— Tu es idiot ! Tu es merveilleusement et incurablement idiot ! Déchire ta lettre, ou mets-la de côté jusqu'au jour où tu connaîtras les réactions de la principale intéressée !

— Cette lettre partira demain matin, dit Nicolas avec colère.

Plus il sentait que Roznikoff avait raison de le blâmer pour son inconséquence, plus il avait hâte d'accomplir un geste après lequel il ne pourrait plus revenir en arrière. Il cacheta la missive devant son ami et traça l'adresse. Roznikoff lui demanda si, malgré son amour, il était homme à sortir ce soir.

— Mais bien sûr ! s'écria Nicolas. Rien n'est changé !

En vérité, il se forçait pour trouver le plaisir ailleurs que dans le souvenir de Sophie.

3

Chaque matin, Nicolas s'éveillait en espérant une réponse de Sophie, et, chaque soir, il se couchait déçu. Il en venait à soupçonner le comte de n'avoir pas transmis la demande en mariage à sa fille. Peut-être était-elle déjà rentrée de la campagne ? A cette idée, une rage le prenait, il voulait revoir M. de Lambrefoux, l'accuser de trahison et ameuter toute la maisonnée par ses cris. Seule son éducation l'empêchait d'aller insulter un vieillard qui, la chance aidant, pouvait devenir son beau-père.

A peine débarqué à Paris, Antipe avait reçu l'ordre de surveiller discrètement le passage des voitures dans la rue de Grenelle. Dès la première apparition de Mme de Champlitte, il devait avertir son maître. Mais, jour après jour, l'ordonnance revenait à la maison avec la même mine confuse : il avait vu défiler tout Paris, sauf la personne qui intéressait son barine.

En une semaine d'attente, Nicolas perdit le goût de la nourriture. Son service au quartier général était si peu absorbant que, après avoir lu et annoté les journaux français, il n'avait rien d'autre à faire que de ruminer son angoisse. Roznikoff et d'autres officiers essayaient bien de le distraire en l'entraînant dans les cafés, dans les théâtres, mais cette agitation futile n'était plus de son goût depuis qu'il était amoureux et sur le point de prendre femme. Le Paris de 1815 était d'ailleurs moins agréable que le Paris de 1814. Le gros de l'armée russe cantonnait en Ile-de-France, en Champagne, en Lorraine, tandis que la capitale était occupée par les troupes de Blücher et de Wellington. Les Prussiens, arrogants et brutaux, campaient aux Tuileries, au Luxembourg, sur le parvis de Notre-Dame. La nuit, ils maraudaient, le sabre à la main, aux barrières de l'octroi. Dans la banlieue, les Brunswickois, les Hanovriens pillaient les maisons abandonnées. La cavalerie anglaise s'installait dans des champs de blé mûr. Poussé par sa haine de la France, Blücher décidait de faire sauter les ponts d'Iéna et d'Austerlitz, dont le nom rappelait des victoires napoléoniennes, et il fallait les efforts conjugués de Talleyrand, de Louis XVIII, de Wellington, du tsar et du roi de Prusse pour empêcher le vieux maréchal de mettre ce projet à exécution. Aux désordres provoqués par la soldatesque, s'ajoutaient ceux que suscitaient partout les royalistes ultras. Ennemis jurés des bonapartistes, ils étendaient leur désir de vengeance aux libéraux, aux constitutionnels, aux hésitants, à tous ceux qui ne partageaient pas leurs opinions exaltées. On parlait d'acteurs sifflés dans un théâtre pour leur attachement au régime disparu, de promeneurs houspillés par la garde du roi parce qu'ils portaient un œillet — emblème séditieux — à la boutonnière, de rixes dans les cabarets entre gardes nationaux et mousquetaires de Louis XVIII.

En lisant les journaux, en regardant vivre la ville, Nicolas était pris d'une grande pitié pour cette France déchirée, rançonnée, avec, à sa tête, un souverain qu'elle ne respectait plus. Souvent, il pensait à M. Poitevin et souhaitait connaître son avis sur la situation actuelle. Le souvenir de cet homme intègre était lié dans son esprit à celui de Sophie. N'était-ce pas dans le petit salon de la rue Jacob qu'il s'était senti, pour la première fois, estimé et soutenu par elle ? Un dimanche matin, cédant à la nostalgie, il retourna dans le quartier de Saint-Germain-des-Prés et ses pas le portèrent naturellement vers la librairie du « Berger fidèle ».

La porte vitrée était ouverte. A l'intérieur de la boutique, Augustin Vavasseur, hirsute, maigre et débraillé, rangeait des livres dans des caisses. En apercevant ce personnage qui lui avait été si antipathique jadis, Nicolas éprouva l'impression paradoxale de retrouver un ami. Sans le savoir, le libraire bénéficiait, lui aussi, du charme qui émanait de Sophie. Nicolas se voyait reflété en uniforme dans la glace du magasin et n'osait entrer. Il était peu probable qu'Augustin Vavasseur se souvînt de lui. Du reste, ils n'avaient rien à se dire. Cette dernière idée le détermina soudain, et il franchit le seuil. Pendant trois secondes, Augustin Vavasseur considéra froidement cet officier russe sans le reconnaître, puis un sourire sarcastique lui élargit la bouche et il dit :

— Par exemple ! De nouveau dans nos murs ? Quel bon vent vous amène ?

— Je ne fais que passer, murmura Nicolas, intimidé.

— C'est ce que disent tous les occupants ! ricana Augustin Vavasseur.

Et, comme Nicolas ne relevait pas l'ironie de ce propos, il ajouta d'un ton détaché :

— Avez-vous eu du plaisir à retrouver Paris ?

— Moins que je ne l'aurais cru, confessa Nicolas.

— Pourquoi ? L'atmosphère est à la gaieté, notre bon roi s'est rassis sur son trône, les Alliés occupent le pays jusqu'à la Loire et au Calvados, toute l'Europe se nourrit de nous ! Ce doit être un spectacle bien amusant pour un Russe de voir des Français se chamailler parmi les ruines de leur grandeur !

— Pour un Prussien peut-être, pour un Russe certainement pas ! répondit Nicolas.

— Vous jugez par vous-même, Monsieur, et je vous soupçonne d'être fortement contaminé par les idées françaises.

— Je ne fais, en cela, que suivre l'exemple de mon souverain. Cette année, comme l'année précédente, il saura modérer les exigences de ses amis !

— Je regrette qu'il ne les laisse pas faire ! dit Vavasseur avec hargne.

Et il développa cette pensée que les exactions des troupes étrangères étaient souhaitables, car, grâce à elles, le peuple opprimé, humilié, volé s'unissait dans la haine de l'envahisseur et des pouvoirs publics. Il fallait des injustices pour qu'une révolution fût possible, et il fallait une révolution pour apporter le bonheur à tous. Des phénomènes comme l'avènement de Napoléon ou la restauration de Louis XVIII n'étaient que des étapes, des coups d'arrêt dans la marche des nations vers une ère d'indépendance républicaine. A l'appui de ses prophéties, Augustin Vavasseur montra à Nicolas des brochures qu'il conservait dans un tiroir et qui, toutes, traitaient des méfaits du despotisme.

— Si vous voulez emporter un de ces livres..., dit-il.

— Non ! Non ! marmonna Nicolas précipitamment. Je vous remercie...

Le seul fait de toucher ces ouvrages subversifs lui procurait une sensation de malaise. Il en feuilleta un, cependant, par curiosité. Son regard accrocha au passage des phrases terribles : « Tant qu'il y aura sur terre un seul homme poursuivi à cause de sa naissance, de sa race ou de ses opinions, l'humanité entière sera condamnable... » « ... Si un monarque prétend gouverner le pays au nom de Dieu, c'est un crime contre la religion chrétienne, car il ne peut y avoir de second messie sur la terre ; s'il prétend gouverner au nom du peuple, c'est un mensonge, car le peuple ne l'a pas choisi... » « On ne peut à la fois être monarchiste et aimer ses semblables... » La prose politique de Champlitte n'était que ruisseau de miel auprès de celle-ci. Nicolas revint à la page de titre : *Propos d'un libre Citoyen ami de la Vertu*. Il n'y avait pas de nom d'auteur. Le volume avait été imprimé à La Haye.

— Avez-vous le droit de vendre ces libelles ? demanda Nicolas.

— Certainement pas ! répondit Augustin Vavasseur avec un sourire dédaigneux.

— Mais alors, si on les découvre chez vous ?

— Je dirai qu'ils font partie de ma bibliothèque privée !

— Et on vous croira ?

— Peut-être.

— Vous avez pris un risque en me les montrant !

— Cela vous prouve que j'ai confiance en vous, malgré votre uniforme.

Nicolas fut envahi de plaisir, mais se ressaisit aussitôt : allait-il se réjouir d'être compté pour un libéral ?

— Vous me connaissez à peine, dit-il.

— N'avez-vous pas été amené chez les Poitevin par Sophie de Champlitte ? Il ne peut y avoir pour moi de meilleure recommandation. Du reste, je vais vous faire un aveu : il me serait bien égal d'être arrêté, jeté en prison... Je considérerais même cela comme un honneur dans l'univers abominable qui nous entoure... Il faut savoir souffrir pour ses convictions les plus hautes...

Nicolas observa que cet homme, qui paraissait normal au début de leur entretien, perdait maintenant le contrôle de sa raison. Des tiraillements nerveux secouaient ses joues, ses narines, ses paupières...

— Je vis seul, poursuivit Augustin Vavasseur d'une voix haletante. Pas de femme, pas d'enfants. Ma passion, c'est le bien des autres...

Il discourait d'une manière de plus en plus exaltée, quand Nicolas, poussé par un espoir, l'interrompit brusquement :

— Vous avez parlé tout à l'heure de Mme de Champlitte. Sauriez-vous, par hasard, où je pourrais la trouver ?

Instantanément, la figure d'Augustin Vavasseur se glaça.

— Non, dit-il.

— Mais elle a bien quitté Paris, n'est-ce pas ?

— Je le suppose.

— Elle n'est pas encore revenue ?

— Pas à ma connaissance, grogna Augustin Vavasseur.

Son embarras était si visible que Nicolas fut pris de méfiance. A tort ou à raison, il lui semblait qu'Augustin Vavasseur en savait plus long qu'il ne voulait le dire. Faisant un pas vers le libraire et le regardant avec force dans les yeux, il chuchota :

— Ne lui est-il pas arrivé quelque malheur, au moins ?

A peine formulée, cette crainte se changea en épouvante dans son esprit. Mais, déjà, Augustin Vavasseur le rassurait :

— Non, Monsieur. Soyez sans inquiétude. Mme de Champlitte se porte à merveille !

Il s'était vendu : il connaissait la retraite de Sophie !

— Ah ! Monsieur, je vous en supplie, s'écria Nicolas, aidez-moi à la rejoindre !

— Mais puisque je vous répète...

— Me le répéteriez-vous cent fois que je ne vous croirais pas !

Augustin Vavasseur se gratta la nuque avec ses ongles, qui étaient longs et sales. Une lumière rêveuse joua dans ses prunelles. Evidemment, le romanesque de la situation l'amusait. Il ferma la porte de sa boutique et dit :

— Je vous parlerai franchement : Mme de Champlitte s'est quelque peu compromise après le départ de Louis XVIII !

— Compromise ! balbutia Nicolas qui pensait à tout sauf à la politique. Et de quelle façon, s'il vous plaît ?

— Cela vous étonne ? Eh ! oui, elle était hostile à Napoléon pendant toute la durée de son règne, mais, quand il est revenu de l'île d'Elbe, elle a été subjuguée par l'espoir d'un renouveau français. A la suite de Benjamin Constant et de tant d'autres, elle a pensé qu'il ne fallait plus combattre l'empereur, mais l'inciter à de grandes réformes. Et, en effet, pour faire accepter au peuple la guerre longue qu'il prévoyait, Napoléon s'est d'abord déclaré prêt à des concessions libérales. Benjamin Constant a bâti en hâte une constitution où il y a à boire et à manger...

— Oui, oui ! s'écria Nicolas impatienté, mais Mme de Champlitte dans tout cela ?

— Je vous l'ai dit, elle soutenait l'action des libéraux passés au service de la cause impériale. On la voyait partout se répandre en propos acerbes contre les Bourbons, leur imputant les malheurs de la France, assurant que

Napoléon seul pouvait encore sauver la démocratie... Sa prise de position l'a rendue suspecte dans son propre milieu. Dès que les troupes alliées se sont rapprochées de Paris, ses parents l'ont suppliée de fuir...

— Elle aurait été inquiétée ?
— Je le crains.

Les royalistes français parurent aussi détestables à Nicolas que les révolutionnaires. Il fallait avoir une âme de tigre pour s'attaquer à Sophie.

— Où est-elle maintenant ? demanda-t-il.
— Dans une agréable maison que les Poitevin ont à Versailles. Je pense d'ailleurs qu'elle pourra revenir vers la fin du mois. L'essentiel était de laisser passer la première vague de dénonciations, de perquisitions, d'arrestations arbitraires...

Encore ému par les dangers qu'avait courus Sophie, Nicolas murmura :
— Il ne faudrait pas qu'elle commît d'imprudence en sortant trop tôt de sa cachette !

Et, subitement, un flot de joie noya ses inquiétudes. Il comprenait enfin pourquoi M. de Lambrefoux l'avait si mal reçu et pourquoi Sophie n'avait pas encore répondu à sa demande en mariage.

— J'irai là-bas, je la verrai ! dit-il comme se parlant à lui-même.
— J'espère qu'elle ne m'en voudra pas de vous avoir révélé son secret !
— Sûrement pas, Monsieur ! Nous serons deux, demain, qui penserons à vous avec gratitude.
— Je crois que vous n'aurez pas beaucoup le loisir de vous occuper de moi ! dit Augustin Vavasseur en clignant de l'œil.

Nicolas s'émerveilla de ce talent divinatoire : comment le libraire avait-il pu déceler la nature des sentiments qui le liaient à Sophie ?

— Puisque vous comptez vous rendre demain à Versailles, je vais vous charger d'une lettre pour Mme de Champlitte, reprit Augustin Vavasseur.
— Après ce que vous avez fait pour moi, je ne saurais rien vous refuser, dit Nicolas chaleureusement.

Augustin Vavasseur le pria de s'asseoir et s'installa lui-même derrière son comptoir pour écrire. De temps à autre, il cherchait des renseignements dans un gros calepin. Ayant noirci une première page, il s'attaqua à la seconde en allant fréquemment à la ligne. On eût dit qu'il dressait une liste de noms. Parfois, sa plume traçait un signe cabalistique dans la marge. N'était-ce pas un message secret, de caractère politique ? Nicolas se sentit dans la conspiration jusqu'au cou. Lui, un officier du tsar ! Ses scrupules étaient tempérés par le désir de se dévouer éperdument à Sophie. Lorsque la missive fut achevée, signée et cachetée, il prit un air entendu et dit :

— Voici, je gage, de quoi renseigner Mme de Champlitte sur tout ce qui touche aux affaires de l'Etat !
— Oh ! non, dit Augustin Vavasseur. Avant de partir, elle m'avait prié de lui procurer quelques livres. Je lui indique ceux que j'ai pu trouver, avec les prix en regard. Son adresse est sur l'enveloppe...

Cette réponse déçut Nicolas, comme si on l'eût privé d'un risque auquel il tenait beaucoup. Puis, il pensa qu'Augustin Vavasseur mentait pour le tranquilliser. Ressemblait-il à un novice ? Un sourire supérieur aux lèvres, il murmura :

— Donnez-moi cette lettre, Monsieur. Quel que soit son contenu, elle sera remise à sa destinataire.

4

Le « coucou » s'arrêta sur la place du château de Versailles, l'unique cheval, exténué, souffla à s'en rompre les côtes, recula dans ses brancards et la caisse verte pencha en arrière. Nicolas, qui avait voyagé « en lapin » sur la banquette du tablier, sauta lestement à terre, pendant que quatre autres voyageurs s'extirpaient en geignant de la guimbarde. Il avait obtenu deux jours de permission et se sentait en congé pour la vie.

Devant l'architecture majestueuse, aérienne et rose du château, s'alignaient des diligences, des « carabas », des cabriolets de toutes sortes ; les cochers appelaient à grands cris une clientèle hésitante : « Pour Paris ! Allons, pour Paris ! On part tout de suite ! Encore deux personnes et c'est complet ! » Un postillon, debout dans ses bottes, surveillait une montagne de bagages. Nicolas lui demanda son chemin. « C'est à deux pas ! » Pourtant, il dut marcher une bonne demi-heure, sous le soleil, avant d'arriver devant la maison des Poitevin, qui se détachait, blanche, coiffée d'ardoises, sur le fond vert d'un boqueteau. Une palissade de pieux entourait le jardin. Le portillon était surmonté d'une clochette rouillée. Au moment de tirer la chaîne, Nicolas perdit tout contact avec la réalité et ce fut dans un silence d'au-delà que résonna le tintement annonciateur de sa venue. Un chien aboya, des portes claquèrent et, dans une allée de paradis, bordée de plants de tomates et de rames de haricots, surgit un vieux jardinier en sabots et tablier, qui n'était autre que M. Poitevin. D'abord effrayé par l'uniforme, il s'approcha de Nicolas et le regarda sous le nez en fronçant les sourcils. Puis, un rire silencieux remonta les mille rides de son visage. Il tourna la tête et cria :

— Sophie !

Personne ne répondit et M. Poitevin, prenant le jeune homme par le bras, le guida vers la maison. Nicolas avançait dans un état de béatitude. Soudain, il eut un choc. Sophie était devant lui. Une Sophie qu'il reconnut à peine sur le moment, car elle était habillée comme une villageoise, avec une large jupe en percale, rayée de bleu et de blanc, un corsage bleu décolleté en rectangle et un chapeau de paille d'où descendait sur son épaule un flot de rubans multicolores. Etait-ce parce qu'elle avait la taille libre et portait des souliers plats qu'il la trouva plus gracile et plus désirable encore que dans son souvenir ? Les yeux fixés sur elle, il assistait à l'étonnement qui éclairait ce beau visage. Mais était-elle contente ou non de le revoir ?

— Je ne m'attendais pas à cette visite, Monsieur, dit-elle d'une voix atone. D'où avez-vous su que j'étais ici ?

Il lui raconta en peu de mots son entrevue avec Augustin Vavasseur et lui remit la lettre.

— Eh bien ! ma chère Sophie, dit M. Poitevin, moi qui croyais vous avoir offert un asile sûr !...

Mme Poitevin arriva sur ces entrefaites et la conversation prit un tour anodin. Que se passait-t-il à Paris ? Etait-il vrai que Fouché dressait des listes de suspects ? Avait-on des nouvelles de la terreur royaliste qui ravageait le Midi de la France ? Tandis que Nicolas répondait à ces questions, Sophie l'observait avec une attention émerveillée et douloureuse. Elle se rappelait chaque mot de la lettre que son père lui avait adressée : « Ce jeune homme, dont nous ne connaissons ni la famille, ni la fortune, ni la situation exacte dans son pays, ne peut être un parti pour vous... Le mariage exige une trop grande communion de pensées et de traditions pour que le fait d'épouser un étranger ne soit pas d'ordinaire un désastre... Vous voyez-vous abandonnant vos parents, vos amis, votre patrie, vos biens, toute la douceur, tout le brillant de la vie française, pour suivre, au fond des steppes, parmi des populations incultes, un officier du tsar qui vous aurait séduite en passant ?... Ayant promis à M. Ozareff de vous transmettre son invraisemblable requête, je le fais d'autant plus volontiers que je ne doute pas un seul instant de votre refus... » Si certains de ces arguments avaient touché Sophie en l'absence de Nicolas, elle les jugeait absurdes maintenant qu'il était devant elle. A toutes les critiques de son père, ce visage bronzé, ces larges épaules étaient la meilleure réponse. Il suffisait qu'elle regardât cet homme pour se sentir justifiée dans ses rêves les plus fous. Comment avait-elle pu l'éconduire jadis, lorsqu'il lui avait avoué son amour ? Comment avait-elle pu vivre toute une année sans lui, refusant même de répondre à ses lettres ? Comment avait-elle pu croire qu'elle l'oublierait à la longue ? « Il m'aime, se disait-elle. Il va me le jurer dès que nous serons seuls. Il me demandera si je consens à être sa femme !... » A cette idée, ses forces tombaient, elle n'était que faiblesse et attente. Pourquoi les Poitevin étaient-ils si bavards ? Elle ne les avait pas avertis des intentions de Nicolas. Pourtant, ils devaient bien se douter que le jeune officier venait de Paris pour un motif grave et que, vraisemblablement, c'était elle et non eux qu'il désirait voir. Conduit par M. Poitevin, le petit groupe marchait en devisant dans l'allée. Maintenant, Nicolas racontait son affectation à l'état-major, le périlleux voyage du tsar à travers la France non encore pacifiée, l'installation à l'Elysée-Bourbon, l'aspect de Paris occupé par les troupes prussiennes. Ils arrivèrent jusqu'à la tonnelle, dont l'ombre clairsemée recouvrait une table et des chaises rustiques. Sophie eut peur que M. Poitevin ne les invîtât tous à s'asseoir. Une politesse de ce genre, et l'entretien capital qu'elle voulait avoir avec Nicolas eût encore été retardé. Par bonheur, Mme Poitevin prit les jeunes gens en pitié et, sous un prétexte que Sophie n'entendit même pas, entraîna son mari vers la maison.

Après avoir souhaité le départ de ces témoins gênants, Sophie éprouva de l'appréhension à se retrouver seule avec Nicolas. Ce qu'ils avaient à se dire était si important que ni l'un ni l'autre n'osait ouvrir la bouche. Une servante passa, portant un baquet plein de linge. Un coq chanta d'une voix éraillée pour trois poules qui picoraient dans le jardin. L'horloge d'une église sonna quatre heures. Sophie vit trembler, sur le cou de Nicolas, une pomme d'Adam proéminente. Il avalait sa salive. Puis, son visage s'immobilisa, ses yeux se figèrent. Il dit d'une voix de cadavre :

— Votre père vous a-t-il informée de ma demande, Madame ?

Elle subit le coup exactement comme elle le prévoyait, perdit un peu la respiration, mais répondit avec aisance :

— Oui, Monsieur, voici deux jours que j'ai reçu sa lettre.

— Deux jours seulement ? s'écria Nicolas.

— Il a pris le temps de la réflexion ! dit Sophie.

— Allez-vous le prendre, vous aussi ?

Les yeux de Nicolas paraissaient d'un vert doré, presque végétal, à cause des reflets du feuillage. Il s'était coupé le menton en se rasant. Ces détails prenaient une valeur énorme dans l'esprit de Sophie. Tout allait se décider maintenant. Ou, plutôt, tout était déjà décidé en elle, à son insu.

— Je comptais vous répondre aujourd'hui même, dit-elle.

— Me répondre... me répondre quoi, Madame ? balbutia-t-il.

Sans dire un mot, elle lui tendit les deux mains. Un éclair de joie sauvage passa dans les prunelles de Nicolas. Il se courba en deux et appliqua ses lèvres sur les doigts de Sophie. Elle voyait ces cheveux blonds bouclés, cette nuque inclinée devant elle, sous le col arqué de l'uniforme, et un bonheur tumultueux la soulevait de terre. Des mots parvenaient à ses oreilles à travers le murmure de son sang, qui courait vite, qui cognait fort :

— Je vous aime !... L'existence sans vous n'a pas de sens !... Je vous jure de vous rendre heureuse !... Est-il possible que vous m'aimiez aussi ?... Vous serez ma femme, ma femme !... Je serai fier de vous !... Nous partirons pour la Russie !...

Il releva la tête, comme pour vérifier si ce dernier projet ne la contrarierait pas. Mais elle continuait à sourire, enchantée, engourdie.

— Vous verrez, reprit-il, la Russie est un pays magnifique. Tout y est vaste : les horizons et les âmes...

— Avez-vous prévenu votre père ? demanda-t-elle dans un sursaut de raison.

— Bien sûr ! s'écria Nicolas. Je lui ai envoyé une lettre par courrier exprès. Je pense avoir sa réponse dans trois semaines au plus tard.

— Et que sera cette réponse ?

— Vous en doutez ? Elle sera : oui, oui, oui !

Il l'éclaboussait de sa gaieté, de sa confiance, de sa jeunesse. N'y avait-il pas quelque chose de slave dans cette démesure ? Elle se mit à rire, tant elle le trouvait enfantin malgré son habit vert foncé à boutons d'or, ses culottes blanches et son écharpe d'officier. Puis, elle songea : « Il sera mon mari », et redevint sérieuse.

— Comptez sur moi, reprit-il, je hâterai les formalités. Si vous le voulez bien, les choses pourront même marcher très vite. J'espère simplement que vos parents changeront à mon égard. Il me serait pénible d'aller contre leur volonté...

— Leur réprobation ne modifierait en rien ma conduite, répliqua Sophie. Mais, rassurez-vous, je saurai les convaincre. Vous repartez ce soir pour Paris ?

— Non, demain en fin d'après-midi.

Il lui tenait toujours les mains et elle éprouvait du plaisir à cet emprisonnement prolongé.

— Je partirai avec vous, dit-elle.

Il tressaillit :

— Ce n'est pas possible !

— Pourquoi ?

— M. Vavasseur m'a laissé entendre que vous pourriez être arrêtée pour vos opinions, dit-il.

Sophie fut émue de constater qu'elle lui inspirait de si vives inquiétudes. Devant cet homme amoureux, angoissé, elle se sentait féminine, précieuse, nécessaire, comme elle ne l'avait été pour personne. Instantanément, elle cessa de penser à la politique. Allait-elle longtemps encore s'adresser à Nicolas en l'appelant : monsieur ? L'envie de prononcer le prénom de son futur mari lui tourmentait la bouche comme une soif. Elle n'osait se risquer. Enfin, elle employa toute sa violence à dire faiblement :

— Je vous remercie de votre sollicitude, Nicolas.

Il ne bougea pas, mais ses yeux s'illuminèrent de gratitude.

— N'ayez nul souci pour moi, poursuivit-elle en feignant de ne pas remarquer son trouble. De toute façon, ce n'est pas en restant à Versailles que j'échapperais aux recherches. Si je dois être prise, je le serai n'importe où. Et puis, réfléchissez : comment pourrais-je continuer à vivre ici, loin de vous, après l'aveu que vous venez de me faire ?

— C'est vrai ! murmura-t-il. Ce serait... ce serait cruel et injuste ! Dès aujourd'hui, vous êtes sous ma protection, Madame ! Si quelqu'un s'avise de vous importuner, il me trouvera sur sa route ! J'en appellerai au tsar lui-même, s'il le faut...

Il s'échauffait, il s'emballait, mais hésitait encore à remplacer « madame » par « Sophie ».

— Cher Nicolas ! dit-elle.

Il défaillit de tendresse. Un silence suivit. Penché sur la jeune femme, Nicolas se baignait dans ses yeux. Puis, son attention descendit vers les épaules de Sophie. La naissance de sa gorge était visible par l'échancrure du corsage. Pour la première fois, il eut l'audace d'évoquer un corps tiède sous l'étoffe. L'inconvenance de cette représentation l'effraya. Après avoir imaginé cela, il ne saurait plus, pensait-il, lui adresser un mot. Ce fut le contraire qui se produisit. Subitement, il se remit à parler très vite de son amour. De temps à autre, il glissait même un timide « Sophie » entre deux bouts de phrase. Comme elle ne protestait pas, il s'inclina encore plus vers elle et respira son parfum. Mais elle le repoussa avec douceur : le ménage

Poitevin revenait à petits pas dans l'allée. Qu'avaient-il vu ? Qu'avaient-ils deviné ? Nicolas s'enferma dans une hargneuse pudeur masculine. Sophie, en revanche, semblait très à l'aise dans son nouveau bonheur. Saisissant Nicolas par la main, elle l'amena devant ses amis et annonça d'une voix claire :

— Vous serez les premiers à entendre une grande nouvelle : nous allons nous marier.

Mme Poitevin poussa un cri de joie qui ressemblait à une plainte. M. Poitevin ouvrit les bras avec une noblesse très paternelle, secoua son vieux visage de théâtre et dit :

— Rien ne pouvait me procurer un plus vif plaisir !

Sincère ou non, cette exclamation bouleversa Nicolas. Depuis quelques minutes, il était enclin à croire que la bonté régnait sur le monde. Quand les Poitevin apprirent qu'il avait une permission de quarante-huit heures, ils voulurent qu'il dînât avec eux et passât la nuit sous leur toit : une chambre d'ami était toute préparée au premier étage. Encouragé par les regards de Sophie, Nicolas accepta.

Comme le ciel était très clair, le repas du soir fut servi à six heures, sous la tonnelle. A table, il fut encore question du départ de Sophie, que les Poitevin jugeaient imprudent. Pour les tranquilliser, elle leur lut, au dessert, un passage de la mystérieuse lettre de Vavasseur. Il lui envoyait les noms de quelques fonctionnaires civils et militaires qui seraient probablement arrêtés, mais affirmait qu'à sa connaissance aucune poursuite ne serait donnée contre les particuliers pour délit d'opinion.

— Il y a les poursuites qu'on ordonne et celles qu'on laisse faire, soupira M. Poitevin. En période troublée, les policiers de métier sont moins à craindre que les policiers d'occasion, les délateurs, les haineux de toutes sortes...

— Hier encore, je vous aurais peut-être écouté ! dit Sophie. A présent, je ne crains rien. Je ne suis plus seule !

Et elle jeta vers Nicolas un long regard d'alliance. Elle était si émouvante dans son admiration qu'il eût suscité des embarras pour le plaisir de la défendre. Le temps qui s'était écoulé entre les deux guerres ne comptait pas pour lui. Avait-il été séparé de Sophie autrement qu'en imagination ? Etait-il seulement retourné en Russie ? Deux servantes s'affairaient autour de la table. Le ciel s'éteignait lentement derrière des feuillages noirs. Un vin jaune et gai brillait dans les verres. M. Poitevin proposa de boire à la santé des futurs époux. Une petite conversation politique conduisit les deux couples jusqu'à la fin du crépuscule. Lorsque les premières étoiles s'allumèrent, Mme Poitevin se prétendit lasse et son mari confessa que lui aussi avait envie de dormir. Nicolas craignit que Sophie ne suivît leur mouvement. Mais elle leur souhaita une bonne nuit et resta avec Nicolas dans le jardin.

Ils s'engagèrent dans une allée, bordée de rosiers. Marchant à côté de Sophie, Nicolas avait l'impression de parcourir la terre, alors qu'il faisait pour la dixième fois le tour de la maison. L'ombre, le silence, le parfum d'une pelouse fraîchement arrosée, un bruissement d'ailes dans les branchages, tout l'exaltait, tout lui prouvait qu'il était d'accord avec Dieu dans le choix de son destin. A respirer cet air pur chargé de senteurs végétales, il pouvait se croire en Russie, dans les sous-bois de Kachtanovka. Qu'un petit jardin français lui rappelât les vastes espaces de son pays était encore un miracle dont il attribuait le mérite à Sophie.

— Parlez-moi de vous, dit-il. Qu'êtes-vous devenue depuis un an ?

Elle lui raconta ce qu'avait été sa vie. Le départ de Nicolas, au mois de juin 1814, l'avait, disait-elle, comme paralysée. Elle avait perdu le goût des êtres et des choses. Sa désaffection pour le monde était si parfaite qu'elle ne s'indignait même plus de la politique du gouvernement. Et, brusquement, dans cette eau stagnante, un pavé s'était abattu, brouillant les reflets, soulevant des vagues.

— Le retour de Napoléon m'a tirée de ma torpeur, murmura-t-elle. Je me suis sentie régénérée par l'enthousiasme de tout un peuple accueillant son empereur. J'ai cru, comme beaucoup, qu'il pourrait être à la fois le champion de la grandeur française et celui des libertés républicaines. Pendant plus de trois mois, j'ai vécu avec mes amis dans cette illusion fiévreuse. Et, soudain, il m'a fallu me rendre à l'évidence : l'armée était vaincue à Waterloo... Alors, mon rêve écroulé m'est apparu si puéril, si absurde !...

— Comme je vous plains ! soupira-t-il.

Et il s'avisa qu'il était prêt à déplorer la victoire des Alliés parce que Sophie en avait de la peine !

— Un dégoût m'a saisie de toute action publique, reprit-elle. Je me suis réfugiée ici dans le plus complet désarroi...

— N'avez-vous pas pensé que j'allais revenir ? demanda Nicolas.

— Oh ! si. Mais, chaque fois que cette idée m'effleurait, je la chassais de mon esprit par crainte de m'y complaire. Pouvais-je souhaiter votre arrivée parmi nous, alors qu'elle signifiait la défaite de la France ? Pouvais-je placer mon plaisir égoïste au-dessus de la douleur où je voyais toute une nation ? En ce moment encore, Nicolas, je souffre de devoir mon bonheur à un événement qui accable tant de mes compatriotes. Je me sens fautive de vous aimer dans le deuil de mon pays. Comprenez-vous cela ?

— Oui, dit-il, mais ce n'est qu'une impression passagère. La paix rétablie, tout rentrera dans l'ordre. Le fait d'être russe ne sera plus choquant à vos yeux !

— Il ne l'a jamais été, Nicolas, dit-elle en souriant. Et c'est bien là ce qui me trouble !

Ils continuèrent à marcher en silence. A chaque pas, il la frôlait timidement de la hanche, du bras, comme par mégarde. Et il se demandait si elle remarquait ce contact, si elle n'en était pas désagréablement surprise... Depuis longtemps, ni elle ni lui n'avaient prononcé un mot. Il s'arrêta. Et elle s'arrêta aussi. Ils se regardèrent. Elle avait un visage argenté, dans la pénombre. De nouveau, Nicolas pensa aux secrets de ce corps féminin sous une robe légère, et une bouffée de chaleur lui envahit le cerveau. Il était en train de se dire qu'il respectait trop Sophie pour tenter un geste décisif, quand elle se haussa sur la pointe des pieds et lui tendit les lèvres.

5

En entendant le pas de son mari dans le vestibule, Mme de Lambrefoux porta les deux mains à son cœur. Qu'allait-on encore lui apprendre ? La veille déjà, elle avait cru s'évanouir lorsque sa fille était revenue à l'improviste de Versailles, avec des bagages poudreux, une arrogance amoureuse dans le regard et un officier russe sur les talons. Nicolas Ozareff s'était, du reste, rapidement éclipsé pour permettre à Sophie d'avoir avec ses parents une conversation définitive. De quel air triomphant elle leur avait annoncé qu'avec ou sans leur consentement elle se marierait dans un mois ! Depuis ce matin, le comte, affolé, courait tout Paris pour tâcher d'obtenir des renseignements sur l'étranger qui allait devenir son gendre.

— Ah ! vous voici enfin ! s'écria la comtesse en voyant son mari entrer d'un pas vif dans le salon.

Le visage important du comte prouvait qu'il ne s'était pas dépensé en vain. Ses amis les plus haut juchés avaient dû être mis à contribution. Il se laissa tomber dans un fauteuil, passa une main tremblante sur son front et dit :

— J'ai été reçu d'une manière parfaite.

— Peut-on savoir par qui ?

— Par M. de Talleyrand d'abord, qui m'a adressé à M. Fouché, lequel m'a recommandé à M. Capo d'Istria, lequel à son tour...

— Avez-vous eu satisfaction, du moins ?

— Au-delà de mes espérances. C'est le secrétaire particulier de M. Capo d'Istria qui m'a le mieux éclairé.

— Eh bien ?

Le comte aspira une pincée de tabac sur son pouce, faillit éternuer, battit des paupières et s'éventa les narines avec un mouchoir.

— Les choses ne se présentent pas si mal ! dit-il. De l'avis unanime, les Ozareff sont une grande famille russe, de noblesse non titrée...

— Comment cela, non titrée ? s'écria Mme de Lambrefoux d'un ton où perçait l'indignation.

— Eh ! oui, c'est une particularité de ce pays. On y rencontre des gens récemment anoblis, qui sont comtes, ou princes, alors que d'autres, dont la noblesse remonte aux premiers tsars, ne portent aucun titre, mais jouissent d'une belle notoriété. C'est le cas, paraît-il, des Ozareff. Le père de ce jeune homme possède une maison à Moscou, qui a été en partie détruite par l'incendie, en 1812, une autre à Saint-Pétersbourg, et une propriété aux environs de Pskov, où il réside presque toute l'année. Sa fortune serait considérable. Je me suis laissé dire qu'il a plusieurs villages...

Les sourcils de Mme de Lambrefoux se levèrent avec intérêt. Ce langage lui rappelait une époque heureuse. Malgré les théories à la mode, elle persistait à croire que la volonté de Dieu était mieux respectée quand ceux qui étaient nés dans la misère ne cherchaient pas à en sortir.
— Plusieurs villages ? dit-elle. Combien au juste ?...
— Cinq ou six. On m'a parlé de deux mille paysans serfs, au bas mot.
— Serfs ?... Tout à fait serfs ?...
— Serfs comme on ne l'est plus qu'en Russie ! dit le comte avec un rire clairet.

Mme de Lambrefoux imagina sa fille régnant sur une province, contemplant des champs de blé à perte de vue, passant entre deux haies de moujiks prosternés, et une lueur d'espoir brilla dans ses yeux. Elle revenait de loin, avec cette enfant amoureuse d'un Russe traîneur de sabre. Pleine encore d'un tendre souci de mère, elle chuchota :
— Ainsi, d'après vous, Sophie aurait pu tomber plus mal ?
— Incontestablement ! dit le comte. Certes, j'eusse préféré pour elle un grand nom français, une situation mondaine mieux définie, une fortune plus facilement contrôlable... Mais nous ne devons pas oublier que, pour un prétendant sérieux, Sophie a le défaut de n'être plus une jeune fille. En matière de mariage, un homme veut être le premier. Sans doute m'objecterez-vous que ce pauvre Champlitte constitue un bien mince précédent !...
— Epargnez-moi ce genre de plaisanteries, mon ami ! s'écria Mme de Lambrefoux. Je suis moins que jamais disposée à les entendre. La situation de veuve est très honorable. Grâce aux campagnes de Napoléon, elles sont légion en France. Et, elles se remarient fort bien !...
— Pas quand elles sont de notre milieu, ma chère ! soupira le comte. Ni quand elles ont le caractère de Sophie ! Vous savez comme moi qu'elle agit toujours à l'encontre de la raison. Son plaisir est de décevoir nos ambitions les plus naturelles. Ouvrez-lui une belle route sur la droite, elle choisira, sur la gauche, un petit sentier rocailleux. La formule n'est pas de moi !
— Et de qui ?
— De M. Fouché lui-même. En me reconduisant à la porte, il m'a glissé quelques mots au sujet de Sophie. Rien de ce qu'elle a dit, de ce qu'elle a fait pendant ce qu'il est convenu d'appeler les Cent-Jours n'est ignoré en haut lieu. On ne l'inquiétera en aucune façon par égard pour moi, dont les sentiments légitimistes sont connus de Sa Majesté. Mais, pour mériter cette clémence, il faudra qu'elle renonce à toute activité politique. En sera-t-elle capable si elle reste en France ? Encore un an de célibat, et elle nous fera sauter les Tuileries !...

Mme de Lambrefoux tressaillit et mit une seconde à comprendre que son mari plaisantait.
— C'est affreux ! murmura-t-elle. Vous en êtes à souhaiter qu'elle parte ?...
— Ma foi, je n'en sais plus rien ! De toute façon, le mariage n'est pas encore fait. Il se peut que les supérieurs hiérarchiques de Nicolas Ozareff s'y opposent.

— Pour quel motif ?

— En raison des opinions libérales de Sophie. Eux aussi sont au courant. M. Capo d'Istria ne me l'a pas caché ! Je comprends parfaitement que ces messieurs hésitent à introduire en Russie une jeune personne connue pour sa haine du principe monarchique !

Au comble du désarroi, Mme de Lambrefoux se vit affligée d'une fille criminelle, que la France repoussait et dont la Russie ne voulait pas. En tant que mère, elle ne pouvait admettre une pareille humiliation.

— Non, non ! s'écria-t-elle. Sophie n'a rien de grave à se reprocher ! Il sied bien à ces Russes de faire les difficiles ! Si quelqu'un peut déplorer ce mariage, c'est nous ! Et nous seuls !...

Elle réfléchit et ajouta :

— Le temps de toutes ces formalités, peut-être se déprendra-t-elle de lui !

— J'en doute, dit le comte. Pour qu'il en fût ainsi, il faudrait que votre fille eût un grain de raison. Mais tout n'est que bourrasque dans sa tête. Je regarde ces jeunes gens et je ne les comprends plus. Jadis, il me semble que nous aimions aussi profondément, mais avec moins de folie. Consciemment ou non, nous cherchions l'équilibre dans l'union des cœurs. Les nouvelles générations, elles, sont pour le désordre, l'absurdité et le débordement. Ont-elles trop lu Rousseau, Chateaubriand et Mme de Staël, qu'elles refusent le bonheur de vivre comme une vulgarité ?

— Nous avons été faibles avec elle ! soupira Mme de Lambrefoux. Son premier mariage, déjà, était une erreur. Depuis, elle nous a tout à fait échappé. Quand je pense que ce garçon reviendra la voir aujourd'hui !... Comment le recevrons-nous ?

— Avec une courtoisie distante. N'oubliez pas qu'il nous est imposé par Sophie. Il n'a pas notre approbation...

— Tout de même, nous savons maintenant qu'il est d'une bonne famille. N'y aurait-il pas une nuance à marquer de ce côté-là ?

— Si, dit le comte. Marquons la nuance. Mais légèrement.

Ayant adopté cette ligne de conduite, ils patientèrent jusqu'à l'arrivée de Nicolas Ozareff. Sophie leur avait annoncé la visite de son fiancé pour cinq heures. Mais, au lieu de se préparer à l'accueillir, comme n'importe quelle femme l'eût fait à sa place, elle avait quitté la maison aussitôt après le déjeuner en prétextant une course qui ne la retiendrait pas longtemps. A cinq heures dix, quand Nicolas Ozareff se présenta, elle n'était pas encore rentrée. Le comte et la comtesse, bien que fort contrariés, se résignèrent à recevoir le jeune homme en l'absence de leur fille.

Ce fut un moment pénible pour Nicolas, car il ignorait ce que Sophie avait pu dire à ses parents, la veille, et quelles étaient maintenant leurs dispositions envers lui. Eux, de leur côté, étaient gênés en face de ce prétendant, dont on ne savait plus s'il fallait se féliciter ou se plaindre. Mme de Lambrefoux l'invita à s'asseoir, pensant que c'était là une politesse qui n'engageait à rien. M. de Lambrefoux, pour gagner du temps, se lança dans une dissertation sur les incompréhensibles scrupules des Alliés à l'égard de l'empereur vaincu. On chuchotait que l'Angleterre avait l'intention d'interner Napoléon dans l'île de Sainte-Hélène. Nicolas avait-il eu vent de ce projet ? Etait-il vrai que la baronne de Krudener, cette exaltée mystique dont le tsar suivait depuis peu les conseils, était arrivée à Paris et s'était installée à l'hôtel Monchenu, dans le faubourg Saint-Honoré, tout près de l'Elysée-Bourbon ? Quelle était l'humeur actuelle du souverain ? On le disait jaloux des lauriers de Wellington, qui avait acquis trop de gloire à Waterloo, dégoûté de Talleyrand, son ancien adversaire de Vienne, agacé par les Prussiens, dont la grossièreté et les exigences financières lui paraissaient inadmissibles, plein de méfiance même envers Louis XVIII !...

— Je ne sais rien de tout cela, Monsieur, soupira Nicolas. Mes modestes fonctions ne me permettent pas d'approcher de si hauts personnages.

— Certes, mais vous devez avoir un écho des orages qui se déroulent par là ! Je serais curieux de connaître les réactions des milieux russes devant la dernière ordonnance royale.

— Quelle ordonnance, Monsieur ?

— Celle qui exclut de la Chambre les pairs coupables d'y avoir siégé pendant les Cent-Jours et qui met en accusation dix-neuf généraux et officiers pour crimes de trahison. Vous avez bien lu le texte dans *le Moniteur* ?

— En effet, en effet...

— Alors, vos impressions ?

— Je n'en ai pas encore ! balbutia Nicolas.

Ce bavardage l'épuisait. Il ne comprenait pas que le comte affectât de s'intéresser aux nouvelles du jour, alors que le sort de sa fille aurait dû le préoccuper par-dessus tout. Etait-il inconscient, ignorant, ou diaboliquement taquin ? D'ailleurs, comment se faisait-il que Sophie ne fût pas auprès de ses parents en cette minute ? Une manœuvre, un traquenard ? Soudain, l'affolement s'empara de Nicolas. Son imagination ardente lui représenta Sophie enfermée dans un couvent sur l'ordre de son père. La voix blanche, il demanda :

— N'aurai-je pas le plaisir de voir madame votre fille aujourd'hui ?

— Nous l'attendons comme vous, Monsieur, dit Mme de Lambrefoux.

— Oui, renchérit le comte, je suis même surpris qu'elle ne soit pas encore là.

Soulagé, Nicolas lança un regard amoureux vers la porte, rassembla son courage et dit entre haut et bas :

— Je ne sais, Monsieur, si madame votre fille vous a fait part...

La fin de la phrase resta sur sa langue. Mme de Lambrefoux tourna vers son mari des yeux de naufragée. Il y eut un lourd silence. Puis, le comte fronça les sourcils et grommela :

— Elle nous a fait part, Monsieur ! C'est bien l'expression qui convient ! Elle ne s'est pas confiée à nous, elle ne nous a rien demandé, elle nous a fait part !...

Nicolas ressentit toute l'acrimonie de cette mise au point.

— Je suis désolé, Monsieur, dit-il, que vous persistiez dans votre méfiance. Peu à peu, j'espère vous prouver que vous avez tort. Vous me jugerez aux actes...

— Ce ne sera pas facile puisque vous serez loin ! dit le comte avec un sourire en biais.

— Vous viendrez nous voir en Russie. Mon père sera toujours heureux de vous recevoir. Sa lettre de bénédiction, que j'attends avec impatience, contiendra, j'en suis sûr, une invitation à vous rendre chez nous aussitôt après la cérémonie nuptiale...

— Un voyage de plusieurs semaines, à mon âge ! s'écria le comte.

— Oui, oui, nous aviserons à cela, le moment venu ! dit la comtesse avec amabilité.

Elle ne voulait pas renoncer d'emblée à cette occasion de voir sa fille en souveraine orientale.

— Vous avez parlé de la cérémonie nuptiale, reprit le comte. Comment l'envisagez-vous ?

— Madame votre fille a eu la bonté de me dire qu'elle m'épouserait selon le rite orthodoxe. Mais, si vous désirez que notre union soit préalablement bénie par un prêtre catholique...

— Certainement ! dit Mme de Lambrefoux. Nos amis ne comprendraient pas qu'il en fût autrement ! Ce mariage doit être un grand mariage !

— Je ne suis pas sûr que vous ayez raison sur ce point, ma chère, dit le comte. Dans le cas qui nous intéresse, je recommanderais plutôt la discrétion...

Perdue dans un mirage de blancheur, bercée par le chant des orgues, Mme de Lambrefoux eut quelque peine à s'expliquer la réserve de son mari. Enfin, se rappelant que Sophie était veuve, républicaine et anticléricale, elle murmura, vaincue par l'adversité :

— Laissons donc à ces jeunes gens le soin de régler l'affaire selon leurs convenances. L'essentiel, monsieur Ozareff, est que vous rendiez ma fille heureuse...

C'étaient les premières paroles humaines que Nicolas entendait depuis le début de la conversation. Il en fut touché. Mme de Lambrefoux elle-même paraissait étonnée de sa mansuétude. Elle regarda son mari avec une crainte radieuse dans les yeux. N'était-elle pas allée trop loin ? Le comte la rassura d'une inclinaison de la tête.

— Madame, s'écria Nicolas, par ces mots vous venez de lever un grand poids de mon cœur !...

Il n'eut pas le loisir d'en dire plus : la porte du salon se rabattit contre le mur, Sophie entra, pâle, vive, surexcitée, un sourire d'excuse aux lèvres. Elle n'avait même pas pris le temps de retirer son chapeau. Le bas de sa robe était souillé de poussière.

— Quels embarras de voitures ! gémit-elle. J'ai cru que tous les équipages de Paris s'étaient donné rendez-vous au même endroit !

Son père et sa mère la dévisageaient avec reproche, Nicolas avec adoration. Elle lui confia ses deux mains à baiser et poursuivit :

— Je suppose qu'en m'attendant vous avez parlé à mes parents.

Maintenant qu'ils connaissent vos intentions, ils vous apprécieront davantage. Quant à moi, je ne puis que leur répéter ce que je leur ai dit hier . « Voici l'homme que j'aime et que je désire épouser. S'il vous agrée, mon bonheur n'en sera que plus grand !... »

Cette déclaration parut à Mme de Lambrefoux de la dernière indécence. Elle rougit pour sa fille, qui narguait les règles de la pudeur féminine en exprimant aussi ouvertement des sentiments aussi délicats. Où courait-on avec cette jeunesse qui avait pris le mors aux dents ? Nicolas lui-même ne put se défendre d'une légère confusion devant l'attitude déterminée de Sophie.

— J'ai été heureux de présenter mes hommages à vos parents, dit-il. Ou je me trompe fort, ou il n'existe plus guère de malentendu entre nous...

— Eh bien ! alors, venez ! dit Sophie.

— Comment cela, venez ? s'écria le comte. Où allez-vous ?

— Je vous l'enlève, père, répondit-elle en prenant Nicolas par le bras.

Et, laissant ses parents ébahis, elle entraîna le jeune homme dans le vestibule. Là, le visage rieur de Sophie s'éteignit tout à coup. Elle fixa sur Nicolas un regard tragique et dit faiblement :

— J'ai été retardée par une grave circonstance. Vavasseur vient d'être arrêté !

— Arrêté ? dit Nicolas. Pour quelle raison ?

— Suivez-moi dans la bibliothèque. Nous y serons plus à l'aise pour parler.

Ils montèrent un étage et entrèrent dans la forteresse des livres. Sophie referma la porte et dit :

— Cela devait arriver. Il avait une petite imprimerie clandestine dans sa cave. Quelqu'un l'a dénoncé. Les agents ont perquisitionné chez lui, ce matin. Il a été emmené à la Préfecture de police.

— Quand l'avez-vous appris ? demanda Nicolas.

— Tout de suite après le déjeuner, par un ami commun. Inutile de vous dire que je me suis immédiatement précipitée rue Jacob !

— Quoi ?

Nicolas ouvrait des yeux horrifiés.

— Mais oui, chuchota Sophie, j'en reviens à l'instant.

— Qu'êtes-vous allée faire chez Vavasseur, puisqu'il n'y est plus ?

— Je ne suis pas allée chez Vavasseur, mais chez les Poitevin.

— Ils sont rentrés de Versailles ?

— Non, et c'est cela justement qui est grave ! Toutes les brochures interdites tirées par Vavasseur sont entreposées dans leur appartement. Si la police découvre la cachette, ils sont perdus. Heureusement, ils m'avaient donné un double de leurs clefs, à tout hasard. J'ai déjà pu déménager une partie des livres. Je retourne là-bas, maintenant, pour détruire le reste...

— Ah ! non ! s'écria Nicolas. Vous n'allez pas courir un danger pareil pour des gens qui... que...

— ... Pour des gens qui sont mes meilleurs amis, Nicolas, ne l'oubliez pas ! dit-elle avec une douce assurance.

— Alors, j'irai avec vous !

Il s'était jeté tout entier dans ces mots. Au sourire émerveillé de Sophie, il devina combien était grand le risque qu'il venait de prendre. Cette idée mit le comble à son exaltation. Il ne tenait plus en place. Elle, cependant, hésitait encore :

— Nicolas, c'est impossible !... Je n'ai pas le droit de vous entraîner dans cette aventure !... Pas vous, surtout pas vous !...

— Ne sommes-nous pas destinés à unir nos deux vies dans l'infortune comme dans la félicité ? dit-il avec enthousiasme. Quoi qu'il arrive, ma place est auprès de vous ! Dépêchons-nous, Sophie ! Et que le Seigneur nous protège !

Elle se blottit dans ses bras et lui donna ses lèvres. Puis, comme il paraissait y prendre trop de goût, elle s'arracha à son étreinte, lui opposa un regard héroïque, ramassa l'ampleur de ses jupes et se dirigea vers la porte sans se retourner. Il la suivit, aspiré par un courant d'air. Dans le vestibule, pourtant, un scrupule de politesse le retint.

— Je ne puis partir sans avoir salué vos parents, dit-il.

— Vous avez raison, dit Sophie. Je pense qu'ils sont encore dans le salon.

Ils y étaient, en effet, la mine mortifiée et lointaine. Nicolas bredouilla des excuses, promit de revenir alors qu'on ne l'en priait pas, et Sophie dut le couper au milieu d'une phrase pour l'aider à prendre congé promptement.

A deux pas de l'hôtel, ils eurent la chance de trouver des fiacres à leur poste de stationnement et montèrent dans la première voiture. Pendant tout le trajet, Nicolas se tut avec sentiment et broya les mains de la jeune femme dans les siennes. Ils mirent pied à terre au coin de la rue Jacob. Le quartier semblait calme. Nicolas prit son air le plus naturel pour donner le bras à Sophie. Marchant côte à côte, ils arrivèrent à hauteur de la librairie du « Berger fidèle ». Des volets de bois couvraient la devanture, avec des scellés de cire rouge sur chaque joint. Devant le porche de la maison, se pavanait un gendarme.

— Il va nous empêcher d'entrer ! souffla Nicolas.

— Je ne le pense pas, dit Sophie. Pour l'instant, la police ne s'intéresse qu'à Vavasseur. C'est seulement s'il livre le nom de ses amis que les recherches iront plus loin.

— Mais... mais il se pourrait qu'il eût déjà parlé ! balbutia Nicolas.

— Evidemment !

— Alors ?

Elle haussa lentement les épaules :

— Que voulez-vous ? C'est un risque à courir !

Un frisson glacé descendit entre les omoplates de Nicolas. Il regarda le gendarme, qui était robuste, bête et important, dans ses buffleteries. Hésiter, c'était se signaler à la méfiance de cet homme.

— Allons-y ! reprit Sophie.

Ils s'avancèrent délibérément vers le porche. Nicolas cambrait la taille. Sa gorge était sèche, tel un tuyau de bois. En avisant un uniforme d'officier russe, le gendarme rectifia son attitude. Pour un peu, il eût salué. La main de Sophie ne trembla pas une seconde sur le bras de Nicolas. « Comme elle est brave ! » pensa-t-il. Et il lui sembla que ses épaulettes dorées les protégeaient tous deux, pendant qu'ils traversaient la cour. Le portier les vit prendre l'escalier du fond, mais ne dit rien.

— Il est pour nous ! chuchota Sophie.

Cette remarque rassura médiocrement Nicolas : il eût préféré que le portier ne fût pour personne ! L'appartement des Poitevin se trouvait au deuxième étage. Sophie tira une clef de son réticule, ouvrit la porte et se glissa dans une enfilade de pièces obscures. Tous les volets étaient clos. L'air était imprégné d'une fraîche odeur de moisi. Le parquet craquait à chaque pas. Connaissant bien les lieux, Sophie se dirigeait avec aisance dans la pénombre. Nicolas retenait son épée avec le plat de la main pour l'empêcher d'accrocher un meuble.

Ils arrivèrent ainsi dans une chambre à coucher, où il faisait moins sombre que dans le reste de l'appartement. Les lames des persiennes laissaient filtrer un poudroiement de soleil sur un cadre doré, sur des fauteuils recouverts de housses, sur une coiffeuse chargée de flacons de cristal à facettes. Le parfum de Mme Poitevin était encore vivant dans les plis des tentures. Un lit s'avançait au milieu de la pièce. Nicolas éprouva quelque gêne à se trouver avec Sophie devant cette couche aux dimensions conjugales. Mais la jeune femme n'y prêtait pas attention. Elle avait ouvert une armoire très haute et très large, pleine de linge, et grimpait sur une chaise pour essayer d'atteindre le dernier rayon.

— Vous allez vous rompre le cou ! dit Nicolas. Que voulez-vous faire au juste ?

— Sortir tout ce qu'il y a là-dedans ! dit-elle en lui cédant sa place sur la chaise.

Il commença par enlever des piles de draps et les passa à Sophie, qui les posait par terre sans ménagement. Puis, il s'attaqua au solide bastion des nappes. Il en déplaçait un premier paquet, quand ses regards découvrirent, contre la planche du fond, une montagne de paperasses. Etendant le bras, il attira des liasses de feuillets imprimés. C'étaient les exemplaires d'une gazette de petit format : *Les Compagnons du Coquelicot*. Un bonnet phrygien figurait en cartouche au-dessous du titre. Nicolas écarquilla les yeux dans le clair-obscur et déchiffra péniblement quelques lignes en gros caractères : « Ni Napoléon, ni Bourbon, mais la République !... » « En échange de son trône, Louis XVIII a vendu la France à la Russie... » « Il n'y a pas d'exemple qu'un souverain se maintienne au pouvoir contre la volonté du peuple. Amis de la province, organisez-vous, armez-vous et tenez-vous prêts à l'action ! »

— Qu'est-ce que c'est ? demanda Nicolas avec inquiétude.

— Un journal que Vavasseur édite assez irrégulièrement et qu'il envoie un peu partout à travers la France.

— Pour quoi faire ?

— Pour gagner le plus grand nombre de gens à notre cause. Une révolution ne s'improvise pas. Il faut y préparer les esprits. Dans chaque grande ville, un groupe d'amis nous communique les noms des personnalités susceptibles d'être touchées par notre « propagande », pour employer le mot de Joseph de Maistre. C'est d'après ces listes que nous faisons nos expéditions...

— Vous... vous vous occupez de distribuer ces libelles incendiaires, vous, Sophie ? bégaya Nicolas.

— Oui, dit-elle avec simplicité.

— Mais vous n'écrivez pas là-dedans, tout de même ?

— J'ai donné à Vavasseur deux ou trois articles, qui furent jugés bons.

— Etaient-ils signés ?

Elle sourit de son innocence :

— Voyons, Nicolas ! Vous êtes un enfant !

Il voulut prendre une vue générale du problème.

— En somme, dit-il, vous faites partie d'un vaste complot contre le régime !

— ... Plus exactement, d'une petite association d'amis de la liberté.

— Les compagnons du coquelicot ?

— C'est cela même.

Debout sur sa chaise, Nicolas observait Sophie avec un mélange de passion et de crainte. Quelle était la part de la politique et celle de l'amour dans la grâce qui éclairait ce visage de femme ? Plus il la contemplait, moins il s'habituait à l'idée qu'il allait épouser un compagnon du coquelicot.

— Ne restez pas planté ainsi, dit-elle. Donnez-moi les brochures. Nous les brûlerons dans la cheminée.

Animé par un zèle frénétique, il bouscula les piles de chemises, de caleçons, de serviettes, de mouchoirs, et amena au jour toute la littérature subversive de la maison. En contrebas, Sophie levait sa jupe à deux mains, pour recevoir la cueillette. Des gazettes, des opuscules, des estampes patriotiques, des caricatures de Louis XVIII et de Bonaparte tombaient, tels des fruits mûrs détachés d'une branche. Quand la charge devenait trop lourde pour ses bras, Sophie déversait le tas devant la cheminée. Une fois l'armoire vide, Nicolas sauta à terre. Accroupie devant l'âtre, Sophie lui demanda s'il avait un briquet. Il la pria de le laisser faire. Sa longue habitude des bivouacs le désignait pour allumer le feu. Il battit la pierre, souffla sur l'amadou. Les premiers tortillons de papier s'enflammèrent gaiement.

— N'avez-vous pas peur que, de la rue, on voie fumer la cheminée ? demanda Nicolas.

Elle n'avait pas pensé à ce détail.

— Tant pis, dit-elle. Il est trop tard !

Il la trouva bien légère pour une conspiratrice avertie, mais n'osa protester. Des flammes claires s'élevaient maintenant au-dessus des pages qui noircissaient et se recroquevillaient avec lenteur. Au cœur du brasier, parmi des guirlandes d'étincelles crépitantes, apparaissaient les mots de « liberté », de « constitution », de « fraternité républicaine ». Tout un paquet d'effigies affreuses de Louis XVIII se dénoua et vingt profils bourboniens grimacèrent ensemble dans la chaleur de l'autodafé. Armée de pincettes, Sophie administrait l'incendie. Le reflet des flammes rougissait son visage et projetait une ombre palpitante au plafond. Ce spectacle était si insolite que Nicolas croyait participer à une sorcellerie. Il songeait aux paroles de Vavasseur : « Cela m'est bien égal d'être arrêté, jeté en prison !... Il faut savoir souffrir pour ses convictions les plus hautes !... » Tous ces gens étaient fous ! A commencer par Sophie ! Lui-même, s'il n'y prenait garde, allait perdre la raison. Il ramassa quelques feuillets et les lança sur le feu. Au même instant, un pas retentit derrière le mur. Nicolas et Sophie échangèrent un regard d'alarme. Quelqu'un avait-il pénétré dans l'appartement ? Nicolas se redressa, parcourut la chambre des yeux et fit signe à Sophie de se cacher derrière un rideau. Elle secoua la tête négativement et dit :

— Ce n'est pas ici qu'on marche.
— Et où donc ? demanda-t-il.
— A côté.
— Il y a un autre appartement à cet étage ?
— Oui.
— Les voisins sont-ils des gens sûrs ?
— Je ne sais pas. Quand je suis avec vous, Nicolas, je n'ai peur de rien !

Et, afin de le lui prouver, elle s'abandonna dans ses bras. Il lui baisait la bouche avec fougue, mais ne pouvait détourner ses yeux des flammes qui sautaient dans l'âtre, ni son oreille des rumeurs menaçantes qui emplissaient la maison. Le feu étant près de s'éteindre, ils se séparèrent pour y jeter les derniers journaux. Puis, de nouveau, ils s'étreignirent. Entre deux baisers, Nicolas chuchota :

— Il faut partir, maintenant !

Sa voix était suppliante. Il craignait à la fois d'être découvert et d'être séduit. Si la police le laissait plus longtemps seul dans cette chambre avec une femme aimée, un beau feu, un grand lit, il ne parviendrait pas à dominer son désir. Or, il respectait trop Sophie pour lui imposer ses exigences avant le sacrement du mariage.

— Oui, dit-elle soudain, soyons prudents ! Ce serait trop bête !...

Sans chercher à savoir si c'était la conspiratrice ou l'amoureuse qui s'exprimait ainsi, Nicolas accéléra les préparatifs du départ. En un clin d'œil, le linge fut rangé sur les rayons, les ultimes lambeaux de papier livrés aux flammes, puis piétinés, écrasés, dispersés en cendres.

Ils retraversèrent l'appartement en se tenant par la main. Des fauteuils drapés dans des robes de fantômes jalonnaient leur parcours. Parfois, une glace inattendue leur renvoyait l'image de deux enfants craintifs perdus dans la forêt. Une souris détala sous leurs pieds. Sophie ravala un cri et planta ses ongles dans la paume de Nicolas. Il faillit crier à son tour, tant la douleur était vive. Dégageant ses doigts, il s'avança seul vers la porte d'entrée et colla son oreille contre le battant. Un calme absolu régnait sur le palier. Si quelque malveillant s'y trouvait à l'affût, il devait observer une immobilité de statue. Sur un geste de Nicolas, Sophie introduisit la clef dans la serrure. Alors, il recommanda son entreprise à Dieu, fit jouer le pêne, ouvrit la porte et sortit. Sa vaillance rencontra le vide. Il se retourna vers Sophie. Elle le considérait avec gratitude, comme s'il venait de pourfendre dix adversaires

— La voie est libre ! dit-il. Allons !

Ils refermèrent la porte et dévalèrent l'escalier dans l'heureuse disposition d'esprit de deux cambrioleurs qui ont réussi leur coup. Nicolas se persuada qu'il aimait encore plus Sophie après avoir couru ce péril avec elle.

— Ce que vous avez fait est admirable ! chuchota-t-elle en se pendant à son bras pour traverser la cour. Grâce à vous, les Poitevin sont sauvés !

— Ce n'est pas pour sauver les Poitevin que je vous ai suivie, dit-il, mais pour vous sauver vous-même. Jamais vous ne saurez à quel point vous m'êtes chère !...

Le gendarme, en faction sous le porche, entendit ces derniers mots et sourit aux amoureux.

6

Augustin Vavasseur resta en prison pendant que se poursuivait l'instruction de son affaire. Cela menaçait de durer longtemps, car la police et la justice étaient débordées de travail. Jamais la France n'avait eu autant de coupables. La mode était aux dénonciations. Des mouchards surveillaient les anciens jacobins, les demi-soldes, les propriétaires fonciers compromis pendant les Cent-Jours, les ouvriers qui se plaignaient de la dureté des temps, les bourgeois qui n'avaient pas d'opinion et les artisans qui en avaient trop. Dans le Gard et dans le Midi, des bandes de volontaires royaux continuaient de massacrer les bonapartistes sans que l'autorité osât réagir. D'humbles protestataires allaient rejoindre dans les prisons les grandes figures de l'Empire déchu : Lavalette, le général Drouot, le général de La Bédoyère, le maréchal Ney... Napoléon voguait vers Sainte-Hélène. Le roi complétait la chambre des pairs et ordonnait de nouvelles élections pour la chambre des députés. Talleyrand, Fouché et Pasquier espéraient y voir affluer des monarchistes libéraux. Mais, dès le premier tour, il était évident que la majorité serait aux ultras.

Dépassé par les exigences de ses propres partisans, Louis XVIII devait également se défendre contre l'appétit des Alliés. Ceux-ci prenaient un plaisir haineux à ralentir la préparation du traité de paix. Bien que la guerre fût virtuellement terminée et l'armée de la Loire dissoute, sans cesse de nouvelles troupes anglaises, prussiennes, autrichiennes, russes, hollandaises, badoises, bavaroises, wurtembergeoises, piémontaises, hanovriennes passaient les frontières. Les réquisitions en argent et en nature étaient énormes. Nicolas le constatait avec tristesse en lisant les rapports officiels qui traînaient dans les bureaux de l'état-major. Souvent, il s'étonnait que ses camarades ne fussent pas indignés de la façon dont on traitait la France. Pour excuser leur manque de compréhension, il se disait qu'aucun d'entre eux n'avait la chance d'aimer une créature aussi exceptionnelle que Sophie. A y bien réfléchir, toutes les femmes étrangères qu'il avait rencontrées jusqu'à présent auraient pu être russes, sauf elle. Même quand elle s'appellerait madame Ozareff, elle aurait un air parisien. Ce mariage auquel il pensait constamment lui donnait la fièvre. Il n'attendait que la réponse de son père pour arrêter la date de la cérémonie. Mais les distances étaient si longues, la poste si mal organisée ! Dans ses prévisions les plus optimistes, Nicolas comptait recevoir la lettre au début du mois de septembre.

Pour prendre patience, il voyait Sophie chaque jour après ses heures de travail et, chaque jour, il découvrait une nouvelle raison de la chérir. Elle le recevait dans le salon de ses parents, seule ou en leur présence. Même quand elle se trouvait en tête à tête avec lui, leur conversation était rarement politique. Il semblait que l'arrestation de Vavasseur l'eût provisoirement assagie. A plusieurs reprises, elle parla d'aller rendre visite aux Poitevin, à Versailles, mais Nicolas n'eut pas de peine à lui déconseiller ce voyage. Elle l'écoutait. Il se sentait chef de famille. Après l'avoir quittée, il demeurait sous son empire et ne vivait pas un événement sans songer au récit qu'il lui en ferait.

Le 20 août, en lisant dans le *Journal des débats* que le général de La Bédoyère, coupable d'avoir livré Grenoble à Napoléon, avait été fusillé la veille, il imagina l'indignation de Sophie et regretta de ne pouvoir courir immédiatement chez elle. A cinq heures du soir, il se présenta enfin à l'hôtel de Lambrefoux. Introduit dans le salon, il eut à peine le temps de vérifier sa tenue dans une glace : déjà la porte se rouvrait avec violence, une robe s'élançait, mais c'était la mère et non la fille. Mme de Lambrefoux avait-elle, malgré ses convictions légitimistes, une tendresse secrète envers le général de La Bédoyère ? Nicolas se le demanda en voyant le visage éploré de la comtesse. Les yeux humides, les traits crispés, un tremblement rose à la place de la bouche, elle tendit la main à Nicolas, eut un hoquet de douleur et gémit :

— C'est affreux !
— Oui, dit Nicolas. La sentence à été dure et promptement exécutée.
— Quand ils l'ont emmenée, j'ai cru que je deviendrais folle ! soupira la comtesse en portant un mouchoir à son nez.
— De qui parlez-vous ? balbutia Nicolas.
— De Sophie ! De Sophie, bien sûr ! Deux hommes de la police sont venus la chercher à midi !

Atterré par la nouvelle, Nicolas n'eut que la force de protester :

— Ce... ce n'est pas possible !
— Ils l'ont conduite à la Préfecture, comme une voleuse ! Ils vont l'interroger !...
— Mais pourquoi ?
— Vous le demandez ? A cause de ses fréquentations politiques ! Son pauvre père est au désespoir ! Il est parti faire le tour de nos relations pour essayer de la tirer de là ! Mais ce sera peine perdue, vous verrez ! Ils la mettront en prison ! En prison !...

Un sanglot lui coupa la parole.

— Où se trouve la Préfecture de police ? demanda Nicolas.

— Rue de Jérusalem ! répondit Mme de Lambrefoux à travers un voile de larmes.
— Savez-vous le nom des inspecteurs qui ont appréhendé votre fille ?
— Non !
Nicolas secoua la tête à la manière d'un lion :
— Tant pis ! J'irai sur place ! Je me renseignerai ! Votre fille vous sera rendue, Madame, je vous le jure !
Il eut conscience de prononcer un serment inconsidéré, mais sa frénésie était trop forte, il ne s'appartenait plus, il était porté par une vague.
Un fiacre le déposa rue de Jérusalem devant le porche de la Préfecture de police, orné de bas-reliefs allégoriques et gardé par un factionnaire dans sa guérite. Il était armé d'un fusil, dévisageait les passants d'un œil terrible, mais n'interdisait pas l'approche de l'établissement. Nicolas pénétra dans une cour entourée de bâtiments gris. Une voiture cellulaire, haute sur roues, toute fermée, et traînée par un seul cheval, entra sur ses talons. Un homme en descendit, les menottes aux mains. Deux gendarmes le poussèrent vers une porte. Etait-ce ainsi qu'on avait amené Sophie ? Autour de Nicolas, c'était un va-et-vient de visiteurs modestement vêtus, qui paraissaient tous avoir quelque chose à se reprocher. Leur mine quémandeuse contrastait avec l'air arrogant des fonctionnaires de la maison. Nicolas arrêta l'un de ces messieurs, très jeune et très affairé, qui portait des dossiers sous les bras :
— Monsieur, je cherche une personne de qualité, Mme de Champlitte, qui a été conduite ici par erreur. Ne pourriez-vous m'indiquer à quel service il faut que je m'adresse ?
L'employé, qui était en tenue civile, considéra avec respect l'uniforme de son interlocuteur et demanda :
— Pour quelle affaire a-t-elle été arrêtée ?
— Une affaire politique, je crois, dit Nicolas en rougissant.
— Alors, c'est le bâtiment du fond. Premier étage. Là, vous verrez le planton.
Il n'y avait pas de planton au premier étage. Le couloir était percé de portes, toutes pareilles, avec un numéro sur le vantail et une tache de crasse en auréole autour de la poignée. Des chiffons de papier, des crachats de chique souillaient le plancher. Sur les bancs, disposés le long du mur, étaient affalés des hommes, des femmes, d'aspect misérable, attendant on ne savait quoi. Nicolas huma la triste odeur des corps mal lavés, pensa encore à Sophie et sa compassion se changea en angoisse. Il prit le parti d'ouvrir toutes les portes, l'une après l'autre, jusqu'au moment où il découvrirait sa fiancée.
Au premier essai, il tomba sur une salle bourrée de scribes juchés sur de hauts tabourets, devant de hauts pupitres. Toutes les plumes se levèrent, toutes les têtes se tournèrent vers lui en même temps. Mais Sophie n'était pas là. Dans le second bureau, un nain était assis, le buste renversé, les talons sur la table, et lisait un journal. Interrogé, il répondit n'avoir jamais entendu parler de Mme de Champlitte. Mais peut-être que son collègue, à côté... Le collègue, trapu, sanguin, les mains dans les poches, allait, venait,

en plein travail. Son regard idiot balayait la pièce. Devant lui, un petit vieillard tout blanc, tout propre, se ratatinait sur sa chaise, étourdi de mille questions.

— Alors, tu vas nous le dire qui t'a commandé ces jolies médailles à motifs d'aigles et d'abeilles ? Tu sais que ta femme a été arrêtée aussi ! Plus vite tu parleras, plus vite vous serez relâchés tous les deux ! C'est dommage, une belle bijouterie comme la tienne fermée pour toujours !

Tapi telle une araignée dans son coin, le greffier attendait de noter la déposition. Nicolas, qui était entré sur la pointe des pieds, allait se retirer de même, quand l'inspecteur aboya :

— Eh ! là ! Qui demandez-vous ?
— Mme de Champlitte.
— Champlitte ? Connais pas ! dit l'homme.

Et il poursuivit, tendu vers sa victime :
— Vas-tu parler ? Vas-tu parler, canaille ?

Le malheureux tressaillit, ouvrit la bouche, prêt à cracher son aveu, et la ferma sur un silence. Une envie de cogner agaçait les poings de Nicolas. Tous les faibles de la terre étaient ses amis. Ce fut pour lui une grande souffrance de sortir dans le couloir sans avoir souffleté la brute et délivré le petit vieux. Mais il se devait entièrement à Sophie. Après ce qu'il avait vu, il l'imaginait raillée, molestée par un policier aux manières de rustre, jetée sur la paille dans un cachot sombre et puant ! Il la perdait pour des mois, pour des années, pour la vie... « Je vais en référer au ministre de la Police », décida-t-il. Et, subitement, tout s'éclaira en lui. A l'autre extrémité du couloir, Sophie apparut, non point telle qu'il se la figurait — épuisée, humiliée —, mais rayonnante d'assurance. Vêtue comme pour la promenade, elle tranchait par l'élégance de sa toilette sur l'univers pitoyable qui l'entourait. Nul policier, nul gendarme ne lui emboîtait le pas. Nicolas s'élança à sa rencontre, poussé par une telle joie que le cœur lui battait dans la gorge. En l'apercevant, elle eut un mouvement de recul. Puis, elle sourit :

— Pourquoi êtes-vous venu ?
— Mais voyons, Sophie, s'écria-t-il, vous rendez-vous compte de l'inquiétude où nous étions, vos parents et moi ? Il fallait que je vous retrouve, coûte que coûte ! Etes-vous libre au moins ?
— Parfaitement libre, dit-elle. Je suppose que cette mesure de faveur est due à l'intervention de mon père...
— N'en doutez pas, Sophie.
— De toute façon, ces messieurs ne m'auraient pas gardée longtemps : ils n'avaient aucune charge précise contre moi !

Il la saisit par le bras et l'entraîna vite vers la sortie, par crainte qu'un policier, changeant d'avis, ne les rattrapât. Dans l'escalier, il balbutia encore :
— Comme vous avez dû avoir peur, ma bien-aimée !
— Mais non !
— Vous si fine, si délicate, seule en face de ces tortionnaires !...
— Ils se sont montrés fort corrects avec moi.

— Que savaient-ils ?
— Pas grand-chose. Mon nom figurait sur le calepin de Vavasseur. Je leur ai dit que je le connaissais comme libraire, mais que j'ignorais tout de ses activités politiques. Les Poitevin ont fait la même réponse.
— Ils ont été appréhendés, eux aussi ?
— Oui, avant-hier, et relâchés, faute de preuves, ce matin.
— Vous vous attendiez donc, plus ou moins, à ce qui vient d'arriver ?
— Bien sûr !
— Et vous ne m'en avez rien dit ?
— Vous vous seriez alarmé inutilement !

Il la ramena en fiacre, et, pendant le voyage, elle lui parla de l'infortuné Vavasseur, qui ne s'en tirerait pas à bon compte ! Deux ans de prison, c'était ce qu'il risquait, à condition que son avocat fût habile. Or, elle ne savait même pas quel défenseur il avait choisi. Nicolas l'implora, par égard pour leur amour, de laisser Vavasseur s'occuper lui-même de ses affaires.

— Une seule chose importe maintenant, Sophie ! C'est notre avenir à nous, notre bonheur à nous ! Oubliez le reste ! Soyez égoïste !...

Sophie s'amusait de ses inquiétudes, l'embrassait, riait, surexcitée comme une personne qui vient d'échapper à un accident. Elle ne recouvra son sérieux qu'en descendant de fiacre devant la maison. Au bruit de la voiture, M. de Lambrefoux se montra derrière une petite fenêtre du premier étage. Deux minutes plus tard, il reparut à une grande croisée du salon. Ce fut dans cette pièce que Sophie et Nicolas le retrouvèrent, seul, debout derrière un fauteuil, le menton haut, l'œil émaillé dans une face de bois. Comme sa fille s'avançait vers lui, il proféra d'une voix sèche :

— Je vous prie d'aller tout de suite auprès de votre mère. Incapable de supporter son chagrin, elle a dû s'aliter. Elle vous attend.

Sophie, qui était prête à remercier son père de ses démarches, se rebiffa, rougit et tourna vers Nicolas un visage durci par la contrariété.

— Ne partez pas avant de m'avoir revue, dit-elle.

Il s'inclina respectueusement. Quand elle eut quitté le salon, M. de Lambrefoux sortit de derrière son fauteuil, se planta devant Nicolas, les mains dans le dos, et dit :

— Rien ne nous aura été épargné !
— Grâce à Dieu, nous en aurons été quittes pour la peur !
— Vous trouvez ? glapit le comte. Et le déshonneur, Monsieur, le déshonneur d'avoir une fille conduite rue de Jérusalem, le tenez-vous pour négligeable ?
— Depuis la Révolution, il n'y a plus de honte, en France, à être arrêté pour un motif politique.
— Ne comparez pas les martyrs sacrés de 1793 aux misérables caboches libérales de notre temps. J'avais prévu ce qui s'est passé ! Je l'avais dit à sa mère !
— Permettez-moi de vous faire remarquer, Monsieur, que votre fille n'a pas été reconnue coupable !

— Parce qu'on a fermé les yeux sur ses agissements !... Si je n'étais pas intervenu, cette fois encore... ! Une Lambrefoux !... Une Lambrefoux !...

Il n'acheva pas sa phrase, enveloppa Nicolas d'un regard soupçonneux et demanda soudain :

— N'avez-vous toujours pas reçu la lettre de votre père ?
— Non, dit Nicolas. Je l'attends d'un jour à l'autre.

Le comte balança la tête, tristement.

— Il est grand temps que ce mariage se fasse ! dit-il.

7

« Mon cher fils,

« Tu m'écris en russe, c'est donc en russe que je te répondrai : les choses n'en seront que plus claires. Je trahirais le devoir paternel si, pour t'épargner une peine passagère, je te laissais commettre une folie dont tu te repentirais toute ta vie durant ! L'intention dont tu me parles dans ta lettre me prouve que tu n'as pas acquis de raison dans l'armée. Que cette jeune personne soit parée de toutes les vertus morales et physiques, je veux bien l'admettre, encore que, sur ce point, je me méfie de ton exaltation ! Mais elle est française, elle a deux ans de plus que toi, elle n'est pas de notre religion, enfin et surtout elle est veuve ! Or, à ton âge, on n'épouse pas une femme dont un premier mari a éveillé les sens et modelé le caractère. Avec le nom que tu portes, la fortune dont tu disposes et les avantages physiques dont t'a gratifié la nature, tu mérites tout autre chose que ce genre de succession. Ce serait insulter Dieu que gâcher par une union mal assortie les chances qu'Il a bien voulu assembler sur ta tête. A l'imbécillité dans le choix de ton destin, tu ajouterais l'ingratitude envers le Très-Haut. Ne compte donc pas sur ma bénédiction. Je te la refuse catégoriquement. Et je te prie de rompre toute relation avec cette Française de rencontre. Plus le sacrifice te paraîtra lourd sur le moment, plus il te paraîtra léger par la suite ! Quand tu reviendras à Kachtanovka, je te ferai part d'un projet de mariage, autrement raisonnable et délicieux, que j'ai conçu pour toi en ton absence. Et si celle que je te réserve ne te convient pas, nous en dénicherons une autre. Tu vois, je ne suis pas têtu. Mais, que diable ! les jeunes filles ne manquent pas en Russie. Pourquoi aller chercher une veuve en France ? Dès que j'y repense, la colère me reprend tout entier. Ne m'écris plus un mot de cette affaire, si ce n'est pour me dire qu'elle est terminée, avec une croix dessus. Ici, tout le monde se porte bien et ton souvenir est dans tous les cœurs. Marie me charge de te dire sa tendresse. Quant à moi, que la sévérité de ma décision te soit un témoignage de ma sollicitude. Ton père qui t'aime et te protège. »

« M. OZAREFF. »

Nicolas reposa la lettre sur la table et lissa la page, des deux mains, comme pour en aplanir les rugosités. Un cataclysme venait de secouer le monde et, autour de lui, dans le bureau, personne n'en avait conscience : Hippolyte Roznikoff, toujours élégant, polissait ses ongles, Soussanine feuilletait des journaux, Baklanoff se curait l'oreille avec le petit doigt. De l'autre côté de la cloison, le prince Volkonsky marchait à grands pas nerveux et parlait d'une voix forte. Un huissier entra, les bras chargés de dossiers.

— Eh ! s'écria Hippolyte Roznikoff, tu nous en apportes deux fois plus que d'habitude ! Que se passe-t-il ?

— Sa Majesté a beaucoup travaillé hier soir ! dit l'huissier.

Il se mit à distribuer des liasses de lettres, annotées par l'empereur, et auxquelles il fallait répondre en français. Cela constituait, avec le dépouillement des gazettes, la principale activité de la chancellerie. Nicolas reçut le paquet qui lui était destiné, grommela : « Merci ! » et serra les poings. Renoncer à Sophie ? Jamais ! Cette décision explosa dans sa tête et il demeura un instant ébloui par le feu d'artifice. Oui, la force de son amour était telle qu'il était prêt à braver l'auteur de ses jours. Après tout, il ne serait ni le premier ni le dernier à se marier contre le gré de sa famille. Les grandes passions se reconnaissent aux obstacles qui jalonnent leur route. « Quand je l'aurai épousée, nous partirons pour la Russie, nous nous jetterons aux pieds de mon père, nous implorerons sa bénédiction et il ne pourra pas nous la refuser. C'est toujours ainsi que cela se passe ! » Il se le répétait avec violence, comme on fouette une toupie pour la maintenir debout. Puis, il se demanda ce que dirait Sophie en apprenant qu'il n'avait pas obtenu l'approbation paternelle, et sa confiance diminua. Mais non, elle était trop émancipée pour s'embarrasser d'un pareil préjugé ! Avec son tempérament combatif, elle trouverait même, sans doute, un courageux plaisir à entrer dans une famille qui ne voulait pas d'elle. « Là, j'exagère ! » pensa Nicolas. Et il reprit la question plus posément.

Il était en pleine méditation, quand le prince Volkonsky pénétra dans le bureau. Le chef d'état-major se dirigea vers la table de Roznikoff et lui parla à voix basse, tandis que les autres officiers se courbaient sur leurs besognes, comme des écoliers surpris par un inspecteur. Nicolas glissa la missive de son père dans sa poche et attira vers lui le dossier de correspondance apporté par l'huissier. Comme d'habitude, la plupart des lettres émanaient de Français qui sollicitaient un secours pécuniaire, ou une décoration, ou une audience, ou un autographe, ou une place de domestique à l'Elysée-Bourbon, ou même un enrôlement dans l'armée russe. De grandes dames, un peu folles, invitaient le monarque à s'installer dans leur château, en province, aussi longtemps qu'il le voudrait. Des politiciens anonymes lui proposaient un plan pour réorganiser la France. Des écrivains obscurs lui adressaient leurs manuscrits et le priaient d'en accepter la dédicace. Dans ce cas, la consigne était de transmettre les ouvrages à l'ancien précepteur suisse du tsar, La Harpe, qui désignait ceux dont l'hommage pouvait être retenu sans danger. Nicolas saisit, sur le tas, la lettre d'une femme qui demandait si son fils, disparu depuis 1812, n'était pas prisonnier en Russie. Quelques mots en marge, de la main du tsar : « Tous les prisonniers ont été rendus. » Nicolas trempa sa plume dans l'encre et écrivit : « Madame, ayant pris connaissance de votre lettre, Sa Majesté Impériale a daigné observer... » Comme le prince Volkonsky passait derrière lui, il rentra légèrement la tête dans les épaules.

— Lieutenant Ozareff, dit le prince.

Nicolas bondit sur ses pieds et se figea pour écouter la suite :

— Veuillez vous tenir prêt à partir. Vous irez chez le peintre français Gérard et lui remettrez un uniforme de l'empereur. L'artiste en a besoin pour achever son tableau...

Nicolas pensa d'abord : « Je profiterai de la course pour rendre visite à Sophie. » Mais cette perspective, loin de le réjouir, le déconcerta. Malgré tout ce qu'il avait pu se dire sur la liberté d'esprit de sa fiancée, il redoutait l'aveu qu'il avait à lui faire. Dans une conversation aussi délicate, une phrase, un mot mal interprété risquaient de jeter bas un grand bonheur. L'instinct de la tranquillité poussait Nicolas à gagner du temps. Ce soir, il devait rencontrer Sophie au Théâtre-Français, où ses parents avaient une loge. Il lui parlerait à l'entracte. Ce serait bien assez tôt !

Le prince Volkonsky avait déjà regagné son bureau, et Nicolas demeurait debout, perplexe, le regard vide. Il éprouvait intensément le besoin d'être conseillé. Soudain, il tira de sa poche la lettre de son père, s'approcha d'Hippolyte Roznikoff et dit :

— Je voudrais que tu lises ça !

Penché sur la missive, Roznikoff fit une grimace de médecin consultant. Son visage s'assombrissait à mesure qu'il avançait dans la lecture. Enfin, il grommela :

— Eh bien ! quoi ? Tu t'y attendais !

— Oui, dit Nicolas, mais cela m'ennuie tout de même !

— Quand l'as-tu reçue ?

— Au courrier de ce matin. Il faut absolument qu'on en discute. Je vais chez le baron Gérard. Tu ne peux pas m'accompagner ?

Il se trouvait que Roznikoff avait été chargé par le chef d'état-major de porter un message aux Tuileries. Les deux jeunes gens sortirent ensemble et prirent la même voiture de service dans la cour. Le valet de chambre du prince Volkonsky, Joseph, apporta le paquet destiné au baron Gérard.

L'uniforme du tsar était plié dans un drap vert. Avec ce poids d'étoffe sur les genoux, Nicolas aurait pu croire qu'il était un tailleur allant livrer sa marchandise en ville. Mais il s'exaltait en pensant que cet habit avait connu la forme, la chaleur, les mouvements d'un monarque révéré de tous. L'équipage partit au trot et Roznikoff invita son ami à lui parler avec franchise. Ils examinèrent la situation sous tous ses angles. La seule solution raisonnable était celle que préconisait Nicolas : d'abord, avertir officiellement le prince Volkonsky du mariage projeté ; deuxièmement, présenter au tsar une demande de démission pour convenances personnelles ; troisièmement, choisir un aumônier de l'armée qui bénirait l'union. Tout cela pouvait être fait très vite. Quant aux suites de l'aventure, Roznikoff estimait, lui aussi, que l'hostilité du père fondrait comme neige au soleil devant le couple heureux, venu de France pour solliciter son pardon.

— Le seul ennui, dit-il, c'est que, par précipitation, tu brises ta carrière ! Jusqu'où ne grimperais-tu pas en restant dans l'armée ? A ta place, je me marierais, mais je ne démissionnerais pas !...

Nicolas n'admettait pas ce genre de critique. Depuis qu'il avait résolu d'épouser Sophie, l'état militaire avait perdu pour lui son principal attrait.

— A quoi bon se marier, dit-il, si c'est pour continuer à vivre avec des obligations de service ? Je veux m'éloigner des casernes, mener l'existence qui me plaît, à la campagne, n'avoir de comptes à rendre à personne !...

— Je regarde tes pieds, soupira Roznikoff, et je les vois dans des pantoufles de tapisserie. Dommage !

— Quand tu seras colonel, général, tu viendras à Kachtanovka, et je ne sais si c'est moi qui envierai tes épaulettes et ta gloire, Hippolyte, ou toi mes cheveux gris et mon bonheur auprès de la femme aimée.

Roznikoff pouffa de rire et lui donna une bourrade :

— Poète, va ! Réveille-toi, réveille-toi avant qu'il ne soit trop tard !

Ils ne cessèrent de discuter qu'en pénétrant dans l'atelier du baron Gérard, où régnait un chaos de statues antiques, de toiles retournées, de cuirasses rutilantes, de brocarts tordus, de panoplies aux langues d'acier et de coffres de pirates débordant de perles et de sequins. La renommée du peintre était si grande que Nicolas et Roznikoff s'attendaient à trouver un vieillard. Ce fut un homme de quarante-cinq ans, poupin, jovial, l'œil vif, le front dégarni, le corps enveloppé d'une blouse de travail, qui les reçut et les guida jusqu'au tableau inachevé de l'empereur Alexandre. Le tsar, en uniforme, se dressait sur un fond d'orage. Son chapeau à plumes blanches reposait à ses pieds. Sa main gauche s'appuyait à la garde de son épée. Un éclair, jailli des nuages, illuminait violemment sa figure. Nicolas poussa un cri d'admiration. Il n'osait dire qu'il jugeait le tableau fort majestueux, certes, mais peu ressemblant. Roznikoff prétendit avoir vu cette expression de noble détermination sur le visage du tsar en 1814, pendant la bataille de Paris.

— J'en suis fort aise, dit le baron Gérard, car mon glorieux modèle a posé rarement pour moi et je me suis fié souvent à ma mémoire ou à ma fantaisie ! Certes, j'aurais pu, comme ce cher Isabey, le montrer souriant, affable. J'ai préféré offrir aux générations futures l'image d'un héros. Vous devez être fiers, Messieurs, de servir un monarque digne des plus grands noms de l'antiquité !

Nicolas pensa à sa démission et se troubla. Tout en parlant, le baron Gérard déballait l'uniforme impérial et l'étendait soigneusement sur un canapé.

— Chaque détail a son importance ! murmurait-il. Je le ferai rapporter demain...

« Comment un homme qui a illustré avec tant de bonheur l'épopée de Napoléon peut-il accepter de peindre maintenant Alexandre, le roi de

Prusse, Wellington, Schwarzenberg ? » se demanda Nicolas. Il avait l'impression que, dans cet atelier, se préparait l'histoire conventionnelle que les écoliers apprendraient dans cent ans. Un malaise le pénétrait sous le regard théâtral du tsar. Debout devant son souverain, il baignait dans le mensonge. Sur la prière de Roznikoff, le baron Gérard voulut bien montrer quelques toiles plus anciennes, représentant des scènes de batailles, des études de chevaux, une esquisse pour le portrait de Mme Récamier. Puis, il reconduisit ses visiteurs jusqu'à la porte et les pria de transmettre à Sa Majesté Impériale l'expression de son « parfait dévouement ».

De chez le baron Gérard, Nicolas et Roznikoff se rendirent aux Tuileries. Un garde national, en faction à l'entrée, se chargea de les convoyer jusqu'au bureau du secrétariat royal. Mais il se trompa de chemin et les entraîna dans de longs couloirs déserts, traversa de grandes pièces démeublées. Les trumeaux, les cadres des glaces, les médaillons des encoignures portaient encore le monogramme de Napoléon. Certains tableaux fumeux, suspendus aux murs, rappelaient ses victoires. N'y avait-il pas quelque toile du baron Gérard dans la collection ? Après avoir erré à l'aventure, le petit groupe aborda enfin la partie habitée du palais. Poussant une porte, Nicolas vit des laquais en livrée qui dressaient une table ronde. Le couvert du roi !

— On n'entre pas ici ! cria un majordome.

Une odeur de poulet rôti embaumait ce lieu privilégié. Du vin brillait dans une carafe. L'appétit de Nicolas en fut aiguisé. Heureusement, Roznikoff parvint à découvrir, dans la salle voisine, un secrétaire qui prit son message et lui en donna décharge.

La conscience en paix, les deux amis allèrent déjeuner au *Rocher de Cancale*. Il y avait beaucoup d'officiers anglais dans le restaurant. Leur uniforme manquait d'élégance et leur physionomie était arrogante. Mais, comme c'était la première fois depuis un siècle qu'une armée britannique se montrait sur le continent, ces messieurs excitaient la curiosité des vaincus et même des Alliés. Les Russes, eux, étaient pour les Parisiens de vieilles connaissances. Le patron de l'établissement vint bavarder avec Nicolas et Roznikoff. En vrai Français, il se plaignait de tout : les affaires marchaient mal, la politique marchait mal... Il était si ennuyeux que les jeunes gens abrégèrent leur repas et retournèrent en hâte à l'Elysée-Bourbon.

Là, ils tombèrent en pleine effervescence. Le vestibule regorgeait de généraux que le tsar avait convoqués pour préparer la prochaine revue des troupes russes dans la plaine de Vertus, aux environs de Châlons. Bientôt, le prince Volkonsky entraîna toutes ces épaulettes dans son sillage et les portes se refermèrent sur la réunion du conseil. L'affaire était si absorbante que, de l'après-midi, les officiers d'ordonnance ne furent pas dérangés par leur chef. Nicolas profita de l'accalmie pour rédiger sa lettre de demande en mariage et sa lettre de démission, toutes deux destinées à « l'autorité supérieure ». Au moment de les signer, il éprouva l'émotion d'un adieu. Il tranchait les liens avec sa jeunesse, avec le métier des armes, avec ses camarades, avec ses rêves d'autrefois. Et pourtant, il était sûr de ne pas se tromper. Hippolyte Roznikoff lut les deux documents, les approuva et promit, la main sur le cœur, de n'en parler à personne avant que l'événement fût officiellement annoncé.

A cinq heures, les généraux conféraient encore avec le chef d'état-major, mais le tsar avait quitté la salle de séances. Penché à la fenêtre du bureau, Nicolas vit l'empereur déambuler seul, nu-tête, dans le jardin. Il était en uniforme vert foncé, comme sur le tableau de Gérard. Mais il n'y avait rien de commun entre cet homme fatigué, pensif, et le demi-dieu environné de nuées fulgurantes dont le peintre avait fixé l'image pour la postérité. Enfin, le tsar regagna ses appartements. Il reparut, peu après, vêtu d'un frac. Un palefrenier lui amena son cheval dans l'allée. Il l'enfourcha et sortit du palais, suivi d'un écuyer. Chaque jour, ou presque, il allait se promener ainsi sur les Champs-Elysées. A son retour, il se précipitait chez la baronne de Krudener et passait la soirée avec elle en conversations politiques et mystiques. Les officiers d'ordonnance ne parlaient jamais entre eux de cette liaison, par crainte que leurs propos ne fussent rapportés en haut lieu. Mais Nicolas n'avait pas besoin d'interroger ses camarades pour deviner que, comme lui, ils étaient humiliés de savoir l'empereur de Russie soumis à l'influence d'une prophétesse d'origine livonienne, qui écrivait des romans et prétendait communiquer avec l'au-delà. On l'apercevait, entre deux portes, à l'Elysée-Bourbon. Elle n'avait même pas l'excuse d'être jolie : cinquante ans, le teint couperosé, le nez pointu, une perruque blonde sur le crâne... Si une créature aussi laide pouvait charmer le tsar par ses qualités morales, de quel prix devait être, pour un simple mortel, une femme comme Sophie, qui était belle et d'âme et de visage !... Emporté par ses réflexions, Nicolas constata qu'une fois de plus tout lui était prétexte à rappeler sa fiancée et à la comparer aux autres. Elle était dans l'air qu'il respirait, dans les aliments qu'il mangeait, dans la lumière qui baignait ses yeux. Les coudes sur la table, mordillant les barbes de sa plume d'oie, il rêva d'une nuit d'amour.

Au premier entracte, Sophie et Nicolas se rendirent dans le foyer du théâtre, suivis, à courte distance, par M. et Mme de Lambrefoux. Une foule élégante charriait ses paillettes, ses aigrettes, ses épaules nues, ses moustaches martiales et ses joues fardées dans un salon de dorures et de glaces. Le comte n'osait encore présenter Nicolas comme le fiancé de sa fille. Aux amis qui s'approchaient du jeune couple, il disait :

— Comment, vous ne connaissez pas le lieutenant Ozareff ? Nous avons eu le plaisir de l'héberger l'année dernière. Il nous est revenu !...

La comtesse était au supplice à cause de cette situation fausse. Il lui semblait qu'elle portait la honte de son enfant, comme une tache, au milieu de la figure. Etourdie par la chaleur, le bruit et l'inquiétude, elle souriait à des bustes de marbre et saluait des inconnus dans les glaces. Profitant d'un remous de la foule, Nicolas attira Sophie loin de ses parents et chuchota :

— J'ai une grande nouvelle à vous annoncer, mon aimée. Cet après-midi, j'ai signé tous les papiers nécessaires à notre mariage et à ma démission. Le prince Volkonsky les trouvera demain matin sur son bureau.

Elle le remercia d'un long regard et dit :

— Peut-être auriez-vous dû attendre la lettre de votre père ?...

Nicolas fut saisi d'une crainte prémonitoire.

— Pourquoi ? murmura-t-il. Cette lettre finira certainement par arriver !... Mais mon père est bizarre, négligent !... Je le vois fort bien remettant de jour en jour le soin de nous écrire, sans se soucier qu'ici nous nous rongeons d'impatience !...

Il mentait avec application et Sophie se taisait, songeuse.

— D'ailleurs, reprit-il, quelle que soit sa réponse, nous nous marierons, n'est-ce pas ?

— Non, dit-elle.

Un calme terrible s'abattit sur Nicolas. A court d'idées, il observait Sophie désespérément. Enfin, il balbutia :

— Je ne vous comprends pas, Sophie ! Vous qui étiez prête à m'épouser contre le gré de vos parents, pourquoi, maintenant, avez-vous besoin du consentement de mon père ?

— C'est pourtant bien simple ! répondit-elle. Je peux tenir tête à mes parents parce que je suis naturellement liée à eux par ma naissance. En outre, mon premier mariage m'a permis d'échapper plus ou moins à leur autorité. Mais je n'accepterais pas d'entrer dans une famille où je serais reçue à contrecœur. Je respecte trop votre père, à travers vous, pour supporter l'idée qu'il me juge mal. Si je ne dois pas être traitée par lui comme sa fille, ni vous ni moi ne serons heureux !...

La vie se retirait de Nicolas. Il voulait appeler au secours. Jamais il n'oserait dire la vérité !

— Mon père n'est pas aussi féroce que vous l'imaginez ! bredouilla-t-il. Même s'il vous résistait un peu, au début, vous sauriez vite le convaincre...

— Justement, je n'aimerais pas avoir à le faire, dit Sophie.

— Charmer, c'est le rôle des femmes ! remarqua Nicolas bêtement.

Elle secoua la tête :

— Non, Nicolas.

— Je plaisantais, dit-il.

Mais son visage demeurait triste. Sophie demanda :

— Que se passe-t-il ? Vous aurais-je froissé ?

— Nullement !

— N'êtes-vous pas inquiet ?

— Pourquoi le serais-je ?

— Votre père...

— Mon père ?... Eh bien ! demain, après-demain, j'aurai sa lettre... Du moins, je l'espère beaucoup... Sinon, je lui écrirai encore... Enfin, nous aviserons... Faites-moi confiance... Songez à notre amour... Il faut qu'il soit plus fort que tout, que tout !...

Il parlait avec volubilité pour cacher sa gêne. Soudain, par-dessus les têtes, il aperçut une figure familière : Delphine. L'avait-il vraiment trouvée jolie, autrefois ? Elle lui parut vulgaire, avec trop de rouge sur les joues, des yeux petits, un double menton... Pourtant, il ne put s'empêcher de penser qu'à l'époque de leur liaison tout était simple dans son existence. Il reporta son attention sur Sophie et se reprocha sa lâcheté. Avec ses yeux profonds, son long cou, ses cheveux de soie sombre, elle méritait le drame. Un mouvement de la foule rapprocha les deux jeunes femmes, qui se saluèrent.

— Tiens ! monsieur Ozareff ! s'écria Delphine. J'ignorais que vous fussiez revenu à Paris !...

— C'est vrai, vous vous connaissez ! dit Sophie.

— Il a été le premier Russe à qui j'ai osé adresser la parole, ma chère ! On n'en voit plus beaucoup dans nos murs ! C'est bien dommage ! Venez donc, Eddy !

Derrière Delphine se tenait un officier anglais, blond, rose et raide, sanglé dans un habit de couleur brique. Un kilt écossais découvrait ses gros genoux. Elle le présenta comme un collaborateur de Wellington. Mais il ne savait pas deux mots de français. De petits rubans ornaient le revers de ses chaussettes. Appuyée au bras de cet étrange héros en jupon, Delphine, très à l'aise, parlait des acteurs avec exubérance, riait d'un rire de cascade, et, de temps à autre, fixait sur Nicolas un regard plein de souvenirs. Sans doute, s'amusait-elle de l'avoir approché intimement avant Sophie, qui paraissait si fière de se montrer avec lui au théâtre ! Il se sentait percé à jour, déshabillé, et craignait que sa confusion ne fût visible. Si Sophie concevait le moindre soupçon de ses anciens rapports avec Delphine, il était perdu. Le refus du père d'abord, les indiscrétions de la maîtresse ensuite, c'était trop pour une seule journée ! Crispé de la nuque aux talons, il attendait la fin de l'entracte comme une délivrance. Delphine répéta pour la dixième fois : « Il faut absolument que nous nous revoyions ! », se heurta au sourire évasif de son amie et partit dans un grand mouvement d'étoffe, suivie de l'officier anglais qui marchait en canard.

— Je n'aime pas cette femme ! dit Sophie.

— Moi non plus, dit Nicolas avec précipitation.

Il fut soulagé en retrouvant sa place dans la loge. Rien n'était résolu, mais du moins, dans l'ombre, n'avait-il pas à surveiller l'expression de sa figure. La représentation de *Tartuffe* ne lui laissa aucun souvenir.

8

En présentant son armée dans la plaine de Vertus, à cent vingt verstes de Paris, le tsar entendait frapper ses alliés par l'étalage d'une force militaire considérable et les inciter à tenir compte de ses exigences dans les négociations diplomatiques en cours. La répétition générale avait été fixée au 7 septembre, anniversaire de la bataille de Borodino, la parade au 10 septembre et l'office religieux de clôture au 11 septembre. A mesure que la date de la fête approchait, la fièvre montait à l'Elysée-Bourbon. Chaque jour, des généraux de plus en plus nombreux, de plus en plus nerveux, se réunissaient autour de l'empereur Alexandre pour étudier les horaires de marche, tracer des plans, discuter les moyens de signalisation. La sévérité du monarque en matière de discipline était si grande, que même les hauts dignitaires de l'armée vivaient dans la terreur d'une fausse manœuvre. N'avait-il pas, le mois précédent, ordonné de mettre aux arrêts, à l'Elysée même, deux commandants de régiment dont les hommes s'étaient trompés de pas en défilant dans les rues de Paris? En vain le général Ermoloff lui avait-il fait observer que, le poste de garde du palais étant fourni ce jour-là par des Britanniques, il était fort déplaisant pour des officiers russes d'y être enfermés. « Tant pis pour eux ! Leur honte n'en sera que plus cuisante ! » s'était écrié le tsar. Cette réplique revenait à la mémoire de chacun, tandis que se préparait « la plus gigantesque revue de tous les temps », selon l'expression des journalistes français.

Le prince Volkonsky, hébété de soucis, passait des nuits blanches et exigeait double travail de ses collaborateurs. Ecrasé sous le nombre des rapports à rédiger, à corriger, à recopier, Nicolas avait à peine le loisir de voir Sophie. Naguère, il eût maudit les occupations qui l'éloignaient d'elle. Mais, dans l'embarras où il se trouvait maintenant, il n'était pas fâché d'avoir un prétexte envers lui-même pour retarder l'aveu de sa duplicité. « Laissons passer la revue, se disait-il. Après, je serai plus calme. Je lui expliquerai tout. Et, si elle m'aime vraiment, elle cédera. » En attendant cette confession, il continuait à lui faire croire que la réponse de son père n'était pas encore arrivée. Ce mensonge était d'ailleurs très pénible à Nicolas. Une autre circonstance le dépitait : le prince Volkonsky, après avoir reçu les documents relatifs au projet de mariage et à la demande de démission, n'avait pas dit un mot de la suite qu'il donnerait à ces deux affaires. Evidemment, le chef d'état-major avait des problèmes plus importants en tête. Il n'allait pas s'intéresser aux tourments d'un petit officier d'ordonnance, alors que le prestige de toute l'armée russe était en jeu. Là encore, le moment n'était guère favorable. Il fallait prendre patience...

Déjà, de toutes les casernes de Paris, de banlieue et de la province, les troupes se mettaient en marche vers la Champagne. Cent cinquante mille hommes! Cinq cents canons! Le 6 septembre, l'empereur et le prince Volkonsky partirent eux-mêmes pour Vertus. Nicolas, Roznikoff et Soussanine avaient été désignés pour se joindre à la suite impériale. Leur retour dans la capitale était prévu pour le 13 septembre. Une semaine entière de séparation! En quittant Sophie, Nicolas avait éprouvé un sentiment de culpabilité, mêlé d'une certaine allégresse. Il s'imaginait pouvoir oublier ses tortures morales dans l'agitation joyeuse du camp. Très vite, il s'aperçut qu'il s'était trompé. La grandeur du spectacle qui se déroulait devant lui ne l'empêchait pas d'être constamment rongé par le remords.

La répétition générale, en présence du tsar et des jeunes grands-ducs Nicolas et Michel Pavlovitch, fut une réussite. Le lendemain, les personnalités étrangères commencèrent d'arriver : l'empereur d'Autriche, le roi de Prusse, Wellington, Schwarzenberg, une foule de princes, de généraux, de diplomates venus de Paris, de La Haye, de Berlin, de Londres et, bien entendu, l'inévitable baronne de Krudener, plus inspirée que jamais, traînant derrière elle sa fille, son gendre et le ministre protestant qui la dirigeait dans ses extases mystiques. Toutes les maisons de Vertus et des environs étaient réquisitionnées pour loger les invités de marque. L'architecte préféré de Napoléon, Fontaine, avait décoré les tentes destinées aux banquets, aux conseils et aux réceptions.

Le camp immense était pavoisé, illuminé, ratissé, orné de feuillages pacifiques. Des cailloux badigeonnés à la chaux dessinaient des chiffres et des arabesques aimables aux carrefours. Les cantiniers avaient repeint leurs voitures. Mais de nombreux marchands français, attirés par l'appât du gain, leur disputaient la clientèle. Avec ces étalages en plein air, les abords du cantonnement prenaient un aspect de foire. Tous les uniformes de la Russie confondaient leurs couleurs entre les cônes de toile blanche. Les trompettes et les tambours s'exerçaient dans un petit bois. Du dernier fantassin qui brossait son habit au plus haut général qui repassait en mémoire les instructions pour la revue, il n'y avait pas un Russe dont l'esprit ne fût terrorisé par la grande figure d'Alexandre. Lui déplaire par un changement de pas, une fausse note, une erreur d'alignement ou un bouton mal cousu eût été aussi grave que de déplaire à Dieu. Nicolas se disait qu'il y avait quelque chose d'étrange dans cette soumission aveugle de tout un peuple à la volonté d'un seul homme. Jamais cette pensée ne lui était venue auparavant. Il la trouvait insolente, mais ne savait plus s'en défaire. Etait-ce Sophie qui lui avait inculqué le goût de discuter en lui-même certains principes dont, jusqu'à ce jour, il n'eût pas osé mettre en doute le caractère sacré ? Il lui semblait que, jadis, il suivait un chemin rectiligne, bordé de vérités solides, sur lesquelles il pouvait, à tout moment, se reposer, et que maintenant ces points d'appui disparaissaient dans la brume. Où allait-il ? Que croyait-il ? N'avait-il plus d'opinion, de personnalité, d'existence en dehors de Sophie ? A plusieurs reprises, il se sentit dépaysé parmi ses camarades. Leurs rires, leurs plaisanteries le choquaient. Le 9 septembre, il écrivit à sa fiancée pour lui redire son amour, sa solitude et son espoir.

Le lendemain, 10 septembre, la revue débuta de bonne heure, en présence des invités du tsar réunis sur les hauteurs du Mont-Aymé. Pour la première fois, le grand-duc Nicolas Pavlovitch commandait une brigade de grenadiers et le grand-duc Michel Pavlovitch une unité d'artillerie. A la tête de l'armée, se trouvait le feld-maréchal Barclay de Tolly. L'air était pur et chaud. Le soleil matinal éclairait les moindres détails du paysage. Sur toute l'étendue de la plaine, à perte de regard, s'alignaient des rectangles rouges, verts, bleus, blancs, noirs, qui étaient des régiments au repos. Les différents signaux de la revue devaient être donnés par des coups de canon. A la première détonation, toute l'infanterie mit le fusil sur l'épaule et mille aiguilles d'acier étincelèrent et s'inclinèrent comme les dents d'un râteau. A la deuxième détonation, les troupes présentèrent les armes, les tambours battirent avec fermeté et un immense hourra ! déferla jusqu'aux pieds du tsar. A la troisième détonation, les pointillés vivants se disloquèrent et s'allongèrent en colonnes de bataillon. A la quatrième détonation, le dessin se brouilla de nouveau et des chenilles aux teintes vives rampèrent dans les champs, traversèrent des routes, se rejoignirent et se soudèrent en un vaste carré. Le tsar et sa suite parcoururent les quatre côtés de la formation, reçurent le tonnerre des vivats et les éclats de cuivre de la musique, regagnèrent les hauteurs du Mont-Aymé et le défilé commença : d'abord les grenadiers, puis l'infanterie de ligne, puis la cavalerie, puis l'artillerie montée...

Les officiers d'ordonnance se tenaient à cheval, non loin du groupe chamarré des monarques, des princes et des généraux. Nicolas, qui avait participé à de nombreuses parades militaires, était pour la première fois dans les rangs des spectateurs. A cette distance, l'effort de milliers d'individus pour rester au pas, tendre le jarret, garder les armes parallèles semblait facile et amusant. La beauté géométrique des évolutions cachait la souffrance de ceux qui les exécutaient dans la chaleur et la poussière. Impossible de croire que ces larges bandes d'étoffe, piquées de plumets, jalonnées de drapeaux, étaient composées d'hommes dont chacun avait une âme, un passé, une famille, des joies, des peines, des espoirs, qui ne ressemblaient pas à ceux de son voisin. Dominant la plaine, à l'exemple des grands de ce monde, Nicolas comprenait soudain leur indifférence envers la multitude qui s'écoulait en bas. « Peut-on être tsar et aimer le peuple ? » se demanda-t-il avec une sorte d'effroi religieux. Un régiment remplaçait l'autre. Ils ne différaient que par les couleurs de leurs uniformes. Quand les tambours et les fifres se taisaient, on entendait le bruit de cet énorme mouvement, pareil à celui d'un fleuve roulant sur un lit de pierres.

Nicolas poussa son cheval pour se rapprocher du groupe des invités. En prêtant l'oreille, il pouvait saisir des bribes de leurs commentaires. La plupart des officiers étrangers louaient l'extraordinaire discipline du soldat russe. Le tsar rayonnait d'une satisfaction absolue : cent cinquante mille hommes avaient défilé devant lui sans modifier les distances prescrites, ni se tromper de direction, ni changer de pas. Il dédiait ce triomphe à Mme de Krudener, qui se trouvait à proximité, en robe sombre, la taille longue, un chapeau de paille sur ses faux cheveux blonds. Un peu en retrait, le prince Volkonsky, rouge de plaisir, conversait avec Wellington.

Lorsque les troupes se furent reformées en carré, des salves de coups de canon ébranlèrent le sol. D'un bout à l'autre de la plaine, naissaient des flocons de fumée. Chaque batterie lâchait son chapelet de ballons vaporeux, blanchâtres, qui dérivaient ensuite lentement sur le fond vert fané du paysage. Bientôt, l'horizon s'effaça complètement dans un bain de nuées laiteuses. Derrière cet écran, l'armée se hâtait d'évacuer le champ de manœuvre. Après douze minutes de tir intensif, le silence revint, le voile se déchira et la plaine apparut déserte. Personne parmi les Alliés ne s'attendait à cette dernière performance. Nicolas, malgré ce qu'il avait pensé quelques instants plus tôt, se sentit fier d'être russe.

Le soir même, le tsar offrit aux plus illustres de ses hôtes un dîner de trois cents couverts, au cours duquel il proposa un toast à la paix en Europe. Le jour suivant, pour la Saint-Alexandre-Nevsky, fête patronale de l'empereur, les cent cinquante mille hommes de troupe se rangèrent en carrés autour de sept estrades, dont chacune supportait un autel. Sept prêtres, aux chasubles dorées, célébrèrent l'office religieux en même temps. Leurs mouvements étaient aussi exactement synchronisés que ceux des soldats à la parade. Le tsar écouta la messe dans le carré des grenadiers.

Après la cérémonie, les visiteurs étrangers regagnèrent Paris, et les généraux russes, soulagés d'une grande crainte, s'assemblèrent pour un banquet à l'état-major. Dans un ordre du jour à l'armée, l'empereur exprima sa haute satisfaction pour la tenue des hommes pendant la revue, annonça qu'il accordait le titre de prince au feld-maréchal Barclay de Tolly, commandant en chef, et promit aux troupes un prompt retour dans leurs foyers. Les soldats reçurent une ration d'eau-de-vie et de la soupe à la viande. Tout le camp s'adonna à la joie du zèle récompensé. Les chanteurs militaires s'enrouaient à force de pousser en plein vent les notes de leurs rengaines :

Est-il rien de plus aimable
Au guerrier que les combats ?

Une dizaine de jeunes officiers, attachés à l'état-major, se réunirent sous la tente de Nicolas pour boire du punch et échanger leurs souvenirs sur les belles journées qu'ils avaient vécues. Comme Hippolyte Roznikoff emplissait les verres avec une louche, un cri retentit :

— A vos rangs ! Fixe !

L'empereur entra, suivi du grand-duc Nicolas Pavlovitch et du prince Volkonsky. Le visage du souverain exprimait la détente auguste de ses pensées. Sans doute se promenait-il dans le camp avec le désir de montrer qu'il était un père pour tout le monde. Ayant commandé le repos, il remercia les officiers d'ordonnance pour leur collaboration au succès de la parade, fronça les sourcils en remarquant que l'uniforme de Soussanine n'était pas boutonné jusqu'au col, faillit se mettre en colère, mais dut se rappeler à temps qu'il était dans un bon jour, et, hochant la tête, grommela :

— Je vous souhaite une heureuse soirée, Messieurs. Continuez...

Il allait se retirer, lorsque le prince Volkonsky lui glissa quelques mots à voix basse. L'empereur, qui était un peu dur d'oreille, inclina sa haute taille pour mieux entendre. Une grimace de sourd lui plissa le nez. Enfin, il se redressa et dit :

— Lieutenant Ozareff !

Glacé jusqu'à la moelle, Nicolas fit un pas en avant et se mit au garde-à-vous. Le tsar le toisa des pieds à la tête et reprit :

— Vous avez exprimé le désir de vous marier et de quitter l'armée.

— Si tel est le bon vouloir de Votre Majesté, balbutia Nicolas.

Et il eut l'impression que son habit tombait, qu'il apparaissait nu aux yeux de ses camarades.

— Je n'ai jamais empêché personne de démissionner, annonça le tsar. Encore moins de prendre femme ! Votre fiancée, me dit-on, est française...

— Oui, Majesté.

— Voulez-vous me rappeler son nom ?

— Mme de Champlitte.

— Madame ?... Comment Madame ? dit l'empereur en arrondissant les yeux.

— Oui, chuchota Nicolas, elle a déjà été... Enfin, elle est veuve...

— Ah ?

Le prince Volkonsky vola au secours de son officier d'ordonnance :

— C'est la fille du comte de Lambrefoux, Majesté.

— Mais parfaitement ! s'écria l'empereur. Où avais-je la tête ? Nous avons eu de ses nouvelles dernièrement. Elle n'est pas très bien disposée à l'égard des Bourbons, si j'en crois ce qu'on m'a rapporté !

— Pas très bien, Majesté, articula Nicolas d'une voix défaillante.

Tous les regards convergeaient sur lui. Il n'osait bouger un muscle de son visage. Sa peau était tendue comme celle d'un tambour. A la droite du tsar, son frère, le grand-duc Nicolas Pavlovitch, qui venait d'avoir dix-neuf ans, souriait avec insolence. Il avait une figure longue, au nez droit, à la bouche menue, aux yeux globuleux et luisants.

— Je suppose que ce ne sont pas les opinions de Mme de Champlitte qui vous ont incité à demander sa main ! reprit le tsar.

Il y eut quelques rires serviles dans l'assistance.

— Certainement pas, Majesté ! dit Nicolas.

— A la bonne heure ! Je compte donc sur vous pour faire perdre à cette charmante personne le goût immodéré de la politique.

— Heureux de servir Votre Majesté Impériale, bégaya Nicolas en pleine confusion.

Les rires redoublèrent. Lui, se tenait raide à s'en casser les épaules. Des gouttes de sueur perlaient à son front.

— Mais oui ! Il n'y a rien de tel que les plaisirs du mariage russe pour consoler de l'agitation intellectuelle française ! renchérit le grand-duc Nicolas Pavlovitch.

Les traits du tsar se crispèrent sous l'effet du mécontentement. Sans doute estimait-il que son jeune frère n'avait pas à prendre la parole après lui. Ce ne fut qu'un nuage sur le front de l'Olympe. Souriant de nouveau, l'empereur s'appuya familièrement au bras du prince Volkonsky et prononça dans un soupir :

— C'est entendu, mon cher. Tu régleras cela pour le mieux. Qu'il se marie et qu'il parte !

Lorsque le tsar, le grand-duc et le chef d'état-major furent sortis de la tente, les camarades de Nicolas se précipitèrent sur lui avec une joyeuse fureur. Comment avait-il pu leur laisser ignorer une décision aussi grave ? Ne craignait-il pas d'épouser une Française ? Etait-elle brune ou blonde ?

Quand la verrait-on ? Qui célébrerait le mariage ? Roznikoff recommandait le père Mathieu, qui avait dit la messe dans le carré des grenadiers. Un saint homme et un bon vivant. Sa bénédiction était une garantie de longévité. Assourdi par toutes ces exclamations, Nicolas éprouvait un mélange de bonheur et de gêne. Avant d'avoir reçu l'approbation du tsar, il pensait à son mariage comme à un doux secret entre Sophie et lui. Et voici que leur projet, rendu public, prenait autant de réalité, soudain, que ce tabouret ou cette table. N'importe qui avait le droit de l'examiner, d'en discuter, de tourner autour... Des voix rauques criaient :

— Il fait sec ! Terriblement sec !... Qu'est-ce qu'on attend pour boire ?... Appelez les musiciens !... Un toast à la santé de la charmante Sophie !...

D'où savaient-ils qu'elle s'appelait Sophie ? Sans doute était-ce Roznikoff qui le leur avait dit. Le bel Hippolyte était plus excité que tous les autres :

— Monte sur la table, faux frère !

Nicolas voulut refuser. Vingt bras le hissèrent de force. Debout sur les planches, il voyait, à hauteur de ses genoux, un cercle de faces hilares. Les yeux brillaient sous les sourcils et les dents sous les moustaches. Des coupes pleines se levaient vers le triomphateur. Mais il n'était pas sûr de mériter cette fête. L'assistance réclama un discours.

— Je ne puis rien vous dire, mes amis, bredouilla-t-il, sinon que je suis heureux, et que... et que je ne vous oublierai jamais... et que, même loin de l'armée, pour ainsi dire... je resterai fidèle à l'esprit qui l'anime. Pour le tsar, la patrie et la foi !...

— Hourra ! Hourra ! glapirent ses camarades.

Roznikoff lui tendit une bouteille de rhum avec ordre de la boire jusqu'au fond :

— On ne te laissera pas descendre avant ! Ce sera ta punition pour nous avoir préféré une femme ! Allons, montre de quoi tu es capable ! A mon commandement !...

Nicolas joignit les talons et porta le goulot à sa bouche comme une trompette.

— Va ! hurla Roznikoff.

Et tous les autres se mirent à chanter.

La tête renversée, Nicolas regardait le haut de la tente où s'enfonçait le piquet central. Cet empiècement circulaire de toile bise le fascinait jusqu'à l'écœurement. L'alcool coulait dans son gosier en ruisseau de flamme. L'intérieur de ses joues était brûlant. Plus il buvait, plus il se sentait seul et triste. La dernière goutte avalée, il jeta la bouteille par-dessus son épaule. Un bruit mou l'avertit qu'elle était tombée dans l'herbe. Des applaudissements éclatèrent autour de lui. Il descendit de la table sur des jambes de coton. Son crâne avait doublé de volume. Des moucherons d'argent volaient devant ses yeux. Roznikoff le prit amicalement par les épaules et demanda :

— Alors, comment te sens-tu ?

— Très bien ! dit Nicolas en remuant une langue de bœuf dans sa bouche.

— Tu recommencerais ?

— Oui, Hippolyte !

— Quel homme ! Garde tes forces : tu vas en avoir besoin pour t'expliquer avec Sophie !

— Sophie ! murmura Nicolas. Sophie !...

Le monde pivota autour de sa tête. Il s'écroula par terre, comme une masse.

9

— Maintenant, Nicolas, racontez-moi tout, dit Sophie en lui désignant une place à côté d'elle sur le canapé du salon. Comment s'est déroulée cette revue ?

— A merveille ! dit-il. Mais je vous en parlerai plus tard, quand vos parents seront là. Pour l'instant, j'ai des choses autrement intéressantes à vous apprendre !

Il s'assit, prit la main de Sophie, l'effleura d'un baiser et attendit ses questions.

— Vous m'intriguez, dit-elle.

— Eh bien ! Sophie, je ne veux pas vous faire languir plus longtemps. Cette fois, tout est arrangé ! Le tsar en personne m'a déclaré qu'il ne s'opposait ni à ma démission ni à notre mariage !

Il avait lancé cette phrase comme on déploie un drapeau. Son regard quêta un signe de joie sur le visage de sa fiancée. Mais elle semblait distraite. N'avait-elle pas compris l'importance de la nouvelle ? Déçu, Nicolas murmura encore :

— J'ai été très heureux de constater la bonté de Sa Majesté à mon égard... à notre égard !

— Je vous comprends, dit Sophie, mais l'approbation du tsar compte moins pour moi que l'approbation de votre père.

Nicolas se découragea. Elle s'obstinait dans son idée. Jamais il ne l'en ferait démordre.

— N'avez-vous toujours pas de réponse ? reprit-elle.

Il s'apprêtait à dire : non, mais aucun son ne sortit de sa bouche. Tout à coup, il cessa d'être lui-même. Un diable se coulait dans sa peau. Entre deux grands battements de cœur, il s'entendit prononcer d'une voix blanche :

— Si, Sophie.

Elle tressaillit et redressa le buste.

— Votre père vous a écrit ? dit-elle avec lenteur.

— Oui.

— Quand avez-vous reçu sa lettre ?

— Il y a... il y a deux jours... Au camp de Vertus...

— Et c'est maintenant seulement que vous me l'annoncez ?

Il essaya de paraître désinvolte, mais son sourire était mal épinglé sur sa figure.

— Je voulais vous faire cette surprise à mon retour, marmonna-t-il.
— Quelle surprise ? s'écria-t-elle. Vous êtes fou de plaisanter ainsi, Nicolas ! Dites-moi la vérité : est-il d'accord ?

Nicolas avala une bouffée d'air et, les prunelles écarquillées, les muscles tendus, l'esprit préparé au choc, plongea de tout son poids dans le mensonge :

— Il est d'accord, Sophie.

Elle eut un premier mouvement de joie, mais se ressaisit, comme rendue incrédule par l'excès même de cette chance :

— En êtes-vous bien sûr ?
— Mais oui ! dit-il.

En une minute, il avait renoncé à vingt ans de vie honnête. Sophie n'allait-elle pas entrevoir dans ses yeux qu'il la trompait ?

— Cette lettre, reprit Sophie, où est-elle ?

Les doigts faibles, il tira la missive de sa poche, la déplia et la tendit à la jeune femme.

— Comment voulez-vous que je la lise ? dit-elle. C'est écrit en russe !
— Oui, soupira Nicolas. C'est toujours en russe que nous correspondons, mon père et moi.

Par un phénomène étrange, plus il se sentait coupable, plus il aimait Sophie. La confiance, la droiture de sa fiancée le bouleversaient.

— Que vous dit votre père ? demanda-t-elle.
— Eh bien !... mais qu'il est très content... qu'il nous bénit...
— Sont-ce là ses propres termes ?
— Evidemment !
— Ne pourriez-vous me traduire le passage où il parle de nous ?

Il se troubla, le sang au visage, le regard fuyant :

— Oh ! c'est bien facile !...

Elle lui rendit la lettre. Penché sur le papier, il adressa une courte prière à Dieu pour le succès de son improvisation. Puis, il se lança. Il lisait en russe : « A ton âge, on n'épouse pas une femme dont un premier mari a éveillé les sens... Ce serait insulter Dieu... L'imbécillité dans le choix de ton destin... Je te prie de rompre... » Et ces phrases affreuses devenaient en français :

— « Mon cher fils, à ton âge il est temps de songer au mariage et je suis heureux que tu aies trouvé une personne dont les goûts, les aspirations, l'éducation, la beauté te séduisent à ce point. Ce serait insulter Dieu que de renoncer à un si doux dessein. Je te prie de dire à cette jeune Française... que... que... »

Il feignit de chercher un mot, grommela :

— Ce n'est pas tout à fait cela !... Je voudrais trouver l'expression exacte !... Vous m'excusez !...
— Oh ! Nicolas ! dit-elle.

Et des larmes de gratitude emplirent ses yeux. Il ne put supporter la vue de ce visage défait par un bonheur illusoire, baissa la tête et reprit d'une voix enrouée :

— « Dis à cette jeune Française que... que je l'accueillerai comme ma fille et que... et que... »

Il étouffait de honte et de chagrin. Pourquoi son père n'avait-il pas écrit cela ? Pourquoi n'avait-il pas donné à son fils une occasion de le chérir et de le respecter davantage ? Tout aurait été si simple ! Ah ! quel contretemps ! Il n'aurait pas la force de tenir son rôle jusqu'au bout. Encore quelques secondes de torture, et la vérité jaillirait de sa bouche dans un sanglot. Ce serait la fin de son amour, la fin du monde. Dans un élan de rage, il conclut :

— « Et que... et que je vous bénis tous les deux... »

Le silence qui suivit parut à Nicolas une réprobation céleste. Il ne s'éveilla de sa torpeur qu'en sentant le poids d'une tête chaude sur son épaule. Sophie s'était rapprochée et le caressait de son souffle :

— Merci, Nicolas ! Maintenant, je suis tranquille. Nous nous marierons quand vous voudrez. J'ai hâte de connaître votre père, votre sœur... Je les aime déjà !

Il la pressait contre sa poitrine et souffrait de l'avoir si aisément trompée. « Dans quel abîme suis-je descendu ? songeait-il. Comment me rachèterai-je aux yeux de Sophie et aux miens ? Dès qu'elle sera ma femme, je lui dirai la vérité, je le jure ! » Ce serment ne le réconforta qu'à demi.

TROISIÈME PARTIE

1

Penchée au bastingage, Sophie plongeait ses regards le plus loin possible dans l'espace où se confondaient le gris perle du ciel et le gris glauque de l'eau. Une lumière froide effaçait les reliefs, tuait les couleurs et disposait l'âme à la mélancolie. Çà et là, sur ce fond de brume stagnante, se détachait la silhouette d'un grand bateau fantôme, aux voiles de nacre, aux agrès noirs. Des barques de pêche rampaient, portées par des pattes de mouche, à des distances indéfinissables. Les bords du golfe de Finlande étaient de longs nuages couchés à l'horizon. La mer, exceptionnellement calme, paraissait plus épaisse que partout ailleurs. Son aspect n'était pas celui d'une masse liquide, mais d'un tissu opaque, aux molles moires d'argent. Dans cet univers de rêve, le navire, un robuste trois-mâts de la marine marchande russe, taillait sa route avec lenteur, sans rouler, sans craquer. Il était parti de Cherbourg douze jours auparavant, le 25 octobre. Bien que la traversée eût été paisible, Sophie ne s'habituait pas à la sensation de ce plancher mouvant sous ses pieds. Une vingtaine de passagers s'étaient réunis sur le pont pour voir approcher les côtes de la Russie.

Cependant, Nicolas se trouvait encore dans la cabine, où il s'occupait des bagages avec Antipe. Sophie s'impatienta contre son mari. Allait-il remonter enfin ? Elle voulait absolument qu'il fût près d'elle au moment où le bateau entrerait dans le port. A l'idée que, bientôt, elle foulerait pour la première fois le sol de la Russie, sa joie et son angoisse grandissaient en même temps. Elle se rappela les tristes conciliabules de ses parents à la veille du mariage. Ils avaient exigé que l'union de leur fille avec Nicolas fût préalablement bénie par un prêtre catholique, à la sacristie. Ensuite, ils s'étaient rendus d'un cœur plus léger à l'église orthodoxe. La chapelle de l'Elysée contenait peu de monde : de proches amis de la famille, les Poitevin, quelques camarades de Nicolas. Ceux-ci se relayaient pour tenir une lourde couronne d'orfèvrerie au-dessus de la tête des futurs époux. Un chœur de soldats chantait des hymnes d'une merveilleuse douceur. Le prêtre barbu, mitré, engoncé dans des vêtements d'or, officiait avec une voix qui sortait des entrailles de la terre. Après l'échange des anneaux, il avait présenté une coupe de vin aux lèvres des jeunes gens, leur avait lié les mains avec un mouchoir de soie et leur avait fait faire trois fois le tour de l'autel, afin de les habituer à marcher du même pas dans la vie chrétienne. Ces rites étranges eussent incité Sophie à sourire, si elle n'avait vu le visage ému de Nicolas pendant la cérémonie. Pour lui, en cette seconde, Dieu descendait réellement dans le temple parmi les nuages d'encens. Tant de ferveur naïve chez un homme promettait un grand bonheur à la femme qui l'épousait. Pendant le dîner de noces, à l'hôtel de Lambrefoux, il n'avait cessé de la dévorer d'un regard anxieux, presque coupable. On eût dit qu'il se sentait indigne d'elle, qu'il refusait de croire à sa chance, qu'il n'osait imaginer d'autre plaisir que celui de la contempler. La nuit même, il lui avait prouvé le contraire.

Elle se troubla en évoquant ces premières caresses, dans la chambre où, si longtemps, elle avait dormi seule. Les formalités nécessitées par la démission, par l'établissement des passeports, par la préparation du voyage avaient traîné encore une quinzaine de jours. Sophie était gênée d'habiter avec Nicolas chez ses parents. Tantôt, par pudeur, elle hésitait à leur laisser voir qu'elle était comblée, tantôt, par fierté, elle voulait leur démontrer qu'elle se louait de son choix. En vérité, durant la dernière semaine de son séjour à Paris, ni son père ni sa mère ne lui avaient plus reproché la légèreté de sa décision. Nicolas les avait conquis par sa prévenance. Ils n'en avaient pas moins pleuré en accompagnant le jeune couple à la diligence de Cherbourg. L'ultime vision que Sophie gardait de ses parents était celle de deux vieillards, debout, côte à côte, dans la cour des Messageries. Leurs recommandations se perdaient dans le vacarme des bagages remués à pleins bras, des sabots dérapant sur les pavés et des postillons hurlant pour appeler leur monde. « Soyez heureuse, mon enfant ! Adieu ! Adieu ! Quand nous reverrons-nous ? »

Ces paroles, qui n'avaient guère affecté Sophie quand elle les avait entendues, prenaient dans son souvenir une résonance nostalgique. Pourtant, elle ne regrettait pas d'avoir quitté ses parents, dont les façons de penser et de vivre étaient par trop différentes des siennes. Malgré ses qualités de cœur, sa mère était une personne agitée et niaise ; quant à son père, élevé dans les idées du siècle précédent, il était l'homme le plus mondain, le plus superficiel et le plus charmant de Paris. C'était surtout depuis son veuvage qu'elle avait affirmé devant eux sa volonté d'indépendance. A peine émancipée par la mort de son mari, elle s'était lancée dans la politique autant pour se distraire de son deuil que pour rendre hommage à l'être supérieur qu'elle avait perdu. A ce jeu, elle avait acquis rapidement des manières libres, une assurance un peu masculine. Etait-il possible que l'apparition de Nicolas l'eût transformée au point qu'elle se sentît étrangère à la femme qu'elle était avant de le connaître ? Il l'avait, semblait-il, touchée d'un rayon. Amoureuse de lui, elle se découvrait une âme de jeune fille. Elle doutait qu'un autre homme l'eût tenue jadis dans ses bras. Mme Ozareff ! Elle inclina la tête gracieusement sur ce nom bizarre, comme si elle eût essayé un nouveau chapeau. Un scrupule lui vint : n'y avait-il pas quelque danger dans son enthousiasme ? Que trouverait-elle en Russie ? Pour la vingtième fois, elle se tranquillisa en évoquant ce que Nicolas lui avait dit de son père, de sa sœur, qui l'attendaient avec une tendre impatience. Sûre d'être bien accueillie par eux, elle leur donnait d'avance toute son affection. Elle apprendrait le russe pour leur plaire.

Une brise courut sur la mer, et Sophie remonta son col. Elle respirait un air vif, qui sentait le sel, le goudron, la brume. Des cloches tintaient au loin. Le golfe s'animait. Une forêt de mâts perçait la nappe de brouillard. Aux limites du monde visible, des navires de guerre manœuvraient sous leurs charges de toiles immaculées. Mille petites barques dansaient sur des reflets verts, en forme de virgules. Une rive se dessinait, plate, marécageuse, piquée de grêles bouleaux aux blancheurs d'ossements séchés. Par endroits, les eaux semblaient plus hautes que les terres. Une masse de granit apparut : la forteresse de Cronstadt. Les passagers se réunirent tous du même côté, sur la gauche. Le bateau jeta l'ancre en face de l'île.

Nicolas remonta sur le pont et attira Sophie contre son épaule. Elle leva les yeux sur lui et le trouva d'une beauté inquiétante. L'habit civil, qu'il avait adopté depuis sa démission, lui allait mieux encore que l'uniforme. Il portait une redingote de ratine gris fer à col et parements d'astrakan, et tenait un chapeau de castor à la main. C'était elle qui avait choisi le tissu de la redingote. Elle sourit au souvenir de ce premier achat en commun et se sentit encore plus confiante.

— Vous avez été bien long, mon ami ! dit-elle. Un peu plus, je débarquais sans vous ! Pourquoi le bateau s'est-il arrêté ?

Ni elle ni lui n'employaient encore le tutoiement, bien qu'ils se fussent promis de le faire.

— Sans doute allons-nous subir les formalités du contrôle, dit Nicolas.

Et il lui montra de petites embarcations, qui se détachaient de l'île et se rapprochaient du navire à coups de rames miroitantes. Ces messieurs de la police et de la douane arrivèrent nombreux et grimpèrent à bord, salués par le capitaine. Peu après, les passagers furent engagés à descendre dans la grande salle du bateau, où un tribunal d'inspecteurs en uniforme s'était installé derrière une longue table. L'interrogatoire commença :

— Vos nom ? Prénoms ? Date de naissance ? Références morales ? Pourquoi venez-vous en Russie ? Comptez-vous en repartir et dans combien de temps ? N'êtes-vous point chargé d'une mission secrète ? N'avez-vous point quelque projet contraire à la loi ?

En répondant à ces questions, les personnes en apparence les plus dignes prenaient des mines coupables. Les Russes n'étaient pas traités avec moins de méfiance que les étrangers. Des commis ouvraient les passeports et vérifiaient les visas à la loupe. D'autres feuilletaient d'énormes registres et y cochaient certains noms, comme pour noter la rentrée d'une compagnie de prisonniers au camp. Le sens de cette comptabilité échappait à Sophie. Dressée sur la pointe des pieds, tirant la tête hors de la file, elle chuchota :

— Que cherchent-ils ? Leur a-t-on signalé quelque malfaiteur à bord ?

— Oh! non, dit Nicolas. C'est l'habitude, chez nous. Nos déplacements sont surveillés.

— Pourquoi?

— Parce que, dans un pays aussi vaste, aussi divers, aussi inculte que la Russie, il faut une autorité solide pour tenir le peuple en main.

Tout en parlant à voix basse, il observait Sophie du coin de l'œil et regrettait de ne pouvoir lui présenter son pays sous un jour plus favorable. Il eût voulu que tout fût soleil, propreté et sourire pour la recevoir. Et la première vision qu'elle avait de Saint-Pétersbourg, c'étaient des faces de fonctionnaires blêmies par le soupçon! Sans doute était-elle indignée par ces précautions administratives qui, en Russie, passaient pour nécessaires, alors que, partout ailleurs, les gens circulaient librement. N'allait-elle pas se figurer qu'après une existence indépendante elle entrait dans l'empire de la contrainte et de la peur? Il se sentait déjà tellement fautif envers elle que cette dernière pensée l'affola. De jour en jour, il avait différé de lui apprendre sur quel mensonge reposait leur bonheur. D'abord, il s'était juré de lui dire la vérité le lendemain de leur mariage. Puis, il avait préféré attendre d'être loin de la France pour faire cet aveu. Maintenant, il voulait tenter une démarche à Kachtanovka avant de mettre Sophie au courant de tout. Dans un cas aussi grave, le contact humain valait mieux, à son avis, que toutes les lettres. En revoyant son père, en lui parlant de vive voix, il finirait par le convaincre. La perspective de cette victoire consolait Nicolas de la honte où il devait vivre en se préparant à l'assaut. Il comptait les jours, les heures qui le séparaient de l'échéance. « Dans une semaine, si tout va bien, nous pourrions être là-bas! »

— Veuillez avancer, je vous prie! dit une voix sèche.

Marchant à côté de Sophie vers le bureau, Nicolas espéra, pour l'honneur de son pays, que les policiers se montreraient aimables avec elle. Ils le furent au-delà de toute prévision. Un officier de gendarmerie, aux moustaches raidies de cosmétique, prit les documents que lui tendait Nicolas, le complimenta en russe pour son mariage et souhaita la bienvenue, en français, à Sophie. Cela n'empêcha pas d'ailleurs un scribe subalterne de confisquer les deux passeports : ils seraient restitués aux intéressés le lendemain, à Saint-Pétersbourg. Le cas d'Antipe fut étudié avec le même soin. Heureusement, ses papiers, à lui aussi, étaient en règle. Ayant suivi Nicolas à la guerre en qualité de domestique serf, il n'avait pas à rester dans l'armée après la démission de son maître.

Sur le pont, les commis de la douane s'attaquaient déjà aux bagages. Quelques passagers furent emmenés dans une cabine pour être fouillés jusqu'à la peau. Ceux qui revenaient de ces investigations avaient le visage rouge et les vêtements défaits, tels des écoliers après la fessée. Une grosse femme, palpée de trop près par un employé, hurlait qu'elle se plaindrait dès ce soir à l'ambassade d'Angleterre. On l'avait soupçonnée parce qu'elle faisait, en marchant, un bruit de clochettes : des flacons de parfum étaient suspendus sous ses jupes. Nicolas tremblait qu'un pareil outrage ne fût réservé à Sophie. Mais ni elle ni lui ne furent inquiétés. Un douanier se contenta de retourner le contenu de leurs malles.

Passagers et bagages furent transférés sur un navire plus petit, qui s'engagea dans la baie de Cronstadt, en suivant un chenal marqué par des bouées. Après trois heures de route, le bateau pénétra dans Saint-Pétersbourg et vint s'amarrer devant un immense quai de granit. Aussitôt, de nouveaux policiers et de nouveaux douaniers montèrent à l'abordage. Assemblés sur le tillac avec leurs compagnons, Nicolas et Sophie assistèrent à la répétition de l'interrogatoire et de la fouille. C'était le contrôle du contrôle.

En se retrouvant sur le continent, Sophie eut l'impression que la mer bougeait encore sous ses pieds. Une nausée l'étourdit, alors qu'elle n'avait pas eu mal au cœur pendant les douze jours de navigation. Nicolas, remarquant son trouble, accourut pour la soutenir. Elle marchait dans le vague. Un tonneau montait au ciel, tiré par un palan. Une mouette rasait les flots avec des cris tragiques. Antipe se démenait parmi les bagages. Des cochers hurlaient à qui mieux mieux, sans quitter leur siège. Entre l'eau laiteuse et les nuages de plomb, s'alignaient des toits d'améthyste, des coupoles en forme de tiare, des clochers bulbeux, et, dominant le tout, une haute flèche dorée. Nicolas dit :

— Regardez, Sophie ! C'est la flèche de l'Amirauté !

Cependant, des hommes à longs cheveux et à longues barbes, vêtus de peaux de mouton, chaussés de loques, accouraient pour empoigner les malles et les hisser sur une charrette. Assurément, c'étaient là ces « moujiks » dont on parlait tant. Ils avaient des yeux d'enfants dans des visages de brutes. Nicolas leur jeta quelques pièces de monnaie. Ils le remercièrent par des saluts profonds. Leur obséquiosité était pénible à voir. Sans que rien ne bougeât dans le décor, l'air, tout à coup, se liquéfia. Il ne pleuvait pas, il bruinait, une poussière d'eau imprégnait l'espace.

Nicolas aida Sophie à grimper dans un fiacre couvert d'une capote de cuir. Le cheval, très maigre, tirait le cou sous un arc de bois. Rond de partout, poilu jusqu'aux yeux, coiffé de fourrure galeuse, le cocher fit claquer son fouet. On s'ébranla. Antipe suivait avec les bagages sur une charrette. Nicolas serra les mains de Sophie dans les siennes et dit :

— Nous voici chez nous, mon aimée ! Je vous présente votre nouveau pays !

Or, elle ne voyait pas grand-chose dans la pluie qui s'était mise à tomber plus fort. La voiture roulait sur un quai bordé de palais à frontons et à colonnes. Des traînées d'eau marquaient le tendre crépi des façades. Quelques fenêtres étaient déjà allumées. Derrière les vitres, s'épanouissaient des lustres de cristal et des plantes vertes. A l'angle d'une place, une statue surgit, comme indignée d'être surprise dans son repos. Un cavalier de bronze faisait cabrer son cheval sur la roche qui lui servait de socle et tendait le bras vers la Néva. C'était, dit Nicolas, le fameux Pierre le Grand de Falconet. Le palais de l'Amirauté dressait, tout à côté, ses énormes murs jaunes, sa tour à galerie et son aiguille d'or piquée dans un ciel de coton. Plus loin encore, cette masse grisâtre, dans la brume, méritait que Sophie lui accordât un regard déférent : le palais d'Hiver, résidence habituelle du tsar. Mais Alexandre n'avait pas encore regagné sa capitale. Ayant signé l'acte de la Sainte-Alliance, il s'était rendu à Varsovie pour organiser le nouveau royaume de Pologne, avec tous les morceaux arrachés à la convoitise de la Prusse et de l'Autriche. Sans doute ne reviendrait-il pas en Russie avant le mois prochain. Le fiacre tourna sur la droite et s'engagea dans une rue rectiligne, large, solennelle, où le vent et la pluie jouaient à l'aise avec les silhouettes bossues des passants.

— La perspective Nevsky, dit Nicolas.

Sophie entrevit un mélange de palais, de magasins et d'églises. Sur les enseignes, brillaient les étranges lettres de l'alphabet russe. Les voitures, en se croisant à toute vitesse, s'éclaboussaient l'une l'autre de boue, de hennissements et de claquements de harnais. Nicolas expliqua à Sophie que son père possédait une maison non loin de là.

— Mais elle est à l'abandon, sans domestiques. Nous serons mieux logés dans une auberge.

Sophie était pressée d'arriver. Un froid humide pénétrait ses vêtements. Enfin, le fiacre s'arrêta devant un porche flanqué de lanternes en fer forgé. Des valets à faces de Mongols se précipitèrent sur les voyageurs. Dans le vestibule, deux plantes tropicales prospéraient dans une odeur de soupe. Des paletots, des cache-nez et des bonnets de fourrure pendaient aux crochets d'un portemanteau, et, devant une banquette, s'alignait une flottille de galoches noires. Le patron se dérangea lui-même pour conduire ses clients à leur appartement.

La chambre était vaste, haute de plafond et meublée de deux lits, d'une armoire et d'un canapé aux coussins de cuir. Un poêle de faïence, incrusté dans une encoignure, dégageait une chaleur agréable. Les fenêtres étaient doubles, avec une traînée de sable entre les châssis. En collant son front à la vitre, Sophie aperçut, dans la cour, des tas de bûches pour l'hiver. La porte rabattue, elle se jeta dans les bras de Nicolas. Ils ne se détachèrent l'un de l'autre, le souffle perdu, qu'en entendant frapper au vantail : les bagages entraient sur le dos des porteurs. Antipe, les mains vides, fermait la marche.

Sophie eût volontiers dîné, ce soir-là, à la table d'hôte. Mais Nicolas préféra se faire servir un repas froid dans la chambre : « Nous serons tellement mieux en tête à tête ! » disait-il. En fait, il appréhendait de rencontrer quelque vieil ami de la famille dans le restaurant. Personne, en Russie, n'étant au courant de son mariage, il devait cacher sa femme avant d'avoir obtenu la bénédiction paternelle. Il décida que, dès le lendemain, il s'occuperait de louer une voiture de poste confortable pour se rendre avec Sophie à Kachtanovka. Cinq jours de trajet environ ! Elle eut beau lui suggérer de rester plus longtemps à Saint-Pétersbourg pour visiter la ville et prendre du repos, il se montra intraitable : « Si nous tardons encore, les routes seront trop mauvaises ! » Elle s'inclina.

Le jour suivant, il lui conseilla de garder la chambre pendant qu'il courrait de bureau en bureau pour retirer les passeports et préparer la suite du voyage.

Cette fois, elle le considéra avec un étonnement proche de la méfiance :
— Pourquoi ne voulez-vous pas que je vous accompagne ?
— Pour rien... Je pensais vous éviter une fatigue inutile...

Elle sortit avec lui. Le ciel était gris et bas, les rues pleines de monde. Nicolas n'osait regarder à droite ni à gauche, par crainte d'apercevoir un visage de connaissance. Son malaise augmentait à mesure qu'il approchait du centre de la ville. Certes, il avait trop peu vécu à Saint-Pétersbourg pour y avoir de nombreuses relations, mais il suffisait d'un oncle en promenade, d'une cousine à l'œil aigu descendant de voiture, et il ne saurait comment leur présenter Sophie. Inconsciente de l'embarras où il se trouvait, elle goûtait dans le dépaysement un plaisir fébrile. Une nuit de repos l'avait régénérée. Ses yeux couraient de toutes parts. Elle s'amusait des enseignes illustrées qui pendaient à la porte des magasins et demandait à Nicolas de lui traduire les inscriptions des vitrines.

— Remonter cette perspective Nevsky, c'est feuilleter un livre d'images ! disait-elle. Quelle est cette église ? Quel est ce palais ?

Il la renseignait avec un air de contrainte. A peine avait-il fini de parler qu'elle remarquait autre chose. Un passant sur trois portait l'uniforme. Les moujiks aux touloupes rapiécées coudoyaient des messieurs importants et bien vêtus, des femmes dont la toilette n'eût pas été déplacée à Paris. D'élégantes voitures de maîtres suivaient des chariots de paysans aux roues pleines, qui grinçaient à fendre l'âme en tournant.

— Quel contraste ! s'écriait Sophie. On se croirait au carrefour de deux siècles. Un pied dans le Moyen Age et l'autre dans les temps modernes. Le ciel même est différent de celui que l'on voit à Paris. J'aime cette clarté polaire...

— Oui, oui, Sophie, balbutiait Nicolas en lui serrant le bras. Venez vite...

— Vous paraissez bien sombre, mon ami ! lui dit-elle soudain. A vous voir, on jurerait que vous êtes moins heureux que moi d'être en Russie !

Il se mit à rire, puis redevint sérieux et fixa son regard à vingt pas devant lui. N'était-ce pas un ami de son père qui sortait d'une boutique du *Gostiny Dvor* ? Nicolas entraîna Sophie dans une rue transversale.

— Où allons-nous ? demanda-t-elle.

— A la maison de poste. C'est par ici...

Après dix minutes de marche, ils se trouvèrent au bord d'un canal étroit d'où montait une odeur de vase.

— Mais c'est Venise ! dit Sophie.

Nicolas lui sourit faiblement et murmura :

— Je suis heureux que Saint-Pétersbourg vous plaise.

2

La pluie tambourinait mollement sur la capote de la voiture. Le dos du cocher se balançait à chaque cahot. Sa touloupe était hérissée de perles liquides. Une vapeur l'entourait. De temps à autre, il élevait la voix pour parler aux trois chevaux qui couraient de front. Pressée contre Nicolas, Sophie se laissait engourdir par les battements des sabots, les craquements de la suspension, les tintements des clochettes et le retour monotone des bornes rayées qui jalonnaient la route. Le vent mouillé de la course la frappait au visage en s'engouffrant sous la couverture de cuir à soufflet. Frissonnante, les épaules serrées, elle songeait au malheureux Antipe qui voyageait, accroché aux bagages, derrière la caisse, entre les gros ressorts. Enroulé dans une peau de mouton, il était un ballot parmi les autres, soumis aux chocs et aux intempéries. Pourtant, il ne se plaignait pas de cette situation incommode. A chaque arrêt, il descendait de la soupente avec une grimace de rire sur la figure.

Depuis deux jours que durait cette randonnée, le paysage n'avait guère changé. Les chevaux trottaient infatigablement à travers une plaine grise et plate, semée de flaques. Au bruit des clochettes, des bandes de corbeaux noirs se levaient de l'herbe en croassant. Parfois, à l'horizon, surgissaient une famille de bouleaux nus et frileux, un rideau de sapins funèbres. Puis, du fond du désert, alors qu'on ne croyait plus à la vie, s'avançait un petit village : des masures de rondins autour d'une église au clocher vert en forme d'oignon ; une gamine ahurie derrière une palissade ; un moujik chargeant du bois sur un chariot. Et, de nouveau, l'espace immobile, vaporeux, décoloré, où le regard se perdait en même temps que l'esprit.

Les relais étaient de vingt verstes environ. Toutes les maisons de poste se ressemblaient : façade et portique à colonnes. Jusqu'à présent, ni les chevaux ni les cochers de rechange n'avaient manqué. Nicolas espérait atteindre Pskov dans trois jours, si la voiture tenait bon et si le temps ne se gâtait pas. Mais la pluie redoublait de violence. La route, crevée d'ornières, bourrée de cailloux, s'en allait en boue noirâtre. De tous côtés, giclaient des éclaboussures de crotte. Un marécage coupa le chemin. Les roues s'enlisèrent. Le cocher leva les bras au ciel dans un geste d'impuissance. Nicolas se pencha en avant, saisit l'homme au collet et le secoua avec une telle fureur que Sophie en fut étonnée. Jamais, pensait-elle, il n'eût traité de la sorte un serviteur français.

— Laissez-le donc ! dit-elle. Il n'y peut rien !

— Mais si ! dit Nicolas en donnant des coups de poing dans le dos du cocher. Il aurait dû prendre à travers champs, l'imbécile !

L'autre protestait à peine et oscillait sur son siège, tel un poussah :

— Oh ! barine, barine !...

C'était tout ce que Sophie pouvait comprendre. Enfin, le cocher sauta lourdement à terre. Antipe le rejoignit. Ils pataugèrent, dans la boue jusqu'aux mollets, autour de l'attelage. Nicolas leur criait des conseils. Etait-ce parce qu'il était en colère ou parce qu'il parlait russe qu'elle ne le reconnaissait plus ? A peine revenu dans son pays, il retrouvait naturellement ce mépris de l'homme qui caractérisait tous ses compatriotes. Sans doute était-il bien difficile de ne pas jouer au maître parmi tant d'esclaves élevés dans la crainte. Il descendit à son tour et tira les chevaux, pendant qu'Antipe et le cocher poussaient aux roues. Le véhicule gémit, tressauta, escalada un bourrelet de sol ferme.

On repartit en longeant la route. Le cocher rendait en coups de fouet à ses bêtes les coups de poing qu'il avait reçus de Nicolas. Dix minutes plus tard, un lisoir cassa et la caisse pencha sur la droite. Sophie sortit de la voiture et ses pieds s'enfoncèrent dans un cloaque. Il ne pleuvait plus. Une bise aigre ébouriffait la plaine.

Avec l'aide d'Antipe, le cocher retira la pièce de bois transversale sur laquelle reposaient les ressorts et la remplaça par une simple planche qu'il avait en réserve : cela tiendrait bien jusqu'au relais !

Le soir tombait quand ils arrivèrent à la maison de poste. Une grande agitation régnait dans la cour. Les valets d'écurie attelaient deux charrettes. Des gendarmes surveillaient le travail. L'un se tenait sabre au clair, comme une sentinelle. Sophie remarqua, derrière lui, une douzaine d'hommes rangés le dos au mur. Hâves, barbus, exténués, l'œil vide, les vêtements en lambeaux, ils semblaient ignorer le reste de l'univers. Entre leurs pieds, reposaient de gros boulets de fonte. Des chaînes reliaient leurs chevilles.

— Qui sont ces gens ? demanda Sophie.

— Des condamnés aux travaux forcés, dit Nicolas. On les transporte, par petites étapes, en Sibérie.

Sophie eut un élan de pitié, mais se ravisa :

— Qu'ont-ils fait ?

— Comment le saurais-je ? dit Nicolas en haussant les épaules.

— Si vous interrogiez les gendarmes ?

— Ils ne me répondraient pas. Sans doute ces prisonniers sont-ils des assassins, des voleurs, ou des serfs révoltés contre l'autorité de leur maître...

— Est-ce donc un si grand crime, pour un moujik, de désobéir ?

— Mais oui, Sophie ! dit Nicolas.

Un groupe de voyageurs sortit de la maison de poste. Hommes, femmes, tous étaient habillés chaudement et parlaient avec une animation joyeuse : ils s'étaient restaurés avant de reprendre la route. En passant devant les condamnés, ils leur firent l'aumône. Des pièces de monnaie tombaient dans des mains crispées de froid, noires de crasse. Les malheureux se signaient, marmonnaient et saluaient très bas.

— C'est abominable ! balbutia Sophie.

Les gendarmes contemplaient la scène sans intervenir. Nicolas expliqua à sa femme que ce genre de mendicité était d'usage en Russie.

— Quels que soient leurs péchés, les misérables qu'on expédie au bagne ont droit à la charité de tous les chrétiens, dit-il.

Sophie s'approcha des prisonniers. Nicolas fouilla dans ses poches et en tira une poignée de kopeks. Aussitôt, elle saisit l'argent, et, sans réfléchir, versa toute la somme dans la première main qui se tendait vers elle. Son regard rencontra une face velue et sale, aux narines tailladées, aux paupières sanguinolentes. L'homme la considérait avec une humilité de chien.

Soudain, il se prosterna devant elle dans un affreux tintement de chaînes et baisa le bas de sa robe. Elle eut un mouvement de recul. De quoi était-il coupable, celui-là ? Pour combien d'années l'expédiait-on en Sibérie ? Elle voyait ce dos rond, elle entendait cette voix enrouée psalmodiant des remerciements en russe, et la honte, la pitié, le dégoût lui soulevaient le cœur. Nicolas l'entraîna vers la maison de poste. Une fois dans la salle commune, elle prit à peine le temps de se réchauffer devant le poêle et alla se poster à la fenêtre.

Les condamnés venaient d'être chargés pêle-mêle dans des charrettes. Six par plateau. Un transport de bétail à destination de la prochaine foire. Les essieux grincèrent. Le convoi s'ébranla. Un gendarme chevauchait par-devant, les autres suivaient, dans deux calèches.

Quand la cour fut vide, Sophie se tourna vers Nicolas. Il se tenait derrière elle, les bras ballants, le visage sombre :

— Je suis navré ! J'aurais tellement souhaité vous épargner ce spectacle !...

— Il faut que je m'habitue ! dit-elle en souriant malgré son malaise. Je ne veux pas me laisser aller à ma première impression.

— C'est cela même ! s'écria-t-il. Pour l'instant, vous nous jugez de l'extérieur. Tout ce qui n'est pas conforme à votre éducation vous heurte et vous indigne. Mais, quand vous vous serez vraiment mêlée à nous, vous comprendrez que notre vie, avec ses bons et ses mauvais côtés, représente un tout très acceptable. On n'est pas moins heureux ici qu'en France. On l'est différemment...

Comme la voiture ne pouvait repartir sans avoir été sérieusement réparée, ils décidèrent de passer la nuit au relais. Un samovar bouillait en permanence sur une grande table, au milieu de la salle. Près du poêle, deux voyageurs ronflaient, allongés sur des divans de cuir. Derrière le buffet, une fille blonde, corpulente, bâillait parmi des guirlandes de saucisses et des tonnelets de harengs. Après avoir reniflé ces victuailles avec méfiance, Nicolas envoya Antipe chercher le reste du poulet froid dans la cantine à provisions. Le maître de poste disposait d'une chambre à deux lits pour les hôtes de marque. Décidément, il semblait que la Russie ignorât l'usage de la couche conjugale ! Sophie le déplorait, mais se gardait bien de le dire. D'ailleurs, même ainsi Nicolas était très amoureux.

Avant de souffler la bougie, elle inspecta avec lui les coutures des matelas. Pas de punaises ! C'était inespéré. La fatigue aidant, ils s'endormirent avec un sentiment de bien-être.

Ce fut au petit jour seulement que les démangeaisons les jetèrent à bas de leurs lits. Une lumière bleutée venait de la fenêtre. Sophie regarda dehors et s'émerveilla : tout était blanc. Des flocons de neige tourbillonnaient dans l'air calme. Une joie irraisonnée envahit la jeune femme, comme si, pendant son sommeil, quelqu'un lui eût préparé ce cadeau. Sa gratitude alla d'abord à Nicolas. Entre deux baisers, elle lui demanda s'il croyait qu'on pourrait voyager aujourd'hui malgré le mauvais temps. Il lui apprit qu'en Russie la neige n'effrayait personne.

Habillés en hâte, ils descendirent dans la salle commune pour boire du thé chaud et manger des tranches de pain bis avec de la confiture d'airelles. Antipe avait dormi dans la voiture, afin de surveiller les bagages, mais il n'en paraissait pas moins dispos. Le maître de poste, en revanche, était au désespoir. Coup sur coup, il avait dû donner, à l'aube, quatre chevaux d'Etat à un général, trois à un colonel, trois autres au maréchal de la noblesse de Pskov. Il ne lui restait plus à l'écurie que deux bêtes privées, dont l'une était blessée au genou. Et, dans le vestibule, un courrier de cabinet glapissait encore des injures en brandissant le permis officiel qui lui attribuait une troïka par priorité.

— Nous ne sommes pas encore partis ! grommela Nicolas.

Il expliqua à Sophie que les fonctionnaires civils et militaires, munis d'un ordre de route, avaient droit à un nombre de chevaux d'autant plus important qu'ils occupaient un grade, ou *tchin*, plus élevé dans l'administration. Lui, par exemple, comme lieutenant en retraite regagnant ses foyers, ne pouvait prétendre qu'à un modeste attelage. Aussi avait-il dû payer le prix fort pour disposer d'une troïka et d'une calèche, à la façon d'un membre du huitième *tchin*, commandant ou assesseur de collège. Cette répartition des individus dans des catégories numérotées selon les services qu'ils rendaient à l'empire sembla puérile à Sophie, mais elle n'osa le dire à Nicolas, car, visiblement, il prenait la chose au sérieux. Sans doute y avait-il une vertu miraculeuse dans le titre, l'épaulette, la lettre de mission, l'œil comminatoire et le cri, car, dix minutes après s'être fait houspiller par le courrier de cabinet, le maître de poste, courbé jusqu'à terre, lui annonçait qu'une troïka l'attendait dans la cour.

Quand cet important personnage se fut envolé dans la neige, porté par un tintement de clochettes, Nicolas menaça le maître de poste de noircir toute une page dans le livre de réclamations si on ne lui amenait pas immédiatement un attelage frais. L'homme fit mine de s'arracher les cheveux, essuya une larme, se signa, et envoya un gamin au prochain village pour tâcher de trouver des chevaux.

— Que ferons-nous d'Antipe ? dit Sophie. Il ne peut voyager à l'extérieur par un temps pareil !

— Mais si, dit Nicolas. Il est bien couvert.

Comprenant qu'on parlait de lui, Antipe roulait des yeux blancs et tournait son bonnet dans ses mains. Nicolas lui rapporta les craintes de Sophie. Alors, la bouche d'Antipe se fendit sur une denture jaune, ébréchée au milieu. Il gloussa de plaisir :

— Comment aurais-je froid, quand je sens que la maison est proche ?

— Tu es content de rentrer chez toi ? demanda Nicolas.

— Oh ! oui, barine ! La France, qu'est-ce que c'est ? Un pays étranger. Les gens y parlent et y vivent à l'envers. C'est en Russie seulement qu'on se sent sur une terre chrétienne. Même la barynia, qui est française, a l'air de trouver que tout est beau chez nous !

— Oui, dit Nicolas, j'espère qu'elle ne sera pas déçue.

— Pourquoi le serait-elle ? Personne ne lui fera de mal. Vous l'avez si bien choisie, barine ! Bonne, douce, le visage clair comme la lune ! Quand elle parle, c'est un ruisseau qui coule ! Je ne comprends rien et ça me désaltère ! Votre honoré père sera si heureux de la voir ! Et votre sœurette plus encore ! Je suis sûr que chacun, là-bas, attend votre arrivée avec impatience et prépare des gâteaux !...

Il réfléchit un moment et ajouta :

— Peut-être que je devrais me marier, moi aussi, en rentrant au village ! Les filles ne manquent pas !

Il cligna de l'œil :

— Eh oui ! je le ferai ! Je le ferai si notre petit père Michel Borissovitch le permet...

Ces derniers mots frappèrent Nicolas et lui rappelèrent l'autorité redoutable du maître de Kachtanovka, qu'il avait failli oublier depuis quelques jours. Le moment de l'épreuve approchait avec une rapidité déconcertante. L'obstacle grandissait à vue d'œil. Bientôt, Nicolas aurait le nez dessus. Agacé, il renvoya Antipe d'un claquement de doigts :

— Tu bavardes ! Tu bavardes ! Va voir si on amène les chevaux !

— Qu'a-t-il dit ? demanda Sophie.

— Rien d'intéressant... Il est pressé d'arriver !

Elle sourit :

— Moi aussi, Nicolas ! Songez que notre vraie vie ne commencera qu'au terme de ce voyage. Parlez-moi encore de votre père, de votre sœur...

Nicolas appréhendait par-dessus tout ce genre de conversation. Plus Sophie se montrait affectueuse dans ses questions, plus il se sentait bourrelé de remords. A tout prendre, il l'eût préférée indifférente. Antipe le tira d'embarras en revenant, la mine épanouie :

— Les chevaux sont là, barine !

Cette fois, le cocher était un gamin de quinze ans. Sophie s'en émut, mais Nicolas lui affirma qu'à cet âge, en Russie, les enfants étaient aussi hardis que des hommes. En effet, dès le départ, le garçon mena son attelage à un train d'enfer. Heureusement, la neige fraîchement tombée opposait quelque résistance au jeu des roues. Attelés à un traîneau, les chevaux eussent versé leur charge au premier tournant. La campagne était enfarinée à perte de vue. Dans cette blancheur, se balançaient trois crinières noires. Les clochettes tintaient au milieu d'un silence sidéral. Des flocons légers flottaient dans l'espace et venaient mourir en gouttelettes fraîches sur les lèvres de Sophie. Puis, les points blancs se resserrèrent, s'épaissirent, tremblèrent, bondirent avec rage à la face des voyageurs. Un vent violent rasa le sol, soulevant comme une fumée d'albâtre sur les talus. En un clin d'œil, les fossés furent nivelés, la route balayée, effacée, les arbres noyés dans la brume. On ne distinguait plus rien à quatre pas devant soi. Inquiète, Sophie jeta un regard à Nicolas. Il riait, la figure mouillée, enneigée, avec des sourcils de vieillard et des joues d'enfant.

— Ce n'est rien ! cria-t-il. Un chasse-neige !

Elle se rappela les douze prisonniers qui voyageaient, les fers au chevilles, dans des charrettes découvertes. Son cœur se crispa d'une pitié qui ressemblait à un repentir. Et Antipe ? N'était-il pas mort de froid, cramponné aux bagages, entre les ressorts ? Ne l'avait-on pas perdu en route ? Cette crainte la poursuivit jusqu'au prochain relais. Ce fut avec soulagement qu'elle vit apparaître, au bord du chemin, dans une tempête de peluche, la maison de poste avec son inévitable fronton de bois blanchi à la chaux et ses colonnes de mortier. Les chevaux s'arrêtèrent en soufflant dans la cour. Avant même que Sophie eût rejeté les couvertures qui la protégeaient, un fantôme polaire se précipita pour l'aider à descendre. Antipe était sain et sauf, les joues bleues, des glaçons aux narines et le bonnet à la main.

3

Arrivés à Pskov tard dans la soirée, les voyageurs passèrent la nuit à la maison de poste, qui était grande, propre, et fournissait même du linge avec la chambre. Le lendemain matin, Nicolas expliqua d'un air embarrassé à Sophie qu'il préférait se rendre seul à Kachtanovka, en éclaireur. Son père, disait-il, n'aimait pas les visites à l'improviste. Il valait mieux l'avertir que sa belle-fille était sur le point de se présenter à lui. Sophie approuva ce programme, qui lui laissait le temps de se délasser et de s'apprêter à une rencontre si importante. Comme la propriété familiale ne se trouvait qu'à cinq verstes de la ville, Nicolas comptait revenir chercher sa femme vers midi. En embrassant Sophie sur le seuil de leur chambre, il murmura tendrement :

— A bientôt ! Faites-vous belle !

Il lui souriait avec amour, avec confiance, mais son angoisse était aussi forte que s'il l'eût quittée pour se battre en duel contre un adversaire implacable. Dans le tumulte de ses idées, il ne prévoyait même pas les phrases qu'il dirait à son père. La clarté, pensait-il, jaillirait de la discussion, en dehors de leur volonté à tous deux. Il remporterait la victoire, parce que Dieu ne pouvait tolérer que Sophie fût venue de France pour subir l'injure d'un refus.

Debout à la fenêtre, elle le vit esquisser un signe de croix avant de monter en voiture et s'amusa de cette propension russe à mettre de la religion dans tout. Antipe, qui ne devait pas accompagner son maître ce matin-là, demeura plié en deux, près du porche, jusqu'au moment où les chevaux s'ébranlèrent. Alors, il se redressa, tourna les yeux vers la fenêtre, aperçut la barynia et pouffa de rire. Sophie ne put s'empêcher de rire, elle aussi. Elle avait pris en affection cet espèce de pitre à la chevelure hirsute et à la peau tannée, qui s'accommodait aussi bien du soleil que de la neige, dormait on ne savait où, se nourrissait d'on ne savait quoi, volait un peu, priait beaucoup, ne se lavait jamais et rayonnait du plaisir de vivre. « C'est un serf, se dit-elle. Comment se fait-il qu'il ait l'air heureux de son sort ? Est-ce de l'inconscience, de la sagesse, de la paresse, de la résignation ? » Elevant deux doigts au-dessus de sa bouche ouverte, Antipe fit le simulacre d'avaler un hareng, se frotta le ventre du plat de la main et, avec un dandinement comique, se dirigea vers les cuisines.

La cour resta vide pendant une minute. Puis, une équipe de moujiks arriva, portant des balais et des pelles. Ils se mirent à rejeter la neige sur les côtés. Des calèches, des charrettes, des *tarantass* dressaient leurs timons noirs derrière un monticule blanc. Une épaisse fumée sortait des écuries. Les boules de crottin brillaient comme des tas d'or.

Longtemps, Sophie regarda les allées et venues des hommes et des bêtes devant le péristyle. Son changement de vie lui plaisait chaque jour davantage. La France lui paraissait si petite, si lointaine !... Elle sortit dans le corridor et battit des mains. Nicolas avait donné des instructions pour qu'on apportât de l'eau chaude à sa femme dès qu'elle en exprimerait le désir. Deux servantes surgirent du bout du couloir, traînant des seaux et un baquet de bois. Elles étaient jeunes et roses, un mouchoir d'indienne sur les cheveux, le corps perdu dans une robe roide à bretelles, dont le décolleté découvrait une chemise brodée de gros points. L'une était pieds nus, malgré le froid, l'autre portait des bottes noires, grimaçantes, qui, sans doute, appartenaient à un homme. Elles versèrent l'eau dans le baquet et demandèrent par signes, à Sophie, si elle voulait être aidée dans ses ablutions. Elle secoua la tête négativement, laissa les jeunes filles renifler avec extase son savon aux amandes, admirer son linge, puis les mit à la porte et tira le verrou.

Les soins de son corps l'occupèrent plus d'une heure. Après s'être lavée et parfumée, elle s'étendit mollement sur le lit et rêva. Dans un coin, la flamme d'une veilleuse brûlait sous une icône dorée et noire. De tendres craquements venaient du poêle qui chauffait la chambre. Une dentelle de givre fin irisait les vitres. Des voix russes bourdonnaient dans le corridor. Malgré cette impression de dépaysement, Sophie ne craignait plus de décevoir les proches de Nicolas, ni d'être déçue par eux. A quelques heures de les rencontrer, elle éprouvait même l'agréable assurance d'une coquette habituée à plaire. Sur un fauteuil, les vêtements qu'elle avait choisis attendaient : une robe en velours flamme de punch, ornée de nœuds en satin ton sur ton, avec un col rabattu et une ceinture à boucle ; pour sortir, elle coifferait sa jolie capote à plumes noires et enfilerait une ample witchoura, garnie de petit-gris.

Impatiente de se voir dans ces atours, elle se leva et se mit à s'habiller devant la vieille glace ovale qui pendait au-dessus d'une commode. Une fois prête, elle appela les servantes pour qu'elles emportassent le baquet et les seaux. Les deux filles joignirent les mains et se récrièrent d'admiration devant l'élégance de la barynia. Elle les gratifia d'un pourboire et, n'ayant plus rien à faire, essaya d'imaginer Nicolas arrivant dans sa famille.

* * *

La neige précoce tenait sur les talus, mais fondait en fleuve limoneux dans l'allée. A chaque tour de roue, des gerbes de boue grise sautaient aux flancs haletants des chevaux. Deux rangées de hauts sapins noirs conduisaient à une trouée de lumière. Penché en avant, Nicolas voyait venir avec émotion la maison de son enfance, grande, carrée, tranquille, avec ses murs enduits d'un crépi rose, son toit vert chou, glacé de plaques blanches, et ses quatre colonnes soutenant un fronton grec. Le soleil se reflétait dans les vitres. Une mare s'étalait devant le perron. Des aboiements retentirent. Un chien noir courut derrière la voiture, les oreilles battantes, la gueule en feu. Nicolas cria :

— Joutchok !

Les appels furieux se transformèrent en jappements d'allégresse. Absorbé dans ses pensées, Nicolas remarqua cependant que le vieux sapin du tournant n'était plus à son poste et que la toiture de la cabane de bains, à demi masquée par les broussailles, avait enfin été réparée. Jadis, c'était dans cette bicoque pourrie qu'il allait se cacher avec Marie pour échapper aux remontrances de M. Lesur ou de la bonne d'enfant, la *niania*, Vassilissa. Aujourd'hui, il refusait de se laisser attendrir par ces souvenirs. Pour être fort, il lui fallait oublier qu'il avait été jeune en ces lieux. C'était en homme mûr et résolu, et non en adolescent craintif, qu'il devait aborder son père.

Des moujiks, chargés de fagots, se montrèrent sur le chemin. Le jeune barine n'ayant pas annoncé son arrivée, on le saluait bien bas en hésitant à le reconnaître. Lui, cependant, considérait avec appréhension les colonnes du péristyle. Sa tension d'esprit était telle, qu'au moment de mettre pied à terre il se sentit comme exclu de la réalité. Déjà, de tous côtés, accouraient des serviteurs aux mines ahuries, réjouies :

— Ah ! mon Dieu ! C'est lui ! C'est bien lui !...

La vieille *niania*, Vassilissa, apparut au milieu du groupe. Elle avait un visage blet, dont les rondeurs semblaient faites de pommes superposées : deux pour les joues, une pour le front, une pour le menton. Avec un râle jailli du ventre, elle se jeta sur Nicolas, l'étreignit, le palpa, lui baisa les mains.

— Mon petit faucon ! balbutiait-elle. Mon soleil rouge revenu sur la terre ! Que la Très Sainte Vierge soit mille fois bénie pour l'instant où je te revois !

Agacé par ce train de cajoleries, Nicolas se délivra rudement de Vassilissa, gravit le perron, pénétra dans le vestibule, entendit une faible exclamation et reçut Marie contre sa poitrine.

— Nicolas, est-ce possible ? s'écria-t-elle. Pourquoi ne nous as-tu pas prévenus ? Oh ! que je suis heureuse ! Tu ne vas pas repartir, au moins ?

— Non, dit-il en l'embrassant avec douceur.

Soudain, elle fit un pas en arrière et s'étonna :

— Mais, tu n'es pas en uniforme !

— J'ai démissionné.

— Cela signifie que tu as quitté l'armée ?

— Oui.

— C'est très grave !
— Nullement.
— Pourquoi as-tu fait cela ?
— Je te l'expliquerai plus tard ! Comment va notre père ?

Le petit visage de Marie se crispa. Les coins de ses lèvres s'abaissèrent. Elle avait des taches de rousseur sur les pommettes.

— Ah ! tu ne sais pas ? dit-elle. Il a été très malade. Nous avons même cru qu'il allait mourir...

L'esprit de Nicolas se dispersa, partagé entre la stupéfaction, la honte et une sorte de terreur mystique. Braquant sur sa sœur un regard effaré, il marmonna :

— Mourir ?... Comment cela, mourir ?... Qu'a-t-il eu ?...
— Une fluxion de poitrine !... Si tu l'avais vu !... A chaque quinte de toux, je pensais qu'il rendait l'âme... Il étouffait, il délirait... Le médecin l'a saigné plusieurs fois, très fort... La fièvre a baissé... Je t'ai écrit aussitôt : tu n'as pas dû recevoir ma lettre...
— Non. Mais, dis-moi, maintenant ?...
— Il est guéri, mais sa faiblesse est très grande. Il doit prendre beaucoup de précautions. Tout le fatigue, tout l'irrite...
— Quand est-il tombé malade ?
— Il y a six semaines environ.

Nicolas tressaillit : une corrélation horrible s'établit dans sa pensée entre son insubordination filiale et la maladie qui avait frappé son père. Ceci était le châtiment de cela. Convaincu de sa responsabilité par-delà toute explication humaine, il n'osait plus regarder sa sœur dans les yeux.

— T'a-t-il parlé de moi dernièrement ? demanda-t-il.
— Bien sûr ! Hier matin encore, il s'inquiétait d'être sans nouvelles de toi depuis si longtemps ! Il voulait écrire directement au prince Volkonsky...
— Il ne l'a pas fait, j'espère ?
— Non ! Je l'en ai dissuadé. Je lui ai dit que si tu ne donnais pas signe de vie, c'était parce que tu te préparais à revenir en permission... Tu ne supposais pas que j'avais un don de voyante, hein ?

Elle se mit à rire en secouant la tête. Ses nattes blondes volèrent autour d'elle. Dans la gaieté, son frais visage de seize ans, aux yeux bleus, aux lèvres charnues, prit une expression de femme. « Comme elle a changé en quelques mois ! pensa-t-il. Sa taille s'est formée, son teint s'est éclairci, ses gestes sont devenus plus gracieux... »

— Après tout, dit-elle, tu ne me plais pas moins en civil qu'en militaire ! Toutes les demoiselles des environs vont être en émoi !

Il haussa les épaules.

— Si ! Si ! s'écria-t-elle. J'en connais au moins deux qui auront des battements de cœur. Veux-tu que je te dise qui ?
— Non, murmura-t-il. Je t'en prie.

Il souffrait de ces taquineries charmantes adressées à un jeune homme qu'il n'était plus et dont le passé même lui paraissait incroyable.

— Tu as raison, dit Marie. Elles ne sont pas assez belles pour toi ! Viens vite ! Père est dans son bureau. Ce sera une telle joie pour lui de te revoir !

Elle prit la main de Nicolas. Mais, au lieu de la suivre, il s'alourdit, s'enracina dans le vestibule. Une tête de loup, les babines retroussées, les crocs à découvert, dominait la porte. A gauche et à droite, sur le mur de bois peint en jaune, pendaient des fusils, des coutelas, des cravaches. L'odeur hivernale de la maison n'avait pas changé : fumée de bois, cire d'abeille et marinade. Nicolas aspira profondément cet air nourricier de son enfance. Sa volonté mollit. Il balbutia :

— Marie, je ne suis pas revenu seul.

— Tu es avec un ami ? dit-elle d'un ton de curiosité amusée.

— Non, avec une femme. Avec ma femme. Je me suis marié en France.

Marie ouvrit la bouche, écarquilla les prunelles et referma ses doigts sur le dossier d'une chaise. L'étonnement, la tristesse pâlissaient son visage. Son menton tremblait.

— Père est-il au courant ? demanda-t-elle enfin.

— Non, dit Nicolas. Je lui avais écrit pour implorer sa bénédiction ; il me l'a refusée ; j'ai passé outre...

La jeune fille porta les deux mains à ses tempes et se comprima la tête comme pour l'empêcher d'éclater. Ses yeux s'emplirent de larmes :

— Oh ! Nicolas ! Comment as-tu pu ? gémit-elle. Comment as-tu pu désobéir à notre père ?

— Je n'avais pas le choix, dit-il. J'étais amoureux. Il ne voulait pas le comprendre. Je suis sûr qu'il n'a jamais fait allusion devant toi à mon projet !

— Non... Pour lui, je ne suis qu'une enfant... Il ne me raconte rien... Ta femme, Nicolas, n'est-ce pas cette personne dont tu m'as parlé à ta dernière permission, cette si belle et si noble Française ?

— Oui, dit-il. Quand tu la connaîtras, tu seras conquise.

Marie essuya ses paupières avec le revers de son poignet.

— C'est égal ! soupira-t-elle. Tu n'aurais pas dû ! Tu n'avais pas le droit ! Dieu te voit et te juge ! Que vas-tu faire maintenant ?

— Dire la vérité à père.

— Tu es fou ? s'écria-t-elle. Dans l'état où il est, tu le tuerais !

Déconcerté, il baissa la tête. Marie avait raison : cette maladie compliquait tout.

— Je suis perdu ! chuchota-t-il. Je ne peux pourtant pas repartir sans avoir vu mon père ! Et si je le vois, saurai-je lui cacher ce que j'ai sur le cœur ? Et si je le quitte sans lui avoir rien dit, comment expliquerai-je à Sophie qu'elle ne doit plus compter se rendre à Kachtanovka ?

— Où est-elle en ce moment ? demanda Marie.

— A la maison de poste, à Pskov. Elle m'attend. Elle se prépare. Elle est persuadée que je vais revenir la chercher pour la conduire ici...

— C'est abominable ! dit Marie. Je la plains de toute mon âme. Mais tant pis...

Les yeux de la jeune fille étincelèrent de fierté. Elle reprit d'une voix rauque :

— Oui, tant pis pour elle ! Tant pis pour vous deux ! Tu ne dois rien dire à père ! Il est vieux, malade ! Vous, vous êtes jeunes ! Vous êtes forts ! Vous irez vivre ailleurs. Invente n'importe quel prétexte, mais épargne-le ! Laisse-le dans l'ignorance, je t'en supplie !...

— Encore un mensonge ! dit Nicolas.

— Celui-ci, du moins, Dieu te le pardonnera ! dit Marie. Peut-être même rachètera-t-il tous les autres !

Un pas se rapprochait. Marie serra convulsivement la main de son frère :

— C'est lui ! Promets-moi, promets-moi, Nicolas !

La porte s'ouvrit lentement. Michel Borissovitch Ozareff apparut dans une ample robe de chambre olive à brandebourgs. Sa taille de géant s'était un peu voûtée. La maladie avait pâli et ridé son visage aux grands traits rudes, encadré de favoris poivre et sel. Mais les yeux étaient aussi vifs qu'autrefois, sous les sourcils noirs ébouriffés. Muet, la tête haute, il semblait attendre la soumission de son fils. Nicolas lui baisa la main.

— Je savais que tu viendrais ce matin, dit Michel Borissovitch d'une voix essoufflée.

La surprise de Nicolas fut telle qu'il soupçonna son père de n'avoir plus toute sa raison. Le frère et la sœur échangèrent un regard apitoyé. Puis, Marie dit avec l'enjouement pénible d'une garde-malade :

— Eh bien ! père, vous êtes plus perspicace que moi ! J'avoue que, tout à l'heure, en voyant Nicolas dans le vestibule, j'ai cru qu'il nous tombait du ciel. N'est-ce pas qu'il a bonne mine ?

— Meilleure mine que moi, en tout cas ! dit Michel Borissovitch. Tu sais l'histoire, mon fils ?

— Oui, oui, bredouilla Nicolas. Marie m'a raconté. Mais vous voici tout à fait rétabli, maintenant. Quitte pour la peur !

Michel Borissovitch développa ses larges épaules de bûcheron.

— Je n'ai pas eu peur, dit-il. Trop de gens m'attendent là-haut pour que je ne ressente pas l'envie de les rejoindre ! Et, d'autre part, ce qui se passe sur terre n'est pas beau, pas beau du tout ! Viens, nous allons bavarder entre hommes.

Nicolas suivit son père dans le bureau, où régnait toujours le même désordre de papiers, de livres, la même odeur de pipe et le même reflet bleuâtre sur les sièges de cuir noir. De lourds rideaux épinard bordaient la fenêtre. Tous les bibelots, presse-papiers, candélabres étaient en malachite. Michel Borissovitch ouvrit une bonbonnière taillée dans un bloc de pierre verte, y cueillit une réglisse, la fourra dans sa bouche, s'assit dans un fauteuil et désigna une chaise à son fils. Il y eut un long silence. Le maître de Kachtanovka reprenait sa respiration. Une lueur d'acier brilla sous la barre sombre de ses sourcils. Soudain, il demanda :

— Quelle est cette femme avec qui tu es descendu à la maison de poste ?

Nicolas éprouva un coup sourd dans la poitrine.

— Oui, poursuivit Michel Borissovitch, si je t'ai dit que je t'attendais ce matin, c'est parce que j'ai été prévenu, dès hier soir, de ton arrivée à Pskov. Cela t'étonne ? Tu devrais savoir qu'en province les nouvelles vont vite

Quelqu'un t'a vu au relais. Habillé en bourgeois ! Démissionnaire pour convenances personnelles !

Abasourdi, Nicolas songea que cette scène était sans rapport avec tout ce qu'il avait prévu, et la conscience de son impéritie l'accabla. Puis, brusquement, il se sentit soulagé de n'avoir plus à feindre. Un autre que lui avait fait éclater la nouvelle. Quoi qu'il advînt, Marie ne pourrait plus lui reprocher d'avoir manqué de ménagements envers son père.

— Elle est française, m'a-t-on dit, reprit Michel Borissovitch sans hausser le ton. J'en déduis que c'est la même personne dont tu m'as entretenu dans ta dernière lettre.

— Oui, père.

— Comment a-t-elle pu accepter de t'accompagner jusqu'ici ?

— Parce qu'elle est ma femme, dit Nicolas avec élan.

Et il banda ses muscles pour résister au choc. Mais l'explosion qu'il redoutait ne se produisit pas. Il y eut comme un frisson sur toute la figure de Michel Borissovitch. Ses prunelles vacillèrent avant de reprendre leur fixité et leur éclat. Sa mâchoire carrée s'avança dans un mouvement de carnassier. Il se leva, fit trois pas lourdement dans la pièce. Nicolas demeurait assis, n'osant rompre le silence par crainte d'aggraver son cas. Des secondes passèrent. Enfin, Michel Borissovitch se campa, les poings sur les hanches, devant son fils, le regarda avec tristesse et prononça d'une voix enrouée :

— Ainsi, tu l'as épousée malgré mon interdiction !

— Pardonnez-moi, père ! s'écria Nicolas. Pour la première fois de ma vie, il m'a été impossible de vous obéir.

— Impossible ? dit Michel Borissovitch en levant les sourcils. Et pourquoi, s'il te plaît ?

— Parce qu'en me soumettant à votre volonté, j'aurais sacrifié mon amour pour une femme admirable !

— C'est vrai ! grogna Michel Borissovitch avec un faible éclat de rire. L'amour ! J'oubliais l'amour ! Rien à dire ! C'est de ton âge !

Sa bouche riait toujours dans un visage las et sinistre. Il n'était donc pas fâché ? Il acceptait sa défaite ? Cette attitude conciliante renforça Nicolas dans l'idée que son père était déprimé par la maladie.

— Eh ! oui, continua Michel Borissovitch, la guerre a fait de toi un homme. On t'a donné le droit de tuer, tu as pris celui de te marier. Comment l'autorité d'un père résisterait-elle à un cataclysme qui a bouleversé le monde ? Je ne compte plus pour toi !

— Mais si, père...

— Allons ! pas de politesse ! C'est toi, maintenant, et non moi, qui décides ! Il faudra que je m'y habitue ! On entre dans ma famille comme dans un moulin ! Je suis le dernier prévenu !...

Sur le point de s'emporter, il se calma avec effort, son regard se radoucit

— Ma femme est on ne peut plus digne de votre affection, dit Nicolas.

— Certainement ! Certainement ! Je te fais confiance ! Mais cette intéressante jeune personne doit se languir à Pskov. Pourquoi ne l'as-tu pas amenée avec toi ?

— Je voulais vous parler d'abord, par déférence.

Un écho moqueur répéta :

— Par déférence ?

Dominant son fils, Michel Borissovitch hochait la tête et marmonnait :

— Par déférence ? Oui, oui ! Je suis très touché. Mais c'est trop d'égards, mon fils. Après tout, puisque cette femme est ton épouse, nous n'avons qu'à nous incliner, sa place est dans notre maison...

Nicolas n'en croyait pas ses oreilles. Les difficultés s'aplanissaient d'elles-mêmes. Marchant sur un adversaire, il découvrait un allié. Certes, le ton de son père était parfois étrange, mais il ne fallait pas lui en demander trop. Blessé dans son amour-propre, Michel Borissovitch se consolait en affectant l'ironie.

— Vraiment, père, vous ne m'en voulez pas ? dit Nicolas en se levant.

Michel Borissovitch ouvrit les bras et les laissa retomber le long de son corps :

— Ton bonheur avant tout, mon enfant !... Les vieux sont faits pour qu'on les écrase... Je plaisante !... Tu ne m'écrases nullement !... Tu me pousses un peu sur le côté, c'est tout !... Comment s'appelle ma belle-fille ?

— Sophie, père, je vous l'avais écrit.

— Tu m'excuseras, je l'avais oublié, depuis le temps ! Sophie ! Sophie ! Sophie Ozareff ! Pourquoi pas ? Bien entendu, elle ne sait pas un mot de russe !... Aucune importance, puisque ici nous savons tous le français... J'ai hâte de connaître ma bru parisienne...

— Est-il possible, père ?...

— Mais oui ! Qu'y a-t-il d'étonnant à cela ? Aujourd'hui, je suis un peu fatigué... Mais, demain... Viens demain avec elle... Pour le dîner... — et pour le reste de la vie...

Un torrent de joie emporta les idées de Nicolas. Jamais, dans ses rêves les plus fous, il n'avait imaginé une conclusion aussi heureuse à son aventure.

— Comment vous remercier ? balbutia-t-il. Vous êtes le meilleur des hommes ! Si vous saviez comme je regrette de vous avoir surpris, tourmenté, en un moment où vous avez surtout besoin de ménagements !...

Michel Borissovitch cambra la taille. Le sang colora ses joues flasques. Ses narines s'enflèrent.

— Détrompe-toi, Nicolas, dit-il. Je ne me suis jamais mieux porté. A demain.

Et, d'un mouvement du menton, il lui désigna la porte.

Chaque fois que Sophie entendait le bruit d'un équipage, elle se précipitait, le cœur battant, à la fenêtre. A mesure que l'heure avançait, une nervosité grandissante se mêlait à son allégresse. Enfin, après vingt déceptions, la voiture qu'elle attendait passa le porche, un valet d'écurie saisit le limonier au mors et Nicolas mit pied à terre. Pendant qu'il traversait la cour, elle vérifia une dernière fois sa coiffure, donna quelques tapes sur ses manches pour les défriper et, rayonnante de grâce, ouvrit la porte.

Elle espérait voir son mari bouleversé par la joie et s'étonna de constater qu'il avait un visage pensif. Sans dire un mot, il jeta son chapeau sur un coffre et saisit Sophie dans ses bras. Avait-il seulement remarqué qu'elle portait une nouvelle robe ? Les joues de Nicolas étaient gelées par le vent de la course. Son baiser eut un goût de neige. Sophie se détacha de lui et demanda :

— Comment avez-vous trouvé votre père ?

— Pas très bien, dit Nicolas.

Elle tressaillit, alarmée, et le considéra plus attentivement :

— Il est malade ?

— Il l'a été. Et gravement ! Une fluxion de poitrine.

— Mais c'est affreux, Nicolas ! s'écria-t-elle. Allons vite auprès de lui !

Il l'arrêta :

— Non, Sophie. Mon père a besoin de beaucoup de repos. Il préfère ne nous recevoir que demain.

Les yeux de Sophie s'attristèrent. Craignant de l'avoir trop brutalement déçue, Nicolas reprit avec un sourire :

— En tout cas, il se réjouit de faire votre connaissance. Il m'a chargé de mille choses aimables pour vous...

Les mots passaient difficilement dans sa gorge. Après s'être félicité de sa victoire, il était presque déçu de l'avoir si aisément remportée. Une sorte de remords lui venait à l'idée que son succès était dû à l'extrême fatigue de son père. Par amour filial, il eût souhaité que Michel Borissovitch s'indignât, criât, jetât ses foudres, comme d'habitude, avant de céder à la raison.

— Nous irons donc le voir demain, dit Sophie. Ce sera un grand jour pour moi.

Il recula de deux pas, la contempla des pieds à la tête avec une admiration coupable et murmura :

— Vous remettrez cette robe, n'est-ce pas ? Elle vous va si bien !

4

Assise entre Nicolas et Marie dans le grand salon de Kachtanovka, Sophie parlait avec animation de Paris, du voyage, de ses premières impressions russes, pour essayer de lutter contre la gêne qui s'était emparée d'elle à son entrée dans la maison. Son beau-père n'était même pas sorti de son appartement pour l'accueillir. Elle l'excusait, sachant qu'il était convalescent, mais son regret n'en était pas moins vif. Paraîtrait-il seulement à deux heures, pour le dîner, ainsi que l'assurait Marie ? C'était la jeune fille qui avait installé les voyageurs dans leur chambre, au premier étage. Sophie jugeait sa belle-sœur passablement jolie, mais trop timide, presque sauvage, avec une sorte d'hostilité mélancolique dans le regard. Quant à M. Lesur, il se révélait d'une obséquiosité et d'une légèreté affligeantes. Sa joie de retrouver une compatriote le faisait bégayer. En ce moment, il rassemblait tous les livres français de Kachtanovka pour les porter dans « le nid du jeune couple », selon sa propre formule. On l'entendait aller et venir dans le couloir sur ses talons claquants. Soudain, il y eut un bruit de volumes tombant par terre et Marie éclata d'un rire nerveux.

— M. Lesur se donne vraiment trop de mal ! dit Sophie. Je ne suis pas si pressée de me plonger dans la lecture !

— Laissez-le faire ! dit Marie. Il voudrait tellement vous être agréable ! Et il n'est pas le seul ! Nous souhaitons tous que vous vous plaisiez à Kachtanovka !...

Il y avait de l'affectation dans ces paroles. Sophie le ressentit et son malaise augmenta. Elle examina son mari à la dérobée. Lui aussi paraissait bizarre, guindé, vigilant.

— Tu devrais aller voir si père est bientôt prêt, dit-il à sa sœur.

— Il sait que nous dînons dans une demi-heure, répliqua Marie. Je ne veux pas le déranger pendant qu'il se prépare.

Sophie détourna la tête. Son regard rencontra, derrière la croisée, deux visages de paysannes au nez aplati contre le carreau. Longeant le mur extérieur de la maison, elles étaient venues admirer l'épouse que le jeune barine avait ramenée de France. Le temps d'un battement de paupières, et elles disparurent, affolées de leur audace. Un petit garçon roux les remplaça. Il devait être monté sur une pierre pour atteindre le rebord de la fenêtre. Sophie lui sourit. Il prit peur et s'envola à son tour. Une taloche retentit au loin.

Combien pouvait-il y avoir de domestiques à Kachtanovka ? Vingt ? Trente ? Quarante ?... Depuis son arrivée, Sophie avait entrevu la vieille *niania* Vassilissa, un valet de pied au crâne rasé, un cocher dans sa longue houppelande bleue à ceinture pourpre, des soubrettes dodues, coiffées de diadèmes de verroterie avec des rubans rouges dans leurs tresses, un gamin, le *kazatchok*, en blouse de calicot, dont l'unique travail consistait à porter des ordres, au pas de course, à travers les couloirs, des blanchisseuses, des filles de charge, un cuisinier tartare, l'homme du chauffage, qui avait les mains noires et les cils roussis, la femme de l'économat, reconnaissable à l'énorme trousseau de clefs qui pendait sur son ventre... Encore n'était-ce là qu'une faible partie du personnel ! Ainsi que Nicolas l'avait expliqué à Sophie, tous ces gens étaient des serfs attachés à la maison, mais les villages voisins étaient peuplés de serfs attachés à la terre.

— Vous m'excuserez, dit Marie, je vais tout de même m'assurer que père n'a besoin de rien.

Elle quitta la pièce d'une démarche raide. Sa robe rose était démodée, avec une profusion de rubans sur le corsage et aux manches. La masse de ses cheveux blonds, tordus en nattes, semblait trop lourde pour son cou frêle. Elle laissait pendre ses bras comme une pensionnaire à la promenade.

— Votre sœur est charmante, dit Sophie.

— Vous trouvez ?
— Mais oui ! Pour le moment, elle est encore à l'âge intermédiaire. Vous verrez, dans quelques années...
— Je suis content qu'elle vous plaise ! s'écria Nicolas. Savez-vous que, de votre côté, vous lui avez produit une très forte impression ? Elle vous trouve ravissante, élégante, mystérieuse...
— En tout cas, elle est gentille de vous l'avoir dit, murmura Sophie.
Nicolas lui prit la main et la porta à ses lèvres :
— Sophie ! Sophie ! Je suis si ému de vous voir dans cette maison où je suis né, où j'ai grandi...
Elle hésitait à le croire, car, tout en lui parlant, il surveillait la porte d'un regard inquiet.
— Pourquoi n'avez-vous pas remis votre robe flamme de punch ? demanda-t-il soudain.
— J'ai préféré changer, dit-elle évasivement.
En fait, son beau-père étant à peine rétabli, elle avait estimé plus délicat de s'habiller discrètement pour cette première entrevue.
— Vous êtes déçappointé ? reprit-elle.
— Oh ! non ! C'est parfait ! parfait !...
Il la contemplait et songeait, à part soi, qu'il l'aimait mieux dans sa robe flamme de punch que dans cette redingote très stricte, en tissu beige à rayures brunes, qui lui donnait un air d'amazone. Mais il osait d'autant moins le lui dire qu'il se sentait incompétent sur le chapitre de l'élégance féminine. Sophie, elle, comme toutes les Parisiennes, avait le goût inné des belles choses. En se remémorant les meubles précieux qui ornaient l'hôtel de Lambrefoux, Nicolas craignait qu'elle ne fût déçue par le décor solide, lourd et sans style de Kachtanovka. Ici, les fauteuils étaient de gros bois foncé, avec de fortes tapisseries clouées sur les bords, les commodes ressemblaient à des coffres, les tables étaient construites pour supporter le poids d'un bœuf. Au-dessus d'un clavecin, pendait le portrait d'un ancêtre des Ozareff, qui avait été général sous la grande Catherine. Son regard d'aigle brillait autant que ses décorations. Nicolas jugeait le tableau ridicule. Mais Sophie dit :
— Je n'avais pas remarqué cette toile en entrant. Elle est fort belle.
Et, instantanément, le général de la grande Catherine revint en grâce auprès de Nicolas. Il aurait tellement voulu que, choses et gens, tout dans cette maison enchantât sa femme et fût enchanté par elle ! Mais ce rêve d'harmonie se heurtait à l'humeur capricieuse du maître de Kachtanovka. Que signifiait sa manœuvre de dernière heure ? Nicolas tressaillit en entendant grincer une porte : ce n'était que M. Lesur. Petit, chauve, rose, remuant, il battait l'une contre l'autre ses mains potelées pour les débarrasser de la poussière :
— Ouf ! je vous ai constitué là-haut un petit coin de lecture ! Rien de nouveau, hélas ! Les œuvres françaises sont lentes à pénétrer jusqu'ici !... Mais enfin, Voltaire, Rousseau, Diderot, d'Alembert... Souvent, je savoure la bizarrerie de lire nos encyclopédistes dans cette campagne isolée, inculte, étouffée sous la neige...

Le dernier mot tomba du bord de sa lèvre, mollement, et ses yeux saillirent, son nez pointa vers la porte. Sophie remarqua que Nicolas, lui aussi, se figeait dans l'attention. Pas de doute : l'un et l'autre avaient entendu un bruit, décelé une présence, qu'elle ne percevait pas encore. Peu après, le parquet craqua dans le couloir.

Le personnage qui entra dans le salon étonna Sophie par son aspect grand, pesant et revêche. Il paraissait cinquante-cinq ans. Sa redingote noire était trop étroite pour ses épaules. Au-dessus d'un jabot de dentelle, il balançait un visage blafard, aux yeux à demi clos, aux favoris vaporeux. D'une main, il s'appuyait au bras de Marie, de l'autre il effleurait les meubles au passage.

— Père, dit Nicolas, permettez-moi de vous présenter ma femme.

Comme s'il n'eût rien entendu, Michel Borissovitch continua d'avancer vers Sophie. Elle s'était dressée à son approche. Arrivé devant elle, il leva ses épaisses paupières, la frappa d'un regard aigu tel un coup de couteau, plissa les lèvres et dit en français :

— Charmé ! Charmé !

Il roulait les « r » avec force. Nicolas, qui espérait un accueil plus chaleureux, se consola en pensant que son père avait toujours été d'un abord peu aimable.

— Eh bien, monsieur Lesur, reprit Michel Borissovitch, vous devez être content ! A quoi bon aller en France, puisque la France vient à vous ? Et sous l'aspect le plus gracieux ! Remerciez mon fils !

— Je suppose que Nicolas n'a que faire de mes remerciements, tellement il se félicite lui-même de son choix ! dit M. Lesur avec une courbette.

— Et voilà la machine à compliments remise en marche ! s'écria Michel Borissovitch. Ce qu'il y a de bien avec M. Lesur, c'est qu'on lui lance deux mots, n'importe lesquels, et il en fait un bouquet pour les dames. La galanterie est un art essentiellement français, comme la guerre !

— Les Russes aussi ont prouvé qu'ils sont de grands soldats ! dit M. Lesur.

— Oui, parce que l'ennemi est venu les attaquer chez eux. Mais, autrement, ils sont fort sages. Des agneaux ! Regardez mon fils : à peine la paix est-elle signée qu'il jette son uniforme aux orties !

Le visage de Nicolas s'enflamma.

— Vous savez bien pourquoi j'ai démissionné, père ! dit-il.

— Je le comprends mieux depuis que je vois ta femme. On ne peut servir deux patries à la fois.

— Que voulez-vous dire ? demanda Nicolas d'une voix tremblante.

— ... Qu'ayant épousé une personne aussi délicieuse, tu te dois de lui consacrer tout ton temps, répondit Michel Borissovitch avec un large sourire.

Nicolas poussa un soupir de soulagement. L'orage s'éloignait de lui. Il glissa un coup d'œil à Sophie. Elle était impassible, muette, le regard dur.

Un maître d'hôtel ouvrit la porte à deux battants. Michel Borissovitch offrit le bras, cérémonieusement, à sa belle-fille, pour passer à table. Nicolas et Marie les suivirent. M. Lesur fermait la marche. La salle à manger était sombre et mal chauffée. Un valet de pied se tenait derrière le fauteuil de Michel Borissovitch. Les autres convives n'avaient droit qu'à des chaises. Quand tout le monde fut en place, Michel Borissovitch fit un signe de croix, marmonna quelques mots en russe et enfonça le coin de sa serviette entre le col de sa chemise et son cou. Sophie considérait avec étonnement la quantité de victuailles qui chargeaient la table : salaisons, marinades, charcuteries diverses, salades de poissons, petits pâtés, champignons en sauce, concombres, œufs farcis, hachis de gibier... Tout cela paraissait succulent, mais elle n'avait pas faim. Depuis qu'elle avait fait la connaissance de son beau-père, elle avait la sensation d'être une intruse dans la famille. Dès les hors-d'œuvre, il reprit ses pointes contre M. Lesur :

— Depuis quinze ans qu'il vit en Russie, notre cher M. Lesur n'a pas pu s'habituer à notre cuisine. Il prétend qu'il a le palais trop délicat !

— Je n'ai jamais dit cela, Monsieur ! gémit M. Lesur en avalant une énorme fourchetée de choux aigres.

— Si, vous l'avez dit ! J'ai même voulu, sur le moment, prendre un cuisinier français. Puis, j'ai songé que cela ferait trop de Français dans la maison ! Non que j'aie quelque chose contre vos compatriotes, monsieur Lesur. Ce sont des gens très bien quand ils n'ont pas un Napoléon pour leur tourner la tête. Mais, quelle que soit mon estime pour eux, j'avoue que, si on les laisse faire, ils finiront par gouverner chez nous !

— Pour l'instant, Monsieur, nous ne gouvernons que vos enfants ! murmura M. Lesur. Et je ne pense pas que vous ayez à vous plaindre de l'éducation que nous leur avons donnée !

— Certes non ! dit Michel Borissovitch. Au fond, c'est peut-être parce que Nicolas a eu un précepteur français qu'il a épousé une Française. Sans vous, il n'aurait même pas su en quelle langue lui parler. Grâces vous soient donc rendues, monsieur Lesur, par moi, par ma belle-fille et par mon fils ! Nous buvons à votre santé !

Il leva son verre et le vida, sans que son geste fût imité par personne. Sophie devait se contenir pour ne pas laisser éclater son indignation. Nicolas lui jeta un regard de détresse et reporta les yeux sur son père. Dans les prunelles de Michel Borissovitch luisait une petite flamme de méchanceté joyeuse. Il avait l'air de conduire un jeu dont les moindres péripéties le comblaient d'aise. Mis dans l'obligation d'accueillir sa belle-fille, il se vengeait à sa façon. « Comment ai-je pu être assez naïf pour croire qu'il accepterait mon mariage ? pensa Nicolas. Il ne m'a bien reçu hier que pour m'humilier plus cruellement aujourd'hui. Et je suis tellement coupable devant lui que, si je proteste, ce sera encore moi qui aurai tort ! Mon Dieu ! fais qu'il se taise, fais que cela finisse bientôt ! » La tension des esprits, autour de la table, créait une atmosphère électrique. M. Lesur avait les joues pourpres, l'œil rond et vexé. La pâleur de Marie était celle d'une malade. Une oie en gelée, un cochon de lait au raifort, un rôti entouré de marrons succédèrent aux hors-d'œuvre. Michel Borissovitch se servait le premier, avec abondance. Il était d'ailleurs le seul à manger de tout. Ses enfants, sa bru, M. Lesur, l'appétit coupé, le regardaient, avec consternation, engouffrer de formidables portions de nourriture.

— Père, dit Marie, vous devriez être plus raisonnable. Le médecin vous a recommandé la diète pendant quelque temps.

— Je puis bien faire une exception le jour où je reçois ma belle-fille, dit-il. Il y a si longtemps que j'attendais le plaisir de la rencontrer !

Il cligna de l'œil à Nicolas, qui baissa la tête et crispa ses dix doigts au bord de la table.

— Ma belle-fille ! reprit Michel Borissovitch. Ma belle, ma très belle fille ! Jamais expression française ne m'a paru plus exacte. Tu sais, Nicolas, elle est telle que tu l'as décrite dans tes nombreuses lettres. Une fleur de France ! Que dites-vous de ce compliment, monsieur Lesur, vous qui êtes un amateur ?

— Je suis ravi, j'approuve ! bredouilla M. Lesur.

— Et vous avez une tête d'enterrement ! gronda Michel Borissovitch. Curieux peuple que les Français ! Chez nous, tout est simple, chacun porte son âme sur la figure ! Chez vous, il faut arracher dix masques avant de trouver la peau !...

Il s'interrompit pour prendre sur le plateau une flûte de pâte feuilletée remplie de crème, avala son dessert en deux bouchées et continua le discours avec entrain :

— C'est comme en politique !... Examinez le cas de la Russie : nous avons un tsar adoré de tous, une foi chrétienne qui dicte le moindre de nos actes, un amour de la patrie qui suffit à soulever le peuple entier contre l'envahisseur... En France, pour être intelligent, il faut dire le contraire de ce que dit son voisin et, si possible, adopter l'opinion du voisin dès qu'il se range à la vôtre. On est pour Napoléon, puis pour Louis XVIII, puis de nouveau pour Napoléon, tout en espérant le retour de Louis XVIII, et enfin pour Louis XVIII en pleurant l'exil de Napoléon à Sainte-Hélène ! Les généraux trahissent à qui mieux mieux, les ministres tournent au vent comme des girouettes. Dans l'état actuel des choses, je me demande s'il existe un Français qui sache réellement ce qu'il veut !

— Soyez-en sûr ! dit Sophie d'un ton sec.

Nicolas frémit de crainte. Sa femme avait sur le visage une expression altière, qui ne laissait aucun doute sur la violence de ses convictions. Le compagnon du coquelicot, en elle, relevait la tête.

— Enfin, j'entends la voix de ma belle-fille ! s'écria Michel Borissovitch. Quelle est donc l'idée de ces Français qui savent ce qu'ils veulent ?

— Elle est simple, répondit Sophie. Combattre les excès du despotisme, réduire l'injustice, donner la même chance de bonheur à chaque individu...

— Et votre roi pourrait appliquer ce programme ?

— Il le pourrait, oui, s'il était mieux entouré. Comme le pourrait votre tsar...

— Vous n'allez pas comparer !... La Russie n'a aucun besoin de réformes !...

— Croyez-vous ? La victoire militaire que l'empereur Alexandre a remportée sur Napoléon ne prouve nullement que tout soit à louer dans votre pays et tout à dénigrer dans le nôtre !

— Vous êtes arrivée en Russie depuis une semaine et vous jugez déjà des défauts et des qualités de la nation russe ? Bravo !

— Ne jugez-vous pas des défauts et des qualités de la nation française sans être jamais allé en France ?

— Vous oubliez que j'ai eu un spécimen de Français sous les yeux pour mon étude : M. Lesur ! ricana Michel Borissovitch.

M. Lesur piqua du nez dans son assiette. De grosses larmes tremblaient dans ses yeux. Sophie froissa nerveusement sa serviette et la jeta sur la table.

— Père, je vous en prie !... balbutia Nicolas.

— Tais-toi ! dit Michel Borissovitch. Ce n'est pas à toi que je parle, mais à ta femme ! Peut-être d'ailleurs me répondra-t-elle que, de son côté, elle a eu un spécimen de Russe à sa disposition : mon fils !

En prononçant ces mots, il se leva de table et se dirigea d'un pas pesant vers la porte. Suffoquée, la tête pleine de bruit, Sophie observa Nicolas, Marie, M. Lesur, pour se convaincre qu'elle ne rêvait pas, qu'ils avaient tout entendu comme elle. Son regard rencontra trois faces mortifiées, à peine vivantes. La foudre était tombée sur la maison. Qu'avaient-ils tous à craindre ce tyranneau de village ? Sophie se rua dans le salon. Comme elle entrait, Michel Borissovitch se retourna d'un bloc. Elle affronta ce visage ridé, moussu, où brillaient deux prunelles grises.

— Je m'étais inquiétée de votre santé, Monsieur ! dit-elle d'une voix haletante. Mais vous devez fort bien vous porter pour prendre plaisir à tourmenter vos proches comme vous le faites ! Est-ce à la France ou à moi personnellement que vous en voulez ?

Michel Borissovitch ne répondit pas. Nicolas et Marie étaient accourus et se tenaient sur le seuil, n'osant avancer par peur de précipiter la catastrophe.

— Cette fois, vous gardez le silence, reprit Sophie, et, en effet, c'est ce que vous avez de mieux à faire ! Je trouve votre conduite indigne d'un homme de cœur ! Il me reste à espérer qu'elle n'est pas dans les usages russes ! Adieu, Monsieur !

Elle sortit du salon dans un grand mouvement de fureur. Nicolas se jeta derrière elle et la rattrapa au bas de l'escalier :

— Sophie, c'est abominable ! Je suis consterné !...

Arrivée sur le palier, elle ouvrit une porte, croyant que c'était celle de sa chambre, se trompa et exhala un soupir. Même les choses, dans cette maison, lui étaient hostiles.

— Où est-ce ? demanda-t-elle.

— Un peu plus loin, dit Nicolas.

Il poussa la porte suivante. Sophie entra dans la chambre, encombrée de bagages. Les malles n'étaient encore qu'à demi déballées. Des robes, des manteaux, du linge traînaient sur tous les sièges et sur les deux lits jumeaux. La vue de ce désordre augmenta le désespoir de la jeune femme. Elle s'abattit sur la poitrine de Nicolas et dit dans un souffle :

— Pardonnez-moi, mon ami, mais je devais répondre comme je l'ai fait.

Ce dîner a été pour moi une épreuve horrible ! Quand je pense à la joie que je me promettais de mon entrée dans votre famille !... Votre père m'a infligé le plus grand affront de mon existence !... Quel homme odieux, plein de haine et de morgue !... Pourquoi me déteste-t-il à ce point ?

— Il ne vous déteste pas, Sophie, je vous le jure ! dit Nicolas en l'embrassant.

— Oh ! si, Nicolas. Votre respect filial vous aveugle ! Il me déteste, je le sais, je le sens ! Mais je ne m'explique pas son revirement à mon égard. Comment a-t-il pu m'accueillir si mal après ce qu'il vous a écrit ?

— Ne parlons plus de cela, Sophie !

— S'il lui déplaisait tant que son fils épousât une Française, il n'avait qu'à ne pas vous donner son consentement !

— Bien sûr ! chuchota Nicolas.

Et il sentit qu'il lui serait impossible de continuer à mentir. L'énorme édifice de ses tromperies craquait de toutes parts, vacillait sous ses pieds. Avec l'affreuse impression de glisser dans le vide, il murmura :

— J'ai un aveu à vous faire, Sophie. Tout est de ma faute. Mon père n'était pas d'accord...

— Pas d'accord ? Sur quoi ?

— Sur notre union.

Elle s'écarta de lui :

— Je ne vous comprends pas, Nicolas ! Vous ne voulez pas dire que... ?

— Si, Sophie !

— Et la lettre ? s'écria-t-elle. La lettre que vous m'avez traduite ?...

— C'était une lettre de refus.

Sophie demeura un instant hébétée. La chambre s'obscurcissait autour d'elle, comme si un nuage eût voilé le soleil. Incapable de réfléchir, elle écoutait vivre sa tête. Soudain, la colère l'envahit avec une violence telle que tout son corps trembla.

— Quand donc avez-vous appris notre mariage à votre père ? dit-elle d'une voix brisée.

— Hier matin. Il s'est fâché. Puis il a eu l'air de me donner raison. Il m'a promis de vous recevoir comme si de rien n'était !

— Vous lui en demandiez trop, Nicolas ! Maintenant, je ne m'étonne plus de sa brutalité, de sa mesquinerie. Mais vous dans tout cela, vous, quel rôle avez-vous joué ? Un menteur, un ignoble menteur !...

— Je n'avais pas le choix, balbutia-t-il. Vous aviez posé vos conditions. Il me fallait gagner du temps, coûte que coûte !

— Et pendant des semaines, reprit-elle, vous avez supporté de me voir confiante, heureuse, fière, alors que vous saviez la honte qui m'attendait ici ! J'ignore si c'est votre comédie ou ma crédulité que je dois admirer le plus !

Elle étouffait. Son regard découvrit dans la glace le reflet d'une robe beige à rayures brunes, et cette vision d'une femme sagement habillée pour la présentation au beau-père acheva de l'exaspérer. Comment avait-elle pu se laisser berner par un homme au point de le suivre, les yeux fermés, à l'autre bout du monde ? Le réveil était terrible ! Seule parmi une foule d'ennemis !

A mille lieues de la France! Trahie, avilie, dépouillée, elle n'avait d'autre recours que la haine contre celui qui l'avait conduite à ce degré d'humiliation. Le beau visage de Nicolas lui faisait horreur.

— Vous êtes un monstre! dit-elle. Jamais un Français n'aurait agi comme vous!

Il pâlit sous l'insulte.

— Sophie, dit-il, j'ai les plus grands torts envers vous, mais, je vous en supplie, écoutez-moi. Je vous ai menti pour sauver notre amour. Je me suis comporté comme un joueur... comme un stupide joueur, qui a perdu sa première mise et risque de plus en plus gros dans l'espoir de tout regagner d'un seul coup. Je vous ai entraînée jusqu'ici parce que j'étais sûr que, finalement, mon père aurait une réaction humaine!... Je ne comprends pas quel vent de folie l'a poussé tout à l'heure...

— Sans doute a-t-il moins que vous l'habitude de dissimuler ses sentiments! dit-elle d'un ton sifflant.

Il voulut lui prendre la main. Elle le repoussa avec répugnance :

— Ne me touchez pas! Ne m'approchez pas! cria-t-elle.

Il baissa la tête :

— Sophie! Ce n'est pas possible! Qu'allons-nous devenir?

— Il est bien temps de vous en inquiéter, Monsieur! dit-elle.

Ce « monsieur » claqua dans la pièce tel un coup de fouet. Nicolas s'assit au bord du lit, entre un chapeau-capote et une robe de velours bleu, et prit son front dans ses mains. Plantée devant lui, Sophie cherchait des mots assez forts pour contenter son besoin de vengeance et n'en trouvait plus. « Le souffleter, le déchirer, le marquer au fer rouge! » Tout en se disant cela, elle convenait qu'il avait l'air sincèrement malheureux. En vérité, il s'était conduit dans cette affaire comme un gamin irresponsable. Sa légèreté prouvait qu'il n'avait aucune expérience de la vie, aucune connaissance des êtres. « J'ai épousé un enfant! » songea-t-elle soudain. Et sa colère se nuança d'indulgence maternelle. Il releva la tête. Son regard toucha Sophie profondément. Elle perçut un petit choc agréable au milieu de son désarroi. Une sensualité sauvage se mêla aux arguments de sa rancune. Il avait des yeux d'une fraîcheur marine. Un pli moelleux descendait de ses narines à sa lèvre supérieure. Et, avec ce visage charmant, il était le plus coupable des hommes!

— Nous ne pouvons rester dans cette maison! dit-elle.

— Vous avez raison, Sophie. Allons-nous-en!

Elle l'entendit à peine, étourdie par une suave gratitude, sans rapport avec ce qu'il disait. Sur le point de se laisser attendrir, elle affirma :

— Je partirai seule!

— Seule? dit-il. Mais voyons, Sophie!... Réfléchissez!... Vous êtes ma femme!... Je vous aime!...

— Taisez-vous! répliqua-t-elle. Quoi que vous disiez, je ne vous croirai plus jamais. Nos routes se séparent.

Elle eut conscience d'exagérer sa pensée, mais elle devait réagir avec force contre la basse tentation du pardon. Sinon, elle serait une de ces épouses rudoyées et consentantes, qui aiment dans le reproche et se soumettent dans le déshonneur. Pour la seconde fois, il tenta de s'approcher d'elle et, pour la seconde fois, elle le cloua sur place d'un regard comminatoire :

— Non, Monsieur ! Si vous avez encore quelque estime pour moi, je vous prie de quitter cette chambre. Je ne veux plus vous voir.

— Mais, Sophie...

— J'ai besoin d'être seule. Comprenez-vous cela ?

— Oui, Sophie.

Elle était si noble dans son courroux que Nicolas n'osa lui demander quand il pourrait revenir, ni ce qu'elle comptait faire en l'attendant. Couvert d'opprobre, il se retira et ferma la porte. Au bas de l'escalier, il trouva sa sœur à l'affût, le visage anxieux.

— Alors ? chuchota-t-elle.

Il balança la tête, tragiquement :

— Tout est perdu, Marie !

Et il passa. Elle courut derrière lui :

— Raconte ! Que dit-elle ?

— Nous nous sommes disputés. Elle ne veut plus de moi.

— Comment cela ? N'êtes-vous pas mari et femme ?

Il sourit de haut à tant d'innocence et demanda :

— Où est notre père ?

— Dans la chambre. Il fait la sieste.

— La sieste ? s'écria Nicolas. Il peut faire la sieste après ce qui s'est passé ? Je vais immédiatement lui dire ce que je pense !...

— Non ! gémit Marie en écartant les bras pour lui couper le chemin. Tu dois le laisser dormir ! Il en a tellement besoin ! Ne lui as-tu pas déjà suffisamment manqué de respect ?

Nicolas hésita une seconde, puis appliqua une claque du plat de la main sur le mur et dit :

— C'est bon ! Je le verrai donc tout à l'heure. Ah ! il peut être fier de son œuvre !

Dans le vestibule, il décrocha son manteau et le jeta sur ses épaules. Marie se pendit à son bras :

— Où vas-tu ?

— Prendre l'air.

Il sortit sur le perron. Un froid vif lui pinça le visage. Des flocons papillonnaient au-dessus d'un paysage incolore. Nicolas s'éloigna de la maison et leva les yeux vers la fenêtre de sa chambre. Ah ! que n'eût-il donné, en cette seconde, pour apercevoir, derrière la vitre, sa femme lui faisant signe de revenir ! Mais il la connaissait trop bien pour espérer un retour en grâce. Sans doute ne lui pardonnerait-elle jamais ! Quelle serait la fin de tout cela ? Comment s'accommoderait-il plus longtemps de ce chagrin et de ce mépris ? Il était enterré vivant sous les ruines de son amour. Il se détestait, il plaignait Sophie, il ne savait d'où lui viendrait la lumière.

Comme il approchait de l'écurie, il entendit la voix d'Antipe, parlant à quelques serviteurs réunis autour des bêtes. Antipe était devenu le héros de

Kachtanovka, celui qui était allé en France à la poursuite de Napoléon et avait goûté dans la capitale les délices d'une vie luxueuse et probablement dissolue.

— Ah ! Paris ! Chaque jour, là-bas, était un dimanche ! disait Antipe. Champagne, poulet à tous les repas. Eh ! que veux-tu, compère ? nous étions les vainqueurs. Il suffisait à un de nos messieurs de lever le petit doigt, et la ville tremblait. Nous-mêmes, les ordonnances, à cause de notre uniforme, les soldats français nous saluaient dans la rue. Une supposition que tu t'ennuies : tu fais un signe de la main, tu dis : « Mademoiselle !... » et te voilà avec une jolie fille à ton bras !...

— Et comment le jeune barine a-t-il connu la sienne ? demanda le palefrenier.

Nicolas craignit d'entendre la réponse d'Antipe et toussota pour annoncer sa venue. La conversation s'arrêta instantanément. « Je n'ai même pas le droit de reprocher à Antipe d'être un menteur, se dit Nicolas, car j'ai menti plus que lui et dans un cas autrement grave ! N'importe qui, maintenant, est plus respectable que moi. Le dernier de mes moujiks n'échangerait pas ses péchés contre les miens, sous le regard de Dieu. »

Il entra dans l'écurie. Les hommes le saluèrent si bas qu'il en eut honte. Ils étaient quatre : le carrossier, le palefrenier, le cocher et Antipe. Pris d'un zèle subit, le palefrenier se mit à tasser avec sa fourche des bottes de foin dans les râteliers. Les chevaux à l'attache tournèrent la tête vers le nouveau venu. Nicolas ordonna de lui seller Vodianoï, un bel alezan à l'encolure fine, mais aux hanches larges et paresseuses.

— Vous n'avez pas un meilleur cheval pour votre barine ? grogna Antipe. A Paris, il ne montait que des pur-sang de race anglaise !

Les rodomontades d'Antipe agaçaient Nicolas. Il eut envie de lui donner un coup sur la nuque pour le faire taire, mais se retint, pensant à Sophie et à la civilisation française.

Vodianoï, sanglé, bridé, frémit des épaules en sortant à l'air libre. Nicolas se mit en selle et sentit avec plaisir ce grand corps d'animal musclé et chaud, docile à la volonté de ses jambes. Dans l'allée principale, bordée de sapins, la neige et la boue formaient un mélange brunâtre, où les sabots enfonçaient profondément. Partout ailleurs, la campagne était d'une blancheur intacte. Regardant droit devant lui, Nicolas accusait, d'un souple mouvement de la taille, l'oscillation régulière du pas. L'air vif le dégrisait, son désarroi s'apaisait dans la solitude. « Nous ne pouvons rester dans cette maison ! » avait dit Sophie. Il l'approuvait sur ce point. Mais peut-être accepterait-elle d'aller vivre avec lui à Saint-Pétersbourg ? Il trouverait un emploi dans un ministère. Ou bien, il reprendrait du service dans l'armée...

Il tourna dans un petit chemin resserré entre deux bosquets et poussa son cheval au trot. A partir de ce moment, son cerveau se soumit au rythme de la course. Il réfléchissait par saccades à des choses vagues et décousues. Vodianoï foulait la neige, s'ébrouait, soufflait devant lui un double jet de vapeur. Les toits d'un village apparurent au loin. Que de fois, dans son enfance, Nicolas s'était rendu là-bas, en traîneau, avec sa sœur et M. Lesur, pour voir les paysans tailler des cuillers de bois ou tresser des chaussures de tille ! Comme il était heureux, alors ! Comme il avait foi en son avenir ! Pour oublier sa déchéance, il lança Vodianoï au galop.

* * *

Sophie entendit frapper à la porte de sa chambre et, immédiatement, se mit sur la défensive. Ce ne pouvait être Nicolas : elle l'avait vu, à la fenêtre, partir à cheval, dans la neige, dix minutes auparavant.
— Qui est là ? demanda-t-elle.
Une voix timide répondit :
— Je vous dérange ?
D'une manière inexplicable pour elle-même, Sophie perdit sa réserve et murmura :
— Entrez, Marie.
La jeune fille se glissa dans la chambre et s'appuya au mur. Elle paraissait bouleversée. Ses yeux étaient humides. Un souffle irrégulier s'échappait de sa bouche entrouverte. Après une seconde de silence, elle dit :
— N'avez-vous besoin de rien ?
Il y avait un contraste étrange entre la banalité de cette question et l'insistance avec laquelle Marie l'avait posée.
— Non, je vous remercie, dit Sophie en souriant.
Comme déçue par la réponse, Marie resta un moment indécise, puis, avec un mouvement garçonnier des épaules, elle demanda encore :
— Vous ne voulez pas venir vous promener avec moi ? Je vous montrerai les alentours de la maison. C'est très joli !
Sophie secoua la tête négativement :
— Je suis fatiguée.
— Rien qu'un petit tour ! dit Marie.
Son regard était une prière.
— Il fait si beau ! reprit-elle. Je ne puis supporter que vous restiez seule dans votre chambre.
Sophie se troubla. Avait-elle tant besoin de sympathie que cette simple invitation suffît à l'émouvoir ?
— Je ne veux rencontrer personne ! dit-elle.
— Je sais ! Je sais ! s'écria Marie. Nicolas m'a dit que vous vous étiez querellés. Je suis sûre que tous les torts sont du côté de mon frère. Mais il n'est pas méchant, je vous le jure... Il est même bon, très bon... Et mon père aussi est très bon, malgré les apparences... Son principal défaut, c'est la taquinerie... Il fait enrager ce pauvre M. Lesur... Avec vous, il a été maladroit !... J'en ai eu tant de peine !... Sa maladie lui a dérangé le caractère... Cela le prend, de temps à autre, comme une crise... Et, le lendemain, il est radieux... Plus un nuage... Tout le monde rit dans la maison... Vous finirez par vous entendre avec lui, par l'aimer !...
Sophie ne répondit pas.
— Vous en doutez ? soupira Marie. Il le faudra bien, pourtant ! Vous êtes

sa belle-fille. Il a le droit de vous dire tout ce qu'il pense, même si cela vous déplaît !

Et, avec un regard d'alliance féminine, elle ajouta :

— C'est le sort des épouses !

Cette résignation prématurée amusa Sophie. Elle se demanda si la docilité était un trait commun à toutes les femmes russes, ou s'il y avait parmi elles, comme parmi les Françaises, quelques esprits indépendants.

— Vous habitez ici toute l'année ? interrogea Sophie.

— Oui, dit Marie, et, vous verrez, on ne s'ennuie pas du tout ! Chaque saison apporte ses joies...

— Je n'aurai guère l'occasion de m'en rendre compte.

— Pourquoi ? Vous ne voulez pas rester avec nous ?

Sophie effleura du bout des doigts le menton de la jeune fille, lui sourit avec une douceur protectrice, et dit, sur le ton d'une grande personne éludant la question d'une enfant :

— J'aimerais voir votre chambre, Marie.

Une exclamation de joie lui partit au visage :

— Vraiment ? Elle n'a rien d'extraordinaire, vous savez ! Vous serez déçue !

Située à l'extrémité du couloir, la chambre de Marie était, en effet, d'une parfaite simplicité. Sophie admira les rideaux, d'un tissu à fleurs jaune et rose, mais trouva que le petit secrétaire d'acajou n'était pas à sa place contre le mur. Elles l'installèrent en face de la fenêtre et se récrièrent. D'un seul coup, le décor était transformé.

— Vous êtes une magicienne ! dit Marie.

Puis, mise en confiance, elle montra à Sophie une miniature sur ivoire représentant une jeune femme au regard triste :

— C'est ma mère. J'avais neuf ans lorsqu'elle est morte. N'est-ce pas que Nicolas lui ressemble ?

— Oui, dit Sophie.

Et, la gorge contractée, ne sachant comment libérer sa brusque tendresse, elle chercha refuge dans le mouvement :

— Maintenant, allons nous promener, Marie !

Elles chaussèrent des bottes fourrées, s'enveloppèrent de gros manteaux, et sortirent dans l'air blanc et froid, qui dansait, qui piquait. Marie prit le bras de sa belle-sœur. Serrées l'une contre l'autre, elles marchaient en chancelant dans la neige molle. Sophie scrutait le paysage, guettant au loin la silhouette d'un cavalier. Mais ses yeux ne rencontraient partout que des étendues livides, immobiles. De quel côté Nicolas était-il parti ? Elle ne voulait même pas le savoir ! Et, cependant, elle continuait à regarder autour d'elle avec intérêt, avec impatience. Elle se trouva soudain au bord d'une étroite rivière.

— Ici, l'été, on pêche, on se baigne... Des voisins viennent nous voir... On organise des jeux, des courses, des pique-niques...

Ainsi parlait Marie, comme si, en énumérant toutes les séductions de

Kachtanovka, elle eût encore espéré retenir cette visiteuse pressée. Puis, Sophie demeurant imperburtable, la jeune fille murmura :

— Je vous ennuie avec mes histoires ! Il faut pourtant que vous sachiez une chose : si vous nous quittez, je serai très triste !

— Allons ! Allons ! Voulez-vous bien vous taire ! dit Sophie en regardant avec attention le jeune visage au nez rose qui se tournait vers elle.

— Très triste, répéta Marie. Mais personne n'en saura rien.

Sophie la vit, frêle, perdue, craintive, malade de rêverie et de solitude, un petit animal en quête d'un maître à aimer. Marie ramassa une poignée de neige et la respira profondément :

— Cela sent la mort, dit-elle.

Et ses yeux s'emplirent de larmes. L'eau de la rivière chantait entre les berges blanches.

— Est-ce qu'il y a de la neige à Paris ? demanda Marie.

— Oui, dit Sophie. Mais elle est moins abondante et moins propre qu'ici.

— J'aimerais aller à Paris !

— Vous irez un jour...

— Oh ! non. Il n'y a pas de chance !...

— Pourquoi, Marie ? A votre âge, je ne me doutais guère que je viendrais en Russie. Et, vous voyez...

— Vous, c'est différent ! Vous êtes belle ! Vous êtes libre ! Vous l'avez toujours été, cela se sent ! Comment vit-on à Paris ? Comment s'habillent les femmes ?

— A peu près comme en Russie.

— Je suis sûre que non ! Si j'osais, je vous demanderais de me montrer vos robes !

Sophie rit légèrement et pressa la petite main gantée de Marie :

— Vous y tenez vraiment ?

Marie acquiesça de la tête :

— Toutes vos robes ! Je vous en prie !

Le soir tombait, lorsque Nicolas reprit le chemin de la maison. Elle disparaissait presque dans l'ombre. Quelques faibles lueurs seulement, derrière des vitres, indiquaient la place du salon, du bureau, de la chambre où se trouvait Sophie. Cette constellation raviva en Nicolas le sens du drame qui l'attendait. Pendant qu'il chevauchait à travers la campagne, les autres, ici, avaient continué de vivre, chacun pour soi, dans le désordre, la rage, l'orgueil, le chagrin et l'angoisse. Le palefrenier accourut, un fanal au poing :

— Ah ! barine, on se demandait où vous étiez passé !

Nicolas sauta à terre et donna une tape sur l'encolure de son cheval, fumant et fourbu. Lui-même avait les membres gourds, une fatigue dans les reins et la face brûlée de froid. Mais cet exercice physique l'avait moralement ragaillardi Le bien-être qu'il éprouvait par tout le corps lui rendait confiance en sa force de caractère. Sur ce fond de bonne santé, le désespoir ne pouvait prospérer longtemps. Le silence de la maison était étrange. Pas un craquement de meuble, pas un murmure de voix. Résolument, Nicolas se dirigea vers le bureau.

Il y trouva son père, assis, en robe de chambre, devant sa table de travail. Une lampe à huile dispensait à la pièce sa lumière insuffisante et triste. Dans la pénombre, seuls brillaient les taches vertes des malachites et les ors de quelques vieux livres sur leurs rayons. Posant sur son fils un regard dénué d'expression, Michel Borissovitch demanda :

— D'où viens-tu ?

Décontenancé par cette question, Nicolas répondit comme lorsqu'il était enfant :

— J'ai fait du cheval.

— Et ta femme, pendant ce temps-là ?

— Je l'ai laissée seule.

— Pourquoi ?

Nicolas constata qu'il prenait figure d'accusé, alors qu'il était venu avec l'intention de prononcer un réquisitoire. La colère le souleva dans un grondement d'incendie.

— Vous demandez pourquoi ? cria-t-il. Après la façon dont vous l'avez traitée, elle n'a plus pu supporter ma présence !

— Drôle d'idée ! dit Michel Borissovitch. Qu'elle m'en veuille à moi, je le comprendrais encore !... Mais à toi !... D'ailleurs, je ne lui ai rien dit de désobligeant sur elle-même...

— Vous avez insulté la France devant elle ! C'était aussi grave ! Ah ! père, vous m'auriez moins blessé en refusant d'accueillir ma femme qu'en l'accueillant comme vous l'avez fait ! Vous m'aviez pourtant laissé entendre...

Michel Borissovitch l'interrompit d'un geste de la main. Ses yeux se plissèrent. Une expression de ruse animale enlaidit son visage. Il se caressa les favoris, du bout des doigts, méditativement.

— Eh ! oui, dit-il. J'aurais bien voulu t'être agréable... vous être agréable à tous les deux..., mais, c'est plus fort que moi, quand je vois un Français, une Française, la bile me monte à la bouche, je m'énerve, j'ai envie de piquer, de frapper... Ces gens-là ont mis notre pays à feu et à sang !

— La guerre est finie, père ! dit Nicolas sévèrement.

Michel Borissovitch soupira de toute la poitrine :

— Pour toi, peut-être, parce que tu t'es entiché d'une fille de là-bas. Mais pas pour les millions de vrais Russes qui songent au malheur de leur pays. Regarde autour de nous, parmi nos seuls voisins de campagne : les Brioussoff ont eu leur fils unique tué devant Smolensk, les deux fils Tatarinoff sont tombés à Borodino, le fils Shoukhine est mort de ses blessures, il y a deux mois, dans un hôpital de Nancy... Non, non, nous n'avons pas châtié les Français comme ils le méritent ! Même vaincus, ils relèvent la tête !

— Vous ne les connaissez pas, père ! Vus d'ici, ils vous paraissent orgueilleux, violents, mais, si vous les regardiez vivre de près, vous seriez obligé de convenir qu'ils ont du bon sens, de la générosité, le goût des grands problèmes...

En parlant de cette France idéale, Nicolas pensait aux Poitevin, aux Vavasseur, à tous les compagnons du coquelicot, dont le désir était d'instaurer le bonheur sur la terre.

— Fameuse civilisation que celle dont tu me chantes les louanges ! dit Michel Borissovitch. Le philosophe prépare le bourreau. Voltaire et Robespierre peuvent se donner la main. On commence par couper les cheveux en quatre et on finit par couper les têtes. Je suis un homme d'ordre. Ne me demande pas d'aimer cette race !

— Vous pourriez, du moins, faire exception pour votre belle-fille !

Michel Borissovitch inclina la tête sur le côté, comme pour écouter une musique galante.

— Ma belle-fille ! dit-il en souriant. Oui, oui, je veux bien croire qu'elle est d'une grande famille, comme tu l'affirmes...

Un espoir effleura Nicolas, léger tel un frisson sur l'eau, rapide tel un battement d'aile.

— Je l'ai observée à table, poursuivit Michel Borissovitch. Elle s'est contenue avec beaucoup de dignité. Et, quand elle a laissé éclater sa fureur, j'ai eu du plaisir à l'entendre, car sa voix sonnait juste.

— Sophie est quelqu'un d'extraordinaire, d'unique ! dit Nicolas. Puisque vous la jugez si bien, pourquoi n'avez-vous pas eu un mot aimable pour elle ?

Michel Borissovitch fronça les sourcils. Son visage se ferma soudain, se solidifia, coupé en deux par l'ombre de l'abat-jour.

— Tu veux le savoir ? gronda-t-il. Pauvre nigaud ! Oui, elle est intelligente, ta Sophie ! Et c'est ce que je lui reproche !

— Comment cela ?

— Elle est trop intelligente pour toi ! Tu t'es fait embobiner par elle ! Perfide comme toutes les Françaises, elle n'a pas eu de mal à te convaincre que tu pouvais te passer de mon consentement !

Il s'était dressé de toute sa taille, et, contournant la table, marchait sur son fils.

— Père, je vous assure..., balbutia Nicolas.

— Tais-toi, imbécile ! rugit Michel Borissovitch. Je sais ce que je dis !

D'un seul coup, rejetant le masque de la bonhomie, il reparaissait avec sa vraie figure de violence.

— Ah ! la mâtine ! reprit-il d'une voix éraillée. Elle avait bien manigancé son affaire ! Une fois mariée, elle t'a suivi en Russie avec l'intention de berner le père après avoir berné le fils ! Mais je ne suis pas un godelureau, moi ! Elle apprendra ce qu'il en coûte de passer outre à ma volonté ! Tant que je vivrai, je resterai le maître ici et je la traiterai en servante ! Elle ne vaut pas plus cher que M. Lesur ! Des Français ! De sales petits Français !...

Une quinte de toux l'arrêta. Des veines se gonflèrent en ramifications bleuâtres à ses tempes. Il cracha dans son mouchoir et dirigea sur son fils un regard de haine :

— Ça t'étonne ? Tu te figurais que la maladie m'avait ramolli le cerveau, que j'étais devenu un agneau prêt pour la tonte !... Hein ?... Et voilà que l'agneau se fâche ! L'agneau montre les dents ! L'agneau va mordre ! Ha ! Ha ! Avoue que vous méritiez une leçon, elle et toi ! Avoue donc, parjure, antéchrist !...

Il leva la main pour frapper son fils et demeura le bras en l'air, les yeux injectés de sang, la face tordue dans une grimace de fureur démente. Nicolas n'avait pas bronché. Il se sentait extraordinairement calme et malheureux.

— Père, dit-il, si quelqu'un mérite une leçon, c'est moi et non ma femme. Pour qu'elle accepte de m'épouser, je lui ai fait croire que vous m'aviez adressé votre bénédiction par lettre.

Michel Borissovitch laissa retomber sa main. Les traits de son visage s'affaissèrent. Il bégaya :

— Quoi ?... Que dis-tu ?
— Comprenez-moi, père...

Il y eut un silence. Puis, Michel Borissovitch marmonna lentement :

— Tu as donc menti à cette femme comme tu m'as menti à moi-même ?
— Il le fallait, sinon elle ne m'aurait pas suivi...
— Elle s'imagine encore... ?
— Plus maintenant !
— Quand lui as-tu dit la vérité ?
— Tout à l'heure, en sortant de table.
— Et jusque-là... ?
— Jusque-là, père, elle était persuadée que vous approuviez notre union !

La tête de Michel Borissovitch s'inclina sur sa poitrine. Visiblement, il refusait encore d'accepter une révélation si pénible pour son amour-propre.

— Tu mens, une fois de plus, dit-il entre ses dents.
— Non, père.
— Jure-le !
— Si vous voulez, dit Nicolas.

Il se dirigea vers un petit oratoire dressé dans un coin de la pièce et mit un genou à terre. De nombreuses icônes entouraient une belle copie de la Vierge miraculeuse de Kazan, qui avait sauvé la Russie de l'invasion française.

— Je jure, murmura Nicolas, je jure que tout ce que je viens de dire à mon père est l'expression de la vérité.

Il se signa, se releva, baisa dévotieusement le bas de l'image sainte et retourna vers son père, qui le considérait avec une attention sourcilleuse.

— Me croyez-vous, maintenant ? demanda-t-il.

Michel Borissovitch se rassit lourdement derrière sa table. Consterné, hagard, il contemplait les gouttes d'huile qui tombaient une à une dans le manchon en verre de la lampe.

— C'est bien cela, grommela-t-il enfin, tu n'as même pas l'excuse de t'être fait monter la tête ! Tu as préparé le coup tout seul ! Et tu viens à moi, maintenant, avec ton sale cadeau ! Toi, mon fils, mon fils dont j'aurais voulu être si fier !

Nicolas se taisait, irrité par les paroles de son père mais impuissant à le contredire. Soudain, les joues de Michel Borissovitch se marbrèrent de rougeurs.

— Misérable ! cria-t-il.

Puis, il s'apaisa. Dans le silence qui suivit, Nicolas entendit le pas d'un domestique traversant la pièce voisine. On fermait les volets avec fracas, on poussait les chevilles dans les trous des barres de sûreté. Bientôt, le veilleur de nuit passerait sous les fenêtres avec sa crécelle.

— Cette femme, que pense-t-elle de moi, maintenant ? dit Michel Borissovitch comme se parlant à lui-même. Tout est gâché, tout est faussé !

Encore un long silence. L'ombre et la neige ensevelissaient la maison. Un chien aboya au loin. Une odeur de choux s'insinua sous la porte. Il y aurait du *borsch* pour le souper. Nicolas se raidit contre mille souvenirs d'enfance et prononça d'une voix ferme :

— Père, j'ai pris une grave décision : Sophie et moi ne resterons pas à Kachtanovka.

Michel Borissovitch releva le front. Il n'avait pas prévu ce coup. Il réfléchissait. Au bout d'un moment, il dit :

— Est-ce toi qui veux partir, ou elle ?

— Peu importe, père.

— Réponds : est-ce toi qui as résolu de quitter Kachtanovka ?

Nicolas s'échauffa inutilement :

— Sophie ne peut demeurer sous un toit où...

— Bon ! trancha Michel Borissovitch. L'idée vient donc de ta femme. Pour elle et pour moi, ce départ est, en effet, la meilleure solution...

Il avait rassemblé ses mains devant lui, sur la table, et les pétrissait l'une dans l'autre, comme pour s'interdire la violence. Une respiration de lutteur haussait et abaissait ses épaules. Il toussa et dit encore :

— Où l'emmèneras-tu ?

— Je ne sais pas encore, répondit Nicolas. A Saint-Pétersbourg, je pense.

— Ah ? dit Michel Borissovitch.

Un éclair de contentement passa dans ses yeux. Cette expression, si brève qu'elle eût été, n'échappa point à Nicolas. Sans doute son père avait-il redouté un départ pour la France.

— Saint-Pétersbourg, ce sera très bien ! reprit Michel Borissovitch. Je te donnerai des lettres de recommandation pour mes amis. Ils te trouveront une place, à l'ombre de quelque haut fonctionnaire.

— Je ne puis accepter cela, père, dit Nicolas fièrement.

Les deux poings de Michel Borissovitch se levèrent et s'abattirent sur la table : des bibelots tressautèrent, une plume d'oie tomba de son cornet.

— Tu feras ce que je te dis ! glapit-il. Comment oses-tu discuter maintenant ? Tu t'es conduit avec ton épouse comme un fourbe et un paltoquet ! Et tu veux l'entraîner dans une aventure plus lamentable encore ?

Il se radoucit, disciplina sa respiration et poursuivit d'une voix sourde :

— De quoi vivrez-vous à Saint-Pétersbourg, si je ne vous aide pas au début ? Cette femme porte ton nom, notre nom. Elle a droit à une existence décente. Vous vous installerez dans notre maison, là-bas. Elle est assez délabrée, mais il doit être facile de la remettre en état. Six domestiques vous suffiront pour commencer. Tu les prendras ici. Je te donne Grichka comme cuisinier et Savély comme cocher. Ils sont propres et ne boivent pas. Tu emmèneras aussi des chevaux. Il t'en faut quatre.

Il jeta un regard sur Nicolas pour quêter son approbation, rencontra un visage de marbre et grogna :

— Quatre ! Tu as entendu ?

— Oui, père.

— Ces quatre chevaux te reviendront à quarante ou cinquante roubles par mois en avoine et en foin ! Ah ! et la vaisselle, le linge que j'oubliais, les provisions d'hiver...

Il ramassa la plume, la trempa dans l'encre et lança des chiffres sur une feuille de papier blanc. Cette sollicitude imprévue attendrissait moins Nicolas qu'elle ne le froissait dans son orgueil. Venu pour affirmer son indépendance, il souffrait de se retrouver dans la situation d'un obligé. Quand donc n'aurait-il plus besoin de son père pour vivre ?

— Je compte qu'il te faudra quelques jours pour les préparatifs du voyage, reprit Michel Borissovitch.

Nicolas secoua la tête et, regardant son père dans les yeux, avec une assurance cruelle, il dit lentement :

— Non. Pas quelques jours. Nous partirons le plus vite possible. Demain, après-demain au plus tard.

En sortant du bureau, Nicolas n'était qu'à demi soulagé. Une épreuve l'attendait, plus redoutable encore que la précédente. Après l'avoir chassé hors de sa vue, Sophie accepterait-elle seulement de l'entendre ? L'incertitude lui mettait une barre sur l'estomac. Il monta droit au premier étage, frappa à la porte, reçut la permission d'entrer et s'arrêta, muet d'étonnement, sur le seuil. Au milieu de la chambre, sa sœur appliquait la robe flamme de punch, à deux mains, sur son corsage, et se mirait dans une glace. Debout derrière elle, Sophie lui tendait une capeline de velours noir épinglé pour qu'elle s'en coiffât. Le visage de Marie rayonnait de bonheur.

— Regarde, Nicolas ! s'écria-t-elle. Ai-je l'air d'une Parisienne ?

Il hocha la tête, sans trouver un mot à répondre. Était-il possible que Marie eût arrangé les choses en son absence ?

— Tu es charmante, dit-il enfin. Seulement, je voudrais que tu nous laisses.

— C'est bon, dit Marie. Dépêchez-vous. Dans une demi-heure, on passe à table...

Elle jeta sur Sophie un regard d'amitié farouche et reprit avec élan :

— Vous descendrez souper avec nous, n'est-ce pas ?

— Je t'ai déjà demandé de nous laisser ! dit Nicolas en lui ôtant la robe des mains.

Une petite fille terne émergea des reflets chatoyants de l'étoffe. Elle avait une figure de mendiante.

— Non, Marie, c'est impossible! dit Sophie avec tendresse.

— Oh! pourquoi? Je parlerai à père, je le raisonnerai! Vous verrez comme il sera gentil avec vous!...

Nicolas craignit qu'elle n'exaspérât Sophie par son insistance. Un mot de trop et tout pouvait être gâché!

— Vas-tu te taire? dit-il brièvement.

Marie baissa la tête :

— Ce sera si triste, sans vous deux, ce soir!

— Nicolas ira souper avec vous, dit Sophie.

Il observa sa femme avec surprise, ne sachant s'il devait interpréter cette décision comme une marque de faveur ou comme une disgrâce.

— Et vous? demanda Marie. Vous allez rester dans votre chambre?

— Oui.

— Sans manger?

— Je n'ai pas faim!

— Mais c'est absurde! protesta Nicolas. Vous tomberez malade!

— Je vais vous faire monter un plateau plein de bonnes choses! s'écria Marie. Et, après, nous viendrons vous voir!...

Elle s'éclipsa, ravie de cette idée, et Nicolas ferma la porte derrière elle.

— Vous tenez vraiment à souper toute seule? demanda-t-il.

— Oui, mon ami, dit-elle en lui tournant le dos.

Le ton était si froid que les dernières illusions de Nicolas s'évanouirent.

— Peut-on savoir ce que vous avez fait cet après-midi? reprit-elle.

Avec un sentiment de considération envers lui-même, il répondit :

— Je me suis occupé de notre départ pour Saint-Pétersbourg.

Elle pivota sur ses talons et attacha sur lui un regard indifférent :

— Quand partons-nous?

Cette question le rassura : elle acceptait donc de le suivre!

— Après-demain, dit-il.

— Pourquoi si tard?

— Il faut le temps de tout préparer : j'ai l'entention d'emmener des chevaux, des domestiques...

En disant cela, il était gêné de sa hâblerie. Mais pouvait-il avouer à Sophie que c'était son père qui organisait le déménagement?

— Quels domestiques emmenez-vous? demanda-t-elle.

— Je ne sais pas... Grichka, Savély...

— Et Antipe?

— Vous voulez que je prenne Antipe avec nous? dit-il, étonné.

Elle s'indigna :

— Cela me semble tout à fait normal! Cet homme vous est profondément dévoué. Il vous a suivi en France...

— Il nous suivra donc à Saint-Pétersbourg, dit Nicolas, trop heureux de donner satisfaction à sa femme sur ce point secondaire.

L'image d'Antipe repassa dans l'esprit de Sophie. Elle pensait à lui comme à un chien fidèle. Son seul ami, peut-être, dans la maison.

— Je suis sûr que la vie à Saint-Pétersbourg vous plaira beaucoup ! poursuivit Nicolas en prenant la main de Sophie.

C'était une main de cadavre, parfaitement inerte. Il allait la porter à ses lèvres, quand les doigts de Sophie lui échappèrent. Elle s'écarta de lui et, sans plus le voir que s'il eût déjà quitté la chambre, continua de ranger ses robes dans la malle.

* * *

Le souper fut lugubre. Personne ne parlait de Sophie, mais sa pensée planait au-dessus des assiettes. Michel Borissovitch, le teint gris, l'œil vague, ne se moquait même plus de M. Lesur, qui profitait de l'accalmie pour manger comme quatre. Marie rêvait tristement à de jolies robes, à une grande amitié, au bonheur qu'elle aurait connu si sa belle-sœur était restée à Kachtanovka. Dès qu'il entendait un bruit au plafond, Nicolas levait les yeux avec inquiétude. Sa conviction était faite : désormais, Sophie et lui seraient des étrangers l'un pour l'autre, sous la fallacieuse apparence d'un ménage uni. Après le dessert, il pria son père de l'excuser et se retira précipitamment. Marie voulut le suivre. Il refusa avec rudesse :

— Je n'ai pas besoin de toi là-haut !

Elle l'embrassa. Il gravit l'escalier dans l'état d'esprit d'un prévenu retournant devant ses juges après une suspension d'audience. Dans le couloir, il faillit buter sur le plateau que Sophie avait posé à côté de la porte. En se penchant, il constata qu'elle avait à peine touché à la collation. Cela lui parut de mauvais augure.

Quand il entra, elle était assise à son secrétaire, la plume en main, le visage baignant dans la clarté dorée d'une lampe. Elle ne tourna même pas la tête à l'approche du pas qui faisait craquer le plancher. Perdue dans ses pensées, elle écrivait une lettre. « Elle raconte tout à ses parents ! » se dit Nicolas, et une nouvelle vague de honte le submergea. Le peu d'espoir qu'il avait de la reconquérir s'effaçait à la vue de cette personne d'ordre, occupée à recenser des griefs. Il resta longtemps silencieux pour se bien convaincre de sa défaite, puis, à regret, il murmura :

— Sophie !

— Oui ? dit-elle sans lever les yeux de son papier.

— Je venais vous souhaiter une bonne nuit...

Elle le regarda enfin, les sourcils hauts, ses nobles petites narines serrées, ses lèvres entrouvertes sur un éclat de nacre. Son visage exprimait la surprise, mais non l'amour. Pas un mot de pitié ne tomberait donc de cette bouche tendre !

— Où allez-vous à cette heure-ci ? demanda-t-elle.

— Je ne veux pas m'imposer à vous, dit-il en rougissant. Il y a une chambre vide à côté...

— Eh bien ?

— Je vais m'y installer pour la nuit.

Elle demeura une seconde interloquée, comme s'il lui eût manqué de respect.

— Vous êtes fou ! dit-elle soudain avec colère.

Et, pour l'empêcher de se méprendre sur le sens de cette exclamation, elle ajouta aussitôt :

— Votre père serait trop content s'il constatait que nous faisons chambre à part !

— Ainsi, vous préférez que je reste ? dit-il humblement.

— Mais oui, mon ami ! Soyez simple, je vous en prie...

Malgré cette invitation à la simplicité, Nicolas se sentait encore dans une situation délicate. Il avait trop conscience de la répulsion qu'il inspirait à Sophie, depuis son mensonge, pour ne pas appréhender l'instant de la toilette nocturne et du coucher. Accepterait-elle de se laisser embrasser avant de s'endormir ? Il en doutait à la voir si calme, si résolue, avec un profil irréel de fragilité.

— Je vous remercie, dit-il.
— De quoi ?
— Vous ne pourriez pas comprendre...
— Mais si ! Dites !...
— Non, Sophie...

Il y eut entre eux une succession de petits mots pour rien. L'un et l'autre, maintenant, semblaient redouter le silence. Partiellement réprouvé, partiellement acquitté, Nicolas résistait mal à la montée d'un désir profanateur. Tout en parlant, il fit deux pas vers sa femme et jeta un regard sur la lettre :

« Mes chers parents,

« Rassurez-vous : je suis très heureuse... »

Une joie violente, intolérable, frappa Nicolas au cœur, pareille à l'asphyxie, à l'étouffement d'un sanglot. Il se laissa tomber à terre et écrasa son visage contre les genoux de Sophie. Froissant sa robe, respirant son parfum, il gémissait :

— Mon Dieu ! serait-ce vrai ? Vous m'aimez donc encore un peu, Sophie ? Tout peut reprendre ?...

Au milieu du délire où il se débattait, une main fraîche se posa sur son front.

5

Nicolas sortit avec Sophie et Marie sur le perron pour voir où en étaient les préparatifs du voyage. Des domestiques chargeaient des malles, des paquets, des meubles, des ustensiles de cuisine, sur un grand traîneau découvert. Un autre était réservé aux serviteurs que le jeune barine emmenait à Saint-Pétersbourg. Les maîtres, eux, devaient prendre place dans une voiture plus petite et fermée, qui avait l'air d'une boîte sur des patins. Du côté des communs, ce n'étaient que soupirs, larmes et signes de croix entre les serfs qui partaient et ceux qui demeuraient à Kachtanovka. Parmi tous ces illettrés, Antipe, le Parisien, se donnait de l'importance. Il criait, gesticulait, abrégeait les adieux, déchirait les familles. Quant tous les bagages furent arrimés, il fallut les défaire : on avait oublié trente-deux pots de confiture. Ils surgirent, portés processionnellement par les filles de cuisine. Et les poulets froids ? Où étaient-ils ? Qui s'en était occupé ? Sophie protesta qu'il était inutile d'emporter tant de nourriture. Mais Marie était d'avis que la pitance aux relais était trop mauvaise et qu'il valait mieux prendre ses précautions. Justement, un homme sortait de la maison, avec un panier sur la tête. Marie crut que c'étaient les poulets froids ; ce n'étaient que des livres français. M. Lesur marchait par-derrière :

— J'ai fait un petit choix ! dit-il à Sophie.

Elle eut à peine la force de l'en remercier, tant elle le trouvait déplaisant dans sa gentillesse. S'il fallait qu'un de ses compatriotes vécût à Kachtanovka, elle lui eût souhaité plus de caractère. La prenant à part, M. Lesur chuchota :

— Ah ! Madame, je vous envie de partir !

— Qui vous empêche d'en faire autant ? dit-elle avec brusquerie.

Il s'effaroucha :

— Vous n'y pensez pas ? Ce serait trop d'ingratitude !...

Sa ronde figure se plissait, se fendillait d'amabilité, sous le dôme luisant de sa calvitie. Elle le soupçonna de se complaire dans l'humiliation et la sécurité de l'état domestique.

Enfin, les poulets arrivèrent. C'était la *niania*, Vassilissa, qui en avait pris soin. Elle les déposa elle-même dans le traîneau de tête, puis revint à Nicolas, trembla des joues, poussa un profond sanglot et baisa l'épaule de son poupon de cinq pieds huit pouces. Gagnée par l'émotion, Marie essuya les larmes qui lui montaient aux yeux.

Sophie observait avec curiosité les débordements de tristesse et jugeait que les Slaves manquaient de décence dans l'expression de leurs sentiments. Aucune mesure, chez eux. Tous, jeunes ou vieux, humbles ou riches, se conduisaient, pensait-elle, comme des enfants ! A commencer par son mari ! Pour l'instant, il jouait au chef de convoi. Ayant écarté la molle et reniflante Vassilissa, il s'était approché des traîneaux et les inspectait, sourcils froncés, mains derrière le dos. Une lourde pelisse lui élargissait les épaules. Il avait coiffé un bonnet de loutre aux oreillettes relevées sur le sommet du crâne. Dans cet accoutrement, il paraissait plus russe que jamais, un boyard, un chasseur de loups. Sophie lui adressa un hommage vindicatif. Elle le regardait marcher, parler à un paysan, vérifier les nœuds d'une corde, et en éprouvait un trouble suave, comme si, rien qu'en vivant devant elle, il lui eût accordé une faveur. Cependant, elle ne lui avait pas rendu entièrement sa confiance. Pardonné, il demeurait pour elle un objet de mystère. Après ce qu'il avait fait, elle le croyait capable de tout. N'allait-il pas la trahir, la décevoir encore dans l'avenir ? A certains moments, elle s'en voulait de l'aimer ainsi et avait envie de le torturer à son tour. A d'autres, elle s'attendrissait de le deviner plein de gratitude et de repentir, animé du grand zèle que donne une mauvaise conscience. La nuit surtout, elle était sans défense contre le goût qu'il lui inspirait. Hier, il ne l'avait pas laissée de la journée, prenant ses repas avec elle dans la chambre et l'aidant à boucler ses bagages. Pas une fois, il ne lui avait demandé de revoir son beau-père. Sans doute Michel Borissovitch estimait-il, comme elle, que cette rencontre était à présent inutile. Terré dans son bureau, il attendait, avec impatience, que sa belle-fille eût décampé. Elle espéra pouvoir quitter la maison sans avoir à lui dire adieu.

Quand donc se mettrait-on en route ? Quelle lenteur chez ces paysans russes ! Ils étaient de plus en plus nombreux devant le perron. Tous les serfs de la propriété semblaient s'être donné rendez-vous pour assister au départ. Enfin, des palefreniers amenèrent les chevaux. Une dispute s'éleva parmi les moujiks : Antipe refusait de voyager avec les autres domestiques et prétendait s'installer sur la montagne de valises et de paquets accrochée à l'arrière du traîneau des maîtres. Pour une raison inexplicable, le cocher, Savély, un colosse barbu, voulait l'empêcher de prendre cette place et criait en brandissant son fouet. Nicolas dut intervenir pour les calmer l'un et l'autre. Antipe obtint gain de cause, grimpa, hilare, sur son siège improvisé, se pelotonna et rabattit une peau de mouton sur sa tête. Tel il était venu, tel il repartait. Marie pressa le bras de sa belle-sœur et soupira :

— L'instant approche !

Nicolas passa devant elles d'un air affairé, rentra dans la maison et reparut bientôt, pâle, solennel, son bonnet à la main.

— Mon père nous attend, dit-il.

— Pour quoi faire ? s'écria Sophie avec une violence soupçonneuse.

Elle flairait un piège. Nicolas redevenait son ennemi.

— Pour la prière du départ, dit Marie précipitamment. C'est une coutume russe, une coutume sacrée. Vous ne pouvez pas refuser !

Le visage de la jeune fille était empreint d'une telle supplication, celui de Nicolas exprimait une telle angoisse que Sophie, brusquement désarmée, se résigna. Ce serait, pensait-elle, sa dernière concession.

Michel Borissovitch reçut ses enfants au salon. Derrière eux, entrèrent M. Lesur, Vassilissa et quelques vieux serviteurs. Sophie s'attendait que son beau-père lui souhaiterait au moins la bienvenue. Mais il n'eut pas un regard pour elle. Il avait revêtu sa redingote noire pour la circonstance. Sa figure était lasse, ravinée, et comme salie de poudre de plomb autour des yeux et dans le creux des joues. D'un geste, il invita tout le monde à s'asseoir. Il n'y avait pas assez de sièges. M. Lesur apporta deux chaises de la salle à manger. Nicolas prit place à côté de Sophie. Soudain, elle vit les têtes se courber, les mains se joindre. Le silence ne fut plus troublé que par le bruit des respirations oppressées.

Au bout d'une minute, Michel Borissovitch se dressa sur ses grandes jambes et tous les assistants l'imitèrent. Après s'être incliné devant l'icône qui décorait un angle du salon, il s'avança vers son fils, l'embrassa, le signa et lui parla en russe. Puis, il se tourna vers Sophie. Une main exsangue se leva devant elle et traça dans l'air un large signe de croix. Elle fut tentée de baisser le front par déférence, mais se ravisa et défia du regard l'homme qui la bénissait. Un reflet tremblait dans les yeux de Michel Borissovitch, comme dans une eau remuée. Il paraissait en lutte contre lui-même, victime d'un orgueil démesuré, prisonnier d'une décision douloureuse. Ses lèvres molles prononcèrent faiblement :

— Je vous souhaite une vie heureuse à Saint-Pétersbourg.

Et, fâché de son attendrissement, il s'éloigna. Les accolades et les signes de croix continuèrent dans l'assemblée. Marie serra Sophie dans ses bras avec passion et chuchota :

— Je prierai Dieu tous les jours pour que vous reveniez bientôt ! Ne dites pas non ! Oh ! je vous en supplie, ne dites pas non ! En vous, j'ai trouvé mieux qu'une amie, une sœur !

Elle pleurait.

— Allons ! il faut nous dépêcher, dit Nicolas d'une voix enrouée par l'émotion. Marie, tu prendras soin de père. Je compte sur toi. Ecris-moi souvent !...

Le premier, il se dirigea vers la porte. Sophie, Marie, M. Lesur et les domestiques le suivirent. Michel Borissovitch demeura dans le salon. Il avait les membres lourds, l'esprit maussade, comme s'il n'eût pas désiré, ni même prévu, le départ de son fils et de sa belle-fille. « Je ne pouvais pourtant pas leur demander de rester ! » songea-t-il avec colère. Il s'approcha de la fenêtre. Une foule de paysans piétinait autour des traîneaux. Les chevaux excités encensaient de la tête. Des clochettes tintaient, des voix amorties bourdonnaient derrière la vitre :

— Au revoir ! Bon voyage !

Michel Borissovitch sentit que, si l'attente se prolongeait, il ne saurait plus maîtriser le tremblement de ses nerfs. Le front au carreau, les mains crispées dans les poches, il ne quittait pas des yeux la voiture couverte où se trouvaient son fils et sa belle-fille. Ni elle ni lui ne se montraient à la portière. Recroquevillé derrière eux, sur les bagages, Antipe était une boule de fourrure sale, avec un nez rouge au milieu. Le convoi s'ébranla enfin dans l'allée centrale. Trois taches noires glissèrent, l'une derrière l'autre, sur la neige, entre les haies de sapins. Le regard de Michel Borissovitch se brouilla.

— Que Dieu vous garde ! grommela-t-il en signant la vitre.

Le son des clochettes s'atténuait. Bientôt, le dernier chariot disparut au tournant du chemin.

Michel Borissovitch éprouva l'impression d'un vide angoissant autour de lui. Que faisaient tous ces gens dehors ? Pourquoi le laissait-on seul ? Avec fureur, il ouvrit la porte et hurla :

— Eh bien, monsieur Lesur ! Vous en prenez à votre aise ! Notre partie d'échecs ne vous intéresse plus ?

— Mais si, Monsieur, mais si ! répondit une voix lointaine.

M. Lesur accourut, s'assit devant l'échiquier, leva les yeux sur son adversaire et attendit avec résignation les premiers sarcasmes.

LA BARYNIA

PREMIÈRE PARTIE

1

Le cocher tira sur ses guides, les chevaux piétinèrent dans la boue et la voiture s'arrêta devant une barrière à bascule. Comme l'attente se prolongeait, le voyageur passa la tête par la portière. La nuit était fraîche, humide, imprégnée d'une fade odeur de marais. Une lanterne oscillait dans le vent, au bout de sa potence, et son reflet sautait dans les flaques. De chaque côté de la route, se dressait une guérite à rayures blanches, noires et jaunes. Une file de chariots stationnait plus loin, devant la maison du poste de garde. Des agents de l'octroi vérifiaient les chargements. Le voyageur porta les mains en cornet devant sa bouche et cria :
— Eh ! Quelqu'un ! Je suis pressé !
Un invalide en uniforme sortit de la brume. Il avait une jambe de bois et tenait un fanal. Son buste se balançait à chaque pas sur sa hanche meurtrie. Des médailles brillaient sur sa poitrine. Sans descendre de voiture, le voyageur lui tendit ses papiers et grommela :
— Michel Borissovitch Ozareff. Je viens à Saint-Pétersbourg pour affaires de famille.
— Ce sera fait tout de suite, Votre Noblesse, dit l'invalide.
Il glissa les papiers entre deux boutons de sa tunique et repartit en boitant vers le poste de garde. Michel Borissovitch Ozareff s'appuya au dossier de la banquette, allongea ses jambes et ferma les yeux. Il avait mis quatre jours à peine pour venir de sa propriété de Kachtanovka à Saint-Pétersbourg, et, malgré l'incommodité du voyage, il ne sentait pas sa fatigue. Sans doute le bonheur lui donnait-il une seconde jeunesse ! Dès qu'il avait reçu la lettre de son fils annonçant la naissance du petit Serge, il avait décidé de prendre la route. Pouvait-il encore témoigner de l'hostilité à sa bru, sous prétexte qu'elle était française, catholique, et qu'il avait jadis refusé son consentement au mariage ? En mettant au monde un enfant mâle, héritier du nom des Ozareff, elle s'était placée au-dessus des reproches de son beau-père. Après quatre ans de séparation, il se félicitait de l'occasion qui leur était offerte à tous les deux de se réconcilier, sans que ni l'un ni l'autre eût à souffrir dans

son amour-propre. Au fond, il n'avait jamais cessé d'estimer cette femme. Il s'aperçut qu'il pensait moins à son fils qu'à sa belle-fille dans l'affaire. C'était, paradoxalement, Sophie et non Nicolas qu'il avait hâte de revoir. Il tira une montre de son gousset : dix heures du soir. N'était-il pas trop tard pour tomber dans la demeure d'une jeune accouchée ? Il n'avait pas jugé utile d'annoncer sa venue : la missive fût arrivée en même temps que lui. Un rire silencieux lui monta aux lèvres. « Et le petit, comment est-il ? Brun comme sa mère, ou blond comme son père ? Cet imbécile de Nicolas ne le décrit même pas dans sa lettre ! » Il imagina un bébé robuste et hilare, une sorte d'Hercule enfant, étranglant des serpents dans son berceau. L'invalide rapporta les papiers :

— Tout est en règle, Votre Noblesse.

La barrière se leva en grinçant. Les deux chevaux s'arc-boutèrent. La voiture traversa la brume lumineuse de la lanterne et pénétra lentement dans la ville. De part et d'autre de la chaussée, s'alignaient des palissades disjointes, de maigres jardins, des bicoques basses et noires aux volets clos. Puis, apparurent les premières maisons de pierre. Le village devenait une capitale. « Quelle idée d'habiter Saint-Pétersbourg ! songea Michel Borissovitch. L'air y est malsain, la société corrompue et la vie chère. Nicolas gagne un traitement dérisoire au ministère des Affaires étrangères où il n'a pas d'emploi défini et où ses chefs ne le conservent que par égard pour moi. Je suis obligé de lui envoyer de l'argent, chaque mois, pour l'aider à joindre les deux bouts. Et, à la campagne, il pourrait m'être d'une grande utilité pour diriger le domaine. Oui, vraiment, il est temps de réorganiser notre existence. Dès que Sophie sera en mesure de voyager, je les ramènerai sous mon toit. » Il était d'usage, dans la famille, de célébrer les naissances en plantant un petit sapin dans un coin du parc. Marie et Nicolas avaient chacun leur arbre, qui était déjà élancé et robuste. Celui de Michel Borissovitch les dominait de haut, avec ses branches touffues et noires, et sa tête inclinée comme pour écouter le vent. Celui de Boris Fédorovitch, le père de Michel Borissovitch, avait été frappé par la foudre, trois ans auparavant. « Je planterai moi-même celui de Serge, décréta Michel Borissovitch. Et j'y accrocherai une petite plaque : « 12 mai 1819. »

Des coupoles d'église défilèrent dans le brouillard sombre. La voiture aborda une rue aux façades élégantes et au pavé sonore : la Grande Morskaïa. Puis, vinrent la perspective Nevsky, la perspective Liteïny... La fin du voyage approchait. Michel Borissovitch tira un peigne de sa poche et le passa dans ses cheveux, dans ses moustaches, dans ses favoris, pour se donner un air présentable. C'était bien le moins s'il tenait à ne pas effaroucher sa bru !

— Ralentis ! cria-t-il au cocher. C'est à droite. Le troisième porche...

Une litière de paille était étalée sur toute la largeur de la chaussée pour amortir le bruit des roues. Sans doute Sophie était-elle encore souffrante. La maison, datant de Catherine II, avait appartenu à Olga Ivanovna, la femme de Michel Borissovitch. Elle l'avait léguée par testament à son mari et à ses deux enfants. Depuis qu'elle était morte, ils étaient restés dans l'indivision, mais, conformément aux dispositions de la défunte, Michel Borissovitch percevait seul les loyers, en vérité assez modiques. Tous les appartements avaient été donnés à bail, sauf celui du premier étage. Nicolas et Sophie s'y étaient réfugiés après le malentendu qui les avait éloignés de Kachtanovka.

— On t'aidera à décharger, reprit Michel Borissovitch en mettant pied à terre.

Un quinquet à la flamme mourante éclairait le départ d'un large escalier de marbre. Michel Borissovitch gravit les marches, en soufflant, jusqu'au premier palier. Là, il frappa du poing au vantail. Un tonnerre secoua la maison. « Je suis fou ! pensa-t-il aussitôt. Je vais réveiller le bébé, la mère !... » Mais cette perspective l'amusait plus qu'elle ne lui donnait du scrupule. Ne recevant pas de réponse, il cogna encore. Des pas traînants se rapprochèrent. La porte s'entrebâilla. Une main s'éleva lentement, tenant une chandelle allumée. Dans ce halo surgit la face d'un domestique roux et lippu. Michel Borissovitch reconnut le serf Antipe, qu'il avait cédé à Nicolas. Les prunelles d'Antipe s'arrondirent, sa mâchoire se décrocha, il se signa le creux de la poitrine. Se fût-il trouvé nez à nez avec un fantôme qu'il n'eût pas reculé plus précipitamment dans l'antichambre.

— Eh bien ! gronda Michel Borissovitch en se débarrassant de son manteau. Qu'est-ce qui te prend ? Va prévenir ton maître !

— Mon maître ! Mon maître ! bredouilla Antipe dans un reniflement.

— Quoi ? Il est déjà couché ? Il dort ?

— Oh ! non, barine !

Michel Borissovitch repoussa Antipe d'un revers du bras, traversa le vestibule et entra dans le salon, où une lampe à l'abat-jour vert brûlait sur un bureau. Comme il parcourait du regard cette pièce grande, peu meublée et vétuste, une porte s'ouvrit, droit devant lui, et son fils parut.

Nicolas était pâle, avec une expression de faiblesse et d'égarement sur le visage. La vue de son père sembla l'étonner à peine. Une crainte effleura Michel Borissovitch. Il murmura :

— Que se passe-t-il ?

Nicolas baissa le front et dit :

— L'enfant est mort.

Michel Borissovitch demeura un instant immobile, sans tête pour penser, sans jambes pour soutenir son corps. Instinctivement, il s'appuya d'une main au dossier d'un fauteuil. Les pulsations de son sang emplirent le silence. Il hurla :

— Ce n'est pas vrai !

— Hélas, père ! dit Nicolas.

— Pourquoi ne me l'as-tu pas écrit ?

— Voici trois jours que j'ai confié la lettre à la poste. Elle a dû arriver à Kachtanovka après votre départ.

Michel Borissovitch aspira l'air profondément, et la douleur augmenta dans sa poitrine. Son chagrin se mêlait de colère. Contre toute raison, il refusait de croire que le malheur fût irréparable.

— Je veux le voir, prononça-t-il d'une voix sourde.

La lèvre inférieure de Nicolas se mit à trembler.

— Mais, père, dit-il, c'est impossible... Il est... Nous l'avons enterré...

L'indignation frappa Michel Borissovitch, comme si son fils lui eût avoué un crime.

— Quand ? Quand l'avez-vous enterré ? demanda-t-il.

— Avant-hier.

— Pourquoi ne m'avez-vous pas attendu ?

— Voyons, père...

— Pourquoi ? répéta Michel Borissovitch en tapant du poing droit le creux de sa main gauche.

Etait-il juste qu'on l'empêchât de connaître le visage de son petit-fils ? Brusquement, il eut l'impression qu'on lui mentait, que cet enfant, dont il ne pouvait même pas voir la dépouille, n'avait jamais existé, que c'était un leurre, une invention de Nicolas. Puis, sans transition, il s'emporta contre son fils et sa belle-fille, qui n'avaient pas su préserver de la maladie l'ange que Dieu leur avait envoyé du ciel.

— De quoi est-il mort ? demanda-t-il.

— Le docteur ne le sait pas au juste... Une malformation du cœur, sans doute... On l'a trouvé inanimé, le matin, dans son berceau...

— Qui est votre médecin ?

— Goloubiatnikoff.

— Un âne bâté ! Je parie qu'il a perdu la tête ! Il y avait probablement quelque chose à faire ! Si j'avais été là...

— Ne vous imaginez pas cela, père. Le docteur Goloubiatnikoff nous a montré beaucoup de dévouement. Mais tous ses efforts ont été inutiles. Personne n'est responsable...

— Personne n'est responsable ! répéta Michel Borissovitch. Tu le crois !... Tu le crois parce que cela t'arrange !...

Il haletait de fureur. Une idée se précisait dans son cerveau. La mort du petit Serge était un châtiment divin. Le Seigneur punissait Nicolas parce qu'il avait épousé, contre la volonté de son père, cette étrangère, cette catholique. Jamais — il en était convaincu —, un pareil malheur ne fût arrivé si la mère avait été russe. Mort à quatre jours, Serge n'avait certainement pas été baptisé. Un prêtre avait-il du moins béni son corps avant l'inhumation ? Inutile de le demander. « De toute façon, il est parmi les chérubins, songea-t-il. Et moi qui voulais planter un sapin pour marquer sa naissance ! » Un voile de larmes passa devant ses yeux.

— Dors en paix dans le sein d'Abraham, mon petit ! dit-il. Et pardonne à tes parents de n'avoir pas mérité que tu vives !

Il chercha du regard une icône dans le salon, n'en trouva pas et se signa en appuyant fortement ses doigts unis sur son front, sur son ventre et des deux côtés de sa poitrine.

— Que voulez-vous dire, père ? grommela Nicolas qui se contenait difficilement.

Michel Borissovitch le considéra avec mépris. Il eût aimé lui crier toute sa pensée à la face, mais se ravisa, par égard au chagrin que son fils devait éprouver lui-même.

— Rien, marmonna-t-il, rien que tu puisses comprendre. Tu n'es qu'un gamin !... Comment va ta femme ?

Cette question venait trop tard. Nicolas était indigné que son père eût attendu si longtemps pour la poser. Tant d'égoïsme, tant de rudesse dépassaient tout ce qu'on pouvait craindre du personnage !

— Sophie a failli mourir en mettant l'enfant au monde ! dit Nicolas.

Les épais sourcils de Michel Borissovitch frémirent. Il darda sur son fils un regard froid.

— Ah ? dit-il. Et maintenant ?

— Elle est encore très faible. La mort du petit a été pour elle un choc terrible. Je ne sais comment elle s'en remettra...

— Oui, oui, soupira Michel Borissovitch.

Visiblement, il ne voulait pas se laisser émouvoir. Nicolas le détesta pour son hostilité obtuse. Depuis que Michel Borissovitch était entré dans cette maison, au deuil s'ajoutait la discorde.

— Dois-je faire préparer votre chambre ? demanda Nicolas brièvement.

— Oui. Et préviens Antipe qu'il décharge la voiture.

A ce moment, un tambourinage discret retentit derrière la porte. Une servante pénétra, pieds nus, dans le salon et dit à Nicolas que la barynia désirait le voir tout de suite. Nicolas jeta à son père un regard effrayé et partit en courant. Quand sa femme l'appelait ainsi, à l'improviste, il redoutait toujours un malaise, une crise de larmes. Mais Sophie reposait, lasse et calme, dans son lit, à la lueur d'une veilleuse. Elle avait entendu l'arrivée de la voiture et voulait savoir qui était ce visiteur nocturne.

— C'est mon père, dit Nicolas à contrecœur.

Sophie se souleva à demi sur ses oreillers et une rougeur colora ses pommettes.

— Il a fait le voyage de Kachtanovka ? chuchota-t-elle.

— Oui, Sophie.

— Il savait ?...

— Non.

— Le pauvre ! Prie-le de venir ici.

Ayant pu constater les mauvaises dispositions de Michel Borissovitch à l'égard de Sophie, Nicolas craignait que, mis en présence l'un de l'autre, ils n'en vinssent de nouveau à se disputer.

— Est-ce bien utile, ma chérie ? dit-il. Mon père est fatigué par le voyage. Et toi-même...

Elle balança la tête lentement, de droite à gauche, tandis qu'une faible grimace découvrait ses dents :

— Va le chercher, Nicolas !

Sans doute, la mort de son enfant l'avait-elle bouleversée au point que toutes ses querelles d'autrefois lui paraissaient maintenant petites et ridicules. Elle se souvenait à peine de la manière odieuse dont Michel

Borissovitch l'avait accueillie à Kachtanovka. Levant sur son mari un regard d'une douceur fervente, elle dit encore :

— Va vite !

Sans force pour lui résister, il retourna dans le salon. En apprenant que Sophie l'appelait auprès d'elle, Michel Borissovitch ne cacha pas sa contrariété. Il appréhendait ce genre d'entrevues où la charité chrétienne vous oblige à mentir pour sauver les apparences. Nicolas avait une expression de prière. « Il a peur que je ne casse les vitres ! » pensa Michel Borissovitch.

— Eh bien ! allons, dit-il en haussant les épaules.

Et il suivit son fils avec ennui. Au bout d'un long couloir, Nicolas poussa une porte. Michel Borissovitch franchit le seuil et s'immobilisa, étonné. Dans la pénombre, il reconnaissait le lit avec son baldaquin jaune, les deux tables de nuit cylindriques, l'armoire au fronton sculpté, l'icône de la Vierge d'Ibérie, dans son coin. C'était la chambre qu'il avait occupée avec sa femme, Olga Ivanovna, peu après leur mariage. Nicolas était né ici même, vingt-cinq ans plus tôt. Pris de vertige, Michel Borissovitch sentait revivre en lui une angoisse, une joie, une fierté, dont la source était depuis longtemps tarie. L'évocation de ce passé était si précise qu'il en oubliait pourquoi il était venu. Il pensait à sa jeunesse, à des moments de bonheur, à des paroles d'amour, à des rires, à des baisers, et ne voyait pas Sophie. Soudain, il la découvrit, à travers un écran de brume. Elle était étendue à la place de sa femme, dans le lit de sa femme, avec, sur son visage, cet air de fatigue et de vaillance que sa femme avait après son accouchement. Mais, près d'Olga, il y avait alors un berceau avec un bébé à l'intérieur. Près de Sophie, il n'y avait rien. Comme elle devait souffrir de ce vide !

Michel Borissovitch mit ses besicles et la regarda plus attentivement. La veilleuse éclairait les méplats de son petit visage aux sourcils noirs bien arqués, à la lèvre supérieure un peu courte, aux yeux sombres, brillants de fièvre, au nez fin et charmant. Une fanchon de dentelle coiffait ses cheveux bruns, relevés sur la nuque. Son cou, long et souple, était légèrement renflé à la base. Une cape de tricot rose pendait de ses épaules. L'émotion s'empara de Michel Borissovitch. Son cœur battait vite et fort, sans qu'il fût capable ni de se maîtriser ni d'expliquer son trouble. Avant qu'il n'eût ouvert la bouche, elle murmura :

— Ce qui nous arrive est affreux ! Pardonnez-moi de vous avoir causé cette fausse joie.

Il tressaillit : elle avait parlé en russe. Quand avait-elle appris la langue de son mari ? Pourquoi Nicolas n'en avait-il rien dit dans ses lettres ?

— Tout ce voyage, ce grand voyage, pour rien ! reprit-elle dans un souffle.

Elle avait un accent français très touchant. Michel Borissovitch luttait contre l'envie de déposer les armes. Tout à coup, il se sentit ridicule, avec sa hargne revendicatrice, devant cette jeune femme pleine de dignité dans la douleur. Nicolas s'était assis au chevet de Sophie et la couvait d'un regard amoureux. Au bout d'un long moment, Michel Borissovitch entendit sa propre voix qui disait :

— Nous devons nous incliner devant la volonté de Dieu et la bénir, quoi qu'il nous en coûte. Vous êtes jeune, vous aurez d'autres enfants...

— Père, ne parlez pas ainsi ! dit Nicolas.

Il craignait que Sophie ne fût choquée. Mais elle souriait avec tristesse en contemplant le mur devant elle. Avec une brusque décision, Michel Borissovitch prit la main de Sophie et la porta à ses lèvres : c'était une main légère et chaude, une main d'enfant. Il la reposa au bord du lit, délicatement. Un parfum d'amande restait devant son visage. Il balbutia :

— Je voudrais... Il faudrait... Il faut absolument que vous veniez vivre à Kachtanovka !...

2

Dans la rue, Nicolas respira l'air de la nuit avec avidité. C'était la première fois, depuis trois semaines, qu'il mettait les pieds dehors. Sophie avait insisté elle-même pour qu'il se rendît à cette réunion d'amis chez Kostia Ladomiroff. N'avait-elle pas son beau-père pour lui tenir compagnie après le souper ? Ils joueraient aux échecs. Nicolas était à la fois heureux et inquiet de leur bonne entente. Connaissant le caractère entier de sa femme et de Michel Borissovitch, il doutait que l'accalmie fût durable. En tout cas, le résultat de cette réconciliation était que Sophie acceptait maintenant d'aller vivre à Kachtanovka. Elle semblait même pressée de quitter Saint-Pétersbourg. Nicolas admettait fort bien qu'elle voulût fuir les lieux qui lui rappelaient son deuil. Mais il était persuadé qu'après quelques mois à la campagne elle regretterait sa décision. A ce moment-là, il serait trop tard pour revenir en arrière. Enterrés à Kachtanovka, ils y resteraient jusqu'à la fin de leurs jours.

Or, Nicolas ne pouvait plus se passer de l'existence brillante et incohérente de la capitale. Il s'y était fait des amis parmi les jeunes gens les plus en vue de l'administration civile et de l'armée. Nombre d'entre eux avaient participé, comme lui, aux campagnes de 1814 et de 1815 contre Napoléon et s'étaient trouvés en occupation à Paris. Ils en avaient rapporté des idées générales et le goût de la discussion. Leurs rencontres hebdomadaires, chez Kostia, se terminaient toujours par des conversations politiques. Chacun relatait ce qu'il avait entendu dire en ville, à la caserne, au ministère, à la cour, et donnait son opinion sur des sujets aussi graves que la légitimité du pouvoir, l'abolition du servage et le moyen d'associer les classes éclairées de la nation aux affaires de l'Etat. Certes, d'une réunion à l'autre, on échangeait à peu près les mêmes propos, mais cette répétition était exaltante. Nicolas récapitulait toutes les joies qu'il allait sacrifier aux exigences de Sophie. Qui, de lui ou d'elle, était le plus égoïste ? Il avait essayé, ce matin encore, de la dissuader. Elle n'avait rien voulu entendre : « Le médecin a dit que, dans trois semaines, je pourrai voyager dans une bonne voiture. N'es-tu pas impatient de retrouver le pays de ton enfance ? Nous serons si heureux là-bas ! » Comment pouvait-elle parler de la sorte, alors qu'ici, sur les bords de la Néva, commençait la saison la plus douce et la plus mystérieuse ? La ville baignait dans une clarté de printemps polaire, qui n'était ni le jour ni la nuit. Dans cette fausse aurore, les maisons perdaient leur épaisseur, les ombres n'appartenaient à personne, l'existence quotidienne était déviée. Depuis trois semaines, la deuxième glace du fleuve était partie à la dérive. Des bateaux étrangers arrivaient déjà du golfe de Finlande et accostaient au quai de la Bourse. Ils apportaient avec eux l'odeur du goudron et de la résine, les cris des pilotes, le grincement des mâtures lourdement gréées.

Marchant dans la rue, à grandes enjambées, Nicolas humait le parfum de la mer toute proche. Un vent vif, accourant du large, balayait la perspective Nevsky dans le sens de la longueur. Les rares passants entrevus à cette heure tardive semblaient des fantômes, des représentations abstraites, des pensées en promenade, dont les auteurs, en chair et en os, dormaient au fond de leurs lits. C'étaient les rêves des habitants de Saint-Pétersbourg qui prenaient le frais, à l'insu de leurs maîtres. Nicolas lui-même n'était-il pas un spectre déambulant dans la cité, tandis que son corps réel était resté là-bas, entre son père et Sophie ? Le fait seul qu'il pût se poser la question lui prouva qu'il n'était pas dans son état normal.

Kostia Ladomiroff habitait un immense appartement, près de la place Saint-Isaac. Il reçut Nicolas dans un salon meublé à l'orientale, avec des sofas très bas, des coussins de cuir multicolores posés par terre, des tapis sur les murs, des tables naines, incrustées de nacre, dans tous les coins et un narghileh au centre de la pièce. Des pastilles odorantes fumaient dans un brûle-parfum. Le maître de maison était vêtu d'une robe de chambre en cachemire, chaussé de babouches jaunes et coiffé d'un fez. C'était le déguisement qu'il adoptait traditionnellement pour accueillir ses invités du lundi. Ainsi attifé, il ressemblait, avec ses traits pointus, son toupet sur le front et ses longues jambes, à un oiseau échassier porteur d'un somptueux plumage.

— Je suis heureux d'être arrivé le premier, dit Nicolas en s'asseyant à la turque sur un sofa. Il faut que je te parle... Ça ne va pas du tout, à la maison !...

— Comment veux-tu que ça aille ? dit Kostia, qui en était resté à la mort de l'enfant. Laisse au temps le soin de guérir les plaies !

— Il y a autre chose !

— Quoi ? Sophie t'inquiète ?

— Oui, dit Nicolas.

Mais, sur le point d'annoncer qu'il devait quitter Saint-Pétersbourg pour obéir au désir de sa femme, il se ravisa. Kostia étant célibataire ne pouvait comprendre que parfois, dans un ménage, c'était l'épouse et non le mari qui prenait les décisions importantes. Par crainte de paraître ridicule aux yeux de son camarade, il murmura d'un ton évasif :

— Je la trouve très fatiguée, très nerveuse... L'air de la campagne lui fera du bien... Dès qu'elle sera rétablie, je l'emmènerai à Kachtanovka et nous nous y installerons...
— Pour longtemps ?
— Je le suppose. En tout cas, je vais donner ma démission au Ministère.
— Tu es fou ! s'écria Kostia.

Nicolas avait espéré que son ami lui remonterait le moral. Mais Kostia réagissait exactement comme lui devant ce projet absurde :
— Tu ne peux pas partir ainsi ! Tu vas t'encroûter en province !

Blessé à un point sensible, Nicolas eut du mérite à cacher son désarroi.
— Ne crois pas ça ! dit-il. J'adore la solitude. J'en profiterai pour lire, pour méditer, pour m'occuper de culture, d'élevage, pour entrer en contact avec ces paysans que nous connaissons si mal !...

— Tu es un drôle de bonhomme ! dit Kostia en hochant la tête, ce qui balança élégamment le gland de son fez le long de sa joue. Je n'aurais jamais imaginé que tu puisses être attiré par la campagne !

— Ai-je l'air si léger ? dit Nicolas avec un pauvre sourire. Et puis, tu viendras me voir...

— Dans ce trou ? N'y compte pas trop !...

— Alors, c'est moi qui m'arrangerai pour faire, de temps en temps, un voyage à Saint-Pétersbourg !

Il continuait à feindre la bonne humeur, cependant qu'un voile de cendre tombait sur sa vie. Tout n'était que grisaille, ennui et inutilité. Kostia lui offrit une longue pipe à fourneau de porcelaine et à bout d'ambre jaune. Ils fumèrent en silence. Puis, Kostia demanda :

— Et que pense Sophie de ta décision ? Je suis sûr qu'elle n'est pas enchantée de partir !

— Oh ! si, dit Nicolas... Enfin, je n'ai pas eu trop de mal à la convaincre...

La sonnette retentit. Quatre invités se présentèrent ensemble. Tous des militaires. Ils avaient dégrafé leurs ceintures et posé leurs épées dans l'antichambre. Le plus imposant de ces officiers était Hippolyte Roznikoff, qui avait été l'ami intime de Nicolas à Paris. Devenu aide de camp du général Miloradovitch, gouverneur de Saint-Pétersbourg, le « bel Hippolyte » avait gagné de l'embonpoint et de l'assurance. Grand et fort, frisé, moustachu, il éclatait de rire pour un rien et prétendait que la température montait de trois degrés dès qu'il entrait dans une pièce. Avec lui, étaient venus le petit Youri Almazoff, lieutenant au régiment de Moscou, Volodia Kozlovsky, cornette aux gardes à cheval, et l'énorme Dimitri Nikitenko, qui servait dans les dragons. Peu après, arrivèrent encore le capitaine Shédrine, du régiment Ismaïlovsky, et un homme d'une trentaine d'années, aux cheveux blonds coupés en brosse, au regard déformé par d'épaisses lunettes et au menton replet. Il se nommait Stépan Pokrovsky, se disait poète, et était employé à l'administration des douanes.

Les domestiques de Kostia s'empressèrent. Un samovar fumant apparut sur une table, mais sa présence n'était que symbolique. La véritable réserve de boisson était constituée par une batterie de bouteilles : tous les alcools du monde à portée de la main ! C'était Platon, le vieux laquais de Kostia, qui remplissait les verres. Chaque fois que l'un de ces messieurs lâchait un gros mot, Platon devait crier : « *Salem aleïkoum,* que la paix soit sur vous ! » et offrir une coupe d'expiation au coupable. La coupe d'expiation contenait obligatoirement un mélange de champagne et de cognac. Le premier qui eut à l'avaler fut Kostia lui-même, pour avoir décrit en termes crus les charmes d'une actrice de sa connaissance. Puis, ce fut Youri Almazoff qui raconta une anecdote scabreuse sur l'archimandrite Photius, coqueluche des dames mystiques de Saint-Pétersbourg.

Nicolas était gêné de rire avec les autres, malgré son deuil. Certes, tous ses amis lui avaient présenté leurs condoléances à domicile. Mais, cette formalité accomplie, ils parlaient devant lui aussi librement qu'autrefois. Eût-il préféré rester chez lui pour ne pas entendre leurs plaisanteries ? Il était si bien parmi ces gens jeunes à l'esprit vif et à la langue déliée ! Assis sur des coussins, vautrés sur des sofas, l'uniforme déboutonné, le sang au visage, la pipe à la bouche, ils discutaient maintenant les mérites comparés des deux grandes danseuses Kolossova et Istomina. Chacune avait ses partisans fanatiques. Il en était de même pour les chanteuses. Quand Kozlovsky prétendit avoir une admiration sans réserve pour la cantatrice française Dangeville-Vanderberghe, Kostia, qui était un adorateur de l'Italienne Catalani, se fâcha, traita tous les sopranos français d'excréments musicaux et se vit contraint d'avaler une deuxième coupe expiatoire. Les esprits s'échauffant, on en vint naturellement à la politique. Là, tout le monde fut d'accord pour condamner les tergiversations du tsar Alexandre. Il avait octroyé, l'année précédente, une sorte de constitution à la Pologne. Qu'attendait-il pour étendre ces mesures libérales à la Russie ? Ne jugeait-il pas son peuple assez mûr pour jouir des mêmes droits que les voisins ? Au lieu de se relâcher, la surveillance policière s'était renforcée.

— Une fois de plus, messieurs, nous avons été bernés, dit Kozlovsky. En Russie, la seule chose qui change, ce sont les uniformes. On prétend qu'en France tout finit par des chansons ; chez nous, tout finit par des soldats !

Nicolas comprit qu'il faisait allusion aux colonies militaires instituées par le général Araktchéïeff, conseiller intime du tsar. D'après les plans de ce personnage redoutable, des provinces entières étaient transformées en cantonnements. Un régiment arrivait dans un district et tous les moujiks de ce district devenaient automatiquement des soldats. Répartis en compagnies, bataillons, escadrons, ils constituaient les réserves des unités régulières installées sur leur territoire. Leurs isbas étaient rasées et remplacées par des maisonnettes symétriques. Vêtus d'un uniforme, ils apprenaient le service militaire, et, pendant leurs heures de loisir, travaillaient pour approvisionner l'armée. Le règlement les obligeait à se couper la barbe, à se rendre aux champs en tenue, au son du tambour, à inscrire leurs fils comme recrues dès l'âge de sept ans et à soumettre à l'approbation de leur colonel le mariage de leurs enfants des deux sexes.

— J'ai entendu raconter, dit Nicolas, que, dans une province, le déplacement de la population s'est opéré en vingt-quatre heures. Femmes enceintes, vieillards, malades ont été transportés à plus de mille verstes de leurs foyers par décision administrative.

— Ce qui est curieux, dit Kostia, c'est que, chez nous, il n'y a pas de loi, mais uniquement des décisions administratives !

— Comment ça, pas de loi ? s'écria Hippolyte Roznikoff. Il me semble, au contraire, que nos moindres gestes sont prévus par le législateur !

— Oui, mais les dispositions du législateur demeurent lettre morte pour le pouvoir central, dit Stépan Pokrovsky. Par exemple, il n'existe pas, en Russie, de loi précise établissant le servage des moujiks. S'ils se présentaient devant un tribunal pour réclamer leur liberté, et que ce tribunal fût équitable, ils devraient obtenir gain de cause. Eh bien, essayez donc d'imaginer une action judiciaire de ce genre ! Les serfs qui se hasarderaient à l'inventer seraient battus à mort... par décision administrative ! Dans une nation civilisée, la loi est au-dessus du chef de l'Etat, chez nous, le chef de l'Etat est au-dessus de la loi !

— Tu as raison sur ce point, dit Nicolas. Mais Kozlovsky, lui, a tort lorsqu'il affirme que rien n'a changé en Russie. Il y a quelques années, personne n'aurait osé parler de ces choses, personne n'y aurait même songé !

— Evidemment ! ricana Youri Almazoff, nous n'étions pas encore sortis de chez nous, nous n'avions aucun point de comparaison. Mais, dès qu'on a eu l'imprudence de nous lâcher dans le vaste monde, nous avons compris. Nous sommes allés en France combattre le tyran Bonaparte, et nous en sommes revenus malades de liberté !

— C'est cela même ! dit Shédrine. Pour ma part, j'ai souffert de retrouver dans ma patrie la misère du peuple, la servilité des fonctionnaires, la brutalité des chefs, les abus de pouvoir ! Je me refuse à croire que nous ayons émancipé l'Europe pour demeurer nous-mêmes en esclavage !

— Vous me faites rire avec votre émancipation de l'Europe ! dit Hippolyte Roznikoff. Lorsque j'étais en occupation à Paris, la liberté française m'a paru contrôlée de très près par la police de Louis XVIII.

— Tu ne vas pas la comparer à la nôtre ! répliqua Shédrine. Ou alors, permets-moi de te dire que tu n'as jamais eu affaire avec elle ! Non, messieurs, pour moi la cause est entendue. Après avoir vécu quelques mois en France, en Allemagne, après avoir lu Montesquieu, Benjamin Constant et tant d'autres, il est impossible de voir notre univers avec les mêmes yeux qu'autrefois !

— Ce n'est pas moi qui te contredirai ! grogna Nicolas.

— D'autant plus, s'écria Kostia que, toi, tu ne t'es pas borné à rapporter de Paris de vagues rêveries constitutionnelles, tu en as ramené une femme ! Et quelle femme ! Le charme, l'intelligence et la distinction personnifiés !

— Est-il vrai qu'elle était très proche des milieux de l'opposition ? demanda Stépan Pokrovsky.

— Oui, dit Nicolas avec un mélange de fierté et de gêne.

Il n'était pas sûr que le passé politique de Sophie fût apprécié de tous les invités de Kostia. Ceux-là même qui paraissaient les plus favorables aux idées démocratiques n'envisageaient pas sérieusement le renversement de l'ordre établi.

— Elle a dû être horrifiée en débarquant dans notre pauvre pays sur lequel plane encore l'ombre de Pierre le Grand! reprit Stépan Pokrovsky.

— Je l'avais prévenue pour qu'elle ne fût pas trop étonnée! dit Nicolas.

— Et que pense-t-elle de la Russie, maintenant qu'elle s'est habituée à notre mode de vie?

— Elle s'y plaît beaucoup.

— Voilà qui est tout à ton honneur! dit Kostia en riant.

— Evidemment, poursuivit Nicolas, certaines de nos institutions la choquent. Elle souhaiterait, comme nous tous, l'abolition du servage, la garantie des libertés élémentaires...

Hippolyte Roznikoff l'interrompit en lui appliquant une claque sur la cuisse :

— Attends donc! Ne m'avais-tu pas dit, autrefois, que Sophie faisait partie d'une organisation clandestine? Les compagnons de la rose, de l'œillet, ou de quelque autre fleur...

— « Les Compagnons du Coquelicot », dit Nicolas. C'était, en vérité, une association très inoffensive, dont les membres se contentaient d'imprimer et de diffuser des brochures d'inspiration républicaine...

— Voilà ce qu'il nous faudrait en Russie! dit Kostia.

Tous le regardèrent avec étonnement. Effondré sur un sofa, il avait laissé tomber ses babouches et contemplait pensivement ses orteils emprisonnés dans des chaussettes vertes.

— Nous avons servi notre patrie en temps de guerre, reprit-il. Nous devrions nous montrer aussi utiles en temps de paix!

— En conspirant contre le régime? demanda Hippolyte Roznikoff.

— Est-ce que tu conspires contre le régime, toi qui es affilié à une loge maçonnique? rétorqua Stépan Pokrovsky.

Le bel Hippolyte cambra la taille et dit sèchement :

— Certainement pas!

— Eh bien! dit Stépan Pokrovsky, nous ne conspirerons pas davantage que toi. Je ne vois rien de répréhensible à ce que des amis, qui ont les mêmes idées sur l'avenir de leur pays, se réunissent et publient un petit bulletin...

Hippolyte Roznikoff lui coupa la parole :

— Tu le présenteras à la censure, ton petit bulletin?

— Pas nécessairement.

— Donc, tu seras dans l'illégalité!

— S'il n'y a pas moyen d'agir autrement!...

— On peut très bien former une association secrète sans publier de bulletin, suggéra Youri Almazoff.

— C'est pour le coup qu'elle serait secrète, votre association! s'exclama Roznikoff. Tellement secrète qu'elle en paraîtrait vite inutile!

Ayant jeté un coup d'œil autour de lui, il s'aperçut qu'il était seul de son avis et se troussa la moustache.

— Je crois, moi, dit Stépan Pokrovsky avec douceur, que plus il y aura de gens qui, comme nous, discuteront de la chose publique, plus le gouvernement se sentira moralement obligé de passer aux actes. Ne dit-on pas en français qu'une idée est dans l'air ? Cette expression est très juste. Il faut que l'air soit saturé de nos idées, que les gens respirent nos idées du matin au soir, sans y prendre garde...

Ses yeux bleus brillaient derrière ses lunettes. Il avait quelque chose d'un philosophe allemand. Nicolas éprouva un élan de sympathie envers ce personnage, dont la force de persuasion venait, peut-être, de sa candeur. Soudain, Kostia bondit sur ses jambes, repoussa le fez sur sa nuque, étendit des bras de magicien turc pour réclamer le silence et dit :

— Mes amis, j'ai une proposition à vous faire. Nous allons constituer une société secrète. Cette société aura son siège chez moi. Son but sera l'étude des meilleurs moyens d'assurer le bonheur de la Russie. Les membres de l'organisation se jureront aide et fidélité jusqu'à la mort. Peut-être publierons-nous un bulletin... C'est à voir ! En tout cas, s'il faut de l'argent pour quelque chose, je suis prêt à en avancer ! Qu'en pensez-vous ?

Après une seconde d'indécision, l'assistance éclata en cris d'allégresse :

— Hourra Kostia ! Tu es génial !

Nicolas était dans l'enthousiasme. La sensation d'être pris dans la chaleur d'un groupe, de rencontrer partout des échos à sa voix, lui donnait envie de se dévouer sans mesure. Il enrageait d'avoir à quitter Saint-Pétersbourg au moment où sa vie allait s'enrichir d'une signification nouvelle. D'un côté, l'avenir de la Russie, de l'autre, les caprices d'une femme éprouvée par un grand malheur et habituée à toujours obtenir ce qu'elle désirait ! A peine eut-il formulé cette réflexion qu'il la désapprouva. Il lui arrivait souvent d'être injuste envers Sophie. Dès qu'il souffrait d'un désagrément, il était tenté de l'en rendre responsable. Et, pourtant, aujourd'hui plus que jamais, elle avait droit à sa sollicitude. Il la revit, tenant le bébé mort dans ses bras. Elle avait voulu l'habiller elle-même, le coucher elle-même dans le cercueil. La figure de l'enfant était d'une perfection surnaturelle. « Il était trop beau pour vivre, pensa-t-il. Je n'ai plus de fils. Je n'en aurai peut-être jamais ! » Prêt à suffoquer, il tressaillit sous le choc d'une tape amicale.

— Seras-tu des nôtres, Nicolas ? demanda Kostia.

— Certainement, balbutia-t-il. Mais, tu sais bien que je dois partir...

— Ce n'est rien. Tu ne quittes pas la Russie. Nous resterons en contact !

Nicolas serra la main de son ami.

— Alors, dit-il, ce sera avec joie... avec... avec gratitude !...

Kostia posa la même question à tous ses invités. Ils répondirent par l'affirmative, à l'exception d'Hippolyte Roznikoff, qui demanda à réfléchir. Sans doute ne voulait-il pas risquer de compromettre sa carrière en s'intéressant à un mouvement qui n'avait pas l'approbation des autorités.

— Je suivrai votre effort avec sympathie, dit-il. C'est tout...

Ses paroles se perdirent dans un joyeux tumulte. Les conjurés cherchaient à baptiser leur association. Stépan Pokrovsky proposa de reprendre le nom et les statuts du *Tugendbund,* dissous en Allemagne depuis quatre ans. Mais Youri Almazoff fit observer qu'il était dommage de donner un nom de consonance allemande à une entreprise essentiellement russe. Dimitri Nikitenko était partisan, lui, d'une étiquette sérieuse, comme « la Ligue des Bons Sentiments », ou « l'Alliance pour la Vertu et pour la Vérité », mais Kostia trouvait que cela manquait de poésie.

— Pourquoi ne nous appellerions-nous pas, nous aussi, « les Compagnons du Coquelicot » ? dit-il.

Nicolas rougit de plaisir.

— Cela sonne moins bien en russe qu'en français ! dit Stépan Pokrovsky.

— Rien ne nous oblige à le traduire en russe ! rétorqua Nikitenko.

— Mais si ! Voyons, messieurs, un peu de logique ! Vous ne vouliez pas du *Tugendbund,* et maintenant...

La discussion s'alluma. Malgré le caractère secret de la réunion, nul ne prenait garde au vieux laquais qui servait à boire. Kostia le saisit par l'oreille et dit :

— Et toi, Platon, qu'est-ce que tu en penses ?

— Je ne sais pas, barine ! Je n'ai pas reçu l'instruction suffisante ! bafouilla l'autre en tendant le cou.

— Tu as tout de même une cervelle ! Fais-la travailler, que diable !

— Les coquelicots, c'est joli dans un champ de blé, dit Platon.

Kostia lâcha l'oreille de son serviteur et lui donna une chiquenaude sous le nez.

— *Salem aleïkoum !* s'écria Platon.

Et il recula contre le mur.

— Bravo, Platon ! dit Nicolas. Nous serons des coquelicots dans les champs de blé de la Russie !

— Je demande qu'on mette la proposition aux voix, dit Shédrine.

— Eh bien, Platon ! Tu dors, vieille mule ? rugit Kostia. De quoi écrire ! Et vite !

On vota en jetant de petits papiers dans le casque du garde à cheval Kozlovsky. Nicolas dépouilla le scrutin. Sur huit suffrages, il y en eut trois en faveur des « Compagnons du Coquelicot » et cinq en faveur de « l'Alliance pour la Vertu et pour la Vérité ».

— Messieurs, annonça Kostia, permettez-moi de vous faire remarquer que, à l'exemple de ce qui se passe dans les démocraties authentiques, nos décisions sont prises à la majorité. J'aurais personnellement préféré les « Coquelicots », mais je m'incline volontiers devant « la Vertu et la Vérité », puisque cette formule a l'assentiment du grand nombre. Mon souhait le plus cher est que chacun d'entre vous recrute beaucoup d'adeptes à notre cause !

Nicolas regretta que les coquelicots de France ne se fussent pas acclimatés en Russie. Mais cette déception fut effacée par les nouvelles déclarations de Kostia.

— Il faut, dit-il, convenir entre nous d'un signe de reconnaissance. Que diriez-vous d'une bague avec quelque chose de gravé dessus ? Un flambeau renversé, un masque, un poignard... Je pourrais faire étudier le dessin par un orfèvre. Il nous fabriquerait la quantité d'anneaux nécessaire. Nous les utiliserions comme cachets pour la correspondance.

— Adopté ! dit Nicolas.
— Adopté ! Adopté ! crièrent les autres.

Youri Almazoff bondit à pieds joints sur une table basse, faillit perdre l'équilibre, se rattrapa à l'épaule de Nikitenko et déclama d'une voix vibrante :

C'est la Loi et non la nature,
Tyrans, qui vous a couronnés !
Vous êtes au-dessus du peuple,
La Loi est au-dessus de vous !

Depuis plus d'un an, ce poème du jeune Pouchkine circulait en copie manuscrite dans la ville. Tout le monde le connaissait par cœur. Mais Youri Almazoff le récitait si bien, qu'à la fin les applaudissements éclatèrent.

— Si Pouchkine continue, il ne restera pas longtemps à Saint-Pétersbourg, dit Hippolyte Roznikoff. La patience des autorités a des bornes !
— Le tsar respecte le talent ! dit Stépan Pokrovsky.
— A condition que le talent respecte le tsar !
— Messieurs, messieurs, ne nous égarons pas ! dit Kostia en agitant une cuiller dans un verre pour réclamer le silence. Vous n'avez pas choisi le dessin de la bague.
— Choisis-le toi-même ! dit Nicolas. Flambeau, poignard, masque, serpent, qu'est-ce que cela change ? L'essentiel est que l'emblème soit sacré pour tous ! Ah ! mes amis, quelle soirée mémorable !
— J'ai soif ! hurla Kostia. Répétez avec moi : cette maison est un bordel sans le charme des putains...

Les invités reprirent la formule en chœur. Platon riait, la face fendue jusqu'aux oreilles, ses gros doigts croisés sur son ventre.

— Qu'est-ce que tu attends ? demanda Kostia.
— *Salem aleïkoum* à tout le monde ! dit Platon avec un salut.

Chacun reçut sa coupe d'expiation. Les émanations douceâtres du brûle-parfum écœuraient Nicolas. Le mélange du champagne et du cognac brouillait ses idées. Selon qu'il pensait à l'un ou à l'autre côté de son existence, il avait foi en l'avenir ou envie de se donner la mort. Youri Almazoff récita encore un poème de Pouchkine, où l'auteur se demandait s'il verrait un jour « le servage aboli par un geste du tsar ». Puis, Stépan Pokrovsky, ayant essuyé ses lunettes et mouché son nez, lut une fable de sa composition : il s'agissait d'un caillou qui se plaignait de son sort et priait Dieu de le transformer en homme. Devenu moujik, le caillou souffrait tellement qu'il implorait Dieu de le rendre à son premier état... Le thème n'avait rien d'original, mais les vers étaient harmonieux. Nicolas se leva avec peine du sofa et baisa Stépan Pokrovsky sur le front, en disant :

— Tu as une flamme, là !

Cette remarque fit rire les officiers. Nicolas, qui était sincère, faillit prendre la mouche. On le calma en l'assurant qu'entre membres d'une société secrète il n'y avait pas d'offense impardonnable. Il fût volontiers resté chez Kostia toute la nuit, mais il avait promis à Sophie d'être rentré pour onze heures. Alors que nul ne songeait encore à partir, il prit congé de ses camarades avec un air de tristesse et de devoir.

A la maison, il trouva sa femme étendue sur un canapé, dans le salon, la nuque soutenue par des oreillers, les jambes couvertes d'une fourrure d'ours. Michel Borissovitch était assis près d'elle dans le rond lumineux d'une lampe. Ils venaient de terminer une partie d'échecs. C'était Sophie qui avait gagné. Contrairement à son habitude, Michel Borissovitch paraissait ravi de s'être fait battre. Ni lui ni elle n'insistèrent pour que Nicolas leur racontât sa soirée. Il préférait cela d'ailleurs, car il avait l'intention d'en parler longuement, seul à seul, avec sa femme.

Ayant baisé la main de sa bru et béni son fils d'un signe de croix, Michel Borissovitch se retira enfin. Nicolas aida Sophie à se lever et la soutint par le bras pour la conduire jusqu'à leur chambre. Le médecin l'avait autorisée, depuis peu, à marcher dans l'appartement. Elle avançait à petits pas, le corps plié en avant, les jambes faibles.

Quand elle fut couchée, Nicolas s'assit en face d'elle et la contempla en silence.

— Tu ne te mets pas encore au lit ? demanda-t-elle.

— Non ! J'ai trop de choses à te dire ! Devine de quoi il a été question chez Kostia !

— De politique, comme d'habitude !

Elle connaissait les amis de Nicolas et partageait leur désir de voir s'instaurer un régime libéral en Russie. Souvent, au cours d'un dîner, dans un bal, entre deux danses, au théâtre, pendant l'entracte, elle avait échangé quelques mots avec eux au sujet de leurs aspirations communes. Mais qui donc, à Saint-Pétersbourg, ne souhaitait pas une réforme des institutions ? Le tsar lui-même était, disait-on, plein d'intentions généreuses !

— Cette fois, lança Nicolas, nos discussions sont allées plus loin !

Et il lui annonça la création de l' « Alliance pour la Vertu et pour la Vérité ».

— Figure-toi que Kostia voulait même baptiser notre société « les Compagnons du Coquelicot » ! dit-il.

Sophie fut désagréablement surprise. Elle ne savait pourquoi il lui déplaisait que Nicolas rappelât devant ses camarades l'activité politique qu'elle avait eue à Paris. Peut-être ne les jugeait-elle pas assez évolués pour être admis dans de telles confidences ? En tout cas, elle eût été désolée s'ils avaient adopté pour jouer aux conspirateurs le nom de « Compagnons du Coquelicot », qui évoquait pour elle le souvenir de quelques hommes admirables.

— Je suis contente que vous ayez choisi une autre appellation, dit-elle avec douceur.

Il la regarda, décontenancé, et poursuivit :

— Kostia va faire ciseler des bagues spéciales qui nous serviront de signes de reconnaissance. Il faudra instituer un cérémonial pour l'admission des nouveaux membres...

Soudain, il pensa que, s'il savait l'intéresser à son projet, elle aurait moins envie de quitter Saint-Pétersbourg. Elle lui avait trop souvent prouvé, à Paris, de quelle audace elle était capable par dévouement à une cause pour qu'il n'eût pas l'espoir de la retourner en faisant appel à ses convictions républicaines.

— Je n'aurais jamais supposé qu'il y eût une telle puissance dans l'accord des hommes autour d'une idée! reprit-il. Ce soir, nous étions comme des frères, tout heureux, tout émus de notre décision! Toi qui as connu cela, tu dois me comprendre...

Sophie l'écoutait attentivement et s'étonnait de l'enthousiasme qu'il manifestait pour une affaire si peu importante. Frappée par la mort de son enfant, elle avait perdu le goût des discussions doctrinales. Sans doute un homme était-il incapable de vivre profondément un deuil de ce genre. Alors qu'elle ne trouvait de réconfort que dans la solitude et la réflexion, lui cherchait à s'étourdir dans le monde. Il s'inventait des soucis de remplacement, des passions compensatrices. Cette « Alliance pour la Vertu et pour la Vérité », quelle aubaine!

— Cela peut devenir une entreprise très absorbante, dit-il. La Russie entière nous remerciera, si nous réussissons!

— Oui, oui, Nicolas, murmura-t-elle d'un ton conciliant.

— J'ai l'impression que tu n'y crois pas. Tu devrais assister à une de nos séances.

— J'aime mieux que tu me les racontes.

— Comment le pourrai-je, si nous partons? Avoue que c'est dommage! Juste au moment où une grande idée va prendre corps...

Elle lui opposa un sourire et, comme toujours lorsqu'elle le regardait de cette façon maternelle, raisonnable et autoritaire, il comprit qu'il ne pourrait pas lui résister.

— Tu as tort, grommela-t-il. C'est bête! Si nous retardions notre départ de deux ou trois mois...

A force de parler, sa voix s'était enrouée. Sans répondre, Sophie lui prit la main et l'appuya contre sa joue. Il avait chaud. Il sentait la fumée, l'alcool. Il avait dû s'amuser, là-bas. Il avait ri, peut-être. Pleine d'une indulgence grondeuse, elle lui fit signe de s'asseoir près d'elle, au bord du lit. Nicolas obéit en silence. Mais il avait peur de la toucher. Depuis l'accouchement, elle lui paraissait étrangement vulnérable. Sophie l'attira contre sa poitrine. Tandis qu'elle l'embrassait, il s'étonna d'être à la fois si malheureux et si heureux.

3

La salle à manger était obscure et fraîche, mais les deux fenêtres, ouvertes sur le jardin de Kachtanovka, encadraient un fouillis de verdure ensoleillée.

Des moucherons dansaient à la limite de la lumière. De temps à autre, une servante jetait une pincée de poudre sur un brasier. Le nuage de fumée qui se dégageait des charbons écartait les moustiques de la table. Le déjeuner était, pour Michel Borissovitch, le meilleur moment de la journée. Ayant sa famille au complet sous les yeux, il vivait quatre vies au lieu d'une. De tous les convives, c'était Sophie qui appelait le plus souvent son attention. Elle avait encore embelli, depuis quinze jours qu'elle se trouvait à la campagne. Sa robe de percale blanche, garnie de volants, était simple et, pourtant, elle semblait habillée avec une extrême élégance. Le timbre amorti de sa voix ajoutait du mystère à ses moindres propos. Auprès d'elle, la petite Marie, potelée, blonde, fade, avec ses yeux bleus délavés et ses taches de rousseur, faisait vraiment pauvre figure. Michel Borissovitch regretta de n'avoir pas une fille plus jolie, plus piquante. « Nicolas est tout de même mieux réussi, pensa-t-il. Dommage qu'il ait si peu de cervelle ! » Au bout de la table, M. Lesur reprit seul, pour la troisième fois, de la tarte aux fraises, arrosée de miel et coiffée de crème. Il suffisait que Michel Borissovitch portât les regards sur l'ancien précepteur de ses enfants pour avoir envie de l'humilier. Sans laisser le temps au Français d'avaler une bouchée, il se leva pour signifier que le repas était fini. M. Lesur se hâta de reposer dans son assiette le morceau de gâteau qu'il serrait entre le pouce et l'index.

— Je vous en prie, dit Michel Borissovitch, ne vous gênez pas pour nous, monsieur Lesur !...

— Non, non, j'ai terminé, bredouilla celui-ci en s'essuyant les doigts à sa serviette.

— Nous pouvons très bien attendre encore cinq minutes !

— Oh ! Monsieur... Vous voulez rire !...

Quand il taquinait quelqu'un, Michel Borissovitch sentait comme une bulle qui se formait en lui, se dilatait, s'irisait, avant d'éclater en ondée bienfaisante. Ayant pris son plaisir, il décocha un coup d'œil à Sophie. Elle avait une expression de colère contenue qui lui allait à ravir. « Elle n'aime pas que je me moque de son compatriote, songea Michel Borissovitch. Il faudra que je fasse attention à ne pas dépasser la mesure. Juste un peu, comme ça, pour m'amuser !... »

— Cette tarte est excellente, dit Sophie. J'en reprendrai volontiers moi-même, père, avec votre permission.

Chaque fois qu'elle lui disait « père », Michel Borissovitch s'attendrissait.

— Mais faites donc, Sophie, dit-il en se rasseyant avec une lenteur solennelle.

Puis, il hurla :

— Alors, imbécile, tu n'as pas compris ? La barynia veut encore de la tarte !

Le valet de pied sursauta dans son habit trop large. Des filles coururent dans tous les sens. Et un énorme quartier de pâte, chargé de fraises, barbouillé de miel et de crème, glissa sur l'assiette de Sophie. Elle dut se forcer pour le manger jusqu'au bout, tandis que M. Lesur engloutissait sa portion en quatre coups de fourchette.

— Décidément, dit Michel Borissovitch, ce sont les Français qui, de nos jours, apprécient le plus la cuisine russe.

Et, de nouveau, il jeta les yeux sur Sophie pour voir si cette réflexion, du moins, ne l'avait pas fâchée. A tort ou à raison, il lui sembla qu'elle s'empêchait de rire. Il en fut si heureux qu'il se versa un verre d'eau-de-vie de cerise et l'avala d'un trait.

— Et maintenant, mes enfants, dit-il, je vais faire ma sieste.

Il avait l'habitude de se reposer une heure ou deux après le déjeuner. Passant devant M. Lesur, Nicolas, Marie et Sophie, rangés contre le mur, il fit un sourire à chacun ; puis il monta dans sa chambre, retira ses chaussures, ses chaussettes et s'allongea sur son canapé de cuir noir. La vieille niania, Vassilissa, vint le rejoindre et s'assit sur un tabouret. Elle attendait ses ordres.

— Eh bien ! va, dit-il.

Elle se mit à lui gratter les pieds. Ses doigts agiles grimpaient au-dessus du talon, effleuraient la cheville, dansaient autour des orteils, revenaient à la voûte plantaire où la peau est d'une sensibilité exquise. Cette caresse fourmillante préparait Michel Borissovitch à la somnolence mieux qu'une infusion de plantes médicinales. Beaucoup de propriétaires des environs avaient une gratteuse de pieds, pour eux-mêmes et pour leur femme. Evidemment, Michel Borissovitch eût pu confier ce travail à une paysanne jeune et délurée, mais Vassilissa exerçait cette fonction depuis si longtemps qu'il n'avait pas le cœur de la révoquer au profit d'une autre. « Je suis trop bon ! » pensa-t-il avec délices en regardant les deux mains osseuses, veineuses, qui s'ébattaient autour de ses extrémités inférieures.

— Est-ce bien ainsi, barine ? marmonna Vassilissa.

— Oui, souffla-t-il. Un peu plus haut... à droite... Là... Continue...

Il flottait sur un nuage. Quand son ronflement devint régulier, Vassilissa lui baisa la main et sortit de la pièce en faisant craquer le plancher sous ses grands pieds nus.

Assis sous la tonnelle, Nicolas lisait et annotait le premier tome de *l'Esprit des lois*. Sophie vint lui proposer d'aller avec elle et Marie au village de Chatkovo. L'air animé de sa femme le réjouit. La campagne avait sur elle une action bienfaisante. Peu à peu, elle émergeait de son deuil et regardait le monde avec surprise et presque avec gratitude. Elle avait découvert les moujiks et brûlait de les mieux connaître pour soulager leur misère. Chaque fois que Nicolas l'avait accompagnée dans ses randonnées à travers le domaine, il avait pu constater qu'elle s'indignait d'un état de choses auquel lui-même était trop habitué pour en ressentir l'injustice. Elle eut beau insister, il refusa, en souriant, de la suivre à Chatkovo.

— Je ne te comprends pas, dit-elle. Tu prétends vouloir le bonheur du peuple, et tu aimes mieux rester dans tes livres que d'aller voir des paysans !

— Je les connais, tes paysans, dit-il. Je n'ai pas besoin de leur rendre visite pour savoir ce qui leur manque. D'ailleurs, étant leur maître, je me trouve dans une situation fausse pour m'attendrir sur eux. Toi, tu n'es pas née en Russie, tu viens de l'extérieur, tu ignores nos traditions, tu es donc à ton aise pour critiquer, pour aider...

— Voudrais-tu dire que je suis plus proche que toi des moujiks ?

— Tu n'es pas plus proche d'eux, mais tu peux plus pour eux ! Cela te semble paradoxal ?

— Un peu, je l'avoue.

Elle coiffa son chapeau de paille souple et le fixa avec une épingle. L'obstination de Nicolas la contrariait. Pleine d'une soudaine vindicte, elle le soupçonna de n'aimer les petites gens que d'une manière abstraite. Il souhaitait l'abolition du servage, mais se désintéressait des serfs. Tout en parlant de liberté et d'égalité comme la plupart de ses camarades, il répugnait à entrer dans une isba. Au fond, la pauvreté l'ennuyait. Il préférait lire ce qu'en disaient les autres. Elle se pencha sur le volume qu'il était en train de compulser et remarqua des phrases soulignées au crayon :

— « La liberté politique ne consiste pas à faire ce que l'on veut... Une constitution peut être telle que personne ne sera contraint de faire les choses auxquelles la loi ne l'oblige pas et à ne point faire celles que la loi lui permet... »

— C'est extraordinaire de lucidité, d'acuité ! dit-il. Tu ne trouves pas ?

— Mais si, Nicolas !

— Quand je lis des choses pareilles, tout s'éclaire dans ma tête. J'ai l'impression que, par l'exercice de l'intelligence, on peut résoudre le problème de l'humanité, mettre le bonheur en équations, agir à coup sûr !...

Sophie mesura la distance qui séparait Montesquieu des moujiks.

— Eh bien ! je te laisse à tes livres, dit-elle. Mais je doute que ce soit en étudiant les philosophes que tu te rendras utile à ton pays.

— Et toi, dit-il gaiement, crois-tu que ce soit en distribuant quelques couvertures à des moujiks que tu changeras le destin de la Russie ?

Elle le regarda. Son visage allongé, aux yeux pailletés d'or et de vert, avait le don de l'émouvoir alors qu'elle s'y attendait le moins. Frappée par la certitude de son amour, elle entendit à peine sa belle-sœur qui l'appelait :

— La voiture est prête ! Dépêchez-vous !

— Bonne promenade ! dit Nicolas.

Sophie s'arracha à sa contemplation et alla s'asseoir, à côté de Marie, dans la calèche. Le cocher, énorme, se hissa sur son siège et demanda :

— Où ordonnez-vous que nous allions, barynia ?

— A Chatkovo, dit Sophie.

Il y avait une dizaine de villages dans le domaine, mais celui de Chatkovo était le plus proche de la maison. Les chevaux s'ébranlèrent. L'allée se creusa entre deux haies de sapins noirs. Un parfum d'herbe sèche, de résine chaude, flottait dans l'air. Marie serra la main de sa belle-sœur et murmura :

— Vous êtes fâchée que Nicolas ne soit pas venu ?

— Nullement ! dit Sophie. Il se serait ennuyé. Il est dans une période de lecture.

— Oui, dit Marie, et moi je préfère toujours être seule avec vous. Devant lui, il y a des choses que je ne peux pas dire, vous comprenez ?
— Pas très bien.
— C'est un homme !
— Ah ! cette fois, je comprends, dit Sophie en souriant.
Et elle s'apprêta à recevoir des confidences sentimentales. Mais Marie ne semblait pas pressée de parler. Pour l'encourager, Sophie demanda :
— Votre vie n'a-t-elle pas changé depuis le jour où je vous ai vue pour la première fois ? Vous avez vingt ans maintenant...
— Et tout se passe comme si j'en avais encore seize ! dit Marie.
— Vous ne sortez pas davantage ? Vous ne recevez pas vos voisins ?
Marie secoua la tête.
— Il y a sûrement des jeunes gens, des demoiselles aimables dans les familles de la région, reprit Sophie.
— Mon père dit que non.
— Libre à lui de détester le monde, mais il n'a pas le droit de vous cloîtrer, à votre âge ! Ce n'est pas en vous cachant qu'il vous donnera l'occasion de vous marier !
— Il ne tient pas tellement à ce que je me marie ! dit la jeune fille en baissant les yeux.
Et elle ajouta avec vivacité :
— Moi non plus, d'ailleurs, je n'y tiens pas !
— Pourquoi ?
— Pour beaucoup de raisons. D'abord, parce que je suis laide !
Sophie eut un haut-le-corps :
— Laide ?
— Oui, laide, dit Marie. Laide, avec un nez bête, des yeux petits ! Je ne suis pas à l'aise dans ma peau...
— Quelle sottise ! s'écria Sophie. Vous êtes charmante !
Elle le pensait réellement : malgré un visage aux traits un peu gros, sa belle-sœur avait une nuance mélancolique dans l'expression, une grâce naturelle dans l'attitude, qui ne pouvaient laisser insensible.
— Quand vous vous regardez dans une glace, c'est un plaisir pour vous, dit Marie. Pour moi, c'est une punition. J'ai envie de me fuir. Et puis, les hommes me font peur. Tous les hommes. Je ne peux pas vous expliquer !...
Sophie devina que, pour garder la confiance de la jeune fille, elle ne devait pas la contrecarrer sur ce point.
La calèche sortit de l'allée et aborda une route découverte. Des points multicolores s'agitaient dans les champs. Çà et là, brillait l'éclair courbe d'une faucille. Les paysans coupaient le seigle. Un nuage de poussière entourait les chevaux. Les roues tressautaient dans les ornières sèches.
— Même si vous ne voulez pas vous marier, dit Sophie, vous pourriez recevoir des amis, avoir une existence plus animée, plus libre...
— Cela ne me plairait pas.
— Alors, de quoi vous plaignez-vous ?

— Je ne me plains pas. Vous m'avez posé une question sur ma vie à Kachtanovka, je vous ai répondu.

Il y eut un long silence.

— Je parlerai à votre père, dit Sophie.

— Surtout n'en faites rien ! dit Marie en lui enfonçant ses ongles dans la main. Il me prendrait pour une de ces filles sans principes, une de ces chiennes qui ne songent qu'à s'amuser !

Elle fit une grimace de dégoût et proféra entre ses dents :

— Je déteste les chiennes !

Sophie réprima un sourire. Il y avait dans cette affirmation un accent de naïveté agressive, qui lui rappelait son intransigeance d'autrefois. La calèche traversa un rideau de bouleaux grêles, à l'écorce baguée de noir et d'argent, et les premières maisons apparurent. Planté sur un talus, un poteau soutenait un écriteau de bois : « Village de Chatkovo, appartenant à Michel Borissovitch Ozareff. Feux : 57 ; hommes recensés : 122 ; femmes : 141. » Des masures en rondins s'alignaient au bord de la chaussée. Dans un enclos de pieux, se dressaient trois tilleuls au feuillage malade. Ailleurs, c'étaient des tournesols, qui haussaient leurs énormes fleurs jaunes à cœur de velours noir. Personne dans la rue. Toute la population valide était aux champs. Sophie et Marie descendirent de voiture. Derrière le hameau, la colline glissait en pente douce vers la rivière. Près de l'eau, s'étirait un troupeau d'oies. Sur la rive opposée, des vaches paissaient sous la garde d'une fillette en robe rouge. Les portes des isbas étaient ouvertes. En passant de l'une à l'autre, Sophie retrouvait, d'un coup d'œil, le même intérieur noir de fumée et de crasse, la même odeur de bottes pourries, d'huile rance et de choux aigres, les mêmes images saintes dans leur coin, et, sur la couchette du four, le même vieillard somnolent, avec des mouches sur la figure. Dans la quatrième maison, une aïeule, assise sur un tabouret, taillait une cuiller de bois avec un canif. En apercevant les deux jeunes femmes, elle se leva péniblement, laissa tomber le canif, la cuiller, et baisa la main de Marie, puis de Sophie, en marmottant :

— Dieu nous envoie ses anges et nous n'avons ni pain ni sel pour les recevoir !

Ce n'était pas la première fois que Sophie lui rendait visite. La vieille était bossue, édentée, un œil couvert d'une taie blanchâtre, l'autre à demi fermé. Elle se nommait Pélagie et passait pour n'avoir pas toute sa raison. Marie lui demanda des nouvelles de sa santé.

— Ça va ! ça va ! bafouilla Pélagie.

— Ne l'écoutez pas, vos hautes seigneuries, elle est folle ! grommela une voix d'homme.

Et un moujik sortit de l'ombre. Il était vieux, lui aussi, et très maigre, avec une barbe grise qui poussait de travers.

— Comment ça peut-il aller, lorsque la pauvreté est assise à notre table ? reprit-il. Bien sûr, nous sommes douze dans la maison ! Mais le nombre ne fait pas la force, quand tous les fils sont des ivrognes et des propres à rien ! Moi, je ne travaille plus, à cause de mes tremblements ! La vieille, c'est la même chose ! Et nos enfants nous reprochent le pain que nous mangeons ! Un pain noir, arrosé de larmes !

— Si vous avez besoin de quelque chose, dites-le-moi, murmura Sophie en s'appliquant à prononcer les mots russes correctement.

— C'est de la bonté divine que nous avons besoin, barynia. Mais Dieu n'est bon qu'avec ceux qui font brûler des cierges devant ses icônes. Et les cierges coûtent cher...

— Moins cher que l'eau-de-vie, dit Marie en français. Surtout, ne lui donnez rien ! Il le boirait !

— Si je pouvais brûler un cierge, le dimanche, la Reine des cieux y verrait plus clair dans ma vie, reprit le moujik en frissonnant de tous ses membres. En ce moment, elle cligne des yeux, la pauvrette. Elle dit : « Que se passe-t-il chez Porphyre et Pélagie ? Je ne distingue rien ! C'est tout noir ! » Ah ! Passion du Seigneur ! Saint ! Saint ! Saint ! Tous nos péchés viennent de notre misère !

Sophie posa une pièce de monnaie sur le coin de la table et sortit. Derrière elle, les deux vieillards se répandirent en bénédictions.

— Vous n'auriez pas dû ! dit Marie.

Elles visitèrent encore le fils Ivanoff, qui s'était brûlé la main en aidant le forgeron, l'idiot du village, toujours bavant sur le pas de sa porte, et une mère dont le bébé avait failli mourir des « fièvres ». Chaque fois qu'elle voyait un enfant en bas âge, Sophie éprouvait un regret poignant, une secousse intérieure qui la laissait étourdie.

— Si ses malaises le reprennent, préviens-moi, dit-elle à la paysanne. Au besoin, on fera venir un médecin de Pskov.

Au mot de médecin, la mère se signa avec épouvante :

— Epargnez-moi, barynia ! Que l'enfant meure de la main de Dieu, s'il le faut, mais pas de la main d'un Allemand !

Pour elle, tous les médecins étaient des étrangers, par conséquent des Allemands.

— Qui a soigné ton bébé, ces temps-ci ? demanda Sophie.

— Pélagie.

— La folle ?

— Oui. Elle connaît les herbes.

— Laissez-les donc s'arranger entre eux, dit Marie. Ils ont leurs habitudes...

De nouveau, Sophie se sentit coupable d'être riche, instruite et en bonne santé. La mère prit le bébé dans la caisse qui lui servait de berceau et pressa ce paquet de chiffons sales contre sa poitrine. Le visage du nourrisson était bouffi et rougeaud. Des traces de lait séché marquaient son menton. Il se mit à crier. Marie entraîna Sophie hors de la maison.

A deux pas de là, dans un carré d'herbe, se dressait l'église paroissiale, aux murs blancs et aux coupoles vertes. Des poules picoraient au seuil du presbytère. Elles se dispersèrent avec des caquètements indignés devant Marie. La jeune fille ne venait pas à Chatkovo sans rendre visite au père Joseph, qui l'avait baptisée. Sophie, suivant sa belle-sœur, pénétra dans une pièce dont un poêle de faïence occupait le fond. La lumière du jour, passant par une fenêtre étroite, éclairait une table recouverte d'une nappe tricotée, deux bancs de bois et un groupe d'icônes, avec leur veilleuse en verre rouge. L'air était imprégné d'une odeur que Sophie ne tarda pas à reconnaître : cela sentait l'encens et la pâte fraîchement levée. La femme du pope fabriquait elle-même les petits pains pour la célébration de la messe.

— Loukéria Siméonovna ! cria Marie.

Une porte s'ouvrit et Loukéria Siméonovna, la *popadia*, se déversa dans la pièce avec la force d'un torrent. Grande, luisante, cramoisie, elle était au huitième mois d'une superbe grossesse. Ce serait son neuvième rejeton en seize ans de mariage. Le père Joseph disait modestement que Dieu bénissait leur union d'une dextre infatigable. Des têtes d'enfants, les uns blonds, les autres roux, surgirent derrière Loukéria Siméonovna dans l'encadrement de la porte. Ils se bousculaient pour mieux voir.

— Allez-vous-en, race d'anathème ! s'écria Loukéria Siméonovna par-dessus son épaule.

Les enfants s'envolèrent en piaillant.

Aussitôt, changeant sa grimace de colère en sourire d'hospitalité, Loukéria Siméonovna poursuivit :

— Quel bonheur ! Asseyez-vous donc ! Et pardonnez à l'humble demeure ! Les sièges y sont durs, mais les cœurs y sont tendres ! Le père Joseph ne va pas tarder. Il est en prière... Ou il fait un petit somme... L'un et l'autre sont nécessaires au chrétien !

Sophie et Marie s'assirent à la table. Le sacristain apporta un samovar fumant et demanda la clef du garde-manger pour les confitures. Loukéria Siméonovna la lui confia de mauvaise grâce et montra un air inquiet jusqu'à son retour. Enfin, le sacristain reparut, serrant un bocal contre sa poitrine creuse. Derrière lui, marchait le père Joseph en personne. Il était encore plus grand que sa femme et paraissait, lui aussi, en état de maternité avancée, tant son ventre bombait sous la soutane noire. Une barbe, d'un gris de fer, débordait son visage comme une pelle. Ayant béni les deux visiteuses, il s'installa entre elles pour prendre le thé. Dès les premières gorgées, la sueur perla à son front.

— Dieu vous saura gré, à toutes deux, de vos bontés pour cet humble village, dit-il dans un soupir. Je suis sûr que, chaque jour, quelqu'un à Chatkovo parle de vous dans ses prières. Dans l'ensemble, ce sont tous des vauriens : voleurs, buveurs, menteurs, jureurs et fornicateurs ! Mais quoi, le Seigneur les a voulus ainsi !

— J'aimerais les aider, dit Sophie.

— A quoi faire ? demanda le père Joseph. Malheur à celui qui veut changer le cours des choses sans avoir les moyens d'aller jusqu'au bout ! La douceur que tu donnes à l'indigent aujourd'hui, demain il te la réclamera comme un dû, et, après-demain, si tu ne lui offres pas davantage, il t'accusera de méchanceté ! N'éveille pas une soif que tu es incapable d'étancher ! Ne tire pas vers la lumière celui qui s'est habitué à l'ombre ! Ne corrige pas l'œuvre de Dieu, à moins que Dieu ne te l'ordonne !

— Il faudrait donc, d'après vous, dit Sophie, laisser les malades à leur maladie, les ignorants à leur ignorance, les pauvres à leur pauvreté, les ivrognes à leur ivrognerie ?...

— ... Les riches à leur richesse, poursuivit le père Joseph, et les saints à leur sainteté. Le vrai bonheur, ce n'est pas autrui qui nous l'apporte, mais nous qui le trouvons dans notre âme. Il n'y a de cadeau aimable, selon Dieu, que celui qu'on ne peut ni mesurer en archines, ni peser en zolotnik, ni évaluer en roubles. Prodigue ton cœur, ma fille, prodigue tes prières, mais ne t'aventure pas inconsidérément dans des entreprises charitables qui n'ont rien à voir avec la religion...

Il toussota, se rappelant sans doute que Sophie était catholique, fit disparaître une cuillerée de confiture dans le trou de sa barbe et conclut :

— Être un chrétien orthodoxe est déjà une grande consolation ! Le moujik le plus misérable de Chatkovo doit jubiler à l'idée qu'il aurait pu, avec un peu de malchance, naître païen !

— Leur avez-vous dit cela ? demanda Sophie.

— Je le leur répète chaque dimanche, après la messe.

— Et ils vous croient ?

Loukéria Siméonovna, qui couvait son mari d'un regard énamouré, murmura :

— Comment ne pas le croire ? Il a une si belle voix !

A ce moment, Sophie remarqua un jeune paysan, de quinze ou seize ans, qui s'était glissé dans la pièce et se tenait appuyé au mur. Il avait des cheveux couleur de paille, coupés en rond, un front bas, têtu, un nez court, une mâchoire forte et des yeux bleus, presque violets. Une chemise déchirée couvrait ses maigres épaules. Le père Joseph fronça les sourcils et gronda :

— Encore ! Que veux-tu de moi, Nikita ? Je t'ai déjà dit que je n'avais pas le temps !

— Demain, peut-être ? balbutia le garçon.

— Ni demain ni après-demain. J'ai trop à faire avec cinq villages à desservir. Est-ce que j'apprends à lire à mes enfants ? Non, n'est-ce pas ? Alors, pourquoi t'apprendrais-je, à toi ?

— Il veut apprendre à lire ? demanda Sophie.

Le père Joseph haussa ses larges épaules et sa croix pectorale brilla, touchée par un rayon de soleil.

— Oui, dit-il, c'est une idée qui l'a piqué et qui ne le lâche plus ! Mais à quoi cela lui servira-t-il, dans son état ? Le moujik et l'alphabet ne sont pas faits pour vivre ensemble !

— Est-ce que vous ne pourriez pas au moins me prêter un livre, père Joseph ? dit le garçon. Je recopierais les lettres sur un papier. Je me les ferais expliquer...

— Par qui ?

— Par Pélagie.

— Elle n'en sait pas plus que toi !

— Si, elle connaît toutes les majuscules !

— Mais oui, dit Sophie, le père Joseph te prêtera un livre.

Et, quand tu sauras ton alphabet, tu viendras me voir. Je te ferai travailler...

Le visage du garçon s'empourpra. Il se prosterna devant Sophie, baisa le bas de sa robe, puis, se traînant à genoux, appliqua ses lèvres sur la robuste main du père Joseph :

— Merci, ma bienfaitrice, merci, mon bienfaiteur !

Le prêtre ne s'attendait pas à ce retournement de situation. Il gonfla les joues, comme s'il eût étouffé sous un excès de nourriture.

— Donne-lui le martyrologe, Loukéria, dit-il enfin. Avec l'aide de nos saints pravoslaves, il arrivera peut-être à éviter les embûches du diable !

Tandis qu'il parlait, son regard s'arrêta, une fraction de seconde, sur Sophie, brilla d'un feu aigu, hostile, et s'éteignit.

— Encore une tasse de thé, barynia ? demanda Loukéria Siméonovna avec un sourire.

★★★

Ragaillardi par la sieste, Michel Borissovitch sortit de son bureau dans une heureuse disposition d'esprit. En traversant le salon, il avisa une énorme touffe de fleurs des champs dans un vase. Inutile de demander qui avait assemblé ce bouquet avec tant de goût ! Depuis que Sophie s'était installée à Kachtanovka, la maison était toujours fleurie. Dehors, le ciel et la terre n'étaient qu'un flamboiement immobile. Michel Borissovitch rejoignit son fils sous la tonnelle, jeta un coup d'œil sur le livre qu'il lisait et grommela :

— L'*Esprit des lois !* Drôle d'idée ! Parler de l'esprit des lois, c'est chercher une excuse pour ne point leur obéir. Les Français ont détruit la grandeur de leur pays en s'acharnant à l'analyser. J'espère que tu ne donnes pas trop dans les billevesées libérales dont on commence à discuter chez nous !

— Je crois qu'une évolution est nécessaire, dit Nicolas prudemment.

— Quelle évolution ? La liberté, l'égalité, à la française ?

— Pas précisément, mais...

— Il n'y a pas de mais ! La Russie tient debout sur des assises séculaires. Elle est un exemple de force, d'ordre, de religion pour les autres pays. Si quelque chose doit changer, que le tsar le décide !

— On pourrait le lui conseiller.

— Qui ? s'écria Michel Borissovitch en riant. Toi ? Tes amis ?

— Peut-être, dit Nicolas.

— Ah ! gamin ! Où est Sophie ?

— Elle est partie pour Chatkovo avec Marie.

— Et tu n'as pas jugé utile de les accompagner ?

Nicolas étouffa un bâillement derrière sa main :

— Il fait trop chaud ! Et Chatkovo est sinistre...

Michel Borissovitch songea que la jeune génération manquait d'enthousiasme. A la place de son fils, il eût suivi Sophie des heures durant, pour profiter de ses étonnements, de ses sourires, de ses questions posées en russe avec l'accent français ! Brusquement, il boutonna son gilet, tourna les talons et marcha vers les communs.

En entendant son maître lui ordonner de seller Pouchok, le garçon d'écurie s'alarma. Il y avait bien huit ans que Michel Borissovitch n'était monté à cheval ! N'allait-il pas revenir épuisé de cette première course ?

— Il ne faudrait pas pousser trop loin, barine, murmura l'homme en amenant le cheval par la bride.

— Chatkovo et retour, c'est une bagatelle ! dit Michel Borissovitch.

Il se mit en selle pesamment et partit dans l'allée. En repassant devant le perron, il aperçut M. Lesur qui ouvrait les bras. L'affolement du Français faisait plaisir à voir. Michel Borissovitch lança Pouchok au trot. Il n'avait pas une bonne monte et raidissait tous ses muscles pour se tenir droit.

Quand il fut sur la route, son contentement s'étala aux limites de l'horizon. La face brûlée de soleil, il retrouvait l'ivresse conquérante de ses vingt ans. Pas une veine malade dans tout son corps. Sa force et son appétit étaient intacts. Dans les champs, des paysans le reconnaissaient et le saluaient très bas. Une lueur palpita au loin et s'éteignit. Le ciel parut d'un bleu plus sombre, comme sali par une fumée. Un grondement roula au bout du monde. Le vent se leva et fit tourbillonner de la poussière, des brins d'herbe, des graines de chardon. Puis, la bourrasque tomba, le tonnerre se tut. Un rai de soleil perça violemment les nuages. Michel Borissovitch, clignant des yeux, discerna une calèche qui venait à sa rencontre.

Aussitôt, il rectifia la tenue de ses rênes et cambra les reins. Comme il approchait de la voiture, Marie s'écria :

— Père ! Ah ! mon Dieu, vous êtes venu jusqu'ici ?

La mine bouleversée de sa fille, ses questions inquiètes le comblèrent d'aise. Sophie, en revanche, ne se montra pas aussi surprise qu'il l'eût souhaité. Sans doute ignorait-elle qu'il n'était plus monté à cheval depuis longtemps. Le cocher tirait sur ses guides et murmurait : « Trr... trr ! » à pleines lèvres. Michel Borissovitch fit tourner Pouchok et se rangea du côté de Sophie, avec l'élégance d'un jeune cavalier rencontrant des dames à la promenade.

— Alors ? dit-il en contrôlant sa respiration. Cette visite à Chatkovo s'est-elle bien passée ?

— A merveille ! dit Marie. Une fois de plus, Sophie a conquis tous les cœurs !

— Qui avez-vous trouvé là-bas ? demanda-t-il.

Ce fut encore Marie qui répondit. Sophie était trop absorbée dans ses réflexions pour avoir envie de parler. La vue de son beau-père à cheval, le teint coloré, les favoris défaits, les narines largement ouvertes, lui était pénible. Elle regardait les bottes de Michel Borissovitch, ses gants, sa badine, la chaîne d'or qui lui barrait le ventre, et pensait avec horreur à tous les serfs qui peuplaient son domaine. Ils étaient deux mille, disait-on. Deux mille individus, soumis corps et âme à la volonté d'un seul. Quelque chose comme un bétail à têtes humaines, un ramassis de monstres, participant à la fois de l'animal et de l'outil. Leur maître pouvait les punir ou les marier à sa guise, les faire battre, les vendre, les expédier en Sibérie. Ce n'était pas le malheureux staroste, élu par les moujiks pour les représenter devant le seigneur, qui eût osé défendre leur cause ! Sophie voulait bien croire que Michel Borissovitch n'abusait pas de son omnipotence, mais l'idée qu'il eût droit de vie et de mort sur un si grand nombre de ses semblables la révoltait. Subitement, elle le rendait responsable de cet état de fait, comme s'il eût dépendu de lui que le servage fût aboli en Russie. La calèche roulait doucement. Michel Borissovitch chevauchait à côté de sa belle-fille.

— Chatkovo n'est pas le plus pittoresque de mes villages, dit-il. Un jour, je vous accompagnerai à Tcherniakovo. Là, vous verrez un site vraiment admirable...

— Et des serfs, comme partout ailleurs ! dit Sophie.

Michel Borissovitch considéra sa belle-fille avec étonnement et dit :

— Comme partout ailleurs, oui !

— Combien d'âmes ?

Elle avait posé la question avec une froide ironie. Il rit, sans se vexer :

— Trois cent cinquante, environ.

— Sont-ils aussi heureux que ceux de Chatkovo ?

— Je le suppose, dit Michel Borissovitch. Mais ni vous ni moi ne pourrions nous en rendre compte, même en les regardant vivre de près, car leur notion du bonheur n'est pas la nôtre.

Il parlait en russe. Sophie en fut gênée, à cause du cocher qui les entendait. Elle le désigna du doigt à son beau-père. Michel Borissovitch fit un œil malicieux et continua en français :

— Ne vous tourmentez pas pour lui ! Il est moins dégourdi que son cheval ! Nous n'aurions plus de vie possible, si nous devions nous inquiéter de ce que pensent ces gens-là ! Du reste, ils ne sont pas tellement à plaindre ! Privés de liberté, ils sont, en contrepartie, déchargés de toute préoccupation matérielle. Si les récoltes sont mauvaises, si la disette survient, peu leur importe : ils savent que leur maître ne les laissera pas dans l'embarras. Il leur doit la nourriture, le couvert, la protection...

— Et s'il ne veut pas les secourir ?

— Il agit contre son propre intérêt : la terre a besoin d'hommes sains et forts pour être cultivée.

— Et s'il est ruiné ?

— Il vend ses serfs à un autre propriétaire, qui prendra soin d'eux.

— Vous me décrivez le paradis !

— Je vous décris la Russie. C'est un grand pays, où il y a de la place pour le riche et le pauvre, le malade et le bien portant, le simple d'esprit et le philosophe. Souvent, un serf affranchi ne sait que faire de sa liberté. Elle l'effraie. Il souhaite revenir sous l'aile protectrice de son seigneur...

Cette « aile protectrice » était si surprenante que Sophie éclata de rire. Marie tourna vers elle un regard lourd de prière. Michel Borissovitch se rembrunit et tira sur les rênes de son cheval, qui fit un écart et choppa du pied. Le cavalier se retint maladroitement au pommeau de la selle.

Le ciel s'obscurcissait sous des vapeurs d'orage. Un gros nuage glissait presque au ras de la terre. Sa lenteur était menaçante. Des haillons noirâtres pendaient de ses flancs. Le tonnerre se remit à gronder. Des éclairs, d'une blancheur aveuglante, embrasèrent l'horizon. Une odeur de poussière chaude tournoya dans le vent. Les oreilles des chevaux frémirent. Des gouttes tièdes s'écrasèrent sur les mains de Sophie. Le cocher arrêta ses bêtes, sauta de son siège et releva la capote de la voiture.

— Vous devriez monter près de nous, père, dit Marie.
— Non, non ! dit-il. Nous sommes presque arrivés !

Sans doute eût-il considéré comme une déchéance, étant venu à cheval, de finir sa promenade en calèche, avec les dames. On reprit la route. La pluie tombait, légère, serrée. Soudain, le ciel se déchira avec un craquement horrible, libérant une cataracte. Marie se blottit contre l'épaule de sa belle-sœur. Mille doigts tapotaient la capote de cuir sur leur tête. Un rideau liquide les séparait du monde. Recroquevillé sur lui-même, le cocher n'était plus qu'un ballot d'étoffe exposé à la bourrasque.

Michel Borissovitch, en revanche, ne courbait pas le dos. Planté raide sur sa selle, il se laissait tremper avec stoïcisme. Ses mains se crispaient sur les rênes luisantes comme des algues. Sa veste humide collait à ses omoplates. Son pantalon moulait ses cuisses maigres, ses genoux osseux. Du chapeau rond, enfoncé jusqu'à ses oreilles, l'eau ruisselait, comme d'une écuelle, sur un grand nez, sur ses favoris pendants. Quand il soufflait, des gouttes d'argent s'envolaient de sa moustache mouillée. Sophie lui trouva l'air vieux et fatigué. Elle eut pitié de lui. Marie dit encore :

— Père, je vous en supplie !... C'est absurde !...

Il répondit en secouant la tête négativement, avec force.

La route s'était transformée en bourbier. Dans les ornières, couraient des ruisseaux et sautaient des bulles. Enfin, l'allée de sapins noirs s'ouvrit devant la calèche. Sur le perron, se tenaient Nicolas, M. Lesur, des domestiques...

En descendant de cheval, Michel Borissovitch plia les genoux, faillit tomber et se rattrapa à l'épaule de Vassilissa. Il riait et claquait des dents. On s'empressa autour de lui. Nicolas le grondait pour son imprudence. Sophie et Marie le suppliaient d'aller vite se sécher, se changer. Vassilissa le traînait par la main vers sa chambre. Et il se laissait faire, fourbu, bourru, radieux, reniflant à pleines narines et mouillant le plancher sur son passage.

Assise entre Sophie et Nicolas dans le salon, Marie attendait avec impatience que son père fût de nouveau visible.

— Depuis sa fluxion de poitrine, il est resté très fragile des bronches, dit-elle. C'est pour cela que je m'inquiète !

— A-t-il l'habitude de visiter son domaine à cheval ? demanda Sophie.

— Pas du tout ! dit Nicolas. Il y a des années qu'il n'a plus chaussé les étriers ! Je ne comprends pas ce qui l'a pris ! Un coup de folie !

Sophie s'étonna. L'extravagance de Michel Borissovitch ne pouvait s'expliquer que par le désir d'éblouir son entourage. Un vieil enfant capricieux et hâbleur ! Nicolas, qui le critiquait, tenait de lui à ce point de vue. Elle les associa dans un sentiment de tendre ironie. Après avoir sévèrement jugé son beau-père, elle se surprenait à craindre pour sa santé. En vérité, il avait le double pouvoir de l'irriter et de la séduire. Plus elle le condamnait, plus elle s'attachait à lui. Elle prit sur un guéridon des journaux de mode que sa mère lui avait envoyés de Paris et les feuilleta machinalement. Des images gracieuses défilèrent devant ses yeux : « Coiffure écossaise en gaze lamée, avec guirlande de roses. Robe de tulle à corsage bouillonné... » Elle sourit avec mélancolie. « On a vraiment un goût exquis, chez nous, pour ce genre de choses ! » pensa-t-elle. C'était un bien petit côté du génie français qu'elle évoquait là, mais tout ce qui lui rappelait son pays avait le don de l'émouvoir. Que la France lui paraissait donc lointaine, fragile, précieuse, au retour d'une promenade à Chatkovo ! Elle regretta de ne pouvoir retrouver la chaleur de la patrie dans les lettres que lui adressaient ses parents. Ils lui parlaient d'un monde superficiel qui était le leur et où elle ne s'était jamais sentie à l'aise. Tout en souffrant d'être loin d'eux, elle répondait à leurs missives plus par habitude que par besoin de se confier à des êtres chers. Leurs traits s'estompaient pour elle dans la brume. Elle les aimait un peu comme s'ils eussent été morts, avec tristesse, avec douceur, avec sérénité.

Elle décida de monter dans sa chambre pour s'occuper de sa correspondance. Mais, déjà, un pas se rapprochait. Michel Borissovitch parut, suivi de Vassilissa. Il avait revêtu un habit couleur de pois vert et noué une cravate blanche à son cou. Ses traits étaient tirés. Pourtant, il refusait d'avouer sa fatigue.

— Cette promenade m'a ouvert l'appétit ! dit-il. J'ai une faim de loup !

Sophie remit à plus tard le soin d'écrire à ses parents.

4

Nicolas entendit le trot d'un cheval et sortit sur le perron. Le domestique, chargé de prendre deux fois par semaine le courrier à la poste, revenait de Pskov, les bottes crottées, le visage important et la sacoche en bandoulière.

— Rien pour moi ? demanda Nicolas.

— Si, barine ! dit l'homme en sautant à terre.

Il ouvrit la poche de cuir et en tira une lettre et un petit paquet. L'écriture des deux adresses était de Kostia Ladomiroff. Nicolas monta dans sa chambre pour n'être pas dérangé. Le petit paquet contenait trois chevalières en argent, avec un flambeau gravé sur le chaton. La lettre disait :

« Mon cher coquelicot (c'est le surnom que nous t'avons donné ici), je t'envoie trois bagues, dont l'une pour toi et les autres pour les amis que tu pourrais avoir à la campagne. Ces objets, ayant été bénits par un moine de mes relations, sont, en fait, de véritables reliques. Ne les distribue donc qu'à des personnes très croyantes. »

Nicolas eut un sourire : la plupart des lettres étant ouvertes à la poste, ces considérations mystiques étaient destinées à apaiser les soupçons des censeurs.

« Si tu veux d'autres bagues consacrées par le très saint homme, poursuivait Kostia, fais-le moi savoir. A Saint-Pétersbourg, nous regrettons beaucoup ton absence. Le cercle de nos compagnons s'élargit. Bientôt, mon appartement ne sera pas assez vaste pour les contenir. A ce moment-là, on s'assemblera dans la rue... »

D'une phrase à l'autre, Nicolas devinait mieux le sens caché du message. Non seulement ses camarades ne l'avaient pas oublié, mais encore ils comptaient sur lui pour propager les doctrines libérales en province. Quelle belle marque de confiance il recevait là et comme il avait hâte de s'en montrer digne ! Son père l'avait chargé de gérer le domaine. Tournées dans les villages, conversations avec les starostes, tenue des registres, correspondance, cette routine lui prenait quatre heures par jour. Le reste du temps, il l'emploierait à courir le pays pour se faire de nouvelles relations et renouer avec les anciennes. Au premier abord, il ne voyait pas grand monde dans les environs qui fût capable de le comprendre. Néanmoins, il ne désespérait pas de susciter quelques vocations politiques. Il glissa une bague à son doigt et la contempla longuement. Sans méconnaître ce qu'il y avait de puéril dans ce genre d'insignes, il y trouvait le symbole d'une si noble cause que l'émotion le gagnait. Il appela Sophie. Chaque fois qu'il éprouvait un plaisir, il fallait qu'elle en eût sa part. Elle admira les chevalières d'un air amusé et dit :

— C'est charmant !

Il fut un peu vexé de cette condescendance. En revanche, elle s'intéressa vivement à la lettre de Kostia. Après l'avoir lue, elle tourna vers son mari un visage radieux :

— Tu vois qu'il y a beaucoup à faire pour toi, même loin de Saint-Pétersbourg !

Il eut un soupçon : avait-elle si peur qu'il ne s'ennuyât à la campagne ? Mais, déjà, elle poursuivait avec entrain :

— As-tu quelque idée des gens qui, à Pskov, pourraient partager tes opinions ?

— Non, dit-il. Je vais aller au club, cet après-midi, pour tâter le terrain. Peut-être Bachmakoff ?

— Qui est-ce ?

— Un capitaine en retraite, célèbre pour ses duels, ses pertes au jeu et ses bonnes fortunes. Ce qui est dangereux l'intéresse par principe.

— N'est-il pas trop fou ? murmura-t-elle.

— Juste assez pour m'écouter !

— Tu me fais peur ! Sois très prudent, je t'en supplie !

— L'étais-tu quand tu conspirais à Paris ?

— Je te défends de prendre exemple sur moi !

Il éclata de rire :

— Au fond, toi, la républicaine, tu préférerais que je sois monarchiste ! Je te donnerais moins d'inquiétude !

Elle rougit sous le coup de la colère, puis se radoucit et se laissa embrasser. Il lui offrit une bague.

— A quel titre ? demanda-t-elle.
— N'es-tu pas avec nous ?
— En pensée, dit-elle.
— Tu le seras aussi en action, le moment venu !
Elle soupira :
— Nous n'en sommes pas encore là ! Il me semble qu'il est très difficile de changer quoi que ce soit en Russie !
— J'espère te prouver que non ! Bien entendu, il ne faut pas que père voie ces anneaux ! Il nous demanderait des explications !
— Ah ! Nicolas ! quel âge as-tu ? dit-elle en lui ébouriffant les cheveux avec amour.

Et elle cacha les trois bagues dans un tiroir de son secrétaire.

La ville, étalée sur les deux rives de la Vélikaïa et de la Pskova, avait un charme archaïque, avec ses églises aux coupoles multicolores et son Kremlin à l'enceinte fortifiée, qui dominait le pays. Comme il avait plu à midi, une boue épaisse couvrait la chaussée. De part et d'autre de la rue que suivait Nicolas, s'alignaient des maisons à un étage, aux toitures de bardeaux et aux auvents de bois découpé. Les passants les mieux habillés avaient un air de province. Après avoir vécu à Saint-Pétersbourg, il était impossible de supporter l'ennui que respirait cette vieille cité somnolente.

Le club était, malgré son nom pompeux, un local sombre et sale, aux tentures déchirées, aux fauteuils de cuir avachi et au buffet assailli de mouches. Assis par groupes autour des tables, les habitués jouaient au whist, aux échecs, fumaient, lisaient des journaux. Ayant salué quelques connaissances, Nicolas chercha Bachmakoff et le découvrit dans la salle du fond. Une queue de billard en main, la paupière plissée, il « blousait » une bille après l'autre, avec une dextérité diabolique. Son adversaire était un jeune homme très brun, très frisé, aux beaux yeux italiens, aux narines trop minces et aux lèvres féminines. Nicolas eut l'impression de l'avoir rencontré jadis, mais ne put mettre aucun nom sur son visage.

— Nicolas, mon soleil ! hurla Bachmakoff. Tu arrives pour boire à ma victoire ! J'ai gagné six parties de suite à cet honorable gentilhomme ! A cinquante roubles l'unité, calcule un peu le bénéfice !

— Vous serez payé demain matin, je vous en donne ma parole ! dit le jeune homme.

— Je te crois, mon coquelet, dit Bachmakoff en poussant la dernière bille dans son trou.

Il riait, la peau de la figure couleur brique, les dents blanches, la moustache rêche et noire, telle une brosse à reluire collée sous les narines.

— Veux-tu nous présenter ? dit Nicolas.

— Comment ? Mais tu ne connais que lui ! s'écria Bachmakoff. C'est Vassia, Vassia Volkoff, de Slavianka !

— Ah ! mon Dieu ! soupira Nicolas en portant une main à ses yeux comme pour les protéger d'une vive lumière.

Le domaine des Volkoff touchait celui des Ozareff. La dernière fois que Nicolas s'était rendu chez ses voisins, à Slavianka, c'était en 1812, avant la déclaration de la guerre. A cette époque, Vassia pouvait avoir une douzaine d'années. Il en avait donc dix-neuf ou vingt maintenant.

— Eh ! oui, mon cher, dit Bachmakoff, le temps passe ! On ne remarquerait même pas qu'on vieillit, si ces jeunes gens n'étaient là pour nous le rappeler !

— Moi, je me souviens parfaitement de vous ! dit Vassia avec élan. Vous étiez en uniforme de cadet quand vous êtes venu à la maison !

Debout devant Nicolas, les yeux brillants, il lui jetait son admiration à la face. Nicolas en éprouva un plaisir vaniteux.

— Eh bien ! vous voyez, dit-il, j'ai quitté l'uniforme et je me suis installé à la campagne, comme tant d'autres. Et vous, que faites-vous ?

— Je viens de terminer mes études à l'université de Goettingue, dit Vassia. Pour l'instant, je ne pense donc qu'à me reposer, en famille. Plus tard, j'aviserai... Peut-être entrerai-je au département de la Justice, où ma mère a des relations...

— Pourquoi pas ? dit Bachmakoff. C'est très amusant, la justice : on joue l'innocence des gens à pile ou face !

Ayant ri bruyamment de sa plaisanterie, il appela le garçon de salle et commanda une deuxième bouteille de vin du Rhin, à porter au compte de Vassia Volkoff. Ils s'assirent sur le billard pour trinquer.

— Ainsi, il n'y a pas longtemps vous vous trouviez encore en Prusse, dit Nicolas pensivement. Vous avez dû connaître une grande agitation, au mois de mars dernier...

— Au mois de mars ?

— Oui, vous voyez ce que je veux dire : l'affaire de Mannheim.

Il faisait allusion à l'assassinat, par l'étudiant Sand, de l'écrivain allemand Kotzebue, qui était un agent du tsar. Ce meurtre politique avait soulevé dans toute l'Europe l'indignation des partisans de l'absolutisme et l'enthousiasme des libéraux.

— En effet, déclara Vassia. J'étais, comme on dit, aux premières loges.

— Et quelle fut, à cette occasion, la réaction des milieux universitaires ?

Vassia répondit sans hésiter :

— Une fierté et une joie profondes ! Nul n'ignorait, parmi nous, que Kotzebue était un scélérat. Il ne manquait pas une occasion d'attaquer la jeunesse et ses *sacra* les plus chers : unité nationale, constitution, indépendance de la presse...

— Bref, il était pour le maintien de l'ordre ! dit Bachmakoff.

— Oui, si le maintien de l'ordre suppose l'écrasement de l'individu par l'Etat ! répliqua Vassia en dressant le menton.

Une onde de bonheur envahit Nicolas. Il aurait pu se croire à Saint-Pétersbourg, dans l'appartement de Kostia Ladomiroff.

— Quelle fougue! s'écria Bachmakoff. Je ne savais pas qu'on formait des révolutionnaires à l'université de Goettingue!

— Je suis loin d'être un révolutionnaire, dit Vassia en baissant le ton. Je déteste le sang, les désordres, la racaille. Mais j'ai le culte de l'honneur. Et Kotzebue a failli à l'honneur en vendant sa plume.

— Il ne l'a pas vendue à n'importe qui, dit Bachmakoff, mais au tsar.

Vassia détourna les yeux et grommela :

— Ce n'est pas une excuse!

Nicolas l'eût embrassé.

— Qui a décidé cet assassinat? demanda Bachmakoff.

— Une assemblée de conspirateurs, dit Vassia. Le poignard de Sand a fait le reste.

Bachmakoff fronça les sourcils :

— Et tu l'admires?

— Oui.

— Aurais-tu osé, toi-même?...

— Certainement pas! dit Vassia.

— Tu penses trop pour agir?

— Sans doute!

— Je suis comme vous, dit Nicolas.

— Moi pas! annonça Bachmakoff. J'agis d'abord et je pense après. C'est pourquoi je ne veux pas me mêler de politique. Je ne ferais que des bêtises!

Il rit et vida son verre. Nicolas le classa d'un coup d'œil : « A n'utiliser qu'en cas de nécessité absolue. » Vassia, en revanche, semblait une recrue possible. Mais il était si jeune, si impulsif! Il faudrait l'observer de près avant de se confier à lui. Cinq ans à peine les séparaient et, cependant, Nicolas se sentait lourd d'expérience en face de ce garçon frais émoulu de l'université. Comme ils se vouvoyaient encore, Bachmakoff leur proposa de boire à la *Bruderschaft,* les bras entrecroisés et les yeux dans les yeux. Ayant vidé leur verre, ils se diraient des injures. Ensuite, ils seraient frères et se tutoieraient. Le cérémonial fut suivi à la lettre.

— Sacré imbécile! gronda Nicolas d'une voix tonnante.

— Vieux porc! murmura Vassia en rougissant de son audace.

Puis, ils s'embrassèrent et Vassia dit :

— Je suis heureux de t'avoir rencontré, Nicolas.

Quand la bouteille fut vide, Bachmakoff s'aperçut qu'il devait partir. Il avait rendez-vous avec une jolie juive, qui lui réservait ses bontés deux fois par semaine. Seul avec Nicolas, Vassia lui parla de sa vie à la campagne. Il aimait les spectacles de la nature et la méditation. C'était sa mère, restée veuve très jeune, qui gérait le domaine. Nicolas croyait se rappeler qu'il y avait beaucoup de filles dans la maison.

— Combien as-tu de sœurs? demanda-t-il.

— Trois, dit Vassia. L'aînée, Hélène, a seize ans, la moyenne, Nathalie, quatorze, et la cadette, Euphrasie, douze.

— Et pas de frère ?
— Non.
— Tu es donc le seul homme de la tribu !
— Eh oui ! dit Vassia en riant de toutes ses dents petites et blanches.
L'ombre de ses longs cils palpita sur ses joues.
— Que fais-tu, maintenant ? reprit-il.
— Rien, dit Nicolas.
— Alors, je t'emmène !
— Où ?
— A Slavianka. Ma mère sera heureuse de te voir. Elle se plaint que ses voisins de Kachtanovka la négligent. Cela ne l'empêche pas d'ailleurs d'être au courant de tout ce qui se passe chez vous. Sans avoir jamais vu ta femme, nous savons qu'elle est d'une rare beauté, que vous êtes un ménage très uni et que vous avez eu un grand malheur...
— Ne parle pas de cela ! dit Nicolas.

Soudain, il avait moins envie d'aller à Slavianka. Il craignait d'y être accueilli par des félicitations et des condoléances également maladroites. Sûrement, l'aimable Daria Philippovna Volkoff se croirait obligée de mettre la conversation sur tout ce qu'il souhaitait oublier. Vassia le regardait avec insistance. Il céda, par faiblesse, en se promettant de ne pas prolonger sa visite au-delà d'une heure.

Ils firent la route à cheval, sans se presser. En découvrant la maison de Slavianka, Nicolas lui trouva un aspect plus vétuste que dans ses souvenirs. C'était une longue bâtisse, toute en bois noirci par le temps. Un vestibule de planches s'avançait jusqu'au perron de trois marches. Les fenêtres étaient minuscules, avec des volets peints en rouge, en vert et en orange vif. De cette demeure de poupée s'échappèrent trois gamines aux tresses volantes, qui criaient :

— Vassia ! Vassia !

En apercevant Nicolas à côté de leur frère, elles s'arrêtèrent, pétrifiées. Aucune des trois n'était jolie. Maigres et brunes, habillées de robes à fleurs, elles avaient des allures de sauvageonnes. Vassia fit les présentations. Nicolas eut droit à trois petites révérences, les genoux à peine pliés. Et les demoiselles s'enfuirent. Elles revinrent bientôt, escortant leur mère. Daria Philippovna était une femme de trente-huit ans, grande, belle et majestueuse, au visage régulier, au sourire moelleux et aux yeux bombés, d'un bleu de faïence. Elle accueillit Nicolas avec autant de joie que s'il eût été un de ses proches parents au retour d'un voyage.

— Je comprends si bien que votre femme et vous désiriez rester à l'écart du monde pendant quelque temps ! dit-elle. Mais n'oubliez pas que vous avez ici des amis sincères et discrets, qui seront heureux de vous recevoir dès que vous en éprouverez l'envie.

Son fils et ses trois filles la contemplaient avec vénération. Sans doute était-elle pour eux un modèle de grâce et d'intelligence. Nicolas lui-même était conquis. Daria Philippovna insista pour qu'il prît le thé avec elle et ses enfants. La table était servie sous deux tilleuls qui mêlaient leurs feuillages.

Le samovar fumait. Dix sortes de confiture attiraient les abeilles. Les fillettes se taisaient, laissant parler les grandes personnes. Interrogé par Daria Philippovna sur les échos de Saint-Pétersbourg, Nicolas raconta les pièces de théâtre qu'il avait applaudies, cita quelques bons mots recueillis en ville et donna son opinion, fort impertinente, sur des gens en renom. Il s'étonnait de l'aisance avec laquelle s'enchaînaient ses phrases. L'atmosphère de cette maison lui était favorable. De temps à autre, Daria Philippovna avait un doux rire de gorge et ses yeux bleus se voilaient. Nicolas ne se rappelait pas qu'elle fût si belle ! Comment se fier aux souvenirs d'un gamin ? La dernière fois qu'il l'avait vue, elle était pour lui la mère de quatre enfants, c'est-à-dire une personne aux fonctions bien définies, dont l'aspect physique lui importait peu. Maintenant, il découvrait qu'elle était aussi une femme. La meurtrissure bistre qui entourait ses paupières ajoutait de la gravité à son regard. On la sentait pleine d'indulgence maternelle, de tendresse inutile, de naïveté attardée. « Une âme de jeune fille dans un corps de trente-huit ans », décida Nicolas. Puis, il la compara à une rose trop épanouie, jetant son ultime parfum dans le soir, et cette image banale acheva de le troubler. Autour de lui, on riait. Qu'avait-il dit de si drôle ? Soudain, Daria Philippovna prit un air sérieux et murmura :

— Cher Nicolas Mikhaïlovitch, j'ai un projet dont je voulais entretenir votre père depuis longtemps, mais je n'ai pas osé le déranger. Puis-je profiter de votre visite pour vous dire de quoi il s'agit ?

— Mais oui, s'écria-t-il. Tout à votre service...

— C'est au sujet de Chatkovo, dit-elle. Ce village forme, vous ne l'ignorez pas, une enclave dans mes terres. Seriez-vous disposé à me le vendre ?

Nicolas demeura une seconde interloqué. Il était à cent lieues de ces considérations matérielles.

— Nous tenons beaucoup à Chatkovo, dit-il enfin. C'est un bon coin pour le seigle.

— Certainement, dit Daria Philippovna. Mais je pourrais vous céder, à titre de dédommagement, notre hameau de Blagoïé, qui est, en somme, chez vous, de l'autre côté de l'eau...

— Ce serait, en effet, une heureuse rectification de frontières ! dit Nicolas en souriant.

— Si vous saviez, soupira-t-elle, comme je suis gênée d'avoir à vous parler de cela ! Une femme est toujours déplacée quand elle s'occupe elle-même de ses affaires. Mais je suis bien obligée, étant seule...

— Ne dites pas cela, maman ! s'écria Vassia.

Le mot « maman » frappa désagréablement l'oreille de Nicolas. Il lui était difficile de croire que ce grand garçon, au menton bleu et à la voix de baryton, fût issu de la douce créature qui présidait la table.

— Je me comprends, mon chéri ! dit Daria Philippovna. Et Nicolas Mikhaïlovitch me comprend aussi, j'en suis sûre !

— Non, Daria Philippovna, je ne vous comprends pas ! répliqua Nicolas. Vous n'êtes nullement déplacée, comme vous dites !...

Et, brusquement, il eut envie de rendre service à cette femme méritante.

— Combien avez-vous d'âmes à Chatkovo? demanda-t-elle.
— Deux cent soixante-trois, dit-il en la regardant avec une affection respectueuse.
— Ce n'est pas beaucoup.
— Je vous donne le chiffre du dernier recensement. Depuis, il y a eu quelques naissances. Et à Blagoïé, quel est le compte?
— Soixante-dix-sept seulement, dit-elle. Mais, sur ce total, vous avez quinze moujiks de moins de trente ans, en parfaite santé!
— J'essayerai de décider mon père.
— De toute façon, revenez nous voir le plus vite possible, cher Nicolas Mikhaïlovitch. L'affaire n'est rien, les relations de bon voisinage sont tout!
Le ciel s'éteignait. Il était temps pour Nicolas de songer au retour. Toute la famille, assemblée devant la maison, le regarda monter à cheval et partir dans un galop brillant.

*
* *

M. Lesur marchait à petits pas dans l'allée, un livre ouvert à la main. En arrivant à sa hauteur, Nicolas arrêta son cheval et dit :
— Vous vous promenez bien tard!
— Je n'ai plus d'heure pour rien, mon cher Nicolas, répondit M. Lesur d'une voix tremblante.
A son air vexé, Nicolas devina qu'il avait été, une fois de plus, rabroué par Michel Borissovitch.
— Mon père est à la maison? demanda-t-il.
— Mais comment donc! s'écria M. Lesur. Il joue aux échecs avec Mme Sophie.
Ce disant, il dirigea sur Nicolas un regard qui réclamait justice. Il était un courtisan renvoyé. Incapable de le plaindre, Nicolas poussa le cheval au trot.
En pénétrant dans le salon, il eut conscience de déranger un heureux tête-à-tête. Levant les yeux de l'échiquier, son père et sa femme lui adressèrent le même sourire distrait.
— Je viens de Slavianka, dit-il.
Et il leur raconta sa conversation avec Daria Philippovna. Au fur et à mesure qu'il avançait dans son récit, le visage de Sophie prenait une expression plus inquiète. Quand il parla de vendre Chatkovo, elle éclata :
— J'espère que tu as refusé!
— Je lui ai dit que la décision dépendait de père!
Sophie eut un mouvement si vif qu'une pièce de l'échiquier tomba :
— C'est inouï! Cette femme est folle!
— Ne croyez pas cela, dit Michel Borissovitch. Son idée me paraît logique. Es-tu sûr qu'elle accepterait de nous céder Blagoïé?
— Oui, père, dit Nicolas.
Michel Borissovitch tirailla un de ses favoris, puis l'autre, méditativement.
— Il faut voir le pour et le contre, grommela-t-il.

— Mais, père, c'est tout vu ! s'exclama Sophie. Vous n'avez pas le droit de vendre Chatkovo ! Ce serait... ce serait monstrueux.

Les sourcils de Michel Borissovitch s'arquèrent au-dessus de ses yeux ronds.

— Voilà un bien grand mot ! dit-il. Et pourquoi, s'il vous plaît, serait-ce monstrueux ?

Le temps d'un éclair, Sophie évoqua les isbas croulantes, les moujiks dans les champs, la vieille Pélagie sur le pas de sa porte, le petit Nikita qui voulait apprendre à lire et un grondement de révolte emplit sa tête.

— Depuis combien de temps Chatkovo est-il dans votre patrimoine? demanda-t-elle.

— Depuis un siècle, je pense, dit Michel Borissovitch.

— Eh bien, les habitants de ce village sont plus proches de vous que certains membres de votre famille. De génération en génération, ils se sont habitués à voir un Ozareff diriger leur destin. Ils vous considèrent comme leur maître, et, je l'espère, comme leur bienfaiteur. Allez-vous brusquement les arracher de vous ?

— Vous vous faites des illusions sur les sentiments des moujiks à mon égard, dit Michel Borissovitch.

— Non, père, je leur ai parlé. Vous voyez, je n'essaye même pas de critiquer l'institution du servage. J'admets que, si vous aviez besoin d'argent, si vous étiez acculé à la ruine, il faudrait vendre Chatkovo ou tel autre village de votre bien. Mais ne bouleversez pas la vie de centaines d'individus pour le simple plaisir de conclure une affaire !

Elle reprit sa respiration, et, tournée vers son mari, poursuivit d'une voix blanche :

— Je m'étonne, Nicolas, que tu n'aies pas pensé à cela lorsque cette Daria Philippovna t'a fait sa proposition !

— Tu n'y penserais pas toi-même, si tu la connaissais ! dit-il. Jamais je n'accepterais de vendre nos moujiks à un seigneur négligent ou brutal. Mais Daria Philippovna est la douceur, la prévenance et la justice mêmes. Avec elle, nos serfs seront aussi heureux, sinon plus, qu'avec nous.

— Il a raison ! dit Michel Borissovitch.

Sophie eut l'impression de parler à des sourds.

— Mais le principe, Nicolas, le principe, qu'en fais-tu ? s'écria-t-elle. Toi, si plein de théories généreuses, comment concilies-tu ton soi-disant respect de la personne et ton désir de vendre trois cents êtres humains après avoir débattu le prix des mâles, des femelles et des enfants en bas âge ?

Il fut touché par cet argument et garda le silence. Comme toujours, elle était plus proche que lui de la réalité. Il s'élançait dans le monde des idées, rêvait d'apporter le bonheur à la Russie et oubliait de répondre au moujik qui le saluait, chapeau bas. C'était un défaut, chez lui. Mais ses intentions étaient bonnes. Sophie n'avait pas le droit d'en douter.

— Eh bien ! que répondrez-vous à Mme Volkoff, père ? demanda-t-elle.

Les yeux mi-clos, Michel Borissovitch fit durer le plaisir de l'incertitude. La conscience de pouvoir, à son gré, désespérer sa belle-fille ou la combler d'aise l'amusait d'autant plus qu'il la trouvait belle dans l'émotion. A défendre la cause de ces stupides moujiks, elle s'était enflammée comme une amoureuse !

— Vous m'avez convaincu, Sophie, déclara-t-il enfin. Nous ne vendrons pas Chatkovo, puisque vous tenez à ce village...

Elle bondit de sa chaise et lui serra les deux mains en murmurant : « Merci, père ! » C'était la première fois qu'elle se montrait si affectueuse avec lui. Etonné, il ne savait plus que dire. Comment pouvait-elle passer, en un clin d'œil, de la violence à la douceur ? Nicolas, de son côté, n'était pas mécontent que Sophie eût obtenu gain de cause. Au fond, pas plus qu'elle, il ne souhaitait vendre Chatkovo. Simplement, il eût voulu faire plaisir à Daria Philippovna. Il se demanda de quelle façon il lui présenterait une résolution si décevante pour elle.

— Et maintenant, reprenons notre partie d'échecs ! dit Michel Borissovitch à Sophie.

Ce fut sur ces mots que M. Lesur entra, pâle de réprobation. Marie le tirait par la main. Elle l'avait rencontré dans le jardin, à la nuit tombante.

— M. Lesur est souffrant ! dit-elle.

— Nullement ! protesta celui-ci. J'ai des frissons, comme toujours lorsque je suis contrarié ! Il faudra bien que j'en prenne l'habitude !...

— Je vous le conseille, monsieur Lesur, dit Michel Borissovitch en le frappant d'un regard dur comme un coup de canne.

5

La troisième bague fut pour Vassia. Après une dizaine d'entrevues au club et à Slavianka, Nicolas s'était convaincu qu'il pouvait, en toute tranquillité, accorder à son nouvel ami cette marque de confiance. Sur les questions les plus importantes, le jeune homme partageait son opinion. Daria Philippovna avait été fort contrariée d'apprendre que, par attachement aux moujiks de Chatkovo, Michel Borissovitch refusait de vendre le village. Néanmoins, elle avait eu l'élégance de dire à Nicolas : « Du moment que vous y voyez une affaire de sentiment, je m'incline. Mon cœur vous approuve, si ma raison vous contredit ! » Cette phrase l'avait frappé comme une sentence digne du théâtre antique. Ayant déçu la mère de Vassia dans ses espérances, il se croyait son obligé. Il eût aimé lui faire rencontrer sa femme et qu'elles éprouvassent l'une pour l'autre de l'estime. Mais Sophie refusait de sortir. L'existence familiale, à Kachtanovka, l'avait rendue sauvage. Nicolas dut insister pour qu'elle reçût au moins Vassia à la maison. Elle le jugea charmant, malgré son air de fille. Quant à Marie, qui le connaissait depuis son enfance, elle fut tout juste aimable avec lui. « Je l'ai toujours trouvé ennuyeux et prétentieux », dit-elle après son départ. Les protestations indignées de son frère la laissèrent de glace. Il lui criait qu'elle se trompait, que Vassia était un garçon d'une intelligence raffinée, d'une fraîcheur d'âme extraordinaire, et elle souriait, avec un entêtement de pucelle, en regardant au loin. Découragé, il pria Sophie de la convaincre, car il voulait que Vassia, nouveau membre de l' « Alliance pour la Vertu et pour la Vérité », se sentît chez lui lorsqu'il reviendrait à Kachtanovka. Sophie le calma en l'assurant que l'humeur des jeunes filles était changeante.

Pour travailler en paix, Nicolas s'était aménagé un cabinet dans une pièce du rez-de-chaussée et y avait transporté tous les ouvrages traitant de la politique qu'il avait pu dénicher dans la maison. Sur ses instances, Sophie avait écrit à ses amis Poitevin, à Paris, pour leur demander de lui envoyer quelques livres à la mode, sans préciser lesquels. En vérité, elle doutait que la prose d'un Condorcet ou d'un Benjamin Constant fût autorisée à passer la frontière. Mais Nicolas avait une telle faim de lectures que tout lui était bon ! En attendant les brochures subversives qui ne venaient pas, il dévorait pêle-mêle de Bonald, Chateaubriand et Jean-Jacques Rousseau.

Laissant son mari à son exaltation sédentaire, Sophie se rendait chaque jour, ou presque, dans les villages. Au début du mois d'août, elle appela un médecin de Pskov pour soigner des enfants malades du croup, à Tcherniakovo. Cette initiative fit grand bruit dans la région. Certains propriétaires fonciers reprochèrent à « la Française » d'inciter les moujiks à la fainéantise en les persuadant que tout leur était dû. Nicolas, qui avait entendu cette réflexion au club, la rapporta, en souriant, à Sophie. Elle y répondit par un redoublement de charité.

Cependant, la bienfaisance de Sophie envers les paysans ne se bornait pas à une aide matérielle. Ils lui racontaient leurs soucis de famille et prenaient son avis dans leurs disputes. Au cours de ses conversations avec eux, elle s'efforçait aussi de les initier à ce qui se passait dans le reste du monde. Mais ils semblaient craindre d'être dérangés au fond de leur ignorance. Dès que la barynia leur parlait d'un pays lointain ou d'un événement historique, ils rentraient dans leur coquille. Pour eux, la Russie, c'était leur village, les villages voisins, Kachtanovka, Pskov, et, plus loin, derrière des forêts noires et des plaines vertes, Moscou aux mille églises, Saint-Pétersbourg où des généraux entourent un tsar resplendissant comme le soleil, et les steppes de Sibérie où travaillent des forçats enchaînés. Autour de cet empire chrétien, flottaient des peuples étranges, mal aimés de Dieu, tels que les Français, les Anglais, les Allemands, les Chinois, les Turcs... Comment s'était construite la Russie, quels souverains s'étaient succédé sur son trône, d'où venait l'institution du servage ? les moujiks refusaient de le savoir. Sophie avait conscience de l'énorme épaisseur de sottise, de paresse, de méfiance, de superstition qu'elle aurait à vaincre pour se faire entendre d'eux, mais la difficulté de l'entreprise augmentait le désir qu'elle avait de s'y consacrer.

Un soir, comme elle revenait à Kachtanovka, en calèche, à travers bois, une ombre bondit hors des fourrés et se dressa au milieu du chemin. Le cocher tira sur ses guides pour éviter le choc.

— Espèce d'imbécile ! hurla-t-il. Tu ne peux pas faire attention ?

Sophie se pencha à la portière et reconnut Nikita, hirsute, les pieds nus, la

chemise déchirée. Il lui tendit un papier roulé en tube et attaché avec un ruban d'un rose sale :
— Prenez, barynia !
— Qu'est-ce que c'est ?
— Je ne peux pas vous le dire !

Le soleil couchant tremblait, rouge, entre les branches des arbres. Sophie dénoua le lien et trouva une page d'écriture. Les caractères, maladroitement dessinés, se suivaient, cahin-caha, sur des lignes tracées au crayon :

« Barynia, maintenant je connais les lettres. Est-ce que vous comprenez ce que j'écris ? Si c'est oui, je serai plus heureux aujourd'hui que dans tout le reste de ma vie. Je vous salue jusqu'à terre et je prierai Dieu éternellement pour vous. Votre esclave dévoué. — Nikita. »

Elle fut émue par cette épître, que Nikita avait eu, sans doute, tant de mal à rédiger et à laquelle il attachait une telle importance !
— C'est très bien ! dit-elle. Il faut continuer, Nikita !
— Je pourrai vous écrire encore, barynia ? demanda-t-il.
Elle hésita. Quelle que fût sa sympathie pour les serfs de la propriété, il ne lui paraissait pas bienséant qu'un moujik de seize ans lui adressât des lettres.
— Non, dit-elle. Enfin… une fois de temps en temps… Ecris à quelqu'un d'autre…
— A qui, barynia ? Je n'ai personne !
— Ecris à toi-même.
— Comment peut-on s'écrire à soi-même ?
— C'est très amusant ! Tu notes tes impressions, tu racontes les événements de ta vie…
— Et après ?
— C'est tout.
Il baissa la tête, déçu, puis la releva et dit :
— Quand j'en aurai écrit assez, vous le lirez, barynia ?
— Je te le promets, dit-elle.
Elle roula le papier et l'attacha de nouveau avec le ruban, tandis qu'il suivait ses moindres gestes d'un regard attentif. Eut-il peur, au dernier moment, qu'elle ne lui rendît la lettre ? Il fit un saut de côté et s'enfuit dans le sous-bois.

Elle n'entendit plus parler de lui pendant trois semaines. Puis, un après-midi qu'elle se trouvait au jardin avec Marie, Antipe accourut, l'œil tragique et la bouche hilare :
— Aïe ! Aïe ! Aïe ! Il s'en passe des choses à la maison ! Igor Matvéïtch, le staroste de Chatkovo, est arrivé avec Nikita. Il paraît que le gamin a fait je ne sais quel crime, qu'il faut lui donner les verges !…
— Quoi ? s'écria Sophie. Qu'est-ce que tu inventes ?…
— Depuis le jour de ma naissance, je n'ai pas menti ! Michel Borissovitch et Nicolas Mikhaïlovitch sont en train de les recevoir…
— Où ?

— Dans le bureau, barynia. Mais ça se terminera dans la cour. Ah! je n'aimerais pas être dans la peau de Nikita! You-hou, ça va siffler! You-hou, ça va saigner!...

Plantant là sa belle-sœur, Sophie se précipita vers la maison, frappa à la porte du bureau et entra sans y être invitée. Michel Borissovitch était assis à sa table de travail, Nicolas sur le canapé. Devant eux, se tenaient debout, tête basse, le staroste Igor Matvéïtch, efflanqué, ridé, avec une barbiche de chanvre qui pendait sur sa poitrine, et Nikita. Le gamin était ivre de peur. Des traces de larmes rayaient la crasse de ses joues. Il glissa vers Sophie un regard stupide.

En apercevant sa belle-fille, Michel Borissovitch eut un geste d'impatience et demanda :

— Que voulez-vous ?

— Intercéder en faveur de ce garçon, dit-elle. Je le connais bien. Il est incapable d'une mauvaise action.

— Il paraît que si! dit Michel Borissovitch.

Il n'osait prier Sophie de sortir, mais sa présence, visiblement, le gênait. Tourné vers le staroste, il gronda :

— Eh bien! Explique-toi!

Igor Matvéïtch fit un pas en avant et dit d'une voix bêlante :

— Vous savez, barine, que je suis souvent obligé de quitter le village pour aller vendre des marchandises dans les foires. Vous savez aussi que les femmes sont des créatures du diable...

— Non, dit Michel Borissovitch.

— La mienne, si! Une créature du diable qui en remontrerait au diable lui-même! Elle s'est acoquinée avec un roulier de Pskov, cet escogriffe de Kitaïeff! Encore un que le baptême n'a pas changé en chrétien!...

— Mais Nikita, là-dedans ?

— J'y arrive, barine! J'y arrive! Le malheur a voulu que, ces derniers temps, Nikita apprenne à lire et à écrire!

En disant ces mots, il regarda Sophie du coin de l'œil.

— C'est moi qui l'ai poussé à s'instruire, dit-elle.

— Parfois, la bonne graine tombe dans une mauvaise terre! soupira le staroste. A quoi ce vaurien a-t-il employé la connaissance des beaux signes de l'alphabet russe ? A une œuvre puante, que Votre Seigneurie me passe l'expression! Beaucoup de filles, au village, le prient maintenant de leur griffonner quelques mots, pour rire. Ma sorcière de femme, Eudoxie, est allée le trouver, comme ça, et lui a demandé d'écrire en cachette à Kitaïeff, le roulier, pour lui dire quel jour je partais, quel jour je revenais, et comment elle pourrait le rencontrer pour l'amour!... Et il l'a fait!... Il a écrit ce que voulait cette renarde lubrique!

— Je ne pouvais pas refuser à la femme du staroste, bredouilla Nikita en reniflant sa morve.

— Tu le devais, pourceau infâme! La tête ne peut ignorer ce que fait la main Si tu prêtes ta plume à l'adultère, c'est que tu approuves l'adultère. Et de quel adultère s'agit-il ? De celui qui couvre de honte un homme respectable, le staroste de ton village, justement !

Un sanglot secoua les épaules de Nikita et il tomba à genoux :

— Sois charitable, Igor Matvéïtch !

Sophie observa Michel Borissovitch et constata qu'il était sur le point de perdre son sérieux. Des frissons parcouraient ses joues, tiraillaient ses lèvres, agitaient les poils de sa face. Elle se rassura : on ne ferait pas de mal à son protégé. Nicolas, lui aussi, paraissait s'amuser beaucoup.

— Mais comment as-tu appris ton infortune ? demanda-t-il au staroste.

Igor Matvéïtch mit une main sur son cœur.

— Dieu m'a aidé, dit-il. Vous rappelez-vous le terrible orage de la nuit dernière ? Au village, chacun croyait que c'était la fin du monde. Moi-même, je m'apprêtais à paraître devant le Juge suprême et je faisais le compte de mes péchés. Tout à coup, au milieu des éclairs, voilà mon Eudoxie, épouvantée, qui saute à bas du lit, se prosterne devant les icônes et dit : « Pardonne-moi, Igor, je t'ai vraiment trompé avec Kitaïeff !... »

Michel Borissovitch et Nicolas pouffèrent de rire. Sophie les imita. A genoux devant eux, Nikita releva la tête.

Le staroste regardait, tour à tour, le vieux barine et le jeune barine avec des yeux pleins d'incertitude.

— Alors, qu'as-tu fait ? dit Michel Borissovitch.

— J'ai battu Eudoxie, je l'ai obligée à tout me raconter, et j'ai amené ce morveux à Vos Seigneuries pour qu'il reçoive le châtiment public des verges !

— Tu y tiens vraiment ? demanda Michel Borissovitch.

— Je veux la justice ! répondit Igor Matvéïtch d'un air obtus.

Sophie sentit que c'était le moment, pour elle, d'intervenir.

— Y a-t-il beaucoup de gens qui savent que ta femme te trompe avec Kitaïeff ? dit-elle.

— Je ne le crois pas, barynia.

— Si tu fais passer Nikita par les verges, tout le village apprendra le motif de la punition. Est-ce là ce que tu désires ?

Igor Matvéïtch hésita, puis, rouge de confusion, dit :

— Non, barynia.

— Rentre donc chez toi, et, surtout, ne parle à personne de cette affaire. Ainsi, du moins, les voisins n'auront pas l'occasion de se moquer de toi !

— Mais la lettre... la lettre qu'il a écrite pour ma femme ! bégaya l'autre.

— Il n'en écrira plus, dit Sophie. Tu le promets, Nikita ?

— Je le jure, barynia, notre bienfaitrice ! marmonna l'enfant. Que Dieu accorde le royaume céleste à tous ceux qui vous sont chers !

— Alors, comme ça, c'est fini ? demanda le staroste, déçu.

— C'est fini ! dit Michel Borissovitch. Dehors ! Que je ne vous revoie plus, ni l'un ni l'autre !

Les deux moujiks marchèrent à reculons vers la porte. Au moment de passer le seuil, le staroste se ravisa et dit :

— Il y a encore quelque chose, barine. En allant chercher le gamin, j'ai trouvé des écrits dans ses affaires. Vous aimeriez peut-être voir ce que c'est...

Un cri s'échappa des lèvres de Nikita :

— Non, Igor Matvéïtch !... Je t'en prie !...

Déjà, le staroste tirait un cahier de sa botte. Nikita voulut le lui arracher des mains. Mais Igor Matvéïtch, ricanant et soufflant, leva la liasse de feuillets à bout de bras pour que l'enfant ne pût l'atteindre.

— Que signifie cette comédie ? hurla Michel Borissovitch en tapant du poing sur la table.

Sophie se précipita vers le staroste et dit :

— Donne-moi ça !

Nikita se calma instantanément et Igor Matvéïtch remit de mauvaise grâce le cahier à la jeune femme.

Quand ils furent partis, Michel Borissovitch étala ses deux mains devant lui, sur la table, les doigts écartés, renversa le buste en arrière et considéra sa bru avec réprobation. Malgré la haute idée qu'il se faisait d'elle, il était furieux qu'elle se fût mêlée de cette histoire de moujiks, dont il aurait voulu être le seul juge. Ni son fils ni sa fille n'auraient osé empiéter sur son autorité seigneuriale. D'où cette étrangère prenait-elle tant d'audace ?

— Je n'aime pas beaucoup que mes serfs s'occupent de gribouillages ! dit-il en chaussant ses besicles. Chez nous, en Russie, écrire c'est déjà se plaindre ! Qu'y a-t-il dans ce torchon ?

Il allongea la main. Sophie pressa le cahier sur son corsage et répondit :

— Non, père.

Les yeux de Michel Borissovitch étincelèrent :

— Que signifie ?...

— Ce cahier m'est destiné, dit Sophie. C'est moi qui ai demandé à Nikita de l'écrire. Laissez-moi en prendre connaissance la première. Si j'y relève quelque chose d'intéressant, je vous le communiquerai.

Ce langage raisonnable arrêta la fureur de Michel Borissovitch. Il lui sembla qu'il descendait dans un bain d'eau fraîche. Son esprit bouillonnant se calmait, ses nerfs crispés se détendaient, sa respiration devenait égale.

Laissant son beau-père avec Nicolas, Sophie se dépêcha de monter dans sa chambre. Là, elle s'assit devant la fenêtre et ouvrit le cahier sur ses genoux. Il se composait d'une dizaine de pages cousues ensemble. Elle déchiffra le début péniblement, car Nikita écrivait les mots comme il les entendait :

« Ma bienfaitrice est belle. Plus belle que le plus beau des nuages. Elle m'éblouit et elle passe... »

Sophie relut ces lignes pour se convaincre qu'elle les avait bien comprises. Etait-il possible que ce préambule poétique fût l'œuvre d'un garçon ignorant et rustaud ? Excitée par sa découverte, elle poursuivit :

« Elle m'a dit d'écrire les histoires vraies de ma vie, mais ma vie est grise comme la poussière. Ma mère est morte depuis longtemps, et c'est une autre femme qui couche sur le four avec mon père, Christophore Ivanytch. Malgré cela, il ne me bat pas trop. Seulement quand il est ivre, et toujours sur la même oreille, la gauche. Je lui ai souvent demandé de changer, et il ne veut pas. Il a ses habitudes. On est très bien à Chatkovo. Je prends part à tous les travaux de la communauté : le curage des étangs, la réparation des chemins, la fenaison... J'aime beaucoup faucher et rentrer le foin. Mais la moisson du seigle est plus difficile. L'année dernière, je me suis blessé avec la faucille. C'est la vieille Pélagie qui m'a soigné avec de l'herbe et de la salive. Cette année, j'ai surtout lié les gerbes. Tous les événements de l'univers, nous les apprenons par notre voisin, Timothée, marchand de chaudrons et de seaux, qui rentre le vendredi. Dès qu'il arrive, les villageois l'entourent. Il parle des maisons qui se construisent en ville, des nouveaux oukases, de la levée des recrues, des vols, des assassinats et des présages. Il m'a fait cadeau d'une vieille balalaïka. J'en joue souvent le soir. La musique est plus belle quand il fait sombre. Le dimanche, nous nous réunissons à plusieurs garçons et filles pour chanter, pour danser...

« Tous, ici, ont peur des incendies. Quand la neige commence à glisser des toits, vers la semaine sainte, le staroste interdit de passer la soirée devant le feu, même pas devant un lumignon de résine. Il inspecte les poêles, l'été, chaque lundi. L'année dernière, il a réussi à faire envoyer deux moujiks au régiment, pour vingt-cinq ans. Ils lui avaient désobéi. Peut-être que moi aussi, un jour, on me tondra les cheveux et on m'obligea à servir la patrie jusqu'à la vieillesse. Il paraît que l'intendant d'un certain domaine expédie comme recrues à l'armée les moujiks dont les femmes lui plaisent. Il paraît qu'il y a un staroste — pas le nôtre — qui fixe une rançon pour les jeunes filles qui refusent de se marier. Il paraît que tous les livres imprimés sont écrits par des sénateurs de Saint-Pétersbourg. Depuis dix jours, on entend de nouveau les loups dans les bois. C'est que l'été va finir. Je ne crains pas les loups. Mais il y a des endroits où se cachent les mauvais esprits. Près de l'étuve du village, la femme d'un soldat s'est pendue. Sitôt qu'il fait sombre, toutes les femmes pendues des alentours la rejoignent. Elles chantent, elles dansent, elles s'aspergent avec l'eau des baquets. Le père Joseph nous recommande de nous signer en passant devant la cabane des bains. J'ai déjà écrit beaucoup de lignes. C'est facile et amusant. Chaque nuit, en m'endormant, je pense à ma bienfaitrice. Le père Joseph dit qu'elle est française et que tous les Français sont des païens. Il dit aussi que Napoléon a bu le sang de la Russie... »

La suite était si mal écrite que Sophie dut renoncer à la lire. Elle savait maintenant qu'elle ne s'était pas trompée sur le compte de Nikita. L'enfant qui, après quelques semaines d'études, était capable de rédiger une pareille confession méritait qu'on le tirât de l'ignorance. Néanmoins, quand Nicolas la questionna, le soir, sur le contenu du cahier, elle dit évasivement :

— Beaucoup de fautes... Mais beaucoup de bonne volonté aussi... Tu perdrais ton temps à lire ces gribouillages...

Le lendemain, elle rapporta le cahier à Nikita, le félicita pour son travail et lui fit cadeau de papier blanc et de livres. Il se tenait dans l'isba, entre son père, un robuste moujik à la barbe rousse, et sa belle-mère, sèche comme une sauterelle, qui disait :

— Faites-nous l'honneur de vous asseoir... Eclairez de votre présence notre foyer indigne...

Nikita, lui, se taisait, ravi par une vision céleste. Il raccompagna Sophie jusqu'au centre du village. Des enfants pouilleux entouraient la calèche. Sophie leur distribua des bonbons. Au moment où elle remontait en voiture, Nikita murmura :

— Est-ce que vous me permettez de continuer ?

— Je te le demande ! dit-elle.

En rentrant à la maison, elle apprit par Marie que les starostes de Chatkovo, de Tcherniakovo, de Krapinovo et de deux autres villages s'étaient présentés à Michel Borissovitch en délégation. Inquiète, elle crut d'abord que cette démarche avait un rapport avec la mésaventure de Nikita, mais sa belle-sœur la rassura : les paysans étaient venus trouver leur maître pour se plaindre des loups, qui se montraient entreprenants pour la saison, et le prier d'ordonner une battue.

Le soir, au souper, Michel Borissovitch évoqua l'affaire. Il lui paraissait difficile d'organiser une chasse aussi importante sans y convier des voisins.

— Ce serait contraire à tous les usages ! dit-il. Mais, d'un autre côté, j'hésite à rameuter tous ces gens que j'ai perdus de vue...

— Je ne comprends vraiment pas ce qui vous arrête, père ! dit Nicolas.

Sans répondre à son écervelé de fils, Michel Borissovitch posa sur Sophie un regard qui demandait conseil. Sachant qu'elle répugnait à voir des visages nouveaux, il ne voulait prendre aucune décision qui pût lui déplaire. Elle devina son scrupule et en fut touchée.

— Nicolas a raison, dit-elle. Nous ne pouvons rester plus longtemps à l'écart. Vos amis d'autrefois vous taxeraient d'impolitesse.

— Je me moque de leur opinion, dit Michel Borissovitch. C'est ce que vous pensez, vous, qui m'importe !

Une flamme étrange brilla dans les yeux de Marie. Visiblement, elle espérait de toutes ses forces que sa belle-sœur ne s'opposerait pas au projet. Sophie la jugea bien excitée pour une jeune fille qui prétendait avoir horreur du monde. N'y avait-il pas quelque mystère là-dessous ?

— Invitez qui vous voulez, dit Sophie. Je serai heureuse de connaître les propriétaires des environs.

Marie baissa les paupières. Nicolas sourit à sa femme comme pour la remercier d'une faveur. Et Michel Borissovitch dit avec sentiment :

— Si vous êtes d'accord, je crois que le 23 septembre serait une bonne date.

Après le dessert, il se fit apporter du papier, de l'encre, une plume, et là, sur la table de la salle à manger, dressa la liste des invités à la battue aux loups.

6

Arrivé le premier dans la clairière, Nicolas descendit de cheval et poussa un cri de ralliement. Autour de lui, à perte de vue, frémissaient des draperies de feuillages roux, vert amande et jaune d'or. Après la pluie, les troncs luisaient comme enduits de laque. Un tapis de feuilles mortes recouvrait le sol. Il était convenu que les invités se rassembleraient en ce lieu, y laisseraient leurs montures et gagneraient à pied leurs emplacements de chasse à l'orée du bois. Déjà, une galopade lourde se rapprochait. Tour à tour, Nicolas vit déboucher du sentier son père, pesamment assis sur le nerveux Pouchok, Vassia, rouge, essoufflé, le chapeau incliné sur l'oreille, le géant Bachmakoff qui montait à l'anglaise, Vladimir Karpovitch Sédoff, officier de marine en retraite, habitant à huit verstes de là, Marie en amazone noire et toque à plume de paon, Hélène, la fille aînée de Mme Volkoff, qui oscillait dangereusement sur sa selle, le comte Toumanoff, petit, grêlé et grimaçant, d'autres cavaliers qui étaient tous des voisins... Les dames et les enfants suivaient en voiture. Lorsqu'il aperçut, dans la même calèche découverte, sa femme et Daria Philippovna, Nicolas éprouva un tendre pincement au cœur. Assises côte à côte, elles devisaient avec grâce. Sophie était serrée dans une redingote gris perle, en gros de Naples, garnie d'une double ganse de satin gris foncé. Une capeline mauve très légère ombrageait son visage. Daria Philippovna avait un châle de cachemire sur les épaules et un étrange chapeau, au plumet vert, enfoncé sur les yeux. Nicolas regrettait ce couvre-chef imposant, mais se consolait en pensant qu'il n'avait aucun goût en matière de modes. Il n'avait pas encore eu l'occasion de demander à Sophie son opinion sur Mme Volkoff. Pourtant, à les contempler ainsi, l'une grande, mûre et forte, avec un air doux, l'autre jeune, menue, le regard ardent, il trouvait qu'elles se complétaient trop bien pour n'être pas destinées à devenir des amies. La fraîcheur du matin le mettait en humeur joyeuse. Il se porta vers les deux jeunes femmes pour les aider à descendre de voiture.

— Quelle merveilleuse promenade! dit Daria Philippovna en français, d'une voix hésitante.

— Oui, répondit Sophie en russe. Même si nous ne voyons pas un seul loup, ce sera un beau souvenir.

— Vous en verrez! dit Nicolas. Je vous le promets! Nos paysans les ont découverts, cernés, et n'attendent qu'un signal pour commencer la battue.

Les valets d'écurie rassemblèrent les chevaux. La clairière s'emplit de monde. Au-dessus du brouhaha des conversations, on entendait la voix de Michel Borissovitch qui lançait des ordres. Des servantes passaient de groupe en groupe et présentaient aux dames un coffret avec des peignes, des brosses, des épingles et des eaux parfumées, pour celles qui désiraient corriger leur toilette. Sophie demanda à Nicolas quel était cet invité d'une trentaine d'années, aux lèvres minces et au nez long, qui abordait Marie, échangeait deux mots avec elle et s'éloignait d'une démarche raide.

— C'est Vladimir Karpovitch Sédoff, dit Nicolas. Un drôle d'homme, solitaire, orgueilleux, distant. Il aurait pu faire une brillante carrière dans la marine, mais, à la suite de je ne sais quelle vilaine histoire, il a dû donner sa démission et se retirer dans son domaine.

— Dans son tout petit domaine ! renchérit Daria Philippovna. Il n'a que deux cents âmes. Et je ne serais pas surprise si la moitié au moins étaient hypothéquées !

— Je me demande de quoi il vit ! dit Nicolas.

— De dettes ! répliqua Daria Philippovna. Et puis, il paraît qu'il fait commerce de jolies filles serves. Il leur apprend la politesse, le français, le chant, l'aquarelle, toutes sortes de façons qui plaisent aux hommes...

Nicolas fit entendre un rire d'une sonorité virile, qui agaça Sophie.

— Et, une fois qu'il les a bien préparées, reprit Daria Philippovna, il les vend très cher. On m'a parlé d'une certaine Douniacha, pour laquelle il aurait touché trois mille cinq cents roubles !

— Ce sont peut-être des racontars ! dit Sophie.

— Il n'y a pas de fumée sans feu !

— A la campagne, les plus petits feux font les plus grosses fumées !

— Dieu que vous êtes drôle ! s'écria Daria Philippovna. Voilà une repartie bien parisienne !

Et, se penchant vers Sophie, elle ajouta très vite :

— Regardez... regardez mon Vassia qui fait sa cour à votre Marie !... Vous savez qu'il est fou d'elle, depuis sa tendre enfance ?... Il ne l'avouerait pour rien au monde, mais, moi qui suis sa mère, je lis en lui à livre ouvert !... Sont-ils charmants tous les deux !... Ne disons pas à haute voix ce que désire notre cœur, le diable pourrait nous entendre et nous contrarier !... Tenez, voici notre cher comte Toumanoff et sa femme !... Vous les connaissez, je suppose !... Des gens tout à fait adorables !...

Sophie remarqua que Vassia parlait à la jeune fille avec une expression déférente et qu'elle l'écoutait mal, la tête basse, l'air buté, fouettant sa jupe nerveusement avec sa cravache. De toute évidence, les assiduités du garçon lui étaient désagréables. Au loin, éclatèrent les hurlements des rabatteurs et des aboiements furieux. Il y avait, dans la meute, quelques braques appartenant aux propriétaires voisins et tous les chiens galeux et hargneux des villages.

— Messieurs, cria Michel Borissovitch, il est temps ! Allons rejoindre nos places !

Les hommes prirent congé des dames, cérémonieusement. Ils portaient tous un fusil en bandoulière et un coutelas à la ceinture. Même le comte Toumanoff, boiteux et contrefait, avait un long poignard qui ballait sur sa cuisse.

— N'avons-nous rien à craindre en restant ici ? demanda Daria Philippovna, subitement alarmée.

— Absolument rien ! dit Nicolas. Les rabatteurs chassent les loups vers le côté opposé du bois. D'ailleurs, nous vous laisserons quelques moujiks et un tireur pour vous protéger.

— Je veux bien faire le guet, dit Bachmakoff.

Daria Philippovna le remercia personnellement. Tous les autres chasseurs s'éloignèrent. Les dames s'assirent sur un tronc d'arbre abattu pour parler de malaises, de modes et de domestiques. Les enfants organisèrent une partie de colin-maillard dans la clairière. Parfois, une mère levait la tête et disait :

— Attention aux loups ! N'allez pas vous perdre dans les sentiers !...

Un chœur de voix obéissantes répondait :

— Mais oui, mère... mais oui, tante...

Prenant son rôle de protecteur au sérieux, Bachmakoff humait le vent, roulait des yeux et faisait sauter son fusil dans ses mains. Soudain, les conversations tarirent, les jeux s'arrêtèrent, les chevaux à l'attache pointèrent leurs oreilles. Amplifiées par les échos de la forêt, les voix des paysans et des chiens paraissaient venir de tous les côtés à la fois. On entendait même les gourdins des rabatteurs, frappant les troncs pour effrayer les loups. Des détonations isolées retentirent.

— Gardez votre sang-froid, Mesdames, dit Bachmakoff. L'écho est trompeur.

Sa moustache noire inspirait confiance à la majorité. Sophie chercha Marie du regard et ne la trouva pas. Inquiète, elle revint à sa calèche et demanda au cocher s'il n'avait pas vu la jeune barynia.

— Elle est partie par là, dit-il en tendant le bras vers une laie qui se perdait parmi les fougères.

— Toute seule ?

— Oui, barynia. Ce n'est pas prudent !

Ayant fait quelques pas dans la direction indiquée, Sophie appela : « Marie ! Marie ! », ne reçut pas de réponse et continua de marcher en silence, retenant sa respiration. Elle n'aurait su dire pourquoi elle se taisait ainsi. Une intuition la guidait. Bientôt, des chuchotements lui parvinrent. Elle s'immobilisa.

— Laissez-moi ! Laissez-moi ! disait la voix de Marie.

Son intonation était suppliante. Des ramures craquèrent. Il y eut un bruit de lutte dans les fourrés. Sophie se précipita en avant, troua un rideau de fougères et découvrit Vladimir Karpovitch Sédoff et Marie, dressés face à face. Il la tenait par les poignets et s'efforçait de l'attirer contre sa poitrine. En se débattant, elle avait perdu son chapeau. Son visage était pâle, défait. Une mèche de cheveux pendait sur sa joue. Poussée par l'indignation, Sophie ramassa la cravache que la jeune fille avait laissé tomber et en cingla le bras de Sédoff.

— Lâchez-la ! cria-t-elle. Allez-vous-en !

Il ouvrit les doigts, fit un pas en arrière et sa longue figure prit une expression sarcastique. L'intervention de la jeune femme paraissait l'amuser plus qu'elle ne le mettait dans l'embarras. Marie plongea son visage dans ses mains.

— Eh bien ! qu'attendez-vous, Monsieur ? reprit Sophie. Partez ! Partez !...

Ce dernier mot mourut sur ses lèvres. Elle écarquilla les yeux et son cœur faillit. Droit devant elle, suivant le sentier, arrivait un loup au pelage gris et à la tête fine. Le cou tendu, la gueule ouverte, il trottait sans hâte, avec une légèreté dansante, comme s'il n'eût pas craint d'être rejoint par les chasseurs. Le fusil de Sédoff était appuyé contre une souche. Allongeant le bras, il empoigna l'arme par le canon, maladroitement. Mais il n'avait pas fini d'épauler qu'une détonation partit, sur sa gauche. Le loup bondit dans les fourrés. Un autre coup de feu claqua sèchement. La voix de Bachmakoff hurla :

— Je l'ai eu !

Dominant son émotion, Sophie regarda sa belle-sœur. La jeune fille semblait inconsciente du danger qu'elle avait couru. Ses yeux étaient vagues. Le rose revenait à ses joues. Non loin d'elle, Vladimir Karpovitch Sédoff souriait, flegmatique, glacial, insolent. Les buissons s'écartèrent et Bachmakoff parut, en sauveteur tonitruant et jovial :

— Eh bien ! vous dormiez, Vladimir Karpovitch ? dit-il. Heureusement que je faisais ma ronde !... Si je n'avais pas été là !... Une bête splendide !... Venez la voir !...

Sophie et Marie le suivirent. Sédoff profita de l'occasion pour s'éclipser. Dans la clairière, les dames, bouleversées, entourèrent les deux imprudentes :

— Quelle folie de vous être écartées ainsi ! Quand nous avons entendu les cris, les coups de feu, nous avons redouté le pire !

Avec tous ces gens réunis autour d'elles, Sophie ne pouvait interroger sa belle-sœur comme elle l'aurait voulu. Daria Philippovna tendit un flacon de sels à la jeune fille.

— Respirez, cela vous fera du bien après la peur que vous avez eue !
— Je n'ai pas eu peur, dit Marie.

Quelques paysans revinrent, traînant des corps de loups par les pattes. Les bêtes furent rangées côte à côte, par terre. Certaines avaient été achevées au couteau. Un sang écarlate maculait leur pelage. Des chiens couraient, la queue battante, le museau au sol. Enervés par l'odeur, les chevaux hennissaient et tiraient sur leurs longes. Plus tard, un cor sonna et les chasseurs regagnèrent le lieu de rassemblement.

— J'en ai eu deux ! annonça Nicolas en retrouvant Sophie.

Il rayonnait d'une joie enfantine. Lorsque Daria Philippovna lui eut raconté le péril auquel avaient échappé sa femme et sa sœur, il s'effraya, s'appliqua un coup de poing sur le front et dit :

— Mon Dieu ! Quand je pense à ce qui aurait pu arriver ! Brave Bachmakoff ! Il faut que je le remercie !...

Michel Borissovitch lui-même félicita Bachmakoff pour la rapidité de son intervention et s'étonna que Sédoff eût à ce point manqué de vigilance.

— J'allais tirer, lorsque Monsieur a cru habile de me devancer, dit Sédoff. Je reconnais d'ailleurs volontiers que je n'aurais pas fait mieux que lui.

Cette déclaration, prononcée d'un ton acerbe, jeta un froid dans l'assistance. La mauvaise foi de Sédoff exaspéra Sophie. Elle dut se contenir pour ne pas le démasquer devant tout le monde. Mais, déjà, Michel Borissovitch conviait ses hôtes à admirer le tableau de chasse : dix-sept loups ! Ce n'était pas exceptionnel. Des corbeaux se perchaient hardiment sur les plus hautes branches. D'autres tournaient dans le ciel en croassant.

— Et maintenant, dit Michel Borissovitch, nous allons rentrer à la maison. J'espère que cette battue vous a ouvert l'appétit !

Les invités firent honneur au copieux dîner, qui commença par une avalanche de hors-d'œuvre, et se continua par une bisque d'écrevisses, du gibier parfumé aux herbes et d'énormes oies farcies. Excités par l'eau-de-vie, les convives bavardaient en français et en russe. Assis au bas bout, M. Lesur lançait, de temps à autre, une plaisanterie dont il était le premier à rire. Nicolas partageait son attention entre sa voisine de droite, la comtesse Toumanoff, et sa voisine de gauche, Daria Philippovna, avec une nette préférence pour cette dernière. Vassia essayait en vain d'intéresser Marie au récit de ses souvenirs de Goettingue. Sédoff ne parlait à personne, mangeait à peine et observait tout d'un œil critique. Michel Borissovitch, congestionné et heureux, devait crier pour se faire entendre de Toumanoff et de Bachmakoff, qui discutaient des mérites comparés de leurs chiens. Les enfants, réunis à une autre table, dans le salon, menaient un caquetage de volière. Vingt domestiques couraient en tous sens, se croisaient et se bousculaient, l'air affolé, comme si on les eût chargés d'éteindre un incendie et qu'ils eussent manqué de seaux. Et Sophie attendait avec impatience que le repas s'achevât.

A trois heures et demie, on se leva de table. Les pièces disponibles de la maison avaient été aménagées en dortoirs, pour que les invités pussent faire la sieste. Les messieurs, traditionnellement infatigables, s'attardèrent à fumer dans le salon. Les dames, plus faibles de complexion, se retirèrent. Elles étaient pressées d'ôter leurs chaussures et de dégrafer leur corset. Comme il n'y avait pas assez de lits, les enfants s'étendirent sur des matelas, disposés par terre.

Quand elle eut installé tout le monde, Sophie alla frapper à la porte de sa belle-sœur. La jeune fille ouvrit et montra un visage mécontent. Une lourde tresse blonde pendait sur son épaule. Elle avait dépouillé son élégante amazone et se trouvait en camisole et en jupon blancs.

— Que voulez-vous ? demanda-t-elle.
— Vous parler, dit Sophie en entrant.

Marie se recoucha sur le lit, les mains derrière la nuque, les pieds joints. Sophie s'assit à son chevet et murmura :

— Cet homme, Marie, je ne peux comprendre son audace ! Comment a-t-il osé ?...

— Et vous, comment avez-vous osé ? s'écria la jeune fille en tremblant de fureur. Pourquoi êtes-vous intervenue ?

Après une seconde d'étonnement, Sophie dit avec douceur :

— Mais, Marie, il essayait de vous embrasser, vous le repoussiez, vous vous débattiez...

— Vous n'aviez qu'à me laisser me débattre... et ne pas... ne pas arriver avec votre air de gouvernante, comme si j'étais une petite fille que vous étiez chargée de surveiller !...

La violence de cette révolte incita Sophie à changer de tactique.

— Je ne savais pas, dit-elle, que cet homme était si cher à votre cœur !

Marie dressa la tête dans un mouvement de bravade :

— Il n'est pas du tout cher à mon cœur, comme vous dites !

— Enfin, vous l'aimez !...

— Non.

— Alors, pourquoi regrettez-vous que je l'aie empêché de vous prendre dans ses bras ?

Marie se tut, se ferma.

— Ne croyez surtout pas que je vous blâmerais si vous aviez un penchant pour M. Sédoff, reprit Sophie diplomatiquement. Il a de la prestance, de l'expérience, du charme...

— C'est un homme affreux ! balbutia Marie.

— Vous le connaissez bien ?

La jeune fille ne répondit pas. Certainement, après un accès de méfiance, elle luttait contre le désir de s'abandonner à quelqu'un. Son secret lui pesait tellement qu'il y avait une expression de souffrance physique sur son visage. Enfin, elle chuchota :

— Non. Je le connais à peine. Il n'est venu que cinq ou six fois à la maison. Mais, à chaque rencontre, il s'est arrangé pour passer quelques minutes seul avec moi. Et je n'ai rien fait pour l'éviter.

— Quel âge aviez-vous lorsqu'il vous a remarquée ?

— Quinze ans. C'était le jour de mon anniversaire. Il m'a entraînée dans le jardin et m'a embrassée. J'étais comme folle. Je n'en ai parlé à personne. Ensuite, je ne l'ai plus revu pendant deux ans.

— Et aujourd'hui ?

— C'est sa première visite depuis... depuis Noël !... Cela fait neuf mois ! Sans doute disparaîtra-t-il encore pour longtemps. Peut-être pour toujours. Il ne me dit rien d'aimable. Il s'amuse de moi. Je le déteste. Mais, si jamais il revient, je ne pourrai pas lui résister... Comment expliquez-vous cela ?

Elle baissa le front et se mit à pleurer. Sophie posa sa main sur la nuque de la jeune fille :

— Allons ! Allons ! ce n'est pas grave !

— Si. Et puis, j'ai été méchante avec vous ! Il me rend méchante !... Que vais-je devenir ?

— Vous allez l'oublier, dit Sophie. Je vous y aiderai.

Marie se jeta dans ses bras. Supportant le poids de cette tête fiévreuse sur son épaule, Sophie songeait à la vie intime de sa belle-sœur, qu'elle avait crue toute simple et qu'elle découvrait pleine d'obsessions, de craintes, de remords, de désirs, de rêves... Elles restèrent longtemps appuyées l'une à l'autre, échangeant leurs pensées sans prononcer un mot.

Les bruits de la maison, qui s'étaient arrêtés pendant la sieste, reprirent un à un. Des portes claquaient, des voix joyeuses s'interpellaient dans le corridor, dans le jardin, dans la cour. Nicolas vint chercher Sophie et Marie de la part de deux invités qui voulaient prendre congé.

— Qui sont ces invités ? demanda Sophie.

— Bachmakoff et Sédoff, répondit Nicolas. Les autres resteront souper.

Sophie décocha un coup d'œil à la jeune fille et dit calmement :

— Marie est lasse. J'irai seule.

Lorsqu'elle arriva sur le perron, des serviteurs amenaient les chevaux. Bachmakoff baisa la main de Sophie et lui débita des compliments dans un français si étrange qu'elle n'en saisit pas une syllabe. Sédoff ne lui dit rien, s'inclina devant elle et, en se redressant, la considéra longuement, comme pour la mettre au défi de réparer le mal qu'il avait fait. Après leur départ, elle descendit les marches et se retourna : Marie, à sa fenêtre, suivait du regard les deux cavaliers qui s'éloignaient dans l'allée.

Déjà, dans la salle à manger, les domestiques préparaient la table pour le thé, avec toutes sortes de liqueurs légères, de fruits confits, et de petits pains poudrés de cumin et de graines de pavot. Les dames protestèrent qu'elles n'avaient plus faim, mais se laissèrent fléchir par l'insistance de Sophie. Les messieurs burent encore, encouragés par Michel Borissovitch, qui justifiait chaque rasade par une formule appropriée. En versant le deuxième verre, il disait : « Mari et femme font la paire » ; en versant le troisième : « Dieu aime la Trinité » ; en versant le quatrième : « Une maison a quatre angles » ; en versant le cinquième : « Il y a cinq doigts à la main »... et ainsi de suite. Nicolas fit rire Daria Philippovna en lui racontant à voix basse comment, au cours de la battue, il avait failli tuer le comte Toumanoff, qui cherchait quelque chose, à quatre pattes, dans les fourrés. Elle semblait prendre un tel plaisir à ces propos qu'il eût passé toute la soirée à l'entretenir ! La collation terminée, on retourna dans le salon. Ce fut à ce moment que Marie reparut, pâle et souriante. Daria Philippovna s'empressa auprès d'elle. Comment se sentait-elle après ces émotions ? Avait-elle pu se reposer un peu ? Vassia se tenait derrière sa mère et montrait un vif intérêt pour tout ce qu'elle disait, comme si, n'osant parler lui-même, il l'eût chargée d'être son interprète. Nicolas prit Sophie à part pour lui avouer combien il était touché de l'affection que Mme Volkoff témoignait à sa sœur. La question qui le tourmentait vint sur ses lèvres :

— Comment la trouves-tu ?

— Qui ?

— Daria Philippovna ! N'est ce pas que c'est une femme remarquable ?

— A quel point de vue ? demanda Sophie.

Désarmé, il balbutia :

— Je ne sais pas... enfin, elle est distinguée, charmante, douce, maternelle...

— Distinguée, non, dit Sophie ; charmante, cela dépend des goûts ; douce, j'ai de la peine à le croire ; maternelle, à coup sûr !

Incapable de déterminer la proportion de moquerie et de sincérité qui entrait dans cette réponse, il murmura :

— J'avais pensé que tu pourrais t'en faire une amie.

La surprise qui parut dans les yeux de Sophie acheva de le décourager.

— Pourquoi veux-tu que je me fasse une amie de cette femme ? dit-elle. Nous n'avons rien de commun. Elle ne m'intéresse pas et je doute que je l'intéresse.

Nicolas comprit qu'il eût été imprudent d'insister. Mais il s'étonnait qu'une personne aussi proche de lui que Sophie eût une opinion aussi différente de la sienne sur les mérites de Daria Philippovna. Le valet de pied interrompit leur conversation en annonçant que le souper était servi.

Michel Borissovitch donna le bras à Mme Toumanoff pour passer à table. Il était agacé parce que, seuls de toute l'assistance, le comte et la comtesse ne lui avaient pas encore fait compliment de sa bru. Allaient-ils repartir sans lui avoir dit, comme les autres, qu'elle était éblouissante de grâce, que son accent français, quand elle parlait le russe, était un enchantement, qu'elle s'habillait à ravir, et mille choses aimables dans ce genre ? S'ils en usaient de la sorte, il ne les réinviterait jamais. Pour lui, les qualités de Sophie sautaient aux yeux. Il promenait ses regards sur tous les convives et ne voyait qu'elle. Le souper, mi-froid, mi-chaud, était arrosé de plusieurs vins. Ce fut au moment du petit gibier que la comtesse Toumanoff, se penchant vers Michel Borissovitch, susurra :

— Un vrai délice !

Il crut d'abord qu'elle parlait de la caille, dont elle venait de grignoter et de sucer les pattes jusqu'à l'os, mais elle précisa :

— Votre belle-fille est un vrai délice de Paris !

Il se gonfla de contentement. Plus tard, en sortant de table, le comte Toumanoff lui dit, à son tour : « Un vrai délice de Paris, votre belle-fille ! » Sans doute, le mari et la femme s'étaient-ils concertés sur la formule.

Comme l'heure avançait, Michel Borissovitch offrit à ses hôtes de coucher sous son toit. Mais ils affirmèrent que la nuit était belle et qu'ils allaient partir. Sophie en éprouva un secret soulagement. Cette longue journée en société l'avait épuisée. Tout le monde sortit sur le perron.

Les calèches étaient attelées. Six paysans, que Michel Borissovitch appelait pompeusement des piqueurs, se tenaient assis sur des chevaux de trait. Une torche de résine à la main, ils devaient accompagner les voyageurs jusqu'à la chaussée. Parmi ces clartés dansantes, s'agitaient follement les ombres des invités et des serviteurs. Les femmes s'embrassaient. Les enfants dormaient debout, les poches bourrées de bonbons et de fruits. Des chiens, venus des communs, s'approchaient timidement des maîtres et mendiaient une caresse en frétillant de la queue. Après un dernier échange de congratulations, chaque famille se hissa dans sa voiture.

— Que Dieu vous protège ! cria Michel Borissovitch.

Tout le train se mit en mouvement. Quand la calèche des Volkoff passa devant Nicolas, il vit, à la lueur d'un flambeau, Daria Philippovna qui lui souriait avec des yeux de diamant et agitait une main pâle, avant de disparaître dans la nuit.

7

L'hiver vint, avec ses rafales blanches, ses routes effacées, son silence lugubre et son froid brillant. La vie de la famille se concentra dans l'ancienne demeure aux doubles fenêtres calfeutrées et aux poêles de faïence craquant de chaleur. Il semblait à Sophie qu'elle s'était embarquée pour un long voyage sur un bateau chargé de provisions. Coupés du reste du monde, isolés dans un désert de neige, les habitants de Kachtanovka subsistaient sur leurs réserves de nourriture et de sentiments. La maison taillait sa route régulièrement, à travers les journées monotones. Un paquet arriva de France. Il ne contenait, pour toute littérature, que *Jean Sbogar*, de Charles Nodier, l'*Essai sur l'indifférence en matière religieuse*, de Lamennais, et quelques vieux journaux, d'où il ressortait que les libéraux avaient eu un succès aux élections de septembre, que Louis XVIII était très fatigué et que les chapeaux de femmes grandissaient et s'ornaient de marabouts, de rubans, de coques de crêpe, tandis que les hommes adoptaient la redingote noisette et les gilets en poil de chien.

Quand le temps le permettait, Nicolas allait au club, ou chez les Volkoff, pour rencontrer Vassia. Souvent aussi, c'était Vassia qui lui rendait visite. Leur camaraderie se renforçait dans l'oisiveté. Ils communiaient dans le culte des théories constitutionnelles françaises et de la poésie romantique allemande. Chaque fois qu'elle les entendait discuter, Sophie était frappée de leur obstination à rabâcher des idées sur lesquelles l'un et l'autre étaient depuis longtemps d'accord. Connaissant mieux Vassia, elle ne l'appréciait pas davantage. Tout en admettant qu'il avait de la culture, de la probité et de bonnes manières, elle lui trouvait quelque chose de mièvre dans le visage, de douceureux dans la voix, qui la rendait injuste à son égard. En tant que femme, elle comprenait Marie, qui fuyait dès qu'elle le voyait paraître.

Ces derniers temps, la jeune fille s'était beaucoup rapprochée de sa belle-sœur. Bien qu'il ne fût plus jamais question de Vladimir Karpovitch Sédoff entre elles, Marie était manifestement soulagée de n'être plus seule à porter son secret. Elle aimait partir en traîneau avec Sophie pour quelque village du domaine : Krapinovo, Tcherniakovo, Chatkovo, Doubinovka, ils se ressemblaient tous. Recroquevillés dans leurs isbas comme dans des tanières, les moujiks menaient une existence de bêtes hivernantes. Avares de leur chaleur et de leurs gestes, ils sortaient rarement, n'aéraient pas leurs maisons et travaillaient en famille à tailler des écuelles de bois, à tresser des chaussures ou des paniers, et à préparer des filets pour la pêche. A Chatkovo, le jeune Nikita avait encore fait des progrès en écriture. Sophie souffrait de le voir si mal logé, si mal nourri, si mal vêtu, entre un père qui était une brute et une belle-mère dont le visage rayonnait d'imbécillité. L'adolescent avait une balafre en travers du front.

— C'est le staroste qui l'a frappé, dit le père. Et c'est bien fait ! Des gamins comme lui, ça se dresse à coups de bâton ! Est-ce qu'il avait besoin de l'écrire, cette lettre ? Personne n'en a parlé et tout le monde le sait, dans le village ! Le vieux est furieux. Ça se comprend. A la prochaine occasion, il tapera encore sur Nikita. Et je dirai, moi, le père, qu'il a raison. Au besoin, si son bras est trop faible, je lui prêterai le mien ! Parce que, voyez-vous, barynia, nous avons beau être pauvres, nous sommes pour la patrie, pour l'ordre et pour la vertu...

Il avait bu. Sa langue s'empâtait. Un filet de salive coulait des deux côtés de sa barbe rousse. Il tituba et se retint, plein de dignité, au bord de la table. Nikita le considérait avec un mélange de crainte et de dégoût. Dans les isbas voisines, Sophie trouva la même misère sous d'autres visages. La plupart des paysans se plaignaient de n'avoir pas assez de provisions pour l'hiver. L'année avait été mauvaise. Les orages et les gelées précoces avaient gâché les récoltes. Il aurait fallu deux fois plus de choux et de sarrasin pour assurer la subsistance du village. Elle promit que leur maître ne les laisserait pas souffrir de la faim.

Le lendemain, tandis que Michel Borissovitch et Nicolas, assis face à face dans le bureau, discutaient des affaires du domaine, un tintement de clochettes se rapprocha. Ils allèrent à la fenêtre : c'étaient Sophie et Marie, qui rentraient d'une promenade en traîneau. Elles étaient emmitouflées de fourrures, poudrées de neige. Quelqu'un les accompagnait, que Nicolas et son père furent incapables de reconnaître. Ils reprirent leur conversation, mais Michel Borissovitch était distrait. A tout moment, son regard se tournait vers la porte. Enfin, des pas légers retentirent et Sophie parut. Le froid de la course avait coloré ses joues, avivé l'éclat de ses yeux. Marchant droit sur son beau-père, elle dit :

— J'ai été obligée de prendre une initiative que vous approuverez, je l'espère...

— Assurément, dit-il en l'enveloppant d'un regard affectueux. Mais d'où venez-vous ?

— De Chatkovo. J'en ramène ce garçon, Nikita...

Les traits de Michel Borissovitch se durcirent. Ses prunelles se rapetissèrent sous la broussaille grise de ses sourcils.

— Il ne peut plus rester au village, reprit Sophie. Le staroste lui en veut et ne laisse pas passer une occasion de le brimer, de le battre. J'ai pensé qu'il nous serait facile de l'employer à la maison, comme domestique.

Démonté par cette suggestion, Michel Borissovitch sentit qu'une fois de plus sa bru lui forçait la main. La décision avait été prise par elle avec la certitude qu'il n'oserait pas la contredire. Comme il tardait à s'indigner, ce fut Nicolas qui protesta :

— Ce n'est pas possible, Sophie ! S'il suffit qu'un gamin se plaigne d'être maltraité au village pour que tu l'installes à la maison, nous serons bientôt envahis par tous les jeunes fainéants du domaine ! De toute façon, tu aurais pu nous consulter, mon père et moi...

Michel Borissovitch fut choqué par le ton impératif dont usait Nicolas pour parler à Sophie. Si quelqu'un, ici, pouvait élever la voix, c'était lui seul, en tant que chef de famille et seigneur de Kachtanovka. Mais il se maîtrisait par galanterie, tandis que son fils, un gandin de vingt-cinq ans, posait à l'époux dominateur. Tout ce qui rappelait à Michel Borissovitch que Nicolas avait des droits sur la jeune femme le mettait mal à l'aise.

— Je vais reconduire Nikita chez ses parents, aujourd'hui même ! conclut Nicolas.

La colère qui bouillonnait en Michel Borissovitch trouva une issue et se déversa sur son fils.

— De quoi te mêles-tu ? hurla-t-il.

— Mais, père, nous n'avons que faire de ce garçon ! dit Nicolas.

— Un de plus, un de moins, qu'est-ce que cela change ? Tu ne vas pas refuser ce plaisir à ta femme ?

Cette sortie laissa Nicolas ébahi. Michel Borissovitch prit cet étonnement muet pour de l'insolence. Que disait-il de si extravagant pour que son fils le considérât avec des yeux ronds ?

— Tu as le génie d'enfler démesurément les petites histoires ! poursuivit-il avec humeur. On ne peut compter sur toi pour les affaires importantes, mais, quand il s'agit de vétilles, tu es là, tu brilles, tu fais l'homme fort !...

Le désir de blesser son adversaire l'emportait plus loin qu'il ne l'aurait voulu. Sophie se demanda la raison de cette querelle : « Tout ce que dit, tout ce que fait son fils l'exaspère ! Est-ce parce que Nicolas est jeune et que lui ne l'est plus ? »

— Dominez-vous, père, je vous en prie ! s'écria-t-elle. Nicolas ne mérite en rien les reproches que vous lui adressez !

— Je vous félicite de votre indulgence, rétorqua Michel Borissovitch d'un ton sarcastique. Mais, si vous tolérez que votre mari vous manque d'égards dans l'intimité, vous ne pouvez m'empêcher d'interdire qu'il se conduise ainsi en ma présence.

— Il ne m'a pas manqué d'égards !

— Ah ! vous trouvez ? Charmante inconscience ! Nous autres Russes avons un tel respect de la femme que nous mettons un point d'honneur à la défendre dans toutes les circonstances de la vie ! En est-il autrement en France ?

— Laissez vos comparaisons entre la France et la Russie ! Je n'ai pas besoin de votre soutien ! Si Nicolas a des torts envers moi, c'est à moi de lui en faire la remarque !

Michel Borissovitch était dans une grande excitation. Cette colère féminine le comblait, parce qu'elle s'adressait à lui seul. Dans le désordre de la fureur, Sophie lui donnait une part d'elle-même, comme elle l'eût fait dans le désordre de l'amour. Il avait allumé le feu et se chauffait à la flamme.

— Vous aurais-je froissée en essayant de prendre fait et cause pour vous ? dit-il avec une fausse naïveté.

Elle haussa les épaules. Perdant le sens de la conversation, Michel Borissovitch devint attentif à mille riens, tels qu'un reflet dans les cheveux de Sophie, les broderies de son corsage, la forme délicate de ses ongles. Une voix d'homme le fit sursauter. C'était son fils. Tiens, il se réveillait, celui-là !

— Cette discussion est grotesque ! criait-il. De quoi ai-je l'air, entre vous deux ? Que ce gamin reste ou s'en aille, je m'en moque ! Faites ce que vous voulez !...

Il sortit et claqua la porte.

— Un mouton enragé ! dit Michel Borissovitch.

Ses yeux brillaient de plaisir. Sophie se précipita derrière Nicolas et le rejoignit dans la chambre. Il était assis au bord du lit, les coudes aux genoux, la tête pendante.

— Mon père me déteste, dit-il.

— Mais non ! dit Sophie. Il a un caractère exécrable. Il s'emporte pour un rien. Et, comme c'est toi qui es le plus proche de lui dans la maison, comme c'est toi, au fond, qu'il aime le mieux, c'est à toi qu'il s'en prend dès que quelque chose le contrarie !

Elle n'était pas convaincue de ce qu'elle disait, mais Nicolas paraissait si accablé qu'elle voulait d'abord l'empêcher de souffrir dans son amour-propre.

— Si j'avais su ce qui allait arriver, reprit-elle, j'aurais laissé Nikita là où il était ! Veux-tu que nous le ramenions ensemble au village ?

Il ricana :

— Ah ! non ! Père en ferait une maladie ! Ce garçon a toutes les qualités pour lui, puisque tu t'y intéresses !

— Tu es ridicule !

— Je ne te le fais pas dire ! Tu as complètement retourné mon père ! Il suffit que tu lèves le petit doigt pour qu'il s'extasie, que tu ouvres la bouche pour qu'il t'approuve, que tu partes en promenade pour qu'il s'ennuie en attendant ton retour !...

— Tu oublies qu'il ne se passe pas deux jours sans que nous ayons une pique !

— Ce genre de piques-là, il les recherche pour son bonheur !

— En somme, tu lui reproches d'avoir de la sympathie pour moi aujourd'hui, comme tu lui reprochais autrefois de m'être hostile ! dit-elle gaiement. Ah ! que vous êtes compliqués, messieurs les Russes !

— Ne ris pas, Sophie, je t'assure que, parfois, je me demande ce que je fais ici. Nous sommes mariés et nous n'avons pas de vie intime. Cette maison n'est pas la nôtre. Sur chaque chose, nous devons prendre l'avis de mon père. Finalement, ce n'est pas entre toi et moi, mais entre toi et lui que tout se décide ! Souvent, je regrette Saint-Pétersbourg. Si je pouvais retrouver ma place au ministère...

— Tu n'y étais pas heureux non plus, Nicolas !

— Parce que nous n'avions pas assez d'argent pour vivre comme je l'aurais voulu ! Mais, à la longue, ma situation se serait améliorée. Tous les espoirs m'étaient permis, là-bas !

— Ils te le sont ici également !

Il soupira ; son corps parut se vider :

— Je me sens inutile... J'ai l'impression d'être redevenu un petit garçon...

— As-tu jamais cessé de l'être ? dit-elle en s'asseyant près de lui et en lui passant la main dans les cheveux.

Elle avait déjà remarqué que l'excès de tristesse, comme l'excès de joie, le rajeunissait. « Tant que je ne lui aurai pas donné un fils, il sera ainsi », pensa-t-elle. Cette idée, chaque fois qu'elle s'y arrêtait, ranimait sa douleur. Malgré le temps passé, elle ne se résignait pas à être privée de l'enfant qu'elle avait espéré, porté, mis au monde. A supposer qu'elle en eût un autre, ne mourrait-il pas, lui aussi, au bout de quelques jours ? Le médecin l'avait rassurée sur ce point, mais elle n'osait le croire. Plus elle regardait Nicolas, plus elle jugeait que ses soucis d'homme étaient légers auprès de ceux qu'elle endurait elle-même.

— Tu es découragé, dit-elle, et, pourtant, il y a tant à faire dans cette misérable campagne qui nous entoure ! J'ai besoin que tu m'aides ! Je ne peux rien sans toi !

Elle le flattait à dessein. Il releva la tête. Une lueur d'intérêt parut dans ses yeux. Elle lui parla des paysans qui craignaient la disette :

— Je leur ai promis de les ravitailler, en cas de nécessité.

— Si tu le demandes gentiment à mon père, il ne pourra pas te le refuser ! dit Nicolas avec un rire acrimonieux.

Elle feignit de ne l'avoir pas entendu.

— Dans l'ensemble, dit-elle, les cultures sont mal distribuées. N'y a-t-il pas de grandes étendues en friche, au nord de Chatkovo, sur la colline ?

— Si.

— Pourquoi n'y planterait-on pas des pommes de terre, au printemps ? C'est un légume très nourrissant. Les moujiks pourraient en constituer des provisions pour l'hiver.

Nicolas fit la grimace : sa femme avait vraiment des idées bizarres dans tous les domaines. Il lui expliqua que la culture des pommes de terre se développait mal en Russie. Le gouvernement encourageait bien les propriétaires à se lancer dans l'aventure. Mais la plupart se méfiaient encore. A Pskov, de tous les membres du club que fréquentait Nicolas, deux seulement avaient écrit à Saint-Pétersbourg pour avoir des tubercules.

— Eh bien ! faisons comme eux, dit Sophie. L'expérience vaut la peine d'être tentée. Nous ne planterons qu'un lopin pour commencer !

— Il faudra encore demander la permission à mon père ! dit Nicolas.

— Bien sûr !

— C'est insupportable !

Sophie se fâcha :

— Tout te paraît insupportable, Nicolas ! Ton père, la campagne, les paysans, moi-même, peut-être !...

Il s'apprêtait à répondre par une moquerie, lorsqu'un rapprochement se fit dans son esprit et tout s'éclaira : ce tubercule d'origine étrangère n'était-il pas le symbole des idées libérales, qui, nées dans les pays les plus civilisés de l'Europe, s'épanouiraient un jour sur la terre russe ? L'amour de la démocratie marchait de pair avec le progrès matériel. Il était impossible d'être pour les Droits de l'homme et contre la pomme de terre. Cette fois encore, c'était de Sophie que venait la révélation. Ah ! l'entêtement de cette femme ! Son goût de l'innovation, du combat, de l'exténuante perfection en toute chose ! Quand Vassia saurait qu'ils avaient résolu de cultiver des pommes de terre, il serait dans l'enthousiasme ! Nicolas serra Sophie dans ses bras et la couvrit de baisers, en criant :

— Tu es extraordinaire ! Tu es unique ! Je t'adore !

Ils se préparèrent gaiement pour le souper.

Le début du repas fut morne, car Nicolas et son père se considéraient chacun comme offensé par l'autre et ne s'adressaient pas la parole. Ce fut seulement au dessert que l'atmosphère se dégela, grâce aux efforts de Marie et de M. Lesur. Sophie profita de la détente pour mettre la conversation sur les pommes de terre. Michel Borissovitch, qui regrettait un peu son algarade, ne fit aucune difficulté pour approuver le projet.

En sortant de table, Sophie se rendit à l'office pour prendre des nouvelles de son protégé. Vassilissa, qui était, en quelque sorte, l'intendante de la maison, avait pu trouver des vêtements propres pour le gamin. Le valet de pied lui avait déjà taillé les cheveux en suivant le contour d'un bol. Et Antipe lui avait appris comment saluer les invités à leur descente de voiture. Il fut décidé qu'au début Nikita porterait l'eau, débiterait les copeaux pour allumer les poêles, fourbirait les couteaux de cuisine et nettoierait les marmites. Il semblait inquiet et heureux. Absorbé par la masse des domestiques, il s'effaça aux yeux de Sophie et elle l'oublia pendant quelques jours.

Puis, un matin, en regagnant sa chambre après le déjeuner, elle trouva un cahier sur sa coiffeuse. Son premier mouvement fut de colère. Comment ce gamin avait-il osé s'introduire chez elle ? Voilà où menait trop de bonté envers les subalternes ! Ensuite, elle se dit qu'il ignorait les usages, qu'un gentil sentiment l'avait poussé à cette démarche, et elle le fit appeler.

— Qui t'a permis de venir ici en mon absence ? lui demanda-t-elle avec une sévérité maternelle.

— Personne, barynia.

— Sais-tu que c'est très mal, que c'est interdit ?

— Non, barynia.

— Si quelqu'un t'avait surpris, tu aurais été fouetté, et qu'aurais-je pu dire, cette fois, pour te défendre ?

Elle prenait plaisir à le gronder, à l'effrayer.

— Cela m'aurait été égal, dit-il faiblement. Je devais vous apporter mon cahier. Coûte que coûte...

— Est-il donc si important que je lise ce que tu as écrit là ?

Il baissa la tête, n'offrant plus aux regards de Sophie qu'une boule de cheveux blonds, taillés court. Elle entendait sa respiration entrecoupée. « Comme son cœur doit battre ! » Elle ouvrit le cahier et déchiffra les dernières lignes :

« Je suis dans la grande maison, mais je ne vois presque plus ma bienfaitrice. Les domestiques sont très bons avec moi. A leur table, je peux redemander du pain et de la gelée de pois autant que je veux. Je couche avec les autres hommes dans la salle commune, sur des paillasses. Ce sont les cochers et les portiers qui ronflent le plus fort. Je ne comprends pas pourquoi il faut tant de gens pour servir cinq ou six personnes. La plupart des domestiques ne font rien. Au village, des fainéants comme ça auraient déjà reçu leur compte de verges. J'aime l'hiver. Quand je regarde la neige, tout devient propre dans ma tête. Si j'étais riche et libre, je courrais en troïka dans les plaines blanches et j'en rapporterais la chanson du vent. Je l'écrirais sur du papier. Je la vendrais. On me la payerait cher. Et je serais encore plus riche et encore plus libre... »

Sophie sourit, referma le cahier et pensa : « On devrait l'envoyer dans une école. S'il étudiait sérieusement, on pourrait l'affranchir, par la suite. Je le vois très bien faisant une carrière dans l'administration... »

Mais, en reposant ses yeux sur Nikita, qui se tenait devant elle, pieds nus et le regard humble, elle comprit qu'il y avait loin de son rêve français à la réalité russe. Le découragement la saisit. Elle essayait de déplacer une lourde pierre, un rocher enfoncé dans le sol depuis mille ans. Tout ce qu'elle pouvait faire pour cet enfant, c'était de lui donner son affection, sa protection, ses conseils. Il avait relevé le front et la contemplait comme si elle eût été une icône. Elle eut conscience de l'étrange tableau qu'ils formaient l'un et l'autre.

— Reprends ton cahier, dit-elle brusquement.
— Je ne dois plus écrire ? demanda-t-il.

Et ses yeux, d'un bleu-violet, s'élargirent. Elle crut qu'il allait pleurer. Bercer un enfant, un grand garçon en larmes ! Cette idée la traversa avec la rapidité d'une flèche. Elle se troubla.

— Mais si, dit-elle. Continue. C'est très bien. Seulement, il ne faut plus m'apporter tes papiers, il faut attendre que je te les demande. Va vite, maintenant. Va...

Elle souffrit bizarrement jusqu'à ce qu'il eût passé la porte à reculons.

Vers la fin du mois de février, Nicolas reçut une lettre de Kostia Ladomiroff, lui annonçant, en termes faussement émus, que la France entière avait pris le deuil parce que le duc de Berry venait d'être tué, en sortant de l'Opéra, par un ouvrier sellier nommé Louvel. Immédiatement, Sophie écrivit à ses amis de Paris, les Poitevin, pour leur demander des renseignements complémentaires. Ils lui répondirent évasivement, sans doute par prudence. Ses parents, en revanche, lui envoyèrent un exemplaire du journal *les Débats* qui relatait l'événement dans un style pathétique. Nicolas convoqua Vassia pour discuter la nouvelle. Ils conclurent que ce meurtre politique, succédant à celui de Kotzebue par Sand, inciterait bientôt tous les souverains du monde à compter avec la volonté populaire. Peu après, en effet, des rumeurs parvinrent jusqu'à Pskov, dénonçant l'agitation des jeunesses allemande, italienne, espagnole. L'Europe semblait prise de fièvre. Mais, en Russie, rien ne changeait.

Comme chaque année, le retour des alouettes marqua l'arrivée du printemps. L'air tiédissait, les premiers bourgeons se gonflaient sur les branches noires, des plaques de neige glissaient des toits, les traîneaux s'embourbaient, Michel Borissovitch ordonnait d'enlever les doubles châssis des fenêtres, et, au terme du grand carême, le cuisinier, flanqué de ses aides, s'affairait devant ses fourneaux pour préparer les œufs coloriés, la *paskha* et le *koulitch* nécessaires à la célébration de Pâques.

A l'occasion de la grande fête chrétienne, toute la famille se rendit à Chatkovo pour entendre, un cierge à la main, la messe de minuit. Le lendemain, Michel Borissovitch, entouré de son fils, de sa fille et de sa bru, reçut les congratulations des domestiques et leur offrit un carré d'étoffe à chacun. Puis, selon l'usage, Nicolas partit en calèche pour faire quelques visites de politesse, tandis que Sophie et Marie, postées devant un étalage de victuailles et de liqueurs, accueillaient leurs proches voisins de campagne. Sophie se demanda si Vladimir Karpovitch Sédoff aurait le front de se présenter. Il arriva vers cinq heures de l'après-midi, à l'instant où le salon était plein de monde. Suivant la tradition, ni Sophie ni Marie ne pouvaient lui refuser le triple baiser de paix. Il s'approcha de la jeune fille et prononça les paroles de la salutation pascale :

— Christ est ressuscité !

— En vérité, il est ressuscité ! chuchota Marie.

Et, pâle comme une morte, elle se laissa embrasser à trois reprises. Ce fut à peine si Sédoff lui effleura les joues du bout des lèvres. Mais, quand il s'écarta, elle faillit perdre l'équilibre. Sophie, à son tour, dut subir le compliment et l'accolade, sous les regards de l'assistance. Quand Sédoff eut quitté le salon, elle s'avisa que sa belle-sœur avait disparu elle-même. Dix minutes plus tard, le galop d'un cheval s'éloigna dans l'allée. Marie rentra. Elle avait l'air d'une somnambule.

— Vous avez passé un moment seule avec lui ? demanda Sophie.

— Non, dit Marie. J'étais montée dans ma chambre. Je ne l'ai même pas vu partir...

Sophie comprit que la jeune fille mentait et s'en attrista.

Nicolas revint tard dans la soirée, enchanté de ses nombreuses visites. Il avait embrassé tous les messieurs et toutes les dames de sa connaissance, avalé des friandises et des eaux-de-vie dans toutes les maisons, et débordait de tendresse chrétienne envers le genre humain. Son excitation était telle qu'à onze heures il refusait encore de se coucher. Sophie dut l'entraîner dans leur chambre. Au lit, il continua de lui raconter les incidents de sa journée. Par circonspection, il parlait de tout le monde sauf de Daria Philippovna. Or, c'était auprès d'elle qu'il avait passé les meilleurs instants. Il la revoyait, assise près du samovar, avec ses yeux souriants, son front blanc, ses joues roses, et disait :

— Chez les Sadovnikoff, il y avait une telle foule qu'on se marchait littéralement sur les pieds !

Sophie se rapprocha de lui, se blottit dans sa chaleur, dans son souffle. Il allongea la main pour baisser la mèche de la lampe à huile.

— Je t'aime ! dit-il sur le ton joyeux d'une découverte.
Elle lui offrit ses lèvres et ne fut plus attentive qu'au bonheur qui se préparait.

Le lendemain, Sophie constata qu'elle avait pris froid, sans doute en raccompagnant des visiteurs sur le perron. Pendant quarante-huit heures, elle voulut ignorer son malaise, puis, la fièvre persistant, elle se résigna, sur les conseils de sa belle-sœur, à se mettre au lit. Ce jour-là, justement, les paysans de Chatkovo devaient faire leur première plantation de pommes de terre. Les tubercules, en provenance de Saint-Pétersbourg, avaient été entreposés chez le staroste, les terres avaient été labourées à temps, et le ciel, nettoyé par le vent, promettait de rester clair jusqu'au coucher du soleil. Michel Borissovitch et Nicolas étaient partis, dès l'aube, pour surveiller le travail. Sophie souffrait de ne pouvoir assister avec eux aux débuts d'une entreprise qu'elle avait inspirée. La tête renversée sur l'oreiller, l'esprit courant sur les routes, elle écoutait distraitement Marie qui lui lisait à haute voix *Le Lépreux de la cité d'Aoste*, de Xavier de Maistre. Soudain, des pas précipités retentirent dans le couloir. Quelqu'un frappa à la porte :
— Barynia ! Barynia !
C'était la voix de Nikita. Sans ouvrir, elle lui demanda ce qu'il voulait.
— Barynia ! reprit-il, ça va très mal à Chatkovo ! Pélagie est venue de là-bas en charrette. Les paysans refusent de planter. Ils disent que c'est de l'herbe du diable. Notre petit père Michel Borissovitch veut les faire passer par les verges !
Sophie demeura une seconde désemparée, mesurant la gravité du danger et la faiblesse de ses moyens. Elle avait bien entendu dire, par Nicolas, que les paysans manifestaient quelque réticence envers la culture des pommes de terre, mais elle n'aurait jamais supposé qu'ils iraient jusqu'à la rébellion.
— Fais atteler ! cria-t-elle à Nikita. Nous partons !
Marie tenta vainement de la dissuader :
— Dans votre état ?... Vous êtes brûlante !... Vous frissonnez !...
Dix minutes plus tard, elles roulaient toutes deux, en calèche, vers Chatkovo.
Le village, quand elles y pénétrèrent, était comme vidé par une épidémie. La voiture s'engagea entre deux rangées d'isbas aux portes closes, aux fenêtres aveugles, contourna l'église, qui, elle aussi, paraissait abandonnée, et prit un chemin cahoteux à travers champs. Il semblait à Sophie que les chevaux se traînaient, la croupe paresseuse, les sabots lourds de boue. Elle supplia le cocher d'aller plus vite. Il répondit :
— Il ne faut jamais se hâter vers le malheur, barynia !
Derrière la corne d'un bois de bouleaux, apparut enfin une grande surface de terre labourée. Une soixantaine de moujiks étaient assemblés là, jeunes et vieux, tête nue, les pieds enracinés dans la glèbe. En face d'eux, se tenaient Michel Borissovitch et Nicolas ; un peu en retrait, le père Joseph, que son

état obligeait à prendre parti pour le seigneur, mais qui, certainement, n'approuvait pas la culture des pommes de terre. En apercevant sa femme et sa sœur, Nicolas se précipita vers elles et les adjura de repartir. Sophie eut beau lui affirmer qu'elle se sentait mieux, il refusa de l'entendre :

— Ta place n'est pas ici ! D'une minute à l'autre, il peut y avoir un incident ! Ce sont des brutes, des brutes ignares !...

— Que disent-ils ? demanda Sophie.

— Toujours la même chose ! Cette plante ne vient pas d'un pays orthodoxe ! Dans les caves de l'Etat où on entrepose les pommes de terre, on entend des bruits mystérieux, des piétinements, des rires, des chansons...

— Le père Joseph ne leur a pas parlé ?

— Si, bien sûr ! Il a élevé sa croix, il a cité les Ecritures... Peine perdue ! Les moujiks l'ont écouté, se sont signés, mais n'ont pas fait un pas vers les champs ! Alors, en désespoir de cause, père a envoyé Antipe à Pskov, pour chercher la troupe.

— La troupe ? s'écria Sophie.

— Oui, dit Nicolas. On passera cinq ou six de ces gaillards par les verges. Les autres comprendront.

— C'est abominable !

— Il n'y a pas d'autre solution.

— Nous devrions partir ! balbutia Marie en s'accrochant au bras de sa belle-sœur.

— Pas avant que cette affaire ne soit réglée ! dit Sophie. Je ne peux pas croire... Je ne peux pas croire...

Elle répétait ces mots et écarquillait les yeux sur la foule des moujiks, qui attendaient leur châtiment. Tous lui étaient familiers et, cependant, elle ne reconnaissait pas leur visage. Une pensée obtuse avait figé leurs traits, vitrifié leurs prunelles, engourdi leur corps. Plus loin, derrière une haie de buissons, se cachaient leurs épouses, leurs filles, qui se lamentaient comme des pleureuses. Exaspéré par ce concert de gémissements, Michel Borissovitch hurla :

— Allez-vous vous taire ? Ou je vous fais fouetter avec les hommes !...

Un silence tomba sur les femmes épouvantées.

— Quant à vous, reprit Michel Borissovitch en s'avançant vers les paysans, je vous conseille de réfléchir encore. J'ai l'habitude de tenir mes promesses. Les soldats seront là très vite. Ou vous planterez les pommes de terre, ou je vous jure qu'il ne vous restera pas un pouce de peau intacte sur le dos !

Ce devait être la dixième fois qu'il proférait cette menace. Les moujiks chuchotèrent entre eux, poussèrent le staroste par les épaules et il s'agenouilla. Sa barbiche décolorée s'effilochait dans le vent. Ses yeux étaient pleins d'une eau trouble. Il ouvrit les bras et bêla :

— Notre petit père, notre bienfaiteur, fais ce que tu veux de nous sur la terre, frappe-nous, tue-nous !... Seulement, ne nous oblige pas à perdre notre droit au paradis en plantant cette saleté !...

— Mais, bougres d'imbéciles, rugit Michel Borissovitch, vous avez entendu ce que vous a dit le père Joseph ! C'est un saint homme ! Il sait de quoi il parle !...

— Le père Joseph connaît la clarté de Dieu, dit le staroste, il ne connaît pas la noirceur du diable !

— Si, repartit le père Joseph d'une voix tonnante, je connais tout : le bien comme le mal, le haut comme le bas. Et je vous dis : soyez sans crainte, puisque je bénirai d'abord la terre où vous planterez !

Noir, massif, barbu, bedonnant, il brandissait une croix d'argent pour intimider ses ouailles. Sa large manche glissa, découvrant un poignet velu.

— Allons ! Tous ensemble ! Au travail ! reprit-il.

Le staroste se renferma dans le silence, personne ne bougea.

— On n'a pas le droit de faire le bonheur des êtres malgré eux ! murmura Sophie. Si ces paysans ne veulent pas cultiver les pommes de terre, laissons-les à leurs habitudes ! Tout vaut mieux que la violence... la violence contre des gens désarmés, contre des faibles, contre des ignorants !...

Elle était lasse, rompue, elle frissonnait de fièvre.

— Mais voyons, Sophie, ce n'est pas possible ! dit Nicolas. Si nous leur cédons aujourd'hui, nous perdrons toute autorité sur eux dans l'avenir. Après les moujiks de Chatkovo, ce seront les moujiks d'un autre village, puis d'un autre encore, qui discuteront nos ordres. Finalement, ils se croiront tout permis...

— Comment peux-tu craindre qu'ils te désobéissent, alors que tu es pour l'abolition du servage ?

— Je suis pour l'abolition du servage, mais contre le désordre. Même dans un Etat démocratique, il faut une certaine direction. Sinon, c'est l'anarchie, la confusion des esprits, la ruine...

Sophie supportait mal cette dialectique devant un troupeau d'hommes promis au supplice. Elle ne savait comment réfuter les arguments de Nicolas et, cependant, elle sentait tout ce qu'il y avait d'inhumain dans ce pouvoir de correction donné au maître sur les esclaves, même quand le maître avait raison et que les esclaves avaient tort. Michel Borissovitch s'approcha d'elle et grommela en français :

— Que dites-vous de cela ? Ah ! ils sont beaux, vos moujiks ! Voilà, ma chère, à quelle racaille vous vous dévouez !

— Ils sont tels qu'on les a faits ! dit Sophie. Je voudrais leur parler.

— Ils ne vous écouteront pas **dav**antage que moi !

— Laissez-moi essayer, tout de même !

— Non ! Vous avez eu tort de vous lever, vous avez eu tort de venir. Je me suis souvent rendu à vos charmantes prières. Mais, cette fois-ci, l'affaire est trop importante. Je maintiendrai ma décision jusqu'au bout. Vous ne leur parlerez pas et ils auront leur râclée !

Il salua Sophie et retourna vers les paysans, que le prêtre continuait de haranguer sans entrain.

— Mon père a vraiment une santé à toute épreuve ! dit Nicolas avec admiration. Depuis cinq heures que nous sommes ici, il n'a pas donné le moindre signe de fatigue !

— Ainsi, tu l'approuves, Nicolas ? demanda Sophie.
— Sans réserve ! dit-il.
— Moi aussi, dit Marie.

Sophie, les jambes coupées, s'assit sur une souche d'arbre. Elle était plus désorientée que le jour de son arrivée en Russie. « Tout cela est de ma faute ! songeait-elle avec horreur. Mes bonnes intentions se retournent contre moi. Si je n'avais pas voulu imposer l'idée de cette culture, les moujiks vivraient encore en paix. Le changement serait-il ennemi du bonheur dans tout autre pays que la France ? » Au milieu de ses réflexions, elle vit un cavalier qui longeait la lisière de la forêt. Il sautait lourdement sur sa selle, les pieds écartés, les coudes en ailerons. Elle reconnut Antipe. Il revenait de Pskov.

— Les soldats arrivent ! cria-t-il.

Il y avait une étrange gaieté dans sa voix. A peine descendu de cheval, il courut rendre compte de sa mission à Michel Borissovitch. Puis, il rejoignit Sophie et Nicolas, en répétant comme une bonne nouvelle :

— Les soldats arrivent ! Les soldats arrivent !
— Ne sais-tu pas qu'ils viennent battre tes semblables ? dit Sophie d'un ton sec.
— Si, barynia.
— Alors, de quoi te réjouis-tu ?

Antipe haletait et riait, la face ruisselante de sueur :

— Il est toujours agréable de voir cogner sur les autres, quand on pense qu'on aurait pu être à leur place !... Ce n'est pas moi qui suis heureux, c'est mon dos !...

Ses petits yeux pétillaient de malice. Il alla vite se placer près du père Joseph, pour être dans l'odeur de Dieu pendant le spectacle.

— Eh ! vous tous ! clama Michel Borissovitch. Vous avez entendu ce qu'il a dit : les soldats arrivent ! Ne les faites pas attendre ! Allez couper des verges dans le bois !

Sophie ne réagissait plus devant l'absurdité de la situation. Tout ce qui se faisait, tout ce qui se disait ici était contre le sens commun. Après s'être concertés, les moujiks se dirigèrent docilement vers le bois. N'allaient-ils pas s'enfuir à travers les fourrés ? Non, ils revinrent, l'un après l'autre, chacun portant quatre branchettes effeuillées, qu'ils déposèrent aux pieds de Michel Borissovitch comme une offrande. Leur figure exprimait une morne résignation. Certains ayant coupé des baguettes trop minces, Michel Borissovitch leur ordonna d'en couper d'autres, plus solides. Ils obéirent sans murmurer. Le tas s'élevait rapidement.

Quand les verges furent prêtes, les paysans se regroupèrent au même endroit, et Michel Borissovitch fit ouvrir par Antipe un panier à provisions. Nicolas, Sophie et Marie refusèrent de partager son repas. Il s'assit sur une pierre et, devant ses moujiks atterrés, dévora un saucisson à belles dents et but de l'eau-de-vie au goulot d'une bouteille. Son visage rayonnait d'une détermination cruelle. Sa bouche luisait, grasse, entre ses favoris dépeignés. Il s'essuya les mains sur son pantalon, voulut entamer un jambon de Westphalie, mais le reposa dans le panier en entendant un bruit de galopade.

— Les voilà ! hurla Antipe.

Nicolas reconnut l'uniforme d'un régiment de cavalerie cantonné à Pskov. L'effectif était d'un demi-escadron. A la tête du détachement, chevauchait le capitaine Chamansky, petit homme noiraud, que Nicolas avait souvent rencontré au club. Ayant commandé pied à terre, Chamansky s'avança vers Michel Borissovitch, le salua militairement et dit :

— A vos ordres ! Où sont les coupables ?

— Ils sont tous coupables ! répondit Michel Borissovitch.

— Par qui commençons-nous ?

— Par le staroste.

— Combien de coups ?

— Allez toujours ! Je vous arrêterai !

Sur un mot du capitaine Chamansky, les cavaliers prirent chacun une baguette et l'essayèrent en cinglant légèrement leurs bottes. Puis, ils s'alignèrent sur deux rangs et se préparèrent à frapper la première victime qui passerait entre eux. Sous leurs shakos à plumets, ils avaient, eux aussi, des visages de paysans. Quatre hommes saisirent le staroste, lui arrachèrent sa chemise et lui lièrent les mains derrière le dos.

— Ce n'est pas possible ! Arrêtez ! Arrêtez ! cria Sophie.

Nicolas la tenait serrée à pleins bras.

Le staroste avait un torse maigre, avec une touffe de poils gris au creux de la poitrine. Sa tête branlait. Ses genoux pliaient. Les soldats devaient le tenir sous les aisselles pour l'empêcher de tomber, la face contre terre.

— Marche ! cria le capitaine Chamansky.

Traîné vers la double rangée de ses bourreaux, le staroste voyait déjà se dresser les baguettes. Soudain, il gémit :

— Père Joseph ! Père Joseph, tu as bien dit que tu bénirais la terre avant la plantation ?

— Je l'ai dit et je le répète, au nom du Père, du Fils et du Saint-Esprit ! répondit le prêtre.

— Dans ce cas... Je pense... Laissez-moi encore parler aux autres... Frères orthodoxes !... Votre Haute Noblesse !... Rien que deux mots !...

On le ramena parmi les moujiks. Ils se refermèrent en cercle autour de lui. Une longue discussion commença. Le groupe ondulait sur place, comme un troupeau de moutons. Perdant patience, Michel Borissovitch vociféra :

— Cela suffit !

Le staroste reparut, toujours maintenu par les quatre soldats, dont les mains hâlées tranchaient sur la chair blême de ses bras et de ses épaules. Son pantalon trop large glissait un peu plus à chaque pas. Pour ne pas le perdre, il écartait les jambes.

— Qu'as-tu à dire, maintenant ? demanda le prêtre.

— On a réfléchi, bafouilla le staroste. On voudrait être sûrs... Voilà : est-ce que, la terre une fois bénie, ce que nous mettrons dedans n'aura plus de pouvoir impur ?

— C'est évident ! dit le père Joseph.

— Est-ce que la plante que nous récolterons et que nous mangerons sera une plante orthodoxe ?

Là, le père Joseph marqua une hésitation. Visiblement, il lui répugnait de donner l'agrément de l'Eglise à un tubercule d'origine suspecte.

— Eh bien ! répondez-lui ! dit Michel Borissovitch avec irritation.

— Ce sera, en vérité, une plante orthodoxe ! soupira le prêtre.

— Alors, dit le staroste, nous consentons, nous nous soumettons et nous demandons pardon à notre maître. Faites paraître la bonté de Dieu ! Oubliez notre insolence !

Tous les moujiks se prosternèrent. Les femmes sortirent des buissons en pleurant de joie. Au milieu de l'allégresse générale, les soldats attendaient un ordre pour lâcher les baguettes.

— Dieu soit loué ! dit Nicolas.

Il desserra son étreinte autour de Sophie. Elle émergeait d'un cauchemar. Le sang frappait aux parois de sa tête. A travers une buée déformante, elle vit l'officier qui ramenait ses hommes vers les chevaux, et le père Joseph qui, troussant sa soutane d'une main, levant sa croix de l'autre, s'avançait vers le champ pour le bénir.

— N'avais-je pas raison ? dit la voix de Michel Borissovitch.

Elle le chercha des yeux, ne rencontra qu'une brume impénétrable et se demanda, sans frayeur, ce qui lui arrivait. Son corps descendait lentement dans un trou, touchait un lit de feuilles. Au-dessus d'elle s'échangeaient des exclamations assourdies :

— Ah ! mon Dieu !

— Ce n'est rien ! Elle n'aurait pas dû venir avec cette fièvre !...

— Vite, à la maison !... A la maison !...

Ces derniers mots lui parurent très doux : « A la maison !... A la maison !... » C'était Nicolas qui parlait. Elle se sentit agréablement malade, heureuse d'être aimée et impatiente de se retrouver dans un lit chaud.

8

Le pli avait été ouvert à la poste et recollé si maladroitement que la brisure du cachet était encore visible. Sophie ne s'en indigna guère, sachant que la correspondance avec l'étranger était très surveillée. Heureusement, sa mère ne lui écrivait rien qui pût déplaire aux autorités russes. Il y avait même une phrase sur la criminelle agitation des esprits républicains dans le monde, qui avait dû réjouir les censeurs. Pour le reste, la comtesse de Lambrefoux rapportait à sa fille quelques anecdotes sans intérêt sur des personnalités parisiennes et se contentait de lui demander si elle s'était bien remise de son refroidissement, si elle n'avait pas un « nouvel espoir » et si elle ne pensait pas faire prochainement un voyage en France, avec son mari. Retourner en France ! Ne fût-ce que pour quelques jours ! Sophie y songeait parfois comme à une entreprise trop compliquée et trop coûteuse pour être réalisable. Sa famille, sa patrie s'éloignaient d'elle chaque année davantage. Certes, la campagne des environs de Paris était plus charmante, plus verdoyante, plus variée que celle des environs de Pskov, le ciel, au-dessus de la Seine et de la Loire, avait une transparence qu'il était vain de chercher ailleurs, les beaux esprits français n'avaient pas leur égal en Russie, et, pourtant, c'était sur cette terre étrangère qu'elle avait trouvé sa raison d'être. En France, elle n'était nécessaire à personne. Ici, la conscience de son utilité la grisait. Il lui semblait qu'elle était entourée d'une nuée d'enfants insupportables qui, tous, avaient besoin d'elle : Nicolas, son beau-père, Marie, Nikita, les paysans du domaine... Sur le fond de ses pensées, se dessinaient des théories de moujiks chevelus, barbus, vêtus de chemises en loques, chaussés de sandales de tille, clignant des yeux et tendant vers le soleil des visages rudes comme l'écorce des arbres. Ils l'attiraient par leur simplicité, leur résignation, leur misère. Elle voulait les aider et, en même temps, elle attendait d'eux elle ne savait quelle révélation.

Bien qu'elle ne fût pas en train pour écrire à ses parents, elle s'assit à son secrétaire et trempa sa plume dans l'encrier. Pouvait-elle relater sa vie paisible à Kachtanovka sans inciter sa mère, et surtout son père, à croire qu'elle s'y ennuyait ? Il fallait être sur place pour comprendre le charme de ces premières journées d'été, chaudes, sèches, parfumées d'une odeur de foin. Les gens de Chatkovo s'étaient ressaisis et cultivaient leurs pommes de terre avec confiance. A la maison, régnait la bonne humeur. Cependant, Nicolas était très agité, à cause des événements politiques qui bouleversaient l'Europe. Dès le mois de juillet, à l'exemple des Espagnols soulevés contre Ferdinand VII, les Italiens s'étaient révoltés contre Ferdinand IV. Des bruits couraient au sujet d'une prochaine insurrection des Grecs contre les Turcs. Nicolas et Vassia avaient des conciliabules fréquents et se montraient les lettres pleines d'allusions qu'ils recevaient de la capitale. Malgré leurs efforts, ils n'avaient pu gagner à leur cause que trois jeunes gens parmi tous ceux qu'ils avaient sondés. Encore ces nouvelles recrues n'étaient-elles pas assez sûres pour mériter une chevalière d'argent. Sophie se dit qu'à la place de son mari elle eût été découragée. Mais il puisait dans les livres les prétextes d'exaltation qu'elle-même demandait à la vie. Il rebâtissait le monde à sa façon, sur les citations de quelques écrivains. Le cahier où il recopiait ses maximes préférées était là, sur la tablette. Elle le feuilleta : « Quand l'innocence des citoyens n'est pas assurée, la liberté ne l'est pas non plus. » (Montesquieu.) « Pour défendre la liberté, on doit savoir immoler sa vie. » (Benjamin Constant.) « L'homme est né libre ! » (Chateaubriand.) Elle sourit. Comme il se donnait du mal ! Revenant à ses parents, elle se pencha sur la page blanche et aligna les mots qu'ils attendaient d'elle : « Je suis entourée d'une telle affection que, n'était mon regret de vous avoir quittés, je serais pleinement heureuse ! »

Deux pages d'une écriture large calmèrent ses scrupules. Elle cachetait le pli, au moment où elle entendit un cheval s'arrêter devant le perron : Nicolas rentrait de Pskov. Elle descendit à sa rencontre et s'étonna de ne pas le voir dans le vestibule. Passant dans le salon, elle l'appela à plusieurs reprises. La porte du bureau s'ouvrit. Nicolas était auprès de son père.

— Viens vite ! dit-il. Justement, nous avons à te parler !

Il avait un air de jubilation mystérieuse et referma le battant sur Sophie avec précaution, comme si le moindre bruit eût suffi à les perdre tous. Michel Borissovitch paraissait, lui aussi, étrangement satisfait. Il fit signe à sa bru de s'asseoir près de lui sur le canapé et dit :

— J'ai une grande nouvelle à vous apprendre : je vais marier ma fille.

— Ah ? murmura Sophie, interloquée. Elle ne m'en a rien dit !

— C'est qu'elle ne le sait pas encore !

L'inquiétude pénétra Sophie. Elle demanda :

— De qui s'agit-il ?

— Tu ne le devines pas ? dit Nicolas gaiement.

Les craintes de Sophie se précisèrent : le cynique, l'insolent Sédoff s'était enfin décidé ! Elle plaignit Marie et soupira :

— Non... je ne vois pas du tout...

— Vassia ! Vassia Volkoff ! dit Nicolas.

Sophie était si loin de penser à lui qu'elle resta sans voix.

— Je l'ai vu tout à l'heure, reprit Nicolas. Le pauvre garçon est très amoureux. Il s'est ouvert à moi de ses intentions et m'a prié d'être son avocat. Il n'attend qu'un signe pour présenter sa demande officielle à père...

Sophie entrevit le désespoir de sa belle-sœur et se révolta :

— Ce n'est pas possible !

— Pourquoi ? demanda Nicolas.

— Ton Vassia n'est guère intéressant !

— Je ne suis pas de ton avis.

— Mais si, Nicolas !... Il est mou, raffiné, velléitaire !... Il ne peut plaire à personne !...

Nicolas se rebiffa :

— Tu oublies qu'il est mon meilleur ami !

— Parce que c'est le seul garçon cultivé de la région. A Saint-Pétersbourg, tu ne l'aurais même pas remarqué !

— Et lui, à Saint-Pétersbourg, aurait-il remarqué Marie ? demanda Michel Borissovitch durement.

— J'en suis sûr, père !

— Allons donc ! Elle est bien gentille, mais elle n'a pas d'attrait pour un homme ! Ni les grâces du corps, ni celles de l'esprit ne lui ont été dispensées.

— Vous ne parlez pas sérieusement ! s'écria Sophie.

Michel Borissovitch hocha la tête :

— Mais si ! Mais si !... Elle est ennuyeuse à regarder, ennuyeuse à entendre...

Il eut conscience d'exagérer ses critiques, mais il était incapable de se dominer. Depuis que Sophie était entrée dans cette maison, il en voulait à Marie de n'être pas plus brillante. Avec son air morne et ses mouvements anguleux, elle déparait le sexe dont sa belle-sœur était le merveilleux ornement. Le seul fait qu'elles fussent construites de la même façon et qu'elles portassent toutes deux des robes était intolérable. Il y avait là comme une erreur de la nature.

— Vassia Volkoff est un parti inespéré pour nous, reprit-il. Avec lui, elle sera très heureuse...

— Qu'en savez-vous ?

— Un père devine ce genre de choses. Elle ne quittera pas la région. Sans doute s'installera-t-elle avec son mari à Slavianka...

— ... Auprès de Daria Philippovna ! poursuivit Sophie aigrement. Je n'aimerais pas avoir cette femme pour belle-mère !

— Je vous accorde, dit Michel Borissovitch avec un grand rire, qu'elle est un morceau plutôt encombrant.

Heurté dans ses sympathies, Nicolas proféra d'un ton sec :

— Il n'est pas question de Daria Philippovna, que je sache, mais de ma sœur ! Je crois, comme père, que ce mariage doit se faire. Et le plus vite possible ! Dans l'intérêt même de Marie !...

Michel Borissovitch allait dire : « Elle me donnera un petit-fils », mais retint cette phrase au bord de ses lèvres. Une seconde de plus et il eût froissé irrémédiablement Sophie. D'ailleurs, maintenant qu'elle vivait auprès de lui, à Kachtanovka, il ne souhaitait plus qu'elle eût un enfant. L'idée qu'elle pût devenir enceinte lui faisait même horreur. Plût à Dieu qu'il n'eût jamais à la voir déformée par la grossesse, portant avec une lourde ostentation le fruit de ses amours avec Nicolas ! Quand il imaginait la jeune femme au lit avec son fils, une colère le prenait contre ce gamin qui avait tous les droits sur elle.

— Je suis sûre que Marie refusera, dit Sophie.

— Il ne manquerait plus que cela ! dit Nicolas. Comment pourrait-elle s'opposer à la volonté de père ?

— Père ne la forcera pas, s'il constate que ce projet la rend malheureuse.

Michel Borissovitch tressaillit, regarda Sophie, s'étonna de la découvrir intacte, bien coiffée, le corsage boutonné, et dit :

— Que Sophie aille trouver Marie et lui parle !

— Vous comptez sur moi pour la persuader ? demanda Sophie.

— Oui. Vous serez plus habile que nous. Je vous fais confiance.

— Mais je n'approuve pas du tout ce mariage !

— Vous ferez semblant ! dit Michel Borissovitch.

Ses yeux exprimaient une autre prière. Sophie ne sut pas démêler le sens de son regard, en éprouva une vague crainte et sortit de la pièce avec l'impression d'avoir un plus grand pouvoir sur son beau-père que sur son mari. mari.

mots de Sophie, elle pâlit, porta les deux mains à sa bouche et poussa un cri étouffé :

— Je ne veux pas !... Pour rien au monde !... Plutôt mourir !...

— Rassurez-vous ! dit Sophie. Père ne vous mariera pas contre votre gré. Mais réfléchissez bien : n'est-ce pas le souvenir de M. Sédoff qui vous rend hostile à l'idée d'épouser Vassia ? Dans ce cas, vous auriez tort.

— Je ne pense plus jamais à M. Sédoff ! dit Marie d'un ton mordant. Et vous êtes bien maladroite de me rappeler son existence ! Vassia me déplaît, vous le savez ! Vous m'avez d'ailleurs donné raison sur ce point ! Pourquoi chercher autre chose ?

Elle avait eu cette même expression haineuse, traquée, lorsque sa belle-sœur l'avait surprise dans les bras de Sédoff, pendant la battue aux loups. Puis, soudain, elle fondit en sanglots :

— Pour l'amour du ciel, Sophie, protégez-moi !... Sauvez-moi !... Vous seule me comprenez dans cette maison !... Mon père et Nicolas sont des égoïstes !... Ils me piétineraient !... Mais vous... vous !...

Sophie retourna dans le bureau, où son beau-père et son mari attendaient le résultat de la démarche En apprenant que Marie repoussait la demande de Vassia, Nicolas entra dans une violente colère :

— C'est une sotte !... Une sotte et une rouée !... Elle ne sait que faire pour nous contrarier tous !...

Son emportement était si ridicule que Sophie lui dit :

— Calme-toi, Nicolas ! Ce n'est pas toi qui viens d'être éconduit !

— C'est mon meilleur ami, mon frère ! rétorqua Nicolas avec emphase. Je ne puis accepter cela ! Je vais parler moi-même à Marie ! On verra si elle s'obstine encore !

— On ne verra rien du tout ! dit Michel Borissovitch en tapant du poing sur la table. Je te défends de te mêler de cette histoire ! Sophie a fait le nécessaire ! Cela suffit !

— Mais, père, bredouilla Nicolas, je ne vous comprends plus. Tout à l'heure, vous disiez...

— Il n'y a que les imbéciles qui ne varient pas dans leurs avis. Si ta sœur préfère rester vieille fille, cela la regarde !

— Elle ne restera pas vieille fille, dit Sophie. Mais elle épousera, plus tard, quelqu'un de son choix.

— De *notre* choix ! rectifia Michel Borissovitch. Réflexion faite, moi aussi ce Vassia me déplaît. Une marionnette élégante. Que tu t'entendes bien avec lui n'est pas pour me surprendre ! Mais, pour une fille qui a de bonnes dents, c'est une noisette un peu trop facile à casser !

Il savourait chaque mot en le prononçant. Ah ! qu'il lui était agréable de prendre le parti de sa belle-fille contre son fils ! Au comble de l'excitation, il eût inventé de nouveaux prétextes pour embarrasser et déconsidérer Nicolas. Mais il savait d'instinct quelle prudence il faut observer dans le soutien qu'on apporte à une jeune femme en désaccord avec son époux. Qu'elle change d'humeur, pour un motif ou pour un autre, et votre dévouement à sa cause vous sera compté pour un manque d'égards.

— Ecoute donc ce que te dit Sophie, reprit-il avec pondération. Elle a cent fois raison. Tu trouveras bien un moyen de présenter ce refus aux Volkoff sans les blesser...

— Charmante mission ! grommela Nicolas. Je vais perdre un ami !

— Préférerais-tu perdre ta sœur ? dit Michel Borissovitch en se dressant de toute sa taille derrière son bureau.

Et il quêta, du coin de l'œil, l'effet qu'il avait produit sur Sophie.

✦
✦ ✦

Malgré les recommandations de son père, Nicolas eut, le soir même, une longue conversation avec sa sœur pour essayer de la convaincre. Elle demeura fermée à tous les arguments, à toutes les menaces, à toutes les prières, et il battit en retraite, persuadé qu'elle n'était pas dans son état normal. Pendant trois jours encore, il différa de se rendre à Slavianka. Enfin, poussé par Sophie, il partit à cheval, avec le sentiment qu'on l'avait chargé d'achever un mourant. Les demoiselles Volkoff l'accueillirent dans le parc et le conduisirent à la chambre de leur frère. Vassia était en train de lire, allongé sur un canapé. Levant les yeux, il vit la mine sombre de Nicolas, comprit tout et murmura :

— J'en étais sûr !

Malade de pitié, Nicolas s'embrouilla dans les excuses :

— Elle a été très touchée... Elle m'a prié de te dire qu'elle t'aimait comme un frère... Elle espère beaucoup que tu ne lui tiendras pas rigueur de... de ce malentendu...

Il entendit un soupir derrière la porte et des pas légers qui s'éloignaient dans le corridor : une sœur de Vassia sans doute, ou une domestique.

Vassia, les mains croisées sous la nuque, la figure impassible, regardait le plafond et laissait ses yeux s'emplir de larmes. Devant cette souffrance muette, Nicolas détestait sa sœur pour sa cruauté. Il eût voulu qu'elle fût avec lui dans la chambre, afin de constater le mal qu'elle avait fait. C'était trop facile de frapper de loin, sans voir la victime !

— Vassia ! Mon frère ! s'écria-t-il. Je suis désolé !...

Il s'assit au bord du canapé, gauchement, et posa une main sur l'épaule du jeune homme. Ils restèrent silencieux. La fenêtre ouvrait sur une haie de buissons. Il y avait beaucoup de livres aux murs et sur le plancher. Entre deux corps de bibliothèque, pendaient des fusils de chasse, des cannes à pêche, un yatagan.

— Ecoute, reprit Nicolas, je comprends que tu en veuilles à ma sœur, mais notre amitié, à toi et à moi, est au-dessus de toutes ces histoires. Nous continuerons à nous voir comme avant...

— Non, dit Vassia avec douceur.

— Pourquoi ?

— Je vais partir.

— A cause... à cause d'elle ? dit Nicolas.

Il s'étonnait que sa sœur, dont il avait connu les caprices, les poupées et les maladies d'enfant, pût bouleverser l'existence d'un homme.

— Oui, dit Vassia. En demeurant ici, je souffrirais trop...

— Je serai constamment près de toi ! balbutia Nicolas. Tu finiras par oublier !

— Je ne veux pas oublier, dit Vassia.

Son air tragique plut à Nicolas. « Quelle noblesse ! pensa-t-il. Et ma sœur dédaigne un être pareil ! »

— Il y a longtemps que ma mère a fait des démarches pour me placer au ministère de la Justice, reprit Vassia. Maintenant, je ne vois plus d'obstacle à cette carrière. La route est toute tracée !...

Il fit le geste d'abandonner sa main au fil de l'eau. A son doigt, brillait la chevalière en argent des amis de la liberté. Nicolas en ressentit un regain de peine.

— C'est de la folie ! gémit-il. Aucune femme ne mérite qu'on sacrifie pour elle une grande amitié ! Tu ne partiras pas !

— Si.

Un espoir traversa Nicolas : peut-être Daria Philippovna l'aiderait-elle à convaincre Vassia de rester ?

— De toute façon, tu ne peux prendre une résolution pareille sans consulter ta mère ! dit-il.

— Qu'elle m'approuve ou non, je m'en irai.

— Ne pourrions-nous lui parler maintenant ?

— Elle est à Pskov pour la journée.

— Alors, je repasserai demain.

— Je te prie de ne pas revenir, dit Vassia en le regardant dans les yeux avec mélancolie. Ta présence remue en moi trop de souvenirs. Adieu ! Adieu pour toujours !

Il se mit debout et tendit ses deux mains. Nicolas les serra avec force, chuchota : « Adieu, mon ami ! » et sortit de la chambre.

Sur le chemin du retour, il s'abandonna aux pensées les plus tristes. Daria Philippovna aimait tellement son fils qu'elle prendrait certainement le refus de Marie pour une grave offense. Après le départ de Vassia, Nicolas n'aurait plus de prétexte pour se rendre à Slavianka. S'il avait l'outrecuidance de s'y présenter, on ne le recevrait pas ! Ah ! sa sœur avait fait un terrible gâchis ! Par sa faute, il était privé de l'amitié d'un homme et de l'affection d'une femme qu'il estimait également. En conscience, il était même obligé de convenir que c'était l'impossibilité de revoir Daria Philippovna qui le navrait le plus. Soudain, l'excès même de sa désolation le guérit. Pour se soulager, il refusa de croire à la rupture. Vassia changerait d'avis après une nuit de réflexion ; dans quelques jours, ils se retrouveraient à Pskov ou à Slavianka ; tout reprendrait comme par le passé...

Il chevauchait à travers un sous-bois. A son approche, les oiseaux se taisaient. Puis, tout à coup, comme incapables de se contenir, un loriot sifflait, une grive poussait son cri vif... En arrivant à Kachtanovka, Nicolas était presque rasséréné.

Trois jours plus tard, un domestique des Volkoff lui apporta une lettre de Vassia. Persuadé qu'il s'agissait d'une invitation, il ouvrit le pli avec bonheur. Son ami lui annonçait qu'il partait, le matin même, pour Saint-Pétersbourg. Nicolas courba la tête. Son espoir s'écroulait avec la silencieuse lenteur des édifices qui tombent dans les rêves. La certitude que ni Sophie, ni Marie, ni personne dans la maison ne pouvait le comprendre augmentait son désarroi.

9

Souvent, pour raviver en lui le souvenir des temps heureux, Nicolas poussait à cheval jusqu'aux abords de Slavianka. Du haut d'une colline, il regardait la maison aux volets orange, verts, rouges, la palissade, le vieux jardin touffu, la petite fumée montant du toit comme un panache. Les jours de chance, il lui arrivait d'apercevoir la tache claire d'une robe dans une allée. La distance était trop grande pour qu'il discernât s'il s'agissait de la mère ou de l'une des filles. Mais il ne voulait pas se rapprocher, par crainte d'être découvert. D'après ce qu'on lui avait rapporté au club, Daria Philippovna se considérait comme brouillée avec la famille Ozareff. Il était surprenant que toute la région fût au courant de la disgrâce sentimentale de Vassia, alors que ni les intéressés ni leurs proches n'en avaient parlé à personne. Décidément, il n'y avait pas de secret bien gardé en province!

Ayant observé les allées et venues des silhouettes autour de la maison, Nicolas rentrait chez lui en se promettant de ne plus recommencer ce décevant pèlerinage. Pourtant, après deux ou trois jours de discipline, il retournait là-bas comme à un rendez-vous. Les premières chutes de neige le renfermèrent dans sa solitude. Malgré ses livres, il s'ennuyait à Kachtanovka. Sophie, le devinant désemparé, l'entourait de douceur et recherchait ses confidences. Mais, depuis l'incompréhensible histoire de Vassia et de Marie, il ne sentait plus la même intimité de pensée entre sa femme et lui. D'ailleurs, elle l'avait ulcéré par la façon dont elle avait parlé jadis de son ami et surtout de Daria Philippovna.

Un soir du mois de décembre, la famille commençait juste à souper, quand un tintement de clochettes retentit au loin. Une visite? Les convives se regardèrent étonnés, et, d'un même mouvement, se jetèrent vers les fenêtres. Les flocons de neige tombaient si serrés qu'il était impossible de rien distinguer derrière ces hachures blanches. Cependant, du fond de la bourrasque, surgit bientôt une ombre aux trois têtes échevelées.

— Une troïka! s'écria Marie. Qui est-ce?

— Qui est-ce? répéta Sophie.

Nicolas courut dans le vestibule, suivi de sa sœur, de sa femme, de M. Lesur et de Michel Borissovitch qui, aussi intrigué que les autres, allait plus lentement et disait :

— Eh bien! Quoi? Ne dirait-on pas qu'il n'est jamais venu personne dans cette maison?

Sur le perron, un froid glacial saisit le visage de Nicolas. Les yeux piqués de neige, il vit un traîneau qui s'arrêtait en grinçant devant les marches. Les chevaux secouèrent la tête et éparpillèrent à tous les échos les mille notes de leur carillon. Hors de la caisse peinte en bleu, surgit un colosse, enveloppé d'une houppelande et coiffé d'une toque de fourrure. Il était blanc de givre du côté où soufflait le vent. Sa face gelée se fendit dans un rire :

— Nicolas ! Nicolenka ! Mon coquelicot !...

C'était Kostia Ladomiroff. Affolé de joie, Nicolas le poussa dans l'entrée, l'aida à retirer sa pelisse, son gilet, ses bottes de feutre et le bourra de coups de poing et de questions. Riant et se défendant, Kostia lui apprit qu'il se rendait à Borovitchi pour le partage d'une terre et qu'il avait fait un grand détour afin de saluer son ami dans sa retraite. A mesure qu'on le dépouillait de ses vêtements de dessus, il apparaissait plus maigre, avec des jambes en compas et une tête d'oiseau. La neige fondait en flaque autour de ses pieds. Sophie et Nicolas insistèrent pour le garder quelques jours à la maison, mais il était déjà en retard dans son voyage. Il repartirait le lendemain. Présenté à Michel Borissovitch, à Marie et à M. Lesur, il eut un mot aimable pour chacun et convint, sans fausse honte, que la course en traîneau lui avait ouvert l'appétit. Du coup, Michel Borissovitch fit donner toutes les variétés de confits et de marinades. Il fallut aussi que le voyageur goûtât, pour son étonnement, les pommes de terre du domaine. Kostia les trouva succulentes. Sa fourchette exécutait une danse précise entre son assiette et sa bouche, sans qu'il s'arrêtât, un instant, de bavarder. Ce qu'il racontait sur la vie mondaine de Saint-Pétersbourg amusait Nicolas. Mais il ne perdait pas de vue la politique. Plus tard, seul à seul avec Kostia, il aborderait les questions sérieuses. Ne disait-on pas qu'il y avait eu dernièrement une révolte dans le régiment Sémionovsky, l'unité préférée de l'empereur ?

Vers le milieu du repas, une inspiration visita Michel Borissovitch et il dit :

— Si nous finissions en musique ?

Le valet de pied se précipita dehors et revint avec trois serviteurs : un palefrenier, un piqueur et Nikita. Ayant salué le maître, ils s'adossèrent au mur et pincèrent les cordes de leurs balalaïkas rudimentaires. Une musique saccadée et joyeuse se répandit dans la salle à manger. Le palefrenier entonna une rengaine. Sa bouche s'ouvrait, se tordait, libérant une voix caverneuse. Quand il se tut, Nikita posa sa balalaïka dans un coin, bondit au centre de la pièce et se mit à danser. Une main sur la hanche, s'asseyant presque à croupetons, il projetait en avant une jambe après l'autre, avec une aisance d'acrobate. Ses lèvres riaient, ses yeux brillaient, une mèche de cheveux dorés oscillait sur son front. En le voyant sautiller devant les convives, Sophie pensait à ces bateleurs du Moyen Age, qui allaient distraire les seigneurs dans leurs châteaux. Brusquement, Michel Borissovitch se leva, contourna la table, repoussa Nikita et commença une sorte de promenade rythmée. Pliant à peine les genoux, mais marquant la cadence à grands coups de talons, il se trémoussait, claquait des doigts et criait : « Hop tsa ! Hop tsa ! Hop tsa !... » Nicolas et Kostia battaient des mains en mesure pour l'encourager. En arrivant à la hauteur de sa fille, il lui adressa un regard de commandement. Elle se troubla, rougit, puis, comme incapable de résister à l'appel de la musique, tira un mouchoir de sa ceinture, et, le tenant à deux mains au-dessus de sa tête, se dirigea vers son père d'une démarche glissante.

— Marie Mikhaïlovna, je bois à votre santé ! hurla Kostia, et il vida d'un trait un grand verre d'eau-de-vie.

Michel Borissovitch laissa passer Marie devant lui et se lança à sa poursuite. Il l'accostait, tantôt à droite, tantôt à gauche, arrondissait les bras pour se présenter, clignait des yeux pour la séduire. Elle, cependant, à demi tournée vers son partenaire, le fuyait sans hâte, comme si elle eût voulu à la fois l'aguicher et déjouer ses avances. Ce spectacle était tellement inattendu que Sophie se demandait si c'étaient bien le despotique Michel Borissovitch et la timide Marie qui évoluaient devant elle. Décidément, les Russes avaient des sautes d'humeur, un manque de suite dans les idées qui contrariaient toutes les prévisions. Les mêmes domestiques, qui étaient à peine des êtres humains pour leur maître, semblaient, ce soir, faire partie de la famille Ozareff. Rangés le long du mur, ils riaient et applaudissaient en regardant se démener celui qui, d'un froncement de sourcils, pouvait les envoyer en Sibérie. Nicolas se pencha vers Sophie et murmura :

— Tu ne trouves pas cela un peu absurde ?

— Mais non, répondit-elle, c'est charmant !

Il lui sourit comme pour s'excuser. Sa main droite tapotait le bord de la table. Ses yeux verts et profonds disaient : « Nous sommes ainsi, essaye de nous comprendre ! »

Entre-temps, Nikita avait repris sa balalaïka. Les musiciens jouèrent plus fort et plus vite. Michel Borissovitch, rouge, les favoris ébouriffés, la veste déboutonnée, s'essoufflait. Nicolas s'arracha de sa chaise et, à son tour, entra dans le mouvement. Kostia le suivit. Ne restèrent à table que les deux représentants de la France : Sophie et M. Lesur.

— Tu ne viens pas, Sophie ? demanda Nicolas.

Elle refusa en souriant. Maintenant, les trois hommes tournaient autour de Marie, qui les provoquait, l'un après l'autre, en faisant mine de leur lancer son mouchoir. Sophie observa son mari avec une admiration inquiète. La danse le rajeunissait. Comme elle l'aimait dans sa folie ! Il exécutait des pas si compliqués que Marie et Kostia éclatèrent de rire et allèrent se rasseoir. Michel Borissovitch, lui, continuait ses dandinements, ses ronds de jambes et ses claquements de doigts. Il haleta :

— Déjà fatigués ?... Dommage !... Moi, je commençais... à peine... à me mettre... en train !... Hop tsa !... Hop tsa !...

Craignant que son père ne s'effondrât, la respiration coupée, Nicolas le ramena de force à sa place. Les musiciens se retirèrent. Michel Borissovitch s'épongea le visage avec un mouchoir, puis ordonna au valet de pied de l'éventer. Le domestique déplia une serviette et la secoua au-dessus du crâne de son maître. Les cheveux de Michel Borissovitch frissonnèrent, comme l'herbe au souffle de la tempête. Il regardait son entourage avec un contentement orgueilleux.

— Ah ! qu'il fait bon rire et s'agiter ! dit Kostia. La voilà bien, la saine gaieté russe ! On n'en trouve plus trace dans la capitale !

A onze heures du soir, Michel Borissovitch souhaita une bonne nuit à tout le monde et alla se coucher. Marie et M. Lesur regagnèrent, peu après, leurs chambres. Nicolas fit servir des liqueurs dans le salon, et s'assit, avec sa femme et son ami, près du haut poêle de faïence, dont la chaleur baissait. Les deux hommes étaient redevenus très calmes. La politique reprenait ses droits. Sophie s'étonna que Nicolas pût discuter comme une grande personne après s'être amusé comme un enfant. Tout à coup, il n'avait plus en tête que l'affaire du régiment Sémionovsky. Kostia reconnut que l'événement était d'importance. D'après ses renseignements, les soldats du Sémionovsky, outrés par la brutalité de leur nouveau chef, le colonel Schwarz, s'étaient mutinés, le 16 octobre, mais sans se livrer à aucun acte de violence. Puis, effrayés par leur propre audace, ils s'étaient docilement laissé enfermer dans la forteresse. Il n'y avait pas trace de complot dans cette émeute. Nul officier ne s'était joint au mouvement. Mais le tsar, qui se trouvait à ce moment-là au congrès de la Sainte-Alliance, à Troppau, avait ressenti ces désordres comme une injure à la monarchie. Pour que son régiment favori, commandé par des officiers appartenant aux plus grandes familles, eût osé désobéir au colonel Schwarz, il fallait que la pourriture des idées républicaines eût profondément gagné les casernes. Un exemple s'imposait. Après une semaine de réflexion, Alexandre Ier avait ordonné que l'effectif entier du Sémionovsky, officiers et soldats, fût versé dans la ligne, d'où un nombre d'hommes correspondant serait tiré afin de reconstituer le régiment. Pour compléter cette large mesure de dégradation, il était spécifié que les mutins les plus compromis, jusqu'à cent par compagnie, seraient traduits devant un conseil de guerre : cela sous-entendait une condamnation à des peines variant entre cinquante coups de knout et six mille coups de baguettes, cette dernière torture équivalant à la mort dans d'atroces souffrances. Nicolas et Sophie étaient atterrés.

— Croyez-vous que ces sentences seront mises à exécution ? demanda-t-elle.

— D'après les dernières informations, l'empereur s'accorderait le luxe de les adoucir un peu, dit Kostia. On n'utiliserait que le knout.

— Je ne m'explique pas une réaction aussi violente de la part du souverain, dit Nicolas.

— Cela te prouve à quel point il est inquiet ! dit Kostia. L'ancien élève de La Harpe vit dans la terreur des doctrines prêchées par les Encyclopédistes. Dès qu'un groupe d'individus redresse la tête, Alexandre découvre dans cet acte d'indépendance la manifestation de l'esprit du mal. La tâche d'un monarque chrétien lui paraît être de veiller à ce que le pouvoir absolu, émanation de la volonté divine, ne soit nulle part menacé. Les révolutions d'Italie et d'Espagne le mettent hors de lui. Araktchéïeff pour l'intérieur, Metternich pour l'extérieur, le poussent dans leurs vues. Il rêve de devenir le policier de l'Europe. D'ici à ce que nos régiments soient obligés d'aller rétablir l'ordre partout où un peuple se soulève contre son gouvernement, il n'y a pas loin ! Inutile de te dire que cette politique absurde vaut de nombreuses adhésions à notre cause !

— Oui ! oui ! soupira Nicolas. Je suppose que je ne reconnaîtrais plus notre petite « Alliance pour la Vertu et pour la Vérité » si j'assistais à l'une de vos réunions.

— Tu la reconnaîtrais d'autant moins qu'elle a pratiquement cessé d'exister ! dit Kostia.

Nicolas bondit sur ses jambes :

— Que veux-tu dire ? Vous ne vous êtes pas dissous ?

— Si, dit Kostia. Ou plutôt, nous avons été absorbés par une association plus importante : « l'Union du Bien public ».

— Ah ! je respire ! dit Nicolas.

Il se rassit près du poêle et ajouta :

— J'espère que je suis encore des vôtres !

— Sois tranquille, dit Kostia. Tout le monde te connaît à l' « Union du Bien public ». Même ceux qui ne t'ont jamais vu.

— Et quelle est la tendance de cette nouvelle association ? demanda Sophie.

— Toutes les tendances y sont représentées, répondit Kostia, je veux dire : toutes les tendances libérales. Nicolas Tourguénieff et Nikita Mouravieff, qui jouent un rôle prépondérant dans l'organisation du Nord, sont des républicains modérés. Pestel, qui dirige pratiquement l'organisation du Sud, est partisan des mesures violentes. Si cette divergence persiste, nous nous séparerons de lui et mènerons notre action sans le consulter...

Sophie l'interrompit avec douceur :

— Avez-vous une idée du caractère de cette action ?

— Pas exactement ! reconnut Kostia. Nous déciderons ce qu'il y aura lieu de faire selon l'occasion qui se présentera.

— Je crains que vous ne l'attendiez longtemps, dit-elle. Je commence à connaître le peuple russe. Il se soulèvera peut-être contre un seigneur qui prétend lui imposer la culture des pommes de terre, jamais contre le tsar qui est l'émanation de Dieu. Vous ne ferez pas prendre les armes à la masse de vos concitoyens pour des questions de gouvernement !

— Nous n'y songeons même pas ! dit Kostia. La révolution sera l'œuvre d'une élite. Le peuple bénéficiera des résultats sans avoir combattu pour les obtenir, sans même, en fait, les avoir désirés !

— N'est-il pas très grave de faire le bonheur des gens de cette façon autoritaire et distante ? En France, ceux qui luttent contre la monarchie ont conscience d'être soutenus par une fraction importante de l'opinion publique. Chez vous, les esprits cultivés se passionnent pour les notions de liberté, de souveraineté nationale et de justice indépendante, mais, dans leur marche rapide vers le progrès, ils ne sont pas suivis par le gros de la nation, qui connaît peu en ces matières. Demandez donc à Nicolas qui, à Pskov, s'intéresse à ces questions ! Trois ou quatre personnes au plus ! Il en résulte un fait d'une extrême gravité. C'est qu'il existe en Russie deux peuples, l'un placé à la hauteur de la civilisation, l'autre à peine dégagé de la barbarie. Les aspirations de ces deux peuples sont inconciliables. Ce qui paraît nécessaire à l'un serait nuisible à l'autre ; ce que le premier désire ardemment, le second le repousse comme étranger à sa foi et à ses traditions ! Il ne faudrait surtout pas que vous donniez à la Russie un remède français, ou anglais, ou américain ! Le pays succomberait à cette médication violente !

Les remarques de sa femme agaçaient d'autant plus Nicolas qu'il sentait qu'elle avait raison. Avec son intelligence mordante, à la française, elle dérangeait la conversation passionnée et confuse qu'il aurait pu avoir, d'homme à homme, avec son ami.

— Laisse donc ! dit-il. Nous savons tout cela ! Malgré ses précédents européens, notre révolution sera originale, unique dans l'histoire du monde, je te le jure !

— J'en suis convaincu, moi aussi, dit Kostia. D'ailleurs, le temps de la vérité approche. On le sent à divers symptômes. A Saint-Pétersbourg, les gens les plus calmes s'agitent ! De jeunes fonctionnaires faméliques rédigent des projets de constitution, en cachette ! Des poèmes subversifs passent de main en main ! Le pauvre Pouchkine paye, en ce moment, d'un exil dans le Sud, le crime d'avoir écrit sa magnifique *Ode à la Liberté* et quelques autres petites choses assez drôles. Notre ami Stépan Pokrovsky a été soupçonné, lui, d'être l'auteur d'une épigramme contre Araktchéïeff. Les policiers l'ont relâché après interrogatoire, faute de preuves. Même devant nous, il nie que les vers soient de lui, mais je suis sûr qu'il ment ! Roznikoff, en revanche, ne s'est pas beaucoup compromis : il est toujours aide de camp du général Miloradovitch. Plus vantard, plus ambitieux et plus sot que jamais, le bel Hippolyte !...

Nicolas écoutait ce discours d'un air assoiffé. Derrière Kostia, c'était tout Saint-Pétersbourg qu'il imaginait, bruissant de mille voix, ponctué de mille lumières. Etait-il possible qu'il eût vécu, lui aussi, jadis, dans la capitale, et qu'il dût se contenter maintenant d'une ennuyeuse société de province ?

— A propos, dit Kostia, nous avons accueilli dernièrement un garçon qui prétend te connaître : Vassia Volkoff.

Nicolas eut un grand battement de cœur et bredouilla :

— En effet... Je le voyais souvent...

— Il est gentil et insignifiant, dit Kostia.

Nicolas glissa un regard vers Sophie. Elle eut le bon goût de ne point manifester le plaisir que lui procurait, sans doute, cette appréciation désobligeante.

— Ne crois pas cela, dit Nicolas avec effort. Vassia est un exalté. Vous pourrez l'employer aux tâches les plus dangereuses.

— Tant mieux ! Tant mieux ! grogna Kostia en vidant un verre d'eau-de-vie de prune. Cette boisson est excellente ! Quel calme, ici, quel silence ! Dire qu'autrefois j'ai pu te déconseiller de partir ! Maintenant, je comprends que vous vous soyez retirés à la campagne ! Saint-Pétersbourg est odieux ! La brume, la pluie, la neige, les uniformes, les intrigues, la peur... Pouah !... A Kachtanovka, vous êtes maîtres de votre destin ! Vous vivez comme bon vous semble ! Un vrai paradis !

Nicolas, par orgueil, n'osa protester et Sophie entreprit de raconter comment s'écoulaient leurs journées : repas en famille, parties d'échecs, promenades dans les bois, lectures, conversations édifiantes avec les paysans, soins du domaine... C'était un tableau idyllique. Peut-être, en effet, voyait-elle ainsi la vie qu'elle menait à Kachtanovka avec son mari. Il l'envia pour sa faculté d'embellir la réalité quotidienne.

— Même si nous avions les moyens de retourner à Saint-Pétersbourg, dit-elle, j'aimerais mieux continuer à mener ici une existence simple et utile qu'aller m'étourdir de nouveau dans les salons !

Nicolas crut entendre une clef jouant dans une serrure : enfermé, bouclé ! Et cet imbécile de Kostia qui approuvait en hochant son grand bec :

— Bravo ! Voilà qui est parlé, Madame !

Heureusement, il revint par la suite à des propos plus distrayants :

— Je suis une gazette vivante. Citez-moi n'importe quelle personne en vue de Saint-Pétersbourg, et je vous rapporterai un trait amusant sur son compte. Mais d'abord, versez-moi à boire !

— *Salem aleïkoum !* dit Nicolas.

A ce souvenir, il éprouva une amertume au fond de la gorge.

— Racontez-nous ce qui se joue au théâtre ! dit Sophie.

— Quelle est la nouvelle coqueluche des amateurs de ballets ? dit Nicolas.

Et il pensa : « Nous lui posons des questions de provinciaux. » Mais, pour rien au monde, il n'eût renoncé à interroger son ami. Il fallait profiter de ce citadin, le presser, en tirer tout le suc possible avant de le remettre sur sa route. Les minutes passaient et Kostia parlait toujours, assis dans la lueur jaune de la lampe, un petit verre à la main. Sophie l'écoutait avec une attention charmante. Le poêle de faïence s'était éteint. La fraîcheur de la nuit pénétrait dans la pièce. La bourrasque de neige s'était calmée. Un chien aboyait à la lune. Le veilleur de nuit contournait la maison en faisant grincer sa crécelle. A deux heures du matin, Kostia dit :

— Il faut tout de même que j'aille me coucher !

Nicolas et Sophie l'accompagnèrent jusqu'à la chambre qui avait été préparée à son intention.

Le lendemain, toute la famille le mit dans son traîneau. Nicolas l'embrassa une dernière fois. Les chevaux s'ébranlèrent dans la neige et prirent de la vitesse, crinières au vent, clochettes tintantes. Longtemps, la main de Kostia s'agita au-dessus de la caisse bleue. Puis, l'attelage disparut, happé par un tournant. Nicolas s'appuya de l'épaule à une colonne du péristyle.

— Quand le reverrai-je ? dit-il à voix basse.

Sophie lui prit le bras et ils rentrèrent dans la maison.

10

Le 6 janvier 1821, toute la famille se rendit au bord de la rivière, pour assister à la bénédiction des eaux. Les habitants de trois villages s'étaient assemblés sur le talus de neige. Hommes et femmes, lourdement emmitouflés, ressemblaient à des corneilles gonflant leur plumage. Les cloches de la petite église de Chatkovo sonnaient au loin dans un air gris de cendre. Entre les berges, sur la glace balayée, se dressait une sorte de kiosque, fait de quatre piquets soutenant une toiture en branches de sapin. Là-dessous, les paysans avaient ouvert une grande brèche dans la carapace gelée. Dominant le flot noir, le père Joseph, en chasuble d'argent, récitait des prières. La vapeur qui sortait de sa barbe à chaque mot était à peine moins abondante que la fumée de l'encensoir balancé par le diacre. Un chœur de paysans chantait des hymnes très beaux, dont Sophie ne comprenait pas bien les paroles. Enfin, ce fut l'immersion de la croix. Au moment où elle disparut, tous les fidèles se signèrent. La procession, portant haut ses bannières et ses icônes, retourna à l'église en suivant un sentier neigeux. Maintenant, selon la coutume, les moujiks les plus intrépides allaient se plonger dans l'eau. Il était reconnu qu'un bain de ce genre ne pouvait faire de mal à un orthodoxe. Malgré cette certitude, les amateurs n'étaient pas nombreux. Marie proposa de rentrer à la maison. Mais Michel Borissovitch ne voulait pas manquer le spectacle. Levant les deux bras, il cria :

— Cinq roubles à celui qui restera le plus longtemps dans l'eau !

Des exclamations de joie lui répondirent :

— Comment pouvez-vous encourager cela, père ? demanda Sophie avec sévérité.

— Ne suis-je pas le gardien de la tradition ? dit-il en riant. Mes serfs ne comprendraient pas que je me désintéresse des prouesses chrétiennes !

Nicolas approuva ce raisonnement et engagea Marie et Sophie à remonter avec lui dans le traîneau, où elles auraient plus chaud et d'où elles verraient mieux. Michel Borissovitch se hissa sur le siège du cocher, pour dominer son monde, et dit :

— Couvrez-vous bien ! Il fait un froid à vous emporter les oreilles !

Déjà, quelques moujiks se déshabillaient. Sophie en avisa trois, dont deux jeunes, râblés et courts sur pattes, qui se ressemblaient comme des frères, et un vieux, barbu, efflanqué, décharné, tout en nerfs et en veines. Un autre vieux, porteur d'un gros ventre, les rejoignit. Tous, à cause de la présence des maîtres, s'étaient noué un linge autour des reins.

— Prépare-toi, Nicolas, dit Michel Borissovitch. Tu compteras les secondes !

Sophie écarquilla les yeux et serra instinctivement la main de Marie sous la couverture. Une cinquième silhouette nue se faufilait hors du groupe des paysans chaudement vêtus. C'était Nikita, grand et mince, les hanches plates, les épaules encore imparfaitement développées, un pagne en toile de sac battant sur son derrière et sur ses cuisses. Il sautillait dans la neige et se frottait la poitrine à pleines mains pour activer la circulation de son sang. La peau de son corps était rose. Affolée par tant d'imprudence, Sophie voulut lui crier de se rhabiller et de rentrer à la maison, mais se retint, par crainte que sa recommandation ne fût mal interprétée. Qui, parmi les personnes présentes, aurait pu comprendre la sollicitude maternelle qu'elle éprouvait envers ce garçon de dix-huit ans ? Elle évita le regard de sa belle-sœur qui, lui semblait-il, la considérait avec ironie.

— Partez ! hurla Michel Borissovitch.

Les cinq hommes, marchant comme sur des pointes d'aiguilles, s'approchèrent du kiosque, s'assirent au bord de la brèche, et, ensemble, se laissèrent glisser dans l'eau. Nicolas commença de compter à haute voix :

— Un, deux, trois, quatre...

Au centre du champ de glace, il y avait maintenant cinq têtes coupées au ras du cou et présentées comme des fruits sur une nappe. Ces têtes se tournaient dans tous les sens, soufflaient, reniflaient et geignaient. Le vieux barbu était le seul qui eût le cœur à plaisanter :

— Elle est bouillante ! Ne pourrait-on la rafraîchir un peu ?

Les gens de son village l'acclamaient :

— Tiens bon, Maximytch ! C'est le cuir tanné qui est le plus robuste !

Les partisans des autres baigneurs s'égosillaient de leur côté :

— Remue-toi, Nikita !... Heï, Stépan, pense que tu es dans le lit avec Douniacha, ça te réchauffera !... Est-ce que vous avez pied, au moins ?...

— Oui... On a pied ! répondit Maximytch. C'est doux comme du duvet !... J'y resterais des heures !... Brr !...

— Cette année encore, ce sera Maximytch qui gagnera ! Regarde comme il a l'œil vif pour son âge !

— Non, ce sera Stépan ! Hardi, Stépan ! Serre les dents, Stépan !

— Agaphon ! Agaphon ! Il est frais et sain comme un concombre !

Nicolas, imperturbable, poursuivait son compte :

— Soixante-deux, soixante-trois...

Les premiers à donner des signes de malaise furent les deux frères qui avaient paru si robustes à Sophie. Leur père, penché au bord de la glace, dit d'une voix traînante :

— Sortez donc de l'eau, imbéciles ! Vos lèvres sautent sur vos dents !

Des moujiks les tirèrent à la force des bras hors de la brèche, les enveloppèrent dans une couverture et leur tendirent une bouteille d'eau-de-vie. Aussitôt après, ce fut le gros Agaphon qui demanda grâce. Six personnes furent nécessaires pour l'amener sur la rive. Son corps, soufflé et blême, était marbré de taches violettes. Il remuait la langue sans pouvoir prononcer un mot.

— Le Christ soit avec toi ! gémit son épouse. Dans quel état me reviens-tu ? Qu'est-ce que je vais faire d'un cadavre ? Pardonne-moi, Seigneur, toi qui as si bien ressuscité Lazare, mais il faut que je le batte !

Et elle se mit à gifler son mari, encouragée par les femmes de l'assistance. Une fois ranimé, il la gifla à son tour. Un large éclat de rire salua cet échange de coups. Cependant, il ne restait plus dans l'eau que le vieux Maximytch et Nikita. Ils se défiaient du regard et claquaient des dents, face à face. Ne tenant plus, Sophie cria en français :

— Arrêtez ce concours ridicule ! Ils en mourront !

— Personne n'est jamais mort d'une baignade le jour de la bénédiction des eaux, répondit Michel Borissovitch.

Et il hurla :

— Je double l'enjeu : dix roubles !

— Merci, barine ! bégaya Maximytch en faisant un petit salut. La bonne parole réchauffe le cœur du croyant !

Des glaçons s'étaient formés dans sa barbe. Un rictus douloureux retroussait sa lèvre supérieure.

— Alors, tu abandonnes, morveux ? dit-il à Nikita.

Le garçon secoua la tête en silence. Il semblait à peine vivant, les traits tendus, les prunelles saillantes.

— Tu as tort, poursuivit Maximytch. Si tu te voyais !...

— Deux cent quatre-vingt-douze, deux cent quatre-vingt-treize ! dit Nicolas.

— Deux cent quatre-vingt-quatorze ! dit Maximytch.

Soudain, son visage s'allongea, l'épouvante arrondit ses yeux. Il râla :

— Dieu tout-puissant ! Au secours !

Nikita aida les sauveteurs à sortir Maximytch de l'eau. Puis, tandis qu'ils emportaient le vieillard pour le frictionner et le rhabiller, il se hissa lui-même sur la glace. Son corps était rouge, comme ébouillanté jusqu'à la racine du cou. Il tenait difficilement sur ses jambes.

— Sacré Nikita ! criaient les moujiks. Il a gagné ! La jeunesse parle, la vieillesse baisse la tête !...

L'un lui jetait une couverture sur le dos ; un autre lui frottait la nuque avec un torchon de tille ; d'autres encore le soutenaient, l'abreuvaient d'eau-de-vie, le poussaient vers le traîneau du barine.

— Laissez-moi ! Je peux marcher seul ! dit-il.

Sophie le vit s'avancer en titubant, un sourire insensé aux lèvres. Le soulagement qu'elle éprouvait ressemblait à de la faiblesse. Michel Borissovitch tira dix roubles de sa poche et fit sauter les pièces dans le creux de sa main gantée. Mais Nikita ne regardait pas l'argent. Les yeux fixés sur Sophie, avec une expression de fierté, il s'adressait à elle seule, il lui offrait sa victoire. Bientôt, il fut si près qu'elle put discerner les gouttes d'eau gelée à la pointe de ses cils. La couverture fermait mal sur sa poitrine imberbe. Entre ses seins, brillait une petite croix de baptême. Ses jambes nues s'enfonçaient dans des bottes de feutre. Il haletait, riait, la mâchoire inférieure tremblante.

— Tu es un gaillard ! dit Michel Borissovitch en lui remettant l'argent. Que vas-tu faire de ces dix roubles ?

— Acheter des livres, du papier ! dit-il sans hésitation.

— Diable ! Tu veux donc devenir un savant ?

— Oui, barine, dit-il, avec votre permission...

Et il jeta un coup d'œil à Sophie, pour voir s'il avait bien répondu.

Pendant une semaine, Sophie ne rencontra plus Nikita dans les couloirs de la maison. Inquiète, elle interrogea Vassilissa et apprit qu'il était tombé malade après son exploit. Elle alla le voir dans la salle commune. Les paillasses des domestiques mâles, au nombre d'une vingtaine, étaient empilées dans un coin, durant le jour. Deux poêles, montant jusqu'au plafond, chauffaient la pièce et y exhalaient une odeur de transpiration et de bottes. Nikita gisait seul, recroquevillé en chien de fusil, sur un grabat. A côté de lui, il y avait une cruche d'eau, couverte par une tranche de pain noir, et sa vieille balalaïka. Sophie se pencha sur le garçon et toucha son front, qui était brûlant. Il n'ouvrit même pas les yeux.

— Oh ! il va déjà mieux, dit Vassilissa, qui était entrée derrière Sophie. Je lui donne des tisanes de ma composition. Et, chaque soir, Antipe lui frotte le dos avec une brosse. Dans une semaine, il sera debout.

Les paupières de Nikita frémirent. Une lumière d'un bleu violet filtra entre ses cils. Il sourit à une apparition céleste.

— Barynia ! Barynia ! chuchota-t-il. Vous êtes venue !...

— Eh ! oui, dit Vassilissa. Tu vois le tracas que tu causes aux maîtres ! Est-ce que c'est bien, ça ?

Tout en le grondant, elle tirait sur lui sa méchante couverture de laine grise. Sophie eût aimé le faire elle-même. Les mouvements de cette femme étaient si brusques ! Comme Vassilissa disposait la tête de Nikita sur un ballot de chiffons, un cahier glissa de la paillasse par terre. Sophie le ramassa vivement. Vassilissa remarqua son geste.

— Tu lui diras que je l'ai pris ! murmura Sophie.

Et elle sortit de la salle. Sur le pas de la porte, elle se cogna à M. Lesur, qui semblait la guetter, un sourire ambigu aux lèvres.

— Monsieur votre beau-père vous cherche, dit-il.

— Pourquoi ?

— Il désirerait faire une partie d'échecs, et vous savez bien que, maintenant, il ne veut plus d'autre adversaire que vous !

Elle n'avait nulle envie de jouer aux échecs. Le cahier de Nikita l'intéressait trop !

— Dites-lui que, pour le moment, je suis occupée, répliqua-t-elle.

— Ne pourriez-vous le lui dire vous-même ? Il me recevra mal si je lui fais cette commission !

— Vos craintes sont absurdes ! dit Sophie en haussant les épaules.

Chaque fois que M. Lesur lui adressait la parole, elle éprouvait une répulsion voisine du malaise. Le fait qu'il fût son compatriote la rendait doublement sévère à l'égard de ce petit personnage chauve et obséquieux. Un long couloir, fait de rondins, reliait le bâtiment des communs à celui des maîtres. Trottinant dans le passage, à côté de Sophie, M. Lesur poursuivait ses lamentations :

— Vous ne le connaissez pas sous son vrai jour, chère Madame ! Il a tellement changé envers moi ! Autrefois, j'avais sa confiance, presque son amitié. Maintenant, il ne sait que faire pour m'éloigner de lui et pour me convaincre de mon inutilité dans sa maison...

Il leva sur Sophie un regard mouillé de prière et dit encore :

— Vous avez pris de l'empire sur lui ! Il écoute si bien, et à juste titre, vos suggestions ! Ne pourriez-vous l'amener à reconsidérer son attitude ?

— Je n'ai pas sur mon beau-père l'ascendant que vous supposez ! répondit Sophie.

— Oh ! que si ! s'écria M. Lesur. Je compte sur vous, n'est-ce pas ? D'avance, je vous remercie !...

Ils étaient arrivés dans le vestibule. Sophie monta dans sa chambre. M. Lesur, arrêté au pied de l'escalier, la regarda disparaître avec un sentiment de haine. Dire qu'il s'était réjoui, jadis, à l'idée qu'elle apporterait un peu d'air de Paris dans cette demeure étouffante ! Dire qu'il avait cru trouver en elle une alliée contre tout ce qui le heurtait dans les manières russes ! Dire qu'il avait rêvé d'un complot entre elle et lui, afin de franciser et de dominer la famille Ozareff ! Il ne lui avait pas fallu longtemps pour mesurer son erreur. Sophie l'avait tellement déçu par ses façons qu'il lui déniait maintenant la qualité de Française. Elle ne représentait pas à ses yeux la patrie qu'il avait quittée quelque trente ans auparavant, mais un pays étrange, défiguré par le passage des sans-culottes et de Bonaparte. Les opinions libérales de la jeune femme le blessaient. Il s'indignait qu'elle prît de l'intérêt aux mœurs des moujiks. Enfin, il ne lui pardonnait pas d'avoir accaparé l'attention de Michel Borissovitch. Pour ceux qui l'avaient connu intransigeant, brutal, injuste, l'admiration que cet homme vouait à sa belle-fille était pénible comme un signe de déchéance. « Qu'elle s'en aille ! Qu'elle s'en aille avec son mari ! » se disait M. Lesur. Ayant enfin recouvré son calme, il rentra dans le salon, où Michel Borissovitch somnolait, assis dans un fauteuil, près de la fenêtre brouillée de givre. En entendant un pas, il rouvrit les yeux et demanda :

— Alors ?

— J'ai trouvé Mme Sophie au chevet du pauvre Nikita ! dit M. Lesur. Elle fait preuve à l'égard de cet enfant d'un dévouement rare. Dès qu'elle en aura fini avec lui, elle se rendra auprès de vous. Aimeriez-vous que, d'ici là, nous fassions une partie ?...

Michel Borissovitch ne daigna pas répondre. Son regard revint à la fenêtre blanche. Ah ! combien à cette indifférence M. Lesur préférait les sarcasmes, les avanies, les colères d'autrefois ! Raillé, rudoyé, il avait du moins l'impression de vivre. Souvent même, il goûtait un trouble plaisir à souffrir mille hontes sans avoir le droit de rendre les coups. Tout cela était fini, par la faute de cette femme !

— Voulez-vous que je vous lise quelques pages à haute voix ? reprit-il.

— Je veux que vous me laissiez, dit Michel Borissovitch avec ennui.

M. Lesur se retira précipitamment.

Les jours suivants, il continua de surveiller Sophie et de rapporter à Michel Borissovitch ses observations. Celui-ci, tout en feignant de ne prêter aucun intérêt à ces racontars d'office, les écoutait chaque fois jusqu'au bout. Il apprit ainsi que Sophie avait fait transporter Nikita dans une petite chambre voisine de la salle commune, que Vassilissa avait reçu l'ordre de mettre des draps sur le lit du malade, que le docteur Prikoussof avait été convoqué. Cette dernière information lui fut d'ailleurs confirmée par Sophie. Il n'en fit pas moins la grimace. L'initiative de sa bru le plaçait dans une situation gênante. Quand le docteur Prikoussoff lui eût annoncé que le garçon était hors de danger, il se sentit ridicule d'avoir à remercier le médecin pour des soins donnés à un serf. Cela créait un précédent fâcheux dans la région. Il le dit à Sophie. Elle en convint avant tant de grâce qu'il en fut désarmé. Pour expliquer sa conduite, elle montra à Michel Borissovitch les cahiers de Nikita. M. Lesur s'était posté derrière la porte du bureau pour entendre la scène. Il prévoyait un éclat. Mais la conversation fut calme. Michel Borissovitch se déclara surpris des dispositions du gamin. Le soir, au souper, la jeune femme parut rayonnante. Son air d'aisance, et presque de majesté, exaspéra M. Lesur. Il lui restait un seul espoir : qu'elle se laissât griser par le succès, passât la mesure et perdît tout en voulant tout gagner. Peu avant Pâques, il la pria de lui accorder un entretien. Il se prétendit très frappé, lui-même, par les progrès de Nikita. Pourquoi ne demandait-elle pas à Michel Borissovitch d'affranchir cet intéressant jeune homme et de l'envoyer continuer ses études à Saint-Pétersbourg ? La suggestion étonna Sophie. Elle n'avait pas pensé que la chose fût possible.

— Mais si ! dit M. Lesur. J'ai même la conviction que votre beau-père sera heureux de vous donner satisfaction sur ce point !

— Je vous remercie, dit Sophie. C'est, en effet, une excellente idée !

M. Lesur eut de la peine à cacher sa jubilation : Sophie n'avait pas éventé le piège ! En soutenant ce projet inacceptable, elle irriterait Michel Borissovitch et lui ouvrirait les yeux sur ce qu'elle était réellement : une intrigante, une perturbatrice, une républicaine ! Comment faire pour ne pas manquer la dispute, qui, fatalement, opposerait l'une à l'autre ces deux puissances ?

Les fêtes de Pâques passèrent avec leur messe de minuit, leurs friandises traditionnelles et leurs visites entre voisins. Cette fois, Vladimir Karpovitch Sédoff ne vint pas à Kachtanovka, et Marie, après l'avoir attendu toute la journée, monta dans sa chambre pour pleurer. Le lendemain, quand Michel Borissovitch eut achevé sa sieste, Sophie alla le rejoindre dans son bureau. Reposé, détendu, il la reçut avec toute l'amabilité souhaitable. Mais, à peine lui eut-elle parlé de libérer Nikita qu'il devint de glace.

— Chassez ce rêve de votre tête, chère Sophie, dit-il en se carrant dans son fauteuil.

— Pourquoi, père ? demanda-t-elle. Vous avez tant de paysans ! Qu'y aura-t-il de changé pour vous si celui-ci quitte le domaine ?

— C'est une question de principe.

— Il est curieux d'entendre parler de principe en matière de servage !

Le regard de Michel Borissovitch s'aiguisa. Dès que sa bru s'intéressait de trop près à un être, il se sentait mordu de jalousie. Tout ce qu'elle accordait à un autre, elle le prenait à lui. Sans lâcher des yeux la jeune femme, il répliqua d'un ton mesuré :

— Que vous approuviez ou non l'institution du servage, elle existe. Je ne puis aller à l'encontre des usages de mon pays. Si l'empereur, dans sa haute sagesse, décide d'émanciper les moujiks, je serai le premier à lui obéir. Mais je n'aurai pas l'outrecuidance de me poser en exemple de générosité, tant que le gouvernement souhaitera garder les choses en l'état.

— Il y a pourtant des propriétaires fonciers qui ne pensent pas comme vous ! dit Sophie.

— Oui, dit Michel Borissovitch, j'en connais qui, de temps en temps, accordent un passeport à l'un de leurs paysans, avec la licence de travailler en ville. Les trois quarts de ce que gagne le bonhomme reviennent au barine. Si, malgré tout, le serf devenu citadin s'enrichit un peu, son maître lui fixe un chiffre très élevé pour le prix de la liberté entière. Est-ce à cet étrange commerce que vous me conviez ?

— Vous savez bien que non. Je vous demande d'affranchir Nikita sans contrepartie.

Michel Borissovitch évoqua l'adolescent blond et svelte, sortant de l'eau, le jour de l'Epiphanie. Certainement, il y avait un fond trouble au penchant que Sophie éprouvait pour ce petit moujik.

— Nikita est né serf, il restera serf aussi longtemps que je vivrai ! dit-il.

L'air outragé de Sophie lui procura un extraordinaire plaisir. Ayant porté le premier coup, il allait raffiner la torture. Sa belle-fille était une victime de choix, à la fois dure et sensible. Il l'aimait trop pour ne pas souhaiter lui faire du mal.

— Eh ! oui, reprit-il d'un ton cauteleux, je vous l'ai déjà dit, ma chère, je suis le contraire d'un novateur ! D'autres enfoncent les portes, allument les incendies ! Moi, je marche avec mon siècle ! Je me soumets aux coutumes de mes contemporains ! A ce propos, je vais vous faire un aveu qui vous surprendra : il m'est extrêmement agréable de constater que vous avez distingué Nikita au point de lui réserver une bonne place dans la maison.

Sophie décela une manœuvre et se mit sur ses gardes. Comme elle se taisait, Michel Borissovitch poursuivit plus bas :

— Vous me comprenez, n'est-ce pas ?

— Non.

— Je veux dire que les traitements de faveur, les passe-droits, les complaisances de toutes sortes sont des conséquences naturelles du servage. La moitié de la satisfaction qu'un seigneur trouve à régner sur des milliers d'individus lui vient de ce pouvoir qui lui est donné d'en choisir un et de le combler par caprice. En choyant ce charmant Nikita, tandis que ses semblables sont encore dans la misère, vous suivez la grande tradition des propriétaires d'esclaves. A l'inégalité voulue par nos lois, vous ajoutez l'inégalité voulue par vous-même. Ce n'est pas moi qui vous en blâmerai !

Il souriait avec une ironie si arrogante qu'elle eut l'impression de se trouver devant un ennemi. Mais un ennemi qui ne pouvait se passer d'elle et dont elle ne pouvait se passer. Nier l'importance qu'il avait prise dans sa vie eût été aussi vain que de vouloir effacer une montagne de l'horizon. Cette masse, cette ombre, cette voix pesaient de loin sur toutes ses journées. Il attendait qu'elle lui répondît pour prolonger la discussion. Mais elle ne lui donnerait pas ce plaisir. Lentement, elle se leva, tourna le dos à son beau-père et sortit.

Dans le couloir, elle se heurta à M. Lesur, qui passait, un livre sous le bras. Elle ne fut pas dupe de sa mine affairée. Sans doute avait-il écouté à la porte, selon son habitude. Elle le toisa d'un regard méprisant et continua son chemin. Touché par une joie fulgurante, M. Lesur mit une main sur son cœur et remercia Dieu de la tournure que prenaient les événements.

★★★

Les semaines suivantes, M. Lesur redoubla de vigilance. Après la discussion qui avait dressé Michel Borissovitch contre sa belle-fille, les deux adversaires demeuraient dans l'expectative. Rien n'avait changé pour eux, en apparence, mais, dans cette atmosphère tendue, la moindre étincelle pouvait provoquer un orage. Résolu à ne pas gaspiller ses chances, M. Lesur s'éveillait chaque matin avec l'espoir qu'un incident nouveau lui permettrait de déconsidérer Sophie aux yeux de son beau-père, et se rendormait chaque soir en déplorant que la situation n'eût évolué ni en bien ni en mal.

A la fin du mois de juin, son impatience arriva au paroxysme et il eut un accès de fièvre bilieuse. Personne ne le plaignit dans la maison. Ce fut Vassilissa qui le soigna, avec des tisanes amères. A peine guéri, il voulut reprendre sa place dans la famille. Le 15 juillet, fête de la Saint-Vladimir, il descendit de sa chambre pour le souper. Mais il avait trop présumé de ses forces. Assis dans le salon, face à Michel Borissovitch, il sentait que ses oreilles bourdonnaient, que ses yeux se fermaient de fatigue. Marie fredonnait une chanson triste en regardant le jardin par la fenêtre ouverte. Sur le point de s'engourdir, M. Lesur se ranima en voyant entrer Nicolas et Sophie. La jeune femme semblait bouleversée. Comme elle venait de recevoir une lettre de sa mère, Michel Borissovitch demanda :

— Avez-vous de bonnes nouvelles de vos parents ?

— Très bonnes, dit-elle évasivement.

— Dieu soit loué ! Je vous ai vue si soucieuse que j'ai été pris de crainte, tout à coup !...

— C'est que, dit Nicolas, nous venons d'apprendre un événement extraordinaire, un événement qui, quelles que soient vos opinions, ne peut vous laisser indifférent.

Il marqua une pause et dit :

— Napoléon est mort.

Un silence lourd s'établit dans le salon. Il parut à Sophie que le souffle de l'Histoire éventait tous ces visages familiers. Devant l'énormité du fait, il n'y avait personne, dans l'assistance, qui ne fût rappelé au sentiment de sa petitesse. Même M. Lesur avait pris un air grave. Enfin, Michel Borissovitch demanda :

— Est-ce de votre mère que vous tenez cette information ?

— Oui, dit Sophie.

— Quand est-il mort ?

— Le 5 mai, à Sainte-Hélène.
— Mais cela fait plus de deux mois !
— L'affaire a été tenue secrète le plus longtemps possible. Ce sont, paraît-il, les gazettes anglaises qui ont, les premières, divulgué la nouvelle...
— Et quel est l'état des esprits, en France ?
— Ce n'est pas par mes parents que je le saurais ! dit Sophie en souriant. Pour eux, l'univers est enfin débarrassé d'une hydre sanguinaire !
— Bien des gens pensent comme eux ! dit M. Lesur.
— Il est évident, renchérit Michel Borissovitch, que personne, dans le cours des siècles, ne porte la responsabilité d'un aussi grand nombre de morts que ce tyran découronné ! Ce qui a dû le tourmenter le plus, à Sainte-Hélène, c'est de n'avoir pas des milliers de jeunes gens à faire massacrer pour assouvir son besoin de gloire !

M. Lesur tressaillit de joie. L'occasion qu'il avait souhaitée se dessinait enfin. Pour la première fois, Michel Borissovitch était d'accord avec lui contre Sophie.

— Vous vous faites une piètre idée de Napoléon, si vous vous imaginez qu'il n'a mené la France au combat que pour satisfaire son ambition personnelle ! dit la jeune femme.
— Je crois, comme Sophie, dit Nicolas, qu'il avait sincèrement en vue la suprématie et la prospérité de son pays.

Michel Borissovitch croisa violemment les bras sur sa poitrine :
— Est-ce mon fils, un ancien officier de la garde du tsar, un héros de la guerre nationale, qui ose parler ainsi ? Trop de camarades sont tombés autour de toi pour que tu aies le droit d'excuser l'homme sans qui la plupart d'entre eux seraient encore vivants !
— J'essaye d'être équitable, dit Nicolas. Quels que soient les défauts de Napoléon, c'était un grand capitaine.
— Un grand capitaine qui a fini prisonnier dans une île ! dit M. Lesur avec un ricanement.

Jamais encore, il ne s'était trouvé à pareille fête. Rentré en grâce auprès de Michel Borissovitch, il se donnait la volupté de multiplier les coups contre Sophie et Nicolas, avec la certitude d'une impunité absolue.

— Ce n'est pas la façon dont un homme d'Etat termine sa vie qui est importante, mais ce qu'il laisse derrière lui, son œuvre, sa légende, dit Nicolas.
— Eh bien ! s'écria M. Lesur, vous abondez dans mon sens et je vous en remercie ! Que reste-t-il de votre Bonaparte ? Au terme d'une carrière de boucher, il n'a réussi qu'une chose : faire détester la France par toute l'Europe !
— Faire détester ou faire craindre ? demanda Sophie.
— L'un ne vaut pas mieux que l'autre, rétorqua M. Lesur avec vivacité. Autrefois, la France était fameuse par les lumières de ses beaux esprits ; après la Révolution, elle est devenue fameuse par la violence de ses bourreaux et de ses soldats ! La soif sanguinaire que les sans-culottes

étanchaient grâce à la guillotine, leurs successeurs du Consulat et de l'Empire l'ont étanchée en se jetant sur les peuples voisins pour les égorger !

— Voilà, pour le moins, une singulière façon d'interpréter l'Histoire ! dit Sophie.

Aussitôt, M. Lesur se tourna vers Michel Borissovitch comme pour mendier l'approbation d'un supérieur.

— Est-ce l'empereur Alexandre qui a provoqué Napoléon en 1805, en 1812, en 1815 ? demanda-t-il.

Sollicité d'une manière si directe, Michel Borissovitch ne put que répondre :

— Non, évidemment !

— Ah ! s'exclama M. Lesur radieux, vous voyez ! Jamais la Russie n'aurait attaqué la France, si la France n'avait cherché à envahir la Russie ! C'est d'ailleurs vous-même, Monsieur, qui me l'avez fait remarquer à plusieurs reprises !

— Oui, oui, dit Michel Borissovitch de mauvaise grâce.

— Je vais plus loin, reprit M. Lesur. Les soldats de Bonaparte se sont conduits comme des sauvages en Russie, alors que les soldats de l'empereur Alexandre se sont conduits comme des libérateurs en France !

Cela non plus, Michel Borissovitch ne pouvait le nier.

— Vous parlez de choses que vous ignorez ! dit Nicolas.

M. Lesur se dressa sur ses ergots et proféra d'une voix de coq :

— Ah ! vraiment ? Paris a-t-il été incendié et pillé comme Moscou ?

Ne recevant pas de réponse, il jouit de son avantage, longuement, silencieusement. Michel Borissovitch l'observait à la dérobée et s'exaspérait de partager les opinions d'un homme si méprisable. Etre du même avis que M. Lesur lui paraissait le comble du ridicule.

— D'ailleurs, continua M. Lesur, je suis surpris, chère Madame, que vous puissiez concilier vos idées républicaines avec le respect d'un personnage qui, toute sa vie durant, s'est comporté en véritable despote ! Est-il possible d'être à la fois pour la liberté et pour la contrainte, pour l'égalité et pour la hiérarchie, pour la paix et pour la guerre, pour la Révolution et pour l'Empire ? J'avoue que j'aimerais vous comprendre...

Le sang de Michel Borissovitch lui monta à la tête. De quel droit ce précepteur, ce laquais, s'en prenait-il à Sophie ?

— Vous me comprendriez si vous aviez vécu en France à l'époque où Napoléon en était le maître ! dit-elle fièrement. Même ceux qui le détestaient, comme moi, lui reconnaissaient une manière de génie. On pouvait l'accuser de tout, sauf de trahison envers son pays. Je suis persuadée que nombre de ses ennemis, en apprenant sa mort, auront l'impression qu'une des plus nobles figures du monde a disparu. Mais, pour éprouver cela, il faut avoir le sens de la grandeur...

Elle cloua M. Lesur du regard et conclut :

— Je ne suis pas certaine que ce soit là votre qualité maîtresse !

M. Lesur blêmit et ses narines se pincèrent. Michel Borissovitch avait envie d'applaudir. Sans laisser au précepteur le temps de rassembler ses esprits, il grogna :

— Cela suffit ! Napoléon a suscité trop de discordes de son vivant pour que je lui permette d'en susciter d'autres après sa mort !

Il n'eut pas plus tôt fini de parler qu'une idée, d'une cocasserie méchante, s'épanouit dans sa tête. Retenant le sourire qui, déjà, lui chatouillait l'intérieur des lèvres, il reprit avec sérieux :

— Je crois que vous avez raison, monsieur Lesur : la vocation de la France n'est pas la guerre, mais la propagation de la culture, qu'il s'agisse des lettres, des sciences, ou des arts. Vous êtes d'ailleurs un excellent exemple de ce principe, car vous êtes venu en Russie pour enseigner la jeunesse...

— C'est on ne peut plus vrai ! dit M. Lesur en rougissant de contentement.

— L'ennui, dit Michel Borissovitch, c'est que, maintenant, vous n'enseignez plus personne !

— Mes élèves sont trop grands ! murmura M. Lesur avec un regard d'affection vers Nicolas et Marie.

— Il faut en prendre d'autres !

L'inquiétude effaça le sourire de M. Lesur :

— Où les trouverais-je ?

— Les amateurs ne manquent pas ! J'en ai déjà un à vous proposer.

— Qui ?

— Nikita !

Ayant lancé ce nom, Michel Borissovitch observa que l'étonnement de son entourage était tel qu'il l'avait voulu. M. Lesur tremblait des bajoues.

— Vous ne parlez pas sérieusement, Monsieur ! balbutia-t-il.

— Mais si, dit Michel Borissovitch. Mon offre vous déplairait-elle ?

— Ce Nikita est un paysan...

— Un paysan serf, oui. Est-ce là ce qui vous arrête ?

— J'ai été engagé par vous pour instruire vos enfants et non vos moujiks !

— Singulière réponse pour un homme dont la mission est d'apporter la lumière à tous les esprits avides d'apprendre ! Que nous autres, Russes barbares, propriétaires fonciers à lourdes bottes, raisonnions ainsi, je le comprendrais ! Mais vous, vous un compatriote de Voltaire, de Montesquieu, de Condorcet !... Ce garçon est, paraît-il, d'une intelligence remarquable. Vous baragouinez suffisamment le russe pour lui donner des leçons de calcul, d'histoire, de géographie. Quant au français...

— Je ne lui donnerai aucune leçon ! s'écria M. Lesur. Vous n'avez pas le droit de m'y obliger ! Vous passez la mesure !...

Plein d'une grosse colère de parade, Michel Borissovitch jugea le moment venu d'éclater.

— C'est vous qui passez la mesure ! hurla-t-il. Si vous refusez l'emploi que je vous propose, vous n'avez qu'à partir ! Je n'ai pas besoin dans ma maison d'un précepteur qui ne fait rien !

Comme giflé par une main pesante, M. Lesur vacilla sur ses jambes et perdit la respiration. Soudain, il glapit :

— Je m'en irai ! Je m'en irai ! Monstres que vous êtes tous !

Et il se jeta hors du salon. Marie décocha un regard de reproche à son père et courut après M. Lesur. Nicolas hésita une seconde et sortit à son tour. Sophie l'entendit qui disait, derrière la porte :

— Je vous en prie, monsieur Lesur, calmez-vous !... Il s'agit d'un malentendu !...

Puis, les voix baissèrent. Sans doute, les deux anciens élèves de M. Lesur le suivaient-ils dans sa chambre. Sophie se tourna vers son beau-père, qui se tenait debout, les mains dans le dos, le ventre en avant. Il y avait un contraste entre la lourdeur de ce vieux visage et la malice du sourire qui jouait sur ses lèvres.

— Etes-vous satisfait de vous ? dit-elle d'une voix altérée par l'indignation.

— Cet homme vous avait manqué de respect, dit Michel Borissovitch. Il méritait que je le remette à sa place.

— Vous auriez pu le faire sans le renvoyer !

Le sourire de Michel Borissovitch s'accentua :

— Je ne l'ai pas renvoyé : c'est lui qui a décidé de partir.

— Allons donc ! En le sommant de donner des leçons à Nikita, vous saviez parfaitement qu'il aimerait mieux perdre sa situation que de vous obéir !

— Oui, mais je sais aussi qu'il n'exécutera pas sa menace. C'est un tel valet ! Vingt fois déjà il a juré de nous quitter sur une offense, et vingt fois les choses se sont arrangées ! Voulez-vous parier que, dans dix minutes, Nicolas et Marie accourront pour m'annoncer que M. Lesur, ému par leurs prières, accepte de rester parmi nous ?

— Je le méprise assez, dit Sophie, pour admettre qu'il reviendra peut-être sur sa décision, malgré l'humiliation que vous lui avez infligée. Mais, ce que je ne comprends pas, c'est que vous trouviez du plaisir à ce jeu malsain. Comment un homme de votre rang, de votre intelligence, peut-il s'amuser à torturer quelqu'un de plus faible que lui ?

Il y avait dans les reproches de Sophie tant de considération pour celui à qui elle les adressait que Michel Borissovitch l'écoutait avec reconnaissance.

— Je ne m'amuse pas à torturer les faibles ! dit-il. Cela vient tout seul. On me heurte et je riposte. Trop fort, peut-être ! Mais quoi ? je suis fait ainsi, j'ai du sang, du nerf, du ressort... Est-ce ma faute si ceux qui m'entourent ne sont pas de taille à lutter ? Je donne une chiquenaude, et les voilà tombant les quatre fers en l'air ! Vous me considérez comme un monstre ?

— Vous seriez tellement content si je vous répondais oui !

— Pas du tout !

— Oh ! si ! Je vous connais, père ! Vous aimez qu'on vous craigne !

— Et vous ne me craignez pas !

— Non.

— Vous êtes la seule.

— C'est possible. Dès notre première rencontre, il y a six ans, je vous avais jugé. Au lieu de m'accueillir comme votre fille, vous avez tenté de me mettre au pas, de me ridiculiser, suivant la méthode qui vous réussit avec M. Lesur.

— J'étais furieux de votre mariage ! dit-il. Et puis, je voulais voir si vous étiez d'une bonne trempe. Il faut toujours que j'essaye de plier les êtres que j'aime pour mesurer leur résistance...

Il eut un grand rire qui lui brida les yeux :

— Votre résistance, à vous, est très forte, chère Sophie. Je l'ai appris à mes dépens ! Au fond, nous nous ressemblons...

Sophie marqua sa surprise par un léger haut-le-corps.

— Evidemment, cette idée vous choque, reprit-il, parce que vous voyez en moi un vieillard autoritaire, égoïste... Mais réfléchissez bien. Oubliez ma physionomie, mon âge... Nous sommes, vous et moi, de la même race. Nous allons de l'avant. Les autres suivent...

— De quels autres parlez-vous ? demanda-t-elle.

Il fit un geste vague en direction de la porte. Touchée dans son amour-propre, Sophie balbutia :

— Nicolas a beaucoup de caractère !

— Vous trouvez ? dit Michel Borissovitch en levant ses gros sourcils gris au milieu de son front.

— Oui. Simplement, le respect qu'il éprouve pour vous le paralyse.

— Comment se fait-il que vous ne soyez pas vous-même paralysée ?

— Je ne suis pas votre fille. Je n'ai pas vécu toute mon enfance auprès de vous...

— Et vous m'êtes plus proche que si vous étiez de mon sang, dit-il d'une voix sourde.

Elle resta une seconde étourdie. Un trouble inconnu s'emparait d'elle. La porte s'ouvrit violemment et Marie parut sur le seuil. Elle avait un visage défait par la pitié.

— Père, s'écria-t-elle, M. Lesur est en train de pleurer !

Michel Borissovitch prit le temps de revenir sur terre, poussa un soupir et grommela ironiquement :

— Pas possible ?

— Oui, c'est affreux ! Nicolas essaye de le consoler ! Peut-être accepterait-il, tout de même, de rester chez nous si vous n'exigiez plus qu'il donne des leçons à Nikita ?

Michel Borissovitch posa sur Sophie un regard de connivence. Elle sourit et baissa les paupières. Un élan de bonheur le traversa.

— Mais oui, mais oui, dit-il. Je ne l'exigerai plus ! Au diable les leçons ! Qu'il reste !...

— Merci, père ! dit la jeune fille.

Michel Borissovitch fronça les sourcils :

— Va donc le prévenir. Nous passerons à table dans un quart d'heure. Et qu'il ne s'avise pas de paraître avec une tête de circonstance ou je le renvoie dans sa chambre !

Cette menace sonna d'une façon amortie, tel le grondement d'un tonnerre qui s'éloigne.

Marie s'envola et Michel Borissovitch revint à Sophie avec un visage épanoui. Sans doute espérait-il reprendre leur entretien. Mais elle balança doucement la tête, comme pour lui refuser quelque chose, bien qu'il ne lui eût rien demandé. Puis, à son tour, elle se dirigea vers la porte. Il lui coupa la route :
— Où allez-vous ?
— Rejoindre Nicolas, dit-elle.
Il y avait dans ses yeux une telle sérénité, une telle lumière que Michel Borissovitch ne sut que répliquer et s'inclina dans un salut.

DEUXIÈME PARTIE

1

La pipe entre les dents, le front entouré d'un nuage de fumée, Bachmakoff écrivait des chiffres à la craie sur le drap vert de la table de jeu. Nicolas feignait de suivre l'addition avec indifférence, mais, en vérité, il était anxieux de connaître le résultat. Il n'avait que deux cent cinquante roubles sur lui et la partie de whist avait été acharnée. Son partenaire, le jeune Michel Goussliaroff, était passé à côté des meilleures occasions ; lui-même n'avait eu en main que des cartes basses. Le club lui fit subitement horreur, avec ses vieux sièges de cuir, son odeur de tabac refroidi et tous ces visages d'hommes qui flottaient dans la pénombre. Bachmakoff posa le total et le souligna d'un trait. Le morceau de craie se rompit : quatre cent quatre-vingt-seize roubles, soit deux cent quarante-huit pour chacun des deux perdants. Nicolas se donna le luxe de ne pas vérifier, jeta la somme sur la table, salua l'assemblée et sortit. L'argent gaspillé, le temps envolé lui procuraient une impression de gâchis. Chaque fois qu'il se rendait à Pskov, c'était pour y trouver une déception. Et, cependant, il s'ennuyait tellement à Kachtanovka qu'il ne pouvait se retenir d'aller en ville.

Dans la cour, il hésita sur le parti à prendre : rentrer directement à la maison ou se promener du côté de la foire. On était au mois d'août 1823. Le soleil flambait haut dans le ciel. Laissant son cheval à l'écurie du club, Nicolas fit quelques pas dans la rue. Une rangée de boutiques basses, aux devantures poussiéreuses, ouvrait sur un trottoir de mauvaises planches. Des enseignes de fer découpé et colorié pendaient au-dessus de la chaussée. Parfois, un marchand, barbu jusqu'au nombril, botté jusqu'au genou, se montrait sur le seuil de sa porte et conviait les passants à entrer chez lui. Nicolas connaissait par cœur tous les étalages. Des paysannes, habillées de couleurs vives, traversaient son regard sans qu'il en eût conscience. Un voisin de campagne le saluait et il soulevait son chapeau machinalement. Soudain, il avisa une calèche élégante, arrêtée devant le comptoir de tissus Péréplioüieff et fils. Ces deux chevaux alezans aux crinières nattées, ce cocher à la barbe bifide, cette caisse peinte en damier noir et jaune... L'équipage de

Daria Philippovna ! Sans doute était-elle en train de faire des emplettes. D'une seconde à l'autre, elle pouvait ressortir du magasin. La première idée de Nicolas fut de s'éloigner. Mais il demeura sur place, comme captivé par le désir de provoquer une catastrophe. Etait-ce la mélancolie de cette longue journée d'été qui le rendait si téméraire ? Il y avait plus de deux ans qu'il évitait de rencontrer la mère de Vassia ! En vérité, il l'avait assez facilement oubliée. Il fit mine de s'intéresser aux rouleaux d'étoffe qui ornaient la devanture. Derrière la vitre, dans la pénombre, bougeait une silhouette féminine aux formes plantureuses. Il reconnut Daria Philippovna sous une capeline de paille, tressée de rubans multicolores. Elle lui parut un peu plus grasse que dans son souvenir. Ayant payé ses achats, elle marcha vers la porte. Un commis la suivait, les bras chargés de paquets, le menton appuyé au sommet de la pile. « Trop tard pour battre en retraite, se dit Nicolas. Cette fois, tout est perdu ! » Et il ôta son chapeau. Elle eut un tressaillement et son visage devint un masque de porcelaine, figé dans les blancs et les roses les plus purs.

— Daria Philippovna, balbutia-t-il, permettez-moi de vous présenter... de vous présenter...

Il ne savait plus au juste ce qu'il voulait lui présenter, et elle ne semblait pas pressée de l'apprendre. A l'issue d'un combat intérieur, elle sourit du bout des lèvres :

— Il y a bien longtemps que nous ne nous sommes vus, Nicolas Mikhaïlovitch.

— Ce n'est pas l'envie qui m'en a manqué, estimée Daria Philippovna ! dit-il avec élan.

Le commis s'était pétrifié, au milieu du trottoir.

— Vous avez fait des achats ! reprit Nicolas.

— Oui, pour mes filles.

— Elles vont bien ?

— Très bien.

— Tant mieux, tant mieux...

Les bras du commis pliaient sous le poids des étoffes.

— Posez tout cela dans la voiture, lui dit Daria Philippovna.

Elle allait repartir. Nicolas ne put le supporter.

— Vous rentrez chez vous ? demanda-t-il.

— Mais oui.

— Oserai-je, chère Daria Philippovna, solliciter l'honneur de vous accompagner pendant une partie du chemin ?

Elle n'avait pas perdu l'exquise faculté de rougir. Ses joues s'empourprèrent, tandis que ses yeux bleuissaient à l'ombre de ses cils.

— Vous êtes à cheval ? dit-elle faiblement.

— Oui.

— Vous pourrez donc me rattraper sur la route...

Transporté de joie, il lui baisa la main, l'aida galamment à monter en voiture et se précipita vers l'écurie du club.

Après un temps de galop, il découvrit, au loin, dans la campagne, la tache claire d'un chapeau féminin, balancé par le mouvement des roues. La calèche avançait lentement. Ayant rejoint Daria Philippovna à l'orée d'un bois de bouleaux, Nicolas mit son cheval au pas. Les branches des premiers arbres versèrent sur eux une ombre clairsemée. Nicolas devait s'incliner sur sa selle pour apercevoir un coin de visage sous la cloche de paille blonde. Il ne savait par quel bout reprendre l'entretien. Enfin, le silence accumulé le poussa comme une vague :

— Vous ne pouvez imaginer, Daria Philippovna, combien j'ai souffert de cette fâcheuse affaire, dont ni vous ni moi n'étions responsables, et qui, cependant, nous a séparés !

— J'avoue, soupira-t-elle, que, sur le moment, j'ai été profondément blessée dans mon affection maternelle.

Il se hâta de dire :

— Je le sentais si bien que je n'osais plus me montrer à vos yeux ! Il me semblait que vous englobiez toute notre famille dans une même rancune !

— Je ne suis jamais allée jusque-là, Nicolas Mikhaïlovitch ! dit-elle. Mais, évidemment, tout ce qui venait de Kachtanovka me rappelait la tristesse, le désarroi de mon fils. Il suffisait d'un rien pour raviver ma peine. N'en parlons plus. Le temps passe, les blessures se cicatrisent, la raison reprend le dessus...

— Avez-vous de bonnes nouvelles de Vassia ? demanda-t-il.

— Excellentes ! Il se plaît beaucoup à Saint-Pétersbourg. Ses chefs sont contents de lui. Malgré mes prières, il n'est pas revenu une seule fois à Slavianka. Sans doute est-ce le souvenir de votre sœur qui l'éloigne encore du pays !...

— Je suis désolé ! bredouilla Nicolas.

Elle lui adressa un regard de paix profonde :

— Ne vous désolez pas : tout est mieux ainsi. D'ailleurs, je ne désespère pas de ramener mon fils parmi nous. Savez-vous que j'ai acheté la terre Elaguine ? J'y fais construire un pavillon dans le goût chinois. Ce sera pour Vassia, quand il viendra en vacances, un refuge de lecture et de méditation, à l'écart des bruits de la maisonnée. Ce qu'il a toujours souhaité, en somme ! Je dois passer voir où en sont les travaux. Voulez-vous m'accompagner ?

— Avec joie ! s'écria-t-il.

Ils tournèrent dans un sentier, longèrent un étang que Nicolas déclara idyllique et se dirigèrent vers un grand bruit de scies, de haches et de marteaux. Le chantier se trouvait dans une clairière. Il y avait quelque chose de surprenant dans ces moujiks bâtissant une pagode. Le toit, retroussé sur les bords et hérissé de clochetons, n'était pas chez lui parmi les bouleaux de Russie. Entre les grêles colonnes du perron, des ornements de bois découpé affligeaient le regard par l'extrême complexité de leurs formes. Nicolas n'osait dire qu'il jugeait cette construction fort laide et se contentait de hocher la tête en murmurant :

— C'est très original !... Chaque détail est traité à ravir !...

— Je me suis servie d'un dessin que mon fils avait fait à l'âge de quinze ans ! dit-elle.

Nicolas ne s'étonna plus du résultat.

— C'était la maison de ses rêves, reprit-elle. Quand elle sera peinte de couleurs vives, elle aura encore meilleur aspect !

Le chef de chantier s'approcha de Daria Philippovna, chapeau bas, afin de lui soumettre un problème d'architecture. Nicolas admira la bienveillance pleine de fermeté dont cette femme de quarante ans usait avec les ouvriers serfs. Ses suggestions les plus légères étaient des ordres comminatoires. Tout pliait devant sa douceur. Elle emmena Nicolas à l'intérieur du pavillon pour lui montrer l'emplacement des rayons de livres, du sofa et de la table à écrire. Il eut de la peine à évoquer son ami en jeune mandarin, mais affirma, par politesse, que le cadre prédisposait au bonheur. Touchée par ce compliment, Daria Philippovna lui offrit de passer prendre le thé chez elle. Il accepta avec l'empressement d'un assoiffé.

A Slavianka, il retrouva le parc qui n'avait pas changé et les trois filles qui avaient grandi. L'aînée, Hélène, qui allait sur ses vingt ans, s'était malheureusement empâtée ; la moyenne, Nathalie, dix-huit ans, avait de jolis yeux tristes ; quant à la cadette, Euphrasie, elle était, à seize ans, d'une fraîcheur, d'une coquetterie et d'une impertinence charmantes. Son rire égayait la maison. Elle ne baissait pas les paupières sous le regard de Nicolas.

On prit le thé à l'ombre des tilleuls. Nicolas trônait, seul homme entre quatre femmes. Cette situation était agréable. Il se dit que la mère et les trois filles devaient être sevrées de visites pour être tellement attentives à ses moindres gestes, à ses moindres propos. Il les devinait habitées par son reflet, le détaillant, le retournant, l'accommodant chacune à son rêve personnel. Leur curiosité était si flatteuse qu'il en oubliait l'heure. Daria Philippovna poussa la bonté jusqu'à lui demander des nouvelles de Marie. Emu, il répondit que sa sœur était toujours la même, se complaisant dans la mélancolie et la solitude.

— De nos jours, il est terrible pour des jeunes filles de vivre à la campagne, soupira Daria Philippovna. Qui viendra les dénicher derrière les beaux arbres qui les cachent ? Je songe à conduire les miennes à Moscou, pour la saison d'hiver.

Les trois demoiselles Volkoff rougirent et courbèrent la tête. Visiblement, il y avait longtemps qu'on leur promettait ce voyage. Puis, Daria Philippovna parla à Nicolas de sa femme, dont tout le monde savait, dans la région, l'intérêt qu'elle portait aux moujiks.

— Oui, dit Nicolas, elle veut faire leur bonheur malgré eux, mais je doute qu'elle y réussisse. Le paysan russe n'aime pas être dérangé dans ses habitudes. Qu'on lui apprenne à lire ou à se laver, il se méfie ! Si on lui accordait la liberté, il hésiterait à la prendre !

— C'est pourtant cet étrange cadeau que vous comptez lui offrir, un jour prochain, avec l'assentiment du tsar ! dit Daria Philippovna en souriant.

Il comprit qu'elle était au courant de tout par son fils et n'en fut pas autrement fâché. Même les jeunes filles devaient flairer de loin le complot. Le visage de Nicolas prit une expression de gravité politique.

— Il s'agit d'un vaste projet auquel nous sommes nombreux à nous dévouer, dit-il.

La petite Euphrasie le considérait avec une admiration qui ressemblait à de l'appétit. Daria Philippovna, en revanche, était sceptique. Améliorer la condition du moujik lui paraissait aussi dangereux qu'innover en matière de religion. Elle l'expliqua avec tant de grâce que Nicolas ne put lui en vouloir de son erreur. Les idées conservatrices faisaient partie du charme de cette femme, comme les châles de cachemire, le sens de l'organisation domestique, les grands chapeaux de paille et le goût des confitures. Il prit congé d'elle en espérant qu'elle le réinviterait.

— Venez à n'importe quel moment! dit-elle. Je serai toujours heureuse de vous recevoir!...

Pas un mot pour convier sa femme! Quelle intuition! Daria Philippovna n'eût pas été de son sexe si elle n'avait senti la sourde animosité que lui vouait Sophie. Au fond, Nicolas préférait qu'il en fût ainsi. Contrairement à ce qu'il avait cru d'abord, une amitié entre elles deux l'eût embarrassé.

En remontant à cheval, sa décision était arrêtée : il ne parlerait à Sophie ni de sa perte au jeu ni de sa rencontre avec Daria Philippovna. A moins d'abdiquer toute personnalité, un homme devait avoir quelques secrets dans sa vie.

Daria Philippovna et ses filles le regardèrent s'éloigner et revinrent vers la table, marchant à quatre de front et se tenant par la taille. La première, Euphrasie laissa éclater son sentiment :

— Ah! qu'il est bien! Je le trouve encore plus beau et plus distingué qu'il y a deux ans!

Ce jugement d'une fillette, qui, hier encore, jouait à la poupée, attendrit Daria Philippovna.

— Pourtant, il n'a guère changé, dit-elle avec un sourire de sérénité maternelle.

— Si, dit Nathalie. Il s'est développé, il a mûri, il fait plus homme!

— Tu as remarqué cela? murmura Daria Philippovna, subitement inquiète.

— Mais oui, maman! répondit Nathalie. Cela saute aux yeux!

— Moi, dit Hélène, je ne comprends pas ce que vous lui trouvez d'extraordinaire!

Heurtée par ce propos, Daria Philippovna observa sa fille aînée et lui découvrit un air obtus. Avec sa taille lourde, sa peau cireuse et son regard terne, elle n'était certainement pas qualifiée pour donner son avis sur un homme. La réponse que sa mère eût voulu lui faire, ce fut sa sœur cadette qui la lança :

— Tu n'y connais rien! Nicolas Mikhaïlovitch est tout simplement adorable! Si quelqu'un comme lui me demandait ma main, je n'hésiterais pas une seconde!

— Moi non plus! renchérit Nathalie.

Daria Philippovna éprouva un malaise. Elle était étonnée que Nicolas pût séduire ainsi des gamines de seize et dix-huit ans. Cette constatation la flattait, dans la mesure où elle y voyait une justification à son propre penchant, et l'agaçait, si elle pensait que, par l'âge, son invité était plus proche de ses filles que d'elle-même.

— Vous oubliez que Nicolas Mikhaïlovitch est un homme marié ! dit-elle.

— Hélas ! non, maman, nous ne l'oublions pas ! dit Euphrasie. Autrement, tu verrais...

— Qu'est-ce que je verrais ? demanda Daria Philippovna.

Et elle se rassit à sa place, devant une tasse vide et une assiette barbouillée de confiture.

— Je ferais tellement de grâces devant lui qu'il s'allumerait comme un tas de broussailles ! s'écria Euphrasie en enlaçant le cou de sa mère et en la baisant sur les deux joues.

Daria Philippovna se dégagea avec humeur :

— Tu es stupide !

— Il a des yeux d'un vert ! gémit Euphrasie en se laissant tomber sur une chaise, les jambes ouvertes, les bras pendants, comme épuisée.

— Verts, avec des paillettes dorées dedans ! corrigea Nathalie. Mais moi, ce que j'aime le mieux, c'est son front !

Pendant quelques secondes, Daria Philippovna, perdue dans les nuages, entendit ses filles détailler la physionomie de Nicolas. Soudain, Euphrasie tapa du doigt sur la table et décréta :

— Il ne doit pas être heureux en ménage ! Cela se voit dans son regard ! N'est-ce pas, maman ?

— Mais non ! marmonna Daria Philippovna. Enfin... je n'en sais rien...

— Il parle à peine de sa femme !

— Ce n'est pas une raison pour croire qu'il la délaisse.

— Oh ! si ! Oh ! si ! D'ailleurs, un homme comme lui ne peut pas s'entendre avec une Française !

— En tout cas, elle est très jolie ! dit Hélène en avalant une grosse cuillerée de confiture.

« Ma fille aînée est décidément une sotte ! pensa Daria Philippovna. Ou bien elle fait exprès de prendre le contre-pied de toutes mes idées ! »

— Tu manges trop de sucreries, Hélène ! dit-elle sévèrement.

— Mais maman, j'ai encore faim !

— Si tu continues, tu deviendras énorme !

Hélène fit la moue et laissa retomber la cuiller dans l'assiette avec bruit.

— Moi, reprit Euphrasie, je trouve que cette Sophie est trop menue, trop brune...

— Dire que, si Vassia avait épousé Marie, Nicolas Mikhaïlovitch serait notre beau-frère ! dit Nathalie sur un ton de regret.

— Il ne m'aurait pas du tout intéressé comme beau-frère ! répliqua Euphrasie. C'est comme amoureux que je l'aurais voulu ! Ah ! s'il m'avait saisie dans ses bras, emportée sur la croupe de son cheval...

La conversation s'égarait dans les enfantillages.

— Cela suffit, Mesdemoiselles ! dit Daria Philippovna.

Les jeunes filles se turent. Le soir tombait. Daria Philippovna huma le parfum de la terre chaude, s'étira, réprima un bâillement et se leva de table pour faire quelques pas à travers le parc. Euphrasie et Nathalie, qui étaient ses préférées, lui donnèrent le bras. Hélène, en robe rose, traînait par derrière, une tranche de gâteau à la main. Des paysannes balayaient les allées. La lune parut dans le ciel bleu.

— Ah ! maman ! quelle belle soirée ! soupira Euphrasie. Tout est si calme, si pur, que j'ai envie de pleurer ! Peux-tu comprendre cela ?

— Oui, mon enfant ! dit Daria Philippovna.

Son cœur voulait s'échapper de sa poitrine. Elle se sentait brusquement des désirs de recommencer sa vie avec toutes les illusions de la jeunesse.

2

Il y avait une heure qu'Alexis Nikitytch Péschouroff, maréchal de la noblesse du district d'Opotchka, était enfermé avec Michel Borissovitch dans le bureau. Cette entrevue prolongée intriguait Nicolas, qui tournait dans le jardin, les mains derrière le dos, la tête basse. Plus il réfléchissait à la visite de ce petit dignitaire provincial, plus il se persuadait qu'elle était inspirée par un motif politique. L'année précédente, l'empereur, exaspéré par les échos des révolutions espagnole et napolitaine, et par les difficultés intérieures que lui créait le soulèvement des Grecs contre les Turcs, avait décidé de porter un grand coup aux « libres penseurs » de Russie en ordonnant la dissolution de toutes les sociétés secrètes, y compris les loges maçonniques. Mais les deux Unions de conspirateurs du Nord et du Sud n'avaient pas encore été inquiétées. Sans doute, le maréchal de la noblesse, alerté par une dénonciation, interrogeait-il Michel Borissovitch sur les véritables opinions de son fils. Toutes les paroles imprudentes que Nicolas avait prononcées au club, chez des amis, dans la rue lui revinrent en mémoire. Il se traita de fou et regretta que Sophie ne fût pas auprès de lui pour partager ses craintes. C'était dans les moments graves qu'il éprouvait le plus intensément le besoin de former avec elle un couple uni. Or, elle était partie en promenade avec Marie et M. Lesur. Ils herborisaient : la nouvelle marotte de la famille !

Nicolas repassa devant la fenêtre du bureau. La conversation se tenait à voix basse. Il ne put rien entendre et se dissimula derrière un buisson. Dix minutes plus tard, une porte s'ouvrit, se referma en claquant, et, sur le perron, apparurent Michel Borissovitch et un petit homme bossu, tordu, le maréchal de la noblesse. Il était vêtu d'un habit vert sur un gilet jaune. Ses jambes arquées dessinaient un losange entre ses genoux. Une calèche l'emporta, tandis qu'il soulevait un chapeau haut de forme au-dessus de son crâne chauve. Nicolas se rassura un peu. L'affaire ne devait pas être très importante, puisque Péschouroff n'avait même pas demandé à le voir personnellement. Il décida de ne poser aucune question à son père pour ne pas éveiller ses soupçons. D'autre part, Sophie rentra si tard de promenade qu'il eut à peine le temps d'échanger quelques mots avec elle avant de passer à table.

Pendant le souper, Michel Borissovitch parla de tout, sauf de la conversation qu'il avait eue dans l'après-midi. Ce silence sur un événement inhabituel parut à Nicolas trop concerté pour n'être pas redoutable. D'une bouchée à l'autre, il attendait le déclenchement de l'attaque. Il avalait sa première boulette de viande à la crème, quand Michel Borissovitch dit :

— Alexis Nikitytch Péschouroff m'a fait l'honneur d'une visite. Tu aurais dû venir le saluer à son départ, Nicolas !

— Je ne voulais pas vous déranger, père, murmura Nicolas en se préparant au pire.

— Avoue plutôt que cela t'ennuyait de le rencontrer ! Tu ne devineras jamais ce qu'il m'a dit ! J'en ai encore la tête à l'envers !

Il marqua une pause pour requérir l'attention de sa famille et poursuivit :

— Quelqu'un l'a chargé de me pressentir sur l'idée d'un mariage avec Marie.

Au soulagement qu'éprouva Nicolas succéda vite une nouvelle inquiétude. Il regarda sa sœur. Elle avait pâli.

— Qui est ce prétendant ? demanda Sophie.

— Je ne devrais même pas le nommer, tellement sa démarche est absurde ! dit Michel Borissovitch. Il s'agit du neveu de Péschouroff : Vladimir Karpovitch Sédoff.

Marie tressaillit et ses yeux se troublèrent.

— Sa réputation est détestable, reprit Michel Borissovitch. Il est dans les dettes jusqu'au cou et ne sait plus à qui emprunter de l'argent. Alors, il a trouvé une manière élégante de se remplumer : épouser ma fille. Mais je ne suis pas dupe. Je ne veux pas être le banquier de mon gendre. Je l'ai dit à Péschouroff. Et, finalement, il m'a donné raison. Sédoff ne remettra plus les pieds ici !

Connaissant la passion de sa belle-sœur pour Sédoff, Sophie aurait voulu s'élancer au secours de la jeune fille et ne pouvait que la plaindre en silence.

— N'ai-je pas bien fait, Marie ? demanda Michel Borissovitch.

— Si, père, dit-elle d'une voix atone.

— D'après des renseignements qui m'ont été confirmés par Péschouroff lui-même, tu es la troisième jeune fille de la région dont cet individu sollicite la main en espérant refaire sa fortune. Tu n'aurais pas voulu d'un mari pareil, hein ?

— Non, père.

— Celui qui t'épousera, j'entends qu'il te choisisse pour toi-même, et non pour mon argent. Et puis, il n'a aucune moralité. Sa maison est un tripot. Je ne serais pas étonné qu'il eût quelque vice ou quelque maladie. Enfin, quoi, je n'ai même pas jugé utile de te consulter. Tu as le temps !... Hein ? Tu as le temps !...

Il semblait à Sophie que la jeune fille était une victime liée à sa chaise, les nerfs rompus, incapable de souffrir davantage et recevant les coups sans broncher. Son père s'acharnait sur une chair depuis longtemps morte. Inconscient de sa cruauté, il cligna de l'œil et dit à son fils :

— Je connais sur ce Sédoff des histoires très piquantes. Rappelle-moi de te les raconter quand nous serons entre hommes.

La bouche de Marie se contracta légèrement. Sophie détourna la conversation en parlant des spécimens de plantes que M. Lesur avait cueillis au cours de la promenade.

Au moment du coucher, elle alla retrouver la jeune fille dans sa chambre. Marie la reçut avec dureté.

— Je suis ravie que mon père ait fait cette réponse à M. Péschouroff! s'écria-t-elle. Pour rien au monde, je n'accepterais d'épouser un homme bassement intéressé! Je ne l'ai pas vu depuis des siècles, et, tout à coup, il me demande en mariage! Mieux, il envoie un émissaire pour préparer le terrain! C'est affreux!... C'est indigne!... Et vous auriez voulu que je fusse bouleversée?...

— Je ne l'aurais pas voulu, Marie, je l'ai craint, dit Sophie avec ménagement.

— Vous voici donc rassurée!

— Pas tout à fait. Je vous trouve bien nerveuse.

— On le serait à moins! Je déteste qu'on s'occupe de mes affaires, de ma vie, et, chaque fois qu'un fiancé se montre à l'horizon, toute la maison est en émoi! D'abord Vassia, puis Vladimir Karpovitch Sédoff! J'en ai assez! Je veux qu'on me laisse!

Il y avait sur la figure de la jeune fille un air de fierté blessée qui incitait Sophie à l'indulgence.

— Eh bien! bonne nuit, Marie, dit-elle. Ne m'en veuillez pas d'être venue. C'était par amitié.

Changée en statue, Marie ne fit pas un mouvement pour retenir sa belle-sœur. Sophie quitta la chambre avec la certitude que, derrière la porte, la jeune fille s'écroulait en larmes sur son lit.

Marie retrouva sa bonne humeur, mais les promenades d'herborisation ne l'amusaient plus. Elle se reprit de passion pour le cheval. Chaque matin, accompagnée d'un piqueur, elle courait la campagne roussie par l'automne, traversait des sous-bois, sautait des haies. Les premiers temps, elle limita ses chevauchées aux frontières du domaine. Puis, sans en rien dire à personne, elle poussa plus loin. Une idée fixe la conduisait : elle voulait voir la demeure de l'homme qui avait osé la demander en mariage, alors qu'il ne l'aimait pas. Elle savait que la propriété de Sédoff se situait vers le sud, en direction d'Ostrov. C'était une région qu'elle connaissait mal. Le piqueur se renseigna dans les villages. Enfin, deux paysans consentirent à guider les voyageurs. On s'arrêta sur un monticule couronné de broussailles. Saisie d'une violente émotion, Marie découvrit, en contrebas, une bicoque de mauvaise maçonnerie, avec quatre colonnes par-devant et un amas de constructions en planches par-derrière.

— C'est Otradnoïé, la propriété de Vladimir Karpovitch Sédoff, dit l'un des paysans.

— Partons ! murmura Marie.

Et elle fit rudement tourner son cheval.

En rentrant à Kachtanovka, elle trouva, dans la cour, près de l'écurie, Nikita assis sur un tabouret. Un boulier posé sur les genoux, il s'exerçait à compter le plus vite possible. Debout derrière lui, Sophie suivait l'exercice avec attention.

— Bonne promenade ? demanda-t-elle en apercevant Marie.

— Excellente ! dit celle-ci. Et vous ?

— Nous avons cueilli quelques herbes avec M. Lesur, et, vous voyez, maintenant j'admire Nikita qui est devenu un virtuose du boulier. Quand il sera mieux entraîné encore, Nicolas pourra l'employer comme comptable.

Marie embrassa du regard sa belle-sœur, penchée avec sollicitude sur le paysan aux cheveux trop blonds et aux yeux trop bleus, serra les lèvres pour ne pas crier que ce rapprochement était ridicule, releva un pan de son amazone et se dirigea vers la maison. Sur le perron, elle se heurta à Nicolas, qui lui demanda d'un ton désinvolte :

— As-tu vu Sophie ?

— Oui, dit Marie. Elle est dans la cour, avec Nikita.

Nicolas n'eut pas l'air surpris. Il revenait de Pskov. Sans doute y avait-il rencontré des filles. Marie était persuadée que, chaque fois qu'il se rendait en ville, c'était pour tromper sa femme avec des créatures qui se font payer. Elle reniflait sur lui l'odeur de la trahison. Et Sophie ne s'apercevait de rien ! Ou, plutôt, elle s'en moquait ! Comme lui se moquait de savoir que son épouse s'intéressait de près à l'éducation d'un moujik de vingt ans ! Et père, là-dedans, père ensorcelé par sa belle-fille, au point de ne plus aimer ses enfants ! Et M. Lesur, sa boîte de botaniste sur le ventre, collectionnant des simples et rêvant, peut-être, de composer un bouillon d'herbes empoisonnées pour supprimer toute la famille ! Et les serviteurs, les servantes, tout ce peuple subalterne qui, lui aussi, avait une tête, des jambes, des bras, du poil, un sexe ! Filles et garçons devaient s'accoupler dans les fourrés, sur les meules de foin. Ensuite, des enfants naissaient de ces chairs de femmes polluées. C'était ignoble ! Marie suffoquait de dégoût, au centre d'un monde où seules les bêtes étaient respectables. Jusqu'au soir, elle vécut à une distance incalculable de ceux qui l'entouraient et croyaient la connaître.

Trois jours de suite, elle retourna à Otradnoïé avec le piqueur. De son poste d'observation, elle voyait bien la maison, la cour. La quatrième fois, tandis qu'elle s'abîmait dans cette contemplation, les broussailles s'ouvrirent derrière elle. Vladimir Karpovitch Sédoff parut. Il était à pied, maigre, souriant, chaussé de hautes bottes, une badine à la main. En silence, il s'inclina devant la jeune fille. Elle voulut cravacher son cheval, s'élancer, partir au galop, et resta sur place, pleine de bonheur et d'effroi.

***

Depuis qu'il avait renoué des relations amicales avec Daria Philippovna, Nicolas s'était souvent rendu à Slavianka, et chaque visite lui avait laissé un souvenir plus agréable. La mère et les trois filles rivalisaient de grâce devant lui. Auprès d'elles, il goûtait la double satisfaction d'être séduit et de séduire. Mais une conversation en tête-à-tête était impossible dans cette famille nombreuse. L'abondance de biens menait à la privation. Incidemment, Daria Philippovna parlait à Nicolas des travaux du pavillon chinois qui tiraient à leur fin. Par un doux après-midi d'octobre, il fit un crochet, en revenant de Pskov, pour voir les progrès de la construction.

Dans la clairière, se dressait une pagode fraîchement peinte. Le toit était rouge avec des nervures jaunes, les murs jaunes, le tour des fenêtres bleu. Les yeux blessés par cette explosion de couleurs, Nicolas descendit de cheval et s'avança vers deux moujiks qui badigeonnaient les soubassements de la maisonnette.

— Eh bien ! les gars, dit-il, on donne les derniers coups de pinceau ?

— Oui, barine ! Après, il n'y aura plus qu'à faire venir le pope avec de l'eau bénite. Mais il aura beau tout asperger, comment voulez-vous que ces murs deviennent orthodoxes ? C'est bon pour des Chinois d'habiter dans des cages pareilles !

Nicolas éclata de rire, leva la tête et se tut, touché par la joie, en découvrant un visage féminin dans le cadre d'une croisée. Une seconde plus tard, il était dans la pièce principale devant Daria Philippovna, qui lui tendait les deux mains. Dans un coin, s'amoncelaient des chaises, des guéridons et des vases baroques. Un large sofa était poussé contre le mur.

— Quelle surprise ! dit Daria Philippovna.

— Je passais, balbutia Nicolas. J'ai voulu voir. Vous êtes déjà en train d'installer la maison ?...

— Je commence à peine...

Il chercha du regard les trois filles inséparables de leur mère et, finalement, demanda :

— Vous êtes seule ?

— Oui, chuchota-t-elle.

Nicolas fut saisi d'une crainte plaisante. Avec lenteur, Daria Philippovna s'assit sur le coin du sofa. Sa robe n'était qu'un semis de pâquerettes, de pavots et de bleuets sur fond rose. Hors de cette floraison champêtre, émergeaient deux forts bras nus et le haut d'une gorge opulente.

— Vous allez me donner des idées pour l'ameublement, dit-elle.

— Je ne suis guère qualifié !

— Oh ! si ! Je sens que vous avez un goût qui s'accorde avec le mien !

— Vous me flattez, chère Daria Philippovna !

— Moins que vous ne le méritez, estimé Nicolas Mikhaïlovitch !

Nicolas était toujours debout devant elle, les yeux fixés sur la chair blonde et ferme de sa poitrine que bordait un petit volant. Tandis qu'il l'observait ainsi, des idées incohérentes lui traversaient la tête : il revoyait Paris, sa maîtresse Delphine enlevant son chapeau devant la glace, un camarade tué au combat, l'empereur à cheval assistant au défilé des troupes victorieuses, et, plus ces images paraissaient éloignées de la situation présente, plus il les sentait nécessaires à l'apaisement de ses scrupules. C'était comme si tout son passé de conquête se fût rappelé à lui pour justifier sa tentation. Enveloppé par un souffle d'épopée, il redevenait le Nicolas de jadis, irrésistible et irresponsable. D'ailleurs, il y avait des circonstances où un honnête homme ne pouvait reculer devant la faute. Feindre de ne pas remarquer le trouble de Daria Philippovna eût été une incorrection. Le remarquer et ne pas lui rendre hommage eût été plus impoli encore. Elle se leva et dit :

— Aidez-moi à placer ce guéridon devant la fenêtre !

Elle lui parlait de si près qu'il respirait son haleine sans entendre ses mots.

— Vous voulez bien ? reprit-elle.

Cette prière le bouleversa. Le meuble était léger, mais ils se mirent à deux pour le transporter, comme s'il eût pesé cent livres. Pendant le trajet, leurs mains se touchèrent. Daria Philippovna ne retira pas la sienne. Lorsque le guéridon fut posé, elle révulsa les prunelles, ouvrit une bouche d'agonisante et soupira :

— Dieu tout-puissant, que se passe-t-il ?

Nicolas comprit que la parole était à lui. Il eût voulu perdre la raison et n'y parvenait pas. Au lieu de se consacrer entièrement à Daria Philippovna, il était obsédé par le souci de ne plus penser à Sophie. Il la chassait de sa tête. Elle y revenait toujours par quelque biais.

— Que se passe-t-il ? répéta Daria Philippovna d'une voix où perçait l'impatience.

Nicolas vit l'instant où cette femme le prendrait pour un maladroit. Son orgueil l'emporta dans un mouvement implacable. Il baisa Daria Philippovna sur la bouche. Elle poussa un cri apeuré et se jeta contre la poitrine de son suborneur. Il recommença avec plus de plaisir, car les lèvres de Daria Philippovna étaient douces.

— Fous, nous sommes fous ! gémit-elle. Les ouvriers peuvent nous voir !... Il n'y a pas de rideaux aux fenêtres !... Partez, Nicolas Mikhaïlovitch, mon ange !... Jurez-moi que vous m'aimez et partez !...

Nicolas fut à la fois déçu et soulagé par cette mise en demeure. Sa chair restait inassouvie, mais sa conscience s'apaisait. La plus élémentaire courtoisie l'obligeait à un sursaut de protestation.

— Je ne partirai, s'écria-t-il, que si vous me dites quand nous pourrons nous revoir !

— Ah ! mon Dieu ! vous êtes terrible, mon ange !... Vous connaissez ma vie... Il m'est difficile de m'évader... Venez ici samedi prochain... Si vous voyez un pot de géranium au bord de la fenêtre, c'est que je serai seule et prête à vous recevoir !... Sinon, représentez-vous lundi à la même heure.

Des pas retentirent derrière la porte. Les ouvriers travaillaient maintenant sur le perron. Une odeur de peinture s'insinua dans la pièce. Daria Philippovna se dressa sur la pointe des pieds, comme si elle eût été une petite femme, mais ce mouvement la fit aussi grande que Nicolas. Elle avait la même expression engageante que lorsqu'elle lui offrait des confitures. Il mit plus de fougue encore dans cette dernière étreinte.

— Que Dieu vous garde, mon ange ! dit-elle en se séparant de lui, la bouche meurtrie et des larmes de joie dans les yeux.

Cette pieuse incantation ne suffit pas à dissiper le malaise de Nicolas, pendant qu'il remontait à cheval. A mesure qu'il s'éloignait du pavillon chinois, son aventure lui paraissait plus stupide. Sans méconnaître les charmes de Daria Philippovna, il ne l'aimait pas assez, songeait-il, pour accepter les risques d'une véritable liaison. L'impression d'avoir trahi la confiance de Sophie le tourmentait. Et pourtant, il ne s'agissait encore que de simples baisers. Qu'adviendrait-il si les événements suivaient leur cours naturel ? En tout état de cause, Daria Philippovna ne serait pour lui qu'une distraction. Jamais il ne lui donnerait le meilleur de son âme. Il le jurait ! Du reste, il n'était pas sûr de se rendre samedi au pavillon chinois. Peut-être n'y retournerait-il que pour proposer à Daria Philippovna de redevenir des amis ? Elle était femme d'honneur, elle comprendrait. Il y aurait de la noblesse dans leur refus de consommer la faute tout en continuant à se voir.

Porté par ces rêveries, Nicolas se retrouva debout, sur un tapis de feuilles mortes, devant le perron à colonnettes blanches de la maison. Il regarda les lampes qui brillaient aux fenêtres du rez-de-chaussée, et toutes les pensées accessoires s'envolèrent de son esprit. Soudain, il ne fut plus préoccupé que de la façon dont il rencontrerait Sophie. Douée d'une faculté d'observation extraordinaire, ne décèlerait-elle pas, du premier coup d'œil, qu'il avait embrassé une femme ?

La famille était réunie au salon. Sophie et Michel Borissovitch jouaient aux échecs en attendant l'heure du souper. Marie lisait un journal de modes. M. Lesur feuilletait son herbier. La voix de Nicolas sonna faux à ses propres oreilles, tandis qu'il s'excusait d'avoir été retenu au club. Mais nul ne s'aperçut de son embarras. Sophie lui tendit le front et il l'effleura d'une bouche respectueuse. Comme il l'aimait à cette minute ! Comme il souhaitait qu'elle fût toujours heureuse ! Il eut envie de se jeter à ses pieds, d'étreindre ses genoux, pour la remercier d'être à la fois si belle et si peu méfiante !

3

A huit heures et demie du matin, Marie n'était toujours pas descendue de sa chambre, et Michel Borissovitch, irrité par ce retard, ordonnait de ne plus attendre pour servir le petit déjeuner. Ayant avalé une tasse de thé, Sophie laissa son beau-père avec Nicolas et M. Lesur, et alla prévenir la jeune fille de hâter sa toilette. Le sommeil de Marie devait être profond, car elle ne répondit pas aux coups frappés à sa porte. Sophie poussa le battant. Personne dans la chambre. Le lit n'avait pas été défait de la veille. L'armoire béante, les tiroirs de la commode à demi ouverts, des vêtements jetés pêle-mêle sur les chaises témoignaient d'une fuite précipitée. Sur l'oreiller, était épinglée une lettre : « Pour Sophie. » Elle décacheta le pli et lut avec consternation :

« Je suis allée rejoindre l'homme que j'aime et dont personne ici ne reconnaît les qualités. Avec lui, je serai sans doute malheureuse, mais, du moins, ma vie aura un sens. Tâchez de l'expliquer à mon père, puisque vous avez le don de le convaincre. Et, surtout, n'essayez pas de me revoir. Je ne veux plus rien avoir de commun avec mon passé. Cela ne m'empêchera pas de garder de vous un affectueux souvenir. — Marie. »

La stupéfaction de la jeune femme fut de courte durée. L'événement était trop grave pour qu'elle perdît du temps à chercher comment il s'était produit. Il importait de retrouver Marie et de la ramener à Kachtanovka avant que quiconque, dans la maison, eût remarqué sa fugue. N'y eût-il qu'une chance sur cent de réussite, Sophie était décidée à l'action. Le visage calme, elle sortit de la chambre, ferma la porte à double tour, cacha la clef avec la lettre dans son corsage, et retourna dans la salle à manger pour annoncer que Marie était souffrante et qu'il fallait la laisser reposer. Son air à la fois mystérieux et pudique fit supposer aux hommes qu'il s'agissait d'un malaise féminin et ni Michel Borissovitch ni Nicolas n'osèrent demander d'autres explications. Ensuite, elle se rendit aux écuries et interrogea les palefreniers. L'un d'eux, pleurant et se signant, reconnut que la jeune barynia l'avait éveillé à quatre heures du matin pour faire seller son cheval. Un piqueur avoua qu'un jour elle lui avait ordonné de la conduire jusqu'à Otradnoïé, le domaine de Vladimir Karpovitch Sédoff.

— Eh bien ! tu m'y conduiras aussi ! dit Sophie. Et tout de suite !

Elle allait monter en calèche, quand Nicolas, croyant qu'elle partait pour une promenade, s'offrit à l'accompagner. Depuis quelques jours, il était avec elle d'une prévenance émouvante. Elle dut se forcer pour lui répondre que, ce matin, elle voulait rester seule. Il se résigna sans lui poser la moindre question. On eût dit qu'il avait quelque chose à se reprocher.

— Va, dit-il tristement, mais ne rentre pas trop tard ! Il demeura sur le perron à regarder s'éloigner la voiture, escortée par un piqueur.

Incapable de s'intéresser au paysage, Sophie concentrait son attention sur le combat qu'elle aurait à livrer contre Marie et Sédoff. Elle récapitulait ses arguments, tentait de deviner ceux de l'adversaire et refusait d'admettre la possibilité d'un échec. Pourtant, lorsque la calèche se rangea devant la maison d'Otradnoïé, elle eut l'impression d'avoir raisonné dans le vide et que rien ne se passerait comme elle l'avait prévu.

Une jolie fille, coiffée d'un fichu rouge, l'accueillit sur le perron. Sophie se remémora ce que les voisins racontaient au sujet des paysannes de Sédoff. Celle-ci, tout sourire, introduisit la visiteuse dans un salon et annonça qu'elle allait prévenir le maître. « Et s'il prétend que Marie n'est pas auprès de lui, se demanda Sophie, que vais-je faire ? » Elle arrêta la domestique :

— Je voudrais parler d'abord à Marie Mikhaïlovna Ozareff.

— Je ne sais pas qui c'est, murmura la fille.

— Une personne qui est arrivée ici, ce matin.

— On ne m'a rien dit de ça !

Evidemment, elle obéissait à une consigne. Sophie n'insista plus et la fille se retira en roulant des hanches. Un collier en perles de verre tintait autour de son cou. Restée seule, Sophie inspecta les lieux. Des meubles d'acajou donnaient à la pièce l'aspect d'une cabine de bateau, comme pour rappeler que Vladimir Karpovitch Sédoff était un officier de marine en retraite. Pas un fauteuil ne tenait droit sur ses pattes. Les rideaux de filet jaune étaient effrangés par le bas. Aux murs, s'alignaient des estampes représentant une mer démontée, un naufrage, une bataille, des navires dans un port. Un modèle réduit de trois-mâts voguait, toutes voiles dehors, sous un globe de verre. Sophie admirait les détails de cet ouvrage, quand Vladimir Karpovitch Sédoff entra. Il avait un air dégagé qui ressemblait à de l'insolence.

— Je suppose que vous voulez voir Marie, dit-il. Elle se prépare, elle sera là dans un instant.

Et il invita Sophie à s'asseoir. Elle se maîtrisait mal, devant ce personnage trop sûr de ses moyens.

— Ce que vous avez fait est indigne, Monsieur ! dit-elle. Vous n'aviez pas le droit d'user de votre pouvoir sur Marie pour l'attirer chez vous, la brouiller avec son père et la perdre de réputation aux yeux de tout le voisinage !

— Vos reproches seraient mérités, Madame, répliqua Sédoff, si j'avais organisé cette escapade. Mais j'ai été le premier surpris de voir arriver votre belle-sœur, à l'aube, dans ma maison.

— Ne me dites pas qu'elle n'était jamais venue auparavant !

— Elle m'avait fait trois ou quatre visites amicales, mais sans me laisser entendre qu'elle comptait s'installer chez moi.

Les doigts de Sophie se crispèrent sur les accoudoirs de son fauteuil.

— Vous mentez ! dit-elle.

— Cela pourrait, en effet, paraître invraisemblable à quelqu'un qui connaîtrait peu Marie, mais vous n'êtes pas sans savoir qu'elle est capable d'un coup de tête. Devais-je la renvoyer dans sa famille, elle qui avait couru tant de risques par amour pour moi ? Car elle m'aime, Madame, vous semblez oublier ce détail !

— Et vous, Monsieur, l'aimez-vous ? demanda Sophie avec violence.

— Mais oui, dit-il. Sinon elle ne serait pas ici.

— Quelles sont vos intentions ?

— Je vais l'épouser.

— Après l'avoir déshonorée !

— Je suis homme de parole. Je respecterai Marie jusqu'au jour où elle sera devenue ma femme par-devant Dieu.

— Ce mariage ne pourrait avoir lieu, vous le savez, que contre la volonté de son père !

Sédoff eut un sourire sarcastique :

— Dans ce genre d'affaires, un refus n'est jamais définitif.

Sophie entrevit une chance de salut et s'écria :

— Laissez repartir Marie avec moi. J'essayerai de gagner mon beau-père à votre cause. Ainsi, du moins, éviterons-nous le scandale. Le mariage se passera normalement...

Il y eut un long silence. Puis, Sédoff dit d'une voix posée :

— Je ne tomberai pas dans le piège, Madame ! Tant que Marie restera près de moi, j'aurai un atout contre Michel Borissovitch, je pourrai menacer, exiger...

— Quoi ?

Les yeux de Sédoff se plissèrent :

— Qu'il m'accorde la main de sa fille, avec tous les avantages que comporte une telle alliance.

— Vous avouez donc que vous voulez épouser ma belle-sœur pour son argent ? gronda Sophie.

— Je n'ai pas dit cela !

— Si ! Votre amour est fait de dettes à rembourser ! Ce n'est pas votre passion qui vous talonne, mais la crainte des prochaines échéances.

— Depuis quand l'intérêt et le sentiment sont-ils inconciliables ? Pour ma part, je ne fais pas mystère que les deux aspects du problème me semblent aussi séduisants !

— Et Marie se figure...

— Elle ne se figure rien. Elle sait !

Un pas se rapprochait. La porte s'ouvrit avec décision. Marie parut sur le seuil. Son amazone noire accusait la pâleur de ses traits. L'émotion altéra son visage lorsqu'elle vit Sophie. Un instant, celle-ci put croire que la jeune fille allait tomber dans ses bras. Mais, déjà, Marie imprimait à sa bouche un dessin volontaire.

— C'est mon père qui vous envoie ? demanda-t-elle.

— Votre père ne sait même pas que vous vous êtes enfuie, dit Sophie. J'ai affirmé à tout le monde que vous étiez retenue à la chambre par un malaise. Si vous revenez avec moi, nous éviterons le pire, j'arrangerai tout... Faites-moi confiance...

— Où voulez-vous que j'aille ? dit Marie avec dignité. Ma maison est ici.

— Attendez d'être mariée pour parler de la sorte !

— Je suis déjà mariée dans mon cœur.

— Je vous croyais plus soucieuse des sacrements de l'Eglise !

— Dieu me voit et m'approuve !

— Et votre père ?

— Il m'a si gravement offensée, en repoussant Vladimir Karpovitch, que je ne veux plus entendre parler de lui. Je n'ai besoin ni de son consentement, ni de son affection, ni de son argent pour être heureuse !

Sophie jeta un regard sur Sédoff. Il éclata de rire :

— Notre chère Marie est une idéaliste !

— Je ne doute pas que vous lui ôtiez rapidement ses illusions ! dit Sophie en se levant.

— Il le faudra bien, dit Sédoff. La pureté n'est pas nourrissante. Quelle que soit l'humeur de mon futur beau-père, il ne pourra indéfiniment renier sa fille. Après quelques jours de colère, il mettra un point d'honneur à nous aider. Surtout si, comme je l'espère, nous lui donnons des petits-enfants...

Il semblait jouer à se rendre odieux. Sa figure portait les plis de la méchanceté et de la ruse.

— De beaux petits-enfants, reprit-il en enlaçant la taille de Marie.

Elle s'enflamma de honte. Sa bouche se taisait, mais ses yeux dilatés criaient qu'elle avait peur de s'être trompée, que cet homme lui répugnait et la subjuguait à la fois, qu'elle n'avait plus de volonté, plus de fierté, plus d'espoir, qu'elle tombait dans un gouffre. Emue par cette détresse muette, Sophie balbutia :

— N'avez-vous pas compris, Marie ? Votre place n'est pas ici ! Je vous emmène ! Partons, partons vite ! C'est votre dernière chance !...

Marie s'appuya de plus près à l'épaule de Sédoff et baissa la tête. On lui ouvrait la porte de la prison et elle refusait de sortir.

— Entendez-vous ce que vous dit votre belle-sœur ? demanda Sédoff, du même ton qu'il eût parlé à une fillette retardée.

— Oui, Vladimir, dit-elle.

— Que lui répondez-vous ?

— Qu'elle s'en aille !

Sédoff eut un sourire modeste :

— Vous pourriez le lui suggérer plus aimablement. Elle vous a donné une grande preuve d'affection en accourant sur l'heure. Au reste, j'espère qu'elle est convaincue maintenant de la profondeur et de la fermeté de nos intentions.

— En effet, dit Sophie. Je ne regrette pas ma visite.

— Faites-nous donc le plaisir de revenir souvent, dit Sédoff. Vous seule pouvez apaiser la querelle, peut-être même réconcilier les parties. Songez que notre petite Marie ne sera pas heureuse tant que sa famille s'obstinera à la rejeter.

— Mais si, Vladimir, marmonna Marie.

— Taisez-vous, mon enfant. Votre orgueil vous rendrait sotte, dit Sédoff.

Et il effleura, du bout des lèvres, les doigts inertes de Marie. Elle glissa à Sophie un regard de pauvre vanité, qui semblait dire : « Vous voyez, il me baise la main, comme à une femme ! »

Sophie se sentit impuissante à remuer cette montagne d'amour, d'entêtement, d'innocence et de servilité. L'altière Marie voulait être esclave. Il fallait l'abandonner aux étranges délices de la soumission. Un rire de fille éclata dans le corridor. Des pieds nus détalèrent. Sédoff fronça les sourcils.

— Au revoir, Marie, dit Sophie. Je parlerai à votre père. Son indignation l'aidera, je l'espère, à surmonter son chagrin.

— Mais oui, c'est cela, faites pour le mieux, dit Sédoff. Et n'oubliez pas que nous comptons sur vous le jour de notre mariage. Marie vous écrira pour vous indiquer la date.

Tenant Marie enlacée, il accompagna Sophie jusqu'au perron. Le cocher et le piqueur écarquillèrent les yeux en voyant leur jeune maîtresse dans les bras d'un homme. D'étonnement, ils oublièrent de la saluer.

*
* *

Sophie avait mal calculé son temps. Quand elle arriva à Kachtanovka, l'heure du dîner était déjà passée, Michel Borissovitch, furieux, avait refusé de se mettre à table, et Nicolas, pris de soupçon, avait forcé la porte de sa sœur. Sophie les entraîna tous deux dans le bureau pour leur expliquer la disparition de la jeune fille. Pendant le récit, Michel Borissovitch garda un visage impénétrable. Ce fut seulement lorsque sa bru prononça le mot de mariage qu'il s'éveilla de l'hébétude. On eût dit qu'une vapeur de sang lui gonflait la figure. Ses yeux s'injectèrent, des marbrures mauves apparurent sur ses joues, il hurla :

— Jamais ! Jamais je ne donnerai mon consentement !

— Je crois qu'elle est résolue à s'en passer ! dit Sophie.

— Ah ! oui ? Eh bien ! si elle l'épouse quand même, elle n'aura pas un kopeck de moi ! Je ne suis pas de ceux qu'on fait chanter sous la menace ! Cette canaille de Sédoff l'apprendra à ses dépens ! Il se retrouvera avec une femme qu'il n'aime pas sur les bras et rien pour faire bouillir la marmite !

— Que ce mariage vous contrarie, père, je le comprends, dit Sophie. Mais, du moment que Marie aime cet homme...

— Elle ne l'aime pas ! Elle a couru vers lui comme une chienne en chasse !

— Parce qu'elle ne pouvait plus le rencontrer normalement après votre refus.

— J'aurais donc dû, d'après vous, me prêter à la sale manœuvre de ce croqueur de dot ?

— Vous auriez dû consulter votre fille avant de décider quoi que ce soit !

Michel Borissovitch dit avec une lenteur terrible :

— En Russie, jusqu'à nouvel ordre, ce ne sont pas les enfants mais les parents qui détiennent le privilège de la sagesse et de l'autorité !

— C'est vrai, père, dit Nicolas. Mais, si Marie a commis une erreur, une folie, elle n'est pas une criminelle. Laissez-lui la chance de se repentir, de se racheter, de revenir parmi nous !

Michel Borissovitch balaya l'air, devant lui, du tranchant de la main :

— Non, non ! Elle m'a désobéi, elle m'a déshonoré ! Mariée ou non, elle ne franchira plus le seuil de cette maison ! Si je la rencontre, je lui cracherai au visage ! Quant à son suborneur, qu'il ne s'avise pas de s'aventurer sur mes terres ! Dès ce soir, je vais donner l'ordre à mes gens de lui tirer dessus, à vue !...

Un silence glacé lui répondit. Michel Borissovitch regarda son fils, sa bru, et constata que tous deux réprouvaient son emportement. Alors, une lueur de méfiance passa dans ses prunelles. Baissant le ton, il dit :

— Qu'avez-vous à me dévisager de cette façon ? Seriez-vous avec elle contre moi, par hasard ? J'entends que vous rompiez toute relation avec cette drôlesse !

— Non, père, dit Sophie tranquillement. Si elle épouse Sédoff, j'irai à son mariage.

— Moi aussi, dit Nicolas.

Michel Borissovitch se dressa derrière son bureau et avança la tête dans un mouvement de tortue :

— Votre présence à cette cérémonie serait insultante pour moi ! Aux yeux de tout le monde, cela signifierait que vous donnez raison à Marie !

— Est-ce donner raison à quelqu'un que prier pour lui à l'église ? dit Nicolas.

— Elle ne mérite pas qu'on prie pour elle ! rugit Michel Borissovitch.

— Vous ne parlez pas en chrétien ! Malgré toute votre rancune contre ma sœur, vous devriez souhaiter qu'elle soit heureuse !

— Non seulement je ne le souhaite pas, mais j'espère qu'elle payera très cher l'audace d'avoir passé outre à ma volonté !

— N'aviez-vous pas pensé la même chose de Nicolas quand il m'a épousée sans votre accord ? demanda Sophie d'une voix douce.

Michel Borissovitch s'arrêta net dans son élan et le passé aveugla ses yeux.

— Convenez que vous avez eu tort et que, malgré vos craintes, nous formons un ménage heureux, reprit Sophie. Le temps arrangera tout pour Marie comme pour nous, peut-être...

Immobile, Michel Borissovitch mesurait l'ampleur de sa solitude. La femme qui lui rabattait les idées était celle pour qui, justement, il avait le plus de tendresse et le plus de respect. Il eut peur de ne pouvoir, désormais, compter sur personne. Tous les siens le lâchaient. La fureur le ressaisit et il tapa du plat de la main sur la table.

— Vous n'auriez pas dû me rappeler cela, Sophie, dit-il. C'est exact ! Je n'ai que deux enfants et tous les deux se sont insurgés contre moi ! Tous les deux ont fait leur vie comme ils l'entendaient ! Pour tous les deux, je n'ai été qu'un vieux sot, facile à retourner, à berner !...

Emporté par les mots, il sentit qu'il dépassait le but : Sophie pouvait croire qu'il la mettait dans le même sac que l'affreux Sédoff. Ne sachant comment se corriger, il balbutia :

— Vous comprenez ce que je veux dire, Sophie ? Vous-même n'êtes pas en cause, mais enfin, avouez que la fille après le fils... c'est beaucoup !... c'est trop !...

— Oui, père.

— J'existe encore !...

— Certainement.

Il se tut, la poitrine oppressée. Son émotion était si forte que, pour l'apaiser, il se dirigea vers l'icône et joignit les mains. Le soir tombait. Le vent d'automne soufflait autour de la maison et jetait des grappes de pluie aux carreaux. Nicolas se rappela soudain qu'on était samedi et que Daria Philippovna l'attendait, depuis trois heures de l'après-midi, au pavillon chinois. Bouleversé par la fuite de sa sœur, il avait oublié son rendez-vous. Maintenant, il était trop tard ! Elle avait dû repartir, pleine de tristesse et de rancune. « Quel ennui ! » se dit-il sans conviction. Au fond, ce contretemps l'arrangeait. Fidèle malgré lui, il goûtait le plaisir d'un triomphe moral à bon compte. Il se promit de ne plus revoir Daria Philippovna avant quelques semaines, peut-être quelques mois... Pour affirmer sa décision, il regarda

Sophie avec l'élan d'une conscience pure. Mais elle n'avait d'yeux que pour son beau-père. Agenouillé devant l'image sainte, Michel Borissovitch marmonnait, soupirait, se signait. Enfin, il revint à son bureau, s'assit lourdement et tendit dans la pénombre un visage las. Sophie supposa que la prière avait fait son œuvre et qu'il pardonnait à Marie sans l'avouer encore. Il prit un coupe-papier, l'examina de près et dit brusquement :

— Mes idées, à présent, sont tout à fait claires. Je n'ai plus de fille. Je ne veux même pas savoir ce que deviendra celle qui prétend à ce titre. Mais, bien entendu, je ne vous empêche pas de la fréquenter. Vous pouvez aller à son mariage et même à son enterrement ! Quant à moi, je ne me dérangerai ni pour l'une ni pour l'autre de ces cérémonies !

Ces paroles résonnèrent dans la pièce comme une sentence de mort. Entre les paupières de Michel Borissovitch brillait un regard de froide férocité. Sophie comprit qu'il resterait sur cette position d'orgueil.

— Je vous plains, père, dit-elle.

Et elle fit signe à Nicolas de la suivre hors du bureau.

4

Peu avant la Noël, un parent de Kostia, de passage à Pskov, remit à Nicolas des brochures françaises qui avaient pénétré en Russie sans éveiller les soupçons des autorités. Il y avait, dans le tas, plusieurs ouvrages du comte Claude-Henri de Saint-Simon, dont le nom aristocratique avait dû abuser les censeurs. Nicolas se jeta avec ivresse dans la philosophie de cet homme généreux, qui, après avoir parcouru le monde, prétendait améliorer par la science le sort de l'humanité et surtout de sa classe la plus nombreuse et la plus pauvre. Réorganiser la société en prenant le travail pour fondement de toute hiérarchie ; proscrire l'oisiveté comme un crime contre la nature ; donner la direction du pays à une élite composée de savants, d'artistes et d'industriels ; réformer la famille et la propriété ; toutes ces théories, Nicolas s'efforçait de les adapter à la réalité russe ! Excité par son sujet, il tenta même de bâtir une constitution. Mais les principes s'enchaînaient mal. Sophie avait raison : il était difficile d'aligner sous une même loi des êtres aussi différents que les moujiks, les bourgeois, les militaires, les propriétaires fonciers et les nobles. Il eut une grande conversation avec elle à ce propos. Elle lui confessa qu'elle était déroutée par l'esprit du peuple russe, dont les mille contradictions devaient compliquer la tâche d'un gouvernement, qu'il fût autocratique ou républicain.

— Au fond, dit-elle, j'ai l'impression que les paysages que vous voyez autour de vous influent sur votre façon d'être. Ces plaines uniformes, couvertes de neige pendant la moitié de l'année, ce ciel gris, ces vastes solitudes plongent votre âme dans une rêverie apathique. Pour conjurer ce mal, vous êtes forcés de recourir à des sensations vivifiantes : les alternatives du jeu, l'agitation de la danse, le rythme saccadé des chansons, le fracas des réunions mondaines, la chaleur des discussions amicales, les plaisirs de la table, la vélocité des traîneaux, la flamme des amours, tout ce qui peut rompre la monotonie d'une existence captive devient pour vous un besoin irrésistible !

Il rit de cette peinture française du caractère slave, mais avoua que certains traits étaient bien observés. Comme pour encourager Sophie dans son opinion sur la mystérieuse exaltation des Russes, elle reçut, peu après, une lettre enthousiaste de Marie, annonçant que son mariage était fixé au 8 janvier 1824, qu'elle espérait la présence de son frère et de sa belle-sœur à la cérémonie et qu'elle avait écrit à son père pour implorer une dernière fois son pardon.

Interrogé par Sophie, Michel Borissovitch reconnut avoir déchiré le billet que lui avait envoyé sa fille sans prendre la peine de le lire. Malgré ce que Nicolas et Sophie lui avaient déclaré, il était sûr qu'ils n'iraient pas à Otradnoïé. En apprenant qu'ils s'obstinaient dans leur décision, il se vexa. Lorsque M. Lesur exprima le désir de les accompagner, il le lui interdit formellement : « Peu m'importe que ma fille soit majeure ! dit-il. Nul dans le district n'ignore que ce mariage a lieu sans mon consentement ! Je ferai relever le nom de toutes les personnes présentes dans l'église et, de la sorte, je saurai quels sont mes ennemis ! » Epouvanté, M. Lesur regretta d'avoir formulé sa demande et, pour se réhabiliter, redoubla de critiques contre « la malheureuse enfant qui avait déserté le foyer paternel ». Là encore, son zèle se retourna contre lui. « Qui vous autorise à prendre parti dans cette affaire ? lui dit Michel Borissovitch. Le fait que vous mangiez à notre table ne signifie pas que vous soyez de notre famille ! »

A mesure que la date de l'événement approchait, la maison s'enfonçait plus profondément dans le silence. Par un commun accord, personne, à Kachtanovka, ne parlait de Marie. Elle était comme morte. Le visage de Michel Borissovitch était tantôt celui du deuil, tantôt celui de la fureur rentrée. La veille du mariage, Nicolas lui demanda la permission d'emporter l'icône familiale pour bénir Marie, selon la coutume, avant son départ pour l'église.

— Cette icône ne bougera pas de son coin ! dit Michel Borissovitch. Ta sœur, étant devenue pour moi une étrangère, n'a pas droit à la protection de la sainte image qui règne sur notre foyer. Il doit y avoir une icône quelconque chez son suborneur. Ce sera assez bon pour elle !

Le lendemain, dès l'aube, Sophie et Nicolas se préparèrent à partir. Levé en même temps qu'eux, Michel Borissovitch se retint pour ne pas les suivre dans leurs allées et venues à travers la maison. Il était partagé entre la colère de les voir se rendre, contre sa volonté, au mariage, et une curiosité haineuse pour ce qu'ils découvriraient là-bas. Il eût payé cher pour apprendre, à leur retour, que sa fille était triste, que Sédoff n'avait pu organiser de réception, faute d'argent, que les toilettes étaient laides, que le chœur chantait faux... Les serviteurs, qui, tous, étaient au courant du scandale, évitaient le regard du maître et se transformaient en ombres sur son passage. Dans un coin de l'office, Vassilissa pleurait, parce que l'enfant dont elle avait guidé les premiers pas se mariait au loin par désobéissance. Elle remit à Sophie une nappe qu'elle avait brodée en cachette. Nikita et Antipe donnèrent eux aussi de petits cadeaux pour Marie : cuillers et timbales de bois colorié, couronnes de rubans. Sophie dissimula les présents dans un sac de voyage, par crainte que son beau-père ne s'en saisît. Il avait résolu de ne pas se montrer au moment où son fils et sa bru quitteraient la maison, mais l'épreuve se révéla au-dessus de ses forces. Il les rejoignit dans le vestibule. Son air détaché semblait dire qu'il se trouvait là par hasard.

— Une chose est certaine, grommela-t-il : le temps est exécrable. L'aurait-on commandé au diable qu'on ne serait pas mieux servi !

Il se frottait les mains avec une gaieté frileuse et lorgnait la neige qui tombait par rafales derrière les colonnes du perron. Nicolas et Sophie se couvrirent de manteaux fourrés, chaussèrent des bottes de feutre et se dirigèrent vers la porte.

— Ne puis-je vraiment rien dire de votre part à Marie ? demanda Nicolas, sur le seuil.

Les yeux de Michel Borissovitch se chargèrent d'ombre, comme si une visière se fût abaissée sur son front. Sans répondre, il tourna les talons et rentra dans son cabinet de travail. Quand le traîneau s'ébranla, Sophie vit la silhouette de son beau-père se profiler derrière des carreaux voilés de givre. Ce qu'il y avait d'excessif dans ce caractère la passionnait ; elle découvrait, en l'étudiant, des profondeurs effrayantes, attirantes...

Après un voyage pénible dans la neige, Nicolas et Sophie trouvèrent à Otradnoïé une demeure surchauffée où se bousculaient des servantes. Pour respecter les convenances, Vladimir Karpovitch Sédoff s'était installé dans une petite maison des communs, laissant à sa fiancée l'usage de l'habitation principale. Tandis que Nicolas restait au salon, Sophie passa dans la chambre où sa belle-sœur était en train de s'habiller. Engoncée dans sa robe blanche, la tête couronnée d'un diadème, Marie paraissait à peine vivante. Par contraste avec l'éclat nacré de l'étoffe, son visage était encore plus terne que d'habitude. Deux paysannes, assises à croupetons devant elle, finissaient de coudre un ourlet. Quand elle aperçut Sophie, elle eut un cri de joie :

— Vous êtes venue ! Quel bonheur ! Merci ! Merci ! Et Nicolas ?

— Il attend dans la pièce voisine.

— Et père ?... Quand je pense qu'il n'a même pas répondu à ma lettre !... Enfin, n'en parlons plus !... Aujourd'hui, je ne veux voir autour de moi que des visages aimables !...

Sophie lui remit les cadeaux de Vassilissa et des autres serviteurs. Elle s'attendrit :

— Ah ! Dieu, il y a donc plus de cœur chez les gens simples que chez ceux que la fortune a gâtés !

On frappa à la porte. Un garçon de dix ans, qui était un lointain neveu de Vladimir Karpovitch Sédoff, apporta des escarpins de satin blanc. Il se nommait Igor et avait des taches de rousseur jusque sur le front. Dans sa main droite, il tenait une pièce d'or de dix roubles. Il la glissa, selon la coutume, dans l'un des souliers, comme porte-bonheur, et aida Marie à se chausser.

— Votre toilette est ravissante, dit Sophie.

Elle ne le pensait pas. La robe avait été certainement cousue à la maison, par économie. Les plis tombaient mal. Des marques de doigts entouraient les boutonnières.

— Si vous saviez combien cela m'est égal! soupira Marie en renvoyant de la main le petit garçon et les servantes.

— Vous n'êtes pas heureuse?

— Oh! si... D'une certaine façon... Heureuse d'avoir échappé aux contraintes, d'avoir affirmé mon indépendance...

— Et c'est tout?

— Oui.

— Mais pourquoi, dans ces conditions, vous mariez-vous?

— Je me marie par esprit de contradiction, par peur, par dégoût... par... par haine!... Ah! Je ne sais plus!...

Un flot de larmes noya ses yeux bleus. Elle se mordit les lèvres jusqu'au sang. Puis, reprenant le souffle, elle chuchota :

— Jurez-moi que vous ne le répéterez pas à père, ni à Nicolas... ni à personne!...

— Je vous le jure, dit Sophie.

— D'ailleurs, ce n'est pas vrai! J'aime Vladimir Karpovitch! Quel homme merveilleux! Savez-vous qu'il a tenu parole? Je suis aussi pure aujourd'hui que lorsque je suis entrée dans cette maison! Pour obéir à la tradition, il ne m'a pas vue depuis hier. Il partira de son côté pour l'église. Je veux que ce soit Nicolas qui me conduise à l'autel!

Elle s'exaltait d'une façon si bizarre que Sophie pensa d'abord prosaïquement : « Il est urgent de la marier. » Aussitôt, elle se reprocha ce jugement sommaire. Le tourment de Marie dépassait celui qu'il est habituel de voir aux jeunes filles. Elle semblait assidue à chercher son malheur. Etait-ce encore un trait du caractère russe? Un serviteur vint annoncer que Vladimir Karpovitch était parti à l'instant.

— Je suis prête, dit Marie. Fais avancer le traîneau.

Elle appela son frère. Nicolas entra, gauche, ému, un sourire conventionnel aux lèvres. Ils s'embrassèrent.

— Ma petite Marie, balbutia-t-il, je ne te reconnais pas dans cette belle robe! Sois heureuse!...

Tout en parlant, il sentait croître sa gêne. Il avait vu Sédoff dix minutes plus tôt, dans le salon. L'homme lui déplaisait davantage encore depuis que Marie avait résolu de l'épouser. Que deviendrait-elle entre les mains de cet être froid et cynique? Elle tendit une petite icône à son frère :

— Maintenant, bénis-moi!

Puis, elle jeta un coussin par terre et s'agenouilla dessus. Nicolas brandit l'icône dans ses deux mains. Il se jugeait indigne de ce rôle, lui qui avait tant de

rêves coupables sur la conscience. Néanmoins, il prononça d'une voix ferme
— Je te bénis, Marie.
Elle baissa la tête, se signa, se releva. C'était fini.
— Partons vite ! dit-elle. Tous les invités doivent être déjà à l'église. Il ne faut pas les faire attendre.

Les domestiques s'étaient groupés dans le vestibule et sur le perron. Un murmure de sympathie salua le passage de la future mariée. Elle était enveloppée de fourrures. Deux servantes portaient sa traîne. Le vent jouait avec son voile blanc. Soudain, elle fut environnée de neige volante. Nicolas l'aida à grimper dans un traîneau à demi couvert et s'assit près d'elle. Le petit Igor s'installa en face d'eux, l'icône sur les genoux. Il devait voyager ainsi jusqu'à l'église. Sophie monta dans le traîneau suivant, avec deux vieilles dames endimanchées qu'elle ne connaissait pas et qui étaient des parentes de Sédoff. Trois autres traîneaux s'emplirent de familiers aux mines réjouies. Le convoi partit dans la tempête.

La figure morte de froid, les yeux brûlés d'une fausse lumière, Sophie se demandait comment le cocher distinguait sa route à travers cet abîme sans fond. Les patins ne mordaient pas dans le sol blanc, mais l'effleuraient à peine, comme pour se charger de vitesse à son contact. La caisse bondissait, retombait, bondissait encore, s'inclinait à droite, à gauche, au risque de verser sur un talus. De grosses mottes gelées la heurtaient à l'avant avec un bruit sourd. Le timonier, la tête haute, entourée d'un arc peint de couleurs vives, menait grand trot, tirant de toutes ses forces ; les deux bricoliers, attelés à la volée, galopaient, l'encolure tendue à l'extérieur. Le traîneau de Sophie rejoignit celui qui transportait sa belle-sœur. Les deux attelages mêlèrent les sons argentins de leurs clochettes. Derrière la danse folle des flocons, Sophie aperçut la silhouette de la jeune fille, recroquevillée sous la capote, le reflet doré de l'icône, le profil de Nicolas. Cela semblait une image de fantasmagorie, rapide comme la pensée et qui, d'une seconde à l'autre, allait s'éparpiller dans l'air. Longtemps, les deux troïkas coururent côte à côte, dans une absence complète de paysage. Puis, hors de ce néant de blancheur, surgit la coupole verte d'une église. Le traîneau de Marie se laissa distancer par les autres : il fallait que tous les invités fussent en place pour l'entrée de la fiancée dans la nef.

Succédant à l'air glacé de la campagne, l'odeur de l'encens parut écœurante à Sophie. Elle se poussa au premier rang de l'assistance, sur la gauche, du côté des femmes. Des cierges allumés brillaient au-dessus des fidèles. Vladimir Karpovitch Sédoff attendait Marie dans l'allée centrale, face à l'iconostase aux trois portes fermées. Impassible et rasé de près, il levait les yeux vers le dôme, où planait l'image du Dieu Sabaoth, barbu, redoutable et concave. Sophie parcourut du regard les visages qui l'entouraient et n'en découvrit qu'une dizaine de connaissance. La petite église n'était d'ailleurs qu'à demi pleine. Le mauvais temps et la crainte de déplaire à Michel Borissovitch avaient dû inciter bien des gens à rester chez eux. Même le maréchal de la noblesse d'Opotchka, Alexis Nikitytch Péschouroff, n'avait pas jugé utile de se déranger malgré sa parenté avec Sédoff. Ceux qui avaient eu le courage de venir étaient transis de froid. On les entendait renifler, tousser, battre la semelle. Réunis autour de Sédoff, les garçons d'honneur soufflaient dans leurs doigts pour les réchauffer.

Il y eut un remous du côté de la porte. Un chœur de voix paysannes entonna le cantique joyeux : « Elle vole, elle approche, la blanche colombe ! » Marie pénétra dans l'église au bras de Nicolas. C'était un spectre en robe de mariée qui glissait, à pas comptés, vers l'autel. Devant, marchait le petit Igor, tenant l'icône. Arrivé près des garçons d'honneur, Nicolas fit un salut et s'effaça. Vladimir Karpovitch Sédoff vint se camper avantageusement à la droite de sa fiancée. La grande porte de l'iconostase s'ouvrit à deux battants et, dans une nuée d'encens, apparut le prêtre, barbe noire et chasuble d'or. Sophie se rappela avec émotion les détails de son propre mariage. Après les prières nuptiales, le pope fit signe aux fiancés de s'avancer sur le chemin de soie rose étendu devant le lutrin. Une croyance populaire voulait que celui des deux qui poserait le premier son pied sur le tapis commanderait dans le ménage. Des chuchotements parcoururent l'assemblée. Les dames pariaient pour l'un ou l'autre. Au dernier moment, Sédoff sourit ironiquement et céda le pas à Marie. Le prêtre leur donna deux cierges allumés et remit aux garçons d'honneur les deux couronnes d'orfèvrerie qu'ils auraient à tenir, en se relayant, au-dessus de la tête des futurs époux. Les questions sacramentelles retentirent.

— N'as-tu pas promis à une autre de t'unir avec elle ? demanda le prêtre à Sédoff.

— Non ! dit-il.

— N'as-tu pas promis à un autre de t'unir avec lui ?

— Non ! dit Marie.

Par trois fois, le prêtre leur fit échanger leurs alliances. Il lut les versets de l'apôtre saint Paul se référant à l'hymen, le récit des noces de Cana et d'autres passages des Evangiles. Les hurlements du vent couvraient sa voix par intervalles. Des portes, des volets claquaient on ne savait où. Les flammes des cierges se couchaient dans le courant d'air. A mesure que la cérémonie avançait, l'assistance devenait plus distraite et plus clairsemée. Les vrais amis serraient les rangs. En se tournant vers la porte pour observer la débandade, Nicolas aperçut une forme féminine, près d'un pilier, et son sang bondit : cette haute taille, ce port altier, ce col de fourrure appartenaient, sans conteste, à Daria Philippovna. Il ne l'avait pas revue depuis leur baiser dans le pavillon chinois. Cela ne l'empêchait pas de penser très souvent à elle avec ferveur. Qu'elle fût venue à ce mariage, alors que Marie avait refusé d'épouser son fils, témoignait d'une force d'âme peu commune. En admirant cette femme pour sa générosité, il justifiait l'envie qu'il avait de renouer avec elle. Comment se passerait leur entrevue après la messe ? Que diraient Marie et Sophie ? Les pieds de Nicolas gelaient dans ses bottes de feutre. Ses oreilles, son nez étaient tranchés au couteau. Mais il y avait une flamme dans ses idées. Le chœur éclata en un chant d'allégresse :

Isaïe, le prophète, jubile dans les cieux !

Conduits par le prêtre, qui tenait leurs mains unies sous son étole, Marie et Sédoff firent trois fois le tour du lutrin. Les garçons d'honneur marchaient derrière eux, portant les lourdes couronnes à bout de bras. Nicolas se dit, avec soulagement, que la fin était proche. En effet, tout à coup, les chants cessèrent. Des quintes de toux éveillèrent des échos caverneux sous la voûte. Les jeunes mariés s'avancèrent pour baiser les images de l'iconostase. Le prêtre les félicita en premier. Ce n'était pas un orateur. Il dit simplement :

— Eh bien ! vous voilà mariés ! Rappelez-vous les paroles de saint Matthieu : « L'homme s'attachera à sa femme et ils ne seront plus tous deux qu'une seule chair. »

L'évocation était si précise que Marie rougit, tandis que Sédoff réprimait un sourire. Nicolas et Sophie s'approchèrent ensuite, poussés dans le dos par des gens impatients de se dégourdir. Ayant embrassé sa sœur et son beau-frère, Nicolas se dressa sur la pointe des pieds pour voir venir les autres invités. Une déception le saisit. Trompé par la distance, il avait pris pour Daria Philippovna une personne plus âgée qu'elle et que, d'ailleurs, il ne connaissait pas. Cette illusion n'en était pas moins instructive. Il semblait à Nicolas que Daria Philippovna avait assisté au mariage, sinon en chair et en os, du moins en pensée. Au comble de l'émotion, il décida de lui rendre visite à Slavianka dans les prochains jours.

Après les congratulations d'usage, les invités voulurent se grouper sous le porche pour assister à la sortie du couple, mais le vent, d'une violence démente, les refoula à l'intérieur. Un véritable cyclone de neige entourait l'église. On ne distinguait rien à trois pas. Le prêtre dit :

— Vous ne pouvez partir ! Attendez que la tempête se calme !

Et il fit apporter par le diacre quelques chaises pour les dames. Elles s'assirent en demi-cercle, à l'abri des portes refermées. Les hommes se tenaient debout, résignés et moroses. Parfois, l'un d'eux tirait une montre de son gousset. Au centre de ces gens qui perdaient leur temps par sa faute, Marie était malade de confusion. Tête basse, elle regardait le sol. Entre le bas du vantail et la pierre du seuil, l'air s'engouffrait en sifflant et poussait de biais une poudre scintillante. Sédoff dit :

— Mes amis, faites comme vous voulez ! Mais moi, j'en ai assez, je pars !...

Le diacre courut avertir les cochers, qui s'étaient réfugiés sous un appentis, au cimetière. Ils vinrent, tout grelottants, déconseiller au barine une entreprise aussi périlleuse.

— Je conduirai mon traîneau moi-même, dit Sédoff. Je connais la route. Si quelqu'un veut me suivre au son des clochettes, qu'il se dépêche.

— Moi, dit Nicolas.

Il n'avait pas consulté Sophie avant de parler. Elle lui sut gré de sa décision. Les autres invités préférèrent demeurer sur place jusqu'à l'accalmie.

A grand-peine, les cochers amenèrent deux traîneaux devant le porche.

Sédoff installa Marie dans la caisse et monta sur le siège du conducteur. Il portait une pelisse en peau de cerf sur son habit de cérémonie. Les chevaux s'élancèrent. Nicolas grimpa dans le traîneau suivant. Quand Sophie se fut assise sur la banquette, il cria : « Couvre-toi ! » brandit son fouet et poussa la troïka dans l'ouragan.

Le traîneau de Sédoff avait disparu par une trouée et, derrière lui, les rideaux de flocons blancs s'étaient refermés. Comme plongé dans un rêve de poursuite, Nicolas se demandait où cet homme emportait Marie. N'allait-elle pas se dissoudre avec son ravisseur dans l'espace incolore et glacé ? Il ne restait plus d'eux dans le monde qu'un tintement de clochettes infatigables. L'essentiel était de continuer à entendre ce signal. Il s'éloignait, se rapprochait, se déplaçait de gauche à droite. Nicolas se dirigeait sur lui à l'aveuglette. Les chevaux luttaient du poitrail contre la bourrasque. Malgré la violence de leur effort, ils avançaient avec une lenteur irréelle, dans un milieu mi-solide, mi-fluide, qui avait la couleur du lait et le piquant des aiguilles de givre. Les notions de temps et de distance étaient également abolies par le froid. Sophie ne s'éveilla de sa torpeur qu'en apercevant la maison d'Otradnoïé. Des ombres s'agitaient dans la cour. Justement, Sédoff et Marie mettaient pied à terre devant le perron. Nicolas rangea son traîneau derrière celui de son beau-frère. La robe des chevaux fumait. Ils encensaient de la tête et projetaient autour d'eux des éclaboussures d'écume.

Dans le vestibule, une servante présenta aux jeunes mariés le pain noir et le sel sur un plateau d'argent. Sédoff toucha du doigt le menton de la fille et lui cligna de l'œil, sans égard à ce que pouvait en penser Marie.

— Quelle belle course ! dit-il. Et tous ces poltrons qui attendent encore à l'église !...

Il paraissait enchanté de son exploit. Marie le considérait d'un air d'admiration et d'obéissance. « Elle finira par lui cirer ses bottes ! » songea Nicolas avec dégoût. On passa au salon. Pas une plante verte n'égayait cette pièce vouée à l'acajou, aux estampes marines et à l'odeur du tabac. Un buffet était dressé dans un coin. Sophie et Nicolas burent à la santé du nouveau couple. Après avoir échangé quelques mots sur la cérémonie, ils ne surent plus que dire. C'était en se taisant qu'ils étaient les plus sincères. Heureusement, la tempête ne tarda pas à se calmer. Les invités arrivèrent. On se prépara pour le dîner avec un faux entrain.

La table, prévue pour trente personnes, n'en réunit qu'une quinzaine. Toutes ces places vides donnaient au repas un aspect de fête manquée. Le prêtre, convié au festin de noces, avait une attitude solennelle, des yeux de femme triste au-dessus d'une barbe noire, et ne prononçait pas trois mots sans citer les Ecritures. Nicolas trouva que la chère était copieuse, mais les vins et les liqueurs de mauvaise qualité. A qui Sédoff avait-il emprunté de l'argent pour payer la réception ? Au dessert, il fit servir du champagne. Selon la coutume, on cria : *Gorko ! Gorko !* ce qui voulait dire que le vin semblerait amer tant que les mariés ne se seraient pas embrassés en public. Marie tendit sa joue à Sédoff. Il baisa du bout des lèvres cette statue de cire.

Lui-même avait un visage indifférent. Il ne s'anima de nouveau qu'au moment où une jeune servante remplit son verre. Tourné vers elle, il lui adressa, devant tout le monde, un regard de complicité. Nicolas et Sophie n'eurent pas à se concerter pour précipiter leur départ. Sédoff essaya mollement de les retenir. Marie les accompagna jusqu'au vestibule. Derrière eux, dans le salon, roulaient des rires et des tintements de vaisselle.

— Nous sommes les premiers à te quitter, dit Nicolas. Tu nous excuseras... La route est longue...

— Allez-vous-en vite ! chuchota Marie. Et oubliez ce que vous avez vu ici !

— Que voulez-vous dire ? demanda Sophie.

— Vous me comprenez très bien ! répondit Marie. Oubliez tout ! Oubliez-moi ! Je n'existe plus !...

Elle était pitoyable dans sa vilaine robe de mariée, avec son diadème posé de travers sur ses cheveux blonds, ses bras pendants et ses yeux pleins de larmes.

— Je reviendrai vous voir, dit Sophie. Dans quelques jours, vous m'annoncerez vous-même que votre bonheur est complet !

Des serviteurs, portant des torches, se tenaient sur le perron. Dans le ciel éclairci, luisaient de rares étoiles. Le cocher de Nicolas, rentré de l'église par le dernier traîneau, était déjà remonté sur son siège. Les rênes en main, la barbe étalée sur la poitrine, il attendait les ordres.

La troïka partit, sur la neige couleur de lune. « Quelle chose horrible qu'un couple sans amour ! » pensa Sophie. Et elle chercha la main de Nicolas sous la couverture en peau d'ours. Leurs doigts se nouèrent fortement. Elle se dit qu'ils formaient un bloc indissoluble. Durant tout le trajet, sans échanger un mot avec son mari, elle goûta le plaisir de se promener en maîtresse dans cette tête d'homme.

Il était dix heures du soir quand le traîneau aborda l'allée des sapins. La maison de Kachtanovka paraissait plus basse dans la neige. Une lumière brillait dans le vestibule, une autre dans le bureau. Michel Borissovitch n'était pas encore couché.

— Il va nous interroger, dit Nicolas. Lui avouerons-nous que ce mariage était lamentable ?

— Cela lui ferait trop de plaisir et trop de peine à la fois ! dit Sophie. La charité nous oblige à mentir un peu.

Nikita, Vassilissa et Antipe, à l'affût dans le vestibule, tombèrent sur les voyageurs et leur demandèrent, à voix basse, si la mariée était belle.

— Un ange ! dit Sophie.

Vassilissa se signa et fondit en larmes, selon son habitude. Tandis qu'elle pendait les pelisses, Nicolas se dirigea vers le bureau. Sophie le suivit. Il frappa à la porte et, n'obtenant pas de réponse, poussa le battant. La pièce était vide, noire. Une odeur d'huile chaude se dégageait d'une lampe que Michel Borissovitch venait d'éteindre.

— Il a attendu notre retour pour savoir comment les choses se sont passées et, quand nous sommes arrivés, il est monté dans sa chambre ! murmura Nicolas. Qu'est-ce que cela signifie ?

— Cela signifie que son orgueil a été plus fort que sa curiosité ! répondit Sophie.

Et, avec un sourire intérieur, elle songea qu'elle commençait à bien connaître son beau-père.

5

Au moment de revoir Daria Philippovna, Nicolas mesura la faiblesse des excuses qu'il avait préparées. Pourrait-il la convaincre que, s'il ne lui avait pas donné signe de vie depuis longtemps, c'était uniquement parce qu'il était bouleversé par la fugue et le mariage de sa sœur ? En arrivant à Slavianka, où nul n'attendait sa visite, il comprit qu'il avait eu tort de s'alarmer. Le soleil en personne, entrant dans la maison, n'eût pas davantage éclairé les figures. Toutes les filles eurent subitement un fiancé. Daria Philippovna, les yeux humides, la lèvre tremblante, cherchait ses mots. Elle avait eu si peur de perdre Nicolas, elle était si heureuse de le retrouver qu'elle ne songeait même plus à lui reprocher son absence. Ne lui eût-il fourni aucune explication qu'elle l'eût accueilli avec la même gratitude. Pour le mettre à l'aise, elle balbutia qu'elle était au courant de tout, qu'elle le comprenait dans son indignation de frère et qu'elle n'en avait que plus d'estime pour lui. Une phrase sur le chagrin que des enfants indisciplinés peuvent causer à leur entourage vint rappeler aux trois jeunes filles qu'elles n'étaient pas à l'abri d'une semblable mésaventure. Et, comme on n'avait rien de mieux à faire, on prit le thé.

Plus tard, Euphrasie offrit à Nicolas de jouer aux devinettes, mais sa mère s'y opposa, jugeant cette distraction trop puérile pour son hôte. Nathalie, payant d'audace, lui apporta ses dernières aquarelles. Il la complimenta par politesse, en feuilletant un album plein de fleurs délavées et de paysages mous. Agacée de le voir accaparé par ses filles, Daria Philippovna pria les deux plus jeunes de se tenir tranquilles, pendant que l'aînée se mettrait au piano-forte. Elle-même s'assit d'un air pensif au bout d'un petit canapé. Nicolas prit place à côté d'elle. Euphrasie et Nathalie chuchotèrent. Daria Philippovna les frappa d'un regard dur comme un coup de règle sur la tête. Les notes d'une romance désuète se déversèrent en cascade dans le salon. Hélène jouait avec zèle et maladresse. Son dos studieux se voûtait. Ses tresses battaient la mesure. Penché vers Daria Philippovna, Nicolas demanda à voix basse :

— Avez-vous fini d'installer le pavillon chinois ?
— Oui, dit-elle dans un souffle.
— Ne pourrais-je le voir ?
— Si.

— Quand ?
— Demain, à trois heures.

Il fut exact au rendez-vous, mais, en franchissant le seuil du pavillon, il crut tomber dans un incendie. Malgré le vasistas ouvert, une fumée âcre flottait dans la pièce. Au centre de cette nébuleuse, Daria Philippovna toussait et gémissait :

— Le poêle ne marche pas ! Depuis une heure, j'essaye en vain de l'allumer ! Je n'ai pas voulu me faire accompagner par un domestique...
— Ce n'est rien ! dit-il. Laissez-moi faire.

Pendant vingt minutes, il travailla comme un chauffeur à ranger les bûches, à les enflammer, à les attiser. Enfin, le feu consentit à ronfler dans le poêle de faïence verte. Mais il y avait toujours beaucoup de fumée dans la salle et le froid y était très vif. Cela ne contribuait pas à créer l'atmosphère d'intimité souhaitable. En outre, Nicolas était gêné par les statuettes grotesques, les masques grimaçants, les sièges contournés qui agrémentaient le décor. Il s'était égaré dans la caverne des mauvais génies.

— D'où viennent ces objets ? dit-il.
— C'est mon père qui les a achetés autrefois à des marchands chinois de Nijni-Novgorod, dit Daria Philippovna. N'est-ce pas qu'ils sont beaux ?
— Oh ! oui ! Beaux et étranges...

Il gelait devant une femme en manteau, en chapeau. Et, autour de lui, des figurines hideuses ricanaient de sa déconvenue. Consciente d'avoir mal mené son affaire, Daria Philippovna se retenait de pleurer.

— Asseyez-vous, au moins ! chuchota-t-elle.

Chaque fauteuil ressemblait à un instrument de torture. Seul le divan paraissait praticable, malgré les quatre dragons dorés qui en défendaient les coins. Au moment d'être abattu par les circonstances, Nicolas eut un sursaut de virilité. Il ne serait pas dit que le froid et l'incommodité l'empêcheraient de justifier sa réputation devant une femme aimante. Oubliant la Chine, il saisit Daria Philippovna par les poignets et lui baisa les lèvres farouchement. Elle prit pour un élan de passion ce qui n'était qu'un exercice de volonté. Cette fois, elle n'eut garde de lui résister, par crainte qu'il ne s'arrêtât en chemin. Dominant sa pudeur, elle se laissa dévêtir en soupirant. Il poussa un halètement de triomphe en dévoilant ses rondes épaules et le haut de sa gorge. Elle avait la chair de poule. Ses dents s'entrechoquaient. « Si je n'y arrive pas, je suis déshonoré ! » pensa-t-il en la renversant sur le divan.

Il y arriva si bien qu'à six heures du soir ils étaient encore dans les bras l'un de l'autre. Ce fut elle qui le pressa de partir. En regagnant Kachtanovka, il fut heureux de se sentir si peu coupable. Le cadre du pavillon chinois donnait un caractère d'exception et presque d'irréalité aux plaisirs qu'il y avait pris. Sa conduite bénéficiait de l'excuse qui s'attache aux infidélités commises par les marins dans les ports d'escale. Il retrouva Sophie avec l'âme d'un grand voyageur.

L'habitude fut vite établie : tous les mercredis, au lieu de se rendre au club, Nicolas allait rejoindre Daria Philippovna, qui l'accueillait, vêtue d'un ample peignoir exotique. La maisonnette, maintenant, était bien chauffée ; les monstres chinois avaient rentré leurs griffes ; un samovar trônait sur une table de laque ; entre deux étreintes, l'amante comblée servait du thé fort. Ces rencontres pleines de facilité plaisaient à Nicolas, parce qu'elles lui permettaient de rompre le cours monotone de son existence. Grâce à elles, il reprenait de l'assurance, il se créait de petits secrets inoffensifs, il se fixait un but dans la semaine. Bref, il s'ennuyait moins depuis qu'il avait quelque chose à se reprocher. Son principal souci était que Sophie ne se doutât de rien. Mais elle avait en lui une confiance absolue. En vérité, elle eût été mal venue à le soupçonner de quelque relâchement, alors qu'il continuait d'être très empressé auprès d'elle. Peut-être même, par un phénomène de renouvellement, était-il plus amoureux de sa femme depuis qu'il avait une maîtresse ? Le soir, lorsqu'il franchissait le seuil du salon, son remords se dissipait à la vue de son père et de Sophie, assis devant un échiquier. Absorbés par d'importants problèmes de tactique, les deux joueurs remarquaient à peine la présence de M. Lesur, qui se rongeait de jalousie dans son coin, et celle de Nicolas, qui arrivait tout chargé de mystère.

Cette partie d'échecs était devenue, pour Michel Borissovitch, d'une nécessité aussi vitale que la nourriture. Si deux jours s'écoulaient sans que Sophie trouvât le temps de se mesurer avec lui, il commençait à souffrir. Ce n'était pas le jeu en soi qui le passionnait, mais le fait d'affronter sa belle-fille. Sans l'effleurer d'un doigt, il luttait corps à corps avec elle. Il la serrait de près, elle s'esquivait avec aisance, il la rattrapait par les poignets, elle roulait dans l'herbe, il la clouait au sol, elle se redressait d'un coup de reins, riait, fuyait, la chevelure dénouée, et ce délicieux combat se traduisait par un simple déplacement de pions d'une case à l'autre. Quand il avait la chance pour lui et qu'il enlevait une à une les principales pièces de Sophie, c'était comme s'il l'eût dépouillée de ses vêtements. Livrée à la volonté du vainqueur, elle attendait, parmi ses serviteurs dispersés, qu'il lui donnât le coup de grâce. En prononçant : « Echec et mat », il éprouvait une jouissance si aiguë qu'ensuite il osait à peine lever les yeux sur sa bru. D'autres jours, en revanche, c'était elle qui prenait l'avantage. Il se défendait avec ruse, avec méchanceté, puis, devant cet acharnement femelle à le détruire, trouvait amusant de se laisser voler un cavalier ou une tour. Aussitôt, Sophie exploitait ce premier succès contre son beau-père. Il n'y avait pas d'endroit où il ne fût attaqué par surprise. Ah ! comme il aimait qu'elle fût sans pitié pour lui ! Sur le point de gagner, elle avait, pensait-il, le même regard brillant, le même sourire de tendre cruauté qu'au paroxysme du plaisir physique. Ecrasé par elle, il succombait avec volupté et murmurait : « Je m'incline, vous êtes la plus forte ! » Il était impossible qu'elle ne ressentît pas, fût-ce d'une manière atténuée, les mêmes satisfactions que lui. En tout cas, elle refusait rarement de jouer aux échecs. La partie s'achevait par une conversation banale où les nerfs des deux adversaires se reposaient.

Profitant de la bonne humeur de son beau-père, Sophie essayait parfois de l'intéresser au sort de Marie. Alors, tout à coup, il devenait sourd. Depuis le mariage de sa fille, il n'avait pas posé une question à son sujet. L'eût-il fait, d'ailleurs, que Sophie se fût trouvée en peine pour lui répondre, car elle ne recevait aucune nouvelle d'Otradnoïé.

Trois mois passèrent ainsi. Finalement, inquiète du silence de sa belle-sœur, Sophie décida de lui rendre visite. Elle partit seule, par crainte que la présence de Nicolas n'empêchât Marie de se lancer dans les confidences.

Dans la première verdure du printemps, la maison d'Otradnoïé parut à Sophie plus avenante. Mais, une fois introduite dans le salon, elle y retrouva une impression d'abandon, de tristesse et de gêne. Il y avait quinze minutes déjà qu'elle attendait, assise dans un fauteuil, quand Marie ouvrit la porte et s'écria :

— Ah ! mon Dieu ! C'est vous ! On ne m'a même pas prévenue de votre arrivée !

— J'avais pourtant dit...

— Ces filles n'ont pas de tête ! Que je suis donc heureuse de vous voir ! Vous m'excusez : je suis toute décoiffée...

Ses cheveux blonds emmêlés lui pendaient dans le dos. Elle portait une robe bleue défraîchie.

— Le temps de me donner un coup de peigne et je reviens, dit-elle.

A son retour, elle était plus présentable. Mais il y avait toujours dans ses yeux une expression d'angoisse. Elle entraîna Sophie dans la salle à manger et agita une clochette pour commander le samovar. Personne ne répondit à son appel.

— Comment va Vladimir Karpovitch ? demanda Sophie.

— Il est en voyage, répondit Marie précipitamment. Pour ses affaires... à Varsovie...

De nouveau, elle agita la clochette. Un tic nerveux troussait les commissures de ses lèvres. Evidemment, elle regrettait que sa belle-sœur vît à quel point elle était mal obéie. Sophie imagina cette pauvre existence : mariée sur un coup de tête, reniée par son père, abandonnée par son époux après quelques semaines, condamnée à vivre dans une demeure étrangère, moquée par des servantes qui avaient eu, avant elle, les faveurs du maître, que pouvait-elle espérer de l'avenir ? Un troisième tintement de sonnette étant resté sans résultat, elle se leva et sortit de la salle à manger dans un mouvement de colère. Elle revint au bout de dix minutes, poussant devant elle un gamin en guenilles, qui tenait par les anses un petit samovar de cuivre rouge. Elle-même portait un plateau, avec deux pots de confiture et des tranches de pain gris sur une assiette.

— Nous allons nous servir : ce sera tellement plus agréable ! dit-elle.

Les tasses étaient ébréchées, les cuillers dépareillées. « Il faut absolument que je dise à père de l'aider, pensa Sophie. S'il voyait sa fille dans cet état, il aurait honte, il oublierait sa rancune... »

— Tout le monde se porte bien à Kachtanovka ? demanda Marie.

Sophie lui donna des nouvelles de la famille.

— Et ce charmant Nikita, que devient-il ? dit Marie d'un ton faussement enjoué.

— Il fait de rapides progrès en comptabilité.

— Et il note toujours ses impressions dans un cahier ?
— Sans doute.
— En tout cas, il est trop beau garçon pour rester serf. J'espère que vous allez enfin l'affranchir !

Il y avait une telle aigreur dans ce propos que Sophie se demanda où sa belle-sœur voulait en venir. Des oies passèrent en cacardant sous la fenêtre. Sophie murmura :
— Cela ne dépend pas de moi !
— Vous ou mon père, c'est la même chose, dit Marie. Il ne peut rien vous refuser.
— Si, dit Sophie avec douceur. Et vous le savez bien.
— Quoi ?
— Votre pardon. Je ne cesse de le lui demander.

Marie s'empourpra.
— Je suis une sotte ! balbutia-t-elle. Vous êtes la seule personne au monde qui puissiez me secourir, et je vous reçois par des paroles méchantes. Il ne faut pas faire attention. C'est la solitude. Je suis malade de solitude...
— Quand revient-il ?
— Je l'ignore.
— Il ne vous le précise pas dans ses lettres ?
— Non.

Sophie eut un soupçon. « Lui écrit-il seulement ? » pensa-t-elle. Avec précaution, elle poursuivit :
— Je suppose qu'il vous a laissé de quoi faire marcher la maison...
— Bien sûr ! dit Marie avec éclat. Je ne manque pas d'argent ! Qu'allez-vous imaginer ?...

Un sourire orgueilleux crispa sa figure. Elle mentait avec une application navrante.
— D'ailleurs, reprit-elle, Vladimir Karpovitch m'a remis une procuration. Si j'étais dans le besoin, je pourrais m'en servir. J'ai déjà pensé à vendre Aniouta. Vous l'avez vue ? C'est une belle fille. On m'en donnera bien deux mille roubles !
— Oui, dit Sophie. Mais, si vous le faites, votre mari ne sera pas content.
— Ne croyez pas cela ! Il me passe tous mes caprices ! dit-elle d'un ton si léger qu'elle ressembla à une folle.

Sophie la quitta avec l'impression de ne lui avoir apporté aucun réconfort.
Longtemps encore, Marie s'obstina dans le silence. Otradnoïé paraissait être à mille verstes de Kachtanovka. L'été vint, avec son soleil, sa poussière, ses orages... Après la Transfiguration du Seigneur, Nikita fut officiellement chargé par Michel Borissovitch de la petite comptabilité du domaine. Il s'installa avec ses registres et son boulier dans un réduit attenant au bureau de Nicolas. Sophie était fière de cette distinction pour son protégé. Admis dans l'intimité des maîtres, il prenait grand soin de sa toilette. Culottes bouffantes de drap bleu, bottes cirées, chemise de coton blanc boutonnée sur le côté, ceinture rouge, ce costume rustique mettait en valeur sa taille souple et ses larges épaules de pierre. Les filles serves passaient et repassaient sous

sa fenêtre, parlaient haut, éclataient de rire pour l'attirer dehors, mais il ne remarquait pas leur manège. Souvent, quand Sophie entrait à l'improviste dans le cabinet de travail, elle trouvait Nikita le nez dans un livre, que Nicolas ou elle-même lui avait prêté. Il remuait les lèvres et suivait les lignes imprimées avec son doigt. En voyant la barynia, il se dressait d'un bond, une lumière sur le visage. Elle échangeait quelques mots avec lui, le complimentait pour la tenue de ses comptes, le questionnait sur ses lectures. Un jour, il lui déclama un poème de Lomonossoff, qu'il venait de découvrir :

> *La bouche des sages proclame :*
> *Il est là-bas mille mondes divers,*
> *Il est là-bas mille soleils de flammes,*
> *Il est là-bas des peuples et des siècles...*

Il y avait une telle passion dans ses yeux que Sophie l'interrompit après la quatrième strophe.

— La comptabilité m'ennuie, dit-il. Je voudrais apprendre la poésie, les mathématiques, la politique, tout ce qui élève l'esprit !

Elle lui reprocha d'être trop ambitieux, tout en reconnaissant, à part soi, qu'il avait raison.

— Si seulement je savais le français, reprit-il, je pourrais lire les mêmes livres que Nicolas Mikhaïlovitch. Il me semble que toute la science de l'avenir est dans les livres français et toute la science du passé dans les livres russes.

Elle l'assura, en riant, que la distinction entre les deux cultures n'était pas aussi tranchée. Alors, il lui récita des mots français qu'il avait appris par lui-même : maison, ciel, route, forêt... Elle fut émue par la maladresse de sa prononciation (cette façon d'attaquer rudement les voyelles, de rouler les « r » sur le bout de la langue !) et coupa court, par crainte d'être entraînée à le conseiller. Elle n'allait tout de même pas lui donner des leçons !

Depuis quelque temps, elle était sans nouvelles de ses parents, ce qui la rendait nerveuse. Soudain, les lettres de l'étranger, bloquées pendant plusieurs semaines par la censure, arrivèrent toutes ensemble. La plupart avaient été ouvertes à la poste. En les lisant, avec retard, Sophie apprit, par sa mère, que la France vivait des heures troubles, que les carbonari étaient partout, que depuis l'odieux complot des quatre sergents de La Rochelle, la police était obligée de se montrer de plus en plus vigilante et le pouvoir de plus en plus ferme, que Mme du Cayla, favorite du roi, donnait de belles fêtes, mais que celui-ci était bien malade. Vers la fin de septembre, les gazettes russes publièrent les nouvelles de la mort de Louis XVIII et de l'entrée de Charles X à Paris. Sophie pensait à la France comme à un pays où elle ne retournerait jamais plus, et cette certitude augmentait sa nostalgie. La vue d'un journal français lui tirait les larmes des yeux. Au début du mois d'octobre, elle reçut de sa belle-sœur une lettre radieuse : Vladimir Karpovitch était revenu ! Toute à son bonheur, Marie insistait pour que Nicolas et Sophie leur rendissent visite. Nicolas se déroba. Sophie attendit une semaine, fit atteler la calèche et alla de nouveau, seule, à Otradnoïé. Sédoff n'y était déjà plus !

Marie, livide, les traits creux, les yeux battus, s'enferma avec Sophie dans sa chambre et gémit :

— C'est hier qu'il est reparti !
— Mais pourquoi ?
— Toujours pour ses affaires !
— Quelles affaires ?
— Je ne sais pas. Il ne m'explique rien. Son voyage à Varsovie n'a donné aucun résultat. Pendant les quelques jours qu'il a passés près de moi, j'ai senti qu'il ne tenait plus en place. Les soucis le dévoraient. Il a refait ses valises...

Toute sa figure criait de sincérité. Ses mains se tordaient l'une dans l'autre, sur ses genoux.

— Aimez-vous réellement votre mari ? demanda Sophie.
— Oui ! chuchota la jeune femme.
— Et lui, vous aime-t-il ?
— Il est très malheureux. Il manque d'argent. Cela l'empêche de penser à moi comme il le faudrait...

Elle eut un rire misérable et poursuivit :

— Au fond, il a épousé une pauvresse. Je ne lui ai apporté aucune dot. Il ne peut même pas me vendre comme une fille serve ! Qu'est-ce que je suis pour lui ? Une source de tracas ! Mais, si ses affaires s'arrangent, tout changera. Je deviendrai une dame...

Elle fit le geste gracieux de se voiler la gorge avec un éventail :

— Je m'habillerai... Je me parfumerai... Il sera à mes pieds, au lieu de me crier dessus... Car il me crie dessus, vous savez ?... Comme si j'étais sa domestique !... Et il me bat !... J'ai des bleus !... Je vous montrerai !...

Elle en paraissait presque fière.

— Hélas ! j'ai bien peur qu'il ne revienne encore une fois bredouille ! reprit-elle. Dans ce cas, je ne sais ce que nous ferons. Nous n'avons plus de terres. Il faudra vendre nos derniers paysans. Et la plupart sont hypothéqués !

— Vous ne pouvez rester ainsi ! dit Sophie. Venez avec moi. Nous verrons votre père. Nous lui parlerons ensemble. S'il se laisse fléchir, vous serez sauvée. Autrement, il n'y aura pas de bonheur pour vous avec un homme comme Vladimir Karpovitch.

La terreur se leva dans les yeux de Marie. Elle se mit à trembler :

— Pas mon père... Je ne veux plus...
— La paix de votre ménage est à ce prix !

Les épaules de Marie se brisèrent. Elle se ramassa dans son fauteuil.

— C'est bien, dit-elle, j'irai...

Alors seulement, Sophie reconnut l'imprudence de sa proposition.

Elles arrivèrent à Kachtanovka peu avant l'heure du souper. En voyant Marie descendre de voiture, les serviteurs, accourus au bruit des clochettes, s'arrêtèrent, pleins de confusion. Une pestiférée s'avançait parmi eux. Elle leur souriait, et ils reculaient, défigurés par la peur. Même Vassilissa n'avait pas son vrai visage. Elle bénissait la nouvelle venue, de loin, en marmottant :

— Dieu te garde, ma petite colombe ! Que ton ancien nid ne te réserve pas trop d'épines !...

Dans le vestibule, les deux femmes se heurtèrent à Nicolas, qui sortait, très agité, du salon. Il demanda à voix basse :

— Que se passe-t-il ? Pourquoi Marie est-elle venue avec toi ?

— Pour rencontrer son père, dit Sophie.

— Tu es folle ? Tu sais bien qu'il ne veut pas !...

Sophie lui coupa la parole :

— Nous a-t-il vues arriver ?

— Evidemment ! dit Nicolas. Il était à sa fenêtre. Il est furieux !

— J'en étais sûre ! balbutia Marie. Il vaut mieux que je m'en aille !

Sophie lui saisit la main :

— Ne craignez rien. Suivez-moi. Viens, toi aussi, Nicolas !

Elle était habituée à son adversaire, mais n'en redoutait pas moins sa violence. Quelle scène allait-il lui jouer maintenant ? Elle frappa à la porte, l'ouvrit, et s'effaça devant sa belle-sœur. Marie vit son père debout, le dos à la fenêtre, et tomba lourdement à genoux.

— Père, bredouilla-t-elle, je vous prie de me pardonner...

— Est-ce vous qui l'avez ramenée ? demanda-t-il en se tournant vers Sophie.

— Oui, répondit-elle.

— Malgré mes ordres ?

— Vous avez peut-être donné des ordres à vos domestiques, mais, devant moi, vous avez eu la courtoisie de n'exprimer que des souhaits ! dit Sophie.

Elle savait que ce genre de repartie enchantait son beau-père, bien qu'il feignît d'en être ulcéré.

— Ne jouez pas sur les mots ! dit-il. Cela suffit ! Qu'elle s'en aille !

— Pas avant de vous avoir parlé, répliqua Sophie.

— Nous n'avons plus rien à nous dire.

— C'est ce qui vous trompe, père ! Votre fille est très malheureuse...

— A qui la faute ?

— Nous ne sommes pas ici pour en discuter. Ce qui est fait est fait. Maintenant, il s'agit d'éviter le pire. Marie a besoin de votre affection, de vos conseils...

— Dites plutôt : de mon argent !

A ce mot, Marie redressa la tête et une expression de haine et de honte éclata dans ses yeux. Elle allait fuir, mais Sophie appuya la main sur son épaule et dit :

— Pourquoi le cacher ? Elle a besoin aussi de votre argent ! Quelles sont les filles qui ne sollicitent pas une aide de leurs parents au début du mariage ?

— J'aurais été au-devant de ses désirs si elle avait épousé quelqu'un de mon choix, dit Michel Borissovitch.

— N'a-t-elle plus le droit de manger, sous prétexte qu'elle aime un homme dont vous ne voulez pas pour gendre ?

Michel Borissovitch bomba le torse et glissa les pouces dans les entournures de son gilet. Nullement ému, il s'enflait d'une importance théâtrale. Sa fille, prosternée, lui répugnait. Il ne pouvait s'accoutumer à l'idée qu'elle s'était frottée à un corps d'homme. Elle ne méritait aucune pitié. Il n'y avait qu'une femme estimable au monde : Sophie !

— C'est vrai, père ! dit Nicolas. Réprouvez la conduite de Marie, mais donnez-lui, du moins, de quoi vivre !

— Il est juste que vos deux enfants participent également aux revenus du domaine, renchérit Sophie. Vous nous versez, à votre fils et à moi, une somme très suffisante pour l'existence calme que nous menons ici. Faites-en autant pour Marie !...

De nouveau, Michel Borissovitch partit dans ses pensées. Il avait l'impression de s'être engagé, avec sa bru, dans une partie d'échecs plus subtile que d'habitude. Comment faire pour s'assurer la gratitude de Sophie, tout en refusant de céder sur l'essentiel ? Comment la berner au point qu'elle se crût victorieuse, alors qu'il serait le gagnant ? La navrante Marie, avec son amour inassouvi et ses soucis d'argent, devint subitement pour lui le prétexte d'extraordinaires calculs stratégiques. Il en oubliait presque qu'il l'avait maudite. Une idée le frappa, si ingénieuse qu'il en éprouva d'abord de la crainte. Cela ressemblait à une chiquenaude du diable. Un pion déplacé à l'insu de l'adversaire ! Dans le silence, Sophie aida Marie à se relever. Nicolas se campa derrière elles, avec un air de chevalier protecteur. Michel Borissovitch sentit que le moment était venu de proposer son plan. Gravement, avec tout le poids de son âge, il dit :

— Je ne donnerai pas un kopeck à Marie sur mon argent. C'est une question de principe. Mais la maison de Saint-Pétersbourg nous vient du côté de ma femme. D'après son testament, Nicolas et Marie ont des droits sur ce bien, comme moi-même. Qu'ils le vendent, je les y autorise, et nous nous partagerons la somme dans les proportions voulues par la chère défunte : une moitié pour eux deux, une moitié pour moi.

Il jouit de l'étonnement que produisait son discours.

— Eh ! oui, reprit-il. Au fond, ce serait la sagesse ! Nicolas pourrait s'occuper de l'affaire. Je lui signerais tous les papiers dont il aurait besoin. Seulement, voilà, mon cher, tu devras te rendre à Saint-Pétersbourg pour traiter !...

Tout en parlant, il imaginait son fils en voyage et lui, seul avec Sophie, à Kachtanovka. Il savait que les titres de propriété n'étaient pas en règle et qu'il faudrait des semaines, des mois de démarches, peut-être, pour conclure la vente. Un fourmillement le prit à la nuque. Il eut si chaud qu'il glissa un doigt entre son col et son cou.

— Ce n'est pas un obstacle, père ! dit Nicolas. J'irai, je reviendrai le plus vite possible !...

— Qu'en pensez-vous, Sophie ? demanda Michel Borissovitch.

Allait-elle tomber dans le panneau ? Il en avait tellement envie ! La jeune femme eut un sourire de confiance :

— Cela me paraît une bonne solution.

Michel Borissovitch frissonna de plaisir et se passa la langue sur les lèvres.
— Et toi, Marie, es-tu contente ? demanda Nicolas.
Marie hocha la tête sans répondre. Elle aurait voulu pouvoir refuser cette proposition, mais la situation de son mari était trop mauvaise : elle devait imposer silence à son amour-propre. Si seulement son père avait accompagné cette offre de quelques paroles bienveillantes, s'il avait laissé entrevoir à sa fille qu'elle n'était pas tout à fait perdue pour lui ! Timidement, elle murmura :
— Puis-je espérer que vous voudrez bien, de nouveau, vous intéresser à moi, père, qu'il ne s'agit pas pour vous de me faire l'aumône ?...
— Tu appelles ça une aumône ? s'écria-t-il en devenant cramoisi. Une aumône qui te rapportera dans les vingt mille roubles !
— Vous comprenez très bien ce que je veux dire ! souffla Marie, effrayée.
— Non !
— En venant ici, j'avais rêvé autre chose ! Je pensais que vous et moi...
— Eh bien ! tu te trompais ! Je ne change pas d'avis ! Ce qui est coupé est coupé ! Tu auras ton argent ! Mais disparais et ne te représente plus jamais devant mes yeux !
Il lui désignait la porte de son bras tendu. Marie eut un sanglot et se précipita dehors, suivie de Sophie et de Nicolas. Michel Borissovitch s'assit dans son fauteuil et se frotta le front avec le plat de la main. Sa respiration se calmait, ses idées défilaient moins vite. Vingt minutes plus tard, il entendit un remue-ménage dans le vestibule. Sophie et Nicolas reconduisaient Marie après l'avoir consolée. Michel Borissovitch résista au désir de regarder par la fenêtre. Il imaginait tout : les larmes, les soupirs, les embrassades, les promesses... Enfin, l'attelage partit, grinçant des roues et tintant des clochettes.
— Va-t'en au diable ! grommela Michel Borissovitch.
Et il se prépara, d'un cœur léger, à recevoir les reproches de son fils et de sa belle-fille.

Le lendemain, pendant le dîner, tout se compliqua : non contente de blâmer la dureté de son beau-père, Sophie émit soudain l'idée d'accompagner Nicolas à Saint-Pétersbourg. Incapable de s'opposer à une décision si légitime, Michel Borissovitch marmonna :
— Est-ce bien nécessaire ?... Nicolas ne restera pas longtemps absent !... D'ailleurs, là-bas, il sera très occupé !... Vous le verrez à peine !...
Rien ne modifia les intentions de Sophie. Michel Borissovitch eut du mal à garder un maintien digne jusqu'au bout du repas. Retiré dans sa chambre, pour la sieste, il ne prit aucun plaisir à se faire gratter les pieds, chassa Vassilissa et se mit à souffrir du cœur. Allongé tout habillé sur le canapé, la main glissée sous sa chemise, il écoutait ce battement irrégulier dans sa poitrine et pensait à la mort. Il se disait que sa course était finie, que personne au monde ne tenait à lui, que ses enfants se partageraient sa fortune sans l'avoir méritée, et que, s'il ne se trompait pas de route, il retrouverait sa femme dans le ciel. Avec la tombée du soir, sa méditation affecta un tour

encore plus tragique. Puis, peu à peu, il se rendit compte que son malheur pouvait lui être d'une grande utilité. A l'heure du souper, il agita la sonnette d'une main faible. Vassilissa entrebâilla la porte, alluma la lampe, s'affola, et courut chercher Nicolas et Sophie. En les voyant, Michel Borissovitch, qui se sentait beaucoup mieux, feignit une extrême lassitude. On lui demanda ce qu'il éprouvait. Il répondit, avec une sincérité mitigée, qu'il avait des arrêts du cœur. Sophie, inquiète, lui prit le pouls et constata qu'il était à peu près normal. Vassilissa lui apporta des œufs battus avec du rhum et du sucre, pour remonter ses forces. Nicolas parla d'envoyer chercher un médecin, en pleine nuit, à Pskov, mais Michel Borissovitch protesta :

— A quoi bon déranger le docteur, puisque le malaise est passé !

— Bien sûr ! dit Sophie. Mais nous devons veiller à ce qu'il ne se reproduise pas !

Michel Borissovitch eut un sourire de philosophe :

— Si on envisageait toujours le pire, on ne vivrait plus !

En disant cela, il espéra que Sophie, le sachant en mauvaise santé, hésiterait à partir. Elle accepta d'attendre au matin pour alerter le docteur Prikoussoff.

C'était un vieux praticien, timide et besogneux, qui soignait la famille depuis vingt-cinq ans. Il vint avec sa trousse noire, ses grosses besicles et son habit qui sentait les médicaments et le crottin de cheval. Michel Borissovitch se méfiait du diagnostic à un double titre : reconnu malade, il pouvait craindre une issue fatale, reconnu dispos, il devait s'attendre à voir Sophie suivre son mari à Saint-Pétersbourg. Heureusement, le docteur Prikoussoff avait le goût des nuances. Après l'auscultation, il convoqua la famille et annonça que le patient avait évidemment un cœur trop faible et un sang trop lourd, mais qu'à condition d'alléger le sang et de fortifier le coeur il vivrait cent ans. Le traitement préconisé consistait en une application immédiate de sangsues. Ensuite, tous les soirs, avant de se coucher, le malade prendrait une certaine potion, et, tous les matins, à jeun, un petit verre de rosée. Le docteur Prikoussof tenait essentiellement à ce petit verre de rosée, dont, disait-il, la plupart de ses clients étaient enchantés. Il n'y avait qu'à désigner quelques filles serves, qui, chaque jour, à l'aube, iraient ramasser les gouttes d'eau précieuse dans les champs et les forêts du domaine. Pour le reste, du repos, le moins de contrariétés possible... Michel Borissovitch ayant confié, en secret, à son médecin, qu'il souffrait de fréquentes angoisses, celui-ci recommanda à Nicolas et à Sophie de ne pas le laisser seul. A ces mots, le malade fit une mine désolée et s'écria :

— C'est impossible, docteur ! Ils doivent partir tous les deux pour un voyage important ! Je vous assure que je ne risquerai rien en leur absence !

Il suffisait que l'on contredît le docteur Prikoussoff pour que cet homme mou devînt l'intransigeance même.

— Et moi, je vous répète, gronda-t-il, que vous avez besoin d'une surveillance constante !

— Il y a les domestiques pour cela, dit Michel Borissovitch.

— Nous ne pouvons leur laisser ce soin, père ! dit Sophie.

Nicolas se faisait une telle joie de ce séjour dans la capitale que l'idée d'un empêchement le désespérait. Sophie n'aurait-elle pu rester à Kachtanovka pour garder le malade, pendant que lui-même se rendrait à Saint-Pétersbourg ? Il n'osait formuler cette suggestion, bien qu'il en brûlât d'envie. Daria Philippovna et ses chinoiseries commençaient à l'ennuyer... Assis en robe de chambre dans un fauteuil, Michel Borissovitch observait son fils à la dérobée et exultait sous un masque soucieux :

— Ah ! mes pauvres enfants ! Je vous complique bien la vie !

— Mais non, père, dit Nicolas stoïquement, nous remettrons le voyage à plus tard !

— Et Marie qui attend le résultat avec impatience ! soupira Michel Borissovitch.

Il craignit d'avoir forcé la note et que sa sollicitude ne parût suspecte à Sophie. Mais elle le regarda avec étonnement et presque avec espoir. S'imaginait-elle que, pris de remords, il revenait à sa fille ? La candeur des femmes les plus intelligentes était sans limites dès qu'il s'agissait de conversations sentimentales.

Après le départ du docteur Prikoussoff, Michel Borissovitch se plaignit à nouveau de spasmes dans la poitrine. Il grimaçait, haletait, bégayait :

— Ce n'est rien !... Voilà !... Dieu !... Ah !... Ça passe !...

Son fils et sa belle-fille insistèrent pour qu'il se couchât tôt, après avoir bu une infusion de tilleul. Il passa une excellente nuit. Au déjeuner du matin, Sophie lui annonça que Nicolas irait seul à Saint-Pétersbourg. Michel Borissovitch fut envahi d'un bonheur étouffant. Tout s'arrangeait comme il l'avait voulu. Il se disait : « Quel beau tissu de mensonges ! Je suis ravi de me débarrasser de mon fils, et je fais semblant de regretter qu'il parte sans sa femme ; Nicolas est ravi d'aller en célibataire à Saint-Pétersbourg, et il fait semblant de s'y rendre par devoir ; Sophie est ravie de rester à Kachtanovka, et elle fait semblant d'y être contrainte par les circonstances... » La dernière proposition était la moins sûre des trois. En y pensant, Michel Borissovitch appuya ses deux mains sur son cœur. Son fils et sa belle-fille surprirent son geste et échangèrent un regard de connivence. Pour ne pas inquiéter inutilement le malade, Sophie dit :

— Ne vous figurez surtout pas, père, que je demeure à cause de vous ! Simplement, je crains que le voyage, en cette saison, ne me fatigue trop !

— S'il en est ainsi, chuchota-t-il, j'accepte.

Et il inclina la tête sur sa poitrine, comme vaincu par la générosité de ses enfants.

6

Dans la nuit du 6 au 7 novembre, Nicolas fut éveillé par la plainte lugubre du vent dans la cheminée. Il alluma une bougie sur sa table de chevet. Un courant d'air étira la flamme. Sur le mur, se profila l'ombre immense d'un homme sortant de son tombeau. De tous côtés, les parquets craquaient, les portes grinçaient sur leurs gonds, les vitres tremblaient dans leurs châssis. Comme toujours dans ses insomnies, Nicolas leva les yeux vers l'icône et se signa. Arrivé depuis quarante-huit heures à Saint-Pétersbourg, il ne se sentait pas chez lui dans ce vaste appartement désert. Sa première visite avait été pour le notaire de son père, Dmitri Lvovitch Moukhanoff, qui devait vendre la maison. Aux dires de l'homme de loi, l'affaire se présentait mal. Des pièces du dossier avaient été égarées. Peut-être trouverait-on les renseignements nécessaires à Smolensk, où la mère de Nicolas était née et où vivait encore sa famille ? Dmitri Lvovitch Moukhanoff avait, par chance, un excellent confrère dans cette ville. On allait le charger des recherches. Mais cela demanderait du temps. Loin d'inquiéter Nicolas, la perspective de ce délai le comblait d'aise. Comme s'il eût prévu que le séjour de son fils dans la capitale se prolongerait, Michel Borissovitch l'avait nanti, au départ, d'une somme d'argent fort convenable. Quant à Sophie, elle s'était préparée à une séparation de deux ou trois semaines, compte tenu du fait que le voyage d'aller et retour prendrait huit jours en tout. Jamais, depuis son mariage, Nicolas n'avait été plus libre !

En quittant le notaire, il s'était rendu chez Kostia Ladomiroff. Minute sublime ! Kostia pleurait de joie en donnant l'accolade au revenant. Trois camarades de l'ancienne « Alliance pour la Vertu et pour la Vérité » assistaient à la rencontre. Tous, en souvenir de leur première année de conspiration, portaient la bague d'argent au doigt. Ils avaient raconté à Nicolas que, malgré la visite du colonel Pestel à Saint-Pétersbourg au mois de mai dernier, aucun progrès n'avait été fait dans le rapprochement de l'Union du Nord et de l'Union du Sud. Cependant, l'Union du Nord comptait maintenant, à côté des anciens chefs du genre modéré, tels que le prince Troubetzkoï et Nikita Mouravieff, un nouveau venu de tendance plus radicale, le poète Conrad Fédorovitch Ryléieff. Kostia tenait en haute estime ce personnage, qui avait quitté l'armée avec le grade de sous-lieutenant et, après une courte carrière dans la magistrature, avait été nommé directeur de la Compagnie Russo-Américaine pour la découverte et la colonisation de territoires dans le Nouveau Monde. Avec son ami Alexandre Bestoujeff, il éditait une revue, *l'Etoile polaire*, à laquelle collaboraient les meilleurs écrivains de la jeune génération. Ainsi renseigné, Nicolas avait attendu avec impatience que Kostia le conduisît chez Ryléieff.

L'entrevue avait eu lieu hier soir, au siège de la Compagnie Russo-Américaine. Nicolas s'était trouvé en présence d'un homme mince, presque fluet, avec des traits énergiques, de grands yeux sombres et des sourcils qui se joignaient en touffe à la racine du nez. Dès l'abord, Ryléieff lui avait dit : « Je sais par Kostia le bon travail que vous faites à Pskov. Continuez ! Nous avons besoin d'informateurs dans toutes les places importantes. » Ce compliment avait gêné Nicolas, car son activité politique s'était ralentie ces derniers temps. Comment son hôte, qui le connaissait depuis un quart d'heure à peine, pouvait-il lui parler avant tant de confiance ? Ne craignait-il pas d'être trahi, dénoncé ? Dans ses yeux, brillait une lumière généreuse, qui opérait comme un charme. En quelques minutes de conversation avec lui, Nicolas avait mieux compris la situation de la Russie qu'en cinq années de solitude à Kachtanovka. D'après Ryléïeff, le gouvernement s'engageait chaque jour plus loin dans la voie de l'obscurantisme. Ayant obtenu le départ des princes Volkonsky et Galitzine, proches conseillers du tsar, l'obséquieux Araktchéïeff dominait seul, à présent, l'esprit de son souverain. La religion et la police étaient les meilleurs soutiens du trône. Mais, si l'armée bougeait, ce serait l'effondrement du régime. « Je compte que, dans deux ou trois ans, nous pourrons agir avec toutes les chances de succès ! avait déclaré Ryléïeff. Le mouvement partira des colonies militaires. Il ne faut surtout pas que le reste de la nation s'en mêle. Nous voulons une révolte conduite par des officiers, et non une révolution dirigée par des orateurs populaires... »

En repensant à ce discours, Nicolas éprouvait une impression d'angoisse et de bonheur. Ce qui, autrefois, n'était pour lui qu'une rêverie devenait soudain une réalité proche, terrible, lourde de conséquences. Il écoutait l'ouragan et entendait Ryléïeff. Les yeux de cet homme le suivaient partout. Pour se distraire de son obsession, il songea que demain serait une journée plus remarquable encore. Vassia Volkoff lui avait fait porter une lettre pour le prier à dîner. Leurs retrouvailles ne pouvaient être que très émouvantes. Daria Philippovna avait supplié Nicolas de se renseigner sur les fréquentations de son fils. Elle redoutait pour lui, à la fois, les hommes trop sérieux et les femmes trop légères. Cette sollicitude choquait Nicolas, comme un manque de tact. Il n'aimait pas que sa maîtresse fût aussi une mère. Leur séparation, dans le pavillon chinois, avait été déchirante. Daria Philippovna, écroulée par terre dans un peignoir brodé de lotus, lui enserrait les genoux et gémissait : « Jure-moi que tu me seras fidèle ! » Sophie ne lui avait pas demandé de prêter le même serment. Il sourit à cette idée et tenta de s'assoupir. La bourrasque soufflait trop fort pour qu'il pût fermer les yeux. De temps à autre, toute la maison était comme enveloppée par le claquement d'une voile lourde et humide. Derrière la porte de la chambre, Antipe se retournait en geignant sur sa paillasse. Selon son habitude, il avait accompagné le maître en voyage. Nicolas voulut le réveiller et se faire servir du thé. Mais, à la réflexion, il avait plus envie de dormir que de boire.

Il se recoucha et souffla la bougie. Sa joue s'appuya sur la *doumka*, petit oreiller que Vassilissa lui avait cousu jadis et qu'il emportait toujours dans ses bagages. Puis, comme lorsqu'il était enfant, il serra sa croix de baptême dans sa main droite et entra, sans peur, dans une nuit peuplée de loups hurlants. Ils ne lui firent aucun mal jusqu'aux premières lueurs de l'aube. A ce moment, l'un d'eux se jeta sur le lit avec tant de violence que Nicolas poussa un cri rauque et se mit à lutter. En plein effort, il remarqua que le loup avait des yeux d'homme, une chevelure rousse et ressemblait étrangement à Antipe.

— Barine ! barine ! disait-il en secouant l'épaule de son maître. Levez-vous vite ! Venez voir !...

Il paraissait si effrayé que Nicolas bondit sur ses jambes. La chambre baignait dans une lumière blafarde. Antipe ouvrit la fenêtre. Un vent froid souleva les rideaux et chassa des papiers sur la table. De la ville montait une rumeur inaccoutumée de chocs sourds et de clapotements. Nicolas se pencha à la croisée et la surprise lui coupa le souffle : la rue s'était transformée en fleuve. Une eau sale, tumultueuse léchait le bas des portes. La pluie tombait à grandes raies obliques d'un ciel couleur de plomb. Aux fenêtres, surgissaient des figures inquiètes. Pour l'instant, les caves seules devaient être inondées. Mais le flot gagnait vite. Les canons de la forteresse Pierre-et-Paul tonnaient à longs intervalles pour annoncer le sinistre.

— Cela s'est passé en un clin d'œil, dit Antipe. Le vent de la mer a repoussé la Néva vers l'intérieur et, tout à coup, elle est sortie de son lit. Si Dieu veut laver la ville de ses péchés, nous n'avons pas fini de voir couler de l'eau ! Pourvu qu'elle n'atteigne pas notre étage !

Nicolas vit, au-dessous de lui, sur une moulure de la façade, une procession de formes grises. Les rats avaient fui la cave et cherchaient un endroit pour se mettre au sec. Ils se bousculaient et se mordillaient dans leur hâte. Le portier sortit sur le trottoir. L'eau lui venait à mi-jarret. Les mains en cornet devant la bouche, il cria quelque chose à son compagnon d'en face, qui, lui aussi, s'était aventuré dehors pour jouir du spectacle. Des palefreniers tiraient les chevaux des écuries et les emmenaient loin de la Néva et de ses canaux, vers l'est de la ville, où le danger était moins grand. Les bêtes, effarouchées, hennissaient, se cabraient. Des bourgeois filaient en calèche. Les roues brassaient l'eau en tournant. Pareils à des dieux de la mythologie, les cochers, le fouet au poing, conduisaient des attelages aquatiques. Nicolas pensa à son propre cocher, à ses chevaux, à sa voiture, remisés non loin de là.

— J'espère que Séraphin aura su mettre tout à l'abri ! dit-il.

— Sûrement, barine ! dit Antipe. Il aime trop l'eau-de-vie pour n'avoir pas peur de l'eau !

— Nous devrions tout de même aller voir !

— Ce ne serait pas prudent, barine... Regardez, regardez !...

Assis sur des bornes, des gamins riaient et montraient du doigt les bouts de bois, les caisses, les épluchures de légumes qu'emportait le courant. Soudain, tous détalèrent en piaillant. D'énormes vagues glauques, crêtées d'écume jaune, déferlèrent entre les façades. Un chariot de poste fut soulevé comme une barque. Le cocher descendit, détela et, tenant le cheval par une oreille, partit à la nage. Nicolas se rappela que le rez-de-chaussée était habité par des gens simples, employés, artisans, petits fonctionnaires en retraite. Inquiet, il s'habilla, traversa l'appartement au pas de course et sortit sur le palier.

Le grand vestibule de la maison était devenu une pièce d'eau. Fuyant leurs chambres inondées, une vingtaine de personnes s'étaient réfugiées sur les marches. Les femmes, terrifiées, serraient dans leurs bras des ballots de vêtements, des samovars et des icônes. Une fillette sanglotait parce qu'elle avait perdu sa poupée. Des hommes âgés, le pantalon troussé jusqu'aux genoux, retournaient dans leur logement pour sauver des meubles et des hardes. Matelas, cages à canari, berceaux d'osier, coffres, casseroles, couvertures s'entassaient aux pieds de Nicolas comme des offrandes. A chaque voyage, les déménageurs enfonçaient plus profondément dans l'eau limoneuse. De courtes lames frappaient la base de l'escalier. Les femmes criaient des recommandations à leurs maris :

— Prends mon châle vert !

— Rapporte un tabouret !

En apercevant Nicolas, une vieille, toute en os et en veines, se précipita sur lui et gémit :

— Votre Noblesse, Votre Honneur, Votre Excellence, c'est vous le propriétaire, n'est-ce pas ?

— Oui, dit-il.

— Je suis Marfa Gavrilovna, une de vos locataires ! Je paye quarante-cinq roubles par mois pour mon logement ! Et jamais de retard ! Alors, je vous en prie, daignez commander qu'on me donne une barque !

— Mais je n'en ai pas !

— Je suis sûre que si ! Faites un effort, Votre Noblesse ! La souveraine du ciel vous en saura gré ! C'est pour aller voir mon fils, mon fils !...

Un hoquet lui coupa la parole et elle s'assit sur une caisse. Des voisines expliquèrent à Nicolas que le fils de Marfa Gavrilovna demeurait dans une maisonnette de l'île Vassili et que cette partie de la ville était parmi les plus menacées.

— Calme-toi, Gavrilovna, dit le portier. Tu ferais mieux de prier Dieu pour ton fils que d'importuner le barine.

— Où tous ces malheureux vont-ils passer la nuit ? demanda Nicolas.

Le portier ouvrit les bras comme pour étreindre la fatalité :

— Sur l'escalier, si l'eau ne monte pas davantage.

— Les appartements du deuxième étage sont occupés tous les deux ?

— Oui, barine. Le général Massloff et sa famille sont rentrés de la campagne. Même sous les combles, il n'y a plus de place !

— C'est bien, nous nous arrangerons autrement ! dit Nicolas.

Antipe devina la pensée de son maître et chuchota :

— Barine, barine, vous n'allez pas les loger chez nous !

— Il le faudra bien, en attendant que le flot se retire ! dit Nicolas.

— Mais ce ne sont pas des gens de votre rang !

Nicolas se sentit brusquement inspiré par Sophie et dit, en vrai libéral :

— Il n'y a pas de rang dans le malheur. Je mets le grand salon à leur disposition !

Les locataires du rez-de-chaussée se répandirent en balbutiements de gratitude. Couvert de bénédictions, Nicolas fut à la fois heureux et honteux d'être tant remercié pour une chose si naturelle. « Je suis un homme des temps nouveaux », songea-t-il, tandis que des inconnus, chargés de pauvres paquets, franchissaient le seuil de sa porte. Il s'apprêtait à les suivre, quand une grosse barque à deux rameurs pénétra dans le vestibule de la maison comme dans un port, se glissa entre les colonnes et accosta au pied de l'escalier. A l'arrière du bateau, se tenait Kostia Ladomiroff, enveloppé dans une cape noire.

— Eh ! Nicolas ! Viens vite ! cria-t-il.

Marfa Gavrilovna poussa un hurlement de victoire :

— Merci, petit père ! Notre bienfaiteur t'a prévenu ! C'est pour mon fils !...

— La voilà de nouveau qui radote ! grogna le portier. Tu ne comprends donc pas que ce monsieur vient chercher le barine, espèce de buse ?

Gavrilovna se remit à pleurer.

— D'où as-tu cette barque ? demanda Nicolas.

— Un pêcheur me l'a vendue pour son poids d'or, dit Kostia. Nous allons faire le tour des amis. J'en connais quelques-uns qui doivent être en danger !

Nicolas prit son manteau, son chapeau, et descendit dans l'embarcation. Cette façon de quitter son chez-soi était si extraordinaire que, tout en plaignant les victimes de l'inondation, il éprouvait une sorte d'allégresse devant l'imprévu des événements. Assis sur le banc de poupe, il avisa Marfa Gavrilovna qui se tordait les mains. Un trait de pitié le toucha.

— Ne pouvons-nous vraiment l'emmener ? dit-il.

— Tu es fou ? dit Kostia. Notre barque sera à peine assez grande pour les camarades et tu veux te charger de cette vieille folle ? En avant, les gars !

Les deux hommes reprirent leurs avirons. La barque pivota lentement. Comme dans un rêve absurde, Nicolas se vit passer, en bateau de pêche, dans la glace de l'entrée. Kostia tenait la barre. Dehors, une pluie fine cingla les voyageurs en pleine figure.

— Je voudrais voir ce qu'est devenu mon équipage, dit Nicolas. C'est tout près. Oblique à gauche...

A la porte de la remise, un valet, qui s'apprêtait lui-même à partir en bachot, les rassura : Séraphin avait conduit les chevaux et la calèche en lieu sûr.

— Et maintenant, où allons-nous ? demanda Nicolas soulagé.

— Prendre des nouvelles de Vassia Volkoff, dit Kostia. Il habite dans la rue des Officiers. Un mauvais coin quand la Néva déborde.

— J'avais justement rendez-vous chez lui pour le dîner !

— Eh bien ! Si tu ne veux pas dîner les pieds dans l'eau, tu iras ailleurs !

— Quelle calamité ! soupira Nicolas. Comment un homme aussi intelligent que Pierre le Grand a-t-il pu construire une ville à un endroit que la moindre crue transforme en cloaque ?

— Il a pensé que sa volonté serait plus forte que les éléments ! dit Kostia. C'est le meilleur exemple de folie autocratique qui se puisse concevoir !

Les rameurs soufflaient, la coque craquait, des appels de détresse partaient des maisons. Courbant la tête sous l'averse, Nicolas aperçut un radeau de planches, avec une grappe de naufragés entourant une vache. Derrière, voguait un factionnaire en uniforme, assis à califourchon sur sa guérite rayée. Il se servait de sa hallebarde comme d'une godille. En sens inverse, glissait un canot de la marine, dont les six paires d'avirons frappaient le flot avec un synchronisme parfait. Un officier, debout, le bras tendu, commandait l'équipage. La pluie avait détrempé son bicorne, dont les pointes pendaient sur ses épaules. Au croisement de deux rues, la rencontre des eaux formait un tourbillon où dansaient des tonneaux et des bûches. Penché à sa fenêtre, un gaillard pêchait les bouts de bois avec une gaffe. Devant la remise d'un carrossier, aux portes défoncées, des calèches prenaient le large. Les unes s'en allaient toutes droites, d'autres dérivaient, la caisse en bas, les roues en l'air. Des croix, arrachées à un cimetière, passèrent en tournant sur elles-mêmes. Sur le balcon d'un hôtel particulier, apparut un cheval pie. Comment était-il monté jusque-là ?

Dans la rue des Officiers, les maisons étaient toutes dans l'eau jusqu'à mi-hauteur. Des familles entières gîtaient sur les toits. Un guetteur, perché sur une cheminée, secouait un torchon blanc dans le vent. Vassia Volkoff logeait dans un pavillon en planches, au fond d'un jardin. La palissade avait été démantelée. La barque navigua entre des branches qui sortaient du fleuve comme des griffes noires. Un homme était assis au bord d'une fenêtre et laissait pendre ses jambes à l'extérieur. Nicolas reconnut son ami et cria de joie. Vassia sauta dans l'esquif au risque de le faire chavirer. On s'embrassa, malgré la bourrasque qui redoublait de violence.

— J'ai attendu quatre ans cette minute ! dit Nicolas. Mon amitié pour toi n'a pas faibli !

— Et la mienne pour toi n'a fait que grandir ! répliqua Vassia. Ah ! pourquoi faut-il que nous nous retrouvions en plein désastre ?

Craignant un accès de lyrisme, Kostia dit :

— Ce n'est pas le moment de divaguer ! Prends ce que tu as de plus précieux. Nous t'emmenons.

— Où ?

— Tu logeras chez moi, dit Nicolas.

Le visage efféminé de Vassia exprima une émotion profonde. Ses cils noirs battirent. Il murmura :

— Merci, mon grand ami ! Merci ! J'avais préparé mes bagages, à tout hasard...

Il retourna dans sa chambre, passa un sac de voyage par la fenêtre et embarqua. Kostia dirigea les rameurs le long du canal Krioukoff. De temps à autre, il s'arrêtait pour prendre des nouvelles d'un membre de l'association, dont la maison était menacée par la crue. Sur le nombre des camarades interpellés, seuls Youri Almazoff et Stépan Pokrovsky, tous deux célibataires et habitant au rez-de-chaussée, acceptèrent de suivre les sauveteurs. La barque était si chargée qu'elle avançait à peine. Nicolas et Vassia s'assirent à côté des rameurs, pour les aider à tirer sur les avirons. Kostia, au gouvernail, criait :

— Une, deux ! Une, deux !

Par la rue des Galères, le bateau déboucha sur la place du Sénat, qui n'était plus qu'un lac tumultueux. L'eau du ciel et l'eau du fleuve confondaient ici leurs grisailles. L'énorme bâtiment de l'Amirauté flottait dans la brume, comme déraciné. Sa flèche orgueilleuse s'était perdue dans le ciel. Sur un récif battu par les lames, s'élevait le monument équestre de Pierre le Grand. Tenant son coursier cabré au bord de l'abîme, le géant tendait le bras pour ordonner à la Néva de rentrer dans son lit. Mais la Néva refusait de se soumettre. En serait-il de même, un jour, pour le peuple russe ?

— Nous sommes commandés par une statue ! dit Stépan Pokrovsky.

La barque dépassa le monument. Nicolas ne pouvait en détacher ses regards. Il lui semblait, à distance, que Pierre le Grand galopait sur les vagues. Plus loin, il remarqua, sur le toit d'un petit bâtiment de l'administration militaire, tout l'effectif du poste de garde, debout, l'arme au pied. La pluie tombait dru sur les soldats, qui ne bougeaient pas d'une ligne. Leurs shakos noirs se dressaient à intervalles égaux, tels des tuyaux de cheminée. Depuis combien de temps attendaient-ils la relève ? Un canot des équipages de la flotte s'approcha d'eux en se dandinant. Le sous-officier de garde clama un ordre d'une voix rauque. Aussitôt, les hommes présentèrent les armes. Ce mouvement d'ensemble, exécuté au sommet d'une maison, sous une pluie battante, par des épouvantails vêtus d'uniformes trempés, exprimait, aux yeux de Nicolas, toute la grandeur et tout le ridicule de la discipline militaire poussée à outrance. Il ne savait s'il devait admirer ou redouter cette faculté d'obéissance chez le peuple russe. Une révolution lui paraissait subitement impossible.

Kostia invita tout le monde à dîner chez lui. Habitant au deuxième étage, il était tranquille. Le vieux Platon leva les bras en voyant surgir dans l'antichambre ces cinq naufragés ruisselants et transis. Il les aida à se débarrasser de leurs manteaux, de leurs chaussures, et leur apporta des robes de chambre et des pantoufles fourrées. A table, ils ne touchèrent presque pas à la nourriture. Obsédés par les visions du déluge, ils ne pouvaient parler d'autre chose. D'après les derniers renseignements, il n'y avait pas eu de crue pareille depuis la fondation de la ville. Dans les îles et dans les faubourgs de l'Ouest, des rangées entières de maisons de bois avaient été arrachées, les victimes se comptaient par centaines. Le vieux Platon soupirait et reniflait pendant le service.

— N'as-tu pas vu l'inondation de 1777 ? lui demanda Kostia.

— Si, barine. Je m'en souviens comme d'hier. Et celle de 1755, et celle de 1762, et celle de 1764 ! Mon père et mon grand père m'avaient fait monter sur un radeau. Nous avons failli nous noyer, tous les trois...

— Cinq inondations en une vie d'homme ! s'écria Youri Almazoff. C'est affreux !

— Il paraît, dit Platon, que notre petit père le tsar est frappé de chagrin. Il a promis d'aider tous les malheureux. Il circule en bateau parmi les ruines...

— Il aura beau se montrer partout, dit Vassia, aux yeux des pauvres gens ce désastre aura le caractère d'un châtiment divin.

— Rappelez-vous la prophétie ! dit Kostia. Une grande inondation a

357

marqué, en 1777, la naissance d'Alexandre Ier, une plus grande inondation annoncera sa mort !

— Serais-tu superstitieux ? demanda Nicolas.

— Comment ne pas l'être, quand la nature entière semble se révolter contre celui qui nous gouverne ? dit Stépan Pokrovsky. Les péchés du tsar retombent sur la nation, voilà ce qu'on se répète dans les casernes et dans les isbas !

— Que connaissent-ils des péchés du tsar ?

— Il y en a un, au moins, que n'importe quel orthodoxe peut comprendre : Alexandre a refusé de secourir ses frères en religion de la Grèce martyre. Pour complaire aux Français, aux Anglais, aux Autrichiens, il a laissé les Turcs massacrer ceux qui prient dans les mêmes églises que nous, il a préféré les bourreaux de la secte de Mahomet aux héros d'Ypsilanti qui avaient levé l'étendard de la révolte !

— Ainsi, dit Nicolas, d'après toi, cette horrible inondation servirait finalement notre cause ?

Les yeux de Stépan Pokrovsky étincelèrent derrière ses lunettes. Son visage potelé revêtit une expression d'extase.

— J'en suis sûr, car je crois en Dieu ! dit-il. Il y a une phrase de la Bible qui chante dans ma mémoire : « La lumière des justes donne la joie. La lampe des méchants s'éteindra. » Le voici venu, l'ouragan qui éteindra toutes les lampes du palais d'Hiver !

Le repas s'acheva silencieusement. Ensuite, les cinq amis décidèrent de remonter dans leur barque et de parcourir la ville en essayant d'aider le plus de gens possible. Ils naviguèrent ainsi, pendant des heures, dans les faubourgs, ravitaillant des isolés en pain et en eau douce, transportant des familles d'une maison à l'autre, amenant des blessés aux postes de secours des différentes casernes. Ce fut seulement au crépuscule qu'ils arrêtèrent leur expédition. Kostia rentra chez lui avec Stépan Pokrovsky et Youri Almazoff qu'il avait promis d'héberger. Nicolas et Vassia continuèrent leur chemin en bateau.

Depuis quatre heures du soir, la montée de l'eau s'était ralentie, mais la tempête ne se calmait pas. Des rafales glacées de vent et de pluie s'opposaient à l'effort des rameurs. Par moments, il semblait que l'esquif fût retenu au fond par une ancre. Les maisons s'enfonçaient dans le brouillard nocturne. Des cadavres de chevaux, de chiens, de chats flottaient, le ventre ballonné, sur les vagues. Chaque fois que l'embarcation cognait une de ces épaves, Vassia frissonnait de dégoût. Les rameurs allumèrent une torche et la fixèrent à la proue. La résine grésilla en répandant une épaisse fumée. Des reflets de flammes dansèrent dans les plis de la houle. D'autres points lumineux rampaient à travers la capitale morte, Nicolas pensait à ses amis, à la révolution, à l'ivresse du sacrifice... Etait-il possible que le jour se levât demain ?

Antipe accueillit les voyageurs au sommet de l'escalier, une lanterne au poing, la face creusée de rides noires comme un valet de théâtre. Son silence était annonciateur d'une nouvelle catastrophe. En pénétrant dans le grand salon, Nicolas découvrit un campement de bohémiens. Les locataires du rez-de-chaussée s'étaient installés là, pêle-mêle, avec leurs bagages. Des tentures, pendues sur des ficelles, délimitaient le domaine de chaque famille. Derrière ces écrans, disposés dans tous les sens, les chandelles de suif étaient autant d'étoiles rayonnantes. Une odeur de vêtements mouillés, de bottes et de mauvaise soupe serrait la gorge, dès le seuil.

— Vous l'avez voulu, barine ! dit Antipe.

Nicolas sourit avec une bienveillance un peu forcée à tous ces gens qui dérangeaient son appartement, prit Vassia par le bras et l'entraîna vers sa chambre. Au milieu du couloir, ils croisèrent une jeune femme qui revenait de la cuisine, une cruche à la main. Elle salua les deux hommes d'une charmante inclination de la tête. Sur un signe de Nicolas, Antipe, qui le suivait, leva la lampe. La jeune femme était blonde, avec de petits yeux marron, un nez retroussé et un grain de beauté sur la narine gauche. En regardant ce grain de beauté, on oubliait ce que le reste du visage avait de banal. Elle passa.

— Qui est-ce ? demanda Nicolas.

— Tamara Casimirovna Zakrotchinskaïa, répondit Antipe. Une Polonaise de rien du tout. Elle vit avec sa sœur et travaille en ville comme couturière.

Il eût épilogué longtemps sur l'inconvénient qu'il y avait à recevoir n'importe qui chez soi, sous prétexte d'inondation, mais Nicolas lui ordonna de servir une collation dans sa chambre et de dresser un lit pour Vassia dans la pièce voisine. Attablés devant une bouteille de vin, du saucisson et du pâté de Strasbourg, les deux amis mangèrent d'abord avec une voracité taciturne. Puis, rassasiés, réchauffés, ils retrouvèrent l'usage de la parole. Chaque souvenir qu'ils évoquaient augmentait leur joie d'être ensemble. Nicolas dit, incidemment, qu'il avait revu Daria Philippovna. Vassia ne lui demanda pas des nouvelles de Marie. Sans doute savait-il qu'elle avait épousé Sédoff. La mèche de la lampe filait. Un petit poêle trapu ronflait, face à la fenêtre noire que fouettait la pluie. Le clapotement de l'eau contre les murs ne gênait pas la conversation. Vers une heure du matin, le vent tomba.

7

Le départ de Nicolas avait donné à Michel Borissovitch une seconde jeunesse. Dès le réveil, il éprouvait un afflux d'espoir, comme si quelque événement heureux l'eût attendu dans la journée. Il se rasait de près, raffinait sur le contour de ses favoris et choisissait avec plaisir son gilet et sa cravate. En lui apportant le petit verre de rosée prescrit par le médecin, Vassilissa s'étonnait de le voir si élégant. Il buvait cette gorgée d'eau régénératrice, pensait aux filles qui avaient travaillé pour lui dans le brouillard de l'aube et souriait de bien-être. Tant de marche par les sentiers, de courbettes sur l'herbe, de fatigue dans les genoux pour rassembler quelques gouttes d'onde pure ! C'était, à son avis, le symbole des plus grandes joies humaines. Pour rien au monde il n'eût renoncé à cette médication, dont, cependant, il n'avait nul besoin. Sa politique consistait à observer un juste équilibre entre les dehors de la maladie et ceux de la santé. Sophie n'eût pas compris une guérison trop prompte. Peut-être même en eût-elle été déçue. Il devait, à la fois, paraître assez dolent pour qu'elle se sentît indispensable dans son rôle de garde-malade et d'assez bonne humeur pour qu'elle ne s'ennuyât pas avec lui. Jusqu'à présent, il ne s'était pas trop mal tiré de ce double jeu. Depuis huit jours que Nicolas était parti, la jeune femme n'avait montré ni tristesse ni lassitude. Tout au plus se disait-elle inquiète d'être sans nouvelles de son mari. A la première lettre qu'elle recevrait de Saint-Pétersbourg, ce nuage se dissiperait. Michel Borissovitch souhaitait qu'elle se plût davantage à la maison en l'absence de Nicolas. Pour cela, il s'efforçait de mettre de l'imprévu dans chaque instant de leur existence. Il feuilletait des livres d'histoire en cachette, retenait quelques traits curieux, et les plaçait dans la conversation. C'était à table qu'il se montrait le plus brillant dans ses évocations de l'époque de Pierre le Grand ou de Catherine II. Les anecdotes qu'il contait semblaient lui revenir à l'esprit par hasard. M. Lesur remarquait son manège et plissait un œil narquois. Mais Sophie était enchantée. De son côté, elle avait pour lui des attentions délicates. Quand il chaussait ses lunettes, elle s'écriait : « Dieu, qu'elles sont poussiéreuses ! Vous ne devez rien discerner ! » Il les lui donnait d'un air faussement contrit. Et, pendant qu'elle nettoyait les verres en soufflant dessus, en les frottant avec le coin de son mouchoir, il se délectait de la voir manier un objet lui appartenant. Après le repas, elle insistait afin que son beau-père fît la sieste. Il protestait, pour le rare agrément d'être grondé par elle. Parfois, elle l'accompagnait jusqu'au seuil de sa chambre. Dans ce cas, il refusait les services de Vassilissa et s'endormait, heureux, sans s'être fait gratter les pieds.

L'après-midi, Sophie lui lisait à haute voix quelque roman français. Il ne l'écoutait pas et observait ses lèvres. Elle avait une façon de prononcer les mots qui évoquait le baiser. Le soir, c'était l'apothéose, avec la partie d'échecs. Chaque fois que Michel Borissovitch levait les regards de son jeu, il était saisi par la beauté de cette jeune femme brune, aux traits fins. Qu'elle bougeât la tête sous la masse sombre de ses cheveux, qu'elle avançât la main pour prendre une pièce, qu'elle inclinât son buste rond au-dessus de la table, toutes les lignes de son corps se déplaçaient et se recomposaient harmonieusement. Il y avait un contraste des plus excitants entre la distinction naturelle de ses manières et tout ce que ses prunelles noires, sa carnation ambrée, sa bouche charnue, les fossettes de ses joues, la courbe de ses épaules promettaient de folie sensuelle. La partie terminée, les pièces rangées, Michel Borissovitch se retirait, rompu, comblé, frissonnant de fatigue amoureuse.

Une nuit, ne pouvant dormir tant son émotion était forte, il se leva et sortit dans le couloir pour le plaisir de passer devant la porte de Sophie.

Collant son oreille contre le battant, il crut entendre une respiration égale. Des visions de nudité défilèrent dans son esprit. Il humait un parfum qui, lui semblait-il, traversait le bois du vantail. Personne d'autre que lui et elle dans cette maison ! Nicolas et Marie étaient loin, les domestiques ne comptaient pas, M. Lesur lui-même était un témoin négligeable ! Si elle avait voulu !... Cette idée le frappa de délice et de honte. Il fut soudain dans le péché jusqu'aux mâchoires. Sophie se donnait à lui. Avec violence, il secoua la tête. L'image vola en éclats. Une faiblesse le prit aux genoux. Au bout d'un long moment, il se signa, serra sa robe de chambre sur ses reins et retourna se coucher.

Le lendemain, au petit déjeuner, Sophie lui trouva l'air étrange. Aussitôt, elle s'inquiéta de sa santé, mais il lui jura qu'il ne se portait ni mieux ni plus mal que la veille. Et, pour détourner la conversation, il la complimenta sur sa toilette : robe de drap vert amande, garnie, dans le bas, de feuilles de velours ton sur ton. C'était un modèle de Paris que les couturières serves de la maison avaient habilement reproduit d'après les conseils de Sophie. Elle mettait ce vêtement pour la première fois. Tout en se flattant de plaire à son beau-père, elle mesurait les risques de sa coquetterie. Sans que rien n'eût été modifié dans leurs rapports, elle avait le sentiment qu'il l'enveloppait d'une tendresse toujours plus pressante. Ce matin, sa façon de la regarder, de lui parler était d'un époux ébloui par sa chance. Comme pour conjurer une menace, elle demanda :

— Avez-vous envoyé quelqu'un à la poste de Pskov ?
— Bien entendu, ma chère ! dit Michel Borissovitch. Je suis aussi impatient que vous de savoir ce qui se passe à Saint-Pétersbourg ! Fédka est parti à cinq heures du matin. Il ne va plus tarder.

Très calme, il buvait son thé dans un grand verre à monture d'argent. Ce visage usé, ces cheveux gris, ces veines sur les mains rassurèrent Sophie. Comment avait-elle pu s'imaginer qu'il l'aimait d'une manière autre que paternelle ?

— Cela fera le neuvième jour ! reprit-elle.
— Vous oubliez qu'il vous a écrit d'un relais !
— C'est vrai ! Mais, depuis, je n'ai rien ! Avouez que c'est anormal !
— Il a dû avoir beaucoup à faire en arrivant ! dit M. Lesur, la face coupée en deux par une énorme tartine.
— Le notaire, les amis, renchérit Michel Borissovitch.

La pluie battait les doubles carreaux. Sophie s'étonna de n'être pas plus malheureuse. Son beau-père portait un gilet gris moucheté d'argent, qu'elle ne lui connaissait pas.

— Vous attendez quelqu'un ? demanda-t-elle.
— Non. Pourquoi ?
— Pour rien.

Le nez de M. Lesur se plissa dans une grimace de renard. Michel Borissovitch fronça les sourcils. Sophie pensa : « Il s'est habillé pour moi, c'est ridicule ! »

— Voulez-vous jouer aux échecs ? dit Michel Borissovitch.

— Non, dit-elle, j'ai la migraine.

Il la regarda d'un air aussi désespéré que si elle se fût refusée à lui. Des minutes passèrent, lourdes d'exigences inexprimées. Michel Borissovitch alluma une pipe. Il s'était remis à fumer, depuis quelque temps, un peu par goût, beaucoup pour inquiéter sa belle-fille, qui jugeait cette habitude déraisonnable. Un chariot s'arrêta en grinçant devant le perron. Sophie et Michel Borissovitch sortirent à la rencontre de Fédka.

— Il n'y a rien, barine ! dit le moujik en appliquant une claque sur sa sacoche vide.

Sophie baissa la tête et rentra dans la salle à manger, où M. Lesur mangeait maintenant du miel à la cuiller. Dans son dos, elle entendait le pas de son beau-père, son souffle d'animal pesant. Soudain, elle eut envie de lui donner un grand plaisir.

— Eh bien ! si vous voulez, faisons une partie, dit-elle en se retournant.

Le visage qu'elle aperçut exprimait une joie sans commune mesure avec sa proposition. Elle eut l'impression d'avoir ouvert une porte qu'elle ne saurait plus refermer. Un ouragan s'engouffrait dans sa vie. Michel Borissovitch posa sa pipe et se frotta les mains :

— Parfait ! Parfait !... Nous allons tout de suite nous y mettre !

« Il va me laisser gagner ! » songea-t-elle. Or, il fit tout pour la battre. En prononçant : « Echec et mat ! » il avait un regard dilaté, presque douloureux.

— Vous avez très bien joué ! dit-elle.

— Non. J'ai été méchant ! Et vous avez été distraite !

En effet, elle avait rêvé à Nicolas pendant toute la partie. Les yeux de Michel Borissovitch le lui reprochaient tristement. Elle lui demanda une revanche. Il accepta avec gratitude. Elle joua mieux. La bataille était encore indécise, quand l'heure du dîner sonna. Ils décidèrent d'observer la trêve jusqu'au soir. Après le repas, Michel Borissovitch se retira dans sa chambre pour la sieste. Vassilissa vint lui offrir ses services. Il ramena ses pieds nus sous sa couverture. La vieille femme joignit les mains et murmura :

— Hier déjà, vous n'avez pas voulu que je vous gratte, barine ! Est-ce que je m'y prends mal ?

— Tu m'embêtes ! grogna-t-il. Je n'en ai pas envie, et c'est tout ! Va-t'en !

— Ma vieillesse est déshonorée ! dit Vassilissa.

Et elle partit en pleurant. Michel Borissovitch fit un somme léger jusqu'à cinq heures en entendant tinter les clochettes d'une voiture. Par la fenêtre, il reconnut la calèche du maréchal de la noblesse d'Opotchka, l'ennuyeux Péschouroff.

— Que me veut-il encore, celui-là ? dit-il en étouffant un bâillement de lion.

Furieux d'être dérangé, alors qu'il se promettait de reprendre sa partie d'échecs avec Sophie, il se rendit au-devant de son visiteur et, sans rien lui offrir à boire, l'introduisit dans son bureau. A peine assis, Péschouroff remua sa bosse, tendit le cou et dit :

— Est-il exact que votre fils soit parti pour Saint-Pétersbourg ?

— Oui, dit Michel Borissovitch étonné. Pourquoi ?
— Avez-vous des nouvelles de lui ?
— Pas encore.
— Savez-vous ce qui se passe là-bas ?
— Non.
— C'est bien ce que je supposais ! Le gouvernement a interdit de publier la chose. Mais, dans les sphères officielles où j'évolue, tout se sait déjà. Le directeur des postes m'a encore donné des détails, ce matin. J'ai cru que mon devoir était de vous avertir, en passant...

Péschouroff prépara son effet, arrondit des yeux de volaille effarouchée et conclut :
— La capitale a été entièrement inondée !

Un vide se creusa dans la poitrine de Michel Borissovitch. Ce malaise fut si subit qu'il eut peur pour lui-même avant de penser à son fils. Quand son cœur se remit à battre normalement, il murmura :
— Ce n'est pas la première fois...
— Les autres crues ont été bénignes auprès de celle-ci, dit Péschouroff. On affirme que le tsar et sa famille ont été obligés de fuir la ville, qu'un habitant sur deux a été noyé, que toutes les maisons sont détruites...

Michel Borissovitch savait que Péschouroff avait le goût de la tragédie et ne pouvait raconter une catastrophe sans y ajouter des détails affreux. Mais, même en réservant la part de l'exagération, il était probable que l'inondation avait fait de nombreuses victimes. Dans ces conditions, le silence prolongé de Nicolas justifiait les plus sérieuses inquiétudes. Tandis que Péschouroff, emporté par son récit, submergeait le palais d'Hiver et l'Amirauté, endeuillait toute l'aristocratie russe et rayait Saint-Pétersbourg de la carte du monde, Michel Borissovitch suivait sa propre idée avec une froide passion.
— Je vous remercie de m'avoir averti, cher Alexis Nikitytch, dit-il enfin. Mais, si vous rencontrez ma belle-fille, ne lui répétez pas ce que vous venez de m'apprendre. Il sera toujours temps... Vous me comprenez, n'est-ce pas ?
— Je vous comprends et je vous approuve ! s'écria Péschouroff en lui secouant les mains.

Il s'attarda un peu, espérant sans doute qu'on servirait du thé ou des liqueurs, et finit par se lever, déçu, vexé, le gosier sec. Michel Borissovitch le reconduisit dans le vestibule, avec la crainte de tomber sur Sophie. Connaissant la sottise de Péschouroff, il le voyait fort bien laissant échapper son secret. Heureusement, la jeune femme resta chez elle, malgré les éclats de voix du maréchal de la noblesse, qui parlait le français pour n'être pas compris des domestiques.

Lorsqu'il fut parti, Michel Borissovitch retourna en hâte dans son bureau, comme si une affaire importante l'y attendait. La porte refermée, il s'écroula dans son fauteuil. Que se passerait-il si Nicolas ne revenait pas ? Il imagina son fils disparu dans l'inondation, la douleur de Sophie, et lui la consolant, la réconfortant, toute pâle dans sa robe de deuil. S'il savait se montrer persuasif, elle resterait avec lui à Kachtanovka. Nicolas ne serait plus là pour les séparer. Le monde entier s'éloignerait d'eux, les laissant face à face. Elle deviendrait sa femme, à l'insu de tous. Il lui donnerait un amour qu'elle n'aurait jamais connu avec son fils. Michel Borissovitch eut conscience, brusquement, qu'il souhaitait la mort de Nicolas. Une terreur fatidique le saisit, mais il ne renonça pas à ses rêves. Parvenu à ce point d'exaltation, il n'y avait pas de remords assez grand pour décourager son désir. Il allait de l'avant, avec une bête noire assise sur le dos. Trois coups discrets retentirent à la porte. Il tressaillit. C'était Sophie qui venait lui proposer de reprendre la partie d'échecs. Elle souriait, insouciante, à mille lieues du drame dont elle était l'enjeu.

— N'est-ce pas Péschouroff qui est venu vous voir, père ?
— Si.
— Que voulait-il ?
— Oh ! rien... une visite de politesse.

Tout en parlant, il la contemplait avec une sorte de crainte radieuse, de criminelle délectation. Elle portait une robe claire et il la voyait en noir. Ce fut la veuve de son fils qu'il suivit dans le salon. Devant l'échiquier, puis, plus tard, à table, il continua de mener une double vie. Il accomplissait les gestes et prononçait les mots qu'on attendait de lui, mais toute une part de son être, la plus importante, perdait le contact avec la réalité. A l'heure du coucher, Sophie l'accompagna jusqu'à sa porte. Il feignait la fatigue et s'appuyait au bras de sa belle-fille. A travers le tissu de la robe, il sentait, tout contre lui, la chaleur de ce jeune sang. Ce soir-là, il s'agenouilla devant l'icône pour une prière plus longue que d'habitude. Les grands signes de croix dont il s'éventait ne chassaient pas son obsession. Il grimpa dans le lit sans s'être allégé d'un scrupule. La nuit, il pensa si fort à Sophie qu'il n'eut pas besoin d'aller rôder dans le couloir pour imaginer ce qu'il voulait.

Le lendemain, le temps s'éclaircit et Sophie en profita pour rendre visite à sa belle-sœur. Michel Borissovitch passa l'après-midi à se morfondre. Ce fut en vain que M. Lesur lui suggéra de faire une partie d'échecs. Rien ne l'intéressait. Jusqu'au soir, il n'eut d'autre distraction que de rabrouer le Français et d'observer ses grimaces. A l'heure où on allumait les lampes, la voiture revint. En accueillant Sophie dans le bureau, Michel Borissovitch fut frappé par l'expression tourmentée de son visage.

— Père, dit-elle, Marie vient de m'annoncer une chose affreuse : Saint-Pétersbourg est inondé !...

Il eut du mérite à feindre la surprise. Les muscles de sa figure ne lui obéissaient pas. Ses exclamations sonnaient faux. Cependant, toute à son angoisse, Sophie ne s'apercevait pas qu'il jouait la comédie.

— Ah ! mon Dieu ! C'est incroyable ! dit-il. Mais de qui Marie tient-elle cette nouvelle ?

— De Vladimir Karpovitch, dit Sophie. Lui-même l'a apprise hier, à Pskov.

— Je me méfie des racontars de province. Il faut attendre de plus amples renseignements avant de s'affoler !

— Non, père, dit-elle. Je vais partir

Il fut pris de panique et bégaya :

— Partir ?... Comment partir ?... Pourquoi partir ?... Vous ne pouvez pas !... Ce serait... ce serait absurde !...

— Vous oubliez que je suis sans lettre de Nicolas depuis qu'il nous a quittés !

— Eh bien ! Vous en recevrez une demain, ou après-demain... D'ailleurs, notre maison est située loin du canal... Cela devrait vous rassurer... Nicolas n'a rien... Absolument rien !...

— Tant que je n'en aurai pas la confirmation, je ne serai pas tranquille.

Michel Borissovitch baissa la tête. L'obstination de sa belle-fille le consternait. Comme elle tenait à son mari ! Elle s'était assise dans un fauteuil, près de la fenêtre. La fatigue marquait son visage. Elle avait pleuré. Ses cils étaient encore humides. Il ne pouvait supporter de la voir souffrir à cause d'un autre. N'était-elle pas consciente de sa cruauté ? Il avait pris des droits sur elle en quelques jours. A l'idée de la perdre, il tremblait de jalousie. La saisir dans ses bras, la pétrir, lécher les traces de larmes sur ses joues !

— Je partirai avec vous, dit-il soudain.

— Ah ! non ! s'écria-t-elle.

— Je ne peux vous laisser courir les routes toute seule !

— Je ne risque rien !

— Oh ! si, Sophie, balbutia-t-il. Et puis, me voyez-vous dans cette maison, sans mon fils, sans ma belle-fille ?...

— Vous n'êtes pas en assez bonne santé pour supporter le voyage, père.

— Allons donc ! Je vais beaucoup mieux !

Il s'imagina avec elle, dans le fond d'une voiture, la frôlant à chaque cahot. Et puis, les arrêts dans les auberges, les repas en tête-à-tête, le sommeil dans de mauvais lits, séparés par une mince cloison ! Quatre jours de bonheur !... Au bout de ce trajet, il y aurait, si Dieu le voulait bien, la terrible, la merveilleuse nouvelle de la mort de Nicolas !

— Oui, reprit-il, c'est décidé : si demain vous n'avez pas de lettre, nous partirons tous les deux !

Comme si elle ne l'eût pas entendu, elle murmura :

— J'y songe à l'instant : il y a quelqu'un qui pourrait me renseigner !

— Qui ?

— Daria Philippovna. Son fils est à Saint-Pétersbourg. Peut-être lui a-t-il parlé de Nicolas dans ses dernières lettres ? Je vais la voir !

— Vous n'y pensez pas ! Après ce qui s'est passé entre nos deux familles !...

— Le sort de Nicolas me préoccupe trop pour que je m'arrête à ces misérables querelles, répliqua Sophie.

Elle appela un domestique et ordonna d'atteler de nouveau la calèche.

— C'est bon. Je vous ferai accompagner par un piqueur, soupira Michel Borissovitch.

Radoucie, elle dit, en lui donnant ses mains à baiser :

— Je ne serai pas longtemps absente, je vous le promets. Vous devez me trouver insupportable. Mais comprenez mon inquiétude. Je ne vis plus...

— Comme moi ! marmonna-t-il. Comme moi ! Allez, mon enfant ! Que Dieu vous suive à la trace !

La famille Volkoff était sur le point de passer à table, quand le vieux Simon, doyen des domestiques, ouvrit la porte du salon et annonça d'une voix chevrotante que Mme Ozareff désirait parler à la maîtresse de maison. Daria Philippovna, soudain privée de jambes, ne pouvait plus se lever de son fauteuil. « Qui l'a prévenue ? se demanda-t-elle. Un serviteur, un voisin malveillant ? » Elle devinait ce qui allait suivre : reproches, cris, injures ! Son regard éperdu se porta sur ses trois filles. Plutôt mourir que d'être déshonorée devant elles ! Muettes de surprise, les innocentes créatures semblaient dire : « Que nous veut cette intruse ? » Déjà, le vieux Simon s'effaçait devant la visiteuse. Il y eut un froissement d'étoffe. La justice divine entra dans le salon sous les traits de Sophie. Sur un signe de leur mère, Hélène, Nathalie et Euphrasie firent la révérence et se retirèrent sagement. « Que ta volonté s'accomplisse, Seigneur ! pensa Daria Philippovna. J'ai péché dans l'ombre, frappe-moi dans la lumière ! »

Et, mentalement, elle offrit sa gorge au couteau.

— Madame, dit Sophie, je m'excuse de vous déranger à une heure si tardive...

Ce préambule courtois étonna Daria Philippovna, qui se reprit timidement à espérer. Lorsque Sophie lui eut exposé le but de sa visite, ses dernières craintes tombèrent et elle éprouva un élan de gaieté fébrile. Pour un peu, elle eût trouvé que la femme de Nicolas était sympathique.

— Hélas ! dit-elle à Sophie, je suis dans le même cas que vous. Mon fils ne m'a pas écrit. Si Alexis Nikitytch Péschouroff n'était passé me voir, hier, je ne saurais même pas que Saint-Pétersbourg a été inondé !

— Comment, c'est Péschouroff qui ?...

— Mais oui. Ne vous a-t-il pas rendu visite en sortant de chez moi ? Il m'avait dit qu'il le ferait.

— Il l'a fait, il l'a fait ! murmura Sophie.

Elle se demanda pourquoi son beau-père lui avait caché que, grâce à Péschouroff, il était au courant du désastre. Sans doute ne voulait-il pas la tourmenter avant d'avoir acquis une certitude. C'était l'explication la plus honorable. Elle eût aimé s'en contenter. Mais elle revoyait la mine faussement étonnée de Michel Borissovitch pendant qu'elle lui racontait ce qu'il savait déjà, et un malaise s'emparait d'elle. Même charitable, cette simulation était indigne de lui. Elle ne démêlait plus la vérité du mensonge. Toutes ses relations avec cet homme lui parurent ambiguës, douces et périlleuses à la fois. Elle se promit de lui dire combien elle était fâchée qu'il ne l'eût pas prévenue immédiatement du danger que courait Nicolas. Puis elle se ravisa, devant l'inutilité d'une pareille discussion. A tous ses arguments, Michel Borissovitch opposerait le noble visage du père de famille soucieux de préserver la paix de ses enfants. Finalement, ce serait elle qui aurait tort !

— Vassia est si négligent ! disait Daria Philippovna. Et il habite l'un des quartiers les plus exposés ! Je vis un cauchemar, depuis hier !...

En apprenant que Sophie comptait partir le lendemain pour Saint-Pétersbourg, elle l'envia secrètement. N'étaient ses trois filles, elle se fût envolée elle-même. Plus que quiconque elle avait droit au voyage : son fils et son amant étaient menacés par les eaux ! Elle les confondait si bien dans sa sollicitude qu'à dix reprises elle faillit se trahir en prononçant le nom de Nicolas alors qu'elle parlait de Vassia. Son trouble augmenta tout à coup, lorsqu'elle avisa, sur un guéridon, un livre que Nicolas lui avait prêté, avant son départ : c'étaient des poèmes de Joukovsky, reliés en maroquin vert, avec, sur le plat de la couverture, une guirlande de fleurs gravées en or. Le volume provenait de la bibliothèque de Kachtanovka. Si Sophie le reconnaissait, elle ne manquerait pas d'en avoir des soupçons. Dans la lumière de la lampe, l'objet s'étalait avec une ostentation maléfique. Sa surface brillait. On ne voyait que lui. Jusqu'au moment où Sophie se leva pour prendre congé, Daria Philippovna vécut dans des transes mortelles.

Debout au milieu de la cour, Michel Borissovitch criait sur Vassilissa, qui était en train de plumer une oie :

— Quand donc comprendras-tu, espèce de bûche, que les plumes d'oie sont incurvées de telle façon que celles de l'aile gauche sont seules bonnes pour écrire ? Celles de l'aile droite se couchent mal sous le doigt. Ne mélange donc pas ce que tu tires d'un côté et de l'autre !

Vassilissa, qui écoutait son maître avec vénération, l'interrompit tout à coup :

— Barine ! Barine ! Vous entendez ?

— Quoi ?

— Les clochettes ! C'est Fédka qui revient de la poste !

Plantant là Vassilissa et son oie morte, Michel Borissovitch se hâta vers la maison. Mais il enfonçait dans la boue à chaque pas. Devant le perron, il vit Fédka qui, déjà, dételait son cheval.

— Il y avait une lettre de Saint-Pétersbourg pour la barynia, dit Fédka.

— Tu la lui as donnée ?

— Oui, barine.

— Qu'est-ce qu'elle a dit ?

— Rien. Elle est devenue pâle et elle est rentrée pour la lire.

Le cœur crispé, Michel Borissovitch monta les marches, traversa l'antichambre, pénétra dans le salon, n'y trouva personne et, furieux de s'être dépêché pour rien, alla ruminer son impatience dans le bureau. Ce fut là que Sophie le rejoignit, dix minutes plus tard. Elle était transfigurée par la joie. Ses yeux brillaient, sa bouche riait, tout son corps se mouvait avec une légèreté irréelle entre les gros meubles qui encombraient la pièce. « Il vit ! » pensa Michel Borissovitch. Presque en même temps, Sophie s'écria :

— Soyez rassuré, père !

Au lieu du dépit rageur qu'il escomptait, un lâche soulagement s'opéra en lui. Certes, il y avait ce projet auquel il devait renoncer : Sophie et lui, seuls dans la grande maison de Kachtanovka... Mais sa déception était peu de chose auprès de l'enfer où il se fût engagé si Dieu lui avait accordé la mort de son fils. Perdu dans un nuage d'idées sombres et violentes, il entendit sa bru qui disait :

— Je vais vous lire la lettre !

Il la remercia d'un signe de tête. Pourtant, il n'avait nulle envie de l'écouter. Les hauts et les bas par lesquels il était passé depuis quelques jours avaient usé sa résistance nerveuse. Au sentiment de la délivrance morale succédait celui de l'écœurement. L'exercice de la vertu ressemblait à une punition. Il était injuste que l'homme vieillissant ne fût pas libre de choisir l'objet de son amour, que l'Eglise, la société, la famille fussent pendues à ses trousses pour l'empêcher d'aller où il voulait, que les jeunes femmes fussent attirées par des imbéciles de leur génération, simplement parce qu'ils avaient une peau sans rides et un regard clair, que le lot de ceux qui avaient franchi la soixantaine fût la convoitise stérile et l'attente du néant ! Assise sur l'accoudoir d'un fauteuil, Sophie lut à haute voix :

— « Je suppose que, malgré la censure, tu dois être au courant de la terrible catastrophe qui vient d'endeuiller la capitale... »

Michel Borissovitch remarqua qu'elle avait commencé au milieu de la première page : sans doute, le début de la lettre contenait-il des phrases d'un caractère trop intime pour être divulguées.

— « Je ne te décrirai pas les scènes d'épouvante auxquelles j'ai assisté, poursuivit-elle, cela t'attristerait trop. Sache cependant que le fleuve, repoussé vers sa source par l'ouragan, a submergé les faubourgs, les îles, la ville entière, entraînant les voitures et les chevaux, brisant les ponts. Des infirmes, des malades, des vieillards, surpris par le flot, ont été emportés, ainsi que des enfants en bas âge. Dans le seul port des Galères et dans les fabriques, plus de cinq cents ouvriers ont trouvé la mort. Les provisions pour l'hiver sont détruites ; un grand nombre d'habitations sont hors de service ; des milliers d'infortunés, sans toit, errent dans les rues jonchées de débris. Grâce à Dieu, notre maison n'a pas trop souffert. L'eau, après avoir envahi le rez-de-chaussée, a consenti enfin à baisser. J'ai recueilli chez moi, provisoirement, les malheureux locataires que la Néva avait chassés de leurs chambres. Parmi nos amis, il n'y a pas de victimes... »

Sophie s'interrompit de lire et dit :

— Il faudra que je prévienne Daria Philippovna !

Puis, elle reprit avec entrain :

— « Bien entendu, cette terrible calamité a suscité partout des dévouements admirables. Sous l'impulsion de l'empereur, qui a donné lui-même un million de roubles, une souscription a été ouverte en faveur des sinistrés. La classe des nobles et celle des marchands rivalisent de générosité. Des comités de secours s'organisent. Pour ma part, j'ai versé deux cents roubles... »

— C'est bien, n'est-ce pas, père ? dit Sophie.

— Très bien, dit-il. Continuez...

— « Hélas ! comme si le Seigneur avait jugé la punition insuffisante, de brusques gelées ont succédé à l'inondation. La plupart des maisons, n'ayant pas eu le temps de sécher, se sont revêtues d'une couche de glace. Les gens les moins aisés ne peuvent se procurer de bois de chauffage et supportent un froid de dix degrés au-dessous de zéro. Pour ma part, je suis en excellente santé et plein du désir d'aider mes pauvres concitoyens... »

— Et la vente ? demanda Michel Borissovitch.

— J'y viens, dit Sophie. « Avec ces destructions affreuses, le prix des maisons solidement construites va monter. Moukhanoff est sûr que nous pourrons vendre dans de très bonnes conditions. Il ne parle plus de quatre-vingt mille roubles, mais de cent mille. Bien entendu, il me conseille la patience. D'ailleurs, il n'a pas encore réuni les papiers nécessaires. Je crains qu'il ne me faille prolonger mon séjour ici de trois ou quatre semaines... »

C'était le seul espoir de Michel Borissovitch, depuis qu'il savait Nicolas en vie. Les lèvres plissées, il se retint de sourire.

— C'est ennuyeux ! dit Sophie.

— Il fallait s'y attendre, dit Michel Borissovitch. Une affaire de cette importance ne se bâcle pas en quelques jours.

— « Si vous le voulez, lut Sophie, je donnerai procuration à Moukhanoff pour traiter à ma place !... »

— Surtout pas ! s'écria Michel Borissovitch. Il nous roulerait !

— « Mais j'estime que ce serait imprudent, continua Sophie. Sois donc raisonnable, ma chérie, comme je le suis moi-même. Si tu savais combien je souffre de notre séparation ! Certains soirs, dans ma solitude, je maudis l'idée que j'ai eue de partir. Puis, je me dis que ce voyage, c'était mon devoir de l'accomplir, pour Marie, pour toi, pour nous tous !... La ville est sinistre. Je revois mes compagnons d'autrefois, qui se sont bien assagis. Et je rêve tristement à notre chère Kachtanovka. Comment va père ? Sa santé s'est-elle améliorée ? N'y a-t-il pas quelque médicament que je puisse lui rapporter de Saint-Pétersbourg ? »

Michel Borissovitch hochait la tête. Ces marques d'attention satisfaisaient en lui un grand besoin de déférence.

— « Et toi, ma douce chérie, à quoi occupes-tu tes journées ? J'essaye de t'imaginer dans ta chambre... »

Sophie se troubla, replia la lettre et la glissa dans son corsage. Son beau-père leva sur elle un regard étonné.

— C'est tout ? demanda-t-il.

— Oui.

Elle le défiait avec une effronterie si charmante qu'il sentit le feu courir dans ses veines. Il se mit debout. Une moiteur lui vint au visage. Saisissant les mains de la jeune femme, il balbutia :

— Vous voyez bien que vous aviez tort de vous inquiéter !

— Oui, père, dit-elle.
— Je suppose que vous n'avez plus l'intention de partir, de me laisser ?
— Oh ! non...
— Vous êtes heureuse ?
— Très heureuse ! Je vais vite écrire à Nicolas !

Il l'eût battue ! Elle souriait. Il lui lâcha les mains. La pièce s'emplit d'un bourdonnement d'abeilles. Un formidable choc éclata dans la poitrine de Michel Borissovitch. Il s'appuya au dossier d'un fauteuil.

— Je ne suis pas bien ! chuchota-t-il.

Sa belle-fille l'aida à se rasseoir. Aussitôt, le malaise se dissipa. Il haletait, regardait le tendre visage penché au-dessus de lui dans le brouillard, et ne savait plus s'il était réellement très faible ou s'il avait feint de perdre connaissance pour apitoyer Sophie.

8

Enfin, le fleuve gela sur toute sa largeur. Entre les quais en granit de la Néva, une carapace blanche recouvrit les souvenirs du déluge. Là où, jadis, le flot furieux roulait des débris de cabanes et des cadavres de bêtes, maintenant les enfants patinaient, des vendeurs de boissons chaudes battaient la semelle, des attelages de maîtres faisaient la course et des rennes aux hautes ramures tiraient des chargements de glace translucide. Les blessures des maisons reçurent des pansements de neige. La flèche de l'Amirauté se redora au soleil de l'hiver. Les frontons des palais reposèrent sur des colonnes enfarinées. Dans les rues, le glissement silencieux des traîneaux remplaça le vacarme des voitures à roues. Toute la cité parut s'assoupir, s'engourdir, dans une fausse sérénité. les locataires du rez-de-chaussée quittèrent le salon de Nicolas pour se réinstaller dans leurs chambres aux boiseries décollées et au sol boueux. Sans doute préféraient-ils encore la misère et le froid à la promiscuité. Vassia lui-même retourna bientôt dans sa maisonnette de la rue des Officiers.

Après cette expérience de vie en communauté, Nicolas fut heureux de se retrouver seul avec Antipe. Il avait lié connaissance avec Tamara, la jolie Polonaise, et songeait à la séduire pour passer le temps. Sous prétexte de réparations, il lui avait déjà rendu visite à trois reprises, dans l'unique pièce qu'elle partageait avec sa sœur. Les deux premières fois, la sœur, boiteuse et revêche, avait assisté à leur rencontre. La troisième fois, il avait vu Tamara seule et, tout en lui parlant du grave problème de l'infiltration des eaux dans les murs, il lui avait pris la main. Elle l'avait regardé avec frayeur et n'avait pas osé se dégager : il était le propriétaire, un homme riche, respectable, qui pouvait la jeter à la porte ou doubler son loyer pour la punir ! Mais peut-être aussi le jugeait-elle à son goût ? Le lendemain, Nicolas lui avait écrit un billet pour la prier de venir souper, un soir, à sa convenance. Une couturière n'allait pas, se disait-il, refuser une invitation aussi flatteuse ! Or, les jours s'écoulaient, Tamara ne répondait pas et Nicolas perdait patience. Il finit par se désintéresser d'elle au point de ne plus chercher à la revoir.

D'ailleurs, il avait trop à faire pour s'ennuyer. Levé tard, il passait un long temps à sa toilette, déjeunait légèrement et s'installait pour écrire à Sophie. Loin d'elle, il mesurait mieux la place qu'elle tenait dans son existence. Il évoquait son beau visage, s'emplissait de tendresse et laissait partir sa plume sur le papier. Lui eût-il parlé de vive voix qu'il se fût exprimé avec la même aisance. En revanche, bien que Daria Philippovna l'accablât de missives passionnées, il ne se sentait pas le goût de lui répondre. Plus elle lui reprochait son silence, plus il s'y enfermait. Vers onze heures, il enfilait un manteau doublé de fourrure, coiffait un large chapeau bolivar, empoignait sa canne à pommeau d'argent et sortait dans la rue, le nez au vent, le cœur battant de plaisir. Chaque jour, ou presque, il allait voir le notaire, discutait avec un acheteur éventuel, se promenait en traîneau sur la Néva gelée, dînait avec Kostia, Vassia, Youri Almazoff, Stépan Pokrovsky, soutenait des conversations politiques et finissait la soirée au Cabaret Rouge, parmi des officiers et des filles.

Youri Almazoff était tombé amoureux d'une jeune danseuse de ballet, difficilement accessible. Il en parlait tellement à ses amis que Nicolas voulut la connaître. Un dimanche, à sept heures, ils se rendirent en bande au Grand Théâtre, récemment construit sur la place, derrière le pont Potsélouïeff.

Le parterre et les trois étages de loges étaient pleins à craquer d'uniformes et de robes du soir. Les épaulettes, les aiguillettes, les diadèmes et les chiffres de diamant éparpillaient en mille reflets la lumière d'un gigantesque lustre de cristal. Quelques fracs posaient une note sévère dans ce papillotement de couleurs vives. Le rideau de scène, représentant un temple grec, ondulait mollement devant une rangée de quinquets. Le murmure des conversations ressemblait au bruit de la mer. Assis entre Youri Almazoff et Kostia, Nicolas jetait ses yeux de tous côtés, saluait des connaissances, remarquait de jolies femmes aux épaules nues et demandait leur nom à voix basse. Derrière lui, deux graves personnages en uniforme parlaient des soucis que leur causaient leurs domaines.

— Mon intendant est un vaurien, mais je n'ai pas le temps de le surveiller, disait l'un. Je lui écris d'abattre des arbres pour dix mille roubles, il en abat deux fois plus et garde la différence. Les récoltes sont tellement mauvaises que je n'en tire pas un kopeck. Si je proteste, on me dit que ma terre ne produit rien parce qu'elle est trop pierreuse, ou trop fatiguée. C'est comme pour le foin : d'après les comptes que je reçois, le bétail en aurait consommé vingt mille pouds en quatre mois !

— Vingt mille pouds en quatre mois ! s'écria l'autre. Mais cela suffirait à ravitailler tout un régiment de cavalerie pendant une année !

— Peut-être ! Je ne sais plus ! Je me laisse grignoter ! A la grâce de Dieu !

— Il faut réagir, Ivan Arkadiévitch. Menacez-les des verges, et tout rentrera dans l'ordre. Mais, au fait, combien avez-vous d'âmes ?

Nicolas se pencha vers Kostia et soupira :

— Etrange pays que la Russie ! Les gens n'y demandent pas les uns aux autres : « Avez-vous une âme ? » mais : « Combien avez-vous d'âmes ? » Tout le mal vient de cette confusion entre le pluriel et le singulier !

Ils pouffèrent de rire, heureux de si bien se comprendre. A côté d'eux, sur la gauche, un jeune garde à cheval, en uniforme blanc, racontait avec fièvre à son voisin la dernière revue au manège :

— D'abord, nous sommes passés au pas, puis au trot, puis au galop. Je montais Arlequin. Une splendeur ! Sais-tu qu'on va nous distribuer de nouveaux casques, un peu plus bas que les précédents et d'une forme antique ? Nous ressemblerons à des guerriers romains !...

A ces mots, il se dressa et se mit au garde-à-vous. Un général passa entre les fauteuils. Vieux et chauve, il marchait, une épaule en avant, et répondait distraitement aux saluts. Nicolas entendit deux jeunes femmes qui murmuraient :

— A son âge ? Ce n'est pas possible !

— Mais si ! Et c'est une liaison qui dure depuis longtemps ! Il paraît que le grand-duc Nicolas l'a sommé de rompre ! Sinon, il l'enverra au Caucase !

A peine les militaires se furent-ils rassis que tout le monde se releva : le général-comte Miloradovitch, gouverneur de Saint-Pétersbourg, entrait dans sa loge. Héros de la guerre nationale, il portait fièrement le surnom de « chevalier Bayard russe ». Sa réputation amoureuse était aussi solidement établie que sa réputation guerrière. On chuchotait qu'il entretenait un harem. Un cordon bleu barrait sa large poitrine constellée de décorations. Ses épaulettes devaient peser une livre chacune. Au bout de ses doigts, brillait une lorgnette en or. Il répondit d'une inclination du buste à l'hommage silencieux du public et prit place dans son fauteuil. Les conversations recommencèrent, entre haut et bas. A voir cette salle élégante, il était malaisé de croire qu'une terrible inondation avait ravagé la ville quelques jours auparavant. Les morts enterrés, les rues déblayées, l'instinct de vivre poussait les gens fortunés à oublier le malheur des autres.

Les premiers accords de l'orchestre couvrirent les propos qui couraient du parterre aux galeries. L'affiche annonçait un ballet, *Acis et Galatée*. Tout à coup, le rideau s'envola. Sur la scène, décorée de plantes vertes, s'élancèrent des figures féminines d'une extraordinaire légèreté. L'affreux cyclope Polyphème tournait et bondissait, fou de jalousie, autour de la nymphe et du berger amoureux. Téléchova dans le rôle de Galatée, Novitskaïa dans celui d'Acis rivalisaient de grâce dans leurs attitudes. Chacune avait ses adorateurs, qui applaudissaient après les pas les plus difficiles. Cependant, Youri Almazoff ne voyait qu'une petite danseuse du corps de ballet, qui, de temps à autre, faisait une pirouette, ou esquissait un battement de pieds, au second plan.

— N'est-ce pas qu'elle est divine ? marmonnait-il.

C'était Katia, sa bien-aimée, dont un riche négociant en bois protégeait la carrière. A la fin du premier acte, une ovation monta du public, des bouquets jonchèrent la scène. Par une tendre habitude conjugale, Nicolas regretta que Sophie ne fût pas auprès de lui pour jouir du spectacle. Youri

Almazoff, rouge d'enthousiasme, se rua dans les coulisses. Il retenait son sabre. Ses éperons tintaient. Nicolas et Kostia le suivirent. Ils tombèrent parmi des machinistes qui déplaçaient les décors. Des lampes à huile éclairaient mal un chaos de toiles verticales, de cordages, de treuils et de poulies. Appuyée contre un portant, la petite Katia reprenait son souffle. Un vilain châle marron couvrait sa robe de tulle rose. Des fleurs de papier pendaient dans ses cheveux. Elle avait un nez pointu et dégageait une fine odeur de transpiration.

— Divine ! Divine ! répétait Youri Almazoff en lui baisant les mains. Permets-moi de te présenter mes amis qui sont aussi tes admirateurs...

Il ne put en dire davantage ; le maître de ballet Didelot arriva en hurlant :

— Les danseuses dans leurs loges ! Les spectateurs dans la salle ! Ce n'est pas le moment des bavardages ! Veuillez vous retirer, monsieur l'officier !

Katia s'enfuit. Youri Almazoff voulut la suivre, mais Nicolas le retint. Une étrange procession traversait la scène : cinq ouvreurs de théâtre, en livrée rouge et bas blancs, s'avançaient, portant d'énormes corbeilles de roses. Derrière eux, marchait le comte Miloradovitch. Tout ce monde s'engagea dans le couloir et s'arrêta devant la porte de la Téléchova. Tandis que le gouverneur de Saint-Pétersbourg frappait au vantail, Didelot réitérait l'ordre aux personnes étrangères à la troupe de quitter immédiatement les coulisses.

— Dispersez-vous, mortels ! dit Nicolas. Le géant Polyphème va faire sa cour à l'élue !

Quelques visiteurs l'entendirent. Il y eut des rires étouffés. Trois robustes danseurs, en costumes de tritons, coiffés d'une perruque verte et portant leur queue de poisson sur le bras comme une serviette, se chargèrent de refouler poliment les intrus vers la sortie.

Après le spectacle, Youri Almazoff ne put rejoindre Katia, qui était invitée à souper par son riche protecteur, et, de désespoir, proposa à ses deux amis de finir la soirée chez les tziganes. Nicolas rentra à la maison vers minuit, sans avoir bu autre chose que du champagne. Il était très lucide, bien que sa tête fût pleine de chansons.

Antipe attendait son maître, en somnolant dans un fauteuil, près d'une lampe allumée.

— On a apporté une lettre pour vous, tout à l'heure, barine, dit-il d'une voix pâteuse en se mettant debout.

— Qui, on ?

— Tamara Casimirovna, la Polonaise. Vous veniez juste de sortir.

Nicolas saisit le billet que lui tendait Antipe, le décacheta et lut ces lignes tracées d'une plume appliquée :

« Estimé Nicolas Mikhaïlovitch,
« Ma sœur est partie ce matin pour Toula, où notre tante malade réclame ses soins. Comme je suis seule, j'ai pensé que nous pourrions souper ensemble, ainsi que vous avez eu la bienveillance de me le proposer. Si ce soir vous convenait, ce serait avec plaisir. Sinon, un autre soir, comme vous

voudrez. Je vous prie d'agréer, estimé Nicolas Mikhaïlovitch, mes respectueuses salutations. »

Un sourire effleura les lèvres de Nicolas. Tamara était sortie de sa tête imperceptiblement ; elle y rentrait par surprise. Soudain, il fut heureux de l'aventure facile qui se dessinait pour lui. Cette Polonaise était exactement la personne qu'il lui fallait en ce moment : humble, discrète, cent fois plus jolie que la Katia de Youri Almazoff ! Dommage qu'il fût trop tard pour inviter la jeune fille à souper. Mais peut-être ne dormait-elle pas encore ? Il prit la lampe des mains d'Antipe, descendit l'escalier, s'avança dans le couloir du rez-de-chaussée et frappa légèrement à une porte. De l'autre côté, il y eut un vague remuement, le bruit de deux pieds nus sur le plancher. Une voix douce chuchota :

— Qui est là ?
— C'est moi : Nicolas Mikhaïlovitch Ozareff ! dit Nicolas. Je viens de lire votre billet. Il faut absolument que je vous parle. Ouvrez-moi.
— Je ne peux pas.
— Pourquoi ?
— Je suis au lit.
— Ce n'est rien. Jetez un vêtement sur vos épaules.
— Ne pouvons-nous attendre demain ?
— Demain, il sera trop tard !
— Trop tard pour quoi ?
— Il m'est impossible de vous l'expliquer ainsi. Je dois vous voir, coûte que coûte. Chaque minute perdue aggrave la situation. Vite ! Vite !

Il l'entendit qui ouvrait une armoire. « Pourvu qu'elle ne s'habille pas trop ! » pensa-t-il. Enfin, elle entrebâilla la porte. Ses cheveux bruns pendaient sur ses épaules. Elle avait enfilé un peignoir de gros tissu jaune. Dessous, il ne devait y avoir que la chemise de nuit.

— Que se passe-t-il ? murmura-t-elle, les yeux agrandis d'inquiétude.
— Il se passe que je vous aime ! s'écria Nicolas en la repoussant dans la chambre.

Et il referma la porte derrière lui.

L'affaire se déroula comme il l'avait prévu : Tamara, pleine de considération pour un monsieur de son importance, se laissa coucher et caresser avec une soumission non dépourvue de curiosité. Au moment de céder tout à fait, elle gémit : elle était vierge. Il en éprouva de la fierté et de la confusion. Puis, elle ne protesta plus. Comme il faisait trop froid chez elle pour y goûter l'amour avec quelque chance de plaisir, Nicolas l'emmena dans son appartement. En voyant revenir son maître avec la Polonaise, Antipe ouvrit une bouche de gobeur. Cette réprobation muette irrita Nicolas, qui eût souhaité n'avoir pas de témoin. Il se fit servir du champagne et des fruits dans sa chambre, foudroya son serviteur d'un regard seigneurial et boucla sa porte.

La chaleur du poêle, les vapeurs du vin, la douceur des baisers achevèrent de retourner Tamara. Folle de gratitude, elle répétait à Nicolas qu'il était trop beau et trop instruit pour elle, qu'elle ne le méritait pas et que, quoi qu'il advînt par la suite, elle prierait pour lui, car il l'avait comblée jusqu'à la fin de ses jours. La conscience d'être quelqu'un d'exceptionnel, fût-ce aux yeux d'une couturière, lui donna du ressort jusqu'à cinq heures du matin. Avant que le portier ne fût levé, il la reconduisit chez elle, tout amollie.

— Dès que je pourrai te revoir, je viendrai frapper à ta porte, dit-il. D'ici là, sois sage.

— Oh ! oui ! dit-elle. J'obéirai. J'attendrai...

Il la trouva parfaite et remonta se coucher avec la satisfaction d'avoir rondement mené le jeu.

Le lendemain, au saut du lit, il convoqua Antipe, se gratta la tête et grommela d'un ton négligent :

— Pour ce qui s'est passé la nuit dernière, je compte sur ta discrétion. Si tu parles à quiconque, tu auras affaire à moi. Je t'écorcherai le dos !

— Votre volonté est la plus forte, barine, soupira Antipe.

Il avait l'air bourru et renfermé. Sans doute gardait-il son opinion, malgré les menaces. Nicolas ne pouvait supporter l'idée qu'un moujik lui reprochât, même en silence, de tromper sa femme. Brusquement, il se sentit d'accord avec les deux propriétaires fonciers qui se plaignaient de leurs serfs, au théâtre.

Toute la journée, Antipe bouda son maître. Tantôt il évitait de regarder Nicolas, tantôt il lui jetait un coup d'œil aigu, hochait la tête et bougonnait :

— Aïe ! Aïe Aïe ! Que Dieu nous pardonne nos péchés d'aujourd'hui en pensant à nos bonnes actions d'hier et de demain !

Ou bien :

— L'eau de la rivière a l'air propre, mais entre dedans, tes pieds enfonceront dans la vase !

— Qu'est-ce que tu veux dire ? demandait Nicolas furieux.

— Rien, rien ! Je rêvais tout haut.

Le soir, Nicolas fit de nouveau venir Tamara dans sa chambre. En refermant la porte derrière eux, Antipe cracha par-dessus son épaule.

Les jours suivants, Nicolas fut très pris par les affaires et par la politique. Moukhanoff avait fini par publier dans les journaux que la maison Ozareff était à vendre. Sur les nombreux amateurs qui s'étaient présentés, un seul, le comte Derjinsky, paraissait sérieux. Toutefois, il critiquait la valeur de la construction avec une âpreté indigne de sa fortune. Pour l'instant, il offrait soixante-quinze mille roubles en assignats, alors que le prix fixé était de cent mille. Le marchandage menaçait d'être long et délicat, mais Nicolas n'était pas pressé de conclure. Plus que jamais, sa place était à Saint-Pétersbourg, parmi les réformateurs. Les réunions clandestines se multipliaient, chez Kostia, chez Stépan Pokrovsky et surtout chez Conrad Ryléïeff. Après avoir repoussé les propositions de l'Union du Sud, les membres de l'Union du Nord s'efforçaient d'élaborer un programme d'entente dans leur propre groupe. Cependant, de discussion en discussion, les divergences d'opinion s'aggravaient. « Les modérés », avec Nikita Mouravieff, désiraient une monarchie constitutionnelle, alors que les « décidés », avec Ryléieff, tenaient pour une république. Comme pour accroître cette confusion, le colonel Pestel venait d'annoncer sa prochaine visite à Saint-Pétersbourg. Ceux qui l'avaient vu lors de son dernier passage, en mai 1824, le représentaient comme un monstre de lucidité, d'autorité et de calcul, n'hésitant pas à prêcher le régicide. Nicolas était curieux de le rencontrer, mais craignait d'être trop nouveau dans l'association pour participer à une séance aussi importante. Sa joie n'en fut que plus vive lorsque Kostia lui transmit une invitation de Ryléieff pour le dimanche suivant, à sept heures du soir.

La maison de la Compagnie Russo-Américaine était située en bordure de la Moïka, près du pont Bleu. Des grilles protégeaient les fenêtres sur la rue. Devant la porte, Nicolas rencontra Kostia et Vassia qui arrivaient ensemble. Le vestibule était encombré par une montagne de manteaux civils et militaires. Des shakos et des hauts-de-forme s'alignaient sur un rayon. Dans un coin, brillait la glorieuse ferraille des sabres, appuyés contre le mur. Affolé, le petit cosaque de Ryléieff, Filka, ne demanda même pas le nom des visiteurs. Ils entrèrent, sans être annoncés.

Nicolas, qui se souvenait d'un logis aux pièces minuscules et proprettes — avec des rideaux de mousseline blanche, un serin dans sa cage, des pots de balsamine au bord des fenêtres et des chemins de toile bise sur le plancher —, ne reconnut pas les lieux au premier abord. Les portes de communication entre le salon, le bureau et la salle à manger avaient été enlevées de leurs gonds. Tous les meubles inutiles avaient disparu, pour faire place à une grande table couverte d'un tapis vert. Une vingtaine de chaises dépareillées s'écrasaient contre le mur. Evidemment, la moitié au moins des sociétaires devraient rester debout. Il y avait déjà tellement de monde qu'on avait ouvert le vasistas pour chasser l'odeur du tabac. Pestel n'était pas encore arrivé. Les visages étaient graves. Nicolas salua Ryléieff, qui lui parut à la fois endimanché et nerveux. Pour cacher son impatience, il parlait à deux jeunes gens d'une pièce de Griboïédoff, *le Malheur d'avoir trop d'esprit,* qu'il jugeait admirable, mais dont la censure impériale empêchait la publication. Avisant Nicolas, il s'écria :

— A propos, mon cher, savez-vous que notre grand poète Pouchkine, après avoir été exilé dans le Sud, s'est vu fixer comme résidence forcée la propriété de ses parents, dans le gouvernement de Pskov ?

— Je l'ai entendu dire, en effet.

— Il est donc votre voisin.

— Un voisin très éloigné.

— Vous devriez néanmoins lui rendre visite. Il meurt d'ennui dans sa solitude !

— Comme je le comprends ! soupira Nicolas. Si je le pouvais, je ne retournerais jamais en province !

Et il continua de regarder avec passion autour de lui. Près de la fenêtre,

Nikita Mouravieff, en grand uniforme, la face incolore, les yeux jaunes, les cheveux blond filasse, tirait de petits papiers de sa poche, les lisait, les cachait de nouveau, comme s'il eût repassé une leçon. Monarchiste convaincu, auteur de la constitution du Nord, il devait fourbir ses arguments contre le chef des conjurés du Sud. Le laissant à ses méditations, Nicolas entra dans un groupe, que dominait la voix claironnante de Bestoujeff. On y discutait des contradictions qui marquaient le caractère de Pestel. Son père, ex-gouverneur général de la Sibérie, homme sot, brutal, infatué de lui-même et concussionnaire par surcroît, avait été destitué et traduit en justice. On aurait pu croire que c'était pour réagir contre le souvenir de ce despote provincial que l'actuel directeur de l'Union du Sud avait choisi la voie de la révolution. Mais il avait de qui tenir, et, tout en prêchant la liberté, il était un colonel intraitable, faisant passer ses soldats par les baguettes à la moindre faute de service.

— Son régiment est formé d'automates ! dit Bestoujeff. Notre souverain, qui est un connaisseur, l'a paraît-il félicité pour la discipline de ses troupes, après une revue, à Toultchine !

— Si le tsar avait su qu'il s'adressait à un conspirateur ! dit Nicolas.

— Il l'a certainement appris depuis !

— Ce n'est pas possible !

— Eh ! si, Nicolas Mikhaïlovitch ! Vous pensez bien que l'empereur est au courant, par ses espions, de nos réunions secrètes. Mais les noms des suspects le rassurent. Presque tous sont des officiers, de hauts fonctionnaires ou des nobles de première grandeur. « Rien à craindre, se dit-il, avec ces gens-là ! Ils ne vont pas soulever le peuple pour le plaisir de perdre leurs privilèges dans l'aventure ! » Autant Alexandre se sent menacé lorsqu'il entend parler de soldats révoltés contre des chefs militaires, autant il montre de mansuétude pour les chefs militaires qui rêvent d'un meilleur avenir pour l'humanité !

— Tu te berces d'illusions, dit Ryléïeff en se rapprochant de Bestoujeff. Alexandre ami des idéalistes en tout genre, c'était bon du temps où il approuvait la fondation de la Société Biblique. Maintenant, cette association, dont il fallait faire partie si on voulait obtenir un avancement rapide, est dissoute par un oukase de son ancien protecteur. Tout ce qui ressemble de près ou de loin à une organisation secrète éveille ses soupçons. Même les comités de secours aux victimes de l'inondation l'inquiètent et le contrarient. Que deux personnes parlent entre elles à voix basse, et c'est un complot, qu'un soldat éternue à la parade, et c'est le début d'une émeute, qu'on crie : Hourra ! au passage de l'empereur, et c'est une façon de le conspuer ! Tous ces dangers imaginaires lui cachent le seul danger véritable ! Il ne nous voit pas dans la réalité, parce qu'il nous voit trop en rêve !

— Pour en revenir à Pestel, dit un autre conjuré, la première fois que je l'ai rencontré, j'ai tout de suite pensé à Napoléon.

— Et moi, à Robespierre, dit Bestoujeff.

— Quel terrible mélange ! dit Nicolas en se forçant à rire. Cela nous promet une discussion orageuse !

D'autres invités arrivèrent, parmi lesquels il reconnut les conjurés Kuhelbecker, Odoïévsky, Batenkoff... Le brouhaha des conversations devenait assourdissant. Sur le mur du cabinet de travail, au-dessus des têtes, s'étalait une carte de l'Amérique. Les établissements russes des îles Aléoutiennes et de la côte du Pacifique étaient marqués de petits drapeaux rouges. Il paraissait incroyable que des sujets du tsar se fussent aventurés jusqu'en Californie. Cependant, le gouvernement de Washington avait déjà protesté contre cet essai de colonisation et il était probable qu'à Saint-Pétersbourg le ministre Mordvinoff allait accepter un compromis fixant la frontière des différentes possessions et proclamant la liberté du commerce. Une rêverie s'empara de Nicolas. Il songeait à ses compatriotes, perdus dans cette contrée sauvage. Sans doute était-il grisant d'apporter la civilisation à une terre vierge ! Mais les conjurés étaient, eux aussi, des pionniers ! « Pour la première fois de ma vie, se dit Nicolas, je sais ce qu'on éprouve au début d'une grande action. » Un remous l'interrompit dans ses pensées. Autour de lui, on chuchotait :

— Il arrive !... Poussez-vous !... Messieurs, je vous en prie !...

Se dressant sur la pointe des pieds, Nicolas vit entrer un homme de petite taille, en uniforme de ligne vert foncé à haut collet rouge et épaulettes d'officier supérieur. Dans sa face bouffie, blafarde, les yeux noirs, profondément logés sous l'arcade sourcilière, avaient un regard figé et dominateur. Un sourire dédaigneux plissait ses lèvres charnues. Ses cheveux clairsemés étaient brossés en avant, sur les tempes, à la mode militaire. Nicolas remarqua les décorations du nouveau venu : l'ordre de Sainte-Anne, l'ordre « Pour le mérite » et l'épée en or avec l'inscription « Pour la bravoure ». Tous les signes distinctifs d'un héros de la guerre nationale ! Quant à la ressemblance avec Napoléon, elle devait être plus morale que physique. Pestel serra quelques mains, mais renonça à se faire présenter tout le monde :

— Vous êtes trop nombreux, dit-il, nous n'en finirions pas !

Le maître de maison le conduisit vers la table de conférence. Une lourde lampe à huile pendait du plafond. Les personnages les plus importants s'assirent autour du tapis vert, comme pour commencer une partie de cartes. Les autres, dont Nicolas, restèrent debout contre le mur. Nikita Mouravieff annonça que la séance était ouverte et donna la parole au directeur du tribunal du Sud, le colonel Paul Ivanovitch Pestel.

— Je suis revenu parmi vous, dit Pestel, parce qu'il m'apparaît de plus en plus funeste que nos deux Unions, inspirées par un même idéal, ne conjuguent pas leurs efforts pour le faire triompher. Depuis ma dernière visite, vous avez dû vous rendre compte que la pourriture du régime gagne en profondeur. Dans les cas graves, le médecin ne soigne plus, il ampute. L'heure des demi-mesures est passée. Nous ne pouvons nous permettre de replâtrer la monarchie avec une constitution. Il nous faut une république...

— Nous sommes nombreux à penser comme vous, dit Ryléïeff. Mais, ce que nous voudrions savoir, c'est par quels moyens vous entendez parvenir à ce résultat.

— L'armée se soulèvera sur l'ordre de ses chefs et contraindra le tsar à abdiquer.

— Fort bien, dit Bestoujeff. Et après ?

— Après, nous obligerons le Synode et le Sénat à décréter le gouvernement provisoire.

— Et que ferez-vous du tsar ? demanda Nikita Mouravieff d'un ton aussi courtois que s'il eût pris des nouvelles de quelque proche parent du visiteur.

Les yeux de Pestel étincelèrent sous son front dégarni, couleur d'ivoire. Il dit d'une voix brève :

— Quand on balaye un escalier, on commence par le haut !

— Précisez votre idée.

— Je vous l'ai déjà dit : pour moi, il ne suffit pas d'éloigner le tsar. Même exilé, il serait redoutable par les partisans qu'il aurait conservés dans le pays. Place nette. C'est avec les rois morts qu'on fait les républiques vivantes !

Tout le monde s'attendait à cette déclaration. Pourtant, elle surprit comme un cri sacrilège dans une église. Les visages se pétrifièrent dans la réverbération verdâtre de la table. Un long silence suivit. Nicolas, qui se croyait révolutionnaire, se sentit devenir monarchiste. Il considérait avec terreur celui qui osait parler du meurtre de son souverain. Décidément, Pestel était d'une autre race que les conjurés du Nord, dont la politique se teintait de poésie, de philosophie, de rêverie humanitaire. Eux étaient gens de pensée, lui était homme d'action. Nikita Mouravieff soupira et dit :

— Mes convictions morales et religieuses m'interdisent d'accepter une pareille suggestion, Paul Ivanovitch. D'ailleurs, je suis persuadé que le peuple se dresserait avec horreur contre les régicides. N'oubliez pas que le tsar est consacré et inspiré par Dieu, pour nous autres Russes !

Pestel, qui était d'origine allemande, comprit la malveillance de l'allusion et répliqua :

— Le shah de Perse, lui, se prétend fils du Soleil et frère de la Lune. En avez-vous plus de considération pour ce personnage ?

— Vous n'allez pas comparer...

— Mais si ! Un autocrate vaut l'autre. Ce qui change, c'est la superficie du territoire et la forme de la couronne. J'affirme, moi, qu'en voyant à quel point il est facile de tuer le tsar, les gens les plus simples comprendront que son omnipotence reposait sur un énorme mensonge !

— Et les membres de la famille impériale, quel sera leur sort ? demanda Ryléieff.

— Logiquement, nous devrions supprimer aussi les grands-ducs et les grandes-duchesses, répondit Pestel. Tant qu'il reste une tête à l'hydre, elle peut mordre !

Il parlait aussi calmement que s'il eût démontré un théorème. Cependant, autour de lui se répandait le froid de la mort.

— Vous nous conviez à un massacre ! balbutia quelqu'un.

— A un nettoyage, dit Pestel. Mais, pour assurer l'alliance de l'Union du Sud avec la vôtre, je serais prêt à quelques concessions sur ce point : ainsi, j'admets qu'on laisse la vie sauve aux grands-ducs et aux grandes-duchesses, à condition qu'ils soient déportés. Je peux compter, pour cette opération, sur le concours de la flotte de Cronstadt.

— C'est une grande générosité de votre part, dit Nikita Mouravieff avec un sourire en coin.

— Oui, dit Pestel. Cela ne vous suffit pas ?

Nikita Mouravieff balança la tête négativement.

— Eh bien ! reprit Pestel, je vous propose encore quelque chose : l'assassinat du tsar sera perpétré par des hommes à moi. Vous ne tremperez pas dans le complot. Vous garderez les mains propres !

— Et la conscience ?

— Elle se lave plus facilement que les mains, en cas de réussite ! Bien entendu, prenant sur nous la vilaine besogne, nous exigerons de vous des garanties. Si notre offre de collaboration vous agrée, vous devrez, dès maintenant, adopter la constitution que j'ai rédigée et affirmer qu'il n'y en aura pas d'autre en Russie.

Nikita Mouravieff, piqué dans son amour-propre de juriste, répliqua qu'il préférait la constitution dont il était l'auteur. Il s'ensuivit un échange de propos très vifs. Pestel, plus incisif dans ses attaques, eut tôt fait de prouver que le système de son adversaire était un maquillage maladroit du régime actuel.

— Ma constitution est une ébauche que je suis prêt à retoucher sous la poussée des événements ! dit Nikita Mouravieff avec humeur.

— Ce n'est pas armé d'une ébauche qu'on part à l'assaut d'une réalité ! s'écria Pestel. Ayez le courage d'ouvrir les yeux sur l'avenir. Notre chemin doit aller de l'esclavage complet à la liberté intégrale. Nous n'avons rien, nous voulons tout. Pourquoi croyez-vous que j'ai intitulé ma constitution la « Vérité Russe » ? Un jour, tous les peuples européens, soumis à l'odieuse oppression de la noblesse et de l'argent, s'inspireront de cette « Vérité Russe » pour secouer le joug qui les écrase. La révolution de 1789 n'a été que française, la nôtre sera mondiale !

Il y eut quelques applaudissements dans l'assistance.

— Qui, d'après vous, commandera le mouvement insurrectionnel ? demanda Ryléïeff.

— Votre directoire et le nôtre devront désigner un dictateur, auquel les deux sociétés obéiront aveuglément, dit Pestel.

— Ce dictateur, ce sera vous ?

Pestel haussa les épaules :

— Pas obligatoirement. La majorité décidera. D'ailleurs, j'ai un grave défaut pour occuper ce poste : mon nom n'est pas russe !

En disant cela, il décocha un regard haineux à Nikita Mouravieff, qui compulsait ses notes en prévision d'une nouvelle offensive.

— Il n'est pas nécessaire d'avoir un nom russe pour savoir où est le bien de la patrie ! s'exclama le long et maigre Kuhelbecker. Il vous sera toujours possible de faire taire la calomnie en quittant le pouvoir pour rentrer, comme Washington, dans les rangs des simples citoyens !

— Traiter Bonaparte de Washington, quel contresens ! chuchota Kostia à l'oreille de Nicolas.

— De toute façon, dit Ryléïeff, je suppose que le gouvernement provisoire ne durera pas longtemps : un an, deux ans au plus...

— Oh ! non, répliqua Pestel. Il nous faudra bien dix ans pour établir l'ordre nouveau.

— Et cet ordre nouveau, vous l'imposerez par la force ?

Pestel eut un rire métallique :

— Connaissez-vous un autre moyen ? Il y aura tant de mauvaises habitudes à faire perdre ! Dans la Russie nouvelle, on ne verra pas une tête plus haute que l'autre. La prospérité naîtra de l'égalité, le bonheur de l'uniformité. Nous abolirons le servage, nous supprimerons toute distinction de fortune et de condition sociale : plus de riches ni de pauvres, plus de princes ni de roturiers, plus de bourgeois ni de moujiks ! Les enfants naturels auront les mêmes droits que les enfants légitimes. L'instruction obligatoire sera donnée dans des établissements de l'Etat. Toute espèce d'éducation privée sera proscrite comme dangereuse pour la formation politique des jeunes. Il faudra étouffer aussi les tendances particulières des divers peuples vivant sur notre territoire ; leurs traditions, leur folklore seront interdits ; leurs noms mêmes disparaîtront du vocabulaire. Quand toutes les différences de race, de richesse, de culture auront été anéanties, les citoyens se verront fixer un lieu de résidence et un genre de travail conformes aux intérêts de la république...

Un murmure parcourut l'assistance.

— Excusez-moi de vous interrompre, Paul Ivanovitch, dit Nikita Mouravieff, mais ce que vous nous décrivez là ressemble fort à une colonie pénitentiaire !

— Il n'en sera ainsi que pendant la période transitoire, assura Pestel.

— Sans doute aurez-vous besoin d'une nombreuse police pour prévenir tout risque de contre-révolution ? dit Ryléïeff.

— Oui, je ne le cache pas. J'envisage même la création d'un contingent d'espions, directement rattachés au pouvoir central.

— Et la censure ?

— Nous la renforcerons. Il importe que le patient ne bouge pas pendant que le chirurgien opère.

— Ne craignez-vous pas, d'autre part, que l'Eglise... ?

Pestel arrêta Ryléïeff d'un geste de la main :

— J'y ai pensé. Tous les cultes seront assujettis à l'autorité de l'Etat. L'Eglise orthodoxe sera déclarée Eglise officielle. La capitale de la république ne sera pas Saint-Pétersbourg, ville marquée par la tradition tsariste, mais Nijni-Novgorod, où l'Orient et l'Occident se rencontrent. Là, nous serons particulièrement bien placés pour réaliser l'unité russe. Je suis d'ailleurs décidé à expulser les deux millions de juifs russes et polonais, et à les envoyer fonder un royaume judaïque en Asie Mineure...

Nicolas avait l'impression de se trouver devant un être dont la passion du raisonnement avait détruit la sensibilité. Théoricien inexorable, Pestel poussait au bout les systèmes qu'il avait conçus et en acceptait, dans l'abstrait, toutes les conséquences. Il eût aussi bien appliqué ce mécanisme intellectuel à résoudre un problème de mathématique ou de physique, mais les circonstances l'avaient porté vers la conspiration. Il en profitait pour réformer la Russie. Ah ! on était loin de la république idéale de Saint-Simon dont Nicolas s'enchantait dans sa solitude !

— Puisque vous nous exposez aussi franchement vos intentions, dit Nikita Mouravieff, j'aimerais savoir s'il est exact que vous comptez séparer la Pologne de la Russie ?

— Parfaitement exact, dit Pestel sans se démonter. La Pologne deviendra une république autonome.

— Pourquoi ?

— Parce que tel est l'accord que j'ai pris avec les chefs insurrectionnels de ce pays.

— Vous avez osé démembrer la Russie sans nous consulter ? gronda Ryléïeff.

— Je n'ai pas à vous consulter, puisque vous n'appartenez pas à l'Union que je dirige. Sachez cependant que j'estime l'indépendance polonaise nécessaire à notre stratégie. Vous piétinez encore dans la poussière de l'ancien temps. Moi, je marche sur une route neuve. Si vous voulez rêver la révolution, continuez selon vos méthodes ; si vous voulez la faire, suivez-moi !

— Où ? Dans un cabanon ? hurla Bestoujeff.

Nikita Mouravieff agita une sonnette pour réclamer le silence et dit :

— Messieurs, nous touchons au comble de l'incohérence ! Pour unifier la Russie, on lui enlève la Pologne, pour protéger le peuple, on crée une police secrète chargée de sa surveillance, et, pour garantir la liberté de tous, on limite la liberté de chacun ! Si c'est cela votre « Vérité Russe », je lui préfère la vérité française, anglaise ou américaine !

— Oui ! Oui ! crièrent quelques conjurés. Pas de dictature ! A bas le pouvoir personnel !

Depuis longtemps, Nicolas avait de la peine à se taire. Soudain, il éclata :

— Ce qui fait le charme de la vie, c'est la diversité des coutumes, des croyances, des tempéraments, des talents ! Si vous supprimez cela, si vous réduisez tous les êtres à un dénominateur commun, la masse absorbera l'individu, la Russie se transformera en une vaste fourmilière ! Ce sera affreux !

— Pour qui ? dit Pestel en dirigeant sur lui la lumière de ses yeux noirs. Pour vous qui aurez perdu un peu de bien-être ou pour les milliers de pauvres bougres qui en auront gagné beaucoup ?

— Il n'y a pas de bien-être sans liberté !

— Vous parlez en homme qui n'a jamais manqué de rien !

— Et vous en esclavagiste ! balbutia Nicolas, tremblant de colère. Vous ne voulez abolir le servage des moujiks que pour l'étendre à toute la nation !

Son audace l'étonnait. Etait-ce bien lui, le reclus de Kachtanovka, qui

tenait tête au puissant chef de l'Union du Sud ? Grisé par l'approbation de ses camarades, il dit encore :
— La peine de mort existe-t-elle dans votre système ?
— Non, répondit Pestel.
— Que ferez-vous donc des gens qui, comme nous, refuseront vos idées ?
Pestel serra les poings au bord de la table et ne dit mot.
— Nous enverrez-vous en Sibérie après un simulacre de jugement ? reprit Nicolas.
Pestel se taisait toujours. Visiblement, il bandait tous les muscles de son corps pour ne pas crier : « Oui ! » Ses regards exprimaient le feu d'une pure conscience et le mépris des vains jugements dont on l'accablait. Craignant que la réunion ne se terminât en bataille, Nikita Mouravieff intervint avec diplomatie :
— Les principes développés par notre hôte seront, peut-être, applicables à la Russie dans cinquante ans, dans cent ans, mais, pour l'instant, le pays n'est pas prêt à subir une transformation aussi radicale. A un peuple qui, depuis des siècles, croupit dans la servitude et l'ignorance, les droits politiques ne peuvent être accordés qu'à doses progressives. Si, du jour au lendemain, vous renversez le tsar au profit d'un dictateur inconnu des foules, votre action sera vouée à l'échec. Le choc, trop brutal, déréglera les cerveaux. Ayant créé le désordre, vous périrez dans le désordre. C'est pourquoi je reviens à mon idée : afin de permettre à la nation de faire son apprentissage civique, nous devrons procéder par étapes ; d'abord, la monarchie constitutionnelle...
— Pourquoi pas d'abord la république ? interrompit Ryléieff. Une république libérale, évidemment, et non dans le genre de celle que nous a proposée Pestel...
— Oui, oui, une république libérale ! renchérit Kuhelbecker.
— Une monarchie ! dit Batenkoff. Il y a du bon dans la monarchie !
Les exclamations se croisaient :
— Je vote pour la monarchie ! Mais à condition qu'on change de tsar !
— Je vote pour la république !
— Reprenez la constitution américaine !
— Non, la constitution française... la Charte !...
Pendant le tumulte, Pestel se leva et se dirigea vers la porte.
— Où allez-vous ? demanda Ryléieff.
— Je reviendrai quand vous vous serez mis d'accord ! dit Pestel avec un sourire méprisant.
— Inutile de revenir ! cria Kuhelbecker. L'accord est déjà fait : l'Union du Nord ne s'alignera jamais sur l'Union du Sud ! Adieu !
Ryléieff accompagna son hôte dans le vestibule et reparut bientôt, l'air pensif.
— Enfin ! nous revoici entre nous, dit Nikita Mouravieff en s'épongeant le front. Ça fait plaisir !
— Ce Pestel est un fou ! dit Nicolas.
— Croyez-vous ? murmura Ryléieff avec un hochement de tête.

En rentrant à la maison, Nicolas n'alla pas chercher Tamara dans sa chambre. Ce qu'il avait vu et entendu le préoccupait trop pour qu'il pût prendre plaisir auprès d'une femme. Il ouvrit son cahier de citations afin de se retremper dans l'enseignement de ses maîtres. Une phrase de Chateaubriand lui sauta aux yeux : « Un peuple qui sort tout à coup de l'esclavage, en se précipitant dans la liberté peut tomber dans l'anarchie, et l'anarchie enfante presque toujours le despotisme. » (*Voyage en Amérique.*) Fier de sa science, il recopia la formule à l'intention de Nikita Mouravieff.

Le lendemain, il s'apprêtait à sortir, quand un facteur se présenta. Il était en uniforme, avec un sabre au côté et un shako sur la tête. Une goutte pendait à son nez. Ses doigts rouges fouillaient dans sa sacoche de cuir. Il en tira une lettre :

— Pour vous, Votre Noblesse ! Quel froid, ce matin ! La fumée monte droit, c'est signe qu'il va geler !

Nicolas paya vingt kopecks pour la taxe postale et la livraison à domicile. Il avait reconnu l'écriture de Sophie. Disposé à la tendresse, il décacheta le pli et lut :

« Mon bien-aimé,

« Ne penses-tu pas revenir bientôt ? Les journées me semblent si longues ! Je me sens bête, inutile, sans toi, dans cette grande maison où tout me parle de notre amour. Père se porte assez bien. Il est plein de prévenance à mon égard. Mais ses malaises l'ont rendu capricieux. C'est un véritable enfant gâté, qui ne supporte pas d'être seul. Pour qu'il fût pleinement heureux, je devrais passer mon temps à jouer aux échecs avec lui, ou à lui faire la lecture, ou à l'entendre raconter ses souvenirs de jeunesse. J'ai revu Marie, toujours aussi triste, et son époux, toujours aussi odieux. Ils attendent avec impatience le résultat de tes négociations... »

Sans s'arrêter de lire la lettre, Nicolas rentra dans sa chambre et s'assit sur le lit. Déjà, il était repris par l'atmosphère de Kachtanovka. Un instant, il envia son père, qui voyait Sophie du matin au soir. Puis, il repensa gravement à ses amis de l'Union du Nord. « Si je n'étais pas amoureux de ma femme, se dit-il, je resterais parmi eux, je deviendrais peut-être leur chef !... » Cette rêverie le troubla. Il eut conscience de sacrifier quelque chose de noble et de dangereux au bonheur calme du mariage.

9

Après avoir menacé dix fois de rompre les pourparlers, le comte Derjinsky accepta le prix de cent mille roubles pour la maison. La vente fut signée dans les premiers jours de janvier 1825. Nicolas prit congé de Tamara en larmes, lui promit, sans conviction, qu'elle le reverrait le mois prochain et offrit un dîner d'adieu à ses amis dans un restaurant. Au cours du repas, il parla avec éloquence de Saint-Simon, dont il eût aimé, disait-il, que tous les conjurés devinssent des adeptes. Ryléïeff lui demanda s'il savait que le philosophe français avait tenté de mettre fin à ses jours, au mois de mars 1823. La balle du pistolet lui avait crevé un œil. Cette nouvelle étonna Nicolas : il lui semblait inconcevable qu'un génie de cette grandeur pût céder au désespoir. Toutefois, d'après Ryléïeff, ce suicide manqué avait convaincu Saint-Simon que son rôle n'était pas terminé, que le triomphe de ses théories était proche, et il s'était courageusement remis à la tâche.

— Si cela vous intéresse, dit Ryléïeff, je vous ferai parvenir tous les ouvrages de lui que je pourrai me procurer.

Nicolas remercia avec émotion. A la fin du dîner, les convives se levèrent pour boire au succès de « la cause ». Kostia Ladomiroff et Vassia Volkoff accompagnèrent Nicolas jusqu'à la barrière de la ville. En les quittant, il eut l'impression de s'arracher au siècle des lumières pour s'enfoncer dans les ténèbres de l'ancien temps. Quatre jours de voyage n'égayèrent pas son humeur. Certes, il était heureux à l'idée de retrouver Sophie, mais il craignait que la vie de province ne lui parût encore plus monotone après les heures pleines d'agrément qu'il avait connues à Saint-Pétersbourg. Il oublia son appréhension en apercevant le toit de la demeure familiale, entre les sapins chargés de neige. Chaque fois qu'il s'engageait dans cette allée, au retour d'un voyage, il se revoyait pensionnaire, venant passer des vacances chez ses parents. Son arrivée fut triomphale : Michel Borissovitch le félicita d'avoir mené à bien une négociation aussi délicate et Sophie se blottit amoureusement dans ses bras. Ils ne dormirent presque pas de la nuit, tant ils avaient de goût l'un pour l'autre après des mois de privation. Entre deux étreintes, ils s'interrogeaient réciproquement sur ce qu'avaient été leurs journées. Nicolas raconta par le menu les entretiens politiques qu'il avait eus avec ses amis, analysa la constitution du Nord par opposition à celle du Sud et présenta Ryléïeff comme un chef raisonnable, courageux et fort, et Pestel comme un dictateur aux ambitions diaboliques. Encouragé par l'intérêt que Sophie prenait à son récit, il déclara soudain :

— L'effervescence des esprits est telle que je devrai probablement retourner là-bas dans quelque temps.

— Si c'est vraiment nécessaire...

— C'est indispensable ! Nous irons ensemble ! Tu veux bien ?

Elle ne dit ni oui ni non et, changeant de sujet, le questionna sur l'inondation de Saint-Pétersbourg. Il en avait déjà parlé à table devant son père. Il recommença. Aussitôt, le souvenir de Tamara survola son esprit. Avait-elle réellement existé, avec son grain de beauté sur la narine ? Tenant Sophie toute chaude dans ses bras, il était près de se dire qu'il ne l'avait trompée qu'en rêve. Cette interprétation des faits le soulagea de ses scrupules. Vers quatre heures du matin, absous sans avoir eu à demander pardon, il s'assoupit contre le flanc de cette femme à qui, en dépit des apparences, il ne pourrait jamais être tout à fait infidèle.

Il allèrent ensemble à Otradnoïé pour apporter à Marie sa part sur la vente de la maison. En recevant, des mains de son frère, la grosse enveloppe cachetée de cire rouge où il avait glissé vingt-cinq mille roubles en assignats, la jeune femme pleura de bonheur. Sans même vérifier le contenu du paquet, elle signa la quittance que Nicolas avait préparée et dit :

— Cet argent nous sauvera de la ruine ! Nous avons tellement de dettes ! Je te remercie du fond du cœur, Nicolas ! Vladimir Karpovitch te remerciera lui aussi, bien sûr, dès son retour. Oui, il est encore en voyage. Mais je l'attends d'un jour à l'autre...

Chaque fois qu'elle parlait de son mari, il y avait une expression de gêne dans ses yeux. Elle croisait un châle gris sur son ventre. Sophie, qui ne l'avait pas revue depuis plus de deux mois, remarqua sa taille épaisse, ses traits tirés, et murmura :

— Ne nous cachez-vous pas une heureuse nouvelle ?

Marie rougit violemment.

— Oui, j'attends un bébé, balbutia-t-elle.

— Mais, c'est merveilleux ! s'écria Sophie. Pour quand ?

— Pour dans quatre mois !

Nicolas félicita sa sœur avec un embarras très masculin.

— Comment l'appelleras-tu ? demanda-t-il.

— Serge, si c'est un garçon, dit Marie, Tatiana, si c'est une fille.

— Et que préférerais-tu ?

— Un garçon !

Elle semblait déchirée entre la fierté et la pudeur. Son regard évitait celui de son frère. Ses doigts nerveux jouaient avec les franges de son châle. Sophie fut bouleversée à la pensée que sa belle-sœur connaîtrait bientôt un bonheur qu'elle-même espérait en vain depuis si longtemps ! Devant cette jeune femme qui allait donner le jour à un enfant, elle se découvrait pleine d'admiration, d'attendrissement et de convoitise, comme si cet acte, le plus naturel du monde, fût aussi le plus étrange et le plus glorieux.

— Comptez sur nous, Marie ! dit-elle. Si vous avez besoin de quoi que ce soit...

Elles s'embrassèrent et se mirent à parler, en femmes, de l'avenir. Marie s'animait d'une façon anormale. On eût dit qu'elle cherchait à se persuader d'une félicité qu'elle savait impossible. Après l'avoir enviée, Sophie se demanda si, au contraire, elle ne devait pas la plaindre. Par une mystérieuse prédisposition, les événements qui, pour toute autre femme, eussent été heureux prenaient, pour celle-ci, un aspect de menace. Elle attirait les calamités comme certaines montagnes attirent les nuées d'orage. L'univers était paisible et lumineux autour d'elle, mais, sur son front, il y avait toujours une ombre. Quelle serait la vie de cette mère sans mari, de cet enfant sans père ? « Je suis stupide ! se dit Sophie. Je dramatise tout ! Bien des mauvais ménages ont été sauvés par une naissance ! » Malgré ce raisonnement, l'inquiétude demeurait en elle aussi vivace. Elle eut de la peine à feindre la gaieté jusqu'à la fin de la visite.

Pendant le voyage de retour, elle fit part à Nicolas de ses impressions.

— Moi non plus, je n'arrive pas à me réjouir, dit-il. Tout, dans cette maison, sent la discorde, l'abandon, la pauvreté, la honte ! Sédoff toujours par monts et par vaux, Marie incapable de se défendre, des domestiques arrogants, un foyer sans chaleur ! L'enfant viendra au monde dans les conditions les plus lamentables !

— Que peut-on faire pour elle ? soupira Sophie.

— Rien. Au fond, je crois qu'elle aime souffrir. Inconsciemment, elle a choisi Sédoff parce que c'est l'être qui peut la rendre la plus malheureuse !

Sophie attendit la fin du dîner pour apprendre à Michel Borissovitch qu'il allait être grand-père. M. Lesur faillit se répandre en congratulations, mais se retint, à la dernière seconde, préférant régler son attitude sur le maître de maison. Celui-ci choisit de rester muet, impassible et lourd.

— N'êtes-vous pas heureux, père ? demanda Nicolas, irrité par ce silence.

— Je ne vois pas pourquoi je devrais être heureux à l'idée qu'il y aura bientôt un Sédoff de plus sur la terre, dit Michel Borissovitch.

Sophie, à son tour, ne put se contenir :

— C'est tout de même votre fille...

— Et après ? gronda Michel Borissovitch. Epargnez-moi les couplets d'usage ! Cet événement n'intéresse en rien notre famille !

M. Lesur rengaina son sourire. Sophie et Nicolas échangèrent un regard navré. On sortit de table, comme d'un repas de funérailles. Michel Borissovitch fuma toute une pipe, ce soir-là, sans que sa belle-fille le réprimandât pour son imprudence. De même, elle ne lui proposa pas de nettoyer ses lunettes, alors qu'il s'apprêtait à lire son journal.

Conscient d'avoir blessé son entourage, il se montra, par contraste, fort aimable les jours suivants. Le désir qu'il avait de Sophie s'apaisait, maintenant qu'elle était redevenue la femme de Nicolas. Rendu à son rôle de beau-père, il apprenait à limiter son ambition aux plaisirs accessibles. Avec de la patience et de l'imagination, il arriverait, pensait-il, à se contenter des miettes de bonheur qui tomberaient de la table des époux. Il les observait, les trouvait mal assortis et conservait dans son cœur un espoir dont il ne voulait fixer ni la nature ni l'échéance.

Depuis le retour de Nicolas, Sophie avait repris ses visites aux villages. Il n'y avait pas de famille dans le domaine qui n'eût quelque problème à lui soumettre, quelque conseil à lui demander. Les mariages entre serfs devant être approuvés par le propriétaire, c'était elle que les fiancés chargeaient d'intervenir auprès de Michel Borissovitch. En fait, il ne refusait jamais son consentement, trop heureux de prouver à sa bru qu'il avait l'esprit large. Elle n'en était pas moins gênée chaque fois qu'un jeune couple se présentait devant le maître et tombait à genoux au milieu du bureau. Le gars avait les cheveux coupés court, la fille portait des rubans multicolores dans ses tresses. Tous deux, perclus de respect, n'osaient lever les yeux sur le seigneur qui les dominait de son ombre. Après avoir tourné autour d'eux et les avoir examinés sur toutes les coutures, Michel Borissovitch disait invariablement :

— C'est bon ! Mais donnez-moi beaucoup d'enfants ! Sinon, gare !

Et il les renvoyait avec un grand rire. Sophie lui reprochait sa rudesse et il riait davantage encore. Jamais elle ne le gagnerait à ses idées ! Pour reprendre confiance, elle allait, de temps à autre, voir travailler Nikita.

Une fois, comme elle pénétrait dans le petit bureau, elle fut frappée par l'air agité du garçon qui se levait à son approche. De toute évidence, il avait un aveu à lui faire, ou une question à lui poser, et ne savait comment s'y prendre. Enfin, il se lança : Antipe venait de lui raconter une chose extraordinaire. Etait-il vrai qu'à Saint-Pétersbourg Nicolas Mikhaïlovitch et ses amis étudiaient la meilleure façon d'accorder le bonheur au peuple ? Interloquée, Sophie réfléchit une seconde, puis répondit avec prudence :

— Bien des gens, en effet, souhaitent améliorer le sort des serfs. Je suis persuadée qu'un jour vous serez tous libérés...

— Pourquoi les messieurs feraient-ils cela ? demanda Nikita.

L'innocence de son âme rayonnait dans ses prunelles d'un bleu de flamme légère.

— Par esprit de justice, répondit-elle.

Il ne comprenait pas encore. Ses sourcils blonds, presque blancs, se fronçaient. Un souffle circonspect élargissait son nez court, aux narines fortes.

— S'ils nous affranchissent, ils s'appauvriront, dit-il.

— La conscience d'avoir accompli une bonne action les dédommagera de leur perte !

— Pour certains, peut-être, il en sera ainsi... Mais pour les autres ?...

— Les autres seront entraînés par le courant de l'Histoire, dit-elle. La Russie ne peut continuer indéfiniment à être le seul pays d'Europe où règne le servage !

Il soupira :

— Vous le croyez vraiment, barynia ? Moi, je ne peux pas imaginer que, tout à coup, il n'y aura plus de maîtres et plus d'esclaves ! Même si on nous affranchit, nous ne deviendrons jamais vos semblables !

— Pourquoi ?

— Parce que nous ne sommes pas de la même race que vous. Notre naissance nous a marqués dans notre chair. Nous avons une peau de moujik sur des os de moujik. Enseignez-moi, libérez-moi, habillez-moi de vêtements somptueux, je resterai un pauvre !

Il ouvrit les bras, baissa la tête, et tout son corps exprima la soumission à une fatalité ancestrale.

— La belle sottise ! s'écria Sophie. Un jour, tu m'as récité des vers de Lomonossoff, t'en souviens-tu ?

— Oui, barynia.

— Que sais-tu de lui ?

— Rien.

— Eh bien ! écoute : cet homme, qui, au siècle dernier, fut le premier grand poète russe, qui fonda la chimie et la physique russes, qui fixa les règles de la grammaire russe, qui organisa l'Université de Moscou, cet homme était le fils d'un pêcheur illettré des bords de la mer Blanche. A dix-neuf ans, dévoré par la soif de s'instruire, il a fui la cabane paternelle pour la grande ville. Et, après de longues études, de terribles luttes et de nombreux travaux, il a fini gentilhomme, respecté de tous, couvert d'honneurs par l'impératrice. S'il avait raisonné comme toi, il n'aurait jamais osé, lui, un pauvre bougre, se pousser dans le monde des lettres, des arts et des sciences !

Nikita, subjugué, écoutait un conte merveilleux. Enfin, il se ressaisit et murmura :

— Il avait du génie, barynia !

Elle allait répondre que le génie n'était pas nécessaire pour avoir foi en l'avenir, quand une voix grave la fit sursauter :

— Aurions-nous un Lomonossoff dans nos murs ?

Michel Borissovitch se tenait sur le seuil de la porte. Son sourire était jovial et son œil méchant. Qu'avait-il entendu de la conversation ? Sophie se sentit prise en faute, alors qu'elle n'avait rien à se reprocher. Furieuse de son trouble, elle balbutia :

— J'expliquais à Nikita qu'il ne devait pas rougir de ses modestes origines !

— Mais certainement ! dit Michel Borissovitch. Il aurait même lieu d'en être satisfait. Vous intéresserait-il autant s'il n'était pas un serf ?

Comme Sophie se taisait par dédain pour ce genre d'escarmouche, Michel Borissovitch grommela encore : « C'est le monde à l'envers ! » et s'éloigna, d'un pas bruyant, dans le corridor. Une fois dans son bureau, il se reprocha d'avoir si rapidement battu en retraite. Mais il n'aurait pu rester plus longtemps devant sa belle-fille sans laisser éclater son dépit. La sollicitude qu'elle manifestait à Nikita était par trop agaçante ! Que trouvait-elle d'extraordinaire à ce petit rustre de vingt-deux ans, aux cheveux blonds et aux yeux bleus ? De jour en jour, la présence du gamin dans la maison devenait plus intolérable à Michel Borissovitch. Il regrettait de ne l'avoir pas affranchi et envoyé à la ville, comme Sophie le lui avait demandé jadis. Une idée le traversa : ce qu'il avait refusé à sa bru quelques années auparavant, pourquoi ne le lui accorderait-il pas aujourd'hui ? Mais peut-être n'en avait-elle plus envie ? Peut-être, comme tant d'épouses fidèles, tenait-elle à garder son sigisbée ? Tant pis pour elle ! La proposition n'en serait que plus drôle ! Michel Borissovitch s'amusait à évoquer ces obscurs combats d'une conscience féminine. Tout ce qui, chez Sophie, paraissait le résultat d'une rêverie coupable excitait en lui l'indignation, la jalousie, l'espoir, la férocité, le désir, et ce mélange de sentiments se traduisait par un agréable vertige. Le lendemain matin, il l'appela dans son bureau et lui annonça, d'un ton patelin, qu'il avait réfléchi au cas de Nikita :

— Comme toujours, vous aviez raison, chère Sophie : nous n'avons pas le droit de maintenir ce jeune homme dans une condition inférieure. J'ai résolu de l'affranchir.

— Est-ce possible ? s'écria-t-elle avec espoir.
— Ne me l'aviez-vous pas demandé ?
— Il y a si longtemps !
— L'idée a cheminé lentement dans ma vieille tête. Il n'est jamais trop tard pour bien faire. Nikita n'est certes pas Lomonossoff, mais il mérite mieux que les pauvres travaux qu'il exécute ici. Je vais lui donner son passeport et l'envoyer à Saint-Pétersbourg avec une lettre de recommandation. Il connaît les quatre règles de l'arithmétique, il se sert adroitement d'un boulier, il se placera comme aide-comptable dans quelque commerce. Et, quand il aura gagné assez d'argent, il m'achètera sa liberté. Rassurez-vous, je lui en demanderai un prix très modique ! Peut-être même, finalement, la lui laisserai-je pour rien ! Etes-vous satisfaite ?

Il s'attendait à noter une trace de désarroi chez sa belle-fille et fut surpris de voir qu'elle ne sourcillait pas. « Elle cache bien son jeu », pensa-t-il. Sophie le remercia et sortit du bureau avec la sensation d'être comblée. Mais, tout en se réjouissant pour Nikita des perspectives que lui ouvrait la décision de Michel Borissovitch, elle s'attristait d'avoir à se séparer de ce garçon dont elle avait encouragé le goût pour les études. Elle le trouva dans le cabinet de travail, lisant l'*Histoire de Russie* de Lomonossoff. Quand elle lui dit qu'il quitterait bientôt Kachtanovka pour s'installer à Saint-Pétersbourg, il blêmit et ses yeux s'agrandirent. Debout devant Sophie, il laissait courir machinalement ses doigts sur un boulier. Longtemps, le silence ne fut rompu que par le bruit des billes de bois qui se heurtaient l'une l'autre.

— Je vous remercie, barynia, dit-il enfin. Je sais que tout cela est pour mon bien. J'irai là-bas, puisque vous le voulez...
— Tu le veux aussi, j'espère ? dit-elle.
— Je ne demandais rien.
— A Saint-Pétersbourg, tu seras traité en employé et non plus en esclave ; tu gagneras de l'argent ; un jour, tu rachèteras ton indépendance...
— A quoi sert l'indépendance si on n'a pas le bonheur ? balbutia-t-il en la regardant droit dans les yeux.

Cette déclaration la gêna. Voulait-il dire qu'il aimait mieux vivre en serf auprès d'elle qu'en homme libre sans la voir ? Elle refusa de l'admettre. Il y avait une explication plus simple : Nikita était attaché à son village, à ses maîtres, et souffrait de partir pour une grande ville où il ne connaissait personne !...

— Barynia ! barynia ! dit-il d'une voix rauque.

Il avait un doux regard de chien. Craignant qu'il ne la devinât émue, elle lui sourit évasivement et sortit de la pièce.

Depuis son retour, Nicolas avait décidé vingt fois de rendre visite à Daria Philippovna et, vingt fois, il avait renoncé à le faire. Il n'éprouvait plus l'ombre d'un sentiment pour elle et le souvenir même de leur liaison l'ennuyait. Sans doute, n'ayant reçu aucune lettre de lui, était-elle préparée à l'idée d'une rupture. Il n'en redoutait pas moins d'avoir à lui signifier de vive voix que tout était fini entre eux. Cette explication, qu'il n'avait pas le courage de provoquer, le hasard la lui imposa, au moment où il n'y pensait plus. Un après-midi, aux portes de Pskov, son traîneau rencontra celui de Daria Philippovna. Elle quittait la ville, alors qu'il y entrait. Leurs regards se heurtèrent. Daria Philippovna blanchit sous sa toque de fourrure. Nicolas ordonna à son cocher d'arrêter les chevaux. Elle fit de même. Les deux voitures se trouvèrent patin contre patin. Encombré d'une pitié soudaine, Nicolas dit :

— Depuis longtemps, je voulais vous voir, Daria Philippovna...
— Moi aussi, dit-elle dans un souffle.
— Où pourrions-nous parler tranquillement ?
— Vous le savez bien ! Venez !

Il comprit qu'elle l'emmenait dans le pavillon chinois et se hérissa de méfiance. Les traîneaux partirent, celui de Nicolas derrière celui de Daria Philippovna. L'air était vif. La neige brillait d'un éclat rose sur le sol, bleu sur les branches des arbres. Le tintement guilleret des clochettes s'accordait mal avec les pensées sombres des voyageurs. Enfin, la route déboucha dans une clairière. Au milieu de cet espace blanc, l'étrange construction, bariolée de quatre couleurs, évoquait un tas de légumes saisis par le gel. Nicolas suivit Daria Philippovna dans la pièce principale. Il y faisait très froid, comme lors de leur premier baiser. La vapeur sortait des lèvres de Daria Philippovna à chaque expiration. Son regard s'alanguit et elle chuchota :

— Cela ne te rappelle rien ?
— Si, dit-il.

Et, comme il était décidé à frapper vite et fort pour en finir, il ajouta :
— Mais il faut que cela cesse !
— Ah ! ne le dis pas ! s'écria-t-elle et elle se mordit le poing à travers son gant. Je ne peux croire que ta passion pour moi n'ait été qu'un feu de paille ! En aimerais-tu une autre ?

Il ne répondit pas. Les yeux de Daria Philippovna s'emplirent de larmes. Nicolas l'observait attentivement, notait ses paupières fripées, le grain irrégulier de sa peau et s'étonnait d'avoir pu être séduit par elle. Au bout d'un long moment, il dit avec douceur :

— Tôt ou tard, notre liaison aurait fini de la sorte. Nous avons eu des instants merveilleux. Ne gâchons pas ce souvenir par une dispute vulgaire. Mon plus cher souhait, maintenant, est que nous restions bons amis.

Elle le traita de cruel et réclama ses lettres. Il lui confessa les avoir brûlées, ce qui acheva de la désespérer. Effondrée dans un fauteuil, elle gémissait :

— Quand je pense à la confiance que j'avais en toi ! Tu n'es qu'un monstre d'égoïsme ! Un cœur sec ! Ah ! je souffre !... Va-t'en ! Va-t'en ! Tu n'entendras plus jamais parler de moi !

Sur le mur, un masque chinois, rouge brique, à la bouche déchirée de colère, prenait fait et cause pour elle. Nicolas jugea prudent de se retirer. Il allait passer le seuil, lorsqu'elle cria :

— Reste ! Je te pardonne tout !

Rentrant la tête dans les épaules, il se précipita dehors et grimpa dans le traîneau.

— A la maison ! dit-il d'une voix joyeuse.

Quand les chevaux s'ébranlèrent, il connut, dans tout son être, la satisfaction du devoir accompli.

Ayant reçu son passeport et une lettre de recommandation pour un tanneur de Saint-Pétersbourg, Nikita se mit en route le premier jeudi du mois de mars. Le soir même, Antipe apporta, en secret, à Sophie, un cahier qu'elle seule devait lire. Cette démarche la contraria beaucoup. Il lui déplaisait que d'autres moujiks fussent au courant de la dévotion qu'elle inspirait à Nikita. Heureusement, les pages étaient fermées par un ruban, lui-même cacheté à la cire.

— Ah ! je sais ce que c'est ! murmura-t-elle d'un ton détaché. Des comptes en retard...

— C'est ce qu'il m'a dit lui aussi, barynia ! grogna Antipe avec un empressement qui parut suspect à Sophie.

Et il ajouta, en clignant ses grosses paupières aux cils roux :

— Si vous l'aviez vu quand il m'a donné ces comptes ! On aurait juré qu'il me tendait ses tripes sur un plateau !...

Elle le toisa du regard et il disparut avec des courbettes de pitre. Comme il restait une heure avant le souper, elle se retira dans sa chambre et ouvrit le paquet. L'écriture s'était améliorée. L'orthographe aussi.

« Mon départ est décidé. Ceux qui m'entourent trouvent que j'ai de la chance. Moi seul sais pourquoi mon cœur est si lourd ! En quittant Kachtanovka, je renoncerai à la lumière de ma vie. Quand je serai loin, elle brillera pour les autres et moi je souffrirai dans l'ombre. Antipe m'a tout raconté sur Saint-Pétersbourg, ses rues, ses voitures, ses magasins et ses habitants. Il dit que, là-bas, les gens sont tristes, importants et pressés ; que les pauvres y sont plus pauvres et les riches plus riches qu'à la campagne ; qu'à chaque coin de rue on peut voir surgir l'empereur, et alors, malheur à toi ! J'ai repensé aux paroles de ma bienfaitrice sur les serfs qui ont le droit de vivre comme les autres. Que Dieu l'exauce ! Un jour, à la foire de Pskov, je me suis arrêté devant un marchand d'oiseaux, j'ai acheté une alouette et je lui ai donné la liberté. Elle est montée tout droit dans le ciel, a décrit un grand cercle et s'est mise à chanter d'allégresse. Peut-être les messieurs sauront-ils convaincre le tsar et il nous délivrera tous, comme les alouettes de la foire, pour nous entendre célébrer ses louanges ? Mais le temps n'est pas encore venu de se réjouir. J'ai pris les vieux journaux qu'Antipe a rapportés de Saint-Pétersbourg et j'ai lu, à haute voix, pour les gens de l'office, qu'un cuisinier était à vendre, avec sa femme blanchisseuse et sa fille de seize ans, jolie et habile à repasser les chemises. Il y avait beaucoup d'autres annonces de ce genre. Au lieu de s'indigner, les domestiques, autour de moi, discutaient sérieusement du prix des serfs, à la ville et à la campagne. Fédka était fier de pouvoir dire qu'un de ses oncles avait été vendu trois mille roubles, comme laquais, par un comte à un autre comte. Moi, j'avais honte. Je pensais : ont-ils seulement envie d'être libres ? Depuis que je sais lire et écrire, je me sens différent des autres serviteurs. Je réfléchis à des choses qu'ils ne soupçonnent pas et cela m'attriste. La date du départ approche. J'ai rendu visite à mon père et à ma belle-mère, au village. Ils ont beaucoup pleuré, m'ont béni trois fois et m'ont demandé de leur envoyer de l'argent. Puis, j'ai fait le tour de toutes les isbas et, dans chacune, j'ai dû manger quelque chose : du gruau de sarrasin, de la gelée de pois, de la confiture d'airelles, des champignons salés. Le père Joseph m'a recommandé de fréquenter assidûment l'église, car le diable est plus malin à la ville qu'à la campagne. Hier, ce sont les domestiques de Kachtanovka qui m'ont fêté avec tendresse. Vassilissa gémissait : « Le pain de notre maison est doux ! Que sera celui de la capitale aux pierres grises ? » J'avais, moi aussi, les larmes aux yeux. Le soir, j'ai joué très tard de la balalaïka et j'ai chanté avec les autres. Toute la tristesse de mon âme montait vers le ciel avec ma voix. Aujourd'hui, j'ai pris un bon bain dans l'étuve. Puis, je suis allé voir les maîtres. Le vieux barine et le jeune barine m'ont reçu avec gentillesse. Le jeune barine m'a dit que, si j'avais besoin de conseils à Saint-Pétersbourg, je n'avais qu'à aller trouver de sa part un certain Platon, domestique chez le seigneur Ladomiroff. Ma bienfaitrice m'a remis, pour le voyage, une bourse de cuir, avec de l'argent à l'intérieur. Je ne me séparerai jamais de cette relique. On m'enterrera avec elle. J'écris ces lignes dans mon lit, à la lueur d'une chandelle. Dès l'aube, je grimperai dans une charrette qui me conduira à Pskov. De là, un roulier me transportera à Saint-Pétersbourg, avec tout un convoi de marchandises. Je ne suis pas pressé d'arriver. Adieu, mon village ! Adieu, tout ce que j'aimais !... »

Sophie achevait cette lecture quand Nicolas entra dans la chambre. Incapable de maîtriser son trouble, elle lui tendit le cahier. Il le parcourut à son tour et dit, avec un sourire mélancolique :

— Pauvre garçon ! Tu l'as ébloui pour la vie. Ce qu'il a écrit là est d'ailleurs charmant. Je voudrais pouvoir montrer ces lignes à nos amis de Saint-Pétersbourg. Ils y verraient une justification de notre effort.

A quelque temps de là, Nicolas reçut une lettre d'un certain Moïkine, « conseiller juridique » à Pskov, qui le priait de venir le voir dans son bureau pour affaire. Sauf contre-ordre, il l'attendrait le samedi suivant, à quatre heures. La réputation de Moïkine était celle d'un chicaneur et d'un usurier, mais Nicolas, n'ayant rien à craindre, se rendit à l'invitation.

Moïkine l'accueillit avec une affabilité extrême, le conduisit dans une pièce pleine de dossiers, s'assit derrière une table et, subitement, prit l'apparence d'un rongeur. Ses yeux, petits et noirs, se pressaient contre son long nez. Une fine moustache dominait ses mâchoires aiguës. Il tenait ses deux pattes crochues à demi soulevées devant sa poitrine. Les piles de papiers constituaient sa réserve de nourriture. Quand Nicolas lui demanda pour quelle raison il l'avait convoqué, Moïkine se perdit dans des considérations étranges sur la douceur du printemps et l'avenir agricole de la Russie, puis il avoua :

— Je préférerais attendre l'arrivée de Vladimir Karpovitch Sédoff pour vous parler de la chose.

— Mon beau-frère doit venir ? dit Nicolas étonné.

— Oui. C'est pour obéir à ses instructions que je me suis permis de vous proposer ce rendez-vous.

— Que me veut-il ?

— Il vous l'expliquera lui-même.

— Dans ce cas, pourquoi ne s'est-il pas adressé directement à moi ? Nous n'avons pas besoin d'intermédiaire entre nous.

— Ma présence vous gêne ? dit Moïkine. Vous avez tort ! Je suis là autant pour vous éclairer, vous, que pour assister Vladimir Karpovitch. Si vous me faites confiance tous les deux, je vous servirai d'arbitre.

— Nous n'avons rien à arbitrer !

— Mais si, voyons ! La vente de cette maison, à Saint-Pétersbourg...

— Eh bien ?

— Je crois qu'elle ne s'est pas terminée très correctement...

La surprise de Nicolas fut telle qu'il hésita une seconde avant de se fâcher. Puis, la colère le prit de toutes parts. Il cria :

— Précisez votre pensée, Monsieur !

Au même instant, la porte s'ouvrit derrière lui. Il se retourna pour voir entrer son beau-frère, glabre, osseux, ironique, une cravate bleue nouée sous le menton.

— Je m'excuse d'arriver un peu en retard, dit-il, mais les rues sont si encombrées...

Sans même le saluer, Nicolas demanda :

— Que dois-je comprendre ? Vous contestez la validité de la vente ?

— Je m'en garderais bien ! dit Sédoff en s'asseyant sur un coin de la table et en croisant les jambes. Les signatures sont échangées, l'argent versé, la quittance remise à qui de droit. Tout est en règle... apparemment !

— Eh bien ?

— Eh bien ! dit Moïkine, malgré cette apparente régularité, Vladimir Karpovitch se considère, à juste titre, comme lésé dans le partage. Il estime que vous auriez pu vendre plus cher...

Le pied de Sédoff se balançait lentement dans le vide.

— Nous avions fixé d'un commun accord le chiffre minimum de quatre-vingt mille roubles ! dit Nicolas.

— C'était avant l'inondation ! dit Moïkine en levant un index jauni par le tabac. Depuis, le prix des maisons a augmenté !

— Evidemment ! dit Nicolas. La preuve ? J'ai traité à cent !

— Avec un peu de ténacité, vous auriez obtenu cent vingt-cinq.

— Certainement pas !

— Ne vous emportez pas, mon cher ! dit Sédoff en riant. Ni vous ni moi ne sommes des hommes d'affaires. Sans doute, à votre place, me serais-je laissé embobiner comme vous. Ce qui me navre, c'est le résultat. Il se trouve que, si vous aviez été plus gourmand, nous aurions reçu davantage, voilà tout ! Dans ma triste situation, dix mille roubles de plus ou de moins, cela compte. Le peu d'argent que Marie a touché grâce à vous est déjà parti pour payer nos dettes. Il ne nous reste rien pour vivre, rien pour préparer dignement la naissance de votre neveu, ou de votre nièce !... Heureusement, M. Moïkine a eu, cette fois encore, la gentillesse de se porter à mon aide. Mais, tôt ou tard, il faudra que je le rembourse. Les intérêts courent...

— Eh oui ! soupira Moïkine en baissant pudiquement les paupières.

— Où voulez-vous en venir ? demanda Nicolas.

— En toute équité, dit Sédoff, vous devriez réparer, dans la mesure du possible, le préjudice que vous avez causé à Marie en vous débarrassant à vil prix d'une maison qu'on vous avait chargé de vendre dans les meilleures conditions ! Versez-nous dix mille roubles encore sur votre part personnelle, et je vous promets que je ne vous embêterai plus avec cette histoire !

— Pour rien au monde ! gronda Nicolas en maîtrisant ses nerfs qui tremblaient.

— Aimez-vous si peu Marie ? dit Sédoff.

— Je l'aime trop pour lui donner de l'argent qui aboutira dans votre poche !

— La belle excuse ! Autrement dit : si elle n'avait pas été dans le besoin, vous lui auriez spontanément offert de l'aider !

Moïkine fit entendre un rire pareil à une série d'éternuements.

— N'essayez pas de m'exaspérer ! dit Nicolas. Je suis décidé à rester tranquille. J'aurais peut-être prêté quelques milliers de roubles à ma sœur, si elle m'en avait prié elle-même, mais, puisque vous m'accusez d'avoir mal défendu ses intérêts dans la vente, je vous répète que vous n'obtiendrez rien de moi, ni par les récriminations ni par les menaces. Marie est-elle au courant de votre démarche ?

— Non, dit Sédoff.

— Je préfère cela ! Ainsi, du moins, puis-je lui conserver ma tendresse.

— Une tendresse qui ne vous coûte pas cher !

Moïkine croisa ses griffes sur son ventre replet et susurra :

— Nicolas Mikhaïlovitch, laissez un vieil homme de loi vous mettre en garde contre les dangers de l'obstination. Pour vous éviter des ennuis, vous devriez souscrire à l'offre très raisonnable de Vladimir Karpovitch.

— A quels ennuis faites-vous allusion ? demanda Nicolas. Vous voulez me traîner en justice ?

— Mon Dieu, non ! Nous perdrions !

— Alors ? Expliquez-vous !

Les yeux de Sédoff étincelèrent de méchanceté. Un plissement abaissa les coins de ses lèvres.

— Tout homme a ses points faibles, Nicolas Mikhaïlovitch, dit-il. Nous savons beaucoup de choses sur vous. Il nous serait facile de vous nuire...

Nicolas pensa immédiatement que les deux compères étaient au courant de son appartenance à une société secrète. Quel que fût le danger d'une dénonciation, il ne pouvait, sans se déshonorer, accepter le marché que lui proposait son beau-frère. Plutôt mourir que passer pour un lâche !

— Je ne vous crains pas, Messieurs ! dit-il fièrement.

Et il marcha vers la porte.

— Pesez bien le pour et le contre, Nicolas Mikhaïlovitch ! cria encore Sédoff. Et ne tardez pas trop à revenir nous voir ! Sinon, vous le regretterez !

Une fois dehors, Nicolas s'étonna d'avoir conservé son calme jusqu'au bout. Seul le souci de ne pas envenimer les rapports avec sa sœur l'avait retenu de gifler Sédoff. « J'aurais tout de même dû ! Il le méritait ! Quel scélérat ! » se répétait-il en déambulant dans les rues. Réflexion faite, il lui semblait impossible que Sédoff exécutât ses menaces. Il s'agissait d'une banale manœuvre d'intimidation. Le coup des dix mille roubles ayant échoué, Moïkine et Sédoff reviendraient bientôt à la charge avec des exigences plus modestes. Puis, devant la fermeté de Nicolas, ils renonceraient définitivement à leur entreprise. Rasséréné, il s'intéressa au mouvement de la ville. Dans les petits jardins qui entouraient les maisons de bois, tous les arbres étaient déjà en feuilles. Un pâle soleil brillait dans les vitres. Des orties poussaient entre les pierres de la chaussée.

Nicolas traversa le marché désert, où flottait une odeur de poisson, et se dirigea vers le Kremlin. Un factionnaire, la hallebarde au poing, le regarda passer avec indifférence. Il gravit un large escalier voûté, entra dans la cathédrale et laissa ses yeux s'habituer à la pénombre. Quatre piliers soutenaient un dôme bleu, semé d'étoiles d'or. L'air était imprégné d'un parfum de cire, d'étoffe moisie et d'encens. Quelques cierges allumés palpitaient près de l'iconostase. De petites vieilles se prosternaient devant le tombeau en bois de saint Dovmont, dont l'épée, suspendue dans le vide, brillait, comme prête à trancher les liens du mal. Aux moments d'inquiétude, ou simplement de fatigue, Nicolas aimait se retirer dans ce lieu de méditation. Parmi toutes les images de la nef, sa préférence allait à une icône qui représentait la Sainte Vierge veillant sur les habitants de Pskov, pendant le siège de leur ville par Etienne Bathory. L'artiste avait dessiné l'antique cité en miniature, avec ses coupoles, ses créneaux, ses barques sur le fleuve et ses défenseurs aux remparts. Les Polonais montaient à l'assaut, portant des drapeaux rouges. Des canons leur tiraient dessus. Tous les saints de la Russie tenaient conseil dans le ciel. Nicolas ne savait pas lui-même pourquoi la contemplation de ce tableau naïf lui procurait un tel bien-être. En le regardant, il se sentait comme raccordé avec le passé lointain de sa patrie. Le courant de l'Histoire coulait à travers lui. Joignant les mains, il se mit à prier : « Protège-moi, mon Dieu, quels que soient mes péchés, car je suis surtout coupable d'une grande faiblesse ! » Ses dernières craintes s'apaisèrent. De l'entrevue qu'il avait eue avec Moïkine et Sédoff, il ne lui restait plus que du mépris pour son beau-frère et de la pitié pour Marie. Derrière lui, les fidèles arrivaient pour les vêpres. Les toux et les pas résonnaient fort sous les voûtes. Des cloches sonnèrent.

Nicolas sortit de l'église, descendit l'escalier bordé de mendiants et de nonnes quêteuses, longea un mur écroulé, et s'arrêta au point le plus haut du Kremlin, d'où on découvrait le confluent des deux rivières. Le clocher de l'église Ousspensky se mirait dans le flot de la Vélikaïa. Les croix dorées du couvent de femmes Ivanovsky brillaient dans un massif de verdure. Sur la berge opposée, se haussait la flèche du monastère de Snétogorsk. L'eau de la Pskova portait des flottilles de troncs écorcés, qui, à cette distance, paraissaient minuscules. D'une poutre à l'autre, rampaient des ouvriers, pas plus gros que des hannetons. Le soleil déclinait dans le ciel. Une douce rumeur venait de ce petit monde industrieux. Nicolas se refusait aux vives impressions de la peur, de la joie, de l'espoir, et ne se plaisait plus que dans une rêverie tellement confuse que, interrogé à brûle-pourpoint, il n'eût su dire à quoi il pensait.

Plus tard, il se rendit au club. Bachmakoff l'accueillit par des hurlements d'allégresse. On avait justement besoin de lui pour un quatrième au whist. Ce soir-là, par extraordinaire, il repartit avec un gain d'une quarantaine de roubles.

10

En pleine nuit, Sophie entendit gratter à sa porte. Elle alluma une bougie, se leva, ouvrit et se trouva devant Vassilissa, massive comme une tour.

— Je m'excuse de vous réveiller, barynia, chuchota la vieille, mais un serviteur vient d'arriver d'Otradnoïé. Il paraît que la petite Marie est dans les douleurs. Elle vous envoie cette lettre.

Sophie décacheta le pli que lui tendait Vassilissa et lut : « L'enfant va naître. Je souffre atrocement. Ici, personne ne me comprend, personne ne m'aime. Venez, je vous en supplie... »

— Quelle heure est-il ? demanda Sophie en repliant le billet.

— Cinq heures du matin, barynia.

— Le temps de m'habiller et je pars ! Dis à Fédka d'atteler la calèche !

Vassilissa joignit les mains :

— Ne voulez-vous pas m'emmener, barynia ? J'ai tellement l'habitude ! Avec moi, elle aura moins mal, la pauvrette !

Sophie réfléchit un instant et dit :

— Tu as raison. Va te préparer.

— Merci, barynia ! balbutia Vassilissa en lui baisant l'épaule.

Sophie referma la porte et regarda Nicolas qui dormait profondément. L'éveiller ? A quoi bon ! Après ce qu'il lui avait raconté de sa dispute avec Sédoff, il n'allait pas prendre le risque de retrouver cet homme au chevet de Marie. Peut-être même, furieux contre son beau-frère, voudrait-il empêcher Sophie de se rendre à Otradnoïé. Sur ce point, elle ne céderait pas. Un devoir impérieux l'appelait. Si Sédoff osait entamer une discussion d'intérêt avec elle, en quatre répliques elle le remettrait à sa place. Elle s'habilla en silence, prit une feuille de papier dans un tiroir et écrivit :

« Mon chéri,

« On m'apprend que Marie est en train d'accoucher. Tu n'as rien à faire là-bas. Moi, si ! Je pars donc, sans déranger ton sommeil. Je reviendrai le plus vite possible. Ne t'inquiète pas. Un tendre baiser sur ton front plein de rêves. — Sophie. »

Elle épinglait la lettre sur l'oreiller, quand Nicolas se retourna en grognant. Vite, elle éteignit la bougie et sortit de la chambre. La maison était silencieuse. Une lumière brillait au bas de l'escalier. Vassilissa obligea Sophie à boire une tasse de thé bouillant et à manger un craquelin, pendant que le palefrenier finissait d'atteler les chevaux. Il faisait encore sombre lorsqu'elles se mirent en route. Mais déjà une certaine légèreté de l'air, une transparence grisâtre à la cime des arbres annonçaient la fin de la nuit.

Au passage d'un petit bois, les voyageuses furent assourdies par le pépiement des oiseaux qui s'éveillaient. Puis, une poussière d'or envahit le monde. La base du ciel s'enflamma, tandis que sa voûte bleuissait derrière un voile de brume. Une gaieté insolite s'empara de Sophie. Elle assistait à la naissance du jour et pensait à une autre naissance, qui se déroulait dans le même temps. Comme elle s'impatientait, Vassilissa la rassura :

— Soyez tranquille, barynia, nous ne serons pas en retard. J'ai interrogé l'homme qui est venu d'Otradnoïé. La pauvrette commençait à peine quand il est parti. Elle a des hanches étroites. C'est son premier. Elle mettra beaucoup de temps et beaucoup de souffrance à le faire.

Néanmoins, Sophie ordonna au cocher d'aller plus vite. Il fouetta ses chevaux. La voiture dansa rudement dans les ornières.

— Reine du ciel ! s'écria Vassilissa. S'il continue, c'est moi qui vais accoucher !

Sophie éclata d'un rire nerveux. Elle avait l'impression qu'une course était engagée entre l'enfant et l'attelage, à qui arriverait le premier. Lorsqu'elle aperçut la maison d'Otradnoïé, elle s'étonna de lui trouver un aspect coutumier, malgré l'événement extraordinaire qui se préparait dans ses murs. Une servante sortit sur le perron.

— Comment va la barynia ? demanda Sophie en mettant pied à terre.

— Elle est en plein travail ! dit la fille d'une voix traînante. Elle vous attend. Si vous voulez me suivre...

En franchissant le seuil de la chambre, Sophie fut brusquement rejetée dans le passé. Cette pénombre chaude, ce lit défait, ces cuvettes, ces linges, cette odeur de peau moite, d'entrailles ouvertes et de vinaigre, tout lui rappelait l'épreuve qu'elle avait subie elle-même pour rien. Elle se précipita vers Marie, qui tendait vers elle un visage exténué, aux yeux luisants de fièvre.

— Merci d'être venue, chuchota Marie. Et Vassilissa aussi est là ! Oh ! comme c'est bien !...

Une matrone s'écarta pour laisser approcher les visiteuses. Sans doute était-ce elle qui dirigeait les opérations depuis le début. En voyant Vassilissa, elle devina une rivale, se renfrogna et dit :

— Faut pas la fatiguer : elle est entre deux poussées.

— On s'en doute ! dit Vassilissa avec un haussement d'épaules.

Elle s'agenouilla devant Marie, la bénit d'un signe de croix et se mit à lui caresser le ventre sous la chemise. Sophie s'assit au chevet de sa belle-sœur et lui prit la main.

— Oh ! comme c'est bien ! Oh ! comme c'est bien ! répétait Marie avec une voix de fillette.

Des larmes coulaient de ses yeux grands ouverts.

— Ne parlez pas tant, dit la matrone.

— Mais si ! dit Vassilissa. Il faut qu'elle parle ! Ça la soulage par le haut !

Marie se dressa sur ses coudes :

— Vous n'entendez pas ?... Des clochettes !... Une calèche !... C'est peut-être lui ?...

— Ça ne peut pas être lui, vous le savez bien ! dit la matrone en secouant la tête. Allons, soyez sage ! Poussez au lieu de bavarder !

Marie retomba sur son oreiller et serra les dents.

— Elle attend son mari, reprit la matrone. Il est reparti en voyage, la semaine dernière.

— Tais-toi, Fiokla ! gémit Marie.

Fiokla était maigre, avec un visage de bois, des bras longs et des mains plus grandes que ses pieds.

— Pourquoi, ma beauté ? dit-elle. Ce qui est vrai est vrai ! Vladimir Karpovitch est un barine très occupé. On ne peut pas lui demander de rester toujours en place. Il va, il vient. D'ailleurs, ici, il nous aurait plutôt gênées. A l'homme la jouissance, à la femme la souffrance. Dieu l'a voulu ainsi !

— Où est-il en ce moment ? demanda Sophie.

— A Saint-Pétersbourg, je crois, répondit Marie. Chez des amis...

Sophie laissa déborder son indignation :

— Il aurait pu attendre quelques jours pour y aller !

— Oh ! non, dit Marie humblement. C'était pressé ! Toujours ces histoires d'argent ! Il espère en trouver là-bas. Et puis, je n'aurais pas voulu qu'il assiste à cela... C'est laid... C'est... c'est répugnant... J'ai honte !...

— Elle devrait être fière et elle a honte ! s'écria Vassilissa.

Un spasme saisit Marie à l'improviste, ses reins se creusèrent, sa face se convulsa, elle poussa une plainte animale.

— Très bien ! dit Vassilissa. Force-toi encore ! Aide-nous !

Serrant la main de sa belle-sœur, Sophie éprouvait le contrecoup de ces élans douloureux et revivait la torture qu'elle-même avait connue jadis. Que n'eût-elle donné, en cette minute, pour être à la place de Marie ! Bientôt, un enfant allait se détacher de cette chair souillée, meurtrie et triomphante. Un enfant qui, lui, ne mourrait pas au bout de quelques jours ! Les cris de la jeune femme se turent. Elle se reposait en attendant la prochaine contraction. Fiokla prétendit lui faire boire de l'eau bénite. Mais Vassilissa avait apporté la sienne dans un flacon. Celle de Fiokla provenait de l'église où Marie avait été mariée, celle de Vassilissa de l'église où elle avait été baptisée. Les deux femmes s'affrontèrent, chacune tenant sa fiole à la main :

— Mon eau à moi a été consacrée par le père Joseph ! dit Vassilissa. C'est un saint homme !

— Moins saint que notre père Ioan ! s'écria Fiokla. Il ne boit jamais, lui !

— Le père Joseph non plus !

— Si !

— Non !

De nouveau, Marie se tordit, comme mordue au flanc. Vassilissa et Fiokla se portèrent à son secours. Elles se bousculaient autour du lit. Leurs mains se touchaient sur le corps à demi nu.

— Laissez-moi ! haletait Marie. Je veux... Vassilissa seule !

Fiokla se redressa, vexée, et dit :

— C'est moi que le barine a choisie pour faire l'accouchement !

— S'il voulait que tout se passe à son idée, il n'avait qu'à ne pas partir ! dit Vassilissa. Il a préféré être un oiseau, ton barine ! Qu'il aille donc pépier ailleurs !

— Je ne te permettrai pas d'insulter mon maître, vieille sorcière ! rugit Fiokla.

Sophie intervint avec autorité, gronda Vassilissa pour son insolence et renvoya Fiokla en l'assurant qu'on la rappellerait quand le travail serait plus avancé.

Après le départ de Fiokla, Vassilissa annonça gaiement :

— Maintenant, à nous deux, ma jolie ! Tu penses bien que je n'allais pas montrer mes secrets devant cette servante d'Hérode !

Et, ouvrant un sac, elle en tira de petits pots, des touffes d'herbes et une icône. Son premier soin fut d'enduire le ventre et les cuisses de Marie avec de la graisse de blaireau. Pendant ce massage, la jeune femme écarquilla les yeux et se mit à parler d'une voix pressée, sifflante, comme dans le délire :

— Je veux que vous sachiez... Mais ne le répétez à personne... Il m'a laissée... Il ne m'aime pas... Il se moque bien que je lui donne un enfant... Pauvre petit !... Il n'est pas encore né et tout est contre lui dans le monde... Nul ne le désire... Il sera malheureux... Comme moi !...

Elle roulait sa tête sur l'oreiller avec une violence maniaque.

— Ne parle pas ainsi, marmonna Vassilissa effrayée, tu vas tourner Dieu contre toi ! Récite une prière plutôt !

Marie refusa. Elle avait trop mal. Vassilissa lui toucha les lèvres, le front et le sein avec un mouchoir imbibé d'eau bénite : « La bonne, celle du père Joseph ! » Un râle roula dans la poitrine de la jeune femme. Ses ongles s'enfoncèrent dans la main de Sophie. Son regard se leva au plafond. Vassilissa dit, d'un ton inspiré :

— Il sera beau ! Il sera fort ! Il sera juste ! Il sera intelligent ! Il sera riche ! Il sera aimé ! Il se nommera Serge !

⁂

Sophie regagna Kachtanovka au crépuscule. Elle rapportait une grande nouvelle : Marie avait donné le jour à un garçon. Nicolas s'en réjouit et voulut faire partager ce bonheur à son père. Une fois de plus, Michel Borissovitch refusa de s'intéresser aux événements d'Otradnoïé. Sophie dut attendre d'être seule avec son mari pour raconter les péripéties de la journée. Il lui reprocha d'être partie sans l'éveiller, mais, au fond, il ne semblait pas mécontent d'avoir été tenu à l'écart de l'affaire. Son égoïsme masculin le prédisposait à ignorer les circonstances pénibles d'une naissance pour mieux goûter la joie du résultat final. Peut-être même ne jugeait-il pas l'absence de Sédoff aussi scandaleuse qu'il voulait bien le dire. Pour sa part, Sophie était surexcitée d'avoir connu jusqu'au bout l'horreur et la beauté de l'enfantement. Couchée dans son lit, la lampe éteinte, elle revoyait avec précision le moment où le paquet de viande rouge avait jailli à l'air libre entre les mains de Vassilissa. Cette force d'expulsion, cette souillure sanglante, ce vagissement de délivrance, tout cela donnait au commencement de la vie l'apparence d'un crime affreux. Plus tard, penchée sur le berceau, elle avait douté que ce bébé fragile, blanc et rose, à la grosse tête aveugle et aux mains parfaites, eût été tiré d'une infecte boucherie. Il était étrangement calme. Il appartenait encore à l'au-delà. Elle l'avait embrassé, comme elle eût cherché la fraîcheur d'une source. Marie, rompue, déchirée, reposait, un sourire aux lèvres. Le bonheur la rendait muette. Sophie prit la main de Nicolas assoupi et la serra doucement, puis plus fort. Une griserie sensuelle la possédait. Enfin, il ouvrit les yeux et se rapprocha d'elle. Dans ses bras, elle continua de penser à l'enfant.

Le lendemain, Nicolas et Sophie se rendirent à Otradnoïé avec Vassilissa, qui apportait un trousseau pour le nouveau-né. Toute la gent féminine de Kachtanovka avait travaillé en cachette à tricoter et à coudre les pièces de cette minuscule garde-robe. Marie reçut le cadeau avec émotion. Les fatigues de la veille l'avaient à peine marquée. Elle rayonnait d'orgueil, couchée près du berceau où respirait son fils. Nicolas le trouva superbe. On chercha des ressemblances. De l'avis unanime, il était tout à fait du côté des Ozareff. Sophie n'osa dire à sa belle-sœur que cette naissance contrarierait Michel Borissovitch. La jeune femme devait s'en douter, du reste, car elle ne posa aucune question au sujet de son père. De même, elle évita toute allusion au voyage de son mari. Nicolas lui demanda si elle avait besoin d'argent. Elle refusa. En partant, il laissa mille roubles sur la table de nuit.

— Je n'ai que vous deux au monde ! chuchota Marie. Vous deux et mon enfant !

⁂

Des semaines s'écoulèrent sans que Sédoff revînt. Chaque fois que Sophie allait à Otradnoïé, elle trouvait Marie plus inquiète et plus renfermée. Le bonheur que lui procurait le petit Serge était assombri par l'ignorance où elle était des intentions de son mari. Elle lui avait écrit vingt fois sans obtenir de réponse. Eût-il voulu l'abandonner avec son enfant qu'il se fût conduit de la même manière. Raisonnée par Sophie, elle acceptait maintenant que son frère l'aidât pécuniairement. Mais Nicolas estimait que cette situation ne pouvait se prolonger. Il envisageait de se rendre lui-même à Saint-Pétersbourg, d'y rechercher le fugitif et de l'obliger, sous la menace, à réintégrer le domicile conjugal. A tout hasard, il écrivit à Vassia pour le prier de se renseigner sur l'adresse exacte, les occupations et les fréquentations de Sédoff. Sa lettre resta sans écho. Enfin, le 9 septembre, il reçut de son ami un billet conçu en termes laconiques : « J'ai quitté Saint-Pétersbourg et suis venu passer deux semaines de vacances dans ma famille. Il faut absolument que je te voie. Tu me trouveras tous les jours à Pskov, au club, à partir de trois heures. »

La sécheresse de cette invitation surprit Nicolas, et aussi le fait que Vassia ne l'eût pas averti plus tôt de son arrivée à Slavianka. Pressentant quelque mystère, il se rendit au club, le jour même, après le dîner. Il découvrit Vassia dans la pièce réservée à la lecture des journaux et se précipita sur lui avec joie. Mais le jeune homme l'arrêta d'un regard dur comme un coup de pointe. Devant ce visage hostile, Nicolas perdit contenance :

— Qu'est-ce qui te prend ? Tu n'es pas content de me revoir ?

— Avant de te répondre, je voudrais te montrer ceci, que j'ai reçu à Saint-Pétersbourg, dit Vassia d'une voix blanche.

Entre ses doigts tremblait un lambeau de papier, couvert d'une écriture régulière. Les caractères imitaient ceux de l'imprimerie. Nicolas saisit le feuillet, lut quelques lignes et une froide angoisse le pénétra :

« Ignorez-vous que votre meilleur ami est l'amant de votre mère ? Je l'espère pour vous, car autrement je ne m'expliquerais pas que vous continuiez à fréquenter Nicolas Mikhaïlovitch Ozareff. Il retrouve Daria Philippovna dans le pavillon chinois, construit, soi-disant, à votre intention. La malheureuse est subjuguée par cet homme sans moralité, qui pourrait presque être son fils. Elle se couvre de ridicule aux yeux de ses voisins. Si vous n'intervenez pas, elle finira de déshonorer votre famille. Un ami qui vous estime trop pour vous cacher plus longtemps cette honte. »

Nicolas replia le billet d'un geste machinal. Son visage restait calme, mais, au-dedans de lui, régnait un désordre de catastrophe. Dénoncé pour une liaison qu'il avait rompue, il ne savait plus s'il devait nier l'évidence ou accepter le reproche avec fierté. Qui avait écrit cette ordure ? Immédiatement, il pensa à son beau-frère. Lassé d'attendre ses dix mille roubles, Sédoff était passé à la vengeance. Mais ce n'était qu'une supposition parmi dix autres. Les preuves manquaient. D'ailleurs, là n'était pas la question. Que faire ? Dans le silence qui se prolongeait, la peur, la colère, le dégoût grandirent en lui comme un orage s'empare du ciel. Affolé, il balbutia :

— Une lettre anonyme !... C'est répugnant !...

— Le procédé importe peu, dit Vassia. C'est la révélation qui compte. Je suis venu ici pour vérifier mes soupçons !

— Tu as osé interroger ta mère ?
— Non. J'ai la faiblesse de la respecter encore. Quoi qu'il arrive, elle ne saura rien de mon inquiétude. Je n'ai pas non plus questionné mes sœurs, par égard pour leur innocence. Ce sont les domestiques qui m'ont renseigné sur vos rendez-vous.
— Et tu les as crus ?
— Les réponses qu'ils m'ont données concordent avec les précisions de ce billet sans signature. Mais cela ne me suffit pas. Je tiens à entendre la vérité de ta bouche. Si tu nies, je te considérerai comme un lâche...
— Et si j'avoue ?
— Tu auras droit à ma haine, mais non à mon mépris !

Nicolas jeta un regard par-dessus son épaule : ils étaient seuls dans la pièce.
— Ecoute, dit-il, cette histoire est absurde ! Notre amitié...
— Ne parle pas de notre amitié ! cria Vassia. Réponds : oui, ou non ! C'est tout ce que je veux savoir !

Il avait un visage de jeune femme irascible. Sa bouche menue se crispait, ses yeux brillaient à l'ombre de ses longs cils, des mèches de cheveux noirs bouclés pendaient sur son front blanc.
— Me donnerais-tu ta parole d'homme qu'il n'y a jamais rien eu entre ma mère et toi ? reprit-il.

Nicolas se gonfla d'honneur, voulut être sublime et dit :
— Soit. Je reconnais les faits.

Les traits de Vassia se tendirent brusquement :
— J'exige une réparation par les armes !
— Tu es fou ? murmura Nicolas, atterré.
— Serais-tu aussi poltron qu'hypocrite ? dit Vassia. Pour moi, la vie n'aura plus de signification tant que je n'aurai pas lavé cet affront dans le sang !
— Non ! Non ! dit Nicolas. Je ne me battrai pas contre toi ! Tu as été mon frère ! L'idée que...

Il n'acheva pas sa phrase. Une gifle s'aplatit sur sa joue. La honte et la rage l'envahirent en grondant. D'un coup d'œil, il s'assura que personne n'était entré pendant la dispute. Un bruit de voix venait de la salle voisine. La respiration entrecoupée, il proféra lentement :
— Tu l'auras voulu, Vassia. J'accepte ton défi. Mais à une condition : nul ne devra savoir les motifs de notre querelle. Pas même nos témoins !
— D'accord, dit Vassia.
— Quel jour choisis-tu ?
— Le plus tôt possible.
— Et nos seconds ? demanda Nicolas.
— Nous les trouverons ici-même, parmi les membres du club. Je pense que Bachmakoff pourrait régler tout cela. Je vais le chercher.

Vassia quitta la pièce et Nicolas resta immobile, sans force pour combattre l'impression de fatalité qui pesait sur ses épaules. Il ne s'éveilla de son hébétude qu'en voyant reparaître son ami, flanqué de Bachmakoff et de

Goussliaroff. Bachmakoff paraissait plus grand et plus robuste encore à côté du jeune Goussliaroff, qui était petit et rondelet, avec une face de lune au front couvert d'un duvet blond. Tous deux avaient des mines graves : Vassia les avait mis au courant du service qu'on attendait d'eux.

— Je serai ton témoin, dit Bachmakoff à Nicolas. Celui de Vassia sera Goussliaroff.

— Parfait, dit Nicolas. Notez, dès à présent, que je souscris à toutes les conditions que mon adversaire désirera imposer à la rencontre. Qu'on en finisse ! N'importe comment, mais vite !

Il ne s'était jamais battu en duel. Vassia non plus. En revanche, Bachmakoff était un habitué des affaires d'honneur.

— Attention, mon cher ! dit-il. Cela ne va pas ainsi ! Certaines règles doivent être respectées. Une première réunion des témoins aura lieu tout à l'heure. Nous rédigerons un projet de protocole...

Nicolas l'interrompit :

— Faites votre cuisine. Je rentre chez moi. Je n'en bougerai que pour me rendre sur le terrain. Vous voudrez bien me prévenir, entre-temps, des dispositions que vous aurez prises !

Et, sans saluer personne, il sortit. Son cheval l'attendait dans l'écurie du club. Il le fit seller et partit pour Kachtanovka. L'air vif de la course ne parvint pas à dissiper son malaise. Ce qui lui arrivait était si absurde qu'il ne se sentait plus le moindre point commun avec le monde où il avait coutume de vivre. Il retrouva Sophie, non comme sa femme, mais comme une étrangère charmante, dont il devait craindre la perspicacité. Pour éviter d'avoir à lui parler, il se réfugia dans son cabinet de travail, sous prétexte de vérifier les comptes du domaine.

A sept heures du soir, Bachmakoff se présenta. Il était guindé, cramoisi, la nuque roide, l'œil funèbre et la moustache hérissée.

— Tout est réglé ! dit-il en s'asseyant dans un fauteuil qui craqua sous son poids.

Nicolas jeta un regard méfiant dans le couloir, ferma la porte et demanda :

— Quand nous battons-nous ?

— Demain, à onze heures du matin, dans un petit bois que je connais, près de la Vélikaïa. Tu passeras me prendre. Je te conduirai.

— Les armes ?

— Pistolets, dit Bachmakoff.

— Quelles sont les autres conditions ?

La moustache de Bachmakoff prit une position oblique, ce qui, chez lui, était le signe de l'embarras :

— Ton adversaire veut donner à cette rencontre un caractère chevaleresque. Il refuse de se contenter d'un simple échange de balles. Sur sa demande, nous avons élaboré les dispositions suivantes... Bien entendu, si elles ne te conviennent pas, nous en chercherons d'autres...

— J'ai affirmé, devant Vassia et Goussliaroff, que j'étais d'accord sur tout, par avance ! grommela Nicolas. Je ne vais pas me dédire maintenant !

— Bon ! dit Bachmakoff. Je n'en attendais pas moins de toi. Donc, voici comment se présente l'affaire...

Il frotta ses mains sèches l'une contre l'autre, plissa un œil et poursuivit d'un ton d'organisateur :

— Vous serez placés à huit pas de distance. Nous jouerons à pile ou face pour savoir lequel des deux tirera le premier. Celui qui sera désigné par le sort recevra un pistolet et nous lui nouerons un mouchoir sur les yeux.

— Pour quoi faire ?

— Pour compliquer sa tâche et mettre à l'épreuve la vaillance et la dignité de l'autre. L'homme désarmé devra, en effet, par ses indications, diriger sur lui le tir de l'homme aveugle. Si celui-ci rate son coup, il deviendra point de mire à son tour. Autrement dit, ayant recouvré la vue, il donnera toutes les précisions nécessaires pour que son adversaire, à qui on aura entre-temps bandé les yeux et remis un pistolet, puisse le viser avec les plus grandes chances de l'atteindre.

— Si je comprends bien, dit Nicolas, ce genre de duel exige que chacun des deux intéressés fasse le nécessaire pour être tué par l'autre.

— Exactement ! dit Bachmakoff radieux. J'ai entendu raconter qu'une telle rencontre a eu lieu, dernièrement, en Prusse. Vassia, à qui j'ai soumis mon projet, en a été enchanté. Il considère, comme moi, que c'est le sommet du raffinement en matière d'explication par les armes.

— Il a raison, dit Nicolas.

— Donc, nous marchons comme ça ?

— Bien sûr !

— Etant donné les conditions exceptionnelles de ce combat, les adversaires seront convenus avoir satisfait aux lois de l'honneur après un seul échange de balles sans résultat.

— Si tu veux.

— Je m'occuperai des pistolets.

— Oui, oui ! soupira Nicolas.

Il avait hâte de voir partir ce visiteur dont la bêtise et la vanité l'accablaient. Pourtant, quand Bachmakoff se fut retiré, il regretta de n'avoir plus personne à qui parler de son prochain duel. Jusqu'à l'heure du coucher, il dut se contraindre affreusement pour dissimuler son tourment à Sophie. Pouvait-elle supposer que l'homme qui l'embrassait, ce soir, avant de se mettre au lit, n'avait qu'une chance sur deux de survivre ?

En éteignant la lampe, il eut l'impression d'être à la fois plus seul et plus libre, plus lucide et plus désespéré. Les yeux ouverts dans l'eau noire de la nuit, il essaya d'analyser son angoisse. Non, il n'avait pas peur de la mort. Il se la figurait comme une chute vertigineuse dans un puits, une douce déperdition de forces, un repos sans fin parmi des allégories bibliques... Mais, s'il eût accepté avec exaltation de se sacrifier pour un noble dessein, il souffrait de risquer inutilement son existence à cause d'une femme qu'il n'aimait plus et qu'il n'avait même, au fait, jamais aimée. Pensant à son idéal politique, à ses amis, à la révolution future, il enrageait que ce rêve de grandeur fût compromis par un petit écart de conduite. Comment Dieu tolérait-il que le châtiment fût si disproportionné à la faute ? Il s'aperçut qu'il plaidait son procès devant un juge qui se trouvait approximativement à l'endroit de l'icône. La flamme de la veilleuse éclairait les dorures de l'image sainte. S'il était écrit que Vassia le tuerait demain, que deviendrait Sophie ? Il fut déchiré de pitié à l'idée du chagrin qu'elle éprouverait par lui. Il l'avait amenée de France en Russie, il l'avait plongée dans une famille étrangère, il n'avait pas su lui donner un enfant, il l'avait trompée et, maintenant, il s'apprêtait à mourir, la laissant seule, déshonorée par un scandale, elle qui eût mérité le plus grand bonheur ! « Si j'en réchappe, songea-t-il, je jure de me consacrer entièrement à ma femme et au bien de l'humanité... » Aussitôt, ses craintes s'allégèrent. Il refusa de croire que la machine de chair et de sang, qui se nommait Nicolas Mikhaïlovitch Ozareff, allait s'arrêter demain, vers onze heures. Il se sentait trop vivant pour s'imaginer en cadavre.

— Tu ne dors pas ? demanda la voix de Sophie dans les ténèbres.

Il sursauta, interpellé par un fantôme. Un goût salé lui vint dans la bouche. Au comble de la tendresse, il répondit faiblement :

— J'allais m'assoupir.

Il resta éveillé toute la nuit. L'aurore le surprit, épuisé, énervé, composant en esprit la lettre qu'il laisserait à sa femme. Il attendit qu'elle fût sortie de la chambre, au matin, pour la rédiger. Mais le texte qu'il avait préparé lui sembla ridicule. Il écrivit sur un feuillet ces simples mots : « Pardonne-moi, ma Sophie, tout le mal que je t'ai fait. Je ne pouvais agir autrement. Je t'aime plus que ma vie. Adieu. » Il glissa le papier dans sa poche : on le trouverait sur lui, s'il était tué.

Pour ce qui serait peut-être sa dernière apparition dans le monde, il voulait être particulièrement élégant. Il se rasa de près, mit du linge fin, noua une belle cravate et revêtit une redingote de couleur prune, à collet noir. Cette toilette soignée ne l'empêcha pas d'être, pour ses proches, le Nicolas de tous les jours, insouciant et aimable. Sophie lui demanda ce qu'il allait faire à Pskov de si bonne heure. Il répondit que Bachmakoff désirait avoir son avis sur une jument qu'on cherchait à lui vendre.

— Mais tu seras de retour pour le dîner ! dit Sophie.

— Bien sûr ! dit-il.

Et son cœur se serra douloureusement. Michel Borissovitch le pria de lui rapporter du tabac. Il promit de ne pas l'oublier.

— Quelle belle matinée ! dit-il en mettant le pied à l'étrier.

La selle neuve grinça légèrement sous lui. Le cheval bougea les oreilles. « Pourquoi ai-je vécu ? se dit-il. Pour rien ! Pour rien !... » Son père et sa femme étaient sortis sur le perron. Il enveloppa d'un regard triste les deux silhouettes familières, la vieille maison rose, avec ses colonnes blanches, les arbres jaunissants, tout cela que, peut-être, il ne reverrait plus. Puis, sans courage devant l'afflux des souvenirs, il poussa son cheval dans l'allée des sapins noirs.

Quand Nicolas et Bachmakoff arrivèrent dans le petit bois, au bord de la Vélikaïa, Vassia et Goussliaroff se trouvaient déjà sur les lieux. De grêles bouleaux, au feuillage d'or, entouraient un espace d'herbe fanée. Bien que le soleil fût déjà haut dans le ciel, une brume ténue, montant de l'eau, s'accrochait aux branches. Il faisait frais. L'air sentait la vase, la mousse, le feu de bois. Un corbeau passa en croassant. « Mauvais présage ! » se dit Nicolas. Il attacha son cheval et celui de Bachmakoff à un arbre. Goussliaroff et Vassia étaient venus en voiture. Le cas échéant, elle servirait d'ambulance. Mais on n'avait pas jugé utile d'amener un médecin.

Vassia, pâle dans une redingote noire, était assis sur une pierre et mordillait un brin de paille. Il ne leva même pas les yeux sur les nouveaux venus. Nicolas ne pouvait se résoudre à l'idée qu'il était en présence non d'un ami de jeunesse, mais d'un ennemi acharné à sa perte. Contre toute vraisemblance, il espérait encore que ce garçon taciturne se précipiterait vers lui, l'embrasserait et renoncerait en pleurant à l'épreuve. Mais le temps s'écoulait et Vassia ne bougeait pas. Déjà, les témoins, marchant côte à côte — l'un tout petit, l'autre très grand —, mesuraient les huit pas convenus. Ils posèrent leurs chapeaux aux endroits où devaient se tenir les deux adversaires. Puis, ils se consultèrent à voix basse. Chacun avait apporté des pistolets de duel dans un coffret. Ils comparèrent les armes, les vérifièrent, les chargèrent. De toute son âme, Nicolas souhaitait que le sort désignât Vassia pour ouvrir le feu. « S'il en est ainsi, se disait-il, je n'aurai pas de problème à résoudre : ou il me tuera et tout sera fini, ou il me ratera et, quand viendra mon tour, je déchargerai mon arme en l'air. Mais, si c'est à moi de tirer le premier, que devrai-je faire ? Essayer de l'abattre, ou l'épargner en acceptant que lui, ensuite, ne me manque pas ? »

— Est-ce bientôt fini ? demanda-t-il sèchement.

Vassia redressa la tête et lui adressa un regard de mépris.

— Voilà ! Voilà ! dit Bachmakoff. Nous allons tirer au sort.

— Je prends pile, dit Vassia.

— C'est bon, dit Nicolas.

Bachmakoff lança en l'air une pièce d'argent. Elle tourna sur elle-même et tomba dans l'herbe piétinée. Quatre têtes se penchèrent ensemble vers le sol.

— Face ! annonça Goussliaroff. Nicolas Mikhaïlovitch, à vous l'honneur...

Nicolas tressaillit sous le coup de la déception. Son cœur battait au milieu d'un vide sonore. Il se dirigea vers la place qui lui était assignée. Vassia se campa, raide, à huit pas de distance.

— Choisissez, dit Goussliaroff, en présentant à Nicolas un coffret où reposaient deux pistolets identiques, aux longs canons gravés.

Nicolas prit une arme au hasard. Elle lui parut lourde, mais bien équilibrée. Bachmakoff sortit un fichu noir de sa poche, et, passant derrière son ami, lui banda les yeux.

— Me jurez-vous sur l'honneur que vous ne voyez plus ? demanda Goussliaroff.

— Je vous le jure, dit Nicolas.

Il avait l'arête du nez écrasée par le mouchoir. Le nœud, très serré, appuyait en boule à la base de son crâne Un parfum de tabac et de cosmétique lui emplit la tête : l'odeur de Bachmakoff. Nuit complète. Plus une seconde à perdre. La même question se posa à son esprit avec plus d'acuité encore : « Tuer Vassia pour être sûr de rester en vie, ou lui laisser la vie au risque d'être tué ? »

— Prêt ? demanda Bachmakoff.

— Prêt, dit Nicolas.

Et il leva son bras avec lenteur. Il imaginait Vassia, pâle, droit, le regard fixe, plein de terreur et de courage. Vassia qui n'avait rien à se reprocher, Vassia dont les plus belles années étaient dans l'avenir !... En comparaison de ce garçon, il se sentait usé, flétri, inutile. L'arme pesait au bout de son poignet. Il abaissa le canon, visant au jugé dans les ténèbres. La voix de Vassia frappa ses oreilles. Elle sortait de la tombe :

— Plus bas... Plus à gauche... Là, un peu plus à droite maintenant... Non, c'est trop... Très bien... Encore un peu... Encore...

Nicolas obéissait docilement à ces indications : un assassin encouragé par sa victime !

— Parfait, dit Vassia. Ne bougez plus, Tirez !

Ce vouvoiement étonna Nicolas. Il comprit, soudain, qu'il aimerait mieux se tuer lui-même. Sa main se mit à trembler.

— Eh bien ! Tirez ! Tirez ! Qu'attendez-vous ? hurla Vassia d'une voix hystérique.

Nicolas pointa son pistolet vers le haut et pressa sur la détente. La détonation l'assourdit, en même temps qu'il percevait le recul de l'arme jusque dans son épaule. Il arracha son bandeau. La clarté du jour l'éblouit. Il était heureux d'avoir tiré en l'air. A huit pas devant lui, Vassia, défiguré par la colère, cria :

— Ne croyez pas m'enchaîner par votre geste magnanime ! Il n'y a pas de place pour la gratitude entre nous ! J'entends disposer de mon droit !

— Qui t'en empêche ? dit Nicolas.

Et il pensa : « Continuera-t-il à me haïr après m'avoir tué ? » Déjà, Bachmakoff présentait les pistolets à Vassia, lui bandait les yeux et posait la question rituelle :

— Me jurez-vous sur l'honneur que vous ne voyez plus ?

— Je vous le jure, dit Vassia.

Il effaça une épaule et brandit son arme. Jeune dieu, aveugle comme la Fortune, il attendait qu'une voix le mît en mouvement. Sous les regards attentifs des témoins, Nicolas ne pouvait manquer à son devoir. D'ailleurs, il n'avait nulle envie de tricher. S'il avait souffert au moment où il tenait l'adversaire à sa merci, il n'avait plus peur depuis qu'à son tour il servait de cible. La vie, la mort, tout lui était indifférent. Il lui sembla qu'il se désincarnait, qu'il traversait une pellicule d'air transparent, qu'il passait de l'autre côté. Il s'emplit les yeux des pâles couleurs de l'automne et dit :

— Tu n'y es pas du tout... Reviens sur ta gauche... Lève un peu ton arme... Moins que ça...

Le pistolet se déplaçait avec circonspection. Enfin, il s'immobilisa dans la bonne ligne. La bouche du canon était un petit œil noir et méchant dardé sur Nicolas. « Il ne peut pas me rater », se dit-il. Et il cria :

— Ne bouge plus ! Tire !

Très vite, il songea à Sophie, à ses amis... Un coup de feu. La balle siffla à son oreille gauche. Le premier instant de surprise passé, il constata qu'il était debout, sans une égratignure, et que son cœur battait régulièrement. La fumée se dissipa. Vassia, l'air furieux, rendit son pistolet à Goussliaroff.

— Messieurs, dit Bachmakoff, vous avez satisfait aux conditions de l'honneur. Comme convenu, il n'y aura pas d'autre échange de balles. Voulez-vous vous réconcilier sur le terrain ?

Vassia secoua la tête négativement. Ses yeux flambaient.

— C'est impossible ! balbutia-t-il. Je n'exigerai pas un autre duel, mais ne me demandez pas de serrer la main de cet homme ! Tout est fini entre lui et moi ! Je ne le connais plus ! Adieu !

Il se dirigea d'un pas vif vers sa voiture, suivi de Goussliaroff, qui trottinait sur ses courtes jambes. Bachmakoff partit d'un rire en fanfare :

— *Finita la commedia !* Tout s'est très bien passé ! Tu es content ?

— Très content, dit Nicolas.

Il ressentait, de la tête aux pieds, un soulagement sans joie, comme si, en gardant la vie sauve, il eût perdu au change. Son seul plaisir était de penser que Sophie ne se douterait de rien. Il tira de sa poche la lettre qu'il avait écrite à l'intention de sa femme, la relut avec mélancolie et la déchira. Les morceaux s'éparpillèrent dans l'herbe.

— Invite-moi à dîner au club pour fêter l'heureuse issue de cette rencontre ! proposa Bachmakoff.

— Non, dit Nicolas. On m'attend à la maison.

En passant par Pskov, il acheta du tabac pour son père.

11

Avec le temps, Nicolas comprenait mieux que ce duel, dont il était sorti apparemment indemne, l'avait, en fait, profondément marqué. Un homme avait quitté cette maison pour se battre, un autre homme y était revenu, désabusé, assagi, pensif. Convaincu que Sédoff était l'auteur du billet anonyme, il méditait de se rendre à Saint-Pétersbourg pour l'obliger aux aveux et le mettre hors d'état de nuire. Par quel moyen ? Il ne le savait pas au juste. Le personnage était dangereux. Aux dénonciations d'ordre sentimental pouvaient succéder les dénonciations d'ordre politique. Nicolas eût préféré mourir, plutôt que de voir ses amis compromis par sa faute ! Kostia Ladomiroff lui adressait des appels toujours plus pressants : « Ryléïeff nous parle souvent de toi... Tu pourrais nous rendre de grands services... Quel dommage que tu habites si loin ! » Il montrait ces lettres à Sophie. Elle ne paraissait pas deviner ce qu'il espérait.

Profitant de l'absence prolongée de Sédoff, elle passait des journées entières à Otradnoïé, auprès de Marie et du petit Serge dont elle était ravie.

Aux premières pluies d'automne, l'humeur de Nicolas s'assombrit encore. Il songeait souvent à Vassia, qui était reparti sans consentir à le revoir. La campagne, dépouillée, détrempée, s'enfonçait dans la boue et la brume. La saison des théâtres s'ouvrait à Saint-Pétersbourg, les réunions chez Ryléïeff devaient être de plus en plus captivantes, et, ici, la meilleure distraction était d'entendre chanter le vent, craquer les arbres et ruisseler les gouttières. Comment se faisait-il que Sophie ne fût pas, elle aussi, accablée d'ennui par la perspective de passer encore un hiver à Kachtanovka ? A étudier le comportement de sa femme, Nicolas se persuadait que cette républicaine était, en réalité, très heureuse dans son rôle de maîtresse d'une grande terre. Tout en réprouvant les mœurs barbares de la Russie, elle s'accommodait du pouvoir qui lui était donné sur deux mille paysans serfs. En essayant d'améliorer leur sort, elle agissait par bonté d'âme, certes, mais aussi par désir de diriger la vie des autres. Même pour complaire à son mari, même pour participer avec lui à la lutte pour la liberté, elle ne se résignait pas à quitter le domaine. Sans doute, l'idée qu'elle était partie de rien pour gagner la confiance de tant de gens, à commencer par son beau-père et à finir par le dernier des moujiks, l'attachait farouchement à ces lieux où elle était arrivée jadis en intruse. Kachtanovka était sa conquête. L'orgueilleux Michel Borissovitch lui-même ne le contestait plus. Nicolas ne pouvait penser à son père sans acrimonie. Quel jeu jouait-il entre ses enfants ? Il s'était promptement rétabli, montait à cheval pour de courtes promenades et parlait d'organiser de nouveau une battue aux loups. Le dernier dimanche du mois d'octobre, il fut prié à dîner par le gouverneur de Pskov, von Aderkas, qui, chaque année, à la même date, réunissait chez lui des notables de la région. Pour la première fois depuis longtemps, Michel Borissovitch, chapitré par Sophie, résolut d'accepter l'invitation.

Le jour venu, ce fut elle qui choisit la façon dont il s'habillerait. Elle disait qu'il avait le devoir d'être d'autant plus élégant que ses visites dans le monde étaient rares. Il mit longtemps à se préparer et quitta sa chambre comme un ours sortant de sa tanière. L'œil inquiet, il quêtait l'approbation de Sophie. Elle le félicita, rectifia du doigt le tour de sa cravate et exigea de voir ses lunettes. Il s'était bien gardé de les nettoyer. Elle le réprimanda et frotta les verres avec son mouchoir, tandis qu'il souriait de contentement. M. Lesur demanda la permission de profiter de la voiture pour aller à Pskov. Il avait, disait-il, des emplettes à faire en ville. Mais, sans doute, n'était-ce là qu'un prétexte pour passer une heure, seul à seul, avec Michel Borissovitch en calèche : toutes les occasions lui étaient bonnes pour se rapprocher de son tourmenteur. Après avoir taquiné le Français jusqu'à lui tirer des larmes, Michel Borissovitch lui cria de se dépêcher, que les chevaux étaient prêts, qu'on n'attendait que lui !... M. Lesur grimpa dans sa chambre et en redescendit bientôt, les souliers cirés, la calvitie parfumée et le gilet boutonné de travers. Nicolas et Sophie assistèrent, du perron, au départ des deux hommes. Assis à côté de l'imposant Michel Borissovitch, le précepteur, tout petit, ratatiné dans son paletot, le chapeau sur les yeux, la face épanouie, était un enfant qu'on emmène à la foire.

Il y avait des années que Nicolas et sa femme n'avaient dîné en tête-à-tête. Sophie se réjouissait de cette circonstance, mais ne pouvait s'empêcher de penser constamment à son beau-père. Cette maison n'était concevable pour elle qu'animée par la présence de Michel Borissovitch. Il suffisait qu'elle regardât le fauteuil où il avait coutume de s'asseoir pour n'être plus seule avec son mari. Nicolas, en revanche, paraissait libéré d'une contrainte. Dès le début du repas, il se remit à parler d'une lettre de Kostia Ladomiroff, qu'il avait lue, la veille, à Sophie. Tout à coup, il affermit le ton et passa à l'attaque :

— Il faut prendre une décision, Sophie. Si nous devons rester ici d'un bout à l'autre de l'année, je périrai d'ennui, de désœuvrement, de désespoir !...

Jamais encore il ne s'était plaint devant elle avec autant d'amertume.

— Tu voudrais partir de nouveau ? demanda-t-elle.

— Oui, dit-il. Avec toi !

Elle redoutait cette réponse.

— Comment peux-tu ne pas te plaire à Kachtanovka ? soupira-t-elle.

— Et toi, Sophie, comment peux-tu t'y plaire, après avoir connu Paris et Saint-Pétersbourg ?

Elle sourit :

— Il y a dans les villes une agitation, un faux éclat qui me font horreur. Ici, tout est vrai, tout est simple, tout pèse son juste poids...

— Je penserais comme toi, peut-être, si je me désintéressais de l'avenir de mon pays ! Mais tu sais que des camarades m'attendent à Saint-Pétersbourg, tu sais que je brûle de me dévouer à leur cause ! Tu ne vas pas me désapprouver quand je parle de les rejoindre ! Après tout, c'est toi qui m'as poussé dans cette voie ! Avant de te connaître, je n'entendais rien à la politique, je ne voyais pas l'utilité de supprimer le servage, j'ignorais même, à peu près, ce que c'était qu'une constitution !

Elle s'attendait depuis longtemps à ce grief ! Oui, il pouvait paraître étrange à Nicolas qu'après lui avoir donné le goût de la liberté elle ne l'encourageât pas davantage dans son entreprise. Comment lui faire comprendre que la vie avait émoussé en elle la passion des idées, qu'elle préférait le commerce des petites gens à celui des grands esprits, que son bonheur était devenu terrestre, immédiat, quotidien ?...

— Je voudrais te mettre en garde contre ton enthousiasme, dit-elle doucement.

— Que lui reproches-tu, à **mon** enthousiasme ? s'écria-t-il. Te serais-tu convertie au monarchisme, par hasard ?

Elle l'observa dans sa colère avec l'espèce de sollicitude critique, d'affection sans aveuglement qui lie le maître à l'élève :

— Non, Nicolas, je n'ai pas varié dans mes opinions.

— Tu n'aurais pourtant pas tenu ce langage en France !

— En France, j'étais chez moi, parmi des compatriotes dont les réactions m'étaient compréhensibles...

— Ne dirait-on pas que tu viens de débarquer en Russie ? Il y a des années que tu vis parmi nous !...

— Des années, oui, murmura Sophie. Et, cependant, je me sens politiquement étrangère à la nation russe. Chaque fois que je veux agir, quelque chose me gêne, m'inquiète, me surprend. Il me semble que je n'ai pas les qualités requises pour détruire l'ordre d'un pays où je ne suis pas née. Pour un peu — tu vas rire —, je croirais manquer aux lois de l'hospitalité si je vous aidais à implanter ici les idées républicaines que je défendais en France !

Il se renversa sur sa chaise et grommela :

— C'est bien ce que je disais : tu es contre la révolution !

— Absolument pas ! Je la considère même comme indispensable. Mais je ne me reconnais pas le droit de m'en mêler personnellement. T'ai-je assez répété que ce nouveau régime devait être pensé, préparé, institué par des Russes, autrement dit par toi et par tes amis ? Tout ce que je puis faire, moi, c'est former les paysans à recevoir le bonheur que vous leur donnerez un jour. Pour cela, je n'ai nul besoin d'aller en ville ! Il faut même évidemment que je reste à la campagne...

Elle parlait des moujiks et songeait à Michel Borissovitch. Lui aussi avait besoin d'elle. Soudain, elle se réjouit de le revoir pour le souper. Il lui raconterait le dîner chez von Aderkas en critiquant le menu, en se moquant des convives. Elle lui reprocherait d'être peu sociable. Il conviendrait qu'elle avait raison. Peut-être, ensuite, feraient-ils une partie d'échecs... Elle entendit Nicolas qui disait :

— Nous pourrions n'y passer qu'une quinzaine de jours...

— Non, Nicolas, répondit-elle, ma place est ici.

— Je sais pourquoi tu ne veux pas partir : c'est à cause de père !

— En effet. Il est âgé. Sa santé m'inspire des inquiétudes...

— Allons donc ! dit-il en riant. Quand il te regarde, il a vingt ans !

Elle s'offusqua de cette mauvaise plaisanterie.

— Je te taquine ! reprit-il. D'ailleurs, il n'est pas le seul qui te retienne. Il y a Marie ! et Serge ! Et les moujiks ! Aussi incroyable que cela paraisse, c'est tout ce monde-là qui nous empêche de vivre comme nous l'entendons !

— Pourquoi ne retournerais-tu pas seul à Saint-Pétersbourg ? dit-elle.

Il la considéra avec étonnement :

— Nous n'allons pas nous séparer encore !

Elle sourit :

— M'oublies-tu tout à fait quand tu es loin de moi ?

— Non seulement je ne t'oublie pas, s'exclama-t-il, mais, dès le moment où je te quitte, je rêve de celui où je te retrouverai !

— Attention ! S'il en est ainsi, je vais te conseiller de partir très souvent en voyage !

— Je ne le supporterais pas, dit-il. Mais, là, tu ne peux savoir comme j'ai envie de revoir les amis ! Je devine que de grandes choses se préparent ! Si je devais manquer une réunion importante, je ne m'en consolerais jamais ! Ah ! Sophie, que c'est bon d'avoir un idéal ! Combien je te remercie de m'avoir révélé le bonheur de vivre intensément par l'esprit !

Elle l'approuva en faisant de petits hochements de tête. Cette fougue juvénile l'amusait, la charmait.

— Eh bien ! va à Saint-Pétersbourg, Nicolas, dit-elle. C'est moi qui te le demande !

Michel Borissovitch ne rentra qu'à cinq heures de l'après-midi. En le revoyant, Sophie eut un élan de joie et s'aperçut qu'elle n'avait cessé de l'attendre. Le dîner de von Aderkas l'avait fatigué.

— Je vous raconterai tout ce soir ! dit-il.

Et il se retira dans sa chambre. Mais, au lieu de faire sa sieste, il appela son fils. Nicolas le trouva étendu sur le canapé de cuir noir, un coussin sous la nuque et les jambes couvertes d'un plaid écossais. Les yeux clos, Michel Borissovitch respirait fort, à la manière d'un dormeur. En entendant la porte qui se refermait, il dit sans relever les paupières :

— C'est toi, Nicolas ?

— Oui.

— Qu'est-ce que c'est que cette histoire de duel ?

Nicolas tressaillit, et, pour gagner du temps, marmonna :

— Un duel ?

— Oui, on m'en a parlé chez von Aderkas. Il paraît que tu t'es battu contre Vassia Volkoff !

Incapable de nier les faits, Nicolas proféra d'une voix défaillante :

— C'est exact.

Aussitôt, une terreur le saisit à l'idée que son père connaissait, peut-être, le motif de la rencontre.

— Vous vous étiez disputés ? demanda Michel Borissovitch.

— Oui.

— Pourquoi ?

Nicolas reprit espoir : son questionneur ne savait rien de précis.

— Je veux bien vous le dire, père, murmura-t-il ; mais promettez-moi de ne pas le répéter à Sophie... Elle n'est pas au courant... C'est une affaire d'honneur, vous comprenez, une affaire d'hommes...

— Tu as ma parole, dit le gisant.

Seules ses lèvres avaient bougé dans sa figure de pierre.

— Eh bien ! voilà, dit Nicolas, Vassia Volkoff m'a accusé de tricher au jeu...

En prononçant cette phrase, il se demanda quand il l'avait préparée. Cette aisance dans l'invention lui rappela les premiers temps de son mariage, alors qu'il mentait à son père, pour le convaincre d'accueillir sa femme, et à sa femme, pour excuser la rudesse de son père.

— Tiens ? dit Michel Borissovitch. Cela ne ressemble guère à ce garçon !

— J'en ai été moi-même surpris, dit Nicolas. Mais il a beaucoup changé à Saint-Pétersbourg. Il est devenu ombrageux, vaniteux, vindicatif... Comme il m'a fait cette remarque devant témoins et que j'ai refusé de lui présenter des excuses, il a exigé une réparation par les armes ! Devais-je me dérober ?

— Non, évidemment ! grogna Michel Borissovitch. Mais c'est stupide ! L'un de vous aurait pu rester sur le terrain ! Tout ça pour une peccadille ! Ah ! jeunesse !...

Soudain, il ouvrit un œil. Nicolas fut frappé par un regard perçant, qui semblait mettre en doute la sincérité de ses explications. Pour éviter que son père ne revînt à la charge, il décida de l'embarrasser à son tour. Connaissant le point faible de son adversaire, il annonça d'un ton léger :

— Au fait, je me suis mis d'accord avec Sophie pour ce voyage à Saint-Pétersbourg...

Il avait bien dirigé son coup. Michel Borissovitch s'assit sur son séant. Ses gros sourcils se froncèrent. Il bredouilla :

— Quel voyage ?

— Sophie ne vous a pas averti ?

— Non.

— C'est vrai ! Tout s'est décidé si vite ! D'ailleurs, nous n'avons pas encore fixé la date du départ. Dans quatre ou cinq jours, je pense...

Tout en parlant, il jouissait du désarroi où il voyait son père.

— Tu es fou ? dit Michel Borissovitch. Que vas-tu faire là-bas ? Te battre de nouveau contre Vassia Volkoff ?

— Certainement pas, dit Nicolas. Nous nous sommes quittés froidement, mais honorablement. Non, ce sera, je l'espère, un voyage de distraction. J'ai besoin de me changer les idées...

— Mais c'est... c'est impossible !... C'est la plus mauvaise saison pour voyager !... Et puis, la maison est vendue !... Où logeras-tu avec ta femme ?

Nicolas estima que le jeu avait assez duré.

— Comment avez-vous pu croire que Sophie m'accompagnerait, père ? dit-il avec un sourire sarcastique.

— Elle n'ira pas avec toi ? demanda Michel Borissovitch.

— Mais non ! Elle restera ici. Avec vous.

Michel Borissovitch eut de la peine à cacher son bonheur. Ses lourdes joues frémirent. Toute sa figure revêtit un caractère de désordre et de triomphe.

— Eh bien ! Etes-vous content ? dit Nicolas.

— Pas du tout ! répondit Michel Borissovitch. Je trouve cette séparation entre époux désolante. Mais, enfin, si c'est votre idée à tous les deux...

« Il ment autant que moi, mais plus mal ! » pensa Nicolas avec dégoût. Debout devant le canapé, il lut dans les yeux de son père un secret informe, quelque chose de méchant et de joyeux à la fois, haussa les épaules et marcha vers la porte.

12

A peine la calèche eut-elle franchi la barrière d'Otradnoïé que Sophie voulut rebrousser chemin. Parmi un groupe d'hommes qui se pressaient devant la maison, elle avait reconnu de loin la silhouette maigre de Sédoff. Si elle avait su qu'il était rentré de Saint-Pétersbourg, elle ne serait pas venue. Roulant et cahotant dans la boue de la cour, la voiture s'arrêta devant le perron. Sédoff aida Sophie à descendre. Il portait de hautes bottes crottées et un gilet rouge à boutons de cuivre, sous une veste de velours noir.

— Soyez la bienvenue, dit-il avec une amabilité appuyée. Marie ne vous attend pas, mais elle sera ravie de vous voir. Elle doit être dans sa chambre. Je ne vous accompagne pas...

Sophie répondit froidement à son salut et gravit les marches. Toute la demeure semblait vide. Du côté de l'office, des paysannes sanglotaient comme à un enterrement. Sophie frappa à la porte de la chambre à coucher. Une seconde plus tard, Marie était dans ses bras, la figure marquée par l'émotion.

— Que se passe-t-il? dit Sophie. Vous paraissez bouleversée!

— N'avez-vous rien remarqué dehors? demanda Marie.

— J'ai rencontré Vladimir Karpovitch...

— Oui, il est arrivé avant-hier. Mais ces hommes, vous les avez vus? Ce sont des acheteurs...

— De quoi?

— De serfs, de chevaux, de bétail. Mon mari a décidé de vendre le peu qui nous reste. Nous ne garderons que la maison, un cheval, deux vaches, trois ou quatre domestiques. Je continuerai d'habiter ici avec le bébé. Vladimir Karpovitch, lui, aura un petit logement à Saint-Pétersbourg, pour ses affaires. Il viendra me voir, de temps en temps...

Sophie était consternée mais n'osait le dire, par crainte d'aggraver la situation. Après tout, il était possible que Marie fût plus heureuse dans cette retraite campagnarde qu'à Saint-Pétersbourg, auprès d'un homme qui ne l'aimait pas. Quoi qu'il en fût, la manœuvre de Sédoff était abominable; il liquidait tous ses biens, il abandonnait femme et enfant, il fuyait avec l'argent du ménage.

— N'aimeriez-vous pas aller, vous aussi, à Saint-Pétersbourg? demanda Sophie.

— Non, répondit Marie précipitamment. Je déteste la ville. Je m'y ennuierais. Je l'ai dit à Vladimir Karpovitch...

Par orgueil, elle feignait de prendre à son compte une décision qui lui était évidemment imposée par Sédoff. Depuis son mariage, elle était ainsi déchirée entre le besoin d'avouer sa détresse et celui de se prétendre heureuse. Une vilaine robe lilas tendre, à galons bleus, moulait sa taille et tournait en draperies compliquées autour de ses hanches. Elle s'était rapprochée de la fenêtre.

— Regardez, dit-elle. C'est affreux!...

Des domestiques s'avançaient en file vers un chariot couvert. L'homme qui les avait achetés — sans doute pour un propriétaire foncier des environs — les arrêtait au passage, les reluquait sous le nez, palpait le bras de l'un, ouvrait la bouche de l'autre, s'essuyait les doigts à son pantalon et cochait un nom sur sa liste. Les femmes avaient droit à une claque sur la croupe. Jeunes ou vieilles, toutes pleuraient. Elles avaient dû mettre leurs jupes l'une sur l'autre, car elles paraissaient énormes. Les épaules rondes, elles traînaient de lourds ballots d'étoffe, d'où émergeaient une louche, une queue de poêle. Marie les nommait à voix basse :

— Matriona, Xénia, Eudoxie, Zoé...

A l'autre bout de la cour, des maquignons examinaient les chevaux. Un moujik tira la première bête de la rangée par un bridon et la fit trotter. C'était une jument grise, au pelage terne, à la grande tête somnolente. Pour l'inciter à relever l'allure, Sédoff claquait dans ses mains, piétinait, sifflait. Le cheval s'effraya, traîna un moment le palefrenier au bout de sa longe, puis, de nouveau, se laissa guider. Le second ne fut pas plus fringant. Encore deux rosses aux flancs cerclés de côtes accomplirent leur petit tour de trot et reprirent leur place, en soufflant de misère. Les marchands avaient des mines désabusées. Comme pour les serfs, ils inspectèrent l'œil, la denture, la musculature des animaux. La discussion commença. Sédoff gesticulait et parlait avec importance, mais Sophie n'entendait rien à travers l'épaisseur des doubles carreaux.

Des vagissements retentirent dans la pièce voisine. Marie alla chercher son fils qui s'éveillait. Il parut sur les bras de Mélanie, une nourrice au chef couronné d'un diadème de verroterie et de rubans multicolores. Mélanie était grande, jeune, avec une poitrine rebondie, un teint rose et des prunelles de veau. Pendant qu'elle déboutonnait son corsage, Sophie coucha le bébé sur ses genoux. Il avait une tête parfaitement ronde, un mufle de petit animal et de gros yeux bruns, luisants, noyés de rêve. Remuant et grognant, il suivait une aventure intérieure. Soudain, il sourit à Sophie. Elle en fut étonnée comme d'un signe de l'autre monde et chuchota :

— Vous avez vu ?

La nourrice lui reprit l'enfant. Il se saisit d'un sein volumineux et se mit à téter.

— Cette fille restera avec vous, j'imagine ? dit Sophie en français.

— Oui, répondit Marie. Je la garde, ainsi que Fiokla, Pulchérie, Arsène...

Les deux jeunes femmes retournèrent à la fenêtre. Une partie du convoi s'ébranlait déjà. Les chariots transportant des serfs roulaient par-devant. Des visages barbus passaient entre les pans de la bâche. Une main dessina le signe de la croix dans l'air gris. Quatre chevaux suivaient, la figure muselée par un bridon de cordes. Enfin, venaient deux vaches, que touchait un gamin en guenilles et pieds nus.

— Nous voici encore un peu plus pauvres ! soupira Marie.

A intervalles réguliers, la bouche de Serge émettait un bruit de succion.

— Pas si vite, goulu ! dit la nourrice.

Sédoff entra dans la chambre. Il paraissait content de lui.

— C'est fini, dit-il. Je me suis fait plumer, comme je l'avais prévu. Mais au moins, maintenant, la route est libre !

Puis, avisant la nourrice, il eut une grimace de répulsion, claqua des doigts en direction de la porte et gronda :

— Je déteste ces exhibitions de mamelles !

La nourrice, épouvantée, sortit à reculons. Il n'eut pas un regard pour son fils qu'elle emportait. Les yeux de Marie s'assombrirent de tristesse. Elle baissa la tête. Sédoff se tourna vers Sophie et dit aimablement :

— Quel dommage que votre mari ne soit pas venu avec vous !

— Il est à Saint-Pétersbourg, dit Sophie.

— Allons bon ! Quand est-il parti ?

— Au début de la semaine.

— Nous nous sommes donc croisés sans le savoir ! On se déplace beaucoup, en Russie, ces derniers temps. Notre souverain nous donne l'exemple. Quelle extraordinaire randonnée pour un chef d'Etat ! Traverser tout le pays en cette saison ! Descendre vers le Sud ! Passer des inspections, des revues !... Le tsar a une santé de roc ! Nicolas Mikhaïlovitch se trouve dans la capitale pour affaires, sans doute ?

— Sans doute, dit Sophie.

— S'il reste là-bas quelques jours encore, j'aurai le plaisir de l'y rencontrer. Je reprends la route après-demain. Et je ne reviendrai pas de sitôt à Otradnoïé. Ma femme a dû vous mettre au courant de nos intentions.

— Oui, murmura Sophie.

Elle aurait voulu s'en tenir là. Mais l'attitude provocante de son beau-frère l'exaspérait. Sans réfléchir, elle dit :

— N'avez-vous pas quelque scrupule à laisser Marie seule avec son enfant ?

— Elle ne sera pas seule ! dit-il. Sa famille se rapprochera d'elle, dès que j'aurai le dos tourné. Ai-je tort de croire qu'elle pourra toujours compter sur vous, en cas de besoin ?

— De quelque secours que je puisse lui être, répliqua Sophie, je ne remplacerai jamais son mari ! Si elle vous a épousé, ce n'est pas pour vivre loin de vous ! Si elle a eu un enfant de vous, ce n'est pas pour l'élever comme s'il était sans père !

Les traits de Sédoff se durcirent. Ses yeux se rapetissèrent dans la haine. Il prononça d'une voix sèche :

— Je n'ai pas voulu cette naissance !

Marie cacha son visage dans ses mains. Prise entre le désir de consoler la jeune femme et celui de rabrouer Sédoff, Sophie demeura un moment interloquée. Puis, sa colère l'emporta. Elle oublia toute prudence.

— Et votre mariage, vous ne l'avez pas voulu non plus, peut-être ? dit-elle.

— Si, répondit Sédoff. Mais je me suis trompé.

— Dans vos sentiments ou dans vos calculs ?

— Dans les deux !

Marie balança la tête sans désunir ses doigts et gémit :

— Taisez-vous !...

Ni son mari ni sa belle-sœur ne l'entendirent. Dressés face à face, ils se défiaient du regard.

— Ce que vous venez de dire est indigne ! balbutia Sophie.

— Comme si vous ne le soupçonniez pas ! s'écria-t-il en riant.

Et, reprenant le masque de la fureur, il poursuivit :

— Assez de singeries ! Notre ménage n'est peut-être pas une réussite. Mais Marie et moi essayons d'éviter le pire. Ne venez donc pas tout brouiller avec vos conseils. Ce qui se passe ici ne vous regarde pas !

— Si, dit Sophie. Que vous le vouliez ou non, vous me trouverez toujours aux côtés de Marie pour l'aider contre un homme qui fuit ses responsabilités et oublie ses devoirs !

A ces mots, Sédoff poussa un soupir et alla s'appuyer du dos à la porte, comme pour en interdire l'accès.

— Ne croyez-vous pas que vous feriez mieux de surveiller votre mari au lieu de critiquer celui des autres ? dit-il.

— Vos insinuations ne me touchent pas ! dit Sophie.

— Parce que ce ne sont encore que des insinuations ! Attendez que je précise...

Marie poussa un cri désespéré :

— Vladimir, je t'en supplie !

Visiblement, elle savait quelles révélations il se préparait à faire. Cette pensée inquiéta Sophie. Elle fut prise de dégoût, comme si elle se fût fourvoyée en un lieu malpropre. Son regard se porta sur sa belle-sœur, assise, en larmes, au bord du lit, puis sur la porte masquée par la stature de son beau-frère, en bottes noires et gilet rouge.

— Laissez-moi sortir ! dit-elle.

— Auriez-vous peur de la vérité ? demanda Sédoff.

— De quelle vérité ? Quoi que vous disiez, je ne vous croirai pas !

— Me voici donc libéré de mon dernier scrupule, dit-il en s'inclinant devant elle. Et pourtant, c'est encore un service que je vous rendrai en vous recommandant plus de modestie dans l'étalage de votre bonheur conjugal. Votre sotte vanité de Française ne peut plus faire illusion. Trop de gens savent, aujourd'hui, que votre mari vous est infidèle...

L'insulte atteignit Sophie en plein visage. Elle tressaillit et serra les dents. Son silence dédaigneux excita la rage de Sédoff. Une veine fourchue se gonfla sous la peau de son front. Il hurla :

— Cela vous est égal, peut-être ? Vous vous imaginez que j'invente cette histoire par esprit de vengeance ?

— Vous êtes un être abject ! dit Sophie dans un souffle. Je plains Marie d'avoir lié son existence à celle d'un individu tel que vous !

— Et vous vous félicitez d'avoir lié la vôtre à celle d'un parfait honnête homme, tel que Nicolas Mikhaïlovitch ? dit-il avec arrogance. Demandez-lui donc, par curiosité, ce qu'il faisait avec Daria Philippovna dans un certain pavillon chinois !

— Vladimir, tu n'as pas le droit ! cria Marie en se jetant sur Sédoff. Pour l'amour de Dieu ! Je t'en conjure !...

Elle frappa de ses poings faibles la poitrine de son mari. Il la repoussa brutalement :

— Laisse-moi, idiote !

Elle tomba dans un fauteuil et courba les épaules. Sophie s'avança vers la porte d'une démarche raide. La figure de Sédoff grandit devant elle, avec, au centre, une bouche qui parlait, qui parlait :

— Parfaitement ! Daria Philippovna Volkoff ! C'est de notoriété publique !... Et le fils, le fils, Vassia, le meilleur ami de Nicolas Mikhaïlovitch !... Vassia a tout appris par une lettre anonyme !... Quel scandale !... Il n'a pu le supporter !... Sa mère ! Sa propre mère !... Pensez donc !... Ils se sont battus en duel !... Etes-vous convaincue, maintenant ?...

Roulée en boule dans son fauteuil, Marie sanglotait :

— Ne l'écoutez pas, Sophie ! Il cherche à vous faire du mal ! Ce n'est pas vrai ! Cela ne peut pas être vrai !...

— Comment oses-tu dire que ce n'est pas vrai ? glapit Sédoff.

Et il la gifla. Dans ce mouvement, il s'était écarté de la porte. Sophie ouvrit le battant et se rua dehors. Sédoff ne courut pas derrière elle.

Ce fut seulement dans la voiture qu'elle recouvra ses esprits. Les chevaux s'élancèrent, soulevant des gerbes de boue au passage des flaques. Nicolas et Daria Philippovna ! La conjonction était si grotesque, si monstrueuse que Sophie refusait de l'admettre. Il s'agissait sûrement d'une calomnie. Mais les accusations de Sédoff contenaient des précisions inquiétantes : le pavillon chinois, le duel... Elle se souvint de la visite qu'elle avait faite à Daria Philippovna, l'année précédente, à l'époque de l'inondation de Saint-Pétersbourg. Il lui semblait, à la réflexion, que cette femme l'avait reçue d'un air embarrassé et craintif. Des bribes de conversation lui revinrent en mémoire. Elle revit un petit livre à reliure de cuir vert, posé sur un guéridon : les poésies de Joukovsky. Le même ouvrage, habillé de la même façon, figurait dans la bibliothèque de Kachtanovka. Simple coïncidence ? A présent, elle était frappée d'un doute affreux : n'était-ce pas Nicolas qui avait prêté ce recueil de vers à Daria Philippovna ?

A peine arrivée, elle se précipita dans le bureau. Heureusement, son beau-père n'y était pas. Le cœur battant, elle contourna la table et se planta devant la bibliothèque. Toutes les œuvres des poètes russes étaient rangées sur le même rayon. Entre deux volumes reliés, un petit vide, une niche d'ombre. Le recueil de vers de Joukovsky manquait à la collection. Sophie ressentit une chute au-dedans d'elle-même. Comment Nicolas avait-il pu la tromper avec cette créature âgée, molle et lourde, la mère de son meilleur ami ? Depuis quand vivait-il dans le mensonge ? Qui était au courant de sa liaison ? Il suffisait que Sophie évoquât la dernière conversation qu'elle avait eue avec son mari, la gentillesse de Nicolas au moment du départ, ses recommandations, son sourire, son baiser, pour qu'une vague de dégoût lui coupât le souffle. Tous les souvenirs de son mariage en étaient empoisonnés. Elle avait envie de les oublier sur-le-champ, de se laver des pieds à la tête. Son désordre n'avait d'ailleurs rien à voir avec les bas tumultes de la jalousie. Ce n'était pas l'infidélité de Nicolas qui la tourmentait le plus, mais l'appareil de fausseté dont il avait entouré son intrigue. Blessée dans son amour-propre plus que dans son amour, elle ne pouvait supporter l'idée d'avoir si longtemps accordé sa confiance à un homme qui se moquait d'elle ! Il ne valait pas mieux que Sédoff ! Subitement, elle engloba tous les Russes dans la même aversion. Impossible de faire fond sur les gens de cette race. Rompre avec Nicolas, trancher toutes les amarres, retourner en France... Elle ne réfléchissait plus, elle maniait la hache. Puis, elle s'arrêta. Allait-elle bouleverser son destin à cause d'un livre déplacé, ou prêté, ou perdu ? Il fallait d'autres preuves avant de prendre une décision aussi grave. Ce duel dont Sédoff avait parlé...

Un pas se rapprochait. Elle fit face à la porte. Michel Borissovitch entra.

— Déjà de retour ? dit-il avec une fausse bonhomie.

Il n'aimait pas que sa belle-fille le quittât, des après-midi entiers, pour aller à Otradnoïé. Prise de lassitude, elle s'adossa à la bibliothèque. Elle n'avait plus d'autre ami, d'autre soutien au monde que cet homme aux traits rudes et au poil grisonnant. Elle dit à voix basse :

— Père, savez-vous que Nicolas s'est battu en duel ?

Il s'immobilisa. La table les séparait.

— Oui, dit-il.

Et ses yeux s'éteignirent, son visage s'alourdit, comme sous l'effet d'une souffrance.

— Je l'ai appris incidemment, peu avant son départ, reprit-il. Bien entendu, il m'a fait promettre de ne pas vous révéler cette affaire. Mais, puisque vous êtes déjà au courant...

— Vous a-t-il dit pourquoi Vassia l'avait provoqué ?

— Il m'a parlé d'une querelle à la table de jeu...

— Et vous l'avez cru ?

Michel Borissovitch ne répondit pas. Il savourait les prémices de la victoire. Non, il n'avait jamais été dupe. Et cela pour la simple raison qu'il avait recueilli les renseignements les plus précis au dîner du gouverneur. Au moment où Nicolas s'imaginait le convaincre en racontant le duel à sa manière, il savait déjà, lui, à quoi s'en tenir. Ah ! le rare plaisir que de paraître crédule en face d'un mauvais menteur ! Ecoutant son fils et feignant de le suivre, il l'avait jugé avec une haine froide, avec un tranquille mépris. Depuis cette conversation, son seul espoir était que Sophie connût un jour la vérité. Il songeait même à la mettre sur la voie. Et voici qu'elle semblait informée de tout, sans qu'il eût à se reprocher une indiscrétion. Décidément, Dieu était avec lui dans cette aventure !

— Vous ne dites rien ! poursuivit Sophie. Vous avez peur de me faire mal ! Mais, si vous ne m'aidez pas à sortir de mon incertitude, je devrai m'adresser à quelqu'un d'autre ! Est-ce là ce que vous voulez ?

— Non ! s'écria-t-il.

— Alors, parlez-moi franchement. C'est à cause de sa mère que Vassia a exigé une réparation par les armes ? Nicolas était...

Elle chercha ses mots et acheva, rouge de honte :
— Nicolas était l'amant de cette femme ?

Une explosion de joie ébranla le crâne de Michel Borissovitch. « Cette fois, tout est bien cassé entre eux ! » se dit-il. Cependant, il sut garder un visage triste. Ses lèvres prononcèrent comme à regret :
— Je ne puis le nier, Sophie.

Elle s'attendait à cette réponse, mais n'en fut pas moins désemparée. Sa disgrâce lui apparut dans une lumière aveuglante. Les jambes coupées, elle se traîna vers un fauteuil, s'assit et fléchit les épaules. Michel Borissovitch s'émerveilla de la voir si belle dans cette pose d'abandon. Il pensait à un oiseau blessé, à une biche hors d'haleine. Comment Nicolas avait-il pu préférer l'épaisse Daria Philippovna à cette jeune femme dont chaque mouvement mettait en valeur la souplesse du corps, la finesse des traits, la chaleur de l'âme ?

— Mon fils, dit-il, est un misérable ! Il ne grandira jamais ! Il sera toujours ce gamin sans cervelle, léger, fourbe, aimable, dansant, inutile !... Il ne mérite pas la femme incomparable que vous êtes ! Je le déteste pour l'affront qu'il vous a fait ! Je donnerais ma vie afin de racheter ses erreurs ! Ah ! Dieu, si vous saviez ce que j'éprouve en ce moment !...

Penché sur Sophie, il la regardait dans les yeux d'une manière si implorante qu'elle en fut troublée. Quelle différence entre le père et le fils ! L'écart de deux générations ne suffisait pas à expliquer que l'un de ces hommes fût un modèle d'inconstance, alors que l'autre avait tant de noblesse, de persévérance et de volonté dans le caractère. Si elle avait souvent traité son mari en grande sœur indulgente, devant Michel Borissovitch elle ne pouvait oublier qu'elle était avant tout une femme. Il entretenait en elle la notion de sa grâce et de sa primauté. Il s'ingéniait à la persuader qu'elle était le centre du monde. En cet instant même, alors qu'elle se sentait bafouée, avilie, perdue, il lui apportait l'hommage de son admiration.

— Tout cela est lamentable ! soupira-t-elle. Je m'en veux de mon inconscience, de mon insouciance...

— Ne parlez pas ainsi ! dit-il. Vous ne feriez qu'aggraver votre peine !
Elle dressa le menton :
— Je n'ai pas de peine ! Je suis écœurée !

Il lui saisit la main. Elle frissonna, tandis qu'une chaleur se répandait dans ses veines. Tant d'affection, succédant à tant de honte, lui donnait envie de pleurer.

— Croyez-moi, dit Michel Borissovitch, votre vraie raison de vivre est ici, au milieu de cette campagne que vous aimez, dans cette maison qui est la vôtre. Le départ de Nicolas est une bonne chose. Il a emporté avec lui toutes ses saletés, tous ses mensonges. Place nette ! Nous n'avons pas besoin de lui pour être heureux !...

Il redouta d'être allé trop loin et glissa un regard inquiet à sa bru. Elle semblait frappée d'inertie. Avait-elle seulement entendu son discours ? Un crépuscule pluvieux assombrissait le bureau. Michel Borissovitch n'osa allumer la lampe. Lâchant la main de Sophie, il s'assit près d'elle sur une chaise et poursuivit humblement :

— Sophie, Sophie, vous me comprenez, vous pensez comme moi, n'est-ce pas ?

Elle inclina le front sans répondre.

— Vous ne m'en voulez pas du mal que vous a fait mon fils ?

Elle secoua la tête négativement.

— Vous demeurerez ici, quoi qu'il arrive ?

— Oui, dit-elle.

Elle se leva et ajouta faiblement :

— Excusez-moi, père, je monte dans ma chambre, j'ai besoin d'être seule.

Il l'accompagna jusqu'à la porte en marchant tout près d'elle, pour rester le plus longtemps possible dans sa chaleur. Puis, retournant dans le bureau, il s'assit dans le fauteuil qu'elle venait de quitter. Là, une jubilation surhumaine le secoua, cependant que grandissait en lui la crainte de ce qui allait suivre.

13

Nicolas et Kostia finissaient de dîner en silence, dans la grande salle à manger aux murs tendus de cuir sombre. Deux serviteurs allaient et venaient sous les ordres de Platon. La présence de ces domestiques obséquieux agaçait Nicolas. Il logeait chez son ami, prenait tous ses repas avec lui, mais ne retrouvait pas l'insouciance qu'il avait connue lors de son précédent voyage. Sans doute était-ce parce qu'il était inquiet au sujet de sa femme ! On était le 27 novembre, et il n'avait toujours pas reçu de réponse aux trois lettres qu'il avait adressées à Sophie. Ce soir, il lui écrirait encore. En conscience, il se demandait ce qu'il était venu faire à Saint-Pétersbourg. C'était en vain qu'il avait cherché Sédoff par toute la ville. A supposer même qu'il eût rencontré cet homme, comment eût-il prouvé que la lettre anonyme était bien de sa main ? Pour quel motif l'eût-il provoqué, sans augmenter le scandale ? La sagesse exigeait qu'il renonçât provisoirement à son projet de représailles. D'autre part, il n'avait nulle envie de revoir Tamara, la petite Polonaise. Il n'était même pas retourné dans son ancienne maison. Le duel lui avait forgé une âme sérieuse. Il eût voulu se dévouer tout entier à la politique. Mais la politique paraissait en sommeil. Le départ de l'empereur pour son voyage d'inspection dans les provinces méridionales avait institué à Saint-Pétersbourg une sorte de trêve entre le pouvoir et la conspiration. On vivait un temps mort. La Russie n'avait plus de capitale. D'après certaines rumeurs non confirmées, le tsar avait pris froid et se reposait à Taganrog. L'impératrice veillait sur lui avec une sollicitude admirable. C'était le prince Troubetzkoï qui, quatre jours auparavant, avait rapporté ces nouvelles du palais. Les conjurés n'y attachaient aucune importance. La solide nature d'Alexandre aurait tôt fait de surmonter la maladie.

Devant Nicolas, les restes d'une bécasse farcie aux noix furent remplacés par une pâte de fruits arrosée de crème. Du vin de Malaga emplit son verre. Il but une gorgée et soupira :

— Trois semaines déjà que je suis ici ! Et pour quel résultat, mon Dieu ?

Les valets, ayant servi le dessert, se retirèrent derrière la porte. Seul demeura Platon, qui était un homme de confiance.

— Tu ne te figurais tout de même pas que Ryléïeff allait déclencher la révolution dès ton arrivée, pour te faire plaisir ! dit Kostia.

— Non, dit Nicolas. Mais, d'après tes lettres, je m'attendais à trouver notre société en pleine ébullition, préparant ses troupes au combat, étendant ses ramifications dans toutes les casernes, dans toutes les administrations... Or, rien n'a changé depuis ma dernière visite. Vous en êtes toujours à discuter le genre de constitution qu'il faudrait appliquer à la Russie et à quelles conditions nous pourrions nous allier avec Pestel et les gens du Sud. Je t'assure que votre inertie est décourageante !

— Si tu vivais toute l'année parmi nous, dit Kostia, tu saisirais mieux les difficultés de l'entreprise et qu'elles ne peuvent être résolues que lentement.

— Peut-être ! En tout cas, j'ai décidé de partir après-demain.

Kostia laissa tomber sa fourchette. L'œil fixe, les sourcils dressés, il dit :

— Déjà ? Tu voulais rester jusqu'au 15 décembre !

— J'ai réfléchi : ce n'est pas possible.

— Pourquoi ?

— Ma femme ne comprendrait pas.

— Allons donc ! Je suis sûr que si ! Elle sait pourquoi tu es à Saint-Pétersbourg ! Elle t'approuve ! En tout cas, elle ne s'impatiente pas encore...

Nicolas convint en lui-même que Kostia avait raison. Cette pensée l'attrista. Il eût voulu que la liberté dont il jouissait à présent n'eût pas comme contrepartie une désaffection de Sophie à son égard. Que devenait-elle en son absence ? Peut-être une moisissure conjugale, faite de mille habitudes, de mille déceptions, gagnait-elle du terrain sur leur amour ? Peut-être était-il en train de perdre sa femme ? Peut-être ne serait-elle même pas contente de le revoir ? Il eut peur et considéra son ami d'un air si étrange que celui-ci demanda :

— Qu'as-tu ?

— Rien, dit-il, je réfléchissais à mon voyage de retour. Il faudra que j'aille retenir des chevaux à la maison de poste.

Il était venu de Pskov en voiture de louage, sans domestiques.

— Les amis seront désolés ! dit Kostia. Donne-nous une semaine encore...

— Non.

— Sacrée tête de mule ! Serais-tu amoureux de ta femme au point de ne plus pouvoir attendre ?

Nicolas rit sans gaieté, grommela : « Je crois bien que c'est ça ! » et accepta un petit cigare. Ils allèrent fumer dans le salon. Repliant ses longues jambes sur une jonchée de coussins turcs, Kostia, le nez aigu, le toupet en bataille, s'efforça encore de convaincre son ami :

— Je te préviens : plus tu te feras désirer d'elle, plus elle sera heureuse de te retrouver. En brusquant les choses, tu te prives d'une grande chance de séduction !

— Tu parles en célibataire ! dit Nicolas.

— Pourquoi ? Une épouse n'a-t-elle pas les mêmes réactions que les autres femmes devant l'amour ?

Nicolas bâilla, secoua la cendre de son cigare dans une soucoupe de cuivre et dit :

— Entre un amant et sa maîtresse, il n'y a que l'amour ; dans un ménage, il y a, en plus, l'amitié, la confiance réciproque, l'estime... Ainsi, Sophie et moi...

Il n'acheva pas sa phrase. Un pas précipité se rapprochait dans le couloir. La voix de Platon bégaya :

— Attendez ! Attendez au moins que je vous annonce !...

La porte s'ouvrit. Stépan Pokrovsky parut sur le seuil. Son visage poupin était marbré par le froid. Un regard tragique brillait derrière ses lunettes. Il reprit sa respiration et dit :

— Le tsar est mort !

Nicolas tressaillit. Le monde extérieur vacilla comme ses propres pensées. Kostia bondit sur ses jambes et demanda :

— Tu es sûr ?

— Certain ! dit Stépan Pokrovsky. La nouvelle vient d'être rendue publique ! Il est mort d'une fièvre infectieuse, le 19 novembre, à Taganrog. Huit jours déjà que la Russie est sans tsar ! Et personne n'en savait rien !...

La tête de Nicolas s'inclina sur sa poitrine. « Mort, le vainqueur de Napoléon ! songea-t-il. Mort, le demi-dieu qui passait ses troupes en revue à Paris, sur les Champs-Elysées ! » Il évoqua le tsar en grand uniforme, la poitrine bombée, les épaulettes scintillantes, un bicorne orné de plumes de coq ombrageant son visage de marbre, et ce souvenir l'émut parce qu'il lui rappelait sa jeunesse. Il avait beau juger sévèrement les dernières années du règne d'Alexandre, il ne pouvait empêcher que toute une part de lui-même s'affligeât de cette disparition comme d'une page tournée dans sa propre vie.

— Qui lui succédera ? demanda-t-il. Son frère Constantin, cette brute fantasque et ignare, que les Polonais supportent comme vice-roi ?

— Rien n'est encore décidé, répondit Stépan Pokrovsky. Au palais, tout le monde prête, en effet, serment à Constantin. Mais il se trouve à Varsovie. On ignore s'il acceptera la couronne. Certains prétendent que, d'après le testament de l'empereur défunt, l'héritier désigné serait le grand-duc Nicolas Pavlovitch.

— Quoi ? s'écria Nicolas. Mais ce n'est pas possible ! L'ordre de succession serait donc bouleversé ?

— Peut-être ! Je l'espère et je le crains à la fois !

— Quel imbroglio ! dit Kostia.

— En tout cas, dit Stépan Pokrovsky, l'évolution des événements peut nous amener à prendre une résolution capitale. Ryléïeff nous attend tous à huit heures, ce soir. Vous y serez ?

— Bien sûr ! dit Nicolas.

Et il comprit, avec une netteté glaçante, qu'il n'avait plus le droit de quitter ses camarades.

* * *

En arrivant chez Ryléïeff, à huit heures du soir, Nicolas et Kostia trouvèrent la maison pleine de monde. Tous les visages étaient marqués par l'importance de l'événement. Au seuil de la salle à manger, Nicolas se cogna à Vassia Volkoff. C'était la première fois qu'ils se rencontraient depuis leur duel. Les circonstances présentes étaient si graves qu'au lieu de se tourner le dos ils échangèrent un regard de compréhension. Ce signe d'amitié étonna Nicolas et il rougit de bonheur. Avant même qu'il eût pu dire un mot, Vassia Volkoff s'était éloigné de lui. Encore perdu dans ses pensées, Nicolas aperçut Ryléïeff, assis à une table ronde, parmi un groupe d'officiers. Il était pâle, les cheveux en désordre, la cravate mal nouée, et discutait nerveusement avec les deux frères Nicolas et Alexandre Bestoujeff. Brusquement, il se leva et fixa ses yeux sur la porte.

Un colonel de la garde, grand, maigre, avec un très long nez, pénétra en se dandinant dans la pièce. La croix de fer de Kulm se balançait sur sa poitrine creuse. Son visage, touché par la petite vérole, exprimait une dignité funèbre. C'était le prince Troubetzkoï, l'un des directeurs de la conspiration. Il revenait du palais avec des nouvelles fraîches. On fit silence pour l'écouter.

— Mes amis, dit-il, ce que j'ai vu à la cour me donne l'impression d'un profond, d'un irrémédiable désarroi. La famille impériale se trouvait dans la chapelle du palais et priait pour le rétablissement de la santé d'Alexandre, lorsque parvint la nouvelle de sa mort. L'impératrice mère s'évanouit, et le grand-duc Nicolas, avec l'impétuosité que vous lui connaissez, prêta serment, sur-le-champ, à son frère aîné Constantin. Il exigea le même serment des quelques personnes présentes et de la garde intérieure du palais.

— A quel régiment appartenaient les hommes de garde ? demanda Ryléïeff.

— Au Préobrajensky.

— N'ont-ils fait aucune difficulté pour obéir ?

— Si ! Certains d'entre eux disaient qu'ils n'avaient même pas été avertis d'une maladie de l'empereur, que c'était peut-être une fausse nouvelle. Il a fallu que le grand-duc intervienne en personne pour les décider. J'ai vu la scène de mes propres yeux ! Aussitôt après, Nicolas Pavlovitch a envoyé des ordres à la garnison et un message de congratulation et de soumission à Constantin, à Varsovie. Lorsque l'impératrice mère est revenue à elle, des témoins l'ont entendue s'écrier : « Nicolas, qu'avez-vous fait ? Ne savez-vous pas qu'il y a un autre acte qui vous nomme héritier présomptif ? » Il aurait répondu : « S'il y en a un, je ne le connais pas et personne, autour de moi, ne le connaît. Jusqu'à preuve du contraire, c'est mon frère aîné qui doit succéder à Alexandre. Advienne que pourra ! » Son entourage est consterné. L'opinion générale est que Constantin ne voudra pas du trône. Dans ce cas, nous irons vers une période d'interrègne...

— Circonstances idéales pour une révolution ! dit Stépan Pokrovsky.

Les regards se tournèrent vers Ryléïeff, qui s'était rassis et contemplait ses mains rêveusement.

— Encore faudrait-il être en mesure de la faire ! dit-il.

Nicolas Bestoujeff, en uniforme d'officier de marine, se dressa de toute sa taille :

— Veux-tu dire que nous ne sommes pas prêts ?

Comme Ryléïeff se taisait, il poursuivit :

— Je t'ai toujours entendu affirmer que la mort de l'empereur servirait de signal à l'insurrection. Or, voici qu'on t'apporte cette nouvelle sur un plateau d'argent ! Voici qu'on t'annonce même que le successeur n'est pas encore désigné ! Et, au lieu de t'en réjouir, tu es accablé, perdu, tu ne sais qu'entreprendre !...

Alexandre Bestoujeff, capitaine de dragons, rédacteur en chef et éditeur de *l'Etoile polaire*, appuya son frère :

— Il a raison ! Explique-toi, je t'en prie ! Nous aurais-tu trompés sur la puissance de notre organisation ?

— Je me suis trompé moi-même ! soupira Ryléïeff. Quand on discute dans le vide, tout paraît possible. Mais, à l'épreuve des événements, les mirages se déchirent. Nous n'avons pas de plan de combat, pas de troupes sûres, nos responsabilités, aux uns et aux autres, sont imparfaitement définies. Agir dans des conditions pareilles serait de la folie !...

Il laissa tomber son front dans ses mains. Ses épaules se voûtèrent.

— Je vous demande pardon à tous, dit-il encore d'une voix sourde.

— Vous n'avez pas à nous demander pardon ! s'écria Nicolas, bouleversé par la vue de cet homme remarquable qui pliait sous le poids des scrupules. L'essentiel est d'adapter notre effort aux moyens dont nous disposons. Même petite, même limitée, notre intervention peut améliorer le cours des choses...

Au milieu de son discours, il se rendit compte qu'il ne proposait aucune solution concrète, mais égrenait des mots pour le plaisir de s'entendre parler. C'était le défaut même qu'il reprochait le plus volontiers à ses camarades. Il se découragea. Stépan Pokrovsky le relaya dans l'enthousiasme :

— Ce que tu dis est très juste. De toute façon, notre cause a déjà fait un pas en avant. Constantin est aimé des soldats de la garde. On raconte parmi eux qu'il paye les hommes, à Varsovie, en monnaie d'argent. Ne pourrait-on utiliser ce mouvement d'opinion à nos fins ?

— Comment ? demanda Ryléïeff.

Le jeune prince Obolensky, qui, depuis un moment, se rongeait les ongles, proclama d'une voix de coq :

— J'ai interrogé des chevaliers-gardes pour savoir si nous pourrions compter sur leur régiment en cas de révolution : ils m'ont tous traité de fou !

Au mot de révolution, le prince Troubetzkoï fit la grimace. Son long nez se pinça. Ses doigts de squelette tambourinèrent sur le bord de la table.

— Ménagez vos expressions ! dit-il sévèrement. Nous nous occupons ici d'un soulèvement militaire et non d'une révolution ! Discipline d'abord ! Tout devra se passer comme à la parade !

— Pour cela, il faudrait que nous eussions dix fois plus d'officiers dans nos rangs, murmura Ryléïeff.

— Tâchons de les trouver ! dit Nicolas. Il en est temps encore !...

— Ce qui serait bien, dit le prince Troubetzkoï, ce serait que, devant le refus simultané des grands-ducs Constantin et Nicolas, la veuve de l'empereur défunt, l'impératrice Elisabeth, montât sur le trône. A elle, on pourrait, je pense, suggérer d'adopter une constitution.

— Prince, dit Ryléïeff, vous prenez vos rêves pour des réalités. Vous savez comme moi qu'il n'y a aucune chance pour que l'impératrice succède à son époux !

— Dans ces conditions, notre affaire me paraît fort compromise, dit le prince. Je tombe de sommeil. Bonne nuit à tous ! Nous nous reverrons demain. D'ici là, il y aura peut-être du nouveau.

Son départ jeta un froid dans l'assistance. La conversation reprit sans entrain. Ryléïeff, tassé sur sa chaise, ne s'intéressait plus au débat. Nicolas eût aimé échanger quelques mots avec Vassia, mais celui-ci ne tarda pas à s'en aller. D'autres conjurés le suivirent. Il ne restait plus qu'une dizaine de personnes dans la salle à manger, quand les frères Bestoujeff proposèrent de rédiger des proclamations et de les répandre secrètement dans les casernes. Ryléïeff, soudain ranimé, trouva l'idée excellente. Il distribua du papier, des plumes. Officiers et civils s'assirent autour de la table devant le même devoir. Une lourde lampe, pendant du plafond à des chaînes, versait sa lumière sur leurs têtes studieuses. On discuta le texte. La première phrase fut adoptée à l'unanimité : « Soldats, on vous trompe ! » Pour la suite, le désaccord commença. Tout à coup, Nicolas eut une illumination :

— Nous écrivons des proclamations pour les soldats, alors que la plupart d'entre eux sont illettrés ! dit-il. C'est absurde ! Si nous voulons nous faire entendre de la troupe, il faut nous adresser aux hommes de vive voix !

— Vous avez parfaitement raison ! dit Ryléïeff.

Nicolas s'épanouit dans la fierté. Enfin, il se sentait important, nécessaire ! Ah ! non, ce n'était pas le moment de repartir pour Kachtanovka ! Sophie le lui eût déconseillé elle-même, si elle avait assisté à cette séance !

— Mais oui ! dit Alexandre Bestoujeff. Nous devrions descendre dans la rue, arrêter les soldats permissionnaires qui rentrent dans leurs casernes, interpeller les sentinelles...

— On pourrait leur dire par exemple, renchérit son frère, que le tsar a promis d'accorder la liberté aux moujiks et de ramener le service militaire à quinze ans, mais que le nouveau gouvernement veut détruire le manifeste !

— Racontons-leur n'importe quoi, mais inquiétons-les, tirons-les de leur apathie, préparons-les, le cas échéant, à prendre les armes contre le futur empereur ! dit Ryléïeff. Evidemment, ils écouteront plus volontiers un homme en uniforme d'officier. Obolensky, tu es magnifique en lieutenant de la garde ! Tu viendras avec moi ! Un bourgeois, un militaire, c'est la bonne formule !

— Voulez-vous être mon compagnon ? demanda Alexandre Bestoujeff à Nicolas, en s'inclinant devant lui comme s'il eût invité une dame pour la danse.

Il éclatèrent de rire. Kostia Ladomiroff se joignit à Nicolas Bestoujeff, Stépan Pokrovsky à un jeune cornette, nouveau venu dans la confrérie... Une fois dehors, chaque groupe prit une direction différente.

La nuit était claire. Un vent glacial soufflait du nord. Alexandre Bestoujeff entraîna Nicolas, par la grande Morskaïa, vers la caserne des gardes à cheval. Il était onze heures du soir. La plupart des maisons avaient éteint leurs fenêtres et barricadé leurs portes. De temps à autre, un bruit de sabots résonnait sur le pavé sec. Une calèche passait, avec ses portières vernies, ses flambeaux d'argent allumés, ses chevaux à la robe de soie et son cocher barbu, découpé en ombre chinoise. Les piétons étaient rares. Nicolas désespérait déjà de rencontrer des soldats, quand Alexandre Bestoujeff en désigna un qui s'avançait vers eux.

— Il doit avoir la permission de minuit, dit-il.

En apercevant un officier, l'homme se mit au garde-à-vous contre le mur et retira son shako.

— Ne crains rien, mon brave ! lui dit Alexandre Bestoujeff. J'ai une question à te poser. As-tu entendu parler du testament que notre empereur bien-aimé a rédigé avant de mourir ? Un testament tout en lettres d'or...

Le soldat, un rouquin, au nez écrasé et aux prunelles pâles, renifla et dit d'une voix enrouée :

— Non, Votre Noblesse.

— Eh bien ! ce document existe ! Il promet l'abolition du servage, l'augmentation de la solde, la diminution du temps à passer sous les drapeaux ! Mais les ennemis du peuple ne veulent pas que cela se sache...

Tandis qu'il pérorait avec emphase, le vent ébouriffait son plumet. Son manteau, ayant glissé, découvrit une épaulette brillante et le cordon blanc des aiguillettes d'aide de camp. L'épouvante se peignit sur les traits du soldat. Sans doute n'aurait-il jamais supposé qu'un officier pût tenir des propos aussi déraisonnables en sa présence. De quoi envoyer celui qui parlait et celui qui écoutait en Sibérie !

— Cela t'étonne, hein ? dit Nicolas. Tu le répéteras à tes camarades !

— Jamais ! balbutia l'homme. Je vous promets que je ne le répéterai jamais !

— Mais, espèce d'idiot, cria Alexandre Bestoujeff, il faut que tu le répètes ! Je te demande, je t'ordonne de le répéter !

— Heureux de servir Votre Noblesse !

— Si vous êtes nombreux à savoir que ce testament existe et à réclamer son application, le nouveau tsar sera obligé de vous accorder tout ce que vous désirez !

— Nous ne désirons rien d'autre que le bien de la patrie, Votre Noblesse !

— C'est justement cela, le bien de la patrie !
— Quoi, cela, Votre Noblesse ?
— La liberté !
— Battez-moi, tuez-moi, Votre Noblesse, mais je ne suis pas coupable de liberté ! marmonna le soldat.

Soudain, il se mit à trembler, rentra la tête dans les épaules et partit en courant.

— Eh ! reviens ! cria Alexandre Bestoujeff. On ne te veut pas de mal ! Reviens !

Le fuyard disparut au tournant de la rue. L'écho de sa galopade se perdit dans la nuit.

— S'ils sont tous aussi bornés, dit Nicolas, notre tâche ne sera pas aisée.

Ils firent quelques pas encore dans un monde de pierres sombres, coupées à angle droit. Le vent sifflait, hurlait et chassait vers le visage de Nicolas une poussière blanche, piquante. De temps à autre, il se frottait le nez, les oreilles, pour les empêcher de geler. Son haleine fumait en sortant de sa bouche.

— Attention ! chuchota Alexandre Bestoujeff. Voici du gibier !

Deux robustes gaillards se hâtaient vers la caserne. Leurs bottes résonnaient sur le pavé avec un ensemble martial. Une lanterne, plantée sur un poteau à raies blanches et noires, éclaira un instant leur figure. L'un pouvait avoir une trentaine d'années, l'autre vingt ans à peine. Ils avaient l'air de paysans costumés. Alexandre Bestoujeff et Nicolas sortirent de l'ombre. Les deux soldats s'immobilisèrent et toute expression s'effaça de leur visage. Ayant répondu à leur salut, Alexandre Bestoujeff leur demanda s'ils avaient entendu parler du testament impérial. A sa grande surprise, l'aîné des soldats répondit :

— Oui, Votre Noblesse.
— Et qu'est-ce qu'on en dit, à la caserne ?
— Je ne peux pas le répéter, Votre Noblesse.
— Pourquoi ?
— Vous me feriez passer par les baguettes !
— Non seulement je ne te ferai pas passer par les baguettes, mais je te féliciterai et je te donnerai trois roubles ! dit Alexandre Bestoujeff.
— Trois roubles ?
— Mais oui ! dit Nicolas. Nous sommes vos amis. Nous voulons vous aider à obtenir tout ce que le tsar défunt a promis dans son manifeste.
— Ce n'est pas possible ! bredouilla le plus jeune. Tu entends, Nicanor ?

Nicanor hocha la tête. Ses sourcils blonds se froncèrent sous la visière de son shako. Il réfléchit un moment et grommela :

— Il paraît que, dans le testament du tsar, il est dit que tous les mauvais riches seront pendus, qu'on ouvrira toutes les casernes, toutes les prisons, que la terre sera distribuée aux moujiks et que ce seront les pauvres qui rendront la justice !

Nicolas et Alexandre Bestoujeff échangèrent un regard étonné : Nicanor allait trop loin dans ses rêves. Aucune révolution n'apporterait jamais ce qu'il espérait là ! Fallait-il le détromper au risque de le décevoir, ou utiliser son enthousiasme en le maintenant dans l'erreur ?

— C'est à peu près cela, dit Nicolas. Le tsar, avant de mourir, a voulu racheter ses péchés en accordant la liberté et la prospérité au peuple qui a tant souffert par sa faute. Mais de mauvais conseillers se sont saisis du document. Ils prétendent le détruire. L'armée les en empêchera.

— L'armée ? demanda Nicanor.

— Oui, toi et tes camarades, à qui tu raconteras ce que nous t'avons dit !

— Et les officiers ? Ils seront avec nous ?

— Quelques-uns seront avec vous. Les autres, contre vous...

— Mais dans notre régiment à nous, par exemple ?...

— Soyez tranquilles ! Vos chefs vous conduiront vers le bon combat ! dit Alexandre Bestoujeff.

— Quand cela se fera-t-il ?

— Bientôt ! Très bientôt ! dit Nicolas avec aplomb.

Il avait conscience du caractère puéril et improvisé de cette campagne. Ce n'était certes pas en interpellant des soldats isolés dans la rue que Bestoujeff et lui recruteraient les troupes nécessaires à la révolution. Et pourtant, il n'y avait pas un autre moyen pour approcher ces gens et capter leur confiance !

— Dieu vous entende, Votre Noblesse ! dit le plus jeune.

— Je compte sur vous pour répandre la bonne nouvelle !

Un sourire niais découvrit la denture solide et blanche de Nicanor :

— Vous le pouvez, Votre Noblesse. Dès demain, nous commencerons à raconter partout que les seigneurs seront pendus !

Alexandre Bestoujeff toussota d'agacement, tira trois roubles de sa poche et les remit à Nicanor. Les deux hommes claquèrent des talons, saluèrent, pivotèrent et partirent en marchant comme des automates.

— Ils n'ont rien compris, les imbéciles ! soupira Alexandre Bestoujeff.

— Peut-être est-ce nous qui n'avons rien compris ? dit Nicolas.

Et ils se préparèrent à affronter d'autres soldats, dont le pas se rapprochait dans la nuit.

14

La lettre était datée du 28 novembre « à l'aube ». Sophie en relut quelques phrases : « Pourquoi me laisses-tu sans nouvelles ? N'es-tu pas malade ? Je me ronge d'inquiétude à ton sujet. Réponds-moi par retour du courrier, je t'en supplie !... La mort du tsar, que j'ai apprise hier, m'obligera à rester ici quelque temps encore. Mes amis comptent sur moi. Je ne peux les abandonner... Ah ! Sophie, si tu savais comme il est grisant de se sentir de nouveau utile après des années d'inaction !... Je rentre d'une promenade nocturne à travers la ville. J'ai parlé à des soldats. Ces gens simples, rudes, nous comprennent... A propos, il y a trois ou quatre jours, j'ai vu Nikita. Il rendait visite au vieux Platon, qui est devenu son guide en toute chose. Saint-Pétersbourg réussit à ton protégé. Je lui ai trouvé l'air moins paysan. Il a travaillé d'abord chez un tanneur. Maintenant, il est employé dans un magasin d'étoffes. En bavardant avec lui, j'ai évoqué Kachtanovka et cela a ravivé ma tristesse. Mon bonheur serait complet si tu étais auprès de moi. Je pense à ton cher visage et l'air me manque, mon cœur s'élance, je veux te serrer dans mes bras ! Il faut absolument que tu viennes me rejoindre. Père se porte assez bien pour que tu le quittes sans crainte... »

Elle leva ses yeux du papier et regarda la fenêtre du salon, fouettée par une grosse pluie mêlée de neige. Ces protestations d'amour la touchaient aussi peu que si la lettre eût été destinée à une autre. Elle se sentait définitivement guérie de Nicolas, oublieuse de ses qualités comme de ses défauts. Puisqu'il exigeait une réponse, elle lui écrirait qu'il ne devait plus chercher à la revoir. Il n'avait qu'à se fixer à Saint-Pétersbourg, alors qu'elle-même resterait à la campagne. Pour le monde, ils seraient un ménage séparé, comme il y en avait tant. Plus tard, peut-être retournerait-elle en France. En tout cas, elle n'adresserait aucun reproche à son mari. A quoi bon ? Il ne comprendrait pas qu'elle s'offensât pour si peu de chose. Un être veule, inconsistant, papillonnant, voilà l'homme qu'elle avait épousé et dont elle allait se défaire. Elle comptait sur son beau-père pour la protéger contre d'éventuelles attaques de Nicolas. Michel Borissovitch manifestait un tel souci de l'honneur et de la tranquillité de sa belle-fille qu'auprès de lui elle se trouvait en sécurité comme dans une place forte. Elle aimait leur solitude à Kachtanovka, leur vie étroite et abritée, qu'un observateur superficiel eût pu juger ennuyeuse ; elle aimait ce pays gris aux nuances délicates ; elle aimait les gens humbles qui la servaient. Son existence de femme était d'ailleurs finie. Elle ne s'imaginait guère éprise d'un autre homme. Et, après dix ans de mariage, elle savait qu'elle n'aurait pas d'enfant. Quelle lacune dans la trame de ses journées ! Un bébé à la bouche avide, aux yeux étonnés, aux mains ignorantes et molles ! Elle revint à cette idée, s'y réchauffa, s'en tourmenta. L'impression d'être frustrée dans sa chair la reprenait parfois avec violence. Elle n'était plus retournée à Otradnoïé depuis sa dispute avec Sédoff. Il devait être reparti maintenant. Dès qu'elle en serait sûre, elle irait revoir Marie et le petit Serge.

La lettre de Nicolas tremblait entre ses doigts. Elle la plia et la glissa dans son corsage. Un pas pesant ramena le sourire sur ses lèvres. Michel Borissovitch entra dans le salon, d'un air fatigué et rêveur. Il avait été très affecté en apprenant, quelques jours auparavant, la mort du tsar. Sans mot dire, il tendit à Sophie un journal. Une bordure de deuil entourait la première page de l'*Invalide russe*. Sous une cartouche représentant l'aigle bicéphale, Sophie lut : « Dimanche, 29 novembre 1825 — Un messager, arrivé de Taganrog le 27 de ce mois, a apporté la triste nouvelle du décès de Sa Majesté l'Empereur Alexandre. Ayant appris ce deuil inattendu, les plus hauts membres de la famille impériale, le Conseil de l'Empire, les Ministres se sont assemblés au Palais d'Hiver. Le premier, Son Altesse le Grand-Duc Nicolas Pavlovitch et, après lui, tous les fonctionnaires qui se trouvaient là, ainsi que tous les régiments de la garde impériale, ont prêté un serment de fidélité et de soumission à Sa Majesté l'Empereur Constantin 1er. »

— Ainsi, dit Michel Borissovitch, nous entrons dans un nouveau règne. Ce sera le quatrième empereur que j'aurai connu dans ma longue vie : Catherine la Grande, Paul 1er, Alexandre 1er, maintenant Constantin... Vous devez me considérer comme un monument historique !

— Nullement, dit-elle. Je vous trouve même d'une jeunesse surprenante. Habillé de pied en cap, dès le matin ! Vous vous apprêtez à partir ?

— Oui, dit-il, je dois me rendre à Pskov. Une messe à la mémoire de l'empereur sera célébrée à la cathédrale. Le gouverneur a prié tous les notables d'y assister. Je dînerai en ville. Peut-être rentrerai-je tard. Et vous, que ferez-vous en mon absence ?

— J'irai à Tcherniakovo, puis à Krapinovo...

— Voir encore des paysans malades ?

— Ne me le reprochez pas, puisque j'y trouve mon plaisir et, en quelque sorte, ma justification.

— Votre justification... votre justification n'est pas là !... Oh ! non, Sophie !...

Il n'en dit pas plus, mais son regard n'était que douceur. Elle se troubla, comme s'il l'eût distinguée parmi cent autres. En respirant, elle entendait la lettre de Nicolas craquer contre sa poitrine. Un coin du papier piquait sa peau. Elle y porta la main.

— N'avez-vous pas eu des nouvelles de Saint-Pétersbourg au courrier ? demanda-t-il en suivant son geste des yeux.

— Si.

— Que comptez-vous faire ?

— Demeurer ici, à condition que Nicolas n'y revienne pas, dit-elle d'une voix nette.

Observant Sophie avec admiration, il songea qu'elle ne représentait même plus pour lui une préférence, un choix, une personne distincte ; non, elle était entrée en lui et s'était mélangée à sa chaleur, au point qu'il ne concevait pas davantage la vie sans elle que la persistance des sentiments dans la mort. Avec lenteur, mettant un poids terrible sur chaque mot, il dit :

— Soyez sans crainte : il ne franchira plus le seuil de cette maison. Je vais le lui signifier immédiatement.

— Je préfère lui écrire moi-même, dit-elle.

— A votre guise, Sophie. Mais ne tardez pas. Pour votre repos, pour votre bonheur, qui me sont si chers !...

Il lui baisa la main. Chaque fois qu'il inclinait devant elle sa rude tête grise, elle éprouvait une impression de fidélité. Fédka vint avertir le barine que la calèche était prête. Il se redressa. Grand et fort, le cheveu dru, le teint coloré, la taille serrée dans un habit noir à collet de velours, il semblait attendre un compliment.

— Vous êtes magnifique ! dit Sophie en riant.

Il reçut ces paroles d'un air grave, qui la surprit. Prenait-il tout ce qu'elle disait au pied de la lettre ? Fédka ouvrit un grand parapluie pour protéger son maître tandis qu'il montait en voiture. La calèche s'éloigna, sous l'eau et la neige qui tombaient du ciel en traits brillants.

Sophie dîna seule avec M. Lesur, qui, durant tout le repas, l'entretint des mérites de la cuisine française comparée à la cuisine russe. Il l'agaçait tellement qu'elle sortit de table sans avoir touché au dessert. Elle était pressée d'aller à Tcherniakovo, où la femme du staroste était, disait-on, en train de mourir. Sans attendre que la calèche fût avancée, elle se rendit à l'écurie et s'arrêta sur le seuil. Il ne pleuvait plus, il ne neigeait plus. Des poules quittèrent en caquetant un tas de fumier chaud. Une jument blanche, couverte déjà de son harnais, tourna sur elle-même, fit sonner ses sabots sur les pavés du caniveau et frissonna de la croupe en émergeant à l'air libre. Le palefrenier la poussa dans les brancards d'une calèche à la capote déchirée et passa les courroies dans les anneaux, tout en criant après les chiens qui couraillaient, jappaient et le gênaient dans son travail. Vassilissa apporta de l'office un ballot de vieux habits, qu'elle avait préparés sur l'ordre de la barynia, et le glissa sous la banquette. Sophie joignit au paquet trois couvertures de laine et sa boîte à médicaments.

— Vous allez trop bien soigner les moujiks, barynia, dit Vassilissa. Ils ne mourront plus. Ils deviendront vieux. Et on ne saura plus qu'en faire !

Elle riait, ronde, édentée et placide, avec une inconsciente cruauté. Un gamin, Grichka, monta sur le siège du cocher. Ses jambes nues s'enfonçaient dans des bottes trop larges. Un chapeau rond le coiffait jusqu'aux sourcils. Il paraissait très fier de conduire la barynia. « Tout le monde m'aime, ici ! pensa-t-elle. Je suis vraiment chez moi ! » Vassilissa l'aida à s'asseoir, lui enveloppa les genoux dans une peau de mouton, la signa et dit :

— Pas trop vite, Grichka !

Grichka clappa de la langue et la voiture partit dans une secousse. La neige n'avait pas tenu. La terre s'écrasait sous les roues avec un bruit mouillé. Des ornières pleines d'eau brillaient de chaque côté de la route. Les grands sapins noirs s'égouttaient à contre-jour sur un ciel encombré de nuages. Dans la brume, les haleines de Grichka et de la jument éparpillaient leur vapeur.

Comme la voiture atteignait le bout de l'allée, Sophie aperçut un cavalier qui venait à sa rencontre. Elle reconnut un paysan d'Otradnoïé (l'un des rares que Sédoff n'avait pas vendus !) à califourchon sur un cheval de labour. Immédiatement, elle pensa qu'il lui apportait une invitation de Marie et s'en réjouit. Quand il fut près de la calèche, l'homme ôta son bonnet. Son front apparut, propre et pâle, au-dessus de sa face cuite de soleil et tachetée de boue.

— J'ai une lettre pour vous, barynia, dit-il d'une voix essoufflée.

Il tendit un pli à Sophie. Elle le décacheta, parcourut les premières phrases et une angoisse horrible tomba sur elle comme un filet :

« Quand vous lirez ces lignes, j'aurai cessé de vivre. Dieu, qui a vu dans quelle honte je me débattais depuis mon mariage, me pardonnera, je l'espère, d'avoir mis fin à mes jours. Il le faut, pour notre tranquillité à tous.

Mon mari est un être abominable, un monstre de froideur, de calcul et de méchanceté. Même sur le point de disparaître, je ne puis lui pardonner le mal qu'il vous a fait. C'est lui, je le sais maintenant, qui a écrit cette lettre anonyme à Vassia Volkoff. Rien ne saurait racheter sa faute ! Une fois de plus, il est parti en voyage. Je suis seule. Je vous supplie de venir chercher Serge. Dans quelques minutes, il n'aura plus que vous au monde. Ne le remettez à son père sous aucun prétexte. Vladimir Karpovitch serait trop content d'avoir en lui un souffre-douleur pour me remplacer. Sans doute est-il criminel pour une mère d'abandonner son enfant, mais j'ai l'impression de n'être qu'à demi coupable, puisque c'est à vous que je le confie. Je suis trop nerveuse, trop faible, je n'aurais pas su l'élever. Auprès de vous, qui êtes si forte, il sera plus heureux qu'auprès de moi. Prenez soin de mon fils. Aimez-le. J'espère que Nicolas et mon père l'aimeront aussi. Ma fatigue est immense. Je n'en peux plus. Priez pour moi. Adieu. — Marie. »

Sophie flotta un instant dans un vide et un silence surnaturels. Puis, reprenant ses esprits, elle murmura :
— Qui t'as remis cette lettre ?
L'homme la considéra avec des yeux stupides, sans répondre. Dans sa précipitation, elle avait posé la question en français. Elle la répéta en russe. La figure du moujik s'anima entre les poils des sourcils et ceux de la barbe :
— C'est la barynia elle-même !
— Tu l'as vue avant de partir ?
— Bien sûr !
— Comment était-elle ?
— Comme toujours !
L'air ignorant et calme du moujik la rassura. Sa belle-sœur avait dû rédiger la lettre dans un moment de crise. Mais il y avait loin du désir de la mort au suicide lui-même. Sans doute Marie était-elle revenue de son idée. Sophie l'espérait, tout en reconnaissant que cet appel au secours ne pouvait émaner que d'une femme à bout de résistance et presque de raison. Chaque minute comptait, et il fallait au moins une heure et demie pour aller là-bas. Sophie tira Grichka par la manche et cria :
— Vite ! Vite ! A Otradnoïé !
Il fouetta la jument blanche. La voiture s'élança, craquant et cahotant. Cramponnée à la banquette, Sophie tremblait d'impatience. Son esprit volait devant le cheval et se noyait dans le brouillard. Elle se répétait avec une obstination machinale : « Pourvu que je n'arrive pas trop tard ! Pourvu que le cauchemar se dissipe ! » A fixer son esprit sur le même point, elle perdait la notion du temps. Des arbres nus défilaient, avec des corbeaux perchés sur leurs branches. La jument blanche s'essoufflait. Elle ralentit son allure. Sophie se désespéra. Grichka cingla la bête avec plus de violence. Elle repartit en trottant. C'était Marie qu'on frappait pour l'obliger à se ressaisir, à tirer encore son fardeau, à vivre, malgré l'épuisement de ses forces et la dureté du chemin ! Loin derrière la voiture, chevauchait le paysan d'Otradnoïé.

Quand la maison apparut, au centre de la cour déserte, l'anxiété comprima le cœur de Sophie. Elle chercha du regard quelque détail qui pût calmer son appréhension. Au pied du perron, un chien rongeait un os. Eût-il mangé si tranquillement à deux pas d'un cadavre ? Non. Tout cela était une aventure absurde, incohérente, une aventure russe ! Les roues s'embourbèrent devant les marches. La jument broya son mors et balança la tête dans un bruit de clefs entrechoquées. Grichka aida Sophie à descendre. Ramassant sa jupe, elle se précipita dans le vestibule. Une forme lui barra la route. C'était Mélanie, la nourrice. Elle avait un visage pâle et bouffi, aux yeux dilatés par la peur.

— Qu'y a-t-il ? s'écria Sophie.

La fille étouffa un sanglot, se signa et dit :

— Notre barynia est morte !

Sophie ressentit une déperdition de forces, une défaillance de l'âme si complète qu'elle resta sans voix.

— Il y a une heure, reprit Mélanie. On l'a trouvée dans le hangar. Elle s'était pendue.

— Quelle horreur ! murmura Sophie. Où est-elle ?

Mélanie la conduisit dans la chambre à coucher. Les rideaux étaient tirés. Deux cierges brûlaient dans la pénombre. La flamme de la veilleuse palpitait devant l'icône. Sur le lit, une femme était étendue, tout habillée, dans une pose roide. Un mouchoir couvrait son visage. On ne lui avait pas retiré ses chaussures. Sophie reconnut la robe lilas tendre, à galons bleus, que sa belle-sœur portait lors de leur dernière entrevue. Mais étaient-ce les mains de Marie qui reposaient sur sa poitrine ? Les doigts n'étaient pas unis dans un geste de prière, mais tordus, contractés à se rompre. Deux paysannes et un moujik se tenaient debout, adossés au mur. Une ombre à trois têtes montait jusqu'au plafond. Au pied du lit, Fiokla, la matrone, pleurait. En apercevant Sophie, elle chuchota :

— J'ai envoyé chercher le père Ioan !

Malgré un effort de raison, Sophie ne pouvait encore se convaincre que tout espoir était perdu. Elle souleva le mouchoir. Il y eut un choc dans sa tête. Le visage livide qu'elle venait de découvrir était celui d'une Marie inconnue, qui, rejetant toute pudeur, laissait voir son âme violente, assoiffée, châtiée, dans une horrible grimace. Des taches violâtres marquaient ses joues. Entre ses paupières entr'ouvertes, luisait un regard laiteux. Un bout de langue bleue dépassait le coin de sa bouche. La corde avait taillé un sillon oblique dans la peau du cou et de la mâchoire inférieure. En pensant à cette vie si mal employée, Sophie eut l'impression d'avoir toujours su que Marie finirait d'une façon dramatique. La jeune fille qui, un jour de tempête de neige, s'était mariée, en robe blanche, dans une église de campagne, portait déjà en elle la femme pendue, défigurée, qui gisait sur ce lit.

— Pardonne-lui, mon Dieu ! soupira Fiokla. Que sa souffrance lui serve de croix !

Sophie inclina la tête. Devant la rigueur implacable de la conclusion, elle aussi éprouvait le besoin d'élever son esprit vers le Maître invisible et omniscient, qui menait le jeu à l'instant même où l'homme se croyait le plus libre. Elle reposa le mouchoir sur les traits de la morte. Puis, elle remarqua que les chaussures de Marie étaient souillées de boue. Ce détail, inexplicablement, la bouleversa. Le chagrin qu'elle avait longtemps contenu l'envahit avec impétuosité et ses yeux se voilèrent de larmes. Elle s'agenouilla près du lit, baisa une main à la peau froide, aux os durs, et balbutia pour elle-même :

— Oh ! Marie ! Marie ! Pourquoi avez-vous fait cela ?

Des souvenirs lui revenaient. Comme dans un rêve, elle se rappelait cette soirée d'hiver où la jeune fille et son père avaient dansé l'un devant l'autre au son des balalaïkas. Elle revoyait les mines coquettes de Marie tournant autour de Michel Borissovitch, qui, rouge de contentement, tapait du talon et claquait des doigts en criant : « Hop tsa ! Hop tsa ! » Tout était si facile alors, si lumineux, si propre !...

Des pas précipités retentirent derrière elle. Une grosse paysanne entra, haletante, le fichu sur la tête, et dit :

— Le père Ioan refuse de se déranger pour une suicidée ! Il dit qu'elle est morte en dehors de l'Eglise ! Il dit qu'elle ira en enfer !

Les femmes se signèrent avec épouvante. Le moujik grommela :

— Tu n'avais pas besoin de lui raconter qu'elle s'était pendue !

— Il l'aurait bien vu lui-même, en venant ! Et il aurait été encore plus furieux !

— C'est vrai ! dit Fiokla. Aïe ! Aïe ! Aïe ! Tous les saints, toutes les saintes ! La malédiction est sur nous ! Comment allons-nous l'enterrer sans prêtre ? La croix tiendra-t-elle seulement sur sa petite tombe ?

— Les morts qu'on enterre sans prêtre ne peuvent pas se calmer ! dit Mélanie. C'est bien connu ! Ils rôdent dans la campagne. Ils frappent aux fenêtres ! Ils demandent à rentrer ! Elle reviendra !

— Taisez-vous ! cria Sophie. N'avez-vous pas honte de débiter de pareilles sornettes ?

Ce ton autoritaire impressionna les paysannes.

— Dieu sera peut-être moins sévère que le pope ! dit Fiokla en haussant les épaules.

Et elle poursuivit, avec une douceur plaintive :

— Oh ! la chère colombe qui s'est envolée ! Oh ! la merveilleuse graine qui s'est perdue dans le vent !...

Entraînées par elle, toutes les femmes se mirent à pleurer. Leurs lamentations bien accordées ressemblaient à un exercice vocal où la tristesse n'avait qu'une faible part. A leurs sanglots, répondirent les vagissements du bébé, qui reposait dans la pièce voisine. Mélanie renifla, sécha ses yeux, déboutonna son corsage et dit :

— Il a faim, le pauvret ! Faut tout de même que j'y aille !

Peu après son départ, l'enfant cessa de geindre. Le front appuyé contre la hanche de la morte, Sophie continuait par l'esprit l'histoire de leur amitié si mouvementée et si maladroite. Sans souffrir au juste, elle avait le sentiment d'une rupture avec la vie. Etait-ce là ce qu'on nommait l'état de prière ?

***

Il était huit heures et demie du soir, quand Michel Borissovitch, épuisé d'impatience, entendit la voiture s'arrêter devant le perron. Pourquoi Sophie était-elle restée si longtemps dans les villages ? N'avait-elle pas pensé à l'inquiétude de son beau-père ? Il décida de marquer sa réprobation en n'allant pas l'accueillir dans le vestibule. Par la croisée du bureau, il vit un serviteur qui levait un fanal et la pluie tombant en poudre de diamant dans le halo. Un fantôme de cheval blanc tremblait de fatigue dans un nuage de vapeur. La capote de cuir ruisselait. Des gestes d'ombre passèrent devant la fenêtre. De la calèche, deux silhouettes descendirent : Sophie et une paysanne.

Michel Borissovitch n'aimait pas que sa belle-fille amenât des gens de la campagne à la maison. Il se promit de la gronder très fort. Cette perspective le réjouit. Avec un plaisir de comédien, il s'assit derrière sa table de travail, rectifia la position de l'encrier et du presse-papiers de malachite, boutonna son gilet et prit un visage mécontent.

Mais le temps passait et Sophie ne se montrait pas. L'envie qu'il avait de la revoir arrêtait le cours de son existence. Enfin, la porte s'ouvrit, et ce fut elle, brune, vive, élégante. Sa robe bruissa en accrochant une chaise. Comme elle arrivait dans la clarté de la lampe, il s'aperçut qu'elle portait un paquet blanc sur les bras. En y regardant de plus près, il reconnut un nourrisson dans ses langes. Sans doute quelque bébé de moujik ! Michel Borissovitch se fâcha. La charité avait des bornes ! S'il laissait faire sa bru, elle transformerait Kachtanovka en hospice !

— Enfin, Sophie, c'est ridicule ! dit-il, tandis qu'elle déposait l'enfant au creux d'un fauteuil.

Elle se redressa et fit face à son beau-père. Alors seulement, il remarqua qu'elle était pâle et que ses yeux avaient une fixité effrayante. On eût dit qu'une image, visible d'elle seule, la fascinait. Il eut peur et marmonna :

— Quel est cet enfant ?
— Votre petit-fils, dit Sophie.

Le premier moment de surprise passé, Michel Borissovitch s'enferma dans la méfiance. Il pressentait une manœuvre destinée à le circonvenir. Les deux poings appuyés au bord de la table, il se leva, avec une puissance menaçante dans le développement du buste et le port du menton.

— Pourquoi l'avez-vous amené ? demanda-t-il d'un ton rude.
— Je ne pouvais faire autrement !
— Si vous croyez m'attendrir !...
— Oh ! non, père, dit-elle. Je vous supplie même d'être très courageux !

Elle lui tendit la lettre de Marie. Il refusa de la prendre :
— Ce qu'elle a à me dire ne m'intéresse pas !
— Ce n'est pas à vous qu'elle a écrit, mais à moi.

Comme elle insistait, il saisit le pli d'un air bourru et chaussa ses besicles à monture d'or. Dès qu'il eut jeté les yeux sur le papier, son visage se décomposa. Sophie le voyait vieillir, à mesure qu'il avançait dans sa lecture.

Parvenu au bout, il lança à sa belle-fille un regard déraisonnable par-dessus ses lunettes.

— Elle n'a pas fait ça ? grommela-t-il.
— Si, père, dit Sophie. Je reviens d'Otradnoïé. Marie est morte.

Il tressaillit, comme frappé par un coup de cognée. Ses mâchoires se contractèrent. Il retira ses lunettes. Puis, tourné vers l'icône, il se signa avec autant de lenteur et d'application que s'il eût gravé le dessin de la croix dans une matière dure. Sophie imaginait le débat de conscience que cachait cette apparente dignité. Attaqué à la fois par le chagrin et par le remords, Michel Borissovitch ne devait plus savoir de quel côté faire front. Elle eut pitié de lui. Il poussa un grand soupir et murmura :

— Eh bien ! elle a fini comme elle a vécu : dans le mépris de Dieu, de son père et du monde !

Cette déclaration stupéfia Sophie. Etait-ce là tout ce que trouvait à dire un homme dont la fille venait de se donner la mort ? Il ne cherchait même pas à savoir comment elle s'était tuée, il ne demandait même pas à la voir ! Roidi dans son orgueil comme dans un corset, il reprit :

— Cela ne m'explique toujours pas ce que cet enfant fait sous mon toit.
— Enfin, père, balbutia Sophie, vous le savez bien ! Vous avez lu ce que Marie demande dans sa lettre !...
— Pourquoi lui obéirais-je après sa mort, alors qu'elle ne m'a pas obéi de son vivant ? dit-il.
— Serge est votre petit-fils !
— Ayant renié ma fille une fois pour toutes, je n'ai aucun motif de m'intéresser à sa descendance. Rapportez ce bébé à Otradnoïé. Un jour ou l'autre, son père viendra le prendre là-bas !

La colère passa en elle avec le crépitement et l'éclat d'un incendie. Il n'était plus question de chercher des excuses à ce tyran domestique, mais de le vaincre dans son égoïsme, sa hargne et son autorité. Elle cria :

— Comment pouvez-vous repousser la seule chance que vous avez encore de racheter vos fautes ?

Il bomba le torse :
— Quelles fautes ?
— C'est vous qui avez tué Marie ! Vous l'avez tuée chaque jour un peu plus par votre indifférence, par votre dureté, par votre mépris !...

Elle élevait la voix, comme si elle eût voulu que la morte entendît de loin ce réquisitoire :

— Vous l'avez tuée et je vous ai aidé, involontairement, à le faire !
— Vous ? s'exclama-t-il. C'est absurde ! Vous n'êtes pour rien...

Elle lui coupa la parole :
— Tout le mal a commencé le jour où je suis arrivée à Kachtanovka ! Il a suffi que je paraisse pour que vous vous détourniez de vos enfants ! Très vite, Nicolas vous est devenu insupportable. Quant à Marie, vous lui avez fait grief de n'avoir pas les qualités que vous découvriez en moi, sans vous rendre compte qu'elle en possédait d'autres, cent fois plus estimables ! Lorsqu'elle a commis la folie de se marier, vous l'avez chassée comme une

criminelle, au lieu de tout mettre en œuvre pour l'empêcher d'être trop malheureuse ! Et moi, moi qui aurais dû vous obliger à plus d'indulgence, je n'ai pas su le faire !... Ayez donc le courage, une fois au moins dans votre vie, d'avouer vos erreurs ! Considérez que c'est un devoir sacré, pour nous deux, d'exécuter les dernières volontés d'un être dont nous avons précipité la perte ! Cet enfant est à moi, maintenant ! Je l'ai recueilli ! Je le garde !

Elle se tut, à bout de souffle, remuée jusqu'au ventre par une émotion animale. Cependant, Michel Borissovitch demeurait immobile, muet. La lumière de la lampe lui modelait un masque aux plis pendants. Acceptait-il les accusations qu'elle avait portées contre lui ? Elle n'espérait pas qu'il se reconnût coupable. Il respirait lourdement. Son regard, empreint d'une froide curiosité, descendit vers le fauteuil où reposait son petit-fils.

— Je ne pourrai jamais m'attacher à cet enfant, dit-il enfin.

Le petit Serge somnolait, recroquevillé, renfrogné, un bonnet de dentelle tiré sur l'oreille, un ruban bleu noué sous le menton. Michel Borissovitch secoua la tête avec violence.

— Jamais, répéta-t-il, jamais !...

La pluie ruisselait sur les vitres noires. Les arbres craquaient autour de la maison. Sophie évoqua une autre nuit tragique : Michel Borissovitch arrivant à Saint-Pétersbourg pour voir le petit-fils qu'elle lui avait donné et apprenant qu'il était mort. Elle reprit Serge dans ses bras et pressa contre son sein ce fardeau tiède et léger. Comme elle faisait un pas vers la porte, Michel Borissovitch demanda :

— Sophie, où allez-vous ?

— Coucher Serge, dit-elle.

Il n'eut pas un mot pour la retenir. Sur le seuil, elle se retourna. Michel Borissovitch n'avait pas bougé. Sa tête penchait sur sa poitrine. A cette distance, elle ne pouvait distinguer l'expression de son visage. Il semblait mâcher quelque chose avec force. Au bout d'un moment, elle comprit qu'il pleurait.

LA GLOIRE
DES
VAINCUS

PREMIÈRE PARTIE

1

— Quoi ? tu n'es pas encore prêt ? cria Kostia Ladomiroff en ouvrant la porte de la chambre.

Le regard en coin, la mâchoire tendue, Nicolas répliqua par un grognement et continua de se raser. Pouvait-il avouer qu'il faisait traîner sa toilette en attendant le facteur ? Cette nuit encore, il avait rêvé, avec une précision extraordinaire, qu'il recevait une lettre de Sophie, une lettre qui expliquait tout, qui arrangeait tout ! La lame, tenue obliquement, attaqua la joue de bas en haut, à rebrousse-poil. Un chemin rose courut dans la mousse de savon.

— Et Ryléieff qui nous attend ! dit Kostia avec dépit.

— Il n'a pas fixé d'heure.

— Non, mais je suis sûr que tous les autres sont déjà chez lui. Il doit y avoir du nouveau.

— Depuis hier soir ? dit Nicolas. Cela m'étonnerait !

Il eût voulu que l'histoire du monde s'arrêtât aussi longtemps qu'il n'aurait pas une lettre de sa femme. Pourquoi ne lui répondait-elle plus depuis trois semaines ? Et si elle s'était trompée d'adresse ?... Mais non, il lui avait bien dit qu'il logeait chez Kostia Ladomiroff, près de la place Saint-Isaac ! Une seule explication : sa correspondance était surveillée par la police.

— Ne crois-tu pas que la censure arrête notre courrier ? murmura-t-il.

Kostia tira un papier de sa poche.

— Qu'est-ce que c'est ? dit Nicolas.

— Une lettre. Je viens de la recevoir.

— Le facteur est déjà passé ?

— Oui.

Déçu, Nicolas se demanda s'il ne ferait pas mieux de courir en chaise de poste jusqu'à Kachtanovka pour revoir Sophie. Quatre jours pour aller de Saint-Pétersbourg à Pskov, autant pour revenir... La tentation était forte, mais il ne se voyait pas lâchant ses camarades au moment où, peut-être, par un coup d'audace, ils allaient, tous ensemble, offrir la liberté à la Russie. Avec autant de fermeté que s'il eût tranché une question politique, il arrêta d'un trait de rasoir la patte de sa joue gauche, puis celle de sa joue droite. Le temps de s'essuyer la figure, de nouer sa cravate, d'enfiler son gilet lie-de-vin, sa veste couleur noisette, et il décrétait :

— Kostia, je sens que, ce matin, nous ferons du bon travail !

Ils se précipitèrent dans le vestibule, où le vieux Platon, assis près de la fenêtre, dans sa livrée verte à galons d'argent, tricotait un bas. Houspillé par son maître, le serviteur courut chercher les manteaux, les chapeaux, les galoches.

Avant de sortir, Kostia, qui était coquet, s'admira dans une glace. Le toupet de son crâne était parfumé au jasmin. Son nez, en forme de bec, dominait une lèvre rasée. Une émeraude brillait à son doigt. Ses longues jambes d'échassier étaient tendues d'un tissu gris tourterelle.

— Je n'ai pas très bonne mine ! dit-il. Vraiment, cette révolution m'énerve ! Allons, mon cher !...

Dans la rue, un vent glacé mordit les deux hommes au visage. Une petite neige transparente recouvrait les trottoirs. Sur la chaussée, luisante de verglas, les chevaux de fiacre patinaient, jambes écartées. Des passants besogneux se hâtaient, le dos bossu, les poings au fond des poches, le nez dans le col du manteau. Malgré l'heure matinale, des boutiques de la perspective Nevsky entrebâillaient leurs portes. A la devanture d'une librairie, Nicolas remarqua un portrait du grand-duc Constantin Pavlovitch avec cette légende : « Sa Majesté l'Empereur Constantin Ier, tsar de toutes les Russies. » Or, depuis la veille, 12 décembre 1825, nul n'ignorait que le grand-duc Constantin Pavlovitch, irrité des faux bruits qui couraient sur son compte, avait envoyé une estafette de Varsovie à Saint-Pétersbourg pour confirmer sa renonciation au trône.

— Ils auraient vraiment pu enlever ce portrait ! soupira Nicolas.

— Ils attendent de savoir par quoi le remplacer ! dit Kostia. Alexandre Ier est mort, Constantin Pavlovitch, sans bouger de Varsovie, repousse la couronne, et Nicolas Pavlovitch, après avoir proclamé son frère empereur, se demande s'il pourra faire revenir la troupe sur son serment. Tu avoueras que c'est l'interrègne le plus extravagant de l'Histoire ! On offre l'empire de Russie comme une tasse de thé à l'un, à l'autre, et personne n'en veut !

Nicolas regarda de plus près l'effigie du grand-duc Constantin Pavlovitch, cette face de carlin, au nez écrasé, au front bas, à la lippe lourde.

— Malgré son air de brute, dit-il, je le préfère encore à mon homonyme, qui est rude et sonore comme un tambour. Constantin aurait peut-être accepté une réforme des institutions !

— Je ne le crois pas, dit Kostia, mais il est bon que les petites gens en soient persuadés. Si la troupe renâcle devant le deuxième serment qu'on va exiger d'elle, toutes les chances seront pour nous. Si elle s'incline...

Il leva légèrement la main comme pour donner l'essor à un oiseau de malheur.

— Elle ne s'inclinera pas ! dit Nicolas avec force. Elle ne peut pas s'incliner !

— Pourquoi ?

— Parce que son intérêt lui commande de nous suivre ! Parce que... parce que je sens que tout ira bien !...

Il réfléchit une seconde et chuchota :

— Pourtant, nous sommes des menteurs, vieux frère, d'horribles menteurs ! Nous luttons pour la liberté et nous n'osons pas le dire au peuple. Nous lui faisons croire que notre but est d'installer Constantin sur le trône. Mais, si nous réussissons notre coup d'Etat, les soldats s'apercevront vite que nous ne voulons pas plus de Constantin que de Nicolas, que Constantin n'a été pour nous qu'un prétexte, que nous nous sommes servis de son prestige pour provoquer non pas une révolution de palais, mais une révolution tout court ! Alors, Kostia, tous ces gens simples ne nous reprocheront-ils pas de les avoir bernés ? Ne se retourneront-ils pas contre nous pour nous punir de leur avoir offert l'indépendance ? La deuxième partie de notre tâche consistera, sans doute, à persuader les masses que le bonheur sans le tsar vaut mieux que le malheur avec le tsar !

— Tu as raison ! dit Kostia subitement effrayé.

Nicolas le bouscula pour le remettre en marche et reprit gaiement :

— Tu en fais une tête ! C'est justement ça qui est passionnant ! Dominer les hommes, agir sur son temps, diriger le cours de l'Histoire !...

Pour se donner du cœur, il se disait que sa femme l'encourageait, de loin, dans ses idées libérales. C'était elle qui lui avait révélé la misère du monde et le moyen d'y remédier. Peut-être eût-il été de l'autre côté de la barrière, parmi les fidèles serviteurs du trône, s'il ne l'avait rencontrée, un jour de l'été 1814, à Paris. A quoi tiennent les grandes vocations politiques ? Oubliant son compagnon soucieux, Nicolas fit le reste du chemin en donnant le bras à Sophie. Il ne sortit de ce mirage qu'en arrivant devant la maison de Ryléïeff, au bord de la Moïka, près du pont Bleu. Une plaque de cuivre, à droite de la porte, indiquait que c'était là le siège de la « Compagnie russo-américaine ». Le fait que le chef des conjurés fût, en même temps, le directeur d'une société pour l'exploitation de comptoirs dans le Nouveau Monde paraissait à Nicolas le comble de l'absurdité. Il s'amusait en pensant que, de ce lieu, partaient à la fois des ordres officiels pour étendre l'autorité du tsar sur des terres lointaines et des ordres secrets pour détruire l'autorité du tsar sur ses propres terres.

Filka, le petit cosaque de Ryléïeff, débarrassa les visiteurs de leurs manteaux. Dans la salle à manger vide flottait encore une odeur de pain frais, des canaris chantaient dans une cage, la flamme d'une veilleuse éclairait un groupe d'icônes aux noirs visages byzantins. Une voix de femme gourmandait quelque domestique derrière la porte menant aux chambres. Nicolas ne connaissait pas Nathalie Mikhaïlovna Ryléïeff. Elle ne se montrait jamais aux séances de l'Union du Nord. Savait-elle seulement le danger que courait son mari ? Tout dans ce logement était si paisible, si ordonné, si propre qu'en y apportant ses préoccupations personnelles

Nicolas avait l'impression de traîner des souliers boueux sur un parquet bien ciré.

— Ton maître est-il là ? demanda-t-il au petit cosaque.

— Oui, dit Filka. Il y a déjà des messieurs avec lui, au bureau.

Nicolas et Kostia entrèrent dans une pièce exiguë, surchauffée, dont la fenêtre, armée d'un grillage, ouvrait sur le mur de la cour. Il y avait à peine la place de se mouvoir dans ce réduit, entre le divan de cuir noir, la table chargée de paperasses, la bibliothèque vitrée et les brochures de *l'Etoile polaire*, empilées contre les pieds des chaises. Ryléïeff était assis en amazone sur le bras d'un fauteuil. Une robe de chambre jaune, élimée, tachée d'encre, pendait de ses épaules. Son cou d'enfant émergeait d'un foulard de soie blanche. Dans son visage basané, aux pommettes saillantes, aux lèvres minces, féminines, les beaux yeux, larges, doux et mélancoliques, avaient un éclat fascinant. Une chevelure brune, très bouclée, lui emboîtait le front. Il n'était pas encore guéri du mal de gorge qu'il avait contracté en courant la ville, jour et nuit, pour gagner des soldats à la cause de l'insurrection. Le petit Youri Almazoff, en uniforme de lieutenant du régiment de Moscou, et le long, le maigre Kuhelbecker, en redingote, l'entouraient. Tous trois avaient des mines de circonstance.

— Sait-on quelque chose de nouveau ? demanda Nicolas en serrant les mains qui se tendaient vers lui.

— Pas encore, dit Ryléïeff, mais je crois que les événements vont se précipiter. Les conseillers de Nicolas Pavlovitch n'ont plus aucun intérêt à retarder la publication du manifeste.

— Pourquoi, dans ces conditions, n'essayerions-nous pas d'agir dès maintenant ?

— Parce que notre seul prétexte pour soulever la garnison est l'ordre qui lui sera donné de se parjurer en prêtant serment à Nicolas Pavlovitch après avoir prêté serment à Constantin Pavlovitch. Tant que la date de ce deuxième serment n'aura pas été fixée, nous ne pourrons rien entreprendre. Peut-être le décret impérial est-il déjà rédigé, et nous n'en savons rien, c'est absurde !

— Il doit tout de même y avoir un moyen de se renseigner ! dit Kostia.

— Plusieurs de nos amis, qui ont des relations à la cour, ont promis de m'avertir dès que le document passera à la signature, dit Ryléïeff. Mais je suppose que le secret sera gardé jusqu'à la dernière minute. Nicolas Pavlovitch voudra agir par surprise, sans laisser aux troupes le temps de s'interroger sur leur devoir...

Pendant ce discours, Nicolas réfléchissait à s'en faire craquer la tête. Il éprouvait une envie folle de rendre service à Ryléïeff, qu'il considérait comme un homme d'une probité et d'une intelligence supérieures. Soudain, une idée le frappa et il dit joyeusement :

— Je connais quelqu'un qui est sûrement au courant de la préparation du manifeste !

— Qui ? demanda Ryléïeff.

— Hippolyte Roznikoff, répondit Nicolas.

— C'est vrai! s'écria Kostia. Je n'y avais pas pensé!
— Attendez donc! dit Ryléïeff. Hippolyte Roznikoff... Roznikoff... Cela me rappelle quelque chose... N'occupe-t-il pas un poste important auprès du gouverneur de Saint-Pétersbourg?
— Il est aide de camp du général Miloradovitch, dit Nicolas.
Ryléïeff eut un sourire enfantin :
— Ce serait parfait! Vous êtes très lié avec lui?
— Nous avons servi tous deux dans les gardes de Lithuanie, en 1814, puis à l'état-major, en 1815, à Paris. Seulement, après mon mariage, nous nous sommes perdus de vue...
— Excellente occasion pour renouer avec lui! Tâchez de le joindre aujourd'hui même! Faites-le parler sans éveiller ses soupçons!
Nicolas ne se sentait plus de bonheur à l'idée de cette mission délicate. Youri Almazoff alluma un petit cigare et déboutonna le haut de son uniforme. Au milieu de son visage aigu et pâle, les gros sourcils noirs paraissaient postiches.
— Si le bel Hippolyte a eu vent de quelque chose, il te le dira! grommela-t-il. Premièrement parce qu'il est bête comme ses bottes, deuxièmement parce que, sans avoir tes opinions, il te considère comme un ami. Au cas où tu voudrais le rencontrer, je te signale qu'il prend son café, tous les jours, à la confiserie Schwarz, rue Morskaïa.
— Je sais, dit Nicolas. J'irai le cuisiner là-bas, tout à l'heure.
Ryléïeff empoigna une fiole sur le guéridon, se versa une cuillerée de médicament, l'avala d'un trait et fit la grimace :
— Quelle sale mixture! Mais il faut que je me soigne, si je veux être d'attaque pour le grand jour!
Il tapota, du plat de la main, les dossiers étalés sur sa table et dit encore :
— Quand je pense à tout le travail que j'ai là, en retard!
— Si nous réussissons, vous n'aurez plus à vous occuper de la Compagnie russo-américaine! dit Nicolas avec élan. Vous serez... vous serez à la tête du nouveau gouvernement!... Vous serez notre dictateur libéral!...
— Je n'y tiens pas! dit Ryléïeff, et une quinte de toux le plia en deux.
Kuhelbecker, qui observait une carte de la Sibérie placardée au mur, arrondit ses gros yeux de poisson, relâcha sa lèvre inférieure et dit :
— Et si nous échouons, voilà où on nous enverra!
Il y eut un silence gêné.
— Eh bien! ce ne sera pas mal non plus! dit Ryléïeff, en rebouchant le flacon. La Sibérie est un pays magnifique!...
— Je vous laisse la responsabilité de cette affirmation, dit Kostia. Quel est ce pointillé qui traverse toute la carte?
— L'itinéraire suivi par les convois de ravitaillement de la Compagnie russo-américaine, dit Ryléïeff. Ils vont jusqu'à Okhotsk, sur le Pacifique. De là, des bateaux, affrétés par nos soins, partent pour l'Alaska. J'ai souvent rêvé d'entreprendre ce grand voyage. Dernièrement encore, mon ami Masloïédoff, qui fait là-bas la pluie et le beau temps, m'a écrit pour m'inviter. Trop tard! Nous avons autre chose en tête, n'est-il pas vrai? De la

prodigieuse aventure qui a poussé les Russes à la conquête du Nouveau Monde, je n'aurai connu que la paperasse !

— Vous parlez comme si votre vie devait finir demain ! dit Nicolas.

— Vous avez raison ! concéda Ryléïeff avec un rire forcé. Je suis ridiculement pessimiste. C'est la faute de ces médicaments qui me détraquent l'estomac. Il est tout de même surprenant que Golitzine et Obolensky ne soient pas encore là ! Et Stépan Pokrovsky, que fait-il ?

— Il s'est foulé la cheville, avant-hier ! dit Kostia.

— Allons bon ! Et votre ami Vassia Volkoff ?

— Je crois que des affaires de famille l'ont obligé à partir ce matin pour Pskov.

— Il ne sera donc pas des nôtres ?

— Non.

— Quel contretemps ! Et le prince Troubetzkoï ?

— Il a dû aller au palais pour avoir des nouvelles !

— Sans doute ! Sans doute ! Dieu ! Qu'il est désagréable de vivre dans l'incertitude à la veille d'une action aussi importante !

De nouveau, une toux rauque déchira la gorge de Ryléïeff. Il s'épongea le visage avec un mouchoir à carreaux, dirigea sur Nicolas un regard luisant d'inquiétude et reprit :

— Je compte sur vous, n'est-ce pas ? pour interroger Hippolyte Roznikoff !

Et, sans attendre la réponse, il ajouta :

— Vous m'excusez, messieurs, j'ai deux ou trois lettres à écrire pour les besoins du service. Que cela ne vous empêche pas de bavarder entre vous...

Il tailla une plume. Sa main tremblait. « Un vrai chef ne s'énerve pas ainsi », pensa Nicolas.

*
* *

Hippolyte Roznikoff avait tellement changé que Nicolas ne retrouvait plus en sa présence le ton de leurs conversations d'autrefois. Il regardait cet aide de camp avantageux, aux moustaches noires cirées, au menton replet, au poitrail large, orné d'aiguillettes étincelantes, et cherchait à travers lui le souvenir du jeune officier ardent, moqueur et arriviste qui, quelque dix ans plus tôt, était son meilleur compagnon à Paris. Et, tandis qu'il déplorait intérieurement que son ami se fût abêti dans la voie des honneurs, il avait conscience que celui-ci, de son côté, le plaignait d'avoir gâché sa vie en se mariant avec une Française et en quittant l'armée. Ainsi, les paroles banales qu'ils jetaient entre eux avec de grands rires ne les empêchaient pas d'éprouver l'un devant l'autre la sensation pénible de la fuite du temps et du gauchissement des caractères. La gêne de Nicolas était si contraignante qu'il se demanda s'il saurait interroger le bel Hippolyte sans trahir ses intentions. Deux tasses de café fumaient devant eux. La confiserie était à demi vide. Un serveur traversa la salle, portant un plateau garni de tartelettes.

— Je ne te retiens pas trop, j'espère, dit Nicolas. Tu dois être débordé de travail, en ce moment !

— Pourquoi, en ce moment ?

— A cause du manifeste !

— Ce n'est pas moi qui le rédige, dit Hippolyte en riant.

— Non, mais en tant qu'aide de camp du général Miloradovitch, tu participes sans doute à l'organisation de la cérémonie. Sait-on déjà quand aura lieu la prestation de serment ?

Nicolas avait posé cette question avec une feinte négligence, en portant à ses lèvres la tasse de café noir où trempait un zeste de citron. Il se sentait diplomate en diable. L'excitation du jeu faisait battre son cœur, mais sa tête demeurait froide.

— Je ne peux rien te dire ! trancha Hippolyte.

— Pourquoi ?

— Ce n'est pas officiel.

— Mais ce le sera bientôt ?

— Très bientôt.

— Dans quelques jours ?

— Dans quelques heures, dit Hippolyte avec importance.

Nicolas supporta le choc sans rien laisser paraître.

— Dans quelques heures ? dit-il. Mais alors, le manifeste est déjà signé !

Visiblement, Hippolyte était partagé entre le désir de garder le secret selon les consignes qu'il avait reçues et celui d'étonner son ami.

— Après tout, si ce n'est pas moi qui te le dis, tu l'apprendras par quelqu'un d'autre ! soupira-t-il. La moitié de Saint-Pétersbourg est déjà au courant. Oui, le grand-duc Nicolas Pavlovitch a signé le manifeste aujourd'hui, à l'aube. Le Conseil d'Empire est convoqué pour ce soir, à huit heures. Demain matin, 14 décembre, toutes les troupes de la garnison prêteront serment au nouvel empereur !

— Pas possible ! balbutia Nicolas.

Un bonheur angoissant l'étouffait. Ce serait lui qui, le premier, apporterait la nouvelle à Ryléïeff, lui qui mettrait la révolution en marche ! Peut-être les conjurés devraient-ils leur réussite à la rapidité de son information ! Il ne put empêcher qu'un sourire lui vînt aux lèvres.

— Ça t'amuse ? demanda Hippolyte.

— J'avoue que je ne m'attendais pas à une telle précipitation ! dit Nicolas.

— Elle est nécessaire : l'interrègne n'a que trop duré !

— Oui, oui, sans doute...

Hippolyte fronça les sourcils et chuchota :

— Tu dis : « Sans doute », et tu n'en penses pas un mot !

Tant de perspicacité surprit Nicolas : il croyait confesser un imbécile et se voyait démasqué par lui, sans avoir à se reprocher la moindre maladresse.

— Allons ! reprit Hippolyte, cesse de jouer au plus fin avec moi ! Ce sont tes amis qui t'envoient ?

— Quels amis ? dit Nicolas, désemparé.

— Rassure-toi, je ne vais pas te demander leurs noms ! D'ailleurs, je les connais presque tous... et beaucoup d'entre eux me sont sympathiques ! Mais laisse-moi te donner un conseil avant qu'il ne soit trop tard : ne reste pas avec eux ! Ils sont sur le point de commettre une folie ! Tu vas te perdre, vous allez tous vous perdre inutilement, si vous tentez de vous opposer à la prestation du serment par la troupe ! Ce n'est pas une poignée d'officiers libéraux qui pourra inciter au désordre tout un peuple élevé dans le respect de la religion, de la patrie, de la monarchie !

Nicolas eût aimé répondre avec flamme à ce discours, mais la prudence lui ordonnait de refouler son enthousiasme.

— Qu'est-ce que tu racontes ? dit-il. Je ne suis au courant de rien !

Il joua si bien l'ahuri qu'un moment Hippolyte sembla le croire.

— Vraiment ? dit-il. Pourtant, je t'ai vu avec eux...

— Il y a longtemps, lorsque j'habitais Saint-Pétersbourg ! Je suis devenu un provincial, mon cher !

— Quand tu reviens ici, c'est encore eux que tu fréquentes !

— Où est le mal ?

— Ose prétendre que vous ne critiquez pas le gouvernement entre vous ?

— Qui ne le critique pas ? Je me suis laissé dire que le gouvernement, parfois, se critiquait lui-même. Bien sûr, il nous arrive de souhaiter ceci ou cela, mais il y a loin de ces bavardages à l'insurrection dont tu parles. Dieu nous préserve d'une pareille catastrophe !

Il avait honte de mentir avec tant d'éloquence, mais ce n'était pas la seule raison de son malaise. Ainsi, les autorités étaient prévenues qu'un complot menaçait le trône. Si Ryléïeff comptait sur l'effet de surprise pour emporter la décision, il serait déçu. A moins que les partisans du futur empereur ne fussent aussi brouillons que ses ennemis. L'esprit de Nicolas travaillait à une vitesse vertigineuse. Il était impatient de quitter Hippolyte pour annoncer à ses camarades les graves événements qui se préparaient. Mais Hippolyte, après un accès de méfiance, revenait à la bonhomie. Il avait trop bien réussi dans sa carrière pour admettre que le monde fût mal fait. Les mécontents n'étaient pour lui que des jaloux. Or, Nicolas, étant d'une famille aisée, n'avait rien à envier à personne. On pouvait se déboutonner devant lui. Avec une complaisance appuyée, Hippolyte lui parla de son travail auprès du général Miloradovitch, de ses chevaux, de ses pertes au jeu et de ses bonnes fortunes. Nicolas, bouillant sur place, profita du premier silence pour dire :

— On m'attend, il faut que je m'en aille !

— Une femme ? dit Hippolyte en clignant ses grosses paupières bistre.

— Oui.

— Tu me raconteras ça ! Je suis friand d'histoires galantes ! Pourquoi ne nous voyons-nous plus ?

— Je ne sais pas.

— Veux-tu que nous nous retrouvions ici, demain, à la même heure ?

— Demain ? marmonna Nicolas. Mais c'est le 14 décembre... le jour du serment...

— Et alors ? Tu es pris ?

— Non, dit Nicolas. A demain.

***

Nicolas lança la nouvelle comme une bombe. Mais personne n'en fut étonné. Ryléïeff, assis à la table du conseil, se contenta de dire :

— Nous savons ! Nous savons ! Ce sera pour demain !

Sans doute était-ce Troubetzkoï qui, à son retour du palais, avait donné l'alerte. Nicolas regretta d'arriver en second. Un grand nombre de conjurés étaient déjà réunis dans la salle à manger et le bureau de Ryléïeff. Il y avait là les trois frères Michel, Nicolas et Alexandre Bestoujeff, Obolensky, Kakhovsky, Youri Almazoff, Kuhelbecker, le prince Troubetzkoï, Kostia Ladomiroff, Schépine-Rostovsky, Odoïevsky, Batenkoff, Rosen, Arbouzoff, Panoff, d'autres encore. A tout moment, de jeunes officiers entraient, sortaient, revenaient, s'asseyaient sur un bras de fauteuil, sur le bord d'une fenêtre, allumaient une pipe. Grenadiers, sapeurs, marins, fusiliers de la garde, il semblait que tous les régiments de la garnison eussent délégué un représentant à la conférence. Les civils étaient rares, mais parlaient aussi haut que les militaires. Un faible courant d'air, passant par le vasistas, remuait la fumée autour de la grosse lampe à huile qui pendait du plafond.

— Ce que vous ne savez peut-être pas, dit Nicolas, c'est que les autorités ont des soupçons !

— Elles ont plus que des soupçons, dit Ryléïeff. Elles ont une certitude.

— Quoi ?

— Oui, mon cher, bien des choses se sont passées en votre absence. Je viens d'avertir nos camarades que nous étions dénoncés. Le sous-lieutenant Rostovtzeff, qui, sans être des nôtres, jouissait malheureusement de l'amitié d'Obolensky, a remis, hier, au grand-duc Nicolas Pavlovitch une lettre le prévenant de notre complot.

— C'est ignoble ! balbutia Nicolas. De qui tenez-vous cette information ?

— De Rostovtzeff lui-même. Il est venu nous voir, Obolensky et moi, cet après-midi. Il prétend qu'il a voulu nous sauver malgré nous en nous empêchant d'agir. Comme preuve de sa bonne foi, il nous a confié une copie de sa lettre. La voici...

Ryléïeff désigna une feuille de papier, sur la table. Nicolas se saisit du document et le parcourut du regard : « Une mutinerie se prépare. Elle éclatera au moment de la prestation du nouveau serment. La lueur de l'incendie qui se produira alors illuminera peut-être la chute finale de la Russie... »

— A-t-il nommé quelqu'un ? demanda-t-il.

— Il m'a juré que non, dit Obolensky.

— Peut-on le croire ?

— Je le suppose. Rien ne l'obligeait à me faire cet aveu.

— Comment avez-vous pu ne pas tuer ce traître ? s'écria Nicolas.

— Obolensky l'aurait étranglé avec plaisir, dit Ryléïeff. Je l'en ai empêché, car cela n'aurait servi à rien. Peut-être même, par ce crime précipité, aurions-nous compromis nos dernières chances de succès !

— Parce que vous estimez qu'il reste un espoir ? dit Nicolas.

— Oui, puisqu'on ne nous a pas encore arrêtés !

Nicolas jeta un regard autour de lui. Il y avait une gravité mystique sur les visages qui entouraient la table. Le plus contrarié de tous paraissait être le prince Troubetzkoï, celui en qui beaucoup de jeunes officiers voyaient le chef militaire de l'insurrection. Grand et maigre, il inclinait sur sa poitrine creuse une face toute en longueur, aux favoris roussâtres et aux lèvres désenchantées. Ses oreilles se détachaient de son crâne comme les anses d'un vase. Une demi-douzaine de décorations bridaient le tissu vert de son uniforme. Il marmonna :

— Contrairement à Ryléïeff, je vous avoue que les révélations de Rostovtzeff me donnent à réfléchir sur l'opportunité d'un soulèvement pour la journée de demain !

— Je ne comprends pas vos hésitations, prince ! répliqua Ryléïeff avec vivacité. En fait, l'intervention de Rostovtzeff, loin d'empêcher notre insurrection, la rend inévitable. S'il nous manquait une raison pour agir vite, il nous l'a fournie !

— Comment cela ?

— En nous mettant au pied du mur. Nous savons maintenant que, même si nous ne passons pas à l'action, nous serons arrêtés ! Allons-nous nous croiser les bras, en attendant qu'on vienne nous chercher à domicile ?

— Ryléïeff a raison ! tonna Michel Bestoujeff, capitaine du régiment de Moscou. Mieux vaut être pris sur la place du Sénat, les armes à la main, que dans son lit !

Ces paroles exaltèrent Nicolas comme s'il les eût prononcées lui-même. Il faisait très chaud dans la pièce. Une odeur de tabac et de cuir de bottes donnait du sérieux à la réunion. Les figures luisaient, comme passées à l'huile. Ryléïeff se dressa, les deux poings appuyés à la table, et dit avec une emphase funèbre :

— Même si notre initiative doit être vouée à l'échec, elle réveillera la Russie somnolente. Nous donnerons la première secousse. Plus tard, nos fils, nos petits-fils, instruits par nos erreurs, reprendront et achèveront notre œuvre. La tactique d'une révolution est contenue dans le seul mot : oser ! Nous oserons ! N'est-ce pas, mes amis ?

Des voix rudes lui répondirent :

— Oui ! Oui ! Nous oserons !

— Au moins, on parlera de nous dans l'Histoire de notre pays ! clama le capitaine des dragons Alexandre Bestoujeff, qui avait une stature athlétique et une basse d'opéra.

— Messieurs... messieurs, je vous en prie, soyons logiques ! dit le prince Troubetzkoï.

— Avant de poursuivre cette discussion, je voudrais savoir, prince, si vous serez avec nous, demain, sur la place du Sénat ! dit Ryléïeff.

— Certainement, si ma présence vous semble nécessaire...

Une flamme d'indignation passa dans les yeux de Ryléïeff :

— Hein ? Vous oubliez que nous vous avons désigné comme dictateur militaire pour la journée !...

— Je doute que votre choix soit heureux, repartit le prince Troubetzkoï. Il y a longtemps déjà que j'ai quitté les rangs. La garde m'a oublié. Elle refusera de m'obéir...

— Allons donc ! dit Alexandre Bestoujeff. Le souvenir de vos faits d'armes, pendant la guerre nationale, est dans la mémoire de tous les soldats !

Les grandes oreilles du prince Troubetzkoï bougèrent. Son nez parut s'allonger vers sa bouche.

— C'est de la vieille histoire ! dit-il. D'ailleurs, si j'ai pu montrer quelque bravoure sur un champ de bataille, je ne me sens pas du tout qualifié pour entraîner des troupes mutinées dans les rues de Saint-Pétersbourg !

Un silence glacial accueillit ces paroles. Le prince Troubetzkoï se vit entouré de juges. Tous le condamnaient. Certains même, parmi les plus jeunes, semblaient le mépriser, malgré ses décorations. Un regain d'orgueil lui fit redresser la tête, au milieu de l'hostilité générale.

— Insensés ! bredouilla-t-il. Vous n'avez même pas une idée du sort qui vous attend, si l'affaire tourne mal ! Vous êtes là, heureux, bien au chaud, ne manquant de rien, sûrs de votre droit, ivres de votre chance !... Demain, tout cela peut vous être ravi ! Vous deviendrez des esclaves, pis que des esclaves, le rebut de la nation russe !

Un gouffre s'ouvrit devant Nicolas. Cet homme avait raison. Mais il ne fallait pas l'écouter. Si on se mettait à réfléchir, il n'y avait plus d'héroïsme possible.

— Assez ! dit Batenkoff d'un ton cassant.

— Je n'ai pas l'intention d'ajouter quoi que ce soit à cette mise en garde, dit le prince Troubetzkoï. Mais pourquoi voulez-vous que ce soit moi qui prenne votre commandement ?

— Parce que nous n'avons personne pour vous remplacer, dit Ryléïeff.

— Qui sera mon aide de camp ?

— Obolensky.

Le prince Troubetzkoï joignit ses longues mains osseuses et en fit craquer les phalanges. Ryléïeff le regardait de ses yeux sombres, à courte distance, fixement, comme pour le fasciner.

— C'est bon, dit Troubetzkoï. Je ferai de mon mieux.

Il paraissait mécontent, mais résolu. Les visages se détendirent. Obolensky arrangea machinalement les aiguillettes de son uniforme. C'était un homme de belle taille, le front barré de deux rides précoces, la physionomie élégante, pensive et calme.

— Il s'agit maintenant de savoir sur quelles troupes nous pouvons compter à coup sûr ! reprit le prince Troubetzkoï.

— Combien vous faut-il d'hommes ? demanda Ryléïeff.

— Six mille, au moins.

— Vous les aurez ! cria Kuhelbecker avec aplomb.

Cette affirmation d'un civil fit rire les militaires.

— Evidemment, dit le prince Troubetzkoï, le mouvement devra être donné par l'un des plus vieux régiments de la garde. Sinon, les autres flancheront...

— Le régiment Ismaïlovsky sera certainement des nôtres, dit Ryléïeff.

— De mon côté, je puis garantir le régiment de Moscou, annonça Michel Bestoujeff.

— Moi, celui de Finlande, dit le baron Rosen.

— Les équipages de la marine marcheront avec moi, dit Nicolas Bestoujeff.

Et, se tournant vers son frère Alexandre, il demanda :

— Tes dragons te suivront, je suppose ?

— Oui, dit Alexandre Bestoujeff. Je les persuaderai.

Chacun jetait son cadeau dans la corbeille de l'insurrection. Morceau par morceau, toute l'armée russe y passait. Nicolas se retenait d'applaudir. Quel dommage qu'il eût quitté la carrière militaire ! Il eût aimé offrir plus que lui-même à la cause de la liberté. Pourtant, quand on fit les comptes, on s'aperçut que personne, parmi les officiers présents, ne pouvait assurer la participation d'un régiment complet. Qui parlait de son escadron, qui de son bataillon...

— Nos effectifs diminuent à vue d'œil ! constata le prince Troubetzkoï.

— Ils augmenteront en cours d'opération, dit Ryléïeff.

Troubetzkoï, les yeux au ciel, soupira :

— Dieu vous entende ! Quoi qu'il en soit, voici mon plan : le premier régiment qui refusera de prêter serment sera acheminé en bon ordre, tambour battant, drapeaux en tête, vers la caserne du régiment voisin pour le décider à son tour. Les autres suivront, entraînés de proche en proche. Grossie de tous ces affluents, l'armée de l'insurrection se réunira finalement sur la place du Sénat, à proximité du palais. Devant ce déploiement de force, le grand-duc Nicolas Pavlovitch renoncera à ses prétentions et le Sénat publiera un manifeste instituant le gouvernement provisoire...

Dans ce discours, prononcé d'une voix égale, les événements s'enchaînaient d'eux-mêmes, sans heurt, sans effusion de sang, les hommes au pouvoir s'inclinaient avec politesse devant ceux qui, avec non moins de politesse, exigeaient leur départ, et la Russie s'éveillait, un beau matin, dotée d'une aimable constitution monarchique.

— Vous nous parlez là d'une révolution à l'eau de rose ! dit Ryléïeff avec un sourire narquois.

— Je vous parle d'une révolution légale ! répliqua Troubetzkoï sèchement. La seule qui, pour moi, soit acceptable !

— Révolution légale ! dit Nicolas. Ces deux mots ne vont guère ensemble !

Troubetzkoï lui décocha un regard fatigué et murmura :

— Notre gloire sera, peut-être, de les avoir réunis.

— En tout cas, dit Ryléïeff, je n'approuve pas votre idée de visite d'un régiment à l'autre.

— Pourquoi ?

— Cela nous fera perdre un temps précieux. Pendant que nos troupes se promèneront entre les différentes casernes, le grand-duc Nicolas Pavlovitch organisera sa défense et nous serons battus. Il faut, le plus vite possible, amener directement sur la place du Sénat les soldats dont nous pouvons être sûrs. Même s'ils sont peu nombreux : ils serviront d'exemple !

— Et s'il n'en vient qu'un bataillon ? dit Troubetzkoï.

— Un bataillon d'hommes résolus vaut mieux qu'une multitude indécise !

— Qu'entreprendrez-vous avec ces hommes résolus ?

— Je marcherai sur le palais.

Le prince Troubetzkoï eut un haut-le-corps :

— Ah ! non, messieurs ! Pas ça ! Le palais doit demeurer pour nous un refuge inviolé !

— Pourquoi ?

— Parce que, si la soldatesque l'envahit, vous ne pourrez plus la tenir !

— Mais si ! Mais si ! la troupe nous écoutera ! D'ailleurs, il est encore trop tôt pour parler de tactique. Quand nous serons sur les lieux, les circonstances nous indiqueront la voie à suivre.

— Je n'aime pas les batailles improvisées.

— Nous ne pouvons tout de même pas prévoir une répétition !

— Que ferons-nous en cas d'échec ?

Ce mot retentit comme une insulte aux oreilles de Nicolas.

— Il n'y aura pas d'échec ! dit-il.

— Que ferons-nous en cas d'échec ? répéta le prince Troubetzkoï imperturbable.

— Nous nous replierons sur Staraïa-Roussa, dit Ryléïeff, et soulèverons au passage toutes les colonies militaires. Les insurgés du Sud opéreront leur jonction avec nous : Pestel se tiendra prêt à Toultchine, Volkonsky à Oumane, Serge Mouravieff-Apostol à Kiev...

Le prince Troubetzkoï approuvait à petits hochements de tête. Enfin, on lui exposait une action cohérente.

— Je préfère votre plan de retraite à votre plan d'attaque ! dit-il.

— Cela ne m'étonne pas de vous ! dit Nicolas.

Il éprouvait un tel besoin d'être encouragé qu'il détestait le prince pour son attitude pessimiste.

— Messieurs, messieurs, du calme ! dit Ryléïeff. N'oubliez pas que le prince Troubetzkoï est notre « dictateur désigné » pour la journée de demain.

Nicolas était en verve. Il dit, à mi-voix, en français :

— Ce n'est pas un « dictateur désigné », c'est un « dictateur résigné » !

Quelques officiers éclatèrent de rire. Ryléïeff fronça les sourcils. Sans doute, tout en critiquant la mollesse du prince Troubetzkoï, déplorait-il que celui-ci eût perdu l'estime des conjurés. Mieux valait, pensait-il, un mauvais chef que pas de chef du tout. Pour refaire l'unité des esprits, sinon autour d'un homme, du moins autour d'une idée, il pria le baron Steinheil de lire le manifeste qui serait remis au Sénat. Le baron Steinheil avait un visage parcheminé et rêveur, de grosses lunettes à monture d'écaille, un menton en forme d'œuf, posé sur une haute cravate blanche, et un habit vert bouteille usé aux coudes. Il tira de sa poche un papier gribouillé, raturé, affirma qu'il mettrait ses notes au propre dans la nuit, et lut d'une voix atone :

— « Le manifeste du Sénat proclamera la suppression du régime précédent et l'institution d'un gouvernement provisoire. Ce gouvernement provisoire sera chargé de préparer l'élection d'une Assemblée constituante, d'abolir le servage ainsi que tous les privilèges de classe, de dissoudre l'armée permanente et les colonies militaires, d'établir la liberté des cultes, d'assurer l'égalité de tous devant la loi, l'indépendance des tribunaux, la publicité des débats judiciaires, de supprimer la censure, de réformer l'administration... »

Les conjurés connaissaient par cœur cette longue litanie politique. Mais ils l'entendaient chaque fois avec le même enthousiasme. En songeant que toutes ces idées généreuses venaient de France, Nicolas était tenté de remercier sa femme. Autour de lui, les yeux s'embuaient dans des visages durcis par la volonté de vaincre. Des officiers s'embrassaient en s'appliquant des claques dans le dos. Le prince Troubetzkoï lui-même était ému.

— J'espère, mes amis, dit-il, que notre action sera digne du but que nous nous proposons d'atteindre !

Il se dirigea vers la porte.

— Vous partez déjà, prince ? demanda Ryléïeff.

— Oui. Je ne voudrais pas me coucher trop tard.

— Pour être frais et dispos demain matin ?

— C'est cela même, dit le prince Troubetzkoï d'un ton embarrassé.

Cependant, Nicolas scrutait les visages de ses camarades, perdus dans la fumée, et songeait à part soi : « Des princes, des comtes, des barons, des officiers de la garde, des jeunes gens oisifs, des bourgeois ! N'est-ce pas la première fois dans l'Histoire du monde qu'une révolution est déchaînée par ceux qui n'ont rien à gagner si elle réussit ? D'habitude, c'est le peuple opprimé qui se soulève contre les privilégiés de la naissance et de la fortune, aujourd'hui, ce sont les privilégiés de la naissance et de la fortune qui risquent leur peau pour offrir la liberté au peuple. Non, jamais il n'y eut d'entreprise plus désintéressée, plus noble, plus étrange ! Jamais les hommes ne furent plus grands et plus fous ! Tous ces garçons, avec leurs visages ordinaires, sont des héros dignes de l'Antiquité ! Je suis moi-même, un héros ! »

Il s'allégeait, ses pieds ne touchaient plus le sol. L'air de la pièce, malgré son odeur de renfermé, avait quelque chose de grisant. Il suffisait de respirer là-dedans, pendant dix minutes, pour éprouver l'ivresse du sacrifice. Vouloir c'était pouvoir, décider c'était réussir. Dieu était sûrement mêlé, d'une manière ou d'une autre, à cette affaire.

Le prince Troubetzkoï avait déguerpi. Filka apporta des bouteilles de vin et un grand plateau avec du pain, du fromage et du saucisson. Seuls ceux qui étaient près de la table pouvaient se servir. Les autres réclamaient. Des verres passaient de main en main. Nicolas reçut le sien par-dessus quatre rangées d'épaulettes. En prenant une tartine, il enfonça ses doigts dans du beurre. Personne n'avait envie de rentrer chez soi. Dehors, c'était le froid, la

nuit, la raison, la famille... Surtout, ne pas y penser pour ne pas faiblir !...
Tout le monde parlait à la fois. De mâles éclats de rire venaient de
l'antichambre. Les propositions les plus saugrenues fusaient, tels de joyeux
pétards, dans le brouhaha des conversations :

— La nouvelle capitale devrait être Nijny-Novgorod !

— La première des choses à faire serait de s'emparer de Cronstadt !

— Pourquoi ne transformerait-on pas les soldats des colonies militaires en
gardes nationales à la française ?

— Nous n'avons pas de cartouches ! Il serait sage de commencer par
envahir l'arsenal !

— Vous êtes des gamins ! cria le capitaine Iakoubovitch. Vous ne
connaissez pas le soldat russe ! Je vous apprendrai, moi, la bonne méthode !

Il était grand, efflanqué, jaune de peau, bleu de crin, avec des moustaches
tombantes, en queue d'aronde, une croix sur la poitrine et un bandeau noir
sur l'œil. Un tzigane en uniforme d'officier de dragons.

— Ouvrez tous les tripots, reprit-il, laissez les hommes se saouler la
gueule, piller les magasins, trousser les filles, bouter le feu à quelques
baraques ! Il faut des incendies pour exciter la foule ! C'est joli, ça éclaire, ça
donne chaud ! Puis, tirez-moi d'une église une dizaine de bannières, et en
avant, avec les images saintes, les fusils et les haches, vers le palais ! Là, vous
mettrez la main au collet du grand-duc Nicolas Pavlovitch et vous
proclamerez la république !

— Taisez-vous ! dit Ryléïeff. Ce sont ceux qui parlent le plus qui font le
moins ! Amenez votre régiment, demain, sur la place, c'est tout ce qu'on
vous demande !

— Je ne veux pas attendre demain ! dit Iakoubovitch. Je veux agir cette
nuit !

Un éclair éblouit Nicolas : mais oui, pourquoi pas cette nuit ? Les officiers
se regardèrent. Une même pensée courait de l'un à l'autre.

— Vous êtes fous ! aboya Ryléïeff en tapant du plat de la main sur la
table.

Et il se mit à tousser. On lui tendit un verre de vin. Il le but et continua :

— Vous êtes fous ! Que feriez-vous, cette nuit ? Vous savez bien que les
soldats ne bougeront pas tant qu'ils n'auront pas reçu l'ordre de prêter
serment !

— Nous n'avons pas besoin de soldats ! cria quelqu'un, du fond de la
pièce.

C'était le lieutenant en retraite Kakhovsky. Il avait un visage émacié, une
maigre moustache sur une grosse bouche, des gestes saccadés, et un air de
démence et de tristesse dans ses yeux bruns, asymétriques et luisants de
fièvre.

— Je dirai même, reprit-il, que des soldats nous gêneraient. Ce qu'il faut,
c'est pénétrer subrepticement dans le palais, tuer le grand-duc et faire la
révolution ensuite !

Iakoubovitch arrangea le bandeau noir qui avait glissé de son œil et dit
d'une voix caverneuse :

— Pour tuer le grand-duc, il suffirait d'un homme courageux.

— Voulez-vous être cet homme ? demanda Ryléïeff avec brusquerie, agacé par les fanfaronnades de son interlocuteur.

Iakoubovitch se troubla :

— Pourquoi moi ? Ce n'est pas parce que j'ai eu envie, autrefois, d'assassiner le tsar Alexandre qu'il faut me charger, maintenant, d'assassiner son frère. Je suis d'un tempérament plutôt calme. De propos délibéré, je ne ferais pas de mal à une mouche. Puisque nous avons besoin d'un exécuteur, tirons au sort. Combien sommes-nous ici ?

Il promena le regard de son œil unique sur l'assistance. Tous se taisaient.

« Et si c'est moi qui suis désigné ? » pensa Nicolas. Une pointe le piqua au cœur. Quelle que fût son hostilité au régime, il n'aurait jamais le courage de tuer le grand-duc Nicolas Pavlovitch. Cet homme-là, malgré ses défauts, n'était pas de la même essence que les autres. Il appartenait à la lignée de ceux qui, par la raison, la violence, la patience et la ruse, avaient, en quelques siècles, construit la Russie. Même pour un esprit fort, il était difficile d'oublier que l'Eglise considérait le tsar comme un représentant de Dieu sur la terre. Toute l'enfance orthodoxe de Nicolas se révoltait contre le sacrilège que ses camarades allaient peut-être exiger de lui. Se dérober, c'était perdre leur estime ; accepter, c'était perdre son âme.

— Eh bien ! reprit Iakoubovitch. Etes-vous d'accord ? Inscrivons nos noms sur de petits papiers, jetons-les dans un chapeau...

Nicolas entendit sa propre voix qui disait :

— Permettez, messieurs, cette proposition mérite d'être discutée...

— Elle n'est pas nouvelle pour nous, dit Alexandre Bestoujeff. Pestel l'avait déjà faite, ici même, il y a quelques mois.

— A cette différence près, dit Nicolas, que Pestel avait des hommes de main pour accomplir la vilaine besogne !

— Vous avez peur d'être choisi ? dit Iakoubovitch en riant.

Ses dents étincelèrent dans sa face olivâtre.

— Oui, dit Nicolas simplement.

Dans le silence qui suivit, il devina que le grand nombre l'approuvait. Alors, il ajouta :

— Il faudrait n'être pas russe pour penser autrement !

— Bien envoyé ! s'écria le prince Golitzine. Nous avons beau être des révolutionnaires — peut-être même des athées —, nous avons été baptisés, nous sommes allés à l'église, nous avons le respect du tsar dans le sang !

Batenkoff, voûté, osseux, noueux, se redressa comme pour se débarrasser d'un fardeau et dit, lui aussi, d'une voix caverneuse :

— Je ne suis pas un pleutre, je me déclare prêt à mourir sur la place du Sénat, sous la mitraille, mais lever la main sur le tsar, jamais !

— Jamais ! Jamais ! affirmèrent d'autres voix.

— Alors, nous ne tirons pas au sort ? demanda Iakoubovitch.

— Non ! dit Ryléïeff. Dans le cas présent...

Un bruit de vaisselle lui coupa la parole. Kakhovsky avait balayé les assiettes et les verres d'un mouvement de bras. Il bondit sur la table. Ses yeux étincelaient dans ses orbites sombres. Sa tête arrivait à la hauteur de la lampe. Il brandissait un poignard :

— A quoi bon tirer au sort ? brailla-t-il. Le destin m'a désigné depuis mon enfance ! Je suis seul au monde ! Je n'attends rien de personne ! Je n'ai peur ni de Dieu, ni du diable, ni du tsar ! Vous répugnez à vous salir les mains ? Je vous offre les miennes !

— As-tu fini de hurler des insanités ? dit Ryléïeff. Descends de là !

— Le sang du tyran coulera ! poursuivit Kakhovsky. Le pays délivré chantera vos louanges ! Toute la gloire sera pour vous, tout l'opprobre pour moi ! Je resterai, pour les siècles à venir, le boucher sanguinaire, celui dont le nom seul fait frémir les petits enfants ! O patrie ! voilà ce que j'accepte par amour pour toi !

Alexandre Bestoujeff le tira par la manche et il sauta de la table.

— Donne-moi immédiatement ce poignard ! dit Ryléïeff.

Kakhovsky lança le poignard dans un coin de la pièce. Le manche tinta en cognant un meuble.

— Pardonne-moi et garde cette arme en souvenir, dit Kakhovsky.

— En souvenir de quoi ?

— De la proposition que je t'ai faite. Je ne la répéterai pas. Nul ne peut me comprendre. Je suis seul !...

Un halètement distendait ses narines blanches. Sa pomme d'Adam montait et descendait au-dessus de son col.

— Comédie ! grommela Alexandre Bestoujeff. Nous parlons depuis des heures et nous ne sommes pas plus avancés qu'en venant ici ! Une seule chose est certaine : il ne peut plus être question de reculer ! Nous nous retrouverons tous, demain, sur la place du Sénat !

Le cornette Odoïevsky, benjamin des conjurés, mit une main sur son cœur, contracta son visage frais et rose dans une expression de ferveur romantique, et cria :

— La mort nous attend ! Mais quelle mort glorieuse !...

— Mes amis, il se fait tard ! dit Ryléïeff.

Sans doute pensait-il à sa femme, qu'il avait reléguée dans sa chambre pendant la durée de la réunion.

— Excusez-nous auprès de Nathalie Mikhaïlovna ! dit Nicolas.

Le gros des invités reflua vers le vestibule où s'entassaient les pelisses, les shakos et les sabres. Filka dormait en travers de la porte. Ryléïeff le réveilla d'une taloche. Le gamin se dressa sur ses jambes et se frotta les yeux. Le manteau sur les épaules, le chapeau à la main, les conjurés s'attardaient encore. Quelque chose les retenait ici. Peut-être la conscience que le monde réel commençait au-delà du seuil. Nicolas lui-même hésitait à s'en aller, comme on hésite à sortir d'un songe. Il laissa passer devant lui la plupart de ses camarades.

— A demain ! Que Dieu nous aide ! Courage ! disait Ryléïeff.

Chaque fois, la porte d'entrée retombait avec un bruit sourd. Bientôt, il ne resta plus dans l'antichambre que Kakhovsky, Alexandre Bestoujeff, Obolensky, Golitzine, Pouschine, Iakoubovitch, Kostia, Nicolas et Ryléïeff.

Kakhovsky s'était assis sur un coffre, sous la rangée des portemanteaux. Tête basse, il semblait attendre l'arrivée d'une voiture, au bord d'une route.

— N'as-tu rien à me dire ? demanda-t-il soudain en levant sur Ryléïeff des yeux à la pupille dilatée.

— Si, murmura Ryléïeff. J'ai réfléchi. Nous sommes trop mal organisés pour une action de masse. Toi seul peux nous sauver. J'accepte ton sacrifice.

Il marqua un temps et ajouta d'une voix douce :

— Va et tue le grand-duc.

— Comment cela ?

— Mets un uniforme d'officier et faufile-toi dans le palais... Ou bien encore, attends que le grand-duc sorte sur la place du Sénat pour se montrer au peuple...

— Je l'abattrai sur la place du Sénat, dit Kakhovsky.

Son visage, habituellement très mobile, se calma, comme si cette décision lui eût apporté une grande paix intérieure. Un sourire enfantin descendit de ses yeux à ses lèvres. « Peut-on être heureux de tuer ? pensa Nicolas. Mais non, il n'est pas heureux de tuer, il est heureux de risquer sa vie. Il est heureux de se perdre !... »

— Ah ! mon cher, je t'admire ! s'exclama Iakoubovitch en serrant la main de Kakhovsky.

— Vous me féliciterez après, si j'en réchappe, ricana Kakhovsky. Mais peut-être alors ne voudrez-vous plus me reconnaître ? Je serai une mauvaise fréquentation pour vous !

— Ne dis pas de sottises ! coupa Ryléïeff.

Et il l'embrassa. Nicolas était mal à l'aise. Il prit congé du maître en même temps que Kostia.

— A demain ! dit Ryléïeff. Que Dieu nous aide !

Dans la rue, Kostia et Nicolas marchèrent quelque temps en silence, respirant la nuit, écoutant la ville qui dormait.

— Je n'ai pas très bonne impression, dit Kostia.

— Moi non plus, dit Nicolas.

— Alors, à ton avis, que faut-il faire ?

— Tu oses hésiter ? dit Nicolas d'une voix tremblante.

— Non ! Non ! Si tu y vas, j'y vais ! dit Kostia.

Ils firent un détour pour passer devant le palais d'Hiver. L'énorme bâtiment s'étirait dans la nuit, à la lisière d'un champ de neige. Les sentinelles gelaient, debout, dans leurs guérites rayées. Autour d'un brasero, s'assemblaient des cochers aux yeux d'escarboucle, aux barbes de feu. Des chevaux dormaient, queue et tête pendantes, attachés à des bornes. Balancées par le vent, des lanternes projetaient de gauche à droite leur halo blafard coupé d'une croix. Nicolas leva les yeux vers une suite de fenêtres éclairées, au deuxième étage. Peut-être le grand-duc était-il là, dans son bureau ?

— Lui aussi, il veille, il se prépare ! dit Nicolas.

Les deux amis restèrent un moment à contempler ces rectangles lumineux, taillés dans un mur sombre aux corniches de neige. Puis, fatigués, transis, la tête lourde, ils reprirent, bras dessus, bras dessous, le chemin de la maison.

2

A force de vouloir dormir, Nicolas s'éveilla tout à fait. Une nuit noire masquait la fenêtre aux carreaux piqués de givre. Il battit le briquet, alluma une bougie, vit à sa montre qu'il était cinq heures, et retrouva aussitôt son angoisse et son exaltation de la veille. Mais, à l'approche du danger, ses sentiments perdaient de leur caractère sublime. Son corps se mettait à avoir peur en même temps que son esprit. Ce phénomène, il le connaissait bien pour l'avoir éprouvé, avant chaque bataille, pendant les campagnes de 1814 et de 1815 contre Napoléon. Pourtant le courage que ses supérieurs exigeaient de lui à cette époque n'avait aucun rapport avec celui dont il avait besoin maintenant. Jadis, il ne se préoccupait que de dompter ses nerfs pour obéir à des ordres indiscutables. Aujourd'hui, il devait, en plus, interroger sa conscience pour déterminer où se situait l'intérêt de la patrie. Il était à la fois politique et soldat. La gêne qui résultait pour lui de ce double emploi se compliquait de l'idée qu'il avait fait la guerre en célibataire et qu'il faisait la révolution en homme marié. La vie ne compte pas quand nul ne compte pour vous dans la vie. Il aimait trop Sophie pour être parfaitement libre de ses mouvements. Même en sachant qu'elle l'approuvait, il se sentait coupable envers elle du risque qu'il allait prendre. Chaque souvenir qui lui venait d'elle l'attendrissait, l'affaiblissait. Les prunelles écarquillées sur le vide, il revit le visage de sa femme avec une précision telle que le souffle lui manqua ; ces grands yeux noirs, cette lèvre supérieure un peu courte, ce long cou renflé à la base, la lumière nacrée d'un sourire, une main fine ramenant un châle sur une épaule... Il sauta hors du lit, ouvrit l'écritoire, commença une lettre :

« Ma bien-aimée, si je ne reviens pas de la périlleuse journée qui se prépare, sache que ma dernière pensée aura été pour toi. Pardonne-moi d'avoir sacrifié au salut de mon pays une existence que, peut-être, j'aurais dû te consacrer tout entière. Mon excuse est qu'en me dévouant à cette œuvre politique j'avais la conviction de servir une cause qui t'était aussi chère qu'à moi... »

Il noircit quatre pages, les cacheta et écrivit sur le pli : « A remettre, en cas de malheur, à mon épouse, Madame Ozareff. »

Placé entre deux chandeliers d'argent, le message ne pouvait passer inaperçu. Platon se chargerait de le faire parvenir à destination. Après s'être ainsi mis en règle avec lui-même, Nicolas se lava, se rasa et enfila sa chemise la plus fine, son habit le mieux coupé, comme pour honorer la mort par l'élégance de sa toilette. Tournant le dos à la glace, il plia le genou devant une icône. Dans le silence de la nuit, son âme s'éleva sans effort. Les mains jointes, il dit :

— Si notre combat est juste, porte-toi à la tête de nos troupes, mon Dieu, pour nous aider à vaincre !

Avant de se signer, il ajouta, plus humblement :

— Protège-moi, mon Dieu.

Puis, haussant la bougie pour éclairer son chemin, il alla frapper à la porte de Kostia. Sans réponse, il entra dans la chambre. Hors d'un bouillonnement de draps et de couvertures, surgit la silhouette furieuse d'un homme éveillé en sursaut :

— Hein ? Quoi ? Qu'est-ce qu'il y a ? Quelle heure est-il ?

En apprenant que Nicolas, incapable de dormir, voulait retourner chez Ryléïeff, Kostia se fâcha :

— Fais ce que tu veux ! Je n'irai pas avec toi ! Il est trop tôt !

— Mais les régiments vont prêter serment dans quelques heures !

— Je te dis qu'il est trop tôt ! J'ai sommeil ! Va-t'en !

— Je reviendrai te chercher !

— C'est ça !

Kostia tira son bonnet de nuit sur ses oreilles, se recoucha le nez au mur, et poussa un tel ronflement que Nicolas battit en retraite. Platon, lui, était déjà levé.

— Il y a une lettre sur ma table, lui dit Nicolas. S'il m'arrive quelque chose, tu la feras porter à ma femme.

— Mais qu'est-ce qui peut vous arriver, barine ? demanda Platon, la face ramollie d'inquiétude.

Nicolas dédaigna de répondre, mais accepta de boire une tasse de thé et de manger un craquelin avant de sortir.

Il faisait encore sombre quand il s'arrêta devant la maison de Ryléïeff. Son intention était de repartir s'il ne voyait pas une lueur derrière les rideaux. Or, non seulement plusieurs fenêtres étaient éclairées, mais un bruit de voix débordait sur le trottoir.

En recevant Nicolas, Ryléïeff lui annonça qu'il n'avait pas fermé l'œil de la nuit. Il avait un visage livide, sali de barbe, des boutons de fièvre aux coins de la bouche. Quelques conjurés l'entouraient, avec des airs farouches et incertains. Questionnant les uns et les autres, Nicolas apprit que les plans de l'insurrection étaient désorganisés. En effet, l'intrépide Iakoubovitch venait d'aviser Ryléïeff qu'il renonçait à soulever ses hommes ; Kakhovsky, choisi pour abattre le grand-duc, s'était délié de sa promesse, sous prétexte qu'il ne pouvait prendre sur lui seul un crime dont finalement personne ne lui saurait gré ; quant à Troubetzkoï, il était moins résolu encore que la veille. Dans certaines casernes, la prestation de serment avait déjà commencé. Le Sénat se réunissait à l'instant même. Il fallait agir, et on était sans nouvelles d'un grand nombre d'officiers. Le baron Rosen avait-il pu entraîner le régiment de Finlande ? Southoff n'était-il pas en difficulté avec ses grenadiers ? Et le régiment Ismaïlovsky, que devenait-il ? Et le régiment Préobrajensky ? Nicolas Bestoujeff insistait pour aller voir ce qui se passait au régiment de Moscou, dont son frère Michel était capitaine en second.

— Oui, dit Ryléïeff. Allons-y ! Ce seront les Moscovites qui porteront le premier coup !

Il achevait de s'habiller, quand le baron Steinheil, qui habitait à l'étage supérieur, se présenta en robe de chambre marron et pantoufles fourrées.

— J'ai mis au point le manifeste, cette nuit, dit-il. Voulez-vous que je vous le lise ?

— Nous sommes encore loin du manifeste ! grommela Ryléïeff.

— Pourtant, certaines choses doivent être précisées...

— Plus tard... plus tard !...

— Alors, je rédige tout à mon idée ?

— Mais oui !

Filka se dressa sur la pointe des orteils pour tendre un manteau à son maître. Celui-ci enfila une manche, réfléchit et murmura par-dessus son épaule :

— Tu diras à la barynia que je serai bientôt de retour.

Sur ces mots, la porte vola contre le mur et une jeune femme éplorée se précipita dans le vestibule. Son peignoir rose à semis de pâquerettes était boutonné de travers. Des mèches de cheveux blonds s'échappaient de son bonnet de dentelle. Emportée par son élan, elle perdit une mule, fit encore trois pas en boitant et tomba sur la poitrine de Ryléïeff.

— Ne pars pas ! gémit-elle.

— Nous sommes les soldats de la liberté, Nathalie Mikhaïlovna !

— Le devoir nous appelle ! dit Nicolas Bestoujeff, si mal à propos que Ryléïeff lui lança un regard de reproche.

— Quel devoir ? sanglota Nathalie Mikhaïlovna. Je ne connais qu'un devoir pour mon mari : rester en vie pour sa femme, pour son enfant !

— Mais personne d'entre nous n'a l'intention de mourir, Nathalie ! dit Ryléïeff.

— Si ! si ! Tu vas à la mort ! Je le sais ! Vous allez tous à la mort ! Vous êtes fous !

Agrippée à Ryléïeff, elle l'étreignait, le palpait, couvrait ses mains de baisers, et lui, tout en essayant de la raisonner, regardait ses amis comme pour leur demander pardon de cette scène peu glorieuse. La gorge serrée par l'émotion, Nicolas pensait à Sophie. Elle était certainement plus courageuse que Nathalie Mikhaïlovna, plus apte à comprendre les nécessités de la politique, mais, dans des circonstances aussi graves, n'eût-elle pas, elle aussi, tenté de le retenir ? Il en arrivait presque à le souhaiter, tant il avait besoin de se sentir aimé en cette minute. Tous les hommes, tête basse, se découvraient plus ou moins coupables devant cette femme en larmes, qui défendait son bonheur. Soudain, elle cria :

— Nastenka ! Nastenka ! Viens prier ton père de ne pas nous abandonner !...

Une fillette en chemise de nuit se faufila entre les conjurés et enlaça la jambe de Ryléïeff. Elle était mal éveillée, levait sur tous ces inconnus des yeux bleus pleins de larmes et balbutiait, comme une leçon apprise :

— Ne t'en va pas, mon petit papa ! Reste avec nous pour nous protéger ! Tu es notre ange gardien !...

A bout de forces, Nathalie Mikhaïlovna s'évanouit dans les bras de Ryléïeff. Il la transporta dans la chambre voisine, appela une servante et reparut peu après, avec un sourire contraint :

— Je m'excuse de cet incident, mes amis. Filons !

Les conjurés se dispersèrent. Un fiacre emporta Bestoujeff, Ryléïeff et Ivan Pouschine, qui voulaient rendre visite au prince Troubetzkoï avant de commencer la tournée des casernes. Brusquement désœuvré, Nicolas revint à la maison, où il pensait trouver Kostia vêtu de pied en cap et l'attendant pour sortir. Mais Kostia n'était plus chez lui. Platon avait un air perdu.

— Il a fait ses bagages, il a commandé une voiture et il est parti ! dit-il.

— Il a fait ses bagages ? répéta Nicolas étonné. Ce n'est pas possible ! Tu te trompes !

— J'ai aidé moi-même à charger la malle ! Une petite malle ! Il ne doit pas être allé loin ! Peut-être à sa maison de Tsarskoïé-Sélo !...

— Il ne t'a pas laissé son adresse ?

— Non.

— Et il ne t'a rien dit pour moi ?

— Si. Il m'a dit : « Traite Nicolas Mikhaïlovitch aussi bien que si c'était moi-même ! »

— C'est tout ?

— Oui, barine !

« Il a eu peur, il s'est enfui », pensa Nicolas avec tristesse. Sa déception était telle qu'il n'avait même pas la force de se fâcher. Il essayait de comprendre comment il avait pu mettre toute son amitié dans un lâche. Et Vassia Volkoff que des affaires de famille avaient fort opportunément appelé loin de la capitale ! Pourtant, c'était un garçon courageux ! Il l'avait prouvé lorsqu'il s'était battu en duel contre Nicolas. Oui, mais alors il agissait sous l'empire de la colère, pour venger son honneur. C'était plus facile que risquer sa vie, sans haine, délibérément, pour une conviction politique. Cette double dérobade, arrivant après celles de Kakhovsky et de Iakoubovitch, laissait mal augurer des chances de la révolution. Tous les conjurés n'allaient-ils pas, à tour de rôle, trahir la cause pour laquelle, hier encore, ils se disaient prêts à verser leur sang ? En viendrait-il un seul, tout à l'heure, sur la place du Sénat ?

Impatient d'en avoir le cœur net, Nicolas se rua dehors. Un jour grisâtre naissait au-dessus de la ville. Le froid était trop vif, il ne neigeait pas. La flèche dorée de l'Amirauté s'enfonçait dans une étoupe noire de nuages. L'employé du service de l'éclairage descendait les lanternes de leur potence,

les éteignait, renouvelait l'huile des réservoirs et les remontait par une poulie. Un gamin passa, tenant une liasse de journaux sous le bras et criant :
— Le manifeste ! Le manifeste !

Nicolas acheta une feuille : ce n'était pas le manifeste, mais le texte du serment au nouvel empereur. Les cabarets étaient fermés. Il y avait peu de fiacres dans les rues. Des cloches sonnaient dans le brouillard de l'aube d'une manière saccadée et lugubre. Aux abords d'une église, Nicolas rencontra une théorie de petites vieilles, emmitouflées, toutes semblables, comme les fillettes d'un pensionnat. Elles avançaient deux par deux, en tâtant devant elles, avec une canne, la boue gelée du trottoir.

— Pourriez-vous me dire quel nom était cité dans les prières, ce matin ? demanda Nicolas à l'une d'elles.

Interpellée par un inconnu, la petite vieille fut prise d'une frayeur de poule, arrondit un œil, battit du châle, voulut s'enfuir, puis caqueta :
— Comment ça, quel nom ?
— Je veux dire... pour quel tsar avez-vous prié ?
— Pour Nicolas Pavlovitch ! répondit la petite vieille rassérénée. C'est lui notre nouveau père. Que Dieu lui donne bonheur et longue vie !

Elle rejoignit ses compagnes, chuchota avec elles, et se retourna plusieurs fois sur Nicolas, comme si elle eût échappé de justesse à une aventure.

Nicolas dépassa le chantier de la cathédrale Saint-Isaac, amas de pierres, de poutres et d'échelles, et déboucha sur la place du Sénat. La statue équestre de Pierre le Grand dominait, du haut de son rocher, un désert. La Néva était gelée sur toute sa largeur. Des passerelles reliaient la terre ferme au brouillard laiteux de l'autre rive. A l'aplomb du quai de l'Amirauté, des ouvriers taillaient des blocs dans la glace. Nicolas s'intéressa un moment à leur travail. Puis il revint sur la place du Sénat, qui lui parut, déjà, plus animée. Mais les figures qu'il voyait là n'avaient rien de révolutionnaire. Des marchands forains déballaient des friandises grossières sur leurs tréteaux. Un vendeur de boissons chaudes déambulait avec, sur son dos, une bouilloire de cuivre à la cheminée fumante, et, autour de son cou, une guirlande de petits pains. Deux laquais en livrée promenaient avec ennui six lévriers aux longues pattes cassantes, aux reins peureux, vêtus de paletots verts à pompons. Des carrosses défilaient, mollement bercés par leurs ressorts. Les valets de pied, debout à l'arrière des caisses, glissaient à six pieds au-dessus du sol, avec des profils de destin. Les glaces des portières armoriées jetaient des reflets insolents au passage. Sans doute s'agissait-il de hauts dignitaires, allant au palais pour offrir leurs compliments au tsar après la prestation de serment. Une telle sérénité se dégageait de ces images que Nicolas se dit : « Il n'y aura rien, il ne peut rien y avoir ! La ville ne veut pas de nous ! Les pierres même, ici, sont monarchistes ! » Il avait froid, il avait faim. Sa montre marquait neuf heures vingt-cinq. Des ouvriers avaient envahi les échafaudages de la cathédrale. Un bruit de scie déchira l'air. Des marteaux se mirent à cogner.

Nicolas suivit le boulevard de l'Amirauté, tourna dans la rue Gorokhovaïa et entra dans le café Schwarz, à l'angle de la rue Morskaïa. Un escalier

465

conduisait à la salle, qui était en contrebas. La lumière du jour pénétrait par des soupiraux en forme de demi-lune. Les consommateurs voyaient aller et venir, au-dessus de leur tête, les pieds diversement chaussés des passants. D'une pièce contiguë, arrivaient un bruit de billes de billard entrechoquées et les rires des joueurs. La chaleur du poêle, le parfum du chocolat et de la pâte sucrée, le murmure des conversations enveloppèrent Nicolas et l'engourdirent. Il commanda de la limonade et se rappela qu'il devait rencontrer Hippolyte Roznikoff, ici même, ce soir, vers trois heures. Hier, en acceptant cette invitation, il était sûr que les événements l'empêcheraient de s'y rendre. Aujourd'hui, il donnait raison à son camarade : « Ce n'est pas une poignée d'officiers libéraux qui pourra inciter à la révolte tout un peuple élevé dans le respect de la religion... »

Les cloches sonnaient toujours, assourdies par l'épaisseur des murs. A la table voisine, deux hommes, habillés en bourgeois, devisaient à voix basse en buvant leur thé. L'un d'eux, qui avait une face rouge, grêlée, ne quittait pas Nicolas de l'œil. « Ce sont des policiers ! » pensa-t-il. Une fureur le saisit. Il dut se retenir pour ne pas aller au mouchard et lui demander de quel droit il le dévisageait ainsi. Cette révolution, que ses camarades n'osaient tenter, il eût aimé pouvoir la faire seul. Remâchant sa colère, il regardait distraitement les pieds des passants, par la fenêtre en demi-lune. Au bout d'un moment, il lui sembla que ces pieds devenaient plus nombreux. Une forêt de houseaux remplaçait les chaussures civiles. Le sol tremblait à la cadence de mille pas confondus. Des cris gutturaux retentirent. Un grondement de tambour roula, de marche en marche, jusqu'au fond du café. Comme un fou, Nicolas se précipita dans la rue. Des uniformes le bousculèrent. Il en reconnut, avec fierté, les couleurs. Le régiment de Moscou défilait, au pas accéléré. Les hommes marchaient, penchés en avant, la baïonnette pointée, la face déchirée par un énorme cri :

— Hourra, Constantin !

Nicolas les eût embrassés ! Des gamins trottaient sur les flancs de la colonne. Tous les chiens du quartier aboyaient. Aux fenêtres des maisons, apparaissaient des figures inquiètes, dont le nez blanchissait en s'écrasant contre les carreaux. Qui avait pris la tête du détachement ? Nicolas courut pour remonter jusqu'aux premiers rangs. Comme il y arrivait, le battement des tambours lui emporta les oreilles. Dans un éclair de joie, il vit Michel et Alexandre Bestoujeff qui brandissaient, au bout de leurs épées, leurs tricornes aux plumets blancs. Derrière, venait le petit lieutenant Youri Almazoff, tout en os et en nerfs, avec ses sourcils noirs froncés et son sourire étincelant comme la neige. Puis le capitaine en second Schépine-Rostovsky, cramoisi, débraillé, les yeux en billes. Il montra à Nicolas son sabre ensanglanté et dit :

— J'en ai taillé trois en pièces !

— Qui ? demanda Nicolas.

— Peu importe !... Des canailles, des suppôts de l'autocratie !... Ils voulaient empêcher le régiment de sortir !... Hourra !

— Hourra ! hurla Nicolas.

Il regrettait de n'être pas en uniforme. Précédés de leurs drapeaux, les hommes du régiment de Moscou — sept ou huit cents à peine — se déversèrent avec violence sur la place du Sénat. Alexandre Bestoujeff les arrêta près du monument de Pierre le Grand, les forma en carré, face au bâtiment de l'Amirauté, et détacha en avant une chaîne de tirailleurs. Puis, visité par une inspiration théâtrale, il se mit à aiguiser son épée sur le roc de granit servant de socle à la statue. Il était en uniforme vert, pantalon blanc, bottes de hussard et écharpe de parade. A l'abri des baïonnettes, les insurgés se retrouvaient et s'embrassaient avec des cris de joie. Ceux-là même que Nicolas avait cru ne jamais revoir apparaissaient tout à coup, comme tombant du ciel. Iakoubovitch, avec son bandeau noir sur l'œil, Kakhovsky, en habit violet, chapeau haut de forme et large ceinture rouge d'où dépassaient le manche d'un poignard et la crosse d'un pistolet, Obolensky, Golitzine, Kuhelbecker, Ivan Pouschine. Ils parlaient tous à la fois, sur un ton exalté :

— Eh bien ! Le voici donc ce fameux régiment de Moscou ! dit Nicolas. Bravo ! les frères Bestoujeff ! Si seulement Iakoubovitch avait pu nous amener de l'artillerie !

— Nous n'avons pas besoin d'artillerie ! grogna Iakoubovitch.

Et il ajouta :

— Vous m'excusez, il faut que je vous quitte !

— Où vas-tu ?

— Faire un tour, par là...

— Mais tu reviendras ?

— Bien sûr !

— Que fait Ryléïeff ? demanda Youri Almazoff.

— Il ne va pas tarder ! dit Obolensky.

— Et Troubetzkoï ?

— Celui-là, je serais surpris si nous le voyions aujourd'hui ! soupira Golitzine.

— Nous nous passerons de lui ! rugit Kuhelbecker en agitant un pistolet.

— Attention ! dit Nicolas. Tu ne sais pas t'en servir !

C'était la première fois qu'il tutoyait Kuhelbecker. Mais, en cette minute, il avait l'impression que tous ceux qui l'entouraient étaient ses amis d'enfance. La maison de Ryléïeff se reconstruisait sur la place. On était, en plein air, derrière la haie des baïonnettes, comme à l'intérieur du petit logement de la Moïka, aux portes closes. Ryléïeff arriva lui-même bientôt, un sac de soldat sur les reins. Sa figure puérile était écrasée par un important chapeau bolivar. Les sous-pieds de son pantalon avaient craqué et traînaient par terre. Il se baissa pour les arracher tout à fait. Il paraissait fatigué, nerveux. Toute la matinée, il avait couru d'une caserne à l'autre, sans résultat.

— Nous sommes bien peu nombreux ! dit-il.

— Mais nous pouvons tout de même marcher sur le palais ! dit Nicolas.

— Pas encore.

— Qu'est-ce que nous attendons ?

— Les renforts... les renforts qui vont venir !
— Et s'il n'en vient pas ?
— S'il n'en vient pas, s'écria Ivan Pouschine, nous pourrons toujours demander un coup de main à ceux-là !

Et il désigna, d'un geste large, la foule qui s'assemblait autour du carré. Nicolas n'avait pas encore prêté garde à cette affluence de civils en un lieu où ils n'avaient que faire. Les badauds s'approchaient des soldats, les regardaient sous le nez, entraient en conversation avec eux, tentaient de se faufiler à l'intérieur du réduit. A plusieurs reprises, Alexandre Bestoujeff donna l'ordre de les disperser. Mais, après s'être éloignés de quelques pas, ils revenaient avec une obstination monotone.

— Je me méfie de la populace ! murmura Ryléïeff. Si nous nous laissons gagner par elle, nous sommes perdus !

— Il faut de l'ordre dans le désordre ! renchérit Kuhelbecker d'un ton sentencieux.

— Dommage ! dit Ivan Pouschine. Il y aurait eu quelque chose à faire avec ces gaillards-là !

Nicolas voulut voir quelle espèce de gens étaient attirés par ce remue-ménage précurseur d'une émeute. Il franchit la ligne dispersée des tirailleurs et entra dans la cohue. Il y avait là de tout, des moujiks, des ouvriers du chantier voisin, de petits fonctionnaires aux uniformes minables, des marchands en longues houppelandes et des individus qui semblaient n'appartenir à aucune classe sociale, maigres, sales, vêtus de haillons, armés de gourdins. Quel appel mystérieux les avait arrachés aux bas-fonds de la capitale pour les ameuter à deux pas du palais d'Hiver ? Savaient-ils au juste ce que signifiait l'épreuve de force qui allait se livrer ici ? Avaient-ils entendu parler de liberté, d'égalité, de constitution ? Ils piétinaient, bougonnaient, se poussaient du coude.

— Vous allez voir, chrétiens ! grondait un colosse barbu. Aujourd'hui, tout sera renversé cul par-dessus tête ! Ceux d'en bas seront en haut ! Le moujik ne transpirera plus que pour son plaisir !

— Ce n'est pas de transpirer qui me gêne, c'est de ne pas manger ! bredouilla un ouvrier au caftan déchiré et aux pieds enveloppés de chiffons.

— Eh bien ! tu mangeras, à t'en crever la panse ! Les messieurs te laisseront leur part ! Il n'y aura plus de messieurs ! Nous serons, à notre tour, des messieurs !

— Je suis plus doux avec mon cheval que les barines ne le sont avec moi ! déclara un cocher de fiacre au grand chapeau noir à bords roulés.

Nicolas revint vers les soldats. Là aussi, les conversations allaient bon train :

— Il paraît que le grand-duc Constantin Pavlovitch est parti de Varsovie et qu'il marche sur Saint-Pétersbourg avec toute une armée !

— Il va montrer à son frérot Nicolas de quel bois il se chauffe !

— Tous ceux qui auront prêté le deuxième serment seront passés par les baguettes !

— Le chiffre est déjà fixé : huit cents coups par soldat ! Et puis, la Sibérie !...
— Pourquoi les Ismaïlovtsy ne sont-ils pas encore là ?
— Des paresseux !
— De mauvais officiers les empêchent de venir !
— Nous devrions aller les délivrer !...
— Si seulement on commençait à se battre, ça nous réchaufferait un peu !

Les hommes avaient quitté leur caserne en uniforme de parade, sans prendre le temps d'enfiler leurs capotes. Transis de froid, ils sautillaient sur place et se bourraient de coups de poing. Dans cette bousculade fraternelle, leurs shakos à hauts plumets se saluaient comme des marionnettes. Midi sonna à la tour de l'Amirauté. Il n'y avait toujours ni ennemi ni renforts en vue.

— Et Troubetzkoï qui n'est pas encore là ! dit Ryléïeff. C'est inadmissible ! Je vais le chercher !

Il partit. Youri Almazoff et Golitzine proposèrent à Nicolas d'aller se réchauffer dans un café.

— Achetez-moi des bonbons ! leur cria Kuhelbecker.
— Quel genre de bonbons ?
— Au citron. J'adore ça !

Ils se frayèrent un chemin à travers la foule. A peine étaient-ils assis dans le café qu'un gamin entra en courant. Blond de paille et rose pivoine, les yeux émerveillés, il glapit :

— Messieurs les officiers ! Messieurs les officiers !

Personne ne l'avait jamais vu.

— Quoi ? demanda Nicolas.
— D'autres soldats arrivent ! dit l'enfant.
— Pour nous ou pour eux ?
— Je ne sais pas.

Les trois hommes se jetèrent dehors. Au passage, Youri Almazoff acheta tout de même des bonbons au citron pour Kuhelbecker. Nicolas se hissa sur la grille du monument de Pierre le Grand. Des étincelles d'argent dansaient au loin, à l'angle du boulevard de l'Amirauté. C'était un bataillon du régiment Préobrajensky, marchant au pas de parade. Il s'arrêta devant le chantier de la maison de l'état-major, entourée d'une palissade en planches. Un cavalier parut sur le front des troupes. Impossible de distinguer son visage. Mais cette silhouette cambrée, ce chapeau à plumes, cet uniforme blanc et vert, ce cordon bleu...

— C'est le tsar ! s'écria Nicolas. Je vous assure que c'est le tsar !...

Il s'aperçut qu'il venait de sacrer empereur celui dont il niait la légitimité une minute plus tôt.

— Je crois bien que tu as raison, frère ! dit Alexandre Bestoujeff en clignant des yeux. Et regarde qui est auprès de lui ! Notre ami Iakoubovitch ! Le brave des braves ! Il nous a définitivement trahis, celui-là !

— Ne le jugez pas trop vite, dit une voix. Il peut nous être plus utile là-bas qu'ici !

Nicolas se retourna : Ryléïeff était revenu dans le carré. Sous son chapeau à larges bords, il avait l'air d'un poète famélique. Soucieux, renfermé, le menton rond, le front pâle, l'œil vague...

— Quelles nouvelles des autres régiments ? demanda Nicolas.

Au lieu de répondre, Ryléïeff dit :

— Attention ! Un visiteur de marque !

Tous les regards se portèrent vers le point qu'il désignait, du côté de la cathédrale Saint-Isaac en construction. Un traîneau débouchait sur la place du Sénat, au galop de deux chevaux gris pommelés. A l'intérieur, se tenait le général Miloradovitch, gouverneur de Saint-Pétersbourg. Appuyé de la main gauche à l'épaule du cocher, il tendait le bras droit pour montrer l'ennemi dans un geste de détermination emphatique. Deux douzaines de décorations scintillaient sur son torse. Le cordon de Saint-André coulait en moires d'azur en travers de son uniforme blanc. A son approche, quelques badauds gueulèrent des injures. Le général donna l'ordre à son cocher de contourner l'église. Dix minutes plus tard, il revenait à cheval, dressant la tête sous son tricorne emplumé. Une expression de dédain crispait son visage fané, pommadé, aux yeux huileux et aux favoris teints, couleur d'acajou. Arrivé devant les insurgés, il s'arrêta, parut grandir, et cria d'une voix de tonnerre :

— Soldats !

A cet appel d'un chef au renom légendaire, les hommes tressaillirent et, instinctivement, rectifièrent leur position. Content de son effet, Miloradovitch poursuivit, un poing sur la hanche :

— Soldats, qui d'entre vous a été avec moi à Kulm, à Lützen, à Bautzen ?...

Un silence de mort lui répondit.

— C'est donc qu'il n'y a pas un soldat russe parmi vous ! reprit Miloradovitch avec colère. Et pas un officier russe, non plus ! Merci, mon Dieu !

Tout en parlant, il tirait son épée du fourreau. Allait-il en frapper quelqu'un ? Nicolas le craignit pour la suite des événements. Mais Miloradovitch se contenta de lire l'inscription gravée sur la lame :

— « A mon ami Miloradovitch ! » Entendez-vous, soldats ? Cette épée m'a été offerte par le grand-duc Constantin pendant la campagne d'Italie. Nous étions alors, l'un et l'autre, sous les ordres de l'illustre Souvoroff. Durant un quart de siècle, je ne me suis pas séparé de cette arme. Elle a été avec moi à Borodino, à Kulm, à Brienne, à Fère-Champenoise...

Nicolas observa que la figure des plus vieux soldats s'éclairait à l'énumération de ces noms prestigieux.

— Croyez-vous qu'après avoir reçu cette marque d'estime du grand-duc Constantin je pourrais aujourd'hui trahir sa cause ? continua Miloradovitch. Croyez-vous que je pourrais vous trahir vous-mêmes, après avoir été votre compagnon d'armes en Russie, en Allemagne, en France ? Le grand-duc Constantin a vraiment refusé la couronne. J'ai vu, de mes propres yeux, son acte d'abdication ! On vous a trompés, mes amis ! Obéissez-moi, comme autrefois sur les champs de bataille. En avant, marche ! Droit au palais ! Pour le serment !

Le premier rang des insurgés fléchit sous cet ordre. Des visages se tournèrent vers les jeunes officiers, comme pour leur demander conseil. Le prince Obolensky, superbe dans son uniforme de lieutenant du régiment de Finlande, à passepoil rouge, ceinture d'argent et chapeau à plumes, se faufila entre les soldats, prit le cheval de Miloradovitch par la bride et dit :

— Excellence, veuillez partir et laisser en paix des hommes qui font leur devoir !

— Quel devoir ? rugit Miloradovitch. Gamins, vauriens, vous traînez dans la boue l'honneur russe !...

— Partez ! dit encore Obolensky.

— Jamais !

Obolensky saisit un fusil des mains d'un soldat, voulut repousser le cheval avec la pointe de la baïonnette, mais, emporté par l'élan, blessa Miloradovitch à la cuisse. Le général se raidit sur ses étriers, lâcha un juron et ferma les yeux. Obolensky jeta le fusil par terre et s'éloigna, tête basse, comme découragé. Au même moment, un coup de feu retentit, fort et nul. Nicolas n'y prêta aucune attention. Pourtant, une seconde plus tard, il vit que Miloradovitch vacillait sur sa selle. Une tache rouge s'élargissait sur la soie bleue du grand cordon. Le corps du général mollit, pivota, s'affaissa, tandis que le cheval, effrayé, se ruait sur la foule. Un aide de camp de Miloradovitch, accouru en hâte, reçut le blessé dans ses bras et l'étendit sur la neige. Les badauds s'écartèrent.

— Donnez-moi un coup de main ! cria l'aide de camp. Il faut vite le transporter !...

Mais personne ne bougea. Muets, stupides, hommes et femmes regardaient l'agonie de ce héros national avec la même curiosité que s'il se fût agi des derniers soubresauts d'une pintade égorgée. Nicolas en ressentit de l'écœurement. Ses rêves de liberté, de fraternité, de noblesse butaient contre la première victime de la révolution. Il regrettait le temps des conversations amicales, sous la lampe de Ryléïeff, quand tout était encore propre et beau. Pour se ragaillardir, il se dit que le caractère sacré d'une cause excusait les erreurs commises en son nom. Agenouillé près de Miloradovitch et soutenant la tête du blessé dans le creux de son bras, l'aide de camp, un jeune homme pâle et tremblant, répétait sa prière :

— Un coup de main, les amis !... Un coup de main !... Vous ne pouvez pas refuser !...

Puis, comprenant qu'il s'adressait à des pierres, il hurla :

— Hippolyte !... Hippolyte !... Par ici !...

Nicolas vit surgir Hippolyte Roznikoff, en grand uniforme, jouant des coudes, pestant, sacrant. Leurs regards se croisèrent.

— Misérable ! balbutia Hippolyte en toisant Nicolas. Tu vois !... Je t'avais prévenu !... Qu'avez-vous fait ?... Un tel homme !... Le meilleur des hommes !...

A son tour, il se pencha sur Miloradovitch. Nicolas fit un pas en arrière. Il était furieux de la honte qu'il éprouvait en cette minute, alors qu'il eût voulu être au comble de la fierté. Les deux aides de camp saisirent Miloradovitch sous les aisselles et le traînèrent en direction du manège des gardes à cheval. Les bottes du pantin disloqué raclaient le sol, sa tête, aux cheveux teints et frisottés, pendait sur sa poitrine. Il disparut dans l'épaisseur de la foule, avec toutes ses décorations inutiles. A l'autre extrémité de la place, le grand-duc Nicolas Pavlovitch conférait avec des généraux.

— Qui a tiré ? demanda Nicolas en revenant parmi les insurgés.
— Moi ! dit Kakhovsky.

Son visage était calme, souriant, sous le bord du large chapeau noir. Il regardait son pistolet avec amitié.

— Etait-ce bien nécessaire ? dit Nicolas.
— Indispensable ! Il était trop populaire. Il risquait de tout nous gâcher...

Et Nicolas, dominant sa rage, sentit que Kakhovsky avait raison. Ce geste marquait vraiment le début de la révolte. A présent, la ligne de sang était franchie. Liés par le meurtre, les conjurés ne pouvaient plus que continuer la lutte, inexorablement, pour la victoire ou pour la mort. Il y avait, du reste, quelque chose d'apaisant dans la notion de cette fatalité. Comme soulagés d'une crainte, les soldats, longtemps silencieux, reprirent leurs vociférations monotones :

— Vive Constantin ! Vive Constantin !

Les officiers, eux, criaient :

— Vive la constitution !

Un sergent, au visage poupin, demanda à Nicolas :

— Qu'est-ce que c'est que la constitution, Votre Noblesse ?
— Ce serait trop long à t'expliquer.
— Les camarades disent que c'est la femme de Constantin.

Après une courte hésitation, Nicolas murmura :

— Oui... oui... en quelque sorte...
— Vive la constitution ! hurla l'homme.

Nicolas pensa : « L'essentiel, c'est de gagner, par n'importe quel moyen. Après, on se justifiera, on fera la part du mensonge et celle de la vérité... » Il frissonnait de fatigue et de froid. Ryléieff avait de nouveau disparu. Pour chercher quoi ? Des renforts ? Un appui moral ? Un pâle soleil usa le brouillard. La neige, les vitres, les baïonnettes étincelèrent.

Vers deux heures de l'après-midi, le régiment des gardes à cheval, fidèle dans son ensemble au grand-duc Nicolas Pavlovitch, déboucha sur la place et se rangea en colonne par escadron. Les cavaliers, portant la tunique blanche, la cuirasse et le casque, se tenaient très droits, sabre au clair, sur leurs chevaux noirs. Des cris hostiles montèrent de la foule ·

— Allez-vous-en, têtes de cuivre !

Peu après, les six cents hommes du régiment de Moscou qui ne s'étaient pas mutinés se massèrent, sous la conduite du grand-duc Michel, à l'angle du chantier de la cathédrale Saint-Isaac. Les Sémionovtsy suivirent. Puis ce fut le tour des chevaliers-gardes, qui arrivèrent au trot de leurs fines montures baies et se postèrent à la gauche des Préobrajensky. Les Finlandais bloquèrent le bord de la Néva, les Pavlovtsy la rue des Galères, les Ismaïlovtsy appuyèrent les unités gouvernementales sur le boulevard de l'Amirauté. Cependant, un détachement de grenadiers, fort de mille deux cents fusils, passait aux conjurés, ainsi qu'un millier de marins de la garde.

Nicolas escalada un amas de pierres destinées à la construction et promena ses yeux sur le vaste espace rectangulaire qui s'étendait entre le Sénat, la Néva, l'Amirauté et les palissades de la cathédrale. Il était clair que le grand-duc distribuait ses troupes — très supérieures en nombre — de façon à encercler le carré des insurgés. Toutes les issues de la place étaient déjà gardées. Ces régiments, vus de loin, étaient pareils à des dessins d'enfants : la haie sage des baïonnettes et des plumets, le pointillé rose des visages et, au-dessous, un alignement de petites croix blanches — les baudriers croisés sur les poitrines. Entre les forces de l'ordre et celles de la rébellion, s'étalait une foule immense, murmurante et noire. Des badauds s'étaient juchés dans les arbres du boulevard, sur les échafaudages, sur les toits des maisons. De temps à autre, un coup de feu éclatait, parti on ne savait d'où, et un remous parcourait la multitude. Nicolas pensa au fleuve en crue, qui, l'année précédente, déferlait sur la place. Une même angoisse lui venait devant ces profondes vagues humaines que devant celles de l'inondation. Qu'allait-il résulter de ce brassage incontrôlable des esprits et des corps ? Ni du côté des troupes loyalistes ni du côté des émeutiers, personne n'avait l'air pressé d'agir. Dans le carré, les hommes avaient allumé des feux de planches et sautillaient devant les flammes. Traversant le cordon des tirailleurs, des civils aux mines réjouies apportaient de la vodka dans des cruches. On se jetait dessus. Mêlé aux soldats, Nicolas respirait leur odeur si caractéristique de kwass, de choux aigres, le drap militaire, de cuir, de transpiration, et se rappelait avec nostalgie le temps où il était des leurs. Il se dit que, si la révolution se terminait par une victoire, il reprendrait du service dans l'armée. Sophie en serait peut-être fâchée, au début. Mais il lui expliquerait, il la persuaderait. Certainement, le nouveau gouvernement aurait besoin d'officiers dévoués pour remplacer ceux de l'ancien régime.

Il en était là de ses réflexions, quand un visage familier l'attira. Au milieu de la foule, un grand garçon blond, hâlé, en chemise rouge et touloupe de peau de mouton, se frayait un chemin vers les rebelles : Nikita, le jeune serf que Sophie avait envoyé en apprentissage à Saint-Pétersbourg ! Malgré ses habits de paysan, il avait de l'aisance, et même de la noblesse, dans son port de tête, le balancement puissant et doux de ses épaules et l'expression tranquille de son regard. Derrière lui, marchait le vieux Platon, un panier au bras. Il leur arrivait souvent de sortir ensemble. Leurs yeux couraient de part et d'autre, comme s'ils eussent cherché quelqu'un. Enfin, ils aperçurent Nicolas et s'illuminèrent.

— Ah ! barine, dit Nikita en l'abordant, quand j'ai su qu'une révolte se préparait, j'ai tout de suite pensé que vous seriez sur la place ! Je suis allé chercher Platon, et nous voici !

— Je vous apporte des provisions, dit Platon en tapotant le couvercle de son panier. Du saucisson, du fromage, du vin, des concombres salés !

— C'est très gentil de ta part, dit Nicolas, mais je n'ai besoin de rien.

— Comment ? s'écria Platon. Il faut manger pour avoir des forces ! Avec ça, vous avez un manteau mince comme une pelure ! Vous allez attraper froid ! Nous avons pris une bonne pelisse pour vous ! Elle est un peu vieille, mais elle vous tiendra chaud !

Nikita jeta sur les épaules de Nicolas une pelisse molle et lourde, à la fourrure mitée.

— Là-dedans, vous pourrez même passer la nuit s'il le faut ! reprit Platon avec transport.

Nicolas était à la fois ému et gêné de cette prévenance. Ses camarades, lui semblait-il, l'observaient ironiquement : un révolutionnaire servi par ses domestiques jusque sur les lieux du combat ; tout le confort possible dans la lutte pour la liberté !

— Je vous remercie, mes amis, dit-il. Et maintenant, partez !

— Vous ne voulez pas que nous restions avec vous ? demanda Nikita déçu.

— Non, non ! Votre place n'est pas ici !

— Rien qu'une petite heure, barine, pour voir comment vous gagnez la bataille !

— Inutile d'insister, Nikita ! C'est une affaire militaire ! Strictement militaire !

Platon, ahuri, multipliait les courbettes :

— C'est compris, barine, notre soleil ! Tout à fait compris ! Seulement, il faut nous dire ce qui vous manque encore...

— Rien.

— Voulez-vous un peu de rhum ?

— Non.

— Du tabac ?

— Non plus.

Enfin, Nikita et Platon s'éloignèrent. Nicolas réunit ses compagnons et ouvrit le panier. En un clin d'œil, les provisions furent distribuées.

— Tu aurais dû en faire apporter davantage ! dit Youri Almazoff. Ce saucisson est un chef-d'œuvre !

Pendant qu'ils mangeaient, deux escadrons de gardes à cheval se rangèrent en ligne, face au carré, comme pour une attaque.

— Messieurs, dit Odoïevsky, j'ai l'impression que nous entrons dans la phase décisive. Qu'allons-nous faire ?

— Nous ne pouvons rester sans chef ! décréta Golitzine. Puisque Troubetzkoï ne vient pas, élisons un autre dictateur pour la journée.

— Facile à dire ! Personne, parmi nous, n'a un nom et des épaulettes à la mesure de cet emploi ! marmonna Kuhelbecker.

— Obolensky, vous avez le plus haut grade ! dit Odoïevsky. Prenez le commandement !

— Jamais de la vie ! protesta Obolensky.

Nicolas accrocha sa pelisse à la grille du monument et se porta sur le front des troupes. Les soldats, perclus, les joues bleues, la goutte au nez, regardaient stupidement dans le vide.

— Eh ! les gaillards, cria Nicolas, je suis habillé en civil, mais j'ai servi comme lieutenant dans les gardes de Lithuanie, pendant la guerre nationale. Etes-vous prêts à m'obéir ?

— Heureux de servir, Votre Noblesse, répondirent quelques voix enrouées.

Alors, avec un bonheur qui le surprit lui-même, il commanda :

— Garde à vous !... L'arme au pied !... En carré contre la cavalerie !... La première fois, vous tirerez en l'air !... La seconde fois, dans les jambes des chevaux !...

Déjà, les gardes à cheval s'ébranlaient pour une charge à courte distance. Mais le passage étroit et le sol verglacé empêchaient les montures de prendre de la vitesse. Elles hésitaient, dansaient, glissaient, pendant que les badauds, sur les palissades, éclataient de rire. Une salve déchira l'air. Personne ne fut touché. Pourtant quelques chevaux, effrayés, se cabrèrent. Trois cavaliers vidèrent les étriers avec un bruit de ferraille. L'un d'eux, un sous-officier corpulent et rougeaud, se redressa en grondant :

— Fils de chiennes ! Que votre mère soit...

Des soldats du carré le reconnurent :

— De quoi te plains-tu, Lissenko ? On a tiré par-dessus vos têtes ! Viens avec nous !...

— Je ne peux pas ! bougonna Lissenko en remettant le pied à l'étrier.

— Pourquoi ?

— On nous surveille ! Attends qu'il fasse nuit, alors nous passerons de votre côté !

— C'est sûr ?

— C'est juré !... A bientôt, les gars !...

— A bientôt, Lissenko ! Salue tes frères pour nous !...

Houspillés par leurs officiers, les gardes à cheval revinrent en arrière, se reformèrent et retournèrent à la charge, aux cris de : « Vive Nicolas ! » Cette fois, du haut des toits, les badauds leur jetèrent des pierres, des bûches, des boules de neige. Un tir plus précis partit du carré. Des cavaliers tombèrent lourdement. Certains ne purent se relever. Leurs camarades les emportèrent. La foule applaudissait comme au spectacle. Nicolas était content de lui. Il félicita ses hommes sur le ton d'un général victorieux :

— Merci, les gars ! Vous avez fait de la bonne besogne !

Il y eut encore trois attaques manquées, puis l'adversaire changea de tactique. Le colonel Sturler, dont les grenadiers étaient passés à l'insurrection, accourut pour leur intimer l'ordre de regagner la caserne.

— Allez-vous-en ! lui dit Odoïevsky. Vous risquez la mort !

Deux hommes prirent le colonel par les bras et l'emmenèrent de force, comme s'ils eussent traîné un ivrogne hors d'un cabaret. Il leur échappa et revint, gonflé de colère, piétiner devant les mutins.

— Traîtres ! Traîtres ! répétait-il avec un accent allemand.

— Silence ! dit Kakhovsky.

Et il déchargea son pistolet sur le colonel, à bout portant. Celui-ci jeta les mains au ciel, tourna sur lui-même avec lenteur, comme pour esquisser un pas de danse, cria : « Ach ! Gott ! » et s'écroula. Des grenadiers le soulevèrent et le portèrent, en boitillant, vers la maison de l'état-major. Ils l'abandonnèrent à mi-chemin. Kakhovsky renfonça son pistolet dans sa ceinture. Son habit violet, usé aux coudes, déteint autour des aisselles, accusait encore la maigreur et la pâleur maladives de son visage.

— Miloradovitch ne t'a pas suffi ? dit Nicolas, dont la mâchoire tremblait.

— Il faut savoir ce qu'on veut dans la vie, répondit Kakhovsky. Faire la révolution ou faire des politesses !

Excités par le sang et la vodka, les soldats demandaient :

— Et maintenant, pourquoi ne nous mène-t-on pas à l'attaque ?

— Vous n'avez pas entendu Lissenko ? dit Nicolas. Attendez qu'il fasse plus sombre. Alors, ceux qui n'osent pas se montrer en plein jour viendront grossir nos rangs. Tous les régiments de la ville finiront par être des nôtres !

Il n'était pas loin de le croire lui-même.

— C'est long ! grognaient les hommes. On gèle !

Soudain, les plus impatients parurent se calmer. L'un après l'autre, ils retiraient leurs shakos, baissaient la tête et se signaient avec une lenteur paysanne. Surpris par cet accès de piété, Nicolas se dressa sur la pointe des pieds et vit qu'un carrosse s'arrêtait au milieu de la place. Deux prêtres descendirent de voiture, le métropolite Séraphin, dont les vêtements sacerdotaux étaient de velours vert, et un autre, habillé de velours ponceau.

Immédiatement, Nicolas comprit la manœuvre. La force n'ayant servi à rien, le grand-duc faisait donner la religion. Cernés par une foule respectueuse mais pressante, les deux prélats se concertaient à voix basse. Visiblement, ils n'étaient pas venus de leur plein gré. Ils étaient très vieux et ne tenaient debout, semblait-il, que grâce à leurs chasubles aux plis raides qui les étayaient de partout. La crainte allongeait leurs figures sous les hautes mitres aux pierreries scintillantes. Le métropolite Séraphin s'avança seul vers les insurgés. A chaque pas, les os de son corps menaçaient ruine. Sa barbiche blanche vibrait à petits coups. Ses yeux s'emplissaient de larmes séniles. Il éleva la croix dans sa main tressée de veines bleues, et dit d'une voix que l'émotion étouffait :

— Guerriers orthodoxes, calmez-vous ! En ce moment, vous vous dressez contre Dieu, contre l'Eglise et contre la patrie !

— Et vous, Monseigneur, cria Odoïevsky, vous prêtez serment en l'espace de deux semaines à deux empereurs différents ! Un homme d'Eglise ne devrait pas se conduire ainsi !

— Le grand-duc Constantin Pavlovitch a renoncé à la couronne ! répliqua le métropolite. Dieu m'est témoin que c'est la vérité !

— Dieu n'a rien à voir là-dedans ! dit Kakhovsky. C'est une affaire politique ! Allez-vous-en !

Les petites joues fripées du métropolite se gonflèrent. L'indignation libéra son esprit de la peur. Il grandit de trois pouces.

— Qui es-tu pour parler ainsi ? bredouilla-t-il. Un renégat, un hérétique ! Ose dire que tu crois en notre Seigneur tout-puissant !

— Je crois en notre Seigneur tout-puissant, dit Kakhovsky.

Et il ajouta, la main posée sur la crosse de son pistolet :

— En voulez-vous la preuve ? Donnez-moi la croix à baiser !

— Non ! souffla le vieillard.

— Je vous en prie, j'en ai besoin...

Un regard suffit à Nicolas pour constater que Kakhovsky ne plaisantait pas. Après avoir assassiné coup sur coup Miloradovitch et Sturler, il demandait le secours de la religion à un prêtre pour lequel, d'ailleurs, il n'avait pas le moindre respect.

Le métropolite réfléchit, puis tendit la croix d'un geste mal assuré, comme s'il avait peur de se faire mordre. Les lèvres de Kakhovsky effleurèrent l'image sacrée.

— Et moi ! dit Golitzine.

— Et moi ! dit Odoïevsky.

— Et moi ! dit Nicolas.

Les insurgés s'approchaient, un à un, du métropolite et se signaient. Quand vint le tour de Nicolas, toutes ses pensées se figèrent. Il ne fut plus attentif qu'à la caresse glacée du métal sur sa bouche.

— Maintenant, le Christ est avec nous ! cria Youri Almazoff.

— Le Christ est avec nous ! reprirent quelques soldats. Hourra ! Vive Constantin !

Furieux de l'aide morale qu'il avait, sans le vouloir, apportée à la rébellion, le métropolite Séraphin pressa la croix contre sa poitrine et dit :

— La bouche des impies tombera en pourriture ! On ne vole pas le Christ comme une pomme à un étalage ! Guerriers orthodoxes, je vous adjure, une dernière fois...

Ceux-là même qui venaient de baiser la croix coupèrent la parole au métropolite.

— Assez ! clama Golitzine. Retournez à l'église, si vous ne voulez pas qu'il vous arrive malheur ! Vite ! Vite ! On vous a assez vu !...

Il brandit son épée. Quelques officiers l'imitèrent dans un froissement de métal. Les lames se croisèrent au-dessus de la tête du prélat. Il se ratatina dans sa chasuble, comme une tortue rentrant la tête dans sa carapace. Deux diacres, dépêchés en renfort, l'emmenèrent cérémonieusement.

A peine le métropolite eut-il disparu qu'un autre émissaire arriva : le grand-duc Michel Pavlovitch en personne, frère cadet du grand-duc Nicolas Pavlovitch. Il avait un long nez très charnu, de petites lèvres pincées et un regard insolent. Du haut de son cheval, il cria, d'une voix joyeuse, comme à la parade :

— Salut, les enfants !

— Bonne santé à Votre Altesse Impériale ! répondirent les soldats, par habitude.
— Je viens de Varsovie, poursuivit le grand-duc Michel Pavlovitch. J'ai vu mon frère Constantin...
— Mais nous, nous ne l'avons pas vu ! hurla Odoïevsky.

C'était ce qu'il fallait dire pour enflammer les soldats. Leurs répliques partirent comme un feu de broussailles :

— Oui, pourquoi qu'on ne nous le montre pas ?
— Peut-être qu'on le retient prisonnier à Varsovie ?
— Qu'il vienne et qu'il nous dise lui-même : « Je ne veux pas être tsar ! » Alors, nous le croirons !...

Un général, qui accompagnait le grand-duc Michel Pavlovitch, voulut se mêler à la discussion :

— Comment pouvez-vous refuser de prêter serment, alors que vos propres généraux vous ont donné l'exemple ?

Un grenadier, caché derrière l'un de ses camarades comme derrière un arbre, gueula :

— Pour messieurs les généraux ce n'est peut-être rien de jurer fidélité chaque jour à quelqu'un d'autre ! Mais, pour nous, c'est sérieux ! Nous ne pouvons pas !...

— Qui a parlé ? tonna le général. Qui a osé parler ?

Sur un ordre d'Alexandre Bestoujeff, un formidable roulement de tambour couvrit la voix du général. Le grand-duc Michel Pavlovitch fit tourner son cheval et partit au galop, suivi de sa petite escorte chamarrée.

Vers quatre heures de l'après-midi, le ciel s'obscurcit, un vent glacé, venant du golfe de Finlande, balaya la place. La nuit tombait vite, plombant le ventre des nuages, estompant les lignes des maisons. Les policiers tentaient en vain de repousser la foule vers les rues adjacentes. Nicolas se disait que le régiment de Moscou aurait dû soulever d'autres régiments avant de s'assembler en carré, que les marins de la garde avaient commis une grave erreur en négligeant d'amener avec eux de l'artillerie, que les grenadiers, avec un peu d'audace, auraient pu occuper le palais, se saisir des sénateurs, et que rien de tout cela n'avait été fait par manque de direction. Il en résultait une situation paradoxale, que personne, la veille, n'avait prévue. On avait envisagé le succès ou la retraite. Or, ce qui se passait ici ne ressemblait ni à une retraite ni à un succès. Frappés d'une sorte d'inhibition, incapables de réfléchir et d'agir, doutant de tout et d'abord d'eux-mêmes, les adversaires s'observaient de loin, grelottaient de froid et regrettaient peut-être, les uns comme les autres, d'être venus. Pourtant, avec toutes ses faiblesses, avec toute son incohérence, l'entreprise des insurgés demeurait, pour Nicolas, un événement admirable. Jusqu'à cette date du 14 décembre 1825, il y avait eu en Russie de nombreux coups d'Etat, effectués sauvagement, dans l'ombre, par des cohortes prétoriennes à la solde de tel ou tel prétendant au trône. Aujourd'hui, pour la première fois de mémoire d'homme, le différend se réglait sur la place publique, au vu de tout le monde. La rue et la caserne participaient à la politique. Un peuple, hier encore indifférent, hébété, craintif, se mutinait au nom de la loi et de la liberté. Rien n'était encore perdu. Bien des soldats, parmi les troupes loyalistes, n'attendaient qu'une occasion pour changer de camp ! Sans doute se rallieraient-ils avec leurs camarades rebelles à la faveur de la nuit ! C'était l'opinion d'Obolensky, qui, finalement, avait accepté le rôle de dictateur militaire.

— Durer, il n'y a pas d'autre tactique pour nous en ce moment, disait-il à ses amis réunis autour de lui en conseil de guerre.

Entre-temps, des ordonnances avaient apporté une table et l'avaient placée au centre du carré. Encrier, plumes, papiers, cire à cacheter, bougies, tout était prêt pour le travail de l'état-major. Mais il n'y avait rien à écrire.

— Une révolution immobile ! grommela Kakhovsky.

— Plus pour longtemps ! dit Michel Bestoujeff. Regardez ! Regardez !

Un mouvement vermiculaire agitait les troupes gouvernementales. Des masses d'hommes ondulaient, pivotaient sur elles-mêmes, se rétractaient, se détendaient dans le crépuscule. Soudain, l'infanterie, qui obstruait l'entrée du boulevard de l'Amirauté, ouvrit ses rangs et laissa passer quatre canons qui furent mis en batterie, à moins de cent pas, face au carré. Nicolas sauta sur la table pour mieux voir.

— Alors ? Que faisons-nous ? balbutia-t-il.

— Rien, dit Obolensky.

— Et s'ils tirent ?

— Ils n'oseront pas !

— Et moi je te dis qu'ils oseront ! affirma Golitzine. Attaquons-les avant qu'il ne soit trop tard !

— Oui, renchérit Nicolas. Quand les artilleurs nous verront arriver, ils nous ouvriront les bras !

— Pourquoi m'avez-vous choisi comme dictateur, dit Obolensky nerveusement, si, dès le début, vous critiquez mes ordres ? Laissez la responsabilité du premier mouvement à l'adversaire. Tous les torts seront de son côté.

— Quels torts ? Tu es fou ? s'exclama Golitzine. Faisons-nous une révolution ou un procès ?

— Toute révolution est un procès ! dit Obolensky d'un ton exalté. Et Dieu en est le juge !

Tandis qu'ils discutaient, le général Soukhozanet, commandant l'artillerie de la garde, s'avança au galop vers le carré, pénétra dans les rangs des tirailleurs et vociféra :

— Vous voyez ces canons ! Le tsar veut vous donner une dernière chance...

— Notre dernière chance, c'est la constitution, répliqua Ivan Pouschine. Nous apportez-vous la constitution, Excellence ?

— Je ne suis pas venu pour parlementer avec vous, mais pour offrir le pardon du tsar à quelques hommes égarés !

— Alors, va-t'en au diable ! cria un soldat.

— Et envoie-nous quelqu'un de plus propre que toi ! dit un autre.

Nicolas savait que Soukhozanet était détesté de la garde, mais il n'aurait jamais cru que des soldats russes, même passés à la rébellion, oseraient insulter un général. Tout en approuvant leur indignation, il était gêné par la grossièreté de leurs invectives. Il ne pouvait oublier qu'il avait été lui-même un officier. Des grenadiers épaulèrent leurs fusils.

— Feu ! beugla un sous-officier moustachu comme un phoque.

Les balles sifflèrent au-dessus de la tête de Soukhozanet. L'une d'elles arracha des plumes blanches à son chapeau. Eperonnant son cheval, il s'enfonça dans la foule, poursuivi par des coups de feu et des quolibets.

— Ne gâchez pas vos balles pour une pareille canaille ! dit Ivan Pouschine.

Le tir s'arrêta. Le grand-duc Nicolas Pavlovitch accueillit Soukhozanet devant la batterie. Sans doute le général lui faisait-il son rapport. Un silence tomba sur la multitude, comme si chacun eût voulu entendre leur conversation. Et, tout à coup, un ordre résonna distinctement, malgré la distance :

— Canonniers, à vos pièces !

Des mèches s'allumèrent, en étoiles rouges, près des canons. Après un instant de stupeur, les insurgés crièrent :

— Antéchrist ! Vous n'allez pas tirer sur vos frères !

Très vite, Nicolas pensa à Sophie : « Je t'aime ! Je t'aime ! Pardon ! C'est stupide ! » Puis il ouvrit les yeux, tout grands, sur la mort. Impossible de fuir. Le seul espoir était en Dieu. Les premiers chrétiens avaient dû éprouver la même angoisse, rassemblés dans l'arène, en attendant la ruée des fauves. Cette idée réconforta Nicolas. « Pour notre honneur à tous, il faut que le massacre s'accomplisse. Il nous sauvera du ridicule devant les générations futures. Si nous restons en vie, nous passerons pour des songe-creux, si nous mourons, l'Histoire nous pardonnera et nous grandira ! » Autour de lui, les visages étaient empreints d'une détermination funèbre.

— Hourra ! hurla-t-il. Vive Constantin !

Au même instant, un coup de canon ébranla le sol. La mitraille frappa la façade du Sénat. Des vitres volèrent en pluie sonore. Deux badauds, assis sur une corniche, basculèrent dans le vide avec une lenteur sous-marine.

— Suivez-moi, les gars ! rugit Obolensky en tirant son épée.

Enfin, il se décidait à l'attaque. Mais une lueur jaillit au coin du boulevard. Le second coup de canon, mieux dirigé, éventra la terre devant le carré des rebelles. L'effet de la mitraille, à cent pas, était si meurtrier que les soldats touchés s'effondraient sans pousser une plainte. Ils tombaient l'un sur l'autre, avec maladresse, encombrés de leurs fusils, de leurs sacs et de leurs shakos. Cet écroulement muet rappelait à Nicolas certaines images de ses cauchemars d'enfant, quand les pires catastrophes se déroulent dans le silence et que le dormeur lui-même n'a plus de voix pour crier. Des éclats de pierre et de glace l'avaient atteint au visage. Pourtant, il ne saignait pas. Il haletait d'une grande peur et d'une grande colère. Si la révolution avait besoin d'être justifiée, elle l'était maintenant par la brutalité de la répression. La foule épouvantée fuyait la place, laissant des cadavres noirs recroquevillés sur la neige. Mais les issues étaient bloquées. Des bouchons se formaient devant les chicanes. Les civils agitaient chapeaux et mouchoirs, à bout de bras, pour demander grâce. Un troisième coup de canon couvrit tout de sa fumée. A côté de Nicolas, un petit fifre du régiment des grenadiers sursauta, ouvrit une bouche de poisson et s'affaissa en se tenant le ventre à deux mains. Entre ses doigts, le sang jaillit comme le vin d'une outre pressée. Les soldats restés debout tiraient sur les troupes gouvernementales. Mais leur riposte manquait d'entrain. Déjà, quelques-uns, le regard oblique, le geste mou, ne songeaient plus qu'à déguerpir. Obolensky posa une main sur l'épaule de Nicolas et murmura :

— C'est la fin !... Tout est perdu !...
— Tout est perdu, mais nous aurons donné une leçon à notre patrie ! dit Kuhelbecker.
— Oui, dit Nicolas avec force. Il le fallait ! Je ne regrette rien !...

Les conjurés se serraient la main, s'embrassaient avec des visages héroïques et tendres. Cette scène était tellement irréelle que Nicolas eut l'impression d'être déjà mort et de se retrouver, avec ses amis, dans l'au-delà. Un quatrième coup de canon jeta le désordre dans les rangs des insurgés.

— Sauve qui peut !

Le carré se disloqua, essaimant des fuyards dans toutes les directions. Bousculé, emporté, Nicolas se mit à courir avec les autres, sous la mitraille. Il vit Obolensky essayant de retenir un grenadier par la manche et l'autre qui se dégageait, la face hurlante. Renversant et piétinant des civils, les soldats du régiment de Moscou s'engouffraient dans la rue des Galères. Nicolas les suivit. Aussitôt, les canons tournèrent leurs gueules et prirent cette voie étroite en enfilade. Les éclats de fer ricochaient sur les façades et blessaient les passants réfugiés dans les encoignures. Des femmes, folles de peur, tapaient du poing aux portes pour demander asile, mais les portes demeuraient closes. Terrés chez eux, les habitants refusaient d'ouvrir à la mort. Le garçon livreur d'une pâtisserie s'était effondré dans la neige, avec, autour de lui, tout un paradis de tartelettes répandues. Un fonctionnaire chauve, la croix de Sainte-Anne au cou, tendait les bras vers la place en gémissant : « Assassins ! » A côté de lui, une grosse dame, assise, le dos au mur, sous un chapeau à plumes, paraissait dormir profondément. Une morve rouge descendait de ses narines à sa bouche. Un soldat qui détalait, sans fusil, sans chapeau, boula sous les pieds de Nicolas et continua de remuer les jambes doucement, comme s'il repoussait une couverture. Son sang chaud fondait la neige, puis se gelait en croûte fine, d'un rouge argenté.

Profitant d'une accalmie, Nicolas se précipita dans une rue transversale et arriva sur le quai de l'Amirauté, où les corps gisaient par paquets, tels des vêtements à l'entrée d'une étuve. Il pensa, un moment, qu'il était le seul survivant de tous les conjurés. Puis, se penchant sur le parapet, il aperçut, en contrebas, des soldats qui se pressaient sur la glace du fleuve. Michel Bestoujeff essayait de les ranger par sections pour leur faire traverser la Néva. Un troupeau gris s'étira dans le désert blanc.

— Attendez-moi ! cria Nicolas en enjambant le garde-fou.

Soudain, le crépuscule s'enflamma. Une batterie, postée au milieu du pont, tirait à vue sur les fugitifs. Nicolas n'eut que le temps de se rejeter en arrière. Boulets et mitraille tapaient dans le tas avec fureur. Au plus épais d'un nuage de fumée et de poudre de neige, se démenaient des fantômes en uniformes. Entre deux salves, Michel Bestoujeff clama :

— En avant, les gars !... Sur la forteresse !...

Tous, en désordre, se lancèrent sur ses talons. Mais la canonnade reprit. Demeuré sur la berge, Nicolas se crut le jouet d'une illusion d'optique. Certaines lignes horizontales s'inclinaient imperceptiblement. Quelque chose basculait avec lenteur dans le décor. Il comprit avec horreur que la glace, rompue par les boulets, cédait sous le poids de la foule. Des îlots blancs pivotaient, dressaient une étrave aiguë vers le ciel et versaient dans l'eau leur charge de fourmis agglutinées. Dans les crevasses, des soldats barbotaient, hurlaient, s'agrippaient les uns aux autres, coulaient à pic. Ceux qui continuaient leur chemin sur la glace ferme étaient rattrapés par les balles. Pourtant, quelques-uns parvinrent à rejoindre l'autre rive et disparurent, avalés par le brouillard. Quand Nicolas ne les vit plus, une grande fatigue s'empara de lui. Il était accablé, la tête lourde, avec une sensation de crasse par tout le corps.

Des coups de feu claquaient encore, du côté du pont et de la place du Sénat. Un bruit de galopade traversait les rues mortes. Nicolas s'éloigna du lieu des combats, sans savoir où il allait. La maison de Kostia, dans le quartier de Saint-Isaac, était probablement surveillée. Celle de Ryléïeff ne devait pas, non plus, être un refuge sûr. Tôt ou tard, la police dénicherait tous les membres de l'association. Pensant à ses compagnons, dont un grand nombre, sans doute, étaient tués ou blessés, Nicolas avait honte de se préoccuper encore de sa sécurité personnelle. La faillite de la révolution le laissait sans espoir, comme si sa plus noble raison de vivre eût disparu. L'idée lui vint de passer chez Stépan Pokrovsky, qu'une foulure à la cheville avait empêché de se rendre sur la place du Sénat. Il habitait en bordure du canal Krioukoff, dans une chambre que lui louait la veuve d'un fonctionnaire.

Quand Nicolas arriva chez son camarade, celui-ci était déjà au courant de tout. Il prétendit savoir, de façon certaine, que Ryléïeff et les principaux conjurés étaient rentrés chez eux sains et saufs. Lui-même enrageait d'avoir dû rester à la maison, des pantoufles aux pieds, pendant que ses amis affrontaient la mitraille. Sa seule consolation était de se dire que, si le gouvernement ordonnait des recherches, il serait arrêté, lui aussi, pour avoir participé au complot.

— Tu comprends, Nicolas, dans une affaire comme la nôtre, il n'y a pas d'échec ! dit-il avec élan. Ou alors, il faut aussi parler d'un échec pour le Christ, quand il a été saisi, battu, insulté, crucifié ! Peut-être avons-nous fait plus de bien à la Russie en devenant des martyrs de la liberté que si nous étions sortis victorieux de l'épreuve !...

Renversé dans un fauteuil, la jambe droite allongée sur un tabouret, il délirait avec un doux air de philosophe. Son regard bleu brillait derrière ses lunettes à monture d'or. Ses mains potelées passaient et repassaient comme des oiseaux dans la lumière de la lampe. Aux murs, il y avait des portraits au pastel représentant des dames entre deux âges. Stépan Pokrovsky agita une sonnette. Une servante apporta un en-cas sur un plateau. Nicolas croyait être trop durement frappé pour s'intéresser à la nourriture. Mais, à la vue du poulet froid et du vin, une faim honteuse, dévorante, le tenailla. Le corps prenait sa revanche. Il mangea et but avec avidité. Ensuite, on discuta les raisons de la défaite. Fallait-il vraiment abandonner tout espoir ? L' « Union du Sud », sous le commandement de Pestel, n'était-elle pas passée à l'action dans les provinces méridionales ? N'y avait-il pas une petite chance de ce côté-là ?

La conversation fut interrompue par l'arrivée de Kuhelbecker. Il venait de chez Ryléieff et avait vu là-bas, outre le maître de maison, qui brûlait des papiers et rangeait les dossiers de la Compagnie russo-américaine, Ivan Pouschine, Youri Almazoff, Steinheil, Obolensky, Batenkoff, Kakhovsky, d'autres encore... Tous, aux dires de Kuhelbecker, étaient abattus, parlaient peu, buvaient du thé et fumaient des cigares en attendant le moment de leur arrestation.

— On jurerait, dit Kuhelbecker, qu'on leur a tranché les nerfs, qu'on les a vidés de leur volonté !

— Que comptes-tu faire, toi ? demanda Nicolas.

— Fuir !

— Tu seras vite rattrapé !

— J'ai mon plan ! D'abord, j'essayerai d'atteindre la propriété de ma sœur, près de Smolensk. Là, je trouverai bien un serviteur dévoué pour me prêter ses vêtements et son passeport. Une fois costumé, je franchirai la frontière. J'irai en Allemagne !

— En Allemagne ? s'écria Nicolas. Mais... c'est impossible !... Quitter la Russie ?... Abandonner tout ?...

— Qu'est-ce que j'abandonnerai ? Des policiers, des gardes-chiourme, un despote sanguinaire !...

— Tu abandonneras ta patrie, ton ciel, ton horizon, tes souvenirs...

— Ce sont des mots ! dit Kuhelbecker. Tu devrais suivre mon exemple. Ta femme est française, n'est-ce pas ? Va donc la retrouver et filez tous les deux en France, avec de faux papiers.

— De quoi aurais-je l'air devant les camarades ?

— D'un homme qui a le sens de la réalité. Si nous nous laissons tous arrêter, notre cause est à jamais perdue. Libre en France, tu nous serais plus utile que prisonnier en Russie !...

Cette remarque toucha Nicolas. Il se vit arrivant de nuit à Kachtanovka, expliquant tout à Sophie, préparant avec elle une fuite romantique... Puis, soudain, il comprit qu'il n'en ferait rien. Il ne concevait pas qu'un homme de cœur pût s'expatrier pour échapper à un châtiment. Puisqu'il avait engagé le meilleur de lui-même dans cette entreprise et qu'elle avait tourné au désastre, il ne lui restait qu'à payer sa dette jusqu'au bout. C'était une question d'honneur.

— Non, dit-il, je ne bougerai pas. D'ailleurs, il n'est pas du tout certain qu'on nous arrête...

— Nicolas a raison, dit Stépan Pokrovsky. Je ne serais pas étonné que, pour fêter son avènement, l'empereur promulguât une loi d'amnistie.

— Vous vous croyez au paradis ! s'exclama Kuhelbecker. Tant pis pour vous ! Moi, je vous dis adieu !

Il ouvrit les bras. Son ombre, sur le mur, était celle de Don Quichotte. Après son départ, Stépan Pokrovsky murmura :

— On voit bien qu'il est d'origine allemande : pour lui, émigrer, ce n'est rien !

Nicolas resta longtemps à bavarder avec son ami. Il se sentait propre et dispos, après sa résolution, comme après un bain dans une rivière. A deux heures du matin, enfin, il se décida à rentrer chez lui. Stépan Pokrovsky le bénit du fond de son fauteuil.

Une nuit sombre et glaciale tenait la ville. Les abords du canal Krioukoff étaient déserts. Mais Nicolas ne se fiait pas à ce calme. Il fit un grand détour pour regagner la maison de Kostia Ladomiroff. A mesure qu'il approchait du centre, Saint-Pétersbourg prenait davantage l'aspect d'une cité conquise sur l'ennemi et incomplètement pacifiée. Aux carrefours brûlaient les feux de bivouac ; le bois humide sifflait et fumait devant des rassemblements de soldats ; les faisceaux de fusils et de lances alternaient avec les tas de fourrage de la cavalerie ; des sentinelles gelées se répondaient en criant d'un poste à l'autre ; une patrouille cheminait d'un pas lourd, conduite par un officier, qui regardait les maisons, sur la droite, sur la gauche, avec méfiance. Un courrier du cabinet impérial passait au galop, la sacoche ballante.

Nicolas se retrouva sur le quai des Anglais, où, malgré l'heure tardive, quelques curieux se pressaient sous les porches. Des traîneaux, tendus de bâches, glissaient au bord du fleuve. A leur approche, les gens se signaient. C'était un chargement de cadavres.

— Où les emmène-t-on ? demanda Nicolas.

— Les policiers ont fait des trous dans la glace, dit un portier. Ils fourrent dedans tous les corps qu'ils ramassent. Et pas seulement les morts — que Dieu leur pardonne ! — mais aussi les blessés !...

— C'est abominable !

— Eh ! oui, Votre Noblesse, dit un autre. Que voulez-vous ? le temps leur manque pour trier ce qui respire et ce qui ne respire plus. Il faut qu'au matin la ville soit nette. C'est notre petit père le tsar qui l'exige !

La toile recouvrant les chariots dessinait en relief des amas de membres raidis. Une main de cire pendait dans le vide. A chaque cahot, elle ballottait. Un policier, qui marchait à côté du convoi, la saisit rudement et la repoussa sous le prélart. On eût dit qu'il rappelait à l'ordre un voyageur mal élevé.

— Et il n'y a même pas de prêtre avec eux ! soupira une vieille en fichu.

Nicolas, déchiré, courba la tête. Combien d'innocents avaient payé de leur vie l'échec de ce coup d'Etat insuffisamment préparé ? Soldats rassemblés là comme des moutons, pour obéir à leurs officiers, passants inoffensifs, ouvriers des chantiers voisins, femmes, enfants... Il y avait certainement plus de victimes parmi ceux qui n'étaient pour rien dans l'émeute que parmi ceux qui l'avaient déchaînée. Un sentiment de culpabilité étouffait Nicolas. Le sang des autres retombait sur lui. Il n'avait pas voulu cela. Personne n'avait voulu cela ! Il continua son chemin vers la place. Là, les feux de bivouac étaient plus importants, les troupes plus nombreuses que partout ailleurs. Des canons braquaient leurs gueules luisantes vers le débouché des rues. Surveillées par quelques factionnaires, des équipes d'ouvriers, armés de pelles et de râteaux, raclaient la neige tachée de sang et recouvraient le sol, aux endroits dénudés, par de la neige propre. D'autres encore remplaçaient les vitres brisées de la façade et passaient au badigeon blanc les colonnes écorchées par les balles. Demain, toute trace de violence aurait disparu. Les sujets du tsar pourraient l'adorer sans arrière-pensée.

— Halte-là !

Nicolas tressaillit. Perdu dans ses réflexions, il n'avait pas remarqué qu'une patrouille lui barrait la route.

— Où allez-vous ? demanda le sous-officier en levant sa lanterne à hauteur de visage.

— Je rentre chez moi, dit Nicolas.

— Votre nom ? Votre adresse ?

— Qu'est-ce que cela peut vous faire ?

— J'ai ordre d'interroger toute personne qui voudrait traverser la place.

— Ah ! c'est ainsi ! murmura Nicolas.

Et il pensa : « Je l'ai déjà vu quelque part, celui-là ! » Soudain, il se rappela l'attaque manquée des gardes à cheval, le sous-officier désarçonné injuriant les soldats du régiment de Moscou, puis leur promettant de les rejoindre à la nuit tombante.

— Vous ne savez peut-être pas mon nom, dit-il, mais moi je sais le vôtre. Comment ça va, Lissenko ?

Le sous-officier redressa la taille. Son fanal se balançait à son poing. L'étonnement arrondit ses prunelles.

— Tu ne te souviens pas ?... reprit Nicolas.

Il regardait Lissenko dans les yeux, avec une force pénétrante.

— Passez, marmonna Lissenko.

Avait-il reconnu Nicolas, ou craignait-il de s'être heurté à un trop haut personnage, ou avait-il quelque chose à se reprocher ? Les soldats s'écartèrent. Nicolas dut se retenir pour ne pas les remercier. Personne ne l'arrêta plus jusqu'à la maison.

Il croyait trouver la domesticité endormie, mais Platon et Nikita l'attendaient dans le vestibule. Avant qu'il n'eût prononcé un mot, ils se précipitèrent sur lui et lui baisèrent les mains.

— Enfin, vous voilà, barine ! dit Nikita. Vous n'êtes pas blessé ?

— Non.

— Nous avons eu si peur pour vous !... Nous sommes restés dans la foule, près de la rue des Galères !... Nous avons tout vu !... C'est horrible !... Ces coups de feu !... Ce sang !... Jamais je n'oublierai !... Merci, barine !...

Il avait un visage bouleversé de gratitude.

— De quoi me remercies-tu ? demanda Nicolas.

— Vous avez voulu donner le bonheur au peuple et vous allez payer cette audace de votre propre bonheur ! dit Nikita.

La gorge serrée d'émotion, Nicolas murmura :

— Ainsi, tu as compris...

— Tous les pauvres gens ont compris !

Nicolas se regarda dans la glace de l'entrée et se reconnut à peine dans cet individu mal rasé, aux paupières rouges.

— Vous avez faim, barine ? demanda Platon.

— Non. Allez dormir tous les deux.

— Et vous, qu'est-ce que vous ferez ?

— Je vais ranger des papiers, brûler quelques lettres...

Platon se frappa le front du plat de la main :

— A propos de lettre, il y en a une qui est arrivée pour vous, ce matin, barine. Je l'ai mise sur votre table...

L'allégresse souleva Nicolas comme une plume : Sophie lui avait écrit ! Il se rua dans sa chambre, alluma une lampe, trouva la lettre et tomba de haut. C'était l'écriture de son père. D'un coup d'ongle, il fit sauter le cachet :

« Mon fils,

« Je suis sûr que ta femme n'a pas encore osé t'adresser la lettre que tu mérites. Aussi, n'obéissant qu'à mon devoir de père, vais-je te communiquer quelques nouvelles de la plus haute importance. Primo : ta sœur, après nous avoir couverts de honte par un mariage stupide, a mis le comble à sa folie et à son péché en se suicidant. Que Dieu lui pardonne comme je lui pardonne moi-même. Secundo : ton épouse, avec une grandeur d'âme à laquelle je rends hommage, a recueilli chez nous le petit orphelin. J'espère que ce bébé, qui a bonne mine, ne ressemblera ni à son père ni à sa mère. Tertio : Sophie a appris que tu l'as trompée avec Daria Philippovna... »

Les jambes de Nicolas faiblirent. Il s'assit dans un fauteuil :

« Bien entendu, elle ne veut plus te revoir et je l'approuve. Ne t'avise donc pas de remettre les pieds à Kachtanovka. Ta femme ne sortirait pas de sa chambre. Et moi, je te ferais jeter dehors par mes domestiques. La seule façon que tu aies de racheter quelque peu ta faute, c'est de ne plus nous donner signe de vie. Je te dis cela d'accord avec Sophie, qui, sans doute, repartira pour la France après avoir surmonté le chagrin et l'indignation que tu lui as causés. Je devrais te maudire, mais tu es incapable de comprendre ce que signifie le courroux d'un père. Aussi me bornerai-je à te dire : adieu ! »

« MICHEL BORISSOVITCH OZAREFF. »

Sous la violence du choc, Nicolas perdit la notion de sa personnalité. Un autre que lui replia le papier, baissa la tête et se mit à réfléchir. Après les terribles péripéties de la journée, sa petite existence lui apparut comme un tissu de lâchetés, de mensonges et de mesquineries. Que n'avait-il été tué sur la place du Sénat plutôt que de recevoir cette lettre ! Le deuil et le dégoût l'écrasaient. Sa sœur morte, sa femme apprenant qu'il l'avait trompée et refusant de le revoir ! N'y avait-il pas une relation tragique entre ces deux événements ? Comment était-ce arrivé ? Par la faute de qui ? Dans quelles circonstances ? Il savait Marie désemparée, humiliée, abattue, mais pas au point de se suicider ! Ne s'était-il trouvé personne pour la consoler, pour la conseiller, au moment où elle perdait pied, où elle criait à l'aide ? S'il avait été à Kachtanovka, peut-être l'aurait-il sauvée ? C'était comme si, d'un seul coup, on l'eût amputé de tous ses souvenirs d'enfance. Il souffrait, il aurait voulu ne penser qu'à cette fin atroce, mais le chagrin qui lui venait de Sophie était encore plus fort et plus imprévu. Etait-il possible qu'elle envisageât la rupture de leur mariage à cause d'une liaison depuis longtemps dépassée et à laquelle il n'avait jamais attaché la moindre importance ? Dix ans de bonheur jetés bas pour quelques minutes d'égarement ! Leur entente, à tous deux, était une chose trop vraie, trop noble, trop vivante pour qu'une sottise de ce genre suffît à la gâcher ! Sans doute Sophie, qui était d'une nature orgueilleuse, avait-elle pris sa décision sous l'empire de la fureur. Et, au lieu de la calmer, de la raisonner, Michel Borissovitch s'était ingénié à l'exciter dans son ressentiment. Il détestait tellement son fils, il avait tellement envie de rester seul avec sa bru que toutes les ruses lui étaient bonnes pour arriver à ses fins ! Nicolas imagina son père et sa femme jouant aux échecs, dans le salon de Kachtanovka, pendant que lui se désespérait. Sa colère monta. Marchant de long en large dans la chambre, il lançait des regards violents. Allait-il se laisser faire ? L'amour de Sophie était un élément indispensable à son existence. Privé d'elle, il n'était plus lui-même, il n'était plus rien. Avoir possédé ce visage léger, ce corps aux fières attitudes, cette âme ardente, toute cette fragile beauté, et se réveiller, soudain, devant le vide, il y avait de quoi perdre la raison ! Une solution s'imposait. Il irait à Kachtanovka, coûte que coûte. Il reverrait Sophie, il l'obligerait à l'entendre. Même si elle le recevait comme un étranger, comme un ennemi, il trouverait les mots capables de la fléchir. Il était trop malheureux pour qu'elle pût résister indéfiniment à son repentir et à sa tendresse. Il éclatait de sincérité.

Le conseil de Kuhelbecker lui revint en mémoire. Il ouvrit la porte et cria :

— Platon ! Nikita ! Venez ici !

Les deux hommes accoururent.

— Il me faudrait des vêtements de paysan, dit Nicolas.

La mâchoire de Platon se déboîta d'étonnement :

— Pour qui, barine ?

— Pour moi.

Nikita devina aussitôt de quoi il retournait et chuchota, l'air heureux :

— Vous voulez vous enfuir ?

— Oui.

— Pour aller à Kachtanovka ?

— Oui.

— Laissez-moi vous accompagner !

— Tu es fou ?

— Seul, barine, vous vous ferez prendre ! Vous ne saurez pas parler comme un moujik ! Avec moi, ce sera mieux ! Nous voyagerons en pèlerins, nous éviterons les grandes routes...

Au moment d'accepter, Nicolas se rappela que Nikita était employé dans un magasin.

— Et ton patron ? dit-il.

— Quand il s'apercevra de ma disparition, il sera trop tard.

— Mais il a ton passeport...

Platon, qui, depuis une minute, paraissait gagné de vitesse par la conversation, se ranima, fit un large sourire et dit :

— Pour les passeports, ne vous inquiétez pas ! Je sais où notre barine range ceux des domestiques. J'en trouverai bien un pour vous et un pour Nikita, avec des signalements qui vous conviendront à peu près.

Tant de dévouement fit monter les larmes aux yeux de Nicolas.

— Mes amis, mes vrais amis ! balbutia-t-il.

3

Après deux jours et deux nuits de marche par des chemins profondément enneigés, Nicolas et Nikita atteignirent tout juste Gatchina, à quarante-cinq verstes de Saint-Pétersbourg. Le soleil levant éclairait la petite cité de plaisance, avec son château à colonnade, son parc blanc, ses lacs gelés et ses villas aux murs de couleur tendre. Dans le centre de la ville, les cabarets et les auberges ouvraient leurs portes. Nicolas choisit le traktir qui paraissait le plus modeste et y entra avec son compagnon. Ils se signèrent devant l'icône et s'assirent dans le fond de la salle. Sans même leur demander ce qu'ils voulaient, le patron, brun et gras, avec un regard de Turc, leur apporta du saucisson chaud, du pain noir et du kwass. On ne devait pas servir autre chose dans son établissement. Nicolas se pencha sur la nourriture. Il avait mal dormi dans une grange, la nuit dernière. Ses membres étaient moulus. La faim lui donnait le vertige. Nikita le regarda avec une tristesse déférente et dit :

— Nous devrions peut-être nous reposer, aujourd'hui...

— Non, dit Nicolas. Nous n'avons pas le temps. Dans une heure, nous reprendrons la route.

Sa hâte de rejoindre Sophie était telle qu'il ne se lassait pas d'imaginer leur prochaine entrevue. Chaque fois, dans ce rêve, elle lui défendait sa porte, mais, vers le milieu de la nuit, consentait à lui ouvrir pour entendre ses explications. L'idée de ces retrouvailles l'enflammait. Il avait des battements de cœur d'adolescent. Un sourire parut sur ses lèvres. Il déboutonna sa touloupe de peau de mouton sur une chemise de toile bise. Avec ses bottes de feutre, son bonnet de fourrure, sa besace et son bâton, il avait vraiment l'aspect d'un moujik en voyage. Soudain, il lui sembla que l'aubergiste l'observait du coin de l'œil. Une crainte le traversa. Il s'aperçut que, par habitude, il mangeait les coudes au corps, la tête légèrement inclinée, pas du tout à la manière d'un paysan. Vite, pour se rattraper, il étala ses avant-bras sur la table, grimaça, clappa de la langue à chaque bouchée.

— Vous en faites trop, barine ! chuchota Nikita en riant.

— Et toi, cesse de m'appeler barine et de me vouvoyer ! Un jour ou l'autre, tu le diras devant des espions et nous serons pris. Ne crois-tu pas qu'on pourrait s'entendre avec un roulier pour qu'il nous amène à Louga, en chariot ?

— J'y pensais justement !

— Allons voir du côté du marché.

— Si vous le permettez, barine... pardon... si tu le permets, j'irai seul, dit Nikita. De moi, personne ne se méfiera. Je traiterai l'affaire et je viendrai te chercher.

Dans son visage à la peau basanée, les yeux, d'un bleu violet, avaient l'éclat de l'émail. Même quand il ne souriait pas, un air de jeunesse, de naïveté et de bienveillance universelle rayonnait de lui comme une lumière. Il finit sa portion de saucisson, sa cruche de kwass et se leva. Nicolas le regarda partir avec inquiétude. Seul, il était moins à l'aise dans son déguisement. Pour se donner du naturel, il tira de sa poche une poignée de graines de tournesol et les croqua. Du fond de la salle, une ombre titubante vint à lui.

— Passe-m'en un peu, frère !

Devant Nicolas, se tenait un homme à la barbe blonde et au regard ivre, qui, à en juger par sa longue veste et la courroie qui ceignait son front, était un artisan charpentier. Nicolas versa des graines dans la main, laquée de crasse, qui se tendait vers lui.

— Grand merci, dit le charpentier. Le ciel te le rendra !

Et il marcha, d'un pas flottant, vers la sortie. Le patron lui barra la route :

— Eh ! tu ne vas pas partir sans payer ?

— Payer quoi ? Je n'ai rien bu !

Ce mensonge révolta le patron. La face convulsée, il hurla :

— Ah ! tu n'as rien bu ? Eponge ! Seau percé ! Trou puant !

A chaque injure, il projetait ses deux poings dans la poitrine de l'ivrogne. Celui-ci, reculant pied à pied, finit par perdre l'équilibre et retomba assis sur son banc.

— Je n'ai pas d'argent, frère ! bafouilla-t-il.

— Dans ce cas, j'envoie chercher la police !

— Ce n'est pas elle qui t'en donnera !

— Elle me donnera au moins le plaisir de te voir rosser ! Allons ! retourne tes poches !

— Non ! Je vais plutôt te chanter une chanson !...

Déjà, sur un signe de l'aubergiste, un gamin en tablier blanc se dirigeait vers la porte, sans doute pour prévenir les agents. L'ivrogne se mit à chanter en battant la mesure du plat de la main sur la table. Nicolas suivait la scène avec angoisse. Si la police intervenait, il risquait d'être emmené au commissariat comme témoin. Interrogatoire, vérification de papiers... A tout prix, il fallait éviter cela. Il fouilla dans ses poches, ne trouva pas de petites pièces et tendit à l'aubergiste un assignat de dix roubles en disant :

— Je paye pour lui !

L'aubergiste s'étonna, se dérida, se plia en deux dans un salut, comme s'il eût remercié un seigneur. Cette marque de déférence augmenta la confusion de Nicolas. Il feignit de compter la monnaie qu'on lui rendait avec la lenteur soupçonneuse d'un homme du peuple.

— Tu as fait de bonnes affaires à la foire, sans doute? demanda l'aubergiste.

— Oui, dit Nicolas.

— Et maintenant, tu vas rentrer chez toi?

— Oui.

— D'où es-tu?

— De Louga.

— C'est loin !

— Encore assez !

— Qu'est-ce que tu vends?

— De la tille.

— Ça ne rapporte guère, dans nos régions !...

Leur conversation fut interrompue par l'ivrogne, qui tomba sur Nicolas, l'étreignit, le pétrit et lui baisa les deux joues en l'éventant d'une odeur d'alcool mal digéré :

— Tu es mon soleil! Tu es mon père nourricier! Ordonne-moi de me couper un doigt, une oreille, et je le ferai avec plaisir !

Nicolas l'écarta du bras et gagna rapidement la porte. L'aubergiste et le serveur l'accompagnèrent jusqu'au seuil avec des courbettes. Craignant un nouvel incident, il résolut d'attendre Nikita en faisant les cent pas sur le trottoir. Comme il arrivait au bout de la rue, il entendit une voix qui criait derrière son dos :

— Hep! Toi, là-bas! Où vas-tu?

Il se retourna. Deux agents de police, la hallebarde au poing, lui faisaient signe d'approcher. Derrière eux se tenait l'aubergiste, la tête rentrée dans les épaules, l'air triomphant et fautif.

Les fenêtres du traîneau étaient brouillées de givre. Nicolas gratta de l'ongle la pellicule blanche qui recouvrait la vitre et se pencha pour tâcher d'apercevoir la rue. Le gendarme qui l'accompagnait le rappela à l'ordre :

— Veuillez, je vous prie, ne pas vous montrer à la portière.

Sa cuisse chaude appuyait contre la cuisse de Nicolas. Ils étaient à l'étroit dans la caisse.

— De quoi avez-vous peur ? demanda Nicolas. Que je voie la ville ou que la ville me voie ?

Le gendarme se renfrogna sous la plaisanterie et croisa ses deux mains gantées sur la poignée de son sabre. Il avait pris Nicolas en charge à Gatchina, sitôt après son arrestation, l'avait ramené à son domicile, chez Kostia Ladomiroff, pour qu'il pût se changer, et le conduisait maintenant vers une destination inconnue. Les vêtements de moujik, ficelés en paquet, gisaient sous la banquette. Heureusement, Nikita avait échappé aux recherches. Devant l'inspecteur qui l'avait questionné, Nicolas avait juré qu'il voyageait seul. On l'avait cru, malgré les protestations de l'aubergiste, parce qu'il avait rappelé l'origine ancienne de sa famille et ses états de service pendant la guerre nationale. Ceux qui l'interrogeraient aujourd'hui seraient, sans doute, moins faciles à convaincre. Si seulement il avait pu revoir Sophie avant d'être arrêté ! Pardonné par elle, il eût accepté n'importe quelle épreuve avec le sourire. A présent, tout ce qu'il aurait voulu lui dire pour se justifier restait comme un poids sur sa conscience.

Le traîneau s'arrêta, des ombres s'agitèrent derrière la vitre, le gendarme descendit le premier et, devant les yeux de Nicolas, s'étira l'interminable façade du palais d'Hiver. Que d'honneur ! Pourquoi l'amenait-on ici et non dans un poste de police ? Il ne chercha pas de réponse à cette question. Tout lui était égal. Des sentinelles, régulièrement espacées, gardaient les abords de l'édifice. Sur la place, il y avait des groupes en armes, des braseros, des chevaux à l'attache, des canons, comme à l'intérieur d'un camp retranché. Le gendarme claqua des talons devant une paire d'épaulettes. Deux doigts levés au ras du chapeau. Le passage des consignes... Avant d'avoir pu comprendre ce qui lui arrivait, Nicolas se trouva flanqué de soldats, sabre au clair. Un aide de camp lui dit d'un ton sec :

— Marchons !

Du crépuscule brumeux, ils passèrent à un mirage de marbres, de glaces et de lustres. Dans l'escalier monumental, des officiers, toutes décorations dehors, se croisaient en courant, l'air indispensable et affairé. Une foule de courtisans remplissaient un salon blanc et or et parlaient en français, à voix basse. Au-dessus de leurs têtes bien peignées, flottait un parfum de pommade. Leurs regards tombaient sur Nicolas, avec la raideur de gaffes d'abordage. Il entendit :

— Encore un de ces traîtres qu'on amène !
— L'empereur est trop bon de vouloir les interroger lui-même !
— Quand je pense que le prince Troubetzkoï !...

Nicolas demanda à l'aide de camp :

— Le prince Troubetzkoï a été arrêté ?
— Oui.
— Qui encore ?
— Je n'ai pas le droit de vous le dire. Restez ici. Attendez.

L'aide de camp s'éclipsa, laissant Nicolas parmi ces gens, dont la haine lui était perceptible comme un manque d'air. Pourtant, lui qui n'eût pas supporté jadis d'être le point de mire d'une assistance puisait aujourd'hui un regain de force dans le mépris que lui inspiraient tous ces intrigants. Au bout d'un assez long temps, un autre officier vint le chercher, et l'introduisit dans un salon plus petit, plus sombre, aux murs couverts de tableaux. Sous une Sainte-Famille d'inspiration italienne, siégeait un homme jeune encore, en uniforme rouge et or de hussard de la garde. Nicolas reconnut le général Lévachoff. Devant lui, sur une table de jeu, s'alignaient des papiers, des plumes, un encrier en malachite et une coupe pleine de dragées roses. Après un bref interrogatoire d'identité, il demanda d'un ton aimable :

— Depuis quand faites-vous partie de la société secrète ?

— Depuis deux ou trois ans, dit Nicolas.

— Qui vous a introduit dans ce milieu ?

— Personne.

— Vous voulez me faire croire que vous avez frappé, un beau jour, de vous-même, à la porte de Ryléïeff ?

« Il sait que Ryléïeff était notre chef », constata Nicolas avec un serrement de cœur.

— Je ne me rappelle plus comment cela s'est passé, dit-il.

L'œil de Lévachoff se plissa, comme s'il eût visé un adversaire. Dans son visage banal, le seul trait remarquable était une moustache fine, bien troussée, dont il enroulait la pointe, de temps à autre, sur son petit doigt. « Un officier de salon ! » pensa Nicolas.

— Vous vous rappelez tout de même que votre ami Ladomiroff vous a logé chez lui ? dit Lévachoff.

— Oui.

— Il ne pouvait ignorer vos relations avec les conjurés.

— Si, répliqua Nicolas. Il ignorait tout.

Et il se dit que Kostia, qui avait lâché ses camarades à la dernière minute, ne méritait pas d'être mis hors de cause. Une fois de plus, les braves payeraient pour les capons.

— Et Stépan Pokrovsky ? dit Lévachoff. Et Youri Almazoff ? Et Kuhelbecker ?...

Les noms pleuvaient sur Nicolas, sans qu'il changeât de visage.

— Vous ne voulez rien me dire sur eux ? demanda Lévachoff.

— Non.

— Pourquoi ?

— C'est une question de principe.

— Comment pouvez-vous parler de principe, alors que vous avez trahi votre tsar ?

— Je ne l'ai pas trahi, puisque je ne lui ai jamais prêté serment !

— Il est encore temps de vous repentir et de le faire !

Nicolas baissa la tête et serra les dents. Il n'aurait jamais cru qu'il fût si facile d'être noble dans une situation désespérée. Lévachoff se pencha sur son papier et nota les réponses de Nicolas d'une plume frétillante. Puis, ayant relu son texte et placé quelques virgules, il reprit :

— Sans doute nierez-vous que vous vous trouviez sur la place du Sénat, parmi les insurgés, le 14 décembre ?

— Je ne le nierai pas. J'y étais.

— Vous avez donc vu comment on a massacré le général Miloradovitch, le colonel Sturler...

— Oui.

— Qui a tiré sur eux ?

— Je ne sais pas.

— Vous défendez une bande d'assassins !

— Ils ne sont pas des assassins, puisqu'ils ont agi par conviction politique.

Le sang afflua aux joues de Lévachoff :

— Auriez-vous plus de respect pour les folles théories de quelques philosophes français que pour les lois sacrées qui, depuis des siècles, régissent le pays de vos ancêtres ? Placeriez-vous plus haut un Ryléieff, un Troubetzkoï, un Pestel, que l'empereur, qui tient son pouvoir de Dieu ?

— L'empereur ne tient pas son pouvoir de Dieu, dit Nicolas.

Et il se tut, le souffle coupé. La porte du fond venait de s'ouvrir à deux battants sur la silhouette d'un homme grand et fort, sanglé dans l'uniforme du régiment Ismaïlovsky : le tsar ! Son visage blafard, au nez régulier, au frond dégarni, aux gros yeux pâles et globuleux, avait l'immobilité et la pesanteur du marbre.

— Je te connais, dit le tsar. N'étais-tu pas à Paris, il y a dix ans, avec nos armées victorieuses ?

— Si, Majesté ! répondit Nicolas, impressionné, malgré lui, par la stature de l'empereur et son air de sérénité hautaine.

— Tu avais une belle carrière devant toi. Tu t'es perdu par sottise !

Tout en parlant, le tsar avait pris sur la table le procès-verbal rédigé par Lévachoff et le parcourait distraitement du regard.

— C'est l'interrogatoire d'un muet par un sourd, grommela-t-il avec une moue ironique. Je vais te surprendre : il ne me déplaît pas que tu essayes de sauver tes camarades...

— Vous ne me surprenez pas, Majesté, balbutia Nicolas.

— Mais, à moi, tu peux tout avouer. Je suis au-dessus de la rancune. Parle-moi comme un fils à son père.

Nicolas fit mine de n'avoir pas entendu. Il se demandait quel démon poussait le tsar à questionner personnellement les insurgés, au fur et à mesure de leur arrivée au palais d'Hiver. Un souverain ne pouvait que déchoir en devenant le juge de sa propre cause. D'autant que celui-ci changeait de masque avec l'aisance d'un bateleur. A la sévérité olympienne succédait déjà, sur ses traits, une expression d'infinie générosité.

— J'aime la grandeur d'âme, reprit-il. Même quand elle s'applique à une mauvaise cause. Tout le monde peut se tromper. D'après mes renseignements, ta participation au complot n'a pas été très importante. Il me serait donc possible d'oublier ton erreur, au cas où tu voudrais rentrer dans l'armée...

A ces mots, le général Lévachoff cessa d'écrire et leva sur l'empereur un regard dubitatif.

— Oui, poursuivit le tsar, tu pourrais monter haut si tu étais ambitieux et docile. Je suis d'ailleurs prêt à offrir le même pardon aux membres du complot que tu vas me nommer.

Nicolas éprouva la sensation d'un piège qui se referme en claquant sur le vide :

— J'ai déjà dit au général Lévachoff que je ne pouvais nommer personne.

— Maintenant, ce n'est plus un général, c'est ton tsar qui te le demande !

Il y eut un long silence. Irrité par le mutisme de l'inculpé, le tsar fronça les sourcils.

— Ton épouse est française, n'est-ce pas ? dit-il.

Nicolas tressaillit, touché au seul point vulnérable, et marmonna :

— Oui, Majesté.

— C'est d'elle que tu as pris les idées libérales qui t'ont mené à la conspiration ?

— Non, Majesté.

— Pourquoi me mens-tu ?

Nicolas souffrait de voir Sophie associée à sa faute. N'allait-elle pas être impliquée, elle aussi, dans le complot ? Maintenant que leur ménage était brisé, cette idée lui était doublement pénible.

— Qui dira l'importance des femmes dans les grands conflits politiques ? soupira l'empereur. J'aimerais connaître la tienne.

— Elle n'est au courant de rien, Majesté, murmura Nicolas. Je vous le jure !

— Tant mieux ! Tant mieux ! Je suppose que tu tiens à la revoir !

Nicolas articula difficilement :

— Bien sûr...

— Ce sera facile, si tu te montres un peu moins buté avec moi. Je vais te fournir une preuve de ma bienveillance. Exceptionnellement, je te permets d'écrire à ta femme. Tout de suite ! Devant moi ! Quinze lignes ! Pas une de plus ! Donnez-lui du papier et une plume, Lévachoff.

Frappé d'étonnement, Nicolas demeurait immobile. Pour la première fois depuis son arrivée au palais, il avait mal, il avait honte. Pouvait-il avouer à l'empereur que tout était fini entre sa femme et lui ? Lévachoff lui tendit une plume.

— Non, dit Nicolas.

— Vous refusez ? dit Lévachoff avec un haut-le-corps. Est-ce que vous vous rendez compte de votre insolence ? Qui êtes-vous pour oser dédaigner la faveur impériale ?

— Je ne suis rien, dit Nicolas. Je ne demande rien. Faites de moi ce que vous voulez, je n'écrirai pas.

— Mauvais sujet, mauvais époux, dit l'empereur sèchement. Au manque de principes dans la vie publique correspond le manque de principes dans la vie privée.

— J'ai oublié de vous signaler, Majesté, qu'il s'était déguisé en paysan pour échapper à nos recherches, dit Lévachoff.

Les yeux du tsar lancèrent une brève lueur. Des veines se gonflèrent sur son front. Il cria :

— Vous auriez dû lui laisser sa défroque de moujik ! Emmenez-le à côté ! Je le reverrai tout à l'heure !

Deux soldats conduisirent Nicolas dans la pièce voisine et lui dirent de s'asseoir sur une banquette, près de la croisée. Un froid glacial tombait du plafond, peint à l'italienne, sur le parquet ciré. L'un des soldats offrit du tabac à l'autre. Ils prisèrent, grimacèrent et éternuèrent en chœur :

— C'est de la poudre à canon, ton tabac !

— Oui, il est féroce ! J'y mêle un peu de verre pilé très fin. Ça dégage tout, jusqu'aux yeux. T'en veux encore ?

— Attends que je me remette !

Nicolas tenta d'entrer en conversation avec eux. Pas de réponse. Hier, ils seraient volontiers passés dans le camp des rebelles. Aujourd'hui, ils considéraient leur prisonnier avec une crainte superstitieuse, comme un ennemi de Dieu. Il repensa aux morts du 14 décembre : le petit fifre éventré, le pâtissier affalé parmi ses tartelettes, la dame saignant du nez sous son chapeau à plumes, les blocs de glace pivotant avec leurs naufragés qui hurlaient d'épouvante... Ces images le hantaient. Son châtiment serait, peut-être, de les garder en lui toute sa vie. Il fit un effort pour revenir à la minute présente. Le bruit d'une discussion traversait le bois de la porte. L'empereur avait dû reprendre ses interrogatoires. Sans se soucier des factionnaires, Nicolas se leva et s'adossa au chambranle, pour mieux entendre. Des phrases décousues frappèrent son oreille. Les insurgés se succédaient, à quelques pas de lui, sans qu'il pût identifier leurs voix. Pour chacun, le tsar adoptait une manière différente, tel un acteur qui s'essaye dans tous les genres, afin de prouver l'étendue de son talent.

— Porteur d'un si grand nom, comment avez-vous pu vous acoquiner avec cette racaille ? disait-il à l'un avec tristesse.

— A genoux ! criait-il à un autre. Vous n'avez pas honte ? Ecrivez-moi tout ce que vous savez ! Peut-être vous accorderai-je ensuite la permission de revoir votre femme, vos enfants bien-aimés !...

Un autre encore s'entendait dire :

— Je souffre d'avoir à te punir, mais il le faut ! Incarnation de la loi, mon sort n'est guère plus enviable que le tien ! Prions l'un pour l'autre, toi en prison, moi sur le trône !

Si les paroles du tsar étaient souvents distinctes, les réponses des insurgés l'étaient moins. Tous murmuraient, comme s'ils se fussent confessés à un prêtre. Il sembla à Nicolas que certains dénonçaient des camarades. A deux reprises, il entendit son propre nom dans la conversation.

Une heure plus tard, un aide de camp revint le chercher. Convoyé par les deux soldats, il rentra dans le salon, où l'empereur marchait de long en large, devant Lévachoff qui écrivait à sa petite table.

— Eh bien ! dit l'empereur en toisant Nicolas, as-tu réfléchi ?

— A quoi, Majesté ?

— Au risque que tu prendrais en t'obstinant dans ton silence. La plupart

de tes camarades ont essayé de racheter leur félonie par des aveux spontanés Si tu ne suis pas leur exemple, ton sort sera terrible !
— Je ne crains pas la mort, Majesté ! dit Nicolas.
— Qui te parle de mort ? hurla l'empereur. Je te ferai pourrir dans une forteresse !

Nicolas ne broncha pas. Les menaces du tsar sonnaient aussi faux, pour lui, que ses promesses. Plus que jamais, il regrettait l'échec de la révolution.
— Veuillez signer votre déposition, dit Lévachoff en tendant à Nicolas une feuille de papier.

Nicolas jeta les yeux sur le document, n'eut pas la patience de le lire jusqu'au bout et signa.

* * *

A la porte du palais d'Hiver, il retrouva le même traîneau et le même gendarme. Enfermé dans la caisse aux vitres dépolies, il ne tarda pas à deviner le chemin que suivait la voiture. Les sabots des chevaux sonnèrent creux en traversant un pont de bois sur le fleuve. Puis, l'attelage s'engouffra sous une voûte de pierre aux échos lugubres. Pas de doute possible, c'était la forteresse Saint-Pierre-et-Saint-Paul. En mettant pied à terre, Nicolas vit une maison basse, dans une grande cour enneigée, qu'entouraient de hautes murailles. Le gendarme l'introduisit dans un vestibule aux murs nus. Par la porte d'en face, entra un général, claudiquant sur une jambe de bois. Ses cheveux gris étaient coupés en brosse. Son ventre replet tendait le tissu vert de son uniforme. Un filet sur deux manquait à la frange de ses épaulettes, dont la cannetille dorée avait noirci avec le temps. L'œil morne, il se présenta :
— Général d'infanterie Soukine, commandant de la forteresse. Et voici mon bras droit, le commmandant Podouchkine.

De derrière son dos, surgit un personnage au nez écrasé en galette dans une face ronde et imberbe de vieille femme. Son menton dodu formait trois plis sur le col orange de son uniforme.
— Si vous voulez me suivre dans votre cellule..., susurra Podouchkine.
Ce disant, il élevait dans ses mains un sac de grosse toile.
— Qu'est-ce que c'est ? demanda Nicolas.
— Une simple formalité.
Le sac tomba sur la tête de Nicolas. Il ne voyait plus rien. Podouchkine lui prit la main et dit, du ton aimable d'un aubergiste conduisant un client vers sa chambre :
— Par ici... Il y a une marche... Nous tournons à droite... Attention, c'est très glissant...

Ils sortirent à l'air libre, passèrent sur un ponton verglacé et Nicolas sentit une odeur de souterrain.

Deux hommes, des gardiens sans doute, lui emboîtèrent le pas ; il buta contre une dalle descellée. Podouchkine le saisit par la taille et dit gaiement :

— Tous trébuchent à cet endroit !... Encore un peu de patience !... Là, nous y sommes !...

Il retira le sac. Nicolas cligna des paupières dans la lumière fumeuse d'une torche. Un couloir s'allongeait devant lui, percé de portes aux verrous massifs. C'était tout à fait ainsi qu'il imaginait une prison, dans son enfance. Le geôlier, comme dans les légendes qu'on raconte le soir, avait un trousseau de clefs à la ceinture. Il en choisit une, l'enfonça dans une serrure et poussa l'épais vantail de bois clouté, qui pivota en grinçant sur ses gonds.

La cellule où pénétra Nicolas était basse, voûtée, et pouvait mesurer cinq pas sur trois. Une lueur crépusculaire tombait d'une fenêtre grillagée, dont les vitres étaient blanchies à la craie. Sur un lit de planches, peint en vert, gisait une paillasse sale. D'un seau en fer, posé dans un coin, fluait un vieux relent d'urine. Un tabouret bancal était enchaîné au pied d'une table, elle-même scellée au mur. Le geôlier alluma une veilleuse. La petite flamme, flottant sur son bain d'huile, projeta au plafond une clarté de sanctuaire. Un froid humide collait aux épaules de Nicolas. Il voulut relever le col de son manteau, mais Podouchkine arrêta son geste :

— Inutile ! Nous allons être obligés de vous prendre vos vêtements. On vous en donnera d'autres, plus appropriés à votre état...

Tout en parlant, il s'était approché de Nicolas et, plaqué contre lui, fouillait ses poches avec des mains rapides d'escamoteur. En moins de rien, les objets personnels du prisonnier — montre, canif, menue monnaie, calepin — furent inventoriés et noués dans un mouchoir.

— Vous retrouverez tout cela en temps voulu ! assura Podouchkine.

Quand Nicolas se fut déshabillé, un gardien lui apporta une longue capote grise, raidie de crasse, qu'il enfila avec répugnance sur son linge, et des savates éculées pour remplacer ses chaussures. Podouchkine considéra son détenu avec attendrissement et dit :

— Vous êtes très bien là-dedans ! C'est tout à fait votre taille !

« Est-ce un imbécile ou une brute ? » se demanda Nicolas. Il avait hâte de les voir tous partir. Mais, lorsque le commandant et les gardiens se furent retirés, que la clef eut tourné deux fois dans la serrure et que les verrous eurent claqué dans leurs crampons, il éprouva sa solitude à la façon d'une rupture d'équilibre. Le silence montait dans sa tête. Il examina de plus près sa cellule. Sur le mur, une ligne horizontale, d'un noir tirant sur le vert, marquait, sans doute, le niveau de la dernière inondation. Chaque coin avait sa toile d'araignée. Des cafards grouillaient entre les dalles du sol. Soudain, ils disparurent. A la lumière de la veilleuse, Nicolas déchiffra des noms inconnus, des dates gravées avec un clou dans la pierre. Tout ce qui restait de quelques destinées misérables ! Pourtant, chacun de ces hommes, criminel ou innocent, avait dû se sentir aussi nécessaire à la marche du monde que lui, Nicolas.

— Eh bien ! voilà, c'est fini ! murmura-t-il.

Une secousse l'ébranla du ventre aux mâchoires. Avant d'avoir pu comprendre ce qui lui arrivait, il fut labouré par un sanglot. La face dans son matelas, il pleurait et respirait une âcre odeur de moisissure et de déjections

Les brins de paille, passant à travers la toile, lui piquaient les joues. Ce qui le poignait par-dessus tout, c'était d'être enfermé ici, alors qu'il eût voulu être à Kachtanovka, pour confondre son père et reconquérir Sophie. Impuissant à faire entendre sa voix, il devait subir le supplice d'être diffamé devant sa femme, au moment où il aurait eu le plus besoin de l'avoir pour alliée. Si le gouvernement ne communiquait pas le nom des inculpés aux familles, elle ne saurait même pas qu'il avait été arrêté. Sans nouvelles de lui, elle se figurerait qu'il acceptait d'un cœur léger la rupture de leur ménage. Elle repartirait pour la France, peut-être, avec cette affreuse conviction. Nicolas se remémora la lettre de Michel Borissovitch. Il l'avait apprise par cœur avant de la brûler. Chaque mot en était calculé pour l'obliger à souffrir. « Comme il me hait ! Que lui ai-je fait ? N'ai-je pas de pire ennemi que l'homme dont je porte le nom ? » La méchanceté de son père, la mort de sa sœur, la désaffection de Sophie, la fin sanglante de la révolution, l'arrestation, la prison, tout se brouillait, tout tombait à la fois sur sa tête. Il n'avait même pas la possibilité de vivre ces événements chacun selon son importance. Emporté par eux comme par une avalanche, il sentait seulement qu'il roulait toujours plus bas, qu'il avait mal, qu'il entrait dans la nuit et que ses forces diminuaient à mesure que s'accélérait cet horrible glissement de terrain. Un hébétement succéda à la crise de larmes. Il se mit à marcher en rond. La vue des murs nus lui procurait une sorte d'ivresse. A peine se fut-il recouché sur sa paillasse que le sommeil le tua.

A l'aube, il fut éveillé par un vieil invalide maigrichon et médaillé, qui tenait une grosse théière d'une main et, de l'autre, un bout de sucre en équilibre sur une tranche de pain noir. L'homme toussait, la poitrine creuse. Il lui manquait un morceau de mâchoire, du côté gauche. La chair morte pendait, en dentelle, sous sa moustache. Pendant qu'il versait un thé pâle dans une tasse en fer, Nicolas demanda :

— Quelle heure est-il ?

L'invalide parut effrayé de cette curiosité intempestive et bafouilla :

— Je n'ai pas l'honneur de le savoir. Attendez que ça sonne à l'horloge de la cathédrale.

— Comment t'appelles-tu ?

— Il m'est défendu de le dire.

— Tu peux tout de même me dire où tu as reçu ta blessure !

— Devant Paris, annonça l'invalide en redressant la taille.

— J'y étais, dit Nicolas. Lieutenant Ozareff, des gardes de Lithuanie.

— Moi, j'étais dans les grenadiers de la garde.

— Et tu t'appelles Popoff ?

— Non, Strépoukhoff ! rectifia l'invalide.

Il s'aperçut qu'il était joué, hocha la tête et dit tristement :

— Ce n'est pas bien, Votre Noblesse.

— Personne n'en saura rien, dit Nicolas. Est-ce que j'ai des voisins ?

Strépoukhoff le regarda avec méfiance et fit un pas vers la porte.

— Où vas-tu ? dit Nicolas.

— Vous me feriez faire des bêtises ! grommela Strépoukhoff.

Ses yeux débordaient d'une humble gentillesse. Soudain, il perdit tout à fait contenance.

— Oui, vous avez des voisins ! murmura-t-il. Dans mon secteur, toutes les cellules sont occupées ! Rien que des gars jeunes et pleins de santé comme vous ! Ça crève l'âme de les voir en prison ! Que Dieu pardonne à ceux qui pèchent et à ceux qui condamnent !

Quand il fut parti, Nicolas resta perclus de tendresse. Il avait l'impression qu'un brave chien, au poil soyeux et au regard fidèle, était entré dans sa vie. Puis commença le supplice de l'inaction. Le temps se dévidait avec une monotonie épuisante. Lorsqu'on alluma le poêle, dans le couloir, le tuyau qui traversait la cellule rougit par endroits et se mit à craquer. Nicolas eut chaud à la tête et froid aux jambes. A tout hasard, il tapa du poing contre le mur. Personne ne lui répondit. A croire qu'il était seul dans la forteresse. Pourtant, Strépoukhoff lui avait bien dit qu'ils étaient nombreux dans son cas : « Rien que des gars jeunes et pleins de santé comme vous. » Il imagina, reproduits par un jeu de glaces, des centaines de Nicolas, assis, tête basse, chacun dans sa cellule. Que n'était-il un ouvrier, un moujik ? Il se fût mieux accommodé de son sort. Habitué à porter du linge propre, à coucher dans un bon lit, à manger des plats fins, à entretenir des rapports aimables avec son entourage, il était perdu dans ce lieu où tout n'était que dureté, laideur et privation. Pas un objet qu'on pût regarder sans horreur ! Qu'il touchât le bois de son lit ou l'anse de sa cruche, il se sentait pénétré de saleté jusqu'aux os. Le seau en fer, sans couvercle, dégageait une odeur pestilentielle. Le gardien ne l'avait pas encore vidé. Cette infection confirmait Nicolas dans l'idée de sa déchéance. Pouvait-on élever son âme vers de nobles problèmes, quand il suffisait d'ouvrir les narines pour se rappeler sa pourriture ? Il se mit à marcher, vite, comme s'il avait eu un but à atteindre avant le soir. Cinq pas de la fenêtre à la porte ; un quart de tour à gauche ; trois pas du lit au seau en fer ; encore un quart de tour à gauche ; cinq pas le long de l'autre mur ; et, cette fois, un demi-tour à droite pour reprendre la promenade en sens inverse. Brusquement, il s'arrêta. A ses pieds, dans l'interstice de deux dalles, quelque chose brillait. Il le ramassa : un bouton en argent, détaché de son gilet. Il avait dû tomber, hier, pendant que Nicolas changeait de vêtements. Cette découverte l'émut, l'enchanta. Autrefois, il aurait été incapable de dire ce qui était gravé sur la petite pastille de métal. Maintenant, il en contemplait le guillochis avec une attention amoureuse. Tout ce qui lui restait du monde libre tenait dans le creux de sa main. Des larmes voilèrent ses yeux. Sa sensibilité était celle d'un malade. Il enfouit le bouton dans sa poche, voulut l'oublier ; dix minutes ne s'étaient pas écoulées qu'il le regardait de nouveau.

A midi, une odeur de graillon filtra sous la porte de Nicolas. Strépoukhoff lui apporta une platée de gruau et de choux. Il refusa d'y toucher.

— Remporte ça ! dit-il en se tournant la face contre le mur.

Quatre heures plus tard, la faim l'attaqua si fortement qu'il en eut mal à la tête. Il se leva et cogna au vantail pour attirer l'attention du gardien. Strépoukhoff consentit, en maugréant, à lui servir un restant de bouillie de sarrasin. Mais elle était froide. Pas question de la faire réchauffer aux cuisines.

— Ça ira ! dit Nicolas.

La cuiller s'enfonçait dans la bouillie, comme dans de la colle à papier. Nicolas s'empiffra jusqu'à ressentir, au creux de l'estomac, une boule pesante, indigeste. Ensuite, il se remit à marcher. Cinq enjambées d'un côté, trois de l'autre... Demain, il ferait la même chose, et après-demain, et tous les jours... Est-ce que cela pouvait suffire à remplir une vie ? L'épouvante se leva en lui, avec le grondement sourd de la mer. Vite, il tira de sa poche le bouton d'argent et le fit sauter d'une paume dans l'autre. Il jonglait avec une étoile. C'était le tailleur de Kostia Ladomiroff qui lui avait cousu son gilet lie-de-vin. Il se rappela comment il l'avait essayé devant la glace, attentif au moindre faux pli. Satisfait, il en avait commandé un autre. Couleur bleu nuit, à sept boutons. On devait le lui livrer à la fin de la semaine...

Au crépuscule, les cafards sortirent de leurs trous en nombre tel que tout le coin, près du seau de toilette, fut envahi de carapaces noires. De leur grouillement montait un bruit de papier froissé. Nicolas écrasa quelques insectes en marchant dessus avec ses savates. Ils rendaient, en craquant sous la semelle, un double son, à la fois sec et juteux. Ce massacre dans la pénombre était si répugnant que Nicolas s'arrêta bientôt, le cœur soulevé. Quand Strépoukhoff revint avec la veilleuse, les cafards survivants filèrent dans leurs fentes, chassés par la lumière. Le gardien balaya les cadavres dans le corridor.

— Ils ne sont pas méchants, dit-il. C'est plus dégoûtant de les tuer que de les laisser faire.

4

Un matin, comme Nicolas marchait dans sa cellule pour se dégourdir les jambes, il eut l'impression qu'au lieu de revenir toujours sur ses pas il progressait sur une longue route, aux détours imprévus. En fait, ce qui changeait, ce n'était pas le paysage, mais lui-même. L'homme heureux, libre, léger, qu'il avait été, s'enfonçait dans un passé incroyable. Pour survivre, il fallait résister à l'attraction désespérante des souvenirs. Accepter d'être un autre. Un nouveau venu, né en prison, à l'âge de trente et un ans. Alors, tout semblait plus facile. On adaptait ses désirs, ses craintes, ses appétits à l'ordre pénitentiaire. On cessait de rêver aux séductions de l'extérieur pour tirer de soi-même toutes les distractions qu'un esprit humain peut donner. On s'organisait, avec ses réserves, comme une ville assiégée. On devenait son propre ami, son propre ennemi, son propre juge, son propre public. Peut-être même finissait-on par être heureux d'une certaine façon ? Cela, Nicolas en doutait, malgré son envie de reprendre courage. Il sortit de sa poche le bouton en argent et le considéra avec un affectueux reproche. Cet objet symbolisait toutes ses faiblesses. Il brillait, insolite, dans un monde où il n'avait que faire. Il était l'obstacle, la négation. A lui seul, il empêchait son possesseur de vivre en vrai prisonnier. Subitement, Nicolas décida de se débarrasser du bouton de gilet. Il essaya de le glisser sous la porte. Mais le bouton était légèrement bombé et ne passait pas. Pour l'aplatir, Nicolas tapa dessus avec son pied. A chaque coup, il ressentait une douleur au talon, à travers la semelle mince de la savate. Evidemment, il eût été plus simple d'appeler le gardien et de lui remettre le bouton, mais Nicolas répugnait à cette solution de paresse. Une rage d'action le poussait. Piétinant au milieu de la cellule, il avait l'illusion d'accomplir une œuvre importante. Après une heure de travail, le bouton, déformé, put passer sous le battant. Nicolas se redressa, épuisé, mouillé de sueur.

— Très bien ! Très bien ! répétait-il.

Puis, il alla se soulager dans le seau de fer. C'était un événement dans sa journée. Il y pensait à l'avance, il retardait le moment... De nouveau, l'odeur le surprit, l'écœura. Ce seau en fer était un monument élevé à la honte des hommes.

Nicolas se coucha sur son lit, les mains sous la nuque. L'envie folle le prit de lire un livre. N'importe quel livre ! Tourner des pages, respirer le parfum du papier imprimé, plonger dans une histoire vraie ou fausse, changer de pays, suivre le développement sinueux d'une philosophie... Il tenta de se rappeler les romans qui l'avaient séduit dans sa jeunesse. Il se récita des bribes de poèmes. Il fit, de tête, quelques additions... De temps à autre, un gardien l'observait par le judas. Des cafards s'assemblaient autour du pot à eau. « Ça y est ! songeait Nicolas. J'ai conclu un accord avec moi-même. J'ai répudié mes idées délicates, mes habitudes raffinées. Je me suis converti à la vie de la prison... » Cinq minutes plus tard, il repensait à Sophie, sa vaillance l'abandonnait, ses nerfs se relâchaient, tout était à reprendre !

Deux semaines s'écoulèrent encore, sans apporter le moindre changement dans la vie de Nicolas. Les cafards ne l'inquiétaient plus. Il aurait voulu se raser, mais c'était interdit par le règlement. Comme il n'avait pas de miroir, il essayait d'imaginer son visage en passant la main dessus. Sa peau collait de plus près à ses os. Le poil poussait dru sur son menton et sur ses joues. Quand il baissait la tête, il ressentait un picotement de brosse dans le pli de son cou. Le peu d'eau qu'il recevait pour se laver avait une odeur saumâtre. Cependant, il s'habituait sans trop de mal à sa saleté, à ses démangeaisons et à sa faim. Par certains côtés, cette misère était réconfortante. Dans le malheur, il retrouvait l'estime de lui-même. Etait-il de ces êtres qui ont besoin de souffrir pour exister ? Le temps officiel lui était donné par l'horloge de la cathédrale Saint-Pierre-et-Saint-Paul. Elle sonnait les heures d'une voix de bronze fêlé. Après quoi, le carillon entrait en branle. Pour ne pas perdre le compte des jours, Nicolas plaquait, chaque soir, une boulette de pain noir sur le mur, à la tête de son lit. Les rats, dont il n'avait fait qu'entendre les grattements et les cris au début de son séjour dans la cellule, s'enhardirent à lui rendre visite. C'étaient des rats d'eau, très velus, d'un gris tirant sur le roux. D'abord, il s'effraya de leur grosseur et de leur nombre. Puis, ne pouvant les exterminer, il adopta une attitude conciliante : il leur laissait manger les miettes de son repas, et, quand il ne restait plus rien de comestible, il les chassait à coups de savates. Ils ne furent pas longs à comprendre les avantages de ce *modus vivendi* : dès qu'il se déchaussait, toute la famille rentrait dans ses galeries. Il y avait là des vieux, des jeunes, des mâles, des femelles... Nicolas s'amusait à les reconnaître et à leur donner des noms. La nuit, il lui arrivait de s'éveiller et de voir deux petits yeux brillants qui l'observaient dans les ténèbres. Cela le dérangeait moins que d'être épié à travers le judas par les gardiens. Ils étaient trois, avec Strépoukhoff, qui s'occupaient de lui, à tour de rôle. Il ne pouvait ni bouger ni tousser sans attirer leur attention. A tout moment, une main soulevait le chiffon vert qui masquait l'ouverture. Un œil de cyclope inspectait la cellule. On chuchotait dans le monde des hommes libres. Un matin, Nicolas crut même entendre la voix du tsar. Aussitôt, il se dit qu'il se trompait, que l'empereur de toutes les Russies avait autre chose à faire que de surveiller les détenus. Il questionna Strépoukhoff. Celui-ci se troubla, renifla, refusa de répondre. Sa confusion était un aveu.

Assis sur son lit, Nicolas repassa dans sa mémoire pour la centième fois les détails de son interrogatoire au palais d'Hiver. Il voulait ainsi raviver sa haine contre la monarchie et durcir son caractère en prévision des luttes à venir. Au lieu de quoi, il s'abandonna à son penchant familier, qui était de se mettre à la place de l'adversaire pour prendre une autre notion des événements. Le fait que le souverain s'occupât en personne des insurgés prouvait à quel point il était désemparé, dans sa victoire, par l'ampleur du complot qu'il avait découvert. Un mélange de colère, de mépris, de pitié et de curiosité maladive le penchait sur ces hommes qui avaient osé se soulever contre dix siècles d'histoire russe. C'était d'eux-mêmes, tout chauds encore de leur crime, qu'il voulait avoir l'explication d'un phénomène aussi incompréhensible pour lui que la révolte du 14 décembre. Le plus étonnant, sans doute, était que la majorité de ces jacobins lui étaient bien connus : officiers de sa garnison, nobles de son entourage. Il se voyait environné de suspects. Tous les moyens lui semblaient bons pour sonder les consciences.

Nicolas songea que, peut-être, dans la situation du tsar, il n'eût pas agi autrement. Cette supposition l'irrita. « Voilà ce qui arrive quand on laisse courir son imagination, se dit-il. Un révolutionnaire ne devrait jamais tenter de comprendre le point de vue des gens d'en face. S'identifier à autrui, même pour quelques secondes, c'est lui pardonner pour la vie. L'homme fort n'est pas celui qui vibre à tous les échos, mais celui qui refuse de croire qu'il existe une vérité en dehors de la sienne. » L'idée qu'il portait le même prénom que l'empereur le fit sourire. Leur fête patronale à tous les deux tombait le 6 décembre. Il se rappela leur première rencontre, dix ans plus tôt, en France, au camp de Vertus. Près d'Alexandre Ier, qui complimentait Nicolas sur son prochain mariage avec Sophie, se tenait le grand-duc, jeune, élégant, arrogant. Une image recouvrit l'autre : à la place du grand-duc, un tsar ; à la place du brillant officier des gardes de Lithuanie, un prisonnier sordide. Tout ce qu'il avait perdu ! Cette nuit-là, il rêva à sa femme avec tant de précision qu'en rouvrant les yeux il fut surpris de ne pas la voir assise à son chevet.

Après le déjeuner, Strépoukhoff introduisit dans sa cellule un jeune officier, tiré à quatre épingles, qui tenait à la main un pli cacheté de cire noire.

— Pour vous, dit-il. De la part de la commission d'enquête.

Il fronçait le nez, à cause de l'odeur qui montait du seau. Mais Nicolas n'avait plus honte.

— Qu'est-ce que c'est ? demanda-t-il. Un ordre de route ?

— Un questionnaire, dit l'officier. Vous voudrez bien le remplir. Je le reprendrai demain, à la même heure. On vous apportera une plume et de l'encre. Pour le papier, vous n'en aurez pas d'autre que celui-ci. Il est interdit de faire un brouillon.

— Pourquoi ?

— Parce que les réponses des accusés ne sauraient être préparées. Elles doivent partir du cœur !

Il claqua des talons et disparut. Nicolas ouvrit le pli. Une liste de trente questions se déroula devant ses yeux. Les mêmes, à peu de choses près, que Lévachoff et le tsar lui avaient posées lors de son premier interrogatoire : « Quand et par qui avez-vous été reçu dans la société secrète ?... Quels sont les membres de la conjuration que vous avez rencontrés ?... Avez-vous eu connaissance d'un quelconque projet de constitution ? » D'abord, il voulut refuser de répondre. Mais Strépoukhoff le raisonna :

— Si vous ne le faites pas, ils vous mettront dans le sac.

— Quel sac ?

— C'est un cachot sous terre, fermé par une plaque, avec juste une petite ouverture pour l'aération. Là-bas, il ne fait pas bon vivre comme ici. On n'y voit rien, on étouffe !...

Nicolas partit d'un rire amer. La perspective du « sac » l'attirait. Brusquement, il avait envie de narguer le pouvoir, d'aller jusqu'au bout de l'épreuve, de toucher à l'extrême de l'injustice. La vérité était, peut-être, au fond de ce puits dont on le menaçait. Ensuite, reprenant le papier, il se dit qu'il servirait mieux la cause de ses camarades et embarrasserait davantage les juges en répondant avec astuce à certaines de leurs questions qu'en les rejetant toutes en bloc. Il se mit au travail. Quand il décelait un piège, il lui opposait une formule évasive : « Je l'ignore... Je n'étais au courant de rien... » En revanche, chaque fois qu'on lui demandait des détails sur les buts de l'association, il prenait avec fougue la défense de son idéal politique. En face de la phrase : « Comment les révolutionnaires agissaient-ils pour gagner de nouveaux adeptes à leur cause ? » il écrivit : « Au retour des campagnes de France, il n'y avait pas un officier digne de ce nom qui ne ressentît comme une honte l'état d'oppression où se trouvait son pays. Tous ceux qui, sous les ordres du glorieux Alexandre Ier, avaient combattu Napoléon pour rendre, au prix de leur sang, la liberté à l'Europe ne devaient pas tarder à comprendre que cette liberté leur serait, à eux, refusée. Instruits des conditions de vie au-delà des frontières, il était normal qu'ils fussent tentés de se réunir pour étudier la possibilité de donner une constitution à la Russie. »

Il relut son texte avec satisfaction. Un beau camouflet à ces messieurs de la commission d'enquête. Dommage qu'il ne pût voir leur tête quand ils prendraient connaissance du document ! D'un geste qui lui était devenu familier, il se caressa la barbe. Ça poussait, ça piquait. Velu, fatigué et crasseux, il était aussi fort qu'une assemblée de généraux.

Le lendemain, vers midi, le jeune officier élégant revint dans la cellule, cacheta la déposition de Nicolas et se retira en disant à Strépoukhoff :

— Vous lui donnerez du pain blanc avec son thé.

Nicolas, qui ne détestait pas le pain noir, se demanda ce que signifiait cette marque de faveur.

— C'est le commencement, lui chuchota Strépoukhoff. Si vous vous conduisez bien, si vous dites tout ce que vous savez, ils vous soigneront mieux encore, ils vous permettront même, peut-être, de correspondre avec votre famille...

De nouveau, Nicolas pensa à Sophie. S'il avait refusé de lui écrire sous le regard de l'empereur et de Lévachoff, il brûlait d'envie de se confier à elle, maintenant qu'il était seul dans sa cellule. Jusqu'au soir, il aligna dans sa tête les phrases d'une lettre de justification et d'amour.

En pleine nuit, un bruit de clefs entrechoquées frappa ses oreilles. Des torches entrèrent violemment dans son rêve. Toute la cellule s'éclaira. Les cafards s'enfuirent. Nicolas bondit sur ses jambes. Devant lui se tenaient le général Soukine perché sur son pilon et le commandant Podouchkine, à la ronde figure de lune. Un gardien portait, dans un panier, les vêtements et les chaussures qui avaient été confisqués à Nicolas le jour de son incarcération.

— Vous allez vous changer et nous suivre, dit Soukine.

« Où vont-ils m'emmener ? » songea Nicolas. Il eut envie de le leur demander et se retint, par orgueil. Dans son esprit encore mal éveillé, tournoyaient des suppositions tragiques : le peloton d'exécution, le trou, le convoi pour la Sibérie, la torture... L'horloge de la cathédrale sonna deux heures du matin. Il clignait des paupières, la bouche pâteuse, l'estomac vide, et enfilait maladroitement des vêtements dont il avait oublié la finesse. En revoyant son gilet lie-de-vin, auquel manquait un bouton d'argent, il sourit de tristesse. Un gardien inconnu lui banda les yeux et le coiffa d'un sac. Comme lors de son arrivée en prison, Podouchkine lui prit la main pour le conduire. Après un long trajet dans le couloir, il perçut le froid de l'air libre à travers l'étoffe qui lui couvrait la figure et en eut la respiration coupée. Que ne pouvait-il arracher ce capuchon, se rouler dans la neige, capter la fraîcheur de la nuit dans ses poumons!

— Marche! Marche!

Poussé dans le dos, il gravit un escalier et tomba dans la chaleur et le murmure d'une pièce habitée.

— Asseyez-vous, dit Podouchkine en le débarrassant de son bandeau et de son sac.

Et il l'installa derrière un paravent de tissu vert, sous la garde de deux soldats. Par une déchirure de l'étoffe, Nicolas vit trois autres prisonniers qui arrivaient sous escorte. Mais, comme eux aussi portaient un sac sur la tête, il ne les reconnut pas. Ils disparurent à leur tour derrière des paravents. Dans la galerie, allaient et venaient des officiers aux éperons sonores. Ils parlaient haut et riaient, sans égard pour les captifs, dont certains étaient, sans doute, leurs anciens compagnons d'armes.

Au bout d'une dizaine de minutes, Podouchkine tira Nicolas de sa retraite. Tapant du talon et cliquetant du fourreau, les deux soldats suivirent le prévenu à un pas de distance. En traversant un salon, Nicolas se trouva nez à nez avec Hippolyte Roznikoff, qui pérorait au milieu d'un groupe d'uniformes. Leurs regards se heurtèrent au vol. Pas un muscle ne bougea sur le visage pomponné du bel Hippolyte. Il considérait son ami froidement, comme un étranger. Nicolas ravala sa rage et passa. Devant une porte, il fallut s'arrêter encore. Puis, une voix cria :

— Faites entrer Ozareff.

Une dizaine de juges l'attendaient dans un petit salon, derrière une table couverte d'un drap rouge. « Le Conseil des Dix, comme à Venise », pensa Nicolas. A la lueur des bougies, fichées dans de lourds candélabres de vermeil, les épaulettes, les aiguillettes, les décorations scintillaient, telles des écailles de poisson. Nicolas reconnut le grand-duc Michel Pavlovitch, frère cadet du tsar, le général Diebitch, chef de l'état-major général, Tatischeff, ministre de la Guerre, le général Lévachoff, le général Tchernycheff, le général Benkendorff, le général Golénischeff-Koutouzoff... Quelle somptueuse commission d'enquête, pour lui tout seul !

On lui posa de vive voix les mêmes questions que par écrit. Il s'efforça de ne pas varier dans ses réponses. Le plus rusé de tous semblait être le général Tchernycheff, qui avait un visage fardé, blanc et rose, des sourcils épilés et une perruque châtain aux bouclettes serrées comme une toison de brebis.

— Les principaux membres du complot nous étant connus, si nous vous invitons à les nommer c'est uniquement pour alléger votre faute, dit Tchernycheff.

— Pourquoi devrais-je vous croire? demanda Nicolas.

— Ne serait-ce qu'à cause de ceci, répondit Tchernycheff en lui tendant une liste de noms.

Nicolas jeta un regard sur la feuille : Ryléïeff, Pestel, Kuhelbecker, les frères Bestoujeff, Kakhovsky, Golitzine, Pouschine, Iakoubovitch, Troubetzkoï, Mouravieff-Apostol... ceux de l'Union du Nord comme ceux de l'Union du Sud, tous y étaient! Sans doute n'y avait-il même pas eu de révolte dans les provinces méridionales. Il paraissait impossible que la police eût découvert tant de conjurés par ses propres moyens. Des traîtres avaient parlé, c'était sûr !

— Etes-vous convaincu ? demanda Tchernycheff.

Nicolas ne dit mot, la langue sèche.

— D'après les déclarations de tous vos camarades, vous étiez présent à la dernière séance de la société secrète, dans la nuit du 13 au 14 décembre, reprit Tchernycheff.

— C'est exact, dit Nicolas avec un accent de défi.

— Quelle a été, en l'occurrence, l'attitude du prince Troubetzkoï ? Etait-il pour ou contre l'émeute ?

— Mes souvenirs, à ce sujet, sont des plus vagues !

— Ils se préciseront, sans doute, lorsque vous saurez que votre « dictateur désigné », au lieu de vous rejoindre sur la place du Sénat comme il l'avait promis, a rôdé tout le jour dans les rues avoisinantes, surveillant l'arrivée des troupes, se cachant et tremblant. Après la déroute, il s'est traîné d'une maison aristocratique à l'autre, dans l'espoir d'échapper aux recherches, et a fini par échouer à l'ambassade d'Autriche, chez son beau-frère, le comte Lebzeltern. C'est là qu'on l'a arrêté, au milieu de la nuit. Allez-vous encore le défendre ?

Nicolas n'était pas autrement surpris par cette nouvelle. Sans doute était-ce pour le démoraliser que Tchernycheff lui révélait d'entrée la honteuse conduite d'un personnage qu'il aurait pu considérer comme son chef ? La feinte était classique.

— Dans toute conspiration, il se trouve des hommes faibles, dit Nicolas.

— Et votre admiration, à vous, va, évidemment, aux hommes forts ? dit Tchernycheff.

— Oui.

— Y en avait-il beaucoup dans votre groupe ?

— Pas assez.

— En tout cas, ce sont ces hommes forts qui, lors de la dernière réunion chez Ryléïeff, ont parlé d'attenter à la vie du tsar !

— Je n'ai rien entendu dire de pareil.

— Selon les uns, continua Tchernycheff imperturbable, ce serait Ryléïeff qui aurait demandé à Kakhovsky de tuer le tsar, selon les autres, Kakhovsky aurait pris cette décision sans y être invité par personne. En nous racontant la vérité, vous pourrez alléger les charges qui pèsent sur l'un au moins de ces hommes. En vous taisant, vous ne ferez que les lier plus étroitement sous l'inculpation de régicide. Ne vaut-il pas mieux en sauver un par votre déposition que les perdre tous deux par votre silence ?

Cette mise en demeure embarrassa Nicolas. Pour la première fois, il était placé dans une situation telle que son sens de l'équité lui interdisait de se taire. Cependant, aider les juges sur ce point particulier, n'était-ce pas entrer dans leur jeu pour la suite de l'enquête, accepter une collaboration entre accusateurs et accusés, et reconnaître, en quelque sorte, la nécessité d'un châtiment ? D'après ses souvenirs, l'idée de l'assassinat revenait à Kakhovsky, mais Ryléïeff, à l'issue de la réunion, l'avait supplié d'agir. Leur responsabilité à tous deux était donc à peu près égale. Toutefois, Kakhovsky, ayant tué Miloradovitch et Sturler, ne devait compter sur aucune indulgence, alors que Ryléïeff, n'ayant pas de sang sur les mains, pouvait espérer une amélioration de son sort si la plupart des témoignages lui étaient favorables. Mû par son amitié pour lui, Nicolas allait parler, mais, tout à coup, il y renonça : Dieu seul pouvait décider qui était innocent et qui était coupable. Tchernycheff demanda nerveusement :

— Alors ? Vous vous obstinez ? Vous aimez mieux couler à pic avec vos deux camarades que d'en aider un à regagner le bord ?

— Qu'entendez-vous par couler à pic, Excellence ? dit Nicolas.

— Votre crime est si nouveau en Russie qu'aucune loi ne prévoit encore le châtiment réservé aux coupables !

— Notre seul crime est d'avoir voulu le bien de notre pays.

— On ne peut vouloir à la fois le bien de son pays et la mort du tsar !

Au même instant, le regard de Nicolas se fixa sur Tatischeff, qui jouait avec un bâton de cire, et sur son voisin, Golénischeff-Koutouzoff, qui somnolait dans son fauteuil. Ces deux-là avaient participé, vingt-quatre ans plus tôt, à l'assassinat de l'empereur Paul Ier, ce qui avait permis à son fils Alexandre de monter sur le trône. Tout le monde, à Saint-Pétersbourg, connaissait leur histoire. Par quelle aberration jugeaient-ils à présent ceux dont le crime était, en somme, d'avoir échoué là où eux avaient réussi jadis ? Une flamme de joie brilla dans la tête de Nicolas. La tentation était trop forte. Il allongea son estocade, comme à l'escrime, avec une excitation contrôlée :

— Il est des cas, Excellence, où la révolte contre le gouvernement est un devoir sacré. Certains d'entre vous pourraient me comprendre, s'ils rappelaient leurs souvenirs.

Tatischeff frémit de colère et sa lourde main tomba comme un jambon sur la table. Golénischeff-Koutouzoff sursauta et ouvrit des yeux de nocturne.

— Qu'est-ce que cela signifie ? dit Benkendorff. Veuillez vous expliquer !

— C'est bien simple, Excellence ! dit Nicolas. Les conjurés du 14 décembre 1825 n'ont voulu qu'écarter un grand-duc du trône, et vous les traitez en assassins ; ceux du 11 mars 1801 ont tué un tsar, la nuit, sauvagement, et ils jouissent de votre estime. Où est la justice ?

— Quelle insolence ! hurla Tatischeff.

— Hors d'ici ! vociféra Golénischeff-Koutouzoff. Qu'on l'emmène ! Qu'on lui rive les fers aux pieds !

Les autres paraissaient plutôt amusés de la confusion où le prisonnier avait mis leurs deux collègues. Il devait y avoir entre les membres de cet aréopage des rivalités, des rancunes, datant des débuts du règne d'Alexandre. Tchernycheff fronça son petit visage fardé avec une expression de fouine et dit :

— Nous ne sommes pas réunis ici pour entendre votre opinion sur le passé et l'avenir politiques de la Russie, mais pour vous demander des précisions sur le plan d'action de Ryléïeff et de Kakhovsky. Voulez-vous nous dire...

— Je n'ai rien à dire, trancha Nicolas.

— Soit, dit Lévachoff. Nous vous livrons à vos scrupules. Dès que vous aurez changé d'avis, faites-le-nous savoir. Et, à l'avenir, n'oubliez pas que, dans votre situation, la docilité est plus profitable que la morgue.

A la suite de cet interrogatoire, on remit à Nicolas ses vêtements de détenu. Il fut privé de thé et n'eut droit, le soir, qu'à une demi-portion de gruau. Son gardien habituel, le vieux Strépoukhoff, fut remplacé par une brute à face de Mongol, qui puait le kwass. Un matin, il introduisit un prêtre dans la cellule. Immédiatement, Nicolas pensa : « C'est un espion ! » Le prêtre était grand, large d'épaules, avec un rude visage de paysan, des yeux bleus et une barbe rousse tissée de poils d'argent, qui descendait jusqu'à sa croix pectorale. Il se présenta comme étant le père Pierre Myslovsky.

— Je vous remercie de m'apporter votre appui moral, mon père, lui dit Nicolas, mais, du seul fait que vous êtes envoyé par le gouvernement, il me sera impossible de vous ouvrir mon âme.

— D'où avez-vous pris que je suis envoyé par le gouvernement ? dit le prêtre en s'asseyant sur le tabouret. Evidemment, je n'aurais pu venir ici contre la volonté de la commission d'enquête. Mais je ne suis pas chargé de vous interroger et, quoi que vous me disiez, je ne le répéterai à personne.

Malgré cette affirmation, Nicolas se tint sur ses gardes, répondit évasivement aux questions affectueuses du visiteur et le laissa partir sans un mot de gratitude. Resté seul, il respira dans l'air la légère odeur d'encens dont la soutane du prêtre était imprégnée. Ce parfum, à peine perceptible, le bouleversa comme un rappel de son enfance. Un besoin physique le saisit de retrouver la paix dans la prière. Qu'il fût ou non aux ordres de la commission d'enquête, le père Myslovsky était d'abord un représentant du Seigneur. Avec lui, Dieu était entré dans la cellule. Et Nicolas, par foucade, n'avait pas su le comprendre. Heureusement, au bout de deux jours, le père Myslovsky reparut comme si de rien n'était. De nouveau, la fine odeur de l'encens enveloppa Nicolas. Il ouvrait les narines. Sa tête flottait sur un nuage. Après un échange de propos anodins, il demanda brusquement :

— Savez-vous de quelle façon mes amis ont été arrêtés, mon père ?

— La plupart ont attendu chez eux qu'on vienne les prendre.

— C'est étrange !

— Sans doute ont-ils eu conscience qu'il n'existait pas d'autre refuge pour eux que la justice du tsar. Une telle attitude est tout en leur honneur !

— Et quel est l'état de la Russie, en ce moment ?

— Que voulez-vous dire ?

— Est-ce que le calme est revenu partout ?

— Bien sûr !

— N'y a-t-il pas eu de révolte dans les provinces du Midi ?

— Si, mais elle a été vite réprimée.

— Comment cela ?

— Oh ! le plus simplement du monde ! Le chef du complot, un dénommé

Pestel, a été découvert et appréhendé, par un heureux hasard, la veille du 14 décembre. Le 30 décembre, deux autres officiers, Serge Mouravieff-Apostol et Bestoujeff-Rioumine, ayant soulevé leurs troupes, ont occupé la petite ville de Vassilkoff et y ont proclamé Jésus-Christ roi de l'univers. Un prêtre a dit quelques prières sous la menace des pistolets. Sur l'ordre de leurs capitaines, les soldats ont juré fidélité à Dieu et à la cause de l'indépendance. Puis tout le monde est sorti dans la steppe pour marcher à la conquête du pays. Trois jours plus tard, dès la première rencontre avec les détachements gouvernementaux, l'armée soi-disant chrétienne des insurgés a été dispersée et ses chefs capturés et amenés à Saint-Pétersbourg.

— Quelle folie ! Quelle navrante folie ! balbutia Nicolas.

— Un voile est passé devant les yeux des meilleurs fils de la Russie, dit le prêtre.

— Que vont-ils faire de nous, mon père ?

— Une fois l'enquête terminée, ce qui exigera des mois encore, ils vous jugeront, dit le père Myslovsky.

— Et puis ?

— Comment, et puis ?

— Oui, que décideront-ils ? La peine de mort ?

Le père Myslovsky éleva ses deux grandes mains dans un geste de protestation :

— Dieu vous pardonne ! Vous savez bien que la peine de mort n'existe plus en Russie depuis le règne d'Elisabeth !

— Qu'est-ce qui empêcherait le tsar de la rétablir pour la circonstance ?

— Le respect qu'il a des commandements de Dieu.

— Mais la torture, elle, est permise ! Cent coups de knout vous tuent un homme très légalement dans d'atroces souffrances. Comment expliquez-vous cela ?

— Je ne l'explique pas, je le déplore, comme vous ! Néanmoins, dans votre cas, vous n'avez rien de pareil à craindre. Vous n'êtes pas des assassins... Et enfin... vous êtes tous plus ou moins nobles... Cela compte...

En disant cela, il baissa les yeux.

— Alors, quoi ? demanda Nicolas. La prison pendant des années ? La Sibérie ?

— Pour les grands coupables, peut-être ! soupira le père Myslovsky. Mais la plupart, j'en ai la conviction, seront pardonnés. L'empereur, dont les sentiments chrétiens sont connus de tous, voudra marquer le début de son règne par une mesure de clémence. Il ne faut plus vous insurger contre lui individuellement, après avoir essayé de vous insurger contre lui en groupe. Tâchez plutôt de l'éclairer sur vos desseins, de l'aider à réorganiser notre cher pays qui a tant souffert ! Il existe, sans doute, des gens très estimables parmi vos camarades. D'autres, en revanche, le sont moins. Il importe, pour la santé de la nation tout entière, que le bon grain soit séparé de l'ivraie...

Nicolas comprit la feinte : le père Myslovsky était sûrement au courant de l'accusation portée contre Ryléïeff et Kakhovsky.

— Si je puis vous assister..., contribuer à vaincre vos hésitations..., reprit le père Myslovsky.

— Non, mon père, dit Nicolas d'un ton abrupt.

Le prêtre devina sa pensée et murmura avec un sourire grave :

— Etes-vous croyant ?

— Oui.

— Pratiquant ?

— Je l'ai été, je le suis moins.

— Nous reparlerons de cela. Puisque vous ne voulez pas de mes avis, je vous demande simplement de prier, cette nuit, de toutes vos forces.

Nicolas n'attendit pas la nuit pour prier. Il avait remarqué, sur le mur, une traînée d'humidité, dont les contours rappelaient ceux de la Vierge Marie tenant l'enfant Jésus dans ses bras. Cette tache devint son icône. Il s'agenouilla devant elle et récita l'acathiste à l'intercession de la Sainte Vierge : « Salut consolatrice infatigable de ceux qui gémissent dans les fers et les cachots... » Tandis que les paroles de l'adoration coulaient de ses lèvres, une merveilleuse clarté se fit en lui. Quand il se releva, sa décision était prise : il devait essayer de sauver Ryléïeff, l'idéaliste, le penseur de la révolution, au détriment de Kakhovsky, dont la folie sanguinaire déshonorait ses camarades. En agissant ainsi, il apporterait une ultime contribution à la cause de la liberté. Il fit appeler Podouchkine et lui annonça qu'il voulait être entendu, de nouveau, par la commission d'enquête.

Son désir fut exaucé, le lendemain soir, selon un rite immuable : le sac sur la tête, la station derrière un paravent, le déboucher, à la lumière des flambeaux, devant une table rouge, surmontée de dix bustes aux épaulettes d'or. Les juges ne manifestèrent aucune surprise lorsque Nicolas leur eut dit qu'à sa connaissance c'était Kakhovsky et non Ryléïeff qui avait eu l'idée d'attenter à la vie du tsar. Sans doute avaient-ils entendu la même version de tous les conjurés. Cette remarque confirma Nicolas dans l'opinion qu'il avait bien fait de venir. Il croyait l'interrogatoire terminé, quand Tchernycheff fit une bouche en cul de poule et susurra :

— Puisque vous avez entendu Kakhovsky se proposer comme tueur, vous ne devez pas ignorer que Iakoubovitch, lui aussi, avait en vue l'extermination de la famille impériale.

Déconcerté par cette sortie, Nicolas comprit qu'il s'était réjoui trop tôt. Tout se tenait dans cette affaire. Impossible de dire la vérité sur un point sans être entraîné à la dire sur d'autres. Il voulut marquer un coup d'arrêt.

— Je ne sais rien au sujet de Iakoubovitch, dit-il.

Et il pensa que Iakoubovitch, le fanfaron au bandeau noir sur l'œil, ne lui était guère plus aimable que Kakhovsky. Pourquoi charger l'un et épargner l'autre ? Il avait allumé un incendie et n'en était plus le maître.

— Vraiment ? dit Tchernycheff. Ne seriez-vous pas au courant de l'étrange proposition qu'il a faite dans la nuit du 13 au 14 décembre ? Il s'agissait de tirer au sort pour désigner celui des conjurés qui devrait tuer le tsar !

Un étau se resserrait dans la poitrine de Nicolas. Il respira profondément et dit :

— Non, je ne suis pas au courant...

Les petits yeux de Tchernycheff brillèrent d'une joie de chasseur :

— Comment se fait-il, dans ces conditions, que vous ayez protesté contre le projet de Iakoubovitch ?

— Moi ? je n'ai jamais protesté...

— Allons donc ! Tous vos camarades nous ont confirmé que, ce soir-là, vous vous êtes élevé avec indignation contre l'idée d'un régicide. Certains même nous ont rapporté vos paroles.

Tchernycheff cueillit un feuillet sur la table, approcha un face-à-main de son nez et lut :

— « A ce moment, interpellé par Iakoubovitch, Ozareff lui dit : Je serais incapable de tuer le tsar si j'étais choisi par tirage au sort. Il faudrait n'être pas russe pour penser autrement ! »

Cette dernière phrase, Nicolas se rappelait parfaitement l'avoir prononcée, mais, en passant par la bouche de Tchernycheff, elle changeait de signification. Elle n'était plus d'un insurgé aux prises avec sa conscience, mais d'un plat valet de l'autocratie. Comme il se taisait, Tchernycheff émit un petit rire :

— Allez-vous prétendre que vos amis ont inventé votre réponse à Iakoubovitch ?

— Elle est, du reste, tout en votre honneur ! renchérit Benkendorff. Sa Majesté en sera avisée.

Le sang monta au visage de Nicolas. Il ne pouvait supporter ce bon point décerné par l'adversaire. Eût-il touché une récompense pour une trahison qu'il n'eût pas souffert davantage !

— D'autres que vous ont protesté, n'est-ce pas ? demanda Lévachoff.

Nicolas hésita une fraction de seconde. Devait-il, pour une question d'orgueil, exclure certains de ses camarades du bénéfice des circonstances atténuantes ?

— Oui, dit-il.

— Qui ?

— Golitzine, Batenkoff, Odoïevsky, Youri Almazoff...

— Est-ce tout ?

— Non... J'essaye de me rappeler... Kuhelbecker, Rosen, Obolensky, Pouschine...

Dans son envie de les sauver tous, il nommait pêle-mêle ceux qui avaient réellement désapprouvé le plan de Iakoubovitch et ceux qui n'avaient dit ni oui ni non. Les juges opinaient de la tête. Un scribe notait tout dans un registre. Quand Nicolas eut fini son énumération, Benkendorff grommela :

— Décidément, tous ces révolutionnaires étaient des monarchistes !

— Il n'en demeure pas moins que certains, parmi ceux que nous connaissons, n'ont pas été cités par l'inculpé ! s'écria Tchernycheff avec vivacité. Les charges qui pèsent sur eux se trouvent aggravées par le fait qu'un grand nombre de leurs camarades ont essayé en vain de les ramener à la raison. On ne peut plus parler de folie collective, de contagion idéologique...

Nicolas perdit la tête. Ses intentions les plus généreuses se retournaient contre lui. Il avait l'impression que, quoi qu'il dît maintenant, il ne ferait que nuire à ses compagnons. Qui avait-il oublié de nommer ?

— Cette liste n'est pas limitative ! précisa-t-il. J'ai certainement omis quelques personnes...

— Soyez sans crainte, dit Benkendorff avec un mince sourire, vos déclarations seront complétées par les déclarations des autres inculpés.

Tchernycheff claqua des doigts. Les deux soldats d'escorte se précipitèrent.

— Je vous remercie, Monsieur, dit encore Tchernycheff.

Nicolas partit, bouillant de colère, comme s'il eût quitté un repaire de tricheurs.

Le lendemain matin, pour le déjeuner, le geôlier lui apporta du pain blanc, du thé et une double ration de sucre. D'un revers de bras, Nicolas repoussa le pain, renversa le thé par terre. L'homme se retira en feignant de n'avoir rien vu. Dans la journée, il fut remplacé par le vieux Strépoukhoff, qui gronda son pensionnaire parce qu'il n'avait pas mangé.

— Il ne faut pas faire ça, Votre Noblesse ! Ou alors, ils vous nourriront avec un entonnoir ! Ce n'est pas beau, je vous assure ! Tenez ! j'ai une surprise pour vous !

Il tira un rasoir de sa poche et cligna de l'œil :

— On m'a permis de vous raser !

— Va-t'en au diable ! hurla Nicolas. Je ne veux rien leur devoir ! Je préfère rester comme ça !...

Strépoukhoff s'esquiva rapidement. Dans sa rage, Nicolas se mit à taper des pieds et des mains contre le mur pour se faire mal. La peau de sa paume éclata. Il regarda le sang filtrer sous la crasse et se calma un peu. L'important était de garder assez de fureur en réserve pour la vider sur le père Myslovsky. Sans ce pope trop éloquent, peut-être n'aurait-il pas eu l'idée de retourner devant la commission d'enquête ?

— Un mouchard en soutane ! répétait-il entre ses dents.

Mais, quand il vit la porte de la cellule s'ouvrir et le prêtre franchir le seuil en voûtant sa haute taille, il se sentit, une fois de plus, désarmé. Le parfum de l'encens, la barbe rousse, le regard bleu, la croix d'argent sur la robe noire, comment croire que tout cela fût mensonge ? Taire son angoisse était au-dessus de ses forces. Il s'abandonna, il se confessa. Lorsqu'il eut fini, le père Myslovsky dit gaiement :

— De quoi vous plaignez-vous ? Par votre franchise, vous avez rendu service à la fois au gouvernement et à vos amis. Ryléïeff, grâce à vous, obtiendra peut-être une réduction de peine. Quant à Kakhovsky, ses crimes sont si nombreux et si évidents que vous n'avez pu le compromettre davantage. Au terme de cette épreuve, je vous félicite, je vous bénis et je vous adjure de dormir en paix.

Malgré ces bonnes paroles, Nicolas resta perplexe.

Le lendemain, dès la sonnerie du réveil, Strépoukhoff ouvrit la porte de la cellule, avec un air de complicité craintive, glissa un papier dans la main de Nicolas et chuchota :

— Lisez-le vite et rendez-le-moi que je le détruise !

Nicolas reconnut l'écriture de Stépan Pokrovsky :

« Tout se sait. Pourquoi as-tu disculpé Ryléïeff, alors que c'est lui qui a encouragé Kakhovsky ? Ryléïeff est complètement tombé au pouvoir du tsar. Il dénonce à tour de bras. Il se repent, le misérable ! D'ailleurs, la plupart de nos amis en font autant. C'est la perversion de la prison. Tâche de revenir sur tes déclarations. »

La première réaction de Nicolas fut un branle-bas de colère. Il était furieux que Stépan Pokrovsky vînt troubler sa quiétude en lui reprochant une démarche qu'au fond il se reprochait lui-même, furieux que Ryléïeff eût déçu son espoir en passant aux aveux, furieux d'être impuissant à démêler la vérité du mensonge, la justice de l'iniquité. Puis, il s'attendrit en pensant que Stépan Pokrovsky, dont il ne savait rien, se trouvait, lui aussi, dans la forteresse et qu'ils allaient pouvoir correspondre.

— Donne-moi un crayon, dit-il à Strépoukhoff. Je vais lui écrire au dos du papier.

— Ce n'est pas possible, Votre Noblesse ! s'écria Strépoukhoff. Déjà, je n'aurais pas dû vous apporter cette lettre ! Si je me fais prendre, ce sera, pour moi, la Sibérie !

— Tu ne te feras pas prendre. Ou alors, il n'y a pas de Dieu !

— Ah ! messieurs les révolutionnaires, dit Strépoukhoff, vous n'êtes pas raisonnables !

Il soupira, se signa et sortit un crayon du revers de sa manche.

« Cher Stépan, écrivit Nicolas, tes reproches m'affligent beaucoup. Tiendrais-tu Kakhovsky pour plus intéressant que Ryléïeff ? Quelle que soit l'attitude de ce dernier devant la commission d'enquête, je le préfère à l'autre, qui est un illuminé certes, mais aussi un assassin. C'est tout de même lui qui a tué Miloradovitch ! »

— Rapporte-moi vite une réponse ! dit Nicolas en tendant le billet à Strépoukhoff.

— Je vous la rapporterai de vive voix, Votre Noblesse, dit l'invalide. Ce sera moins dangereux.

Toute la journée, Nicolas attendit le retour de Strépoukhoff. A l'heure du dîner, ce fut un autre gardien qui lui servit sa nourriture. L'inquiétude gagna Nicolas. Il était en train de manger, quand la porte s'ouvrit de nouveau. Podouchkine entra chez lui, gras et rose, s'excusa de l'interrompre dans son repas et l'invita à se coiffer d'un sac et à le suivre.

La commission d'enquête, réunie au complet, accueillit le prisonnier dans le halo des bougies. Tchernycheff tenait un papier à la main. Nicolas reconnut le billet qu'il avait adressé à Stéphan Pokrovsky. Une crainte le saisit, qui alla grandissant : Strépoukhoff s'était fait pincer. De quel supplice payerait-il son dévouement à la cause de « messieurs les révolutionnaires » ?

— Je m'excuse d'avoir violé le secret de votre correspondance, dit Tchernycheff avec une grimace sarcastique, mais, dans la nuit où nous sommes, tous les moyens sont bons pour nous éclairer. Ainsi, vous maintenez et vous renforcez même vos accusations contre Kakhovsky ?

Nicolas l'entendit à peine, tant il souffrait d'avoir, par légèreté, par égoïsme, causé la perte du vieil invalide.

— Nous sommes tous, ici, prêts à vous suivre dans cette opinion, reprit Tchernycheff. D'autant que, d'après votre lettre, c'est Kakhovsky seul qui aurait tué le général Miloradovitch.

Nicolas sursauta :

— Je n'ai jamais écrit que c'était lui seul !

— La chose est sous-entendue, puisque vous ne citez pas d'autres noms.

— Pensez ce que vous voulez, cela m'est égal !

— Certains de vos amis prétendent que le général Miloradovitch a essuyé en même temps un coup de feu de Kakhovsky et un coup de baïonnette d'Obolensky.

C'était exact. Une fois de plus, Nicolas se sentit entraîné dans ce jeu cruel, qui consistait à faire juger les accusés les uns par les autres.

— D'aucuns certifient même, poursuivit Tchernycheff, que le coup de baïonnette d'Obolensky a précédé le coup de feu de Kakhovsky. S'il en était ainsi, la responsabilité de Kakhovsky serait atténuée et celle d'Obolensky accrue dans les mêmes proportions.

— Je n'ai rien vu, dit Nicolas.

Cette solution le dispensait de choisir.

— Dommage ! grommela le grand-duc Michel Pavlovitch.

— En tout cas, déclara Tchernycheff, à l'avenir, si vous voulez dire quelque chose à vos camarades, ne leur écrivez pas, demandez-nous l'autorisation de les voir... Nous ne vous la refuserons jamais.

Nicolas considéra Tchernycheff avec attention et pensa : « Quel coup me prépare-t-il encore ? » A peine se fut-il posé la question qu'un aide de camp souleva une tapisserie, ouvrit une petite porte et fit entrer un personnage hirsute, maigre, au regard fou.

— La preuve ? dit Tchernycheff. Voici quelqu'un qui désirait vous rencontrer : nous avons immédiatement accédé à sa requête !

Nicolas reconnut Kakhovsky et son cœur flancha. « Ai-je autant changé que lui ? » se demanda-t-il.

— J'ai tout entendu ! cria Kakhovsky. Comment oses-tu dire, chien, que tu n'as pas vu ce qui s'est passé quand j'ai tiré sur Miloradovitch ? Tu étais à deux pas de moi ! Tu sais comme moi qu'Obolensky a porté le premier coup avec sa baïonnette !

— Non, je ne le sais pas, dit Nicolas d'une voix mate.

Un silence suivit. Les juges regardaient les deux hommes avec la curiosité d'amateurs de combats de coqs.

— Qu'est-ce que je t'ai fait ? demanda Kakhovsky plus doucement. Ne crois pas qu'en m'accusant tu blanchiras les autres. Nous sommes tous perdus ! Tous, tous !...

Il se mit à trembler, révulsa les prunelles et dit encore en joignant les mains :

— Un seul peut nous absoudre ! Le tsar ! Le tsar, notre père ! Le tsar contre qui nous nous étions dressés dans notre démence impie !...

Cette palinodie était tellement lamentable que Nicolas se demanda si Kakhovsky ne jouait pas un rôle pour sauver sa peau. Mais non, il était aussi sincère dans son repentir qu'il l'avait été dans sa haine. Son besoin d'adorer s'était reporté de la révolution sur l'empereur, voilà tout.

— Maintenez-vous votre déposition ? demanda Tchernycheff à Nicolas.

— Oui.

— Obolensky n'est pour rien, d'après vous, dans l'assassinat du général Miloradovitch ?

— Pour rien.

— Vous le jurez ?

— Je le jure, murmura Nicolas.

Et il lui sembla qu'il venait de condamner Kakhovsky à mort.

— Que Dieu te pardonne ! dit Kakhovsky.

Deux soldats l'emmenèrent. Ensuite, Nicolas fut confronté avec Odoïevsky, avec Golitzine, avec Obolensky, avec Ryléïeff. Chaque fois que la porte s'ouvrait, un nouveau fantôme entrait dans le salon. L'état-major de l'insurrection remontait des enfers, dans une pénombre de diorama. La déroute se lisait sur les visages, marqués par la fatigue et la solitude. Nicolas reconnaissait à peine ses fiers compagnons d'autrefois dans ces captifs ahuris, qui répondaient aux questions avec un empressement de domestiques. Tous paraissaient convaincus de l'erreur qu'ils avaient commise en se révoltant. Ce fut Ryléïeff qui produisit sur Nicolas l'impression la plus affligeante. Hâve, les joues piquées de barbe, le regard traqué, il tenait difficilement sur ses jambes.

— Pourquoi avez-vous déclaré que l'idée de tuer le tsar était de Kakhovsky et non de moi ? dit-il à Nicolas. Vous savez bien que c'est faux ! Je revendique la paternité de ce projet monstrueux !

— Qu'est-ce que vous cherchez ? cria Nicolas exaspéré. La couronne du martyre ?

— Je voudrais payer pour tous, parce que tous sont fautifs à cause de moi !

Nicolas haussa les épaules :

— Prenez garde, Ryléïeff, vous croyez agir par humilité chrétienne, et c'est l'orgueil qui vous égare ! Si vous ne vous défendez pas pour vous, défendez-vous, au moins, pour votre femme, pour votre fille !

— Le tsar, dans sa mansuétude infinie, m'a fait savoir qu'il prendrait soin d'elles.

Nicolas jeta un regard oblique sur les juges et constata que tous écoutaient ces propos insanes avec un air de recueillement. Alors, une brusque lassitude tomba sur ses épaules. Il renonça à discuter, à lutter. Ryléïeff, avec sa figure de visionnaire, lui était aussi étranger que les généraux pompeux réunis autour de la table.

En retrouvant son cachot, il eut l'impression de rentrer dans un endroit propre.

*
* *

Accroupi sur sa paillasse, Nicolas essayait de comprendre comment certains de ses camarades, qui, naguère, étaient prêts à sacrifier leur vie, leur richesse, leur carrière pour le bien de la nation, pouvaient se montrer maintenant dépourvus de toute dignité. On eût dit qu'un ressort s'était cassé en eux. Condamnés, ils prenaient le parti de leurs juges, ils reniaient leur idéal. Ou plutôt, ils revenaient, malgré eux, à l'idéal de leur enfance. Oui, c'était bien cela, tous ces hommes, dans leur âge tendre, avaient appris à vénérer le tsar en même temps qu'à prier Dieu. Certes, plus tard, il y avait eu pour eux la guerre, la découverte de la France. Mais la guerre, ils l'avaient faite en officiers de l'armée impériale ; la France, ils l'avaient découverte à l'ombre des drapeaux victorieux. Même quand ils s'étaient passionnés pour la politique française, ils n'avaient pas cessé d'être des Russes. La révélation des doctrines républicaines était survenue trop tard dans leur vie, à une époque où ils étaient déjà des hommes formés. Dans ce terrain compact, les idées libérales n'avaient pu pousser des racines profondes. Les théories de Benjamin Constant s'étaient superposées à la tradition monarchique sans la détruire. Et, le 14 décembre, lorsque l'élan des révolutionnaires s'était brisé dans le sang, ils avaient retrouvé intacte la foi de leurs jeunes années. Comme un homme à l'agonie se retourne d'instinct vers le souvenir de sa mère, de même, ayant perdu tout espoir, ils avaient éprouvé le besoin de renouer avec la croyance de leurs ancêtres. Nicolas se rappela une phrase qu'il avait lue dans Karamzine : « Les principes politiques de notre pays ne s'inspirent pas de l'Encyclopédie éditée à Paris, mais d'une autre Encyclopédie, infiniment plus ancienne : la Bible. Nos tsars ne sont pas les représentants du peuple, ils sont les représentants de Celui qui règne sur toutes les nations... L'empereur est notre Loi vivante... » Quand Ryléïeff, Kakhovsky, Obolensky, Iakoubovitch, Troubetzkoï et tant d'autres s'étaient aperçus qu'ils avaient levé une main sacrilège sur cette Loi vivante, leur force d'âme les avait abandonnés. Les coups de canon sur la place du Sénat avaient été pour eux les coups de tonnerre pour les profanateurs d'un temple. Ils s'étaient jetés à plat ventre dans la terreur et le repentir. « Et s'ils avaient réussi, se dit Nicolas, auraient-ils eu un remords quelconque ? Certainement pas. Leur scrupule n'est venu que de leur échec. C'est cela que je leur reproche ! » Il se mit à marcher en rond. Effrayés par ce grand mouvement, les rats ne sortaient plus de leurs trous. Dans un angle, près de la porte, un cafard luttait avec une araignée. Au regard de Dieu, leur combat était, peut-être, plus important que celui de Nicolas contre ses juges. Il se demanda si, dans des circonstances analogues, des prisonniers français, anglais, allemands, italiens eussent réagi de la même façon que des prisonniers russes. « Non, partout ailleurs, l'homme fourré en prison se révolte. Chez nous, il accepte l'épreuve comme un signe de la colère de Dieu. Plus le coup est inattendu et douloureux, plus il lui semble venir de haut. L'autocratie finit par trouver sa justification dans l'iniquité même de ses actes. Des siècles de soumission forcée nous ont préparés à cela. Ne sommes-nous pas fils d'une nation qui a connu la domination des Varègues, des Tartares, le joug d'Ivan le Terrible, la poigne de Pierre le Grand ? Que nous le voulions ou non, nous avons tous un respect atavique du pouvoir. »

Il s'arrêta de penser pour boire un gobelet d'eau. Sa tête flambait. Avait-il la fièvre ? Subitement, une idée lui vint, si violente qu'elle retourna toutes les autres : ce qu'il avait pris pour de la couardise chez des hommes comme Ryléïeff, Kakhovsky, Obolensky, n'était-ce pas, finalement, une extraordinaire manifestation de courage ? Pourquoi ne pas supposer que, dégrisés par le choc avec la réalité, ils s'étaient rendu compte du risque d'anarchie et de dislocation qu'ils avaient fait courir au pays par leur coup d'État ! Troupes mutinées, moujiks pillant les propriétés de leurs maîtres, populations autochtones proclamant, l'une après l'autre, leur indépendance... Ayant failli provoquer ce désastre, ils voulaient empêcher que d'autres n'en reprissent le projet. Ils acceptaient de servir d'épouvantail aux révolutionnaires de l'avenir. Ils se dénigraient, ils s'humiliaient, pour le bien de la patrie. « Peut-être celui qui aime vraiment son pays doit-il savoir désavouer ses idées politiques quand il constate qu'elles n'ont aucune chance d'aboutir ? songea Nicolas. Peut-être doit-il se déclarer fautif, publiquement, pour que la paix revienne dans les esprits ? Peut-être doit-il mettre son honneur à se déshonorer ? »

Tiens ! le cancrelat s'était échappé de la toile d'araignée, mais une mouche s'y était prise. Déjà, il lui manquait la tête et les pattes. Accroupie sur sa proie, l'araignée la dévorait avec méthode. De petits frémissements agitaient la résille impalpable, tendue dans l'angle du mur. Un rat traversa la pièce, grignota le pied du tabouret et détala. L'horloge de la cathédrale Saint-Pierre-et-Saint-Paul sonna quatre heures de l'après-midi. La saison avançait. Derrière la fenêtre à carreaux barbouillés de craie, la lumière du jour ne mourait pas encore.

« Non, je leur fais la part trop belle ! se dit Nicolas. Ils n'ont pas pensé cela. Ce sont des lâches. Un point c'est tout. Ou plutôt, des illuminés de l'autocratie, après avoir été des illuminés de la révolution ! »

Un œil le regarda par le judas. Il se caressa la barbe. Elle était si longue qu'elle ne piquait plus. « Si Sophie me voyait !... » Vite, il chassa ce souvenir qui, chaque fois, le désespérait. Il se voulait fort et lucide. L'épreuve de la prison, qui avait démoralisé les plus ardents de ses camarades, lui donnait, au contraire, une ferveur qu'il ignorait la veille de l'émeute. Seul, sans échos, sans appuis d'aucune sorte, il découvrait les hauteurs et les abîmes d'une destinée d'homme, il n'existait plus que pour l'essentiel, il connaissait la sensation exaltante d'avoir une âme. « Et maintenant que je sais pourquoi je vis, ils vont me tuer, ou m'envoyer en Sibérie, ou me laisser croupir dans une forteresse. Est-ce bête ? »

* * *

Le lendemain, 13 mars, vers onze heures du matin, il entendit un remue-ménage dans le corridor. Des tambours funèbres roulaient au loin. Les cloches de la cathédrale Saint-Pierre-et-Saint-Paul sonnaient le glas. Nicolas appela le gardien :

— Que se passe-t-il ?

— On enterre le tsar, Votre Noblesse.

L'espoir frappa Nicolas comme la foudre. Il observa l'homme à la face plate, au front bas, qui se tenait devant lui, un trousseau de clefs à la main, et demanda faiblement :

— Quoi ? Nicolas Ier est mort ?

Le gardien fit un regard indigné et se signa rapidement :

— Qui vous parle de Nicolas Ier ? Dieu l'ait en sa sainte garde ! C'est Alexandre Ier qu'on a ramené de Taganrog et qu'on descend au tombeau ! Le convoi mortuaire a mis plus de deux mois à traverser la Russie !

Nicolas, déçu, baissa la tête. Là-bas, les tambours avaient cessé de battre. Après Pierre le Grand, Elisabeth, Catherine II et Paul Ier, Alexandre Ier entrait dans la crypte des Romanoff. Par quelle ironie du sort les tsars et les tsarines, une fois leur règne terminé, allaient-ils reposer derrière les murs de la forteresse Saint-Pierre-et-Saint-Paul, à deux pas des prisonniers politiques ? Nul n'était plus proche de ces souverains, dans la mort, que ceux qu'ils avaient condamnés durant leur vie.

Le gardien se gratta la nuque et reprit d'un ton confidentiel :

— Tout n'est pas clair dans cette histoire ! Il y en a, chez nous, qui disent qu'Alexandre Ier n'est pas décédé, qu'on a mis le cadavre de n'importe qui à sa place, dans le cercueil, et que lui, déguisé en paysan, il s'est réfugié dans un monastère pour racheter nos péchés par ses prières. Vous y croyez, vous ?

— Non, dit Nicolas.

— Alors, pourquoi qu'on ne l'a pas exposé dans son cercueil ouvert, devant le peuple, comme c'est la coutume ?

— Parce que, sans doute, il était mal embaumé.

— Les tsars n'ont pas besoin qu'on les embaume pour avoir un beau visage !

— Tu devrais en parler au père Myslovsky.

— Je lui en ai parlé. Il m'a dit que j'étais un âne. Mais un âne aussi a le droit de se poser des questions !

Il allait partir, quand Nicolas demanda :

— Sais-tu ce qu'est devenu Strépoukhoff ?

— Non, marmonna le gardien. Un jour, on ne l'a plus vu, et c'est tout.

— Comment t'appelles-tu ?

— Zmeïkine.

— Quel âge as-tu ?

— Vingt-cinq ans.
— Pourquoi es-tu ici au lieu de servir dans l'armée ?
L'inquiétude arrondit les yeux de Zmeïkine et crispa sa lèvre inférieure.
— Pour des fautes ! balbutia-t-il. Pour de grandes fautes !
Il franchit le seuil, rabattit la porte et tira violemment les verrous.
Six jours plus tard, Nicolas méditait, couché sur son lit, quand les vagues accents d'une marche militaire se mêlèrent à ses pensées. La musique venait d'un autre âge. Des régiments défilaient dans le ciel. Zmeïkine entra et dit gaiement :
— Vous entendez ? C'est la grande parade ! Toute la garde est réunie devant le palais d'Hiver !
— En quel honneur ?
— Nous sommes le 19 mars !
— Qu'y a-t-il eu le 19 mars ?
— La prise de Paris par nos troupes, en 1814.
— Je devrais le savoir ! dit Nicolas avec un rire désabusé.
— Tous ceux qui ont participé à cette grande victoire vont recevoir une médaille commémorative d'argent !
— Tous ? Tu m'étonnes, dit Nicolas. J'y étais et je ne recevrai rien.
— Vous, c'est différent, dit Zmeïkine. Vous êtes un décembriste !
— Un quoi ?
— Un décembriste, un insurgé de décembre. C'est comme ça qu'on vous appelle, maintenant. Pour ce qui est des médailles, j'en ai vu quelques-unes. Elles sont belles. D'un côté, il y a Alexandre Ier sous l'œil de Dieu ; de l'autre, l'inscription : « Pour la prise de Paris, le 19 mars 1814. »
Nicolas se revit, franchissant, à cheval, la porte Saint-Martin, au son des fifres et des tambours. Un air de jeunesse animait son visage. Des Parisiennes l'acclamaient, lui jetaient des fleurs. Il était fier d'être russe.
— Si tu rencontres le père Myslovsky, prie-le de venir, dit-il.
Mais le père Myslovsky ne vint pas. Sans doute avait-on oublié de lui faire la commission. Longtemps, l'écho des musiques militaires berça Nicolas dans son rêve. Quand il ne les entendit plus, il les imagina. Ainsi, tout était rentré dans l'ordre. Il y avait de nouveau des revues, des réceptions, des bals. Ceux qui, par chance, n'avaient pris aucune part à l'insurrection se dépêchaient d'oublier leurs camarades. Amour, amitié, charité, conviction politique, rien ne tenait devant les exigences d'une brillante carrière. Ce désir des honneurs qui fait perdre le sens de l'honneur ! Le soir même, à l'occasion de la fête, les prisonniers reçurent un gobelet de vodka. Nicolas le but d'un trait, mordit dans un oignon cru et ses jambes se dérobèrent. Il n'avait plus l'habitude de l'alcool. Un hoquet de feu lui souleva l'estomac. Il n'eut que le temps de se traîner jusqu'au seau pour vomir.
Le père Myslovsky lui rendit visite le dimanche suivant, à six heures. Nicolas lui demanda, sans illusion, s'il se chargerait de faire parvenir une lettre à sa femme.
— Je n'en ai pas le droit, dit le prêtre.
— Alors, écrivez-lui à ma place.

— Cela aussi m'est interdit. Que voudriez-vous lui faire savoir ?
— Que je suis en prison.
— Elle le sait déjà.
— Comment ?
— Les familles ont été averties en temps voulu.

Nicolas eut un sursaut d'espoir, puis retomba dans l'indifférence. Que sa famille fût avertie ou non, qu'est-ce que cela changerait pour lui ? Le peu de chances qu'il avait de regagner l'amour de Sophie, Michel Borissovitch l'avait, sans doute, réduit à néant. Chapitrée par son beau-père, qui ne la quittait pas d'une semelle, elle devait être de plus en plus hostile à l'idée d'une réconciliation. Lorsque Nicolas réfléchissait à son passé, il le voyait comme une chose terminée, sans rapport avec l'homme qu'il était devenu. Un tas de petites histoires sans importance, enfermées, telles des pelotes de ficelle, dans un sac. Et lui à côté, avec son intelligence et sa crasse, qui lui étaient venues en même temps. Décidément, il était difficile de garder sa dignité quand on était si puant et si faible ! Son regard se tourna vers le seau. Le parfum d'encens du prêtre n'arrivait pas à couvrir les relents de l'urine.

— Va-t-on nous juger bientôt ? demanda Nicolas.
— La commission d'enquête travaille sans relâche. Patience ! Ne doutez pas de la mansuétude impériale !

Nicolas compta les boulettes de pain noir collées au-dessus de son lit. Trois mois et douze jours qu'il était en prison. Il faisait moins froid. Mais la glace du fleuve ne craquait pas encore.

— Ne désirez-vous pas vous confesser et communier avant Pâques ? demanda le prêtre.
— Si, dit Nicolas.

Un sourire éclaira la barbe rousse et les prunelles bleues du père Myslovsky. Il revint, le dimanche des Rameaux, avec les saints sacrements.

Le samedi saint, le gardien Zmeïkine passa de cellule en cellule et recommanda aux prisonniers de se boucher les oreilles, car, à minuit, tous les canons de la forteresse tireraient à blanc pour célébrer la résurrection du Christ. Couché sur son grabat, Nicolas attendit, avec des battements de cœur, l'instant de la bonne nouvelle. Tout était noir et silencieux autour de lui, mais, derrière ces murs, dans les grandes églises des villes comme dans les petites églises de campagne, les fidèles se pressaient en foule, un cierge à la main. Du nord au sud, de l'est à l'ouest, la terre russe était semée d'étoiles clignotantes. Sans doute, Sophie et Michel Borissovitch s'étaient-ils rendus à Chatkovo pour entendre la messe de minuit. Dans la nef et sur le parvis, les moujiks se prosternaient entre des paniers pleins d'œufs coloriés et de friandises pascales. Tout le monde avait l'air endimanché et joyeux. On chuchotait, on se bousculait, en attendant la permission de laisser éclater son allégresse. Le père Joseph officiait d'une voix plus solennelle que d'habitude. Un chœur de serfs chantait les cantiques de l'espérance. Bientôt, la procession religieuse sortirait de l'église avec ses bannières et ses icônes... La gorge de Nicolas se serra. Que n'eût-il sacrifié pour être là-bas, maintenant, à côté de sa femme, parmi ses paysans ! Si l'homme savait à quel prodigieux concours de circonstances il doit ses rares heures de tranquillité, s'il entrevoyait la faiblesse de ses protections contre le malheur, il tirerait de chaque seconde tout le suc de plaisir qu'elle peut lui donner et chérirait ses proches, chaque jour, comme si, demain, ils allaient disparaître.

— Mon Dieu, murmura-t-il, accorde-moi la force de supporter ce qui m'attend avec une âme haute !

Au même instant, les canons tonnèrent au-dessus de sa tête. Un tremblement ébranla les murs. La vitre de la petite fenêtre vola en éclats. Des lueurs d'incendie bondirent dans la cellule. Un air vif baigna le visage de Nicolas. Il tomba à genoux. La canonnade se poursuivit pendant cinq minutes. Puis, toutes les cloches des églises, voisines et lointaines, se mirent à sonner. Le gardien Zmeïkine entra et dit :

— Christ est ressuscité !

— En vérité, il est ressuscité ! dit Nicolas.

Ils s'embrassèrent.

5

Après Pâques, les prisonniers reçurent une nourriture plus abondante et du kwass un jour sur deux. La vitre de la cellule de Nicolas fut remplacée mais, malgré ses prières, on la barbouilla, comme l'autre, d'un mélange de colle et de craie. Ne voyant pas le ciel, il avait de la peine à imaginer le printemps. Un matin du mois de mai, Zmeïkine vint le chercher d'un air si mystérieux qu'il se prépara, de nouveau, à affronter la commission d'enquête. Pourtant, cette fois-ci, on ne lui banda pas les yeux. Conduit par le gardien, il traversa de longs couloirs, gravit des escaliers en spirale, franchit des passerelles de planches et, tout à coup, déboucha en plein soleil. Ses prunelles s'emplirent d'une lumière aveuglante ; l'air vif transperça ses poumons : il vacilla et se retint au bras de Zmeïkine, qui riait silencieusement.

— Où m'as-tu amené ? dit Nicolas en retrouvant son souffle.

— Dans le jardin du ravelin Alexis.

— Pourquoi ?

— Depuis hier, les prisonniers sont autorisés à se promener là, trois fois par semaine, à tour de rôle. J'ai voulu vous faire la surprise.

Nicolas regarda autour de lui. Le jardin était petit, triangulaire, cerné de hautes murailles moussues. Un peu d'herbe, des buissons de lilas, deux maigres bouleaux, un groseillier étique poussaient, par miracle, au fond de ce puits. Une poterne grillagée conduisait à un passage couvert, descendant vers le fleuve. Au bout de ce tunnel, l'eau de la Néva clapotait contre les piliers du débarcadère. Ivre d'espace, Nicolas se laissa tomber sur un banc de bois. A côté de lui, il aperçut un tertre surmonté d'une croix sans inscription.

— C'est un cimetière ? demanda-t-il faiblement.

— Oh ! non, dit Zmeïkine. Il n'y a pas d'autre tombe. Les anciens racontent que c'est la princesse Tarakanova qui a été enterrée ici. Catherine la Grande l'avait fait enfermer dans ce ravelin, pour la punir d'avoir voulu monter sur le trône de Russie, et voilà, pendant une crue de la Néva, elle a péri noyée dans son cachot...

Nicolas écoutait distraitement le bavardage de Zmeïkine et contemplait, ému jusqu'aux larmes, le jeune feuillage des bouleaux. Coupé du monde pendant des mois, il avait fini par s'habituer à sa réclusion au point de perdre, peu à peu, le goût de la nature. Ce brusque retour à l'air libre réveillait en lui mille désirs d'évasion. N'était-ce pas un raffinement de torture que d'appâter les prisonniers avec des plaisirs sans lendemain ? Ne cherchait-on pas à les désespérer davantage en ranimant leurs sens engourdis pour les replonger ensuite dans les ténèbres ? Il souffrait, avec délices, du parfum tendre de l'herbe mêlé à l'odeur saumâtre du fleuve, du bruit des rames frappant l'eau, du cri grinçant des mouettes et de cette sourde rumeur, au fond, qui montait de la ville au travail. Zmeïkine le prit par le bras, l'obligea à se lever, à escalader un chéneau et lui montra, au-dessus de leur tête, l'aiguille dorée de la cathédrale Saint-Pierre-et-Saint-Paul, terminée par un ange portant une croix. Nicolas, les yeux écarquillés, éprouva un vertige et abaissa ses regards vers le sol.

— Je n'en peux plus, murmura-t-il. Rentrons...

Dans sa cellule, il se sentit mieux. Cependant, il ne pouvait s'arrêter de penser à la vie qui continuait derrière les murs de la prison. Et toutes les images de cette vie le ramenaient à sa femme. Le bleu du ciel, la lente navigation d'un nuage, le frémissement d'une feuille de bouleau avaient un rapport secret avec elle. Mais n'était-elle pas déjà repartie pour la France ? Dans ce cas, il n'aurait même plus la consolation de l'évoquer dans un décor familier. Il la perdrait doublement, en réalité et en rêve. Tantôt cette idée lui était intolérable, et tantôt il se disait qu'il valait mieux, pour elle comme pour lui, qu'elle quittât la Russie et oubliât leur mariage.

Le surlendemain, quand Zmeïkine voulut le conduire de nouveau dans le jardin, il refusa. Le gardien, qui, visiblement, débordait de sympathie à son égard, lui reprocha son manque d'entrain et appela le père Myslovsky.

— Ne me demandez pas d'aller me promener, mon père, lui dit Nicolas. C'est trop ou trop peu. Puisque la liberté m'est refusée, je préfère vivre comme un enterré vivant.

— Peut-être avez-vous raison, dit le prêtre. Il n'y a de force que dans la solitude.

— Sait-on où en est notre affaire ?

— La commission d'enquête aura terminé ses travaux dans une quinzaine de jours.

— Et le tribunal ?

— Il n'est pas encore constitué.

Aussi longtemps que le prêtre resta dans sa cellule, Nicolas fut tenté de lui parler de Sophie ! Certes, il s'était confessé, pour Pâques, de tous ses péchés, mais d'une façon générale, sans préciser dans quelles circonstances il les avait commis. Il éprouvait le besoin, maintenant, de raconter point par point les torts qu'il avait envers sa femme, l'affaire des lettres anonymes, le duel, la mort de sa sœur, la haine dont le poursuivait son père, toute cette affreuse histoire de duperie, de licence et d'oisiveté, qui lui semblait appartenir à la vie d'un autre. Cependant, chaque fois que l'aveu montait à ses lèvres, il le retenait dans une crampe de fierté. A la fin, épuisé, malheureux, il s'allongea sur la paillasse, serra les dents et tourna la face vers le mur. Le père Myslovsky comprit sa souffrance et sortit sur la pointe des pieds. Alors, Nicolas commença à regretter de n'être pas allé dans le jardin. Ce triangle d'herbe pauvre devenait, dans sa tête, un vert paradis. Il regardait sa fenêtre, masquée d'une croûte blanche, et songeait au ciel insondable.

Le jour suivant, quand Zmeïkine se représenta, avec un sourire engageant, Nicolas lui dit :

— Eh bien ! c'est entendu, allons prendre l'air !

— C'est que, Votre Noblesse, balbutia Zmeïkine, je ne suis pas venu vous chercher pour cela !

— Et pour quoi ?

— Le colonel Podouchkine m'a ordonné de vous conduire tout de suite au général Soukine.

Nicolas fronça les sourcils. Que lui voulait-on encore ? Un supplément d'enquête ? Une remontrance ? Un changement de cellule ? Après un moment d'inquiétude, il décida que tout lui était indifférent et sortit de son cachot, la tête vide. Zmeïkine et un autre gardien, marchant trop vite pour lui, le convoyèrent jusqu'à la maison du commandant de la forteresse. Là, un sous-officier l'introduisit dans un salon aux tentures fanées et lui dit d'attendre. Une odeur de soupe aux choux imprégnait l'air. Des canaris sifflaient dans une cage. Au mur, pendait une gravure en couleurs figurant Alexandre Ier, à cheval, couronné par la Renommée. Pendant que Nicolas contemplait cette image, une porte s'ouvrit dans le panneau voisin. Il regarda de ce côté et perdit contact avec le monde réel. Une hallucination, née de sa fatigue, lui représentait sa femme, franchissant le seuil et s'avançant vers lui, pâle, souriante et triste, telle, trait pour trait, qu'il l'imaginait dans ses rêves. A mesure que l'apparition se précisait, il sentait croître en lui un bonheur mêlé d'épouvante. Elle murmura :

— Nicolas !

Alors, il ne douta plus. Le cœur perdu, les yeux voilés, il fit un pas en avant. Les murs tournèrent comme des ailes de moulin. Il fléchit les genoux. Le sous-officier et un gardien le soutinrent par les épaules et l'installèrent sur un canapé. Il revint à lui, parce qu'une main fraîche effleurait son front. Encore à demi inconscient, il bredouilla :

— Sophie ! Sophie ! Tu es près de moi ! Tu n'es pas partie !...

— Pour où serais-je partie ? demanda-t-elle en s'asseyant à côté de lui.

— Pour la France...

Elle le considéra avec tant de surprise qu'il songea : « Mon père m'a menti dans sa lettre. Elle n'a jamais pris cette décision. Elle ne sait même pas, peut-être, que je l'ai trompée ! »

— Calme-toi ! dit-elle avec une douceur qui le bouleversa.

— Je ne peux pas me calmer !... C'est trop !... Explique-moi : est-il possible qu'on t'ait permis de me voir ?

— Mais oui. J'ai fait des démarches comme les autres femmes de prisonniers...

Timidement, il lui prit les mains et les porta à ses lèvres. Le parfum de sa femme entra dans sa tête. Il ferma les yeux sous un excès de plaisir : « Puisqu'elle me laisse faire, c'est que rien n'est changé entre nous ! »

— Comment as-tu su que j'étais arrêté ? demanda-t-il en français.

— Par Nikita.

— Tu l'as vu ?

— Oui...

Elle hésita en regardant de coin le sous-officier et le soldat, immobiles près de la porte.

— Rassure-toi, grommela Nicolas, ils ne comprennent pas un mot de ce que nous disons ! Alors ? Nikita ?

— Il n'a pas été inquiété. Il est sain et sauf.

— Dieu soit loué ! J'ai eu si peur pour lui !

— Il est arrivé, une nuit, à Kachtanovka... Il nous a raconté...

— Quelle chose affreuse, Sophie !... Affreuse et stupide !... Tout aurait pu réussir, tout a échoué !... Une si grande cause, et de si pauvres moyens !... Ce sang, ce sang inutile !... Est-ce que tu m'en veux ?...

— De quoi ?

— D'avoir suivi mon idée jusqu'au bout ?

— Comment pourrais-je t'en vouloir ?... Tu sais ce que je pense !... Je suis avec toi de tout cœur, Nicolas !...

— Il le fallait, n'est-ce pas ? Tu es de cet avis ? Il le fallait ?...

— Oui, Nicolas !... Tu as bien fait... Mais maintenant, détourne-toi du passé !... Tu dois te ressaisir, reprendre des forces, lutter pied à pied pour essayer de te sortir de là !... Attention !...

Ils se turent. Le bruit d'un pilon, heurtant le plancher, se rapprochait d'eux. Le général Soukine entra en boitillant, salua Sophie et s'assit dans un fauteuil, près de la fenêtre. Il devait avoir la consigne d'assister aux entrevues des prisonniers avec leurs épouses. D'un geste de la main, il enjoignit au sous-officier et au gardien de se retirer. Lui-même, la figure tournée de trois quarts, feignit de regarder la cour de la forteresse, mais son petit œil vif se logea dans l'angle de ses paupières. Nicolas réprima un mouvement de dépit. Son bonheur lui sembla gâché par la présence de ce témoin en uniforme, qui, de toute évidence, comprenait le français. Sophie allait-elle pouvoir surmonter sa gêne ? Elle sourit avec vaillance.

— Ce n'est rien, dit-elle.

Puis, reprenant sa respiration, elle ajouta :

— Nicolas, j'ai une grave nouvelle à t'annoncer : ta sœur...

— Oui, balbutia-t-il. C'est abominable ! Mais comment est-ce arrivé ?

— Je t'expliquerai plus tard...
— Je ne peux pas me mettre dans la tête que Marie, notre petite Marie...
— Par qui l'as-tu appris ?
— Par mon père.
Elle parut stupéfaite, indignée.
— Quoi ? s'exclama-t-elle. Il t'a écrit ?
— Oui.
— Il m'avait promis de ne pas le faire !
— Eh bien ! il t'a trompée, une fois de plus ! dit-il avec rage. Ça t'étonne ? Quel monstre ! Comme il me hait ! Cette lettre !... Un tissu d'horreurs, de saletés, de contre-vérités !... Il m'a affirmé que tu ne m'aimais plus, que tu ne voulais plus me revoir !... Pourquoi ne m'as-tu pas écrit, toi-même ?
— Je t'ai écrit. Mais trop tard, sans doute. Ma lettre est partie le 14 décembre. Elle a dû arriver quand tu étais déjà en prison.
Il réfléchit. Une angoisse rabattit son exaltation.
— Que disais-tu dans ta lettre ? demanda-t-il d'un ton mal assuré.
— Peu importe !
— La même chose que mon père ?
Elle ne répondit pas. Ce jeu de cache-cache le poussait à bout. Il ne pouvait plus tolérer la pensée d'un mensonge, ni même d'un malentendu entre eux. Il se laissa glisser aux pieds de Sophie.
— Je suis un misérable ! gémit-il.
Elle lui mit la main sur la bouche, mais il continua de chuchoter entre les doigts qui lui pressaient les lèvres :
— Comment pourrais-tu m'aimer encore ?
— Ne me parle plus jamais de cela, dit-elle d'une voix tremblante.
Soudain, frappé par l'évidence, il s'écarta de Sophie, la regarda avec incrédulité, avec anxiété, et s'écria :
— Ah ! je comprends !... Tu es venue me voir par charité !... Si c'est ça, je t'en conjure, va-t'en !...
Il délirait de tristesse :
— Va-t'en ! Va-t'en !...
Les yeux de Sophie s'emplirent de larmes, sans qu'aucun muscle de son visage bougeât. Nicolas comprit qu'il l'avait froissée et balança la tête avec violence :
— Pardonne-moi ! Je ne sais plus où j'en suis ! Toi ici, près de moi, après tout ce qui s'est passé !...
— Pas si fort, Nicolas ! On nous écoute...
— Ça m'est égal ! Tout m'est égal ! Je t'aime !...
Le général Soukine toussota, se carra dans son fauteuil et commença à se curer les ongles avec la pointe d'un bâtonnet en ivoire. Nicolas l'eût tué pour pouvoir rester seul cinq minutes avec sa femme. Il coucha son front sur les genoux de Sophie et répéta doucement :
— Je t'aime.
— Moi aussi, Nicolas, je t'aime.

— Qu'allons-nous devenir ? Je suis perdu et je t'entraîne dans ma perte !...

Elle lui caressa les cheveux d'une main si délicate qu'un frisson le parcourut jusqu'à l'extrémité des nerfs.

— Il faut espérer, dit-elle. On m'affirme, de tous côtés, que la sentence ne sera pas trop dure !

— Je ne peux pas croire qu'on me relâche un jour !

— Mais si !...

— Accepteras-tu, alors, que je revienne auprès de toi ?

Elle souleva la tête de son mari dans ses deux mains, le couvrit d'un regard amoureux, exigeant, désolé, et dit :

— Comme tu es maigre ! Comme tu as dû souffrir !

— Si je reviens auprès de toi, tu verras, je serai un autre homme !... Un homme digne de toi, digne de nous !... J'ai compris tant de choses, en prison !... Tout, en moi, est devenu plus clair et plus grave !... Crois-moi, je t'en prie, crois-moi à partir d'aujourd'hui !...

A ce moment, il remarqua qu'elle était vêtue d'une robe grise, très simple, à col de dentelle, et coiffée d'une toque noire à plume blanche. Il ne se rassasiait pas d'examiner ce visage pur, porté par un long cou flexible, ces yeux sombres, pailletés d'or, ces narines légères, cette ombre de velours sur la lèvre supérieure. Tant de grâce, tant de propreté le paralysaient. Il marmonna :

— Que tu es belle !

Et, pensant à lui-même, il se vit écroulé, comme un mendiant, aux pieds d'une femme trop élégante.

— Je suis sale ! Je sens mauvais ! dit-il avec accablement.

Les sourcils du général Soukine montèrent au milieu de son front. Sophie le défia du regard, aida son mari à se relever, l'assit près d'elle et se blottit dans ses bras. Il hésitait à la serrer contre ses vêtements pouilleux.

— Pourras-tu revenir ? demanda-t-il.

— On me l'a promis.

— Quand ?

— Je ne sais pas... Bientôt...

— Et d'ici là, que feras-tu ?

— Encore des démarches. Depuis deux mois, je sonne à toutes les portes, je remue toutes nos relations !...

— Il n'y a tout de même pas deux mois que tu es à Saint-Pétersbourg !

— Si, Nicolas ! J'ai loué un petit appartement dans l'île.

— Tu es seule ?

— Non. Nikita est avec moi.

— Comment ? Il a donc quitté sa place ?

— Oui. Il dit qu'il aime mieux être domestique chez moi qu'employé libre chez les autres.

— Quel bon garçon !

— Sais-tu qui m'a le plus aidée dans mes visites aux personnages influents ? Hippolyte Roznikoff !

— Cette brute ! grommela Nicolas.
— Il m'a reçue avec beaucoup de délicatesse. Il t'a gardé son amitié, tout en condamnant tes idées... nos idées !... Grâce à lui, j'espère pouvoir rencontrer le général Benkendorff et le grand-duc Michel Pavlovitch. Tu vois que nous aurons de hauts protecteurs !...
— Ma chérie, mon aimée, dit-il, tu as fait tout cela pour moi... pour moi qui le mérite si peu !...
Elle l'interrompit :
— Parle-moi de toi, maintenant. Comment te sens-tu ? Que fais-tu toute la journée, dans ta cellule ? Es-tu suffisamment nourri ?
— Madame, dit Soukine en se levant, j'ai le regret de vous faire savoir que l'entrevue est finie.
Nicolas sursauta, comme frappé au visage, serra ses poings faibles, puis se calma sous le regard de sa femme. Debout, elle l'embrassa encore, ignorant le général qui, maintenant, les observait de face, tout à son aise. Deux gardiens reparurent, prirent Nicolas par les bras et le tirèrent, sans brutalité, en arrière.
— Je veux vivre pour toi, Sophie ! cria-t-il ! Reviens ! Je t'en supplie, reviens !
— Si vous tenez à ce qu'elle revienne, laissez-vous reconduire sagement, Nicolas Mikhaïlovitch ! dit Soukine.
Sophie, le cœur serré, suivit des yeux son mari qui s'éloignait entre deux soldats en armes. Sur le seuil, il se retourna. Ces longs cheveux blonds, cette barbe hirsute et sale, ces prunelles d'un vert intense dans ce visage émacié, jamais elle n'avait éprouvé pour lui une telle tendresse ! Elle était venue avec, au fond d'elle-même, une rancune que la pitié n'effaçait pas encore. Jusqu'à l'instant de le revoir, elle avait dû lutter pour oublier qu'il l'avait trahie. Mais, au premier regard, elle s'était affranchie des sottes contraintes de l'orgueil. N'était-ce pas sa faute, d'ailleurs, si Nicolas était en prison ? De lui-même, il ne se fût peut-être jamais révolté contre le régime. Elle lui avait inculqué jadis, à Paris, ce goût de la liberté qu'il payait si cher à présent. Plus elle se jugeait responsable de l'avoir poussé dans la politique, moins elle se reconnaissait le droit de lui mesurer son pardon. Elle sourit vaguement au général qui la reconduisait vers la porte et dit :
— Je vous remercie, Excellence.

*
* *

Nikita attendait Sophie dans le petit appartement qu'elle avait loué à proximité de la forteresse, derrière le marché Sitny. En la revoyant, il eut un air si anxieux qu'elle en fut touchée. Elle lui raconta sa visite à la prison. Ce récit la bouleversait rétrospectivement. Pourtant, à travers ses propos les plus amers, perçait la joie d'avoir retrouvé Nicolas. Ce grand malheur l'avait frustrée d'une présence, mais enrichie d'un amour. Du moins, voulait-elle le croire, pour s'opposer au retour de la jalousie. Au moment où elle ne s'y attendait plus, la blessure se rouvrit en elle. De nouveau, elle craignait que l'infidélité de Nicolas ne l'eût trop profondément marquée pour qu'elle pût lui rendre son estime. N'allait-elle pas se découvrir crispée, hostile, après les premières effusions ? Elle détesta cette part intransigeante d'elle-même, qui l'empêchait d'accepter ce que tant d'autres femmes eussent tenu pour un affront négligeable.

— Est-ce que Nicolas Mikhaïlovitch a toujours les mêmes idées politiques, barynia ? demanda Nikita.

— Plus que jamais ! répliqua-t-elle fièrement.

Et elle pensa : « Mais si, je l'aime ! Je l'aime autant qu'avant ! »

— Comment ferez-vous pour le revoir ?

— Demain, je recommencerai les démarches.

— Vous devriez reparler de l'affaire à M. Roznikoff.

— C'est bien mon intention !

Elle remarqua qu'elle discutait avec Nikita non comme avec un serviteur, mais comme avec un ami. En vérité, il n'y avait plus rien du jeune serf timide et ignare de jadis dans ce robuste garçon aux traits énergiques, au maintien simple et au regard franc. Avec lui, elle avait, comme domestique, une fille de vingt ans, Douniacha. Ils étaient beaux et sains l'un et l'autre. Un jour, elle les marierait.

Elle renvoya Nikita de la chambre, enfila un peignoir, marcha deux minutes en rond, désœuvrée, et s'assit pour écrire à son beau-père. Elle était furieuse de la lettre qu'il avait expédiée, en cachette, à Nicolas. De toute évidence, en agissant ainsi, il avait voulu couper les ponts entre elle et son mari avant qu'elle ne se fût ressaisie, la placer devant la nécessité d'une rupture sans lui laisser le temps d'interroger son cœur. Il haïssait tellement Nicolas que, même en apprenant son arrestation, il n'avait pas eu de réaction charitable. Au lieu de s'inquiéter du sort réservé à son fils, il l'avait maudit pour s'être insurgé contre le tsar. Quand Sophie avait parlé de se rendre à Saint-Pétersbourg, il s'était écrié qu'elle n'avait pas le droit, ayant recueilli un orphelin, de le délaisser pour voler au secours d'un criminel politique. Eût-elle décidé de le fuir pour rejoindre un rival qu'il ne se fût pas désespéré davantage. Jusqu'à la dernière minute, elle avait dû subir ses menaces, ses ruses, ses supplications de vieillard effrayé par l'idée de la solitude. Depuis qu'elle l'avait quitté, elle recevait, tous les deux jours, une lettre. Il lui parlait un peu de la santé du petit Serge, beaucoup de lui-même et pas du tout de Nicolas. On eût dit qu'il ignorait pour quelle raison elle était ici. La lettre se terminait toujours par de gentilles réprimandes, un aveu de tristesse et la phrase : « Quand reviendrez-vous ? »

Penchée sur la page blanche, Sophie rassembla ses griefs et chercha des mots assez forts pour les exprimer. Mais existait-il un moyen de toucher Michel Borissovitch ? Son égoïsme le protégeait comme une gangue de pierre. Il n'entendait que ce qu'il voulait entendre. Alors, à quoi bon ? Elle soupira. Tandis que sa plume restait suspendue au-dessus du papier, les souvenirs de Kachtanovka la reprirent. Elle souffrait d'être privée de ce vaste domaine, dont chaque coin lui était familier, de ces paysans qui avaient besoin d'elle, de cet enfant surtout, que Marie lui avait confié dans la mort.

Que d'êtres elle avait abandonnés par dévouement à un seul ! Certes, le bébé ne manquait ni de soins ni d'affection, entre son grand-père qui l'adorait, après avoir refusé de le prendre sous son toit, la vieille Vassilissa qui le cajolait à la manière russe, M. Lesur qui attendait de l'éduquer à la manière française, et une nuée de servantes qui s'extasiaient à ses sourires et se désolaient à ses froncements de sourcils. Mais, tout en convenant qu'il n'était pas moins heureux en son absence, elle n'était pas tranquille de le savoir si loin. Un attendrissement lui venait à évoquer son petit visage rose et renfrogné, la lumière qui brillait dans ses yeux quand il la voyait paraître, ses balbutiements joyeux du matin. Il avait dû grandir, en deux mois. La reconnaîtrait-il seulement, lorsqu'elle reviendrait à Kachtanovka ? Elle eut une envie physique de le serrer, chaud et remuant, contre sa poitrine. Des soucis maternels l'envahirent : mille recommandations à faire à Vassilissa, à la nourrice, au sujet de l'enfant ! Puis une soudaine langueur inclina ses pensées dans une autre direction. Elle rougit de se découvrir si animale dans son attachement à un homme. Machinalement, elle trempa sa plume dans l'encrier. Michel Borissovitch aurait d'elle une lettre banale, dénuée de tout sentiment, une lettre d'information, la seule qu'il fût capable de comprendre. Elle écrivit :

« Cher père, j'ai pu voir Nicolas... »

La commission d'enquête termina ses travaux le 30 mai 1826 ; le 1ᵉʳ juin, l'empereur institua un Tribunal Suprême, chargé de statuer sur le sort de cent vingt et un inculpés. Tous les membres du Conseil de l'Empire, du Sénat, du Saint-Synode, tous les ministres et la plupart des hauts dignitaires entrèrent dans cette juridiction. Elle poursuivit ses travaux en secret, sans même inviter les accusés à présenter leur défense. Le bruit courait que Spéransky, le meilleur juriste de Russie, étudiait des grimoires du Moyen Age, afin d'y découvrir un précédent légal aux mesures d'exception exigées par le tsar. Les criminels devaient être répartis en plusieurs catégories selon l'importance de leurs forfaits. Leur châtiment serait officiellement très sévère, mais le souverain avait promis de commuer les peines par la suite et d'étonner le monde par l'ampleur de son pardon. Hippolyte Roznikoff l'avait affirmé à Sophie comme une certitude. Elle le répéta à Nicolas, lors de la visite qu'elle lui fit à la fin du mois de juin. Cette fois, elle lui trouva meilleure mine. Un gardien lui avait rasé la barbe et coupé les cheveux. Il portait une capote de soldat, effrangée mais propre. Son visage était éclairé par l'espoir :

— Tu sais, chuchota-t-il, je ne refuse plus de me promener dans le jardin, je mange tout ce qu'on me donne, pour reprendre des forces, j'aime la vie, de nouveau, grâce à toi !

— Il le faut, Nicolas, dit-elle. Je suis convaincue que la fin de ton calvaire est proche. Plusieurs prisonniers ont déjà été reconnus non coupables...

— Lesquels ?

— Ceux qui ont pu prouver que, le 14 décembre, ils ne se trouvaient pas sur la place du Sénat. C'est ainsi que Kostia Ladomiroff et Stépan Pokrovsky viennent d'être libérés !

— J'en suis bien aise pour eux, dit Nicolas amèrement.

— Ton tour viendra !

— J'en doute ! Moi, le 14 décembre, j'étais avec les insurgés !

— Mais tu ne t'es pas aussi gravement compromis qu'un Ryléïeff ou qu'un Kakhovsky !

— Non, bien sûr !...

— Alors ?

— Je ne sais plus... Tu as peut-être raison...

Le général Soukine, qui assistait à l'entretien, hochait la tête d'un air d'approbation paterne.

— En tout cas, reprit Sophie, Hippolyte Roznikoff m'a dit que tu devrais écrire au tsar, directement, pour implorer ta grâce.

— Comment peux-tu me demander ça ? grommela-t-il. Ce serait indigne !

— La plupart de tes camarades l'ont déjà fait. Nous ne devons négliger aucune chance !

Il promit d'y réfléchir. L'acharnement de sa femme à le sauver le bouleversait de gratitude. Revenu dans son cachot, il vécut jusqu'au soir en remâchant le souvenir de leur entrevue.

Dès les premiers beaux jours, la fenêtre aux vitres barbouillées de craie avait été ouverte par ordre du commandant de la forteresse. Même ainsi, on respirait à l'intérieur une atmosphère brûlante et moite d'étuve. Le seau maintenait, par-dessus tout, son odeur fétide. Mais un carré de ciel, aux couleurs changeantes, accompagnait à présent Nicolas dans ses rêveries. Malgré son désir d'être agréable à Sophie, il ne put se résoudre à rédiger une lettre assez plate pour toucher l'empereur. Après avoir déchiré plusieurs brouillons, il fit part de son embarras au père Myslovsky. Le prêtre lui conseilla d'attendre, pour adresser sa requête, que le Tribunal Suprême se fût prononcé.

— Dans moins d'une semaine, dit-il, vous saurez à quoi vous en tenir.

Il paraissait soucieux. Nicolas lui demanda s'il avait quelque clarté sur la marche de l'affaire.

— Non, non, dit le père Myslovsky précipitamment. Rien de précis...

Son attitude était si étrange que Nicolas devina le débat de conscience qui le tourmentait. Sans doute, au début, était-il venu voir les prisonniers comme un fidèle serviteur de l'administration impériale. Mais, en parlant avec eux, en apprenant à les connaître, il s'était convaincu que ces hommes ne méritaient pas le châtiment dont on les menaçait. Pour répréhensible que fût à ses yeux leur action révolutionnaire, il ne pouvait nier qu'une idée généreuse les eût inspirés ; il ne les condamnait plus que mollement, paternellement ; il prenait même leur parti, peut-être, au nom de la justice divine contre la justice officielle. S'il ne le disait pas, cela se lisait dans ses yeux. Ainsi, plus il se sentait dans une situation fausse, plus ceux dont il était chargé de soulager les souffrances avaient d'estime et d'affection pour lui.

Le lendemain, 12 juillet, Nicolas fut éveillé par un tumulte dans le corridor : ordres brefs, galopade, cliquetis de ferraille militaire. Le colonel Podouchkine entra en trombe dans la cellule, suivi de deux gardiens et d'un barbier.

— Veuillez vous habiller, vous faire raser...
— Que se passe-t-il ? demanda Nicolas.

Mais Podouchkine était déjà ressorti.

— Comment voulez-vous qu'on sache, nous autres ? dit Zmeïkine. Sans doute que c'est important ! On vous a apporté vos belles affaires !

Nicolas se laissa raser et revêtit, avec plaisir, le costume dans lequel il avait été arrêté. Les gardiens le conduisirent dans la cour de la forteresse. Il y avait là un grand rassemblement de carrosses, comme pour un bal au palais d'Hiver. Cochers, piqueurs et valets de pied se pavanaient en livrées de couleurs vives, parmi des chevaux aux crinières nattées, aux harnais d'argent. Des pelotons de soldats et de gendarmes cuisaient, impavides, sous le blanc soleil de juillet. Les portes de la maison du commandant étaient ouvertes, avec des sentinelles, bombant le torse, sur chaque marche et jusque dans l'antichambre. Poussé, bousculé, Nicolas pénétra dans une pièce exiguë, aux rideaux tirés, où une vingtaine de prisonniers se trouvaient déjà réunis. Rien que des uniformes défraîchis et des visages malades d'anxiété. La plupart de ces hommes se taisaient. Nicolas s'étonnait de n'en pas reconnaître un seul. Sans doute faisaient-ils tous partie de l'Union du Sud. Il le regretta. Soudain, quelqu'un lui toucha l'épaule : cette petite figure maigre, aux gros sourcils noirs, Youri Almazoff ! Une rencontre au bout du monde ! Ils s'embrassèrent, les larmes aux yeux.

— Sais-tu quelque chose ? demanda Nicolas.
— Pas plus que toi, dit Youri Almazoff. Ils vont nous juger. Nous tâcherons de nous défendre...
— Comment se fait-il que tous nos amis ne soient pas avec nous ?
— Mystère de la procédure ! Ils doivent dépendre d'une autre catégorie ! Chacun selon son crime, comme dans la *Divine Comédie* de Dante ! Toi et moi, nous habitons le même cercle de l'Enfer ! D'ailleurs, nous ne sommes pas en si mauvaise compagnie ! Regarde !

Nicolas suivit le geste de Youri Almazoff et découvrit, dans la pénombre, cinq autres membres de l'Union du Nord : Odoïevsky, le capitaine Moukhanoff, le général Fonvizine et les deux frères Béliaïeff. Il s'approcha d'eux et leur serra la main. Le plus jeune des frères Béliaïeff avait été décoré, par Alexandre Ier, de la croix de Saint-Vladimir, pour sa conduite héroïque pendant l'inondation de 1824.

— Ne te tracasse donc pas ! lui disait le capitaine Moukhanoff. Ils te tiendront compte de cette distinction ! Tu t'en tireras avec les honneurs !
— Mais oui ! renchérit Nicolas. D'après les renseignements que j'ai pu obtenir par ma femme, il s'agirait d'une simple formalité !

— Il paraît que l'impératrice est bouleversée par les lettres que lui écrivent les familles des inculpés ! chuchota Odoïevsky. Elle nous aidera ! C'est une sainte !...

Les portes se rouvrirent. Des soldats se précipitèrent pour faire sortir le petit troupeau des captifs. Avant d'avoir pu enchaîner deux idées, Nicolas, porté par le courant, se retrouva dans la salle où il avait été interrogé plusieurs fois par la commission d'enquête. La table, couverte d'un tissu rouge, était recourbée en fer à cheval et, derrière elle, siégeaient maintenant non seulement des généraux, mais des archiprêtres et des sénateurs aux uniformes cramoisis. Par manque de place, d'autres juges avaient dû s'installer en retrait, sur des chaises et des bancs disposés en demi-cercle. Vêtus comme pour une représentation de gala, les plus hauts dignitaires de l'Empire avaient des visages volontairement inexpressifs. Cet étalage de dorures, de décorations, de grands cordons faisait paraître plus misérables encore, par contraste, les prisonniers alignés sur un rang, au garde-à-vous, contre le mur. Le vieux Lobanoff-Rostovsky, ministre de la Justice, se tenait debout devant un lutrin, comme pour chanter l'office. Mais le pupitre supportait, en guise de psautier, le volumineux dossier de l'affaire.

— Quelle mise en scène ! dit Nicolas à Odoïevsky.

— Ils veulent nous impressionner pour que la leçon porte mieux, grommela le capitaine Moukhanoff.

Des gendarmes, roulant des yeux furibonds, leur intimèrent l'ordre de se taire. Le ministre de la Justice pointa son index vers un paragraphe du livre ouvert sur le lutrin. A ce signal, un secrétaire chaussa des besicles et lut :

— « Seront privés de tous leurs droits et possessions, de leurs titres, grades et décorations, pour être envoyés au bagne pendant une durée de douze ans, puis relégués pour toujours dans une résidence surveillée, en Sibérie, ceux qui sont rattachés à la quatrième catégorie et dont les noms suivent... »

Il renifla, toussota et commença l'énumération :

— Capitaine en second Moukhanoff, général de brigade Fonvizine...

Glacé jusqu'aux os, Nicolas se répétait : « Douze ans de bagne et la relégation pour toujours ! Ce n'est pas possible ! Le châtiment est trop fort ! A la fin, ils annonceront une commutation de peine ! »

Devant lui, les juges, malgré eux, prenaient un air fautif. Certains n'osaient même plus regarder les condamnés en face. Les prélats, tête basse, ruminaient dans leur barbe. Le ministre de la Guerre, Tatischeff, prisait et éternuait nerveusement dans son mouchoir. Le général Tchernycheff, plus maquillé que de coutume, examinait ses ongles avec l'attention d'un bijoutier.

— Ozareff, Nicolas Mikhaïlovitch...

Nicolas tressaillit en entendant son nom et lorgna ses camarades, à droite, à gauche. Tous étaient figés de stupeur.

— Colonel Narychkine... Cornette prince Odoïevsky !...

C'était le dernier nom de la quatrième catégorie. Le secrétaire se tut et fit un pas en arrière. Un autre prit sa place, pour rappeler, d'une voix monocorde, à titre d'information, le verdict prononcé, quelques minutes auparavant, contre les accusés appartenant aux catégories un, deux et trois : travaux forcés à perpétuité, pour vingt ans, pour quinze ans... Enfin, dressant le cou, comme un coq pour lâcher son cri matinal, il annonça que les criminels politiques Paul Pestel, Serge Mouravieff-Apostol, Michel Bestoujeff-Rioumine, Conrad Ryléieff et Pierre Kakhovsky avaient été condamnés à la mort par pendaison. Nicolas reçut le choc en plein ventre. L'indignation l'essouffla, sans qu'il eût fait un mouvement. Pendant une seconde, il attendit la proclamation de la grâce impériale. Mais le secrétaire, ayant esquissé un salut, se retira sans ajouter un mot.

— Emmenez-les ! dit Lobanoff-Rostovsky.

Il y eut un remous de protestation parmi les prisonniers.

— Vous ne pouvez pas nous juger ainsi ! cria Nicolas. Laissez-nous, au moins, présenter notre défense !...

— Emmenez-les ! répéta Lobanoff-Rostovsky avec colère. Et faites entrer les suivants !

— Par file à droite ! hurla un sous-officier.

Les prisonniers sortirent de la salle. Des gardiens les convoyèrent jusqu'au ravelin Alexis, où de nouvelles cellules leur avaient été assignées. A peine Nicolas se fut-il assis sur sa paillasse que le père Myslovsky entra, très pâle, très agité.

— Surtout ne croyez pas un mot de ce que vous avez entendu ! dit-il. On les graciera au pied de la potence ! Et votre condamnation, à vous aussi, sera allégée !

— Comment ont-ils appris qu'ils seraient pendus ?

— Avec beaucoup de calme ! D'ailleurs, ils n'ignorent pas que c'est une mesure d'intimidation ! La peine de mort étant supprimée en Russie, le tsar ne peut pas aller contre la loi des hommes et les quatre métropolites du Tribunal Suprême contre la loi de Dieu. Confiance ! Confiance !...

Dans son exaltation, il s'associait aux condamnés politiques. Le malheur était sa patrie. Il bénit rapidement Nicolas et dit :

— Je ne puis rester plus longtemps. Il faut que je passe chez tous vos amis. A demain !...

L'ombre venue, Nicolas ne put s'endormir. Par la fenêtre ouverte, la nuit de juillet poussait dans la cellule sa chaleur humide, son parfum énervant et les rumeurs lointaines de la ville. De temps à autre, un bruit de rames longeait le mur de la forteresse. Des rats pointaient le nez hors de leurs trous, curieux des réactions de ce nouveau locataire. Il ne leur prêtait même pas attention. Une soif de fièvre lui desséchait la bouche. La sueur collait sa chemise à sa peau. Les gardiens lui avaient laissé ses vêtements personnels en lui recommandant de ne pas les salir. Que signifiait cette prévenance ? Couché sur le dos, les yeux tournés vers le ciel bleu-noir, il s'efforçait de rassembler ses pensées en déroute. Le bagne, pour douze ans !... Si la décision n'était pas rapportée, cela voudrait dire que jamais plus il ne reverrait Sophie. Maintenant qu'il l'avait retrouvée, il ne pouvait souffrir la menace de cette séparation. En lui rendant le goût du bonheur, elle lui avait enlevé son courage. « Tout s'arrangera ! se répétait-il. L'empereur limitera ma peine à quelques mois de forteresse. Nos cinq amis ne seront pas pendus. La paix des âmes reviendra en Russie. Dieu ne peut vouloir qu'il en soit autrement ! » Pendant des heures, il pria avec les mots de son enfance.

Au milieu de la nuit, il entendit des coups de marteau, des grincements de scie. Une équipe de charpentiers devait construire des tribunes près de la forteresse. Puis, la petite brise aigre de l'aube lui apporta des appels de trompettes, des roulements de tambours, à peine perceptibles. On sonnait la diane dans les différentes casernes de Saint-Pétersbourg. Le ciel, dans l'encadrement de la fenêtre, n'était qu'un néant de brume grise. Des oiseaux pépièrent, une mouette fendit l'espace en criant. Nicolas, épuisé, allait se rendormir, quand le médecin de la prison vint s'enquérir de sa santé. Sans doute redoutait-on, en haut lieu, que la sévérité du verdict n'eût ébranlé les nerfs des prisonniers. Cette sollicitude parut à Nicolas si ridicule qu'il renvoya son visiteur, sans égards pour sa trousse, ses lunettes et son air savant. Aussitôt après, ce fut le tour du père Myslovsky. Tiraillant la pointe de sa barbe rousse, il affirma :

— Les dernières nouvelles sont rassurantes. La peine capitale ne sera pas appliquée. Que le Christ soit avec vous !

Et il céda la place au commandant. Gonflé d'importance, Podouchkine ordonna à Nicolas de s'habiller et de le suivre.

— Où m'emmenez-vous ? demanda Nicolas.

— Je n'ai pas d'explications à vous donner. Mais, si j'étais vous, je ne traînerais pas !

« Ils vont nous annoncer la grâce, l'amnistie ! » pensa Nicolas dans un élan de ferveur. Des gardiens, des soldats en armes l'entourèrent, et il les considéra avec amitié. Sous leur escorte, il traversa le pont-levis qui reliait le ravelin Alexis à la forteresse proprement dite et descendit dans la cour. Là, dans le crépuscule du matin, une centaine de prisonniers se serraient les coudes. Il en arrivait encore de toutes les casemates. Mal réveillés, mal rasés, mal vêtus, blêmes, maigres, ils échangeaient des regards de bêtes traquées. Le général Soukine, en uniforme neuf, criait des ordres à tue-tête. Ivres de zèle, des sous-officiers, à collet orange, groupaient les condamnés d'après les catégories où le tribunal les avait classés, la veille. Chacun selon son crime : les grands organisateurs du complot, ceux qui avaient été reconnus coupables d'intentions régicides, ceux qui s'étaient laissé entraîner, ceux qui n'avaient rien fait pour empêcher le soulèvement... Nicolas se retrouva entre les deux frères Béliaïeff et Youri Almazoff. A gauche, il aperçut, parmi les condamnés au bagne à perpétuité, Troubetzkoï, Obolensky, Kuhelbecker, Alexandre Bestoujeff, Iakoubovitch, Pouschine... Dans un autre groupe, celui des vingt ans, Nicolas et Michel Bestoujeff... Mais ni Ryléïeff, ni Kakhovsky, ni Pestel n'étaient là.

— Que vont-ils encore nous offrir comme spectacle ? grommela Youri Almazoff.

— En tout cas, dit Nicolas, je n'aurais jamais cru que nous étions si nombreux ! C'est réconfortant !

Les trois quarts des condamnés lui étaient inconnus. Il y avait là quelques civils en habits noirs, perdus dans une foule de militaires, aux revers rouges, aux épaulettes dédorées, aux chapeaux cabossés et poussiéreux. Sur la poitrine de certains, brillaient les plus fameuses décorations de l'Empire. Quand les différents groupes furent rangés et comptés, le général Tchernycheff apparut à cheval. Il n'avait pas pris la peine de se maquiller, ce matin, et sa figure était livide, comme modelée dans de la terre glaise. Son pur-sang renâclait, se cabrait ; il le retenait d'une main nerveuse. Il était mauvais cavalier. Parmi les insurgés, des connaisseurs le jugeaient en silence. Remarquant leurs sourires narquois, il tourna bride et s'en alla, furieux. Un détachement de Pavlovtsy cerna les condamnés de la quatrième catégorie. En hommage à Paul Ier, qui avait fondé le régiment, on y incorporait de préférence des hommes ayant le nez camus, comme l'empereur défunt. Nicolas regarda cette rangée de têtes de mort, sous leurs hautes mitres de cuivre, et songea : « Nous sommes un pays de fous ! » Un sous-officier se raidit, éclata, aboya. La troupe se mit en marche, passa par la porte Pétrovsky et sortit de la forteresse. A gauche, sur le glacis, se dressait un échafaudage étrange : deux poteaux, reliés par une barre de fer. A la barre de fer, pendaient cinq cordes.

— La potence ! chuchota Nicolas.

— Oui, dit Odoïevsky, le père Myslovsky m'a prévenu. On va pousser la comédie jusqu'au bout. Et, à la dernière minute, un envoyé du tsar, arrivant à bride abattue, proclamera la bonne nouvelle !...

— Halte !

Ils s'arrêtèrent sur l'esplanade. Au fond, se pressait un petit nombre de spectateurs silencieux : quelques uniformes étrangers, des diplomates, des gens de cour. Les familles des condamnés n'avaient pas dû être prévenues.

— Peu de monde, mon cher, dit Moukhanoff en riant. Nous ne faisons pas recette !

Nicolas rit, lui aussi, par besoin de surmonter son angoisse : il n'y aurait pas d'exécution ; il ne pouvait pas y en avoir ; la pompe même de cette cérémonie prouvait qu'elle était uniquement destinée à frapper l'esprit des coupables ! Sur la plateforme de l'échafaud, déambulaient des bourreaux vêtus de blouses rouges. De place en place, brûlaient de grands brasiers, qu'attisaient des hommes armés d'épieux et de fourches. Une fumée épaisse montait vers le ciel. Le soleil hésitait à sortir. Des détachements de tous les régiments de la garnison bordaient l'esplanade. Aux quatre points cardinaux, des canons ouvraient leur gueule. Le général Tchernycheff galopait en tous sens, arrêtait son cheval devant l'un ou l'autre des prisonniers, l'examinait à travers son face-à-main, et repartait, l'air affairé, le plumet au vent. C'était lui, visiblement, l'ordonnateur de la cérémonie. L'empereur ne s'était pas dérangé. Il n'avait pas osé, peut-être ! On le disait à Tsarskoïé-

Sélo. Un roulement de tambour ouvrit les solennités. Sur l'injonction de Tchernycheff, un aide de camp relut la sentence générale en scandant chaque mot. Nicolas compta les noms : plus de cent vingt ! Lorsque l'énumération fut terminée, un ordre retentit :

— A genoux !

Tous les condamnés s'agenouillèrent. Les tambours battirent encore pour annoncer la dégradation. Des bourreaux s'approchèrent des officiers et leur arrachèrent leurs épaulettes, leurs fourragères, leurs décorations, leurs galons et enfin leur tunique. Le tout fut jeté dans le feu. Les flammes bondirent, crépitèrent, fumèrent, dégageant une odeur de tissu brûlé. Nicolas, bien que n'étant pas militaire, dut se séparer de son veston.

— Il ne reste rien dans vos poches ? lui demanda le bourreau avec obligeance.

— Non.

— Alors, allons-y !

Il lança l'habit, qui vola, tel un oiseau noir aux ailes écartées, et tomba sur le bûcher en soulevant une gerbe d'étincelles. Quand tous furent en manches de chemise ou torse nu, les bourreaux brandirent des épées, préalablement limées, et les cassèrent sur la tête des officiers. Plusieurs de ces hommes étaient des héros de la guerre nationale. Leur visage, dans l'humiliation, était d'une noblesse tragique. Les mâchoires serrées, l'œil sec, ils n'avaient que leurs souvenirs pour les consoler. Parfois, une lame ne se brisait pas, malgré la violence du choc. Des généraux, des colonels, de simples cornettes roulaient à terre, l'oreille ou l'épaule écorchée par mégarde. Ils grognaient :

— Maladroits !

— Vous vous y prenez comme des novices !

— Même ça, on ne sait pas le faire en Russie ! murmura Odoïevsky en vacillant sous le coup.

Les bourreaux s'énervaient, pestaient, sous le regard mécontent de Tchernycheff. Nicolas pensait avec une froide colère : « Ils croient nous dégrader et ce sont eux qui se dégradent ! » Lorsque la dernière épée eut été rompue sur la dernière tête, des soldats apportèrent, par brassées, des camisoles pénitentiaires, rayées de gris et de blanc, et en revêtirent les condamnés. On n'avait pas le temps de choisir ce qui allait à l'un ou à l'autre. Les grands étaient vêtus trop court, les petits trop long. Bientôt, il n'y eut plus, sur le glacis de la forteresse, qu'une assemblée de pitres dans leurs chemises. Un orchestre militaire entonna une marche joyeuse, pleine de trilles de fifres et de tintements de cymbales. Un air à faire danser les chevaux. Le général Tchernycheff mit pied à terre devant ses invités. Recevait-il leurs compliments pour le spectacle ? Sous le ciel bleu, retentirent les cris gutturaux des sous-officiers. Une brise fit frémir les plumets des shakos. Des trompettes sonnèrent. Les condamnés reprirent le chemin de la forteresse. Tous levaient la tête, avec curiosité, en passant devant la potence.

★
★ ★

Ce fut en vain que Nicolas interrogea le gardien au moment de la soupe. Celui-ci jura ne rien savoir des cinq hommes condamnés à être pendus. Mais son regard fuyant démentait ses paroles. Voulant en avoir le cœur net, Nicolas lui demanda d'aller chercher le père Myslovsky.

— Il est trop tard, dit l'homme.
— C'est pour une confession.

Le geôlier s'inclina : il n'y avait pas d'heure pour recevoir Dieu, à la prison.

Le soir tombait quand le prêtre entra dans la cellule. Rien qu'à voir son visage défait, Nicolas présuma un malheur. Le père Myslovsky s'affala sur le tabouret, couvrit son front de ses mains et murmura :

— Mon pauvre ami, c'est abominable !
— Quoi ? dit Nicolas. Ils ne les ont pas pendus ?...
— Si.

Un instant, Nicolas se balança lui-même, au bout d'une corde, dans le vide. Ses pieds ne touchaient plus le sol. L'horreur l'étouffait.

— Je n'aurais jamais supposé qu'une pareille chose fût possible ! reprit le père Myslovsky. Les gens les mieux placés m'avaient donné des assurances !... Je me suis laissé berner comme un enfant !... Quelle honte !... Quelle honte pour notre pays !

— Les avez-vous assistés dans leurs derniers moments ? demanda Nicolas.

— Oui. Les cinq ont été admirables de courage et de dignité !
— Qu'ont-ils dit ?
— Rylėïeff m'a parlé des souffrances du Christ... Mouravieff-Apostol m'a déclaré : « Je pardonne au tsar, s'il rend la Russie heureuse !... » Le protestant Pestel, lui-même, m'a demandé de le bénir !...

— Et puis ?
— Quoi ?
— Leur a-t-on bandé les yeux ?
— Qu'est-ce que cela peut vous faire ?
— J'ai besoin de le savoir... Pour mieux les imaginer... Pour mieux les aimer... Pour mieux vénérer leur mémoire !...

— On leur a enfoncé une cagoule sur la tête, on leur a lié les mains derrière le dos, on leur a accroché un écriteau sur la poitrine : « Régicide ! » Et en avant pour l'échafaud ! Des musiques se sont mises à jouer... Voilà...

Le prêtre poussa un profond soupir et écarta les mains de son visage. Son front se plissait et se déplissait par saccades. Des larmes coulaient sur ses joues et se perdaient dans les poils de sa barbe.

— Sont-ils morts sur le coup, du moins ? balbutia Nicolas.
— Non.
— Comment, non ?

Brusquement, le père Myslovsky ne put se contenir. Son corps frémit, prêt à se disloquer. Tout ce qu'il aurait voulu taire lui monta aux lèvres, comme un flot qui déborde :

— Non, mon pauvre ami, non ! Leur fin a été atroce !... Quand le bourreau a ouvert la trappe sous leurs pieds, trois des cinq cordes se sont rompues !... Pestel et Bestoujeff-Rioumine sont restés pendus ; mais Ryléïeff, Kakhovsky et Mouravieff-Apostol ont basculé dans le trou et se sont cassé les jambes !... On les a sortis de là, tout saignants, tout meurtris !... Un affolement s'est emparé des bourreaux ! Où trouver d'autres cordes ?... Toutes les boutiques étaient fermées !... Cela a duré une demi-heure !... Une demi-heure d'angoisse pour les condamnés, de honte pour les exécuteurs !... Enfin, on les a rependus, pendant que la musique jouait plus fort !... Cette fois, les cordes ont tenu bon !... Je n'ai pas pu supporter le spectacle !... J'ai perdu connaissance !... Je m'en accuse devant Dieu !...

Les nerfs de Nicolas frémirent, sa chair se hérissa de colère inutile.

— Pensez-vous encore que le tsar soit l'oint du Seigneur, mon père ? dit-il d'une voix tremblante.

— Je ne sais plus, dit le père Myslovsky. Tout se brouille dans ma tête... Le crime a changé de bord... Les juges se sont déshonorés et les accusés sont montés au ciel, nimbés de l'auréole des martyrs... Que Dieu les reçoive et leur donne la félicité éternelle ! Amen.

Il se signa.

— En tout cas, dit Nicolas, après cette exécution il ne nous reste plus le moindre espoir !

— Comment cela ?

— Si le tsar n'a pas hésité à pendre les principaux conjurés, pourquoi hésiterait-il à envoyer les autres au bagne ?

— Je crois, en effet, dit le père Myslovsky, que vous auriez tort, maintenant, de compter sur la clémence impériale.

Nicolas se sentit condamné pour la seconde fois. Devant lui, un vide béant : la Sibérie. « Sophie sait-elle ce qui s'est passé ? » se demanda-t-il. Elle s'éloignait. Déjà, il ne pouvait plus penser à elle comme à sa femme. Un sanglot lui brisa la poitrine. Il s'effondra en travers du lit, ferma les yeux et envia ceux qui étaient morts.

Le jour suivant, alors que le soleil brillait haut et clair dans le ciel, des chants d'église parvinrent aux oreilles de Nicolas. Il les écouta longtemps, avec mélancolie, puis appela le gardien pour lui demander des explications.

— On célèbre un office d'actions de grâce sur la place du Sénat, à l'endroit de l'émeute, dit l'homme. L'empereur et la famille impériale sont rentrés exprès de Tsarskoïé-Sélo. Tout le clergé de la cathédrale Notre-Dame-de-Kazan est là ! Le métropolite passe devant les troupes de la garde et les asperge d'eau bénite. C'est une belle fête !...

Nicolas sourit et murmura :

— Quel jour sommes-nous ?

— Le 14 juillet.

— C'est bien ce qu'il me semblait ! Sais-tu ce qui s'est passé, le 14 juillet, en France, il y a trente-sept ans ?

— Non, Votre Noblesse.
— La prise de la Bastille.
L'homme fit un œil inexpressif, hocha la tête et sortit.

6

Nikita rapporta un journal encore humide d'encre et le tendit à Sophie, sans un mot. Elle savait ce qu'elle allait lire. Hippolyte Roznikoff l'avait prévenue, la veille. Mais elle espérait, contre toute raison, que la condamnation aurait été adoucie, entre-temps. Au milieu de la page, le verdict. Les lettres couraient en se bousculant : « Préméditation... crime contre la sûreté de l'Etat... société secrète... excitation des troupes à la révolte... régicide... » Tout l'affreux jargon des tribunaux d'exception. Parmi une longue liste de noms, celui de son mari lui sauta aux yeux : « Nicolas Mikhaïlovitch Ozareff... au bagne pour une durée de douze ans, puis relégué pour toujours... » Elle laissa glisser le journal sur ses genoux.
— C'est bien cela, n'est-ce pas, barynia ? demanda Nikita.
— Oui, dit-elle.
— Quel malheur ! Il y avait la queue devant l'imprimerie pour attendre la sortie du journal ! Tous les visages étaient tristes !
Elle soutint difficilement ce regard trop bleu, trop tendre. Raidie dans son désespoir, elle n'arrivait pas à pleurer. Les yeux secs et brûlants, une douleur entre les côtes, elle souffrait de ne pouvoir, par sa nature, s'abandonner entièrement au chagrin. Brusquement, il lui fut impossible de rester inactive, avec cette pensée, dure comme une pierre, dans la poitrine. Elle essaya d'écrire à son beau-père pour lui apprendre que Nicolas avait été condamné aux travaux forcés. Mais les phrases s'enchaînaient mal. Elle s'adressait à une statue. Agacée, elle remit à plus tard le soin de finir sa lettre et reprit le journal. A côté du verdict, s'étalait l'ordre du jour de l'empereur aux armées :

« Vaillants guerriers de Russie, le 14 décembre 1825 et le 3 janvier 1826, au cours de ces journées mémorables où vous avez, de vos loyales poitrines, protégé le trône, sauvegardé la foi orthodoxe et écarté de la patrie les horreurs d'une révolution, je vous ai fait savoir que certains instigateurs de ce criminel complot se cachaient dans vos rangs fidèles. Vous les avez rejetés avec répulsion et colère. A présent, ils ont été jugés et châtiés comme ils le méritent, et vos troupes sont à l'abri de la contagion qui les menaçait, ainsi que toute la Russie. Sur cette même place où vous étiez prêts, avec joie, à verser votre sang et à sacrifier votre vie pour votre empereur, sur cette même place où fut tué l'inoubliable comte Miloradovitch, nous offrons aujourd'hui notre gratitude à Dieu pour nous avoir aidés à sauver l'empire... »

C'en était trop ! Elle se leva et tourna dans sa chambre comme dans une cage. Que le coup d'Etat du 14 décembre eût été une entreprise absurde, elle était la première à le reconnaître. Une révolution ne peut réussir sans l'appui du peuple et de l'armée. Or, ni l'un ni l'autre, en Russie, n'étaient préparés à comprendre le sens de la liberté et à lutter pour elle. Il aurait fallu éduquer les masses, les éveiller, les former, avant de passer à l'attaque. Elle l'avait dit cent fois à Nicolas. Par leur hâte, par leur inexpérience, les décembristes avaient perdu la partie, alors que, dans quelques années, ils auraient pu gagner. Mais leurs intentions étaient nobles, désintéressées, admirables ! Tout en réprouvant leur folie, les juges auraient dû admettre que celui qui risque sa vie par conviction politique n'est pas un criminel ordinaire, qu'il agit par amour de la patrie et que, même si son œuvre est prématurée, il a droit à l'estime de ses concitoyens. On ne condamne pas un homme à douze ans de travaux forcés et à l'exil sans fin pour son appartenance à une société secrète, on ne pend pas cinq conjurés sans leur avoir permis de présenter leur défense, on n'étouffe pas la protestation des plus grands esprits de l'empire quand on est un monarque digne de ce nom ! Remuée par la colère, Sophie se disait qu'en aucun pays du monde une pareille iniquité n'eût été possible. La France lui manquait. Elle y pensait comme à un royaume de clémence et de raison. Depuis un moment, elle respirait mal. Sortir ? Pour aller où ? Elle connaissait peu de gens à Saint-Pétersbourg. Ses seules relations étaient les anciens amis de Nicolas. Elle fit appeler un fiacre pour aller chez Kostia Ladomiroff.

Elle le surprit prenant le café, dans son salon mauresque, avec Stépan Pokrovsky. Tous deux avaient été arrêtés, puis relâchés, l'enquête ayant prouvé qu'ils ne se trouvaient pas sur la place du Sénat, le 14 décembre. En voyant Sophie, ils eurent un instant de confusion. Sans doute étaient-ils honteux de se prélasser dans ce décor élégant et douillet, devant une femme dont le mari était en prison. Elle les dérangeait, comme si elle eût incarné leurs scrupules. Ils lui parlèrent avec indignation de l'exécution de leurs cinq frères et des peines disproportionnées qui frappaient les autres.

— Je ne peux fermer les yeux sans imaginer une potence ! s'écria Stépan Pokrovsky.

— Et moi, sans voir les routes de Sibérie ! soupira Kostia Ladomiroff. Nicolas, mon cher Nicolas ! C'est horrible !... Quand je pense que, s'il ne m'avait pas obligé à partir pour Tsarskoïé-Sélo, le matin du 14 décembre, je me serais retrouvé, avec tous les camarades, sur la place du Sénat !...

Son grand nez était rouge. Il avait les larmes aux yeux. S'étant mouché bruyamment, il affirma qu'après les épreuves physiques et morales qu'il avait subies il comptait se retirer à la campagne pour prendre du repos. Sophie demanda aux deux hommes ce qu'ils pensaient de l'attitude de Nicolas au cours de l'instruction. Ils lui répondirent avec ménagement, comme s'ils se fussent adressés à une veuve. D'après ce qu'ils croyaient savoir, leur pauvre ami avait aggravé son cas en refusant de se reconnaître coupable et en répliquant avec insolence à l'interrogatoire. A travers leurs propos, Sophie découvrait un Nicolas brûlant pour ses idées, se compromettant par fierté, agissant à trente ans avec la fougue d'un très jeune homme. Et, tandis qu'ils le chargeaient de cette inconséquence, elle l'admirait d'en être resté capable, parmi tant d'insurgés qui avaient abjuré leur foi. Tout à coup, elle sentit qu'elle n'avait plus rien de commun avec ces heureux rescapés d'un drame politique. Coupant Kostia Ladomiroff au milieu d'une phrase, elle se leva et prit congé avec la certitude que son départ soulageait tout le monde.

En rentrant à la maison, elle trouva Nikita très agité : un visiteur attendait au salon, depuis dix minutes.

— C'est un officier, barynia ! Avec des décorations, des aiguillettes !...

Aussitôt, elle pensa à Hippolyte Roznikoff. C'était lui, en effet. Il s'excusa d'être venu sans avertir et tendit à Sophie un papier gris, plié en quatre. Elle reconnut l'écriture de Nicolas :

« Ma bien-aimée, tu dois savoir maintenant le sort qui nous est réservé. Je suis accablé au-delà de toute expression. Que vas-tu devenir ? J'espère que nous pourrons nous revoir avant qu'on ne m'envoie en Sibérie. Après, il faudra que tu repartes pour la France. Tu y seras mieux qu'ici pour m'oublier. *Car il faut que tu m'oublies.* Je t'aime. Je rêve de toi, nuit et jour. Ton infortuné, NICOLAS. »

— J'ai pu le voir, seul à seul, tout à l'heure, pendant dix minutes, dit Roznikoff. Il m'a demandé du papier, un crayon, et a griffonné ce billet. Il était très calme...

Sophie maîtrisa le tremblement de ses mains et balbutia :

— Calme ? Qu'entendez-vous par là ?

— Je veux dire courageux, Madame. Nicolas a appris sa condamnation sans perdre la tête. La prison ne l'a pas changé...

— Quand l'expédiera-t-on au bagne ? demanda-t-elle en se forçant pour prononcer avec sang-froid ces mots terribles.

— Je l'ignore.

Elle s'impatienta :

— Vous devez bien, tout de même, avoir une idée !

— Un premier contingent de huit hommes est parti hier, aussitôt après l'exécution, dit Roznikoff.

Sophie pressa les mains sur son cœur, pour prévenir une défaillance :

— Déjà ? Ce n'est pas possible...

— Rassurez-vous : il s'agissait des condamnés de la première catégorie : Troubetzkoï, Obolensky, Volkonsky, Iakoubovitch...

— Et les autres ?

— Rien n'est encore décidé en ce qui les concerne. On manque de locaux pénitentiaires pour les recevoir, en Sibérie. Le temps de tout préparer...

— Cela demandera quelques jours ?...

— Ou quelques mois ! dit Roznikoff avec empressement. D'ici là, il est permis d'espérer. Les fêtes du couronnement sont proches. Peut-être que le tsar, à cette occasion...

Elle l'interrompit :

— J'ai fini de croire en la mansuétude impériale.
Il ouvrit les bras dans un geste de résignation :
— La violence de la rébellion a déterminé la violence de la riposte. L'empereur a voulu faire un exemple. J'avais prévenu Nicolas...
— Je sais, dit-elle.
Et elle s'avisa qu'elle lui parlait d'un ton bien sec, alors qu'il s'ingéniait à la conseiller et à l'aider malgré leur divergence d'opinions. Heureusement, il ne semblait pas avoir l'épiderme sensible. Le contentement qu'il avait de soi le protégeait contre les offenses. Les yeux plissés, la moustache altière, une fossette au menton, il observait la jeune femme avec une sympathie appuyée. Manifestement, il la trouvait à son goût et aimait à jouer devant elle de son importance. Elle l'eût facilement retourné en se montrant coquette. Mais cette comédie était au-dessus de ses forces.
— Allez-vous repartir pour la France, comme Nicolas vous le recommande ? dit-il.
Elle haussa les épaules :
— Cela est hors de question !
Il fit étinceler sa denture dans un rire d'ogre :
— J'étais sûr de votre réponse. Ah ! vous êtes bien telle que je vous imaginais !
— Ne pourriez-vous m'obtenir une nouvelle entrevue avec mon mari ?
— Je ferai l'impossible... J'espère réussir... Mais vous êtes si nombreuses à harceler le gouvernement par vos demandes !... Le général Benkendorff est submergé de lettres... S'il devait y répondre, ses journées ne lui suffiraient pas... Quant au tsar, il regrette déjà d'avoir autorisé la princesse Troubetzkoï à suivre son mari en Sibérie !...
— Comment ? murmura Sophie. La princesse Troubetzkoï a reçu la permission de...
— Oui. Elle doit même se préparer à prendre la route, en ce moment. D'autres femmes de prisonniers, la princesse Marie Volkonsky, la comtesse Alexandra Mouravieff, font, elles aussi, des démarches dans ce sens...
Il remarqua l'air intéressé de Sophie et ajouta rapidement :
— Mais elles n'auront pas gain de cause ! Le cas de la princesse Troubetzkoï est exceptionnel ! Le tsar s'intéresse à elle personnellement ! Elle porte un si grand nom, elle a des relations si puissantes !...
— A qui faut-il adresser une supplique ? demanda Sophie.
— A personne.
— Autrement dit à l'empereur ?
— Mais non ! Je vous en conjure, n'en faites rien ! Vous risqueriez d'indisposer les autorités à l'égard de votre mari !...
— C'est vrai, reconnut-elle avec un soupir.
Roznikoff lui décocha un coup d'œil en coulisse : il n'était pas sûr de l'avoir convaincue.
Elle demeura un instant rêveuse, puis, sortant des nuages, dit en le regardant droit au front :

— Quoi que j'entreprenne pour améliorer le sort de mon mari, j'aurai besoin de votre aide, Monsieur.

— Je vous demande, comme une grâce, d'en user toujours librement avec moi, répliqua-t-il en cambrant la taille.

« C'est peut-être un fat et un intrigant, se dit-elle, mais il doit avoir l'âme bonne. » Elle s'imposa de le retenir au salon, fit servir des liqueurs et le questionna sur lui-même. Elle ne pouvait lui procurer de plus grand plaisir. Il s'épanouit et raconta les étapes de sa carrière, que la mort de Miloradovitch avait failli compromettre, mais que l'amitié du grand-duc Michel et du général Benkendorff avait heureusement rétablie en pleine lumière.

Onze jours après l'exécution des cinq principaux insurgés, Nicolas Ier fit son entrée solennelle à Moscou pour y être sacré empereur. Les fêtes du couronnement durèrent plus d'un mois. Mais ni la liesse du peuple, ni les parades militaires, ni les pompes religieuses du Kremlin, ni l'empressement servile de la noblesse n'incitèrent le tsar à réviser son jugement sur les décembristes. A la forteresse Saint-Pierre-et-Saint-Paul, les prisonniers avaient perdu tout espoir d'une remise de peine. Mille signes imperceptibles leur donnaient à comprendre que, dehors, la vie reprenait ses droits, qu'après avoir ému l'opinion publique, ils n'intéressaient plus personne sinon leurs proches, que la Russie entière avait hâte de les oublier pour s'abandonner à l'amour de son nouveau souverain. Ne disait-on pas que Nicolas Ier venait de rappeler Pouchkine, exilé jadis dans ses terres, à Mikhaïlovskoïé, par l'empereur défunt, et que le poète, en échange de la liberté qui lui était rendue, avait promis de se conduire désormais en sujet fidèle ? Encore une victoire du despotisme sur le génie, de la matière sur l'esprit ! Pour se consoler, Nicolas déclamait parfois, dans son cachot, l'*Ode à la Liberté*. Il tenta même de la traduire en français, avec l'idée qu'un jour, peut-être, il la réciterait à Sophie. N'ayant rien pour écrire, il devait tout composer et tout retenir dans sa tête. Ce jeu l'amusa d'abord, puis l'agaça et le déçut. La poésie de Pouchkine, si exacte, si musicale, ne se laissait pas transposer dans une autre langue :

> *Favoris d'un destin volage,*
> *Tyrans du monde, frissonnez !*
> *Et vous, écoutez-moi, courage,*
> *Debout, esclaves prosternés !...*

C'était aussi exécrable en français que c'était beau en russe ! Il se rappela l'époque où il peinait sur les versions latines que lui imposait M. Lesur. Une phrase monta, comme une bulle, du fond de sa mémoire : les paroles d'Horace invitant son esclave Davus à participer aux saturnales de fin d'année, pendant lesquelles **toute** distinction était abolie entre maîtres et serviteurs. *Age... libertate decembri utere...* « Allons... profite de la liberté de décembre !... » Un sourire effleura les lèvres de Nicolas : « Notre liberté de décembre, à nous, n'aura même pas duré le temps des saturnales romaines ! » pensa-t-il.

Cependant, avec les jours qui passaient, la discipline se relâchait un peu à l'intérieur du ravelin Alexis. Sous-officiers, gardiens et soldats s'ingéniaient à adoucir l'existence des détenus. Nicolas fut transféré dans une cellule plus spacieuse. En l'installant dans son nouveau domaine, le gardien lui dit :
— Ici, vous serez bien ! C'est le meilleur cachot, celui qu'on avait donné à Pestel !

Cette circonstance bouleversa Nicolas. Il jeta un regard sur la paillasse. Elle n'avait pas été changée. Pestel avait dormi là sa dernière nuit. Ses pensées, à la veille de la mort, s'étaient envolées par cette fenêtre. Inspectant les murs, de haut en bas, Nicolas espéra y découvrir quelque message gravé avec la pointe d'un clou. Non, les pierres étaient lisses, le plafond reblanchi à la chaux. Alors, il marcha de long en large, mettant ses pas dans ceux du disparu. Il avait sévèrement critiqué Pestel de son vivant, mais, à présent, il songeait à lui avec une certaine déférence. Seul de tous les décembristes, le maître de l'Union du Sud avait pressenti qu'en matière de coup d'Etat les demi-mesures satisfont les cœurs tendres mais diminuent les chances de réussite, que les foules ne peuvent conquérir la liberté si elles ne sont guidées par un chef aussi tyrannique, aussi résolu, aussi cruel que celui contre lequel elles se soulèvent, qu'un véritable révolutionnaire doit être humain quant aux buts à atteindre et inhumain quant aux moyens à employer. La leçon du 14 décembre était là, toute claire. Les insurgés avaient perdu la partie, parce qu'ils étaient des rêveurs, des artistes, des enfants. Il leur avait manqué, au-dessus d'eux, un dictateur à la poigne de fer, et, au-dessous d'eux, la masse innombrable du peuple. Ah ! comme Nicolas regrettait aujourd'hui de n'avoir pu échanger quelques mots avec Pestel avant l'exécution ! Quelles avaient été les idées de ce froid matérialiste, au moment de monter à l'échafaud ? Crainte de l'au-delà ? Dépit d'avoir misé sur la mauvaise carte ? Fierté d'être resté fidèle jusqu'au bout à ses convictions politiques ? Nicolas espéra que cette dernière supposition était la bonne. Il en avait besoin pour se justifier à ses propres yeux.

Sa nouvelle cellule donnait, comme l'autre, sur la Néva. Il entendait les bruits de la ville, au loin. Parfois, à la nuit tombante, une barque ralentissait en longeant le mur de la prison. Une voix de femme criait un nom, une voix d'homme lui répondait, enrouée, angoissée, par la fenêtre d'un cachot. La sentinelle hurlait, du haut des remparts :
— Eloignez-vous ! C'est défendu !
— Attends un peu ! Tu ne vois pas qu'on s'est échoués sur un banc de sable ? répondaient les rameurs.

Et, pendant qu'ils feignaient de se remettre difficilement à flot, le prisonnier et la passagère échangeaient encore quelques mots en français.
— Ça suffit ! reprenait la sentinelle Allez-vous-en, ou je tire ! Une, deux, trois !...

— Bon, bon ! Ne te fâche pas, petit frère !

La barque repartait, dans un clapotis paresseux. Les familles des condamnés payaient très cher les patrons de bateaux pour ce genre d'excursion aux abords de la forteresse. A plusieurs reprises, Nicolas crut reconnaître la voix de Sophie, dans la nuit. Chaque fois, en constatant qu'il s'était trompé, il retombait dans une tristesse plus profonde.

Un jour, le père Myslovsky lui annonça que le tsar, touché par les prières de son entourage, avait donné son accord aux visites régulières des parents et des épouses à la citadelle.

— Quand commenceront ces visites ? demanda Nicolas.
— La semaine prochaine.
— On nous l'a déjà promis si souvent !
— Cette fois, c'est officiel.
— Il n'y a plus rien d'officiel en Russie, mon père ! dit Nicolas. Vous le savez bien ! Nous vivons sous le signe du bon vouloir !...

Tout en parlant, il remarqua que le prêtre portait la croix de Sainte-Anne autour du cou. Sans doute l'empereur lui avait-il décerné cette décoration en récompense des services qu'il avait rendus comme aumônier de la forteresse !

— Je vous félicite ! dit Nicolas avec un sourire.

Le père Myslovsky rougit, comme pris en faute, et soupira :

— Non, mon ami. Ne me félicitez pas. Cela m'est très pénible !... Mais, que voulez-vous ? on ne peut pas... on ne peut pas toujours tout refuser !...

Et il se dépêcha de sortir. Nicolas escalada son tabouret pour regarder par la fenêtre. Au soleil couchant, la Néva était une coulée de métal en fusion. Toute la ville brasillait, rose, noire et or, pailletée de vitres, hérissée de coupoles, de croix et de flèches. Un bateau transbordeur se détacha du ponton de la forteresse. Le père Myslovsky se tenait debout, à la poupe, tête nue, la barbe au vent. Sa silhouette se découpait, dure comme une carapace de scarabée, à contre-jour sur le flamboiement liquide. Il leva la main et bénit la prison. « Encore un jour qui finit, pensa Nicolas. Dois-je m'en réjouir ou le regretter ? » Il ne savait toujours pas si Hippolyte Roznikoff avait remis son billet à Sophie. Pour se donner un but dans l'existence, il se dit éperdument que le père Myslovsky avait raison, que sa femme allait bientôt lui rendre visite, qu'elle reviendrait même souvent...

Le ciel s'assombrit. Un parfum d'acacia monta des îles proches. On devait souper, dans les jardins, à la lueur des lampes. Les dames chassaient les moustiques avec leurs mouchoirs. Quand la lune parut dans le ciel, toute la cellule en fut éclairée. L'ombre de la grille se dessina en noir sur le mur blanc.

Cette fois, les prévisions du père Myslovsky se réalisèrent. Vers la mi-septembre, Nicolas fut tiré de sa cellule et amené, sous escorte, dans la maison du commandant, où l'attendait Sophie. Ils tombèrent dans les bras l'un de l'autre, balbutiant et pleurant de joie, sous le regard attentif du général Soukine. La première émotion passée, Nicolas demanda à voix basse :

— Roznikoff t'a-t-il remis mon billet ?

— Oui, dit-elle. Comment peux-tu me conseiller de retourner en France ?

— Mais, voyons, Sophie, c'est la seule solution raisonnable ! Que ferais-tu à Saint-Pétersbourg après mon départ pour le bagne ?

— Je n'ai pas l'intention de rester à Saint-Pétersbourg.

— Où irais-tu, alors ?... A Kachtanovka ?... Avec mon père ?... Je ne le veux pas !... Pour rien au monde !...

Elle lui sourit tranquillement et murmura :

— Je te suivrai en Sibérie.

Il eut un mouvement de recul :

— Tu es folle ! C'est impossible !...

— La princesse Troubetzkoï est déjà en route pour rejoindre son mari. La princesse Volkonsky et la comtesse Alexandra Mouravieff ne tarderont pas à en faire autant. D'autres épouses vont solliciter leurs sauf-conduits pour Irkoutsk. J'ai, de mon côté, commencé les démarches...

Anéanti de bonheur, il tentait de la raisonner encore :

— As-tu réfléchi à ce que serait ton existence là-bas, dans ce pays sauvage, dans ce désert ? On ne te permettra pas de t'installer à proximité du bagne ! Tu n'auras pas le droit de me voir quand tu voudras !...

— Je serai tout de même plus près de toi que si je demeurais ici !

— Tu gâcheras tes plus belles années ! Tu regretteras cet exil, cet exil affreux, sans fin, sans espoir ! Sophie, ma Sophie ! Je ne peux pas accepter ton sacrifice !

— Et si je te disais qu'il m'en coûterait plus de vivre loin de toi que de t'accompagner en enfer ! prononça-t-elle d'une voix oppressée, rapide.

Et, comme honteuse de cet aveu, elle détourna son regard. Il l'étreignit, avec le sentiment de se fondre en elle pour l'éternité. Le châtiment devenait, pour lui, récompense, le désespoir consolation. L'instant présent était plus long que tous ses souvenirs réunis. Il répétait :

— Non, Sophie ! Non ! Je refuse !

Cependant, de tout son être, il craignait qu'elle ne revînt sur sa décision. Le général Soukine les sépara en leur promettant qu'ils se reverraient bientôt.

En effet, ils purent désormais se rencontrer tous les huit jours. Les minutes de ces entrevues, parcimonieusement calculées, prenaient pour eux une durée de rêve. Ils échangeaient le plus vite possible leurs inquiétudes, leurs espoirs, leurs informations, leurs conseils, pour rester ensuite, ne fût-ce qu'un moment, silencieux dans les bras l'un de l'autre. Le départ pour les travaux forcés était leur idée fixe. Chaque rendez-vous pouvait être le dernier. En se quittant, ils se demandaient s'ils se reverraient la semaine suivante. Nicolas voulait tout savoir des démarches entreprises par sa femme. Elle mentait en lui affirmant que son affaire était en bonne voie. La lettre qu'elle avait envoyée au grand-duc Michel Pavlovitch était demeurée sans réponse. Et le général Benkendorff, à qui elle s'était adressée ensuite, lui avait fait dire, par Hippolyte Roznikoff, qu'elle ne devait pas se montrer trop pressée.

En désespoir de cause, elle se rendit à l'ambassade de France, pour implorer l'appui de M. de La Ferronays. Le diplomate la reçut avec courtoisie, compatit de haut à son chagrin et l'assura qu'il ne pouvait lui être d'aucun secours dans cette pénible conjoncture. Il s'offrit à la rapatrier en France, si elle en exprimait le désir. Elle refusa avec indignation.

Son beau-père, ignorant qu'elle avait résolu de suivre Nicolas en Sibérie, la suppliait toujours de revenir à Kachtanovka. Elle lui répondait par des promesses de plus en plus vagues.

L'automne arriva tout à coup, avec ses rafales de vent froid et ses fines averses. Les châssis vitrés reprirent leur place aux fenêtres des cellules. Les jours diminuaient rapidement, gris à l'aube et gris au soir. Dès trois heures de l'après-midi, Nicolas pouvait voir, au loin, sur la rive opposée, briller des lanternes. L'allumeur de réverbères passait dans les rues avec son échelle. Quand il pleuvait trop fort, les prisonniers devaient renoncer à leur promenade dans le jardinet triangulaire. En prévision de l'hiver, Sophie acheta pour son mari une veste en peau de mouton et des bottes fourrées. Elle put également, grâce à la complicité d'un gardien, lui faire parvenir un peu d'argent et de la nourriture.

Ils continuaient à se voir régulièrement, une fois par semaine, mais, à mesure que le temps passait, Nicolas croyait de moins en moins qu'elle obtiendrait l'autorisation de l'accompagner en Sibérie. Elle avait beau lui dire : « Tout marche ! Roznikoff est en train de faire le siège de Benkendorff ! Le général Diebitch est intervenu pour nous auprès du grand-duc Michel ! » il lui opposait un sourire tendre et sceptique. Elle-même, d'ailleurs, ne savait plus à quelle porte frapper. Toutes les personnes influentes qu'elle connaissait à Saint-Pétersbourg avaient été mises à contribution. Elle enrageait d'avoir tant d'énergie en réserve et de ne rencontrer partout que malveillance, mensonge et dérobade.

Les premiers flocons de neige tombèrent sur une terre tiède qui refusa de les garder, puis la ville se couvrit d'une pellicule blanche. Quelques traîneaux apparurent parmi les calèches. Des glaçons dérivèrent sur les eaux jaunes du fleuve. Avant l'embâcle, les charpentiers démontèrent le pont de la Trinité, qui reliait l'île à la terre ferme.

Le 9 décembre, à minuit, Sophie était sur le point de s'endormir, quand la servante, Douniacha, frappa à sa porte :

— Barynia ! Barynia ! Nikita voudrait vous voir ! C'est important !

Elle passa un peignoir, ouvrit et se trouva devant le garçon et la fille qui avaient des visages défaits :

— Je suis allé me promener du côté de la forteresse, dit Nikita. Il y a un convoi de prisonniers qui se met en route pour la Sibérie !

Le souffle coupé, Sophie articula difficilement :

— Quoi ?... Maintenant ?... En pleine nuit ?...

— Oui, barynia.

— Sais-tu si Nicolas Mikhaïlovitch est du nombre ?

— Je n'ai pas pu voir... Il y a des gendarmes partout !...
Elle le renvoya et s'habilla en hâte, aidée de Douniacha qui pleurait. L'impatience crispait Sophie. Elle fût partie sans manteau. La servante l'obligea à en mettre un. Dix minutes plus tard, elle était dans la rue. Nikita marchait sur ses talons. L'appartement était proche de la forteresse. En arrivant devant la porte Pétrovsky, elle découvrit l'esplanade vide, hésita une seconde et s'engagea sur le pont-levis.
— Où allez-vous, barynia ? dit Nikita. Ce n'est plus la peine !... Vous voyez bien, tout le monde est parti !...
Sophie continua son chemin. La sentinelle cria : « Halte ! » et croisa la baïonnette. Un sous-officier sortit du poste de garde et leva son fanal pour regarder la jeune femme au visage.
— Je voudrais voir le général Soukine, dit-elle.
— Ce n'est pas l'heure.
— Il faut pourtant que je sache si mon mari faisait partie du convoi !
— Vous le saurez demain.
— Où les emmenait-on ?
— Pas en Crimée, bien sûr !
— Venez, barynia, chuchota Nikita. En nous dépêchant, nous pourrons peut-être les rattraper au prochain relais !
Cette idée ranima Sophie. Elle suivit Nikita jusqu'au Kronversky prospect, où il y avait une station de voitures de place. Un cocher, qui somnolait sur son siège, entouré de neige tourbillonnante, s'éveilla en sursaut, jugea les clients d'un coup d'œil et demanda un prix énorme pour les conduire, de nuit, au premier relais, sur la route de Moscou. Sophie monta dans le traîneau sans discuter. Nikita s'assit près d'elle, en serrant les genoux.
A mesure qu'on s'éloignait du centre, les rues devenaient plus obscures. Quand on fut en rase campagne, le cocher lança ses chevaux. Sophie rassembla son attention sur ces deux têtes noires, aux crinières échevelées, qui se balançaient, avec violence, dans la pénombre. Le bruit des sabots était celui de son cœur emballé. Elle voulait gagner son destin de vitesse. Au bout d'un siècle, la maison de poste surgit, avec son porche grand ouvert et sa lanterne jaune, au halo traversé de points blancs. Personne dans la cour. Les prisonniers étaient déjà repartis.
Subitement, les forces de Sophie la trahirent. Elle entra dans la salle commune et s'assit près du poêle. Deux paysans dormaient, tête-bêche, sur une large banquette. Leurs bottes fumaient. Nikita demanda à voir le registre des voyageurs. Sur la dernière page, un seul nom, celui du courrier de cabinet commandant le convoi, le feldjaeger Jeldybine. Au-dessous, toutes les villes de l'itinéraire : Rybinsk, Iaroslav, Viatka, Ekaterinbourg, Tioumène, Tobolsk, Irkoutsk... Le maître de poste observait d'un petit œil malin cette femme angoissée, en manteau de loutre. Il finit par dire :
— Puis-je vous aider en quoi que ce soit, barynia ?
— Non, dit-elle. J'aurais voulu arriver à temps pour les voir...
— Qui ? Les forçats ? C'est trop tard ! Ils sont loin, maintenant ! Mais

peut-être aimeriez-vous savoir quels sont ceux qui ont été expédiés cette nuit ?

— Oh ! oui ! s'écria-t-elle.

Le maître de poste inclina vers elle une face à la barbe rousse, parsemée de grains d'avoine. Sophie fut enveloppée d'une odeur de chevaux. Il murmura :

— J'ai noté tous les noms pour rendre service à des personnes comme vous. Mais, vous comprenez, barynia, je risque gros...

Elle fouilla dans son sac et lui tendit vingt roubles en assignats. Il saisit les billets, les glissa dans la tige de sa botte et reprit avec componction :

— Très gros, barynia !

Elle lui donna encore vingt roubles.

— Que la Mère de Dieu vous le rende en bonheur ! dit le maître de poste.

Et il lui remit une feuille de papier couverte de noms. Elle les lut, quatre à quatre, comme elle eût dévalé un escalier : « Annenkoff, Wolff, Kiréïeff, Torson... » Arrivée en bas, elle poussa un soupir de délivrance : Nicolas n'était pas sur la liste.

Cette alerte avait si rudement ébranlé Sophie qu'à peine rentrée à la maison elle prit une résolution extrême : elle écrivit à l'impératrice Alexandra Féodorovna — à qui elle n'avait jamais été présentée — pour lui exposer son désir de suivre en Sibérie « le criminel politique Nicolas Mikhaïlovitch Ozareff » et la supplier d'intervenir, dans ce sens, auprès de son auguste époux. Cette fois, renonçant à passer par un intermédiaire, elle porta elle-même sa lettre au palais. Un aide de camp, jeune et glacial, lui promit que sa missive serait transmise, mais refusa de l'inscrire pour une audience. Renvoyée sans égards, elle regretta de ne s'être pas adressée à Hippolyte Roznikoff pour cette démarche.

En revoyant Nicolas, le jour de la visite, elle dut se dominer pour paraître encore optimiste. Il lui confia qu'à force d'attendre son départ, de semaine en semaine, il finissait presque par l'espérer. Ainsi, lorsque l'esprit reste longtemps fixé sur un même point, une fascination se produit et la catastrophe à éviter se transforme en but à atteindre. Comme tous ses camarades, il redoutait qu'au lieu de l'expédier en Sibérie on ne le transférât dans la forteresse de Schlusselbourg, où l'administration oubliait parfois les prisonniers jusqu'à la fin de leur vie, quelle que fût la durée légale de leur peine. S'il avait cette malchance, Sophie ne pourrait même pas s'installer près de lui, en exil. Elle le remonta tant bien que mal et, après son départ, interrogea le général Soukine.

— Il est, en effet, question d'envoyer quelques prisonniers à Schlusselbourg, dit ce dernier. Mais nous ne savons pas encore lesquels.

Sophie ne dormit pas de la nuit. Elle avait l'impression de soutenir, à bout de bras, un pan de mur sur le point de crouler. Le 14 décembre, les visites furent interdites à la prison. Sans doute les autorités ne voulaient-elles pas donner une joie aux détenus en ce jour anniversaire de leur crime. Des gendarmes surveillaient discrètement l'entrée des églises, comme s'ils eussent craint quelque manifestation de piété subversive. Un an déjà ! Sophie avait peine à le croire, tant la solitude et l'angoisse avaient pénétré dans son habitude. A Noël, elle put rencontrer Nicolas pendant dix minutes et lui remettre, avec l'autorisation du général Soukine, un colis de nourriture. Saint-Pétersbourg pavoisait et s'illuminait. D'un hôtel à l'autre, ce n'étaient que bals, soupers, spectacles, concerts, mascarades. Les familles des prisonniers demeuraient isolées au milieu de l'effervescence générale.

Vers la mi-février, Hippolyte Roznikoff vint encore voir Sophie. Elle fut émue de cette attention. Mais il ne lui apportait aucune nouvelle. Elle n'osa pas lui dire qu'elle avait écrit directement à l'impératrice. Il était fringant, parfumé, les cheveux coupés court, la culotte de daim tendue à craquer sur une cuisse un peu grasse. Après son départ, elle se mit à sa correspondance : elle devait une lettre à ses parents. Certes, elle les avait déjà prévenus que Nicolas était compromis dans un complot politique, mais en minimisant, par charité pour eux, la gravité de son cas. Il était temps de leur apprendre la vérité. Vue de France, cette condamnation aux travaux forcés ne pouvait que paraître infamante. Sophie croyait entendre les exclamations indignées de son père, les protestations larmoyantes de sa mère. Gens de société, tournant au vent de la mode, ils étaient les êtres les moins faits pour comprendre que certains châtiments élèvent ceux qu'ils devraient abattre.

Elle en était au milieu de la première page, quand un bruit de clochettes l'attira à la fenêtre. Un traîneau couvert s'arrêtait dans la cour. Elle vit descendre de la caisse un homme-ours, engoncé dans de grosses fourrures. Avant même d'avoir distingué son visage, elle reconnut son beau-père. Immédiatement, elle s'inquiéta : était-il arrivé quelque chose de grave au petit Serge ? Mais non, à la moindre alerte, Michel Borissovitch l'eût rappelée, par lettre, à Kachtanovka. S'il se dérangeait, ce devait être pour voir son fils, ce fils qu'il dénigrait jadis, et pour lequel, peut-être, il commençait à ressentir de la compassion ! Un tel revirement l'eût racheté aux yeux de Sophie. Déjà, elle était prête à se radoucir, à pardonner... Mais pourquoi ne l'avait-il pas prévenue de son voyage ? Il fallait toujours qu'il essayât de la surprendre ! Elle envoya Nikita et Douniacha aider au déchargement des bagages et sortit elle-même sur le palier, pour accueillir Michel Borissovitch.

En voyant de près ce vieux visage crispé de bonheur, elle fut remuée davantage qu'elle ne l'eût supposé. Il lui baisa les deux mains avec dévotion. Ses yeux pleuraient de froid. Son nez était strié de veinules bleues. Les cahots de la course avaient dérangé son col, ébouriffé ses favoris poivre et sel.

— Sophie, balbutia-t-il, enfin je vous retrouve ! La vie sans vous était si pénible !

Reprise par sa première crainte, elle demanda :
— Et Serge ?
— Il se porte le mieux du monde !

Elle respira c'était donc bien pour Nicolas qu'il était venu !

— Pourquoi ne m'avez-vous pas avertie de votre arrivée ? dit-elle.

— Tout s'est décidé si vite ! s'écria-t-il. Soudain, je n'ai plus pu tenir ! Il a fallu que je parte ! Comme un fou !

Elle le conduisit au salon. Il se laissa tomber lourdement dans un fauteuil et promena autour de lui un regard atone. Sans doute cherchait-il à montrer combien il était las et avait besoin de sollicitude. Debout devant lui, Sophie demeurait perplexe. Elle avait de terribles reproches à lui faire, mais ne voulait pas le brusquer, puisqu'il semblait bien disposé à l'égard de son fils. Décidée à tout lui dire, avec le plus de ménagement possible, elle sourit tristement et murmura :

— Ah ! père, comme je vous en veux ! Vous m'avez manqué de parole !...

Il s'étonna, la nuque raidie, les sourcils en bataille :

— Moi ? Quand ? Comment ?

— En envoyant cette lettre à Nicolas, pour lui annoncer que j'étais au courant de tout et que je ne voulais plus le revoir ! Je vous avais demandé de ne pas le faire ! Je devais lui écrire moi-même !...

— Oui, ma chère enfant, mais le temps passait, vous ne vous décidiez pas, vous souffriez en silence... J'ai pris sur moi de vous remplacer dans cette pénible obligation... Je croyais agir pour le mieux... Vous savez bien que je ne pense qu'à votre bonheur !...

Elle aurait pu prévoir la réponse. Michel Borissovitch était toujours égal à lui-même. Il fallait l'accepter tel quel ou refuser de le recevoir. Comme elle se taisait, il poursuivit d'un ton humble :

— Avez-vous un coin pour me loger, Sophie ? Sinon, j'irai à l'auberge...

Un moment, elle voulut le ramener à la discussion, le débusquer, le convaincre de ses torts, puis se ravisa, de guerre lasse, et dit :

— Oui, père, suivez-moi.

Elle lui fit préparer un lit dans une grande pièce inutile, au fond de l'appartement. Il s'y retira pour se laver et se changer. Antipe, qu'il avait amené de Kachtanovka, courait de la cuisine à la chambre avec des brocs. En passant dans le couloir, Sophie entendit l'eau qui giclait, la vaisselle qui tintait et Michel Borissovitch qui soupirait d'aise en s'appliquant des claques par tout le corps. Il reparut, rose, exsudé, reposé, le ventre moulé dans sa robe de chambre verte à brandebourgs, les pieds chaussés de pantoufles moelleuses. Sophie l'invita à prendre le thé. A la vue du samovar, il s'épanouit complètement. Elle ouvrit deux pots de confitures. Il hésita entre la prune et la framboise, et se décida pour cette dernière. Son nez se fronçait de gourmandise. Elle l'observait comme un animal aux mœurs étranges. Il beurrait sa troisième tartine et n'avait pas encore demandé des nouvelles de son fils. Agacée, elle finit par dire :

— J'ai vu Nicolas, avant-hier !

— Il a bien de la chance ! marmonna-t-il. Moi, vous ne m'avez pas vu depuis un an !

— Père, comment pouvez-vous comparer... ? Il est si malheureux !... Je suis sa femme... je dois tenter l'impossible pour le réconforter !...

— Parce que vous êtes redevenue sa femme ? dit-il, un éclair d'ironie méchante dans les yeux.

— Je n'ai jamais cessé de l'être !

— Quelle largeur d'esprit ! Vous me feriez croire qu'il suffit qu'on vous manque d'égards pour que vous vous attachiez ! La pitié vous aveugle, chère Sophie ! Jusqu'où comptez-vous aller dans l'abnégation ?

Rassemblant sa raison, elle se contint pour ne pas lui répondre.

— Jusqu'en Sibérie ? reprit-il d'une voix douce.

Elle tressaillit. Comment avait-il appris son projet ? Elle ne lui en avait rien dit dans ses lettres. Tendu vers elle, il ne l'attaquait plus, il l'implorait en silence. Elle le laissa longtemps flotter dans le vide.

— Dites-moi que ce n'est pas vrai ! chuchota-t-il enfin.

— Si, dit-elle.

Il écrasa ses poings sur son front :

— C'est abominable !

— Qui vous a prévenu ?

— Le maréchal de la noblesse de Pskov. A la suite d'une lettre que vous avez écrite à l'impératrice, il a reçu de Saint-Pétersbourg l'ordre de rédiger un rapport sur votre vie à Kachtanovka. Comme nous sommes de vieux amis, il m'a aussitôt mis au courant...

Sophie en déduisit rapidement que, si le gouvernement avait prescrit une enquête sur elle, c'était que sa demande allait être prise en considération. Son visage s'éclaira d'un tel espoir que Michel Borissovitch se renfrogna et dit :

— Ne vous réjouissez pas trop tôt ! Les renseignements sur vous ne seront peut-être pas tous favorables !

— Cela m'étonnerait ! dit-elle.

— Moi aussi, reconnut-il avec un pauvre sourire.

Il y eut entre eux un silence lourd de réflexion. Retranchée en elle-même, Sophie suivait le cheminement d'une idée, qui, soudain, éclata avec la force de l'évidence.

— C'est parce que vous avez su que je voulais partir pour la Sibérie que vous êtes venu ? demanda-t-elle.

Il soutint son regard sans broncher et dit :

— Oui. Il faut absolument que je vous empêche de commettre cette folie !

— Vous parlez comme votre fils ! Lui aussi voudrait me décourager ! Pourquoi vous écouterais-je, alors que je ne l'ai pas écouté, lui ?

— Il n'a pas pu vous dire tout ce que je vous dirai, moi ! Il a trop envie, au fond, de vous avoir à ses côtés pour vous représenter l'absurdité de cette entreprise !

— Je sais parfaitement ce qui m'attend là-bas.

— Non ! vous n'avez aucune notion de ce qu'est la Sibérie ! Il faut y être né pour supporter d'y vivre ! Peut-être vous assignera-t-on une résidence très éloignée du bagne où sera enfermé Nicolas ? Vous ne le verrez plus du tout, et, coupée de Saint-Pétersbourg, vous ne pourrez même pas intercéder en sa faveur !

— Je prends ce risque !

— Ce n'est pas un risque, mais la quasi-certitude d'un échec ! Puisque vous éprouvez un tel besoin de vous dévouer, dites-vous bien que vous en aurez plus l'occasion à Kachtanovka qu'au-delà du lac Baïkal !...

— Ce n'est pas mon avis !

— Auriez-vous oublié votre petit Serge ? Marie vous l'a confié, en mourant ! Vous êtes comptable, envers elle, de cette jeune vie !

Elle devina l'affreuse comédie qu'il s'apprêtait à jouer et se raidit dans la répulsion.

— Il n'a que vous au monde ! reprit-il. Vous êtes sa mère ! En le quittant, vous le priverez de cette tendresse, de cette chaleur à laquelle tout enfant a droit ! Accepteriez-vous que, pour la deuxième fois, il devînt orphelin ?

Sa voix s'enrouait. Des larmes hésitaient au bord de ses paupières.

— J'aime Serge de tout mon cœur, dit-elle, mais je sais que, moi partie, il ne sera pas plus malheureux. Il grandira, sans manquer de rien, dans votre maison. Nicolas, lui, est un homme perdu, si je ne vais pas le rejoindre. Il a plus besoin de moi que quiconque !

— Mettre en balance un enfant innocent et un criminel politique ! dit Michel Borissovitch.

Poussée à bout, elle s'écria :

— Je vous en prie, ne vous servez pas du petit Serge pour m'attendrir, alors que vous pensez uniquement à vous dans cette affaire !

— Moi ? dit-il en arrondissant un œil indigné. Comment pouvez-vous supposer cela ?

— Je vous connais, père ! Vous ramenez tout à vous ! Votre bon plaisir est la loi de vos proches ! Si vous ne voulez pas que je suive Nicolas en Sibérie, c'est parce que vous avez peur de vous ennuyer, seul à Kachtanovka ! Il vous importe peu que votre fils crève de misère, à l'autre bout du monde, pourvu que vous ayez votre partie d'échecs avec moi, chaque soir !

— Vous me tuez ! articula-t-il en portant la main à son cœur.

Sa grimace de souffrance était si théâtrale — lèvres tordues, prunelles révulsées — que Sophie en eut un surcroît de fureur :

— Cessez de geindre ! Dans la situation où nous sommes, vos petits malheurs personnels ne comptent pas ! Quand vous aurez vu Nicolas, maigre, sale, malade de solitude, vous comprendrez sûrement !...

Les traits de Michel Borissovitch se figèrent. La cire molle devenait marbre.

— Il n'est pas dans mon intention de le voir, déclara-t-il.

Elle crut avoir mal entendu :

— Que dites-vous ?

— Je n'ai jamais mis les pieds dans une prison, précisa Michel Borissovitch. Ce n'est pas à mon âge que je commencerai !

— Mais, il s'agit de votre fils !...

— Il n'est plus mon fils, puisqu'il a conspiré contre la vie du tsar ! J'ai lu le jugement ! Je sais tout ! Par sa faute, je suis couvert de honte !... Le nom des Ozareff, notre nom, traîné dans la boue !... Et vous voulez que je lui pardonne ?

Elle le considéra avec horreur et dit d'une voix que l'émotion étouffait :

— Je ne vous demande pas de lui pardonner, mais de l'aimer et de le plaindre ! Nicolas n'est ni un assassin ni un voleur ! Il n'est coupable d'aucune bassesse ! Au contraire !... Il s'est sacrifié à un idéal !... Que cet idéal ne soit pas le vôtre, c'est une autre affaire ! Reconnaissez, du moins, qu'il inspire de grands dévouements !

— Je reconnais surtout que mon fils vous a bien retournée, mon enfant ! ricana Michel Borissovitch. Vous parliez autrement avant de l'avoir revu !

— Peut-être... Le malheur nous a réunis... Et aussi la cause pour laquelle il souffre !

— La cause des régicides, des massacreurs, des incendiaires ?...

— La cause de la liberté ! C'est de moi, vous le savez, qu'il a pris ses idées politiques. Il ne serait peut-être pas en prison aujourd'hui s'il ne m'avait pas rencontrée, s'il avait épousé une jeune fille russe de votre choix. Et, d'après vous, je devrais maintenant le renier, l'abandonner ?... Non, père, je ne me suis jamais sentie aussi proche de Nicolas ! Je suis fière d'être sa femme !

Elle s'arrêta, essoufflée, vibrante, pleine d'un mélange de courroux et d'amour qui lui mettait les larmes aux yeux. Michel Borissovitch rentra légèrement la tête dans les épaules et marmotta :

— Calmez-vous, Sophie ! Je n'ai pas voulu vous blesser... On parle, on s'échauffe... En vérité, je ne vous blâmerai jamais d'être charitable envers mon fils... Il est un morceau de ma chair... Mais, excusez-moi, je ne peux pas vous suivre jusqu'au bout de vos raisonnements... Certaines traditions, à mon âge, sont plus fortes que tout... Les principes se durcissent comme les artères...

Ce changement de ton la surprit. Visiblement, Michel Borissovitch essayait une autre tactique. De nouveau, elle n'avait plus sous les yeux qu'un pitre larmoyant.

— Est-ce que vous me comprenez ? bégaya-t-il.

— Non, père ! répondit-elle sèchement.

— Ce n'est pas possible !... Tout ça parce que je me suis permis de critiquer Nicolas, ce Nicolas que vous maudissiez avec moi, il n'y a pas longtemps !... Bon, bon !... Si vous tenez tellement à ce que je le voie, je ferai un effort... J'irai là-bas... Mais pas maintenant... Plus tard... Dans quelques semaines... quand je me serai habitué à l'idée...

— Après ce que vous m'avez dit sur lui, je vous défends de le rencontrer ! cria-t-elle.

Il cligna des paupières, à plusieurs reprises, comme assourdi par des coups de marteau. Puis, il soupira :

— Vous voyez comme vous êtes bizarre !... Tantôt vous voulez, et tantôt vous ne voulez pas !... Eh bien ! n'en parlons plus !... Mais revenez à moi, Sophie, je vous en conjure !... Je n'ai pas mérité votre cruauté !... Sans vous, je périrai !... Je périrai !...

Un sanglot contenu fit frémir ses joues. Il prit appui sur le bras d'un fauteuil et s'agenouilla péniblement devant sa bru. Elle eut un mouvement de recul, comme si une mare d'eau sale se fût élargie à ses pieds.

— Relevez-vous ! dit-elle. Vous êtes grotesque !

Il resta prosterné. Elle sortit de la pièce et claqua la porte. Dix minutes plus tard, Douniacha vint, en grand émoi, la chercher dans sa chambre :

— Barynia ! Votre beau-père se trouve mal ! Il est couché sur son lit ! Il respire à peine !

Sophie s'attendait à cette manœuvre.

— Qu'on le laisse tranquille, dit-elle. Il se sentira mieux, s'il voit que personne ne s'occupe de lui !

— Mais c'est que, barynia, il vous réclame !

— Dis-lui que je suis occupée.

Elle donna un flacon de sels à Douniacha et la renvoya. Restée seule, elle mit longtemps à se dominer. Elle songeait à l'étonnante sécheresse de Michel Borissovitch, à son orgueil, à sa violence, aux intrigues de ruse et de cruauté qui naissaient de son cerveau enfantin. Affamé d'égards, ivre d'autorité, il avait perdu toute pudeur dans l'étalage de son caractère. Si elle avait pu, jadis, lui trouver des excuses, elle était convaincue maintenant que Nicolas avait raison : cet homme était un monstre !

7

En retournant auprès de Nicolas, Sophie décida de lui laisser ignorer que son père se trouvait à Saint-Pétersbourg mais répugnait à le voir. A quoi bon le tourmenter dans son cachot avec cette odieuse histoire de famille, alors qu'il avait besoin de tout son calme pour supporter l'épreuve jusqu'au bout ? Marchant vers la prison, elle s'enfonçait, les yeux ouverts, dans une tendresse cotonneuse. Il avait neigé pendant la nuit. Dans tout ce blanc, la citadelle paraissait plus massive et plus sombre. Des invalides balayaient le pont-levis, devant la porte Pétrovsky. La sentinelle, dans sa guérite rayée, portait le long manteau noir et le capuchon des grands froids. C'était jour de visite. Des traîneaux s'engouffraient, l'un après l'autre, sous la voûte. Les parents de prisonniers se saluaient en descendant de voiture, dans la cour. A force de se rencontrer, ils avaient appris à se connaître. La plupart étaient chargés de paquets. Dans le panier de Sophie, il y avait des lainages, un saucisson, dont Nicolas était friand, et de petits cigares. N'était-ce pas un peu trop pour un seul colis ? Elle sourit à quelques visages familiers, gravit les marches de la maison du commandant et tendit son laissez-passer au sous-officier de garde, à l'entrée. L'homme jeta un regard sur le document, le compara avec une liste qu'il tenait à la main et dit :

— Il n'est plus là.

Sous le choc, la tête de Sophie se vida. Ce malheur, qu'elle attendait depuis longtemps, la surprenait comme si elle n'y eût pas été préparée

— Ce n'est pas possible ! balbutia-t-elle.
— Eh ! si, grommela le sous-officier. Il est parti, tout juste hier, le 28 février, avec un convoi, pour la Sibérie.
— Pour la Sibérie, répéta-t-elle machinalement.

Elle écarquillait les yeux sur ce messager du destin, qui lui annonçait, d'un air indifférent, la fin du monde.

— Le général Soukine, s'il vous plaît..., murmura-t-elle.
— Il ne peut pas vous recevoir.
— Et le commandant Podouchkine ?
— Il est occupé.
— Prévenez-le tout de même !
— Impossible... Je regrette... J'ai des instructions...
— Mais enfin... il faut que je sache où, exactement, on a envoyé mon mari... dans quelle région, dans quelle ville !...
— On ne vous le dira pas : c'est secret !
— Je vous en prie...

Les mots fuyaient sa bouche. Ses forces l'abandonnaient.

— Allez-vous-en, Madame, dit le sous-officier. Vous n'avez plus rien à faire dans la forteresse.

Il haussait le ton. Sophie pensa aux lainages, au saucisson, aux petits cigares, et se sentit aussi tragiquement ridicule que si elle les eût apportés à un mort.

— Donnez ceci à un autre condamné politique, dit-elle en posant le panier sur une marche.

Elle retraversa la cour, tête haute, malgré la faiblesse de ses jambes. Les parents de prisonniers, qui attendaient leur tour de visite, la regardaient avec compassion et chuchotaient sur son passage. En franchissant le pont-levis, elle glissa sur le plancher verglacé, faillit tomber, et se retint à une chaîne de fer. Où était Nicolas en ce moment ? Elle l'imagina, lancé en traîneau à travers un désert de neige, à demi mort de froid, désespéré de ne l'avoir pas revue avant son départ, pensant à elle comme à sa dernière chance de salut !

En rentrant à la maison, elle trouva son beau-père qui l'attendait. Une colère la saisit à la vue de ce vieillard bien portant et rasé de près, qui lisait son journal dans le salon, le dos appuyé au poêle de faïence.

— Soyez content ! dit-elle. Votre fils est parti pour la Sibérie !
— Puisse-t-il y trouver le pardon de Dieu ! soupira Michel Borissovitch en tournant une page.

Puis, il leva la tête, sourit à Sophie d'un air malicieux, et dit encore :
— C'est dommage ! Je m'étais fait à l'idée de le rencontrer la semaine prochaine !...

Le froid et la faim penchaient Nicolas vers le sommeil. Il perdait conscience, puis se réveillait en sursaut et s'étonnait d'être dans un traîneau à la bâche déchirée, avec son camarade Youri Almazoff, dormant sur son épaule, et un gendarme assis en face d'eux, les paupières closes, la moustache au repos et le nez violâtre. Il y avait plus d'une semaine qu'ils avaient quitté Saint-Pétersbourg. Six chariots attelés en troïkas. Celui où se trouvait Nicolas était le plus petit et venait en dernière position. Les clochettes de tous ces chevaux faisaient un bruit de fête dans le désert. On filait quarante-huit heures de suite, avec un arrêt toutes les deux nuits dans une maison de poste. La frontière de la Sibérie ne devait plus être loin. Nicolas souleva la bâche et ne vit que du blanc. Son estomac gargouillait. Si seulement on lui avait donné un peu de soupe chaude à la dernière halte ! Mais le feldjaeger Korotychkine, qui était le chef du convoi, réduisait les dépenses de nourriture afin d'empocher le plus d'argent possible sur la somme allouée pour le voyage. Dérangé par un cahot, Youri Almazoff poussa un gémissement sourd et changea de posture.

— S'ils ne nous donnent pas à manger à la prochaine station, nous devrions protester, dit Nicolas en français.

— Comment veux-tu protester ? dit Youri Almazoff. Au nom de quoi ? Nous sommes à la merci de cette canaille !...

Le gendarme explosa sur son siège :

— Veuillez vous exprimer en russe, qu'on puisse vous comprendre ! Sinon, je signalerai votre cas au feldjaeger !

D'après le règlement, le feldjaeger pouvait supprimer un repas, par sanction, à tout déporté qui causait en français avec ses camarades. Nicolas se rappela que, dans son enfance, son précepteur, M. Lesur, lui interdisait de parler russe à table, sous peine d'être privé de dessert. Un sourire descendit de ses yeux à sa bouche. Le gendarme ravala son mécontentement. Youri Almazoff s'assoupit de nouveau. Gelé, ratatiné, le menton bleu, les sourcils noirs, il dodelinait de la tête et exhalait une épaisse vapeur entre ses lèvres gercées jusqu'au sang. Un cheval hennit. Le fouet claqua en revenant sur la bâche. Pour se distraire, Nicolas chercha à démêler un air de musique dans le tintement désordonné des clochettes. Mais la seule mélodie dont son esprit fatigué gardait le souvenir était celle que jouait le carillon de la forteresse. Il l'avait entendue pour la dernière fois cette nuit où, tiré de son sommeil par les gardiens, amené sous escorte dans la maison du commandant, il y avait retrouvé ses actuels compagnons de route. Quinze prisonniers ahuris, un ballot de linge sous le bras, et, en face d'eux, le général Soukine annonçant avec superbe : « Par ordre impérial, on va vous mettre les fers aux pieds. » Ils s'étaient regardés avec stupeur, mais, au fond, ils s'attendaient tous à cette avanie. « Asseyez-vous sur ce tabouret », avait dit un gardien à Nicolas, comme s'il allait lui essayer des chaussures. Puis, il s'était agenouillé devant lui et avait sorti d'un sac les lourdes chaînes emmêlées comme des serpents. Une sensation de froid sur la peau. Un tour de clef. Deux anneaux fixés aux chevilles. En se relevant pour marcher, Nicolas avait eu de la peine à poser un pied devant l'autre. Dix livres de ferraille entravaient ses mouvements. Il traînait derrière lui un cliquetis d'enfer. Ses camarades vacillaient comme lui sur leurs jambes maladroites. Des gardiens les avaient pris sous les bras pour les aider à descendre l'escalier. Il y avait un gendarme par traîneau, plus le feldjaeger Korotychkine, qui dirigeait l'embarquement. Le convoi s'était ébranlé, à une heure du matin, au milieu d'une capitale morte. Nicolas disait adieu aux maisons, aux monuments, à la vie qu'il avait aimée. Sophie devait dormir, à cette heure-ci. Ne percevait-elle pas, à travers ses rêves, le déchirement d'un départ ? Il s'élançait vers sa femme avec un cri silencieux. Des larmes gelaient au bord de ses paupières. Les chevaux allaient au pas. Le feldjaeger marchait sur le trottoir de bois, à côté de sa voiture. Une jeune fille s'appuyait à son bras. Elle chuchotait, pleurait, se mouchait. « Voyons, Marthe ! C'est ridicule, Marthe ! » grommelait le feldjaeger. Mais, lui, ne partait que pour un mois ! Avant d'arriver à la barrière, il avait renvoyé la jeune fille. Des employés de l'octroi avaient vérifié les papiers, soulevé les bâches. Les cochers avaient libéré les clochettes, qui étaient restées attachées, pour ne pas faire de bruit, pendant la traversée de la ville. Et, soudain, ç'avait été la ruée des troïkas en rase campagne.

« Huit jours déjà ! pensa Nicolas. A moins que ce ne soit neuf ! Ou peut-être un an ! Je ne sais plus. Manger, dormir. Rien d'autre ne compte. » Il voulait s'en persuader et ne le pouvait pas. Toujours une tristesse lancinante le halait en arrière. Il regarda ses chaînes. Cet amas d'anneaux luisants, endormis entre ses pieds, cette vie de fer mêlée à sa vie. A Perm, on l'avait déchaîné pour le mener aux étuves avec ses compagnons. Les garçons de bains étaient tous d'anciens forçats. Condamnés de droit commun, ils portaient la marque d'infamie sur le visage. Certains avaient les narines entaillées. Ils avaient pris en main les nouveaux venus, leur grattant le dos avec des torchons de tille et leur criant à l'oreille les conseils de leur expérience : « Si vous restez à Irkoutsk, vous verrez, c'est le paradis ! Tchita aussi n'est pas mal ! Mais Dieu vous préserve des mines de Blagodatsk !... » Quand tous les « politiques » avaient été nettoyés et renchaînés, le feldjaeger Korotychkine les avait conduits à l'église. L'office était déjà commencé. Des anges chantaient du côté de l'iconostase. Un prêtre, tout doré, invoquait Dieu avec une voix de tonnerre et de velours. On avait parqué les prisonniers dans un coin, à l'écart des fidèles. A la sortie de la messe, les braves gens, passant devant eux, leur faisaient l'aumône. Certains demandaient :

— Pourquoi vous envoie-t-on en Sibérie ?

Ils répondaient :

— C'est pour la révolte du 14 décembre.

Personne n'avait l'air de savoir ce qui s'était passé le 14 décembre. Parfois, un paysan plus déluré hochait la tête :

— Ça veut dire que vous êtes des politiques ?

— Oui, petit père.

— Une mauvaise affaire sur la terre peut devenir une bonne affaire dans le ciel ! Que le Seigneur vous réconforte !

Une jeune fille en fichu avait regardé Nicolas de toutes ses forces, en murmurant : « Pauvre ! Pauvre ! » et lui avait glissé un rouble dans la main. Il n'avait pas refusé, il n'avait pas remercié, la gorge nouée par l'émotion. Maintenant encore, il pensait à ce petit visage frais, rond et banal, à ces grands yeux débordant de charité russe. Un souvenir se leva en lui. Il se revit, dix ans plus tôt, dans la cour d'un relais de poste, avec Sophie. Elle arrivait de France. Elle ne savait rien de son nouveau pays. Tout à coup, elle avait découvert, avec horreur, un groupe de forçats rangés contre le mur. Pendant qu'on changeait l'attelage, elle s'était avancée vers eux et avait donné de l'argent au plus misérable. Il s'était prosterné et avait baisé le bas de sa robe. Un fossé la séparait de ces bagnards en loques, qui étaient le rebut de la société. Aujourd'hui, son mari était des leurs. Un vertige le saisit à rapprocher ces deux images. Il comprit que la richesse, la grandeur, la santé, la vertu, la chance de certains ne provenaient peut-être que d'une distraction divine, que le bonheur véritable ne devait rien aux circonstances extérieures et qu'à condition de vivre pour l'essentiel l'homme le plus vaincu, le plus disgracié pouvait représenter à lui seul une force extraordinaire, un avenir irremplaçable, une vision de l'humanité qui ne disparaîtrait qu'avec lui. Il tâta le rouble au fond de sa poche. Ce serait son talisman.

Le traîneau ralentit. Les chevaux peinaient, haletaient. Cette traversée de l'Oural était interminable. Quand arriverait-on au sommet du col ?

— Halte ! Pied à terre !

Tous les prisonniers descendirent. Le gendarme ordonna à Nicolas et à Youri Almazoff d'attacher leurs fers à la ceinture, pour donner plus d'aisance à leurs mouvements. Ils se mirent en marche, à la file. Un vent sans méchanceté leur jetait des cristaux de neige au visage. De hauts sapins noirs bordaient la route. Entre les cimes, coulait un fleuve de vapeur blanche. Au tintement argentin des clochettes, répondait le lourd cliquetis des chaînes. Une théorie de manchots gravissait la côte, en se dandinant. Comme les déportés n'avaient pas l'habitude du grand air, ils s'essoufflèrent et il fallut ralentir l'allure. Nicolas, les poumons déchirés, le cœur battant par à-coups, vacillait d'un pas sur l'autre. Il tomba deux fois et le gendarme l'aida à se relever. Sur la crête, se dressait une cabane solitaire, coiffée de neige. Une cheminée qui fumait, un chien qui aboyait : la vie ! Les traîneaux vides arrivèrent au relais avant les hommes. De là-haut, le feldjaeger leur faisait signe de se dépêcher :

— Allons ! Un petit effort ! Qui est-ce qui m'a foutu des empotés pareils ? Tenez mieux vos chaînes ! Marchez dans les traces !

En atteignant le sommet du col, Nicolas crut perdre connaissance. Les oreilles bourdonnantes, des aiguilles de givre dans les yeux, un goût de sang au fond de la bouche, il s'adossa à un arbre pour reprendre haleine. On lui parlait et il ne comprenait rien. Il avait envie de pleurer et de vomir. Peu à peu, cependant, les forces lui revinrent. Il regarda le monde, en contrebas. Des forêts bleues et noires, dentelées de neige, couvraient, à perte de vue, les pentes de l'Oural. La route blanche descendait dans cette épaisse fourrure, s'incurvait, s'effaçait, pour reparaître plus loin, rétrécie, filiforme. Un cocher leva son fouet et dit :

— Par là, c'est la Sibérie !

Nicolas écarquilla les prunelles. Il se trouvait donc enfin à la frontière de ces deux mondes inconciliables. Derrière lui, la Russie, le passé, Sophie, la douceur de vivre ; devant lui, le bagne, la terre de l'oubli.

— Eh bien ! quoi ? dit Youri Almazoff. Vu d'ici, rien ne ressemble plus à l'Europe que l'Asie !

Nicolas tenta de sourire. Mais son visage, durci par le froid, ne lui obéissait plus. Sur un ordre du feldjaeger, les prisonniers, dos rond, chaînes bruissantes, se dirigèrent vers la cabane. Un aigle bicéphale, en bois grossièrement découpé, surmontait la porte.

8

Sophie retira son manteau, son chapeau, les remit à Douniacha et s'assit au bord du canapé, tête basse, les mains sur les genoux. Jusqu'à quatre heures de l'après-midi, elle avait couru les chancelleries. Nulle part on n'avait connaissance de son affaire. Econduite du palais d'Hiver et de l'ambassade de France, elle n'avait pu trouver Hippolyte Roznikoff au palais Michel, où il avait maintenant son bureau. Comme le pas de son beau-père se rapprochait dans le couloir, elle se rétracta sous l'effet de la contrariété. Depuis le départ de Nicolas, elle supportait mal la présence à ses côtés de ce vieillard, dont l'affection se teintait de fourberie et qui semblait se délecter de la souffrance qu'elle lui infligeait parfois en le rudoyant. Il la fatiguait par ses mines et ses soupirs.

— Quelles nouvelles ? demanda-t-il en pénétrant dans le salon.

— Rien, dit-elle.

La consternation allongea la figure de Michel Borissovitch :

— Ma chère enfant, je suis désolé pour vous !...

— Je vous en prie, père, répliqua-t-elle vivement, ce n'est pas à vous de me plaindre !

— Mais si ! Mais si ! Tout en réprouvant la cause à laquelle vous vous dévouez, j'admire votre persévérance et déplore de la voir si mal récompensée !

Elle balança la tête lentement :

— Je ne comprends pas l'incertitude où on me laisse ! Qu'on me dise oui, ou non ! C'est pourtant simple !...

— Il faut que vous n'ayez aucune idée de la distance qui nous sépare du tsar pour supposer qu'il pourrait vous entendre ! Vous vous adressez à un mur, Sophie ! Les semaines passeront ! Vous userez votre santé, votre dignité, en visites inutiles ! Croyez-moi, vous avez fait l'impossible ! Maintenant, la conscience en paix, vous avez le droit — que dis-je le droit ? le devoir ! — de retourner avec moi auprès du petit Serge...

— Non, dit-elle, je n'abandonnerai pas la partie.

— Qui vous parle d'abandonner la partie ? s'écria-t-il. Si vous devez avoir une réponse, elle vous touchera aussi bien à Kachtanovka qu'à Saint-

Pétersbourg. Au lieu de l'attendre ici, dans l'énervement et l'oisiveté, vous l'attendrez là-bas, en vous rendant utile à votre entourage !

Cet argument ébranla Sophie. Elle était lasse, découragée. Malgré toutes les relations qu'elle s'était faites, elle se sentait plus perdue à Saint-Pétersbourg que dans une forêt. Prête à céder, elle leva les yeux sur son beau-père. Debout devant elle, il la regardait avec une expression de ruse et de tendresse, qu'elle lui avait déjà vue pendant leurs parties d'échecs. Elle s'ébroua pour retrouver sa lucidité d'esprit.

— Je n'irai pas à Kachtanovka, dit-elle.

— Mais pourquoi ?... Je viens pourtant de vous expliquer...

— Céder sur ce point équivaudrait à céder sur tous les autres. Si l'on apprend en haut lieu que je me résigne à vous suivre, on classera définitivement mon affaire.

— Soit, soupira-t-il. Le temps se chargera de vous convaincre, puisque vous ne voulez pas entendre mes raisons !

— Et vous, père, quand comptez-vous repartir ? demanda-t-elle à brûle-pourpoint.

Il frissonna et une lueur d'affolement traversa ses prunelles.

— Je ne veux pas vous quitter, dit-il.

— Même si je dois demeurer ici des semaines, des mois encore ?

— Oui, Sophie.

— Et le petit Serge ?

— Quoi ?

— Vous le laisseriez seul à Kachtanovka ?

— Il a toutes les servantes, toutes les nourrices qu'il faut pour s'occuper de lui !

Elle lui retournait les reproches dont il l'avait accablée autrefois.

— Vous me teniez un autre langage quand il s'agissait de me persuader ! dit-elle.

Désarmé au milieu de l'attaque, il bomba le torse, chassa l'air violemment par les narines et dit d'une voix sourde :

— Je me moque du petit Serge ! Ma vie n'est pas auprès de lui, mais auprès de vous !

Ce fut comme si un bloc de pierre venait de tomber dans une mare. Un long silence suivit, pendant lequel des cercles s'élargirent autour de cette vérité. Douniacha entra pour allumer les lampes. Un globe de verre dépoli brilla entre Sophie et son beau-père, au centre de la table. Tiré de la pénombre, le visage de Michel Borissovitch apparut, crevassé comme une terre sèche. Il avait dépouillé tout orgueil. Après le départ de la servante, il balbutia :

— Permettez-moi de rester, Sophie ! Nous nous installerons dans un logement plus agréable ! Je vous aiderai...

Depuis son arrivée, elle vivait de l'argent que Nicolas avait touché sur la vente de la maison familiale, à Saint-Pétersbourg. Mais elle avait beau surveiller ses dépenses, cet appartement modeste, loué tout meublé, lui coûtait, chaque mois, une fortune. La nourriture, le moindre service étaient, en ville, hors de prix. Bientôt, elle serait obligée d'engager des bijoux à un prêteur. Michel Borissovitch devait se douter de sa gêne.

— Je ne puis tolérer que des soucis d'argent s'ajoutent à vos soucis de cœur ! reprit-il. Ah ! Sophie, pourquoi refusez-vous de me considérer comme l'être qui vous veut le plus de bien au monde ?

— Je n'ai besoin de rien, dit-elle, et je n'ai pas du tout l'intention de déménager.

— Laissez-moi, du moins, participer aux frais de la maison, puisque j'y habite !

— Non.

— Je m'invite donc, dit-il. Mais pour longtemps !

— Pour le temps que vous désirez !

Il espérait cette réponse après tant de déconvenues. Un air de bonheur inonda son vieux visage. Elle s'en voulut de lui avoir fait plaisir.

— Que Dieu exauce tous vos vœux, ma chère enfant ! dit-il. Même ceux dont la réalisation me serait le plus pénible !

Et il se tourna vers l'icône de la Sainte-Vierge, qui veillait à l'angle du salon. Sophie se demanda s'il ne priait pas pour tout autre chose. Il se signa.

— Je voudrais vous emmener souper au restaurant, ce soir, dit-il en revenant vers Sophie.

C'était la première fois qu'il lui proposait une sortie en ville. Elle songea à Nicolas, perdu dans la steppe. Cette misère, jour à jour devinée, la rendait intraitable envers tous ceux qui n'en avaient pas conscience. Elle allait répondre durement à son beau-père, quand Nikita frappa à la porte pour annoncer une visite. Hippolyte Roznikoff entra, porté par un rayon de lumière. Ses éperons tintaient, ses yeux brillaient, ses dents riaient. Il claqua des talons, se cassa en deux devant Sophie, puis, devant Michel Borissovitch, dégrafa son épée et s'écria en français :

— Je vous ai manquée de peu à mon bureau, chère Madame ! J'ai enfin du nouveau pour vous ! Le général Benkendorff désire vous voir après-demain, à trois heures !

D'un geste souple de la main, le général Benkendorff invita Sophie à s'asseoir devant lui. Elle darda ses regards sur cet homme d'une quarantaine d'années, au front dégarni, aux joues fripées et aux yeux vifs, dont dépendait son destin. D'énormes épaulettes d'or débordaient ses maigres épaules. Cordons et aiguillettes passaient en dessins compliqués entre les boutons de son uniforme. Tout le côté gauche de sa poitrine était couvert de crachats, de croix et de médailles. Il embaumait le « parfum de la Cour ». Elle lui trouva l'air distant, et s'inquiéta.

— Madame, lui dit-il en français, avec un fort accent russe, Sa Majesté a pris connaissance des nombreuses requêtes que vous avez présentées aux personnes de son entourage.

— J'en suis fort heureuse, général, balbutia-t-elle.

Elle s'était habillée avec recherche pour cette visite. Redingote de velours plain, d'un vert tirant sur le noir, et chapeau de même velours, à plumes de marabout mauves incurvées sur l'oreille. En entrant dans le bureau, elle était sûre de plaire. Pour emporter la décision, elle n'eût pas hésité, même, à se montrer coquette. Mais Benkendorff semblait insensible à son charme. Il était, devant cette femme, comme devant un dossier, l'œil fixe, la moustache triste.

— Votre insistance, dit-il, aurait pu déplaire à l'empereur. Il a eu la bonté de n'y voir que la manifestation d'un vif dévouement conjugal. Cela, bien entendu, ne résout pas le problème...

— Je ne suis pas la première épouse qui sollicite de Sa Majesté la faveur de suivre son mari en Sibérie, dit Sophie en essayant de sourire.

— Certes non! s'écria Benkendorff. Les princesses Troubetzkoï et Volkonsky vous ont donné l'exemple. Mais, permettez-moi de vous faire observer qu'elles appartiennent toutes deux à de grandes familles russes et que nous pouvons avoir en elles une entière confiance.

Elle eut un sourd battement de cœur. La conversation s'engageait mal.

— Me reprocheriez-vous d'être française? dit-elle.

— Grand Dieu non! Ce ne sont pas vos origines mais vos opinions qui sont en cause! J'ai là un rapport des plus intéressants...

Il prit une liasse de papiers sur sa table, les feuilleta et lut :

— « D'après les témoignages recueillis sur place, à Kachtanovka et dans tout le district, l'intéressée (il s'agit de vous, Madame!) fréquente l'église plus par curiosité que par piété véritable, déplore l'institution du servage, entretient les paysans dans la pensée que l'instruction les sauvera de la misère et ne manque pas une occasion de critiquer l'ordre établi et de prôner les théories libérales françaises. »

— Ce n'est pas vrai! marmonna Sophie. Qui a dit cela?

— Des personnes proches de vous.

Elle songea à son beau-père. N'avait-il pas fourni les plus mauvais renseignements sur elle, pour inciter le gouvernement à lui refuser un sauf-conduit? Il était capable de tout! Mais non, un tel machiavélisme était inconcevable! Il fallait chercher ailleurs! Les méchantes langues ne manquaient pas dans la région : Daria Philippovna, Bachmakoff, Péschouroff... Des noms défilaient dans sa tête, mais toujours, avec insistance, ses soupçons se reportaient sur Michel Borissovitch. Elle se sentit perdue.

— Comment pouvez-vous ajouter foi à des ragots de province? dit-elle.

— Vous venez de France, Madame, dit Benkendorff. Un pays où la politique bouillonne jusque dans la rue! Auriez-vous renoncé à vos idées républicaines en vous expatriant?

Elle se rebiffa :

— Sans renoncer à mes idées, je n'ai jamais essayé de les propager autour de moi, par égard pour l'hospitalité que je recevais dans ma nouvelle patrie!

— Quel dommage que votre mari n'ait pas été aussi discret que vous! dit Benkendorff avec un demi-sourire.

— Il s'est laissé entraîner...

— Et vous n'avez rien tenté pour le retenir. Mais nous ne sommes pas là pour faire le procès des décembristes...

— Ni celui de leurs épouses, général, dit Sophie.

— Ne vous enflammez pas ainsi, Madame. En France, tous ces messieurs auraient été condamnés à mort !

— Du moins auraient-ils eu des avocats pour les défendre !

— En matière de politique, les avocats n'ont jamais sauvé la tête de personne !

— C'est une question de principe !

— Les principes, Madame, ne servent qu'à entretenir l'aigreur des faibles contre les forts ! Pour vous, la France est le pays de la civilisation et de la justice, mais, à toutes les époques de son histoire, les crimes politiques y ont été punis sans pitié ! La république a guillotiné par milliers les aristocrates, l'empire a fusillé le duc d'Enghien, la royauté a tranché le cou aux quatre sergents de La Rochelle... Et vous voulez donner des leçons d'humanité au monde !

Sophie se dominait pour ne pas contredire Benkendorff. Même s'il ne restait plus qu'une chance infime de succès, elle devait se cantonner dans son rôle de quémandeuse. Elle pensa à Nicolas, pour se donner le courage d'accepter d'autres humiliations. Mais, déjà, le visage du général se plissait dans une grimace aimable.

— Eh ! oui, reprit-il, avec notre prétendue barbarie, nous sommes plus indulgents pour les ennemis du régime que les Français dont la largeur d'esprit est légendaire. A ceux qui en douteraient encore, la mansuétude du tsar envers les familles des condamnés apporte, chaque jour, une preuve irréfutable.

— Je voudrais pouvoir partager leur reconnaissance, dit Sophie avec effort.

— Vous allez en avoir l'occasion, dit Benkendorff en se renversant sur le dossier de son fauteuil.

Il marqua un temps, comme un acteur qui se prépare à lancer sa meilleure réplique, perça Sophie d'un regard pointu, et dit encore :

— J'ai l'agréable mission de vous faire savoir que l'empereur accède à votre requête.

Elle éprouva un sentiment d'irréalité, de bonheur intense ; son sang bondit, ses yeux se voilèrent de larmes ; elle chuchota :

— Je vous remercie, général.

— Ce n'est pas moi qu'il faut remercier, dit Benkendorff, mais l'empereur, et, davantage encore, peut-être, l'impératrice, dont l'intervention en votre faveur a été décisive.

— J'écrirai... j'écrirai à Leurs Majestés...

Benkendorff jouissait de son trouble en connaisseur.

— Vous êtes charmante ! dit-il, comme s'il se fût aperçu, tout à coup, qu'il avait affaire à une femme. Saint-Pétersbourg vous regrettera, si vous ne regrettez pas Saint-Pétersbourg. N'avez-vous pas alerté l'ambassadeur de France au sujet de votre supplique ?

— Si.

— C'est ce qu'il me semblait ! A tout hasard, j'ai avisé M. de La Ferronays de l'heureuse conclusion donnée à vos démarches. Je ne doute pas qu'il en fera mention dans sa prochaine dépêche. Il est bon qu'on sache à Paris que la fermeté du tsar n'exclut pas une bienveillance paternelle...

Sophie comprit qu'il y avait encore de la propagande là-dessous. Elle devenait le prétexte d'une démonstration politique. Peu lui importait ! L'essentiel était que la route vers Nicolas fût ouverte.

— Quand pourrai-je partir ? demanda-t-elle.

— Ne soyez pas trop pressée ! Si vous saviez ce qui vous attend là-bas !...

— Mon mari !

— Voilà une belle réponse, Madame, grommela Benkendorff en s'inclinant. Préparez donc votre voyage. Dans quelque temps, vous serez convoquée par le grand maître de la police qui vous remettra un sauf-conduit.

Il se leva. L'entretien était terminé.

En quittant Benkendorff, Sophie se laissa porter par la joie à travers une antichambre pleine d'officiers, au bas d'un escalier bordé de sentinelles, dans la rue enfin, où des passants la coudoyèrent, sans la tirer de sa merveilleuse obsession. Elle n'avait pas la foi. Jamais elle n'avait prié Dieu de l'aider dans son malheur. Mais, par une disposition d'esprit qu'elle s'expliquait mal, c'était Lui qu'elle avait envie de remercier, maintenant qu'elle était heureuse. A croire que toutes les lettres qu'elle avait écrites, toutes les visites qu'elle avait faites n'eussent servi de rien si une puissance surnaturelle n'avait ordonné au tsar de la comprendre et de l'exaucer. Elle entra dans la première église qui se présenta, comme si elle y eût été attendue. Quelques fidèles, disséminés dans la nef, se prosternaient et se signaient en silence. Un fond de scepticisme empêchait Sophie de les imiter. Et, cependant, elle avait l'intuition que le monde n'était pas fait seulement de choses visibles, que la vraie vie était, peut-être, au-delà des gestes et des mots.

— Merci... Merci, dit-elle à voix basse.

Mille petites flammes brillaient devant elle. Sans réfléchir, elle acheta un cierge, l'alluma, le planta sous une image sainte et le regarda brûler parmi les autres bâtonnets blancs. Un plaisir enfantin et, sans doute, peu religieux lui venait de cette contemplation. Elle ne se retrouvait pas, avec son caractère fort et clair, dans cette femme fondue de béatitude. On lui avait retiré un harnais des épaules. Libre de ses mouvements, allégée de son angoisse, et peut-être de sa raison, elle s'en retourna vers la porte d'où soufflait le froid de l'hiver. Sur le parvis, des mendiants et des nonnes lui tendirent leurs mains bleues. Elle leur fit l'aumône à tous, comme sa chance l'y obligeait.

Pendant le trajet jusqu'à la maison, elle ne pensa guère à Michel Borissovitch. Tout à coup, elle se trouva devant lui, dans le salon, où il l'attendait depuis des heures. Elle lui sourit, radieuse, sous son chapeau à plumes. Il comprit et ses traits s'affaissèrent, son regard s'éteignit. Il n'avait pas eu cet air désespéré en apprenant l'arrestation de son fils. Sophie lui raconta son entrevue avec Benkendorff. Elle parlait avec volubilité. Son allégresse la rendait égoïste. Elle voyait son beau-père souffrir et ne le plaignait pas. Quand elle se tut, il resta longtemps tête basse, replié sur sa blessure. Puis, il dit faiblement :

— Allez là-bas, Sophie, puisque c'est votre désir !... Mais revenez... revenez dans six mois, dans un an !... Si vous tardez trop, je serai mort !...

Elle détourna les yeux. Il se moucha avec un bruit de trompette. Son menton sautillait entre les effilochures de ses favoris grisâtres. Ridé, voûté, vidé, il paraissait vraiment sur le point de rendre l'âme. Mais il avait trop souvent simulé des malaises pour qu'elle s'inquiétât de cette nouvelle défaillance. Lui-même, d'ailleurs, feignait déjà de se surmonter.

— Ne pensez plus à moi ! Soyez toute à votre bonheur, mon enfant ! Vous l'avez mérité ! dit-il avec un entrain funèbre.

Il garda cette attitude, les jours suivants. L'existence de Sophie en fut facilitée. Leurs seules dissensions portaient maintenant sur les modalités du départ. De semaine en semaine, elle attendait la convocation du grand maître de la police. Michel Borissovitch exigeait que le voyage s'effectuât dans des conditions de confort exceptionnelles et que tous les frais fussent à sa charge. Mais Sophie ne voulait rien lui devoir. Elle vendit quelques bijoux et un manteau de fourrure pour se procurer de l'argent. Le total fit quatre mille roubles. C'était suffisant. Il fallut aussi régler la question des domestiques. Nikita supplia sa maîtresse de l'emmener en Sibérie. Elle eut beau lui affirmer qu'il courait au-devant des pires déconvenues, il s'entêta dans son projet :

— Partout où vous irez, barynia, j'irai aussi ! Je vous le dois, à vous et à Nicolas Mikhaïlovitch ! C'est vous et non mes parents qui m'avez donné la vie !

Ce dévouement aveugle attendrissait Sophie et agaçait Michel Borissovitch. Visiblement, il était jaloux de tous les êtres à qui elle marquait de la sympathie. Il tenta de lui expliquer qu'elle serait mieux servie, aux relais, par Antipe. Elle tint bon. Il s'assombrit.

— Ne craignez-vous pas les racontars, dit-il, si on vous voit courant les routes avec ce serviteur trop jeune et trop bien tourné ?

Elle le frappa d'un regard méprisant qui le ravit. Il aimait cette sensation de froid au-dedans de lui-même. En se retirant, il murmura :

— Vous ne pouvez m'en vouloir d'être soigneux de votre réputation !

Quelques minutes plus tard, passant devant l'office, elle entendit un bruit de discussion et entrebâilla la porte. A genoux devant Michel Borissovitch, Antipe tendait ses mains jointes et marmonnait :

— Du moment que Nikita y va, barine, pourquoi irais-je aussi ?

— L'un surveillera l'autre.

— Alors, prenez quelqu'un de plus jeune que moi ! Je n'ai plus ma vigueur d'avant ! Et je n'ai rien fait pour être envoyé en Sibérie !

— Tu n'es pas le seul !

— Par pitié, barine ! gémit Antipe.

Il grimaçait de toute sa face de pitre aux poils roux et aux grandes oreilles.

— Tais-toi, chien ! cria Michel Borissovitch, tu feras ce que je te dirai de faire ! Il n'est pas convenable que la barynia parte avec Nikita seul ! D'ailleurs, je vais aussi expédier Douniacha avec elle ! Vous ne serez pas trop de trois pour la servir !

Douniacha jeta son visage dans ses mains et sanglota bruyamment. Sophie entra dans la pièce et rétablit l'ordre par quelques mots si vifs que Michel Borissovitch en eut la respiration coupée. Elle ne voulait personne d'autre que Nikita. Sauvés de l'exil, Antipe et Douniacha se précipitèrent sur elle et lui baisèrent les mains. Michel Borissovitch bouda toute la soirée. Le lendemain, en rentrant de faire ses emplettes, Sophie trouva devant la maison une superbe calèche, noire et jaune, avec son beau-père assis à l'intérieur. Il venait d'acheter cette voiture pour sa bru. Il essayait les ressorts.

— Ce sera mon dernier cadeau, dit-il.

Elle refusa d'emblée, par dignité. Il se désola :

— C'est ridicule ! Vous ne pouvez partir pour un si long voyage dans une guimbarde mal suspendue ! Vous vous fatiguerez deux fois plus et vous irez deux fois moins vite ! Ne soyez pas entêtée ! Ou alors, je le deviendrai, moi aussi ! J'empêcherai Nikita de vous suivre !

— Comment cela ? demanda-t-elle avec hauteur.

— Cet homme m'appartient : il ne peut aller en Sibérie sans mon autorisation écrite !

— En somme, vous me proposez un marché ?

— Un marché dans lequel je n'ai rien à gagner, si ce n'est un peu de votre reconnaissance !

Elle se sentit désarmée. Cette calèche la tentait beaucoup. Elle n'avait pas les moyens de s'en procurer une aussi commode. D'autre part, elle se disait qu'elle pourrait difficilement se passer de Nikita en cours de route. Après un long débat de conscience, elle accepta. Le soir même, Michel Borissovitch rédigea l'attestation qu'on exigeait de lui :

« Je soussigné autorise mon serf Nikita Christophorytch à accompagner ma bru, Sophie Ozareff, Française d'origine, en Sibérie. Voici le signalement de l'intéressé : taille deux archines neuf verchoks, yeux bleus, cheveux blonds, visage ovale, nez droit, barbe rasée, soupçon de moustache. Célibataire. Sait lire et écrire. Religion orthodoxe. » Une grande signature et un cachet de cire verte, aux armes de la famille Ozareff, certifièrent le document. En le remettant à Sophie, Michel Borissovitch grommela :

— Je n'ai pas de honte à vous céder, puisque le tsar m'en a donné l'exemple. Mais, permettez-moi de vous dire qu'il n'est pas du tout sûr qu'on vous autorise à prendre un domestique avec vous !

Son plaisir, maintenant, se réduisait à la taquiner et à l'apitoyer, tour à tour, pour se repaître des diverses expressions de son visage avant la séparation. Chaque instant passé auprès d'elle était pour lui une fête qu'il vivait en avare. Il allait à l'église le matin, pour prier Dieu que le grand maître de la police n'envoyât pas de convocation, et, le soir, pour remercier Dieu de lui avoir donné une journée de sursis. Deux grands mois s'écoulèrent encore, dans l'expectative. Enfin, le 27 mai, un agent du quartier se présenta, porteur de l'ordre espéré par Sophie, redouté par Michel Borissovitch.

Elle s'attendait à une formalité rapide, mais le jeune secrétaire qui la reçut à la direction générale de la police avait le goût de la lenteur et de la précision. Il lui lut des notes de service, auxquelles elle ne comprit rien, et finit par lui montrer un papier armorié et calligraphié, en disant :

— Ceci est le règlement qu'il vous faudra signer si vous persistez dans votre idée de rejoindre votre mari.

Elle parcourut le document, avec négligence d'abord, puis avec surprise :

« Les épouses des criminels politiques qui suivront leurs maris en Sibérie devront partager leur sort et perdre leur premier état, c'est-à-dire qu'elles ne seront plus regardées que comme des femmes d'exilés, de forçats, et que leurs enfants, nés en Sibérie, feront partie des serfs de la Couronne...

« Elles ne pourront être accompagnées que d'une seule personne, choisie parmi leurs serfs, et cela à condition que cette personne, homme ou femme, y consente de bon gré et en donne soit un certificat signé, soit une déclaration orale au gouverneur...

« Elles ne pourront voir leurs maris dans la maison de correction que deux fois par semaine...

« Elles ne pourront exiger des autorités aucune défense contre les avances incessantes des gens dépravés, faisant partie de la classe la plus méprisable, qui croiront avoir le droit d'outrager ou de violer la femme d'un criminel d'Etat soumis au même sort qu'eux...

« Elles ne pourront jamais quitter la résidence qui leur est assignée...

« Elles ne pourront envoyer leurs lettres autrement qu'en les remettant ouvertes au commandant... »

Toutes ces interdictions étaient si manifestement calculées pour décourager les femmes des décembristes que Sophie eut un sursaut de révolte.

— Ce n'est pas sérieux, Monsieur ! dit-elle. En somme, une femme ne peut rejoindre son mari en Sibérie qu'en acceptant de devenir, elle-même, une sorte de forçat !

— Pas tout à fait, Madame.

— Il est vrai qu'on ne parle pas, dans votre règlement, de nous mettre les fers aux pieds !

— Ni de vous obliger à travailler ! Ni de vous enfermer dans une prison !

— J'attendais autre chose de la magnanimité impériale.

Le secrétaire tendit la main pour reprendre le document :

— Il est encore temps de refuser !

— Non, dit-elle. Où faut-il que je signe ?

Il pointa son index, à l'ongle effilé, au bas de la page.

— Ici.

Elle traça son nom d'une main ferme, avec la sensation d'engager son destin plus gravement que le jour de son mariage.

DEUXIÈME PARTIE

1

A la sortie de Tomsk, la route partit dans un poudroiement grisâtre entre des étendues d'herbe lustrée par le vent furieux. Tout frissonnait, tout vibrait, dans une odeur de terre arrachée. Le cocher conduisait à l'aveuglette. Une demi-douzaine de clochettes tintaient sur l'arc de bois peint qui surmontait l'encolure du limonier. Il trottait durement, par saccades, tandis que les deux chevaux de côté, la tête tournée vers l'extérieur, galopaient en forçant à peine sur leurs bricoles. Un arbuste déraciné vola en travers du chemin. La troïka effarouchée fit un écart si subit que les deux roues de gauche de la voiture entrèrent dans un fossé et s'immobilisèrent. Déséquilibrée, elle menaça de se coucher tout à fait. Le cocher descendit en sacrant. Nikita le suivit et saisit le limonier au mors. Sophie voulut les aider. Mais, sitôt qu'elle eut pris pied sur le talus, l'ouragan la cingla, la ligota dans sa robe. Mille pointes d'épingle lui criblèrent les joues. Elle perdit le souffle et serra les mâchoires. Du sable crissait sous ses dents.

— Remontez vite, barynia ! hurla Nikita.

Fouetté par la bourrasque, il avait une silhouette oblique, ébouriffée, comme si son vêtement eût été fait de plumes et de lanières. Le cheval se cabra devant lui. Il le retint à bout de bras. La tête de l'animal et la tête de l'homme s'affrontèrent dans un tourbillon de poussière lumineuse. L'un criait, l'autre hennissait. Ils finirent par se comprendre. Les chevaux se calmèrent. Craquant de toutes ses jointures, la calèche franchit le revers du talus et se rétablit sur ses quatre roues. Sophie et Nikita reprirent leur place, côte à côte, sur la banquette. Le cocher escalada son siège, siffla et lâcha les rênes. L'équipage bondit dans une effroyable secousse. Arc-boutée des deux pieds contre le fond de la voiture, cramponnée à la rambarde, Sophie ne pouvait se prémunir contre les chocs. Tantôt elle roulait sur l'épaule de Nikita, tantôt elle était projetée en l'air et se cognait la tête contre les ferrures de la capote. Le prochain relais, Sémiloujnoïé, était à trente verstes. Il paraissait improbable que la belle calèche noire et jaune, don de Michel Borissovitch, tînt jusque-là.

Soudain, aux clameurs de l'ouragan succéda un silence irréel. Ayant soulevé beaucoup de poussière et sarclé beaucoup d'herbe, le cyclone s'éloignait vers Tomsk. La campagne s'immobilisa dans une chaleur de fournaise. Dans l'air asséché, la moindre brindille, le moindre caillou se dessinaient avec une précision fascinante. Mais Sophie n'avait même plus la force de s'intéresser au paysage. Depuis quatre semaines qu'elle avait quitté Saint-Pétersbourg, une idée fixe la guidait : y aurait-il des chevaux au relais suivant ? La manière de voyager des Russes, qu'elle avait adoptée à son corps défendant, consistait à rouler jour et nuit, tant qu'on trouvait des attelages de rechange. Dès l'arrivée à une station, elle se jetait sur le maître de poste pour lui présenter sa *podorojnaïa*, ou feuille de route, se faire inscrire sur un registre et réclamer une troïka fraîche. S'il y en avait une, on repartait dix minutes plus tard ; s'il n'y en avait pas, l'attente commençait, d'autant plus insupportable pour Sophie qu'à chaque seconde pouvait surgir un nouveau venu dont la feuille de route primerait la sienne. Elle ne se résignait pas à cette classification des voyageurs en trois catégories, d'après le caractère de leur sauf-conduit. La *podorojnaïa* du courrier de cabinet impérial portait trois cachets et permettait de réquisitionner la meilleure troïka, sous le nez même de ceux qui s'apprêtaient à la prendre. Le maître de poste devait toujours tenir des chevaux en réserve, pour le cas où l'un de ces personnages importants tomberait dans sa cabane. Le service de la poste aux lettres était assimilé à la première catégorie. La *podorojnaïa* de deuxième catégorie, ou *podorojnaïa* officielle, marquée de deux cachets, était celle des officiers de terre et de mer, et des gros bonnets de l'administration. Le détenteur de cette feuille n'avait pas le pouvoir de réquisitionner des chevaux et, s'il n'y en avait plus de disponibles à l'écurie, il était obligé d'attendre que le dernier attelage eût pris cinq heures de repos ; après quoi, il se l'appropriait au détriment des autres voyageurs, quand bien même ceux-ci fussent arrivés avant lui à la station. La *podorojnaïa* de troisième catégorie, frappée d'un seul cachet, était délivrée aux simples particuliers. C'était celle de Sophie. Il était injuste, se disait-elle, que les gens de la poste, les courriers ministériels, les employés, qui voyageaient pour de vagues affaires administratives, prissent le pas sur elle, qui allait au bout du monde pour reconquérir son bonheur. Dans les moments de grande fatigue, elle doutait qu'il lui serait donné un jour de revoir Nicolas. Elle ne savait même pas sur quel bagne il avait été dirigé. A Saint-Pétersbourg, dans les bureaux de la police, on l'avait prévenue que tous les renseignements nécessaires lui seraient communiqués à Irkoutsk, centre de triage des déportés. Or, Irkoutsk était à mille cinq cent soixante verstes de Tomsk ; soit, au mieux, quinze jours de route ! Que se passerait-il si, là-bas, des fonctionnaires imbéciles prétendaient n'être au courant de rien ? On racontait, dans la capitale, que quelques décembristes étaient morts pendant le transfert, que les autres travaillaient dans des mines de cuivre, que l'administration pénitentiaire ne les distinguait pas des criminels de droit commun... Tout en refusant de croire à ces ragots, Sophie en était constamment tourmentée. Fermant les paupières, elle eut l'impression que les petits chevaux sibériens l'emportaient dans le vide, qu'il n'y aurait pas de terme à son aventure, qu'elle déboucherait brusquement, seule vivante, dans un univers sans couleur, sans odeur, sans écho. Une voix grave la toucha dans sa rêverie :

— Barynia ! Barynia ! Qu'avez-vous ?

Elle rouvrit les yeux et contempla avec reconnaissance le visage hâlé de Nikita. Il était si prévenant et si discret à la fois qu'elle n'aurait pu souhaiter un meilleur compagnon de voyage.

— Un peu de fatigue, dit-elle.

— Vous êtes si pâle ! Voulez-vous que nous nous arrêtions ?

— Non. Ce n'est rien !... Continuons ! Continuons ! Nous n'avons pas de temps à perdre !...

La route s'étirait dans un paysage onduleux et désert. Par échappées, le regard plongeait dans un vallon transversal, où se déroulait la vague sombre des forêts. Puis, venaient des prairies d'un vert tendre, désaltérant. Dans l'herbe haute, tremblait le pointillé multicolore des fleurs : renoncules jaunes, anémones violettes, myosotis d'un bleu délicat. Parfois, la trompe d'un berger déchirait l'air d'un appel rauque. Le long d'un talus, s'étalait un campement d'émigrants. Une marmite fumait sur un brasier. Des hommes en loques, la main sur les yeux, regardaient passer la voiture. Encore deux ou trois verstes, et un groupe d'isbas misérables se pressait au bord de la route. Sophie avait déjà vu mille fois ce même village : maisonnettes de rondins, noircies, déhanchées, palissades mangées par les orties, puits à bascule, petite église badigeonnée de blanc, coiffée d'un toit vert chou et surmontée d'une coupole métallique... Des cochons à tête de sanglier, maigres, jaunes, le poil hirsute, se vautraient dans un fossé. Une oie s'envolait, effarouchée. Un pope se retournait, barbu comme un prophète, étonné comme un enfant. Et, déjà, il n'y avait plus de village.

Le temps d'avaler encore une grande étendue de plaines, de forêts, de route poussiéreuse, et le hameau suivant pointa à l'horizon. Les chevaux forcèrent l'allure, le cocher se dressa sur son siège, Nikita tira sa chemise dans sa ceinture : c'était le relais.

Un poteau bariolé de blanc et de noir indiquait la maison de poste. Elle était bâtie en bois, surélevée de quelques marches, avec un auvent pour protéger l'entrée. Heureusement, il y avait une troïka disponible. Le maître de poste jura même à Sophie qu'il lui donnait ses meilleures bêtes. « Des aigles, des aigles de la steppe, barynia ! » Elle lui glissa un rouble de pourboire. Un palefrenier détela les chevaux fourbus. On les laisserait souffler vingt minutes, puis, le cocher enfourcherait l'un d'eux, saisirait les autres par la bride, et les ramènerait au petit trot à la station d'où ils étaient venus. Là, ils prendraient leurs cinq heures de repos réglementaire avant de repartir pour le même trajet.

Dans sa gangue de poussière, la calèche ressemblait à une voiture fantôme. Nikita arrima fermement les bagages et surveilla le graissage des essieux. Pendant ce temps, Sophie alla s'inscrire sur le registre des voyageurs. La salle commune était identique à toutes celles qu'elle avait connues précédemment : une table avec un chandelier, quatre chaises, des banquettes rembourrées pour les dormeurs, une icône, le tableau des distances entre les stations, le tarif des chevaux (un kopeck et demi par verste et par cheval) et un portrait d'Alexandre Ier, celui du nouveau tsar n'ayant pas dû parvenir encore dans ces régions reculées. Le samovar fumait. Elle but une tasse de thé brûlant, mangea deux œufs durs, un morceau de pain noir et envoya chercher Nikita pour qu'il se restaurât, lui aussi. Il vint, large d'épaules, enfantin de visage, refusa de s'asseoir devant elle, mais accepta, en rougissant, de partager son repas. Sa blouse de paysan, ceinturée à la taille, était d'un rose brique déteint, ce qui donnait plus de lumière encore, par contraste, à ses yeux bleus. Le soleil et le vent avaient bruni ses pommettes, décoloré ses cheveux, ses sourcils, gercé ses lèvres. Il dévorait. A peine se fut-il essuyé la bouche avec le revers de sa manche que le maître de poste déclara :

— La voiture est prête !

Les petits chevaux sibériens étaient si fougueux que des valets d'écurie leur tenaient la tête pour les calmer. Sophie et Nikita montèrent avec légèreté dans la calèche, en ayant soin de ne pas imprimer de secousses aux brancards. Quand le cocher eut, à son tour, bondi sur son siège, les hommes qui immobilisaient l'attelage s'écartèrent. La troïka libérée s'élança, droit devant elle, avec la force d'un torrent. Tout craquait, tout dansait, dans le martèlement des sabots et le tintement des clochettes. La première impulsion passée, l'allure s'assagit, le cocher reprit ses bêtes en mains. Harnachées de cordes et de lambeaux de cuir, la robe grise et bourrue, la crinière flottante, elles gravissaient les côtes avec entrain et les dévalaient sans presque ralentir, le limonier seul s'arc-boutant sur son train de derrière pour soutenir le poids de la voiture.

— Il y a un frein à la calèche ! cria Sophie au cocher. Pourquoi ne t'en sers-tu pas ?

— Eh ! barynia, le meilleur frein c'est encore le cul des chevaux ! répondit l'autre.

Nikita jeta un regard inquiet à Sophie. Elle n'avait pas bronché. Il souffrait chaque fois que quelqu'un parlait vulgairement devant elle. Il eût voulu lui éviter les gros mots, les mauvaises rencontres, l'excès de chaleur, l'excès de froid, la faim, la soif, les fatigues, les angoisses de toutes sortes... Comment une personne d'apparence aussi délicate pouvait-elle résister aux épreuves du voyage ? Malgré la rudesse du parcours, elle n'avait rien perdu, pensait-il, de son élégance. Elle portait une robe en tissu écossais noir, gris et cerise, des gants noirs, un chapeau de paille, retenu par un voile sous le menton. Une ombrelle fermée reposait sur ses genoux. Elle s'aperçut que Nikita la détaillait du coin de l'œil et sourit. L'admiration dont il l'enveloppait lui était douce.

— Le paysage s'anime un peu, dit-elle.

Les collines, recouvertes de pins et de bouleaux, moutonnaient à l'infini. De nombreuses rivières, affluents de l'Obi, coupaient la route. On traversait les unes sur des ponts de bois, qui pliaient au passage, les autres à gué ; l'eau bouillonnait autour des roues et léchait le marchepied. Quand l'attelage ralentissait, une nuée de moustiques s'attaquait aux voyageurs. Nikita les chassait en agitant une branche feuillue devant le visage de Sophie.

De relais en relais, ils approchèrent du soir. Le bleu du ciel s'abîma dans un flamboiement de cuivre et d'émeraude. A la chaleur torride succéda un froid sec. Les écarts de température étaient si brusques dans la région que Sophie croyait passer de l'été à l'hiver avec le coucher du soleil. Nikita trouvait qu'elle était peu couverte. Elle dut jeter un mantelet ouaté sur ses épaules et accepter un plaid sur ses genoux.

Ils arrivèrent, de nuit, à la station de Patchitanskaïa, où une déception les attendait : le courrier postal venait d'en partir avec quatre voitures et douze chevaux. L'écurie était vide. Dans la salle, une dizaine de voyageurs, affalés sur des banquettes, ruminaient leur malchance. Parmi eux, il y avait deux Chinois en robe de soie noire et petit chapeau rond. Ils dormaient assis, dos à dos, la tête sur la poitrine, tels des magots de porcelaine. Une jeune femme avait déballé son gros sein blanc et allaitait un bébé, sous l'œil repu du mari. Au bout de la table, un marchand barbu ronflait, le front sur ses mains jointes, deux autres buvaient du thé, les paupières mi-closes, un morceau de sucre dans la joue. Des mouches tournaient autour de l'unique fanal qui pendait du plafond. Les fenêtres calfeutrées maintenaient dans la pièce une odeur d'huile de tournesol, de bottes pourries et de choux aigres. Le maître de poste inscrivit Sophie dans le registre des voyageurs et l'avertit qu'elle ne pourrait reprendre la route que le lendemain, vers midi.

— Ce n'est pas possible ! gémit-elle. Je suis très pressée...

Et elle lui fourra trois roubles dans la main. Il accepta l'argent avec une courbette, mais répéta qu'il n'aurait pas de chevaux disponibles avant l'heure qu'il avait dite.

— D'ailleurs, un peu de repos vous fera du bien ! reprit-il. Si vous avez faim, j'ai tout ce qu'il faut pour vous préparer un excellent repas !

En fait, il ne put servir que des œufs, de la soupe aux choux et du lait caillé. Comme il n'y avait pas de chambre pour les voyageurs, Sophie s'étendit sur une banquette et tira son plaid jusqu'au menton. Nikita s'allongea sur la banquette d'en face. Le maître de poste baissa la mèche de la lampe. Dans la pénombre, le bruit des respirations devint assourdissant. Sophie écoutait cette rumeur de flux et de reflux, coupée de râles, de sifflements, de soupirs humides, et ne pouvait dormir. Le bébé se mit à geindre. Sa mère le berça d'une chansonnette. Un marchand se leva pour boire un verre d'eau. En se recouchant, il éveilla son voisin. Ils chuchotèrent :

— Ecoute, compère, j'ai réfléchi ! Rabats-moi dix kopecks sur tes cuillers et je t'en rabattrai autant sur mon drap !...

— Es-tu un ennemi du Christ, mon nourricier, pour me faire une proposition pareille ?...

La suite se perdit dans un bourdonnement. Sophie appuya sa nuque sur son manteau plié en quatre. Tous ses membres lui faisaient mal. Assommée de fatigue, elle tomba dans un trou noir. Un peu plus tard, des hurlements monotones la tirèrent de son sommeil. Le bébé avait la diarrhée. Sa mère le changea et, pour le calmer, lui donna de nouveau le sein. En se tournant vers Nikita, Sophie remarqua qu'il avait les yeux ouverts.

— Vous ne pourrez pas vous reposer ici, barynia ! murmura-t-il. Voulez-vous que j'essaye de décider un paysan à nous louer des chevaux ? Seulement, dans ces cas-là, ils ne se connaissent plus, ils demandent n'importe quel prix !

— Je paierai ce qu'il faudra, dit Sophie. Va vite !

Il partit pour le village. Elle était presque sûre qu'il reviendrait bredouille : personne ne lui ouvrirait, en pleine nuit ! A peine fut-il sorti que des aboiements furieux éclatèrent. Les chiens donnaient de la voix, de proche en proche, contre cet inconnu qui marchait à l'heure où les autres dorment. Sophie pouvait le suivre, dans ses allées et venues, au vacarme de protestation qu'il soulevait sur son passage. Longtemps, elle resta l'esprit vide, le regard fixé sur la porte. Soudain, Nikita reparut, l'air victorieux : un paysan proposait une troïka pour six kopecks par verste et par cheval. Jusqu'à la station de Bérikoulskoïé, distante de vingt-sept verstes, cela ferait cinquante roubles avec le pourboire. Le quadruple du tarif officiel !

— Allons-y ! dit Sophie.

Nikita réveilla le maître de poste et les valets d'écurie. A la lueur d'un fanal, trois chevaux nains, velus, à l'œil sauvage, furent confrontés avec l'élégante calèche. Visiblement, ils étaient plutôt faits pour tirer des tarantass. Leur propriétaire, un Toungouse, exigea d'être payé d'avance. Quand il eut empoché l'argent, l'attelage se rua, ventre à terre, dans les ténèbres.

— Je vois à peine la route ! balbutia Sophie entre deux cahots.

— Lui la voit, barynia ! dit Nikita. Ne craignez rien !... Essayez de dormir !...

Elle en était bien incapable. Cramponnée à la banquette, elle scrutait, à droite, à gauche, cet abîme d'herbe noire, de feuillage noir, de brume noire, où, çà et là, luisait le squelette blanc d'un bouleau. Au loin, une bête poussa un cri qui ressemblait à un rire d'enfant.

— Quel est cet animal ? demanda Sophie.

Nikita ne répondit pas. Il s'était assoupi. Un balancement de la voiture le pencha vers Sophie. Elle reçut le poids d'une tête chaude sur son épaule. Jamais une pareille intimité n'avait existé entre eux. Endormi, Nikita était, pensait-elle, de son rang. Réveillé, il redeviendrait un domestique. Mais un domestique d'une espèce particulière, que son service grandissait au lieu de le diminuer. Dans l'extraordinaire aventure où ils s'étaient lancés l'un et l'autre, la différence de leurs conditions s'était progressivement abolie. Ils avaient dépouillé les faux principes de la civilisation pour retrouver l'essence de leur être. Ce rapprochement apparaissait à Sophie comme une illustration des théories égalitaires qui l'avaient exaltée dans sa jeunesse. C'était assurément parce qu'elle était française et républicaine qu'elle se sentait à l'aise dans une situation aussi insolite. Russe, elle n'eût pu oublier, malgré toute sa hauteur d'âme, que Nikita était un serf. Quelles idées, quels rêves cheminaient derrière ce front qui bougeait mollement au rythme des cahots ?

Si elle avait su voir en lui par transparence, n'y eût-elle pas découvert sa propre image, comme reflétée dans l'eau noire et lisse d'un puits ? Elle percevait, sur son corsage, sur sa main, la caresse d'une haleine tiède. De temps à autre, le vent de la course brouillait toutes ces impressions agréables. Pour un peu, elle eût ordonné au cocher de conduire moins vite.

Le jour se leva. Les cheveux de Nikita blondirent. Ce fut la première couleur qui revint sur la terre. A un brusque mouvement que fit le garçon, Sophie ferma les yeux et feignit le sommeil. Elle n'eût pas toléré d'être surprise par lui dans sa contemplation. Maintenant, elle lui opposait un visage clos de partout et dont elle contrôlait l'innocence et la grâce. Elle devina qu'il s'écartait d'elle, qu'il la regardait, qu'il arrangeait sa couverture. Jusqu'aux abords de Bérikoulskoïé, elle prolongea ainsi le plaisir d'être aveugle. Puis, soudain, elle s'éveilla avec naturel. Aussitôt, Nikita se préoccupa de savoir si elle avait bien dormi, si elle n'était pas trop lasse...

Au milieu du village, un bouvier à cheval sonnait dans un cornet d'écorce de bouleau. A ce signal, les paysans ouvraient leurs étables et laissaient partir leur bétail pour le pâturage. La calèche naviguait lentement, à contre-courant, parmi des vagues de laine bouclée, de mufles roses et de cornes, avant de parvenir à la maison de poste.

Pas de chevaux avant trois heures. Sophie se résigna. Elle avait besoin de se restaurer, de se rafraîchir. Dans un réduit sombre, elle trouva une fontaine en cuivre, suspendue au mur. Le fond du récipient était traversé par un petit levier, terminé par une boule formant soupape. Chaque fois que Sophie soulevait cette tige mobile, l'ouverture crachotait un filet d'eau sur ses mains. Elle déboutonna sa robe et se lava comme elle put, en maintenant la porte bloquée avec son pied, car il n'y avait pas de targette.

Le cocher et les chevaux qui se présentèrent dans la cour ressemblaient, trait pour trait, à ceux dont ils prenaient la relève. On repartit, sans même s'apercevoir du changement. A trois verstes de Bérikoulskoïé, le ciel se couvrit. De tous les coins de l'horizon arrivèrent des troupeaux de nuages noirs. Ils avaient des toisons crépues et de faibles pattes de vapeur qui traînaient par terre. Trop lourds pour continuer, ils crevèrent en pluie. La capote résonna comme une peau de tambour. Les lointains disparurent, hachés menu par les couteaux de l'averse. En un clin d'œil, la route se liquéfia. Les sabots des chevaux s'enfonçaient dans la gadoue et en ressortaient avec un bruit de succion. Bientôt, la vase atteignit une telle profondeur que les roues s'enlisèrent. A dix pas de là, une passerelle de troncs d'arbre recouvrait le sol. C'était le seul élément solide dans cette campagne ramollie. Un furieux effort de l'attelage engagea la voiture sur le plancher branlant. Il y eut un choc et la caisse pencha. Le cocher sauta à terre, fit le tour de l'équipage, s'ébroua sous une cataracte et annonça que les deux roues arrière étaient cassées.

— Nous allons arranger ça ! dit Nikita en le rejoignant.

Mais le mal était plus grave qu'il ne le supposait. Jantes et rayons rompus, il ne fallait songer ni à réparer l'avarie ni à poursuivre le chemin dans ces conditions. Le cocher connaissait une maison à l'écart de la route. Les voyageurs pourraient s'y installer, pendant que lui-même, enfourchant un cheval, irait chercher un tarantass et un charron au relais de poste. Pour être sûr qu'il reviendrait, Nikita décida de garder les deux autres chevaux en gage. Le cocher accepta, d'un air de dignité outragée.

— Je vais vous conduire, dit-il. Autrement, vous ne seriez pas bien reçus !

Sophie descendit pour alléger la calèche. Nikita ouvrit un parapluie et le lui tendit. On s'ébranla sous des trombes d'eau. Les flaques bouillonnaient de grosses bulles rieuses. Mille petites grenouilles sautaient dans les ornières transformées en ruisseaux. Le cocher guidait l'attelage au pas. Nikita et Sophie marchaient derrière la voiture, qui tanguait, gémissait, s'affaissait et cassait du bois à chaque soubresaut. Bientôt, elle roula sur les rais, puis sur les moyeux. La troïka tirait à grand-peine cet étrange véhicule, dont l'arrière-train labourait le sol.

On avait quitté la route pour s'enfoncer dans une forêt de mélèzes géants. Il y faisait sombre comme au crépuscule, mais les branches tamisaient la pluie. Au milieu d'une clairière, surgirent trois maisons de rondins. Une seule paraissait habitée.

— Est-ce là ? demanda Nikita au cocher.

— Oui, dit l'autre. Vous y serez bien pour attendre. Je serai de retour dans trois heures.

Mais Nikita ne semblait pas convaincu. Il entraîna le cocher à l'écart et lui parla à voix basse. En revenant vers Sophie, il avait une mine soucieuse.

— Barynia, dit-il, nous ne devrions pas aller dans cette maison.

— Pourquoi ?

— Elle appartient à un *chaman*.

— Qu'est-ce que c'est qu'un *chaman* ?

— Un sorcier sibérien. Il vit seul. Il parle avec les bêtes, avec les plantes, avec les esprits...

— La belle affaire ! Aurais-tu peur ?

Nikita se troubla, comme si elle lui eût reproché de manquer d'instruction.

— Avec ce que tu as lu, avec ce que tu as appris, tu devrais rire de ces sornettes ! reprit-elle. Ce *chaman* est probablement un brave homme. J'ai très envie de faire sa connaissance. D'ailleurs, nous n'avons pas le choix !

— Comme vous voulez, barynia, murmura-t-il. Mais les livres n'expliquent pas tout.

Ils s'avancèrent vers la maison. Le cocher frappa à la porte. Sur le seuil, parut un petit homme sans âge, à la chair jaune, huileuse, avec deux fentes obliques à la place des yeux, pas de sourcils, pas de barbe, et une bouche hilare où branlait une dent. Il était coiffé d'un bonnet pointu et habillé d'une longue veste en peau de renne. Le cocher le salua en s'inclinant jusqu'à la ceinture et lui dit quelques mots dans un dialecte incompréhensible. Après quoi, le *chaman* s'adressa en russe aux voyageurs :

— Je m'appelle Koubaldo. Que ma maison soit la vôtre aussi longtemps qu'il vous plaira !

Sophie le remercia et, précédant Nikita, entra dans la cahute. Une odeur de viande séchée, de pissât et de suint la prit à la gorge. Aux murs, des fourrures de loup, de zibeline, de renard, d'écureuil étaient clouées par les quatre pattes. L'unique fenêtre était tendue de vessie de poisson en guise de vitre. Au milieu de la pièce, brûlait un feu sur trois pierres. La fumée sortait par un trou dans le toit. Pour tout mobilier, des caisses de bois blanc, marquées d'inscriptions chinoises. Koubaldo étala des peaux de renne sur le sol et invita les voyageurs à s'asseoir dessus, les jambes repliées. Dans une marmite, posée sur le brasier, chauffait le thé de brique, ou thé kalmouk, que les Sibériens préfèrent à tout autre breuvage. Sophie avait entendu parler de cette infusion grossière, agrémentée de lait, de graisse de mouton et de sel, mais n'avait jamais eu le courage d'y tremper ses lèvres. Lorsque Koubaldo en offrit à la ronde, elle ne put refuser. Il remplit quatre écuelles d'un liquide épais, tirant sur le beige, qui dégageait un relent d'étable. Le cocher vida son bol d'un trait, avec délices, salua la compagnie et promit de revenir avec la rapidité d'une flèche. Quand il fut parti, Nikita et Sophie burent à leur tour, sous l'œil aigu du *chaman*. Dès la première gorgée, elle eut le feu aux joues. Ce goût d'herbe calcinée et de lard n'était pas supportable. Ecœurée, elle demanda un peu d'eau pour se rafraîchir la bouche.

— Je vais t'en chercher, dit Koubaldo. Elle vient d'une source si pure que tu n'en as jamais connu de pareille !

Il avait une voix de vieille femme et parlait le russe avec un fort accent oriental. Sophie le trouvait amusant, mais Nikita le considérait avec méfiance.

— Vous ne devriez pas boire de son eau, barynia, chuchota-t-il à Sophie, pendant que leur hôte se dirigeait, d'une démarche balancée, vers le fond de la cabane.

Le *chaman* revint, portant une cruche d'une main et une pierre noire dans l'autre. Gravement, il jeta la pierre dans la cruche.

— Pourquoi fais-tu cela ? lui demanda Sophie.

— Cette pierre n'est pas une pierre ordinaire, dit-il. C'est une étoile, tombée du ciel, un jour, devant moi. Elle est née loin, loin, dans les profondeurs de l'espace, comme l'eau que je t'offre est née loin, loin, dans les profondeurs de la terre. Quand je réunis la pierre et l'eau, je referme le cercle de la création. Il peut en résulter un grand bonheur…

Sophie esquissa un sourire. Les yeux de Koubaldo étincelèrent entre ses paupières rapprochées.

— N'aurais-tu pas besoin de bonheur ? dit-il.

— Oh ! si, dit-elle. Plus que jamais !

— Alors, pourquoi souris-tu ? Le bonheur, comme un serpent, se charme par des signes. Je ne te connais pas, mais je lis dans ton âme. Tu as beaucoup souffert, et tu es prête à souffrir plus encore pour rejoindre un homme. Lui, je ne le vois pas, mais, quand je pense à lui, j'entends un bruit de chaînes…

Sophie demeura une seconde interloquée, puis elle se dit que le *chaman* avait été renseigné, tout à l'heure, par le cocher, qui, lui-même, devait tenir cette information du maître de poste. Nikita, cependant, paraissait frappé de stupeur par la faculté divinatoire de Koubaldo. Profitant d'un moment de silence, la forêt se rapprocha de la maison, avec des craquements de branches, des ruissellements de pluie, des cris apeurés d'oiseaux. Dans les flammes du foyer, il y avait un combat de coqs. Des plumes d'ombre et de lumière sautaient dans tous les coins. Eclairé par en bas, le vieux Sibérien était une montagne de rides. La peau de son visage était aussi plissée que le cuir de ses bottes. Un fantôme au chapeau pointu s'agitait sur le mur, derrière ses épaules.

— Que peux-tu me dire d'autre ? demanda Sophie.

— Pas grand-chose. Il faudrait que tu restes plus longtemps avec moi. Tu as un caractère plein de fermeté et cela t'empêche de connaître certaines joies, parmi les plus simples.

— Ce n'est pas de moi que je voudrais que tu me parles.

— Et de qui ?

— De l'homme que je vais rejoindre.

— Je te répète que je ne le vois pas.

— Essaye !...

Elle se surprit à entrer dans le jeu d'une superstition qu'elle avait toujours réprouvée. Mais, au degré d'angoisse où elle était parvenue, tous les moyens lui étaient bons pour percer l'avenir. Avec un sentiment de gêne, elle insista :

— Est-il vivant ?

— Oui, dit le *chaman*.

Elle en éprouva un soulagement, qu'aussitôt elle jugea ridicule. Son éducation rationaliste luttait pied à pied contre la tentation du mystère.

— Est-il en bonne santé ?

— Je le crois. Mais je ne puis rien t'apprendre de plus : je mentirais. D'ailleurs, cela doit te suffire. Laisse-toi porter par le courant...

Il remplit une tasse de bois, jusqu'à ras bord, et la tendit à Sophie. Elle but et il lui sembla que la fraîcheur de la campagne passait dans sa bouche.

— Ton eau est excellente, dit-elle.

Il s'inclina devant la jeune femme, lui prit la tasse des mains et la tendit à Nikita en ordonnant :

— A toi, maintenant.

— Non, dit Nikita.

— Pourquoi ?

— Je n'ai pas soif.

— Dis plutôt que tu te méfies !

— Il y a de ça aussi !

— C'est absurde ! murmura Sophie. Bois donc !

— Vous êtes entrés à deux dans ma maison, dit le *chaman*. Vous en ressortirez à deux. Si l'un refuse l'eau du bonheur, alors que l'autre l'a bue, tout ce qui devait être blanc deviendra noir.

Une expression effrayée marqua le visage de Nikita. Il saisit la tasse et la vida d'un trait. Puis, il se signa la bouche.

— Signe-toi tant que tu voudras, dit le *chaman*. J'ai vu des prêtres, des missionnaires. Je sais ce qu'il y a dans leurs livres. Je ne suis pas leur ennemi. Seulement, leur Dieu à eux vit dans une maison, avec une croix dessus, le mien vit dans la feuille du bouleau, dans le ventre de la zibeline, dans les veines des pierres, dans l'œuf de l'orvet, dans la brume qui monte de la rivière...

— Pour nous aussi, Dieu est tout cela, dit Nikita. Mais, en plus, il y a le Christ et sa leçon de bonté...

Koubaldo se balança plusieurs fois, d'avant en arrière, à la façon d'un poussah.

— Je connais bien l'histoire du Christ. C'était un très grand *chaman*. Le plus grand de tous, peut-être... Mais vous, les chrétiens, vous dites qu'il est mort sur la croix, et nous autres, ici, nous pensons qu'il a survécu au supplice.

— Quoi ? s'écria Nikita. Comment serait-ce possible ?

— Je vais te l'expliquer, comme mon maître en sagesse me l'a expliqué autrefois. Le Christ a été crucifié un vendredi, n'est-ce pas ?

— Oui.

— D'habitude, on laissait les condamnés agoniser trois jours sur la croix ; mais lui, on l'a détaché le lendemain, samedi, parce que c'était le sabbat, et que, pendant le sabbat, tout s'arrête chez les Juifs. Le soldat qui devait l'achever d'un coup de lance lui a tiré du côté un peu de sang et d'eau, ce qui prouve qu'il était encore en vie. Puis, on l'a rendu à sa mère. Elle l'a soigné dans un souterrain. Trois jours plus tard, il a retrouvé la parole, et ses disciples ont appelé cette guérison la résurrection. Durant quarante jours, il s'est montré à son entourage. Ensuite, il a quitté la ville. Mais il n'est pas monté au ciel comme le croient ceux qui le prient. Il s'est réfugié dans le désert et y a vécu très vieux, dans la méditation.

— Le Christ... le Christ vieux ?... Tu es fou ! balbutia Nikita en joignant les mains.

— Pourquoi le Christ vieux serait-il moins vénérable que le Christ jeune ? dit Koubaldo.

Cette discussion théologique étonnait Sophie. Elle se demanda d'où le mage sibérien — qui, sans doute, ne savait même pas lire — tenait sa science.

— Quand donc le Christ serait-il mort, d'après toi ? dit-elle.

— Je n'en sais rien, répondit Koubaldo. Mais très tard ! Rappelle-toi ce qui est arrivé à celui que vous appelez saint Paul ! (Tu vois que je connais beaucoup de choses !) Lorsqu'il raconte la vision qu'il a eue sur le chemin de Damas, il ment. C'est le Christ en chair et en os qu'il a rencontré. Le Christ vieux. Aussi vieux que moi. Plus peut-être ! Le Christ vieux a fait entrer le voyageur Paul dans son isba. Ils ont parlé du grand mystère, comme nous, ce soir. Et le voyageur Paul a été converti...

Il se tut, mais un tremblement agitait les parties molles de son visage. On eût dit qu'il poursuivait la conversation avec quelqu'un d'autre, dans un langage inaudible pour le commun des mortels. Un hennissement retentit, lugubre comme un appel à l'aide. Nikita se précipita dehors : les deux chevaux étaient là, à l'attache, sous la pluie, et, non loin d'eux, la calèche démantelée, inutilisable. Il rentra, tête basse, dans la cabane, où le *chaman* offrait à Sophie un plat de pignes. Elle en grignota quelques-unes, les déclara délicieuses et interrogea son hôte sur ses chasses dans la forêt. Mis en verve, Koubaldo lui raconta la façon dont il attaquait l'ours, tirait les isoubres et capturait les chevreuils dans des fossés recouverts de branchages.

— Souvent, dit-il, quand un chevreuil tombe dans un de ces fossés, il y rencontre le loup qui le poursuivait. Mais, dans ce cas, le loup emprisonné ne touche pas à sa proie. Entre eux, se fait l'alliance du malheur...

L'alliance du malheur : ces mots ramenèrent Sophie au souvenir de Nicolas. Elle eut honte du plaisir que lui procurait cette halte, alors qu'elle aurait dû maudire tout incident qui la retardait dans son voyage. Etait-ce le crépuscule, qui, déjà, assombrissait la fenêtre tendue d'une membrane jaunâtre ? Le temps passait vite dans ce lieu de solitude et de magie. La pluie avait cessé. Mais la forêt s'égouttait encore. Koubaldo jeta des bûches dans le feu qui monta plus haut. Sophie se sentait la tête lourde. Peut-être Nikita avait-il eu raison de la mettre en garde contre le pouvoir du *chaman* ? Peut-être l'eau qu'elle avait bue était-elle un philtre, qui changeait toutes les dispositions de l'âme ? Elle sourit à cette pensée, qui était si peu dans sa manière.

— Il devrait déjà être de retour, dit Nikita.

— Oui, sans doute, murmura-t-elle, l'esprit ailleurs.

— S'il ne vient pas avant la nuit, que ferons-nous ?

— Vous dormirez sous mon toit, dit le *chaman*.

— Non, dit Nikita. Je prendrai un cheval et j'irai à sa rencontre...

— Ce serait le meilleur moyen de le manquer ! dit Sophie.

Et elle ajouta à voix basse :

— Et puis, je ne peux rester ici toute seule !

— Alors, partons ensemble ! proposa-t-il.

— Et les bagages, et la calèche ?

Il s'inclina. Le *chaman* frottait ses longues mains sèches et riait :

— Voyageurs, voyageurs, oubliez d'où vous venez, oubliez où vous allez, oubliez qui vous êtes ! L'existence est trop courte pour ne pas saisir toutes les chances de bonheur ! Il y a dans nos régions un grand coq des bois, qui pèse jusqu'à trente livres, avec un plumage gris et noir, des sourcils rouges, un bec crochu. Au printemps, il appelle ses femelles, du haut d'un arbre, par un long roucoulement, suivi d'un cri bref. Pendant ce roucoulement, l'oiseau — les ailes à demi-ouvertes, la queue déployée, le cou tendu vers le ciel, dans l'extase — perd la notion du danger au point de ne pas entendre le chasseur qui s'approche et va tirer sur lui. Nous surnommons cet oiseau le sourdaud, parce qu'il est sourd à tout ce qui n'est pas sa joie. Il faut savoir parfois être un sourdaud dans la vie...

Nikita regarda Sophie avec inquiétude. N'allait-elle pas se fâcher contre ce vieux sorcier bavard ? Mais non, elle souriait, inconsciente, comme si elle eût voyagé pour son plaisir et que son compagnon de route ne fût pas un serf.

— Ton histoire est très jolie, dit-elle à Koubaldo. Mais, si j'ai bien compris, les sourdauds sont presque toujours victimes de leur insouciance.

— N'est-ce pas la meilleure mort que celle qui vous frappe au sommet de la vie ?

— Je ne le crois pas, dit Sophie.

— Tu es trop prudente ! Tu ne dois pas être de chez nous ! D'ailleurs, tu as un drôle d'accent ! Où es-tu née ?

— En France, dit Sophie.

Koubaldo rêva derrière ses paupières plissées et dit :

— La France... C'est loin !... Je sais des choses sur la France... La révolution... Napoléon... Je vais vous préparer deux couchettes contre le mur...

— Non, dit Nikita précipitamment.

— Tu es pressé que le cocher revienne ? demanda Koubaldo avec une moue sarcastique.

— Oui.

Le vieillard se tourna vers Sophie :

— Et toi aussi, barynia ?

— Oui, dit-elle.

— Alors, ce sera comme vous voulez.

Le *chaman* croisa les bras sur sa poitrine, baissa la tête, ferma les yeux. Au bout d'un long moment, Sophie entendit un bruit de clochettes qui se rapprochait dans la nuit.

2

Les roues, réparées à Podiélnitchnaïa, cassèrent de nouveau à la sortie de Mariinsk. L'avant-train, dont les ferrures s'étaient disloquées, se détacha entre Mariinsk et Souslova. Les essieux durent être remplacés trois fois entre Souslova et Tiajinskaïa. Malmenée par les pistes sibériennes, la calèche de Saint-Pétersbourg demandait grâce. Nikita conseilla à Sophie de la vendre, même à un très bas prix, et d'acheter un tarantass pour continuer la route. Mais, si elle voulait une bonne marchandise, c'était à Krasnoyarsk qu'elle la trouverait, et non dans les petits villages du parcours.

Ils entrèrent de nuit dans cette grande bourgade, étalée au bord de l'Iénisséï. Par extraordinaire, le maître de poste disposait d'une chambre. Sophie put enfin se laver des pieds à la tête, donner son linge à blanchir et se coucher dans un vrai lit. Le lendemain, toute propre, toute délassée, elle sortit avec plaisir dans la rue. Après des verstes de solitude, l'animation de la ville lui brouilla les yeux. La plupart des maisons avaient la couleur rouge-brun des montagnes environnantes. Sur les trottoirs de planches, des Russes, vêtus à l'européenne, coudoyaient des Asiates aux figures larges et jaunes, aux vêtements flottants. Nikita conduisit Sophie chez un charron, qui, d'après le maître de poste, possédait le plus beau tarantass du monde.

C'était un chariot à quatre roues, dont la caisse ne reposait pas sur des ressorts, mais sur huit pièces de bois cylindriques, longues et flexibles, destinées à amortir les chocs ; pour que le système fût assez souple, il fallait, aux dires de Nikita, que l'écartement entre les essieux du train avant et du train arrière atteignît au moins quatre archines. Il se glissa sous la voiture, avec le marchand, pour prendre les mesures : elles se révélèrent idéales. Il ausculta également les roues, tâta les bandages, gratta du canif l'enduit d'un moyeu qui lui semblait fendu, et se déclara satisfait. Sophie, cependant, s'inquiétait qu'il n'y eût pas de siège dans le tarantass. On lui expliqua que c'était normal. Les voyageurs disposaient leurs bagages dans la caisse de façon à former une banquette ou une couchette, bourraient les interstices avec de la paille et étendaient sur le tout des peaux de mouton et des coussins. Une capote en cuir se relevait à volonté, et un large tablier protégeait la partie antérieure. En échange de ce véhicule presque neuf, le marchand exigeait trois cents roubles et la vieille calèche. Sophie était prête à accepter le marché, mais Nikita se mit en colère. Un reflet de poignard brilla dans ses yeux bleus. Il saisit le charron au collet, l'accusa de profiter de la situation et le menaça de lui écraser le museau s'il n'abaissait pas son prix de moitié. Jamais Sophie n'eût supposé que son paisible serviteur fût capable d'une telle explosion de rage. Effrayé, le vendeur, qui manifestement avait demandé trop cher, bégaya qu'on n'était pas des sauvages, qu'on pouvait discuter. De palier en palier, il descendit jusqu'à deux cents roubles. Ce chiffre comprendrait la fourniture d'une boîte de suif pour l'entretien des roues, de cordes, grosses et petites, d'un paquet de chandelles, d'un assortiment de clous, d'une hache et de quelques autres outils nécessaires aux réparations en cours de route. Cette fois, Nikita jugea l'offre raisonnable et tendit la main pour la tape d'accordement. Il fut convenu que le tarantass, mis en état et graissé, serait livré vers six heures devant la maison de poste.

— Pourquoi t'es-tu fâché ainsi ? demanda Sophie à Nikita quand ils sortirent de la remise.

— Cet homme cherchait à vous tromper, à vous voler, barynia ! Je l'ai lu dans ses yeux ! Je n'ai pas pu le supporter !...

Elle voulut visiter les magasins du centre de la ville. Sa toilette excitait la curiosité des passants. Certains se retournaient sur elle. Nikita les foudroyait du regard. Il ne marchait plus à un pas derrière sa maîtresse, comme naguère, mais à côté d'elle, les bras ballants, fort et ombrageux, prêt à la défendre contre quiconque oserait l'importuner. Elle s'amusait de lui voir cet air de cavalier servant. Il avait passé une partie de la matinée aux étuves. Il sentait le savon. Ses cheveux trop longs brillaient au soleil comme de la paille. Sa chemise était propre. Elle pensa qu'elle aurait pu lui en offrir une autre, bleue ou blanche. Mais cette idée ne la retint qu'un instant. Ce qu'il fallait, avant tout, c'était se procurer des provisions de voyage. Sophie en acheta pour cinquante roubles. Nikita porta les paquets dans un sac, sur son dos. Ils soupèrent fort mal à la maison de poste et se couchèrent tôt, elle dans sa chambre, lui dans la salle commune. Avant le lever du jour, il frappa à la porte. Le cocher attendait dans la cour avec les chevaux.

Dans le tarantass, les cahots étaient beaucoup plus violents que dans la calèche, mais il semblait que l'ajustage des bois fût à toute épreuve. A demi allongée dans la caisse, sur ses bagages, Sophie se faisait l'effet d'une reine des anciens temps, promenée rudement en litière. Assis près d'elle, Nikita ne la quittait pas des yeux, le regard suppliant, comme s'il eût voulu s'excuser des inégalités de la route. Un petit vent vif mettait du désordre dans le paysage, coiffant les prairies à rebrousse-poil, tournant les feuillages à l'envers et ridant l'eau dans le mauvais sens. Il fallut naviguer en bac sur un premier bras de l'Iénisséï, passer deux îles unies par un pont de bateaux et s'installer sur un second bac pour traverser le dernier bras du fleuve. Sophie et Nikita descendirent de voiture, tandis qu'on détachait les amarres. Reliée à un câble, qui allait d'une rive à l'autre, la lourde embarcation se déplaçait en oblique, poussée par la seule force du courant. A plus d'une verste de distance, la berge opposée était une brume de verdure, d'où émergeait la dentelure rose et bleue des montagnes. Ce glissement lent et silencieux, sur une eau calme, donnait à Sophie l'impression de voguer vers un mirage. Derrière elle, se pressaient des paysans, des chariots, des chevaux, des bœufs, toute la population, tout le cheptel d'une île à la dérive. Hommes et bêtes étaient immobiles, muets, comme saisis par l'étrangeté de ce voyage hors du temps. Accoudée près de Nikita à une rambarde, Sophie murmura :

— Cela prendra au moins une heure !

Il la regarda tristement :

— Oui, barynia. Vous êtes impatiente d'arriver à la station ?

— Comme toujours !

— C'est pourtant beau, ce que nous voyons là !

— Très beau, Nikita. Mais je n'ai pas l'esprit assez libre pour admirer le paysage.

— Je comprends, je comprends...

Elle devina qu'elle lui faisait mal, qu'il eût donné n'importe quoi pour qu'elle parût heureuse, que cette randonnée interminable, angoissante, décevante, où elle usait son énergie sans même savoir quand elle toucherait au but, était pour lui la plus belle aventure qu'il eût jamais rêvée. Le clapotis de l'eau les enveloppa, les dispensa de parler. Sur la barre d'appui, elle sentit la main de Nikita proche de la sienne. Il avait un visage de souffrance. Elle s'écarta légèrement. Mais leurs coudes se frôlaient encore. Ils baignaient dans la même chaleur. Soudain, d'un mouvement irrité, il quitta la jeune femme et alla se poster à l'arrière du bac. Il ne revint vers elle qu'au moment où le bateau accostait. Elle ne lui demanda pas la raison de son incartade.

La route longeait la rive droite, puis s'élevait, par lacets paresseux, au flanc de la montagne. Pas de forêts. De la pierre et de l'herbe, sous un soleil dévorant. Le tarantass tenait bon malgré les ornières. A chaque station, Sophie et Nikita se désaltéraient et se restauraient, pendant que le maître de poste faisait changer les chevaux et graisser les roues.

Ils arrivèrent à onze heures et demie du soir à Ouïar, pour en repartir à minuit. Le cocher, un petit paysan d'une vingtaine d'années, était ivre. Au premier tournant, il boula dans le ravin. Sophie poussa un cri de frayeur. Les chevaux, affolés, prirent de la vitesse. Nikita n'eut que le temps de rattraper les guides et de tirer dessus. La troïka s'arrêta dans un entrechoquement de planches. Le gamin, riant et gesticulant, rejoignit la voiture et remonta sur son siège. Mais Nikita lui cloua le bec d'une gifle, le poussa de côté et garda les guides en mains. Il ne connaissait pas la route et hésitait à lancer l'attelage. Dégrisé, le cocher s'assoupit sur son épaule, avec l'abandon d'un sac de noix. Tous les quatre ou cinq cahots, il fallait le redresser.

L'ombre était claire, le ciel piqué d'étoiles. De temps à autre, Nikita se retournait pour voir Sophie. Elle ne dormait pas. Il distinguait la lueur attentive de ses yeux au fond du tarantass. A quoi pensait-elle en le regardant? Par respect pour elle, il n'avait jamais approché de femme. Enfermé dans sa chasteté, il était fier qu'aucun souvenir voluptueux n'entachât sa passion. Mais, depuis que le *chaman* lui avait donné à boire de son eau, il se sentait prisonnier d'un charme pervers. Lui qui, jadis, n'aurait pas osé considérer Sophie comme une créature de chair, s'étonnait maintenant des audaces où l'entraînait son imagination. Une trappe s'était ouverte dans son cerveau, libérant tous les désirs qu'il étouffait, par pudeur, depuis des années. Il savait qu'il n'était qu'un serf, indigne de l'attention d'une barynia, que d'ailleurs elle aimait son mari, qu'elle allait le rejoindre, et cependant, conduisant ses chevaux dans la nuit, il ne pouvait s'empêcher d'oublier, par instants, sa condition misérable. Par la faute du vieux mage sibérien, la présence de Sophie était devenue pour lui non plus une bénédiction, mais une torture. Au moment où il se croyait le plus fort, un parfum le touchait, si intime, si émouvant qu'il en perdait le fil de ses idées. Ou bien c'était l'inflexion d'une voix, un mot, un début de sourire... Alors, les tempes en feu, il songeait à des vêtements retirés. Il s'égarait dans l'inepte, l'inaccessible, l'irréel. Mais pourquoi, elle, qui avait bu le même philtre, gardait-elle la tête froide? « Sans doute parce qu'elle est française, se dit-il gravement. Les sortilèges ne prennent pas sur elle. »

Il résolut, par discipline, de ne plus penser à la jeune femme jusqu'à la station suivante, et ne put tenir que deux verstes. Quand il se retourna de nouveau, elle somnolait, la joue appuyée sur un coussin de cuir, une peau d'ours tirée sur ses jambes. Son visage était un œuf magique, déposé dans un nid de duvet par l'oiseau de feu des légendes populaires. Simple moujik, il transportait le bien le plus précieux du monde. Tous les sorciers étaient en alerte. Les bons et les méchants. Pour ou contre lui. Des deux côtés de la route. Ils avaient des figures de pierre, des barbes d'herbe, des doigts branchus, un regard d'étoile, une voix de torrent, un rire de renard. Les chevaux flairaient leur présence et secouaient des crinières peureuses. Pour les calmer, il les signa de loin, à trois reprises. Mais, depuis ce que lui avait dit le *chaman,* il n'était plus sûr de l'exorcisme. Si le Christ n'était pas mort crucifié, pouvait-on se protéger encore par le signe de la croix? Restait la prière. Il récita : « Notre père qui es aux cieux... » Très vite, les paroles sacrées se changèrent sur ses lèvres en un balbutiement impie :

— Je l'aime, je l'aime, je l'aime...

Il ne chuchotait plus, il criait dans la nuit. Le feu des mauvais instincts courait dans ses veines. Il brûlait tout entier au souffle de Satan. De loin, on devait le prendre pour un arbre en flammes. Et elle ne se doutait de rien ! Elle ne l'entendait même pas ! Le bruit des roues couvrait sa voix délirante. Heureusement pour lui, d'ailleurs. Sinon, outrée par son insolence, elle l'eût renvoyé à Saint-Pétersbourg. Il préférait souffrir ainsi jusqu'à la mort plutôt que de ne plus la voir. Crever avec ce rêve de géant dans sa poitrine de nain. Des larmes brouillaient ses yeux. Que se passait-il, là-bas, au bout de la route ? Quelles étaient ces lumières ? Ah ! la maison de poste ! Son exaltation baissa. Comme l'oiseau, ivre de ciel, doit tout de même se poser pour reprendre des forces, ainsi éprouvait-il du soulagement à redescendre au niveau du sol. Il était né pour atteindre les plus hautes ferveurs, non pour s'y tenir. S'il voulait pouvoir continuer d'aimer follement, il fallait qu'il fût, parfois, délivré de l'amour. Il rendit les guides au cocher.

Jusqu'à l'aube, ils voyagèrent sans perdre de temps aux relais. Dans le crépuscule du matin, Sophie distingua, sur la droite, les cimes neigeuses des monts Sayan, qui forment la frontière de la Mongolie.

A Kansk, le maître de poste avertit ses clients que des brigands avaient été signalés dans la forêt, à quelques verstes de là : « Il ne sont pas méchants ; ils prennent les bagages, les chevaux ; et ils laissent les gens tranquilles... » Nikita s'enfiévra aussitôt. Depuis longtemps, il rêvait de risquer sa vie pour défendre sa maîtresse. Elle verrait de quoi il était capable. Son autorité impressionna Sophie. Ils partirent avec un bon cocher et de mauvais chevaux. Un coutelas au poing, Nikita, du haut de son siège, inspectait les abords de la route. « Mettre dix, vingt ennemis en fuite, songeait-il, et, blessé, couvert de sang, expirer aux pieds de ma barynia en lui avouant que je l'aime ! Oui, au seuil de la mort, j'oserai lui dire cela. Mais pas avant, pas avant, que Dieu me pardonne ! » En fait de bandits, ils ne rencontrèrent qu'une troupe de vieilles femmes, marchant à pas comptés, une besace sur l'épaule, un bâton à la main.

— Où allez-vous, petites mères ? leur cria le cocher en arrêtant ses chevaux.

— A la laure de la Trinité-de-Saint-Serge, répondit l'une d'elles.

— C'est près de Moscou, ça ! Vous n'y serez pas avant un an !

— Le temps ne compte pas pour qui porte Dieu dans son cœur !

Elles avaient des figures de poussière et de fatigue, des yeux couleur de pluie.

Sophie leur fit l'aumône. Elles la remercièrent par des saluts profonds. Au bord du talus, une compagnie de minuscules quadrupèdes observaient la scène, dressés sur leurs longues pattes de derrière, les pattes de devant, grêles et courtes, appliquées contre la poitrine, les oreilles pointées, l'œil intelligent.

— Ce sont des écureuils ? demanda Sophie.

— Non, des gerboises ! dit le cocher. Il y en a plein par ici !

Quand il claqua du fouet, les gerboises détalèrent, par bonds successifs.

Elles sautaient, pirouettaient, battaient l'air de leur queue à panache blanc. Puis, soudain, elles disparurent dans des trous. Toute vie se figea aux alentours : un aigle planait dans le ciel.

Après Klioutchinsk, on entra dans la taïga. Etranglée entre deux murailles de sapins, la route était aussi caillouteuse qu'un lit de rivière.

La nuit suivante, au bas d'une côte, alors que les chevaux étaient lancés au galop, un craquement retentit, le tarantass pencha à gauche, roula en cahotant sur une longue distance, s'arrêta d'un coup sec, et Sophie dut se cramponner à Nikita pour ne pas basculer dans le vide. Une roue était sortie de son axe. Le cocher partit, en maugréant, la chercher. Nikita battit le briquet, alluma le fanal et s'enfonça, lui aussi, dans la taïga. Restée seule dans la voiture, Sophie dominait mal son appréhension. Elle entendait des froissements de feuillages, dardait ses yeux dans les ténèbres et pensait aux bandits. Enfin, les deux hommes revinrent. Par une chance inexplicable, ils avaient retrouvé non seulement la roue, mais encore l'écrou et jusqu'au clou servant de fiche pour le maintenir. Dix minutes plus tard, le tarantass, rafistolé, roulait bon train, au son des clochettes.

Le lendemain, la taïga s'éclaircit, l'horizon se dégagea et Sophie se mit à compter les verstes qui la séparaient d'Irkoutsk. C'était là qu'elle devait apprendre le lieu de détention de Nicolas et de quelle manière elle pourrait le rejoindre. A mesure qu'elle approchait de cette ville, les fantasmagories du voyage se dissipaient en elle pour faire place à une juste vision de la réalité. Tendue d'impatience, elle ne remarquait même plus l'expression triste de Nikita et s'inquiétait surtout de savoir si la roue tiendrait jusqu'à la station suivante.

A Bokovskaïa, il fallut perdre une heure pour la réparation d'un bandage. Mais le quarante-quatrième et dernier relais n'était que de treize verstes. Le cocher jura qu'il couvrirait la distance en trois quarts d'heure. Grand et gros, avec des bottes, une ceinture rouge et des cheveux coupés à l'écuelle, il conduisait debout en chantant à tue-tête. Dans la plaine, passaient des troupeaux de chevaux sauvages. Certains, amusés par le passage de la voiture, l'accompagnaient au petit galop, les reins souples, la crinière libre, la prunelle joueuse, puis s'arrêtaient soudain, distraits par un brin d'herbe qui bougeait au vent.

Après avoir traversé des terres nues et marécageuses, et longé les murs d'un énorme couvent aux toits verts, le tarantass s'engagea sur une jetée de planches soutenue par des pilotis, au bord de la rivière Angara. Une foule de paysans, assis sur des paquets, affalés dans des chariots, attendait l'arrivée du bac. Mais les voyageurs, munis d'une feuille de route, avaient priorité sur eux. Ils s'écartèrent pour laisser passer l'attelage. Le ponton résonna sous le pas des chevaux. Sur la berge d'en face, Irkoutsk apparut, sage, dans le crépuscule. Au-dessus des maisonnettes blanches, les bulbes dorés des églises brillaient comme les légumes d'un merveilleux potager.

3

— Je vous félicite pour la rapidité de votre voyage, Madame, dit le général Zeidler, gouverneur d'Irkoutsk, en invitant Sophie à s'asseoir dans son bureau.

Il parlait un français correct et grasseyant. Ses cheveux étaient gris, ses épaulettes dédorées, le tissu vert de son uniforme tirait sur le jaune à l'endroit des plis.

— Etes-vous bien installée ? reprit-il aimablement.

— Je n'ai pas eu le temps de m'en rendre compte, dit Sophie. A peine arrivée, je me suis précipitée ici !

— Bien sûr ! Bien sûr ! C'est chez votre compatriote Prosper Raboudin que vous êtes descendue ?

— Oui.

— Une bonne auberge ! La seule auberge française de toute la ville ! Hélas ! Irkoutsk n'est pas Saint-Pétersbourg ! J'imagine qu'après les fatigues de la route vous devez être heureuse de prendre quelque repos !

— Je serais surtout heureuse de repartir !

La figure glabre du général Zeidler se fendilla de mille rides. Un sourire sans joie découvrit ses dents rousses :

— Toutes les mêmes ! La princesse Troubetzkoï et la princesse Volkonsky ne se sont pas exprimées autrement. Ah ! l'empereur a singulièrement compliqué ma tâche en lâchant ces dames sur les pistes sibériennes !

— Excusez-moi, Excellence, dit Sophie, je suis si inquiète !... Ne pouvez-vous m'indiquer où se trouve mon mari ?

— Mais comment donc, Madame ! Il est à Tchita.

— A Tchita ? répéta-t-elle d'un ton incertain.

— Oui.

— Qu'est-ce que c'est que Tchita ?

— Un village où une maison d'arrêt a été spécialement aménagée pour les déportés politiques.

— Est-ce loin d'ici ?

— Hélas, oui, Madame !... Huit cent soixante-dix-sept verstes !... Au-delà du lac Baïkal !... Des routes épouvantables !... D'ailleurs, la région n'est pas sûre !...

— Excellence, je vais vous demander un grand service : pourrais-je avoir des chevaux pour demain matin ?

— Comme vous y allez ! s'écria le général Zeidler. Un peu de patience ! Montrez-moi vos papiers, d'abord.

Sophie lui tendit sa feuille de route, son passeport, celui de Nikita. Le général les examina de si près qu'il semblait davantage les renifler que les lire. Puis, il les glissa dans un tiroir de sa table. Au claquement de la clef tournant dans la serrure du meuble, Sophie tressaillit et demanda :

— Pourquoi enfermez-vous ces documents ?

— Pour qu'ils soient en lieu sûr, Madame. Il serait très grave pour vous de les perdre.
— Mais je vais en avoir besoin.
— Pas avant quelque temps !
— Comment cela ?
— J'attends des instructions pour savoir si je puis vous autoriser à poursuivre votre route.

Sophie demeura un instant sans comprendre. Enfin, elle balbutia :
— Il y a sûrement un malentendu... Le tsar lui-même a donné son accord... Mes papiers sont en règle !...
— Ceux de la princesse Troubetzkoï, de la princesse Volkonsky et de madame de Mouravieff l'étaient également ; je les ai pourtant retenues ici, le temps nécessaire à un supplément d'enquête. En ce qui vous concerne, les recommandations de l'autorité supérieure sont encore plus précises. J'ai reçu l'ordre de procéder à une visite de vos bagages...
— C'est indigne ! s'écria-t-elle.
— Simple formalité, Madame. Mes hommes se trouvent déjà à l'auberge. D'une minute à l'autre, j'aurai le résultat de leurs investigations.

Elle écumait de rage impuissante. Au milieu de la table, reposait un dossier, avec son nom calligraphié à l'encre rouge sur la couverture. Le général Zeidler dénoua une ficelle, tira un document de la liasse, le parcourut négligemment, comme pour se rafraîchir les idées, et dit :
— Ah ! Madame, que n'êtes-vous restée où vous étiez ! Votre obstination causera le malheur de vos proches sans apporter de bonheur à votre mari...

Au lieu d'écouter son interlocuteur, Sophie regardait le papier qu'il tenait en main. Elle reconnaissait l'écriture et ne pouvait en croire ses yeux. Son beau-père ! Pourquoi avait-il envoyé une lettre au gouverneur d'Irkoutsk ?
— Qu'est ceci, Excellence ? demanda-t-elle.

Le général Zeidler dédaigna de répondre et rouvrit le dossier pour y ranger le feuillet manuscrit. Mais Sophie devança son geste. Prompte comme l'éclair, elle se leva et saisit la lettre. Son regard sauta d'une phrase à l'autre : « Le passé politique de ma bru... J'adjure Votre Excellence... »
— Rendez-moi ce papier ! dit le général Zeidler d'une voix métallique, sans bouger de son fauteuil.

Perdue dans un brouillard de colère, Sophie l'entendit à peine, recula vers le fond de la pièce et continua de lire au hasard : « Est-il logique qu'après avoir expédié au bagne les responsables de l'inqualifiable soulèvement du 14 décembre 1825 le gouvernement autorise l'une des plus ardentes propagatrices de leurs idées à s'installer près de la maison de force où ils subissent leur châtiment ?... » Un pas se rapprochait d'elle, accompagné d'un tintement d'éperons. « Eduquée à la française, dans le mépris de la monarchie et de la religion, cette femme représente un grave danger pour l'ordre public... Vous pouvez encore empêcher le pire... Retenez-la... Renvoyez-la à Kachtanovka...«

La lettre échappa des mains de Sophie, comme arrachée par un coup de vent. Elle découvrit le général Zeidler, qui la dominait de la tête. Grand, maigre, livide, l'œil exorbité, la joue creuse, il était un cadavre galvanisé.

— Votre audace vous coûtera cher, Madame ! grommela-t-il.

— Si vous ne vouliez pas que je prenne ce papier, pourquoi l'avez-vous placé ostensiblement sous mes yeux ? dit Sophie.

— Pour vous confondre.

— Eh bien ! c'est fait : me voici confondue ! Mais autrement que vous ne le supposez ! Confondue par la bassesse, par l'égoïsme de mon beau-père !...

Les soupçons qu'elle avait eus lors de sa visite au général Benkendorff se confirmaient brutalement. C'était comme si, en plein élan, une corde l'eût retenue. Elle se croyait libre, elle était en laisse. Après l'avoir arrêtée, Michel Borissovitch n'allait-il pas la tirer, étape par étape, en arrière ? Manœuvrée par lui à distance, elle s'exaspérait de n'avoir pas prévu ce coup et de ne savoir comment y répondre. L'indignation, le dégoût brouillaient sa tête. Soudain, elle perdit toute assurance. Fatiguée de combattre un ennemi qui restait hors d'atteinte, elle s'effondra :

— Je regrette mon geste, Excellence... Mais essayez de me comprendre... Ce long voyage... Et, en arrivant ici, cette déception horrible... Je me suis emportée...

Elle avait honte d'avouer ainsi sa faiblesse, mais, en même temps, elle devinait que le général Zeidler y était sensible. Au milieu de son désarroi, une intuition féminine l'avertissait qu'elle pourrait plus obtenir de cet homme en se reconnaissant vaincue qu'en lui tenant tête.

— Calmez-vous, Madame, dit-il en se rasseyant. Je veux bien oublier l'étrangeté de votre conduite par égard pour le chagrin que vous éprouvez. Toutefois, je dois tenir compte de cette lettre, qui m'a été transmise par la voie hiérarchique...

— Cette lettre prouve simplement que mon beau-père est prêt à utiliser n'importe quel moyen pour me ramener à lui ! s'écria Sophie.

Un sourire en estafilade allongea les lèvres du général Zeidler.

— Je n'ai pas à entrer dans vos querelles de famille ! dit-il modérément. Michel Borissovitch Ozareff est un personnage d'une réputation irréprochable, dont l'attachement à la cause impériale est connu de tous, alors que vous êtes, Madame — excusez-moi ! —, une étrangère, épouse d'un déporté politique. N'est-il pas normal que notre confiance aille au père qui a surmonté sa douleur pour demeurer un fidèle sujet du tsar, et non à la femme qui tente de retrouver son mari parce qu'elle approuve les idées pour lesquelles il a été condamné ?

— La politique n'a rien à voir dans le voyage que j'ai entrepris ! dit Sophie avec chaleur. J'aime mon mari ! Je ne supporte pas qu'il soit malheureux loin de moi ! Et je me demande comment des hommes qui se réclament sans cesse de la religion peuvent oublier qu'aucun jugement terrestre ne doit séparer ce que Dieu a uni !...

Elle se tut, effrayée d'avoir parlé trop fort devant un adversaire prompt à prendre la mouche. Mais il continuait de sourire en la regardant, comme amusé par le désordre de ses pensées. Elle était la quatrième femme de déporté qu'il recevait dans son bureau. Sans doute faisait-il des comparaisons avec les autres. Pour se donner du courage, elle songea qu'elle ne pouvait échouer là où les trois premières avaient réussi. Il fallait comprendre ce militaire sec, bilieux et désabusé, le tirer hors de ses paperasses, l'intéresser, l'attendrir, le séduire... Elle murmura :

— Aidez-moi, général, je vous en supplie !

— Vous me supposez plus de pouvoir que je n'en ai, Madame, dit-il. La décision ne dépend pas de moi, mais du général Lavinsky, gouverneur de la Sibérie orientale, qui, lui-même, voudra sûrement prendre l'avis de Saint-Pétersbourg...

— Tout cela à cause de cette lettre absurde, mensongère, criminelle !

— Cette lettre n'est pas faite pour arranger les choses, évidemment. Mais, de toute façon, nous vous aurions retenue quelques jours.

— Pourquoi ?

— Pour apprendre à mieux vous connaître, d'une part, et, d'autre part, pour vous donner le temps de réfléchir. Vous savez à quoi vous vous exposez : la perte de tous vos droits civiques, l'assimilation aux forçats, l'interdiction de revenir en Russie...

— On me l'a déjà expliqué cent fois. J'ai signé des papiers.

— Je vous offre une dernière chance...

— Offrez-moi plutôt des chevaux !

— Nous tournons dans un labyrinthe, Madame ! soupira le général Zeidler.

On frappa à la porte. Un sous-officier entra, rouge d'importance, et déposa un papier sur le bureau du gouverneur. Le général Zeidler lut le document à mi-voix :

— « Inventaire des bagages... Pas de livres français, pas de livres russes, pas de lettres, pas de journaux, des vêtements féminins, de la poudre féminine, des brosses féminines, de l'eau féminine, divers autres objets féminins... »

— J'ai le détail, si c'est nécessaire, Votre Excellence ! dit le sous-officier d'une voix enrouée.

— Inutile, marmonna le général Zeidler, un pli malicieux au coin de la lèvre. Tout cela me paraît normal.

Le sous-officier jeta un regard en biais à Sophie, renifla et dit encore :

— Je dois rapporter à Votre Excellence que le domestique serf de la voyageuse a voulu s'opposer à notre travail.

— Diable ! dit le général Zeidler. Et alors ?

— Nous l'avons juste un peu rossé pour lui apprendre. Et puis, nous l'avons arrêté.

— Très bien !

Sophie perdit la tête. Elle ne voyait que des ennemis partout.

— Pourquoi avez-vous fait cela ? s'écria-t-elle. Vous allez le relâcher !...

Le sourire narquois du général disparut. Son visage se desséchæ.

— Non, Madame, dit-il. Nul ne peut contrevenir impunément à mes ordres.

— Au moins, permettez-moi de le voir !...
— Votre domestique passera la nuit au cachot. Je l'interrogerai demain. Si ses réponses sont satisfaisantes, je vous le renverrai à l'auberge. C'est tout ce que je puis vous promettre.

Elle se domina, par crainte d'user en escarmouches les forces de persuasion dont elle aurait besoin pour l'assaut final. Le général Zeidler l'accompagna jusqu'à la porte. Sur le seuil, elle balbutia :

— Excellence, vous ne m'avez rien dit de précis au sujet de mon affaire. Que puis-je espérer ?

— Dès qu'il y aura quelque décision vous concernant, je vous le ferai savoir.

— Combien de temps croyez-vous qu'il me faudra attendre ?
— Je l'ignore.
— La princesse Troubetzkoï...
— Elle est restée à Irkoutsk pendant trois mois.
— Ce n'est pas possible !...
— Hélas ! si, Madame ! Je vous présente mes hommages.

Un squelette en uniforme se raidit devant elle. Deux talons claquèrent dans un mouvement de casse-noisettes. Elle sortit, désespérée.

A l'auberge, elle trouva ses malles ouvertes, des vêtements épars sur son lit et le patron, Prosper Raboudin, qui se lamentait. Il avait eu très peur quand Nikita s'était opposé à la fouille des bagages.

— Si vous l'aviez vu planté devant votre porte, Madame ! dit-il avec un robuste accent berrichon. Ses yeux crachaient des éclairs ! Il jetait ses poings en avant ! C'est à peine s'ils ont pu le maîtriser ! Et ils étaient quatre !

— Ne l'ont-ils pas blessé, au moins ?

L'aubergiste jura que non. Mais elle le soupçonnait de s'être esquivé avant la fin du combat. Il était gras et chauve. Sa bouche molle s'étirait d'une joue à l'autre comme une limace. Ses petits yeux étaient pleins d'eau.

— Il n'aurait pas dû ! marmonna-t-il encore. Est-ce qu'on peut faire entendre raison à ces gens-là ? Heureusement que notre gouverneur est un brave homme ! S'il a promis de vous le rendre demain, il le fera. Au besoin, j'interviendrai moi-même. J'ai du poids auprès de ces messieurs, à cause de ma table. Et puis, je leur apprends le français...

Elle lui demanda comment il se trouvait si loin de France. Il n'attendait que cette occasion pour raconter tout au long son histoire. Ancien officier dans l'armée de Condé, il était passé, en 1794, au service de la Russie, et eût fait une excellente carrière dans les dernières années du règne de Catherine II s'il n'avait eu la malencontreuse idée de blesser en duel un camarade de régiment et, une fois arrêté, de s'évader en tuant une sentinelle. Repris, jugé et envoyé en Sibérie, il avait, après dix ans de bagne, été placé en résidence surveillée à Irkoutsk. Là, il avait ouvert une auberge, car il n'aimait rien tant que la bonne chère. Assise au bord du lit, dans sa chambre, Sophie écoutait avec gêne ce bavard qui ressemblait moins à un militaire qu'à un cuisinier. Etait-il possible que l'âge, les humiliations, les compromissions eussent à ce point dégradé un homme, dont la jeunesse avait été brillante ? Le plus pénible était qu'il paraissait heureux de son sort. Pourtant, au moment où il était en train d'exalter sa réussite commerciale, une ombre passa dans ses yeux. Changeant de visage, il soupira :

— Ah ! la France, Madame !... Trente-cinq ans que je l'ai quittée ! Et vous, une dizaine d'années, n'est-ce pas ?

— Comment le savez-vous ?

— Nous vivons, ici, dans un désert. La principale distraction consiste à se renseigner, au bureau du gouverneur, sur les voyageurs attendus. On se communique les nouvelles de bouche à oreille. Une semaine avant votre arrivée, j'étais déjà au courant de tous vos problèmes. Votre mariage, votre installation en Russie, vos idées politiques, la révolte des décembristes, vos démarches pour rejoindre votre mari... J'espérais tellement que vous logeriez chez moi ! Merci de votre confiance ! Tout à l'heure, vous goûterez ma cuisine ! De la vraie cuisine de chez nous !...

Il l'agaçait. Elle finit par le renvoyer en se disant fatiguée. La lettre de son beau-père restait gravée dans sa tête. De tous les sentiments qui la tourmentaient, le plus vif était le mépris. Il n'existait pas de mots assez blessants pour la soulager. Que ne pouvait-elle affronter Michel Borissovitch, face à face, les yeux dans les yeux ! Elle s'assit pour lui écrire, chercha la phrase du début et se ravisa. Nul doute qu'une surveillance ne fût organisée autour d'elle, depuis son départ de Saint-Pétersbourg ! Sa lettre serait ouverte à la poste et communiquée au général Zeidler. Il en tirerait peut-être argument pour la retenir plus longtemps à Irkoutsk. La sagesse était de se résigner. Elle refoula sa colère par un effort de volonté, comme on domine une souffrance physique.

Le soir, elle descendit dans la salle à manger, à l'heure des premiers tintements de vaisselle. Il y avait là une grande table d'hôte, avec des convives bruyants, assis coude à coude. La proportion était d'une femme pour trois hommes. Au-dessus des serviettes blanches, nouées sous le menton, les visages brillaient, telles des billes de bois peint. Tous les regards se tournèrent vers la nouvelle venue, tandis que les conversations se perdaient en chuchoteries. Gênée par cette curiosité provinciale, Sophie obtint de Prosper Raboudin qu'il la fît servir seule, à une petite table.

Après une courte pause, les discussions reprirent à pleine voix. Tout le monde parlait russe. Mais les murs étaient décorés d'inscriptions françaises. Sophie lut, avec surprise : « Il n'est bon bec que de Paris... » « De France vient le goût de bien manger, de bien boire et de bien aimer, sans quoi l'homme ne serait que bête... » « Vive le vin de Bourgogne, qui met des rubis dans mon verre !... » Entre les écriteaux, pendaient des gravures jaunies, représentant les costumes des provinces françaises, un portrait de Louis XVI, un autre d'Henri IV, des vues de la place de la Concorde, des jardins du Palais-Royal, des moulins de Montmartre, et, sous verre, un éventail à fleurs de lis, un billet de théâtre et un papier couvert de cachets et de signatures, qui devait être une attestation quelconque ou une feuille de route. Il y avait tant de ridicule et tant de mélancolie à la fois dans ce désir de recréer, avec des brimborions, le souvenir de la patrie perdue que Sophie en fut touchée de pitié.

— Je vous expliquerai tout cela, en détail, plus tard ! lui dit Prosper Raboudin avec fierté, en désignant d'un geste large les reliques de la salle. Pour l'instant, occupons-nous du menu !

Il lui certifia qu'elle allait goûter, au fin fond de la Sibérie, un potage comme on ne savait plus en mitonner à Paris. Déjà, les soupeurs de la table d'hôte, ayant humé le bouillon, s'animaient et se pourléchaient. Certains même poussaient le raffinement jusqu'à exprimer leur satisfaction en français : « Délicieux ! Suprême ! » Le patron saluait, une main sur le cœur. Pourtant, ces compliments habituels ne lui suffisaient plus. Il attendait le jugement de sa compatriote. En avalant la première cuillerée, elle crut à une plaisanterie. Fallait-il que le prestige culinaire de la France fût grand dans le monde pour que tant de gens se récriassent d'admiration devant ce prétendu potage parisien, alors que n'importe quelle soupe de paysan russe lui était préférable ! Au moment du dessert, qui était une lourde crème, bourrée de raisins marinés, Prosper Raboudin s'assit près de Sophie et chuchota :

— Alors ?

— C'était très bon, dit-elle évasivement.

— Demain, je vous ferai une fricassée de poulet. Ma plus grande réussite !

— Est-ce chez vous que la princesse Troubetzkoï est descendue ?

— Non. Je n'ai pas eu non plus l'honneur d'héberger la princesse Volkonsky, ni madame Mouravieff. Elles ont été mal conseillées, à cet égard ! Mais je les ai vues, je leur ai parlé !...

— Comment sont-elles ?

— Admirables ! Des saintes ! Ou peut-être des folles, excusez-moi ! Si belles, si riches, si distinguées, et une seule idée en tête : arriver jusqu'au bagne ! J'ai même l'impression que l'une d'elles — je ne veux nommer personne ! — a découvert qu'elle aimait son mari à partir du moment où il a été condamné ! Lorsqu'il était heureux, elle n'éprouvait pour lui que de l'indifférence. Les fers aux pieds, il est devenu pour elle un héros. C'est étrange, non ?

— Je ne trouve pas, dit Sophie.

— Quand je pense que, pour se lancer dans cette aventure, la princesse Volkonsky a abandonné son fils au berceau, madame Mouravieff ses trois enfants !... Vous, du moins, Madame, vous ne laissez personne derrière vous !...

Il y eut un silence. La porte de la cuisine battit, lâchant une forte odeur de graillon. Sophie songeait au petit Serge, avec la volonté de ne pas se repentir. Si elle devait se sacrifier pour quelqu'un, ce n'était pas pour ce bébé qui grandirait aussi bien sans elle, mais pour Nicolas dont elle seule pouvait soulager la peine. En vérité, elle n'avait pas d'autre enfant que son mari. Elle s'aperçut que, de plus en plus, elle pensait à lui en fonction du réconfort qu'elle allait lui apporter et non du bonheur qu'elle recevrait en échange. Ce qu'elle aimait en lui, c'était le besoin qu'il avait d'elle, c'était son propre dévouement ! Ses idées roulaient si vite et dans une direction si étrange qu'elle en rompit brutalement le cours.

— Je ne comprends pas, dit-elle, qu'après avoir accordé aux épouses des condamnés le droit de se rendre en Sibérie, le gouvernement s'ingénie à les arrêter et à les retarder sur leur route !

— Vous avez l'esprit trop logique, Madame ! dit Prosper Raboudin. En Russie, rien n'est jamais décidé une fois pour toutes. On donne d'une main et on retient de l'autre. Si le général Zeidler arrive à vous persuader de rebrousser chemin, on lui en saura gré, à Saint-Pétersbourg.

— Mais pourquoi ?

— Parce que le tsar n'a aucun intérêt à vous transformer, vous et vos semblables, en personnages de légende. Qu'il refuse à une femme de suivre son mari en Sibérie, et l'opinion publique en fait une martyre ! Mais si, parvenue à Irkoutsk, elle se laisse décourager et retourne en arrière, la voici, en quelque sorte, dépréciée, rendue à la condition commune, incapable d'exciter ni l'admiration ni la pitié de son entourage.

Sophie se dit que cet homme gras à lard avait de la finesse. Tout bien pesé, elle était heureuse d'avoir trouvé un Français à Irkoutsk. Elle se sentait un peu en famille, avec cette voix berrichonne dans les oreilles.

— En tout cas, murmura-t-elle, je suis résolue à ne pas céder.

— C'était mon impression ! dit Prosper Raboudin. Autrement, je ne vous aurais pas tenu ce langage. Voyez-vous, Madame, dans ma jeunesse, j'ai milité, en France, pour la monarchie. Mais, depuis que j'ai connu la prison, le knout, le bagne, j'ai changé d'avis.

— Vous êtes pour la république ?

Il eut un sourire large, cligna de l'œil et dit :

— Je suis pour Prosper Raboudin, sous n'importe quel régime et en n'importe quel lieu !

Elle le pria de lui parler des forçats. Il le fit de mauvaise grâce :

— Oui, c'était dur... Je travaillais dans les mines de cuivre de Nertchinsk... Les fers aux pieds, la nourriture abjecte... Mais, quoi ? on se fait à tout !...

Visiblement, il ne voulait pas alarmer Sophie en lui donnant le détail des souffrances qu'il avait endurées.

— Aucune politique ne vaut qu'on se détruise pour elle, conclut-il. Si vous allez à Tchita par devoir, par grandeur d'âme, je vous crie casse-cou ! Au contraire, si vous sentez qu'en dehors de Tchita il n'existe pour vous aucune chance de bonheur, alors, n'hésitez pas, foncez tête baissée, renversez tous les gouverneurs !...

Il rit. Elle était troublée.

— Je ne conçois pas de vivre loin de mon mari, dit-elle.

— Bravo ! Permettez-moi de vous offrir une liqueur de France...

Elle accepta un peu de cassis. Il était très sucré et très fort en alcool. Une bouffée de chaleur monta aux joues de Sophie. Sa destinée lui parut d'une bizarrerie étourdissante. Etait-ce bien elle qui, dans cette auberge perdue, près du lac Baïkal, parlait de ses sentiments à un ancien bagnard, venu de l'armée de Condé ? Quand Nicolas aurait fini son temps de travaux forcés, elle s'installerait avec lui dans la ville de résidence qui leur serait assignée. Comme Prosper Raboudin, ils reconstruiraient un foyer, après avoir tout perdu. Ils se survivraient, en essayant d'oublier un passé trop aimable. Combien y en avait-il, de ces êtres transplantés, inadaptés, en Sibérie ?

— N'avez-vous pas eu de la peine à reprendre une existence normale, après votre libération ? demanda-t-elle.

— Non, dit-il. J'avais amassé un petit pécule. Des amis m'ont aidé. Il n'y avait pas de bon restaurant à Irkoutsk...

— Je ne parle pas du côté matériel...

— Pour le moral, c'est différent, concéda Prosper Raboudin. Comment voulez-vous qu'on ne souffre pas en exil ? Les hommes normaux ont une vie d'un seul tenant. Quand ils songent à leur passé, ils se voient grandir, évoluer, vieillir en douceur. Ils se reconnaissent à tous les âges. Mais nous autres, les forçats libérés, nous sommes coupés en deux. Nous avons commencé une certaine existence. Et puis, à trente ans, à quarante ans, nous en commençons une autre. Les gens qui nous entendent raconter que nous avons eu de la chance, de la fortune, une carrière, des amis illustres se moquent de nous et nous traitent de hâbleurs. Alors, nous finissons par faire comme eux, nous ne croyons plus à nos souvenirs, pour ne pas trop regretter ce que nous sommes devenus. Ainsi, moi, Madame, je me dis, par moments, que je n'ai jamais vécu en France, que je n'ai jamais porté l'uniforme, que j'ai toujours été aubergiste à Irkoutsk !

Il eut un rictus de défaite.

— Et tout ceci, alors ? dit Sophie en montrant les écriteaux et les estampes pendus au mur.

— Je n'aurais pas dû ! grommela-t-il. Ces choses-là, ça ne sert qu'à se faire mal ! Un jour, je les enlèverai !

Il regarda Sophie avec force et ajouta :

— Vous verrez, Madame, ce qui est pénible, ce n'est pas le bagne — parce qu'au bagne on espère encore —, c'est après le bagne, quand on comprend que, jusqu'à son dernier souffle, il faudra se contenter de cette petite liberté, dans cette petite ville, parmi ces petites gens !

Il se tapa le ventre du plat de la main :

— J'étais sec comme un sarment de vigne, j'ai engraissé ; j'étais courageux, je suis devenu prudent ; j'étais pauvre avec superbe, je me suis enrichi sans plaisir ; j'étais mécontent de tout — ce qui est une preuve de combativité —, je ne suis content de rien — ce qui est une preuve de résignation !

Il voulut remplir une deuxième fois le verre de Sophie. Elle releva d'un doigt le goulot de la bouteille et sourit en secouant la tête :

— Non, merci.

— Vous devez trouver que je suis un drôle d'aubergiste ! Il y a longtemps que je n'ai parlé avec quelqu'un comme avec vous. Ça m'a rafraîchi le cœur. Vous permettez ? Il faut que je m'occupe un peu de mes autres clients.

Il la laissa pour faire le tour de la table d'hôte, où chacun avait un mot à lui dire. Rien n'avait changé en apparence, pour Sophie, depuis cette conversation, et, cependant, elle se sentait désorientée, comme si des idées qu'elle tenait pour sûres eussent perdu leur véracité. Aimant les situations nettes, elle souffrait d'être entraînée dans un univers où tout était ambigu, les gens, les ordres, le temps, le paysage, les distances, les prévisions... Elle se rappela sa discussion avec le général Zeidler, et trouva mille répliques vives et spirituelles qu'elle aurait pu lancer pour lui river son clou. Mais ce n'était que partie remise. Jour après jour, elle l'assiégerait dans son bureau. Elle triompherait de lui par l'usure. D'abord, il devrait relâcher Nikita, comme il en avait donné l'assurance. Sans doute le pauvre garçon se rongeait-il d'angoisse dans sa cellule. Demain, elle le gronderait pour son excès de zèle. Une chaleur se répandit dans ses pensées. Elle se leva et se dirigea vers la porte, d'un pas moelleux. Comme elle passait devant la table d'hôte, quelques convives la saluèrent avec empressement. Des chandeliers s'alignaient sur une étagère. Elle en prit un, et trois hommes se précipitèrent pour lui allumer sa bougie. Les briquets battaient autour d'elle. On lui parlait, on la dévisageait, en soufflant sur l'amadou. Ecartant tout le monde, Prosper Raboudin l'accompagna jusqu'au pied de l'escalier et lui souhaita bonne nuit.

Sa chambre était basse de plafond, enfumée, avec un plancher peint en rouge, des taches de bougie sur les meubles et un couvre-pieds maculé de graisse. Elle tira des draps de son coffre et ordonna à la servante de lui préparer son lit. Puis elle se fit apporter de grandes quantités d'eau chaude, ferma la porte à clef et se lava, nue, dans un baquet en bois. Il y avait longtemps qu'elle n'avait pris soin de son corps. Tandis qu'elle se baissait, se relevait, savonnant ses cuisses, son ventre, ses seins, une glace lui renvoyait son image, toute dorée dans la pénombre. Elle constata qu'elle avait maigri pendant le voyage, ce qui, loin de la déparer, donnait plus de souplesse à sa taille et plus de longueur à son cou. Malgré son refus de penser à elle-même, le bien-être qu'elle éprouvait après son ablution l'entraînait dans une rêverie toujours plus lascive. Elle se coucha, l'esprit brumeux, la peau en éveil, tira ses draps, souffla sa bougie, et la nuit s'emplit pour elle d'un mouvement comparable à celui de la mer.

4

Elle s'était endormie à Irkoutsk, elle s'éveilla en France, quelque part du côté de Bourges ou de Sancerre, tandis qu'une grosse voix du terroir disait derrière la porte :

— Madame ! Madame ! Votre domestique est revenu !

Le temps de reprendre ses esprits, de se rappeler qui était Prosper Raboudin, qui elle était elle-même, et elle répondit :
— Eh bien ! qu'il m'attende en bas !
— Je crois, Madame, que vous devriez descendre, dit Prosper Raboudin.
— Pourquoi ?
— Il a besoin de vous.

Saisie d'inquiétude, elle se leva, s'habilla sans savoir comment et dévala l'escalier. Dans la salle à manger, autour du samovar, des buveurs de thé transpiraient d'aise en humant leurs verres. Sans leur accorder un regard, Sophie suivit Prosper Raboudin à l'office. Nikita était assis là, sur un tabouret, la face blême, la lèvre tuméfiée, un œil à demi fermé, l'autre brillant de fièvre ; des caillots de sang pendaient sous ses narines ; sa chemise était en loques ; de sa main droite, il maintenait contre son corps son bras gauche, qui semblait inerte.

Déchirée de pitié, Sophie poussa un cri :
— Nikita ! Mon Dieu ! Que t'ont-ils fait ?
— Excusez-moi, barynia, chuchota-t-il, c'est au corps de garde... ils sont tombés sur moi... tous ensemble... comme des lâches !... Oh ! je me suis bien défendu !... Ils ont eu leur compte, eux aussi !...

Il tenta de bouger et une grimace de douleur disloqua sa figure.
— Où as-tu mal ? demanda Sophie.
— L'épaule... Il y a quelque chose qui ne va pas, là-dedans...
— Il faut vite appeler un médecin !
— S'il s'agit d'une fracture ou d'un bras démis, le rebouteur fera mieux l'affaire ! dit Prosper Raboudin. Nous avons la chance d'avoir, par ici, le vieux Didyme, qui a des mains d'or !

Tandis qu'un gamin partait en flèche à la recherche de Didyme, les autres domestiques se pressaient autour du blessé, avec des visages de curiosité idiote. Leur commisération se teintait de plaisir, comme si le malheur d'autrui les eût réconciliés avec leur propre sort. Il ne pouvait être question de laisser Nikita dans le va-et-vient du service. Sophie lui demanda s'il aurait la force de monter au premier étage. Il jura que oui, mais, dans l'escalier, ses genoux fléchirent. Prosper Raboudin le soutint, pendant que Sophie courait devant et ouvrait la porte. Elle le fit entrer dans sa chambre, l'assit sur une chaise et lui essuya doucement la figure avec un linge humide. Il respirait par à-coups :
— Vous êtes si bonne, barynia !... Je vous cause trop d'ennuis !... Il ne faut pas vous occuper de moi !... Ça va déjà mieux !...

Elle le laissait parler sans répondre et continuait à lui poser des compresses, en ayant soin de ne pas appuyer sur les plaies. Toutes les minutes, un domestique se ruait dehors, pour voir si le rebouteur ne venait pas. Au moment où Sophie était à bout de patience, la porte s'ouvrit sur un grand moujik, à la face de cuir tanné et à la barbe de crins blancs. Ses traits étaient rudes, mais une gaieté enfantine rayonnait de ses yeux, perdus dans un filet de rides. Prosper Raboudin se planta devant lui et mima en gesticulant le combat d'un homme seul contre plusieurs adversaires.

Didyme hocha la tête et poussa un grognement rauque. Sophie comprit qu'il était sourd-muet.

— C'est très ennuyeux, dit-elle. Comment s'y prendra-t-il pour nous expliquer de quoi il s'agit ?

— Il ne nous expliquera rien, dit Prosper Raboudin. Il se contentera de réparer le mal. Je l'ai vu faire plusieurs fois. Vous pouvez avoir confiance.

Didyme s'était approché de Nikita et l'aidait à retirer sa chemise. Il fallut couper la manche tout du long, pour éviter de bouger le membre douloureux. Quand le jeune homme fut torse nu, Sophie nota que son épaule droite était musclée et ronde, alors que son épaule gauche semblait décrochée, rabattue, sans charpente, sans vie. Le rebouteur ferma les paupières et effleura la zone malade, du bout des doigts, à la façon d'un aveugle. Les traits de Nikita se crispèrent. Des gouttes de sueur perlèrent à la racine de ses cheveux. Ayant terminé son examen, Didyme claqua son pouce contre son majeur.

— Que veut-il dire ? demanda Sophie.

— Je n'en sais rien, marmonna l'aubergiste. En tout cas, ça ne doit pas être grave. Il ferait une autre tête !

— Je serais tout de même plus tranquille si vous aviez convoqué un médecin !

— Mais non ! Mais non !...

A présent, Didyme, recourbant sa main en cornet, faisait le simulacre de boire.

— Cette fois, je comprends ! s'écria Prosper Raboudin. Il veut de la vodka !

— Pour quoi faire ? dit Sophie.

— Pour étourdir son patient. C'est l'habitude chez les rebouteurs. Un homme ivre souffre moins.

Pendant qu'un serviteur courait chercher de la vodka à la cuisine, Didyme se tourna vers Sophie, la salua, et, respectueusement, lui désigna la porte.

— Il vous prie de quitter la chambre ! dit Prosper Raboudin. Le spectacle risque d'être pénible...

Elle haussa les épaules :

— C'est stupide ! Je peux très bien rester ! Je veux rester !...

Bien qu'ils eussent parlé en français, Nikita avait saisi le sens de la conversation.

— C'est vrai, barynia, vous devriez partir, balbutia-t-il.

Elle le regarda tendrement et secoua la tête. Il claquait des dents. Un domestique lui apporta un carafon de vodka. Il en but, coup sur coup, quatre verres. Ses traits se détendirent, ses prunelles se voilèrent, puis reprirent une lumière et une fixité d'étoiles ; un sourire triste joua sur ses lèvres ; il était prêt. Selon les indications de Didyme, on l'aida à s'étendre par terre, sur le dos. Sophie s'inquiétait de plus en plus : ce rebouteur muet n'allait-il pas achever de déboîter les os de Nikita au lieu de les remettre en place ? A tout hasard, elle glissa un oreiller sous la nuque du jeune homme. Il souriait toujours, d'un air un peu insensé. Debout au-dessus de lui, elle voyait ce grand corps foudroyé, aux membres épars, à la poitrine large, à la taille mince, dont la blondeur se détachait avec une précision hallucinante sur la peinture rouge sang des lattes, et pensait à Icare tombé du ciel. A chaque aspiration, le ventre de Nikita se contractait sous la ceinture lâche de son pantalon. Sa peau luisait de sueur au creux de ses clavicules et dans le sillon vertical qui séparait ses muscles pectoraux. Son bras droit, mollement relevé, découvrait une aisselle robuste où frisaient des poils d'or. Le soleil n'avait bruni que son visage et ses mains : il était masqué et ganté de hâle. Tout cela, Sophie le remarquait, plus ou moins consciemment, tandis que montait vers elle, par bouffées, une odeur d'homme jeune et nu, qui a chaud.

Didyme plaça son grand pied botté dans l'aisselle de Nikita, lui souleva délicatement la main gauche, cherchant la meilleure position, fronça les sourcils, s'arc-bouta et tira d'un coup sec sur le bras malade. Surpris par la violence du choc, Nikita poussa un hurlement de bête. Les nerfs de Sophie tressaillirent profondément. Un hameçon s'était planté en elle et lui arrachait les entrailles. Le visage de Nikita se haussait vers elle, par saccades, et semblait lui demander grâce. Puis, il se renversa en arrière. Il était livide. Ses joues, son front, son menton se couvraient de gouttelettes. Sa mâchoire inférieure tremblait. Un muscle sautait sous la peau de son ventre. Sophie s'agenouilla pour lui éponger la figure. Accroupi de l'autre côté, Didyme, silencieux et hilare, lui offrit un verre de vodka. Il en but une gorgée, avec écœurement. Les prunelles à demi révulsées, il paraissait sur le point de s'évanouir. Mais son épaule gauche, naguère plate, avait retrouvé un bel arrondi. Le rebouteur contemplait son œuvre avec satisfaction. Enfin rassurée, Sophie éprouva une telle faiblesse que la tête lui tourna.

— C'est fini, murmura-t-elle en posant la main sur le front de Nikita. Tu n'auras plus mal. Tu vas te laisser soigner sagement...

Il remua les lèvres. Elle entendit dans un souffle :

— Oui, barynia...

Didyme se fit apporter du linge déchiré en lanières et enveloppa l'épaule de Nikita dans un pansement imbibé d'eau salée. Ensuite, il lui banda le bras gauche, de façon à le tenir replié et serré contre le thorax. Quand ce fut fini, il s'octroya lui-même une rasade de vodka, cligna de l'œil et leva huit doigts sous le nez de Sophie.

— Il veut dire que votre serviteur sera guéri dans huit jours ! dit Prosper Raboudin.

— Mais quels soins devrons-nous lui faire ?

— Aucun.

— Qu'en savez-vous ?

— Il est en train de vous l'expliquer !

En effet, le sourd-muet indiquait par gestes qu'il ne fallait toucher à rien en son absence, que tout était en ordre, qu'il reviendrait bientôt. Sophie lui tendit vingt roubles en assignats.

— C'est trop ! chuchota Prosper Raboudin.

Didyme empocha les billets, s'agenouilla devant Sophie, baisa le bas de sa robe, se releva et sortit avec une dignité de seigneur. Nikita demeura prostré, pendant cinq minutes encore, puis se remit debout sans le secours de personne. Ayant fait deux pas, il vacilla et s'assit maladroitement sur une chaise. Cet effort l'avait épuisé. Sa tête tomba sur sa poitrine.

— Il a besoin de repos! décréta Sophie.

Elle ne pouvait le laisser dans sa chambre et ne voulait pas l'envoyer dans le dortoir des domestiques. Prosper Raboudin proposa de l'installer dans une sorte de réduit, sans fenêtre, au bout du couloir. On y porta une paillasse, des couvertures, une chandelle et une cruche d'eau. A peine couché, Nikita glissa dans le sommeil. Sophie le regarda dormir, attentivement. Elle était encore pénétrée du cri qu'il avait poussé dans la douleur. C'était comme une vibration qui continuait en elle, à son insu. Elle n'osait croire que tout se fût arrangé si vite. Il lui fallut beaucoup de volonté pour s'arracher à sa contemplation et aller, sans espoir, aux nouvelles.

Le général Zeidler la reçut debout, dans son bureau. Il semblait agacé par l'insistance de la visiteuse :

— J'ai eu l'honneur de vous dire hier, Madame, tout ce que je savais! Que voulez-vous de plus?

— Vous remercier de m'avoir rendu mon domestique! répliqua-t-elle d'un ton mordant. En passant, je vous signale que vos soldats ont failli l'assommer! Il a une épaule démise!

— Un de mes hommes a bien eu deux dents cassées! En vérité, je n'aurais pas dû relâcher votre Nikita. Si je l'ai fait, c'est par égard pour vous. Ne m'obligez pas à le regretter!

Elle admit, à part soi, qu'il avait raison, et reprit avec douceur :

— Il m'est venu une idée, Excellence. Vous m'avez bien dit que la décision, en ce qui concernait mon départ, ne dépendait pas de vous mais du général Lavinsky, gouverneur de la Sibérie orientale?

— Parfaitement.

— J'ai envie de lui demander une audience.

Le général Zeidler poussa un soupir :

— Impossible, Madame.

— Pourquoi?

— Le général Lavinsky est parti, la semaine dernière, pour une tournée d'inspection dans la région de l'Amour.

— Et c'est aujourd'hui que vous me l'annoncez? s'écria Sophie.

— Je croyais que vous étiez au courant.

— Pas du tout!... C'est... c'est consternant!...

Elle céda, sur l'instant, à un vertige de panique, puis se ressaisit et demanda :

— Sera-t-il longtemps absent?

— Je l'ignore.

— Il y a bien quelqu'un qui le remplace pendant ses voyages?

— Pas quand il s'agit d'affaires aussi délicates que la vôtre. Sa signature est nécessaire.

— Ne peut-on le joindre en cours de route?

— Il est un jour là, le lendemain ailleurs.
— Si vous lui écriviez...
— Je ne manquerai pas de le faire, mais il sera de retour avant d'avoir reçu ma lettre.

Scrutant le visage décharné du général Zeidler, Sophie ne pouvait deviner s'il disait vrai ou s'il cherchait à se débarrasser d'elle. En tout cas, elle s'était rarement sentie aussi liée par la volonté d'autrui. Elle quitta le bureau avec la certitude d'avoir perdu du terrain, alors qu'elle était venue pour prendre l'avantage.

*
* *

Très vite, Nikita fut sur pied et put accompagner Sophie dans ses courses en ville. Il avait le bras en écharpe et dominait de la tête tous les passants. Dans le temps qu'il faisait un pas, Sophie en faisait deux. Elle lui acheta une chemise blanche pour remplacer celle qu'il avait déchirée dans la bagarre.

La ville était petite, poussiéreuse, avec des rues droites, en terre battue, des trottoirs de planches, des maisons de bois et un square planté de bouleaux et de mélèzes, où se réunissaient, chaque soir, les familles des fonctionnaires et des marchands. Bien qu'on fût au mois d'août, le froid était si vif, en fin de journée, que les promeneurs du jardin se montraient enveloppés de manteaux. Certains notables d'Irkoutsk avaient essayé d'avoir Sophie à dîner ou à souper : ils étaient curieux de questionner cette nouvelle venue sur les cancans de Saint-Pétersbourg. Mais, jalouse de sa tranquillité, elle refusait toutes les invitations. En revanche, elle parlait volontiers avec les convives de la table d'hôte. Depuis ce que Prosper Raboudin lui avait dit au sujet des habitants d'Irkoutsk, elle s'amusait à deviner ceux qui étaient originaires du pays et ceux qui s'y trouvaient en résidence surveillée. La plupart du temps, la différence sautait aux yeux. Les autochtones avaient un langage gras, un regard assuré, des manières de rustres. Les déportés, plus distingués et plus timides à la fois, semblaient se survivre dans la tristesse. Nombre d'entre eux, leur peine purgée, étaient devenus d'excellents fonctionnaires dans l'administration locale, des agriculteurs, des précepteurs, des marchands de la deuxième guilde. Cependant, Prosper Raboudin avait raison : ces gens-là n'étaient plus que la moitié, que le tiers d'eux-mêmes. Ce qu'on voyait d'eux ne comptait guère en comparaison des œuvres vives, cachées sous la ligne de flottaison. Elle fit connaissance d'un septuagénaire pommadé, qui avait été au bagne sur l'ordre de Potemkine, après avoir reçu les faveurs de Catherine II. Il avait pour meilleur ami un comte polonais, fonctionnaire des douanes, que la même impératrice avait exilé pour sa participation, en 1794, à la révolte de Kosciuszko. Parmi les habitués de l'auberge, figuraient encore un ancien professeur de l'université de Moscou, qui s'était attiré la colère de Paul Ier pour avoir tenu des propos philosophiques pendant son cours d'astronomie, un prince géorgien convaincu de trahison, un jeune lieutenant du régiment Sémionovsky, dont la mutinerie avait été si durement réprimée par Alexandre Ier, en 1820, et même un vieillard, encore alerte, qui dirigeait un établissement de bains, se nommait Riedinger, était de souche alsacienne et avait été banni, en 1759, par l'impératrice Elisabeth Pétrovna, pour avoir tué son propre colonel, à la bataille de Kunersdorf, en le prenant pour un ennemi. Quand il raconta sa mésaventure à Sophie, elle ne voulut pas le croire.

— Quel âge aviez-vous donc, à l'époque ? demanda-t-elle.

— Dix-neuf ans. J'en ai quatre-vingt-sept.

— Cinq règnes ont passé, un sixième commence, et vous n'avez toujours pas été gracié !

— On m'a oublié, sans doute ! soupira Riedinger. Ça arrive assez souvent. Depuis, je me suis marié. J'ai six enfants. Vingt-cinq petits-enfants. Tout le monde travaille aux étuves...

Cette résignation la laissa songeuse. De plus en plus, Irkoutsk lui apparaissait comme le rendez-vous des rêves déçus, des ambitions mortes, des injustices consolidées par le temps. Un dépotoir, où les révoltés et les malchanceux de toutes les époques se retrouvaient, une fois leur carrière brisée. Une ville irréelle, peuplée de fantômes. A chaque convulsion de l'Histoire, une nouvelle vague d'exilés déferlait sur la Sibérie. Après les Polonais, les Sémionovtsy ; après les Sémionovtsy, les décembristes... Comme on lit l'âge de la terre dans les couches de sédiments superposées, on pouvait imaginer le passé de la Russie en regardant ces êtres jeunes, mûrs, ou cacochymes, qui avaient tous en commun de s'être heurtés un jour à l'autorité impériale. Certes, il y avait, en plus, l'immense troupeau des criminels ordinaires, qui, sortis du bagne, gagnaient leur vie dans la région comme ouvriers, domestiques, mendiants. On les reconnaissait à leurs narines tailladées. Mais les physionomies étaient parfois trompeuses. Un matin, Sophie monta dans un fiacre, dont le cocher portait cette marque d'infamie sur la face, entra en conversation avec lui et apprit qu'il était un ancien major du régiment des cuirassiers d'Astrakhan, impliqué par erreur dans une affaire de détournement de fonds de l'Etat. Disait-il vrai ou mentait-il pour se composer un personnage ? En tout cas, malgré sa figure inquiétante, sa barbe hirsute, sa touloupe sordide, il s'exprimait avec une grande recherche. Sophie fut gênée de l'avoir tutoyé tout au long du parcours, comme un moujik, et se rattrapa en lui demandant, à l'arrivée :

— Combien *vous* dois-je ?

Lorsqu'elle raconta son aventure à Prosper Raboudin, il eut un sourire mélancolique et déclara :

— L'anecdote est significative. S'il me fallait définir la Sibérie, je dirais que c'est un pays où, contrairement à ce qui se passe partout ailleurs, on aborde les gens en leur disant tu, et on les vouvoie ensuite !

Le dimanche, Sophie s'éveilla de bonne heure, avec le désir de se rendre à l'église. Nikita lui demanda la permission de l'accompagner. Il s'était fait beau pour la circonstance : chemise blanche, ceinture écarlate et bottes cirées jusque dans les replis. Il ne portait plus le bras en écharpe. Ses cheveux blonds lui descendaient en larges ondulations dans le cou. Au soleil, il était couronné de flammes. Elle prit un fiacre. Il monta à côté du cocher.

La cathédrale était pleine. Tous les fonctionnaires de la ville étaient là, en grand uniforme. Sophie se glissa sur la gauche, du côté des femmes. Au premier rang, le plus près de Dieu, ce n'étaient que toques, plumes, rubans, fourrures, bijoux... Le milieu de l'église était voué à la grisaille des petites gens. Les plus miséreux se tassaient vers la porte. Un prêtre superbe, caparaçonné d'or, officiait avec lenteur, soutenu par un chœur de voix rudes. Il y eut une prière spéciale pour le tsar. Tout le monde s'agenouilla. Sophie comme les autres. Tête basse, mains jointes, elle savourait l'absurdité d'une situation qui l'obligeait à feindre d'appeler la grâce divine sur celui qu'elle rendait responsable de son malheur. Combien y en avait-il, parmi ces fidèles prosternés, dont les gestes dévots cachaient un sentiment de haine à l'égard de la monarchie ? Peut-être pas autant qu'elle l'imaginait ! Le goût de la fatalité était ancré au cœur du peuple russe. Sophie se demanda si Nicolas n'était pas en train de découvrir, lui aussi, que son exil obéissait à une nécessité supérieure. Elle eût voulu le préserver contre cette résignation et, en même temps, elle se disait que c'était probablement le meilleur moyen, pour lui, de retrouver la paix. N'allait-elle pas le faire souffrir en l'empêchant de s'incliner comme ses camarades ? D'une manière inattendue, elle douta de lui apporter le bonheur. Cette pensée l'effleurait pour la première fois. Oubliant le sens des prières publiques, elle s'abandonna au besoin d'être réconfortée par une surhumaine attention. C'était moins un élan vers le ciel qu'une conversation avec elle-même. Elle faisait les questions et les réponses et, dans cet échange, l'ombre se muait en lumière, l'amertume en espoir. Brusquement, il lui sembla que Dieu emplissait le haut de son âme, comme une fumée flottant au-dessus du sol, dans une pièce close.

L'office terminé, elle se retrouva, étourdie, sur le parvis de l'église. Les fidèles, heureux d'exhiber leurs atours du dimanche, s'entrelorgnaient, se saluaient et s'assemblaient sous un froid soleil jaune. Des mendiants allaient d'un groupe à l'autre, une sébile à la main. Le général Zeidler portait la tête haute, au milieu d'un cercle d'officiers. Il aperçut Sophie et s'avança vers elle d'une démarche anguleuse. Elle apprécia l'honneur qu'il lui accordait en public et le remercia d'un sourire :

— Avez-vous du nouveau pour moi, Excellence ?

— Que vous êtes impatiente ! dit-il. Après tout, vous n'êtes ici que depuis une dizaine de jours !

— Ces dix jours m'ont paru un siècle !

Il fit une grimace de parchemin froissé :

— Dans ce cas, je crains fort que vous ne soyez déçue. J'ai eu un courrier, ce matin, du général Lavinsky dont dépend votre sort. Il n'envisage pas de revenir à Irkoutsk avant quatre ou cinq semaines...

— Cinq semaines ! balbutia Sophie. Mais c'est impossible ! Cela me mènerait vers la fin septembre !...

— Notre ville est charmante, en cette saison ! S'il vous était agréable que je vous introduise dans quelques familles de qualité...

— Non, merci, Excellence.

Elle coupa court, traversa dix groupes chuchoteurs, dont les hommes cambraient la taille et les femmes pointaient le menton sur son passage, et rejoignit Nikita, qui l'attendait près du fiacre.

Le soir même, après le souper, elle consulta Prosper Raboudin sur la façon de hâter l'affaire. Il ne lui cacha pas qu'il avait mauvaise impression.

— Il est évident que Zeidler ne peut vous laisser partir sans l'accord de Lavinsky, dit-il. Mais, comme il y a constamment des conflits d'autorité entre eux, je soupçonne le gouverneur d'Irkoutsk de retenir longtemps les dossiers avant de les transmettre au gouverneur de la Sibérie orientale, dans l'espoir que celui-ci se fera reprocher un jour, en haut lieu, le retard apporté à l'expédition des affaires courantes.

— Ne puis-je, dans ces conditions, adresser moi-même une supplique à Lavinsky ?

— Si vous l'envoyez par l'intermédiaire de Zeidler, il se débrouillera pour qu'elle n'arrive pas à destination avant des semaines !

— Et si je l'envoie directement ?

— Zeidler l'apprendra, tôt ou tard, et vous en voudra d'être passée par-dessus sa tête !

— C'est un risque à courir ! murmura-t-elle rêveusement.

Ils s'étaient installés au fond de la salle, à une petite table de conspirateurs, devant une bouteille de mauvais champagne et deux verres.

Sur le mur d'en face, pendait un écriteau vantant l'amour, le vin et les chansons de France.

— Connaissez-vous quelqu'un au gouvernement général ? demanda Sophie.

— Oui, le lieutenant Kouvchinoff, aide de camp et proche collaborateur de Lavinsky.

— Ce Kouvchinoff ne pourrait-il réclamer mon dossier à Zeidler ?

— Si, je pense...

— Ayant examiné mon dossier, n'accepterait-il pas d'expédier au général Lavinsky un rapport favorable ?

— Pourquoi pas ? Mais, si Lavinsky écarte le rapport, vous aurez perdu sur les deux tableaux. Ayant vexé le gouverneur d'Irkoutsk sans avoir intéressé le gouverneur de la Sibérie orientale, à qui vous adresserez-vous encore pour vous tirer du pétrin ? Attention, vous allez lâcher la proie pour l'ombre ! Un tiens vaut mieux que deux tu l'auras !...

Sophie écoutait ces mises en garde avec indifférence. Malgré la faiblesse de ses moyens, elle croyait à la vertu de l'entêtement. Pour elle, il n'y avait pas d'erreur, longtemps poursuivie, qui ne débouchât sur une vérité. De guerre lasse, Prosper Raboudin lui promit d'arranger une entrevue avec le lieutenant Kouvchinoff.

A cette occasion, elle soigna particulièrement sa toilette : robe d'organdi feuille morte, spencer en gros de Naples vert bouteille, très serré à la taille, capote en velours de même couleur, écharpe de barège mordoré sur les épaules. En la voyant ainsi habillée, l'aubergiste se récria d'admiration. Elle reçut ses compliments avec plaisir. Ce matin-là, elle se sentait légère et confiante. Un bruissement d'étoffe l'entourait, lui rappelait qu'elle était femme. Prosper Raboudin lui offrit le bras pour sortir.

Le palais du gouvernement général, construit en pierres, était plus vaste et plus beau que celui du gouvernement de la ville. Dans une antichambre, se pressaient de nombreux officiers, qui avaient des physionomies aussi importantes, mais des uniformes moins bien coupés, que les officiers de Saint-Pétersbourg. Etait-ce parce que le général Lavinsky était absent que tous parlaient si fort ? Son aide de camp reçut Sophie et Prosper Raboudin dans un bureau clair, sous une lithographie représentant les têtes des grands chefs de la guerre nationale, unies en guirlande autour d'Alexandre Ier rayonnant.

Le lieutenant Kouvchinoff était jeune, poupin, avec une bouche en fleur, peu de cheveux sur le crâne et des favoris blonds, étalés en presqu'îles sur ses joues roses. L'histoire de Sophie l'enchanta. De toute évidence, il y voyait une excellente occasion de jouer un tour au général Zeidler.

— C'est un brave homme, dit-il en français, mais il empiète un peu trop sur les attributions du général Lavinsky. Nous allons le rappeler à l'ordre avec douceur.

— Je ne voudrais, pour rien au monde, indisposer qui que ce soit par ma démarche ! dit Sophie.

— Vous n'indisposerez personne ! s'écria Kouvchinoff en se frottant les mains. Et vous rendrez service à bien des gens ! Mon chef, le général Lavinsky, vous saura gré de vous être adressée à lui. Dès à présent, vous pouvez considérer que votre affaire est réglée. Tout cela est d'un drôle ! Mais d'un drôle ! Vous vous en rendriez mieux compte si vous viviez à Irkoutsk depuis quelque temps !...

Il exultait, il riait follement, avec des airs de pigeon qui se rengorge. Ces intrigues provinciales devaient constituer le meilleur de ses journées. Sophie, de son côté, n'osait croire à un si brusque arrangement après tant de déconvenues. Que n'avait-elle frappé, dès son arrivée, à cette porte-là !

— Ah ! Monsieur, comment vous remercier ? dit-elle.

Il répondit qu'il n'obéissait qu'à son devoir en l'aidant à obtenir son sauf-conduit et lui conseilla de profiter de ses derniers jours à Irkoutsk pour acheter tout ce dont elle aurait besoin à Tchita :

— Vous ne trouverez rien, là-bas, Madame, ni tissu, ni fil, ni aiguilles, ni casseroles, ni fer à repasser...

— Combien de temps me reste-t-il pour faire ces emplettes ?

— Une huitaine de jours, au plus !

Elle lui eût sauté au cou pour cette bonne nouvelle.

Dès l'après-midi, elle commença la tournée des bazars. Les marchandises s'empilaient dans un coin de sa chambre. Le soir, elle cochait des articles sur sa liste. Hormis la nourriture, tout coûtait fort cher à Irkoutsk. Mais elle ne pouvait renoncer à l'essentiel. Elle était une jeune mariée qui monte son ménage. Cette circonstance l'amusait Toute sa vie, elle avait aimé construire.

Trois jours après sa visite au lieutenant Kouvchinoff, elle retourna le voir. Il l'accueillit non comme une quémandeuse mais comme une complice. N'avaient-ils pas un adversaire commun en la personne du gouverneur d'Irkoutsk ?

— Tout va bien, dit-il. Sur ma demande expresse, Zeidler s'est dessaisi de votre dossier. J'en ai immédiatement tiré un rapport favorable, que j'ai expédié au général Lavinsky. Ah ! Madame, je hâte votre départ, alors que notre plaisir à tous serait de vous garder le plus longtemps possible dans cette ville ! Ne me feriez-vous pas l'honneur de m'accompagner, dimanche prochain, au début de l'après-midi, à un concert, dans le square ?

Elle n'avait aucune envie de sortir avec cet homme, mais craignit de le vexer en refusant. Dans sa situation, elle avait besoin d'un allié solide. Il vint la chercher, tout fringant, à l'auberge.

Dans le jardin public, un orchestre militaire jouait du Gluck avec beaucoup d'ardeur. Les fausses notes mettaient de l'imprévu dans cette musique sage. Toute la ville était là, assise sur des chaises dures. Les officiers ne se mêlaient pas aux fonctionnaires civils, qui, eux, se tenaient à l'écart des marchands. Souvent, dans une famille, la mère et les filles avaient des robes coupées dans le même tissu. Entre deux éclats de cuivre, le lieutenant Kouvchinoff parlait à Sophie de sa vie monotone à Irkoutsk et de ses ambitions intellectuelles et administratives. Leurs voisins les regardaient à la dérobée. On devait les croire en pleine intrigue. Le lieutenant Kouvchinoff était fier de donner cette illusion à ses concitoyens. A l'entracte, il se pencha vers Sophie et dit avec mystère :

— Pourquoi ne reviendriez-vous pas à Irkoutsk après être allée à Tchita ? Je vous ferais établir des papiers pour que vous puissiez circuler librement...

Elle dut se contenir pour ne pas le remettre à sa place.

— Je crois que vous n'avez pas compris le but de mon voyage, dit-elle. Je ne fais pas une visite à mon mari, je vais le rejoindre, pour toujours...

— Vous changerez peut-être d'avis après avoir passé quelque temps là-bas !

— Certainement pas, Monsieur !

— Il ne faut jurer de rien, en Sibérie ! Même quand on est française !... Savez-vous que vous avez les plus jolies mains du monde ?

Elle lui décocha un regard tellement étonné qu'il n'alla pas plus loin dans le compliment. Jusqu'à la fin du concert, ils n'échangèrent que des propos insipides. Elle éprouvait la tentation d'être désagréable et se forçait pour sourire ; lui, de son côté, cuvait sa déception en feignant la désinvolture. Il la reconduisit à pied, marchant tout près d'elle et lui offrant le bras chaque fois qu'il y avait une dénivellation de trottoir. « Je ne suis pas assez aimable avec lui, pensait-elle. Ne vais-je pas le tourner contre moi et perdre ma dernière chance ? »

Ils se séparèrent devant l'auberge, avec des mines empesées.

Dans le vestibule, Sophie trouva Nikita qui l'attendait. Elle le reconnut à peine : il s'était fait couper les cheveux en son absence. De l'épaisse tignasse blonde ne subsistait qu'un chaume court sur le front et autour des oreilles. Sa tête avait diminué de volume au bout de son long cou musclé. Ainsi coiffé, il ressemblait à n'importe quel paysan revenant de la foire. Elle était furieuse. Il le comprit et s'excusa :

— Ils étaient vraiment trop longs, barynia !

Sophie haussa les épaules. Son mécontentement la surprenait elle-même. Quelle importance avaient, dans sa vie, les cheveux de Nikita ?

5

Jour après jour, l'espoir de Sophie diminuait. Malgré les assurances de Kouvchinoff, elle commençait à se dire qu'en cherchant à gagner du temps elle n'avait réussi qu'à embrouiller son affaire. Enfin, le 8 septembre, elle reçut une convocation du gouverneur d'Irkoutsk. Vingt minutes avant l'heure fixée pour l'audience, elle se trouvait dans l'antichambre.

Le général Zeidler la reçut froidement. Il avait une figure compassée. Un regard mince comme un fil d'acier brillait entre ses paupières. Elle mesura le risque qu'elle avait pris en ulcérant cette nature orgueilleuse. Sans la prier de s'asseoir, il dit :

— Vous avez cru bon, Madame, de sauter un échelon pour vous adresser au général Lavinsky. Cette manœuvre, assez discourtoise pour moi, aurait dû vous coûter cher !

— Je n'ai pas voulu vous froisser, Excellence, balbutia Sophie. Mais, dans l'état d'angoisse où je me trouvais, je ne pouvais rester inactive, je devais tout essayer...

Il l'interrompit d'une voix nette :

— Heureusement pour vous, les règles administratives sont une chose et les caprices des administrateurs en sont une autre. Il apparaît que vous avez eu raison d'ignorer la voie hiérarchique et — pardonnez-moi ! — la simple bienséance ! Je viens de recevoir l'ordre — je dis bien l'ordre ! — de vous donner satisfaction.

Il y eut en elle un jaillissement de joie, une exaltation de source libérée.

— Je vous remercie, Excellence, dit-elle.

— Remerciez plutôt le général Lavinsky. Votre feuille de route porte sa signature et non la mienne.

— Quand pourrai-je partir ?

— Quand vous voudrez. Voici vos papiers.

Il lui tendit son passeport et un sauf-conduit cacheté de cire rouge.

— Vous avez également le passeport de mon domestique, dit Sophie en rangeant les documents dans son sac.

Un frisson énigmatique courut sur le visage de Zeidler. Deux rides, fines comme des égratignures, prolongèrent ses lèvres vers le bas.

— Ce passeport-là, je le garde encore, dit-il négligemment.
— Comment cela ?
— Eh ! oui, je n'ai reçu d'instructions qu'en ce qui vous concerne personnellement. J'obéis point par point. Ne m'en demandez pas davantage.

La colère s'empara de Sophie.

— Mais cet homme est venu de Saint-Pétersbourg avec moi ! s'écria-t-elle. Je ne puis l'abandonner !

— Permettez-moi de ne pas m'associer à ces considérations sentimentales, dit le général Zeidler avec ironie.

Elle accumula tant de haine dans son regard qu'une douleur irradia autour de ses paupières. Plus elle s'exaspérait, plus le général Zeidler paraissait calme. Il jouissait de sa vengeance, posément, par étapes, sans se presser.

— J'en référerai au général Lavinsky, dit-elle inconsidérément.

— Cela vous a déjà si bien réussi que vous auriez tort de ne pas recommencer ! répliqua-t-il. Cependant, lorsque le général Lavinsky sera de retour, je me verrai dans l'obligation de lui indiquer que votre domestique s'est livré à des voies de fait contre mes hommes. Dans ces conditions, je doute que le gouverneur de la Sibérie orientale vous donne, une fois de plus, gain de cause contre mon avis.

Elle était vaincue, humiliée, et devait ravaler sa hargne. Le sourire du général Zeidler gagna toutes les fissures de son vieux visage gris.

— Entre nous, dit-il encore, vous vous désolez pour bien peu de chose ! Qu'est-ce qu'un serf ? Vous trouverez tous les domestiques que vous voulez, à Tchita !

Ces paroles de froide insolence achevèrent d'exaspérer Sophie. Un filet s'était abattu sur elle et, à chaque soubresaut, elle s'empêtrait davantage.

— Il ne me reste plus qu'à vous souhaiter bon voyage, Madame ! conclut le général Zeidler.

En le quittant, elle se précipita au palais du gouvernement général pour demander l'appui du lieutenant Kouvchinoff. Il la reçut immédiatement. Elle croyait que, d'un mot, il allait dissiper les nuages. Mais, après l'avoir entendue, il se rembrunit.

— Oui, dit-il, une erreur a été commise à la base. Dans mon rapport au général Lavinsky, je n'ai parlé que de vous. Je n'imaginais pas qu'on allait vous chercher chicane pour le reste. Maintenant, je crains que le général Zeidler, qui a la rancune tenace, ne mette un point d'honneur à empêcher le départ de votre domestique.

— Mais le général Lavinsky pourrait intervenir !...

— Il est intervenu en votre faveur ; il n'interviendra pas en faveur de votre serf ! Ce serait offenser Zeidler deux fois de suite. Nous n'en sommes pas encore à la guerre déclarée entre nos administrations ! Bien entendu, il se peut que je me trompe... Si vous n'êtes pas trop pressée, attendez donc le retour du gouverneur général. Il sera là dans deux semaines. Vous lui exposerez vous-même votre cas.

— Deux semaines ! murmura-t-elle, désemparée.

Sa première idée fut qu'elle n'avait pas le droit de rester plus longtemps à Irkoutsk. Chaque heure qu'elle consacrerait à Nikita serait désormais volée à son mari. Comme on enlève un cheval sur l'obstacle, elle fit appel à toute sa volonté pour décider de partir. Mais sa résolution fléchit, avant même qu'elle ne l'eût exprimée. Ce garçon, qui l'avait suivie au cœur de la Sibérie, pouvait-elle, à présent, se désintéresser de son sort ? Les services qu'il lui avait rendus, le dévouement qu'il lui avait témoigné méritaient bien qu'elle s'attardât quelques jours pour essayer de le tirer d'embarras. Forte de cette excuse, elle affronta le regard curieux du lieutenant Kouvchinoff, rougit un peu et marmonna :

— Il m'est impossible de partir dans ces conditions... Nikita..., mon serviteur..., a fait un tel chemin pour venir jusqu'ici que je ne puis le laisser !... Ce serait... ce serait inhumain !...

— Si son passeport est en règle, il trouvera toujours quelqu'un pour l'employer à Irkoutsk ! Que sait-il faire ?

— Lire, écrire, tenir des comptes...

— Eh bien ! alors ? s'écria Kouvchinoff en riant. De quoi avez-vous peur pour lui ? Eloignez-vous sans remords ! Je ne donne pas une semaine à votre gaillard pour qu'il se case royalement !

Sophie balança la tête :

— Non... Je vous assure... Je préfère attendre le général Lavinsky...

Kouvchinoff eut un sourire élastique. Ses yeux pétillèrent. Son nez pointa.

— Quelle que soit la raison de votre entêtement, je bénis les circonstances qui vous retiennent parmi nous !

Comme pour atténuer ce que son option avait d'insolite, Sophie dit, entre haut et bas :

— Bien entendu, si je changeais d'avis, je serais heureuse de pouvoir encore compter sur vous !...

— Mais oui, chère Madame. Soyez tout à fait tranquille. Quoi qu'il arrive, je n'oublierai pas votre protégé.

Il se dérobait derrière un voile de miel. Sophie prit congé, sans avoir retrouvé l'équilibre de ses pensées. En dépit des apparences, elle repartait les mains vides. La feuille de route, si longtemps convoitée, ne suffisait plus à son bonheur. Elle se sentait coupable envers son mari, parce qu'au lieu de songer uniquement à lui, elle remâchait des soucis où il n'était pour rien. Une fois dehors, elle se persuada, pour se réconforter, que deux semaines seraient vite écoulées, que, peut-être, d'ailleurs, Lavinsky reviendrait avant la date prévue, et qu'en tout état de cause Nicolas ne souffrirait pas de ce retard puisqu'il ignorait qu'elle s'était mise en voyage. Dire que tous ces contretemps eussent pu être évités, si elle avait eu la patience de laisser faire le général Zeidler ! Trop pressée, comme toujours, trop volontaire, trop impétueuse !...

A peine rentrée à l'auberge, elle convoqua Nikita dans sa chambre. Il parut avec, sur le visage, une expression d'espoir et de gratitude qui la bouleversa. Elle le regardait fixement et une houle de plaisir se levait en elle, sans qu'elle fût capable de la maîtriser Comme elle continuait à se taire, il s'inquiéta et dit doucement :

— Quoi, barynia ? Vous avez de mauvaises nouvelles ?

— Non, balbutia-t-elle. Ou plutôt, si... Je n'ai pas pu obtenir une feuille de route pour toi...

Il accusa le choc par un léger trébuchement des prunelles.

— Enfin..., pas encore, reprit-elle avec vivacité. Mais tout peut s'arranger... Tout s'arrangera, j'en suis sûre !...

En prononçant ces mots, elle eut conscience de la voie dangereuse où elle s'engageait. Ce qu'elle surprenait, au fond d'elle-même, l'effrayait, comme si, en se contemplant dans une glace, elle y eût découvert une étrangère au sourire de folle. Elle pouvait encore se raviser, fuir Nikita avant qu'il ne fût trop tard. Pour se donner le temps de réfléchir, elle lui raconta d'une traite sa visite à Zeidler, puis à Kouvchinoff. Quand elle eut fini, il demanda :

— Alors, vous allez partir seule ?

Elle respira longuement. Et, soudain, sa décision fut prise. L'avenir dépendait du présent. Il fallait frapper vite et fort pour que la blessure fût saine.

— Oui, dit-elle.

Les mâchoires de Nikita se crispèrent. Sophie éprouva le contrecoup de cette souffrance, comme le jour où elle l'avait vu, tordu de douleur, sur le plancher rouge de la chambre. C'était lui qui avait mal, et elle dont la gorge se nouait, dont les yeux s'emplissaient de larmes. Craignant de ne pouvoir refouler sa tendresse, elle ajouta :

— Il n'y a pas moyen de faire autrement.

— Je comprends, barynia, dit-il. Quand partirez-vous ?

— Demain.

— Déjà ?

— Oui, Nikita, dit-elle d'une voix défaillante. La route jusqu'à Tchita est si longue !...

La vie se retirait de lui, ou, du moins, la conscience. Il dormait debout, enveloppé dans son malheur. Elle eut peur de cette tranquillité anormale.

— Le lieutenant Kouvchinoff m'a promis qu'il s'occuperait de toi, dit-elle avec un faux entrain. Peut-être, dans quelques jours, te laissera-t-on partir, toi aussi ?...

— On ne me laissera pas partir, barynia, vous le savez bien ! dit-il. Je ne vous reverrai jamais, jamais...

Sur sa figure simple, couronnée de cheveux blonds trop courts, l'amour éperdu se mêlait à un désespoir sans bornes. Remuée jusqu'au ventre, prête à céder aux troubles délices de la compassion, Sophie se ressaisit :

— C'est absurde ! Je te défends de parler ainsi ! Nous allons voir ce que tu pourrais faire à Irkoutsk, en attendant d'avoir tes papiers. Il te faut du travail, un logement... Je te laisserai un peu d'argent, pour que tu ne sois pas tout à fait démuni au début... Si, si !... C'est indispensable !...

Elle s'arrêta, essoufflée. Le revirement qu'elle avait exigé d'elle-même l'avait rompue. Il lui semblait qu'en moins d'une seconde elle avait sollicité et évité le désastre. Subitement, elle fut gênée de se trouver seule avec Nikita dans sa chambre. L'air, entre eux, paraissait chargé d'effluves électriques. Les objets avaient un aspect sec, inhabituel, menaçant, comme aux approches de l'orage. Ouvrant la porte, elle appela Prosper Raboudin, sous prétexte de discuter avec lui les conséquences de son départ. En revoyant ce rond visage sans mystère, elle fut soulagée. Il proposa, tout de go, d'embaucher Nikita comme serveur :

— Il est aimable, dégourdi ! Il empochera de bons pourboires ! Que voulez-vous de plus ?

Sophie feignit de se réjouir hautement de l'aubaine :

— Quelle merveilleuse idée ! Tu vois que tout s'arrange, Nikita !

Elle exagérait son contentement, comme si elle se fût penchée, une tasse de bouillon à la main, vers un malade qui refuse de se nourrir. Nikita n'entendait rien, ne voyait rien, attentif, sans doute, à quelque écroulement intérieur. Pour le tirer de son hébétude, elle lui demanda de vérifier si le tarantass était en état de reprendre la route. Ils allèrent l'examiner ensemble, dans la remise du charron, près de la maison de poste. Toutes les réparations avaient été faites ; les essieux bavaient de suif ; les bandages en fer des roues brillaient, comme neufs. Nikita considérait avec tristesse cette voiture si bien entretenue, dans laquelle il aurait dû continuer son voyage et qui allait emporter Sophie, toute seule, vers un pays d'où elle ne reviendrait plus.

*
* *

Le lendemain, à l'aube, le tarantass, attelé en troïka, s'arrêta devant l'auberge. Toute la domesticité sortit de la maison pour assister au départ. Sophie grimpa dans la caisse et s'installa de son mieux entre des ballots de paille recouverts de toile. Nikita arrima les bagages en tirant sur des cordes. Il avait le teint blême, les yeux rouges et respirait fort, sans desserrer les dents. Depuis qu'elle lui avait annoncé son départ, il semblait vouloir se détacher d'elle et s'enfermer dans sa coquille pour éviter de souffrir. Prosper Raboudin garnit un panier avec trois poulets froids, du pain, du lard, du sucre, des bouteilles de vin.

— Il y en a vingt fois trop, dit Sophie ! Je ne pars pas pour l'Amérique !

— On ne sait jamais ce qui peut arriver ! dit l'aubergiste. Aux stations, méfiez-vous des gens qui vous demanderont de faire route avec eux. Si votre cocher vous propose un raccourci, refusez de le prendre. Ne payez jamais avec de gros billets...

Il l'accablait de recommandations qu'elle écoutait distraitement, plus occupée à suivre les gestes de Nikita et à lire dans ses pensées. Ce garçon avait été son compagnon de voyage, le confident de ses fatigues, de ses craintes, de ses espoirs, son protecteur et son protégé. Pourquoi fallait-il qu'il parût exiger d'elle autre chose que de la confiance ? Pourquoi ne pouvait-elle lui laisser voir tout le chagrin qu'elle éprouvait de leur séparation sans risquer de le torturer davantage ? Il était là, devant elle, bien vivant, avec tant de force dans ses muscles et tant de faiblesse dans son âme !

Rien n'était encore perdu. Et, dans quelques minutes... Elle ne savait pas renoncer, se résigner. Un malaise montait dans sa poitrine. Les cheveux blonds de Nikita, coupés trop courts, ses pommettes hâlées, son iris d'un bleu violet, indéfinissable...

— Alors, barynia, on y va ? demanda le cocher.

Elle tressaillit. Nikita releva la tête. Ses yeux s'agrandirent. Ils exprimaient si intensément la désolation, la terreur, la tendresse que Sophie fut comme roulée par une vague.

— Une seconde ! murmura-t-elle. Je voudrais qu'on vérifie si je n'ai rien oublié dans ma chambre...

Un domestique se précipita. Ayant gagné du temps, elle ne sut qu'en faire. Le regard rivé à celui de Nikita, elle supportait difficilement cet embarras précurseur des adieux.

— Il sera très bien, chez nous, dit Prosper Raboudin. Je le mettrai d'abord au service, puis aux cuisines, puis — pourquoi pas ? — à la comptabilité...

Du ciel gris et bas, quelques gouttes se détachèrent. Un vent froid, soufflant du lac Baïkal, fit courir un frisson sur les bras de Sophie. Elle se pelotonna sous la couverture d'ours. Le domestique revint, sans avoir rien trouvé. Plus d'excuse. Il fallait partir. Le cocher se signa.

— Au revoir, M. Raboudin, au revoir, Nikita ! dit Sophie.

— Que Dieu vous garde, barynia ! chuchota Nikita.

Et, dans un geste fou, saisissant la main de Sophie, il la porta à ses lèvres. Le valet d'écurie, qui se tenait à la tête des chevaux, bondit de côté, comme pour laisser passer une avalanche. L'équipage se rua en avant, excité par les sifflements et les claquements de fouet du cocher. Essieux, roues, traverses craquaient à chaque cahot. Sophie se retourna, une brusque impression de vide au fond du cœur. Là-bas, au milieu de la chaussée, un petit groupe de gens agitaient la main. Parmi eux, une silhouette d'homme, plus haute que les autres, les épaules carrées, les cheveux jaune paille. Entre lui qui restait et elle qui fuyait, un lien s'allongeait, s'étirait, allait se rompre... Soudain, elle fut délivrée. Le tarantass avait tourné le coin de la rue. Elle traversa toute la ville sans rien voir et ne s'éveilla de sa méditation qu'en apercevant, au bord de la route, la rivière Angara, largement étalée, avec ses îlots rocailleux, ses noires forêts accrochées aux falaises et ses colonies d'hirondelles, volant et criant au-dessus d'une crique sablonneuse.

6

Il commençait à faire sombre, lorsque le tarantass quitta le troisième relais. La route n'était plus qu'un passage cailouteux, taillé irrégulièrement au flanc de la montagne. En contrebas, l'Angara roulait des eaux rapides et crachait de colère sur les rochers qui obstruaient son cours. Un tronc d'arbre, couvert d'oiseaux blancs, flottait en se dandinant parmi les vagues. A chaque tour de roue, la vallée s'élargissait. Un air plus vif rafraîchit le visage de Sophie. A travers le grincement des essieux, elle discerna un bruit monotone de flux et de reflux : le ressac. Une mer grise et plate s'étala devant elle, avec, tout au fond, des pics neigeux, enfumés de brume.

— Et voilà notre Baïkal, dit le cocher, notre sainte réserve de poissons !

Les torrents écumeux qui jaillissaient des ravines, les falaises escarpées, couronnées de bouleaux et de pins, le miroitement de l'eau crépusculaire, les gros nuages suspendus à l'horizon, tout cela conférait au paysage un caractère de sauvagerie, de solitude et de mystère, dont il semblait que le cocher même fût conscient. Il arrêta ses chevaux à un tournant d'où on surplombait le lac.

— Que se passe-t-il ? demanda Sophie.

— Rien. C'est l'habitude. Arrivé ici, chacun doit réfléchir très fort à ce qu'il désire. Au milieu du fleuve, se trouve « le rocher du *chaman* ». Si le *chaman* qui est dans le rocher vous entend, vous serez exaucée. Faites un vœu, barynia !

A Saint-Pétersbourg, elle eût ri de cette croyance absurde, mais, ici, elle était moins sûre d'elle-même. Le pays où elle voyageait devait avoir sur l'esprit un pouvoir de fascination. Tout devenait phantasme, dans ce désert sans fin. Elle ne put s'empêcher de penser à Nicolas, à Nikita, avec une ferveur superstitieuse. Peu à peu, les ténèbres s'animaient autour d'elle. Rassurés par l'immobilité de la voiture, des milliers d'oiseaux saluaient la venue de la nuit par des pépiements, des rires, des cacardements, d'abord timides, puis de plus en plus sonores. Des canards sauvages, rentrant d'une pêche dans le lac, échangèrent des appels gutturaux avant de se poser. Ensuite, ce fut le tour des grands cygnes, qui dominèrent longtemps le tumulte avec leurs battements d'ailes et leurs notes aiguës. Quand le cri des canards et des cygnes s'affaiblit et laissa distinguer celui des sarcelles, l'oie lança son chant de triomphe, bientôt repris par tous les palmipèdes assemblés sur le rivage. Le vacarme atteignait son paroxysme, lorsque soudain, comme sur l'ordre d'un chef d'orchestre, les oiseaux se turent. Un bout de lune se montra entre deux nuages. Des frissons d'argent plissèrent l'eau du lac. Le repos de la nuit ne fut plus interrompu que par le sifflement d'un petit pluvier courant sur le sable du Baïkal.

Sophie regretta que Nikita ne fût pas auprès d'elle pour entendre ces voix. Depuis son départ d'Irkoutsk, elle rapportait à lui les moindres incidents de la route. Qu'elle admirât un site, qu'elle se plaignît d'un mauvais chemin, qu'elle s'impatientât, qu'elle s'inquiétât, ou qu'elle fût heureuse, c'était avec lui qu'elle avait envie d'échanger ses impressions. Le cocher clappa de la langue et les chevaux repartirent, sans qu'elle eût adressé un souhait au *chaman* caché dans la pierre.

Vers minuit, le tarantass s'arrêta devant la baraque en bois de la station. Une vingtaine de voyageurs somnolents étaient affalés sur les bancs de la salle commune. Tous attendaient le bateau qui, le lendemain, devait les transporter, avec leurs voitures, de l'autre côté du Baïkal, en coupant le lac à l'endroit où il est le moins large, entre Listvénitchnoïé et Boïarskoïé. Ils se serrèrent en maugréant pour donner une place à Sophie. Elle s'assit entre une petite vieille au visage méchant et un gros homme chevelu, barbu, botté, qui était un marchand de bestiaux, à en juger par l'odeur d'étable que dégageaient ses vêtements. Une lampe à huile répandait une lueur sinistre sur ces figures que la fatigue penchait vers le sol. Tout à coup, Sophie sentit la cuisse chaude du marchand qui se plaquait contre sa cuisse. Elle s'écarta. Il se rapprocha d'elle. Sans presque tourner la tête, il lui versait, du coin de l'œil, un regard sirupeux. Ses lèvres charnues, entrouvertes dans une forêt de poils roux, laissaient passer une respiration haletante. Elle ne pouvait s'éloigner davantage sans bousculer la petite vieille et, avec elle, toute la rangée des dormeurs.

— Laissez-moi, Monsieur ! chuchota-t-elle.

Il n'eut pas l'air de l'entendre et avança son genou, son épaule, pour mieux la toucher. Au même moment, elle éprouva une démangeaison suspecte. Elle regarda ses mains. Des punaises couraient dessus. Dressée d'un bond, elle secoua ses vêtements et marcha résolument vers la porte : elle préférait encore passer la nuit dans sa voiture. Elle dut enjamber quelques paysans étendus sur le plancher. Eventés par ses jupes, ils ouvraient l'œil et la toisaient de bas en haut. Eux aussi étaient assaillis de punaises. Mais ils ne s'en souciaient pas.

Dehors, un air froid lui lava la figure. Les nuages finissaient de manger la lune. Le lac Baïkal n'avait plus de bords. On entendait le clapotis de ses vagues, dans le noir. Sophie mit longtemps à retrouver son tarantass, parmi tous ceux qui stationnaient devant la maison de poste.

Une fois étendue sur les ballots de paille, dans la caisse, elle plaça un pistolet chargé à proximité de sa main. C'était Prosper Raboudin qui lui avait recommandé de prendre cette arme en voyage. Sur son conseil également, elle avait cousu tout son argent dans l'ourlet de sa robe. Mais saurait-elle se défendre, si quelqu'un l'attaquait ? La couverture d'ours tirée jusqu'au menton, la capote de la voiture descendue en visière, elle grelottait de froid et scrutait, devant elle, cette nuit inconnue, d'où, à chaque seconde, pouvait surgir le danger. Au moindre frémissement d'air, au moindre craquement de branche, son cœur s'arrêtait de battre. Elle mesurait la folie qu'elle avait commise en continuant sa route toute seule. Encore huit cents verstes, soit une dizaine de jours — elle ne pouvait croire qu'elle atteindrait Tchita sans encombre ! Ah ! si Nikita avait été auprès d'elle, avec quelle sérénité elle se fût endormie, ce soir, dans la voiture ! Elle l'imagina, veillant sur elle, la tête droite, les épaules paisibles. Plus elle songeait à lui, plus elle se découvrait vulnérable, et plus elle éprouvait le besoin de sa présence, de sa force, de sa douceur. Roulant la tête sur les coussins, elle l'appela à voix basse, dans une sorte de délire. Il lui sembla que, s'il était apparu devant elle, en cette minute, elle se fût jetée dans ses bras. Par peur, par gratitude, par tendresse ? Elle ne le savait plus. La fièvre de la fatigue lui mettait le feu aux joues, des larmes l'oppressaient. Soudain, elle entendit un chuchotement innombrable. Une troupe se rapprochait en froissant l'herbe. Glacée de terreur, elle saisit son pistolet. Sa main tremblait. Le bruit se précisa. C'était une grosse pluie, frappant le sol avec la rage de tout tremper, de tout crever, de tout emporter. Isolée du monde par des draperies d'eau, Sophie se rassura. Aucun bandit ne s'aventurerait jusqu'à elle dans le déluge. Nikita, ne pouvant venir, lui déléguait, par magie, ce moyen de protection. Elle s'étonna de cette idée, si peu conforme à son caractère. Etait-elle sur le point de changer, sous l'influence du climat, des êtres, des événements ? Elle s'assoupit, épuisée, en écoutant ruisseler et soupirer la nuit.

Quand elle s'éveilla, le soleil illuminait un paysage froid, mouillé et luisant. Les menaces s'étaient dissipées avec l'ombre. La maison de poste bourdonnait de voix discordantes. Vingt personnes devaient assiéger le samovar. Sophie traversa la route et descendit vers le lac Baïkal. Le rivage était couvert de galets multicolores et parfaitement polis. Bleu pâle, rouge foncé, vert amande, violet tendre, ils se prolongeaient, en pente douce, dans l'eau. Des flocons de brume restaient accrochés à la fourrure noire des montagnes. Un vent joyeux, venu du large, faisait claquer la capote du tarantass. Transie, endolorie, Sophie prit du sucre et du pain d'épice dans son panier et se rendit dans la salle commune pour boire du thé chaud. Le marchand, qui avait tenté de l'aborder la veille, lui fit un grand salut hilare et lui demanda si elle avait bien dormi. Elle ne lui répondit pas. Il se vexa et dit :

— Je croyais qu'on n'était plus en guerre avec la France, depuis Napoléon !

Elle finissait de se restaurer, quand le maître de poste annonça l'arrivée du bateau. C'était une vieille barcasse ventrue, avec un pont plat, une voile carrée et des tolets pour les avirons. Déjà, des escouades de paysans bouriates, au teint bronzé, aux yeux bridés, tiraient les voitures jusqu'à l'embarcadère. En descendant la berge, elles prenaient de la vitesse, et les hommes s'arc-boutaient pour les retenir. Un pas d'écart, et elles se fussent abîmées dans l'eau avec leur chargement. La large passerelle, qui reliait le navire à la terre ferme, tremblait, pliait sous les roues. L'un après l'autre, les tarantass s'arrêtaient sur le pont.

Sophie allait monter à bord, lorsque, dans un allègre tintement de clochettes, débouchèrent quatre troïkas de la poste. Les voyageurs se regardèrent avec consternation : le service du courrier primant tout, ils étaient sûrs de ne pas trouver de chevaux à Boïarskoïé.

A huit heures du matin, le bateau leva l'ancre. Pas besoin de rames. Un vent égal et bien appuyé gonflait la voile. S'il ne faiblissait pas, on atteindrait la rive d'en face vers le soir.

Une dizaine de tarantass et de télègues encombraient le pont. Des colis s'entassaient contre les rambardes. L'espace réservé aux passagers était si restreint que beaucoup préférèrent s'installer dans leurs voitures. Assise au milieu de la caisse, le dos calé sur des coussins, Sophie admirait le lac dans sa plénitude matinale. La surface de l'eau, vert émeraude, frissonnait à peine au passage de la brise. Au nord, l'horizon était sans limites comme celui d'un océan. Au sud, le regard se heurtait à de hautes montagnes : celles du premier plan étaient nettes et noires, plus loin elles devenaient bleues et, tout au fond, elles poudroyaient et se désagrégeaient, telle de la craie broyée au soleil. Bercée par une houle légère, Sophie se rappela le jour où elle avait traversé l'Iénisséï sur un bac. Même glissement régulier entre l'infini du ciel et celui des ondes, même détachement de l'esprit... Mais alors, Nikita était accoudé près d'elle, à la rambarde. Elle entendit sa voix familière : « Vous êtes impatiente d'arriver, barynia... C'est pourtant beau, ce que nous voyons là !... » Gonflée de tristesse, elle le chassa, le renvoya à sa nouvelle vie. Il avait dû commencer son travail chez Prosper Raboudin. Courant de la cuisine à la table d'hôte, il n'avait guère le temps de penser à elle. Il l'oublierait en bavardant et en riant avec les autres serveurs. C'était très bien ainsi. Elle lui avait remis cent roubles en partant. Il ne manquerait de rien. Et s'il obtenait ses papiers, s'il la rejoignait à Tchita ?... Elle en eut une bouffée de chaleur. Les images se succédaient, vague après vague, dans son cerveau, l'une effaçant l'autre. Ce qu'elle accomplissait là, quand et comment l'avait-elle voulu ? Par quel enchaînement s'était-elle laissée entraîner au bout du monde ? On eût dit qu'une mystérieuse erreur de direction avait fait entrer dans sa vie des événements qui ne lui étaient pas destinés !

La navigation continua dans le calme, jusqu'à la fin du jour. Des oiseaux criards rasaient les vagues et s'élevaient d'un coup d'aile à des hauteurs vertigineuses. Quand le soleil disparut, une lueur de forge embrasa l'horizon. La rive dansait, noire, sur des reflets de sang, d'or et d'azur. Une jetée sur pilotis s'avançait assez loin dans l'eau. Sans attendre l'accostage, les passagers descendirent de leurs voitures et se massèrent devant le portillon de la rambarde. Sophie s'étonna de leur hâte. Puis, soudain, elle en comprit la raison : le service du courrier allait accaparer tous les chevaux pour la journée, mais il n'en était pas moins important de prendre rang sur le registre du maître de poste, car les premiers clients inscrits seraient, le lendemain, les premiers à partir. Or, la station était à cinq cents pas du débarcadère. Dès que la passerelle fut abattue, il y eut une ruée de tous les voyageurs vers la maison du relais. On courait, on se bousculait, on s'entre-dépassait en gravissant la berge. Le gros marchand tenait la tête. Une petite vieille béquillait en queue du peloton. Si Nikita avait été là, il eût devancé tout le monde. Découragée, Sophie quitta le bateau la dernière, sans se presser.

7

Toute la nuit, Nikita roula le projet dans sa tête. A l'aube, il se leva avant les autres serveurs, prit son baluchon, traversa le dortoir sur la pointe des pieds et sortit dans la rue. Une brume grise montait de la rivière et noyait la ville. Personne sur le trottoir. Ça et là, brillait une lanterne au bout de sa potence. Le marchand de chevaux, dont on lui avait parlé la veille, à l'office, habitait de l'autre côté d'Irkoutsk, au bord de l'Angara. C'était un ancien forçat, du nom de Goloubenko. On le disait arrangeant. Nikita regrettait de n'avoir pas pensé plus tôt à le voir. Deux jours perdus ! Deux grands jours, pendant lesquels, lavant la vaisselle dans l'eau grasse, poussant le feu, balayant les ordures, il n'avait cessé de songer à sa barynia avec désespoir. Incapable de vivre loin d'elle, il préférait risquer la prison, le knout, la mort, mais essayer de la rejoindre. Il l'avait compris, au réveil, en faisant sa prière. Ce fut illuminé par cette idée fixe qu'il se présenta devant Goloubenko. Le maquignon était trapu, chauve, avec un visage raboteux et dur comme un poing fermé. Il fit entrer Nikita dans un appentis proche de l'écurie et lui offrit de s'asseoir à une table, devant un carafon de vodka.

— Je n'ai pas le temps, dit Nikita. Je voudrais t'acheter un cheval.
— Quel genre de cheval ? demanda Goloubenko. Pour le travail, pour la promenade, pour le voyage ?...
— Pour le voyage.
— Tu veux aller loin ?
— Oui.

Le petit œil noir de Goloubenko brilla d'une lueur narquoise et Nikita se sentit deviné.

— Très loin ? insista Goloubenko. Vers l'est, vers l'ouest ?
— Ça ne te regarde pas !
— Bien répondu, mon fils ! Mais pourquoi ne t'adresses-tu pas plutôt à la maison de poste pour avoir un cheval ? Ça te reviendrait moins cher !

Nikita haussa les épaules et ne répondit pas.

— N'aurais-tu pas égaré tes papiers, par hasard ? reprit Goloubenko.

Et devant l'air furieux du garçon, il éclata de rire :

— Ne t'inquiète pas, mon pigeon ! Ce n'est pas moi qui te blâmerai d'être plus ou moins en règle avec les autorités ! Tu m'es sympathique ! Je vais te vendre un cheval, un bon cheval ! Et pas cher !

Nikita se prépara à la secousse : il n'avait sur lui que les cent roubles de Sophie. Dire qu'il avait failli les refuser ! Que ferait-il si Goloubenko exigeait plus ? Affolé, il murmura :

— Tu sais, je ne suis pas riche !
— Je m'en doute. Mais, moi, il faut que je vive. Cinquante roubles, ça te convient ?

Le soleil parut sur la figure de Nikita.

— Ça me convient ! dit-il.
— Un de mes hommes te guidera pour sortir de la ville. Après, tu te débrouilleras. Autant que possible, évite la grande route...

Enhardi par la bienveillance de Goloubenko, Nikita demanda :

— Tu ne connaîtrais pas quelqu'un qui pourrait me procurer un autre cheval, quand le mien sera fatigué ? Je payerais la différence...
— Comment veux-tu que je te réponde, puisque je ne sais pas de quel côté tu vas ? dit Goloubenko.
— Vers le Baïkal, avoua Nikita.

Goloubenko versa de la vodka dans des gobelets en corne. Ils burent, mangèrent un morceau de hareng et s'essuyèrent la bouche avec leur manche.

— Ajoute cinq roubles et je te renseignerai, dit Goloubenko.

— C'est promis.

— L'argent sur la table.

— Voilà.

Goloubenko compta les assignats, les roula, les glissa dans sa botte et dit :

— En arrivant à Listvénitchnoïé, au bord du lac, tu t'arrêteras chez un nommé Spiridon. Tu lui diras que tu viens de ma part. Il t'aidera. Je te le jure par le Christ !

Tout en parlant, il avait tiré de sa poche une cordelette à laquelle pendaient trois petits cônes d'ivoire.

— Qu'est-ce que c'est ? demanda Nikita.

— Des dents de loup. Je t'en fais cadeau. Quand tu voudras aller très vite, tu accrocheras ça à l'encolure de ton cheval. Il aura si peur qu'il filera ventre à terre ! Personne ne pourra le rattraper !

— Je te remercie, dit Nikita.

Ils burent encore une rasade, puis Goloubenko, prenant Nikita par le bras, le conduisit à l'écurie.

Une heure plus tard, Nikita était en rase campagne. Selon le conseil de Goloubenko, il ne suivait pas la grande route, mais un chemin parallèle, trop étroit pour les voitures. Son petit cheval asiatique, aux membres nerveux, à la longue crinière grise dépeignée, trottait en pensant à autre chose. Nikita lui réchauffa l'humeur en sautant quelques ruisseaux. Puis, il le lança au galop, sans trop l'exciter. Prosper Raboudin avait dû s'apercevoir du départ de son nouveau serveur. Mais il n'était pas homme à donner l'alerte. Rien à craindre de ce côté-là. La matinée était belle. Des bois de bouleaux dressaient dans la plaine leurs troncs lisses et blancs comme des cierges d'église. Une cloche sonnait dans un lointain village. Nikita espérait atteindre le bord du Baïkal à la nuit tombante. S'il trouvait une monture de rechange et si Sophie était retardée en route, peut-être pourrait-il la rattraper avant Tchita ! Après l'avoir revue, il la suivrait à distance, pour éviter de lui attirer quelque désagrément. A l'idée de leur rencontre, il sentait un torrent se précipiter dans ses veines. Dieu le poussait dans le dos. Il devait se raisonner pour remettre son cheval au pas, de temps à autre.

Les départs ayant lieu dans l'ordre de l'inscription sur le registre de poste, le tarantass de Sophie était le dernier d'une file de six voitures. Pelotonnée sous la capote, elle respirait la poussière soulevée sur la route par les attelages précédents. Un vacarme de roues cerclées de fer lui cassait la tête. Elle pensait à l'encombrement aux prochains relais et enrageait que tous ces gens fussent assurés d'être servis avant elle. Tirant son cocher par la manche, elle cria :

— Essaye de les dépasser !
— C'est interdit par le règlement, barynia ! répondit l'homme.
Elle lui tendit un rouble. Il prit la pièce par-dessus son épaule et dit :
— Non, barynia.
Au second rouble, il changea d'avis.
— Que Dieu nous assiste ! Cramponnez-vous !

Les chevaux, cinglés d'un coup de fouet, s'élancèrent. Le tarantass se déporta sur la gauche, roula deux roues sur la chaussée, deux roues dans l'herbe et distança la première voiture, d'où partirent des cris de protestation. Les quatre voitures suivantes eurent le même sort. Elles étaient trop lourdement chargées pour lutter de vitesse avec l'attelage de Sophie. Bientôt le grincement de leurs essieux, le tintement de leurs clochettes se perdirent dans l'éloignement. Un peu honteuse de ce passe-droit, Sophie se dit, en manière d'excuse, que nul n'avait de meilleure raison qu'elle d'être pressée. Elle devait se répéter souvent qu'elle allait voir son mari pour retrouver l'exaltation nécessaire à son entreprise. « Dans huit jours, je serai auprès de lui. Sa joie, sa gratitude ! Nous serons de nouveau heureux ! Il le faut, sinon rien n'aurait plus de sens, ni mon voyage, ni mon amour, ni l'univers où nous vivons !... »

En arrivant au relais de Kabansk, elle reçut un choc : Nikita était dans la cour. Elle faillit crier. Mais aussitôt l'illusion se dissipa. Comment avait-elle pu prendre pour Nikita ce valet d'écurie, grand et blond, au visage sans âme ? Recrue de tristesse, elle se réjouit à peine en apprenant qu'il y aurait des chevaux frais dans une heure. Le soir tombait. Le maître de poste alluma une lampe. Sophie ouvrit son panier à provisions et mangea seule, sur un coin de table, en pensant à d'autres repas de voyage, dont elle n'avait pas, sur le moment, savouré toute la douceur.

Les corbeaux s'étaient retirés, pour dormir, au sommet des sapins géants ; les bergeronnettes s'enfonçaient dans les herbes aquatiques ; les hirondelles poussaient leurs derniers appels avant de se poser sur les saillants des bancs de sable ; et Nikita, chevauchant le long de l'Angara, se préparait au silence du crépuscule, quand soudain, de tous les côtés à la fois, éclatèrent les cris des canards, des oies et des cygnes sauvages. Emerveillé, il arrêta son cheval. Ce chant nocturne n'était pas fait pour les oreilles des hommes. L'âme des bêtes s'y exaltait jusqu'à la pâmoison. Sophie avait-elle entendu, comme lui, cet étrange concert ? Il ne voulait rien vivre de beau, de grand, d'émouvant, dont elle n'eût sa part. Chaque lieu qu'il traversait, il se disait qu'elle l'avait traversé avant lui et le site en était comme sanctifié. Il la cherchait dans les ornières de la route, au flanc des montagnes, dans l'architecture des branches, parmi les nuages du ciel. Combien de verstes les séparaient l'un de l'autre ? Cent cinquante, deux cents ?... Nikita supputait l'écart, se perdait dans ses calculs et recommençait en trichant. Son cheval épuisé avançait avec peine. Il ne lui avait fait prendre de repos que trois fois depuis Irkoutsk. Si

Goloubenko n'avait pas menti, il trouverait une autre monture à Listvénitchnoïé.

Quand il atteignit le village, toutes les maisons semblaient endormies. Bien que la localité fût peu importante, elle servait de relais : il pouvait donc y avoir un piquet de gendarmes dans les parages. Nikita n'osa s'aventurer dans la rue principale. Il mit pied à terre et entra dans un pré. Ne valait-il pas mieux se reposer là, deux ou trois heures, et repartir sur le même cheval, sans rien demander à personne ? Mais la bête ne tiendrait pas. Elle boitait, elle était hors d'haleine. Il lui caressa l'encolure. Elle hennit. Il eut peur et l'entraîna sous le couvert d'un petit bois de sapins. Là, il se trouva nez à nez avec un garçon d'une dizaine d'années, qui tirait de l'eau d'un puits. Ils se regardèrent, aussi interloqués l'un que l'autre. L'enfant ouvrit la bouche pour hurler.

— Sais-tu où habite Spiridon ? demanda Nikita précipitamment.

Et il sourit pour rassurer le gamin. Celui-ci hésita un moment, pris entre un reste de méfiance et un début de sympathie. Il avait une tête toute ronde, avec des yeux clairs et un nez retroussé. Enfin, il dit en souriant, lui aussi :

— C'est la dernière maison, par là ! Le dessus de la porte est peint en bleu. Tu ne peux pas te tromper.

Et il s'éloigna, d'une démarche claudicante, entre ses deux seaux, qui perdaient de l'eau à chaque secousse.

Nikita contourna le village pour passer inaperçu. Devant la demeure de Spiridon, une inquiétude le retint encore. N'allait-il pas donner, tête baissée, dans un piège ? Il se raisonna et frappa au battant. L'homme qui lui ouvrit était grand, maigre, avec une barbe noire striée de fils blancs et la marque des forçats sur le haut de la joue : à cet endroit, le poil ne poussait plus. Les sourcils froncés, les poings fermés, il arrêta Nikita sur le seuil et demanda d'une voix enrouée :

— Que me veux-tu ?
— Je viens de la part d'un ami.
— Je n'ai pas d'amis.
— Goloubenko.

Aussitôt, Spiridon se dérida.

— Goloubenko ! s'écria-t-il. Goloubenko ! Cette vieille canaille ! Il n'est pas encore crevé ? Eh bien ! Tant mieux ! Tant mieux !

Quels souvenirs de crime et de captivité liaient les deux hommes ? Riant et soupirant d'une joie rétrospective, Spiridon fit entrer Nikita dans la maison. Une lampe à huile brûlait sur une table. Une autre, plus petite, devant les icônes. Nikita se signa. Au fond de la pièce, dans la pénombre, une femme gisait sur un grabat de chiffons.

— Debout, Eudoxie !

Sur l'ordre du maître, Eudoxie se leva, en chemise. Elle était jeune encore, avec de gros yeux effrayés, un menton rond, et une tresse jaune et lourde, qui pendait sur son épaule. Elle servit du pain et du lard au visiteur. Ayant mangé jusqu'à en avoir un poids sur le ventre, Nikita engagea la conversation à propos du cheval. Spiridon se déclara prêt à le remplacer, moyennant un petit supplément de vingt roubles, puisqu'il s'agissait de rendre service à un ami. En acceptant son offre, Nikita fût resté avec vingt-cinq roubles en poche pour finir son voyage. C'était trop peu. Il marchanda. On se topa dans la main pour douze roubles cinquante kopecks. Après quoi, Spiridon révéla à Nikita qu'un certain Valouïeff, qui habitait de l'autre côté du Baïkal, à Kabansk, pourrait, en cas de besoin, lui fournir un relais pour le même prix.

— Tu lui diras que tu viens de ma part. Il te traitera comme un prince. Pour commencer, tu vas passer la nuit ici !

— Non, dit Nikita. Il faut que je reparte.

— Tu ne peux pas ! Le bateau ne revient que dans deux jours !

— N'y a-t-il pas un chemin pour contourner le lac ?

— Si, mais il est mauvais et ça rallonge !

— Tant pis. Je suis pressé.

— Tu ne tiens plus debout !

— Je dormirai en selle.

Eudoxie le regardait, attendrie, somnolente, le sein pointant sous la chemise.

— C'est bien, dit Spiridon, je vais te préparer un cheval et t'indiquer la route. A ta santé !

Ils trinquèrent avec du kwass. Eudoxie se recoucha. Mais, retirée dans l'ombre, elle ne cessait d'observer le voyageur. Il avait conscience de lui plaire et cette pensée augmentait son malaise. Chaque fois qu'il découvrait un trait de concupiscence ou de ruse chez une femme, il en était choqué, comme si elle eût commis un crime en dépréciant le sexe auquel appartenait Sophie. Ce fut avec soulagement qu'il se retrouva dehors, dans la nuit.

A mesure que le chemin s'élevait dans la montagne, l'horizon reculait et le lac s'étalait plus largement, au clair de lune. Son eau lisse était rayée, çà et là, d'un trait de diamant. Parfois, un rideau d'arbres s'avançait au trot et masquait le paysage. Les sapins, immobiles et sombres, étaient découpés dans du fer. Leurs ombres, en dents de scie, barraient la route. Le cheval les traversait et ressortait intact. Il allait bon train. Nikita n'avait pas besoin de le conduire. Jadis, il aurait eu peur de voyager seul, dans la nuit, parmi les fantômes et les esprits malins. Ce soir, il avait l'impression d'être lui-même un fantôme. Abandonné au bercement de la selle, il avait perdu la notion de son corps, il ne pensait plus, il existait à peine. Il s'endormit et se réveilla en sursaut. Rien n'avait changé. Le cheval marchait toujours entre des arbres noirs, sous une lune de lait.

★
★ ★

A Verkhné-Oudinsk, Sophie fut, une fois de plus, arrêtée par manque de chevaux. Le maître de poste jurait qu'il en aurait dans les vingt-quatre heures. Pour tuer le temps, elle visita la bourgade, qui étalait ses maisonnettes de bois au bord de la Sélenga. Nulle part ailleurs, elle n'avait senti à ce point la proximité de la Chine. Certes, une cathédrale dressait dans le ciel ses coupoles aux vives couleurs et la colline du cimetière était hérissée de croix orthodoxes, mais les boutiques de la place du marché exhibaient toutes des inscriptions en chinois et en russe. Lettres entortillées verticalement, planchettes dorées et sculptées, pendues aux devantures, lampions de papier, costume étrange des passants, dialecte aux intonations aiguës, tout cela dépaysait et amusait Sophie. Elle croisa de nombreux Bouriates, à la figure jaune et huileuse. Les plus humbles avaient des habits de peau de chèvre ou de mouton, et, sur la tête, un bonnet pointu, dont les pans retombaient sur leurs oreilles. Les plus riches, vêtus de longues robes bleues aux parements brodés, portaient une queue de cheveux dans le dos et un petit chapeau surmonté d'un bouton d'argent. La coiffure des femmes élégantes était entremêlée de chapelets de corail, de nacre et de malachite, de plaques et d'anneaux de métal, de monnaies d'or et de cuivre. Elles étalaient toute leur fortune sur elles. Le cliquetis de leurs ornements les accompagnait comme une musique de louanges.

Mille objets, provenant de Chine, tentèrent Sophie dans les magasins : tissus précieux, fourrures, figurines d'ivoire... Mais l'argent, cousu dans l'ourlet de sa robe, était sacré. Elle ne le dépenserait qu'à la dernière extrémité, pour améliorer le sort de Nicolas! Elle regagna la maison de poste, heureuse de n'avoir rien acheté.

Le lendemain, elle reprit la route, à travers une plaine sablonneuse, d'où émergeaient, de loin en loin, les tentes coniques de quelques familles indigènes. Uniques habitants de cette région, les Bouriates tenaient tous les relais et fournissaient tous les chevaux. C'étaient des bêtes si impétueuses que seuls ceux qui les avaient dressées pouvaient les conduire. D'une station à l'autre, Sophie voyait se succéder, sur le siège de son tarantass, des gamins aux faces mongoles, engoncés dans des fourrures pisseuses et n'ayant pour fouet qu'un bâton très court, avec une cordelette au bout. Les roues arrachaient aux ornières des tourbillons de poussière grise et de cailloux brillants. Dans ces nuées, surgissait parfois, au bord de la piste, un cavalier solitaire, coiffé d'un chapeau pointu. Il portait, en bandoulière, un arc et un carquois plein de flèches. Hiératique, il guettait Sophie du fond des âges. Ailleurs, c'était un troupeau, qui barrait la route. La femme qui le menait était assise à califourchon sur un bœuf. Tunique en peau de mouton et pantalon de cuir, cheveux tressés et ornés de médailles, elle riait de sa large bouche aux dents gâtées. Le cocher descendait pour l'aider à dégager le passage à coups de badine ; un fleuve de cornes se divisait et s'écoulait de part et d'autre de la voiture ; les chevaux frémissaient de peur ; on repartait dans un concert de meuglements.

A la nuit tombante, il fallut s'arrêter dans un village de yourtes pansues. La plus vaste servait de relais. Il n'y avait plus de chevaux. Le maître de poste, qui baragouinait le russe, invita Sophie à entrer sous sa tente. Elle y vit toute la famille assise, en tailleur, devant un feu. Les visages, éclairés par-dessous, ressemblaient à des masques de bois grossièrement sculptés. Une fumée épaisse montait le long du piquet qui soutenait le toit. Pour tout ameublement, deux divans en nattes de feutre, des coussins de cuir et une table basse supportant des statuettes de dieux bouddhiques, des timbales et des trompettes, sans doute destinées au culte. Sophie avait faim et froid. Le maître de poste lui offrit de la viande de mouton crue, séchée au soleil et salée. C'était, disait-il, l'unique nourriture des Bouriates :

— Bon ! Très bon ! Essaye !...

Sophie considéra le lambeau de chair noircie, racornie et nauséabonde, que son hôte lui présentait du bout des doigts, et secoua la tête, l'appétit coupé. Déçu, il insista pour qu'elle bût, au moins, du thé de brique, qui fortifie. Elle se rappela cet affreux breuvage, laiteux, grisâtre, puant la graisse de mouton, qu'elle avait goûté chez le vieux *chaman*, entre Bérikoulskoïé et Podiélnitchnaïa. Tout le tableau resurgit dans sa mémoire, avec une netteté saisissante, pendant que la femme du maître de poste remplissait son bol. Le visage inquiet de Nikita, quand le vieux sorcier avait jeté une pierre magique dans l'eau : « Vous ne devriez pas boire, barynia ! » Elle sourit de tristesse, comme si ce souvenir eût été le plus précieux de son existence. Reverrait-elle Nikita un jour ? Elle avait besoin de cet espoir pour continuer son voyage. Soudain, une crainte la frappa : « Pourvu qu'il ne parte pas sans passeport, sans feuille de route ! J'aurais dû lui faire jurer qu'il n'essayerait pas de me rejoindre, tant que sa situation ne serait pas en règle ! Comment ai-je pu oublier à ce point son caractère impulsif ?... Mais il sait bien que, s'il venait à Tchita, on m'interdirait de le garder sans papiers ! Il n'envisage tout de même pas de finir ses jours en hors-la-loi ! Peut-être que si, d'ailleurs ! Il est assez fou pour cela ! S'il passait outre, s'il arrivait jusqu'à moi, que ferais-je ? Oh ! dans ce cas, bien sûr, je m'arrangerais pour le cacher, pour le sauver !... Que vais-je chercher là ? Il paraissait plutôt résigné, le jour de notre séparation... » Elle se calmait. Nikita redevenait un garçon sage, respectueux de la police et assidu à son travail.

— Tu ne bois pas, barynia ? demanda le maître de poste.

Tous les Bouriates s'étaient assemblés autour de Sophie et l'observaient amicalement. Pour leur être agréable, elle vida son bol, en se brûlant, et évita de faire la grimace, bien qu'elle fût écœurée.

On lui prépara une couchette près du feu. Elle s'allongea. Sa fatigue était telle que ses paupières se fermaient par intervalles. Entre deux chutes dans le noir, elle rouvrait les yeux et voyait, devant le brasier, des gnomes accroupis dans leurs vêtements de cuir trop larges. Hommes et femmes fumaient la pipe. Personne ne parlait. Ce silence, cette immobilité, ces lueurs dansantes devenaient, peu à peu, les éléments d'un rêve. Sophie s'assoupit avec la sensation d'être plus en sécurité sous cette tente bouriate que dans sa chambre à Saint-Pétersbourg.

La barrière de Verkhné-Oudinsk était gardée militairement, comme celles de toutes les bourgades importantes. Nikita vit bouger, de loin, les plumets de quelques shakos et prit au large pour contourner la ville. Son intention était de chevaucher par des sentiers le plus longtemps possible, avant de redescendre sur la grande route, qui, malgré tout, était plus commode à suivre. Malheureusement, le cheval que lui avait vendu Valouïeff, à Kabansk, n'était pas aussi résistant que les deux autres. Une jument, d'un beau gris pommelé, avec une tête folle. Il allait perdre du temps avec cette bête trop nerveuse, trop fragile, qui, déjà, écumait, tremblait, soufflait en claquant des naseaux. Comme le chemin montait un peu, à tout moment elle s'arrêtait, et il fallait la solliciter des talons pour l'obliger à repartir.

Vers midi, au plus chaud du soleil, ils atteignirent un petit bois de pins, sur une colline, d'où on surplombait la piste poudreuse du courrier postal. Nikita mit pied à terre et dessella sa monture. Elle avait le dos mouillé. Il la bouchonna avec de l'herbe, la promena en rond et attendit qu'elle fût calmée pour la conduire à un ruisseau. Dans deux ou trois heures, pensait-il, elle serait assez reposée pour reprendre le voyage. Lui-même avait les os rompus, les muscles gourds, la tête pesante comme du plomb. Sans l'excitation d'arriver au but, il se fût écroulé de fatigue. Dans l'ensemble, d'ailleurs, tout se passait le mieux du monde. S'il avait pu prévoir qu'il était si facile de traverser la Sibérie en fraude, il fût parti, à cheval, en même temps que Sophie !

Il tira de son baluchon un bout de cette viande séchée dont les Bouriates faisaient leur ordinaire. Suivant leur exemple, il mordait dans la nourriture à pleines dents et tranchait le morceau avec son coutelas, au ras des lèvres. Bien mâchée, la chair de mouton finissait par perdre son goût. Du moins, essayait-il de s'en persuader ! Rassasié, il remit son coutelas au fourreau, dans sa ceinture, attacha son cheval à un arbre et s'allongea sur le dos. Les aiguilles de pin lui offraient une couche élastique. Sa nuque reposait sur une racine incurvée en forme de chevet. Les yeux ouverts, il voyait, au-dessus de lui, les enfléchures complexes des branches. Derrière ces lignes entrecroisées, le ciel semblait encore plus haut et plus éblouissant. « Ne pas dormir ! se disait-il. Surtout, ne pas dormir ! » Et il s'endormit.

La sensation d'un vide à ses côtés l'éveilla brusquement. Il regarda autour de lui et ne vit plus le cheval. S'était-il détaché en tirant sur sa longe ? Saisi d'inquiétude, Nikita se dressa, les jambes ankylosées. Sans monture, il était perdu. Il n'avait pas assez d'argent pour en acheter une autre. Et il ne pouvait continuer son chemin à pied ! « Cette bête ne doit pas être loin ! Je vais la retrouver ! » Il se mit à fouiller dans le bois, en appelant, en sifflotant, en clappant de la langue. Les troncs s'écartaient à son passage, sur des perspectives désertes et monotones. Parvenu à la lisière, il scruta la route, dans le creux, et, tout à coup, la joie lui fut rendue : sa jument, très à l'aise, broutait l'herbe au bord de la piste. « Merci, mon Dieu ! » dit Nikita. Et il dévala rudement la pente, en sautant les pierres qui lui barraient le chemin. Quand il arriva en bas, la jument avait de nouveau disparu. Mais il l'entendit hennir, dans un fourré, cent pas plus loin. C'était une bête espiègle, indisciplinée. Il courut dans cette direction, écarta les broussailles et se trouva devant deux gendarmes. Ils tenaient leurs propres chevaux par la bride et entouraient la jument, qui continuait à mâcher un peu d'herbe sèche, l'œil innocent, féminin, la queue chassant les mouches. Le cœur de

Nikita tomba en chute libre. Ses genoux faiblirent. L'un des gendarmes était vieux, avec une moustache filandreuse, une verrue sur la narine et un œil terne, sans méchanceté. L'autre, rondelet et rougeaud, avait des joues de souffleur de verre. Tous deux étaient sanglés dans des capotes grises, un fusil en bandoulière et le sabre au côté.

— Que veux-tu ? demanda le plus jeune.
— Ce cheval…, balbutia Nikita.
— Il est à toi ?
— Oui.
— Qu'est-ce qui me le prouve ?

Nikita perdit contenance. Son visage ne savait pas mentir. Il marmonna :
— Rien… J'étais dans le petit bois avec lui… Il s'est détaché… Je viens le rechercher, c'est tout…
— Et que faisais-tu dans le petit bois ?
— Je dormais.
— Tu voyages ?
— Oui.
— Pourquoi pas par la grande route ?
— C'est moins encombré par les petits chemins.
— Et moins surveillé aussi, peut-être ! Montre-moi tes papiers !

La nuit se fit dans la tête de Nikita. Puis, une idée le traversa, de part en part, fulgurante.
— Ils sont restés là-haut, dans mon baluchon, dit-il.
— Nous allons voir ça !

Les deux gendarmes se remirent en selle.
— Je peux remonter sur mon cheval ? demanda Nikita.
— Oui, dit le vieux. Mais marche entre nous.

Nikita enfourcha la jument, à cru, l'encadra bien dans ses jambes et fit appel à toutes ses forces, à tout son calme, comme pour paraître devant Dieu.
— Tu viens d'où ? reprit le vieux.
— De Tomsk ! dit Nikita à tout hasard.
— Et où vas-tu ?
— A Pogrominskaïa…
— Pour quoi ?
— Pour affaires de famille… J'ai un oncle, là-bas, qui est très malade… Il voudrait… il voudrait me voir… me bénir…

Tout en parlant, il tira subrepticement de sa poche le collier de dents de loup que lui avait remis Goloubenko et le passa sur l'encolure de la jument. Aussitôt, elle dressa les oreilles. Ses veines frémirent. Nikita donna des talons dans ses flancs, la frappa du plat de la main, la poussa en avant, et elle partit dans un galop de terreur, comme si elle avait eu réellement une meute de loups à ses trousses. D'abord surpris, les deux gendarmes se lancèrent à la poursuite du fugitif en criant :
— Arrête ! Arrête !…

Nikita pensa : « Ou je les distance et je suis sauvé, ou ils me rattrapent et mieux vaut mourir. Va, ma jolie, va ma mésange ! » Elle le comprenait, elle jetait toute sa force, toute sa jeunesse, dans une détente si souple que la terre riait sous ses sabots. Derrière elle, les deux gendarmes s'essoufflaient dans une galopade laborieuse. Evitant de se retourner, par crainte de ralentir l'allure, Nikita sentait que le péril s'éloignait de lui à chaque foulée. Au lieu de remonter vers le petit bois, il filait vers l'est, parallèlement à la route. Encore dix minutes de ce train, et il serait seul dans le désert. Une détonation claqua, parfaitement inoffensive et ridicule. C'était un juron de poudre, une menace en l'air avant d'abandonner la partie. Un deuxième coup de feu retentit, plus bête encore que le précédent. Nikita, ivre de sa victoire, tapota l'encolure de la jument pour la remercier. Au même instant, elle se déroba sous lui, comme happée par un gouffre. En plein élan, il roula par terre avec elle. La violence du choc l'étourdit. Son crâne avait cogné le sol et une vibration persistait dans ses oreilles et dans sa mâchoire. Il mit une seconde à comprendre que la jument avait été blessée. Elle hennissait de douleur, la tête dressée, l'œil rond d'épouvante, un trou de sang dans la cuisse postérieure gauche. Son flanc haletant écrasait la jambe de Nikita. Il ne parvenait pas à se dégager et les gendarmes arrivaient sur lui, le plus jeune menant la course, l'autre loin derrière. « Tout est perdu ! » conclut Nikita en se remettant sur pieds avec un grand effort. Et, d'instinct, bien qu'il n'eût plus aucune chance de s'enfuir, il partit, droit devant lui, en boitant. Le gendarme le rattrapa et brandit son sabre, avec autant de fureur que de maladresse. Nikita esquiva le coup.

— Sale chien ! hurla le gendarme.

Et il voulut le frapper encore. Cette fois, Nikita entendit la lame siffler à son oreille. Une fureur démente l'emporta contre cette brute apoplectique et moustachue, qui prétendait l'empêcher de rejoindre Sophie. Il saisit au vol le bras du gendarme et le tordit si violemment que l'autre lâcha son sabre, jura, cracha et se pencha sur sa selle. D'une secousse, Nikita le désarçonna, comme il eût tiré un sac de farine au bas d'une planche. Mais, entraîné par le poids de son adversaire, il tomba, lui aussi. Roulant l'un sur l'autre, ils se bourraient de coups de poing, s'étranglaient, se soufflaient leur haine et leur peur au visage. « Si je pouvais lui prendre son cheval ! » se dit Nikita. Le gendarme lui échappa, sauta sur ses pieds et ramassa son sabre. Nikita dégaina son couteau.

— Lâche ça ! Lâche ça ! Tu es fou ? cria l'homme. Tu vas voir !...

Et il marcha à l'attaque, en faisant de grands moulinets. Il était grimaçant, hargneux, hideux, stupide. « Choisis, mon Dieu : lui ou moi ! » songea Nikita avec un tremblement de prière. Une fois, deux fois, il se déroba, par des bonds de côté, à de molles estocades. La troisième fois, un revers l'atteignit à l'épaule. Il chancela, serra les dents et poussa son couteau dans la capote grise qui s'avançait à sa rencontre. Quelle simplicité ! La lame perça l'étoffe, creva la peau lardée et musclée du ventre, frémit d'une courte résistance et pénétra ensuite facilement dans les chairs. Les yeux du gendarme s'écarquillèrent jusqu'à saillir de ses orbites. Il prit un air scandalisé. Ce qui lui arrivait était inadmissible ! Nikita le pensait aussi.

Imbu de respect devant cette masse vacillante, il fit un pas en arrière pour ne pas la recevoir sur lui. Le corps fut secoué par un énorme hoquet, plia et s'effondra. Cette chute, le couteau restant planté, approfondit la plaie. Une tache rouge s'élargit dans l'herbe.

Derrière le dos de Nikita, un galop se rapprochait. Mais il ne l'entendait pas, égaré dans un rêve de verdure et de sang. « J'ai tué un homme. Il le fallait. Pardonnez-moi, mon Dieu ! » Puis il avisa le cheval du mort. « Fuir ! En ai-je encore le temps ? » La réponse fut un terrible coup sur sa nuque. L'autre gendarme l'avait rejoint et le sabrait. Il perdit connaissance.

8

Le tarantass s'arrêta, en grinçant, au bord de la rivière, le cocher se tourna vers Sophie, désigna du fouet la berge opposée, fit un mince sourire mongol, et dit simplement :

— Tchita !

Bien qu'elle fût, depuis longtemps, préparée à cette minute, elle ne pouvait croire que le voyage fût terminé. Son bonheur ressemblait à un désarroi. La Terre promise s'étalait devant elle : c'était une hauteur sablonneuse, avec quelques bicoques de bois cernant une maison rouge, surmontée d'un drapeau. Plus loin, se dressaient les bulbes en cuivre terni d'une église. Le paysage d'alentour était composé d'herbe galeuse, de buissons et de flaques, où se reflétait le ciel. Des collines bleutées et sans épaisseur bordaient l'horizon. Elles étaient décalées l'une par rapport à l'autre, comme des cartons glissés dans des rainures. Le cocher voulut se remettre en route, mais Sophie l'arrêta : elle ne pouvait se présenter au commandant de Tchita sans avoir corrigé le désordre de sa toilette. Ouvrant un sac de voyage, elle en tira un peigne, une brosse, divers flacons et une glace à main. Dans le cadre ovale du miroir, apparut un visage pâle, fatigué, marqué de poussière. Des mèches de cheveux pendaient sur son front et sur ses joues. Elle se jugea affreuse, se recoiffa, se lava la figure avec un mouchoir mouillé d'eau de rose, épousseta sa robe et remit d'aplomb son chapeau en velours vert bouteille, aux rubans mordorés noués sous le menton. C'était à la fois une question de dignité et de stratégie féminine. De temps à autre, le cocher se retournait sur elle et la regardait, bouche bée. Quand elle se fut réconciliée avec son image dans la glace, elle dit :

— Va, maintenant. Tu m'arrêteras devant la maison du commandant.

Il fallait traverser la rivière à gué. Le tarantass descendit la pente et entra dans l'eau jusqu'aux moyeux. Sur l'autre rive, des gamins saisirent les chevaux au mors pour les aider à sortir de la vase. Après quelques glissades, les roues retrouvèrent le sol ferme. Sophie redressa son chapeau, qui avait chaviré dans les secousses. Ruisselante, cahotante, la voiture s'engagea dans l'unique rue du village. Enfin, le cocher tira sur ses guides :

— C'est ici, barynia.

Elle reconnut, derrière une palissade, au milieu d'un jardin bien taillé, la grande bâtisse peinte en rouge qu'elle avait aperçue de loin. A l'entrée, dans une guérite rayée de noir et de blanc, une sentinelle montait la garde. Sophie ordonna au cocher de l'attendre, passa devant le factionnaire indifférent et se dirigea, d'un pas résolu, vers le perron. Elle ne savait rien de l'homme qu'elle allait affronter maintenant, sinon qu'il était général, qu'il s'appelait Stanislas Romanovitch Léparsky, et que Nicolas Ier l'avait, malgré ses soixante-douze ans, institué commandant du nouveau bagne de Tchita.

Un sous-officier la reçut dans le vestibule, lui demanda son nom et la pria de patienter. Son Excellence était occupée. « Encore une Excellence ! » pensa Sophie avec résignation. En avait-elle assez vu, depuis le commencement de ses démarches ! Il semblait qu'on ne pût rien entreprendre, en Russie, sans se heurter, d'étape en étape, à un général assis derrière une table chargée de papiers. Elle était si pressée d'avoir des nouvelles de Nicolas que, malgré sa fatigue, elle se mit à marcher de long en large, dans l'antichambre, pour calmer ses nerfs. Au bout de quelques minutes, lentes comme des heures, le sous-officier resurgit, claqua des talons et ouvrit une porte.

En pénétrant dans le bureau, Sophie eut le sentiment d'y être déjà venue dans une autre vie. Meubles d'acajou, rideaux verts, portrait du tsar, piles de dossiers à couvertures jaunes, encrier en malachite, c'était le décor habituel des audiences administratives. Même le général qui s'inclinait devant elle ne lui était pas inconnu, bien qu'elle le vît pour la première fois. Il avait un vieux visage fripé, aux pommettes roses, à la moustache grise hérissée, et aux petits yeux froids et malins. Ses cheveux clairsemés étaient brossés en avant, sur son front et sur ses tempes. Le drap vert de son uniforme se plissait, en accordéon, sur sa poitrine.

— Un courrier d'Irkoutsk m'a averti de votre prochaine arrivée, Madame, dit-il en français. Je vous souhaite la bienvenue à Tchita.

Il parlait presque sans accent, d'une voix aux résonances nasales. « Voici donc le maître de Nicolas, pensa-t-elle rapidement. Celui dont dépendra notre bonheur à tous deux, dans les années à venir ! » Dominant son angoisse, elle remercia Léparsky pour ses bonnes paroles, mit un charme discret dans son sourire et accepta de s'asseoir.

— Je suppose que vous avez hâte d'avoir des nouvelles de votre mari, Madame, reprit-il.

— Oui, Excellence ! balbutia-t-elle. Je n'osais vous le demander ! Mais je meurs d'inquiétude ! Comment va-t-il ?

— Le mieux du monde !

— Sait-il que je suis là ?

— Pas encore.

— L'avez-vous prévenu, du moins, que j'étais en route ?

— Je n'aime pas donner aux prisonniers des espoirs qu'un événement fortuit risque toujours de détruire.

— Sans doute, Excellence... Vous avez raison... Quand pourrai-je le voir ?

— Mercredi. C'est le jour de visite.

Sophie le considéra, interloquée :

— Mais, nous ne sommes que lundi !

— En effet.

— Et d'ici là ?...

— N'insistez pas, Madame.

Cette fin de non-recevoir la désola. Elle fut sur le point de s'emporter, mais se ravisa et rentra ses griffes. Instruite par l'expérience, elle savait maintenant que, dans ce genre de conflits, la douceur était plus efficace que l'indignation.

— Excellence, murmura-t-elle, je vous supplie de me comprendre ! Voici trois mois et demi que j'ai quitté Saint-Pétersbourg ! J'ai couvert six mille verstes pour rejoindre mon mari ! Ne me faites pas attendre deux jours encore la joie de le rencontrer !

Tandis qu'elle s'exaltait, le général Léparsky l'observait avec un intérêt paisible. Il devait avoir l'habitude des récriminations féminines, avec Catherine Troubetzkoï, Marie Volkonsky, Alexandrine Mouravieff... Sophie eut l'impression de se retrouver devant Benkendorff à Saint-Pétersbourg, ou devant Zeidler à Irkoutsk. Chez ces généraux, grands ou petits, la fonction dévorait l'homme. Si l'un portait plus de décorations que l'autre sur la poitrine, tous avaient la même raideur de maintien, la même politesse compassée et la même aridité de cœur. Des automates, dirigés à distance par le pouvoir central.

— Je regrette qu'il me soit impossible de vous donner satisfaction, Madame, dit Léparsky. Les choses doivent suivre leur cours. Justement, j'ai un document à vous faire signer... Un simple additif au règlement dont vous avez pris connaissance à Saint-Pétersbourg...

Il lui présenta un papier. Elle lut rapidement :

« 1° Je m'engage à ne pas essayer de voir mon mari par des moyens illicites et à ne le rencontrer que les jours fixés par le commandant.

« 2° Je m'engage à ne lui procurer ni argent, ni papier, ni encre, ni crayon sans l'autorisation du commandant.

« 3° Je m'engage à ne lui faire parvenir aucune boisson alcoolisée, ni vodka, ni vin, ni bière.

« 4° Je m'engage, lors des visites, à ne parler avec lui qu'en russe, pour être comprise du factionnaire qui nous surveillera.

« 5° Je m'engage à ne pas envoyer de lettres autrement que par l'intermédiaire du commandant, à qui je les remettrai ouvertes. »

Sans aller jusqu'au bout, Sophie, agacée, dit :

— Ce sont des détails !...

— Ici, les détails ont plus d'importance que les généralités, Madame. Veuillez signer au bas de la page.

Elle s'exécuta. Il reprit le papier et le rangea dans un tiroir, sans la quitter des yeux. Ce regard d'entomologiste était fort désagréable. Sous quelle étiquette la classait-il ? « Vive, résolue, orgueilleuse, mais vulnérable par certains côtés... » Elle rougit.

— Je vous ai fait réserver une chambre dans une maison de paysans, reprit-il. Vous m'excuserez de ne pouvoir vous offrir mieux. Un de mes hommes vous conduira.

— Très bien, Excellence, mais, pour l'entrevue avec mon mari...

— Ne vous ai-je pas dit : après-demain ?

Arrêtée en plein élan par cette petite phrase sèche, elle devina que Léparsky ne céderait pas et, furieuse, attristée, baissa la tête.

Elle se retrouva, roulant dans son tarantass, avec un soldat qui marchait à côté des chevaux. On s'arrêta au bout du village, devant une maisonnette de rondins. Un paysan noueux, tanné et moussu, se tenait sur le pas de la porte, avec sa femme beaucoup plus jeune, coiffée d'un fichu rouge. Ils firent de profonds saluts à Sophie et se nommèrent comme étant ses hôtes, Porphyre Zakharytch et Pulchérie.

Les bagages furent vite déchargés. Sophie pénétra dans une chambre minuscule, au plafond bas, meublée d'un lit, d'une table et d'une chaise. Après les gîtes d'étape, sales et inconfortables, ce local lui parut d'une propreté avenante. L'unique fenêtre donnait sur un ravin envahi de broussailles. Un ruisseau roulait, en contrebas, ses eaux fortes et troubles. Des moutons à grosse laine noire paissaient sur la rive opposée. Tandis que Sophie inspectait son nouveau domaine, Zakharytch et Pulchérie dévisageaient, avec une vénération timide, cette étrangère venue de la capitale pour s'installer dans leur masure.

— Je serai très bien ici, dit-elle en leur souriant à tous deux.

Et, soudain, elle dressa l'oreille. On chuchotait, on bougeait, derrière la cloison. Elle se crut espionnée et dit vivement :

— Qu'est-ce que c'est ?

Zakharytch se plia en deux, une main sur le cœur :

— On vous attend, à côté.

— Qui ?

— Les autres dames.

A l'instant, un doigt discret frappa au vantail, une voix chantante demanda en français : « Pouvons-nous entrer ? » et Sophie, ouvrant la porte, se trouva devant trois jeunes femmes, qui la regardaient avec une curiosité affectueuse.

— Enfin, vous voilà ! s'écria l'une d'elles. Nous vous attendions depuis hier ! Je suis Catherine Troubetzkoï. Et voici Marie Volkonsky et Alexandrine Mouravieff ! N'êtes-vous pas trop fatiguée par le voyage ? Comment Léparsky vous a-t-il reçue ? N'avez-vous besoin de rien ?

Un peu étourdie par l'amabilité des visiteuses, Sophie les examinait en répondant à leurs questions. La princesse Catherine Troubetzkoï était menue, rondelette, avec de larges yeux, d'un bleu foncé, dans un visage pâle. Il paraissait incroyable que cette petite femme, à l'aspect fragile, eût fléchi par son obstination la volonté du tsar et ouvert la voie aux autres épouses de condamnés politiques. Auprès d'elle, la princesse Marie Volkonsky, haute, svelte, gracieuse, avait l'air d'une enfant égarée parmi les grandes personnes. Dans sa figure basanée, d'une pâte tendre, couronnée d'épais cheveux bruns, le sourire des lèvres corrigeait la tristesse du regard. Vingt ans à peine ! Pour rejoindre en Sibérie un mari qu'elle n'aimait guère et qui avait le double de son âge, elle avait rompu avec sa famille et abandonné son fils encore au berceau. C'étaient deux filles et un fils que Mme Alexandrine Mouravieff avait laissés, elle, en se lançant, tête perdue, sur la route de Tchita. Elle était belle, grave, digne, avec une peau mate et des prunelles noires, qui lui donnaient le type espagnol. Sophie connaissait l'histoire de ces trois femmes, comme, sans doute, elles connaissaient la sienne. Une même cause les unissait, mieux que ne l'eussent fait des années de relations mondaines à Saint-Pétersbourg. Elle leur demanda, comme à Léparsky, si elles avaient des nouvelles récentes de Nicolas.

— Rassurez-vous, dit Marie Volkonsky; il est en bonne santé et l'annonce de votre arrivée lui a remonté le moral.

— Comment ? Il sait donc ?... dit Sophie.

— Bien sûr ! Nous lui avons fait parvenir un billet, en cachette, ce matin ! Quand devez-vous le voir ?

— Après-demain seulement !

— C'est ce que je craignais, soupira Catherine Troubetzkoï. Le général Léparsky se retranche, une fois de plus, derrière le règlement !...

— Il ne faut pas nous laisser faire ! décréta Marie Volkonsky. Nous irons le trouver ensemble, en délégation ! Nous lui exposerons ce que son attitude a d'inamical, de... sadique ! Parfaitement... de sadique !

Tout heureuse d'avoir osé ce mot, elle regardait ses deux amies avec une fierté enfantine et revendicatrice.

— Quel genre d'homme est ce général Léparsky ? demanda Sophie.

— Un geôlier ! Un tortionnaire de l'âme ! Un ogre ! répondit Marie Volkonsky.

— Il voudrait surtout en avoir l'air ! corrigea Catherine Troubetzkoï. Mais, dans le fond, je crois qu'il tente l'impossible pour concilier la rigueur des consignes reçues avec la sympathie que nous lui inspirons.

— Evidemment ! Si vous le comparez à l'affreux Bournachoff !... dit Marie Volkonsky. Celui-là, c'était l'antéchrist en personne. Il commandait les mines de Blagodatsk où travaillaient nos maris. Car, vous ignorez peut-être, Madame, que les huit prisonniers de la première catégorie ont été envoyés dans les mines et y sont demeurés près d'un an ! Il y a quinze jours encore, nous nous trouvions là-bas, avec eux ! On vient à peine de les transférer à Tchita pour les réunir avec leurs camarades moins durement condamnés ! Nous sommes donc, nous aussi, nouvelles venues dans ce village !

— Mais mon mari ?...

— Il est toujours resté à Tchita, dit Alexandrine Mouravieff. Entre-temps, on a agrandi le bagne...

Au lieu de calmer Sophie, ces premières informations attisèrent son impatience. A deux pas de Nicolas, elle souffrait plus de ne pas le voir que si des centaines de verstes les eussent encore séparés. Elle était arrivée au but et rien, semblait-il, n'avait changé pour elle. Sa seule ressource était d'interroger les autres sur les émotions qui l'attendaient. Heureusement, la gentillesse des trois femmes la mettait à l'aise. C'était un plaisir pour elle de renouer, après des mois de dépaysement, d'incommodité et de fatigue, avec des personnes de son milieu. Elles étaient habillées très simplement. Leurs visages aux traits délicats contrastaient avec leurs robes de servantes. Zakharytch apporta des tabourets. On s'assit autour d'une table vide.

— Comment se passent les visites ? demanda Sophie. Est-ce nous qui allons voir ces messieurs ?

— Non, dit Marie Volkonsky. On vous amènera Nicolas Mikhaïlovitch sous escorte. Un imbécile de soldat écoutera tout ce que vous chuchoterez avec votre mari. Et, après une trentaine de minutes, demi-tour, en route pour le bagne !

— C'est abominable !

— La première fois, oui ! Après, on s'habitue. On attend même ces brèves entrevues comme des instants de paradis. Mais nous bavardons, nous bavardons, et il va être l'heure !

— L'heure de quoi ?

— C'est une surprise, dit Alexandrine Mouravieff. Je vous invite chez moi.

— Laissez-moi, au moins, le temps de me changer, de me rafraîchir ! dit Sophie.

— Non ! Non ! Après, il sera trop tard !

Elles étaient surexcitées, mystérieuses, à la façon de trois pensionnaires préparant une farce. Sophie s'étonna de cette gaieté puérile, de cette vaillante ingénuité, qui fleurissaient à l'ombre du bagne. L'instinct de vivre était plus fort que les contraintes inventées par les hommes pour l'étouffer. Elle remit son chapeau et suivit les jeunes femmes dans la rue.

Le crépuscule salissait le ciel, quand elles arrivèrent à la maisonnette d'Alexandrine Mouravieff. Ramassant leurs jupes, elles grimpèrent, l'une après l'autre, par une échelle, dans le grenier. Là, s'amoncelaient des caisses, des sacs, des outils, des chiffons, sous les molles voilures des toiles d'araignée. Les dames avançaient prudemment, parmi les écueils. Le plancher pourri craquait sous leurs pas. Guidée par Marie Volkonsky, Sophie s'approcha d'une large lucarne.

— Regardez ! Droit devant vous ! dit Catherine Troubetzkoï.

Penchée dans l'embrasure, Sophie découvrit, en contrebas, une palissade continue de pieux, qui délimitait un grand espace rectangulaire. Le portail de l'enclos était fermé. Une sentinelle faisait les cent pas, l'arme sur l'épaule, devant sa guérite. Derrière l'enceinte, s'alignaient des baraques en bois. Une cinquantaine de silhouettes imprécises bougeaient dans la cour.

— Ce sont eux ! chuchota Marie Volkonsky.

Sophie écarquilla les yeux et respira avec effort. Etait-il possible que

Nicolas — son Nicolas! — fût parmi ce troupeau de prisonniers grisâtres? Elle essayait de le reconnaître, mais la pénombre et l'éloignement empêchaient de discerner les visages.

— Ne serait-ce pas lui, là-bas, tout au fond, qui pousse une brouette? demanda Marie Volkonsky.

— Peut-être... Je ne sais pas!... dit Sophie avec désespoir.

Il lui semblait que Nicolas s'était fondu dans la masse, qu'il y avait perdu sa figure et son âme, qu'elle ne le retrouverait jamais.

— Moi, déclara Catherine Troubetzkoï, je crois plutôt que Nicolas Mikhaïlovitch est près de la porte du hangar, avec mon mari.

— Que dites-vous là, Catache? s'écria Alexandrine Mouravieff. Nicolas Mikhaïlovitch est beaucoup plus grand! Celui auquel vous pensez est M. Lorer, j'en donnerais ma main à couper!

— Ah! si seulement nous avions des jumelles! soupira Marie Volkonsky.

Quelques prisonniers, les ayant aperçues, les saluèrent en levant le bras.

— Restez seule à la fenêtre, dit Catherine Troubetzkoï à Sophie. Ainsi, votre mari saura que vous êtes arrivée.

Les trois jeunes femmes s'écartèrent. Sophie agita son mouchoir. Elle s'adressait à un seul homme; trente lui répondirent.

— Cela ne sert à rien! dit-elle en laissant retomber sa main. Que font-ils dans la cour?

— Depuis deux jours, ils ne sortent plus pour travailler et réparent quelque chose dans la prison, dit Alexandrine Mouravieff. On va bientôt les mener à la soupe.

Comme certains prisonniers continuaient à faire des signaux, des gardiens intervinrent. Il y eut une bousculade sans brutalité entre uniformes et camisoles. Des éclats de voix frappèrent les oreilles de Sophie. Les détenus se calmèrent. Un roulement de tambour les rassembla sur deux rangs. On se serait cru dans la cour de récréation d'un collège. Les hommes marquaient le pas. Sophie perçut un cliquetis sourd, comparable à celui qu'eussent fait des centaines de pièces de monnaie remuées dans un sac: c'étaient les chaînes des condamnés. Jamais encore elle n'avait pensé avec précision aux fers que portait Nicolas. Un froid mortel la pénétra jusqu'aux os. Ce bruit descendait en elle profondément, se mêlait à sa vie intime, aux échos de son propre cœur. Elle ne pourrait plus l'oublier. En regardant mieux, elle voyait ce qu'elle n'avait pas remarqué d'abord: un paquet de maillons noirs entre les jambes de chaque forçat. Ils se dandinaient, alourdis à la base. Quand ils se mirent en marche, pour rentrer dans leurs casemates, le tintement s'accentua. Marie Volkonsky se boucha les oreilles.

— C'est affreux! s'écria-t-elle. Je ne peux m'y habituer!

— Ne leur ôte-t-on jamais leurs chaînes? demanda Sophie, la gorge serrée.

Les trois femmes s'entre-regardèrent avec tristesse.

— Jamais, dit Alexandrine Mouravieff. C'est ainsi qu'on vous amènera Nicolas Mikhaïlovitch. Préparez-vous à un grand choc. Pour ma part, j'ai éclaté en sanglots!

— Moi aussi, dit Marie Volkonsky. Mon mari avait l'air si épuisé, si misérable, avec ses anneaux aux chevilles ! Je n'ai pu résister ! Sans réfléchir, je me suis agenouillée devant lui et j'ai baisé ses chaînes !

— J'ai eu le même geste que vous, dit Catherine Troubetzkoï en ramenant frileusement un châle de laine noire sur ses épaules.

Là-bas, les hommes s'engouffraient lentement, tête basse, dans une porte. Presque tous, avant de disparaître, se retournaient vers la lucarne.

— C'est étrange, murmura Sophie, il me semble que moi, en voyant les fers de mon mari, je n'aurais pas envie de les embrasser mais de les retirer !

— Comme vous êtes française ! dit Alexandrine Mouravieff en souriant

Le bruissement métallique s'éloignait dans le crépuscule. Tendue vers les derniers prisonniers de la colonne, Sophie cherchait encore Nicolas et souffrait que la conjonction de leurs regards fût si incertaine. Quand il n'y eut plus personne dans la cour, elle éprouva un vertige. Le poids de son voyage lui tomba sur les épaules. Elle cacha son visage dans ses mains.

— Accepteriez-vous de souper avec nous, ce soir ? lui demanda Catherine Troubetzkoï.

9

Le jour se levait, quand deux soldats vinrent tirer Nikita de sa cellule. Meurtrier d'un gendarme, il avait vu son affaire réglée en un tournemain : pas d'instruction, pas de débat, pas de jugement, une simple décision administrative. Condamné, la veille, à cent coups de knout, il savait qu'il allait mourir. Le colonel Prokhoroff, commandant militaire de Verkhné-Oudinsk, lui avait bien promis de réduire sa peine de moitié s'il passait aux aveux. Mais il ne voulait révéler ni son nom, ni la raison de sa présence en Sibérie, ni sa condition de serf attaché à la famille des Ozareff, de crainte que Sophie ne fût recherchée et inquiétée par sa faute. De toute façon, puisqu'il lui serait désormais impossible de la rejoindre, il ne voyait aucune raison de rester en vie. Les mains liées derrière le dos, il marchait dans un couloir, en pensant au bonheur qu'elle lui avait donné en voyage. Après de si hautes joies, n'était-il pas normal de disparaître ? La perfection porte en elle-même un goût d'éternité. Au sommet de la montagne, il n'y a que le ciel pour qui veut monter encore. Plus fort que toutes les misères humaines, Nikita s'élevait et s'assouvissait dans la solitude et le néant. Il n'avait plus honte de son état misérable, ni de sa criminelle convoitise. Il n'était plus un moujik, puisqu'il devait mourir ; il était prince, officier, poète... Sophie serait à lui entièrement dans l'autre monde, comme elle ne l'aurait jamais été dans celui-ci. C'était le *chaman* qui l'avait décidé, en leur faisant boire, à tous deux, de son eau magique. Quel était donc cet oiseau dont il leur avait parlé ? Ah ! oui, le sourdaud, merveilleux coq des bois, que la passion exalte au point qu'il se laisse tuer sans y prendre garde. « Après, tout deviendra clair, pour elle et pour moi. Une félicité surnaturelle et innocente. Non dans le domaine des corps, mais dans celui des âmes... »

Il faillit manquer une marche. Une vive lumière lui frappa les yeux. Dans une courette, derrière le poste de garde, il vit des soldats alignés, l'arme au pied, le shako sur la tête. Devant eux, déambulait le colonel Prokhoroff, petit et ventru. Au milieu de l'espace libre, un large panneau de bois était fiché en terre, verticalement. Il portait un trou, en haut, pour la tête du condamné, deux autres, sur les côtés, pour ses mains. Un gaillard râblé, à la figure jaune d'Asiate, se tenait près du chevalet de torture. Vêtu d'une blouse rouge et d'un pantalon noir bouffant, il ressemblait à un cocher en costume de fête. Sans doute était-ce le bourreau. Les soldats dénouèrent les liens de Nikita, lui arrachèrent sa chemise, le poussèrent à genoux, et lui engagèrent le cou et les poignets dans les ouvertures de la cangue. Immobilisé de toutes parts, le dos bombé, la face tendue vers l'aurore, il pria Dieu de le faire succomber très vite. Il regrettait sincèrement d'avoir tué le gendarme. Mais il ne se sentait pas coupable, puisqu'il avait agi par amour. Pouvait-on considérer de la même façon l'incendie allumé par une main criminelle et celui allumé par la foudre ? « Tu sais cela, mon Dieu, n'est-ce pas ? mieux que ceux qui me jugent ! Tu es avec moi, contre eux. Tu es, comme moi, amoureux de Sophie ! » Cette idée étrange le traversa au moment où une ombre s'interposait entre lui et le soleil. Le colonel Prokhoroff fit plier une badine entre ses mains gantées et demanda :

— Eh bien ? Tu te décides à parler ? Qui es-tu ? D'où viens-tu ?

Nikita ne répondit pas. La sueur perlait à son front. Pour se distraire, il contempla le ciel de marbre gris, veiné de rose. Il faisait froid et sec. Les soldats, tous pareils, avaient des haleines de vapeur. Leurs yeux étaient fixés dans le vide. Ce qui se passait ici ne les concernait pas.

— C'est bon ! dit le colonel. Vous pouvez commencer.

Le bourreau recula de dix pas, avec lenteur, assura dans son poing le knout à la longue lanière terminée par une languette de cuir racorni, puis s'avança rapidement vers le chevalet, plissa les yeux et brandit le bras. Pendant une tierce de seconde, Nikita attendit le choc dans l'angoisse. Une brûlure atroce lui fendit les omoplates. Les bords de la courroie, incurvés, amincis, tranchants comme des lames de rasoir, s'incrustèrent dans sa peau. Au lieu de soulever la lanière pour la dégager, l'exécuteur la tira à lui horizontalement, ce qui arracha au patient une bandelette de chair. Nikita poussa un râle entre ses dents serrées... Trois, quatre, cinq... Les coups tombaient en croix, de l'épaule droite au flanc gauche et de l'épaule gauche au flanc droit. Entre deux cinglades, le bourreau reprenait sa distance, soufflait et secouait la mèche du fouet pour en faire glisser le sang. Au vingtième coup, il s'arrêta pour boire de la vodka. Le dos de Nikita n'était qu'une plaie. Une herse de feu était posée dessus. Son cœur avait des bonds désordonnés de poisson. Un goût de fer coulait sur sa langue. Il appelait la mort de toutes ses forces, mais quelque chose en lui l'obligeait à survivre, son corps supplicié résistait stupidement à la destruction, à la délivrance. Le colonel Prokhoroff était devenu pâle, ses joues tremblaient. Sans doute ne pouvait-il supporter la vue de la douleur.

— Vas-tu parler, ordure ? dit-il avec colère, comme si Nikita, en s'obstinant, lui eût compliqué la besogne. Si tu parles, tu t'en tireras ! Je te ferai détacher après cinquante coups...

« Ils ont détaché le Christ, le croyant mort. Mais sa mère l'a soigné dans un souterrain. Il a recouvré l'usage de la parole. Et il s'est caché au fond du désert. Et il a vécu vieux, très vieux, dans la solitude et la méditation... » Ce que disait le *chaman* empêchait Nikita d'entendre ce que disait le colonel. Le Christ n'avait-il pas changé d'idée en vieillissant ? Etait-il d'accord avec ce que prêchaient, en son nom, ses disciples ? Ne considérait-il pas l'Evangile comme une œuvre de jeunesse qu'il eût fallu retoucher ? Qui sait si, à soixante-dix ans, à quatre-vingts ans, il n'avait pas conçu un autre message pour le monde, un message de plus grande sagesse et de plus grand bonheur, un message qui rapprochait la créature du créateur, la nuit du jour, la vie de la mort ? Personne n'avait entendu les dernières paroles du Seigneur. Le vent des sables avait emporté sa voix, enseveli son secret. C'était pour cela que les hommes étaient encore méchants. Un Christ ridé, flétri, au regard mélancolique et à la barbe blanche de grand-père se pencha sur Nikita. Il fut transi d'une peur horrible. Et si c'était le diable qui prenait ces traits-là ? Il eût voulu se signer, mais ses mains étaient prisonnières de la cangue. La fièvre entrechoquait ses dents. « Toi qui as souffert, aide-moi à souffrir ! » Il vivait au temps de Ponce Pilate. Des Juifs haineux l'entouraient. Il récita en lui-même : « Notre Père qui es aux cieux... »

— Vas-y ! dit le colonel Prokhoroff.

— « Que Ton nom soit sanctifié... »

Un coup, d'une violence fulgurante, trancha net sa prière. Il hurla à s'en écorcher la gorge. Maintenant, les douleurs se succédaient à intervalles réguliers, se couchaient l'une sur l'autre, dessinaient des carrés, des losanges. Il avait à peine le temps de reprendre sa respiration entre deux claquements de lanière sur ses épaules. Lucide une seconde, il discernait devant lui les chaussures sales des soldats, une flaque gelée, un tas de crottin, un mur de briques, puis tout chavirait, tout se brouillait, il sombrait dans un écœurement mortel. Vingt-huit, vingt-neuf... Sophie était-elle déjà arrivée à Tchita ? Avait-elle revu Nicolas Mikhaïlovitch ? Si oui, toute à son bonheur, elle ne pensait plus à Nikita. C'était ce qu'il devait espérer de mieux : pour qu'il pût prendre possession d'elle dans la mort, il importait qu'elle l'oubliât dans la vie. Cette idée folle s'enfonçait dans sa peau à chaque coup.

De nouveau, une pause. On changeait de bourreau. Un soldat jeta un seau d'eau à la figure de Nikita. Il aspira avidement cette fraîcheur de source. Son enfance lui revint. La rivière. Le village. Un fichu rouge dans un champ de blé... Peu après, le supplice recommença, avec une régularité implacable. Le knout sifflait, se multipliait, tel un vol de vautours. Ils arrivaient de tous les coins de l'horizon et fouillaient le dos de Nikita de leurs becs et de leurs ongles. Il les détesta, puis les ignora soudain. Sa souffrance évoluait. Il percevait moins la cuisson et davantage les chocs. Tout se passait à l'intérieur. Chaque heurt ébranlait son corps, sourdement, jusqu'aux racines, arrêtait le sang dans ses veines, coupait l'air dans ses poumons.

A partir du cinquante-quatrième coup, il perdit le compte. Aucune idée n'entrait plus dans sa tête. L'univers devint pour lui quelque chose de fermé, de lointain, d'hostile, où il n'avait que faire. Il s'évanouit, rouvrit les yeux et sentit qu'une vague de froid montait de ses jambes dans sa poitrine et enveloppait son cœur. Ensuite, il ne vit plus rien. Au fond de la nuit, des voix résonnèrent :

— Voulez-vous vérifier, je vous prie...
— Il vit encore, Votre Haute Noblesse. Que faisons-nous ?
— Continuez.

Au quatre-vingt-septième coup, le bourreau s'arrêta de lui-même. Depuis un moment, il frappait une viande inerte. Des soldats détachèrent le corps et tentèrent de l'asseoir sur un tambour. Nikita s'effondra, la face contre terre. Il était mort. Un médecin accourut, souleva la tête par les cheveux, la laissa retomber et dit :

— Terminé, Votre Haute Noblesse.

10

Assis sur une paillasse, dans la nuit infusée de clair de lune, Nicolas regardait l'alignement de ses camarades endormis et mesurait sa chance. Après la preuve d'amour qu'il venait de recevoir, il n'aurait plus jamais le droit de se plaindre. Demain matin, on le conduirait, sous escorte, auprès de Sophie. Il aurait voulu crier de bonheur à tout le monde. L'obligation de respecter le sommeil d'autrui l'étouffait. Comment ses voisins pouvaient-ils prendre du repos, tandis que lui attendait l'aube comme une délivrance ? Brusquement, il constata qu'il avait très soif. Tout irait mieux quand il aurait bu. La cruche était à l'autre bout de la salle, sur une table. Il repoussa ses couvertures, attacha ses chaînes à sa ceinture par une courroie et se mit debout dans un cliquetis de maillons. Ce bruit n'éveilla personne. Il formait le fond habituel de toutes les rumeurs du bagne. Même la nuit, les gestes inconscients des dormeurs ranimaient cette musique, par intermittence. Les lits, une vingtaine par chambrée, étaient si rapprochés qu'il fallait se glisser de profil pour passer entre les deux rangs. Un poêle fumait, près de la porte, dans un âcre relent de suie. Odeur pour odeur, celle que dégageait le baquet réservé aux besoins naturels était plus forte encore. Dans cette pestilence, les prisonniers, recrus de fatigue, faisaient des rêves de liberté.

Marchant à petits pas, Nicolas regardait, à droite, à gauche, ce cimetière d'ambitions. Pas un de ces forçats qui n'eût été naguère un homme fortuné. Princes, généraux, poètes, fils de famille étaient réduits à un dénominateur commun. Les voir, c'était mesurer la précarité des biens de ce monde, tout ce qu'un revers suffit à entraîner dans l'abîme... Cependant, leur sort n'était pas très rude, en Sibérie. On les employait, huit heures par jour, à d'absurdes travaux de terrassement. La nourriture qu'ils recevaient était exécrable, mais copieuse. Les gardiens les traitaient avec égard. Ils ne comptaient pas un seul condamné de droit commun parmi eux. Rien que des décembristes. Le plus pénible, pensait Nicolas, c'étaient ces chaînes. Mais cela aussi deviendrait supportable. Pour lui du moins. A cause de Sophie ! Les dormeurs soupiraient, geignaient, se retournaient dans leur misère, et il les considérait avec une pitié amicale, comme s'il eût été un roi parmi les mendiants.

Arrivé à la table, il se versa un gobelet d'eau et le but d'un trait. Au fond de la chambrée, une toux rauque se fit entendre : Youri Almazoff avait pris froid, la semaine dernière, sous la pluie. Quelqu'un se mit à parler en rêve : c'était Chimkoff. Il avait souvent des cauchemars. Çà et là, le clair de lune doublait d'une ligne d'argent le tranchant d'un nez, le rond d'une épaule, un embrouillement d'anneaux métalliques entre deux pieds aux orteils de cadavre. Désaltéré, Nicolas revint sur ses pas. Il avait gagné cinq minutes sur le temps qui lui restait avant de revoir Sophie. Cinq minutes ! Et la nuit n'en était qu'à la moitié de sa course. Il se rassit sur sa paillasse en faisant tinter ses chaînes. S'il réveillait quelqu'un, il pourrait toujours dire que c'était par mégarde. Son voisin de droite gisait, noir et immobile comme une souche : aucun espoir de ce côté-là ! Son voisin de gauche, Youri Almazoff, paraissait, en revanche, moins inabordable. La fièvre le tourmentait. Il se raclait la gorge dans un demi-sommeil.

— Tu dors ? dit Nicolas.

Pas de réponse. Avec mauvaise foi, Nicolas répéta sa question. Youri Almazoff se souleva sur un coude et grogna :

— Qu'est-ce que tu veux ?

— Rien, rien, dit Nicolas. Je croyais que tu ne dormais pas... Ce poêle fume... Nous allons mourir asphyxiés... Il faudrait le signaler à l'officier de garde...

— On le signalera ! Bonne nuit !

— Si tu es enrhumé, tu devrais refuser de travailler, demain. Léparsky comprendra très bien...

— Je m'embêterais plus si je restais au lit que si j'allais avec vous !

— Tu as peur de la solitude ?

— Oui. Et toi ?

— Moi aussi, dit Nicolas. Plus j'y pense, plus je considère que notre plus grande chance c'est de nous être tous retrouvés à Tchita. On aurait pu nous disperser dans des prisons aux quatre coins de la Russie, on aurait pu nous mélanger à des criminels ! Alors, je serais devenu fou ! Ici, du moins, nous sommes entre amis sûrs, nous avons les mêmes idées ! L'esprit du 14 décembre est demeuré intact parmi nous...

— Parle pour toi ! chuchota Youri en lui tournant le dos.

Nicolas était trop heureux d'avoir trouvé un interlocuteur pour le laisser se rendormir :

— Quoi ? Tu n'es pas d'accord ?
— J'ai sommeil... On en discutera demain...
— Une seconde, Youri ! C'est trop important ! Il faut que tu me répondes avec franchise ! Si c'était à refaire, tu dirais non ?
— Je crois... enfin, il me semble... Sachant ce que je sais... voyant le résultat...
— Là n'est pas la question ! Je te demande si, d'après toi, nous n'avons pas eu raison de jouer le tout **pour le tout**...
— Nous n'étions pas préparés, **n**ous n'avions qu'une chance sur cent de réussir...
— Mais cette chance risquait de ne plus se représenter avant un siècle ! Devions-nous la laisser passer ?

Youri s'enfonça, de tout son poids, dans le mutisme. Il avait une respiration sifflante. Cent fois déjà, ils avaient évoqué ce dilemme, en aboutissant à des conclusions diverses. C'était un grand sujet de conversation pour tous les prisonniers. Jour après jour, ils analysaient entre eux les raisons de leur échec. Ils refaisaient le 14 décembre à tête reposée. S'ils avaient eu, seulement, des amis sûrs dans la cavalerie de la garde, si, au lieu de rester en carré sur la place, le régiment de Moscou s'était lancé à l'attaque du palais d'Hiver, si les insurgés avaient disposé de quelques canons !... De supposition en supposition, ils remportaient la victoire et sortaient de leur mirage, les fers aux pieds.

— Il m'est arrivé de douter, comme toi ! reprit Nicolas. Mais, maintenant, je suis persuadé que nous ne pouvions agir autrement. Si nous n'avions pas bougé, le 14 décembre...

Youri lui coupa la parole :

— Si nous n'avions pas bougé, le 14 décembre, nous serions aujourd'hui à Saint-Pétersbourg, heureux, considérés, pleins d'espoir ; nous irions au théâtre, au bal ; nous verrions de jolies femmes !...

Une quinte de toux le plia en deux.

— Et nous serions dévorés de remords ! dit Nicolas.
— Ça vaut mieux que d'être dévoré de vermine !
— Tais-toi ! Rien n'est plus précieux à l'homme que sa propre estime. Même si notre œuvre était prématurée, elle aura un grand retentissement dans l'histoire de la Russie. Nos meilleurs amis sont encore à naître !
— Chacun se console comme il peut ! marmonna Youri. Pour moi, l'admiration de la postérité ne vaut pas qu'on lui sacrifie une coupe de champagne ou un rire de femme. Rappelle-toi, Nicolas, cette petite danseuse du Grand Théâtre... Katia... dans *Acis et Galatée*... Ces entrechats, ces envolées de chaussons... Et, le soir, le souper chez les tziganes, au Cabaret rouge... Où est-elle, Katia, maintenant ?... Avec qui fait-elle la coquette ?... Sans doute avec quelque officier qui, le 14 décembre, a été moins bête que nous et s'est mis du bon côté !... Bientôt, la Néva sera gelée... Les courses en traîneau... Les chansons...

Il fredonna d'une voix fausse :

Jolie fille, blonde et rose,
Montre-moi ton petit pied!
Non, non, barine, je n'ose!
Que dirait mon fiancé?...

Il se dandinait dans son lit. Ses chaînes cliquetaient en mesure. Soudain, les larmes l'étouffèrent. Il se fâcha.

— Salaud! cria-t-il. J'étais tranquille! J'allais dormir! Pourquoi m'as-tu secoué avec tes histoires?...

— Vous avez fini de gueuler? gronda quelqu'un en se retournant. Si vous n'avez pas sommeil, laissez au moins roupiller les autres!

Nicolas se rapprocha de Youri et dit, en baissant le ton:

— Excuse-moi!... J'avais tellement besoin de parler à un ami, ce soir!.. Je voudrais te passer un peu de ma confiance... Il y a une phrase de la Bible, que Stépan Pokrovsky nous citait à tout bout de champ : « La lumière des justes donne la joie ; la lampe des méchants s'éteindra... »

— Eh bien?

— N'est-ce pas une belle prière contre le désespoir?

— Encore faudrait-il savoir qui sont ces justes et qui sont ces méchants!

— Mais voyons, c'est clair : les méchants sont ceux qui s'opposent par la force au bonheur de l'humanité pour conserver leurs propres privilèges!

— Et les justes?

— Ceux qui sacrifient leur bien-être, leur tranquillité, leur vie, à une haute conviction!

— En somme, des gens comme toi et moi.

— Oui, Youri.

— Alors, laisse-moi te dire que, pour le moment, les justes sont dans les ténèbres et que la lampe des méchants luit, à des milliers d'exemplaires, par toute la Russie.

— Ça changera, Youri.

— Quand nous serons morts!

— Peut-être avant.

— C'est l'arrivée de ta femme qui te rend si optimiste?

— Non, balbutia Nicolas, je te jure que ça n'a rien à voir...

— Mais si!... Tu ne te tiens plus!... Tu éclates!... Tu voudrais que tout le monde soit heureux parce que tu l'es toi-même!...

Il y eut un long silence. Puis, Nicolas demanda :

— Crois-tu qu'elle a pu me reconnaître, de loin, parmi tous les autres?

— Je ne sais pas, grommela Youri. Je ne pense pas...

— Moi, je l'ai reconnue.

— Evidemment! Elle était seule à la lucarne!

— Ce n'est pas ce que je voulais dire! Je l'ai reconnue, telle qu'elle était dans mes souvenirs. Ma femme est un être extraordinaire, Youri!

— Oui, oui...

— D'abord, elle est belle... très belle!...

— Oui...
— Et puis, elle a une âme de cristal... Une âme qui sonne juste quand on la touche...
— Oui...
La voix de Youri s'empâtait.
— Sais-tu comment j'ai fait sa connaissance, à Paris ? demanda Nicolas.
Sa question resta en suspens. Youri s'était endormi, plié en deux, les genoux au ventre. Nicolas se retrouva seul, avec tous les problèmes de sa vie. Autour de lui, ce n'étaient que respirations engorgées, remuements de membres lourds, tintements de fers, craquements de paille. Il s'allongea, les mains sous la nuque, fixa les yeux au plafond et essaya de se rappeler, sans omettre un détail, ce qu'il dirait demain à Sophie.
Vers quatre heures du matin, des nuages cachèrent la lune. La pluie se mit à tomber.

* * *

— Ce sont eux, barynia ! cria Pulchérie. Vite, vite !
Sophie sortit en courant et s'arrêta sous l'auvent de bois qui protégeait le seuil de la maison. Une bruine froide hésitait entre ciel et terre. Dans cette mouillure, les isbas se ratatinaient en champignons sous leurs grands chapeaux noirs luisants. Un bruissement métallique venait du fond de la rue. Les prisonniers s'avançaient en colonne par deux. Ils étaient vêtus de camisoles grises, de touloupes, de capotes déchiquetées, et portaient des pelles et des pioches sur l'épaule. Dix soldats, armés de fusils, les encadraient. Les chiens du village aboyaient à leurs trousses.
— Ils vont travailler du côté de la Tombe du Diable, dit Pulchérie.
Affaiblie d'émotion, Sophie scrutait ce défilé de visages livides, barbus, défaits, qui oscillaient stupidement au rythme de la marche. De l'un à l'autre, elle cherchait son mari et ne trouvait que des inconnus. Allait-on réellement le lui amener ce matin ? Si cette joie lui était refusée, ses nerfs, tendus d'impatience, ne supporteraient pas la déception. Elle n'avait pas dormi de la nuit. A l'aube, elle s'était préparée, hâtivement. Son désir de plaire à Nicolas était tempéré par la crainte de lui paraître trop apprêtée dans sa robe et dans sa coiffure. Elle ne voulait pas que, devant elle, il ressentît plus cruellement encore, par contraste, l'horreur de son état. Si elle avait pu éteindre l'éclat de ses yeux, le lustre de ses cheveux, la chaleur de son teint, elle l'eût fait pour le mettre à l'aise. Du moins le croyait-elle, tandis qu'inconsciemment elle se réjouissait à l'idée de le séduire encore. Elle avait revêtu une robe grise à col de dentelle blanche. Le vent dérangeait ses cheveux, rosissait ses pommettes. Dressée sur la pointe des pieds, elle se laissait dévisager, au passage, par tous ces forçats, dont quelques-uns, peut-être, l'avaient fait danser jadis, à un bal, à Saint-Pétersbourg. Le défilé tirait à sa fin. Toujours pas de Nicolas. L'angoisse pénétrait Sophie. Soudain, elle poussa un cri : en queue de colonne, cet homme grand et maigre, haillonneux, enchaîné... Un sous-officier et un soldat le firent sortir du rang.

— Nicolas !

Sophie se jeta à sa rencontre. Ils s'étreignirent sous la pluie. Les autres prisonniers se retournaient sur eux et les regardaient avec envie en continuant à patauger, gauche-droite, dans les flaques. Un long moment, elle demeura blottie contre la poitrine de Nicolas, le palpant, le respirant et répétant d'une voix sourde :

— C'est toi ! C'est bien toi ! Enfin !...

Lui, ne pouvait parler. Les larmes débordaient ses paupières rougies. Sa lèvre inférieure tremblait comme celle d'un fiévreux.

— Viens ! dit Sophie.

Elle lui prit la main pour le conduire à la maison. Il marchait lentement, tirant ses chaînes. Le sous-officier entra derrière lui dans la chambre, le soldat resta dans le vestibule.

★
★ ★

— Encore cinq minutes, s'il vous plaît, rien que cinq minutes ! implora Sophie.

Le sous-officier se gonfla d'importance, pesa le pour et le contre dans sa grosse tête de bélier et dit :

— C'est bon. Pour cette fois, ça ira !...

Il s'adossa au mur, fourra une poignée de graines de pin dans sa bouche et se perdit dans une mastication rêveuse. Sophie et Nicolas se rassirent au bord du lit. Ayant obtenu ce délai, tout à coup, elle ne sut plus que dire. Seules des paroles banales tournaient encore dans son cerveau. Maintenant qu'elle avait revu son mari, qu'elle avait entendu le récit de ses journées au bagne, qu'elle lui avait raconté son propre voyage, elle était comme décontenancée d'avoir réussi. Plus d'obstacles à surmonter, plus de fatigues à vaincre ! Désœuvrée, apaisée, elle examinait Nicolas avec tendresse. Il avait beaucoup maigri, mais paraissait en bonne santé. On avait dû le raser en prévision de la visite. Sa capote était sale, effrangée aux manches. Entre ses pieds, tel un animal familier, reposait un paquet de chaînes. Marie Volkonsky avait raison : ce qu'il y avait de plus horrible, c'était le spectacle de ces anneaux entravant un être cher, comme s'il eût été un assassin. A tout moment — c'était plus fort qu'elle —, Sophie abaissait les regards sur les chevilles de Nicolas. Il le remarqua et dit :

— Cela surprend, au début... Puis, on s'y habitue... Bientôt, tu n'y feras plus attention...

Il était plein d'un calme courage. Elle en fut fière ; elle voulait croire en lui ; peut-être pour se justifier elle-même, pour se donner raison de l'avoir rejoint... Qu'étaient les doutes, les rancœurs d'autrefois, auprès de la chance qu'elle avait aujourd'hui de le soulager dans sa détresse ? Il avait besoin d'elle pour survivre. Cette idée la grisait.

— Et à Saint-Pétersbourg, demanda-t-il soudain, que se passe-t-il ?

La question étonna Sophie, comme si Nicolas lui eût parlé d'une autre planète.

— Je suis partie depuis si longtemps !... dit-elle.
— Oui, oui..., enfin... tu dois bien avoir des nouvelles !... Que pense-t-on de nous, là-bas ?
— Rien, Nicolas. La vie a repris son cours normal...

Il hocha la tête :
— C'était à prévoir !... Mais, un jour ou l'autre, les droits de l'homme seront reconnus par tous... Alors, nos bourreaux même nous rendront justice... Ce qui manque le plus, ici, ce sont les livres, les journaux, les informations... Il y aurait une révolution en France que nous ne le saurions même pas !...

Sophie n'aurait jamais cru que la passion de la liberté eût résisté en lui à une aussi terrible déconvenue. Cet entêtement à raisonner dans le vide procédait, pensait-elle, d'un mélange d'héroïsme, d'aveuglement et d'enfantillage. Après l'avoir encouragé dans son enthousiasme, elle hésitait à le suivre, comme si ce qu'il y avait de plus profond, de plus féminin, en elle, se fût opposé aux jeux de la politique avec la force d'un instinct de conservation. Comment l'homme, qui avait si peu de jours à passer sur terre, pouvait-il perdre son temps en discussions théoriques, alors que les éléments essentiels de son destin étaient, depuis des millénaires, l'éveil de l'amour, la naissance d'un enfant, la maladie, la mort d'un être cher, la faim, la soif, le changement de saison, la chaleur de deux corps unis sur une couche ? Le bonheur ne se situait pas dans les nuages, mais au niveau du sol. Il y avait plus de vérité dans un morceau de pain que dans tous les livres de philosophie du monde. Elle se demanda si c'était son voyage qui l'avait à ce point éloignée des idées et rapprochée de la vie. Nicolas, qui l'observait depuis un moment, murmura :

— A quoi songes-tu ?
— A rien.
— Tu semblais préoccupée.
— Mais non... C'est la fatigue, le dépaysement...

Il inspecta la chambre du regard et dit :
— J'espère que tu te plairas dans cette maison. Mais il te faudrait au moins un domestique !
— Pulchérie m'aide beaucoup, dit Sophie. Plus tard, je prendrai quelqu'un à mon service. Laisse-moi arriver, m'organiser...
— C'est dommage que Nikita n'ait pas pu te suivre !

Elle se troubla. Un vent brûlant courut sur toutes ses pensées.
— Oui, dit-elle, je le regrette. Mais il est très bien à Irkoutsk.
— Peut-être pourra-t-il finalement obtenir ses papiers...
— Peut-être...
— Tu devrais en parler au général Léparsky.

D'une manière absolument inattendue, elle vit de nouveau Nikita couché, à demi nu, sur le plancher rouge de sa chambre, à Irkoutsk. Ses cheveux blonds en désordre, ses traits crispés de douleur, son regard dilaté, d'un bleu violet, sa respiration saccadée... Il était si proche d'elle, malgré l'absence, qu'elle ferma les paupières, éblouie. Ce souvenir l'emplissait d'une volupté souterraine. Elle eut peur de l'émotion qui se levait en elle.

— J'ai d'autres choses, plus importantes, à demander au général Léparsky, dit-elle précipitamment.

— Quoi, par exemple ?

— Qu'il me permette de te voir plus souvent, plus longtemps, de te faire parvenir des vêtements chauds, de la nourriture, des livres...

— Ma chérie ! balbutia-t-il en se penchant sur elle et en lui baisant les mains. La vie, à Tchita, sera si dure pour toi ! Je ne sais comment te remercier ! Pardonne-moi ! Je t'aime ! Je t'aime !...

Elle supportait, sur ses genoux, cette tête lourde comme un boulet, et se laissait gagner par une pitié engourdissante. Le désir, qui l'avait aiguillonnée tout au long du voyage, l'abandonnait une fois le but atteint. Près de Nicolas, elle avait beau s'exhorter à la folie, ses sens restaient au repos. Elle lui caressait les cheveux machinalement et rêvait à d'autres cheveux, à un autre visage, à une route coupant une plaine sans fin. Dans l'attente vide qui se prolongeait, elle eut l'impression que le temps coulait à l'envers.

Il faisait gris et froid. Le sous-officier mâchait ses graines avec de petits claquements mouillés, sans quitter du regard le couple silencieux. Au bout d'un moment, il grommela :

— Allez, c'est fini !

Sophie ne protesta pas. Nicolas se mit debout dans un bruit de ferraille.

— Nous nous reverrons dimanche ! chuchota Sophie en lui tendant les lèvres.

Ils s'embrassèrent. Elle était tranquille, charitable, sous cette bouche qui écrasait la sienne avec voracité. Le sous-officier toucha l'épaule de Nicolas pour lui faire lâcher prise.

— Où vas-tu, maintenant ? demanda Sophie.

— Rejoindre les autres au travail, dit Nicolas.

Elle sortit sous l'auvent pour le regarder partir entre ses deux gardiens. Il traînait les pieds dans la boue et trébuchait parfois, à cause des chaînes. Tous les quatre pas, il se retournait pour la voir. Elle souriait, agitait la main. Quand il fut loin, une angoisse la frappa, si brusquement qu'elle en eut le souffle coupé. « Que suis-je venue faire ici ? » se demanda-t-elle.

Devant ses yeux, s'alignaient de petites isbas, entourées de palissades. Une cheminée fumait dans la brume. Un paysan passa, tirant une chèvre par un licol. Il salua Sophie. Elle lui répondit d'un mouvement de tête et rentra dans la maison.

# LES DAMES
DE SIBÉRIE

PREMIÈRE PARTIE

1

Nicolas dormait en marchant parmi les cris des gardiens et le fracas des chaînes entrechoquées. Dans la cour, le froid de l'aube lui sauta au visage. Il frissonna, éclaboussé de lumière jusqu'au fond des yeux. Ses camarades s'arrêtèrent avec lui et balancèrent leurs têtes somnolentes. A la clarté du matin, le bagne de Tchita était un enclos charmant. Du givre brillait, en poudre d'argent, sur les hauts pieux de la palissade. La boule rouge du soleil se dégageait d'un épais limon de nuages. Le ciel était encore gris, mais on devinait une immensité bleue par-derrière. Nuits glaciales et journées chaudes, c'était la règle, en Sibérie, aux approches de l'été. Des oiseaux pépiaient autour des flaques tendues d'une pellicule translucide et friable. Un sous-officier bomba le torse et hurla :

— En colonne par deux ! Arrangez vos fers !

Les forçats obéirent mollement : impossible de travailler avec ce poids aux chevilles. Pour se donner de l'aisance, ils devaient suspendre leurs chaînes par une courroie à leur ceinture ou à leur cou. Ils se baissaient, se relevaient, comme s'ils eussent ramassé leurs entrailles.

Nicolas attacha l'anneau du milieu à la corde qui lui serrait les reins. La faim le tenaillait. Au réveil, il avait tout juste eu le temps d'avaler un verre de thé tiède et de mastiquer une tranche de pain noir. Le liquide ballottait tristement dans son estomac. Pourtant, il se portait bien. Le climat vif, la nourriture rude, l'exercice quotidien avaient rétabli sa santé, usée par quatorze mois de cachot. La plupart de ses compagnons avaient, eux aussi, meilleure mine qu'à la prison Saint-Pierre-et-Saint-Paul. Comme il n'y avait pas d'uniforme pour les criminels politiques, chacun s'habillait à son idée et selon ses moyens. Touloupes, capes, redingotes en loques, bonnets à oreilles, chapeaux ronds, bottes de feutre, sandales de tille, on eût dit qu'un chiffonnier leur avait laissé son lot de guenilles en partage. A piétiner parmi ces mendiants, Nicolas doutait parfois qu'ils fussent, en réalité, des nobles de premier rang, des officiers de la garde, de hauts fonctionnaires, ou simplement des fils de bonne famille. Le coup d'Etat manqué du 14 décembre 1825 les avait tous précipités, pêle-mêle, dans le malheur. Deux ans et demi déjà depuis qu'ils s'étaient dressés, au nom des Droits de l'homme, contre la tyrannie du tsar. Qui se souvenait de cette folle entreprise, hormis ceux qui la payaient de leur liberté ?

Heureusement, à Tchita, la discipline était supportable. Les forçats rassemblés dans la cour avaient plutôt l'air de se préparer à une partie de campagne. Certains portaient sous leur bras des livres, des journaux, d'autres un tapis roulé, un échiquier, une table pliante, une cassette, un samovar... Comme d'habitude, l'officier de garde fermait les yeux sur cet attirail de pique-nique. D'anciens condamnés de droit commun poussaient dans des brouettes les pelles et les pioches de « messieurs les condamnés politiques ». « Jusqu'à quel échelon descend la hiérarchie sociale en Russie, pensait Nicolas, puisque même des bagnards comme nous trouvent des gens d'une condition plus basse pour les servir ? »

Des soldats, l'arme à la bretelle, encadrèrent la chiourme. L'officier prit la tête du détachement et tira son épée avec élégance. Mais il n'y avait personne pour l'admirer. Sur son ordre, le grand portail s'ouvrit à deux battants. Les forçats, une cinquantaine en tout, s'ébranlèrent, traînant les pieds, dans un lourd cliquetis de ferraille. En traversant le village, ils lorgnèrent les maisonnettes de bois, à droite, à gauche, pour voir si quelque figure de connaissance ne se montrait pas à une fenêtre. Il y avait déjà sept épouses de décembristes installées à Tchita : la princesse Troubetzkoï, la princesse Volkonsky, Mme Mouravieff, Mme Fonvizine, Mme Davydoff, Mme Narychkine, Sophie, plus la petite fiancée d'Annenkoff, Pauline Guèble, dont le mariage était pour bientôt. D'autres arriveraient encore, si le tsar ne mettait un terme à cette migration amoureuse. En approchant de l'isba où logeait Sophie, Nicolas eut un serrement de cœur. Elle lui avait parlé, la veille, comme chaque soir, à travers la palissade du bagne. Mais ce n'était pas suffisant. Il avait besoin de l'apercevoir ce matin, fût-ce le temps d'un clin d'œil, pour reprendre courage. Personne sur le seuil, personne à la fenêtre. Il était trop tôt. Elle dormait encore. Nicolas baissa la tête et imagina Sophie dans son lit, les paupières closes, souriant, rêvant à lui peut-être. Une brusque chaleur se répandit dans ses veines. Il eut envie de courir, d'enfoncer la porte, de se jeter sur ce corps amolli de sommeil. Son regard se heurta aux gardiens. Ils étaient la réalité en marche. De nouveau, il éprouva le poids de ses chaînes.

— Gauche, droite ! Gauche, droite ! criait le serre-file.

Mais il n'y avait pas dix hommes qui fussent au pas.

La maison de Sophie disparut derrière la tête d'un soldat qui chiquait. On arriva au bout du village, là où les chiens ne se sentent plus chez eux et hésitent à aboyer contre les passants. Les dernières masures s'arc-boutaient pour ne pas glisser sur la pente sablonneuse de la colline. En bas, brillaient l'eau vive d'une rivière et l'eau immobile d'une mare. Les prairies étaient d'un vert juteux, avec des bouquets d'arbrisseaux enfoncés les pieds dans la vase. A l'horizon, se dressait un demi-cercle de montagnes bleues et dentelées. Comme il fallait bien occuper les forçats à quelque besogne, le général Léparsky, commandant le bagne, les envoyait chaque jour aux abords de Tchita, pour combler un grand ravin. Mais le premier coup de vent, la première pluie d'orage emportaient la terre qu'ils avaient patiemment entassée, et, dès le lendemain, tout était à reprendre. L'inutilité et la permanence de ce travail dispensaient l'administration d'en chercher un autre et enlevaient aux prisonniers la tentation de mettre du cœur à l'ouvrage. Ils avaient surnommé ce lieu la Tombe du Diable, peut-être en considération du fait que le diable est d'un naturel coriace et qu'on n'a jamais fini de l'ensevelir.

En pensant aux heures vides qui l'attendaient, Nicolas était pris de nausée. Pouvait-on subsister avec si peu d'espoir ? Il observa ses compagnons et leur trouva l'air plus abattu que le jour de leur condamnation. À cette époque-là, ils étaient encore proches de la révolte, réchauffés par les derniers feux de leur idéal politique. En Sibérie, leur vaillance, leur foi s'étaient usées au fil des jours. Sur chaque visage, Nicolas pouvait mettre un chiffre. « Celui-ci en a encore pour dix-sept ans, cet autre pour douze... » Lui-même, appartenant à la quatrième catégorie, était bon pour une huitaine d'années de travaux forcés et, ensuite, pour la relégation à vie. Son voisin, le petit Youri Almazoff, grommela :

— Tu en fais une tête ! Ça ne va pas, ce matin ?

— Non, dit Nicolas.

— Chacun son tour ! Hier, c'était moi qui flanchais. Demain, ce sera un autre. Il faut réagir. Prends exemple sur Lorer. Il est toujours gai, lui !...

Lorer, qui marchait devant eux, se retourna, remonta sur son épaule la courroie fixée à ses chaînes, et un sourire puéril éclaira son visage maigre, coupé d'une grosse moustache et encadré de favoris châtains. Il avait appartenu à l'Union du Sud, mais comptait des amis parmi tous les conjurés à cause de son humeur enjouée.

— Les regrets sont inutiles, mon cher, dit-il. Chacun doit construire son bonheur avec ce qu'il a sous la main, même s'il ne dispose pour cela que d'un quignon de pain et d'un bout de ciel bleu. On en pousse une ?

— Allons-y ! dit Nicolas sans enthousiasme.

— Eh ! les chœurs ! cria Youri Almazoff. Attention ! Une, deux !...

Lorer cambra la taille et se mit à chanter d'une voix de ténor, claire et étirée :

> *Au fond des mines sibériennes,*
> *Demeurez fiers et patients...*

C'était le début d'un message que le poète Pouchkine avait fait parvenir secrètement en Sibérie par l'intermédiaire de la princesse Volkonsky et que les décembristes avaient transformé en chanson de route. Des têtes se redressaient, des regards s'allumaient ; quelques voix se joignirent à celle de Lorer :

> *Les chaînes lourdes tomberont!*
> *Les prisons s'ouvriront! Dehors,*
> *La liberté vous attendra!*
> *Vos frères vous rendront vos glaives...*

Tous, maintenant, marchaient au pas. Les chaînes tintaient en mesure. Il ne pouvait y avoir meilleur accompagnement à ce plaidoyer pour la subversion. Par prudence, les forçats ne prononçaient pas distinctement les paroles les plus compromettantes. Mais il était facile de les deviner au vol. L'officier restait impassible. Peut-être faisait-il semblant de ne rien comprendre, pour n'être pas obligé de sévir. Il se nommait Vatrouchkine, était d'un naturel paresseux et détestait les histoires! Quant aux soldats de l'escorte, ils étaient ravis de cet intermède. Leur imbécillité les mettait à l'abri de la méfiance. D'ailleurs, ils avaient eux-mêmes l'habitude de chanter n'importe quoi en marchant. Pour un peu, ils eussent mêlé leurs voix à celles des prisonniers. Parfois, au bord de la route, surgissait un paysan ou un ouvrier, ancien bagnard, avec la marque d'infamie imprimée sur le front. En voyant passer le cortège, il retirait son chapeau et se signait, croyant, sans doute, que les condamnés politiques chantaient un hymne religieux.

— Eh! les amis, si nous donnions la réponse maintenant?... cria Ivan Pouchine en se haussant sur la pointe des pieds.

Cette réponse au poème de Pouchkine avait été écrite, au bagne, par Odoïevsky. De nouveau, Lorer lança les premiers mots et le chœur suivit :

> *Les accents de ta lyre ardente et prophétique*
> *Sont enfin parvenus, poète, jusqu'à nous!...*

Nicolas, qui avait commencé par chanter du bout des lèvres, donnait à présent toute sa voix. Sa tête, ses bras, ses jambes ne lui appartenaient plus. Il était un élément de la foule. Empaqueté, embarqué, emporté avec les autres, par la même force :

> *Nos chaînes serviront à forger d'autres glaives!*
> *Nos mains rallumeront partout la Liberté!*
> *Nous donnerons l'assaut à nos vils adversaires!...*

Il savait bien que c'était façon de parler, que les murs des prisons ne s'écrouleraient pas, que les décembristes ne se précipiteraient jamais, un glaive à la main, sur le despote tremblant, et que les lueurs de la Liberté n'étaient pas près d'éclairer le monde, mais il lui semblait évident qu'un idéal chanté par tant de bouches à la fois ne pouvait disparaître. La pensée survivrait aux hommes comme l'étincelle survit au foyer détruit. Un souffle sur la braise et les flammes reprennent. Les pieds martelaient la route sablonneuse. On avançait, jusqu'à la ceinture, dans un nuage de poussière ocre. A la fraîcheur du matin succéda une chaleur sèche, qui descendait du ciel bleu. La verdure pâlissait dans cette clarté dévorante. Enchaînés, assoiffés et suants, les hommes braillaient toujours leur foi en un avenir de justice. On s'arrêta près de la Tombe du Diable. Le chant mourut dans un cliquetis de chaînes.

— Déchargez les brouettes ! cria l'officier.

Les forçats se partagèrent les outils. Devant eux, se creusait un profond ravin, aux flancs de sable croulants. Le travail commença. Les pelles et les pioches attaquaient la terre faiblement. Quand une brouette était pleine, on déversait la charge dans le trou. Elle s'y perdait aussitôt, comme une fumée dans l'air. Nicolas et Youri Almazoff haletaient, côte à côte, en maniant des bêches lourdes et ébréchées. Mais cet exercice physique ne leur déplaisait pas. Les soldats, ayant formé les faisceaux, s'égaillèrent par petits groupes au bord de la combe. Des cartes sales et déchirées fleurirent entre leurs doigts. Ils jouaient à la bataille ou à la bête, et payaient avec des graines de tournesol. Seules quatre sentinelles demeurèrent debout, dans des poses molles, avec leur fusil pour tuteur. L'officier s'était allongé sur sa capote. Les mains sous la nuque, il regardait le ciel en bâillant. Au bout d'un instant, il s'endormit, la bouche ouverte.

— Ce serait facile de s'enfuir ! murmura Nicolas.

— Oui, dit Youri Almazoff. Mais, très vite, nous serions repris. Odoïevsky et Iakoubovitch ont un autre projet.

— Lequel ?

— Ils t'en parleront eux-mêmes, tout à l'heure.

— Je me méfie de Iakoubovitch. C'est un fou !

— Il s'est beaucoup assagi, depuis quelque temps...

Ils rêvèrent à cette évasion qui était la préoccupation de tous, bien que personne, au fond, ne la crût possible. L'officier poussa un ronflement rauque et s'éveilla en sursaut, comme effrayé par le bruit qu'il avait fait. Les forçats travaillaient de plus en plus nonchalamment. Leurs gestes semblaient ralentis par la consistance visqueuse de l'air. Bientôt, ils s'arrêtèrent.

— Allons, Messieurs ! dit l'officier. Encore un petit effort !...

Des grognements fatigués lui répondirent. Il ne songea pas à s'en formaliser. Pour les soldats, comme pour les prisonniers, cette corvée n'avait qu'une valeur symbolique. Il s'agissait de tuer le temps ensemble, les uns gardant les autres. Du moment que les apparences étaient sauves, le reste importait peu. Nicolas se dit que la discipline du bagne était un curieux mélange de férocité et de bonhomie. Plus la règle était stricte, plus les accommodements se révélaient nombreux.

— Encore deux brouettes par équipe, dit l'officier, et, après, on fera la pause !

Les forçats obéirent. Dix minutes plus tard, abandonnant leurs outils sur le chantier, ils se dirigèrent vers un petit bois où dominaient les feuillages des peupliers argentés et des hêtres pourpres. L'ombre y était fraîche, le sol élastique, tapissé d'herbe courte et de mousse. C'était un lieu rêvé pour le repos. Des hommes se laissaient tomber par terre et fermaient les yeux, d'autres s'asseyaient, le dos à un tronc d'arbre, et ouvraient un livre sur leurs genoux, d'autres encore jouaient aux échecs, écrivaient, parlaient à voix basse. Nicolas et Youri Almazoff rejoignirent Iakoubovitch et le prince Odoïevsky, près d'une grosse pierre grouillante de fourmis.

— Vous prenez des leçons de science sociale en regardant vivre ces bestioles ? dit Nicolas.

Iakoubovitch se redressa, grand et sec, les yeux exorbités, les sourcils noirs, une taroupe à la racine du nez, la moustache en crocs.

— Oui, dit-il, mais je me demande si c'est la capitale des fourmis ou leur bagne que nous avons là !

Et il partit d'un rire nerveux. Youri Almazoff jeta un regard par-dessus son épaule et chuchota :

— Explique à Nicolas le projet...

— Ça l'intéresse ? dit Odoïevsky.

— Beaucoup, dit Nicolas ; je voudrais des précisions.

Il y eut un silence. Odoïevsky méditait en se caressant le menton d'une main fine, aux ongles noirs de terre. Ses yeux obliques rayonnaient de douceur. Sa lèvre, rose et charnue, luisait sous le petit auvent de sa moustache.

— Oh ! ce ne sont encore que des jeux de l'esprit, soupira-t-il, mais il peut en sortir quelque chose ! As-tu remarqué, Nicolas, comme les soldats qui nous gardent sont, dans l'ensemble, bien disposés à notre égard ? Au fond, ils nous aiment, ils nous plaignent, ils se sentent, dans leur misère et leur abrutissement, plus proches de nous que de leurs chefs. Pourquoi n'exploiterions-nous pas cette situation ?

— De quelle façon ?

— Réfléchis ! dit Iakoubovitch en clignant de l'œil.

— Je ne vois pas !

— Jusqu'à présent, reprit Odoïevsky, ceux d'entre nous qui voulaient fuir envisageaient de le faire individuellement. Méthode vouée à un échec certain ! Comment subsister, seul, dans les déserts de Sibérie ? Les Bouriates touchent une prime pour la capture de chaque évadé. Dès qu'on leur en signale un, ils se lancent à ses trousses. C'est, pour eux, une affaire commerciale. Il faudrait être idiot ou désespéré pour tenter l'aventure dans ces conditions. La meilleure manière de s'en tirer, c'est encore d'agir en force !

— En force ? répéta Nicolas étonné.

Le visage de Iakoubovitch grimaça d'enthousiasme. Ses yeux globuleux étincelèrent :

— Mais oui, mon pigeon ! En force ! C'est évident ! Si nous nous révoltons, tous ensemble, et courons au poste de garde, les soldats ne nous opposeront pas la moindre résistance. D'un côté, un ramassis de pauvres bougres maladroits, et, de l'autre, soixante-dix ou quatre-vingts gaillards de notre espèce, presque tous anciens officiers, farouchement résolus à ouvrir le passage... Nous les désarmerons en un tournemain !

— Et ensuite ? demanda Nicolas.

— Nous emprisonnerons Léparsky et ses officiers, nous raflerons les fusils, la poudre, le ravitaillement nécessaire pour un grand voyage, nous chargerons le tout sur des télègues et, adieu Tchita !... Une chose est certaine : sur la centaine de soldats qui composent la garnison, la moitié au moins se joindra à nous. Les autres...

— Les autres fileront à Irkoutsk, dit Nicolas, et donneront l'alerte !

— Avant qu'ils n'y arrivent, nous serons loin ! Comme nous formerons une troupe armée et cohérente, aucun Bouriate n'osera nous attaquer !

— Et les femmes ?

— Nous les emmènerons, bien sûr !...

Il se tut, parce que le prince Troubetzkoï s'avançait vers le groupe en se dandinant. Sa haute taille se courbait pour passer sous les branches. Il avait encore maigri et son visage se réduisait à un long bec, pris entre deux petits yeux d'oiseau. Vêtu d'une redingote effrangée et de pantalons de mauvaise toile salis aux genoux, les fers aux pieds, un sac pendu à la ceinture, il gardait des manières de gentilhomme.

— Messieurs, dit-il, vous plairait-il de prendre le thé avec moi ? Ma femme m'a fait porter quelques friandises. Je m'en voudrais d'être seul à en profiter.

— Volontiers, prince, dit Nicolas.

Et il ajouta, tourné vers Odoïevsky :

— Ton idée est intéressante. Il faudrait organiser une discussion générale, ce soir, dans la chambrée.

Ils se dirigèrent, suivant le prince Troubetzkoï, vers une clairière, où fumait un vieux samovar de cuivre, aux flancs cabossés et à la cheminée plantée de guingois. Ivan Pouchine, jovial et poupin, assurait le service. Il n'y avait pas assez de vaisselle pour contenter tout le monde. Les tasses de bois passaient de main en main. Nicolas trempa ses lèvres dans une eau chaude, à peine parfumée, et tendit son bol à Youri Almazoff. Les friandises annoncées par le prince étaient des confitures de myrtilles, de prunes et de framboises. Cette collation, à mi-chemin entre le déjeuner du matin et le dîner de midi, était entrée depuis peu dans les habitudes des prisonniers. Avec l'aisance d'un hôte faisant les honneurs de sa table, le prince Troubetzkoï invita l'officier de garde à se restaurer, lui aussi. Vatrouchkine accepta une tartine. Dans le sous-bois, s'agitaient des silhouettes mouchetées d'ombre et de clarté. Les vêtements avaient, par ce faux éclairage, les couleurs sombres des champignons. Mais, quand un bagnard sortait dans le soleil, la violence de la lumière le décolorait de la tête aux pieds et ses chaînes étincelaient comme des bijoux. L'officier de garde, ayant avalé sa dernière bouchée, se suça les doigts avec méthode, en commençant par l'auriculaire et en finissant par le pouce. Puis il oublia le goût du sucre, fronça les sourcils pour se redonner de l'importance, et dit :

— Messieurs, au travail !

*
* *

A leur retour du chantier, les forçats se réunirent dans la cour du bagne, en attendant la soupe du soir. Tandis que les célibataires se tenaient au centre de l'enclos, les hommes mariés se dirigeaient, d'un air faussement désinvolte, vers la palissade. Les pieux étaient très hauts et très serrés, sauf en certains points de la façade nord, où le bois avait été entaillé pour ménager des interstices. C'était là qu'avaient lieu les entrevues clandestines entre les condamnés politiques et leurs épouses. L'officier de service feignait d'ignorer ce manège, les sentinelles regardaient ailleurs. Mais il y avait de brusques réveils de l'autorité. Parfois, sous le coup du zèle ou de la boisson, un soldat se fâchait et séparait les couples. Il fallait éviter d'attirer l'attention des gardiens en parlant trop longtemps ou trop fort. Nicolas s'approcha de l'endroit où, d'habitude, il rejoignait Sophie. L'un après l'autre, tous les maris prirent position le long de la clôture. Ils retrouvaient leurs emplacements respectifs, comme des chevaux bien dressés vont droit à leurs stalles. Collant son œil à une large fente, entre deux piquets, Nicolas eut d'abord une déception. L'espace, devant lui, était vide. Pourquoi Sophie n'était-elle pas venue ? Il jeta un regard à droite, à gauche. Toutes les autres femmes semblaient être là. Mme Mouravieff essayait de glisser un paquet par un trou, au ras du sol. La princesse Volkonsky, au beau visage créole, affectait des mines coquettes, devant le mur. La princesse Troubetzkoï, bien en chair et vite essoufflée, avait apporté une chaise pliante et bavardait, assise, avec son mari, qui se cassait en deux pour rester à sa hauteur. De Mme Davydoff, on n'apercevait, au loin, qu'un pan de jupe. Et ce panier, là-bas, devait appartenir à Pauline Guèble, la fiancée d'Annenkoff. Petite couturière française établie à Moscou, elle avait, par son opiniâtreté, triomphé de tous les obstacles administratifs et familiaux pour rejoindre, en Sibérie, l'homme qu'elle désirait épouser. Bien qu'elle fût nouvelle venue à Tchita, c'était pour elle que Sophie avait le plus de sympathie. Peut-être, simplement, parce qu'elles étaient compatriotes ? Nicolas voulut d'abord demander à Pauline si elle savait pourquoi Sophie n'était pas au rendez-vous. Puis il se ravisa, n'osant déranger Annenkoff et la jeune fille dans leur chuchotement amoureux. Il allait s'écarter de la palissade, quand son cœur sauta de joie : Sophie traversait la route et courait vers lui, à petits pas, en trébuchant dans les ornières. Tout à coup, il eut à portée de son souffle ce visage aimé. Le bord irrégulier de l'ouverture mangeait les contours de l'apparition. Mais les yeux de la jeune femme n'en prenaient que plus d'importance, des yeux immenses, pleins d'une couleur brune, presque noire, jusqu'au ras des cils. La pitié et la tendresse y mêlaient leurs reflets.

— Excuse-moi, murmura-t-elle. J'ai été retardée par Pulchérie. La lessive...

Ce n'était que cela ! Il avait, comme toujours, imaginé le pire. Soulagé, il l'entendit à peine lui exposer quelque problème domestique. Le miracle c'était qu'elle fût là, derrière cette palissade, avec son corps de femme. Elle lui demanda comment il avait passé sa journée. Au lieu de lui répondre, il chuchota :

— Je t'aime, Sophie.

Elle le considéra avec surprise, comme flattée et apeurée, tout ensemble, par la violence de cet aveu.

— Moi aussi, je t'aime, dit-elle enfin d'une voix veloutée.
— Encore un jour et deux nuits à attendre !...

Il faisait allusion à leur prochaine rencontre : le règlement autorisait les hommes mariés à rendre visite, deux fois par semaine, sous escorte, à leurs femmes. Sophie acquiesça de la tête, le regard vague.

— Oui, dit-elle. Après-demain.
— C'est long !
— Très long, Nicolas.

Il l'observa plus attentivement. N'avait-elle pas rougi ? Tant de pudeur le transporta. Il approcha ses lèvres de la meurtrière découpée au canif entre les piquets, cherchant la place d'un baiser au milieu de tout ce bois dur. La face écrasée contre le panneau, il ne voyait rien, mais sentait la fraîcheur de l'air sur sa bouche.

— Ma chérie ! Ma chérie ! balbutiait-il.

Longtemps, Sophie ne répondit pas. Puis il éprouva une caresse vivante sur ses lèvres. Un souffle tiède, parfumé, descendit en lui. Il était enfermé dans un cercueil, avec juste ce point de contact entre sa chair et celle de sa femme. Comme toujours, ce fut trop rapide ! Elle écarta son visage. Sans doute était-elle gênée de montrer tant d'amour en public. Il ne pouvait lui en vouloir de sa timidité. Dans son dos, il entendit un tintement de chaînes. Il se retourna. Les célibataires déambulaient, par petits groupes. Tout en feignant de discuter avec animation, ils lorgnaient du côté de la clôture. Il y en avait beaucoup parmi eux qui souffraient du bonheur conjugal de leurs camarades. La jalousie, le désir, le dépit donnaient à ceux-là un air affamé. Ils rôdaient dans l'odeur du festin, comme s'ils eussent espéré en recevoir des miettes. Huit femmes pour quatre-vingts hommes ! Nicolas avait honte de sa chance, quand il considérait les allées et venues de tous ces déshérités de la tendresse. Son regard s'arrêta sur l'un d'eux. Youri Almazoff, se voyant observé, tira un papier de sa poche et l'agita en l'air. Nicolas comprit sa requête : encore une lettre à rédiger ! Comme les condamnés politiques n'avaient pas le droit de correspondre directement avec leurs proches restés en Russie, c'étaient les femmes qui écrivaient à leur place et selon leurs indications. Ainsi, chaque épouse servait de secrétaire à une dizaine de forçats. Sophie avait Youri Almazoff parmi ses « clients ». D'ailleurs, il était sûrement amoureux d'elle. Cette idée ne déplaisait pas à Nicolas. Il était fier que sa femme eût du succès auprès des autres.

— Je ne vous dérange pas trop ? dit Youri Almazoff en s'approchant de la palissade.

Nicolas lui céda la place pour un instant.

— Excusez-moi, Madame, chuchota Youri, mais je voudrais encore envoyer une lettre à ma mère. Je suis sûr qu'elle n'a pas reçu la précédente. Je vous ai mis l'essentiel sur ce brouillon...

— Donnez vite ! dit Sophie.
— Comment vous remercier ?

Il passa le papier par l'interstice de deux piquets et, soudain, fit un bond de côté. Des cris retentirent derrière la clôture. Nicolas reconnut la voix du lieutenant Prokazoff, qui venait de relever Vatrouchkine au poste de garde. Ce Prokazoff, un ivrogne borné, avait gagné son grade dans la surveillance des bagnes de droit commun et refusait d'admettre qu'à Tchita, où ne se trouvaient que des condamnés politiques, le régime pénitentiaire fût plus tolérant qu'ailleurs. Dès qu'il avait bu, il se laissait aller à des insolences. L'œil collé à la fente de la palissade, Nicolas vit arriver cette boule de fureur. A son approche, les dames épouvantées s'écartaient de la barrière. La princesse Troubetzkoï faillit tomber en se levant de sa chaise pliante. Petit, roux, ventru, velu, Prokazoff s'arrêta au milieu de la volière en déroute, puis se précipita sur Sophie et lui arracha la lettre qu'elle tenait à la main.

— Cette lettre m'appartient, Monsieur ! cria Sophie. Veuillez me la rendre immédiatement !

— Je n'ai pas d'ordres à recevoir d'une femme de forçat ! grogna Prokazoff.

— Je me plaindrai au général Léparsky !

— Essayez seulement d'ouvrir la bouche et je vous ferai pisser le sang sous le knout !

Il avait saisi Sophie par le bras et la secouait avec violence.

— Laissez-moi ! gémit-elle.

— Non ! Tu vas me suivre ! Sale Française !...

Nicolas enrageait de ne pouvoir porter secours à Sophie. Tapant des deux poings contre les piquets, il hurla :

— Lieutenant Prokazoff, vous êtes un pleutre et une canaille ! Vous déshonorez votre uniforme !...

Comme dessoûlé par une gifle, Prokazoff lâcha Sophie, se tourna vers la palissade et dit lentement :

— Qui a parlé ? Qui a osé parler ?

Un silence lui répondit. Sa face vultueuse tremblait de haine. Il était prêt à enfoncer le mur avec son front. Oubliant les femmes, il courut, en tricotant des jambes, vers le poste de garde. Trois minutes plus tard, il était dans la cour, escorté de six soldats.

— Que celui qui a parlé se dénonce ! dit-il en se plantant, les jambes écartées, les bras en anses de pot, devant les forçats.

— Surtout ne bouge pas ! murmura Youri Almazoff à Nicolas.

— Je compte jusqu'à dix, reprit Prokazoff.

A dix, ne recevant toujours pas de réponse, il cria :

— C'est bon ! Je vais vous délier la langue ! Si le coupable ne se désigne pas immédiatement, je fais tirer dans le tas par mes hommes !

Visiblement, il avait perdu la tête. Toute son autorité était en jeu. Les décembristes se tenaient devant lui, en rangs serrés, la nuque roide, les bras ballants, le regard ironique. Incapable de se dominer plus longtemps, il commanda :

— En joue !

Du coup, Nicolas voulut se nommer. Pourtant, à sa grande surprise, il remarqua que les soldats demeuraient immobiles. Sans doute, ayant compris que leur supérieur était ivre, n'osaient-ils pas lui obéir.

— En joue ! répéta Prokazoff. Qu'est-ce que vous attendez ? En joue ! En joue !...

Les soldats, de plus en plus indécis, se regardaient, chuchotaient, se poussaient du coude. Nicolas sentit qu'il pouvait tout sauver, à la seconde, en payant d'audace.

— Votre lieutenant est fou ! dit-il à haute voix. Allez vite prévenir le commandant !

La fermeté du ton impressionna les hommes du poste de garde. Soudain, leur chef ne fut plus celui qui portait l'uniforme, mais celui qui portait les chaînes. Un soldat partit en courant.

— A qui obéis-tu, fils de chienne ? rugit Prokazoff. A un forçat ? Je te ferai passer par les verges ! Reviens ! Reviens ! A la garde ! Mutinerie !...

Il trépignait, brandissait un pistolet, s'étranglait dans une écume d'injures. Mais le messager avait déjà disparu. Alors, subitement, la colère de Prokazoff tomba. Ses joues pâlirent, ses traits s'affaissèrent. Avait-il conscience d'être allé trop loin et que cet accès d'humeur pouvait lui valoir une semonce du général Léparsky ? Il lança aux décembristes un regard blanc, abaissa son pistolet et rentra dans le poste de garde. Peu après, le lieutenant Vatrouchkine revint dans la cour.

— Messieurs, dit-il, je ne veux pas savoir ce qui s'est passé ici, en mon absence.

— Mais c'est que, précisément, il ne s'est rien passé, dit Nicolas avec un sourire.

Le lieutenant Vatrouchkine parut soulagé d'un grand poids.

Pendant le souper, on évita, d'un commun accord, toute allusion à l'incident. Tant que les estomacs ne seraient pas pleins, les esprits ne seraient pas libres. C'était un prisonnier, élu pour trois mois, qui était responsable de la cuisine. Les achats de nourriture se faisaient par lui sur un fonds alimenté des prestations de tous les détenus, chacun participant à l'*artel* dans la mesure de ses moyens. Les dames fournissaient, en plus, du café, du thé, du chocolat, des confitures et d'autres denrées de luxe. Cette organisation permettait d'améliorer l'ordinaire, qui, s'il n'avait fallu compter que sur les six kopecks par homme et par jour alloués par l'administration, eût été insuffisant. Soupe aux choux et bœuf bouilli. Comme les couteaux étaient interdits, le pain était servi en morceaux. Pas de fourchettes, non plus. On déchirait la viande avec ses doigts. La table était dressée sur des tréteaux, au milieu de la chambrée. Parmi les convives, assis coude à coude sur les bancs, sur les lits, il y en avait qui, jadis, étaient des amateurs de bonne chère et d'autres qui, lorsqu'ils étaient libres, mangeaient moins bien qu'à présent. Tous, aujourd'hui, s'intéressaient également au contenu de leur assiette. A mesure qu'ils se rassasiaient, ils devenaient plus bruyants. Tintements de chaînes et éclats de voix résonnaient sous le plafond bas de la salle. Le faible courant d'air qui passait par les fenêtres grillagées ne parvenait pas à chasser l'odeur des plats refroidis. Il faisait jour encore. La soirée serait longue. Sans doute, bientôt, verrait-on arriver d'autres camarades attirés par le vacarme. A cause de l'animation qui régnait habituellement dans cette chambrée, les décembristes l'avaient baptisée Novgorod-la-Grande, cité fameuse autrefois pour ses assemblées populaires. La chambrée voisine était surnommée Pskov, parce que cette ville avait eu, au Moyen Age, comme Novgorod-la-Grande, une constitution républicaine. Dans la troisième chambrée, Moscou, se trouvaient principalement des jeunes gens de bonne famille, aux mœurs seigneuriales. La quatrième chambrée, Vologda, comprenait des prisonniers de condition plus modeste, petits fonctionnaires, obscurs officiers de garnison, qui ne parlaient même pas le français.

Nicolas était heureux d'appartenir à Novgorod-la-Grande, car c'était elle qui donnait le ton à l'ensemble du bagne. Il observa son entourage et constata que, pour beaucoup, le repas tirait à sa fin. Le joyeux Lorer torchait son écuelle avec un quignon de pain, Zavalichine, chevelu, mystique et végétarien, ouvrait une Bible sur ses genoux, le gros Narychkine allumait une pipe, et, au bout de la table, le prince Odoïevsky, poète et homme de soupe pour la journée, empilait des assiettes sales devant un baquet d'eau. Youri Almazoff décocha à Nicolas un regard d'intelligence. Le moment était venu de relancer la discussion.

— Que pensez-vous, les amis, de notre altercation avec Prokazoff? demanda-t-il d'une voix forte.

— Je pense que c'est un imbécile redoutable et qu'à la première occasion il se vengera sur nous de son échec, dit Zavalichine sans lever le nez de sa Bible.

Il était assis en tailleur, sur son lit. Ses cheveux pendaient en rideaux des deux côtés de sa figure pâle.

— Ce sont là des considérations accessoires, dit Nicolas. Je voudrais attirer votre attention sur un fait important. Les soldats n'ont pas obéi à Prokazoff, les soldats sont avec nous !...

— Et après ? grommela Narychkine.

— Après ? Mais, s'il en est ainsi, tous les espoirs nous sont permis ! Développe ton idée, Odoïevsky !

Le prince Odoïevsky, les manches retroussées, un tablier autour des reins, trempa une assiette dans l'eau, la retira, l'essuya et dit :

— Il faudrait prévenir Iakoubovitch. C'est lui qui est à l'origine de l'affaire.

— Eh bien ! Va le chercher à Moscou, dit Nicolas.

— Et si d'autres Moscovites veulent venir ?

— Qu'ils viennent, bien sûr ! Nous n'avons pas de secrets pour eux !

— En passant, tu leur demanderas s'ils n'ont pas une serviette propre à te prêter ! dit Ivan Pouchine. Regardez avec quel chiffon infect il sèche nos écuelles ! C'est à vous dégoûter de manger dedans !

Le prince Odoïevsky haussa les épaules et sortit — souillon renvoyée par ses maîtres — dans un éclat de rire général. Il reparut peu après, avec Iakoubovitch, plus taciturne encore que de coutume, le prince Troubetzkoï, le prince Obolensky, le prince Volkonsky et quelques autres « Moscovites » de plus basse volée. On se serra sur les lits et sur les bancs pour donner de la place aux nouveaux venus. En parcourant du regard ces visages attentifs, Nicolas ressentit une curieuse impression d'indulgence et de fraternité. Ah ! certes, il n'y avait pas uniquement des héros dans cette compagnie ! Mais ceux-là même qui, le 14 décembre 1825, s'étaient montrés indignes de leur tâche ne se distinguaient plus maintenant des révolutionnaires les plus intraitables. Personne, à présent, n'aurait eu l'idée de reprocher au prince Troubetzkoï son abandon de poste qui avait compromis toute l'entreprise, à Iakoubovitch sa lâcheté de dernière heure après de ridicules fanfaronnades, à Zavalichine son double jeu entre l'empereur et les insurgés. Du seul fait que les indécis, les traîtres, les hâbleurs avaient, eux aussi, encouru la sévérité du monarque, ils étaient assurés du pardon de leurs camarades. La rigueur du châtiment avait mis tout le monde d'accord. Le prince Volkonsky pencha sur le côté sa grosse tête de perroquet fatigué et dit :

— De quoi s'agit-il ?

— La parole est à Iakoubovitch ! dit le prince Odoïevsky en se remettant à laver la vaisselle.

Iakoubovitch s'assit d'une fesse sur le coin de la table, prit une expression déterminée et répéta, presque mot pour mot, ce que lui et Odoïevsky avaient expliqué à Nicolas, le matin, à la Tombe du Diable. En écoutant cet exposé pour la seconde fois, Nicolas le trouva encore plus convaincant. L'attitude des soldats du poste de garde n'était pas étrangère à son nouvel optimisme. Comme il fallait s'y attendre, dès que Iakoubovitch eut fini de parler, les objections fusèrent.

— Admettons que nous parvenions à maîtriser et à désarmer le poste de garde, admettons même que nous puissions disposer de quatre ou cinq jours d'avance sur nos poursuivants, où irions-nous ? demanda le prince Troubetzkoï.

— Nous n'avons que l'embarras du choix ! dit le prince Odoïevsky. Nous pourrions nous diriger vers le sud, à travers la Mandchourie, jusqu'en Chine...

— Les Chinois seraient trop heureux de nous arrêter et de nous vendre aux Russes ! trancha le prince Volkonsky.

— Un autre itinéraire consisterait à suivre, en barque, les rivières Tchita et Ingoda jusqu'au fleuve Amour, dit Nicolas.

— C'est absurde ! ricana le prince Troubetzkoï. Nous sommes trop nombreux ! Imaginez cette longue flottille se déplaçant au fil de l'eau ! Notre tête serait mise à prix ! Les riverains nous tireraient dessus !

— Et puis, que ferions-nous si, par miracle, nous arrivions à l'océan ? interrogea le prince Volkonsky.

— Nous tâcherions de nous embarquer pour l'Amérique, dit Nicolas.

Il se revit dans le bureau de Ryléïeff, la veille de l'émeute, devant une carte de la Sibérie placardée au mur. Un pointillé indiquait le chemin suivi par les convois de la Compagnie russo-américaine.

— Ryléieff ne nous aurait pas conseillé autre chose, reprit-il. Aller en Alaska, ou en Californie. Là-bas, nous serions sauvés.

— C'est vrai, concéda Narychkine. Mais quelle expédition ! La moitié de la Sibérie à traverser avec des cosaques sur nos talons, un capitaine à convaincre pour nous transporter en bateau de l'autre côté du Pacifique !... Non, cette histoire ne tient pas debout. Je préférerais, moi, me diriger vers la Russie d'Europe.

— Cela fait quatre mille verstes jusqu'à l'Oural, dit Youri Almazoff. Partout, des postes, des patrouilles. Et, si on prend par le nord, les toundras désertes. Un vrai tombeau ! Le plus sage serait de piquer sur la mer d'Aral et la mer Caspienne, pour aboutir au Caucase...

— Oui ! Oui ! le Caucase, ce serait excellent ! s'écrièrent quelques prisonniers.

Les visages s'échauffaient, les yeux brillaient, comme avivés par l'alcool. Même ceux qui critiquaient le projet de fuite sentaient l'air de la liberté leur monter à la tête. A entendre ces propositions contradictoires, Nicolas se crut reporté à la folle veillée d'armes du 13 décembre 1825. Ses camarades discutaient aujourd'hui les chances de leur évasion avec la même légèreté et le même enthousiasme qu'ils avaient discuté jadis les chances de leur coup d'Etat.

— Rien ne nous oblige à prendre tous la même direction, dit Youri. Il faut simplement que nous soyons en force pour réduire le poste de garde. Après, nous pourrons nous séparer...

— En nous séparant, nous nous affaiblirons !

— De toute façon, Messieurs, nous devons choisir un chef...

On préparait l'assaut contre le palais d'Hiver. Il n'y avait ici que des officiers en uniforme. Encore un peu, et on allait élire le prince Troubetzkoï comme dictateur. Pris de vertige devant ce rappel du passé, Nicolas regarda ses chaînes. Cela ne suffit pas à le dégriser. Il était entraîné dans un rêve avec les autres. Un rêve qu'il savait insensé, périlleux, mais auquel il ne pouvait ni ne voulait se soustraire. Il observa que, dans la confusion générale, seuls les hommes mariés marquaient une réticence au complot. Le prince Volkonsky osa dire tout haut ce que pensaient probablement quelques autres :

— Que deviendront nos femmes dans cette équipée ?

Nicolas se rappela que la même question lui était venue aux lèvres, le matin. Cependant, il n'avait pas besoin de consulter Sophie pour savoir qu'avec son caractère déterminé elle approuverait le projet de fuite et supporterait tous les risques et toutes les fatigues de l'expédition. Peut-être les autres épouses étaient-elles moins vaillantes, moins endurantes qu'elle ?

— Nos femmes nous suivront ! dit-il.

— Où ? s'exclama le prince Troubetzkoï. Dans le désert ? Dans les bois ? Imaginez-vous ces malheureuses traquées en même temps que nous, pendant des semaines entières, affamées, harassées, couchant à la belle étoile, pour finir, peut-être, sous les fouets des cosaques ou les flèches des Bouriates ?

— Si on envisageait toujours les catastrophes on n'entreprendrait jamais rien. Nos compagnes nous ont prouvé de quoi elles étaient capables !

— Justement ! répliqua le prince Volkonsky. Après le sacrifice surhumain qu'elles ont assumé en venant nous rejoindre, nous n'avons pas le droit de leur imposer une épreuve plus atroce encore !

— Je partage tout à fait votre avis, dit Annenkoff.

— Tu n'as pas voix au chapitre, tu n'es pas marié ! dit Youri Almazoff avec un grand rire.

Annenkoff ne comprit pas la plaisanterie et se vexa :

— Je le serai le mois prochain, mon cher. Et, quel que soit mon désir de liberté, je n'entraînerai jamais Pauline dans l'aventure !

— Moi, mes amis, dit Zavalichine en levant au plafond un regard extatique, j'estime que l'homme doit rester à l'endroit où Dieu l'a placé !

Le ton montait. Des visiteurs arrivaient à tout moment, venus des autres chambrées, écoutaient le débat, plaçaient un mot, s'en allaient, reparaissaient avec un ami. Bientôt, la salle fut pleine. Les visages s'alignaient à boucheton dans le crépuscule. Dominant le brouhaha des conversations, Fonvizine dressa sa grosse tête au toupet frisé et cria :

— Les célibataires n'ont qu'à partir ! Nous ne les en empêcherons pas !

— Et les représailles ? dit Narychkine. Y avez-vous pensé ? Ceux qui resteront auront à répondre devant les autorités de l'évasion de leurs camarades !

— Evidemment ! renchérit le prince Troubetzkoï avec nervosité. Nous payerons pour eux ! La discipline sera rendue plus rigoureuse ! Peut-être nous interdira-t-on de revoir nos épouses !...

Nicolas n'avait pas réfléchi à cette éventualité. Il allait s'attendrir, donner raison à l'adversaire (toujours cette manie de comprendre le point de vue d'autrui !), mais Iakoubovitch intervint rudement :

— C'est idiot ! Il est sans exemple que, dans un bagne, en cas d'émeute, ceux qui ne bougent pas payent pour les autres ! C'est même le contraire qui se passe ! Les sages, les dociles ont droit à la reconnaissance des autorités !

— Messieurs ! Messieurs ! Je demande la parole ! vociférait Nikita Mouravieff.

Il escalada la table. On fit silence autour de lui. Son visage était maigre, inspiré, ses mains tremblaient comme dans un accès de fièvre.

— Je veux vous dire ceci, balbutia-t-il. Je suis marié et heureux de l'être. Mais je considérerais indigne de chercher à dissuader mes camarades célibataires de leur projet, sous prétexte que son exécution pourrait aggraver mon sort. Tous ceux qui, comme moi, ont leur femme auprès d'eux devraient convenir qu'ils sont favorisés par rapport aux autres. Moins que quiconque, ici, nous avons le droit de nous plaindre ! Je regrette, prince, que vous ayez élevé la voix !...

— Bravo ! hurla Iakoubovitch.

On applaudit, on tapa des pieds, dans un vacarme de chaînes.

— Vous ne m'avez pas convaincu, dit le prince Troubetzkoï avec humeur. Même si je n'étais pas marié, je vous crierais « casse-cou ! »

— Vous nous l'avez déjà crié, le 13 décembre 1825, dit Youri Almazoff avec insolence.

Le prince eut un haut-le-corps. Son visage blêmit de colère.

— Si vous m'aviez écouté, le 13 décembre 1825, nous ne serions peut-être pas ici ! dit-il.

— Et vous, si vous étiez venu sur la place du Sénat, le 14 décembre 1825, nous serions peut-être, aujourd'hui, les maîtres de la Russie ! rétorqua Youri Almazoff.

Une curiosité angoissée entoura les deux hommes qui se mesuraient du regard. Pour la première fois depuis l'arrivée du prince Troubetzkoï à Tchita, un décembriste osait lui reprocher sa conduite. Nicolas craignit que cette dispute n'amenât une explication générale où chacun laisserait des plumes. S'il en était ainsi, la merveilleuse entente qui régnait entre les détenus serait à jamais compromise.

— Que prétendez-vous insinuer ? murmura le prince Troubetzkoï d'une voix blanche.

Youri Almazoff eut-il conscience du danger qu'il y avait à poursuivre son réquisitoire ? Haussant les épaules, il grommela :

— A quoi bon ? Tout cela, c'est de l'histoire ancienne. Ce qui m'intéresse maintenant, ce n'est pas de savoir pourquoi nous avons échoué en 1825, mais comment nous nous évaderons en 1828.

Le prince Troubetzkoï se calma. Trop vite, sans doute, pour un homme qui n'avait rien à se reprocher. Comme les esprits demeuraient excités, indécis, le prince Odoïevsky suggéra de lever la séance :

— L'affaire n'est pas mûre. Il faut y réfléchir encore. Peser le pour et le contre...

— En tout cas, j'exige le secret le plus absolu ! décréta Iakoubovitch. Que les hommes mariés prêtent serment de ne rien dire à leurs épouses !

Il y eut un gargouillement de rires autour de la table. Des têtes hilares se balançaient au-dessus de tous ces vêtements sales et fripés, dans lesquels on dormait, on se vautrait, on faisait des corvées de terrassement. Un à un, les maris prêtèrent serment, à contrecœur. La nuit était presque venue. Les clefs des gardiens tintèrent dans le corridor. C'était l'heure de la fermeture. Les visiteurs regagnèrent leurs chambrées, poursuivis par les cris du sous-officier : « Vite ! Vite ! Chacun chez soi ! Messieurs, je vous en prie, il est temps de vous séparer !... » Puis, les verrous claquèrent dans leurs crampons, les serrures grincèrent, le bagne fut un bloc fermé de toutes parts.

En s'allongeant sur sa paillasse, Nicolas sentit un petit objet dur contre son flanc. C'était un os que quelqu'un avait laissé là, par mégarde, après l'avoir rongé. On retrouvait souvent des reliefs du repas dans les lits. Cinq minutes après la clôture des portes, la plupart des prisonniers ronflaient déjà. Certains, en revanche, se tournaient et se retournaient, versant leurs soucis d'un côté sur l'autre, dans un bruissement de chaînes. Bien que la controverse de ce soir n'eût pas abouti, Nicolas avait bon espoir pour la suite. Il y a dans l'idée de liberté une force qui entraîne l'homme toujours plus loin, comme la pesanteur entraîne une pierre dans le sens de la pente. Raisonnable ou non, le projet d'évasion allait faire son chemin dans les têtes. Même ceux qui lui étaient hostiles aujourd'hui finiraient par l'admettre demain. Youri Almazoff, dont le lit touchait celui de Nicolas, dit à voix basse :

— Tu as vu comment j'ai rivé son clou à Troubetzkoï ? Il y a longtemps qu'il m'agace avec ses airs de grand seigneur !

— Personne, ici, n'est sans reproche à l'égard de personne, dit Nicolas. Nous devons, avant tout, éviter de nous dresser les uns contre les autres.

— Alors, tu me donnes tort ?

— Je te donne raison dans tes pensées et tort dans tes paroles.

— Crois-tu que nous réussirons ?

— On ne peut pas toujours tout manquer dans sa vie !

— Moi, soupira Youri Almazoff, je suis sceptique. Je me demande si nous avons bien fait de mettre tant de monde dans le secret !

— C'était indispensable, puisque notre intention est d'entreprendre une action de masse !

— Oui, oui, évidemment, bafouilla Youri Almazoff.

Et il s'endormit. Nicolas resta éveillé dans le noir, comme sur un récif, au milieu de la mer. Il repassait en esprit toutes les phases de la discussion, et une crainte s'insinuait en lui à mesure qu'il voulait la combattre : la crainte que tout cela ne fût, de nouveau, qu'une construction chimérique. L'inconscience, la fougue, la naïveté de ses amis et de lui-même lui apparaissaient parfois comme une maladie héréditaire dont souffrait l'élite de la Russie. Non loin de lui, il entendit un murmure. C'était Zavalichine qui faisait ses oraisons à mi-voix. Sans doute demandait-il à Dieu de retenir ses camarades à Tchita. Nicolas s'agenouilla sur sa paillasse et pria Dieu de les aider à fuir.

2

Sophie relut sa lettre aux parents de Youri Almazoff, la rangea dans un tiroir avec celles qu'elle avait déjà rédigées pour d'autres détenus, prit une nouvelle feuille de papier, et, sans désemparer, écrivit à la sœur d'Ivacheff. Ce serait le huitième pensum de la journée. La même formule servait pour tous les destinataires : « Je viens de voir votre fils (ou votre frère, ou votre mari, ou votre cousin...) et il m'a priée de vous dire... » Pour la suite, Sophie s'inspirait des renseignements que les intéressés lui communiquaient de vive voix ou dans un brouillon. Grâce à ce subterfuge, les décembristes n'étaient pas tout à fait coupés du monde extérieur. Sans doute auraient-ils, depuis longtemps, sombré dans l'oubli, si quelques femmes dévouées ne leur avaient maintenu la tête hors de l'eau. C'était par elles qu'ils existaient, qu'ils parlaient, qu'ils respiraient encore. Comme tout le courrier était lu et visé par le général Léparsky, Sophie contenait sa verve et pesait ses mots. Il lui paraissait étrange de correspondre avec tant de gens qui ne lui étaient rien et d'écrire si rarement pour son propre compte. Les lettres qu'elle avait adressées en France, à ses parents, avaient dû se perdre ou être arrêtées par la censure, car ils ne lui donnaient plus signe de vie. En revanche, elle recevait chaque mois une lettre de son beau-père, à qui elle ne répondait jamais. Elle ne pouvait lui pardonner sa haine à l'égard de Nicolas, le double jeu qu'il avait mené pour la détacher de son fils, la dénonciation qu'il avait expédiée au gouverneur d'Irkoutsk, dans l'espoir qu'il la retiendrait sur la route du bagne... Pourtant, si cet homme qu'elle détestait avait brusquement cessé de lui écrire, elle en eût été très malheureuse, car il était le seul à pouvoir lui fournir des nouvelles du petit Serge. L'enfant allait sur ses trois ans. « Un véritable Ozareff, affirmait Michel Borissovitch. Rien du côté de son père, tout du nôtre ! » Sophie rêva à ce bébé que Marie lui avait confié avant de mourir et que d'autres élevaient maintenant. Aujourd'hui encore, cet abandon pesait sur sa conscience. Emportée par le courant de ses souvenirs, elle se retrouva au milieu de la page, la plume en l'air, sans savoir à qui elle parlait . « Votre frère serait très heureux s'il vous était possible de lui envoyer un dictionnaire français dont il a grand besoin... » Ah ! oui, ce pauvre Ivacheff ! Un gentil garçon. Avec des tas de problèmes, bien sûr ! Comme tout le monde ! Quel ennui ! Fatiguée, elle repoussa les papiers et s'appuya au dossier de sa chaise. Elle en avait assez de s'occuper des autres ! Il lui sembla qu'elle était plus solitaire qu'aucun de ceux pour qui elle se dévouait. La petite chambre, aux murs de lattes et au plafond bas, sali de fumée, était obscure, mais, derrière la fenêtre, la campagne flambait de soleil. C'était jour de visite. Nicolas allait venir dans une heure. Tout à coup, elle eut envie d'écrire à Nikita pour lui redemander de ses nouvelles. Puis, elle se dit que ce serait peine perdue. Trois fois déjà, elle avait essayé. Trois fois, ses lettres étaient restées sans écho, égarées ou détournées par la police. Elle avait également écrit à l'hôtelier français d'Irkoutsk, Prosper Raboudin. Lui, du moins, avait répondu. Mais toujours en parlant d'autre chose. A croire qu'il ne connaissait pas Nikita, qu'il ne l'avait jamais employé, jamais rencontré. Une seule explication : l'aubergiste craignait d'attirer l'attention des autorités en citant le nom du garçon dans ses lettres. Sans doute celui-ci avait-il encore commis quelque sottise et cherchait-il à faire oublier son existence. Et elle qui insistait pour savoir ce qu'il était devenu, au risque de le perdre par son indiscrétion ! Elle ne s'habituait pas à l'idée que des espions mettaient le nez dans sa correspondance, qu'en manifestant trop d'intérêt à quelqu'un elle pouvait lui nuire, qu'elle était plus dangereuse par ses amitiés que par ses haines ! Une pestiférée !

Elle reprit sa lettre à la sœur d'Ivacheff. Encore deux lignes de banalités et, de nouveau, Nikita fut devant elle, grand et musclé, blond et candide, avec un regard bleu-violet, d'une tendresse insoutenable. Quel merveilleux compagnon de route il avait été ! Non pas un serf, un domestique, mais un homme de confiance, presque un ami. Elle regrettait de l'avoir laissé à Irkoutsk pour ne pas se retarder dans son expédition. Et, aussitôt après, elle se félicitait de lui avoir trouvé une si bonne place. Il devait être passé garçon de salle, depuis le temps... En achevant sa lettre, elle se sentit délivrée. Comme si ce n'était pas à la sœur d'Ivacheff qu'elle eût écrit, mais à Nikita ; comme si toutes ses pensées, il allait les lire entre les lignes. Des coups frappés à la porte la surprirent. Elle n'attendait pas Nicolas si tôt. D'un bond, elle fut sur ses pieds. Un regard à la glace : décoiffée. Tant pis ! Elle ouvrit à son mari et se trouva devant trois femmes :

— Vous savez la nouvelle ? dit Marie Volkonsky en entrant. Les visites sont annulées.

Sophie demeura un instant muette, incapable de démêler ce qui se passait en elle : au lieu de la révolte qu'elle prévoyait, une étrange résignation s'emparait de son esprit. Elle devenait froide et légère à l'annonce de ce rendez-vous manqué.

— Pourquoi ? murmura-t-elle.

— A cause de la stupide histoire d'avant-hier avec le lieutenant Prokazoff ! s'écria Catherine Troubetzkoï. Nous avons appris cette décision tout à fait par hasard, en parlant avec Vatrouchkine. C'est inadmissible !

— Il faut absolument que nous allions protester auprès du général Léparsky ! renchérit Alexandrine Mouravieff.

Noyée sous ce flot de paroles, Sophie n'arrivait pas à s'indigner encore.

— Combien de temps serons-nous punies ? demanda-t-elle.

Marie Volkonsky la considéra avec étonnement :

— Mais, voyons, un seul jour ! C'est bien suffisant !

— Ah ! j'ai eu peur ! soupira Sophie.

Réduit à ses vraies proportions, l'événement lui parut fâcheux, certes, mais sans gravité pour l'avenir. C'était surtout en pensant à la déception de Nicolas qu'elle s'attristait. Il attendait leurs entrevues avec une telle impatience ! Pour calmer ses interlocutrices, elle dit dans un sourire :

— En protestant trop souvent auprès du général Léparsky, nous risquons de lasser sa bienveillance. Ne devrions-nous pas réserver ce genre de démonstrations pour les cas les plus importants ?

— Le cas présent ne vous paraît pas assez important ? dit Catherine Troubetzkoï en haussant, sur son petit cou, sa face ronde et rose de pivoine. Vous m'étonnez, ma chère ! Pour moi, tout ce qui touche au droit de visite de mon mari est sacré !

— Mais... pour moi aussi, balbutia Sophie.

Elle se sentit coupable de tiédeur parmi ces trois épouses exaltées. On l'observait avec méfiance, avec sévérité. C'était ridicule !

— Bien entendu, reprit-elle, si vous avez décidé de voir Léparsky, j'irai avec vous.

— Nous ne voulons pas vous forcer ! dit Marie Volkonsky en pinçant la bouche.

Sophie jeta une cape sur ses épaules et sortit derrière les autres. De maison en maison, elles battirent le rappel des épouses frustrées. Ce fut à sept qu'elles se présentèrent dans l'antichambre du général. Il les fit attendre trois quarts d'heure, en espérant, peut-être, que ce délai de réflexion calmerait leur ardeur combative, mais, quand la porte du bureau s'ouvrit pour les recevoir, elles s'avancèrent ensemble, d'un air si résolu que l'invalide qui servait de planton se plaqua contre le mur et cligna des yeux, éventé par toutes ces jupes en marche. Stanislas Romanovitch Léparsky se tenait debout derrière sa table de travail. Sanglé dans l'uniforme vert des chasseurs à cheval, dont il avait été jadis le commandant, il bombait le torse sous la bimbeloterie de ses décorations et fronçait les sourcils pour donner de la dureté à son regard. Les rides divisaient son vieux visage, comme de grosses coutures. Sa perruque grise débordait, en casquette, sur son front.

— Veuillez prendre place, Mesdames, dit-il.

Mais il n'y avait que quatre fauteuils. Les dames se livrèrent à un assaut de politesse et finalement, avec mille excuses, les princesses Volkonsky et Troubetzkoï, Mme Mouravieff et Mme Fonvizine consentirent à s'asseoir, les autres restant debout, derrière les dossiers des sièges. Ainsi groupées sur deux rangs, elles semblaient prêtes à chanter en chœur. Ce fut Léparsky, toujours froidement aimable, qui donna le signal en disant :

— Puis-je savoir ce qui me vaut l'honneur de votre visite ?

Un concert de reproches lui répondit. Il eut un mouvement de recul, comme si une hydre à sept têtes lui eût craché le feu au visage. Pourtant, il devait avoir l'habitude : il ne se passait guère de semaine qu'il ne fût pris à partie par les dames. Les expressions de « scandale sans précédent », de « torture morale » et de « plainte en haut lieu » revenaient souvent dans leurs propos. Tout en protestant avec les autres, Sophie admirait que le commandant de Tchita fût si patient. Elle regardait le chapeau en paille jaune à rubans bleus de Catherine Troubetzkoï, assise devant elle, et ne se sentait pas solidaire de ce charivari féminin. Soudain, dominant la voix de ses compagnes, Marie Volkonsky lança :

— Savez-vous ce que vous êtes, Excellence ? Un nouveau Hudson Lowe !

Cette accusation étonna tout le monde, à commencer par celle qui l'avait proférée. Il y eut un long silence, qui parut à Sophie annonciateur d'un orage. Marie Volkonsky était allée trop loin. Tête baissée, le général Léparsky réfléchissait lourdement. Sans doute essayait-il de démêler ce qu'il avait de commun avec le geôlier de Napoléon. Enfin, il releva le front et sa moustache prit un pli moqueur.

— Votre admiration conjugale vous égare, princesse, dit-il. Ce n'est pas une raison parce que vous voyez votre mari en Napoléon pour que vous me voyiez, moi, en Hudson Lowe. Si Hudson Lowe avait été à ma place, il aurait répondu à vos invectives en vous interdisant toute visite à l'empereur... pardon, au prince, pendant six mois ! Vous oubliez trop vite les facilités que je vous donne ! Je m'efforce constamment d'améliorer votre sort ! Je ferme les yeux !

— Vous ne fermez pas les yeux, dit Catherine Troubetzkoï, puisque nous expions aujourd'hui le crime d'avoir parlé, avant-hier, à nos maris, à travers la palissade !

— C'est contraire au règlement !

— Mais nous le faisons chaque jour, depuis des mois !

— Je n'aurais rien dit si le lieutenant Prokazoff ne vous avait pas vues !

— Une véritable brute ! s'écria Sophie. Il a été avec moi d'une grossièreté inqualifiable ! Il m'a menacée de...

— Je sais ! Je sais ! grogna le général Léparsky. Aussi l'ai-je mis aux arrêts. Mais, justement, l'ayant puni pour abus de pouvoir, je suis obligé de vous punir, vous, pour désobéissance !

— Obligé ? Par qui ?

— Comment, par qui ? Mais par... par... par ma conscience de commandant !

Les dames échangèrent des sourires entendus. Il les observa avec tristesse, comme s'il les eût jugées bien cruelles de douter qu'un commandant de bagne pût avoir une conscience.

— Vous ne nous ôterez pas de l'esprit, général, que tout, ici, dépend de votre bon vouloir, dit Sophie.

— Tout, ici comme ailleurs, dépend de Saint-Pétersbourg ! répliqua Léparsky.

— Saint-Pétersbourg est à six mille verstes, protesta Catherine Troubetzkoï. De si loin, on ne voit pas ce qui se passe dans votre circonscription !

— Détrompez-vous, princesse. « Ils » n'ignorent rien de moi, là-bas. Rien ! Je suis espionné !

— Par qui ?

— Quelle naïveté ! Par mes collaborateurs, évidemment ! La délation joue à tous les échelons ! Je dois redouter davantage ceux que je commande que ceux qui me commandent !

Sophie crut d'abord qu'il était en proie au délire de la persécution. Puis elle se dit qu'en effet toute l'administration russe tenait debout grâce à cette crainte qu'avaient les fonctionnaires d'être dénoncés les uns par les autres. La solidité de l'Etat était assurée non par la cohésion de ses serviteurs, mais par leur méfiance réciproque. Ils vivaient, les yeux fixés sur le sommet, dans une inquiétude permanente, comme les habitants d'une vallée observent les nuages qui se forment autour des cimes, pour prévoir le temps.

— Vous n'allez pas prétendre, tout de même, que l'incident d'hier risque d'être rapporté à l'empereur ! dit Alexandrine Mouravieff.

— Si, Madame ! Des messages secrets partent d'ici pour la capitale ! J'en ai la preuve ! Dieu nous préserve d'une commission d'enquête arrivant inopinément à Tchita ! On aura tôt fait de prouver que je me suis montré trop conciliant avec vous, on me mutera dans une autre garnison, et, à ma place, on nommera un général à poigne ! Celui-là, croyez-moi, n'acceptera pas d'écouter le dixième de ce que je viens d'entendre ! Il rétablira la discipline dans toute sa rigueur ! Votre vie deviendra un enfer ! Alors, vous pourrez parler de Hudson Lowe !

Il se tut, hors d'haleine. Le bloc des dames fut ébranlé. Quelques cœurs battirent pour ce général, dont l'aveu de faiblesse était plus désarmant qu'une manifestation d'autorité. Marie Volkonsky réagit contre le charme.

— En somme, dit-elle, vous craignez pour votre carrière ?

— Ma carrière est finie, répondit Léparsky. J'ai soixante-quatorze ans. Les décorations, les distinctions ne m'intéressent plus. Je ne souhaite rien d'autre que le repos éternel !

— Dans ces conditions, vous ne devriez plus vous préoccuper de ce que le tsar ou Benkendorff penseront de vos actes, mais de ce qu'en pensera Dieu.

— Qui vous dit que Dieu n'est pas du côté du tsar et de Benkendorff ?

— Tout ce que nous savons du Christ, général, répliqua Marie Volkonsky.

Et elle se leva, d'un mouvement onduleux. Sa haute taille, son visage basané, son regard noir, tout cela, pensa Sophie, était beau mais peu sympathique. Catherine Troubetzkoï et Alexandrine Mouravieff étaient autrement attachantes par leur douceur et leur discrétion.

— Je vous promets que vous reverrez vos maris normalement, à l'avenir, dit Léparsky. C'est tout !

— Vous pourriez encore rapporter votre décision et nous les faire rencontrer ce soir, avant le couvre-feu, Stanislas Romanovitch, suggéra Mme Fonvizine.

— Non, grommela-t-il. Je ne reviendrai pas sur ce que j'ai dit. La discipline... il faut de la discipline... Même parmi vous, Mesdames !

Il se dirigea en claudiquant vers la porte, sur ses jambes arquées de cavalier. L'audience était terminée. Elle n'avait servi qu'à froisser le général et à convaincre les femmes de leur impuissance. Elles voguèrent avec dignité vers la sortie. Au moment où Sophie allait franchir le seuil, Léparsky la retint :

— Je voudrais vous parler en particulier, Madame.

Elle vit les robes multicolores s'engouffrer en bouquet par la porte, et se retrouva seule avec le général, dans un monde éteint. Il reprit place, avec un soupir, à son bureau, et elle s'assit devant lui dans le fauteuil, tiède encore, qu'avait occupé Catherine Troubetzkoï.

— Vous m'excuserez d'abord avec vous des questions financières, dit-il, mais il se trouve que, par la force des lois, je suis votre banquier !

Sophie sourit et inclina la tête. D'après le règlement, c'était le commandant du bagne qui gardait l'argent des détenus et de leurs épouses. Il ne le délivrait que par petites sommes et sur justification de l'emploi qui en serait fait. Aussi, à côté de ce capital officiel, toutes les femmes avaient-elles quelques milliers de roubles non déclarés, qu'elles cachaient dans leur maison. Sophie, démunie par les dépenses de son voyage et ne recevant aucun secours de Russie, était certainement parmi les plus pauvres. Elle calculait qu'en mettant les choses au mieux elle aurait de quoi vivre pendant six ou sept mois encore... Après, sans doute devrait-elle travailler pour subvenir à ses besoins. Mais quelle occupation trouverait-elle dans ce village perdu, dont les habitants étaient trop misérables pour payer le moindre service ? C'était son grand souci, pour l'avenir. Elle évitait d'en parler à

Nicolas. Le général prit une fiche dans un tiroir, chaussa des lunettes dont un verre était fendu, fronça le nez pour les maintenir en place et dit :
— Savez-vous combien il reste à votre compte ?
— Quatre cent soixante-dix-sept roubles, dit-elle.
— Eh bien ! j'ai l'agréable mission de vous annoncer que je viens de recevoir cinq mille roubles pour vous, par courrier spécial.
Trop étonnée pour se réjouir encore, elle balbutia :
— Vous devez vous tromper, Excellence...
— Nullement.
— Qui aurait envoyé cet argent ?
— Vos parents.
— De France ?
— Pas exactement. Ils ont écrit à votre beau-père et l'ont chargé de...
Elle lui coupa la parole avec fureur :
— Ce n'est pas vrai !
— Comment ? J'ai là une lettre de Michel Borissovitch Ozareff, qui m'explique...
— Il ment !
— Lisez vous-même !
Il lui tendit un pli ouvert. Elle reconnut l'écriture de son beau-père et repoussa le papier.
— Il ment ! reprit-elle. La censure ne laisse passer aucun courrier de Sibérie en France ni de France en Sibérie. Mes parents ne savent donc même pas où je me trouve. Encore moins que je suis à court d'argent !
— Justement ! dit Léparsky. Ne pouvant correspondre directement avec vous, ils se sont adressés à Michel Borissovitch Ozareff pour avoir de vos nouvelles et pour vous faire parvenir tout ce dont vous auriez besoin...
— Et moi, je vous dis que cette somme ne vient pas d'eux mais de lui !
— Quel intérêt aurait-il à se dissimuler derrière vos parents ?
— Il sait que je n'accepterai pas un sou de sa main !
— Pourquoi ?
La colère était en elle comme un tremblement de feuillage. Plus elle essayait de se dominer, plus elle se sentait agitée et faible :
— Parce qu'il a eu, envers mon mari et moi-même, une conduite abominable, impardonnable !...
Léparsky attendit une seconde pour inciter Sophie à préciser ses griefs, puis, comprenant qu'elle n'en dirait pas plus, il murmura :
— Quels que soient les torts de votre beau-père, je n'approuve pas votre attitude. Si j'étais sûr que cet argent était le sien, je vous dirais qu'il se repent, à sa manière, et que vous n'avez pas le droit, en tant que chrétienne, d'empêcher un homme de pratiquer la bienfaisance. Mais, quoi que vous en pensiez, un doute subsiste : il se peut aussi que cet argent soit réellement celui de vos parents. Alors, vous commettriez un crime et une sottise en le repoussant... Dans les deux cas, vous devez accepter.
Elle secoua la tête dans une négation farouche, mais un point de son esprit

avait été touché par le raisonnement. Léparsky le devina et accentua son avantage, la voix plus forte, le regard pesant :

— Avouez-le donc : c'est par fierté que vous vous obstinez encore !

— Peut-être. La fierté, c'est tout ce qui nous reste, à nous autres. Ne nous demandez pas d'y renoncer !

— En parlant ainsi, vous ne songez qu'à vous-même !

— J'ai l'impression, au contraire...

Il l'interrompit :

— Ah ! Madame, comme vous êtes prompte à vous emporter, à vous leurrer ! Vous oubliez que le bien-être de votre mari et de ses camarades dépend de la somme que chacun d'entre eux verse au fonds commun. Ne croyez-vous pas que la situation tragique où vous êtes devrait vous mettre au-dessus de ces petites histoires de famille, qu'à Tchita les préséances, les vanités, les piques d'amour-propre, les rancunes d'autrefois sont balayées, qu'une seule chose importe : l'entraide, par tous les moyens, de ceux que la malchance a réunis en ce lieu ?

Elle reçut la leçon, sans mot dire, avec une sorte de gratitude honteuse, d'abandon chaleureux au-dedans d'elle-même. Un reste d'orgueil l'empêchait de reconnaître que Léparsky avait raison. Habilement, il lui épargna cette peine.

— D'ailleurs, dit-il, je n'ai pas à vous demander votre avis. J'ai encaissé cinq mille roubles pour vous. Libre à vous d'en disposer ou de les laisser dormir à votre compte.

Ce ton d'autorité bourrue la mettait à l'aise. Elle ne voulait pas penser aux conséquences pratiques de l'affaire, mais éprouvait un soulagement profond qui ressemblait à de l'espoir. Pour un peu, elle eût remercié le général, qui l'observait maintenant par-dessus ses lunettes, avec une gentillesse narquoise. Troublée, elle se leva.

— Vous êtes pressée ? dit-il.

— Non.

— Accordez-moi cinq minutes encore. J'ai... pour ainsi dire... un service... ou plutôt un conseil à vous demander...

Elle ne cacha pas sa surprise devant ce personnage omnipotent, qui s'adressait à elle en solliciteur.

— Je ne vois pas en quoi je puis vous être utile, dans ma situation, dit-elle.

— C'est au sujet du prochain mariage d'Annenkoff et de Pauline Guèble. J'ai accepté d'être parrain à la cérémonie nuptiale, selon l'usage orthodoxe...

En fait, tout le monde savait à Tchita que c'était lui qui avait demandé à être parrain, pour manifester sa mansuétude envers les détenus, et qu'Annenkoff n'avait pas osé refuser cette encombrante faveur.

— Je vous félicite, dit Sophie évasivement.

Il toussota, retira ses lunettes et chuchota d'un air contrit :

— Seulement, je suis de confession catholique... Je ne me suis jamais trouvé dans un cas pareil...

— Et vous voudriez savoir en quoi consisteront vos fonctions à l'église ?

— Voilà ! Evidemment, j'aurais pu me renseigner auprès de ces messieurs... Mais, vous l'avouerai-je ? j'ai redouté leur étonnement, leurs sourires... J'ai pensé que vous, en tant que coreligionnaire, vous me comprendriez mieux...

— Rassurez-vous ! dit-elle en riant. Votre rôle sera des plus simples !

Tout en lui expliquant ce qu'il aurait à faire, elle se demanda s'il ne feignait pas l'ignorance pour prolonger leur conversation. Immédiatement, elle se mit sur ses gardes. Si une certaine estime était concevable entre les détenus et leur geôlier, il ne pouvait être question de confiance réciproque. Quoi qu'il fît pour se rendre aimable, cet homme était là, d'abord, pour empêcher d'autres hommes de vivre libres. Quand il essayait de se rapprocher d'eux, sa sympathie se compliquait de curiosité professionnelle. Il ne les entourait de douceur que pour mieux les désarmer. Ces idées traversèrent Sophie à une vitesse prodigieuse et, sans doute, le reflet en passa dans ses yeux. Le général Léparsky lui jeta un regard aigu, parut deviner son sentiment et se rembrunit. Une expression officielle plomba son visage. Il s'inclina devant Sophie.

— Je ne veux plus vous retenir, Madame, dit-il. N'oubliez pas que la poste part après-demain. Si vous avez des lettres à me soumettre...

Elle sortit. Au lieu de se rasseoir, il se mit à déambuler dans la pièce. Il ouvrait les narines et humait un arôme subtil, qui tranchait sur les fortes senteurs de papier moisi, de bottes chaudes et de drap militaire qui étaient habituellement celles de son bureau. Les dames avaient laissé ce souvenir indéfinissable de leur passage, et pourtant aucune d'entre elles, il en était sûr, ne se parfumait. C'était, pensait-il, leur odeur naturelle de personnes bien nées. Il les comparait en esprit et se demandait laquelle avait sa préférence. A elles huit, elles étaient plus remuantes, plus entreprenantes, plus embarrassantes que tous les prisonniers réunis. Il y avait incontestablement chez elles une incapacité congénitale à supporter la discipline. La moindre contrainte les hérissait, aucune concession ne les satisfaisait, elles avaient toujours le mot d'injustice à la bouche. Houspillé par elles, Léparsky passait son temps à essayer de concilier la sévérité du règlement avec son désir de leur être agréable. Il y parvenait souvent, mais nul, semblait-il, ne lui en savait gré. Cette indifférence apparente ne le décourageait pas. Il n'eût pour rien au monde échangé sa situation contre une autre plus reposante.

Quelle étrange fin de carrière ! Polonais, élevé chez les jésuites, il avait gagné ses grades, peu à peu, dans l'armée impériale, pour devenir, après cinquante ans de services, commandant du régiment des chasseurs à cheval de Séversk. Il s'apprêtait à prendre sa retraite, quand le tsar Nicolas Ier l'avait convoqué pour lui proposer ce poste redoutable à Tchita. Deux heures d'entretien, tête à tête, avec le monarque. « Stanislas Romanovitch, vous me devez cette dernière preuve de dévouement ! Oubliez votre âge ! Partez pour la Sibérie ! Et que Dieu vous garde !... » Aujourd'hui encore, Léparsky ne pouvait se rappeler ces paroles sans une vive émotion. L'empereur l'avait embrassé et lui avait offert une tabatière. Du bout des doigts, il la caressa dans sa poche. En arrivant à Tchita, il s'était préparé à une besogne sévère de surveillance et de redressement. Mais, dès les premiers jours, il avait été séduit par ceux qu'il était venu dominer. Rien que des jeunes gens de bonne famille et de haute culture. Dans sa fureur aveugle, le souverain avait privé la Russie de ses meilleurs serviteurs. Toute une élite d'officiers, d'écrivains, d'historiens, de mathématiciens, de marins, de savants, qui auraient dû travailler à la grandeur de l'empire, s'employait maintenant à charrier du sable au fond de la Sibérie. Cependant, telle est la force de l'intelligence que, malgré leur misère, ces hommes avaient su créer à Tchita une petite société qui vivait intensément par l'esprit. Le commerce des idées entre eux était si ardent que chacun avait à cœur d'enseigner son voisin. Léparsky regrettait parfois de ne pouvoir adresser un rapport à Saint-Pétersbourg sur le miracle de ce foyer d'instruction dans le désert. On l'eût accusé de sympathie suspecte envers des criminels d'Etat. En vérité, il les considérait un peu comme ses enfants. Leurs femmes, surtout, éveillaient en lui des sentiments paternels. Lui, qui ne s'était jamais marié, se trouvait nanti, tout à coup, à soixante-quatorze ans, d'une huitaine de filles insupportables. Il les admirait pour leur courage et s'attendrissait sur leur jeunesse. C'était, autour de lui, un tourbillon de robes claires, un concert de voix mélodieuses. On le bousculait, on le vitupérait, on lui souriait, on le boudait et, le lendemain, il découvrait un bouquet de fleurs des champs sur sa table. Qui l'avait apporté ? Un gamin du village, disait le planton. Impossible d'en savoir plus. D'ailleurs, à quoi bon ? Il avait fallu qu'il devînt commandant d'un bagne pour connaître le bonheur de n'être plus seul sur la terre. « C'est ça, la vie de famille ! » se dit-il rêveusement. Un sourire joua sur ses lèvres. Il ouvrit le dossier des lettres écrites par ces dames, dans le courant de la semaine. D'après le règlement, il devait les lire et les viser avant de les confier à la poste. Tout en réprouvant cette besogne d'espion, il goûtait un plaisir inavouable à pénétrer toujours plus avant dans l'intimité des détenus et de leurs épouses.

D'abord, son regard survola toutes ces écritures féminines, élégantes, insolentes, pointues, bouclées... Comme un gourmet, la serviette au cou, hésite entre plusieurs plats, il ne savait par quelle missive commencer. Marie Volkonsky avait un style alerte, qui donnait du piquant aux histoires les plus banales. Pauline Guèble ne manquait pas d'humour. Alexandrine Mouravieff était, peut-être, la plus poétique. Dommage qu'il n'y eût rien de Sophie Ozareff dans le courrier ! Ce serait pour demain, sans doute. Il prit le parti de grappiller au hasard. Sautant de page en page, il apprenait que Catherine Troubetzkoï avait absolument besoin d'un tissu « très souple » pour une chemise de nuit, que Zavalichine avait entrepris de traduire la Bible de l'hébreu en russe, que Mme Fonvizine avait rêvé, deux nuits de suite, d'un chat noir couché dans la neige, ce qui était un mauvais présage, que Iakouchkine avait des aigreurs d'estomac, qu'Odoïevsky s'ennuyait à périr et réclamait des livres, que Pauline Guèble était follement heureuse de se marier et que sa robe, cousue par elle-même, serait magnifique, avec « un corsage plissé, des remplis aux manches et des draperies agrafées en bas »... Du reste, ce n'était pas seulement l'existence des gens de Tchita qu'il découvrait à travers ces confidences de femmes, mais aussi, par le jeu des questions et des réponses, celle des destinataires, qui habitaient Saint-Pétersbourg, Pskov ou Moscou. Ses voyages avaient la rapidité de la pensée. Partout, il était chez lui. Il soulevait les toits des maisons comme des couvercles, faisait connaissance avec des grand-mères, des oncles, des neveux, toute une parentaille compliquée et agissante, se mêlait à des disputes, à des réconciliations, à des projets de mariage, s'initiait aux maladies de l'un, aux soucis financiers de l'autre, et se retrouvait soudain, tout étonné, dans son fauteuil, après avoir vécu cinquante vies en dix minutes. Dès qu'il avait épuisé l'intérêt d'une lettre, il la plaçait à sa gauche. La pile s'élevait. Bientôt, il éprouva de la fatigue. Ce kaléidoscope lui brouillait les yeux. Quelqu'un frappa à la porte. C'était son neveu, Joseph Léparsky, un garçon balourd, maladif et morose, qu'il avait pris comme adjoint, à Tchita.

— Laissez-moi vous aider, mon oncle, dit Joseph Léparsky en s'asseyant au bout de la table.

Et il attira un paquet de lettres pour les examiner. En voyant les deux grosses pattes de son neveu tripoter ces papiers, le général Léparsky se renfrogna. C'était comme si un malappris eût porté la main sur les dames, en sa présence. Il eût voulu être seul à connaître leurs secrets. Pourquoi diable avait-il demandé, autrefois, à Joseph, de l'aider à dépouiller la correspondance ?

— Avez-vous lu celle-ci, d'Alexandrine Mouravieff ? dit Joseph. Elle est charmante !

Que pouvait-il y comprendre ? Alexandrine Mouravieff écrivait en français et il parlait à peine cette langue. Son regard glissait sur le feuillet blanc avec la lenteur visqueuse d'une limace. Il salissait tout.

— Donne ! grommela le général Léparsky. Je finirai moi-même !

— Mais, mon oncle...

— Donne, je te dis !

Il lui arracha le papier des mains. Joseph le regarda avec surprise. Le général Léparsky regretta son mouvement d'humeur, poussa quelques dossiers vers son neveu et le pria d'aller les étudier dans la pièce voisine.

Une heure plus tard, quand le planton entra dans le bureau pour allumer les lampes, il trouva le général assis dans un fauteuil, près de la fenêtre, les lunettes au bout du nez, les lèvres plissées en un vague sourire, une lettre sur les genoux, d'autres sur le tapis.

3

La princesse Troubetzkoï, la princesse Volkonsky et Mme Mouravieff avaient amené chacune de Russie deux servantes. Mais le dévouement de ces filles n'avait pas résisté à l'influence démoralisante du bagne. A voir leurs maîtresses modestement vêtues et logées, et leurs maîtres portant des chaînes comme des malfaiteurs, elles avaient perdu tout respect pour eux. Elles leur répondaient avec insolence, refusaient de travailler et passaient le meilleur de leur temps à rôder, avec des mines aguicheuses, autour du poste de garde. Très vite, elles s'acoquinèrent avec des sous-officiers, ce qui acheva de leur mettre la tête à l'envers. Pour éviter des désordres plus graves, il fallut les renvoyer en Russie. Léparsky signa les papiers nécessaires. Ce fut le cœur gros de mélancolie que les dames assistèrent au départ des soubrettes, qui auraient la chance de revoir bientôt leur pays. Assises, coude à coude, dans le tarantass, elles avaient des airs de morgue sous leurs fichus noués. Elles savaient bien que les plus punies étaient celles qui les congédiaient.

Pour les remplacer, les dames engagèrent des filles de la campagne, ignares et apathiques, qu'elles ne payaient presque pas et qui dormaient dans des soupentes. Si Sophie était relativement bien partagée avec ses logeurs, Zakharytch et Pulchérie, les autres épouses de décembristes devaient se contenter d'un service défectueux. On suppléait à la qualité par la quantité. Chaque barynia régna finalement sur quatre ou cinq fainéantes, aux attributions mal définies. Plutôt que de commander ces incapables, certaines maîtresses de maison préféraient exécuter elles-mêmes les besognes délicates. En vérité, élevées dans le luxe, rares étaient celles qui savaient, en arrivant à Tchita, recoudre un bouton ou cuire un œuf. Sophie elle-même n'était pas toujours à l'aise dans les travaux domestiques. Comme les autres, elle se jeta bravement dans l'aventure, gâcha beaucoup de marchandise, mais acquit, par l'expérience, des rudiments de cuisine, de couture et de rangement. Pauline Guèble, de condition plus modeste, aidait ses compagnes à perfectionner leur éducation ménagère. Une espèce de zèle s'emparait des dames aux mains blanches. Elles se rassemblaient, tantôt chez l'une, tantôt chez l'autre, et, après un repas frugal, se confiaient des recettes succulentes mais irréalisables à Tchita! L'après-midi, lorsque le temps le permettait, elles allaient faire une promenade, en bande, aux environs. Pour tromper la monotonie de cette existence, elles se fixaient un but dans l'avenir. Ainsi, toutes attendaient le mariage de Pauline, comme si leur propre destin dût en être modifié.

Le grand jour arriva enfin. Une foule nombreuse envahit la petite église de bois, aux murs badigeonnés de couleur bleue. Les saints de l'iconostase avaient des faces de paysans. Leurs auréoles s'alignaient, telles des assiettes sur un dressoir. Soudain, l'assistance tressaillit et se tourna d'un même mouvement vers la porte. Un bruit de ferraille traînée se rapprochait du parvis. Sophie se haussa sur la pointe des pieds pour mieux voir. Comme une vague déferle dans une grotte, les forçats se répandirent dans la nef. Tout le bagne avait reçu la permission de venir au mariage. Les hommes, rasés de près et vêtus d'habits propres, affectaient un air de fête, malgré les chaînes qui entravaient leurs chevilles. Certains portaient une fleur à la boutonnière. On notait même quelques cravates blanches, taillées dans des mouchoirs. Des soldats en armes poussèrent la chiourme sur la droite. Sophie aperçut

Nicolas et lui fit signe de la main. Autour d'elle, d'autres épouses de détenus échangeaient avec leurs maris des sourires de pensionnaires. Elles étaient surexcitées par l'importance de l'événement. Les plus belles robes avaient été sorties des coffres. On s'était aidé entre femmes pour échafauder des coiffures de gala. Mme Narychkine avait donné toutes les bougies qu'elle avait en réserve pour éclairer dignement les images saintes. Jamais les paysans de Tchita n'avaient vu pareille illumination dans leur sanctuaire. Un murmure d'admiration salua l'entrée de Pauline au bras de son parrain, le général Léparsky. Trop de gens connaissaient la liaison de la jeune femme avec Annenkoff pour qu'elle pût prétendre se marier en blanc. De taille moyenne, les cheveux châtain clair, l'œil sombre et vif, la gorge opulente, elle arborait une robe lilas tendre aux reflets changeants. Une couronne de fleurs égayait sa coiffure. Elle souriait pour cacher son émotion. Le général s'inquiéta de l'absence du fiancé, qui aurait déjà dû se trouver sur les lieux. Il arriva bientôt, tout essoufflé, entre deux soldats. Lui aussi portait une cravate blanche et des fers aux pieds. Des protestations s'élevèrent parmi les dames :

— On ne peut marier un homme enchaîné !... Ce ne serait pas chrétien !... Stanislas Romanovitch, faites quelque chose !...

Le désarroi se peignit sur les traits du général : une fois de plus, le cœur luttait, en lui, contre la consigne. Les dames, pensait-il, avaient l'art de soulever des débats de conscience au moment où il s'y attendait le moins. N'aurait-il jamais de repos avec elles ? Il soupira de tout le ventre, appela un sous-officier et dit :

— Otez-moi ça !

Le sous-officier détacha une clef de sa ceinture et s'agenouilla devant Annenkoff. Un grincement métallique, et les chaînes tombèrent. Le fiancé releva le bas de son pantalon et se massa les chevilles.

— Et les garçons d'honneur ? dit Marie Volkonsky.

— Oui, oui, ces deux-là aussi ! grogna le général en désignant Pierre Svistounoff et Alexandre Mouravieff, qui se tenaient derrière le couple.

Le prêtre, tout jeune, avec une barbiche d'un blond filasse, paraissait effrayé d'avoir à célébrer un mariage si étrange, devant des gens qui connaissaient les usages de la ville. Recroquevillé dans sa chasuble, il expédiait les prières à mi-voix et lorgnait constamment le général, pour s'assurer que les autorités ne trouvaient rien à redire. Comme il n'y avait pas de chœur, c'était le diacre qui ânonnait seul les chants nuptiaux en balançant un énorme encensoir. A travers ce voile de fumée, Sophie apercevait les têtes inclinées de Pauline et d'Annenkoff, sous les couronnes tenues à bout de bras par les garçons d'honneur. Elle se rappelait son propre mariage, treize ans plus tôt, à Paris. Ce souvenir la laissait bizarrement calme. A croire que son passé ne la concernait plus. Près d'elle, Catherine Troubetzkoï pleurait, Mme Fonvizine se mordait les lèvres. Au moment de l'échange des anneaux, il y eut un instant de confusion. Le port des alliances était interdit au bagne. On avait confisqué celles des hommes mariés dès leur arrivée à Tchita. Allait-on faire une exception pour Annenkoff ? De nouveau, le prêtre regarda du côté de Léparsky, comme pour implorer son conseil. Le général secoua la tête négativement.

— Monstre ! chuchota Marie Volkonsky.

Penché sur les deux jeunes gens, le prêtre leur dit :

— Faites semblant !...

Par trois fois, ils esquissèrent le geste rituel avec la seule alliance de Pauline, que finalement elle garda au doigt. Le prêtre, d'ailleurs, s'adressait à elle en l'appelant Parascève, le prénom de Pauline n'existant pas dans le calendrier orthodoxe. Quand il se fut retiré, après avoir félicité le couple et béni l'assistance, le sous-officier de garde reparut, portant les chaînes dans un sac. Le général se raidit et masqua sa gêne sous une expression autoritaire.

— Dépêche-toi, dit-il.

Dans un silence glacial, le sous-officier remit les fers aux pieds d'Annenkoff et de ses deux garçons d'honneur. Pendant toute cette opération, Léparsky évita de tourner les yeux vers les femmes des décembristes. Il sentait leurs regards appuyés sur lui comme des pointes d'épées. Au moindre mouvement, elles l'eussent transpercé. Sophie se demanda qui, de lui ou des prisonniers, était le plus à plaindre en cette minute. Il s'approcha des jeunes mariés et marmonna :

— Je vous félicite et je souhaite que les douces chaînes du mariage vous fassent oublier celles-ci !

— Mon mari ne pourrait-il passer la soirée avec moi ? demanda Pauline.

Evidemment, par « la soirée » elle entendait « la nuit ». Un sang violet colora les joues de Léparsky.

— Non, Madame, dit-il. Le règlement est le même pour tout le monde. Votre mari doit regagner le bagne immédiatement, avec ses camarades. Vous le verrez le jour de la visite.

Il claqua des talons et s'éloigna, suivi de ses adjoints, entre deux rangées de visages hostiles. Ensuite, commença le défilé des amis. Quand le couple sortit de l'église, une immense ovation éclata. Les forçats secouaient leurs chaînes en cadence. Au milieu de ce ressac métallique, le lieutenant Vatrouchkine hurlait :

— Silence ! Formez les rangs !...

Des soldats séparèrent les jeunes époux. Annenkoff rejoignit les autres prisonniers. Le cercle des dames accueillit Pauline.

— En avant, marche !...

La chiourme s'ébranla en chantant :

> *Au fond des mines sibériennes*
> *Demeurez fiers et patients !...*

Sophie accompagna Nicolas du regard. Il marchait à côté d'Annenkoff. Tous deux se retournaient, par intervalles, et sautaient sur place, la tête dévissée. Pauline souriait, pleurait, agitait la main. Les dames la reconduisirent chez elle. Sa chambre était petite, avec, pour principal mobilier, un lit de sangles et une malle au couvercle bombé. Les visiteuses s'assirent par terre, sur des coussins, autour d'une caisse qui tenait lieu de table. Pauline servit du thé et des gâteaux de sa confection.

Malgré la joie d'avoir enfin épousé le beau, l'inquiétant, le ténébreux Ivan Annenkoff, elle souffrait d'avoir dû se séparer de lui aussitôt après la cérémonie.

— Je n'arrive pas à croire que je suis mariée ! soupirait-elle. Qu'y a-t-il de changé pour moi ?

Pour la distraire, Catherine Troubetzkoï l'interrogea sur les souvenirs qu'elle avait gardés de la France. Pressée de questions affectueuses, Pauline raconta que son père, attaché à la suite du roi Joseph, avait été tué en Espagne, que sa mère, privée de pension par la chute de l'Empire, avait eu beaucoup de peine à élever ses quatre enfants, qu'elle-même, l'aînée, avait travaillé jusqu'à quatorze heures par jour dans des magasins de mode parisiens et que, de guerre lasse, elle avait accepté un emploi bien rétribué dans une boutique française, à Moscou.

— C'est là, conclut-elle en rougissant, que j'ai rencontré Ivan Alexandrovitch Annenkoff. Six mois plus tard, c'était la révolte du 14 décembre. L'aurais-je épousé, s'il n'avait pas été envoyé au bagne ? J'ai l'impression que non. Sa mère se serait opposée à cette mésalliance... Mais vous-même, Catherine Ivanovna, vous avez longtemps vécu à Paris, je crois...

— Oui, dit Catherine Troubetzkoï. Ce furent assurément mes plus belles années...

Et elle se lança dans les confidences. Elle était la fille d'un émigré français, Jean Loubrerie de Laval, et d'une riche héritière russe. La France aristocratique, légère et fastueuse qu'elle décrivait n'avait aucun rapport avec la France besogneuse de Pauline. Ce n'étaient que bals aux Tuileries, réceptions dans les hôtels du faubourg Saint-Germain, promenades en calèche sur les Champs-Elysées, spectacles à l'Opéra, courses à Longchamp, pique-niques dans le parc de Saint-Cloud. Elle parlait à mi-voix, les yeux perdus dans le vide, les coudes appuyés sur la caisse de bois blanc :

— Le prince Troubetzkoï m'accompagnait partout. Je crois bien que c'est dans notre loge, aux Italiens, qu'il me fit sa déclaration...

Sophie se dit que sa France personnelle ne ressemblait ni à celle de la princesse ni à celle de la couturière.

— Au fait, reprit Catherine Troubetzkoï en se tournant vers Sophie, n'est-il pas étrange que je ne vous aie jamais rencontrée à Paris ? Vous rappelez-vous la grande saison de 1820 ? Quel tourbillon !

— J'ai quitté Paris en 1815, aussitôt après mon mariage, dit Sophie.

— Mais nous avons certainement des amis communs : les Gramont, les Custine, les Charlaz, les Maleferre-Jouët...

Sophie inclina la tête : « Oui, oui... » Tous les regards convergeaient sur elle. Sans doute attendait-on qu'elle aussi vidât son cœur ? Brusquement, elle comprit qu'il lui serait impossible d'évoquer sa vie à Paris, sa rencontre avec Nicolas, son mariage, sans en éprouver une tristesse insupportable. Ses nerfs se nouaient, ses muscles se contractaient, une barrière s'opposait en elle au passage des mots. Mme Fonvizine la sauva de son embarras en proposant à Pauline de lui tirer les cartes. Toutes les dames se passionnèrent aussitôt pour ce jeu. On délaissa le passé pour se jeter dans l'avenir. Tandis que Mme Fonvizine, spécialiste des songes à clef, interrogeait, d'un œil tragique, les valets, les dames et les rois étalés sur la caisse, Sophie se renfermait dans un silence de désenchantement. A côté d'elle, on soupirait, on s'exclamait, on riait avec un rien d'angoisse au fond de la gorge. Même celles qui se disaient sceptiques ne laissaient pas d'être impressionnées par l'assurance de la pythonisse. Certaines prédictions sonnaient étrangement dans cette isba sibérienne, à deux pas de la maison des enchaînés :

— Ici, un homme brun, d'un certain âge, très important, qui vous veut du bien... Faites-lui confiance... Réussite en affaires... Réussite en amour... Grands caquets... Tromperies de femmes... Libertinage... Tout cela finira merveilleusement... Trois, quatre, cinq... Un long voyage avec l'être aimé... La fortune... Un enfant...

Pauline, les yeux brillants, la respiration contenue, pouvait voir son bonheur se tricoter comme une dentelle sur un tambour.

Après elle, Catherine Troubetzkoï et Marie Volkonsky s'entendirent promettre des félicités différentes, mais aussi enviables. Quand vint le tour de Sophie, elle déclina l'offre de Mme Fonvizine et voulut prendre congé.

— Vous n'allez pas me laisser déjà ! gémit Pauline. En partant, vous donnerez le signal de la débandade !

Contrairement à ces jeunes épouses impatientes qui s'empressent d'éconduire tout le monde, elle retenait ses invités pour retarder la tristesse d'une nuit de noces solitaire. Sophie resta quelque temps encore, par compassion. Au déclin du soleil, elle se leva de nouveau. Marie Volkonsky et Catherine Troubetzkoï la rattrapèrent dans la rue.

— Cette pauvre Pauline ! murmura Catherine Troubetzkoï.

Elles firent une dizaine de pas sans en dire plus. Puis, Marie Volkonsky se pencha vers Sophie et demanda à mi-voix :

— Avez-vous entendu parler d'un projet de fuite ?

— Non, dit Sophie en pensant à autre chose.

— C'est très sérieux ! Les prisonniers... du moins certains d'entre eux... veulent se révolter, désarmer les gardiens... Votre mari, je vous le signale en passant, est tout à fait acquis à cette idée !...

Sophie écarquilla les yeux, comme éveillée en sursaut, et marmonna :

— Allons donc ! Il me l'aurait dit !

— Ne croyez pas cela. Ils ont tous juré de garder le secret sur l'affaire. Même ceux qui y sont opposés ! Ainsi, le prince Troubetzkoï n'en a pas parlé à Catherine, et c'est par hasard que Serge, hier, à la palissade, a laissé échapper un mot à ce sujet devant moi. Je l'ai pressé de questions. Bien entendu, j'ai dû lui promettre de ne rien répéter à personne !... Ce serait pour le mois de juillet... Voici comment ils comptent s'y prendre...

Le complot se déroula devant Sophie. Mais elle écoutait à peine. Du projet d'évasion, elle retenait surtout que Nicolas ne l'en avait pas avertie. Cette dissimulation, de la part d'un être qui prétendait partager avec elle toutes ses pensées, l'affligeait comme un mensonge. Elle avait beau se dire qu'il était contraint au silence par la parole donnée à ses amis, elle n'en avait pas moins l'impression d'être trompée. Quelle distance soudain entre elle et lui, alors qu'elle le croyait tout proche, fondu dans sa chaleur, incapable de vivre sans qu'elle perçût le contrecoup de ses idées et de ses mouvements !

— En somme, acheva Catherine Troubetzkoï, si tout le monde, hommes et femmes, participe à cet exode, nous serons vite rattrapés, et, si les célibataires seuls s'évadent, nos maris subiront les représailles à leur place !

— Oui, oui, balbutia Sophie. Tout cela est absurde !...

— Je suis contente que vous pensiez comme nous ! dit Marie Volkonsky. A tout prix, il faut dissuader ces messieurs de leur entreprise. Puis-je compter que vous parlerez à Nicolas Mikhaïlovitch dans ce sens ?

— Dès demain, je vous le promets.

— Ne lui révélez pas de qui vous tenez l'information. Les hommes ont une conception si étrange de l'honneur ! Ils préfèrent parfois commettre une sottise plutôt que d'être sages en se parjurant !...

— Expliquez-lui que ce sont des bruits qui courent le village, que vous en avez entendu parler par votre logeuse, suggéra Catherine Troubetzkoï.

— Je m'arrangerai.

Catherine Troubetzkoï lui serra vivement la main :

— Plus que jamais nous devons être unies !

Le soleil couchant allongeait leurs ombres sur le sol. Au loin, la route était rose, entre des prairies vert-de-gris. Les trois jeunes femmes s'arrêtèrent devant la maison de Sophie. Jusqu'au bout, elle fit un effort pour être à la conversation.

Une fois dans sa chambre, elle éprouva une angoisse profonde, comme si un grand événement venait de bouleverser sa vie et qu'elle fût impuissante, non seulement à le surmonter, mais encore à le définir. Elle s'assit devant la fenêtre ouverte et regarda le ciel s'assombrir, les arbres se gonfler de nuit. Ce projet d'évasion lui paraissait plein de risques, et pourtant ce n'était pas uniquement par prudence qu'elle y était hostile. Quelque chose, en elle, s'insurgeait contre le dérangement, contre l'aventure. Etait-ce, de sa part, une crainte nouvelle de vivre, une lassitude physique née de son long voyage pour rejoindre Nicolas ? Elle n'aurait su le dire : elle constatait simplement que l'idée d'un changement l'effrayait, bien qu'elle ne fût pas heureuse de son sort. « Ne pas bouger... Surtout ne pas bouger !... » Une sonnerie de trompettes retentit du côté du bagne. Ces notes aigres parlaient de discipline, de fermeté, de constance. Elle ferma les yeux, bizarrement rassurée.

— Je sais bien que c'est un plan audacieux, dit Nicolas, mais, sois tranquille, nous n'agirons que si toutes les chances sont de notre côté...

Il parlait en français, à voix basse, pour n'être pas compris des deux soldats qui se tenaient en faction derrière la porte de la chambre. Assise au bord du lit, la tête inclinée, les mains croisées sur les genoux, Sophie lui opposait une indifférence qui le navrait plus que ne l'eût fait une franche critique. Jamais il ne l'avait vue à ce point engourdie devant une décision à prendre. Il marcha d'un mur à l'autre, attendit une réplique qui ne vint pas et poursuivit avec véhémence :

— Tu n'as pas le droit de me reprocher ma discrétion : j'avais juré à mes amis de me taire ! Cela compte, entre hommes ! Peu m'importe, d'ailleurs, qui t'a mise au courant ! Je suppose qu'à présent toutes les femmes de prisonniers sont averties ! Ce sont elles qui t'ont monté la tête ?...

— Non, Nicolas, répondit-elle faiblement.

— Et moi, je te dis que si ! Livrée à toi-même, tu aurais réagi autrement ! Tu ne peux pas aimer la liberté et accepter que ton mari reste plus longtemps au bagne. Normalement, avec ton caractère, avec tes convictions, tu devrais m'encourager, me réconforter, me presser, tu devrais tout préparer pour que nous puissions fuir ensemble ! Car tu penses bien que je ne fuirai pas sans toi !...

Il se pencha en avant et posa ses deux mains sur les épaules de Sophie. Elle soutint difficilement ce regard, qui coulait sur elle avec une tendresse inquiète. Au bout d'un moment, il se remit à parler. Elle était obligée de convenir qu'il avait raison. Pour être fidèle à elle-même, il fallait qu'elle l'aidât, par tous les moyens, à reconquérir son indépendance. N'était-ce pas elle, qui, toujours, l'avait poussé à l'action ? Elle voulut lui prouver qu'elle ne cherchait pas à le détourner de son entreprise, mais simplement à prendre toutes les précautions nécessaires pour en assurer le succès.

— Je te comprends très bien, Nicolas, commença-t-elle.

Et, soudain, son esprit s'engagea sur une autre voie. Elle s'entendit murmurer :

— Ne crois-tu pas cependant qu'il vaut mieux mettre ton espoir dans une réduction de peine ?

— Quoi ? s'écria-t-il. Tu t'imagines que l'empereur, pris de remords, va tout à coup nous manifester sa clémence ?

— Pourquoi pas ? Il suffirait d'une occasion... Une grande victoire sur les Turcs, par exemple... Il paraît que les armées russes se couvrent de gloire dans les Balkans !...

— Non, Sophie. Le tsar nous a oubliés en Sibérie. Pour lui, nous sommes morts... ou, du moins, enterrés !

Sophie protesta, avec mauvaise conscience. Elle ne se reconnaissait pas dans cette femme timorée, qui alignait les arguments devant elle comme des dominos :

— Et moi, je suis persuadée que tu te trompes ! Le tsar a probablement été averti de votre bonne conduite. En vous révoltant, vous perdrez à jamais la chance d'être libérés par anticipation...

— Nous nous libérerons par anticipation nous-mêmes ! C'est plus sûr !

— Et où irez-vous ?

— Je te l'ai expliqué : soit à l'est, soit à l'ouest...

— En bandes ?... Avec vos femmes ?... Nous serons immédiatement signalés, cernés !... Si nous pouvions partir à deux !...
— Ce serait plus dangereux encore !
— Il nous faudrait... il nous faudrait... je ne sais pas... un guide...
— Pour dix roubles, ton guide nous livrerait aux cosaques. Non, la meilleure solution, c'est encore de partir tous ensemble.

Sophie n'écouta pas la suite. Un rêve était tombé sur elle comme un filet d'oiseleur : elle regretta que Nikita ne fût pas auprès d'elle pour organiser cette évasion. Il était fort, il savait tuer une bête, construire un abri de branchages, prendre le conseil du vent, discuter avec les moujiks, intimider les malfaiteurs, lire la route dans les étoiles. Brusquement, la perspective de voyager sans ce garçon la désempara. Bien qu'elle fût toujours sans nouvelles de lui, elle espérait que, tôt ou tard, il viendrait à Tchita. Allait-elle, en fuyant, renoncer à cette dernière chance ? « Si nous partons, pensa-t-elle, je ne le reverrai jamais plus. » Une vague de froid lui toucha le cœur. « Ce n'est pas possible !... Pas possible !... » La violence de son trouble l'étonna elle-même. Nikita avait-il pris une telle place dans sa vie ?... Elle maîtrisa son malaise et tâcha de s'intéresser à ce que disait son mari :
— Nous ferons des provisions, nous nous procurerons des boussoles, des cartes...

Ce murmure s'éloigna, se brouilla, inintelligible comme un bruit de source. Des souvenirs remontèrent du fond de sa mémoire ; elle ne sut pas les refouler. Une chemise d'un rose brique déteint, une main brune posée sur la sienne, des cheveux blonds rebroussés par le vent de la steppe, un rire éclatant de jeunesse. Les images étaient si nettes, si gênantes qu'elle eut l'impression de n'être plus seule avec Nicolas. Un tiers assistait à leur entretien. Elle n'avait qu'une crainte : que Nicolas ne devînt trop tendre ! La visite du dimanche durait officiellement deux heures. Il avait déjà perdu plus d'une heure à discuter. Manifestement, il avait hâte de la prendre dans ses bras. Son visage, au-dessus d'elle, exprimait une prière précise.
— Tu verras, dit-il, peu à peu tu te feras à cette idée, ma chérie... De toute façon, ce n'est pas pour demain... Nous aurons l'occasion d'en reparler...
— Non, non ! dit-elle précipitamment. Parlons-en maintenant ! C'est trop important !...
— Mais puisque je te répète que...
— Attends ! Tu m'as dit... tu m'as dit qu'on pourrait aller jusqu'au Pacifique en descendant le fleuve... Mais, pour cela, il faudrait acheter des bateaux, construire des radeaux... Y as-tu pensé ?...

Elle cherchait à gagner du temps. En eut-il conscience ? Il fronça les sourcils.
— Des radeaux, des bateaux, mais oui, dit-il d'une voix rauque. Pourquoi pas ?

Un souffle effleura la tempe de Sophie.
— Et les Bouriates, les Bouriates qui se lanceraient à nos trousses ? dit-elle en détournant légèrement la tête.

Le souffle la suivit dans ce mouvement.

— Les Bouriates, nous en ferons des alliés ! répondit Nicolas.

— Comment cela ?

— En les payant.

— Avec quel argent ?

— Avec celui que nous aurons volé dans la caisse du commandant !

Deux lèvres tièdes glissèrent sur la joue de Sophie et s'appliquèrent à la naissance de son cou. Elle eut un frisson et chuchota :

— Nicolas !... Non... non !... les gardiens !...

Aussitôt, elle se rendit compte que sa protestation était ridicule.

— Eh bien ! dit-il. Quoi ? Ils sont derrière la porte ! Tu sais bien qu'ils n'entreront pas. Je t'en supplie, Sophie !... Sophie !... Je t'aime !...

Il la renversa sur le lit. Dans le rapprochement de la lutte, elle le jugea beau, avec son visage violent et maigre, aux joues cuites de soleil et aux yeux verts que l'impatience rendait méchants. Mais, plus il montrait d'ardeur, plus elle se figeait dans une lucidité déprimante. « Qu'est-ce que j'ai ? pensait-elle avec inquiétude. Cela n'a jamais été ainsi ! » Elle se laissa dévêtir et caresser. Puis, elle lui prit le front dans ses mains. Elle riait, elle l'embrassait, elle s'évertuait à paraître heureuse. Il grimpa sur le lit dans un bruissement de métal. D'habitude, c'était elle qui, par sa tendresse, l'obligeait à oublier ces chaînes, dont il souffrait comme d'une infirmité. Cette fois-ci, le cliquetis des anneaux la surprit désagréablement. Elle avait beau se raisonner, toute la pitié, tout l'amour qu'elle portait dans sa tête ne pouvaient contraindre son corps au désir. Elle perçut, traînant sur ses propres jambes, le poids des fers. Elle aussi était enchaînée. Enchaînée à lui. Pour la vie. « C'est très bien ! Je ne veux rien d'autre ! » Il haletait :

— Ma chérie !... Je te demande pardon !...

Les factionnaires marchaient, parlaient, derrière la porte. Nicolas n'avait pas poussé le verrou : c'était interdit. Simplement, une chaise appuyée contre le battant. Dans dix minutes, ce serait fini. Après, il partirait content. Il se fit plus lourd sur elle, gémit doucement et lui prit la bouche. Un soldat se racla la gorge, cracha. L'autre se mit à rire. Le baiser de Nicolas se prolongeait. Un de ses genoux se glissa entre les jambes de Sophie. « Il faut empêcher cette évasion », songea-t-elle. Et elle ferma les yeux.

4

Figé au garde-à-vous, le courrier de cabinet transpirait à grosses gouttes et dardait sur le mur d'en face un regard dénué de vie. Sa figure ronde était bouillie de chaleur, de fatigue, une épaisse poussière maculait son uniforme jusqu'aux épaulettes. L'urgence de son message était telle qu'il n'avait pas pris la peine de se brosser avant de se présenter à Léparsky. Pour la quatrième fois, le général relut la lettre à en-tête de la 3ᵉ section, et la colère le ressaisit : le comte Benkendorff, chef des gendarmes, lui signifiait qu'à l'issue d'un service religieux célébré à la cathédrale Notre-Dame-de-Kazan pour le succès des armées russes contre les Turcs, l'empereur, dans sa bienveillance infinie, avait décidé d'alléger le sort de certains condamnés politiques. Ordre était donné au commandant du bagne de Tchita d'enlever les fers aux prisonniers qui, selon lui, auraient mérité cette faveur par leur bonne conduite.

— Ils ne savent qu'inventer à Saint-Pétersbourg pour me compliquer l'existence ! maugréa-t-il. Comment vais-je choisir ? Tous se conduisent bien ! Je ne peux quand même pas tirer au sort entre eux !.

Son neveu, Joseph, et son deuxième adjoint, le capitaine Rosenberg, l'écoutaient avec d'autant plus de déférence qu'ils avaient moins d'idées sur la question. « Je ne suis pas secondé ! » songea-t-il. Et il assena un coup de poing sur la table. Joseph tressaillit et son visage mou revêtit une expression importante.

— Qu'en penses-tu ? lui dit Léparsky.

— Il faut réfléchir, mon oncle, marmonna Joseph. Nous finirons bien par aboutir à une solution. Voulez-vous que je prépare une liste ?

— Qui mettras-tu sur cette liste ?

— Eh bien ! par exemple... le prince Troubetzkoï, le prince Volkonsky, le... le prince Obolensky...

— Tu trouves qu'ils se conduisent mieux que les autres ?

— Pas précisément... Mais ce sont de si grands noms !...

— On ne nous demande pas de dresser l'almanach nobiliaire du bagne ! D'ailleurs, Benkendorff se garde bien de me dire combien d'hommes j'ai le droit de libérer des chaînes !

— Un sur deux, cela me paraîtrait équitable, suggéra le capitaine Rosenberg.

— Et pourquoi pas deux sur trois ? Ils sont tous amis, tous égaux, et, brusquement, dans le même pénitencier, certains se promèneront d'un pied leste, pendant que d'autres continueront à traîner leur ferraille !...

Le capitaine Rosenberg reconnut avec empressement que, comme toujours, son chef avait raison. Joseph prit la lettre des mains de son oncle et la relut avec gravité pour se donner une attitude. Quant au courrier de cabinet, après avoir déchaîné l'orage, il planait, l'œil stupide, au-dessus des nuées.

— Allez vous reposer, lui dit Léparsky avec humeur. Et tenez-vous prêt à repartir ce soir.

Le feldjaeger salua, claqua des talons et sortit.

— Auriez-vous pris une décision, mon oncle ? demanda Joseph.

— Non, dit Léparsky. Laisse-moi seul. J'ai besoin de me recueillir.

Cinq minutes plus tard, il se rendait au bagne. Le poste de garde bouillonna à son approche. Une dizaine de soldats, jaillis de leur abri, lui présentèrent les armes en se bousculant. Le lieutenant Prokazoff se dressa devant lui, à l'entrée de la cour, l'uniforme déboutonné et la mine inquiète. Il était rare que le général Léparsky visitât la maison d'arrêt.

— Les prisonniers sont-ils rentrés de corvée ? demanda-t-il.
— Il y a une heure environ, Votre Excellence.
— Que font-ils maintenant ?
— Ils se reposent. Désirez-vous les voir ?
— Oui, mais sans vous !

Plantant là l'officier de garde, Léparsky pénétra d'abord dans la cour, où son apparition suscita un remue-ménage. Il sourit en voyant les hommes mariés s'écarter de la palissade. Pouvait-il leur en vouloir de converser, en cachette, avec leurs femmes ? Un groupe de prisonniers entourait Nicolas Bestoujeff, qui, assis sur un tabouret, un carton en travers des genoux, peignait à l'aquarelle le portrait de Youri Almazoff. Certes, il était interdit, d'après le règlement, d'introduire dans le bagne du papier, des crayons, des plumes, de l'encre et — qui plus est ! — des couleurs. Mais, là encore, Léparsky était d'avis qu'il fallait interpréter les ordres de Saint-Pétersbourg avec intelligence. Y avait-il une distraction plus saine que la peinture ? En s'adonnant à ces travaux, Nicolas Bestoujeff et ses émules — car il en avait déjà — trompaient la monotonie de leur existence et oubliaient la politique qui leur avait fait tant de mal. Le général s'approcha de l'artiste et porta une main recourbée en lorgnette devant son œil droit. Le dessin était rudimentaire, mais ressemblant.

— Du talent ! Beaucoup de talent ! grommela Léparsky.
— Accepteriez-vous de poser pour moi, un de ces jours, Votre Excellence ? dit Nicolas Bestoujeff, le pinceau en suspens.
— Pourquoi pas ? s'exclama le général, ravi.

Et aussitôt, il se demanda ce qu'on penserait de lui à Saint-Pétersbourg en apprenant qu'il se faisait portraiturer par un criminel d'Etat. Il devait constamment se surveiller pour ne pas verser dans une dangereuse indulgence.

Distribuant des regards et des sourires à droite, à gauche, il se dirigea vers l'enclos où les prisonniers cultivaient leurs légumes. Jamais il n'en avait vu de plus beaux chez les paysans de Tchita. Pommes de terre, choux, carottes, tout cela poussait à profusion dans une terre riche. Il y avait même des concombres, denrée presque inconnue en Sibérie avant l'arrivée des décembristes. Au passage du général, des jardiniers aux mains noires et aux visages las se redressaient, et c'étaient des princes, des comtes, d'anciens officiers de la garde. Il les saluait, au milieu de leurs plates-bandes, comme il les eût salués dans les galeries du palais d'Hiver.

A l'intérieur de la maison de force, il trouva, dans des chambrées propres et silencieuses, d'autres forçats écrivant ou lisant. Au début, conformément à la volonté du monarque, Léparsky avait interdit les livres. Mais les femmes s'arrangeaient pour en faire parvenir clandestinement à leurs maris. Averti que de véritables bibliothèques se montaient dans le pénitencier, Léparsky ne s'était pas senti le courage de les détruire. Maintenant, c'était avec son accord que les prisonniers se procuraient les ouvrages dont ils avaient besoin. Chaque colis postal contenait des publications russes ou étrangères. Le général apposait son visa sur la page de titre : « Lu », et il signait. En vérité, pour lire tout ce que recevaient les détenus, il lui aurait fallu savoir, en plus du français et du russe, l'anglais, l'allemand, l'espagnol, l'italien, le grec, le latin, l'hébreu... Aussi, depuis quelque temps, remplaçait-il la formule « Lu » par la formule « Vu », moins compromettante à ses yeux.

Marchant entre les lits, il s'arrêta devant Zavalichine, plongé dans la traduction de la Bible, puis devant Nikita Mouravieff, qui compulsait *les Philippiques* dans le texte ; Bariatinsky alignait des équations, à la craie, sur une ardoise ; Ivacheff trônait au milieu d'une dizaine de bouquins éparpillés sur le sol : *Traité d'archéologie, Dictionnaire classique d'histoire naturelle, Discours sur les révolutions de la surface du globe.* Le mot « révolutions » accrocha le regard de Léparsky. Un instinct de chasseur le fit frémir joyeusement et il saisit le livre. L'avait-il laissé passer par inadvertance ? Son visa figurait en bonne place. Il chercha le nom de l'auteur : Cuvier. Cela ne lui disait rien. Méfiant, il parcourut quelques pages. Fausse alerte ! Les révolutions en cause étaient tout à fait licites : il s'agissait de sciences naturelles. Ivacheff observait le général avec ironie. Léparsky lui rendit le volume et s'éloigna, avec un rire silencieux. En passant d'une salle à l'autre, il se heurta au Dr Wolff, qui allumait sa pipe. Derrière lui, se tenait le prince Odoïevsky, pâle, les traits tirés, un gros pansement autour de la main. Léparsky les questionna négligemment :

— Rien de grave ?

— Non, dit le Dr Wolff. Il avait un panaris. Je viens de l'inciser.

— Ah ! très bien, très bien, marmonna Léparsky.

Puis, se reprenant, il remarqua :

— Vous savez qu'en principe vous ne devriez pas...

— Je le sais, dit le Dr Wolff d'un ton bref, mais c'était urgent.

Le général songea que les forçats avaient de la chance de compter parmi eux cet homme remarquable, autrefois médecin-chef de l'état-major et médecin privé du généralissime comte Wittgenstein. Condamné à quinze ans de travaux forcés pour sa participation au mouvement de Pestel, il n'avait plus officiellement le droit d'exercer, mais soignait ses camarades avec l'approbation tacite des gardiens. Même le Dr Joutchkoff, médecin administratif de Tchita — un incapable et un paresseux —, se réjouissait d'être déchargé d'une partie de ses responsabilités par ce brillant confrère. On racontait qu'il avait étudié en Allemagne, qu'il était l'ami de Schelling et qu'il possédait des remèdes contre toutes les maladies réputées incurables. Léparsky l'accompagna jusqu'au réduit où il avait installé sa pharmacie. Le Dr Wolff faisait venir ses médicaments d'Irkoutsk, de Saint-Pétersbourg, de Moscou. Un alignement de bocaux, pleins de poudres et de liquides multicolores. Partout, des étiquettes rédigées en latin. Le général s'émerveilla, demanda des explications techniques, puis se rappela, une fois de plus, que tout cela était contraire aux instructions gouvernementales et dit :

— Soyez tranquille, je n'ai rien vu !

— Je vous remercie, Votre Excellence, dit le Dr Wolff en inclinant sa haute taille.

Son visage maigre, coincé entre d'épais favoris bruns, avait une expression naturellement sévère. Une calotte de velours noir lui coiffait le crâne. Il détacha son tablier et apparut vêtu d'une redingote élimée, une cravate large, à double coque, bouffant sous le menton.

— Tu prendras ça dans un peu d'eau, dit-il en remettant au prince Odoïevsky un sachet de papier.

Après le départ d'Odoïevsky, le général, qui souffrait de palpitations, fut tenté de consulter le Dr Wolff, puis y renonça tristement. En tant que représentant de la loi, il pouvait tolérer qu'elle fût tournée par d'autres, mais n'avait pas le droit de l'enfreindre lui-même.

— Quel est l'état sanitaire de la maison ? demanda-t-il.

(Il disait volontiers maison pour prison.)

— Tout à fait correct, Votre Excellence, répondit le Dr Wolff en reconduisant Léparsky jusqu'à la porte. Mais nous allons bientôt manquer de certains produits. Il faudrait que vous les commandiez à l'apothicaire d'Irkoutsk. Je vous remettrai une liste...

Il traînait ses fers en marchant et ce cliquetis obsédait le général. Jamais il n'y avait prêté une attention aussi douloureuse. En se retrouvant dans la cour, il ne regarda plus les visages des forçats, mais leurs pieds. Des chaînes, des chaînes, des chaînes !... A qui les enlever, à qui les laisser ?... Il aurait voulu saisir Benkendorff par le bras, l'amener ici de force, l'obliger à choisir lui-même. « C'est étrange, se dit-il, je suis fier de mes prisonniers ! » Au lieu de préparer sa décision, cette promenade à travers le bagne l'avait rendue plus difficile.

— Ne vous dérangez pas ! grommelait-il en passant entre les groupes.

Il se pencha sur Nicolas et sur Iakoubovitch, qui jouaient aux échecs, assis par terre, près de la palissade.

— Avez-vous des nouvelles du front, Votre Excellence ? demanda Nicolas en se levant.

D'autres forçats se rapprochèrent. La plupart étaient d'anciens officiers et comptaient des camarades dans les régiments qui combattaient contre les Turcs. Exclus de cette guerre, ils ne pouvaient s'empêcher de rêver à l'avancement, aux décorations, à la gloire qu'ils y eussent gagnés, et que d'autres récoltaient à leur place. Léparsky les déçut en leur disant que l'ennemi, d'abord ébranlé, paraissait maintenant opposer une résistance accrue et que les troupes russes souffraient du climat malsain. « S'ils se doutaient que j'ai reçu l'ordre de déchaîner certains d'entre eux ! » pensa-t-il.

Soudain, sa résolution fut prise. Rompant la conversation, il se précipita, à petits pas courts et pesants, vers le portail. Il ne voyait plus rien, il n'entendait plus rien, il écrivait, dans sa tête, à Benkendorff. Quand il arriva dans son bureau, la lettre était finie. Il n'eut plus qu'à la coucher sur le papier. Débarrassée des formules de politesse, elle se ramenait à ceci : « Tous les prisonniers méritent également la faveur impériale. Il faut donc, pour être juste, n'en déchaîner aucun ou les déchaîner tous. Que Sa Majesté décide ce qu'Elle préfère ; pour ma part, la seconde solution me semble seule conforme à l'intention de clémence manifestée par Notre Souverain. »

Content de lui, il appela ses adjoints et leur lut son texte d'une voix enflée par l'émotion. Ils en demeurèrent pantois.

— N'est-ce pas un peu vif ? demanda Joseph. Vous paraissez donner une leçon au tsar...

— On verra bien ! dit Léparsky. Prévenez le feldjaeger !

Toutefois, au moment d'apposer son cachet sur le pli, une crainte le traversa. Joseph avait peut-être raison. Ce n'était pas à un misérable commandant de bagne de discuter les décisions impériales. Trop tard. Le courrier de cabinet était déjà devant lui, épousseté, reposé, le petit doigt sur la couture du pantalon. Léparsky lui tendit la lettre.

— Battez-moi, Votre Excellence, je continuerai à crier que c'est la vérité ! gémit le vieux Vassiouk en tombant à genoux. Quand j'ai su que mon gredin de fils voulait les aider pour de l'argent, je ne lui ai rien dit, je suis tout de suite venu vous voir ! C'est le devoir d'un père d'empêcher la jeunesse de commettre des sottises !...

Léparsky s'assit lourdement derrière son bureau et s'épongea le visage avec un mouchoir. Les révélations de Vassiouk ne le prenaient pas au dépourvu. La veille, le lieutenant Vatrouchkine lui avait rapporté qu'à la Tombe du Diable, pendant la pause, il avait entendu quelques prisonniers s'entretenir à voix basse d'un projet d'évasion.

— Avec qui ton fils était-il en relation ? demanda-t-il.

La figure de Vassiouk se plissa dans un effort de mémoire. Le rouge de sa peau et le blanc de ses crins transparaissaient sous une pellicule de suie. Il habitait dans une cabane, aux abords de Tchita, et, comme tous les paysans de la région, travaillait à fabriquer du charbon de bois pour les usines de Nertchinsk.

— Les noms, je ne m'en souviens pas bien, dit-il. D'après mon fils, ce sont tous les prisonniers qui vont se soulever, ficeler les soldats comme des saucissons et s'enfuir... Pour cela, ils lui ont demandé de leur procurer des haches, des cordes, de la poudre, du plomb, du thé de brique... est-ce que je sais ?... Il travaille près d'eux, à la Tombe du Diable... C'est commode !... Il a promis, l'imbécile !... Il a vingt ans !... Voilà son excuse !...

— Retourne chez toi et ne dis surtout pas à ton fils que tu m'as parlé !

— Je le jure, Votre Excellence ! Et s'il commence à préparer tout le matériel, s'il le cache chez nous ?

— Laisse-le faire.

— Nous n'aurons pas d'ennuis ?

— Non.

Le vieux Vassiouk se releva en grimaçant et en geignant :

— On ne devrait jamais avoir affaire avec des forçats ! Messieurs ou non, ce n'est pas pour rien qu'ils sont dans les chaînes !

Cette phrase toucha Léparsky à un point sensible. Incapable de prononcer un mot, il fit signe à Vassiouk de se retirer. Lorsqu'il vit le paysan à deux pas de la porte, il se ressaisit :

— Préviens-moi s'il y a du nouveau !

Resté seul, il mesura la complexité de la situation. Deux semaines déjà qu'il avait renvoyé le fedljaeger à Saint-Pétersbourg avec une lettre sollicitant l'autorisation d'ôter les chaînes à tous les décembristes ! S'il demandait maintenant l'annulation de cette faveur, le gouvernement serait en droit de supposer qu'un événement grave l'avait fait changer d'avis. Or, cette menace d'évasion n'était peut-être fondée que sur des racontars ! Tous les prisonniers, dans toutes les prisons du monde, rêvaient, plus ou moins, de s'enfuir. Il y avait loin de ces projets à la réalité. Devait-il, lui, le commandant du bagne de Tchita, tirer prétexte de quelques dénonciations incontrôlables pour priver ces hommes d'élite d'un bienfait que l'empereur était prêt à leur consentir ? Son sens de l'honneur lui interdisait une pareille manœuvre. Mais, d'un autre côté, il était pénétré d'épouvante en songeant à ce qui se passerait si, à peine déchaînés par ses soins, les forçats prenaient la fuite. L'enquête ne manquerait pas de révéler qu'il avait été averti de leurs intentions. Comment expliquerait-il à Benkendorff que, malgré ses soupçons, il leur avait retiré les fers ? Ne l'accuserait-on pas d'avoir voulu faciliter leur départ ? Cinquante ans de loyaux services pour en arriver là !... La vénération de Léparsky pour le tsar était un mélange d'admiration et de terreur. Bien que polonais d'origine et catholique de confession, il avait acquis, sous l'uniforme russe, la notion quasi religieuse du pouvoir absolu. Déplaire au souverain, c'était tomber dans un abîme de froid, d'obscurité et de désespoir. Et les décembristes supportaient de vivre loin de ce soleil !... Tout en les estimant, tout en considérant que leur châtiment était trop sévère, Léparsky ne les suivait pas sur le terrain politique. Leur révolte contre l'ordre établi dépassait son entendement. « Des fous ! Des gamins ! » Il fut saisi, à leur égard, d'un véritable dépit amoureux. Il leur en voulait de la confiance qu'il leur avait indûment accordée. « Ils m'ont charmé, berné !... Je ne savais qu'inventer pour leur être agréable, à eux et à leurs épouses, et, pendant ce temps-là, ils se préparaient à me fausser compagnie ! Y en a-t-il un seul parmi eux qui se soit demandé ce qu'il adviendrait de moi après leur escapade, si je ne serais pas traduit en justice, dégradé, enfermé dans une forteresse ? Non, bien sûr ! Ils ne pensent qu'à eux dans cette affaire ! J'aurais bien tort de me gêner ! » La tête enflammée, il tailla sa plume, prépara une grande feuille de papier et chercha la première phrase d'une lettre à Benkendorff. En quelques mots, il pouvait se mettre à l'abri des reproches. A son âge, on avait droit au repos dans la dignité.

« J'ai l'honneur de porter à votre connaissance qu'en raison de certains faits survenus après l'expédition de mon dernier rapport, il me paraît préférable de laisser les criminels d'Etat enchaînés jusqu'à nouvel ordre... »

Il relut sa lettre, la trouva maladroite et la déchira. En écrire une autre ? A quoi bon ? Il savait déjà qu'il n'aurait pas la force de dénoncer ces hommes, qui, peut-être, s'apprêtaient à lui jouer le plus méchant tour de sa carrière. Etait-ce la vieillesse qui le rendait à ce point exorable ? Il était pris dans un enchaînement de circonstances, qui le contraignaient à aller là où il ne voulait pas. Ses tempes étaient serrées, sa langue sèche. Il agita la sonnette et se fit apporter une carafe d'eau et un verre, par le planton. La première gorgée, au lieu de le rafraîchir, accrut son malaise. « Cette histoire m'a donné la fièvre, pensa-t-il. Je n'ai plus les moyens physiques de m'énerver ainsi. Et je ne sais toujours pas ce que je vais faire ! » Il retira sa perruque qui lui tenait chaud, s'éventa avec elle, la remit, ouvrit la fenêtre.

Dans le jardin, deux anciens condamnés de droit commun balayaient l'allée centrale. Subitement, Léparsky se sentit soulagé. En déchaînant les prisonniers, ne leur ôterait-il pas le désir de s'enfuir ? Cette idée lui parut d'abord saugrenue, puis l'enchanta. L'annonce de la première faveur impériale devait logiquement inciter les détenus à rester sur place dans l'espoir d'une prochaine libération... Oui, oui ! Garder le secret sur toute cette affaire. Attendre la réponse de Benkendorff. Renforcer la surveillance...

Heureux de sa décision, il se dirigea vers la porte pour donner des ordres. Mais une ligne noire se leva devant lui, comme s'il eût marché sur les dents d'un râteau. Le plancher ondulait, basculait, tout se brouillait dans son cerveau, l'empereur, les décembristes, les chaînes, les épaulettes. Il s'effondra dans un fauteuil, inclina la tête sur la poitrine et devint étranger au mouvement de la vie.

*
* *

Quand il reprit connaissance, il était couché dans son lit et deux infirmières moustachues, penchées sur lui, l'éventaient de leur haleine vineuse : Joseph et Rosenberg. Quelle punition !

— Ce n'est rien, mon oncle, chuchota Joseph. Un malaise...

— Nous avons prévenu le Dr Joutchkoff, précisa Rosenberg. Il ne va pas tarder.

Léparsky rassembla ses forces, émergea des nuages et dit :

— Je ne veux pas de votre Joutchkoff. C'est un âne !

— Préférez-vous que j'envoie chercher un médecin à Irkoutsk ?

— Huit cent soixante-dix-sept verstes pour l'aller, autant pour le retour. Quand il arrivera, je serai guéri ou enterré ! Non ! Appelez Wolff ! Tout de suite !

Epuisé par cet effort de paroles, il referma les paupières et coula à pic dans les ténèbres. Des siècles passèrent sur lui. Puis, un cliquetis désagréable frappa son oreille. Encore un cauchemar. Ce bruit de chaînes le poursuivrait donc partout ! Il rouvrit les yeux et vit, à son chevet, un homme sec, aux prunelles sombres et attentives, aux favoris bruns ébouriffés : le Dr Wolff. Un soupir de joie souleva la poitrine de Léparsky.

— Ah ! vous voilà, balbutia-t-il. Merci d'être venu.

— C'est moi qui vous remercie de m'avoir honoré de votre confiance, dit le Dr Wolff. Cependant, il me sera impossible de vous soigner.

— Pourquoi ?

— Le règlement...
— Vous soignez bien vos camarades !
— Ils sont, aux yeux du pouvoir central, des personnages moins importants que vous. S'il vous arrive malheur, je serai poursuivi pour exercice illégal de la médecine !

Léparsky, d'abord consterné, se ragaillardit tout à coup et murmura :
— Il y a un moyen... Supposez que le Dr Joutchkoff contresigne vos ordonnances...
— Dans ce cas, évidemment !... dit le Dr Wolff. Mais il ne voudra jamais !
— Et moi, je vous parie que si ! Rosenberg, vite... allez lui expliquer...

Rosenberg se précipita dehors et revint bientôt en apportant l'accord du médecin administratif. Alors, le Dr Wolff commença son examen. Il avait des gestes lents, un air réfléchi, une voix grave et douce. Oubliant que l'homme dont les mains couraient sur sa peau nue était un forçat, Léparsky n'avait honte ni de son gros ventre, ni de ses bras grêles, ni de ses jambes aux veines bleues, boursouflées par endroits. « Est-ce que lui aussi a décidé de fuir ? pensa-t-il avec tristesse. Peut-il vouloir sincèrement me guérir, tout en méditant une évasion qui aurait pour moi les plus fâcheuses conséquences ? N'ai-je pas un seul ami parmi tous ces gens ? » Absorbé par ses réflexions, il perdit de vue qu'il était malade. Le Dr Wolff le rappela à la réalité en lui parlant de son cœur. Un cœur mou et capricieux, sujet à des spasmes, à des arrêts imprévisibles, comme celui qui l'avait terrassé ce matin. Mais il n'y avait pas lieu de s'alarmer outre mesure. Dix jours de repos absolu. Des gouttes calmantes, au réveil et à chaque repas. Un régime strict, aucun excitant, pas d'alcool. Et, à l'avenir, une vie régulière, exempte de soucis.

— C'est impossible ! Impossible ! répétait Léparsky. Dans ma situation !... Avec tout ce que j'ai à faire !...
— Eh bien ! dit le Dr Wolff avec bonhomie, efforcez-vous de croire justement qu'on n'a pas besoin de vous, que les prisonniers sont assez grands pour se surveiller eux-mêmes...

Léparsky lui lança un regard en vrille. N'y avait-il pas quelque machiavélisme dans ces propos apaisants ? « Endormons la méfiance du vieux pour prendre le large !... »

Jusqu'à la fin de la visite, Léparsky demeura sur le qui-vive, partagé entre la sympathie et l'inquiétude.

Les jours suivants, tout changea et il accueillit son médecin comme un ami impatiemment attendu. Leurs conversations le subjuguaient. Nourri de lectures scientifiques et philosophiques, le Dr Wolff affectait un scepticisme dédaigneux, mais, tout en prétendant que la vie n'avait pas de sens et que l'homme était incapable d'une action désintéressée, il se dévouait sans compter, tombait en rêverie devant une fleur, un insecte, et ne pouvait parler de liberté, d'égalité, de justice qu'avec un tremblement passionné dans la voix. Sous son autorité, le général se révéla un patient exemplaire. Il avalait ses médicaments, gardait sagement le lit et se réjouissait du retour progressif de son appétit et de sa vigueur. Ce qui l'aida également à se rétablir, ce fut d'apprendre que, chaque matin, les épouses des prisonniers venaient prendre de ses nouvelles. Il était si ému de leur sollicitude qu'il en oubliait, parfois, le projet d'évasion.

Le jour où le Dr Wolff l'autorisa à se lever, il consacra beaucoup de soins à sa toilette, revêtit son plus bel uniforme et sortit de sa chambre, pâle, faible et radieux, accompagné de Joseph et de Rosenberg, qui marchaient derrière lui, les bras étendus, comme les adorateurs d'une divinité chancelante. Dans le vestibule, où se tenait d'habitude le planton, il eut la surprise de rencontrer Sophie Ozareff.

— J'attendais le capitaine Rosenberg pour lui confier quelques lettres, dit-elle.

— Eh bien! c'est moi qui aurai l'honneur de les recevoir de vos mains! dit-il avantageusement.

— N'est-ce pas un peu trop tôt pour reprendre votre travail, mon oncle? demanda Joseph.

Léparsky haussa les épaules sans répondre, ouvrit la porte de son bureau et invita Sophie à y pénétrer.

— Je ne voudrais pas vous déranger, dit-elle en s'asseyant dans le fauteuil qu'il lui désignait.

En réalité, elle était ravie d'avoir eu l'occasion d'approcher le général. Depuis des semaines, une idée la poursuivait : tant que l'évasion n'aurait pas eu lieu, il lui resterait une chance de faire venir Nikita. Les événements la poussaient au pied du mur. C'était maintenant ou jamais qu'elle devait tenter une démarche. Jouer le tout pour le tout, afin de sauver Nicolas et se sauver elle-même. Elle était persuadée que Nikita pourrait arriver à temps pour fuir avec eux. Tandis que ce plan audacieux se déroulait dans sa tête, elle interrogeait Léparsky sur sa maladie, lui vantait les mérites du Dr Wolff, le priait de se ménager à l'avenir. Les yeux mi-clos, il était un matou buvant du lait. « Comme il est seul! » pensa-t-elle. Et, soudain, elle murmura :

— Oserai-je vous demander un service, Excellence?

Sa propre témérité l'effraya. Jamais elle n'avait eu conscience d'engager une mise si forte sur une si faible carte.

— Mais volontiers, dit-il. S'il est en mon pouvoir de vous aider...

— Il s'agit d'un serf qui m'a accompagnée dans mon voyage et que j'ai dû laisser à Irkoutsk, l'année dernière, parce que le gouverneur Zeidler lui refusait son visa. Je suis sans nouvelles de lui, depuis ce temps. Et j'aurais grand besoin de ses services à Tchita...

Elle s'arrêta, le cœur désordonné, comme si ces paroles, prononcées d'une voix égale, eussent révélé le fond de son tourment. Un sourire de commande restait épinglé sur son visage, cependant qu'en elle la honte, l'espoir, la crainte se combattaient.

— Eh bien! mais ce cas me semble tout simple! dit Léparsky. Je suis en excellents termes avec Zeidler. Si votre gaillard n'a rien à se reprocher, j'obtiendrai qu'il soit envoyé ici.

La joie frappa Sophie et se répandit dans son corps comme une coulée de chaleur. Elle n'en laissa rien paraître et dit d'un ton détaché :

— Vous croyez vraiment que ce sera possible?

— J'en suis sûr !
— Je vous remercie, Excellence.
Sur ce mot, la respiration lui manqua.
— Je vais vous donner quelques renseignements sur lui, reprit-elle. Il se nomme Nikita, il a vingt-cinq ans...
Elle rayonnait. Léparsky notait toutes les indications nécessaires sous sa dictée. Subitement, il demanda :
— Pourquoi diable ne m'avez-vous pas parlé plus tôt de cette affaire ?
— Je n'y avais pas pensé, dit-elle évasivement.
Et elle poursuivit :
— Cheveux blonds, yeux bleus, religion orthodoxe...

5

Comme chaque soir, à la fin du repas, les partisans et les adversaires de l'évasion s'affrontaient dans un vacarme de chaînes, de vaisselle et de voix éraillées. Couvrant difficilement le tumulte, Odoïevsky vociférait en français :
— Messieurs, Messieurs, je voudrais vous dire... Il faut que vous sachiez... Nous avons déjà pris des mesures pour assurer le succès de notre entreprise... Grâce à la collaboration de quelques paysans de la région, nous allons pouvoir constituer des réserves de vivres et de matériel...
— Avec quoi les payerez-vous ? cria Narychkine.
— Avec l'argent de l'*artel*.
— Cet argent appartient à la communauté !
— La communauté nous déléguera, par un vote, l'autorisation d'en disposer ! dit Nicolas.
— Vous n'aurez pas la majorité, rétorqua Nikita Mouravieff.
— Si !
— Non !
A ce moment, Avramoff, l'homme de jour, qui faisait le guet à la porte, siffla dans ses doigts. Tous se turent instantanément, comme une nichée d'oiseaux chamailleurs abasourdis par un coup de feu. Au milieu du silence, Avramoff chuchota :
— Une inspection !... Le vieux en personne !...
Les hommes échangèrent des regards inquiets. C'était la première fois que Léparsky leur rendait visite à une heure si tardive. Deux minutes plus tard, le lieutenant Prokazoff pénétra, tel un forcené, dans la salle, et aboya :
— A vos rangs, fixe !
Les prisonniers avaient décidé de ne jamais obéir à cet ordre, mais simplement de se lever, par déférence.
— Serrez-vous ! reprit Prokazoff. Rassemblement général ! Il faut que tout le monde tienne là-dedans !

En effet, les camarades de « Moscou », de « Vologda », de « Pskov » accoururent bientôt et se répandirent avec un cliquetis confus dans la chambrée. On se bousculait le long de la table et entre les lits, en marmonnant :
— Qu'est-ce qui se passe ?
— Il paraît qu'un feldjaeger est arrivé à six heures de Saint-Pétersbourg...
— Sûrement, il vient chercher quelqu'un...
— Ne serait-ce pas plutôt une perquisition ?...
— De toute façon, ça sent le brûlé, mes amis !...
— Silence ! rugit Prokazoff.

Et il se raidit, foudroyé de respect, l'œil rond, la respiration avalée. Le général Léparsky entra, suivi de son neveu et de Rosenberg. Il était en grand uniforme, avec toutes ses décorations. Un cordon lui barrait la poitrine, l'écharpe de parade lui ceignait le ventre. Son visage flasque avait une expression de tendresse et de solennité. Il tendit son chapeau à Joseph, toussota et dit :

— Je vous ai réunis ici pour vous annoncer une importante nouvelle. Un courrier ministériel vient d'arriver de Saint-Pétersbourg porteur d'un ordre du tsar. Prenant en considération le rapport que je lui ai adressé le mois dernier, Sa Majesté m'autorise à vous retirer, à tous — je dis bien à tous ! —, les chaînes qui vous lient. Cette grâce impériale sera bientôt suivie, n'en doutez pas, d'autres mesures plus appréciables encore. Je vous félicite, Messieurs !

Un silence accueillit ces paroles. Il fallut une seconde à Nicolas pour éprouver, dans tout son être, le jaillissement impétueux de la joie. Autour de lui, ses camarades se regardaient, bouleversés, stupéfaits, immobiles. Léparsky, lui aussi, dominait mal son émotion. On eût dit qu'il était le principal bénéficiaire de cette faveur. Ses joues tremblaient, ses yeux s'emplissaient de larmes. Il fit un signe de la main. Trois sous-officiers se rangèrent devant lui, au garde-à-vous.

— Enlevez immédiatement les chaînes, dit-il. Comptez-les et remettez-les, contre reçu, au bureau du matériel.

Youri Almazoff poussa Nicolas du coude :
— Pince-moi ! Je rêve !...
— Il faudrait remercier le général ! dit Annenkoff.
— Pourquoi ? répliqua Nicolas. On ne nous fait pas un cadeau. On nous rend justice, c'est tout !

Mais il avait une folle envie de serrer la main de Léparsky. Déjà, les sous-officiers, armés de clefs, passaient d'un prisonnier à l'autre. Les chaînes tombaient dans un léger tintement. Nicolas ramassa les siennes, les soupesa, les examina avec une attention amicale, comme si elles eussent été une partie de lui-même. Puis, il bougea ses pieds, se balança sur ses jambes et s'étonna de l'aisance de ses mouvements. Le besoin de courir, de sauter, de danser tiraillait ses muscles. Il tourna la tête vers la fenêtre. Son regard se heurta aux barreaux. Quand tous les hommes furent déchaînés, des voix discordantes hurlèrent :

— Merci, Votre Excellence !... Merci, Stanislas Romanovitch !... Merci !... Hourra !...

Bousculé, congratulé, embrassé, Léparsky se défendait en riant contre la cohue. Sa tête sautait comme un bouchon sur les flots. Nicolas, qui se tenait à l'écart du mouvement, entendait, par bribes, les recommandations du général :

— Messieurs, je compte sur vous à l'avenir... La caution morale que j'ai donnée pour vous aux autorités... C'est en continuant à vous montrer dignes de la confiance impériale que vous obtiendrez...

Lorsqu'il fut parti, les hommes enlevèrent la vaisselle, démontèrent la table et s'allongèrent sur leurs lits. Une même pensée obsédait tout le monde. Nicolas croisait ses chevilles l'une sur l'autre et s'amusait de leur nudité. A l'endroit des anneaux, sa chair était rose, grenue. Une petite douleur subsistait, dans la profondeur de l'os. Bientôt, ce souvenir même s'effacerait. Des minutes passèrent, chargées d'une inexplicable mélancolie. Les oreilles de Nicolas, formées au tintement des chaînes, souffraient de ce silence inhabituel. Naguère, il fallait crier pour être entendu de son voisin de lit. Cette fois-ci, quand Youri Almazoff et Rosen se mirent à chuchoter, en rapprochant leurs têtes, Nicolas eut l'impression qu'ils parlaient trop fort.

— Bien sûr, je suis content de n'avoir plus d'entraves aux pieds, disait le géant Rosen, mais ne soyons pas ingrats : elles sonnaient bien, nos chaînes, quand nous marchions, quand nous chantions en mesure !...

— Tu les regrettes donc ? demanda Youri Almazoff.

— Un peu... Au fond, j'en étais assez fier !... Maintenant, nous sommes libres sans l'être !...

Ils se turent. De nouveau, le silence pesa douloureusement.

— Je vais me faire rendre mes chaînes et j'en forgerai des anneaux-souvenirs, dit Nicolas Bestoujeff. Avis aux amateurs !

— Bravo ! J'en retiens un ! glapit Odoïevsky.

D'autres voix reprirent :

— Et moi ! Et moi !

La chambrée s'animait. Nikita Mouravieff coupa court aux bavardages en disant :

— Il y a, Messieurs, des décisions plus sérieuses à prendre. Je ne sais ce que vous pensez de la faveur dont nous venons d'être l'objet. Mais, pour ma part, j'estime qu'il serait absurde, désormais, de chercher à fuir.

— Pourquoi ? s'écria Nicolas. Au contraire ! Tout devient plus facile !...

— A quoi bon risquer d'être rattrapés et tués, alors que le tsar s'apprête à nous offrir bientôt la liberté ?

— Qu'en savez-vous ?

— Léparsky nous a laissé entendre qu'en nous ôtant nos chaînes Nicolas Ier entrait dans la voie de l'indulgence.

— Si vous croyez ce que dit Léparsky !...

— C'est un honnête homme ! remarqua Annenkoff.

— C'est le commandant du bagne, répliqua Nicolas. D'ailleurs, même si le tsar nous fait cadeau de deux ou trois ans, la note à payer restera longue !

— Elle est plus longue pour moi que pour vous, dit Narychkine, et, cependant, vous voyez, je fais confiance à l'empereur !

D'autres prisonniers se mêlèrent à la discussion. Parmi ceux qui, une heure plus tôt, soutenaient le projet d'évasion, beaucoup semblaient maintenant disposés à attendre le bon vouloir du monarque. Nicolas devinait le mollissement des caractères aux intonations amorties, aux regards qui se détournaient. La conversation mourait par saccades, comme un feu mal entretenu. Espérant masquer leur revirement, les plus faibles disaient d'une voix forte :

— En tout cas, l'affaire apparaît moins urgente... Sans renoncer au projet, il faut le reconsidérer... le mettre en veilleuse... On verra plus tard...

Même Iakoubovitch, Odoïevsky, Youri Almazoff paraissaient ébranlés.

— Je constate, Messieurs, dit Nicolas, que la magnanimité impériale nous entrave les jambes plus sûrement que des fers de dix livres. C'est à présent que nous sommes enchaînés !

Nul ne releva l'amertume de ce propos. Nicolas eut conscience qu'il gâchait le plaisir de ses camarades. Il se coucha, les mains sous la nuque, les yeux au plafond. La nuit venait, une nuit de septembre, bleue et fraîche, avec son parfum de fumée. L'absence de bruit, dans la chambrée, était effrayante. Une chouette ululait au loin. Pour retrouver sa joie, Nicolas pensa à la surprise de Sophie, lorsqu'elle le verrait, demain, sans ses chaînes.

La nouvelle s'était répandue, comme une traînée de poudre, dans le village. Le soir même, Catherine Troubetzkoï avait réuni toutes les dames chez elle pour fêter l'événement. On avait allumé six chandelles et ouvert deux bouteilles poussiéreuses de vin de Madère. Il ne faisait plus de doute pour personne que le projet d'évasion serait enterré. Sophie en éprouvait un soulagement sans mesure. Elle pensait à Nicolas délivré de ses chaînes, à Nikita qui allait venir, et son cœur se fondait dans un remerciement universel. Car Nikita viendrait sûrement, bien que Léparsky n'eût toujours pas reçu la réponse de Zeidler. Qu'était-ce qu'un mois, un mois et demi de délai, pour qui connaissait les usages de l'administration russe ? Dans ce pays immense et invertébré, la lenteur était une des formes de la puissance. Maintenant, quoi qu'il advînt, Sophie était persuadée que Léparsky ne l'abandonnerait pas. Elle proposa de boire à sa santé. Toutes les femmes acceptèrent avec enthousiasme. Elles étaient légèrement grises. Assises sur des malles, sur des caisses, sur le lit, dans la chambre de Catherine, elles parlaient, l'une coupant l'autre, avec des voix surexcitées :

— Ah ! nous l'avons échappé belle avec cette histoire de fuite collective !

— Les hommes sont des enfants ! Vous nous voyez partant en caravane à travers la Sibérie ?

— En tout cas, moi, j'aurais refusé !

— Et moi donc !

— Ma chère, je revis ! Pour un peu, je trouverais de l'agrément à Tchita !

La flamme des chandelles avivait l'éclat des yeux. Çà et là, luisait le ruisseau blanc d'une manche, l'arborescence givrée d'une dentelle, le vert et bleu sourd d'une écharpe écossaise. La maîtresse de maison pria Pauline Annenkoff de chanter quelques couplets en français. Pauline réfléchit, dressa le cou et lança d'une voix acide, mais agréable :

> *Soyez pauvre comme saint Roch,*
> *Ou riche d'héritage,*
> *Soyez aussi sec qu'un vieux coq,*
> *Ou dodu comme un mage;*
> *Si vous avez de la gaieté,*
> *Par nous vous s'rez choyé, fêté,*
> *Gâté!*
> *Oh, oh, oh, oh! Ah, ah, ah, ah!*
> *Là! là!*

Cette chansonnette, débitée avec des œillades coquines et des effets de hanche, amusa follement l'assistance.

— On se croirait à Paris! soupira Catherine Troubetzkoï.

Nathalie Fonvizine réclama quelque chose de plus tendre, « une mélodie qui pince le cœur ». Alors, Elizabeth Narychkine prit sa guitare et chanta une vieille romance russe, que Sophie ne connaissait pas et où il était question des adieux d'un condamné à sa fiancée. Le gars de la chanson était beau et fort, avec des yeux « bleus comme des bleuets », des cheveux « blonds comme les blés » et des dents « blanches comme des perles ». Sophie revit Nikita ébouriffé par un coup de vent, dans la steppe... Autour d'elle, les paupières se mouillaient, les têtes s'inclinaient, toutes les pensées allaient vers les maris prisonniers. Pour dissiper cette tristesse, il fallut que Pauline Annenkoff chantât de nouveau un air gai. Puis, Alexandrine Mouravieff récita un poème de Pouchkine. Les bouteilles étaient vides, mais l'eau bouillait dans le samovar. Catherine servit du thé, des biscuits, de la confiture. Sophie ressentit une flambée d'amitié pour ces femmes de cœur que le hasard avait rassemblées en Sibérie. Elle fut l'une des dernières à partir. Dehors, le clair de lune coulait sur les toits et transformait le hameau en un décor de fantasmagorie géométrique. Un vent froid descendait des montagnes, où la neige était tombée la veille. Rentrée dans sa chambre, Sophie se mit au lit, grelottante, et resta longtemps, les yeux ouverts dans l'ombre, trop lasse pour raisonner, trop exaltée pour dormir.

Léparsky se dressa sur son séant, battit le briquet, souffla sur l'amadou et regarda sa montre : cinq heures du matin. C'était la quatrième fois qu'il s'éveillait en sursaut, croyant entendre sonner le tocsin. Des coups de feu, un appel de trompettes, une galopade de bottes dans la rue. Il tendit l'oreille. Non, la nuit était silencieuse sur Tchita. Ce calme ne suffisait pourtant pas à réduire son inquiétude. Certes, hier soir, il avait senti qu'en déchaînant les prisonniers il leur ôtait l'envie de fuir. Mais que s'était-il passé après son départ ? Des meneurs avaient pu, entre-temps, reprendre les forçats en main. En cet instant même, ils se préparaient, peut-être, à attaquer le poste de garde ! Une sueur froide perla aux tempes de Léparsky. Son cœur s'affola. Il but, dans un peu d'eau, les gouttes que le Dr Wolff lui avait prescrites en cas de malaise. Mais l'angoisse persistait. Il se leva, s'habilla, chaussa ses bottes avec peine, ajusta sa perruque et sortit.

Son ordonnance dormait, sur un tapis, en travers de sa porte. Léparsky l'enjamba sans que l'autre ouvrît un œil. « On pourrait m'égorger que cet imbécile ne s'éveillerait pas ! » pensa-t-il. Et il imagina la ruée des émeutiers dans sa maison. On le saisissait, on le ligotait, on brûlait ses archives ! Ces mêmes hommes qu'il avait vus, tout à l'heure, transportés de gratitude se révélaient des bandits aux visages grimaçants. Un Troubetzkoï, un Volkonsky, un Odoïevsky, un Ozareff... Pourquoi pas ? La soif de liberté pousse souvent au crime les âmes les plus nobles. En tout cas, Léparsky se félicitait d'avoir mis ses adjoints au courant du prétendu complot et d'avoir fait doubler partout les piquets de garde. « Cela suffira-t-il ? Je n'en sais rien ! Ah ! Dieu, quelle imprudence est la mienne ! Quand cesserai-je de trembler ? »

Il passa devant la guérite placée à la porte de sa maison, sans attirer l'attention de la sentinelle, qui somnolait, appuyée sur son fusil, le shako de travers, les lèvres plissées dans une moue d'enfant qui tète. Furieux, Léparsky lui donna un coup de pied dans les tibias, l'injuria en polonais, en russe, et continua son chemin. Ouvrant péniblement ses paupières gluantes, l'homme vit un général, qui marchait seul, l'uniforme déboutonné, à l'aube, dans la rue, comprit que ce ne pouvait être qu'un rêve et se rendormit paisiblement.

Des alouettes chantèrent. Le jour se levait. Léparsky se hâtait vers le bagne à travers des draperies de brouillard, qui sentait la fumée et l'herbe humide. A mesure qu'il approchait du but, sa crainte devenait plus lancinante. Enfin, il fut devant la haute palissade de pieux. Dieu soit loué, là aussi, tout paraissait en ordre ! A cette heure matinale, la prison avait un air délicat, irréel. Léparsky contempla amoureusement la boîte bien close, avec tous ses jouets dedans. Pas un ne manquait. « Je suis à eux et ils sont à moi », songea-t-il avec une satisfaction jalouse. Devant le portail, les sentinelles le saluèrent. Rassuré par leur bonne mine, Léparsky regagna sa maison, se déshabilla, se recoucha et dormit, sans accroc, jusqu'à la sonnerie joyeuse de la diane.

6

Quand Nicolas entra dans la chambre, le premier regard de Sophie fut pour ses pieds débarrassés de chaînes. Il se pavanait devant elle, la tête droite, les bras écartés du corps, comme un enfant qui se montre dans un costume neuf. Cet air endimanché la bouleversa.

— Oh ! Nicolas ! que c'est bon de te voir ainsi ! murmura-t-elle.

— Tu ne m'entendras plus jamais venir de loin ! dit-il en souriant. Je pourrai te surprendre !

Derrière lui, se tenaient deux soldats : la liberté avait des limites. Il leur fit signe de s'installer dans le vestibule et ferma la porte.

Un bras fort, un peu brutal, entoura les épaules de Sophie.

— Eh bien ! qui avait raison ? chuchota-t-elle. Tout s'arrange ! Que disent tes amis ?

— Ils ne veulent plus fuir.

— Et toi ?

— Je ne sais pas... Du moment que, toi aussi, tu es contre ce projet... Au fond, c'est agaçant : j'ai toujours besoin de ton approbation pour agir... Autrement, je ne suis sûr de rien !... Je patauge !... Tu es heureuse ?

— Très heureuse.

— Tu m'aimes ?

— Oh ! oui ! dit-elle avec élan.

Et elle écouta, surprise, ce cri qui semblait jaillir de son passé. Nicolas la souleva de terre, tourna lentement avec elle et s'approcha du lit. Aucun cliquetis de chaîne n'accompagnait plus ses mouvements. Elle savoura ce silence inaccoutumé. Le trouble qui grandissait en elle annonçait un plaisir sans mélange. Elle s'abandonna avec le sentiment de remporter une victoire sur elle-même.

Plus tard, en contemplant Nicolas, renversé près d'elle, avec un visage fier et tendre, elle se demanda pourquoi elle ne lui avait pas encore annoncé que Léparsky allait faire venir Nikita. D'abord, elle avait préféré garder le secret sur ses démarches. Et maintenant, elle ne savait comment justifier son mutisme. A force de retarder, sans raison précise, la conversation qu'elle aurait dû avoir avec son mari, elle l'avait rendue impossible. C'était absurde ! Pourtant, il eût été content, elle en était sûre, d'apprendre que Nikita les rejoindrait bientôt. Un jour ou l'autre, elle le lui dirait. Il fallait attendre l'occasion. Elle lui caressa le cou, l'épaule, d'une main amoureuse. Les yeux fermés, elle jouait à le reconstruire dans sa tête. Puis, sa pensée s'envola dans une autre direction.

Le lendemain, elle demanda timidement à Léparsky s'il ne pourrait pas récrire à Zeidler. Il refusa en riant et lui reprocha son impatience.

Aux pluies nerveuses d'automne succédèrent les premières neiges. Plus question d'employer les forçats à des travaux de terrassement du côté de la Tombe du Diable. A présent, pour les occuper, on les conduisait dans une grande baraque où se trouvaient les meules à bras. Chacun devait moudre deux pouds de seigle par jour. Ceux que cette besogne ennuyait demandaient à des camarades amateurs d'exercices physiques de les remplacer. Parfois, quelques soldats acceptaient de relayer les prisonniers, moyennant un petit pourboire. L'officier de garde recrutait également des hommes pour démonter les cabanes de pêcheurs au bord de la rivière, tailler la glace ou déblayer les chemins enneigés. Nicolas, qui éprouvait le besoin de dépenser son énergie, se portait toujours volontaire pour les corvées en plein air.

Quand le froid était trop vif, la chiourme restait dans la prison, où les poêles, chauffés à blanc, dégageaient une fumée nauséabonde. Derrière les portes closes, l'esprit reprenait ses droits. La bibliothèque, continuellement grossie par les envois des parents et des connaissances, comptait déjà plus de trois mille volumes. Les lectures importantes étaient discutées en public. Des professeurs improvisés enseignaient le français, l'anglais, l'allemand, l'espagnol, le latin, le grec à leurs camarades. De temps à autre, on organisait une conférence. Il n'était pas rare que Léparsky ou l'un de ses adjoints y assistât. Les auditeurs s'asseyaient sur les bancs, sur les lits, par terre, et l'orateur grimpait sur une table. Nikita Mouravieff lisait des cours de stratégie et de tactique, Zavalichine des cours de mathématiques supérieures et d'astronomie, le Dr Wolff des cours de chimie et de physiologie, Moukhanoff des cours d'histoire, Odoïevsky des cours de littérature russe. Poussé par ce dernier, Nicolas fit trois causeries sur la littérature française de Corneille à Voltaire, qui eurent un succès moyen, car la plupart des prisonniers en savaient autant que lui sur le sujet.

Plus tard, Léparsky autorisa les mélomanes à introduire des instruments de musique dans le pénitencier. Un piano-forte, commandé par l'*artel*, arriva d'Irkoutsk, cahin-caha, tout désaccordé, sur un chariot. D'autres acquisitions suivirent. Une cabane, au fond de l'enclos, fut mise à la disposition des amateurs. Ils s'y exerçaient pendant leurs loisirs. Youchnevsky jouait très bien du piano, Vadkovsky du violon, Krioukoff et Svistounoff du violoncelle. Des mélodies de Gluck s'envolaient de ce coin du bagne et tous ceux qui les écoutaient, interrompant leur travail, partaient dans la rêverie. Parfois aussi, les prisonniers se réunissaient dans la cour pour chanter en chœur sous la direction de Vadkovsky. Alors, les paysans de Tchita se massaient le long de la palissade, avec des visages graves, comme à l'église.

Ces occupations artistiques n'empêchaient pas les décembristes d'arranger avec soin les conditions matérielles de leur existence. Chaque homme de jour, chargé de balayer la chambrée, de laver la vaisselle et de chauffer le samovar, fut désormais aidé dans sa tâche par un gamin « de l'extérieur ». Toutes les dépenses étaient supportées par la caisse de l'*artel*, où les riches versaient de l'argent pour les pauvres. Grâce aux colis, de plus en plus nombreux, qui arrivaient de Russie, un bon tiers des forçats était maintenant habillé de façon décente. Les maris changeaient même de costume, selon qu'ils avaient à travailler ou à sortir. Ceux qui possédaient une garde-robe bien garnie donnaient leurs vêtements usagés à des camarades dans le besoin. Pour réduire les frais de la communauté, quelques détenus avaient appris des métiers manuels. Les tailleurs et ravaudeurs les plus habiles étaient Arbouzoff et le prince Obolensky. Ivan Pouchine n'avait pas son pareil pour raccommoder les chaussettes, Pierre Falenberg pour coudre des bonnets, Nicolas Bestoujeff pour ressemeler des chaussures. Il savait également réparer des montres, sculpter des statuettes de bois, marteler le fer. Toutes les dames eurent bientôt des anneaux et des bracelets forgés dans les chaînes de leurs maris.

A partir du 1ᵉʳ janvier 1829, Léparsky autorisa les célibataires à sortir, eux aussi, de temps à autre, accompagnés de gardiens, pour se rendre en visite dans des maisons amies. Bien entendu, ils devaient être rentrés avant l'heure du couvre-feu. Nicolas profita de cette permission pour demander à Bestoujeff de faire le portrait de Sophie. Il la représenta de trois quarts, à sa fenêtre, les épaules couvertes d'un châle, le cou long et blanc, la coiffure haute, les yeux tristes. Cette peinture sévère déplut à Nicolas, mais Sophie la trouva tout à fait à son goût.

Le début du mois de mars fut marqué par de violentes tempêtes de neige. Un soir, comme Léparsky s'apprêtait à se mettre au lit, son ordonnance vint l'avertir qu'une dame voulait lui parler d'urgence. Il se rhabilla en bougonnant, passa dans l'antichambre et aperçut Sophie. Dans l'ouverture ovale du capuchon, le visage de la jeune femme était celui d'une enfant. Mais il y avait une flamme inquiète dans ses yeux. Elle murmura :

— Excusez cette visite tardive, Excellence. Je vous supplie de faire sortir le Dʳ Wolff de prison, immédiatement ! On a besoin de lui !...

— Quelqu'un de malade ? demanda le général en boutonnant son col.

— Oui, Mᵐᵉ Annenkoff et Mᵐᵉ Mouravieff.

— Est-ce grave ?

Sophie se troubla :

— Cela pourrait le devenir... Elles sont... elles sont en train d'accoucher...

Léparsky reçut cette révélation comme un coup de bûche sur la nuque. Ses yeux saillirent, sa bouche se décrocha sous sa lourde moustache d'hospodar.

— Comment se fait-il qu'on ne m'ait pas prévenu ? balbutia-t-il.

— Cela se voyait assez, Excellence ! Nous pensions que vous vous en étiez aperçu, comme tout le monde !

— Je n'ai rien remarqué ! dit-il avec humeur. Je suis un vieux célibataire. Vous auriez dû...

Et, brusquement, la colère l'empoigna. Il rougit, gonfla les joues et se frappa la poitrine.

— Elles n'ont pas le droit ! cria-t-il.

— Comment cela, elles n'ont pas le droit ? dit Sophie. Je crois me rappeler que, dans l'engagement que nous avons toutes signé avant de partir pour le bagne, il est question du sort des enfants qui pourraient naître en Sibérie...

— Il s'agit des enfants qui pourraient naître après la libération des prisonniers et leur envoi en résidence surveillée !

— Ce n'est pas précisé dans le document.

Léparsky haussa les épaules :

— Cela va de soi ! Le règlement n'autorise les entrevues entre époux qu'en présence d'un gardien. Or, si Mᵐᵉˢ Annenkoff et Mouravieff se trouvent maintenant dans cette... dans cette situation, c'est que le gardien n'était pas présent à toutes leurs rencontres!...

— Vous oubliez que vous nous avez permis de recevoir nos maris, la sentinelle restant à la porte!

— Oui... Oui... J'ai eu cette faiblesse... Je ne pouvais pas me douter...

Il s'embarrassait dans les mots et, plus sa confusion augmentait, plus il était furieux contre cette Française qui l'observait avec ironie.

— Parfaitement, Madame! gronda-t-il. J'avais l'esprit ailleurs qu'à ces billevesées. Cela peut arriver, à mon âge... et dans ma position... Que vais-je dire à Saint-Pétersbourg pour justifier ces naissances illicites? Vous n'y avez pas pensé! Tout retombera sur moi! Je serai peut-être destitué, déplacé! Quel malheur!... Mais comment se fait-il qu'elles accouchent en même temps?

— Une fâcheuse coïncidence.

— Très fâcheuse... Evidemment, on ne peut rien contre les caprices de la nature!... Est-ce que... enfin... est-ce que tout marche comme il faut pour elles...?

— Non. L'une et l'autre sont en danger. Mme Mouravieff est très faible et Mme Annenkoff a pris froid, il y a quelques jours. Elle a la fièvre. La matrone du village est complètement idiote. Si le Dr Wolff ne vient pas, on pourra craindre le pire. Vite! Vite, Excellence!...

L'indignation de Léparsky tomba instantanément.

— Oui, allons chercher Wolff, marmonna-t-il.

L'ordonnance lui apporta son manteau, son chapeau, son épée. Il repoussa l'épée et dit:

— Réveille Onoufri et fais atteler le traîneau. Qu'il vienne nous prendre à la prison!

Dehors, le vent les frappa avec une force telle que Sophie se cramponna au bras de Léparsky pour ne pas perdre l'équilibre. La neige, soulevée du sol, leur volait à la figure. Ils avançaient en titubant à travers une bourrasque d'aigrettes blanches. L'ordonnance les rattrapa, portant une lanterne. Face aux ténèbres déchaînées, la petite flamme tremblait derrière les carreaux. Quand les pieux de la palissade surgirent dans la nuit, Sophie en fut surprise, comme par la brusque apparition d'un navire. Le mur de bois se dressait devant elle, énorme, écrasant. Une sentinelle hurla à la garde. Le portail entrouvert lâcha en plein ouragan quelques soldats aux jambes obliques et un sous-officier affolé, qui ne parvenait pas à agrafer son ceinturon. Sur l'ordre du général, il envoya chercher le Dr Wolff et fit entrer les visiteurs dans la petite salle du poste, où un poêle exaltait l'odeur robuste des bottes. Au bout d'un moment, Sophie se sentit écœurée. Le médecin se présenta, fort grave, cravate souple au cou, calotte noire sur la tête et trousse à la main. Presque en même temps, retentirent les clochettes du traîneau que Léparsky avait commandé. On se serra pour tenir à trois dans la caisse.

— D'abord, chez Mme Annenkoff! dit Sophie.

Le cocher fit tourner l'attelage.

— Annenkoff et Mouravieff auraient bien voulu venir, dit le Dr Wolff. Ne pourriez-vous les autoriser à sortir, étant donné les circonstances ?

— Ces circonstances n'existent que par leur faute ! grogna Léparsky. Je ne vais pas les remercier d'avoir mis leurs femmes enceintes en leur permettant d'assister à l'accouchement ! En route, Onoufri !

Le cocher fouetta les deux chevaux, qui s'élancèrent. Chemin faisant, le Dr Wolff posa à Sophie des questions dont Léparsky ne comprit pas tout à fait le sens, mais qui lui parurent inconvenantes. Il s'agissait de spasmes, de douleurs, de perte des eaux...

Soudain, on fut au cœur du drame. L'isba où logeait Pauline Annenkoff était sens dessus dessous. Dans la grande salle, des paysannes faisaient chauffer de l'eau en évoquant leurs maternités anciennes. Le maître de maison et ses deux fils, de quatorze et seize ans, se tenaient dans un coin, près du poêle, inutiles, stupides, exclus du mystère. En apercevant le général, ils lui firent de profonds saluts et lui offrirent un tabouret couvert d'un coussin en toile de sac. Il s'assit et déboutonna son manteau. Derrière la cloison, des gémissements s'élevèrent, faibles d'abord, puis précipités, haletants, inhumains. Le Dr Wolff et Sophie passèrent dans la chambre.

Resté seul parmi les moujiks, Léparsky se jugea ridicule. C'était la première fois, à soixante-quinze ans, qu'il se trouvait mêlé à cette sanglante besogne féminine. Il écoutait les râles de Pauline Annenkoff, tentait d'imaginer ses souffrances et se demandait ce qu'il était venu faire là, en uniforme, au milieu de la nuit. Pourtant, il ne pouvait se décider à rentrer chez lui avant d'être rassuré sur le compte des deux jeunes femmes. Tout en pestant contre elles et leurs maris, il gardait au fond de lui une curiosité angoissée et tendre pour la suite des événements. Comme si, du fait que ces enfants de prisonniers allaient voir le jour à proximité du bagne, il eût envers eux un droit de regard et un devoir de protection. Plus il se raisonnait, plus l'impression s'affirmait en lui qu'il était pour quelque chose dans ces naissances sibériennes. C'était sa famille qui s'agrandissait. Lorsque le Dr Wolff et Sophie ressortirent de la chambre, il demanda avec une anxiété de père :

— Alors ?

— Tout va bien, mais c'est encore trop tôt ! dit le Dr Wolff. Nous allons chez Alexandrine Mouravieff.

— Je vous accompagne, dit Léparsky.

Le traîneau retraversa le village, à vive allure, tintant de toutes ses clochettes, sans égard pour les dormeurs. Quelques têtes se montrèrent aux fenêtres. La vue de cet équipage fantôme, emportant un général, renfonça les plus braves sous leurs couvertures.

Dans la deuxième maison, Léparsky retrouva les mêmes matrones bavardes, les mêmes paysans ahuris, la même eau chauffant sur le feu, le même désordre de linges et le même tabouret pour s'asseoir. Mais les cris qu'il entendait ici lui parurent plus atroces que ceux qu'il avait entendus là-bas. Il avait mal lui-même en songeant à ces faibles corps féminins qui se déchiraient pour donner la vie. Lorsqu'il apprit par le Dr Wolff qu'Alexandrine Mouravieff en aurait encore pour quatre heures à se torturer et Pauline Annenkoff pour sept ou huit heures, il s'épouvanta. Elles ne supporteraient, ni l'une ni l'autre, un pareil effort, elles mourraient...

— On ne peut les laisser ainsi ! répétait-il.

Son affolement agaçait le médecin, qui, finalement, lui conseilla d'aller se coucher. Il refusa avec indignation, comme si on lui eût proposé de déserter en plein combat.

Laissant sur place une sage-femme cacochyme, le Dr Wolff, Sophie et le général repartirent au son des clochettes. Bientôt, d'autres épouses de prisonniers accoururent pour soutenir leurs amies dans ces heures de souffrance et d'espoir. Trois fois dans la nuit, le traîneau fit la navette entre les deux maisons. A mesure que le temps passait, la figure de Léparsky accusait davantage la fatigue. Ses joues molles et blafardes se hérissaient de poils gris. Il tenait difficilement les paupières ouvertes. A l'aube, des vagissements retentirent dans la chambre d'Alexandrine Mouravieff. Peu après, à travers un brouillard d'insomnie, le général vit paraître Sophie, portant dans ses bras un petit monstre rougeaud, grimaçant et hurleur. Toutes les femmes se récrièrent et se signèrent.

— C'est une fille, dit Sophie. N'est-ce pas qu'elle est belle ?

Le général en convint, pour ne pas se singulariser. Cette brusque arrivée d'un être neuf sur la terre le comblait d'un respect craintif. Il ne regrettait plus d'être resté jusqu'au bout. Une fois le bébé couché dans son berceau, on l'oublia pour courir au suivant. La journée était déjà avancée, lorsque Pauline Annenkoff, à son tour, mit au monde une fille. Léparsky, exténué mais content, rentra chez lui pour se raser.

Le soir, en allant prendre des nouvelles des deux accouchées, il retrouva la plupart des dames réunies au chevet d'Alexandrine Mouravieff. Elle était pâle, exsangue, radieuse. Après l'avoir félicitée, le général crut devoir rappeler aux personnes présentes combien il lui serait difficile de faire admettre ces naissances par les autorités. Au lieu de comprendre son embarras, Marie Volkonsky prétendit qu'il s'alarmait pour peu de chose :

— Vous n'avez qu'à ne pas mentionner ces heureux événements dans vos rapports !

— Croyez-vous que le gouvernement n'a pas d'autres moyens d'information ? répliqua-t-il d'un ton bourru. Tout se sait, à Saint-Pétersbourg ! Ne serait-ce que par vos lettres ! Si encore vous me promettiez de ne pas écrire à ce sujet...

— Vous voudriez que nous laissions ignorer ces naissances à nos familles ? murmura Alexandrine Mouravieff. Mais ce serait tout à fait inhumain, Excellence !...

Il porta les deux mains à son front, comme pour l'empêcher d'éclater :

— Alors, quoi ?... Que faire ?...

— Mais rien, dit Sophie. Attendre. Vous verrez que tout se passera très bien. A propos, je suis chargée par Pauline Annenkoff de vous demander si vous accepteriez, ayant été parrain à son mariage, d'être aussi le parrain de son enfant.

— J'allais vous faire la même proposition pour mon propre compte, dit Alexandrine Mouravieff.

Léparsky se sentit déséquilibré dans son élan, comme si, courant sur un sol dur, il eût tout à coup rencontré une zone de sable. La preuve d'estime qu'il venait de recevoir le désarmait, l'affaiblissait. Il marmonna :

— Je vous remercie, je suis très honoré...

Puis, flairant un piège, il reprit d'une voix affermie :

— Ne revenons pas sur le passé. Ce qui est fait est fait. Mais je voudrais, Mesdames, que vous me promettiez, à l'avenir...

En parlant, il observait avec inquiétude ces visages féminins pétris de malice. Autour de lui, gravitait une vie délicate et frondeuse. Il était à la fois l'épouvantail et la cible.

— Enfin, je compte sur vous pour que cela ne se reproduise plus ! conclut-il.

Ce mot à double sens fit sourire. Léparsky s'empourpra. Une idée se leva en lui : n'y avait-il pas des femmes enceintes parmi celles qui l'écoutaient ? Il les parcourut d'un regard soupçonneux, évaluant leurs tailles sous les robes serrées. Comment se fier à elles, quand un corset, une guimpe, un casaquin suffisaient à dissimuler leurs rondeurs ? Toutes des menteuses ! Il pressentit des lendemains difficiles et grommela :

— Ne m'obligez pas, Mesdames, à vous interdire de recevoir vos maris !

Cette fois, tous les visages redevinrent sérieux.

— Est-il possible, Excellence, que vous méditiez une mesure si cruelle ? soupira Catherine Troubetzkoï.

Il n'était pas mécontent de les effrayer après les avoir diverties. Néanmoins, il promit de laisser « les heureux pères » rendre visite à leurs épouses, le lendemain.

Aucune remontrance officielle n'étant venue de Saint-Pétersbourg au bout d'un mois, Léparsky se tranquillisa et le double baptême eut lieu. En rentrant chez elle après la cérémonie, Sophie luttait contre la tristesse. Ces deux fillettes nées au bagne, quel avenir espérer pour elles ? Avec horreur, elle se rappela les termes du document qu'elle avait signé, comme toutes les femmes, avant son départ pour Tchita :

« Les épouses des criminels politiques qui suivront leurs maris en Sibérie ne seront plus regardées que comme des femmes de forçats... leurs enfants, nés en Sibérie, feront partie des serfs de la Couronne... »

Elle ne pouvait croire que cette prescription serait appliquée à la lettre. Mais, même si le gouvernement se montrait moins sévère dans la pratique, ne fallait-il pas craindre que les enfants des décembristes fussent condamnés à l'exil jusqu'à la fin de leurs jours ? Seul le Dr Wolff paraissait conscient du danger. Il avait dit dernièrement à Sophie, avec ce regard sombre et profond qui accentuait son charme : « N'est-ce pas étrange, Madame ? La nature, qui fait bien les choses, n'a pas voulu que les épouses de forçats donnent des fils à un pays qui a emprisonné les pères. »

Pour l'heure, toutes les dames s'extasiaient devant les deux poupons, se disputaient l'honneur de les bercer et rêvaient d'en avoir un bien à elles. Cette disposition d'esprit n'eût pas été surprenante si, parmi les plus exaltées, il n'y avait eu Marie Volkonsky, Nathalie Fonvizine, Alexandrine Davydoff, qui, toutes, à l'exemple d'Alexandrine Mouravieff, avaient abandonné leurs propres enfants en Russie. Sachant déjà qu'elle n'aurait jamais la chance d'être mère, Sophie se défendait de les suivre dans leur engouement. Son seul regret, à cet égard, était que Serge fût élevé loin d'elle et qu'elle n'eût de ses nouvelles que par les lettres de Michel Borissovitch.

A mesure que Pâques approchait, une véritable impatience mystique se manifestait chez certains décembristes. Le grand carême était la seule période de l'année où il leur fût permis de fréquenter l'église. La plupart jeûnèrent scrupuleusement pendant la semaine sainte. Des rameaux bénits décoraient les icônes, dans les chambrées ; le travail était interdit ; chaque jour, des soldats conduisaient la chiourme à l'office ; une place était réservée aux forçats, près de la porte. Nicolas écoutait avec joie la voix caverneuse du diacre, le murmure inspiré du pope, et regardait, là-bas, dans le groupe des femmes, le profil perdu de Sophie, près d'un bouquet de cierges allumés. Au moment de l'offertoire, il lui semblait que les yeux du Christ se posaient sur ce minuscule point de la terre qui se nommait Tchita. Alors, il se prosternait, il se signait avec l'ardeur de l'enfance et appelait la justice de Dieu dans son cœur. Son souhait, comme celui de tous ses camarades, était d'assister à la messe solennelle de minuit, le samedi saint. Mais cette faveur leur fut refusée, en raison des exigences du couvre-feu. Léparsky fit remettre à chacun, de la part de l'administration, un œuf colorié et une tranche de brioche rituelle. La nuit de Pâques, ils entendirent sonner au loin la petite cloche fêlée de l'église et s'embrassèrent, les larmes aux yeux, entre amis. Le lendemain, Léparsky vint les féliciter dans la prison. Bien qu'il fût catholique, il se conformait à l'usage orthodoxe et s'écriait, au seuil de chaque chambrée :

— Christ est ressuscité !

Eût-il annoncé l'amnistie qu'il n'eût pas mis plus de gaieté dans son exclamation.

— En vérité, il est ressuscité ! répondaient les décembristes avec ensemble.

Ces simples mots, répétés chaque année depuis des siècles, avaient sur Nicolas un pouvoir apaisant. Il en était allégé, réconforté, comme si, après une longue marche à travers la forêt, il eût débouché dans une clairière.

Les fêtes passées, Sophie rappela au général sa promesse d'intervenir plus énergiquement dans l'affaire de Nikita. Cette fois, Léparsky n'invoqua aucune excuse et jura qu'il écrirait à Zeidler, le lendemain. Sophie reprit espoir. L'arrivée des beaux jours inclinait tout le monde à l'optimisme. De nouvelles maisons se construisaient dans le village. Quelques commerçants vinrent s'y établir, flairant qu'on pouvait gagner gros avec toutes ces dames qui recevaient de l'argent de Russie. Des habitants de Tchita ouvrirent, à leur tour, des boutiques. On vit apparaître des étalages d'étoffes, d'ustensiles de ménage et d'articles de coutellerie. La population grandissait, s'enrichissait et bénissait « messieurs les forçats », qui étaient à l'origine de cette prospérité inattendue.

Au mois de juin, la chaleur fut si forte que Léparsky autorisa les prisonniers à se baigner dans la rivière. Les travaux de terrassement de la Tombe du Diable ne furent plus pour eux que des exercices de mise en train avant le plongeon dans l'eau fraîche. Ensuite, ils se séchaient sur la berge en devisant paresseusement des affaires du monde. La guerre contre les Turcs retenait leur attention. Après des débuts difficiles, les Russes s'étaient ressaisis et, sous les ordres du général Diebitch, surnommé « Samovar-Pacha », couraient de victoire en victoire. A cette allure-là, ils camperaient bientôt devant Constantinople. Quand l'ennemi serait définitivement écrasé, le tsar, pour fêter son triomphe, publierait, sans doute, un manifeste de grâce dont les décembristes seraient les premiers bénéficiaires. Léparsky le leur avait laissé entendre et ils en étaient tous persuadés. Ce fut avec une joie exubérante qu'ils apprirent, vers la mi-septembre, la signature du traité d'Andrinople, qui ouvrait aux Russes les Dardanelles et le Bosphore, leur cédait les bouches du Danube et reconnaissait l'indépendance de la Grèce. Mais si, ayant remporté ce succès diplomatique sur la France et l'Angleterre, le tsar libérait les prisonniers turcs, pachas et bimpachas en tête, il semblait avoir oublié que des prisonniers russes, au fond de la Sibérie, espéraient encore sa clémence. Les jours passaient et, à Tchita, ceux qui s'étaient réjouis le plus perdaient leurs dernières illusions. En revenant de corvée, Nicolas se promenait souvent tout seul dans la cour, s'arrêtait devant un trou dans la palissade et regardait la route qui ne menait nulle part. L'allégresse qu'il avait connue à Pâques n'était plus qu'un vague souvenir. L'inquiétude, l'ennui s'étalaient en face de lui, à perte de vue. Il se sentait à mille lieues de la vie réelle. Coupé de tout. Transplanté dans une autre planète. Entouré d'un vide comparable à celui des espaces sidéraux. Etait-il possible qu'avec son nom, son passé, sa fortune, ses relations, sa force, sa prestance il dût, jusqu'à la fin de ses jours, se contenter de la solitude sibérienne ? Parfois, il regrettait d'avoir renoncé à fuir, et seule la présence de Sophie l'aidait à surmonter son abattement.

Un matin d'octobre, comme elle aidait Pulchérie à nettoyer la chambre, un planton vint la chercher de la part du général. Elle ne douta pas que ce fût pour lui annoncer l'arrivée prochaine de Nikita et se précipita dehors, le cœur bondissant de gratitude.

Léparsky la reçut avec un visage funèbre. Elle eut peur, s'assit, les jambes molles, dans un fauteuil, et attendit le coup.

— J'ai de tristes nouvelles à vous apprendre, venant de France, dit Léparsky.

Aussitôt, elle pensa à ses parents, dont elle ne savait rien depuis plus de deux ans.

— Ma mère ? murmura-t-elle.

— Oui, dit Léparsky. Elle est décédée au début de l'année, des suites d'une longue maladie. Votre père ne lui a survécu que quelques mois. Il est mort le 12 juillet dernier. Le général Benkendorff, ayant été avisé officiellement de ces événements par l'ambassadeur de France à Saint-Pétersbourg, m'a chargé de vous en avertir et de vous adresser ses condoléances les plus sincères.

Muette, l'esprit béant, Sophie se laissait emplir d'une affliction raisonnable. Ses parents avaient depuis si longtemps disparu de son existence qu'elle avait pris l'habitude de songer à eux non comme à des êtres vivants, mais comme à des souvenirs qu'elle animait ou remisait selon son caprice. Leur mort, loin de la surprendre, la confirmait dans cette impression d'absence inéluctable qu'elle avait toujours ressentie devant eux. Elle ne pouvait souffrir d'une réalité qui se mettait au pas de son rêve. Rien n'avait changé pour elle, en apparence. Ni plus seule, ni moins aimée. Tout juste éprouvait-elle de l'amertume à évoquer les heures de son enfance, dont les derniers témoins venaient de s'évanouir. Sa gorge se serra. Son sang battit plus vite. Une petite fille cria en elle, pleura en elle, au milieu d'un jardin, près d'une balançoire...

— Je conçois votre immense douleur, Madame, lui dit Léparsky. Rien ne remplace des parents bien-aimés. Puisse la conscience de l'amitié qui vous entoure alléger un peu votre malheur !

Elle fut gênée de ces pompeuses condoléances et détourna les yeux.

— Bien entendu, la situation où vous êtes, à Tchita, vous interdit de vous occuper personnellement de la succession, reprit Léparsky. Mais vos intérêts seront préservés. Le notaire de vos parents a été habilité par eux à décider toutes les mesures conservatoires. Il administrera donc pour le mieux les biens meubles et immeubles composant votre héritage. Vous en toucherez les revenus si, une fois libérée, vous pouvez retourner en France...

— Retourner en France !... balbutia-t-elle avec un sourire mélancolique. Est-il possible que vous pensiez vraiment ce que vous dites ?

— Mais oui, grommela Léparsky. Il faut l'espérer. La miséricorde de Dieu est infinie !...

— Pas celle du tsar.

Il ouvrit les bras dans un mouvement d'oiseau impotent. Sophie se leva pour prendre congé, avec, sur le cœur, ce chagrin embarrassant comme un mensonge. Son deuil lui défendait toute curiosité pour le reste du monde. Mais elle ne put se contenir et, subitement, demanda :

— N'avez-vous toujours rien du général Zeidler ?

Il parut surpris qu'elle s'inquiétât d'une simple affaire de domestique.

— Si, dit-il. J'hésitais à vous en parler. J'ai reçu, ce matin, une lettre m'annonçant que votre serf était parti.

Elle tressaillit, comme parcourue par une décharge électrique.

— Parti ? marmonna-t-elle. Pour où ?

— On ne sait pas. Il a quitté son travail et s'est enfui de la ville.
— Quand ?
— Zeidler ne le précise pas dans sa lettre. Il dit simplement qu'il a donné l'ordre d'entreprendre des recherches. Je compte lui écrire que, s'il retrouve votre gaillard, il veuille bien nous l'envoyer ici, après lui avoir tiré les oreilles.
— Je vous remercie, dit-elle en rougissant.

Elle était confuse du bonheur que trahissait son visage. Sans doute n'y avait-il pas longtemps que Nikita s'était mis en route pour la rejoindre. Même s'il était rattrapé par les cosaques, on le lui amènerait. Elle devinait la part de folie qu'il y avait dans sa conviction, mais n'en était pas moins fortifiée.

Léparsky l'observait en silence, avec son petit œil de dénicheur de merles. Elle n'en pouvait plus. Vite, elle s'échappa, traversa le village, se retenant de courir, et se cacha dans sa chambre avec sa tristesse et son espoir.

7

Pour Noël, les prisonniers ne furent pas autorisés à se rendre à l'église, mais reçurent la visite du prêtre à la prison. Un autel — simple table, couverte d'un linge blanc et surmontée d'une icône — avait été dressé dans la plus grande des salles. Le pope passa son étole, prononça les prières devant les décembristes agenouillés, et aspergea les lits et les murs d'eau bénite. Après son départ, pendant une heure environ, le parfum de l'encens flotta dans le pénitencier. Puis, les odeurs du bagne recouvrirent tout. Et la vie reprit, comme par le passé.

Le 29 décembre, Marie Volkonsky rassembla des amis chez elle, à l'occasion de son anniversaire. Léparsky accorda la permission de dix heures aux détenus qu'elle avait invités, mais, par discrétion, ne vint pas lui-même. Les dames avaient préparé des gâteaux ; quelques hommes, des compliments en vers. Le prince Odoïevsky lut un poème de sa composition, qui comparait les épouses des condamnés politiques à des « anges » descendus du ciel pour soulager la misère des martyrs de la liberté. C'était le premier hommage rendu publiquement aux compagnes des décembristes. Elles l'écoutèrent avec des visages gracieux. Leurs maris se tenaient en retrait, modestes et fiers, tels des princes consorts. Tous les célibataires enviaient ces couples admirables. Nicolas serra fortement la main de Sophie. Il la remerciait en silence. Leurs yeux se rencontrèrent avec une extraordinaire douceur. Touchée par la musique des vers, elle en oubliait son souci le plus intime, le moins glorieux, pour se mettre à l'unisson des autres femmes. Elle leur était reconnaissante de l'aider à être précisément ce qu'elle voulait être : simple, généreuse, courageuse... Des applaudissements éclatèrent à la fin du poème. Quelques dames pleuraient. Les messieurs toussotaient pour masquer leur émotion. Odoïevsky transcrivit ses vers dans l'album de Marie Volkonsky et promit une copie à chacun des « anges » dont le dévouement l'avait inspiré. A dix heures, des soldats vinrent chercher les invités pour les ramener en prison. Subitement, il n'y eut plus un seul homme dans la chambre. On eût dit qu'une lumière s'était retirée avec eux. La fatigue marqua le visage des femmes, et les robes se défraîchirent. Les héroïnes de la fête se retrouvèrent entre elles, toutes penaudes, parmi les verres vides, les assiettes sales, l'odeur du tabac et les chandelles dont la mèche fumait.

* * *

A quelque temps de là, Léparsky écrivit à Saint-Pétersbourg pour demander que le Dr Wolff fût officiellement autorisé à soigner les prisonniers, leurs épouses et « toute personne qui exprimerait le désir d'être secourue par lui ». Magnanime, l'empereur répondit que, dorénavant, le médecin pourrait exercer son art à l'extérieur comme à l'intérieur du pénitencier. Ainsi rassuré sur l'avenir sanitaire de sa petite colonie, le général partit en traîneau, avec son neveu Joseph et une nombreuse escorte, pour un mystérieux voyage d'inspection. Pendant son absence, le commandement fut assumé par Rosenberg. Sophie craignait que l'appui de Léparsky ne lui manquât juste au moment où Nikita en aurait eu le plus besoin. Mais les semaines passaient, Nikita restait invisible et Zeidler ne semblait pas pressé de mettre la main sur le fugitif.

Léparsky revint le 11 mars et, dès le lendemain, fit rassembler tous les prisonniers dans la cour. Un soleil jaune chauffait la neige. La figure compassée du général annonçait qu'il était porteur d'une grande nouvelle. L'amnistie peut-être ? On n'osait le croire.

— Messieurs, dit-il, j'arrive de Pétrovsk, où se construit, à votre intention, un nouveau pénitencier, plus vaste et mieux aménagé que celui-ci. Les travaux ordonnés par l'empereur, il y a plus de deux ans, sont presque terminés. Je pense que nous pourrons nous installer là-bas dans le courant de l'été prochain.

Une telle consternation se dessina sur tous les visages qu'il jugea nécessaire d'ajouter :

— Vous avez tort, Messieurs, de ne pas vous réjouir d'une disposition qui, certainement, rendra votre vie plus agréable.

Nicolas se pencha vers Youri Almazoff et chuchota :

— Au lieu de nous libérer, l'empereur nous change de bagne ! Que penses-tu de cela ?

— Je ne suis pas surpris ! grogna Youri Almazoff. Notre tsar a de qui tenir ! Coléreux comme son frère Alexandre et rancunier comme son père Paul !

— A Pétrovsk, chacun de vous aura sa chambre, dit Léparsky d'un ton engageant. En outre, le tsar a autorisé les hommes mariés à loger avec leurs femmes.

— Où ? Dans le village ? demanda quelqu'un.

— Non, en prison.

Des rires sarcastiques fusèrent dans l'assistance.

— Je ne vois pas ce qui vous amuse ! dit Léparsky. Un quartier du bagne sera réservé aux ménages, voilà tout !

— Le paradis ! siffla Lorer.

Il y eut un remous dans la masse des prisonniers. Les célibataires continuaient à rire avec effronterie, mais les hommes mariés, peu à peu, se détachaient de leurs camarades et envisageaient la situation d'un point de vue personnel. A l'idée de reprendre la vie en commun avec Sophie, Nicolas ne se connaissait plus de bonheur. Passer la nuit auprès d'elle ! Cela ne lui était pas arrivé depuis près de cinq ans ! Toute la nuit ! Toutes les nuits ! Et les journées, les claires journées à deux, où l'amour se renouvelle par la présence, la chaleur, le parfum de la femme, occupée à mille travaux insignifiants. Incapable de se dominer, il dit :

— Ce serait une excellente solution !

Il n'eut pas plus tôt prononcé cette phrase qu'il la regretta. Etait-il du côté de l'administration pour aider Léparsky dans sa plaidoirie ? Heureusement, d'autres maris intervinrent :

— Oui, oui !... Pourquoi pas ?...

Leurs timides approbations se heurtèrent au clan nombreux et résolu des hommes sans femmes. Tous les célibataires étaient contre le nouveau bagne. Une grosse rumeur de refus déferla aux pieds du général.

— Nous étions bien, à Tchita, Votre Excellence ! cria Odoïevsky. Chacun y avait pris ses habitudes. Le climat nous convenait. Les habitants nous connaissaient et nous aimaient. Pourquoi vouloir, à tout prix, nous envoyer ailleurs ?

Visiblement, l'attitude réfractaire des prisonniers exaspérait Léparsky. Il avait froid et se balançait d'un pied sur l'autre. Pressé de rentrer chez lui, il plissa son visage mafflu dans une grimace de dogue.

— Il ne nous appartient pas de discuter les ordres du tsar ! dit-il. Je vous salue, Messieurs.

Et il s'éloigna, au milieu d'un silence hostile.

Le jour suivant, comme il s'y attendait, les dames vinrent le trouver en délégation. Il les fit asseoir en demi-cercle devant lui et se retrancha, selon sa coutume, derrière le bastion de son bureau. Qui les avait renseignées en si peu de temps ? Sûrement, elles avaient soudoyé les cosaques de son escorte. En tout cas, les caractéristiques de la nouvelle prison n'avaient pas de secrets pour elles. D'abord, elles critiquèrent l'emplacement, le climat. Le fait est que, par suite d'un défaut de coordination entre les services administratifs, le pénitencier avait été construit sur un terrain bas et marécageux, non loin de l'usine de Pétrovsk. Comme Léparsky ne pouvait donner tort à l'autorité supérieure, il affirma que les craintes des dames étaient très exagérées, que le sol était sain, l'air sec et le pays fertile, bien qu'il y eût, dans le voisinage, « quelques petits étangs »... Elles avaient également entendu parler du manque de fenêtres. Là, encore, elles avaient raison, mais il les tranquillisa :

— Il n'y a pas de fenêtres, c'est exact, mais la lumière entrera à flots, dans chaque cellule, par le haut de la porte qui sera vitré. Enfin, Mesdames, je m'étonne de vos réticences, alors que la bienveillance impériale vous permettra, comme vous le souhaitez toutes, de cohabiter avec vos maris !

— Peut-être ! s'écria Pauline Annenkoff. Mais je ne vois pas très bien comment je pourrai élever mes enfants dans un cachot !

— Vos enfants ? murmura Léparsky avec ironie. Pourquoi ce pluriel ?

— J'en attends un autre, Excellence !

Léparsky fronça les sourcils : elles allaient vite en besogne, ces jeunes femmes amoureuses. Depuis la double naissance de l'année dernière, Marie Volkonsky et Alexandrine Davydoff avaient accouché à leur tour. Si on les laissait faire, il faudrait bientôt adjoindre au bagne une crèche !

— Pour quand l'attendez-vous ? grommela-t-il.

Pauline Annenkoff eut un sourire radieux et chuchota, comme si elle se fût confiée à sa meilleure amie :

— Pour le mois de mai !

— Je vous félicite ! Est-ce tout ? Pas d'autres naissances en vue ?

Le général s'était levé pour poser cette question avec toute la force nécessaire. Il promena un regard sévère sur ces incorrigibles pondeuses.

— Moi aussi, je vais être mère, Excellence, balbutia Catherine Troubetzkoï en baissant la tête.

Le général, accablé, se rassit. Au bout d'un moment, il émergea d'un océan de pensées noires et déclara rudement :

— Mesdames, j'ai déjà étudié le problème sous toutes ses formes. Il est certain que la discipline pénitentiaire s'oppose à la présence d'enfants en bas âge à l'intérieur des cachots. On ne peut concevoir, par exemple, que des mères rallument une lampe après l'extinction des feux parce qu'elles ont à soigner leur bébé, ni qu'elles veuillent aller à la cuisine, en pleine nuit, pour faire chauffer de l'eau... ou Dieu sait quoi ?... ni qu'elles réclament un médecin... ou une nourrice, alors que les verrous sont poussés et que les sentinelles ont ordre de ne laisser passer personne !... Là-dessus, vous me connaissez, je ne transigerai pas ! Les épouses qui décideront de loger avec leurs maris devront se séparer de leurs enfants !

— Vous voulez que nous les noyions, comme de petits chiens ? dit Marie Volkonsky avec acrimonie.

Léparsky soupira d'agacement et poursuivit :

— Voilà ce que j'ai envisagé : les mères de famille n'auront qu'à se faire bâtir des maisonnettes à proximité du pénitencier. Dans ces maisonnettes, elles installeront leurs enfants avec quelques domestiques de confiance. Elles-mêmes, bien que passant le plus clair de leur temps auprès de leurs maris, dans la prison, pourront, aussi souvent qu'elles le voudront, traverser la rue, surveiller leur petit monde, donner des instructions à leur personnel...

— Bref, dit Marie Volkonsky, nous serons toujours en train de courir entre le bagne et la chambre d'enfants ! C'est absurde !

— Et puis, dit Alexandrine Mouravieff, où prendrons-nous l'argent pour construire ?

— Est-ce l'Etat qui nous l'avancera ? renchérit Pauline Annenkoff.
— Il le faudrait ! s'exclama Catherine Troubetzkoï. Après tout, ce n'est pas nous qui avons demandé à être transférées à Pétrovsk !

Léparsky étendit sa vieille main tavelée dans un geste de pacification :
— La construction ne vous coûtera presque rien. Les entrepreneurs qui ont bâti la prison m'ont affirmé qu'ils étaient disposés à vous consentir des prix très bas si vous leur confiez le travail. Ils ont sur place tous les ouvriers et tous les matériaux nécessaires. J'estime, Mesdames, qu'en agissant ainsi vous vous préparerez un avenir agréable et utiliserez judicieusement vos ressources...

Tandis qu'il parlait, Sophie se demanda si elle ne devrait pas, elle aussi, construire une petite maison. Certes, la plupart du temps, elle habiterait dans le pénitencier avec Nicolas, mais parfois, si Léparsky le permettait, il viendrait la rejoindre, loin de ces murs affreux, dans la chambre qu'elle aurait aménagée pour le recevoir et où rien ne lui rappellerait qu'il était un proscrit. Là, elle était sûre qu'ils seraient heureux comme au début de leur mariage. Une hâte de bâtisseuse de nids l'incitait à créer le décor de leurs rencontres, avec quatre bouts de bois, un lambeau d'étoffe, une poignée de duvet, trois fleurs dans un vase. D'ailleurs, il fallait prévoir l'arrivée de Nikita. On l'installerait dans le grenier. Il garderait le logis en l'absence des maîtres. Tout s'arrangeait avec une aisance surnaturelle, comme dans les rêves où le dormeur déplace d'un doigt des montagnes. Un bruit de sièges repoussés interrompit les réflexions de Sophie et la ramena dans le bureau du général. D'un coup d'œil, elle s'assura que les femmes n'étaient pas aussi mécontentes qu'elles voulaient bien le paraître. Si une règle d'honneur ne les avait obligées à toujours se plaindre des autorités, peut-être même auraient-elles convenu que la proposition de Léparsky les comblait de joie. Il les raccompagna jusqu'à la porte et s'inclina devant elles en disant :
— Tenez-moi au courant de vos décisions, Mesdames. Il ne faut pas perdre de temps si vous avez l'intention de faire construire.

Sophie sortit avec les autres. Dans le vestibule, un soldat la rattrapa :
— Vous êtes bien Mme Ozareff ?
— Oui.
— Son Excellence vous demande de revenir.
— Maintenant ?
— Oui.

Elle s'étonna, s'excusa auprès de ses compagnes et rentra dans la grande pièce, où la vue de tous les fauteuils vides, rangés en demi-cercle, lui donna l'impression d'arriver après la fin d'un spectacle. Léparsky la fit asseoir, resta lui-même debout et dit, d'une manière embarrassée :
— Pardonnez-moi de vous avoir rappelée. Ces histoires de déménagement m'ont mis la tête à l'envers ! J'allais presque oublier que j'avais des nouvelles pour vous. Oui, au cours de mon voyage, je suis passé par Irkoutsk, j'ai vu Zeidler. L'enquête sur la disparition de votre serf est terminée. Elle a abouti à une conclusion assez triste...

Il marqua un temps, regarda Sophie droit dans les yeux et ajouta :

— Tout semble confirmer qu'il est mort, Madame.

Un vide se creusa dans le cerveau de Sophie. Ses idées blanchirent. Elle murmura :

— Mort ?... Ce n'est pas vrai !...

— Hélas ! Si !... Il y a les plus fortes chances pour que...

Elle lui coupa la parole avec indignation :

— Comment, les plus fortes chances ? On n'avance pas une chose pareille sans en être sûr ! L'avez-vous vu ? Quelqu'un l'a-t-il vu ? Quelqu'un peut-il dire ?...

— Son décès remonte à plus de deux ans.

Elle perdit pied, puis revint à la charge avec une incrédulité agressive :

— S'il était mort depuis si longtemps, j'en aurais été avertie ! Je ne manque pas de relations à Irkoutsk !

— Il n'est pas mort à Irkoutsk, mais à Verkhné-Oudinsk. Ce qui a retardé l'enquête, c'est qu'il n'avait pas de papiers sur lui et qu'il s'est toujours refusé à livrer son nom. Il avait tué un gendarme. Flagrant délit. Dans ce cas, la justice, chez nous, est expéditive. On l'a interrogé rapidement, on l'a sommé de dire qui il était, d'où il venait, et, comme il s'obstinait dans le silence...

Il n'acheva pas sa phrase, jeta un coup d'œil oblique à Sophie et expliqua en changeant de ton, comme pour la distraire d'une image pénible :

— Le dossier était déjà classé, les autorités s'étaient résignées à ne pas identifier l'assassin, quand les lettres que j'ai écrites sur vos instances ont réveillé l'intérêt de Zeidler pour cette histoire. Aussitôt, il a fait le rapprochement entre votre jeune serf, qui avait quitté sa place, à Irkoutsk, et l'inconnu arrêté sur la route, près de Verkhné-Oudinsk.

Elle tourna légèrement la tête, pendant qu'il parlait, comme si elle eût écouté quelqu'un d'autre en même temps. Soudain, elle demanda :

— Et cet homme... celui qui a été arrêté près de Verkhné-Oudinsk, comment est-il mort ?

— Il a été exécuté !

— Vous voulez dire qu'on l'a fusillé ?

— Non, Madame. C'était un moujik. Il avait tué un gendarme. On lui a appliqué la peine du knout.

Elle frémit, horrifiée, et dit du bout des lèvres :

— La peine du knout ?... Il a succombé sous les coups ?... C'est ça ?...

— Oui, Madame.

Alors, dans un élan, elle refusa tout ce qu'on lui racontait. La vie de Nikita dépendait, lui semblait-il, de la conviction qu'elle mettrait à nier qu'il fût mort. Pour le préserver, pour le sauver, il n'y avait qu'à tenir tête aux porteurs de mauvaises nouvelles, il n'y avait qu'à crier : non !

— Comment pouvez-vous certifier que c'était lui, dit-elle, puisqu'il n'a pas révélé son nom, puisqu'il n'avait pas de passeport ?

— Les gendarmes ont reconstitué, étape par étape, son voyage. Ils ont interrogé des témoins. Les dates, le signalement, tout concorde...

— Et cela vous suffit ? dit-elle avec un éclat insensé. Eh bien ! pas à moi, Excellence ! Il me faut d'autres preuves !

Elle écarta les bras et les laissa retomber dans un geste populacier qui n'était pas à elle. Le général ne la quittait pas des yeux. Sans doute était-il surpris qu'elle manifestât un tel trouble devant la mort d'un domestique. Elle s'en rendait compte, mais ce qu'il pouvait penser d'elle ne l'intéressait pas. Tout lui était égal, hormis le malheur dont elle devinait la menace, comme un battement d'ailes feutrées autour de sa tête.

— Sur le chemin du retour, je me suis arrêté à Verkhné-Oudinsk, dit Léparsky. Le colonel Prokhoroff, qui avait instruit l'affaire, m'a aimablement confié quelques pièces à conviction...

Il ouvrit un tiroir et déposa sur la table un étrange collier fait d'une cordelette, avec trois petits os jaunâtres en guise de pendeloques.

— Ce sont des dents de loup, dit-il. Les gens d'ici en confectionnent des amulettes.

Une joie tumultueuse déferla sur Sophie. Elle avait envie de rire pour se libérer de la peur.

— Ce n'est pas à lui ! dit-elle.

— En êtes-vous sûre ?

— Tout à fait, Excellence !

Léparsky enfonça la main plus profondément dans le tiroir et déplaça des papiers, des plumes, en grommelant :

— J'avais autre chose... Où diable l'ai-je rangé ?... Ah ! voilà !...

Un éclair brilla dans son poing.

— L'arme du crime, dit-il.

Subitement, tout changea. Une angoisse de trébuchement, de chute sans fin, comprima le ventre de Sophie. Elle avait reconnu le poignard que Nikita portait à la ceinture, pendant le voyage. Il s'en servait (elle le voyait encore !) pour trancher ses aliments, pour réparer un essieu, pour couper une corde. Machinalement, elle tendit la main et prit cet objet tout imprégné de vie. Il ne pesait pas lourd. Dans le manche de bois, poli et noirci par l'usage, étaient gravées la lettre « N », une croix, une date... Elle discernait ces détails, elle entrait en contact avec Nikita, et ses forces diminuaient, le désespoir, l'épouvante emplissaient son âme. Elle posa le couteau sur la table. Léparsky continuait de la scruter froidement, à la façon d'un juge. Maintenant, il ne doutait plus de l'avoir convaincue. Le silence, en se prolongeant, augmentait le désarroi de Sophie. La figure du général se déformait devant elle, comme rapprochée, puis éloignée, par une vague. Il fallait partir. Rassemblant son énergie, elle se mit debout. Ses jambes la soutenaient à peine. Elle arriva, sans savoir comment, jusqu'à la porte.

— Je suis désolé, Madame, dit Léparsky en s'inclinant pour lui baiser la main.

Cette moustache rêche sur sa peau — elle eut un mouvement de recul. Il se redressa, surpris, et la regarda.

Ayant fait dix pas dans la rue, elle aperçut, au loin, Marie Volkonsky et Catherine Troubetzkoï qui sortaient de l'échoppe du savetier. Elle n'eut pas le courage de les affronter, se précipita entre deux maisons, franchit une courette encombrée de caisses et de tonneaux, et déboucha en rase campagne. Seule dans le froid, entre la terre blanche et le ciel blanc, elle se sentit mieux. La neige crissait sous ses pieds, son haleine s'échappait en vapeur de sa bouche, elle marchait vite, comme si quelqu'un l'eût attendue au bout du chemin. Nikita mort, ces deux mots ne s'accordaient pas. Il représentait la force, l'innocence, la beauté, l'enthousiasme, la vie. C'était pour la rejoindre qu'il avait quitté Irkoutsk, deux ans et demi plus tôt, sans passeport. Elle avait toujours eu peur qu'il ne commît cette folie. Prosper Raboudin n'avait pas dû pouvoir le retenir et avait jugé prudent de ne pas répondre aux questions qu'elle posait dans ses lettres. Si seulement elle était restée là-bas, en attendant que Nikita eût reçu ses papiers ! Quelques jours de patience et ils fussent partis ensemble, avec un sauf-conduit en règle. Mais elle n'avait pas voulu s'attarder sur la route qui la conduisait vers Nicolas. Tout était de sa faute ! Pendant qu'elle croyait Nikita tranquillement occupé à servir les clients de l'auberge, il fuyait la ville. Espérait-il vraiment triompher seul de la distance, de la fatigue, de la police, des mille hasards du voyage ? Une fois pris — elle en était sûre ! — il avait perdu la tête, il s'était défendu, il avait frappé. Elle le savait capable de violence. A Irkoutsk déjà, quand les soldats avaient voulu fouiller sa chambre... Elle le revit, couché sur le plancher, à demi nu, l'épaule démise, le visage crispé, ruisselant de sueur, son regard bleu-violet sous une mèche de cheveux blonds... Cette douleur n'était rien auprès de celle qu'il avait subie sous le knout. Elle n'avait jamais assisté à ce genre de supplice, mais les paysans de Kachtanovka lui avaient raconté autrefois en quoi il consistait. Elle imagina Nikita ligoté, immobilisé, fustigé, jusqu'à ce que mort s'ensuive. Une colère bouillonnante la suffoquait. Elle détesta la Russie. C'était sa réaction, chaque fois qu'elle découvrait une nouvelle injustice. En aucun autre pays une pareille exécution n'eût été possible. Qu'avait-il aperçu avant de mourir ? Des faces de brutes, des uniformes... La violence, la haine, la bêtise... Sans doute avait-il pensé à elle ? Sans doute l'avait-il appelée ? Et elle n'avait rien entendu, rien deviné ! Tandis qu'il s'effondrait sous les coups du bourreau, elle poursuivait paisiblement son voyage en songeant à Nicolas. A Nicolas qui n'avait pas besoin d'elle, derrière sa palissade de pieux !... Et pendant deux ans et demi elle s'était nourrie de cette illusion. Pendant deux ans et demi, associant Nikita à tout ce qui la charmait dans le monde, elle avait attendu sa venue comme celle d'un ami, alors qu'il pourrissait dans la terre. Tout à l'heure encore, elle rêvait de construire une maisonnette et de l'y installer comme gardien ! Cette remarque acheva de la désespérer. Un flot de larmes lui coupa la respiration. L'ampleur de sa détresse l'effrayait. Il n'y avait aucun rapport entre la tendre estime qu'elle vouait à Nikita de son vivant et le délire qui s'emparait d'elle à présent qu'elle le savait mort. C'était comme si, sous la violence du choc, un couvercle avait sauté dans sa tête, libérant les idées les plus secrètes, les plus incroyables, les plus folles : « Est-il possible qu'il ait pris une telle place dans ma vie sans que rien ne se soit passé entre nous ? » Elle essaya de se figurer l'avenir et recula, épouvantée, devant le vide. Naguère, elle avançait dans l'espoir d'une rencontre. Maintenant, elle ne savait plus vers quoi elle marchait, pourquoi elle existait encore. Plus rien n'avait d'importance, parmi cet univers décoloré, désenchanté et amer. « Je vais me calmer ! Cela passera ! » se disait-elle. Mais le tumulte, en elle, allait grandissant et elle ne se débattait plus, elle se laissait envahir par des souvenirs d'une vénéneuse douceur, par des projets anciens devenus impossibles, qui la déchiraient. Une envie brutale la saisit de revoir Nikita, tel qu'il était, torse nu, dans la chambre d'auberge, à Irkoutsk, de respirer son odeur. Elle osa s'imaginer dans les bras de cet homme qui n'était qu'un paysan. Un bonheur fulgurant la traversa, suivi d'un tel dépit qu'elle se mordit les lèvres pour ne pas crier. Ces mains dont elle rêvait, cette poitrine aux muscles saillants, ce pur visage, qu'en restait-il au fond du trou noir où on l'avait jeté ?

Le ciel s'obscurcissait. Elle avait depuis longtemps dépassé le hameau, qui n'était plus qu'un ramassis de toits sur un mamelon neigeux, avec une auréole brune tout autour : la marge de crasse que les hommes déposent en vivant. Les larmes gelaient dans ses yeux. Elle entendit, au loin, des voix viriles qui chantaient :

Au fond des mines sibériennes...

C'étaient les prisonniers qui s'en retournaient, après avoir fait leur temps de travail au moulin. Ils allaient déboucher au tournant de la route. Tous bien vivants, avec des pieds lourds, des voix fortes, des visages cuits par le grand air. Parmi eux, Nicolas. Sophie s'affola, comme si elle eût craint d'être surprise avec un homme, et, ramassant le bas de sa robe, courut se dissimuler derrière un boqueteau. Quand la troupe se fut éloignée, elle ressortit de sa cachette. Tout était calme. Elle rentra chez elle sans rencontrer personne.

8

— C'est affreux ! murmura Nicolas. Pauvre garçon ! Mais pourquoi ne m'as-tu pas dit que tu avais demandé à Léparsky de le faire venir à Irkoutsk ?

— Je ne sais plus ! répondit Sophie. J'avais l'impression que... que cela ne t'intéressait pas...

— Cela m'intéressait au moins autant que toi ! De toute façon, c'était à moi de faire les démarches !

Elle baissa la tête. Elle avait dû prendre sur elle pour raconter les faits. Maintenant, assise sur le lit, près de Nicolas, elle se sentait affaiblie comme par une perte de sang. Un lourd silence plana dans la chambre aux murs nus. Derrière la porte, le soldat de garde allait, venait.

— De quoi ai-je l'air, aux yeux du général ? reprit Nicolas avec humeur.
Elle haussa les épaules :
— Quelle importance ? Tout est fini, n'est-ce pas ? N'en parlons plus !
— Tout est fini pour Nikita, mais pas pour nous, peut-être...
— Que veux-tu dire ?
— J'espère que cette histoire ne va pas nous retomber sur le dos !
— Ce n'est pas nous qui avons tué !
— Non, mais c'est notre serf. Il est regrettable que l'enquête de Zeidler l'ait révélé. Avoir pour domestique l'assassin d'un gendarme n'est pas une très bonne note pour un criminel d'Etat. N'oublie pas que tous les prétextes sont bons à l'administration pour nous chicaner sur une remise de peine !

Elle eut un sursaut d'indignation : comment pouvait-il, dans le malheur, se livrer à des pensées si mesquines ?
— C'est absurde ! dit-elle. Léparsky est on ne peut mieux disposé à notre égard !
— Oui, mais ses supérieurs ?... C'est à Saint-Pétersbourg que se décide notre sort !... Je t'admire d'être si optimiste !...

Il fronça les sourcils, s'enferma dans la réflexion et, au bout d'un moment, ajouta, comme se parlant à lui-même :
— N'est-il pas surprenant que Nikita soit parti sans attendre ses papiers ?
— Sans doute était-il pressé de nous revoir, dit-elle inconsidérément.

Une rougeur lui monta aux joues. Elle craignit que Nicolas ne remarquât son trouble. Mais il regardait ailleurs.
— Il devait bien savoir, pourtant, qu'il risquait au moins la prison s'il se faisait prendre ! dit-il.
— Evidemment !
— Curieux garçon ! En tout cas, ce qui est significatif c'est qu'il a refusé de dire son nom quand on l'a arrêté !
— Il avait peur, en parlant, de nous attirer des ennuis.
— Tu vois, triompha Nicolas, tu le reconnais toi-même !
— Quoi ?
— Eh bien ! que nous pouvons être inquiétés à cause de cette affaire ! Je t'assure que c'est sérieux !...

Il revenait à la charge. Elle ne put le tolérer.
— Je finirai par croire que tu as la manie de la persécution ! dit-elle.
— J'en aurais le droit, il me semble, après trois ans de bagne !

Elle fut sur le point de lui crier qu'il n'était pas tellement à plaindre, mais se retint, consciente de son injustice. Lui-même se radoucit et marmonna :
— Comprends-moi, Sophie... Je m'emporte, mais ce serait trop bête si, par suite de cette histoire, quelque difficulté surgissait au moment de notre transfert à Pétrovsk !
— Oh ! Pétrovsk ! dit-elle. Nous ne savons pas ce que nous allons y trouver.
— J'ai l'impression que nous serons bien là-bas. Rien que la perspective de vivre ensemble...

Il lui entoura les épaules de son bras. Elle subit, sans protester, cette chaleur enveloppante.

— Troubetzkoï, Annenkoff, Mouravieff, Volkonsky ne parlent que des petites maisons qu'ils vont se construire à Pétrovsk, reprit-il. Si nous faisions comme eux ?

— Pourquoi ? dit-elle. Nous n'avons pas d'enfants !...

— Même sans enfants ! N'aimerais-tu pas avoir un intérieur où tu me recevrais ?

Sophie ne répondit pas. Ce projet, qui l'avait charmée naguère, n'avait plus le même attrait pour elle. Etait-il possible qu'en si peu de temps tout eût changé ?

— Non, dit-elle enfin. Ce serait... ce serait trop compliqué !... On ne peut rien décider encore... Nous verrons sur place...

Et elle imagina avec ennui une longue suite de jours grisâtres, dans un pays inconnu, parmi des gens qu'elle n'aimait pas. Cependant, Nicolas se penchait vers elle, avec, sur le visage, un air à la fois brutal et tendre. Il la suppliait du regard. L'idée qu'il pût vouloir la prendre maintenant la désempara. Elle y vit une profanation de la mort. Que ne s'en allait-il, au lieu de rester là, solide, à réclamer son dû ? La santé, la vigueur, le désir qui rayonnaient de lui étaient insupportables. Il portait la vie sur sa figure, avec l'ostentation d'un parvenu. Elle évita son baiser en se levant d'un mouvement rapide. Surpris, il se mit debout, à son tour, et la considéra fixement :

— Qu'y a-t-il, Sophie ?

— Mais... rien, dit-elle.

— Viens dans mes bras !

— Non. Je t'en prie, Nicolas. Je suis fatiguée...

Aussitôt, il s'inquiéta :

— C'est vrai ! Je ne t'ai jamais vue ainsi. Est-ce la mort de Nikita qui t'a frappée à ce point ?

Elle domina le tremblement qui s'emparait d'elle et chuchota :

— Peut-être.

— Il ne faut pas, ma chérie. Ce garçon était évidemment très gentil, très capable... Nous l'aimions bien... Mais, après tout, ce n'était qu'un serf...

« Qu'il se taise ! songeait-elle. Qu'il se taise, ou je ne me contiens plus ! »

— Quand tu as appris la mort de tes parents, tu as été très courageuse, reprit-il. Plus courageuse qu'aujourd'hui !

Elle fut souffletée par la soudaineté de cette remarque. Il avait raison : la mort de ses parents l'avait simplement affligée, alors que la mort de Nikita lui ôtait tout désir de vivre.

— Il y a des choses que tu ne peux pas comprendre ! balbutia-t-elle.

Sans se démonter, il répliqua :

— Toi-même, les comprends-tu ?

Plus elle craignait d'être devinée, plus elle éprouvait le besoin de tout brouiller par un accès de colère. Son cœur battait à grands coups furieux, sa respiration s'étouffait, un bourdonnement de fièvre montait dans ses oreilles.

— Où veux-tu en venir ? demanda-t-elle brièvement.
— Et toi ? dit-il avec un sourire mélancolique. Ah ! Sophie, tout cela est ridicule !... Une phrase entraîne l'autre !... Nous n'allons pas nous quereller pour si peu !...

« Pour si peu ! pensa-t-elle. Il a de ces mots ! » Nicolas demeurait devant elle, les bras mous, le regard implorant. Des minutes passèrent. Sophie s'apaisa dans le silence. Puis, une gêne physique lui vint d'être là, debout, entre un homme de chair et un fantôme. Elle était accablée de pitié, pour Nicolas, pour Nikita, pour elle-même.

— Va-t'en, dit-elle avec douceur.

Il tressaillit et ses prunelles s'agrandirent :

— Mais, Sophie, il n'est pas encore l'heure !
— Je voudrais rester seule.
— Pourquoi ?
— Je te l'ai dit : je ne me sens pas bien...
— Je ne peux tout de même pas te quitter alors que tu es dans cet état !...
— Si, Nicolas... Je t'en supplie... Va-t'en !... Va-t'en, vite !...

Décontenancé, il hésita, enveloppa sa femme d'un regard circonspect et comprit qu'il valait mieux, en effet, la laisser seule.

— Soit, dit-il. Je m'en vais. Repose-toi. Tu es si nerveuse ! Je reviendrai après-demain...

Il baisa une morte sur le front. Elle lui sourit faiblement au moment où il ouvrait la porte.

9

Un printemps précoce libéra le pays de l'immobilité et de la blancheur. Sous la neige fondue surgirent des tapis de fleurs éclatantes, conservées dans les glacières de l'hiver. Autour des rivières, couleur de ciel et de sable, les roseaux balancèrent au vent leurs plumets roses. Des vols triangulaires d'oiseaux migrateurs rayèrent l'horizon avec des cris aigres. Les arbres se voilèrent d'une brume végétale naissante. Le vert des prairies grimpa à l'assaut des montagnes. Pour la première fois, Sophie était indifférente à cette explosion de sève. Quand Nicolas venait la voir, il la trouvait sur le qui-vive, raidie dans la crainte d'une parole désagréable, d'un attouchement maladroit. Après s'être alarmé, il semblait avoir pris son parti de cette réserve. Sans doute espérait-il, par sa patience, par sa douceur, dénouer les nerfs de Sophie, la guérir de son malaise, en faire de nouveau sa femme. Elle ne remarquait même pas l'effort qu'il s'imposait pour lui plaire. Si elle avait pu goûter quelque joie, jadis, aux petites tâches quotidiennes, elle n'en voyait plus ni le charme ni l'utilité. Pour les travaux du ménage, elle s'en remettait à Pulchérie et à Zakharytch. Alors qu'autrefois elle était heureuse de rendre service aux prisonniers en écrivant pour eux à leurs proches, elle s'occupait maintenant de leur courrier avec ennui. Mariages, naissances, succès dans les études, anniversaires, maladies, guérisons, il montait de tout cela un fumet de vie trop abondant, trop riche, qui l'écœurait. Ses lettres devenaient de plus en plus banales, de plus en plus brèves. Constatant sa négligence, plusieurs décembristes avaient déjà changé de secrétaire. C'est ainsi qu'Ivacheff, dont elle assurait naguère la correspondance, était maintenant passé à Marie Volkonsky. Cette dernière en était ravie. Ecrire était sa passion. Elle s'était déjà liée d'amitié, à distance, avec la sœur d'Ivacheff. On racontait qu'il y avait un projet de fiançailles entre lui et une jeune gouvernante française de Moscou, Camille Le Dantu. Elle était tombée amoureuse d'Ivacheff à une époque où la différence de leurs conditions sociales rendait le mariage impossible, mais revenait à la charge avec plus d'espoir, à présent qu'il était un criminel d'Etat dont aucune honnête femme n'eût voulu pour époux. La famille du jeune homme était enchantée de l'aubaine et multipliait les démarches auprès des autorités. Peut-être, un jour, verrait-on la fiancée débarquer à Tchita ? Cependant, le principal intéressé hésitait à dire oui. Tenait-il tant à rester célibataire ? Les dames ne comprenaient pas son attitude. Cette histoire les excitait grandement. Leur curiosité fureteuse, leur goût immodéré du bavardage agaçaient Sophie. Elles avaient tenté de l'entreprendre sur la mort de Nikita, dont elles avaient entendu parler par l'entourage de Léparsky. Dieu sait quels ragots le neveu du général avait rapportés d'Irkoutsk ! En quelques mots secs, Sophie avait découragé les glaneuses de renseignements. Depuis, il n'avait plus jamais été question devant elle de Nikita.

Aux premiers jours de chaleur, les dames décidèrent d'organiser une excursion en voiture. Il n'y avait qu'une calèche à Tchita, celle de Léparsky. Galamment, il la mit à leur disposition pour un après-midi. Sophie accepta, par désœuvrement, de se joindre au groupe. Mais ni Pauline Annenkoff, qui avait accouché pour la seconde fois (encore une fille !), ni Catherine Troubetzkoï, qui supportait mal sa grossesse, ne purent venir. En revanche, Marie Volkonsky, également enceinte, se rallia au mouvement. Léparsky livra la calèche lui-même et exigea de connaître l'itinéraire choisi. Les environs de Tchita n'étaient pas sûrs, car, à la belle saison, beaucoup de condamnés de droit commun, tentés par le soleil et l'horizon large, prenaient la fuite. Les « vagabondages printaniers » ne duraient guère plus de deux ou trois mois. Pendant que les *varnaks* ou *tchaldony,* comme on appelait ces bagnards errants, goûtaient l'ivresse de courir les bois et les champs, de tirer le gibier à la fronde et de dormir à la belle étoile, des Bouriates les pourchassaient sans méchanceté : dix roubles de récompense pour tout *varnak* ramené vivant, cinq pour tout cadavre de *varnak,* à condition qu'il fût identifiable. S'ils n'étaient pas capturés, ils revenaient d'eux-mêmes au bagne, dès les premiers froids. Le tarif était fixé d'avance : tant de coups de knout, tant de jours de cellule. Ils acceptaient le châtiment sans rechigner et rêvaient, le dos endolori, aux « vacances » de l'année prochaine. D'ailleurs, toute la population de la région subvenait aux besoins des *varnaks* pendant leurs escapades. Par précaution, Léparsky avait détaché deux cosaques auprès des dames. Il y avait quelque chose de cocasse, pour Sophie, dans ces épouses de forçats craignant de rencontrer d'autres forçats sur la route. Elle le dit au général qui répondit sévèrement :

— A vivre parmi des bagnards intellectuels, vous oubliez qu'il en existe d'autres, pour qui le meurtre et le viol sont monnaie courante.

Un frisson agita le rang des dames. Aucune n'osa plus plaisanter. Elles montèrent à cinq dans la calèche. Léparsky donna ses recommandations au cocher. Et on partit, au trot, le visage protégé par des ombrelles. La route suivait le bord de la rivière. De loin en loin, se dressaient de grandes meules de bûches superposées, pour la fabrication du charbon de bois. Le sommet de ces pyramides fumait doucement. Tout autour de Tchita, l'air était imprégné d'un parfum de souches calcinées, de cendres chaudes. Un paysage de prairies fleuries, de jeunes forêts, de montagnes vaporeuses charmait les regards et inclinait à la paresse. Après quelques exclamations de plaisir, on en revint à parler de Camille Le Dantu. Marie Volkonsky, en tant que correspondante de la famille Ivacheff, vanta l'abnégation de la petite gouvernante, qui, par amour pour un condamné politique, acceptait de s'exiler en Sibérie.

— Oui, observa furtivement Alexandrine Mouravieff, mais, compte tenu des inconvénients de l'exil, elle fera tout de même un très beau mariage, un mariage qu'elle n'aurait jamais rêvé en temps normal !

— Elle ne peut être sincèrement amoureuse d'Ivacheff, puisqu'elle l'a à peine connu en Russie ! renchérit Mme Davydoff.

— Vous ne croyez pas au coup de foudre ? demanda Marie Volkonsky.

— Celui-ci serait à retardement ! dit Mme Fonvizine.

Mme Davydoff se pelotonna, prit un visage de mystère et baissa la voix pour dire :

— On raconte... je ne sais pas si c'est vrai !... On raconte que la mère d'Ivacheff — soucieuse à l'idée que son grand fils était tout seul..., privé de femmes..., enfin vous me comprenez ! — lui a acheté une fiancée, en la personne de Mlle Le Dantu, pour cinquante mille roubles !

Les dames s'indignèrent en chœur contre une pareille assertion, tout en paraissant ravies qu'elle eût été faite.

— D'ailleurs, Ivacheff ne sait pas lui-même ce qu'il veut ! dit Marie Volkonsky. Il se préparerait à fuir !...

— Etrange obsession pour un homme amoureux !

— Le vagabondage printanier, ma chère !

— Cette histoire ne vous rappelle-t-elle pas celle de Pauline Annenkoff ? Elle aussi a décroché son mariage d'une singulière façon !

— Ne soyez pas mauvaise langue ! On ne peut pas comparer !...

Sophie se tenait à l'écart de ce babillage, où, lui semblait-il, se libérait un besoin féminin de fouiller dans le linge sale, de cuisiner de petites méchancetés sans lendemain, d'échanger des attaques vives et inefficaces comme des reflets de miroir à miroir. Ce jeu qu'elle exécrait, combien de fois en avait-elle été le prétexte ? A entendre ce qu'on disait des autres, elle pouvait imaginer ce qu'on avait dit d'elle !

— En tout cas, si Camille Le Dantu réussit son coup, il y aura bientôt trois Françaises à Tchita ! dit Mme Davydoff.

— Plus Catherine Troubetzkoï, qui l'est à demi ! répliqua Sophie en souriant.

— Comment expliquez-vous cela ? demanda Marie Volkonsky. Vos compatriotes auraient-elles une vocation amoureuse exceptionnelle ?

— Vous oubliez que c'est vous et Catherine Troubetzkoï qui nous avez donné l'exemple ! dit Sophie.

Comme si elle ne l'eût pas entendue, Marie Volkonsky poursuivit :

— Je crois que les Françaises sont, dans l'ensemble, des femmes de tête qui vont jusqu'au bout de leurs désirs, sans tenir compte des réactions de l'opinion publique. La différence de condition sociale ne les gêne, en amour, ni dans un sens ni dans l'autre.

Sophie devina que ce jugement, prononcé sur le ton de la plus franche gentillesse, concernait moins le brillant Basile Ivacheff et sa petite gouvernante qu'elle-même et Nikita. Quatre paires d'yeux se fixèrent sur elle pour voir si elle ne tressaillait pas sous la piqûre. Ainsi observée, elle n'eut aucune peine à garder un visage serein.

— Sans doute est-ce un héritage de la révolution ? dit encore Marie Volkonsky.

Elle était belle dans la malveillance, avec son chaud visage de créole, à l'œil noir, à la bouche pulpeuse. Cahotées à chaque tour de roue, les femmes s'entre-heurtaient mollement dans un froufrou d'étoffes, dans un mélange de parfums. Leurs ombrelles dansaient au-dessus de leurs têtes. Serrée contre Marie Volkonsky comme contre sa plus chère amie, Sophie dit, sans changer de note :

— Le véritable héritage de la révolution, il ne faut pas le chercher dans le cœur des femmes françaises, mais dans celui des hommes russes. Demandez plutôt à vos maris ce qu'ils en pensent, Mesdames !

Cette riposte plut à tout le monde. Ici, comme dans une salle d'armes, on appréciait les coups bien portés. Même Marie Volkonsky parut heureuse d'avoir été si sèchement remise à sa place. La conversation reprit dans une atmosphère détendue : on parla des maisonnettes de Pétrovsk. Alexandrine Mouravieff avait déjà passé sa commande à un entrepreneur. Sophie laissa ses compagnes s'ébattre dans l'architecture. De chaque côté de la calèche, trottait un cosaque, le fusil en bandoulière. Les chevaux, nourris de fourrage humide, pétaradaient, de temps à autre, avec violence. Les dames feignaient de ne pas le remarquer, mais s'éventaient avec leurs mouchoirs.

Un peu plus loin, il fallut franchir la rivière à gué. Le cocher, ayant mesuré la profondeur avec une branche, craignit que l'eau ne débordât le marchepied et ne mouillât les chaussures des voyageuses. Justement, le pope du village avait détaché une barque et ramait vers l'autre rive. En apercevant les dames, il revint en arrière et leur proposa de monter dans le bateau.

Quand elles se furent installées sur les bancs, il n'y eut plus de place pour lui.

— Ça ne fait rien, dit-il. Je traverserai à pied, je vous pousserai...

Il se nommait Vissarion et avait quatre enfants. C'était lui qui avait célébré le mariage de Pauline Annenkoff. Son visage de jeune moujik, au nez retroussé et aux prunelles de myosotis, se terminait par une barbiche blonde et bifide. Sans prendre garde aux protestations gênées des dames, il se déchaussa, pendit ses bottes, par une ficelle, autour de son cou et, d'un geste viril, releva sa soutane sur ses reins. Elles n'eurent que le temps de se détourner pour ne pas voir ses cuisses. De petits rires fusèrent sous les ombrelles. Le prêtre entra dans la rivière jusqu'au ventre et se mit à pousser la barque devant lui. Le bas du corps enfoncé dans l'eau, les hanches entourées d'un flottement de draperies noires, il ne présentait plus le même danger pour les regards de ses paroissiennes. Elles osèrent enfin reporter les yeux sur lui. Il rayonnait d'une simplicité biblique. Marie Volkonsky lui demanda où il se rendait ainsi.

— Le vieil Antoine, dit-il, — vous savez bien, le bûcheron qui habite dans la forêt ! — il est en train de mourir... Son fils m'a appelé...

Les cosaques lancèrent leurs chevaux dans le courant. La calèche descendit à son tour et s'immergea jusqu'aux garde-crotte, avec des balancements incertains, comme si, roulant encore, elle eût été sur le point de flotter. On arriva au milieu de la rivière. L'eau gagna la poitrine du prêtre.

— N'est-ce pas imprudent, mon père ? demanda Mme Fonvizine.

— Non, dit-il. Vous voyez, ça descend déjà. Ici, il y a un banc de sable.

En effet, peu à peu, l'eau baissait autour de lui. Inquiètes d'en découvrir trop, les dames se cachèrent de nouveau sous leurs ombrelles. Parvenues sur l'autre rive, elles remercièrent leur passeur, qui avait rabattu sa soutane trempée sur ses jambes maigres. Alexandrine Mouravieff lui dit qu'elle le reverrait demain, afin de lui commander une messe pour le repos de l'âme de sa mère, morte l'année précédente.

— Venez... Venez... C'est **une action** sainte et nécessaire, dit le prêtre. Que Dieu vous garde !

Il les bénit toutes d'un signe de croix. A l'instant, Sophie éprouva un choc intérieur et son esprit s'éveilla, s'emballa : Nikita était mort sans les secours de la religion. Lui si croyant, comme il avait dû en souffrir ! Peut-être (que savait-on de l'au-delà ?) en souffrait-il encore d'une certaine façon ? Si une part de lui subsistait après l'évanouissement de sa forme visible, si tout ce qu'il représentait n'était pas fini avec la destruction de son corps, alors elle ne pouvait lui causer de plus grande joie qu'en faisant dire une messe à son intention.

Elle remonta en voiture avec cette idée qui la dépaysait. Imaginer qu'elle pût encore être utile à Nikita était un réconfort qu'elle n'espérait plus. Elle décida que, demain, elle irait trouver le père Vissarion.

La calèche s'ébranla, luisante d'eau, avec des herbes aquatiques emmêlées dans les rayons des roues. La robe humide des chevaux fumait au soleil. Au sommet d'une colline, on atteignit le « point de vue ». C'était le but de la promenade. Les dames s'extasièrent. Marie Volkonsky prit des croquis sur un carnet. Au retour, elle les montrerait à Nicolas Bestoujeff. Sophie ne vit rien du paysage. Elle était avec Nikita dans une église.

Pour revenir à Tchita, on choisit un autre chemin, qui passait par la Tombe du Diable. Il fallait se presser, si on voulait trouver les maris sur place. L'arrivée des dames fut saluée par des exclamations d'enthousiasme. Une foule de terrassiers, jetant pelles et pioches, se rua sur elles pour leur baiser la main. Les sentinelles, débordées, laissaient faire. Bientôt, chaque femme eut autour d'elle une petite cour de travailleurs enamourés. Elles avaient apporté des biscuits et des bouteilles de sirop de framboise. Sophie nota que toutes, même les plus sérieuses, manquaient de naturel parmi ce public masculin trop nombreux. Elles étaient en représentation, elles coquetaient, elles régnaient... Nicolas prit Sophie par la main et l'emmena loin du groupe. D'abord, il l'interrogea sur sa promenade, puis sur ce qu'elle avait fait la veille, enfin sur elle-même, insidieusement. Il avait un visage d'enfant puni.

— Sophie, je suis très malheureux ! murmura-t-il soudain. Tu as tellement changé !...

— Mais non...

— Si, si !... Je sais bien ce qui se passe... Tu es trop sensible. Tu as été révoltée par le supplice de Nikita... En tant que Française, il est normal que tu ne puisses supporter certaines de nos habitudes... Déjà, à Kachtanovka, tu prenais à cœur des choses qui, moi, me touchaient beaucoup moins... Au fond, tu en veux à toute la Russie de ce qui est arrivé... et à moi-même par contrecoup !... Mais réfléchis : je n'y suis pour rien, moi, ma chérie...

Elle lui mit la main sur la bouche. Il lui tordit le poignet et baisa le fond chaud et plissé de sa paume avec une sorte de gloutonnerie. Surprise par la rapidité de ce mouvement, elle resta un instant l'esprit perdu. Un cheval aux douces lèvres noires mangeait dans le creux de sa main. Puis, elle se ressaisit et cette caresse fourmillante lui fut désagréable. Elle le repoussa. Il eut un regard haineux et misérable, baissa le front et partit. En se retournant, elle vit que les autres femmes observaient la scène de loin.

*
* *

Il pleuvait. Le lieutenant Vatrouchkine décommanda les travaux prévus à la Tombe du Diable et autorisa les détenus à disposer de leur temps. Certains restèrent vautrés sur leurs lits, à écrire, à lire, à jouer aux échecs ou à rêver en fumant la pipe. D'autres se rassemblèrent dans la salle de Moscou pour écouter la douzième conférence d'Odoïevsky sur la littérature russe. L'orateur, debout sur une table, parlait sans consulter ses notes et citait même de mémoire des textes assez longs. Après un rappel des pièces de Soumarokoff, il évoqua avec émotion l'œuvre du poète et auteur dramatique Griboïedoff, assassiné, l'année précédente, à Téhéran, par des musulmans insurgés. Griboïedoff était lié jadis avec de nombreux décembristes. Sa comédie, *le Malheur d'avoir trop d'esprit*, avait été interdite par la censure, mais tout homme cultivé en connaissait quelques vers par cœur.

— Il a été l'un des premiers, avec Pouchkine, à rejeter le style déclamatoire des écrivains du siècle précédent et à peindre la vie dans sa vérité quotidienne, dit Odoïevsky. Grâce à ces deux génies, la littérature russe a cessé d'être une mascarade, le dictionnaire russe n'est plus divisé en deux parts : d'un côté les mots nobles dont on se sert pour écrire, de l'autre les mots vils dont on se sert pour parler...

Nicolas, qui, d'habitude, ne perdait pas une phrase des conférences d'Odoïevsky, avait de la peine, cette fois-ci, à suivre le courant. A tout propos, son attention se décrochait. Il essayait de justifier le repliement de Sophie par les chocs successifs qu'elle avait éprouvés en apprenant la mort de ses parents, puis celle de Nikita. Il se disait qu'il devait l'aimer à travers sa réalité et non à travers l'image qu'il s'en était faite, que les caractères évoluaient avec le temps, que l'être le plus équilibré pouvait subitement être frappé de malaise, d'aberration, de folie ! A ce moment, il remarqua que Bestoujeff, assis non loin de lui, son carnet de croquis sur les genoux, était en train de le dessiner. Cela lui déplut. Il était trop triste pour avoir envie de poser. De la main, il fit signe à son camarade de chercher un autre modèle. Mais Bestoujeff continua imperturbablement à le lorgner d'un œil voleur ; son crayon dansait sur le papier.

Nicolas, agacé, se leva et sortit sur la pointe des pieds, pour ne déranger personne. Que faire ? Où aller ? La pluie tambourinait sur le toit. Nicolas rentra dans sa chambrée, où régnait un calme studieux, et se faufila vers son lit. Youri Almazoff et Lorer étaient assis dessus. Le dos à la porte, ils discutaient à voix basse. En se rapprochant d'eux, Nicolas entendit prononcer le nom de Nikita. Il y eut en lui un flamboiement de honte et de colère. Etait-il devenu la fable de tout le bagne, à cause de ce petit serf dont sa femme pleurait la mort ? Comment la nouvelle s'était-elle répandue parmi ses camarades ? Léparsky, son neveu, des sous-officiers de la suite, Sophie elle-même — qui avait parlé ? Il se domina pour ne pas tomber à coups de poing sur les deux hommes, qui, déjà, se retournaient.

— Je t'ai pris ta place, dit Lorer en se levant. La conférence d'Odoïevsky est finie ?

— Non, répondit Nicolas d'une voix tremblante. Mais j'avais à faire par ici.

— Moi aussi, j'ai à faire. Une leçon d'espagnol à apprendre pour Zavalichine. Il est terrible comme professeur ! Cependant, que n'accepterait-on pour goûter Cervantes et Calderon dans le texte ?...

Quand il se fut éloigné, Youri Almazoff voulut partir, à son tour, mais Nicolas le retint en grommelant :

— Ah ! non ! Toi, du moins, tu vas rester... tu vas me dire !

Il avait saisi le poignet de son ami et le serrait avec tant de vigueur que l'autre se dégagea d'un geste sec et siffla :

— Qu'est-ce qui te prend ?

— Je vous ai entendus, dit Nicolas.

— Et après ?
— Vous parliez de Nikita.
— C'est défendu ?
— Canaille ! proféra Nicolas entre ses dents. Tu te prétends mon frère, mais, derrière mon dos, tu me calomnies ! Répète ce que tu disais !
— Je disais que ce pauvre Nikita Mouravieff est idiot de faire bâtir à Pétrovsk une maison de deux étages, avec salle de billard, et que cette lubie de sa femme lui coûtera les yeux de la tête !

Désarçonné en plein élan, Nicolas se découvrit bête et mou, avec sa fureur qui fuyait, qui diminuait pour se perdre au loin. Il mesura avec inquiétude l'état d'obsession auquel il était parvenu. A force de tout ramener à son propre tourment, il finissait par croire qu'il n'y avait qu'un seul Nikita en Russie. En face de cette méfiance absurde, la sincérité de Youri Almazoff était évidente. Il regardait droit, de ses gros yeux fixes et tendres, tapis sous d'épais sourcils noirs. Un sourire parut sur ses lèvres rasées.

— Je ne te reconnais pas, Nicolas, dit-il. Depuis quelque temps, tu es pour moi comme un étranger. Toi si actif, si courageux d'habitude !... Tu as des ennuis ?... Tu nous caches quelque chose ?...

Nicolas gardait le secret depuis si longtemps que, tout à coup, il ne put se contenir. Il débordait de chagrin, d'amertume, d'angoisse. L'amitié était devant lui comme une tentation.

— Ça ne va pas avec ma femme, chuchota-t-il.
— Je m'en doutais, dit Youri Almazoff. La vie n'est pas drôle ici pour les épouses de prisonniers. Il faut les comprendre...
— Au début, pourtant, elle paraissait heureuse ! soupira Nicolas. J'avais l'espoir qu'elle s'habituerait...

Ils s'étaient assis sur le lit, côte à côte, les coudes aux genoux, les jambes rassemblées, comme à l'époque où ils portaient encore des chaînes. Un silence passa sur eux. Puis, Nicolas se frappa le front des deux poings, si violemment qu'une marque rose apparut sur sa peau de blond, entre les sourcils.

— C'est un mauvais moment ! dit Youri Almazoff.
— Un moment qui dure... qui dure...
— Depuis quand exactement ?

Nicolas lui jeta un regard soupçonneux, hésita, haussa les épaules et dit :
— Depuis que Léparsky est revenu d'Irkoutsk.
— Tu sais, Nicolas, dit Youri Almazoff, tu peux me parler franchement... Nous sommes tous au courant, ici...
— Au courant !... Au courant de quoi ?...
— Eh bien ! mais... de... de ce que tu reproches à ta femme...

Nicolas blêmit :
— Je ne lui reproche rien !

Craignant d'en avoir trop dit, Youri Almazoff voulut se rattraper et bredouilla :
— Tu as bien raison ! S'il fallait croire ce que racontent les mauvaises langues d'Irkoutsk et de Tchita... Qu'est-ce que ça prouve qu'elle ait voyagé

seule avec ce garçon, qu'elle l'ait soigné quand il était malade, qu'elle ait commandé une messe à son intention ?...

La stupeur s'empara de Nicolas.

— Elle a commandé une messe à son intention ? balbutia-t-il.

— Il paraît.

— Quand ?

— Ce n'est peut-être pas vrai !...

— Quand ? répéta Nicolas en secouant Youri Almazoff par les épaules comme un mannequin.

Soudain, il le lâcha, se précipita dehors, courut jusqu'au poste de garde et pria le lieutenant Vatrouchkine de l'autoriser à se rendre auprès du père Vissarion, qui l'attendait pour une confession. Vatrouchkine s'étonna, réfléchit, puis, bon prince, désigna deux soldats afin d'accompagner le prisonnier au presbytère.

Assis dans la grande salle de l'isba, le prêtre écossait des petits pois en famille. Il renvoya sa femme et ses deux filles, et invita le visiteur à s'asseoir.

— Je voudrais vous commander une messe pour le repos de l'âme de mon serviteur Nikita, dit Nicolas en restant debout.

— Vous arrivez trop tard, dit le prêtre avec un bon sourire. Votre femme vous a devancé dans ce pieux souci.

— Ah ! murmura Nicolas.

Et sa vue se troubla, il s'appuya d'une main au bord de la table. Une montagne de petits pois verts s'élevait devant lui.

— C'était hier, reprit le prêtre. J'ai également prié pour ses parents.

— Je vous remercie, mon père, dit Nicolas.

Les soldats le ramenèrent à la prison sous la pluie.

10

— Je me moque de l'opinion des autres ! cria Sophie. Les gens, ici, n'ont rien à faire qu'à espionner et qu'à médire ! Devais-je renoncer à mon idée, à cause d'eux ?

— Pas à cause d'eux, à cause de moi ! dit Nicolas en s'arrêtant de marcher de long en large dans la chambre. Ce que tu as fait, Sophie, est tout simplement scandaleux ! Qui était-il, ce Nikita, pour que tu commandes une messe à son intention ? ton mari, ton frère, ton fils... ?

— Il était un compagnon de voyage dévoué !

— Un serf !

— Oui, un serf, qui est mort dans des conditions atroces !

— Parce qu'il a essayé de te rejoindre !

— Justement ! Nous avons, toi et moi, une dette de reconnaissance envers lui !

— Toi peut-être, répliqua-t-il dans un ricanement, mais pas moi !

Elle eut une bouffée de rage :

— Si, Nicolas ! Dis-toi bien que, sans lui, je ne serais pas arrivée jusqu'à toi. Il m'a aidée ! Il m'a défendue ! Il a été... il a été admirable !...

Parler de Nikita remuait en elle une douceur et une tristesse qui la préparaient aux larmes. Elle eut peur de cette faiblesse à un moment où elle aurait eu besoin de toute son énergie. Nicolas avait croisé les bras sur sa poitrine et la considérait attentivement, sans avoir l'air d'entendre ce qu'elle disait. Enfin, il grommela :

— Dire que, pendant des mois, j'ai vécu dans l'ignorance, dans l'insouciance ! Et il a suffi d'un voyage de Léparsky à Irkoutsk pour que les sales petites histoires de là-bas me reviennent aux oreilles !

— Quelles sales petites histoires ?

— Tu le sais bien !

Il hésita devant l'énormité de l'accusation, puis prononça avec force, avec dégoût :

— Ton intimité avec... avec ce paysan !

— Tu penses vraiment ce que tu dis ? demanda-t-elle en le regardant froidement dans les yeux.

Pendant une seconde, leurs volontés s'affrontèrent en silence. Le premier, il détourna la tête. Elle devina qu'il eût donné n'importe quoi pour être rassuré. Eludant la question abrupte qu'elle lui avait posée, il murmura d'un ton radouci :

— Je voudrais tellement te croire, Sophie ! Mais ton attitude même te condamne ! Si tu n'avais réellement rien à te reprocher, tu m'aurais averti de tes démarches pour faire venir Nikita ! Tu n'aurais pas agi en cachette !... Je sais, tu prétends que tu ne m'en as pas parlé par négligence... Comment pourrais-je me contenter de cette excuse ?...

Peu à peu, son accent redevenait acerbe, comme si, à récapituler ses griefs contre Sophie, il se fût mieux convaincu de son bon droit. Maintenant, chaque mot qu'il lançait l'entraînait plus loin dans la violence.

— Il y a autre chose, reprit-il. Autre chose de plus grave !... Ta froideur à mon égard !... En arrivant ici, tu étais déjà bizarre, passive, comme une femme dont l'esprit est occupé ailleurs. Mais, depuis la mort de Nikita, c'est bien simple, tu me fuis comme si je portais la peste ! Quand je m'approche de toi, je lis dans tes yeux de la répulsion !

— Ce n'est pas vrai, dit Sophie.

— Comment, ce n'est pas vrai ?

Il lui saisit les poignets. Elle se débattit, le repoussa et recula de deux pas, décoiffée, haletante.

— Tu vois ! marmonna-t-il. Tu vois que j'ai raison !

Il paraissait à la fois humilié et triomphant. Elle le contempla avec mépris et haussa les épaules. Ce mouvement qu'il surprit l'exaspéra. Ses traits se roidirent, son œil vert brilla de fureur à l'ombre de ses sourcils noués.

— Allons ! Avoue ! dit-il soudain. Ce sera plus simple !.. Avoue que tu as couché avec lui !

Elle reçut cet affront comme un crachat au visage. Son sang bondit. Mais elle ne broncha pas. Alors, il se mit à vociférer :

— Quand je pense que je me suis attendri sur la grandeur d'âme de ma femme, qui avait tout abandonné pour me suivre en Sibérie ! Ce n'est pas pour me rejoindre que tu as quitté Saint-Pétersbourg, mais pour filer le parfait amour avec ton domestique, en voyage d'abord, puis à Tchita ! Moi sous les verrous et lui dans ton lit, ça t'arrangeait, hein ?

Il tendait vers elle sa face convulsée. Pourtant, elle n'avait pas peur de lui. Elle était même soulagée qu'il fût si brutal et si stupide avec elle. En l'accusant à tort, il l'aidait à se détacher de lui et à se réfugier dans un amour immatériel, que nul ne pouvait comprendre.

— Tu es grotesque ! dit-elle du bout des lèvres.

— Et toi, tu es immonde ! hurla-t-il. Je ne peux plus te regarder sans te voir souillée par des mains de moujik !

— Alors, que fais-tu ici ?

— Quoi ? Quoi ? bégaya-t-il en arrondissant les yeux. Tu oses ?... Qu'est-ce que tu te figures ?...

Il leva la main sur elle. « Que va-t-il se passer s'il me frappe ? » pensa-t-elle rapidement, avec une grande lucidité. Leurs regards se rencontrèrent. Elle mit dans le sien la dureté de l'acier. Ses cils ne vibraient pas. Ses lèvres étaient scellées. Au milieu de son corps immobile vivait un cœur énorme aux battements réguliers et profonds. Après deux ou trois secondes, qui lui parurent interminables, elle vit le menton de Nicolas qui bougeait, comme s'il eût avalé à vide. Ses prunelles vertes s'éteignirent. Un petit muscle sauta au coin de sa bouche. Il laissa retomber son bras le long de son corps, s'assit sur le lit et cacha sa figure dans ses mains.

— Mon Dieu ! Mon Dieu ! Est-ce possible ? dit-il.

Elle n'éprouvait aucune pitié pour lui. Cependant, elle ne songeait pas à le mettre dehors. Un étrange oubli s'était emparé d'elle. Son corps flottait, impondérable. Son esprit s'intéressait à des détails infimes : un bouton manquait à la veste de Nicolas, des fourmis descendaient en procession de la fenêtre — il faudrait le signaler à Pulchérie... La trêve se prolongeait, comme entre deux bêtes fatiguées, qui restent sur les lieux du combat et lèchent leurs blessures sans savoir si elles auront assez d'ardeur pour recommencer. Tout à coup, il releva le front. Son visage apparut, décomposé, hagard, barbouillé de larmes. Il gémit :

— Tu m'en veux ?

Elle s'attendait si peu à cette question qu'elle demeura interloquée.

— Il faut me comprendre, Sophie ! reprit-il. Je deviens fou à l'idée que tu aies pu m'être infidèle ! Dis-moi que ce que j'imagine est faux ! Dis-le moi et je te croirai, je te le jure !...

Comme elle continuait à se taire, il poursuivit, plus humblement encore :

— Au fond, si tu es tellement distante avec moi, c'est parce que tu m'en veux encore de t'avoir trompée autrefois, bêtement... Tu es si fière !... Cela t'a marquée !... Tout est de ma faute !...

Elle avait complètement oublié cette aventure ancienne de Nicolas et s'étonnait qu'il y fît allusion pour expliquer un malentendu dont la cause était ailleurs. En se reconnaissant coupable d'avoir ébranlé la solidité de leur ménage, sans doute espérait-il écarter un danger plus grave. Si l'un des deux devait être fautif, il préférait que ce fût lui. Cette tactique pitoyable la fit sourire intérieurement. Comme elle était loin de la jeune épouse qui, jadis, vouait à son mari une jalousie saine et brutale, une hargne de femelle amoureuse. Aujourd'hui, les prières qu'il lui prodiguait ne la touchaient pas davantage que ses injures.

— Sophie, ma chérie !... Oublie ce que je t'ai dit !... Je suis un imbécile !... Recommençons !...

Il s'était levé et marchait sur elle, les mains tendues, pour la saisir. Elle devina ce qui allait suivre. Le fuir ? L'arrêter ? Comment ? Une idée l'éblouit au moment où elle se croyait perdue. D'un geste vif, elle allongea le bras vers la poignée de la porte et ouvrit le battant. Dans l'encadrement du chambranle, apparut un soldat éberlué, l'oreille collée au vide. Il y eut un silence de stupéfaction. Nicolas s'était immobilisé, le souffle court, la lippe mauvaise.

— Tu es un monstre, Sophie, dit-il. Un monstre de tranquillité, de dureté !

Et il se précipita dehors.

Durant deux jours, Sophie évita toutes les occasions de revoir Nicolas. L'explication qu'elle avait eue avec lui l'avait si bien guérie de ses scrupules qu'elle avait l'impression de respirer mieux. Mais le dimanche suivant, quand approcha l'heure de la visite, elle redevint nerveuse. Assise près de la fenêtre, elle essayait de lire un roman de Walter Scott et tressaillait au moindre bruit : encore une scène en perspective, avec des larmes, des injures... Cependant, personne ne se montrait. Longtemps, elle resta sur ses gardes. Lorsqu'elle comprit enfin qu'il ne viendrait pas, elle ressentit un grand bien-être. Elle lui savait gré d'avoir renoncé à leur entrevue. Le livre qu'elle tenait sur ses genoux s'anima. Elle s'intéressa, sans réserve, aux aventures de Rob Roy. Tard dans l'après-midi, on frappa à sa porte. Lui ? Elle ouvrit avec un serrement de cœur. Ce n'était que Pauline Annenkoff. Elle arrivait, pomponnée, trémoussante. La gaieté lui sortait par tous les pores de la peau.

— Votre mari vous a dit la nouvelle ? s'écria-t-elle en entrant.
— Je n'ai pas vu mon mari aujourd'hui, annonça Sophie.
— Ah ! mon Dieu ! Serait-il malade ?
— Non.

Tout en parlant, Sophie songeait que les épouses de prisonniers étaient sans doute plus ou moins au courant de ses difficultés avec Nicolas. Elles avaient délégué l'une d'elles pour la surprendre. Cette curiosité la laissait indifférente. Son chagrin l'isolait et la protégeait. Elle n'éprouvait même plus la nécessité de feindre le bonheur conjugal devant ces femelles assoiffées d'indiscrétions.

— Mon mari se porte très bien, dit-elle. Il n'est pas venu parce que nous avons décidé, d'un commun accord, de renoncer à nos entrevues.

— Ah! vraiment? balbutia Pauline Annenkoff en ravalant sa salive. Je suis désolée... Je ne savais pas... Je vous prie de m'excuser...

— Il n'y a pas de quoi! dit Sophie. Je crois que vous vouliez m'apprendre une nouvelle...

— Moi?

Abasourdie par ce qu'elle avait entendu, Pauline Annenkoff mit une seconde à reprendre ses esprits.

— Ah! en effet, c'est au sujet de Camille Le Dantu! dit-elle enfin avec exubérance. Vous savez qu'hier Léparsky avait convoqué Ivacheff pour lui montrer une lettre de sa mère et une autre de la mère de Camille, expédiées toutes deux avec la haute approbation de Benkendorff! Des épîtres déchirantes de noblesse, paraît-il! Ce cher garçon en a été remué jusqu'aux larmes! Léparsky lui a accordé vingt-quatre heures de réflexion. Il vient à l'instant de porter sa réponse au général : c'est oui!

Elle explosa d'allégresse devant une Sophie singulièrement absente et poursuivit :

— Camille va être si heureuse! Je l'ai souvent rencontrée autrefois. Tout le monde se connaissait dans la petite colonie française de Moscou. Cela nous fera une compatriote de plus. Charmante, je puis le dire! Exactement le genre de femme qu'il faut à Ivacheff! Tenez, je vous parie qu'il ne pense plus du tout à s'enfuir!...

Elle bavardait sans relâche, avec un rien de vulgarité commerciale. On ne pouvait oublier qu'elle avait travaillé dans un magasin de mode :

— Evidemment, il faut compter le temps des démarches. Elle ne pourra pas se mettre en route avant quelques mois. Je suppose que le mariage aura lieu à Pétrovsk. Savez-vous, par hasard, quelle date est prévue pour notre départ?

— Non, dit Sophie.

— Qu'il est donc agaçant de ne rien pouvoir décider par soi-même, d'être toujours dans l'attente d'un ordre! Mon mari me répète que j'ai l'indiscipline dans le sang parce que je suis française! Le vôtre a dû vous faire la même réflexion!

Elle s'arrêta et porta une main mollette devant sa bouche, comme pour s'excuser d'un propos indélicat. Mais, sans doute, la maladresse était-elle voulue. Soudain, elle se leva :

— Il faut que je parte.

— J'allais vous proposer de prendre une tasse de thé avec moi.

— Non! Non! s'écria la visiteuse, comme si elle eût craint de se faire ébouillanter.

Et elle passa la porte dans un brouillamini de paroles aimables.

Sophie tourna en rond dans la chambre, puis s'assit devant une glace pour rectifier sa coiffure. Ce soin prenait subitement une grande importance dans son esprit. Seule une femme pouvait comprendre ce désir d'être belle sans avoir personne à séduire. Belle pour elle-même. Ou pour un souvenir. Elle dénoua ses cheveux, qui tombèrent en rideau sombre sur son épaule, et se mit à les brosser lentement. Une rêverie s'empara d'elle, comme si elle se fût penchée sur une rivière.

★★★

Dès le saut du lit, Youri Almazoff et Pierre Svistounoff affichèrent un entrain et une élégance qui n'étaient pas dans leurs habitudes. Rasés de près, lavés à grande eau, les cheveux taillés court, ils attendaient impatiemment le départ pour la corvée. La veille, ils avaient lié connaissance, à la Tombe du Diable, avec deux paysannes peu farouches, qui avaient promis de revenir. Sûrement, aujourd'hui, on passerait des paroles aux actes. Youri avait déjà choisi un fourré, de l'autre côté de la rivière, où on serait très bien pour trousser les demoiselles. Il avait l'impression que cela ne lui était pas arrivé depuis un siècle. « Je ne sais même plus si c'est bon ! » répétait-il d'un air égaré. Près de lui, on riait à plein ventre, on s'appliquait des claques sur les cuisses, on réservait son tour, pour le cas où les deux filles amèneraient des compagnes. Les partisans des blondes bien en chair s'opposaient aux amateurs de petites brunes nerveuses. Mais il était clair que les uns et les autres, tiraillés par leur appétit, se fussent contentés de n'importe quoi. Le calme des hommes mariés contrastait avec l'effervescence des célibataires. Ivacheff, bien qu'à peine fiancé, était déjà du clan des gens rassis. Il en allait de même pour le ci-devant général Youchnevsky et pour le ci-devant capitaine Rosen, dont les femmes, après des années de démarches, venaient d'obtenir l'autorisation de se rendre en Sibérie. A observer ses camarades, Nicolas se sentait aussi loin de ceux qui affectaient la sagesse que de ceux qui manifestaient une gaieté gaillarde. Depuis la terrible conversation qu'il avait eue avec Sophie, il vivait comme un être profondément blessé, dont le moindre faux mouvement réveille la douleur. Tout au long du jour, il ne cessait de penser à elle, avec des alternatives de fureur et de désespoir. Tantôt il se persuadait qu'elle l'avait réellement trompé avec Nikita et il l'accablait de sa haine, tantôt il se disait qu'elle lui était restée fidèle, mais que des circonstances mystérieuses, dont il était peut-être responsable, avaient tué leur amour. Alors, son chagrin se compliquait d'incertitude. Incapable de déceler la cause du mal, il en venait presque à regretter de n'avoir pas un rival en chair et en os. Comment combattre un mort, une ombre, une disposition de l'esprit ? Il voyait Sophie perdue, irrémédiablement, et ne concevait pas l'existence sans elle. La scène humiliante qu'il avait eue avec elle ne suffisait pas à le dégriser. Il remâchait sa honte et rêvait de serrer sa femme dans ses bras, de boire à sa bouche, de la forcer dans son âme et dans sa chair. Dimanche dernier, il avait dû lutter de toute son énergie contre la tentation de retourner chez elle. Ce qui aggravait son tourment, c'était la conscience que tout le monde en était avisé. Il ne pouvait plus supporter les regards compréhensifs de ses camarades. Heureusement, pour l'instant, ils le laissaient en paix. Couché tout habillé sur son lit, il voguait au fil de ses idées.

Le vacarme grandit, au moment où Lorer et Annenkoff arrivèrent avec un panier plein de tranches de pain noir et un sac de sucre concassé. Derrière eux, marchaient, portant un énorme samovar, deux forçats de droit commun, récemment libérés, qu'on employait comme domestiques dans le bagne des messieurs. L'un deux, Alifanytch, avait la taille menue, le visage grêlé, et des cheveux roux piqués de blanc. L'autre, Filat, était un colosse au crâne plat et à la mâchoire détachée, tel un tiroir entrouvert. Tous deux avaient été marqués au fer rouge sur le front. C'était avec Filat qu'Ivacheff avait préparé son évasion.

— Ah! barine, dit Filat en s'approchant de lui, vraiment tu ne regrettes rien? Réfléchis! Il est encore temps! Qui se marie construit sa propre prison!

— Tu vas le laisser? gronda le Dr Wolff. Pour une fois dans sa vie qu'il agit avec sagesse!...

— De toute façon, si tu pars, Basile, cria Svistounoff, dis-toi bien que ta fiancée trouvera preneur à Tchita! Chez nous, il ne peut pas y avoir de femme seule!

Nicolas serra les mâchoires. Dans les propos les plus anodins, il devinait une allusion à son infortune. Quelqu'un lui passa un bol plein de thé bouillant et une tranche de pain. Il but, il mangea, comme un automate. Les conversations s'arrêtèrent, remplacées par des soupirs, des sifflements, des clappements de langues brûlées. Toute la chambrée lapait.

— Dépêchez-vous! dit Youri Almazoff. Nos deux fillettes doivent nous attendre!...

Il finit son bol, délaya un restant de sucre dans de l'eau chaude et se lissa les cheveux, du plat de la main, avec ce sirop. Le sous-officier de garde entra, escorté de six soldats en armes :

— Messieurs, rassemblement!

D'habitude, cet ordre était accueilli par un grognement hostile. Cette fois-ci, des voix joyeuses répondirent :

— Enfin!... Ce n'est pas trop tôt!...

Les plus fringants furent les premiers à sortir dans la cour. Ceux qui n'attendaient rien de cette journée les suivirent paisiblement, des livres, des journaux, des échiquiers ou des balluchons sous le bras. Un ciel d'un bleu dur, tout vibrant de chaleur, pesait sur la terre assoiffée. Après l'appel, le lieutenant Vatrouchkine commanda : Repos! Les forçats échangèrent des regards surpris : pourquoi ne donnait-on pas le signal du départ? L'heure avançait, Youri Almazoff trépignait, Pierre Svistounoff se rongeait les ongles. Bientôt, les protestations commencèrent :

— Qu'est-ce qu'on fait ici?

— Ne nous laissez pas en plein soleil!

D'autres soldats arrivèrent en courant. Un roulement de tambour résonna du côté du poste de garde. Et Léparsky surgit, le teint cadavérique, sous un énorme chapeau à plumes.

— Messieurs, dit-il, j'ai une communication importante à vous faire. Nous quitterons Tchita pour Pétrovsk au début du mois d'août. La distance est de près de sept cents verstes. Il nous faudra bien six semaines pour couvrir ce trajet.

Un murmure d'étonnement parcourut l'assistance. Le prince Troubetzkoï demanda :

— Quel moyen de transport utiliserons-nous, Votre Excellence ?

— Nous irons à pied, dit le général.

— C'est de la folie ! s'exclama Mouravieff. Jamais nous ne résisterons à une pareille fatigue !

Léparsky secoua la tête avec ennui :

— Il n'est pas question de marche forcée. Je vous propose une succession de petites promenades. Nous cheminerons sans nous presser. Nous camperons dans des endroits enchanteurs. Nous oublierons les murs de la prison. N'est-ce pas là un programme séduisant ?

— Et nos femmes ? dit Annenkoff.

— Elles nous accompagneront en voiture.

Le géant Rosen sortit du rang et déclara :

— Mon camarade Youchnevsky et moi-même avons été officiellement avertis, la semaine dernière, que nos épouses avaient quitté la Russie pour se rendre à Tchita. Si nous partons dans les prochains jours, elles arriveront ici pour ne trouver personne. C'est absurde !...

— Des dispositions ont été prises à cet égard, répliqua Léparsky sans se démonter. Lorsque la baronne Rosen et Mme Youchnesvsky parviendront à Irkoutsk, le général Zeidler leur annoncera leur changement de destination et les enverra droit à Pétrovsk. Sans doute y seront-elles avant nous.

— Combien de temps avons-nous pour nous préparer ?

— Une dizaine de jours.

— C'est court, Votre Excellence !

— Vous n'avez pas tellement de bagages à prendre, que je sache ! Allons, Messieurs, un peu d'entrain ! Vous verrez, ce sera très agréable !

Youri Almazoff poussa Nicolas du coude :

— C'est bien ma chance ! Pour une fois que j'avais trouvé une fille !...

— Quelqu'un a-t-il d'autres questions à poser ? demanda Léparsky.

Tous se taisaient. Même les hommes mariés, pour qui l'avenir à Pétrovsk était plein de promesses, paraissaient tristes à l'idée de quitter Tchita.

DEUXIÈME PARTIE

1

Le 7 août 1830, par une pluie drue, la première colonne de prisonniers sortit de Tchita sous les ordres du neveu de Léparsky. La seconde colonne, commandée par le général lui-même, se mit en route le surlendemain, à l'aube. Il ne pleuvait plus, mais la terre était trempée et un souffle fiévreux poussait des nuages au ras de l'horizon. Nicolas, qui faisait partie du deuxième contingent, marchait avec lenteur, la face frappée par le vent chaud, et une amère satisfaction lui venait de cette violence qui répondait si bien au tumulte de ses sentiments. Derrière la piétaille, pataugeante et grognante, se traînaient les chariots de vivres et de bagages, la voiture de l'état-major et les tarantass des dames. Sophie se trouvait avec Mme Fonvizine dans l'une de ces caisses bâchées, qui cahotaient parmi les ornières. A tout moment, Nicolas se retournait en espérant apercevoir le visage de sa femme entre les deux pans d'un rideau de cuir.

A trois verstes de là, il fallut traverser l'Ingoda en crue. Le convoi s'arrêta sur la berge boueuse. Une foule assiégeait l'appontement du bac. C'étaient les habitants de Tchita, venus nombreux pour souhaiter bon voyage à ceux qui avaient fait leur fortune. Quelques dames descendirent des tarantass pour dire adieu, une fois de plus, à leurs serviteurs, à leurs fournisseurs, à leurs voisins. Sophie baisa sur les deux joues sa logeuse Pulchérie, qui sanglotait, et serra la main du mari, Zakharytch. « Comme elle est bonne avec les autres ! » pensa Nicolas en l'observant de loin. Elle portait un manteau de voyage gris et un chapeau de paille avec une voilette. Il voulut s'approcher d'elle, puis se ravisa. « A quoi bon ? » Dans l'émotion grandissante, des réticules s'ouvrirent, il y eut une nouvelle distribution de pourboires et de nouvelles exclamations de gratitude :

— Notre bienfaitrice ! Que Dieu vous garde ! Qu'allons-nous devenir sans vous ?

De toutes les épouses de prisonniers, les mères de famille étaient les plus entourées. Elles portaient leurs bébés sur les bras et les présentaient avec orgueil à des adoratrices aux mains jointes. Mais, à la longue, les enfants se fatiguèrent de la cohue et se mirent à hurler. Léparsky accourut, les yeux hors de la tête :

— Quoi ? Que se passe-t-il ? Un accident ?

On le rassura. Il repartit, accablé par l'importance de sa tâche, criant des ordres aux cochers, aux soldats, invectivant les chevaux, menaçant la rivière. Après un bon quart d'heure de confusion, le transport s'organisa. Nicolas se trouvait sur le bac, quand, brusquement, il y eut un coup de tonnerre sec, suivi d'un éclair aveuglant. Le ciel cracha une pluie tiède, serrée, impalpable, puis les gouttes grossirent et le paysage grimaça sous leurs chocs répétés. Rayés de haut en bas avec rage, les arbres se déplumaient, les visages se ratatinaient, la route devenait couleur de rivière, la rivière couleur de route.

En prenant pied sur la berge opposée de l'Ingoda, Nicolas eut l'impression qu'il continuait de flotter au gré du courant. Le bac repartit, dansant sur des vagues jaunes. Là-bas, les chevaux s'affolaient, glissaient en s'engageant sur le ponton, et on voyait les dames tourbillonner dans leurs robes de couleur autour des voitures ruisselantes. Une douzaine de voyages furent nécessaires pour amener tout le monde d'une rive à l'autre. Comme il n'y avait pas d'abri, ceux qui étaient rendus au port attendaient stoïquement sous la cataracte. Lorsque le dernier soldat débarqua, la baïonnette hérissée de gouttes d'argent, une housse sur son shako, Léparsky se signa. Le lieutenant Vatrouchkine fit l'appel. On n'avait perdu personne. De l'autre côté, les paysans agitaient la main, criaient : « Adieu ! » s'en allaient, deux par deux, en se retournant.

Tout à coup, la pluie cessa. Une trouée d'azur apparut entre des éboulements vertigineux de nuages. A mesure que la déchirure s'étendait, le bleu du ciel devenait plus intense. La terre fumait, les feuillages brillaient, l'herbe se redressait, lustrée, tandis que le soleil poussait à travers les vapeurs en fuite un large éventail de rayons.

On se remit en marche, le dos mouillé, le pantalon collé aux cuisses, avec, à chaque pas, un clapotis entre la semelle et la plante du pied. Des soldats précédaient et suivaient le convoi. Sur les flancs de la colonne, chevauchaient des cosaques, la lance au poing. Une cinquantaine de cavaliers bouriates, armés d'arcs et de javelots, tournoyaient en éclaireurs aux abords de la route. Le grincement des essieux était assourdissant. Quand il fermait les yeux, Nicolas croyait entendre des oiseaux, se chamaillant autour d'une charogne. Parfois, le général se montrait sur un cheval blanc. Il passait d'une voiture à l'autre pour demander aux dames si elles ne manquaient de rien, jetait aux prisonniers quelques mots d'encouragement paternel et remontait, le front en sueur, dans sa calèche.

Il y eut, vers midi, une courte halte, sur le bord de la route, pour manger un morceau de viande froide et boire un bol de thé. Les dames en profitèrent pour se sécher au soleil devant les tarantass. Leurs cheveux humides, aux tresses intactes, brillaient comme des pains nattés à la sortie du four. Tous les hommes les regardaient avec convoitise. Sophie, cependant, resta invisible.

La seconde partie de l'étape fut fatigante. Le chemin montait. Les plus faibles parmi les décembristes soufflaient, tiraient la langue, versaient leur poids d'une jambe sur l'autre. Rosen, désigné par ses camarades comme fourrier de la deuxième colonne, était parti, la veille, avec quelques soldats, pour préparer le cantonnement. Vers trois heures de l'après-midi, une rangée de tentes coniques se dessina au loin, dans une dépression de terrain. Des cris de joie les saluèrent. On força l'allure.

A peine arrivés, les prisonniers se précipitèrent pour choisir leurs yourtes. Elles étaient toutes pareilles. Chacune pouvait contenir quatre ou cinq dormeurs.

— Tu restes avec moi, Nicolas, n'est-ce pas ? dit Youri Almazoff en posant une main sur l'épaule de son ami.

Nicolas acquiesça de la tête, avec une mollesse résignée. Depuis leur départ, Youri Almazoff s'occupait de lui comme d'un enfant. Cependant, les autres hommes mariés demandèrent à Léparsky quelles dispositions avaient été prises pour leur permettre de passer la nuit avec leurs compagnes. Celles-ci se tenaient à trois pas en retrait, pudiques mais intéressées. Le général s'emporta : il n'avait rien prévu, les ménages seraient séparés, comme d'habitude ! On lui fit observer qu'il avait autorisé lui-même la cohabitation des époux dans le nouveau pénitencier. Il rétorqua que, pour l'instant, on n'était pas dans un pénitencier mais sur la route. Une discussion juridique s'ensuivit, les prisonniers exigeant l'application du règlement de Pétrovsk, parce qu'ils avaient quitté Tchita, et le général invoquant contre eux le règlement de Tchita, parce qu'ils n'étaient pas encore arrivés à Pétrovsk. Les échos de cette conversation parvinrent aux oreilles de Nicolas. Une angoisse l'étreignit. Si ses camarades obtenaient gain de cause, il serait le seul homme marié à ne pas rejoindre sa femme. Cette situation mettrait son infortune en lumière. Aux yeux de tous, il apparaîtrait comme un pauvre hère trahi, bafoué, chassé de sa maison... Il n'eut pas à s'alarmer longtemps. Dans un violent accès de colère, Léparsky ordonna aux solliciteurs de ne plus l'importuner avec des questions oiseuses. Ils se dispersèrent en murmurant. Nicolas, soulagé, put penser à son installation personnelle.

Les dames se virent attribuer des tentes voisines du grand pavillon en coutil occupé par le général : sans doute voulait-il surveiller leur conduite. Les cuisiniers militaires allumèrent les feux. Le lieutenant Vatrouchkine disposa les sentinelles autour du camp. Une grande activité se manifesta chez les mères de famille. Il fallait changer, nourrir, coucher les enfants. Des berceaux d'osier furent placés sous les branches et recouverts d'un tulle contre les mouches. Pendant que les plus jeunes bébés gigotaient et vagissaient sous ces voiles de protection, ceux qui étaient en âge de marcher s'aventuraient à droite, à gauche, sur leurs jambes incertaines. On les rappelait, on les grondait : « Si tu continues, le général te mangera ! » Cette menace ne les effrayait nullement. Debout devant sa tente, Nicolas aperçut Sophie qui passait, tenant par la main la fille d'Alexandrine Mouravieff. L'heure du souper approchait. Une odeur de viande rôtie se mêla au parfum de l'herbe. Léparsky invita les couples à partager son repas. Nicolas redoutait cette épreuve, mais il lui était impossible de refuser.

Les convives s'assirent sur des coussins, des souches, des pierres, autour d'une table basse, dressée sur des tréteaux. Le général avait la princesse Troubetzkoï à sa droite, la princesse Volkonsky à sa gauche. Sophie se trouvait entre Mouravieff et Annenkoff. Nicolas ne la quittait pas des yeux. Il lui en voulait d'être si belle, si calme, si sûre d'elle-même, alors qu'il était crispé de honte dans son coin. Plusieurs fois, au cours de la conversation, elle lui adressa quelques mots, lui fit un sourire, sollicita son avis, comme si de rien n'était, et, pris au dépourvu, il ne sut que répondre. Il se demandait si les gens, autour d'eux, étaient dupes de cette comédie. Ces bras à demi nus, sous un fichu de soie bleue, lui rappelaient la femme qu'il aimait ; il espérait la ramener à lui. Mais, pour cela, il fallait d'abord la ramener à elle. Oui, comme une malade, qui vit sous l'empire d'une idée fixe : « Elle parle, elle agit en personne normale, mais son esprit est faussé. »

La fin du repas arriva, sans qu'il y prît garde. Il avait bu beaucoup de vodka. Sa tête tournait. Le vent avait chassé les nuages. Aux approches de la nuit, l'herbe, les arbres, les pierres noircissaient, tandis que le ciel conservait une luminosité de lac. Les flammes des brasiers jetaient des reflets d'incendie au flanc des tentes pointues, sur les fusils réunis en faisceaux, sur les croupes soyeuses des chevaux à l'attache, sur le fouillis de visages et de mains qui entourait chaque marmite. Des Bouriates et d'anciens forçats de droit commun faisaient le service de la table. Léparsky offrit aux messieurs de petits cigares. Puis, comme les dames se disaient fatiguées, on se sépara. Pour n'être pas en reste de politesse avec les autres maris, Nicolas raccompagna Sophie jusqu'à la tente qu'elle partageait avec Nathalie Fonvizine et Elisabeth Narychkine. Elle lui donna sa main à baiser. Toutes les apparences de la bonne entente.

Les cris monotones des sentinelles se répondaient au loin, comme des appels d'oiseaux nocturnes. Les premières étoiles parurent au ciel. Autour des foyers, erraient des ombres d'hommes désœuvrés, enchantés. Nicolas se heurta à Youri Almazoff et à Pierre Svistounoff qui rentraient dans leur yourte. Il les suivit, sans un mot. Longtemps, allongé sur sa paillasse, il écouta les ronflements de ses camarades, qui couvraient, par intervalles, la rumeur assourdie du bivouac. Puis, avec précaution, il se releva et sortit.

Cette fois-ci, le camp lui sembla plus vaste et plus calme. De maigres tisons brillaient entre les tentes. On eût dit une assemblée de cagoules éclairées par des torches. Des ombres en dents de scie se couchaient dans le brouillard fauve. Çà et là, des Bouriates, assis en cercle, à croupetons, dormaient, fumaient, ou se chuchotaient des histoires mongoles. Les cris des sentinelles s'espaçaient ; elles se parlaient en rêve, comme d'une île à l'autre. L'air était froid, presque glacé, avec un parfum de bois calciné et de thym. Marchant au hasard, les yeux perdus, Nicolas buta contre un corps étendu par terre. Il se pencha et reconnut Filat, l'ancien forçat de droit commun dont Ivacheff avait voulu faire son compagnon de fuite. Filat se dressa sur un coude et sa grosse tête se découpa dans la lueur d'un brasier.

— Quoi ? tu ne dors pas, barine ? grommela-t-il. Pourtant, la nuit est fraîche. Veux-tu jouer aux osselets avec moi ?

Nicolas se sentait si seul qu'il fut sur le point d'accepter. Mais une force mystérieuse l'attirait vers le centre du camp.

— Non, dit-il, je préfère me promener.

— Ne va pas du côté des sentinelles. Elles sont dangereuses, la nuit. Au moindre froissement d'herbe, elles prennent peur et elles tirent !

Nicolas remercia du conseil et poursuivit son chemin. Les yourtes qu'il dépassait respiraient au ras du sol et se plaignaient avec des voix humaines. En arrivant dans une zone de silence, il comprit qu'il était chez les femmes. Mais il ne se rappelait plus sous quelle tente logeait Sophie. Pendant quelques minutes, il demeura debout au milieu de tous ces sommeils. Son imagination lui représentait le bonheur qu'il aurait pu connaître. Il serrait les poings. Le désespoir, la rancune l'oppressaient. Ensuite, il revint sur ses pas, traîna autour des foyers éteints et se retrouva, sans savoir comment, sur sa paillasse, entre deux hommes qui grognaient dans leur sommeil.

* * *

Le lendemain, à l'aube, une batterie de tambours secoua le camp assoupi. Les feux se rallumèrent sous les marmites. Très vite, tout le monde fut debout, habillé, brossé, restauré, réchauffé, prêt à partir. Assise dans son tarantass, avec Nathalie Fonvizine, Sophie prenait plaisir, malgré elle, à l'extraordinaire animation du convoi. Les vêtements des décembristes ayant été trempés, la veille, par la pluie, ils en avaient changé ce matin et ressemblaient, dans leurs accoutrements baroques, à une troupe de baladins ambulants. Le grave Zavalichine raidissait sa petite taille dans une redingote de quaker. Un chapeau à larges bords emboîtait son crâne jusqu'aux oreilles. Il tenait sa Bible sous le bras gauche et un grand bâton de pèlerin dans la main droite. Iakouchkine portait une sorte de soutanelle et un bonnet pointu, Volkonsky se pavanait dans un caraco de femme, Youri Almazoff était habillé en paysan, Fonvizine bombait le torse dans un uniforme sans épaulettes, Nicolas avait tout d'un Espagnol avec ses pantalons collants et sa veste trop courte. Sophie lui sourit et lut aussitôt un tel espoir dans ses yeux qu'elle se remit sur ses gardes.

Les hommes dépassèrent les chariots, qui, selon l'ordre de marche, devaient venir en dernière position. Une longue théorie de dos ondula dans la poussière ocre de la route. Nicolas se perdit dans ce moutonnement de bétail. Sophie put penser à autre chose. Les collines vertes étaient semées de fleurs bizarres, parmi lesquelles dominait le rouge âpre des lis. Parfois, un oiseau de proie tournait dans le ciel. Les Bouriates lui lançaient des flèches. Un milan fut abattu ainsi, en plein vol, mais nul ne sut le retrouver dans les fourrés. Des chevaux paissaient dans un vallon, sous la garde d'une cavalière indigène à la figure de guenon et aux tresses noires ornées de médailles. A l'approche de la caravane, elle poussa un cri et entraîna le troupeau dans une galopade peureuse vers l'horizon. Longtemps après qu'elle eut disparu, le sol résonna du battement des sabots. Les moindres péripéties de la route rappelaient à Sophie le voyage qu'elle avait fait jadis, à travers la Sibérie, avec Nikita. Ce paysage ne semblait pas destiné aux regards humains. Des fruits, qui n'étaient à personne, mûrissaient, exhalaient leur parfum et tombaient, face au vide. Au milieu du jour, l'air brûlait le visage, le ciel était sec et blanc comme du plâtre, éblouissant, aveuglant. Avec un peu de folie, Sophie pouvait croire que, devant elle, là-bas, c'était Nikita qui marchait parmi les prisonniers. Une tendre allégresse la pénétrait jusqu'au cœur.

Tout le monde, d'ailleurs, paraissait se réjouir de la vie nomade. On cheminait six heures par jour et on s'arrêtait, au plus fort de la chaleur, près d'une rivière, dans une prairie ombragée, où les yourtes avaient poussé comme une famille de champignons. A peine les prisonniers avaient-ils reconnu leur cantonnement qu'ils couraient se baigner ; puis c'était le tour des dames, dont des couvertures, tendues entre des piquets, protégeaient les ébats contre les regards indiscrets. Après ces ablutions, par ordre du commandant, chacun rentrait sous sa tente. Les hommes de corvée apportaient le thé. On le buvait couché, en bavardant, en lisant, en jouant aux échecs. Ensuite, sieste obligatoire de deux heures. Quand le soleil déclinait, les prisonniers ressortaient des abris. Les uns allaient se baigner de nouveau, d'autres se promenaient dans la steppe, avec deux Bouriates sur leurs talons, d'autres encore herborisaient, dessinaient, capturaient des insectes. A la tombée de la nuit, le campement, avec ses feux allumés, prenait un aspect de fête. Le souper se préparait en plein air et, longtemps à l'avance, les prisonniers rôdaient, le nez au vent, autour des marmites. Les Bouriates, eux, mangeaient à part un peu de viande séchée et buvaient du « thé de brique ». Un dimanche, ils offrirent aux prisonniers une soirée de réjouissances, avec chants, danses, concours de tir à l'arc et acrobaties équestres. Léparsky présidait, parmi les dames. Le lendemain, ce furent les prisonniers qui organisèrent un festival de chant. Le chœur, qui comprenait tous les hommes du convoi, était dirigé par Vadkovsky. Au programme, uniquement des hymnes religieux. Ainsi l'avait exigé le général. Il ne voulait pas courir le risque d'applaudir quelque chanson subversive dont le sens lui eût échappé.

Lorsque ces voix rudes entonnèrent ensemble : « Je vois ton trône, mon Sauveur », une attention prodigieuse immobilisa Sophie. Elle regretta d'être près de Léparsky, avec toutes les femmes, et non seule, dans un endroit écarté, pour entendre ce cantique d'espoir. Deux brasiers, aux flammes voraces, éclairaient par en bas les hommes alignés. Un doux grondement s'échappait de leurs poitrines et montait vers les étoiles. Derrière eux, les dentelles vertes des feuillages superposés formaient un décor irréel, que traversait, de temps à autre, le vol fou d'une chauve-souris. Au premier rang du chœur, Nicolas chantait avec application. Ces visages rougis par le reflet des flammes, la pensée de la mort, les profondeurs entrevues dans la forêt, le ciel tranquille, tout cela se mélangeait dans la tête de Sophie et la conduisait au bord des larmes. « Vraiment, se dit-elle, il n'y a que la Russie pour offrir de pareilles surprises. Ici, l'âme affleure à tout moment, les sentiments se montrent au grand jour, nul n'a honte de son bonheur, de sa peine, de sa foi, de sa misère, de sa méchanceté, de sa force, de sa faiblesse. Et, de cette naïveté énorme, de cette impudeur évangélique, naissent parfois, comme ce soir, les plus beaux chants du monde. »

Après le dernier morceau, Léparsky félicita les exécutants. Les Bouriates jetèrent leurs chapeaux en l'air. Toutes les dames avaient les yeux humides. On se sépara, chacun emportant dans son cœur un écho de la fête.

Tard dans la nuit, Sophie, qui ne pouvait dormir, s'habilla sommairement et ressortit de la tente. Sa promenade l'amena au bord de la rivière, où elle s'était baignée l'après-midi. L'eau courait, brillait, entre des roseaux immobiles. Les feux du bivouac palpitaient au loin. Sophie s'adossa au tronc d'un arbre, surprise de ne plus sentir son corps et de n'être, de la tête aux pieds, qu'un lieu de passage pour les souvenirs. Singulièrement, ce soir-là, elle évoqua Nikita tel qu'elle l'avait connu, à l'âge de seize ans, petit moujik illettré et timide. Elle lui apprenait à lire, à écrire. Quand elle le complimentait, il la regardait avec une admiration bouleversante. Il avait tout pour lui, l'intelligence, la beauté, la jeunesse !... Sa passion des études !... Parti de rien, il s'était cultivé si rapidement et avec un tel enthousiasme !... Il était sorti de sa condition sans effort !... « Jusqu'où ne serait-il pas monté, guidé par moi ? » songea-t-elle avec une fierté mélancolique. Au milieu de sa méditation, elle entendit un froissement d'herbe et se retourna. Nicolas était devant elle. Cette rencontre n'était pas un hasard. Il l'avait guettée, il l'avait suivie... Que lui voulait-il ? Inquiète, elle écoutait son cœur battre jusque dans sa gorge.

— Quelle nuit magnifique ! dit Nicolas. J'étais sûr que tu ne pourrais pas dormir ! As-tu aimé nos chants ?

Il paraissait très calme et très doux.

— Ils étaient admirables, dit-elle.

— Lequel as-tu préféré ?

— Ce cantique pour le repos de l'âme...

— Oui... oui... Je suis content que cela t'ait plu... Je te regardais en chantant... Tu étais si belle !...

Elle se gonfla de compassion envers cet homme qu'elle torturait par sa seule présence.

— C'est dur de vivre sans toi ! reprit-il d'une voix sourde.

— Mais je suis là, à tes côtés, Nicolas, dit-elle. Tu as toute mon affection, toute ma confiance...

— Malheureusement pour moi, j'ai connu autre chose !

Elle détourna la tête. Tout à coup, il se retrouva seul, au milieu de son tourment, sans personne pour le comprendre. Combien de fois, la nuit, n'avait-il pas cherché l'occasion d'une telle entrevue ? Mais aucun des projets qu'il avait échafaudés alors ne résistait au regard paisible, au sourire distant de Sophie ! Les femmes étaient-elles différentes des hommes devant les problèmes de la passion, moins matérielles, plus joueuses, plus imaginatives ? Si Sophie se complaisait dans un amour fictif, il ne pouvait, lui, se contenter de rêver à elle. Il la désirait deux fois plus depuis qu'il l'avait perdue. Nulle tendresse ne saurait le satisfaire au point d'exigence où il était parvenu, à plus forte raison nulle pitié. D'ailleurs, il était impossible que

Sophie ne ressentît pas, en cet instant même, l'envie qu'elle lui inspirait. Si elle se taisait, si elle demeurait immobile, c'était, assurément, pour mieux surveiller en elle la montée de ce trouble dont elle se croyait guérie. Il semblait à Nicolas que le silence, entre elle et lui, durait depuis des heures. La nuit allait finir et il n'aurait rien dit, rien fait de ce qu'il fallait dire et faire. Il cherchait des phrases intelligentes, persuasives. Mais le respect, la fatigue, l'espoir le rendaient fou. Elle fit un mouvement. Il crut qu'elle voulait partir et, brusquement, s'écria :

— Je t'aime, Sophie !... Je t'aime !... Tout ce que tu pourrais me dire m'est égal !... J'accepte tout, tu comprends ?... Sophie !... Sophie !... Je t'en prie !... J'ai besoin de toi !...

Elle recula, froide, les yeux grands ouverts, mais l'horreur qu'elle laissait paraître acheva de le stimuler. Il l'étreignit maladroitement, chercha ses lèvres et, comme elle se débattait, roula par terre avec elle.

— Laisse-moi, Nicolas ! chuchota-t-elle. Va-t'en !... Va-t'en, ou j'appelle !...

— Tu n'oserais pas ! dit-il en haletant.

Il l'écrasait de son poids et, plus elle se tordait sous lui, plus il s'excitait de la sentir si chaude dans la lutte. Même si elle avait été la maîtresse de Nikita et de vingt autres, il l'eût suppliée, en cette minute, de se donner à lui. Les corps n'ont pas de mémoire. Désirer une femme, c'est oublier son passé. Il parvint à déboutonner le corsage, à déchirer la chemise. Sa main toucha une chair ronde. Ce fut une explosion de bonheur dans sa tête.

— Sophie, mon amour, viens ! viens !.. Sophie !...

Elle se redressa d'un mouvement de reins. Plus prompt qu'elle, il la plaqua de nouveau sur le sol, avec tant de violence qu'elle gémit. Il voulut cueillir cette plainte sur sa bouche, mais elle se détourna. Elle pensa, le temps d'un éclair : « Si Nikita avait essayé de me prendre, je me serais refusée à lui de la même façon. Peut-être parce qu'il n'était qu'un moujik. Et pourtant, je l'aimais, je l'aime !... » Leurs visages oscillaient, se heurtaient, se volaient l'un à l'autre le peu d'air qui les séparait encore. Les sentinelles s'interpellaient, au bout du monde, avec des voix étirées, un cheval hennissait, bottait dans un seau, le vent creusait des feuillages profonds.

— Sophie ! balbutia Nicolas. Comprends-moi !... Ça ne peut plus durer !... Il le faut !... Il le faut !...

Clouée dans l'herbe, les bras écartés, elle ne remuait plus que mollement. Un goût de sang montait dans sa bouche. Son oreille cuisait. « J'ai dû me faire mal en retombant ! » se dit-elle avec une présence d'esprit qui l'étonna. Elle était à bout de forces. Penché au-dessus d'elle, il eut l'impression d'être un assassin. Cette idée ne le retint pas. Pour la première fois, il comprenait l'homme qui assomme une femme et la prend à demi morte plutôt que de renoncer à la serrer dans ses bras. Il se coucha sur elle. Sophie tremblait de répulsion. Un bourdonnement filtrait entre ses lèvres closes. Comme si elle eût claqué des dents ou pleuré en rêve. Tout à coup, elle ne se défendit plus. Quand il l'eut possédée, brièvement, en silence, il lui demanda pardon. Ecroulée par terre, elle se recroquevillait dans ses vêtements froissés.

— Tu me dégoûtes ! dit-elle d'une voix entrecoupée. Je ne veux plus te voir ! Jamais !... Jamais !... Va-t'en !...

Il y eut un long silence. Elle fixait sur lui un regard de haine.

— Sophie, murmura-t-il. Ecoute-moi...

— Va-t'en ! répéta-t-elle dans un cri.

Il s'éloigna, bras ballants, tête basse. Alors, elle jeta son visage dans ses mains et éclata en sanglots.

2

Le roulement des tambours passa comme un tombereau sur le corps de Sophie. Elle s'éveilla, rompue, entre Nathalie Fonvizine et Elisabeth Narychkine, qui continuaient à dormir sur leurs paillasses. L'air de la tente sentait le poil de chèvre. Une voix d'homme dit, derrière le panneau de l'entrée :

— Voici l'eau, barynia.

Chaque matin, un ancien forçat apportait un seau d'eau pour les ablutions des dames.

— Déjà ! soupira Elisabeth Narychkine en étirant ses bras potelés.

Nathalie Fonvizine ouvrit les yeux, fit un bâillement de chatte et se mit à raconter un rêve où il était question d'un inconnu qui la sauvait d'un naufrage, la hissait sur un radeau et lui arrachait sa chemise pour en faire une voile. Tandis qu'elle parlait avec une volubilité de jacasse, Sophie avait tiré le seau à l'intérieur et, en camisole et cotillon, se rafraîchissait les mains, le cou et le visage. Subitement, Nathalie Fonvizine s'arrêta, changea de figure et dit :

— Ah ! mon Dieu ! vous vous êtes blessée ? Là, près de l'oreille !...

Sophie passa le revers de sa main sur sa joue.

— Je sais ! murmura-t-elle. Je suis tombée, hier soir, en me promenant... Une simple égratignure...

— C'est plus qu'une égratignure ! dit Elisabeth Narychkine. Regardez !

Elle lui tendit une glace à main. Sophie entrevit, dans le cadre ovale, ses traits tirés, ses yeux rougis, l'ecchymose qui marquait sa joue droite. Un visage pitoyable et vulgaire de femme battue. D'un geste brusque, elle repoussa le miroir. Toute la scène de la veille lui revint. Une vague de honte l'éclaboussa. Cette fois, Nicolas s'était tellement abaissé qu'elle ne pouvait plus le plaindre. Le détester, même, était au-dessus de ses forces. « Un étranger ! A-t-il jamais été autre chose pour moi ? Toute une vie construite sur une erreur ! Et ces gens, ces gens qui m'entourent, qui me jugent, que je hais, et devant qui je dois garder bon visage ! Cette caravane extravagante qui m'emmène Dieu sait où ! Cette escorte d'épouses dévouées !... Est-ce moi qui suis folle ou le monde entier qui perd la raison ? » Un voile de larmes s'interposa entre elle et les deux femmes aux museaux fureteurs.

— Vous devriez vous appliquer des tranches de concombre frais là-dessus, dit Nathalie Fonvizine. C'est souverain !...

Un frémissement nerveux parcourut Sophie. Elle dit, sans penser à rien d'autre qu'à éloigner les importuns :

— Oui, oui... Je sais ce que j'ai à faire !

— Dieu me pardonne ! Vous prenez la mouche parce que je vous veux du bien ! piaula Nathalie Fonvizine.

— Si vous me voulez du bien, laissez-moi tranquille !

— Est-ce votre promenade d'hier soir qui vous a mise de si méchante humeur ? demanda Elisabeth Narychkine. Je vous ai entendue sortir...

— Et moi, je vous ai entendue rentrer ! dit Nathalie Fonvizine.

— En somme, vous vous relayez pour m'espionner ! s'exclama Sophie.

Elle allait partir dans la colère, quand Nathalie Fonvizine tourna les yeux vers l'ouverture de la tente, croisa ses deux mains sur son corsage dans un geste pudique et poussa un petit cri :

— Monsieur, on n'entre pas ! Nous sommes à notre toilette !

Le lieutenant Vatrouchkine se tenait sur le seuil.

— Madame Ozareff, dit-il, le général Léparsky vous prie de venir immédiatement.

— De quoi s'agit-il ? lui demanda-t-elle, surprise de son air mystérieux.

— Je ne puis vous le dire. Mais c'est urgent. Si vous voulez me suivre...

Sophie releva ses cheveux sur sa tête, les fixa avec un peigne, s'enveloppa dans une pèlerine et sortit. Le camp s'éveillait dans la brume de l'aube. Les sous-officiers houspillaient les soldats engourdis de sommeil. Des Bouriates passaient en ombres chinoises, au trot de leurs petits chevaux. En pénétrant dans la tente du commandant, Sophie se heurta à Léparsky, habillé, botté, la face mafflue, le regard pesant comme du plomb.

— Madame, dit-il, votre mari s'est évadé cette nuit.

L'étonnement frappa Sophie et annula toute pensée dans son cerveau. Machinalement, elle balbutia :

— Ce n'est pas possible !...

— Si, Madame. Nous venons de découvrir sa disparition. Ses compagnons de tente, Svistounoff, Almazoff et Lorer, jurent qu'ils ne l'ont pas entendu partir. Sans doute allez-vous me dire, vous aussi, que vous n'étiez pas au courant de son projet !

— En effet, je ne savais rien.

— Quand lui avez-vous parlé pour la dernière fois ?

Elle voulut mentir, mais se ravisa en songeant que quelqu'un l'avait peut-être vue, la veille, avec Nicolas, et que Léparsky, le sachant, la mettait à l'épreuve. La tête haute, elle prononça nettement :

— Je l'ai rencontré hier soir, après le couvre-feu, au bord de la rivière.

Cet aveu lui coûtait beaucoup. Elle reprit sa respiration comme après un effort physique.

— Et il ne vous a rien dit qui ait pu vous laisser prévoir... ? grommela Léparsky.

— Rien.

Il fronça les sourcils :

— Vous mentez, Madame ! Votre mari n'a pas pu prendre cette décision sans vous en avertir ! Ou il vous a proposé de fuir avec lui et vous avez refusé, ou vous connaissez sa cachette et vous lui avez promis de le rejoindre plus tard !

— C'est absurde ! soupira Sophie.

— Mais non ! Mais non ! C'est parfaitement logique, au contraire ! Avouez, Madame !

Plus il élevait le ton, moins elle l'écoutait. De cette agitation, elle ne retenait qu'une chose : Nicolas s'était échappé. Sans doute parce qu'elle lui avait crié son dégoût ! Elle ne le regrettait pas. Il avait tari en elle toute indulgence. Froidement, elle souhaitait qu'il ne fût pas rattrapé et qu'elle n'entendît plus jamais parler de lui. Et s'il mourait en route ? Rien ne bougea en elle à cette pensée. Il avait fui, et c'était elle qui se sentait libre. Elle défia du regard le général qui grondait, les yeux saillants :

— J'aurais dû laisser les prisonniers dans leurs fers ! A présent, comment vais-je me justifier devant l'empereur ? Un condamné politique envolé entre Tchita et Pétrovsk ! Quel déshonneur pour moi ! Au terme de ma carrière !... Mais nous le rattraperons !... J'ai donné des ordres !... Mort ou vif !... On me le ramènera mort ou vif, vous entendez ?...

Elle ne le reconnaissait pas. Etait-il possible que la crainte d'avoir commis une faute de service changeât cet homme intelligent et généreux en une brute administrative ? Décidément, en Russie, la peur du gouvernement était un poison qui rongeait les âmes les mieux trempées.

— C'est dans son intérêt que je vous demande des précisions ! reprit-il. Pour éviter le pire !...

— Calmez-vous, Excellence, dit-elle. Je vous affirme, une fois pour toutes, que mon mari ne m'a pas prévenue de son départ. Cela peut vous paraître étrange, mais...

— Alors ? De quoi avez-vous parlé, hier soir ? demanda-t-il rudement.

Elle hésita une seconde et dit :

— Nous avons eu une discussion pénible...

— Bien sûr ! Au sujet de son évasion ! s'exclama-t-il.

Elle ne répondit pas. Léparsky plissa ses paupières fanées. Son regard se fixa sur la joue de Sophie. Il observait le bleu et, sans doute, se remémorait ce qu'on lui avait raconté, à Irkoutsk, sur la jeune femme et Nikita. Son expression hargneuse fit place à une grimace de ruse.

— Oui, oui, marmonna-t-il d'un air entendu.

Sophie était au supplice. Le lieutenant Vatrouchkine rentra dans la tente et salua militairement. Il paraissait bouleversé.

— Votre Excellence, s'écria-t-il, l'ancien condamné de droit commun Filat s'est également évadé ! Il est probable que les deux hommes sont partis ensemble, vers une heure du matin ! Ils ont volé des vivres dans le fourgon de ravitaillement !

Du coup, Léparsky se renflamma. Un flot de colère lui sortait par les yeux.

— Renforcez les patrouilles ! hurla-t-il. Ordonnez le rassemblement général !

Vatrouchkine virevolta et disparut, comme chassé par une bourrasque. Léparsky, les mains nouées derrière le dos, le menton écrasé sur la poitrine, se mit à marcher de long en large, d'un pas lourd. Il lançait des regards en coin et soufflait sous sa moustache. Sur une table pliante, était étalée une carte de la Sibérie, avec le trajet du convoi indiqué au crayon rouge. Dans le fond de la tente, un lit de camp, aux couvertures rejetées, et, accroché au piquet du milieu, un crucifix catholique. Sophie demanda :

— Puis-je me retirer ?

— Non ! cria Léparsky.

Elle avisa une chaise et s'assit. Il continua devant elle sa promenade silencieuse de lion. Dehors, des tambours roulaient, des ordres se croisaient. Vatrouchkine revint et annonça :

— Les hommes sont rassemblés, Votre Excellence.

— Je vais leur parler, dit Léparsky. Vous, Madame, vous resterez ici.

Il sortit, suivi du lieutenant, et s'arrêta sur le terre-plein. De la place où elle se trouvait, Sophie pouvait voir la scène par l'ouverture de la portière relevée. Les prisonniers étaient alignés au garde-à-vous. A leur droite, se tenait le petit groupe de leurs épouses, derrière, les anciens forçats employés comme serviteurs. Des soldats encadraient le tout.

— Messieurs, dit Léparsky d'une voix forte, un des vôtres s'est évadé cette nuit. Il s'agit de Nicolas Mikhaïlovitch Ozareff. Le droit commun Filat l'a aidé dans sa folle entreprise...

Un murmure de stupéfaction accueillit ces paroles. Les hommes baissèrent la tête. Les femmes, en revanche, se redressèrent, s'agitèrent, dans un ressac de chignons, de collerettes et de manches bouffantes.

— Les recherches ont déjà commencé, poursuivit Léparsky. J'offre une récompense de cent roubles pour la capture des fugitifs et de vingt roubles pour tout renseignement susceptible de faire avancer l'enquête. Cette évasion portant atteinte à la vie de votre collectivité, le devoir de tous est de m'aider à mettre la main sur les coupables. Voici mes décisions : nous resterons ici, au repos, pendant deux jours, en attendant le résultat des premières battues. Si Ozareff et Filat ne sont pas retrouvés dans les quarante-huit heures, nous reprendrons la route, mais les Bouriates continueront à fouiller le pays sur nos arrières. Jusqu'à nouvel ordre, les entrevues entre maris et femmes seront interdites, ainsi que les baignades et les promenades hors du camp.

Des protestations s'élevèrent parmi les dames.

— Nos maris ne sont pour rien dans cette évasion ! s'écria Marie Volkonsky. Je ne vois pas pourquoi ils en subiraient les conséquences !

— D'ailleurs, ajouta Pauline Annenkoff, si quelqu'un peut dissuader un prisonnier de s'enfuir, c'est bien son épouse ! Il serait donc absurde de défendre à ces messieurs de nous rencontrer !

— Vous oubliez, Madame, que le fugitif est précisément un homme marié ! observa Léparsky.

— Si on peut dire ! siffla Elisabeth Narychkine.

— J'espère que vous savez faire la différence entre les ménages qui vous entourent ! renchérit Marie Volkonsky.

Sophie comprit que, cette fois-ci, elle était devenue la bête noire de la petite colonie. Cette guerre ouverte lui parut préférable à la sourde animosité qui l'environnait jusqu'à ce jour.

— Je n'admets aucun commentaire ! rugit Léparsky. Lieutenant Vatrouchkine, reconduisez les **fem**mes des prisonniers chez elles et veillez à ce qu'elles ne sortent pas du **péri**mètre qui leur est assigné.

Puis, pour couper court aux réclamations, il tourna les talons et rentra sous sa tente. En passant devant Sophie, il fit mine de l'ignorer. Il s'assit au bord de son lit et prit sa tête dans ses mains. Ses épaules ployaient de fatigue. Elle l'entendit murmurer :

— C'est affreux... affreux !...

Enfin, il leva sur elle un regard atone.

— Ah ! vous êtes là ! dit-il. Vous pouvez partir !...

Et il agita une sonnette. Sophie regagna son quartier entre deux soldats. Rassemblées devant leurs yourtes, les femmes la regardaient venir de loin. Elle s'avançait vers un tribunal. Allait-on s'écarter pour lui laisser le passage ? Elle fit trois pas encore et se trouva encerclée. Rien que des visages hostiles. Marie Volkonsky, les yeux brillants d'un courroux princier, cambra sa haute taille et dit :

— Eh bien ! Etes-vous contente ? A cause de cette évasion, notre voyage, qui aurait pu être un enchantement, sera un désastre ! Peut-être même tout notre avenir, à Pétrovsk, en sera-t-il compromis !

— Je le regrette comme vous, dit Sophie. Mais n'est-il pas normal qu'un prisonnier cherche à s'évader ?

— Si, quand il le fait pour recouvrer sa liberté ou pour servir un idéal politique ! Malheureusement, ce n'est pas le cas !

— Qu'en savez-vous ?

— Vous vous êtes chargée de nous le faire comprendre !

— Moi ? Quand ? Comment ?

— Un peu chaque jour, par votre conduite.

Sophie se raidit sous l'insulte. Une petite chaleur lui vint aux joues, comme si elle eût croqué un piment.

— Vous ne savez à quoi occuper vos heures ! dit-elle. Vous vivez dans les ragots !

— Il est trop facile d'appeler ragot une vérité qui vous gêne ! dit Elisabeth Narychkine. Les faits sont là !

— Quels faits ? demanda Sophie. J'exige des précisions !

— Laissez, Elisabeth ! dit Alexandrine Davydoff. Il est des turpitudes qu'une honnête femme ne peut évoquer sans se salir la bouche !

— Je veux tout de même lui dire qu'elle a rendu son mari malheureux ! s'écria Nathalie Fonvizine. Ce pauvre Nicolas Mikhaïlovitch ! Un homme si distingué, si estimable !...

— Son évasion n'est pas un acte d'espoir, mais de désespoir ! soupira

Catherine Troubetzkoï en touchant le coin de ses yeux avec un mouchoir de dentelle.

— Oui ! Oui ! renchérit Pauline Annenkoff, il s'est enfui comme il se serait tué ! Pour échapper au chagrin que vous lui causiez par votre indifférence !

Attaquée de tous côtés, Sophie pivota sur elle-même au milieu de la meute :

— Mes rapports avec mon mari ne regardent que moi !

— Si nous n'étions pas condamnées à vivre toutes ensemble, croyez bien que je ne me mêlerais pas de vos vilaines histoires ! dit Marie Volkonsky avec dédain.

— Il est inadmissible que vos déboires sentimentaux aient une répercussion sur le sort de toute la communauté ! appuya Elisabeth Narychkine.

Etourdie par la colère, Sophie n'entendit pas très bien les propos acerbes qui suivirent. Elle considérait avec une attention meurtrière ces créatures que les décembristes adoraient comme des « anges ». Tout n'était pas pur, pensait-elle, dans leur abnégation. Les poèmes de Pouchkine et d'Odoïevsky leur avaient tourné la tête. Elles soignaient leur légende d'épouses exemplaires, de femmes russes admirables. Elles se dévouaient envers les pauvres bagnards, avec un clin d'œil à la postérité. Elles étaient des monstres à force de vouloir être des saintes.

— Vous posez aux parangons de vertu, murmura-t-elle. Mais vous n'avez aucun droit de me faire la leçon !

— Personne d'entre nous ne prétend être parfaite, répliqua Nathalie Fonvizine d'un ton pincé. Du moins sommes-nous sûres de notre honnêteté, de notre fidélité. Nous avons tout sacrifié à nos maris !

— Oui, tout ! cria Sophie d'une voix qui lui écorcha le gosier au passage. Tout ! Même vos enfants ! Vos enfants que vous avez abandonnés en Russie !

Elle ne savait d'où lui était venu cet argument affreux. Mais, l'ayant trouvé, elle insista, avec ivresse, avec frénésie, comme si elle eût trépigné dans une flaque :

— Vous les avez abandonnés là-bas, et vous en fabriquez d'autres ici ! D'un cœur léger ! D'un ventre facile ! N'est-ce pas, madame Mouravieff, madame Davydoff, madame Fonvizine, princesse Volkonsky ?...

Alexandrine Mouravieff, qui était la seule à n'avoir pas accablé Sophie, inclina le front et ferma les paupières : son fils, qu'elle avait laissé en Russie, était mort, un an après son départ, ses deux filles, élevées par leur grand-mère, étaient malades, disait-on, de la savoir au loin. Elle en souffrait beaucoup, mais évitait de se plaindre. La naissance d'une troisième fille, à Tchita, ne l'avait pas consolée. Elle était la dernière femme à qui Sophie eût voulu causer de la peine.

— Vos insultes partent d'une âme si basse que tout ce que je me refusais à croire sur votre compte se trouve confirmé ! dit Marie Volkonsky avec un frémissement du menton.

Tout en regrettant d'avoir passé la mesure dans son attaque, Sophie était assez satisfaite d'avoir créé l'irréparable. Pendant qu'elle bravait des yeux ces femmes démasquées et se délectait de leur haine, Alexandrine Mouravieff redressa la tête. L'expression douce et triste de son visage contrastait avec la physionomie agressive de ses compagnes.

— Quelle vilaine querelle ! dit-elle avec lenteur. Dans notre désarroi, nous avons toutes prononcé des paroles violentes qui dénaturaient notre pensée. Sophie est la plus à plaindre de nous, puisque son mari s'est enfui. Nous ne devons pas la juger, mais l'aider...

— Vous êtes trop bonne ! lança Sophie.

Elle rentra sous la tente comme une forcenée, tourna en rond, enjambant les paillasses avec l'envie de se battre contre l'univers entier, puis, pour maîtriser sa colère, déballa toutes les affaires de son sac de voyage et les rangea différemment. Ses doigts tremblaient, son regard se voilait. Elle détestait de plus en plus ces épouses fidèles, ces mères aux flancs féconds. En général, toutes les femmes lui faisaient horreur : monstres pleins de mensonges, de vanité, de lâcheté, de méchanceté, de sottise ! Avec leurs visages d'anges et leurs entrailles compliquées, elles étaient la partie faible de la création. « Au fond, je regrette d'être des leurs ! » se dit-elle. Peu à peu, les battements de son cœur se calmaient, le feu se retirait de sa figure. Bientôt, elle ne comprit même plus pourquoi elle s'était tellement échauffée. Que lui importaient l'agitation et les coups de bec de la basse-cour ? Son problème personnel l'exhaussait, l'isolait au centre du monde. La fuite de Nicolas était lâche et stupide. Elle ne le plaignait pas et, cependant, elle n'avait pas la force de l'accabler. Au soulagement de le savoir loin se mêlait, en elle, une anxiété incoercible. Elle lui en voulait de retenir ainsi sa pensée, alors qu'elle eût aimé ne plus se soucier de lui. Il ne pourrait échapper longtemps aux recherches. Demain, après-demain, on le ramènerait... Un murmure de voix traversait les parois de la tente. On parlait d'elle encore, parmi les femmes. Pour la critiquer, pour la déchirer, pour la salir... Elle s'allongea sur sa paillasse, dans la pénombre. A midi, Alexandrine Mouravieff vint l'appeler pour le dîner. Elle refusa.

Jusqu'au soir, elle resta ainsi, terrée, silencieuse, ruminant son angoisse, sa honte, sa révolte. Elle ne parut pas, non plus, au souper, et se contenta de grignoter des gâteaux secs, qu'elle avait dans son sac de voyage. Plus tard, Nathalie Fonvizine et Elisabeth Narychkine pénétrèrent dans la tente, se déshabillèrent et se couchèrent, sans lui adresser un mot.

Le jour suivant n'apporta aucune nouvelle du fugitif ni aucun changement dans l'attitude des dames à l'égard de Sophie. Après une nuit d'insomnie, elle avait décidé qu'il était indigne d'elle de se dérober plus longtemps devant ces pimbêches. Surmontant sa répugnance, elle se mêla à la vie du camp. Personne n'avait l'air de remarquer sa présence. Sous la garde des sentinelles, les épouses des décembristes vaquaient à leurs occupations quotidiennes. Catherine Troubetzkoï et Marie Volkonsky faisaient la lessive dans une bassine. Du linge pendait sur des cordes, entre les arbres : tout un alignement indiscret de jupons, de camisoles, de pointes, de guimpes, de maillots et de langes. Alexandrine Davydoff donnait le sein à son bébé. Alexandrine Mouravieff encourageait sa fille à marcher, en la tenant par des lisières. Sitôt qu'un prisonnier s'écartait de sa yourte, les factionnaires hurlaient des sommations. Malgré cette sévérité, les maris réussissaient à se faufiler vers le gynécée. On échangeait quelques mots, en hâte, par-dessus les buissons, on se pressait la main, on se passait des billets. Les dames rentraient, toutes roses, de ces entrevues. La satisfaction de posséder un époux bien à elles, de n'avoir rien à se reprocher ni à lui reprocher éclatait sur leur visage. Sophie attendit que Catherine Troubetzkoï et Marie Volkonsky eussent fini leur travail et se mit à laver des mouchoirs dans un seau où restait de l'eau propre. Cette fraîcheur sur ses mains lui était agréable. Elle s'attardait à la besogne. Et, derrière son dos, elle entendait les caquets de ses ennemies. Toutes semblaient vouloir démontrer qu'elles étaient plus affligées par la disparition de Nicolas que sa femme elle-même. Une demi-douzaine de veuves soupiraient à qui mieux mieux :

— Quand je pense que Léparsky a lancé tous les Bouriates aux trousses de Nicolas Mikhaïlovitch !

— Ce sont des brutes ! S'ils le rattrapent, il faut craindre le pire !...

— D'après mon mari, il se serait embarqué sur un radeau pour descendre la Selenga !...

— Le mien croit plutôt qu'il a rejoint une bande de brigands, dans les environs !...

Sophie refusait de se laisser émouvoir par ces rumeurs et, cependant, elle ne pouvait réfléchir à autre chose. A tout moment, elle était impliquée dans cette chasse à l'homme, dont Nicolas était le gibier haletant. Lorsque Léparsky annonça qu'on se remettrait en route le lendemain, elle reçut cette nouvelle comme un arrêt de mort.

Le chemin serpentait au flanc d'une montagne basse et dénudée. A chaque tournant, Sophie, du haut de son tarantass, apercevait la caravane sur toute sa longueur, avec les soldats marchant en avant-garde, les décembristes qui piétinaient dans la poussière et les voitures, dont les caisses bâchées cahotaient à contretemps. Rien n'était changé, semblait-il, dans l'ordonnance du convoi, mais il s'en dégageait maintenant une impression funèbre. Les prisonniers avançaient en silence, dans une chaleur écrasante, la tête inclinée, les pieds lourds, et il était visible que tous songeaient à leur camarade évadé. Sophie elle-même éprouvait la sensation étrange qu'un poids entravait ses mouvements. Elle regardait droit devant elle et sa pensée la tirait en arrière. Partir en abandonnant Nicolas à son sort lui paraissait aussi monstrueux que de renoncer à secourir un homme en train de se noyer. Mais peut-être restait-il encore une chance ? Il n'y avait plus de Bouriates auprès de la colonne. Tous étaient occupés à poursuivre le fugitif. Ils finiraient bien par le rejoindre ! Non, non, inutile de se leurrer ! C'était trop tard ! On ne le retrouverait pas. Il s'évanouirait dans l'espace. Mort ou vif, on n'entendrait plus parler de lui. « Comme Nikita ! se disait-elle. Comme Nikita !.. »

Assise à côté d'elle, Nathalie Fonvizine l'observait, avec l'œil méfiant d'un gendarme convoyant un malfaiteur. Les femmes ne désarmaient pas à son égard. Même les prisonniers la tenaient pour responsable du malheur de Nicolas. Elle eût voulu pouvoir se justifier devant Youri Almazoff, devant le Dr Wolff, devant Lorer... Et puis, à quoi bon ? Parfois, elle se demandait ce qu'on allait faire d'elle. Devrait-elle quitter la Sibérie, parce que son mari ne se trouvait plus au bagne, ou rester pour le remplacer dans l'accomplissement de sa peine ? L'une et l'autre solutions étaient possibles dans ce pays voué à l'arbitraire du pouvoir absolu. Elle ne savait d'ailleurs que souhaiter. Le tumulte de ses idées était tel que, pour ne pas sombrer dans la folie, elle essayait de ne plus songer au lendemain. Elle voyageait dans le monde et les images voyageaient dans sa tête, et tout était absurde, ce qu'elle voyait et ce qu'elle pensait, une procession bariolée dans un paysage sec, une marche épuisante vers une vérité qui n'existait pas.

3

Filat rangea le restant de viande séchée dans un sac et ferma son couteau. La faim tenaillait Nicolas. Il eût bien mangé un morceau encore. Mais il fallait prolonger les réserves. Pour se remplir l'estomac, il but de l'eau fraîche au goulot d'une gourde. Le lieu de la halte était convenablement choisi, contre un rocher, sous l'auvent d'un arbre aux branches étalées. Le soleil avait disparu derrière les montagnes. De grandes ombres lilas rampaient vers les cimes roses. Les vallées fumaient. L'air perdait sa tiédeur et son mouvement, pour devenir un vide pur et froid. Ce serait la sixième nuit de bivouac depuis l'évasion. Jusqu'à présent, tout s'était bien passé. Filat était un compagnon actif. Il connaissait les sentiers, les détours, les abris, les points d'eau. Son idée était de pousser jusqu'à la frontière de la Mongolie. Là, il se faisait fort de s'entendre avec une tribu nomade, qui les mènerait, tous deux, à travers le désert de Gobi, vers Pékin. Nicolas se demandait s'il aurait eu le courage de fuir seul. En tout cas, il eût été vite rattrapé sans l'astuce du vieux forçat, qui avait voulu rester caché, les deux premiers jours, à une portée de fusil du camp, pendant que les Bouriates se lançaient au loin. C'était après le départ du convoi que les fugitifs avaient pris le large. Marchant à travers bois, n'allumant jamais de feu pour éviter de signaler leur présence par une fumée, ils avançaient en zigzag, vers le sud. Nicolas avait pu emporter une carte, une boussole et quatre cents roubles, dissimulés dans la doublure de son chapeau. Cet argent, il l'avait amassé, kopeck par kopeck, durant les trois ans de bagne. On en aurait besoin pour payer les services des Mongols, lors de la traversée du désert. Filat s'imaginait déjà installé, commerçant libre, dans quelque grand port chinois : Fou-Tchéou, Hong-Kong...

— De là, barine, tu pourras t'embarquer sur un bateau anglais ou français, disait-il.

Nicolas, cependant, ne voyait pas si loin. Il ne fuyait point dans l'espoir d'atteindre un but précis, mais pour se soustraire à une situation devenue intolérable. Le bagne, ce n'étaient pas Léparsky et tous ses gardiens, c'était Sophie, avec son visage de colère. Il suffisait qu'il se rappelât leur dernière entrevue, cette bataille lamentable, ce plaisir volé, la honte qu'il en avait ressentie, pour souhaiter ne plus jamais se retrouver devant elle. Comment avait-il pu la violenter ainsi, sachant qu'un autre occupait sa pensée ? Elle l'avait poussé à bout. Infidèle ou non, elle était coupable. Il la détestait pour le mal qu'elle lui avait fait, pour le mal qu'il lui avait fait, pour l'aventure embrouillée, misérable et inutile qu'avait été toute leur vie.

— Tu ne te couches pas, barine ? demanda Filat. Tu devrais. Demain, la journée sera dure. Montre-moi tes pieds...

Nicolas s'assit et se déchaussa. Chaque soir, Filat lui massait les pieds, avec de la salive et de l'herbe, afin de les délasser. Ses mains énormes avaient une étrange douceur pour palper les orteils, triturer les talons, envelopper les chevilles. Sous cette caresse, la fatigue s'en allait comme une fumée se dissipe au vent. Ces mêmes doigts bienfaisants avaient étranglé, vingt ans plus tôt, un capitaine qui employait Filat comme ordonnance. Filat n'aimait pas parler de cette histoire, mais, quand on le pressait de questions, il reconnaissait en soupirant qu'il avait couché avec la femme de l'officier et que c'était elle qui, après l'avoir fait boire, lui avait commandé de tuer. « Elle a eu droit à une pension de veuve et moi à quinze ans de travaux forcés ! » disait-il en manière de conclusion. Il souleva le pied gauche de Nicolas, souffla son haleine chaude sur la plante, à l'endroit de la courbure, et demanda :

— C'est bon ?

— Oui, continue, dit Nicolas.

Et il pensa à son père, qui, jadis, se faisait gratter les pieds, tous les jours, avant la sieste, par la *niania* Vassilissa. En avait-il assez ri autrefois, de cette manie ? Aujourd'hui, il reprenait la tradition familiale, mais la vieille servante, agenouillée devant lui, avait un front bas, marqué au fer rouge, et du poil jusque sur les phalanges.

— Des pieds de monsieur ! grommela Filat. Trois ans de bagne, et ils restent doux comme du beurre. Ce que c'est que la race ! Il y a tout de même une chose que je ne comprends pas. Vous, les décembristes, qu'est-ce que vous vouliez au juste ? Votre révolution, c'était bien pour donner la liberté aux autres ?

— Oui, dit Nicolas.

— A tous les autres ?

— Evidemment !

— Même aux bagnards ?

Nicolas se troubla :

— A certains bagnards.

— Aux bagnards comme moi ? insista Filat, le doigt levé, l'œil malin.

— Tu as déjà purgé ta peine. Tu n'es plus qu'un relégué. Sans doute t'aurait-on laissé rentrer en Russie...

— Sans doute ! Mais pas sûr ! Qui en aurait décidé ?

— Des juges.

— Tu parles de liberté et tu parles de juges, ça ne va pas ensemble !

— Il faut des juges, même dans un pays libre !

— Et des policiers ?

— Oui.

— Et des prisons, et des chaînes ?...

Filat éclata de rire, puis redevint sérieux et poursuivit avec force :

— Ah ! barine, tu vois, si toi et tes amis aviez réussi votre coup, ça n'aurait pas changé grand-chose pour nous autres. Ce n'est pas vous, avec vos mains propres, qui pouvez faire le bonheur du peuple. Ce sont ceux d'en bas, les petits, les sales, les tordus, les tondus ! Un jour, peut-être, toute la partie noire de l'humanité se dressera, et alors, vraiment, il y aura du nouveau sous le soleil. Si moi, par exemple, je dirigeais la révolution, je ne soulèverais pas la foule pour une idée.

— Et pour quoi ?

— Pour une envie. Et, lorsque l'envie m'aurait passé de massacrer, de piller, de casser, de me saouler, j'aurais trouvé une belle idée pour couvrir les décombres. Quand il s'agit de grands travaux, les démolisseurs doivent s'y mettre avant les ingénieurs, tu ne crois pas ? Vous avez des têtes d'ingénieurs. Les démolisseurs, c'est nous autres ! La prochaine fois, n'oubliez pas de nous faire signe d'abord. On vous nettoiera le terrain, on prendra notre plaisir. Et puis, vous, vous amènerez, nobles comme des anges, avec des théories, et, sur l'ordure, vous élèverez une société comme il faut...

Tout en parlant, il réchauffait les pieds de Nicolas entre ses mains.

— Et plus tard, continua-t-il en se relevant, dans cette société comme il faut, on distinguera de nouveau des pauvres et des riches, des infirmes et des bien portants, des intelligents et des imbéciles, et, quand la différence deviendra trop grande, les plus malheureux repartiront en guerre contre les plus heureux. Et cette révolution portera un autre numéro, mais, au fond, ce sera toujours la même histoire ! Qu'est-ce que tu feras, toi, lorsque tu seras libre, hors de Russie ? Encore de la politique ?

— Peut-être, dit Nicolas.

— Moi, je ferai du commerce. J'achèterai bon marché, je vendrai cher. Et, avec le bénéfice, je me payerai tout ce que je voudrai. Je vivrai comme un porc. Ce sera très agréable !

Il plissa les yeux, les lèvres, et sa face devint plus large que haute.

— Très agréable ! répéta-t-il rêveusement.

Nicolas se coucha sur le dos, les bras le long du corps. Au-dessus de sa tête, le ciel s'ouvrit, immense et bleu, semé d'étoiles. Filat dit encore :

— Là-bas, le vieux Léparsky doit écumer de rage. Tous les soldats tremblent dans leur culotte. Les prisonniers nous admirent d'avoir osé. Et ta femme, qu'est-ce qu'elle en pense ? Hein ? Tu as bien fait de la laisser. Les femmes sont des diables. La seule que j'aie connue a fait de moi un bagnard. Il faut les culbuter, se reboutonner et continuer son chemin !

Il se tut juste une seconde, puis grogna :

— Tu n'aimes pas que je parle comme ça, hein, barine ?

— Non.

— Tu as le cœur trop tendre ! Ça te passera !

« Je n'ai pas d'autre ami que cet assassin », songea Nicolas. Comme chaque soir, Filat lui enveloppa les jambes dans une courte pelisse et arrangea un chevet de feuilles et de mousse pour sa nuque. Il s'affairait dans l'ombre, bougon et maternel :

— Là, tu es bien, barine ?... Tu n'as pas froid ?... Ne crains rien !... Dors !... Moi, j'ai toujours une oreille ouverte dans le vent !... Que Dieu te garde !...

— Merci, Filat. Toi aussi, que Dieu te garde !

L'extraordinaire immobilité des feuillages, le silence, la solitude de ces grands espaces donnaient à Nicolas l'impression d'avoir échappé à la vie réelle. Filat se roula en boule à côté de lui. Ils s'endormirent ensemble.

A l'aube, Nicolas rouvrit les yeux et s'étonna que la place, près de lui, fût vide. Inquiet, il appela faiblement, puis plus fort. Pas de réponse. Il battit les buissons d'alentour : personne. En revenant à l'endroit où il avait dormi, il s'aperçut que le sac de provisions, la gourde, la boussole et le chapeau contenant l'argent avaient disparu. Un instant, il douta que Filat se fût enfui en emportant le tout. Puis, l'évidence l'éblouit, l'accabla. Il ne comprenait pas comment cet homme avait pu le dépouiller et l'abandonner ce matin, après lui avoir montré tant de dévouement la veille. Que s'était-il passé dans ce cerveau primitif ? Avait-il eu conscience seulement de sa trahison ? Non, les individus de cette sorte glissent du bien au mal sans calcul, sans remords, selon l'impulsion du moment. Ils sont aussi sincères dans leur amitié que déterminés dans leur intention de nuire. L'affection qu'ils portent à un être doit même, de quelque manière, les aider à le supprimer. On voit ainsi des tueurs caresser une bête avec tendresse avant de l'abattre.

Ce que Filat avait fait condamnait Nicolas à une mort presque certaine. Où irait-il, sans guide, sans argent, sans vivres ? Les montagnes qu'il admirait hier l'écrasèrent de leur masse. Il était le dernier homme sur la terre. Dans sa panique, il regretta le camp, le grouillement des prisonniers, la soupe, les gardiens aux figures rassurantes. Que faire maintenant ? Continuer vers le sud, en longeant les monts Iablonoff, comme le conseillait Filat ? Il finirait bien par rencontrer un campement mongol. Peut-être voudrait-on de lui, même sans argent ? Il se l'affirmait pour reprendre courage au milieu de ce paysage désolé.

Comme il avait faim, il cueillit des myrtilles et en mangea par poignées, de quoi se couper l'appétit. Il y avait d'autres baies sur les arbrisseaux, mais il ne les connaissait pas et craignait qu'elles ne fussent vénéneuses. Le soleil se levait, rouge feu, dans un poudroiement de cendre. Une lave de lumière débordait la crête des montagnes et coulait vers le fond, où la nuit s'attardait encore. Chaque arbre était une dispute d'oiseaux. Poussé dans le dos par cette aurore exaltante, Nicolas marchait d'un bon pas, à travers une végétation de taillis courts qui lui griffaient les jambes. Le creux de la vallée l'attirait. Il croyait y voir luire des reflets d'eau. S'il tombait sur une rivière, il la suivrait dans ses méandres. Elle le conduirait à un lieu habité. Pour l'instant, il ne pensait pas à autre chose : Sophie était sortie de sa tête. Et Filat. Et tout son passé d'amour, de politique et de bagne. Il était un homme sans nom, sans famille, sans patrie, en lutte contre la nature.

Son pas saccadé se répercutait jusque dans son cerveau. Bientôt, ses genoux ployèrent de fatigue. Mais il continua, obstinément, l'œil fixe, les bras ballants, en comptant à haute voix, pour se tenir compagnie. Il descendait, marchait à plat, contournait un mamelon, descendait encore. Enfin, il fut tout en bas : ce qu'il avait pris de loin pour une rivière n'était qu'une flaque stagnante, entourée de joncs. Tant pis ! Il avait trop soif ! Agenouillé au bord de la mare, il but dans ses mains unies. L'eau était fade, tiède, mais il ne pouvait s'en arracher. Il s'en remplissait la bouche, il la faisait ruisseler dans son dos, il y plongeait ses pieds enflés et douloureux, il en aspergeait sa poitrine. Son avidité calmée, il regretta de n'avoir pas un récipient pour emporter de l'eau avec lui. Mais peut-être dénicherait-il plus loin la source qui alimentait cette mare par quelque infiltration souterraine ?

Il repartit avec courage. La vallée s'élargissait, devenait une sorte de plateau ondulé, entre des collines sèches. Des chardons blancs poussaient dans la caillasse. Le soleil montait, et, avec lui, la chaleur. De ce paysage sans beauté émanait un bourdonnement continu. Nicolas ne savait si ce bruit était dû à des nuées d'insectes invisibles ou au battement du sang dans ses oreilles. Il remuait la langue dans sa bouche et avalait une salive amère. La soif renaissait, comme si toute l'eau qu'il avait bue se fût déjà évaporée de lui. Heureusement, il trouva encore des myrtilles et en avala une grande quantité. Pendant des heures, il marcha ainsi, dans le fond de la combe, avec un entêtement fou. Le crépuscule vint, brusque et glacé. Il se coucha et s'endormit tout d'une masse.

Au petit jour, il s'éveilla courbatu. Sa tête tournait, ses mollets tremblaient. Néanmoins, il voulut profiter des heures fraîches de la matinée pour avancer encore. Avec un immense ennui, il mit un pied devant l'autre. Ses semelles étaient déchirées, mais il ne sentait pas la dureté du sol. Il allait, titubant, hébété, vers une ligne d'arbres aux feuillages rongés de lumière. Un peu avant midi, il entra dans la forêt et s'écroula sous un gros chêne, qu'entourait un vol de papillons jaunes. Trois heures plus tard, il rouvrit les yeux. La gorge sèche. Toujours rien à boire. Dans le sous-bois, régnait une chaleur de four. Des traits de feu perçaient l'ombre verte au parfum musqué. Il tendit l'oreille, s'étonna de ne pas entendre un seul oiseau, cueillit de la mousse et la pressa sur ses lèvres. Une odeur terreuse le pénétra. C'était bon !

Il suivit une trouée entre les arbres et se retrouva en plaine rase. A l'horizon, des éboulis de roches concassées. Pour y arriver, une vaste étendue d'herbe jaune et d'arbrisseaux tordus, aux feuillages brillants comme du métal. Il se sentit incapable de franchir cette distance. Qui le lui ordonnait ? Personne. Et pourtant, il le fallait. Pas à pas, vers la liberté ou vers la mort. Il trébucha et, subitement, une douleur lui coupa le ventre. Ses entrailles bouillonnaient, bourdonnaient, lâchaient une eau brûlante. Il n'eût que le temps de se déboutonner et de s'accroupir dans les fourrés. Soulagé, il crut pouvoir reprendre sa marche, mais, plus loin, une nouvelle tranchée le cisailla par le milieu du corps. Il regarda sous lui. Des déjections sanglantes souillaient l'herbe. La peur le saisit. L'eau, l'eau de la mare !... Il s'était empoisonné !... A moins que ce ne fût une simple indigestion !... Un goût de fer lui remontait dans la bouche. Des frissons hérissaient sa peau. La fatigue l'accablait. Il se traîna jusqu'au sommet d'une petite crête, s'effondra et décida de rester là pour la nuit. Mais il ne put dormir. A peine était-il sur le point de perdre conscience qu'une colique le tordait. Il voulait se libérer de cette coulée de feu, se contractait pour l'expulser, haletait, gémissait, en vain, et retombait sur le flanc, le fondement endolori, la bouche sèche, comme liée de farine.

Jusqu'à l'aurore, il lutta ainsi contre la bête qui, à intervalles rapprochés, lui plantait ses crocs dans le ventre. De brèves rémissions, suivies d'attaques féroces. Sa langue était rôtie. Il n'avait plus une goutte d'eau dans le corps. Nul doute que, s'il avait pu avaler quelque boisson glacée, le mal eût aussitôt disparu. Il rêvait à une source, à un lac, à la pluie, à un verre de thé froid. Un vertige nauséeux le maintenait à terre. Le ciel tournait au-dessus de lui sur un pivot. Il n'avait aucune notion de l'heure ni du lieu. Il savait seulement que le salut était là-bas, vers le sud.

Tout au long du jour, il grelotta de fièvre, assoiffé, recroquevillé, incapable de penser à autre chose qu'à cette torsion de boyaux et à cette diarrhée. Au crépuscule, il réunit assez de forces pour se remettre sur ses jambes. Il faisait dix pas, vingt pas, et, sous le choc de la souffrance, s'affaissait, se pelotonnait, les genoux au ventre, évacuait un filet de pourriture liquide, se reculottait, rampait, perdait connaissance, revenait à lui, repartait, épuisé, obstiné, le regard tendu vers une petite combe tapissée de buissons.

Il y parvint, comme la lune montait dans le ciel. En la voyant rayonner, blanche et ronde, il comprit qu'il entrait dans un monde où la joie, la tristesse, l'espoir, le souvenir étaient des mots vides de sens, un monde qui préfigurait le repos de la mort. Un froid glacial tomba sur ses épaules. Il claquait des dents. Mais, à l'intérieur de lui, tout bougeait, tout flambait. Sa nuit ne fut qu'une succession de coliques atroces et d'épreintes qui le laissaient au bord de l'évanouissement. Une légère accalmie se produisit enfin et il s'assoupit.

Le soleil le réchauffa, rouge et or, derrière ses paupières fermées. En écarquillant les yeux, il crut que son rêve continuait. C'était dans son sommeil qu'il voyait, interposée entre lui et le gouffre lumineux du ciel, une grosse tête de Bouriate, au rire silencieux. Il se souleva sur un coude. Un peu en retrait, se tenait un autre Bouriate, en tous points semblable au premier. Leurs chevaux paissaient côte à côte. Nicolas respira l'odeur de suint qui se dégageait de l'homme accroupi devant lui. Il ne s'agissait donc pas d'une hallucination ! Une joie frénétique le secoua. Des nomades ! Des frères !

— Tu parles russe ? demanda-t-il en articulant les mots avec peine.
— Un petit peu, dit l'homme.
— J'ai soif !
— Tu auras à boire.
— Tout de suite !
— D'abord, donne tes mains.

Nicolas tendit ses mains. Le Bouriate les attacha avec une corde.
— Pourquoi fais-tu cela ? chuchota Nicolas.
— Parce que tu es mon prisonnier. Je vais te ramener au chef, au grand *taïcha* !
— Quel grand *taïcha* ?
— Le général Léparsky. Il me donnera cent roubles.

Nicolas n'eut pas la force de se désespérer. Il avait plus besoin d'eau que de liberté. Des larmes jaillirent de ses yeux.
— A boire ! dit-il encore.
— Où est l'autre ? demanda le Bouriate.
— Qui ?
— Celui qui s'est enfui avec toi.
— Je ne sais pas... Il m'a... il m'a abandonné... Il est parti tout seul...

Exténué, il retomba en arrière. Entre ses paupières tremblantes, il vit le Bouriate qui lui tendait une gourde. Un filet d'eau humecta ses lèvres, ranima sa langue, éveilla délicieusement des surfaces de muqueuses asséchées. Puis, l'eau se changea en flammes. Des douleurs en coup de poignard le reprirent. Il lui sembla qu'il se vidait, par en bas, de tout ce qu'il avait bu. Les poings sur la bouche, il geignait, ahanait et pleurait devant les deux Bouriates perplexes.

Ils le hissèrent, tel un sac de son, sur un cheval. L'un des Bouriates le ficela à la selle, l'autre monta derrière lui. On se mit en route, au petit trot. Nicolas s'appuyait du dos à la poitrine du cavalier. Deux bras tendus l'encadraient, pour le maintenir en équilibre. A chaque secousse, il éprouvait un déferlement de feu dans les intestins. Il criait, les dents serrées, mouillait son pantalon et discernait, dans un brouillard de lassitude, tout un paysage mouvant, des montagnes qui avançaient par bonds successifs, des arbres qui sautillaient sur une patte. Ses vertèbres craquaient. « Boire... boire !... Un peu d'ombre, par pitié !... Quelque chose de chaud sur le ventre !... Une pierre pour écraser cette contraction !... » Le martèlement des sabots retentissait dans son crâne. Une crispation plus forte que les autres. Il la perçut jusqu'à l'extrémité de ses nerfs. Où le menait-on ainsi ? Rejoindre le convoi ? Il faudrait des jours et des jours de route. Il mourrait avant. Les cordes coupaient ses chairs. Il ouvrait la bouche et respirait un air de fournaise. Il eût donné la moitié de sa vie pour se retrouver dans la fraîcheur d'une cave. Le soleil ne se coucherait donc jamais ? Les deux

Bouriates parlaient entre eux, dans un dialecte aux accents tantôt rauques, tantôt flûtés. Ils avaient fait bonne chasse, ils riaient, ils étaient contents. Tout à coup, les voix s'éloignèrent, Nicolas ne vit plus rien, une écœurante langueur s'empara de lui, il eut le temps de penser qu'il mourait, que c'était bien ainsi, et sombra dans le néant.

Plus tard, il se sentit balancé comme au fond d'une barque. Il naviguait sur un lac, par la tempête. Ces vagues allaient retourner le canot. Attention ! Attention ! Il rouvrit les yeux et comprit son erreur. On l'avait défîcelé, on le portait sur les bras, dans le noir, on le couchait rudement sur un tas de chiffons. Il mit quelques secondes à discerner qu'il se trouvait sous une yourte indigène. Les deux cavaliers avaient dû l'amener, pour passer la nuit, dans une tribu de leur connaissance. Un feu brûlait au centre de la tente, sous une marmite. La fumée sortait en colonne épaisse, par un trou, au milieu du toit. Autour du foyer, étaient assis des Bouriates, hommes et femmes, au teint jaune, aux yeux obliques, qui devisaient à voix basse. Les uns tannaient des peaux de bête en les mâchurant à pleines dents, et une salive brunâtre filtrait des deux coins de leur bouche, d'autres foulaient du feutre, aiguisaient des flèches sur une pierre, coulaient des balles. Derrière les grandes personnes, des enfants se roulaient, nus, sur des fourrures. Une odeur de lait tourné, de viande boucanée et de crottin composait le fond de l'air. Les flammes envoyaient de tous côtés de hautes ombres biscornues, qui semblaient vivre pour leur propre compte. Une vieille servit du « thé de brique » dans des tasses de bois laqué et obligea Nicolas à en boire. Il détestait ce breuvage salé, poivré, alourdi de lait de jument et de graisse rance. Mais une agréable chaleur se répandit dans son corps, dès qu'il eut avalé la première gorgée. Il vida le bol et en demanda un deuxième, puis un troisième. Le Bouriate qui avait capturé Nicolas exultait :

— Avec ça, jamais malade !

Soudain, les entrailles de Nicolas furent fendues latéralement par un coup de hachoir. Il tressaillit, banda ses muscles et sentit que des écluses craquaient, que la vie partait de lui, de nouveau, en boue brûlante et pestilentielle. Il avait honte, il avait mal, il tremblait de dépit et de fièvre. Le Bouriate se pencha sur lui et dit en hochant la tête :

— Ce n'est pas bien, barine !

Il était vêtu de peaux de chèvres cousues ensemble. Une longue pipe en argent pendait de sa bouche. Dans les fentes de ses yeux, dormait une liqueur noire, huileuse.

— Ce n'est pas bien ! reprit-il. Retiens-toi. Si tu meurs, je toucherai la moitié seulement.

4

Le général Léparsky venait de chausser péniblement sa botte gauche et s'apprêtait à chausser sa botte droite avec l'aide de son ordonnance, quand le lieutenant Vatrouchkine pénétra sous la tente, bomba le torse, plaqua sa main contre le fourreau de son épée et dit :

— J'ai l'honneur de signaler à Votre Excellence que le prisonnier politique Ozareff a été retrouvé. Deux Bouriates le ramènent. Une de nos patrouilles les a rencontrés et a pris les devants pour nous avertir. Ils seront ici d'une minute à l'autre.

La joie frappa Léparsky si violemment qu'il en eut une crispation dans la région du cœur. Sans mot dire, il se tourna vers le crucifix pendu au-dessus de son lit et s'agenouilla. Depuis dix jours que duraient les recherches, il avait perdu l'espoir de rattraper le fugitif et vivait dans la terreur du rapport qu'il lui faudrait expédier au tsar pour annoncer l'évasion. Ces hommes dont on lui avait confié la garde étaient un dépôt sacré. Qu'il en manquât un seul, et il était déshonoré comme s'il avait dérobé les bijoux de la couronne. Heureusement, tout rentrait dans l'ordre. De nouveau, le compte y était. Il allait connaître des nuits tranquilles.

— Dieu soit loué ! dit-il en se redressant. Ont-ils aussi arrêté Filat ?
— Non, celui-là a pu s'enfuir.
— C'est moins grave ! Un simple relégué ! Ce qui importe, c'est le décembriste !

Il fit quelques pas en claudiquant, un pied botté, l'autre dans une chaussette, s'arrêta au milieu de la tente et ajouta d'un air terrible :

— Il va voir de quel bois je me chauffe !

Mais cette menace sonna faux à ses propres oreilles. Le péril conjuré, il ne ressentait plus une fureur aussi déterminante. Il devait même lutter pour ne pas faire bénéficier le coupable du bonheur qu'il éprouvait à l'avoir repris. Avec un effort, il demanda :

— Les chaînes ! En avez-vous ici ?
— Bien sûr, Votre Excellence.
— Parfait ! Il suivra le convoi, les fers aux pieds ! Tout seul !
— Le pourra-t-il, Votre Excellence ? Les étapes sont longues...
— Il faut un exemple.
— Oui, Votre Excellence.

L'ordonnance acheva de botter, d'habiller, de brosser Léparsky, et lui tendit un flacon d'eau de Cologne. Il s'en mettait toujours une goutte sur la moustache et derrière les oreilles, le dimanche.

— Allez, Vatrouchkine, dit-il en tapotant sa perruque sur ses tempes pour l'appliquer. Et veillez à ce que l'arrivée du prisonnier se fasse le plus discrètement possible !

Vatrouchkine s'éclipsa et revint presque aussitôt, sans avoir eu le temps de prendre la moindre disposition.

— Le voici, Votre Excellence ! dit-il.

Un brouhaha montait des abords de la tente. Tous les décembristes avaient dû se rassembler là, malgré les cris des sentinelles. Deux soldats entrèrent, portant quelque chose sur un brancard. Derrière eux, deux Bouriates, dos courbé, chapeau bas. Mais où était Nicolas ? Léparsky le chercha des yeux. Il s'attendait à le voir debout, haillonneux, révolté et contrit, les mains liées. Son regard s'abaissa sur la civière et il eut un mouvement de surprise. Il hésitait à reconnaître le fugitif dans la forme humaine qui gisait à ses pieds. Cette figure creuse, livide, aux joues hérissées de barbe, était celle d'un mourant. Les prunelles luisaient de fièvre entre les paupières sanguinolentes. Les lèvres fendillées, blanchâtres, se retroussaient sur un halètement qui ressemblait à un râle. Brusquement, Léparsky se trouva embarrassé dans sa colère. Fronçant les sourcils, il grommela :

— Qu'a-t-il ? Blessé ?
— Non, dit Vatrouchkine. Je crois plutôt qu'il est malade.
— Pouviez pas me prévenir ?
— Je viens de l'apprendre moi-même, Votre Excellence.
— Que disent les Bouriates ?

L'un des Bouriates s'avança, salua, plié en deux, à l'orientale, et marmonna :

— On l'a pris comme ça... Trop marché au soleil... Mais pas mourir... Pas mourir... *Taïcha* doit donner cent roubles...
— Payez-les, Vatrouchkine, dit Léparsky, et allez chercher Wolff, immédiatement !

Vatrouchkine sortit avec les Bouriates. Le général attira une chaise et s'assit près de la civière. Les décisions qu'il avait prises tombaient d'elles-mêmes devant cet homme couché. On ne pouvait enchaîner un grabataire. Ni le punir, en aucune façon. Léparsky en voulut à Nicolas de lui compliquer la tâche. Tout eût été tellement simple, correct, administrativement praticable, si le fugitif était revenu sain et sauf. Au lieu de quoi, maintenant, il fallait improviser en tenant compte des circonstances. Le soigner d'abord, sévir par la suite. Le convoi devait arriver au complet, à Pétrovsk. Penché sur Nicolas, il demanda :

— Comment vous sentez-vous ?

Un chuchotement lui répondit :

— Je veux mourir...
— Non ! non ! s'écria le général avec une crainte superstitieuse. Je vous interdis ! Pourquoi vous êtes-vous enfui ?...
— Il... le... fallait...
— Qui vous a aidé ?
— Personne...
— Et Filat ?...
— Il m'a volé... m'a laissé...
— Vous rendez-vous compte de ce que vous avez fait ? Votre conduite va m'obliger à redoubler de sévérité envers vos camarades et envers vous-même !

Tout en parlant, Léparsky concevait le ridicule de ces menaces adressées à un homme qui, bientôt, peut-être, allait comparaître devant Dieu. Une odeur nauséabonde se dégageait de ce demi-cadavre.

— Après tous mes bienfaits ! reprit-il. Quelle ingratitude ! Vraiment, je ne méritais pas cette évasion !

La formule l'étonna lui-même et il se troubla.

— Excusez-moi, Votre Excellence ! souffla Nicolas.

Il ferma les yeux. Ses narines se pincèrent. Une plainte étrange clapota dans son gosier.

— Nicolas Mikhaïlovitch, balbutia Léparsky. Eh ! Eh ! Qu'avez-vous, mon ami ?... Nicolas Mikhaïlovitch !... Je vous en prie !...

« Il va me passer, là, entre les mains ! » pensait-il avec désespoir. Il s'affola, se fâcha, se mit à hurler :

— Vatrouchkine ! Où est-il encore ? Imbécile ! J'ai demandé le Dr Wolff ! Vite ! Vite !

Les deux brancardiers, qui contemplaient la scène avec stupéfaction, se précipitèrent dehors.

En arrivant, le Dr Wolff trouva Léparsky accroupi devant Nicolas et lui tapotant les mains avec maladresse :

— Ça ne va pas du tout, docteur ! Faites quelque chose !

Le médecin palpa le malade, examina ses linges souillés de déjections sanglantes, et se redressa, soucieux.

— Quoi ? bredouilla Léparsky. Vous allez le sauver, n'est-ce pas ?

Son vieux visage, pesant et flasque, avait une expression de désarroi paternel.

— J'ai peu d'espoir, Votre Excellence, dit le Dr Wolff.

— C'est impossible !... Qu'a-t-il ?

— La dysenterie. Il est bien tard...

Les épaules de Léparsky s'affaissèrent.

— Faites-le transporter sous la tente de l'infirmerie, dit-il. Demain, quand nous nous remettrons en route, vous le prendrez dans votre voiture. Je compte sur vous pour le soigner comme si... comme si c'était moi-même !... Ah ! mon Dieu ! le pauvre garçon !... Mais qu'ont-ils tous dans la tête ?... Ils ne sont pas bien ici ?... Je ne suis pas gentil avec eux ?...

Il réfléchit et décréta, d'un ton bourru :

— Il faut quelqu'un pour le veiller. Je vais vous envoyer sa femme.

La bâche tirée maintenait une pénombre verdâtre à l'intérieur du tarantass. Assise sur le plancher, le dos appuyé au panneau du fond, Sophie regardait Nicolas, allongé près d'elle sous une couverture de laine brune. Ses paupières closes épousaient la forme du globe oculaire. Une faible respiration passait entre ses lèvres décolorées. Sa barbe avait poussé, blonde, drue. Les cahots de la voiture lui arrachaient des gémissements. Dès qu'il se plaignait, Sophie tressaillait, comme blessée elle-même. Elle maudissait les roues irrégulières, le chemin raboteux, la chaleur étouffante, tout ce qui indisposait le malade. Depuis la veille, il était entre la vie et la mort. Parfois, il rouvrait les yeux mais ne semblait pas reconnaître Sophie. Il avait la peau sèche, le pouls fréquent, petit et inégal. Le Dr Wolff le soignait en lui administrant du calomel, des lavements au laudanum, de la tisane de pavot.

Cependant, la diarrhée persistait, sanglante, déchirante. Des mouches se promenaient sur le visage de Nicolas. Sophie les chassa de la main. Il fit claquer sa langue. Elle lui donna à sucer un linge trempé dans de l'eau de riz. Il tétait ce lambeau d'étoffe avec une avidité pitoyable, les joues creuses, les prunelles exorbitées. Puis, il fut pris de coliques. La première fois, Sophie avait été écœurée par l'odeur. Maintenant, elle dominait sa répulsion et se réjouissait de voir Nicolas évacuer ce poison fétide. C'était le mal qui s'en allait. Penchée sur lui, elle l'encourageait à mi-voix, comme elle eût fait pour son enfant. Les petits sentiments de rancune, de regret, de nostalgie s'effaçaient devant l'effrayante menace de la fin. Elle ne pensait qu'à empêcher la mort d'entrer dans le tarantass. « Celui-là, tu ne l'auras pas ! » se disait-elle avec une détermination farouche. Le vrai drame ne se jouait plus entre elle et Nikita, dans le clair-obscur de sa mémoire, mais ici, au grand jour, à portée de ses mains. Le présent imposait silence au passé. Nicolas avait replié les genoux et grimaçait de douleur.

— Là ! Là ! marmonna-t-elle en lui caressant le front.

Il cessa de geindre, le ventre libéré. On lui avait fait une couche avec de l'herbe pour pouvoir la renouveler souvent. Sophie entrebâilla la bâche et appela deux anciens forçats de droit commun, qui marchaient à côté du tarantass. Ils grimpèrent à l'intérieur et soulevèrent Nicolas par les cuisses et par les aisselles. La couverture de laine glissa. Le bas du corps était nu. Il parut à Sophie d'une maigreur squelettique. La peau collait de près au fémur, au tibia, à la boule d'ivoire du genou. Le tarantass continuait à rouler, à tanguer. Les deux forçats oscillaient sur leurs jambes écartées.

— Dépêchez-vous ! dit l'un d'eux.

Sophie enveloppa l'herbe maculée dans un sac, la jeta dehors et étala sur le plancher une litière fraîche. Les deux anciens forçats reposèrent le malade avec précaution et se retirèrent en maugréant. Ils rechignaient devant cette besogne, à cause des risques de contagion. Sophie, elle, n'y songeait pas, trop engagée dans le combat pour réfléchir. Parce qu'une vie était en jeu, elle ne voyait plus le sang, elle ne respirait plus l'ordure. Tout ce qui sortait de ce corps torturé était parfaitement naturel. « Qu'il guérisse ! Le reste m'est égal ! » murmurait-elle en relevant du poignet une mèche de cheveux sur sa tempe. Les heures de la nuit et du jour se confondaient. Ce tarantass était sûrement le plus mauvais du convoi. Encore quelques verstes, et il se disloquerait dans les trous de la route. La tête de Nicolas ballait sur son épaule.

A midi, selon les prescriptions médicales, Sophie lui donna du charbon de bois à croquer. Il obéit en grimaçant de dégoût. Une bouillie noirâtre filtra entre ses dents. Quand il eut fini, elle lui essuya la bouche, comme à un bébé. De nouveau, la diarrhée fusa. Elle eut un mouvement de recul. Mais c'était peu de chose. Elle ne voulut pas le fatiguer en le nettoyant. Penchée à l'extérieur, elle respira une goulée d'air pur, puis se replongea dans la pénombre nauséabonde. Secousse après secousse, au pas lent des chevaux, le convoi se traînait dans la chaleur. Nicolas bredouillait des paroles confuses. Elle avait de la peine à retrouver dans ce moribond exsangue l'homme plein de désir qui s'était jeté sur elle, la nuit, au bord de la rivière. Toute cette histoire s'était déroulée dans une autre existence, entre des gens qui ne l'intéressaient pas. Son affaire à elle était ici, dans la voiture. Après avoir couru en tous sens, comme une folle, elle allait de nouveau vers un but précis. Sa dernière chance. Pourquoi s'était-elle détachée de Nicolas ? Il était le plus important souvenir de sa vie de femme. Ce qu'elle avait connu du bonheur physique, c'était à lui qu'elle le devait. Elle le revoyait dans sa minceur et son élégance, avec ce sourire fier, ce regard caressant. Sa gaieté, ses mensonges, sa légèreté, sa naïveté, sa vanité, son courage... Et c'était maintenant, peut-être, sur cette pauvre litière, que tout cela finirait dans un hoquet affreux. « Non, non ! Pas lui !... » Elle implorait Dieu pour son mari, comme elle l'avait imploré jadis — trop tard ! — pour Nikita. Ils étaient frères par la douleur. Elle passait de l'un à l'autre, sans les trahir ni l'un ni l'autre. La route montait, les essieux grinçaient, les chevaux s'arc-boutaient, tiraient fort, dans un nuage de poussière. Soudain, Nicolas se tordit, hurla, comme poignardé.

— Ah ! gémit Sophie. Encore ! Cela ne s'arrêtera donc jamais ?

Elle lui posa la main sur le ventre. Il claquait des mâchoires, roulait des yeux blancs et happait l'air avec une grimace de suffocation. Effrayée par la violence de ces tranchées, Sophie souleva la bâche et cria à un soldat d'escorte :

— Prévenez le docteur !

Le Dr Wolff accourut, se hissa dans le tarantass et prit le pouls du malade. Au bout d'un moment, Nicolas se calma, ses membres se relâchèrent. Le jet de la dysenterie avait tout taché autour de lui. Il était faible, livide, sans une goutte de sueur au front. Pour le fortifier, le médecin lui fit boire une décoction de genêt. Puis, il aida Sophie à changer, une fois de plus, la litière. Elle se mordait les lèvres, des larmes tremblaient dans ses yeux.

— Parlez-moi franchement, docteur, chuchota-t-elle. Avons-nous quelque chance ?...

Il la considéra avec étonnement, comme si elle eût été la dernière personne à avoir le droit de se montrer inquiète.

— Je ne puis me prononcer encore, dit-il sèchement.

— Pourtant, il ne va pas plus mal ?...

— Non. L'état est stationnaire. Mais l'organisme tiendra-t-il jusqu'au bout ?...

— J'ai peur de ne pas faire ce qu'il faut !

— Mais si, Madame ! Mais si, vous vous débrouillez très bien !

Il se lava les mains dans une cuvette. Même en voyage, il s'arrangeait pour avoir du linge propre, une moustache bien coupée, une redingote à laquelle pas un bouton ne manquait. Son air sérieux plaisait à Sophie. Cependant, depuis la fuite de Nicolas, il se montrait avec elle d'une politesse distante. Il la quitta et s'approcha de la voiture suivante, où se trouvaient Alexandrine Mouravieff et Pauline Annenkoff avec leurs enfants. Tout le monde savait qu'il avait un faible pour la douce Alexandrine. Le mari, sombre, ennuyeux et froid, laissait faire. Sans doute cette idylle ne mènerait-elle à rien. Sophie le regretta. Pourquoi ? Elle n'aurait su le dire. De plus en plus, ces femmes admirables, ces épouses romaines l'exaspéraient. Elle avait reposé la main sur le front de Nicolas. Il ne bougeait plus. Inconscient, absent, une moue de souffrance au coin des lèvres. Des minutes s'écoulèrent. Le bras de Sophie s'engourdissait. Ah ! quand donc finirait ce charroi cahotant et bruyant ?

Par l'entrebâillement de la bâche, elle vit des Bouriates à cheval qui dépassaient le tarantass Au creux d'un vallon, surgit un village de tentes pointues.

*
* *

— Eh bien ! fais entrer les dames ! soupira Léparsky en s'asseyant derrière sa table pliante.

Et il se demanda ce qu'elles pouvaient bien avoir à lui réclamer encore. Le planton souleva un panneau de toile et s'effaça pour livrer passage aux visiteuses. La tente s'emplit de jupes. Léparsky eut l'impression de respirer plus difficilement. Elles étaient toutes là, sauf Alexandrine Mouravieff et Sophie Ozareff. Ce fut Marie Volkonsky, tête haute, teint basané et regard de charbon, qui ouvrit les hostilités.

— Excellence, dit-elle, nous venons solliciter l'autorisation de revoir nos maris, comme par le passé.

Il s'y attendait un peu.

— Non, princesse, répliqua-t-il avec force.

— Mais, puisque le fugitif a été retrouvé !...

— Cela ne change rien. La discipline s'était relâchée. J'entends la rétablir dans toute sa rigueur.

— Alors, rétablissez-la pour tout le monde ! s'écria Alexandrine Davydoff.

— Je n'ai jamais accordé de passe-droit !

— Si. A celle qui le mérite le moins !

— C'est vrai ! renchérit Nathalie Fonvizine d'une voix geignarde. La seule d'entre nous qui ait la permission d'être constamment auprès de son mari, c'est Sophie Ozareff !

L'indignation dressa Léparsky derrière sa table.

— Madame, Madame, balbutia-t-il, vous oubliez que Nicolas Mikhaïlovitch est au plus mal !

— Parce qu'il a tenté de s'enfuir ! dit Alexandrine Davydoff. Votre faveur va donc à ceux qui vous désobéissent. C'est une prime à l'évasion et à l'infidélité !

Cette remarque troubla Léparsky. Il n'avait pas envisagé le problème sous cet angle. Voyant l'adversaire ébranlé, Nathalie Fonvizine revint à la charge :

— Je vous signale, Excellence, que mon mari a pris froid et qu'il réclame mes soins !

— Le mien, dit Catherine Troubetzkoï, souffre d'un rhumatisme ! Je puis vous le faire certifier par le Dr Wolff !

— Le mien a de terribles migraines, dues à une insolation ! dit Pauline Annenkoff.

— Et après ? gronda Léparsky. Ils ne sont pas sur le point de mourir, comme Ozareff !

Les femmes, effrayées, se signèrent.

— S'il est sur le point de mourir, siffla Alexandrine Davydoff, vous auriez pu lui choisir une autre infirmière.

— Que reprochez-vous à celle-ci ?

— D'être responsable de l'état où il se trouve.

Léparsky haussa les épaules :

— Je n'ai pas à connaître de ces histoires. Je ne vois qu'une chose : puisqu'elle est sa femme, c'est elle qui doit le soigner !

— Même si elle le soigne mal ?

— Qu'insinuez-vous là ?

— On ne confie pas la garde d'un malade à une personne qui rêve de se débarrasser de lui !

Cette accusation d'Alexandrine Davydoff était si osée que les autres femmes la dévisagèrent avec étonnement.

— Madame, dit Léparsky, si la personne dont vous parlez a quelque péché sur la conscience, je suis persuadé que le remords fait d'elle, en ce moment, la meilleure des épouses.

— Vous accordez trop de crédit au remords et pas assez à la rancune, rétorqua Alexandrine Davydoff avec un sourire sarcastique.

Craignant que Léparsky n'éclatât de colère, Marie Volkonsky intervint rapidement :

— Sans aller jusque-là, Excellence, avouez qu'il est pénible pour des femmes honnêtes, dont les maris n'ont jamais contrevenu à vos instructions, d'être moins bien traitées qu'une femme de moralité douteuse, dont le mari vous a créé les plus graves ennuis en s'évadant. Voici huit jours que Mme Ozareff se trouve auprès de son époux. Nous demandons simplement l'égalité des droits. Si vous êtes, comme vous le prétendez, un homme de cœur et de justice, vous devez...

Depuis un moment, Léparsky était débordé, étourdi par ce caquetage. De tout ce qu'il avait entendu, seule l'assertion d'Alexandrine Davydoff l'avait touché. La phrase restait plantée en lui, à un point douloureux, comme une épine. Et si ces femmes avaient raison ? Si Sophie avait réellement des intentions criminelles ? Mais non, elles étaient toutes détraquées à force de lire des romans ! Il n'allait pas se laisser dicter sa conduite par des pensionnaires imaginatives ! S'il n'y mettait bon ordre, elles finiraient par lui manger sur la tête ! Tout à coup, il cria :

— Cela suffit, Mesdames ! Je lèverai la consigne quand je le jugerai nécessaire ! Vos récriminations ne peuvent que m'inciter à retarder cet instant ! Veuillez vous retirer !

Elles déguerpirent avec des mines offusquées.

Après leur départ, Léparsky se rassit derrière sa table et se mit à compulser des états administratifs. Mais les chiffres dansaient devant ses yeux. Les « 1 », droits, fiers et nets, lui rappelaient Marie Volkonsky, les « 3 », aux courbes rebondies, Catherine Troubetzkoï, les « 0 », tout ronds, Nathalie Fonvizine... Il se jugea très fatigué. Ce voyage était décidément une épreuve au-dessus de ses forces. On oubliait son âge, à Saint-Pétersbourg ! Dix-huit jours déjà que le convoi rampait, d'étape en étape, à travers la Sibérie ! Si la petite colonie parvenait sans encombre à Pétrovsk, la réussite tiendrait du miracle. « Peut-être me décorera-t-on à cette occasion ? songea-t-il. Mais que ferais-je d'une décoration supplémentaire, à soixante-quinze ans ? » Il avait beau se raisonner, l'idée que le tsar pût le récompenser de ses services éveillait en lui un immense espoir. Pourvu que cet écervelé de Nicolas Ozareff ne mourût pas en cours de route ! Il était enrageant de penser que le succès de toute l'entreprise dépendait de si peu de chose. Le Dr Wolff n'avait pas encore fait son rapport, ce matin. C'était jour de repos. Le camp se prélassait au bord d'une rivière. Brusquement, Léparsky fut incapable de rester en place. Il ceignit son épée, empoigna ses gants, son chapeau, et sortit.

A dix pas de sa tente, il se heurta au Dr Wolff, qui venait vers lui. Les nouvelles étaient meilleures. Le malade avait pu s'alimenter légèrement.

— Vous croyez donc qu'il s'en tirera ? demanda Léparsky avec rondeur.

— Je suis un peu plus optimiste, dit le Dr Wolff. Mais les fatigues et l'incommodité du voyage ne sont pas pour arranger les choses.

Léparsky prit le médecin par le bras et chuchota :

— Etes-vous sûr que vos prescriptions sont suivies à la lettre ?

— Que voulez-vous dire ?

— Mme Ozareff ne fait-elle pas preuve de négligence ou de mauvaise volonté ?

— Quelle idée absurde ! Elle est parfaite de dévouement, d'habileté, de patience. Je le proclame d'autant plus volontiers que je n'ai aucune sympathie pour elle. Vous vous en êtes laissé conter par quelques-unes de ces dames !

— Oui, oui, marmonna Léparsky, c'est bien mon impression ! Je respire ! Allons voir votre malade.

Le Dr Wolff le conduisit à la tente de l'infirmerie. Nicolas reposait sur un lit de camp. Immobile, barbu, les yeux clos, il avait un profil de pierre. Accroupie au fond de la yourte, Sophie lavait des linges dans une cuvette. Elle se redressa et essuya ses mains sur son tablier. Léparsky fut frappé par l'expression fatiguée et dure de son visage.

— Je venais en passant, dit le général. Il m'est agréable de constater que notre patient se porte mieux...

En vérité, il avait du mal à garder un maintien sévère. Et pourtant, il le fallait. La maladie de Nicolas ne diminuait pas sa faute aux yeux de l'administration.

— Parlez plus bas, Excellence, murmura Sophie. Il dort.

— Ah ! pardon ! pardon ! grommela Léparsky.

Et, Dieu sait pourquoi, il ajouta :

— Vous lui direz que je suis venu.

Quand il fut parti avec le Dr Wolff, Sophie s'assit près de Nicolas. « Il est vraiment très beau », songea-t-elle. Il remua les lèvres. Elle lui donna à boire une cuillerée d'eau de riz. Puis, elle renouvela le pansement chaud sur son ventre.

Enfermé dans la nuit de ses paupières, il éprouva une sensation agréable par tout le corps. La douleur reculait, se cachait dans une tanière. Il allait pouvoir vivre pendant quelques minutes avant qu'elle ne revînt. Son épuisement était tel qu'il ne devinait pas les limites de sa chair. Il flottait, fumée parmi les fumées. Même sa pensée était malade. Il rouvrit les yeux. Le monde trembla derrière un rideau de brume. L'intérieur d'une tente, des linges, des fioles, une silhouette féminine : Sophie... Il tressaillit. Des souvenirs remontaient du fond de sa mémoire. C'était laid, c'était déshonorant... Jamais il n'aurait la force de le supporter. Dormir, oublier... Il voulut se rejeter dans l'eau noire. Impossible. Sophie lui souriait.

— Où sommes-nous ? Qu'est-ce que j'ai ? balbutia-t-il.

Elle mit un doigt sur ses lèvres et dit :

— Chut ! Reste calme ! Tu as été très malade ! Tu vas mieux !

Il se rappela tout, dans un éclair de lucidité, et eut honte de sa déchéance : ce corps mou, ces ballonnements, ces défaillances, ces ruisseaux de puanteur, et elle occupée à la sale besogne des infirmières. Il l'eût accepté, peut-être, si elle l'avait aimé comme autrefois. Mais la conscience qu'elle le soignait par charité lui était intolérable. Il eût préféré voir n'importe quelle autre femme à son chevet. Rassemblant ses esprits, il marmonna :

— Pas toi... Non... non...

Puis, les larmes l'étouffèrent. Ses muscles se dénouaient. Il était trop faible pour affronter des problèmes si graves, il ne voulait qu'un peu d'ombre sur son front, un peu de fraîcheur dans sa bouche. Elle lui tendit une cuillerée de lait caillé. Il l'avala avec délices et réclama :

— Encore.

Elle fit « non » de la tête. Rien à redire. Il était à sa merci. Comme toujours.

— Dors, maintenant, prononça-t-elle avec une tendresse qui le réchauffa.

— Je ne peux pas, gémit-il.

— Il le faut.

Au lieu d'obéir, il regardait Sophie et la trouvait vieillie, fanée, et, en même temps, étonnamment semblable à la jeune femme qu'il avait connue jadis, à Paris. Les années lui avaient conféré ce regard profond, ce pli volontaire de la bouche, cette fine résille de rides, si charmantes, si émouvantes, autour des paupières, cet aspect fier, calme, réfléchi, qui le troublait et l'intimidait. Sans doute avait-elle embelli, d'une certaine façon, en prenant de l'âge. Mais son nouvel aspect, au lieu d'effacer l'ancien, le laissait transparaître. Ainsi, quand elle souriait, un visage juvénile affleurait sous son visage mûr et en brouillait le dessin. Tout cela, Nicolas le percevait avec une acuité anormale. Il partit à la dérive, pensant ou rêvant — il ne savait plus —, jusqu'au moment où des souffrances aiguës, torsives, le reprirent. Alors, pour la première fois, instinctivement, il saisit la main de Sophie sur la couverture et la serra aussi fort qu'il le put.

5

Nicolas était si lent à se rétablir que Sophie se demandait s'il recouvrerait un jour sa vigueur d'autrefois. Ses douleurs avaient disparu, mais sa faiblesse lui interdisait encore de marcher. Affalé dans le tarantass, il ne s'intéressait même pas à ce qui se passait dehors. Le Dr Wolff lui donnait une alimentation fortifiante, à base de lait de jument fermenté. A chaque étape, il devait boire, en plus, du sang frais. Le chef des Bouriates saignait un cheval, bouchait l'incision avec de l'herbe et apportait au malade un bol, plein d'un flot rouge jusqu'au bord. Nicolas le lapait avec répugnance. Il en eût versé la moitié par terre, sans Sophie qui le surveillait. Le danger écarté, ils éprouvaient, l'un devant l'autre, une gêne croissante. La maladie qui les avait rapprochés leur ôtait, en se retirant, l'excuse de la sollicitude. Comme si cette menace eût été un personnage installé en tiers dans leur vie, ils avaient l'impression de se retrouver, pour la première fois, en tête à tête, lui honteux de son abandon, elle embarrassée de sa prévenance. Par un accord tacite, ils ne parlaient pas du passé. De même, ils évitaient toute allusion à un avenir dont ils ne savaient pas au juste ce qu'il serait pour eux. On eût dit que leur existence conjugale devait se limiter à la durée du voyage. Les incidents de la route et les soins quotidiens suffisaient à nourrir leur conversation. Mais, derrière ces phrases banales, Sophie devinait l'espoir secret de Nicolas. Et, sans pouvoir s'analyser, elle était émue de sentir à quel point il avait besoin de sa tendresse. Ainsi, taisant le fond de leur pensée, ils s'accommodaient d'une situation fausse, manœuvraient entre des écueils connus d'eux seuls et goûtaient, face à face, un bonheur de sursis.

Un jour, Nicolas demanda à Sophie de relever la bâche du tarantass. Il voulait voir le paysage. Elle s'en réjouit comme d'un signe de guérison. La route suivait maintenant le bord de la Selenga. A gauche, une eau rapide et transparente, à droite, des falaises de cinquante sajènes de haut. Le regard glissait sur ces murailles de granit aux plaques superposées, rouges, jaunes, grises, noires, et, tout à coup, se perdait dans le bleu du ciel. Comme enivré par un vin trop riche, Nicolas, au bout d'un moment, donna des signes de fatigue. Elle l'obligea à se recoucher et à fermer les yeux.

On campa au bord de la rivière. Le lendemain était jour de repos. Quelques dames en profitèrent pour redemander à Léparsky l'autorisation de voir leurs maris, mais se heurtèrent à un refus plus catégorique encore que la dernière fois. Les promenades et les baignades étant interdites, les prisonniers décidèrent de jouer aux échecs. Un attroupement se forma autour de chaque table. Même les Bouriates suivaient les parties d'un air passionné. Le prince Troubetzkoï, qui était de première force, invita l'un d'eux à se mesurer avec lui. Le Bouriate, une brute illettrée, au front bas et au regard torve, le battit avec une aisance déconcertante.

— D'où connais-tu ce jeu ? demanda le prince vexé.

— Les Chinois nous l'ont appris au commencement du monde, dit le Bouriate. Les Chinois savent tout.

Youri Almazoff eut l'idée d'organiser un grand tournoi entre Jaunes et Blancs. Mais Léparsky s'opposa à ce projet, qu'il jugeait incompatible avec la discipline d'un bagne en voyage. D'étape en étape, il était plus nerveux, plus inquiet, plus intraitable. Les décembristes eurent l'explication de cette mauvaise humeur lorsqu'il leur annonça, au rassemblement du soir, que le convoi allait traverser bientôt la ville de Verkhné-Oudinsk, où le général Lavinsky, gouverneur de la Sibérie orientale, se trouvait en séjour d'inspection.

— Il s'agit pour nous tous, Messieurs, d'une sorte d'examen, dit-il. Des rapports secrets seront — soyez-en sûrs ! — expédiés en haut lieu, sur vous, comme sur moi. Je vous demande donc de marcher en rangs, d'un pas ferme, mais non joyeux, car votre sort ne doit point paraître enviable. Ayez l'air triste, accablé, résigné... mais en bonne santé... Vous voyez ce que je veux dire ? Pas d'accoutrements excentriques. Pas de pipes au bec ni de cornets de bonbons à la main. Pas de fleurs à la boutonnière. Les soldats de l'escorte montreront une physionomie dure et déterminée, comme il sied à des gardes-chiourme...

Tandis qu'il parlait, les prisonniers s'entre-regardaient en souriant. Il aperçut leurs mines ironiques et se fâcha :

— Ces dispositions vous semblent absurdes, Messieurs ! Vous avez l'esprit frondeur ! Cela vous a perdus autrefois ! Remerciez-moi de vous éviter une seconde bévue !

De retour sous sa tente, il dut, pour se calmer, boire deux grands verres d'eau. Comment se faisait-il qu'en toute circonstance le ridicule fût de son côté ? Suffisait-il de défendre l'ordre pour prêter le flanc à la critique ? Et, cependant, sans ordre il n'y avait pas de société ! Les décembristes eux-mêmes en convenaient dans leurs projets de constitution. Ah ! vraiment, il n'existait pas de rôle plus ingrat que celui qui consistait à diriger ses semblables ! Sitôt qu'un homme détenait une once de pouvoir, il était mal vu des autres. A croire que la fonction avilissait l'individu. On était injuste envers la Justice ! Ces idées agaçaient Léparsky à la manière d'une démangeaison. Après avoir fait quatre fois le tour de sa tente, il s'allongea sur son lit et rêva du défilé à travers Verkhné-Oudinsk comme d'une apothéose.

Le soir de la dernière halte, avant l'entrée dans la ville, il renouvela ses recommandations aux prisonniers, aux soldats, aux Bouriates, passa en revue les habillements, les armes, les chevaux, les chariots, et se rendit même sous la tente de l'infirmerie pour dire à Sophie :

— Vous avez bien compris ? Vous pourrez vous montrer dans votre tarantass, mais j'interdis les signaux, les sourires, les conversations avec les badauds. A la moindre incartade, je sévirai !...

Elle lui promit d'être l'image même de l'affliction.

— N'en faites pas trop, tout de même ! dit-il.

Et il se retira, sombre, une main sur le cœur, comme un acteur pris de crainte avant l'entrée en scène.

Le lendemain, dès l'aube, tout le camp fut saisi d'une activité fébrile. Installée avec Nicolas dans le tarantass, Sophie observait, de loin, le remue-ménage. Des soldats se rasaient, se plaquaient les cheveux à la graisse d'arme, astiquaient leurs bottes en crachant dessus ; six tambours, les coudes en ailerons, répétaient un petit roulement martial au coin du bois ; les gardes d'écurie pansaient les chevaux à l'étrille et à la brosse, et leur maquillaient les sabots avec du goudron ; un gnome se faufilait entre les roues des voitures, plongeait ses mains dans un pot et enduisait les essieux de suif ; les tentes s'affaissaient l'une après l'autre, comme dégonflées par un coup d'épingle ; on voyait surgir les prisonniers dans leurs meilleurs costumes, les dames habillées, eût-on dit, pour se rendre en visite ; Pauline Annenkoff était coiffée d'un chapeau de paille à cabriolet avec deux bouquets de frisettes sur chaque tempe, Elisabeth Narychkine avait un carcan de tulle tuyauté autour du cou et un corsage vert à manches boursouflées ; Marie Volkonsky portait un turban de crêpe bleu roi, orné d'une plume. Enfin, parut Léparsky sur son cheval blanc. Il gronda les femmes parce qu'elles étaient trop élégantes. Elles refusèrent de se changer. Les unes prétextèrent qu'elles n'avaient rien d'autre à se mettre, les autres que leurs malles étaient déjà bouclées et chargées. Devant tant de mauvaise foi, il préféra battre en retraite pour ménager son cœur. Au dernier moment, il lui semblait que rien n'était prêt. Cependant, le convoi se formait, peu à peu. Vatrouchkine, suant et aphone, courait en tous sens et tarabustait les soldats trop lents à rompre les faisceaux. Les chevaux hennissaient en secouant leurs harnais dans un joyeux cliquetis de menuaille. D'une voiture à l'autre, les épouses s'interpellaient, telles des voisines de palier au réveil. Léparsky se dressa sur ses étriers, brandit son épée, hurla :

— Ma - a - arche !

Et la caravane s'ébranla. A mesure qu'on approchait de Verkhné-Oudinsk, le paysage s'animait. Des moujiks se montraient au bord du chemin, la main en visière sur les yeux, la bouche ouverte. Certains se découvraient et se signaient, à tout hasard, comme au passage d'un enterrement. Sophie et Nicolas, assis sur des ballots de paille, dans le tarantass, avaient relevé un pan de la bâche.

— Tu devrais mettre un chapeau, dit-elle. Tu as trop de soleil.

Il la remercia d'un regard ému. Elle se troubla ; elle n'avait pas voulu être si aimable ; elle détestait la gentillesse ! Et, pourtant, les paroles qu'elle avait prononcées laissaient en elle une traînée de douceur. Elle avait l'impression qu'en le soignant elle se guérissait elle-même. Ils revenaient ensemble à la vie. Ensemble, ils redécouvraient le monde.

Bientôt, apparurent les coupoles de la cathédrale, dominant la tempête figée des toits. Depuis quatre semaines que les prisonniers avaient quitté Tchita, c'était la première agglomération importante qu'ils rencontraient sur leur route. Fatigués du désert, ils regardaient avidement les maisons pressées au bord de la Selenga. En arrivant à la barrière, les tambours se mirent à battre rondement. Les soldats redressèrent la taille, tendirent le jarret, froncèrent les sourcils. Pour complaire à leur vieux général, les décembristes prirent des mines sinistres.

Les distractions devaient être rares à Verkhné-Oudinsk. Tous les habitants s'étaient assemblés dans la rue principale, où les enseignes en russe alternaient avec les enseignes en chinois. Sur les trottoirs de bois, c'était un remous de toilettes européennes, sibériennes, asiatiques, un mélange de faces jaunes et blanches. Des gamins couraient en criant et sifflant sur les flancs de la colonne. Les chiens **du** quartier aboyaient contre les tambours. Une mère pressait son enfant sur sa poitrine comme pour interdire aux forçats de le lui prendre. Une autre montrait le défilé à son fils, âgé de cinq ans, et lui disait, sans doute : « Si tu n'es pas sage, tu finiras comme eux ! » Un vieillard faisait le signe de la croix devant les réprouvés. Des Bouriates riaient en silence, sans comprendre. Chaque balcon portait sa grappe de dames provinciales endimanchées et de dandys régionaux en retard de cinq ans sur les modes de la capitale. Des éventails palpitaient devant les corsages, des faces-à-main se braquaient, on émettait des appréciations ironiques ou philosophiques sur le spectacle. Sophie croyait participer à une parade foraine. La signification du tableau n'échappait à personne : « Voyez, bonnes gens, ce qu'il advient de ceux qui bravent l'autorité du tsar ! » Le convoi ralentit, piétina. Les badauds arrondirent les yeux. Ils dévisageaient Sophie de tout près, comme une bête curieuse. Elle entendit chuchoter :

— Une femme !... Ce doit être la femme du commandant !... Mais non, c'est une criminelle !... Que Dieu ait son âme !... Elle a de beaux habits !...

Nicolas se retint de rire. Il y avait des semaines, des mois que Sophie ne lui avait vu ce visage heureux. Elle en fut bizarrement soulagée : « Il va beaucoup mieux ! » songea-t-elle. Ils échangèrent un regard amusé. Le convoi repartit, en grinçant de toutes ses roues. Le ciel était bleu et chaud. On devait passer à proximité du marché, car une odeur de poisson éventa le tarantass. Les cloches d'une église sonnèrent. Sophie se rappela son dépaysement, lorsqu'elle avait traversé cette ville, trois ans plus tôt, en se rendant à Tchita. Elle voyageait seule, à cette époque-là ; Nikita était resté à Irkoutsk ; puis, il s'était mis en route pour la rejoindre ; des gendarmes l'avaient arrêté, quelque part aux environs ; c'était à Verkhné-Oudinsk qu'il était mort sous le knout. Elle buta sur ce souvenir. Comme réveillée par un faux mouvement, sa tristesse, longtemps engourdie, se développait jusqu'à chasser toute autre idée de sa tête. S'il existait un lieu sur terre où elle avait quelque chance de retrouver Nikita par la pensée, c'était bien ici. Elle concentra toutes ses forces pour l'évoquer, mais ne recueillit que des images pâles et décousues. Le mouvement, le bruit de la rue la dérangeaient dans sa méditation. Distraite, elle renonça bientôt à poursuivre un fantôme pour s'intéresser à la foule bariolée des vivants. Les visages se multipliaient, serrés tels des légumes à un étalage. Derrière une rangée de curieux à pied, se dressaient maintenant d'autres curieux, debout dans des voitures. A un carrefour, apparurent des uniformes, tout un état-major, avec, au milieu, un général, qui devait être Lavinsky. Nicolas poussa un soupir et se recoucha lourdement. Sa barbe blonde accusait la maigreur de ses traits, l'éclat de son regard.

— Qu'as-tu ? murmura Sophie inquiète.
— Je ne sais pas... Je me sens très fatigué...
— Tu n'as pas mal ?
— Non.

Elle toucha son front, tâta son pouls et, bien que rassurée, continua de l'observer d'un œil soupçonneux. Le dos tourné au monde, elle ne remarqua même pas que le convoi quittait la ville et reprenait la route à travers la campagne. Plus loin, au sommet d'un talus, se montra Léparsky, assis sur son cheval blanc, le chapeau en bataille, un poing sur la hanche. Il passait en revue la petite troupe disparate et claudicante, avec autant de sérieux que s'il eût assisté au défilé de la garde impériale sur le Champ-de-Mars.

On dressa le camp à une verste de là, et des citadins vinrent encore en calèche, pour voir les décembristes au repos, comme on visite une ménagerie. Les sentinelles croisèrent la baïonnette devant des dames froufroutantes et des messieurs à chapeau rond et cravate empesée, qui se réclamaient de leurs relations avec le gouverneur pour forcer la consigne. Refoulés vers leurs voitures, ils repartirent mécontents.

Après une courte toilette, le général retourna à Verkhné-Oudinsk, pour y rencontrer des notables. Il revint, le soir, dans une excellente disposition d'esprit. Tout au long du dîner chez le gouverneur, il n'avait entendu que des compliments sur la bonne tenue des prisonniers et des gardiens. Le général Lavinsky lui avait même dit que, de sa vie, il n'avait vu un bagne aussi agréable à regarder. Il avait ajouté que, d'une façon ou d'une autre, cette réussite pénitentiaire serait portée à la connaissance de l'empereur.

Ayant frôlé la catastrophe avec la fuite de Nicolas, Léparsky reprenait goût à l'existence. Evidemment, il valait mieux ne pas révéler cet incident à l'autorité supérieure. Tout le monde avait intérêt que Saint-Pétersbourg reçût un tableau idyllique du voyage de Tchita à Pétrovsk. Mû par un élan de générosité, Léparsky réunit les prisonniers pour leur annoncer qu'il était content d'eux. En récompense de leur bonne conduite, ils obtiendraient de nouveau, dès demain, le droit de se promener, de se baigner, et, pour ceux qui étaient mariés, d'avoir des entrevues surveillées avec leur épouses. On l'applaudit et Marie Volkonsky le remercia, au nom des dames. Aussitôt après, il se rendit dans la tente où Nicolas reposait, veillé par Sophie. Nicolas voulut se lever pour accueillir le général, mais celui-ci l'en empêcha.

— Très honoré Nicolas Mikhaïlovitch, dit-il, votre convalescence, dont je constate avec plaisir les premiers signes, va poser, un jour ou l'autre, le problème délicat de votre châtiment. Mon intention était de vous enchaîner et de vous mettre au cachot, dès que vous pourriez le supporter.

En prononçant ces mots, il lorgna Nicolas, qui restait calme, puis Sophie, dont une soudaine inquiétude brouillait le regard. Le trouble qu'elle manifestait amusa Léparsky.

— Vous reconnaîtrez avec moi, je pense, que vous méritez cette punition, dit-il.

— Je ne le nie pas ! répondit Nicolas.

— Dans mon esprit, il s'agit moins d'une sanction pour le passé que d'une précaution pour l'avenir. En effet, je ne sais quels motifs exacts vous ont poussé à nous fausser compagnie, mais j'estime que vous pouvez être tenté de renouveler votre exploit...

Les yeux de Sophie se tournèrent vers Nicolas avec une expression tendue, suppliante. Il ne le remarqua pas. Assis dans son lit, tête basse, il réfléchissait. Il était pâle et maigre comme un étudiant famélique. Enfin, il releva le front et murmura :

— Je ne crois pas que je recommencerai.

Léparsky attendait cette phrase avec impatience.

— Pouvez-vous me donner votre parole de gentilhomme ? dit-il.

— Je vous la donne.

Il y eut un silence. Léparsky avait l'air radieux d'un pêcheur qui vient d'amener un gros poisson sur la rive.

— Dans ces conditions, dit-il, je peux reconsidérer mon attitude à votre égard.

Et, dans son for intérieur, il pensait : « En évitant de réserver une suite à cette affaire, je diminue le risque qu'elle soit rapportée à l'empereur. » Le visage de Sophie s'était éclairé. Celui de Nicolas demeurait perplexe.

— Une fois guéri, vous retournerez parmi vos camarades et vous partagerez leur sort, reprit Léparsky.

— Merci, Votre Excellence, balbutia Nicolas.

Léparsky resta un instant au milieu de la tente à jouir de sa propre bonté, comme s'il se fût balancé dans un hamac. Puis il sortit, le cœur barbouillé d'indulgence, de douceur, d'amitié universelle. Il regrettait presque de n'avoir pas encore quelqu'un à qui pardonner aujourd'hui.

Après son départ, Nicolas leva sur Sophie un regard indécis.

— Comme je suis contente ! dit-elle. J'avais si peur qu'il ne te faille terminer ta convalescence au cachot !

— Cela aurait mieux valu, peut-être, marmonna-t-il.

— Pourquoi ?

Il ne répondit pas, se recoucha et elle n'osa insister, comme si elle eût senti qu'au point d'équilibre où ils étaient parvenus tout pouvait être gâché par une parole sincère.

Après l'étape de Verkhné-Oudinsk, le convoi quitta la route du courrier postal et s'enfonça, par un chemin sinueux, vers le sud. La plaine se soulevait en collines serrées et boisées. Des nuages gris dérivaient dans le ciel. La pluie s'installa, fine, monotone, pénétrante. L'immense paysage, brun et vert, fut pris dans une résille d'eau. Les ruisseaux sortaient de partout dans un joyeux désordre d'improvisation. La bâche protégeait Nicolas et Sophie, mais, quand un tournant s'étalait à découvert, ils voyaient, loin devant eux, les autres prisonniers qui marchaient en file, nimbés de poussière d'argent, la tête dans les épaules et les pieds dans la boue. Nicolas avait honte de rester au sec, pendant que ses camarades se faisaient tremper. Trois fois déjà, il était descendu de voiture pour les rejoindre et avait dû remonter aussitôt, les mollets mous, le cœur détraqué. Sur l'intervention de Sophie, le Dr Wolff l'avait grondé et il avait promis qu'il ne recommencerait pas. Il rongeait son frein en regardant, là-bas, ces silhouettes délavées. Les soldats de l'avant-garde avaient entortillé leurs fusils de linges et mis des housses sur leurs shakos. Au premier rang des prisonniers, cheminait, comme toujours, le petit Zavalichine, tout de noir vêtu. Sous le parapluie qu'il élevait à bout de bras, se pressaient contre lui deux grandes carcasses de femmes emmitouflées de plaids et de châles, dont l'une était le prince Troubetzkoï et l'autre le prince Volkonsky. Ensuite, sous un dais, qui n'était qu'une couverture montée sur quatre bâtons, s'avançait, tel un monarque oriental, le géant Iakoubovitch. D'autres, moins bien partagés, s'abritaient sous des couvercles de caisses ou sous des toiles de sac. Les plus courageux marchaient tête nue, la chemise collée à la peau. Derrière eux, les voitures se traînaient, et, à chaque cahot, les bâches se balançaient mollement, de droite à gauche, sur leurs cerceaux trop souples, comme de monstrueuses jupes à tournures.

— Si la pluie cesse, j'essayerai tout de même de faire quelques pas avec eux, dit Nicolas.

— Non, dit Sophie. Tu n'es pas encore en état de marcher !

— De quoi ai-je l'air dans une voiture, avec ma femme, alors que les camarades... ?

Il n'acheva pas sa phrase, confus d'avoir, pour la première fois depuis des semaines, employé l'expression : « ma femme », pour parler de Sophie. Elle devina la raison de sa gêne, et en fut à la fois agacée et touchée. Cette allusion directe, ce regard lumineux la rejetaient dans un temps de sensualité conjugale qu'elle croyait avoir oublié. Visiblement, Nicolas avait si peur de lui déplaire qu'il n'osait même plus la regarder en homme. Il se tenait à distance, étouffait ses sentiments, trop heureux qu'elle acceptât sa compagnie après ce qui s'était passé entre eux.

On fit halte dans un paysage sombre, humide et creux, entre deux collines couvertes de sapins et soutachées de cascades d'argent. Un Bouriate apporta sous la tente un bol de sang, que Nicolas vida, comme d'habitude, avec répugnance. Des perles rouges restèrent suspendues dans les poils blonds de sa moustache. Il s'essuya la bouche et passa la main sur ses joues : l'évasion, la maladie, — il ne s'était pas coupé la barbe depuis un mois.

— Je devrais me raser, murmura-t-il.

— Pourquoi ? Tu es très bien comme ça, dit Sophie.

Elle avait parlé sans réfléchir et rougit brusquement. Ces yeux verts, lumineux, ce menton couvert de copeaux d'or et de cuivre, — il ressemblait à un paladin russe du Moyen Age. Et ces cheveux longs !... Il avait la même coiffure, lorsqu'elle l'avait vu pour la première fois, à Paris. Elle se sentit empruntée, comme devant un inconnu. Un besoin d'activité la saisit. Elle s'affaira dans la tente, rangea les vêtements, ouvrit les malles, courut aux marmites pour réclamer le dîner.

Nicolas mangea son riz avec une voracité attendrissante. Le Dr Wolff le visita sur le tard et se déclara satisfait. Il pleuvait toujours. L'étoffe feutrée de la yourte frémissait sous les rafales d'eau et de vent. Le crépuscule venait vite. Sophie prépara les lits. Un paravent la séparait, la nuit, de Nicolas. Elle lui donna ses médicaments, le coucha et se retira dans son coin pour se déshabiller elle-même. La sonnerie du couvre-feu retentit, alors qu'elle se glissait sous ses couvertures. Maintenant qu'il était hors de danger, elle ne craignait plus d'être réveillée en sursaut par des gémissements, comme cela lui était arrivé tant de fois au début de la maladie. Ils se souhaitèrent bonne nuit, à distance, dans l'obscurité. Sophie l'entendit qui respirait à fond, avec ce léger grognement qu'elle connaissait bien. Elle, cependant, ne pouvait dormir. Les yeux ouverts sur l'ombre, elle écoutait le ruissellement de la pluie, les craquements du piquet qui soutenait le toit. Ces rumeurs nocturnes excitaient son imagination. Elle se disait que Nicolas avait repris des forces, qu'il redevenait un homme normal, que, d'un moment à l'autre, il pouvait se lever, venir à elle, la saisir dans ses bras. Faudrait-il qu'elle le repoussât de nouveau ? Elle ne savait plus que désirer, que redouter.

A l'aube, dès le premier roulement de tambour, elle bondit sur ses pieds. Il n'avait pas bougé, il somnolait encore. Elle put se laver dans un seau d'eau, se coiffer, s'habiller, sans être dérangée, derrière son paravent. Une gaieté inexplicable l'animait. Elle se regarda dans une glace et se trouva un air de fraîcheur, malgré sa mauvaise nuit. Après réflexion, elle dénoua ses cheveux, les natta plus serré et se fit un chignon très en arrière, presque sur la nuque, comme elle l'avait vu dans un journal de mode. Puis, constatant qu'il ne pleuvait plus, elle changea sa robe grise de tous les jours contre une robe « rose flamme », avec un canezou de mousseline. Il lui semblait que, dans cette nouvelle toilette, son corps respirait plus à l'aise, que ses mouvements étaient plus souples. Elle s'approcha de Nicolas sur la pointe des pieds. Il venait de s'éveiller, la tignasse en désordre, et souriait de ses dents blanches dans la mousse dorée de sa barbe.

— Tu es belle ! dit-il timidement.

Elle feignit de ne l'avoir pas entendu et le pressa de faire sa toilette, d'avaler ses médicaments et de s'habiller. Ensuite, il resterait étendu sur le lit, selon les prescriptions du médecin. On ne devait repartir qu'à deux heures de l'après-midi, pour laisser aux charrons le temps de réparer les voitures endommagées. Un Bouriate apporta de l'eau bouillante pour le thé et des tranches de pain, trois par personne. Sophie ouvrit un pot de confiture. Elle préparait des tartines et s'amusait de voir Nicolas les dévorer à pleines mâchoires. Ils finissaient de déjeuner, quand Alexandrine Mouravieff vint prendre des nouvelles du malade. Sophie devinait que cette femme intelligente, généreuse et discrète était son alliée. Dix minutes ne s'étaient pas écoulées que le Dr Wolff arrivait lui aussi, comme par hasard. Il était plus vif, plus disert que d'habitude. A tout propos, il lorgnait Alexandrine Mouravieff pour quêter son assentiment. Leur amitié ressemblait à de l'amour et, pourtant, ils n'avaient rien à se reprocher ! Ils repartirent ensemble. Sophie les regarda, du seuil de la tente. La jeune femme s'appuyait au bras du médecin. Ils marchaient, nimbés de soleil, dans les herbes hautes. Le paysage, mouillé de pluie, s'évaporait autour d'eux. Une vague aspiration gonfla le cœur de Sophie. Elle avait soif de vivre, elle aussi.

Peu après, elle vit venir un groupe de prisonniers. Tous des amis de Nicolas. Léparsky ayant levé son interdiction, ils en profitaient pour rendre visite au malade. Sophie les reçut avec gêne. Mais ils eurent la courtoisie de ne lui manifester aucune animosité. Elle s'assit dehors, à l'entrée de la tente, un livre à la main. Derrière son dos, elle entendait un mélange de voix viriles et de gros rires. Ils se racontaient des péripéties du voyage. Leur gaieté était si communicative que Sophie souriait dans le vide, au-dessus d'une page oubliée.

Le dîner fut servi très tôt et on se remit en route, pour une petite étape de douze verstes, qui devait amener le convoi au village de Tarbagataï. Là, vivait une colonie de *Staroviéry*, ou Vieux-Croyants, dont les ancêtres avaient été, disait-on, exilés en Sibérie par les tsarines Anne Ioannovna et Catherine la Grande. Allongé dans le tarantass, qui roulait en craquant et geignant, Nicolas expliquait à Sophie que les gens qu'ils allaient voir à Tarbagataï n'étaient pas, à proprement parler, des sectaires, mais des schismatiques. Ils refusaient de se soumettre à la réforme des livres saints ordonnée par le patriarche Nikon au XVIIe siècle. Pour eux, même les erreurs relevées dans les copies de ces textes étaient sacrées, puisque la foi de leurs aïeux s'était appuyée sur elles. Excommuniés, pourchassés par la troupe, proscrits, ils n'en continuaient pas moins à proliférer sur tout le territoire. L'animation avec laquelle Nicolas relatait ces faits enchantait Sophie. Elle retrouvait le ton de leurs conversations anciennes.

Ils parlèrent ainsi pendant une moitié du voyage. Puis, le convoi fut arrêté par une rivière. Il fallut la traverser à gué. Les piétons, les cavaliers et les premiers tarantass passèrent sans peine. Mais les chariots de bagages, trop lourdement chargés, s'enlisèrent dans la vase. Sophie et Nicolas sortirent de leur voiture et rejoignirent les prisonniers massés sur la berge. Au milieu du courant, une énorme charrette, portant le piano-forte et tous les instruments de musique des décembristes, était plantée de guingois, la bâche claquant au vent. Derrière, un fourgon, contenant une partie de la bibliothèque, était dans une position aussi critique. D'anciens forçats de droit commun et des Bouriates se démenaient, dans l'eau jusqu'aux cuisses, autour des deux épaves. Les mélomanes se lamentaient sur la rive :

— Ils ne savent pas s'y prendre ! Ils vont tout renverser !...

— Jamais nous ne retrouverons un autre piano-forte !

— Et les livres ! les livres, Messieurs ! cria Mouravieff. Y avez-vous pensé ?... Que ferons-nous sans livres ?..

Léparsky marchait de long en large et prêchait le calme à tous ces intellectuels agités. Malgré ses exhortations, quelques-uns entrèrent dans la rivière.

— N'y allez pas ! hurla le général. C'est dangereux ! Il y a des remous !...

On ne l'écoutait pas. Bientôt, toute la chiourme fut réunie autour des véhicules embourbés. Nicolas pestait de ne pouvoir aider ses camarades. Sophie était pendue à son bras. Là-bas, les chevaux, attelés par huit, tiraient sur leurs traits, les hommes s'arc-boutaient, poussaient. A chaque secousse de la caisse, on entendait vibrer les cordes du piano-forte, tinter des cymbales, soupirer des guitares. A croire qu'un petit orchestre, enfermé dans une boîte, protestait avant de périr noyé. Enfin, dans une cacophonie victorieuse, les roues s'arrachèrent au limon et la charrette roula vers le bord. Un hurlement d'allégresse salua cet exploit. Les livres suivirent. Quelques-uns, au bas des piles, devaient être mouillés. Mais ils sécheraient vite au soleil. Les prisonniers repartirent d'un bon pas.

Les montagnes sauvages s'abaissèrent, perdirent leurs rocs escarpés et leurs forêts noires et, au tournant d'une route, s'étala une campagne moelleuse, riche, accueillante, avec des champs rectangulaires, jaunes, verts et bruns, des boqueteaux pour le repos des bêtes et un village tout neuf, tout propre, aux isbas largement espacées. On ne se serait pas cru en Sibérie, mais quelque part du côté de Moscou ou de Iaroslavl.

C'était dimanche. Tous les habitants vinrent au-devant du convoi dans leurs costumes de fête. Les hommes, grands, solides et barbus, portaient des caftans bleus et des ceintures écarlates, les femmes, potelées et roses, étaient vêtues de robes de soie, de douillettes à col de zibeline, et coiffées du diadème national brodé d'or et de perles de verre. Un vieillard offrit à Léparsky, sur un plateau de bois, le pain et le sel de l'hospitalité.

Le camp avait été dressé dans un pré communal. Sophie était en train d'arranger ses affaires sous la tente de l'infirmerie, lorsque le général entra, brusque, bougon, son chapeau sous le bras, et lui annonça que, d'après le dernier rapport médical, la santé du malade ne nécessitait plus qu'elle le veillât la nuit.

— Vous retournerez donc dormir auprès des autres épouses de prisonniers, dit-il.

Sophie demeura une seconde interdite. La soudaineté du changement lui donnait l'impression d'être frustrée. Elle songeait à l'accueil que lui feraient ces femmes pleines de hargne et de morgue.

— Et dans la journée, dit-elle, pourrai-je voir mon mari ?

— Bien sûr ! dit Léparsky. Vous voyagerez avec lui, vous le soignerez, vous ne l'abandonnerez qu'à l'extinction des feux.

Sans doute avait-il dû céder à la pression des épouses revendicatrices. Quand il fut loin, elle s'approcha de Nicolas. Il avait des yeux d'enfant triste. Son air déconfit la remit en gaieté.

— C'est vrai, dit-elle, tu n'as presque plus besoin de moi !

Il ne répondit rien et se rembrunit encore. Elle prit plaisir à le taquiner ainsi jusqu'à l'instant de la séparation. Sur le point de le quitter, elle éprouva un tel serrement de cœur qu'elle n'eut plus envie de sourire. Ils restèrent longtemps plantés l'un devant l'autre, muets, les yeux dans les yeux. Comme le regard de Nicolas s'intensifiait, elle tourna les talons et partit.

Un Bouriate avait déjà transporté ses bagages. Lorsqu'elle se présenta devant son ancienne tente, elle trouva toutes les femmes assises à l'entrée, pour l'habituelle causette du soir. Elle ne se fia pas à leurs mines paisibles et s'avança, l'esprit en éveil, prête à riposter au premier coup de griffe. Alexandrine Mouravieff avait dû les raisonner, entre-temps. Elles se montrèrent tellement conciliantes que Sophie se demanda si elle ne s'était pas rachetée à leurs yeux en soignant Nicolas. Catherine Troubetzkoï alla jusqu'à l'interroger sur la santé de « son » malade. Puis, on parla de la future installation à Pétrovsk, qui posait des problèmes à la plupart des épouses. Celles qui ne s'étaient pas fait bâtir de maison envisageaient de louer des chambres, près du bagne. Sophie était trop agitée par des sentiments contraires pour prendre une résolution à ce sujet. Pour la première fois de sa vie, elle préférait ne rien prévoir et laisser les événements lui dicter sa conduite. Il fut aussi question de la prochaine arrivée de la baronne Rosen, de Mme Youchnevsky et de Mlle Camille Le Dantu, la fiancée d'Ivacheff. C'étaient, en principe, des personnes « très bien », puisqu'elles avaient accepté, elles aussi, de tout abondonner pour rejoindre « l'homme de leur cœur » en Sibérie. Mais, évidemment, chaque règle comportait des exceptions. Elisabeth Narychkine lança cette remarque en regardant Sophie. La pique était si maladroite que Sophie dédaigna d'y répondre. Il n'y eut pas d'autre allusion jusqu'à la tombée de la nuit.

L'apparition des étoiles inclina les dames au romanesque. Elles ne parlaient plus, soupiraient, partaient, chacune de son côté, dans des rêveries qui n'étaient plus de leur âge. Les enfants et les hommes étaient depuis longtemps couchés, les feux de bivouac se mouraient entre les yourtes pointues, les sentinelles s'interpellaient au loin, une bête poussait son cri, à l'orée du bois. Enfin, Marie Volkonsky se leva et rentra chez elle. D'autres la suivirent. On se déshabillait dans l'ombre, à tâtons, et les yourtes se cabossaient quand un coude ou un genou touchait la toile. Sophie fut la dernière à se retirer.

Couchée entre Nathalie Fonvizine et Elisabeth Narychkine, elle pensait à Nicolas, seul sous sa tente, avec juste un Bouriate allongé dehors, à l'entrée, pour le servir. Elle essayait de n'avoir pour lui qu'une sollicitude raisonnable, mais, à tout moment, un flot de tendresse la surprenait et se mêlait à son souci d'infirmière.

Dès l'aube, habillée, coiffée en un tournemain, elle se précipita au chevet de son mari. Miracle ! Il était là, sur son lit, sain et sauf, enflammé du plaisir de la voir. Immédiatement, elle se remit sur la réserve. C'était plus fort qu'elle : chaque fois qu'il faisait un pas en avant, elle faisait un pas en arrière. Ils prirent le déjeuner ensemble et, comme c'était jour de repos, sortirent pour se promener dans le camp. Sophie était fière de se montrer avec Nicolas à tous ceux, à toutes celles qui l'avaient dénigrée.

Le staroste de Tarbagataï avait invité les prisonniers à visiter son village et

Léparsky n'avait pas dit non. Ce fut une troupe de curieux, voyageant pour leur agrément, qui se déversa dans la rue principale. Les épouses donnaient le bras à leurs maris. Un robuste moujik de quarante ans leur servait de guide. Six soldats les accompagnaient, pour la forme. Les isbas étaient grandes et propres, avec des fenêtres à doubles carreaux, des toits en voliges, des perrons couverts à ornements de bois découpé et colorié. A l'intérieur, de vraies chambres, aux planchers rabotés, cirés, et aux meubles de gros bois peint à l'huile. Partout, des poêles hollandais, revêtus de faïence. Les remises contenaient des télègues bien entretenues ; les écuries étaient pleines de chevaux aux reins larges, à la robe lustrée ; les greniers regorgeaient de fourrage... Mais, au milieu de cette abondance, il n'y avait pas une église. Simplement, au bout du village, une petite chapelle de bois, dont la modestie contrastait avec l'opulence des autres maisons. Le moujik qui conduisait les visiteurs leur expliqua que les Vieux-Croyants n'avaient pas de prêtre, priaient d'après des livres antérieurs à la réforme de Nikon, révéraient des icônes très anciennes et choisissaient entre eux un lecteur de textes saints et un desservant. D'après les règles de la confrérie, personne, sous peine de péché, n'avait le droit de se couper la barbe, de se signer avec trois doigts, de fumer, de boire du vin ou du thé, d'absorber des « médicaments chimiques », de se faire vacciner contre la variole... La piété, la sobriété, le respect du travail, le sens de l'économie avaient permis à ces hommes, à ces femmes, longtemps persécutés, d'amasser des fortunes considérables. Ils s'enrichissaient en vendant aux Chinois du froment et des peaux de bêtes.

— Et tous les villages sont aussi prospères dans la région ? demanda Nicolas.

— Tous les villages de Vieux-Croyants, oui ! dit le guide avec fierté.

— Pourquoi pas ceux des autres ?

— Parce que les autres ne se lèvent pas avec le soleil pour travailler, parce que le kwass leur fait la tête lourde, parce qu'ils fument pour passer le temps, parce qu'ils ne savent pas mettre un kopeck de côté...

— Combien êtes-vous donc de Vieux-Croyants, par ici ?

— Je ne sais pas... Peut-être dix mille... peut-être vingt... Sur cinquante verstes à la ronde, vous en trouverez partout !...

Quand la promenade à travers le village fut terminée, les plus riches habitants de Tarbagataï prièrent les voyageurs de venir boire chez eux, sinon du thé — boisson diabolique —, au moins du *sbiten,* breuvage bouillant à base de miel, qui ne pouvait déplaire à Dieu. Les décembristes se partagèrent en six groupes, chacun convoyé par un soldat.

Nicolas et Sophie furent reçus par un vieillard de quatre-vingts ans, nommé Tchabounine, qu'entouraient ses fils, ses petits-fils et ses arrière-petits-fils, dont le plus jeune avait dix-sept ans. Cela faisait vingt-cinq barbus, les uns ridés, voûtés, grisonnants, d'autres frais et roses avec de la soie floche au menton. Tous avaient un air de famille, qui leur venait de leur front bas et de leur nez camard. Pas de femmes à table, hormis les invitées. Les filles de la maison, dodues, enrubannées et les yeux baissés, servirent le *sbiten* dans des verres à monture d'argent. Mais, pour commencer à boire, on attendait le chef du clan. Lorsqu'il parut enfin, tout le monde se dressa. Il avait cent dix ans, un visage desséché, craquelé, une barbe blanche, et marchait sans canne. Son fils de quatre-vingts ans s'inclina respectueusement devant lui et le conduisit à la place d'honneur. Le vieillard bénit l'assistance d'une main de squelette, s'assit, leva son verre et proposa de trinquer à la santé de ceux qui souffrent. Quelqu'un lui demanda s'il se souvenait de son arrivée à Tarbagataï.

— Comment ne m'en souviendrais-je pas ? dit-il d'une voix à peine chevrotante. J'avais treize ans lorsque mes parents ont été exilés, en 1733, par l'impératrice Anne Ioannovna. Des villages entiers, dans notre coin, avaient refusé de se soumettre à la nouvelle liturgie de Nikon. Et voilà, il a fallu tout laisser, partir en télègue, à pied, pour la Sibérie. Des mois et des mois de marche. A Verkhné-Oudinsk, le commissaire du gouvernement nous a dit que nous devions nous installer au bord de la rivière Tarbagataï et que nous serions dispensés de taxes pendant quatre ans. Nous sommes donc venus ici. C'était le désert. Nous avons construit nos maisons, défriché nos terres, agrandi nos familles et vécu ainsi que Dieu le voulait. Et Dieu nous a récompensés, comme il récompense tous ceux qui travaillent. A l'époque de nos débuts dans la vallée, un ouvrier se louait cinq kopecks...

Il parla longtemps, sans jamais se tromper dans les dates et les chiffres. Puis, soudain, ses yeux s'éteignirent, sa mâchoire inférieure se mit à trembler. Son fils le reconduisit dans sa chambre.

En se retrouvant dans la rue, Nicolas dit à Sophie :

— N'est-elle pas significative, cette rencontre, au-delà du lac Baïkal, de tous les naufragés de la foi ? Ceux qui ont servi un idéal politique et ceux qui ont servi un idéal religieux. Dans un cas comme dans l'autre, il s'agit d'hommes de cœur. Je finis par croire que c'est en prononçant des condamnations injustes que le tsar sert le mieux les intérêts de la Sibérie, que c'est en causant le malheur de quelques individus dans le présent qu'il prépare, dans l'avenir, la prospérité de toute une contrée, que, chaque fois qu'il se trompe aux yeux de ses contemporains, il gagne aux yeux des générations futures. La grandeur d'un Etat est-elle incompatible avec le bonheur de ses sujets ? Ne peut-il y avoir de nation forte que dans l'iniquité, l'écrasement, l'esclavage ? Faut-il souhaiter, pour la vocation historique de la Russie, que des milliers et des milliers de gens comme nous soient envoyés dans les déserts ? C'est affreux, Sophie !...

Il paraissait si exalté qu'elle eut peur : cette première sortie avait dû le fatiguer. Peut-être subissait-il une poussée de fièvre ? Les soldats groupaient les prisonniers pour les ramener au camp. On se mit en marche. Sophie prit Nicolas par la main. Il s'était calmé. Elle l'observait à la dérobée, attentive, inquiète, heureuse.

6

Léparsky s'assit dans l'herbe, au pied d'un chêne, et invita toutes les dames à prendre place autour de lui. Elles s'affaissèrent mollement dans leurs robes dépliées en corolles. Charmé par le tableau que formaient ces jeunes visages tendus de curiosité, il en oublia, pendant une seconde, ce qu'il avait à dire. Puis, il se ressaisit et prononça d'une voix officielle :

— Mesdames, comme vous le savez, nous approchons du terme de notre voyage. D'après mes calculs, nous serons à Pétrovsk dans une dizaine de jours. Je dois, dès maintenant, prendre certaines dispositions en ce qui concerne l'installation du pénitencier. Quelles sont celles d'entre vous qui désirent loger dans les cellules de leurs maris ? Je vais faire l'appel. Il vous suffira de répondre par oui ou par non.

Il tira une liste de sa poche et commença :
— Princesse Volkonsky ?
— Oui.
— Princesse Troubetzkoï ?
— Oui.
— Madame Mouravieff ?
— Oui. Mais il est bien entendu, Excellence, que cela ne nous empêchera pas d'avoir une maison à côté, où habiteront nos enfants et où nous pourrons nous rendre nous-mêmes, à notre convenance ?
— Bien sûr ! Le règlement est formel sur ce point. Madame Annenkoff ?
— Oui.

Les femmes lâchaient leur oui, qui avec pudeur, qui avec fierté. Sophie attendait son tour.
— Madame Ozareff ?

Tous les regards se plantèrent en elle, comme des épingles dans une pelote. Elle ressentit un grand battement de cœur et dit avec fermeté :
— Oui.

Léparsky lui adressa un petit salut souriant, qui la fit rougir. Elle était la dernière de la liste. Il n'y avait pas eu un seul non.

— Bon, dit Léparsky, je m'en doutais. A présent, il reste une question à régler. Certaines d'entre vous ont des maisons à Pétrovsk qu'elles doivent aménager, les autres voudront au moins disposer quelques meubles dans les cellules qu'elles partageront avec leurs maris ; il faudrait donc que vous preniez les devants avec les chariots de bagages et de mobilier. Je ferai escorter vos voitures par des cosaques à cheval. Le lieutenant Vatrouchkine dirigera le mouvement.

Cette proposition enchanta les dames. Princesses ou roturières, la perspective de remonter un ménage leur allumait les yeux. Elles remercièrent Léparsky avec effusion. Sophie, moins enthousiaste, les imita pour ne pas se singulariser. Elle pensait à la tristesse d'une séparation imminente. « Pour elles, dix jours, ce n'est rien, mais pour moi !... » Cette idée la surprit comme un retour de jeunesse. Léparsky s'épanouissait au milieu d'un cercle de jolies femmes. Marie Volkonsky et Catherine Troubetzkoï le prirent chacune par un bras. La première était grande et mince, la seconde petite et boulotte. Serré entre elles, il avait l'air d'un samovar entre deux bouquets. On revint au centre du camp pour annoncer la nouvelle aux maris. Comme ils n'avaient aucun sens de l'organisation domestique, ils se réjouirent moins que leurs épouses. Certains même demandèrent si cette expédition préparatoire était bien utile. Leurs femmes les clouèrent par quelques arguments sans appel. Pendant qu'ils discutaient, Nicolas attira Sophie derrière une tente et murmura, le visage bouleversé :

— Et toi ? Tu pars aussi ?
— Mais oui, dit-elle.
— Pourquoi ?
— Pour arranger notre cellule.
— Tu vas donc habiter avec moi ?

Elle s'efforça de paraître naturelle et répondit d'un ton détaché :

— Bien sûr !
— Oh ! Sophie !

Il lui avait saisi les mains et les couvrait de baisers. Elle se laissait faire, la poitrine oppressée, les yeux embués de larmes. L'instant d'après, des éclats de voix la tirèrent de son hébétude. Elle se vit entourée de femmes. Nicolas s'était écarté d'elle à regret. Elle mit un moment à comprendre ce que lui disait Alexandrine Mouravieff :

— En voiture, nous irons beaucoup plus vite. Je compte qu'en deux ou trois jours nous pourrons être là-bas. Cela nous laissera une bonne semaine pour nous installer avant l'arrivée de ces messieurs. Que faisons-nous ici ? Rien ! Nous allons partir dans une heure. Léparsky est d'accord. Dépêchez-vous !...

Sophie acquiesça de la tête, avec le sentiment qu'une grande chance s'éloignait d'elle. Que pouvait-elle, seule, contre toutes ces femmes pressées de se mettre en route ? A son corps défendant, elle fut prise dans le tourbillon des préparatifs. Pendant qu'elle rangeait ses effets de voyage, Nicolas la suivait pas à pas. Le chagrin qu'il affichait la consolait de sa propre déception. Elle finit par lui dire :

— Ce ne sera pas long, Nicolas ! Tu verras !...

Des Bouriates casaient les menus bagages dans les voitures. Les maris faisaient le signe de la croix devant leurs femmes et baisaient les enfants qu'elles portaient dans leurs bras. Le visage des hommes était grave ; elles, en revanche, paraissaient tout égayées par le travail qui les attendait à Pétrovsk. Une à une, elles s'arrachaient aux embrassades et grimpaient dans leurs chariots. Nicolas tenait les mains de Sophie. Tout à coup, elle fit un pas en avant. Leurs lèvres se touchèrent. Il fut étonné de bonheur. Déjà, elle se détournait. Elle chuchota :

— A bientôt, Nicolas... A très bientôt !...

Avant d'avoir pu se ressaisir, il la vit dans un tarantass, entre Nathalie Fonvizine et Elisabeth Narychkine. Elle lui souriait, le visage ombragé par une capeline de paille, un petit col de dentelle blanche moussant au ras du cou. Un élan d'amour le souleva. Il eut peur de perdre Sophie après l'avoir, par miracle, retrouvée. N'allait-elle pas se déprendre de lui, pendant ces dix jours de séparation ? Des gens allaient, venaient autour de lui, le bousculaient sans qu'il en eût conscience. Léparsky donnait ses instructions à Vatrouchkine, devenu garant de la vie des dames. Des cosaques se rangeaient le long des voitures. Les chevaux hennissaient d'impatience. Enfin, ce fut le signal : le général dressa le bras et l'abaissa, le doigt pointé en avant, comme pour commander une charge de cavalerie.

— Allez ! dit-il. Que Dieu vous garde !...

Un grincement d'essieux lui répondit ; les tarantass s'ébranlèrent ; la route étant bonne, ils prirent de la vitesse. Massés devant leurs yourtes, les décembristes regardaient s'éloigner, dans un poudroiement de soleil, toutes les femmes du camp. Elles agitaient des mouchoirs. Leurs chapeaux enrubannés et emplumés sautaient au rythme des cahots. Bientôt, les plus jolis visages ne furent plus que des taches roses indistinctes. Nicolas suivit Sophie des yeux jusqu'au moment où elle disparut derrière un bouquet d'arbres. Alors, il éprouva une telle faiblesse qu'il se crut de nouveau malade. Youri Almazoff le prit par les épaules pour le ramener sous la tente. Les charrettes contenant les malles, les meubles, les instruments de musique, la bibliothèque partirent aussitôt après. Longtemps, la campagne retentit du bruit de ce lourd roulement.

Le convoi traversait maintenant une région cultivée, habitée, où les villages de Vieux-Croyants étaient nombreux. Le temps tournait à la grisaille, mais la pluie se retenait de tomber. Nicolas marchait avec les autres prisonniers pendant quelques verstes, et, quand la fatigue le prenait, montait dans un tarantass. Ses camarades lui témoignaient une amitié plus grande encore depuis sa fuite manquée et sa maladie. Bien que tous eussent été au courant de ses démêlés avec sa femme, personne ne l'interrogeait à ce sujet. Lui-même, d'ailleurs, ne croyait plus à son infortune. Il était sûr que Sophie ne l'avait pas trompé. Le regain d'amour qu'il éprouvait pour elle était la meilleure réponse aux soupçons qui l'avaient d'abord assailli. Il rêvait d'elle, à présent, comme il avait rêvé d'un verre d'eau fraîche lorsqu'il mourait de soif dans la montagne. Jour et nuit, elle était devant ses yeux, et, selon son humeur, tantôt il se désolait à l'idée que, peut-être, elle s'était détachée de lui, tantôt il s'enivrait de la chance qui l'attendait à Pétrovsk. Il lui arrivait aussi de se dire qu'elle avait pu tomber malade, ou être victime d'un accident... Toutes ces suppositions finissaient par composer dans sa tête une sorte de nuage où la douceur se mêlait au désir et l'inquiétude à l'espoir. Youri Almazoff ne le quittait pas d'une semelle. Mais Nicolas ne voulait pas en faire son confident. Un soir, cependant, assis devant le feu de bivouac, il lui avait avoué :

— Je crois que je marche vers le bonheur.

Et Youri Almazoff avait soupiré :

— Je t'envie ! Entre nous, je préférerais une femme qui me fasse souffrir à pas de femme du tout !

La conviction des célibataires était qu'à Pétrovsk, agglomération industrielle autrement importante que Tchita, ils trouveraient des filles assez nombreuses et assez faciles pour contenter leurs appétits. On racontait qu'il s'en passait de drôles dans le terrain vague, derrière la fonderie ! Youri Almazoff, en rapportant ces bruits, avait des étincelles plein les yeux. Nicolas se sentait étranger à toutes ces grivoiseries. L'amour avait pour lui la gravité d'une religion. L'homme installé sur la plage n'a pas, pensait-il, la même notion de l'océan que celui qui s'aventure assez loin sur les flots pour perdre de vue la terre.

A mesure que la caravane approchait du but, l'impatience gagnait les plus calmes. Chacun attendait de Pétrovsk un renouvellement dans son existence. Même ceux qu'aucune femme n'accueillerait là-bas furent saisis de coquetterie. Plusieurs voulurent se raser. Nicolas, cependant, hésitait à se couper la barbe. Il avait l'impression que, tel quel, il plaisait à Sophie. Par prudence, il ne toucherait pas à un poil de son menton tant qu'elle ne le lui aurait pas demandé.

A soixante verstes de Pétrovsk, conformément à l'ordre de route, la colonne commandée par Léparsky rejoignit celle commandée par son neveu. Les amis des deux contingents, longtemps séparés, se retrouvèrent avec des cris d'allégresse. De nouveau, le bagne fut au complet, pour la joie des prisonniers et le soulagement des gardiens. Les décembristes du premier groupe racontèrent qu'ils avaient vu passer les dames, en voiture, roulant grand train. Cette image donna aux maris l'envie d'aller plus vite. Mais Léparsky, avec sagesse, refusa de bousculer l'horaire. A la dernière halte, dans le village de Khara-Chibir, peu d'hommes fermèrent l'œil, la nuit.

Le lendemain, 23 septembre, à l'aube, ils étaient tous debout, lavés, récurés, habillés, des fourmis dans les jambes. On s'engagea, d'un pas résolu, dans une forêt de sapins. Des barbes de lichen pendaient à des branches squelettiques. Entre les troncs dénudés, fuyait une pente louche. Peu à peu, le sol s'inclina davantage, les arbres s'espacèrent, le chemin entra dans des buissons informes. Plus bas encore, apparurent des marécages piqués d'herbe drue. Parmi les prisonniers qui marchaient en tête, des cris s'élevèrent :

— Regardez ! Regardez ! Pétrovsk !

Toute la chiourme se rua vers le tournant qui surplombait la vallée. Nicolas arriva le dernier, hors d'haleine. A ses pieds, s'étalait une plaine spongieuse, traversée par une rivière, avec, de part et d'autre, des traînées d'un vert moisi et d'un jaune de sable. Au milieu de ce grand espace découvert, une bourgade aux maisons de briques, dominées par des cheminées d'usine. Détachée de l'ensemble, une énorme bâtisse en fer à cheval, aux murs orange et au toit rouge. Une fois qu'on l'avait aperçue, on ne pouvait plus regarder autre chose. Elle enlaidissait le paysage avec sérénité. Nicolas murmura :

— C'est pour nous, ça ?

— On dirait, grommela Youri Almazoff. Tu ne reconnais pas le style de l'architecture ? Sobre et solide. Peinture jaune obligatoire sur les murs. Guérite rayée blanche et noire...

Les hommes baissaient la tête, accablés. Certes, ils savaient ce qui les attendait au bout du voyage, mais, depuis un mois et demi qu'ils vivaient au grand air, dans une liberté relative, le mot de prison s'était vidé pour eux de toute signification. En se retrouvant devant de vrais murs, ils mesuraient leur malchance :

— On ne nous a pas menti ! Il n'y a pas de fenêtres !

— Et le terrain est marécageux !

— Les moustiques viennent jusqu'ici !

— C'est un scandale !

Le général Léparsky arriva dans ce concert de récriminations et se fâcha tout rouge :

— Vous n'avez pas honte ? Elle est magnifique, cette prison ! Ils ne font pas mieux en Amérique ! Vous verrez, quand vous serez à l'intérieur !...

Nul n'était convaincu. Le convoi se remit en marche, sans entrain. La remarque sur les moustiques était malheureusement justifiée. Leur nombre augmentait, tandis que la route descendait en lacets dans le creux du vallon. Chaque prisonnier avait son petit nuage d'insectes personnels, contre lesquels il se défendait en s'appliquant des claques. La colonne avançait dans un maigre bruit d'applaudissements. Soudain, les hommes s'arrêtèrent. Une voiture roulait vers eux. Après un instant d'indécision, ils reconnurent l'attelage.

— Ce sont nos dames ! dit Youri Almazoff.

Il se trompait. Les deux jeunes personnes, très habillées, qui descendirent du tarantass étaient inconnues des prisonniers. Du moins le crurent-ils pendant une seconde. Mais Rosen et Youchnevsky se jetèrent en avant avec des hurlements de joie : leurs femmes, qu'ils n'avaient pas vues depuis quatre ans, venaient de Pétrovsk à leur rencontre ! Le géant Rosen fit virevolter entre ses bras une poupée aux volants de satin mauve. Youchnevsky écrasa contre sa poitrine une faible créature ahurie, dont le chapeau roula par terre. Les larmes, les questions, les baisers, les réponses, tout se confondait pour eux, tandis qu'un cercle de camarades attendris et muets assistait à leurs retrouvailles. Ensuite, commencèrent les présentations. D'abord Léparsky, puis les forçats. Chacun s'inclinait, en claquant ses talons éculés, et baisait très cérémonieusement la main qui se tendait vers lui. Le défilé dura quinze minutes. D'un prisonnier à l'autre, les dames susurraient invariablement :

— Je vous connais. Mon mari m'a tellement parlé de vous, dans les lettres qu'une femme de cœur écrivait à sa place !

Elles affirmèrent aussi que les autres épouses se portaient bien et attendaient l'arrivée du convoi avec impatience. Puis, la baronne Rosen tira une liasse de journaux d'un sac de tapisserie et dit, en forçant la voix :

— Messieurs, j'ai une grande nouvelle à vous apprendre ! La révolution a éclaté en France !

Cette déclaration fit l'effet d'un coup de tonnerre. Après un silence de commotion, des clameurs jaillirent de toutes parts :

— Ce n'est pas possible ! Quand ? Comment ?

La baronne Rosen, visiblement émue par le succès de surprise qu'elle avait remporté, avala sa salive et répondit :

— A la fin du mois de juillet dernier ! Pour avoir voulu suspendre la liberté de la presse et dissoudre la Chambre, Charles X a été renversé ! Trois jours de combats ont suffi ! Maintenant, c'est Louis-Philippe d'Orléans qui est sur le trône ! Il a promis de s'entourer d'institutions républicaines !

Elle avait l'air de réciter une leçon. Les hommes buvaient ses paroles. Ils s'arrachèrent les journaux qu'elle avait apportés. Un groupe s'agglutina autour de chaque feuille. Penché sur l'épaule de Youri Almazoff, Nicolas lisait une ligne sur trois. Tout se mêlait dans sa tête. Il ne comprenait pas très bien les motifs de ce bouleversement politique à des milliers de lieues de la Sibérie, mais était enthousiasmé que la France, après avoir inspiré aux décembristes la passion de la liberté, leur donnât, une fois de plus, l'exemple d'une révolution réussie. A quelque endroit du globe que se produisît un soulèvement contre l'autorité, cette secousse, pensait-il, était salutaire, car elle préparait l'ébranlement de l'édifice russe. D'un choc à l'autre, la lézarde s'agrandirait jusqu'à traverser l'Europe. Un jour, le tsar, s'il n'y prenait garde, s'éveillerait les pieds dans le vide. Et tout serait parti de ce petit pays hexagonal, ami des jolies femmes, des vignes et des livres. Un élan de gratitude poussa Nicolas vers Sophie, comme si elle eût été pour quelque chose dans cette victoire des Justes. Il ne pouvait s'empêcher de l'associer à toutes les grandes entreprises de la France. « Comme elle doit être heureuse, se disait-il. Heureuse et fière ! » Et il avait envie de la broyer dans ses bras, jusqu'à lui couper le souffle. Un hurlement, qu'il n'avait pas prévu, s'échappa de sa poitrine :

— Vive la France !

Aussitôt, ses camarades reprirent en chœur :

— Vive la France ! Hourra ! Hourra !

Léparsky accourut, les yeux exorbités :

— Est-ce que vous êtes fous ?... Si quelqu'un vous entendait !... C'est de la subversion !... J'exige le silence !... Autrement, je vous ferai camper ici !... Toute la journée, toute la nuit, s'il le faut !...

Il écumait sous sa moustache. Les deux dames, intimidées, remontèrent en voiture. Les crieurs se calmèrent. Mais une satisfaction politique impudente rayonnait de leurs yeux. Ils reformèrent les rangs, tête haute, comme des militaires. Et sur l'ordre : « En avant, marche ! » au lieu de traîner les pieds selon leur habitude, ils se mirent au pas.

Toujours parfaitement alignés, ils descendirent la colline, contournèrent une église, longèrent un cimetière et passèrent devant une usine flanquée de deux montagnes de scories. L'air sentait la suie et la fonte chaude. Une poussière noire, impalpable, piquait les yeux. Des ouvriers, dont beaucoup portaient au front la marque des bagnards, se pressaient au bord du chemin. Le chef de la police de Pétrovsk, toutes médailles dehors, salua Léparsky au passage. Plus loin, succédant aux jardinets galeux et aux isbas enfumées, apparurent des maisons de bois neuves, luisantes de peinture. Petites ou grandes, elles avaient un air de famille. Point luxueuses, mais cossues, avec un bon morceau de terrain tout autour. De quoi tailler un jardin, une cour, bâtir des communs... Des charpentiers travaillaient encore sur les toits. Devant chaque perron, se dressait une épouse de prisonnier. Elles avaient trouvé ce moyen pour que leurs maris pussent, du premier regard, identifier la maison qui leur appartenait. Debout sur la pointe des pieds, elles agitaient des mouchoirs. Sophie et Nathalie Fonvizine, qui n'avaient rien fait construire, se tenaient à l'écart, près d'un dépôt de planches. Le bonheur étourdit Nicolas comme un coup de cymbales. Sa femme lui souriait ! Sans sortir du rang, il cria :

— Tu sais la nouvelle ? La révolution en France !...
— Oui, oui ! dit-elle. C'est merveilleux !

Au comble de l'exaltation, il fredonna *la Marseillaise*. De proche en proche, le bourdonnement gagna toute la caravane. Les voix se renforcèrent. Soudain, le chant éclata, clamé par tous, en français, avec un terrible accent russe :

Allons enfants de la patri-i-e !...

Léparsky se retourna, furieux, sur son cheval blanc. Il se tortillait, roulait des yeux, secouait la main pour intimer aux prisonniers l'ordre de se taire. Mais personne n'avait l'air de comprendre ce qu'il voulait. Les soldats, ignorant qu'ils obéissaient à une musique subversive, cambrèrent la taille et se ragaillardirent. Toutes les dames se joignirent au cortège. Elles marchaient à petits pas, relevant leurs jupes sur le côté. Des cosaques formaient l'arrière-garde. Et *la Marseillaise* volait toujours au-dessus des têtes. Les portes de la prison s'ouvrirent à deux battants. Les sentinelles présentèrent les armes, tandis que les décembristes chantaient :

... Marchons, marchons !
Qu'un sang impur abreuve nos sillons !

Ils s'engouffrèrent dans une cour entourée d'une haute palissade. Les portes de la prison se refermèrent. Nicolas entendit le bruit familier des verrous grinçant dans leurs crampons, des grosses clefs tournées dans leurs serrures. Son rêve de verdure et de ciel s'achevait dans un cul de basse-fosse. L'enthousiasme des hommes tomba aussitôt. Ils rompaient les rangs et jetaient autour d'eux des regards inquiets. Léparsky mit pied à terre, s'épousseta, s'ébroua, prit un visage rogue et gronda :

— Vous m'avez infligé un affront, Messieurs !
— Ce n'est un affront pour personne de mener une troupe chantant *la Marseillaise* ! dit Youri Almazoff.
— Ne répliquez pas ! Nous sommes en Russie, que je sache ! Cette traversée de la ville n'a été qu'insolence et dérèglement ! Je m'en souvien-

drai !... Ah ! oui, je m'en souviendrai !... Joseph, tu vas conduire les prisonniers dans leurs cellules !

— Vous ne venez pas avec nous, Excellence ? demanda Marie Volkonsky avec tout le charme possible.

— Non ! Excusez-moi ! Ainsi, vous aurez tout loisir de chanter ce qu'il vous plaira. Eh bien ! Joseph, qu'attends-tu ?

Le neveu de Léparsky s'exécuta. Il marchait devant tout le monde, une épaule effacée, le pas oblique, avec un air hospitalier. A la grande cour commune succédait un ensemble de huit courettes séparées par des clôtures de pieux. Sur ces huit courettes, ouvraient les perrons de douze sections. A chaque perron, correspondait un couloir percé de portes identiques. Les cellules, au nombre de cinq ou six par couloir, avaient toutes les mêmes dimensions — sept pas de long sur six de large — et étaient toutes aussi sombres. Il n'y avait pas de fenêtre et le jour venait par un rectangle à grillage de fer, découpé dans la partie supérieure du vantail.

— C'est un désastre ! protestaient les prisonniers. On n'y verra même pas assez pour lire en plein midi !

— Je sais, je sais, l'éclairage laisse à désirer ! convint Joseph Léparsky. Mais, quoi ? c'est un détail ! Dans l'ensemble, vous ne pouvez nier que ces cellules soient vastes et confortables. De vraies chambres ! Chacun la sienne ! Quand vous les aurez arrangées !... Je suppose, Mesdames, que vous avez déjà commencé !...

— Bien sûr ! dit Pauline Annenkoff. Vous voulez voir ?

— Je n'osais vous le demander !...

Le troupeau murmurant des visiteurs suivit les dames à l'extrémité du bâtiment où se trouvaient les sections 1 et 12, réservées aux ménages. Là, on se récria d'admiration. Chaque cachot était une vitrine décorée avec goût. En huit jours, les épouses avaient mobilisé tous les peintres, tous les menuisiers, et dévalisé les rares magasins de Pétrovsk. Lits recouverts d'étoffes à fleurs, fauteuils profonds, étagères garnies de livres, petites tables, estampes aux murs, bouquets dans des vases... Les maîtresses de maison faisaient les honneurs de leurs installations avec des mines faussement modestes :

— C'est très peu de chose !... Il a fallu se débrouiller avec les moyens du bord !...

Sophie prit Nicolas par la main, le conduisit au bout du couloir et lui montra une chambre aux murs vieux rose, meublée de deux lits jumeaux en bois blanc, d'un bureau d'acajou et d'un fauteuil canné.

— C'est ici, annonça-t-elle.

Il n'avait jamais rien vu d'aussi beau. Les larmes lui montèrent aux yeux :

— Merci, Sophie !

Il ne put en dire plus. La foule de ses camarades déferlait sur lui. Sophie dut, à son tour, sourire aux compliments, expliquer... Maintenant, les célibataires avaient hâte de s'installer eux-mêmes. Leurs bagages avaient été déchargés en vrac dans les couloirs, mais leurs cellules, une cinquantaine en tout, n'étaient pas prêtes. Ils supplièrent les dames de leur donner des idées de décoration. Nicolas, qui aurait tant voulu rester seul avec Sophie, fut contraint de la laisser partir. Il marchait derrière elle, désœuvré et béat. Passant d'un prisonnier à l'autre, elle présidait à la valse des chaises, des tables et des lits fournis par l'administration. C'étaient les gardiens qui, en échange d'un pourboire, servaient de déménageurs. Ils avaient jeté bas la veste de leur uniforme et, en manches de chemise, remuaient les meubles et déclouaient les caisses. Du seuil de la porte, Sophie commandait :

— Un peu plus à gauche !... Plus au centre !... Non, c'était mieux avant !... Remettez le lit à la place de la table et la table à la place du lit !...

Le sol était jonché de paille. L'air sentait la peinture et la colle. Grimpés sur des tabourets, des locataires impatients plantaient des crochets dans le mur pour poser un rayon ou pour pendre un cadre. Par tout le pénitencier, ce n'étaient que coups de marteaux et grincements de scies. Les soldats fournissaient le matériel nécessaire, y compris les clous et les vis. Il y avait même un invalide qui trottait de chambre en chambre avec un pinceau pour faire des raccords de peinture, moyennant cinquante kopecks par intervention.

Jusqu'au soir, dans un bourdonnement d'auberge très achalandée, les femmes dirigèrent l'aménagement des cachots en aimables retraites. On s'entreprêtait samovars, fers à repasser, casseroles, tenailles... Léparsky ne se montra pas. Il boudait : *la Marseillaise* lui restait sur le cœur.

Les mères de famille quittèrent la prison afin d'assister au coucher de leurs enfants dans les petites maisons neuves et donner des instructions aux servantes qu'elles avaient engagées sur place. Ainsi, pour elles, il y avait maintenant deux logis, l'un consacré à l'amour maternel, l'autre à l'amour conjugal, entre lesquels elles devaient courir pour remplir toutes les obligations de leur vie de femme. Elles revinrent assez tard, la conscience en paix. La soupe fut servie par un gardien, sur des tables dressées dans les couloirs. Elle était froide et mauvaise, mais nul ne s'en plaignit. La fatigue du voyage et la nouveauté du décor rendaient indulgents les plus difficiles. Et puis, il y avait cette révolution en France, qui excitait les esprits. On ne parla que d'elle pendant le repas. Tout en regrettant que les « Trois Glorieuses » n'eussent pas abouti à la constitution d'une république, Sophie se consolait en pensant que le duc d'Orléans, devenu Louis-Philippe, avait un passé libéral. Son père, un régicide, était mort sur l'échafaud ; lui-même avait combattu à Jemmapes et, depuis, il avait toujours témoigné de l'hostilité aux ultras. Ne disait-on pas que ses premiers gestes, en se montrant à la foule, au balcon de l'Hôtel de Ville, avaient été de serrer sur son cœur le drapeau tricolore et d'embrasser La Fayette ? C'était bon signe. Mais surtout, ce qui enchantait Sophie, c'était l'idée que le soulèvement avait été voulu et conduit par le peuple. D'après les journaux russes, les ouvriers et les bourgeois de Paris avaient lutté coude à coude. Ils avaient pillé les armuriers, dépavé les rues, construit des barricades... Le succès de ce mouvement faisait ressortir la faute que les décembristes avaient commise en n'associant pas la nation entière à leur coup d'Etat. Sophie osa le dire. Tous les hommes furent de son avis. Les femmes, en revanche, la regardèrent d'un mauvais œil, comme si elle eût flatté le vice de leurs maris en leur parlant de politique.

— Ce qui est étonnant, c'est la fureur du tsar contre Louis-Philippe, le roi populaire ! dit Nicolas. Vous avez lu les journaux ? Ordre à tous les sujets russes de quitter la France, défense de laisser pénétrer des sujets français dans l'Empire, défense d'arborer la cocarde tricolore et de recevoir dans les ports des bâtiments français battant le nouveau pavillon ! Pour un peu, Nicolas Ier déclarerait la guerre à la France, parce que les Français ont choisi un roi qui n'est pas de son goût !

— Nous aurions peut-être eu la guerre, dit le prince Troubetzkoï, si la république avait succédé à Charles X. Mais, sous ses dehors populaires, Louis-Philippe est tout de même un roi. Le principe monarchique est sauf !

— Provisoirement, dit Annenkoff. Louis-Philippe n'est qu'une transition, une étape. Encore un coup d'épaule et, à sa place, les Français mettront un président élu par le peuple et révocable par lui !

Sophie écoutait ces forçats russes parler de la liberté française et son cœur se serrait à la pensée qu'elle était si loin de sa patrie ! Sans doute même n'y retournerait-elle jamais ! Elle devait se résigner à ne plus considérer la France que comme un ensemble de souvenirs. Il lui paraissait affreux, subitement, d'avoir quitté le pays où elle était née et où les idées qu'elle avait toujours défendues étaient sur le point de triompher, pour achever sa vie dans le plus despotique et le plus fermé des empires, au fond de la Sibérie, dans une prison ! Un instant, elle se demanda ce qu'elle faisait parmi tous ces gens, tandis que, dans son esprit, défilaient des paysages de l'Ile-de-France, une rue de Paris, les quais de la Seine, l'hôtel de ses parents, le visage de son père, de sa mère, morts à quelques mois d'intervalle et dont elle ne savait même pas ce qu'avaient été les dernières années... Mais Nicolas, à l'autre bout de la table, la regardait si tendrement, si fortement qu'elle en oublia sa nostalgie et sourit de toute son âme.

Il fut touché de cet accord. La révolution en France l'exaltait, certes, mais moins que la perspective d'un tête-à-tête avec Sophie. Il espéra qu'elle saurait se libérer de la politique, le moment venu. Ce souper n'en finissait pas. Les hommes, une fois rassasiés, ne parlaient plus de la Charte, mais de cuisine et d'ameublement. En même temps, ils considéraient leurs épouses avec une rude convoitise. Ce serait la première fois, depuis cinq ans, qu'ils pourraient passer la nuit avec elles. A force d'y songer, ils devenaient de plus en plus maladroits et impatients. Ils s'agitaient sur leurs bancs, laissaient tomber la conversation, roulaient des boulettes de pain entre leurs doigts. Leurs compagnes, cependant, renchérissaient sur la coquetterie. Ce n'étaient que regards obliques, soupirs en gorge de pigeon, battements de paupières et caillettage de collégiennes. Sophie elle-même participait à cette parade féminine. Nicolas en avait mal dans tous les muscles de son corps. Enfin, Pauline Annenkoff donna le signal en prétextant qu'elle était lasse. Aussitôt, tous les hommes bondirent sur leurs pieds et s'empressèrent. Il y avait une bonne heure qu'ils attendaient cet instant. Les femmes avaient des visages d'anges. Elles ployaient de sommeil. Derrière elles, se tenaient leurs maris, avec des airs faussement innocents. Les ménages se souhaitèrent bonne nuit, comme des voyageurs dans le corridor d'une hôtellerie. Chaque couple rentra dans sa cellule.

Sophie referma la porte et alluma une chandelle. Les cloisons étaient minces. On entendait vivre les voisins. Nicolas ne savait que dire, debout, roide, les bras pendants, encombré de son désir. Elle fit un pas vers lui. Il fut enveloppé par le parfum de ses cheveux. Elle se trouvait à contre-jour. Son visage obscur était cerné d'une auréole d'or. Ses dents luisaient. Timidement, peureusement, il serra une taille flexible. Elle n'eut pas un mouvement de recul. Des yeux immenses le regardaient. Il n'osait croire encore à sa chance. Ce fut elle qui appuya sa bouche sur les lèvres de Nicolas. Puis, se dégageant avec adresse, elle l'attira vers le lit.

Plus tard, enlacés sur la couche trop étroite, ils écoutèrent, mêlant leurs souffles et les battements de leurs cœurs, la sonnerie lugubre du couvre-feu. Tout était noir dans la cellule. Un bonheur profond, animal et tranquille occupait Sophie. Elle ne discutait plus cette sensation d'alliance parfaite avec la nature. Comme si Nicolas eût été le seul mâle sur terre capable de la contenter. Un pas lourd se rapprochait dans le couloir. Elle chuchota :

— Qu'est-ce que c'est ?
— Le gardien.
— Que vient-il faire ?
— Nous enfermer, sans doute.

En effet, le verrou claqua, une clef tourna dans la serrure. Sophie réprima un frisson. Bouclée pour la nuit, avec son mari, dans un cachot. Impossible de sortir. Crier, supplier ne servirait à rien. Elle se blottit plus étroitement contre Nicolas. Il murmura :

— Je t'aime.

Sophie ferma les yeux. Il l'avait rencontrée la veille. Elle le connaissait à peine. Tout commençait pour eux, avec les forces et les illusions d'une nouvelle jeunesse.

Le pas s'éloignait, passait d'une cellule à l'autre et, derrière chaque porte, il y avait un couple qui sursautait au bruit sec du verrou.

TROISIÈME PARTIE

1

Assis derrière sa table de travail, dans la grande pièce aux murs nus qui lui servait de bureau, Léparsky écoutait patiemment les femmes des décembristes se plaindre du manque de fenêtres dans les cellules. Une fois de plus, il était obligé de donner raison aux détenus contre le gouvernement. La voix de Marie Volkonsky lui perçait les oreilles :

— Nous refusons de vivre dans ces conditions, Excellence ! Il nous faut ou bien renoncer à lire dans la journée, ou bien nous éclairer à la chandelle dès le matin !

— Mon mari a les yeux fatigués ! renchérit Catherine Troubetzkoï. Sa vue a encore baissé depuis une semaine que nous sommes à Pétrovsk !

— Si seulement on pouvait s'installer dans les couloirs pour travailler ! soupira Alexandrine Mouravieff. Mais ils sont ouverts à tous les vents, et, avec les premiers froids, on y gèle !

— Ajoutez à cela, dit Pauline Annenkoff, que l'humidité sort de terre ! Les murs ont déjà des lézardes, les poêles marchent mal, on grelotte, il y a des bêtes !

— C'est une honte ! Une honte ! gémit Nathalie Fonvizine.

Bombardé de toutes parts, Léparsky se retira sous sa carapace. Evidemment, comme toujours, c'était lui que les dames rendaient responsable de leurs malheurs. A croire qu'il régnait en maître sur le bagne. Quand donc comprendraient-elles qu'il était un prisonnier, comme leurs maris ? Avec un uniforme, des épaulettes, un titre, mais guère plus de liberté ! D'ailleurs, il n'y avait que des prisonniers en Russie, du haut en bas de l'échelle sociale. Chaque prisonnier d'un rang supérieur avait d'autres prisonniers sous sa coupe, qui, eux-mêmes, étaient les chefs de prisonniers moins privilégiés, lesquels commandaient à des prisonniers plus misérables encore, et ainsi de suite, jusqu'au dernier des gardes-chiourme et au dernier des forçats. Aucune *Marseillaise* ne prévaudrait jamais contre cette pyramide humaine, dont le faîte se perdait dans les nuées, à Saint-Pétersbourg, et dont la base s'enfonçait dans la boue des bagnes sibériens. A ce point de ses réflexions,

Léparsky éprouva un malaise. Qu'allait-il penser là ? Les décembristes ne l'avaient-ils pas contaminé avec leurs idées révolutionnaires ? Il était comme un croyant auquel la foi vient à manquer et qui s'interroge.

— La première des choses à faire, dit Sophie, c'est d'ordonner qu'on perce des fenêtres.

Léparsky tressaillit, battit de ses lourdes paupières et marmonna :

— Ordonner ! Ordonner ! Comme vous y allez, Madame ! Regardez ça, plutôt !

Il se leva et déroula un plan sur la table. Les dames tendirent le cou.

— Voyez-vous des fenêtres là-dessus ? demanda-t-il.

— Non.

— Alors, comment en ouvrirais-je ?

— Mais enfin, Excellence, s'exclama Catherine Troubetzkoï, vous êtes le commandant du bagne, cet édifice est placé sous votre autorité, vous pouvez y faire exécuter les travaux qui vous paraissent nécessaires !

Léparsky haussa les épaules et pointa son doigt sur un paraphe, dans le coin supérieur gauche du plan.

— Et ça, dit-il, vous ne l'avez pas remarqué ? Ce document a été approuvé et signé par l'empereur. Si l'empereur a décidé qu'il n'y aurait pas de fenêtres, je ne vais pas, moi, pauvre général, tout près de la retraite, contrevenir à sa volonté !

— Alors, nous devons nous résigner à vivre comme des termites ? dit Sophie. Sachez que, si vous n'intervenez pas, nos maris se laisseront mourir de faim !

Cette idée lui était venue en parlant, mais elle l'exprima avec tant de conviction que les autres femmes en furent dupes et échangèrent des regards inquiets. Aussitôt après, comprenant qu'il s'agissait d'une manœuvre, elles épaulèrent Sophie :

— Parfaitement, Excellence ! Leur patience est à bout !

— S'ils se livrent à cette démonstration de désespoir, toute la faute en retombera sur vous !

— Le scandale sera immense, irréparable !...

Chacune y allait de son trait. Léparsky s'affola. Ces hommes étaient, en effet, capables des pires sottises. Leurs femmes — toutes des furies ! — les exciteraient au lieu de les retenir.

— Je vais, dès ce soir, dit-il, adresser un rapport à l'empereur pour lui demander l'autorisation d'ouvrir des fenêtres. Vous, de votre côté, écrivez à tous vos correspondants habituels, parents, amis, relations influentes, en leur dépeignant le pénitencier sous les couleurs les plus sombres. Je laisserai passer vos lettres. La censure les lira et en fera un compte rendu au tsar. Devant l'ampleur de la protestation, il ne pourra que donner une suite favorable à ma requête.

— Et s'il refuse ?

— Nous insisterons, par tous les moyens, jusqu'à ce qu'il soit convaincu. Mais, si vous voulez que je vous soutienne dans cette affaire, soutenez-moi aussi, dites à vos maris de rester tranquilles...

Elles promirent. L'alliance fut scellée. Pauline Annenkoff lança gaiement :

— Nicolas Bestoujeff pourrait exécuter des aquarelles représentant les intérieurs des cachots. Nous expédierions ces images, par lettre, à nos amis. Aucune description ne vaut une peinture fidèle !

— Excellente idée ! dit Léparsky. Commandez-lui donc ce petit travail de ma part. Mais qu'il choisisse bien ses cellules. S'il peint l'une des vôtres, Mesdames, il risque de susciter plus d'admiration que de pitié !

Les dames sourirent, flattées. Léparsky retrouvait la terre ferme sous ses pieds.

— Il devrait bien, par la même occasion, dessiner quelques vues de mon intérieur à moi, pour que je puisse les envoyer à Saint-Pétersbourg, reprit-il. De ma vie je n'ai été logé dans une maison aussi peu avenante !

— Que lui reprochez-vous, à cette maison ? dit Sophie. Elle est spacieuse, claire...

— Vous n'avez pas su l'arranger, voilà tout ! dit Marie Volkonsky en jetant un regard sur les lourds fauteuils alignés contre les murs et les guéridons placés comme des bornes aux quatre coins de la pièce.

— Il suffirait d'un rien ! suggéra Alexandrine Mouravieff.

Il hésitait, craignant de perdre sa dignité en acceptant leurs conseils. Elles, cependant, continuaient de promener leurs yeux sur toutes choses d'un air organisateur. Elles prenaient possession des lieux, par la pensée. Déjà, Léparsky ne se sentait plus tout à fait chez lui. Il bredouilla :

— Si j'osais vous demander votre concours...

Elles ne se le firent pas dire deux fois. On commença par le bureau, puisqu'on y était. Léparsky appela quatre soldats pour aider les dames. Ce fut un beau remue-ménage. Certes, les goûts des décoratrices n'étaient pas toujours accordés et il y eut quelques discussions sur des points de détail, mais, chaque fois, elles trouvaient un compromis acceptable par toutes. Dans le feu de l'action, elles oubliaient la présence du général et parlaient de lui comme s'il eût été empêché de leur donner son avis.

— Il sera bien mieux là pour travailler, le dos à la fenêtre... Ou alors, un peu de biais... Oui !... Oui !... Parfait !... La lumière venant de la gauche... Il faudrait rapprocher ce secrétaire, pour qu'il n'ait pas à se lever s'il a besoin d'un document !...

Léparsky s'abandonnait au bonheur d'être mignoté par ces femmes qui auraient pu être ses filles ! Du bureau, on se rendit dans le grand salon, dans le petit salon, dans la salle à manger, dans la chambre à coucher, dans la chancellerie enfin, où quelques scribes suivirent d'un air contrit les chassés-croisés de leurs tables, de leurs chaises et de leurs dossiers. Partout, après le passage de la tornade, se découvrait un décor neuf et agréable. Le général marchait sur les pas des fées. « Il faudrait peut-être les inviter à souper, pour les remercier, se dit-il. Mais alors, je devrais aussi inviter leurs maris. Et leurs maris sont mes prisonniers. C'est impossible, impossible !... »

Quand l'installation fut terminée, il fit servir du champagne dans son bureau. Les dames acceptèrent de boire un doigt de vin avec lui. Elles étaient toutes roses d'avoir lutté contre les meubles. Après leur départ, Léparsky s'assit à sa table et commença son rapport sur les malfaçons dans la construction du bagne de Pétrovsk. Jamais il ne s'était montré aussi sévère pour les erreurs administratives. Parfois, il s'arrêtait, se relisait, craignait d'avoir forcé le reproche, mais aussitôt il repensait aux dames et reprenait la plume avec énergie.

Léparsky envoya son rapport, les dames leurs lettres de récrimination avec quelques dessins de Nicolas Bestoujeff à l'appui, et, en attendant les réactions de Saint-Pétersbourg, la vie s'organisa tant bien que mal à Pétrovsk. La sonnerie du réveil retentissait à sept heures du matin et, pendant que les épouses se prélassaient dans leurs lits, les hommes se lavaient, s'habillaient, appelaient le gardien qui apportait du thé et du pain noir. Après avoir aidé leurs maris à balayer et à ranger la chambre, les femmes sortaient du pénitencier, par un petit jour brumeux, serraient leur manteau sur leurs épaules et, furtives, frissonnantes, couraient, dans la boue, vers leurs maisons. Elles avaient hâte de revoir leurs enfants et d'achever leur toilette. N'ayant pu obtenir du général qu'il autorisât les domestiques à se rendre en prison, elles devaient, en effet, aller chercher les services de leurs caméristes à domicile.

Sophie avait loué deux pièces meublées dans l'appartement d'un ingénieur de l'usine et embauché une soubrette et un homme de peine. Elle se retirait chez elle, pendant que Nicolas était au travail avec ses camarades. Ce travail, en vérité, était encore plus vain qu'à Tchita. Pour occuper les prisonniers, Léparsky les envoyait tantôt à la fonderie pousser des wagonnets — mais les ouvriers se plaignaient de leur maladresse —, tantôt au moulin — mais il n'y avait pas assez de seigle à moudre pour employer tout le monde. Alors, on se rabattait sur de petites corvées de balayage, de déblayage, de terrassement et de maçonnerie. A midi, les « princes forçats », comme on les appelait en ville, retournaient en prison pour le dîner. Là, les maris retrouvaient leurs femmes pomponnées. On prenait les repas par sections, dans les couloirs. Mais, au lieu de manger à l'ordinaire, les ménages faisaient venir des plats de leur maison. Des serviteurs les remettaient, dans des paniers couverts, au corps de garde, d'où un planton les apportait aux couples. Il ne restait plus qu'à réchauffer les gamelles sur les poêles des chambres. Tous les menus confondaient leurs fumets. On opérait des échanges à table. Les dames comparaient les talents de leurs cuisiniers respectifs. Ensuite, le planton rapportait la vaisselle sale au serviteur qui attendait dehors.

A deux heures, les prisonniers allaient travailler encore jusqu'à quatre heures et demie ou cinq heures. Puis, ils se promenaient dans la cour principale, prenaient le thé, vers six heures, lisaient, à la lueur des chandelles, et, sur les huit heures, se réunissaient de nouveau pour le souper. Le couvre-feu sonnait à dix heures du soir. Le samedi, on conduisait toute la chiourme aux étuves. La distribution du courrier avait lieu le dimanche. C'était le dimanche également qu'un prêtre visitait les décembristes. Mais on ne les menait toujours pas à l'église. Les femmes y allaient pour eux et leur rapportaient des pains bénits. Une seule exception : comme à Tchita, la veille de Pâques, ils assistaient à la messe et communiaient. Certains, parmi les plus croyants, souffraient d'être tenus à l'écart de la vie religieuse. Léparsky ne pouvait prendre sur lui de leur faciliter l'accès du sanctuaire. Mais il leur accorda d'autres concessions appréciables. A vrai dire, chacune de ses faveurs s'accompagnait de restrictions qui en diminuaient la portée. Ainsi, ayant permis aux détenus d'avoir du papier, de l'encre et des plumes dans leur cellule, il leur défendait, comme par le passé, de correspondre directement avec leurs proches. De même, d'après lui, si les femmes avaient le droit de rester aussi longtemps qu'elles voulaient dans le pénitencier, les maris n'étaient autorisés à se rendre chez elles qu'au cas où elles étaient reconnues malades par le Dr Wolff. Il semblait que ces menus empêchements au bonheur des prisonniers fussent moins destinés à les garder dans la discipline qu'à rassurer le général sur son propre compte. C'étaient les derniers soubresauts de sa conscience professionnelle. En cédant sur ces points, il se fût, pensait-il, complètement démis de ses fonctions. Les épouses continuèrent donc à rédiger des lettres pour les forçats comme s'ils eussent été des analphabètes. Eux, cependant, redécouvraient le bonheur de noircir du papier à longueur de journée. La plupart se jetèrent dans la littérature. On écrivait des poèmes, des études historiques, politiques, sociales, des journaux intimes. Nicolas commença un exposé sur l'origine du mouvement révolutionnaire en Russie.

La bibliothèque du bagne comptait déjà près de quatre mille volumes et il en arrivait encore par chaque convoi postal. Avec l'autorisation de Léparsky, l'*artel* des prisonniers s'était abonnée à tous les journaux russes et à quelques journaux étrangers, *le Journal des Débats, le Constitutionnel, le Journal de Francfort, la Revue encyclopédique, la Revue britannique, la Revue des Deux-Mondes, la Revue de Paris*... D'après le règlement établi par les décembristes eux-mêmes, chaque lecteur pouvait conserver un journal pendant deux heures et une revue pendant trois jours. Les gardiens passaient de chambre en chambre, une liste à la main, pour pointer la date et l'heure des prêts, les titres des publications, les noms des détenteurs et, au besoin, opérer l'échange des ouvrages. Les conférences reprirent, comme à Tchita, sur les sujets les plus divers. Et, comme à Tchita, les amateurs de travaux manuels ouvrirent des ateliers de menuiserie, de tournage, de reliure, de ressemelage et de couture dans les locaux de l'administration. L'*artel* s'était, entre-temps, consolidée et élargie. Les détenus les plus riches versaient dans la caisse commune des sommes considérables, afin que leurs compagnons, dont les contributions étaient moins élevées, pussent vivre sans manquer de rien. On organisa même un système d'assurance mutuelle, permettant d'attribuer un petit capital à chaque décembriste, lorsqu'il quitterait la prison pour être envoyé en résidence forcée. Toute cette comptabilité était contrôlée par une commission d'élus. Il y avait un président, un trésorier, un responsable des achats, un surveillant de la cuisine, un spécialiste du potager...

Les dames agrémentaient l'ordinaire des hommes seuls en fournissant des suppléments de nourriture à leur table. Certaines avaient acheté une ou deux vaches pour avoir du lait à volonté. D'autres faisaient un élevage de volailles dans leur jardin. D'autres encore possédaient quelques moutons, gardés par un paysan. Elles recevaient des subsides importants de leur famille, soit officiellement, soit en cachette, par l'entremise de voyageurs ou de commerçants. Sophie était parmi les moins bien partagées à cet égard. L'argent envoyé jadis par son beau-père constituait sa seule ressource. Il n'avait pas réitéré son geste, attendant sans doute qu'elle le lui demandât. Mais elle était trop fière pour s'abaisser à une pareille requête. Il n'en continuait pas moins à lui écrire régulièrement, afin de lui donner des nouvelles du petit Serge. Elle relisait souvent ses lettres pour essayer d'imaginer l'enfant qui grandissait à Kachtanovka. Mais elle ne parlait à personne de sa nostalgie. En réalité, elle n'avait jamais été encline aux confidences. Pourtant, après avoir été honnie, écartée, elle était de nouveau entourée d'amies. Son retour en grâce s'était opéré sans explication, sans transition. Peu à peu, elle avait senti que l'atmosphère se réchauffait autour d'elle et que l'estime des autres lui était rendue sans qu'elle eût rien fait pour la regagner. Un moment disloquée, la communauté des épouses se reforma, se renforça même avec les deux nouvelles venues, la baronne Rosen et Mme Youchnevsky. Celles qui n'avaient pas de maison avaient fini par se loger, comme Sophie, dans des chambres louées. Pour être le plus près possible de leurs maris, toutes avaient choisi d'habiter le long du chemin menant au bagne. Cette voie, jadis bordée de terrains vagues, était devenue le quartier résidentiel des femmes de prisonniers. Les gens de Pétrovsk l'appelaient « la rue des Dames ». La plus belle maison était celle des Mouravieff. Sophie s'y rendait fréquemment, pour bavarder avec Alexandrine. C'était avec cette personne de tête et de cœur qu'elle se trouvait le plus à l'aise. Alexandrine était en train de vivre un roman. Sa passion chaste pour le Dr Wolff était connue de tous. Léparsky ayant autorisé le médecin à sortir de prison pour visiter des malades en ville, elle pouvait le voir dans la journée. Bientôt, elle lui fit construire, près de sa maison, un petit laboratoire où il préparait ses médicaments.

Presque chaque soir, il y avait réunion dans l'une ou l'autre cellule de la section des mariés. Marie Volkonsky avait fini par tendre son cachot de soie jaune pâle et avait fait venir d'Irkoutsk deux canapés d'acajou, une bibliothèque et un tapis persan. C'était chez elle que le piano-forte de Tchita avait pris place. Après le souper et jusqu'au couvre-feu, on jouait du Gluck, du Blangini, on récitait des poèmes, on commentait les nouvelles politiques des journaux. Les rumeurs de voix, les accords de musique allaient attrister les célibataires dans leurs retraites. Par moments, Sophie avait l'impression de participer à une réception mondaine, à Saint-Pétersbourg, dans un salon très intime. Mais l'invalide qui surveillait le couloir la tirait de ses illusions en passant sa tête par l'ouverture de la porte et en agitant son trousseau de clefs :

— C'est l'heure, Messieurs, Mesdames !

Et il enfermait chaque ménage dans sa boîte. Le verrou poussé, deux tours de clef dans la serrure et un tour de clef au cadenas. Seule avec Nicolas, Sophie parlait longtemps, dans le noir, des mille riens qui composaient leurs journées. Ils discutaient aussi de leur avenir, qu'aucun indice ne permettait de prévoir. Nicolas calculait qu'il serait envoyé en résidence forcée au plus tard dans quatre ans, en 1834. Mais Sophie persistait à croire que le tsar accorderait une remise de peine aux décembristes, à l'occasion de quelque événement bénéfique. Passé le feu des retrouvailles, elle était simplement heureuse avec Nicolas. Une chaleur douce, égale, la pénétrait, et même les heures où elle s'occupait à des tâches banales avaient un caractère de tendresse qu'elle n'avait jamais éprouvé jusqu'ici. Elle eût voulu avoir une intelligence plus aiguë, pour mieux saisir ce contentement épars dans toutes les minutes. Parfois, elle repensait à Nikita, mais comme à un rêve lointain, aimable et inconsistant. Il lui semblait qu'elle l'avait connu dans une autre vie, à une époque où elle n'avait pas encore rencontré son mari. La réalité était ici, avec Nicolas. Aucun souvenir ne valait une présence. Elle était née pour des joies matérielles, palpables. Son instinct la courbait vers la terre, vers l'homme. Combien de fois avait-elle reproché à Nicolas de se complaire dans des idées politiques fumeuses, alors qu'il y avait tant à faire, immédiatement, pour les paysans de son domaine ? C'était lui le chimérique et elle la raisonnable. Elle revenait à son vrai rôle. Après quelques hésitations, elle avait demandé à son mari de se raser de nouveau. Imberbe, il paraissait plus jeune. Il était fort et beau. La nuit, quand elle s'éveillait à ses côtés, elle se prenait à espérer encore qu'elle aurait un enfant de lui.

Au mois de décembre, malgré le rapport, les lettres et les dessins adressés à Saint-Pétersbourg, le tsar n'avait pas encore fait connaître sa décision au sujet du percement des fenêtres. Ces fenêtres, Léparsky en avait des cauchemars. Elles prenaient pour lui une signification mystérieuse, métaphysique. Il voyait en elles les symboles de la lumière, de l'intelligence, de la foi. Les refuser aux hommes, c'était presque aussi grave que de les priver des secours de la religion. Un gouvernement qui était partisan du mur aveugle ne pouvait être aimé de Dieu. Ce fut dans cette disposition d'esprit qu'il apprit, tout à coup, qu'un soulèvement avait éclaté à Varsovie. Enflammés par la révolution française de juillet, des conjurés polonais, étudiants, sous-officiers, officiers, avaient massacré un général, un préfet de police et mis en fuite le grand-duc Constantin. Les négociations se révélant impossibles avec la Diète polonaise, le tsar avait chargé le feld-maréchal Diebitch, déjà vainqueur des Turcs, de franchir la frontière avec ses troupes et d'écraser les mutins. Tout en reconnaissant qu'il y avait de la folie pour ces jeunes gens à se rebeller contre l'autorité impériale, Léparsky ne pouvait oublier qu'ils étaient ses compatriotes. En tant que général de l'armée russe, il devait condamner leurs agissements, en tant que Polonais, il ne savait que les admirer et les plaindre. Curieuse coïncidence : pour eux aussi, l'affaire avait commencé au mois de décembre ! C'étaient des décembristes d'un autre genre !

Cependant, parmi les prisonniers, les opinions étaient partagées. La sympathie que la plupart d'entre eux éprouvaient pour les insurgés se nuançait de réticence, parce que les Polonais ne cherchaient pas seulement à secouer le joug du tsar, mais aussi, mais surtout, à se séparer de l'Empire. Cela, un Russe, fût-il libéral, avait du mal à l'admettre. En outre, l'honneur de l'armée était engagé dans le combat et bien des forçats se rappelaient qu'ils étaient d'anciens officiers de la garde. Nicolas prétendait que la victoire polonaise était souhaitable, car elle entraînerait, sans doute, une modification du régime en Russie.

— Nous devons mettre notre idéal républicain au-dessus de notre orgueil national, dit-il à une soirée dans la cellule des Troubetzkoï.

Cette affirmation alluma un débat très vif, mais l'orateur finit par convaincre son auditoire, ce qui remplit Sophie de fierté. A vrai dire, les débuts de la campagne d'hiver étaient si favorables aux Russes qu'il ne coûtait rien d'espérer, en théorie, un succès polonais. Dès les premiers jours de février, Diebitch refoulait l'ennemi sous les murs de Varsovie et s'arrêtait de son plein gré, comptant réduire la ville par la famine. En Russie, cependant, une grave épidémie de choléra, venue du sud, remontait vers la capitale. Les troupes étaient décimées par la maladie. Dans la population civile même, la mortalité gagnait du terrain. De tous côtés, se dressaient des cordons de quarantaine.

Ces contretemps empêchaient le départ de Mlle Camille Le Dantu pour Pétrovsk, et son fiancé, Ivacheff, se désolait. La rudesse de l'hiver, les mauvaises nouvelles politiques et l'affaire des fenêtres assombrissaient également l'humeur de Léparsky. Il ne trouvait de réconfort que dans la compagnie de ses prisonniers. Chaque jour, il leur rendait visite et s'attardait dans les cellules. Un soir, Nicolas et Sophie, qui prenaient le thé dans leur cachot, le virent arriver avec une décoration neuve parmi toutes les autres : la croix de commandeur de Saint-Vladimir. Félicité par eux, il leur expliqua, d'un air gêné, qu'il venait d'obtenir cette distinction pour avoir opéré le transfert des forçats de Tchita à Pétrovsk sans perdre un seul homme.

— Il s'en est fallu de peu que je ne sois point décoré, n'est-ce pas ? dit-il en considérant Nicolas avec insistance.

— J'aurais été navré, Votre Excellence ! balbutia Nicolas.

Léparsky haussa les épaules :

— Vous auriez eu tort ! Tout cela a si peu d'importance !

Il ne le disait pas par fausse modestie. Cette marque d'estime, qu'il avait tellement désirée, ne lui procurait plus aucun plaisir. Il était même contrarié de l'avoir reçue. L'empereur le couvrait de ridicule devant les décembristes en le récompensant pour ce voyage comme pour un fait d'armes. Déjà, plusieurs de ces messieurs, qu'il avait rencontrés dans la cour, lui avaient présenté leurs congratulations avec un sourire ironique. Il se surprit à constater que, dans certains cas, leur opinion lui importait plus que celle du tsar. Il ne pouvait pourtant pas ôter cette croix de son uniforme. L'empereur en serait averti. Ce seraient la foudre, l'abîme, les ténèbres extérieures !... Mieux valait ne pas y penser.

— Toujours rien pour les fenêtres, dit-il en s'asseyant dans le fauteuil que lui offrait Nicolas. J'ai envoyé un second rapport...

— Le tsar doit avoir, pour l'instant, autre chose en tête que nos récriminations, dit Sophie. Quelles sont les nouvelles de la guerre ?

— Pas de combats importants. Les partisans harcèlent les troupes russes. Il faudra attendre le printemps pour la reprise des opérations d'envergure. C'est affreux ! Une aventure sanglante ! Sanglante et inutile !...

— Peut-être pas, Votre Excellence, dit Nicolas. Même si les insurgés sont écrasés, leur entreprise n'aura pas été vaine. Elle succède à la nôtre. Elle prépare celles de demain...

Léparsky hocha sa grosse tête à la perruque défraîchie, et grommela, poursuivant son idée :

— Ils ont mal choisi leur moment ! C'est en 1828 ou en 1829 qu'ils auraient dû agir, quand nos troupes étaient occupées contre la Turquie...

Soudain, il s'aperçut qu'il prenait parti ouvertement pour les révolutionnaires et rectifia d'un ton vif :

— Bien entendu, je me place uniquement au point de vue stratégique !...

— Voulez-vous un verre de thé, Excellence ? demanda Sophie.

— Volontiers, dit-il.

C'était une heureuse diversion. Entre deux gorgées, il inspectait du regard la cellule. Des traînées d'humidité souillaient déjà les murs, le plafond avait craqué, les carreaux du poêle de faïence s'étaient disjoints.

— Tout est pourri ! soupira-t-il. Les architectes et les entrepreneurs ont demandé cher et ont construit au rabais ! Ce sont eux les brigands, et c'est vous qu'on enferme !

Les chandelles grésillaient dans leurs supports de cuivre. Un vent glacé hurlait au long du corridor. Mais, dans la chambre, il faisait chaud. Sophie servit des gâteaux secs confectionnés par le cuisinier d'Alexandrine Mouravieff. Léparsky n'avait plus envie de partir. Il mangeait, buvait, se détendait, vivait la vie de famille.

— Comme c'est bien ! murmura-t-il.

— Qu'est-ce qui est bien, Excellence ? demanda Sophie.

— Votre existence ici !... Excusez-moi, vous ne pouvez pas comprendre !... Il faut avoir mon âge, ma situation, pour penser ainsi !... Un jour, vous serez tous libérés !... Vous partirez !... Je resterai seul !...

Il fit une figure consternée au-dessus de sa croix de Saint-Vladimir toute neuve. Brusquement, il envisageait avec effroi la dispersion de ses détenus. Que deviendrait-il, s'il n'avait plus personne à surveiller ?

— Nous ne sommes pas près de partir, dit Nicolas amèrement.

— Si ! Si ! Vous obtiendrez une commutation de peine. Vous d'abord, puis les autres ! Dans une quinzaine d'années, il n'y aura plus un prisonnier à Pétrovsk ! Vous verrez !...

Tout en parlant, il calcula que, dans une quinzaine d'années, il serait probablement mort. Un voile passa devant ses yeux.

— Ce sera mon dernier poste, ajouta-t-il tristement.

Et il pensa : « On m'enterrera ici. Où serais-je mieux que sur cette jolie colline d'où on découvre la prison ? » Il paraissait si affligé que Sophie le gronda. Pauline Annenkoff et son mari se montrèrent dans l'encadrement de la porte ; ensuite, vinrent les Troubetzkoï, les Volkonsky, attirés par le bruit des voix. Sophie invita Léparsky à souper avec eux. Il hésita un moment, puis, comme il se fût jeté à l'eau, accepta.

La soirée se prolongea jusqu'à dix heures. Quand l'invalide vint, avec son trousseau de clefs, pour enfermer chaque ménage dans sa cellule, ce fut le général qui eut l'air puni. La sonnerie du couvre-feu le surprit dans le couloir, devant la rangée des portes closes. Il sortit, tête basse, répondit au salut des sentinelles et s'enfonça dans la nuit où tourbillonnaient des flocons de neige.

2

« Estimé Nicolas Mikhaïlovitch,

« J'ai la triste obligation de vous avertir que votre vénéré père, Michel Borissovitch, est décédé le 18 février dernier, à Kachtanovka, après avoir contracté la maladie du choléra, qui ravage notre région. Sa mort a été celle d'un chrétien, ce qui, je pense, adoucira votre peine. Dans son testament, il a pris des mesures qui ne sont malheureusement pas à votre avantage. Considérant que vous vous êtes conduit en sujet parjure et en fils indigne, et que, de la sorte, vous avez sali le nom des Ozareff, il vous déshérite et demande que sa fortune immobilière soit partagée entre sa belle-fille et son petit-fils mineur. Votre épouse étant soumise au statut des condamnés politiques ne peut, bien entendu, disposer en aucune manière de cette succession, mais je suis chargé, en qualité de maréchal de la noblesse de Pskov, de veiller sur ses intérêts et de lui verser la moitié des revenus du domaine. J'expédie donc pour elle, au général Léparsky, une somme de cinq mille deux cent dix-sept roubles, conformément au relevé ci-joint. Pour ce qui est de votre neveu, Serge, c'est son père, Vladimir Karpovitch Sédoff, qui s'occupera de son éducation. Vladimir Karpovitch s'est d'ailleurs déjà installé à Kachtanovka et a pris en main toutes les affaires de la propriété. Le Très-Haut, dans son infinie sagesse, ne pouvait imaginer de solution plus satisfaisante. Je suppose que vous serez d'accord pour faire toute confiance à votre beau-frère. Il a, du reste, l'appui du gouverneur et le mien.

« Veuillez agréer, estimé Nicolas Mikhaïlovitch, l'assurance de mon distingué dévouement et de mes condoléances sincères.

« I. V. SAKHAROFF,
« Maréchal de la noblesse de Pskov. »

Sophie lisait la lettre par-dessus l'épaule de Nicolas. Ils arrivèrent ensemble à la dernière ligne et se regardèrent.

— Dieu ait son âme, murmura Nicolas. Personne au monde ne m'a voulu plus de mal que lui !

Et il se signa.

— Je n'aurais tout de même pas cru qu'il te déshériterait ! dit Sophie.

— Moi, j'en étais sûr. Il a été logique jusqu'au bout. Dans sa haine pour moi, comme dans sa faiblesse pour toi. Cet argent, nous ne devrions pas l'accepter ! Et cependant, nous l'accepterons... Nous en avons trop besoin ! C'est navrant ! C'est misérable !...

Ils restèrent muets, lui assis dans l'unique fauteuil du cachot, elle debout, appuyée au dossier. L'ombre du mort s'étendait sur eux. Nicolas, sans fermer les yeux, revoyait un visage raviné, aux favoris touffus, aux prunelles luisantes sous la broussaille basse des sourcils. Mais il n'avait plus peur de cet épouvantail en robe de chambre à brandebourgs, qui avait terrorisé sa jeunesse. Il avait beau le détester, trop de souvenirs les liaient l'un à l'autre pour qu'il ne fût pas ébranlé jusqu'aux plus tendres racines de sa vie par cette disparition inattendue. L'encrier en malachite, l'odeur de tabac, la vieille main veineuse crispée sur le pommeau d'une canne, autant de signes dont il était seul à connaître le pouvoir sur son âme. Il avait vite accepté la nouvelle de la mort, il commençait à peine à en accepter le fait. Une sensation de vide. Comme si les lignes de fantassins qui marchaient devant lui fussent tombées et qu'il se trouvât subitement à découvert, devant l'ennemi. Il pensa à Sédoff et son chagrin se changea en fureur.

— Il est arrivé à ses fins, la canaille ! grommela-t-il en froissant la lettre.

Il ne pouvait supporter l'idée que cet homme, qui avait voulu le faire chanter, qui avait révélé sa liaison à Sophie, qui avait acculé Marie au suicide, qui avait tout sali, tout gâché dans son entourage, fût aujourd'hui le maître de Kachtanovka. Comme il devait rire et triompher, lui à qui Michel Borissovitch avait interdit jadis l'entrée de sa maison ! Avec quelle volupté insolente il s'asseyait dans le fauteuil de son beau-père, parcourait son domaine, commandait ses moujiks, buvait son vin, dormait dans son lit, dépensait son argent, tirait son gibier et culbutait ses servantes ! Où était la justice divine, si celui qui était responsable des malheurs d'une famille recevait les biens de ses victimes en récompense de son forfait ?

— J'aurais dû le retrouver, le provoquer en duel, le tuer, lorsque j'étais libre encore ! reprit-il.

— Quand je pense que Serge sera élevé par ce gredin ! balbutia Sophie.

— Oui ! C'est affreux ! Il faut faire quelque chose !

Sophie secoua la tête :

— Il n'y a rien à faire. Nous sommes désarmés, Nicolas. Sédoff est le père et le tuteur légal de l'enfant. C'est donc à lui de gérer le domaine dont Serge a hérité avec moi.

— Tu peux tout de même...

— Je ne peux rien. Je suis, comme toi, déchue de tous mes droits civils. Je n'existe plus aux yeux de la loi. Je dois m'incliner...

Il frappa ses poings l'un contre l'autre :

— Quelle ignominie ! Ah ! ma pauvre chérie ! Tu n'as pas fini de découvrir tout le mal que je t'ai fait !

Elle lui prit la main et la serra fortement, comme pour l'aider à franchir un passage difficile.

— Tais-toi, dit-elle. Le vrai bonheur n'est pas une affaire de circonstances.

— Si un jour je suis libéré, si je peux retourner en Russie...

— Tu seras si vieux que tu n'auras plus envie de te battre ! dit-elle en souriant.

Il se leva, bouleversé, les yeux humides, agrandis par une pensée intense.

— C'est vrai ! dit-il. Nous ne pouvons même pas espérer cela !...

Jusqu'au soir, il demeura dans un état de rêverie voisin de la prostration. Le lendemain, Sophie parvint à le distraire en lui parlant des achats qu'elle comptait faire avec le premier argent de la succession, quelques meubles, des tapis, des gravures, des livres. Il approuvait tout. En l'intéressant à ces détails infimes, elle le rattachait au courant des jours, elle lui rendait le goût de la vie.

Alors que tout le monde avait déjà renoncé aux fenêtres, Léparsky reçut une lettre de Benkendorff, l'avisant que l'empereur accédait à la requête des détenus. Mais les croisées devaient être petites et grillagées, afin que les chambres eussent tout de même un aspect de cellules. Les travaux commencèrent au printemps. Malgré les supplications des dames, les ouvriers salirent les peintures, les tentures, et dégradèrent les meubles. Après leur départ, les cachots eurent un peu de lumière. Cependant, les ouvertures étaient placées si haut que, pour lire, les prisonniers se firent élever des estrades. Hissés sur ces piédestaux, ils avaient l'air d'être en représentation. Derechef, les épouses se plaignirent à Léparsky.

— Vous n'êtes jamais contentes ! gémit-il. Je n'ai pu que me conformer aux indications contenues dans le rapport ! Si j'avais été plus généreux dans les mesures, à la première inspection on aurait fait murer les fenêtres !

— Vous savez bien qu'il n'y aura pas d'inspection ! dit Sophie.

— C'est ce qui vous trompe, Madame ! Fiez-vous à ma vieille expérience. Il n'existe pas de coin, en Russie, qui ne subisse l'inspection, un jour ou l'autre. Et, alors, gare !...

Il rentra instinctivement la tête dans les épaules. Sophie se demanda s'il ne jouait pas à se faire peur. Elle n'était pas loin de croire qu'il y avait une part de volupté malsaine dans la crainte des fonctionnaires russes envers leurs supérieurs hiérarchiques.

Le premier soleil pénétra dans la prison par les fenêtres nouvellement percées. Au règne de la neige succéda celui de la boue. Le flanc des montagnes verdoyait, tandis que le fond de la vallée n'était qu'une vaste étendue de glaise brune et visqueuse, coupée de veules marécages. Les cheminées d'usine fumaient, noires, sous un ciel bleu tendre. Des planches avaient été jetées en travers des rues pour éviter aux piétons de s'enliser. Les roues des tarantass malaxaient une pâte sombre. Les moustiques vibraient par nuées autour des points d'eau. Déjà, les fonctionnaires arboraient leurs uniformes d'été aux vestes blanches, et quelques ombrelles à pampilles fleurissaient sur les trottoirs. Les décembristes travaillaient au moulin à bras et dans la grande cour commune, transformée en potager. Le soir, dans les groupes assemblés sur les perrons, on discutait les nouvelles de la guerre. Après une brillante offensive, l'armée russe paraissait désorientée par le caractère national de la résistance polonaise. Les insurgés s'enrôlaient en masse dans les provinces et harcelaient les troupes régulières, dont l'équipement, l'approvisionnement, le service sanitaire n'étaient pas à la hauteur des circonstances. On disait que les soldats, revêtus d'uniformes de parade, n'avaient même pas une peau de mouton à se mettre sur le dos par les nuits froides. Marches et contre-marches se succédaient sur les bords de la Vistule, sans emporter la décision. Au mois de mai, les Polonais bousculèrent la garde impériale et l'obligèrent à une retraite précipitée. La situation ne fut rétablie qu'à grand-peine, et, de nouveau, les Polonais reculèrent jusqu'aux murs de Varsovie. Le feld-maréchal Diebitch, puis le grand-duc Constantin moururent du choléra. Le général Paskévitch prit la direction des opérations. « Avec lui, ça ira tout seul ! affirmaient certains décembristes. Il a montré ce qu'il savait faire devant Erivan ! » D'autres, dont Nicolas, déploraient que la France ne soutînt pas militairement la Pologne dans le conflit. Léparsky, lui, pensait à son pays natal bouleversé, ensanglanté, aux milliers de jeunes patriotes morts sur les champs de bataille, et son visage, parfois, avait une expression de désarroi pathétique. Il lui arrivait de ne pas entendre ce qu'on lui disait, comme si une deuxième conversation, plus importante, eût retenu son oreille. Les prisonniers lui trouvaient l'air vieilli et fatigué. La grosse chaleur de l'été l'accabla davantage encore. Le teint terreux, l'œil glauque, la jambe molle, il ne sortait plus qu'au coucher du soleil. Il fit aménager le jardin qui dépendait de sa maison et invita les dames à venir y prendre le frais avec leurs enfants. De la fenêtre de son bureau, il regardait ces silhouettes en robes claires évoluer dans les allées, et son cœur se réjouissait. Sur son ordre, surgirent des plates-bandes de fleurs, des banquettes rustiques, une grotte artificielle... Il ne savait qu'inventer pour surprendre les visiteuses dans leurs promenades. Quand il ne faisait pas trop chaud, il allait échanger quelques mots avec elles, tapotait la joue des bambins et remontait dans son cabinet de travail avec l'impression de n'avoir pas perdu sa journée.

Ce fut cet été-là que deux prisonniers de la cinquième catégorie, Kuhelbecker et Répine, furent envoyés en résidence surveillée dans des villages lointains. La tristesse de ce départ fut compensée, pour ceux qui restaient, par la joie d'une arrivée. Le 9 septembre 1831, Mlle Camille Le Dantu fit son entrée à Pétrovsk dans une calèche poudreuse, démantelée, avec une femme de chambre rousse et un serf géant, portant une hache à la ceinture. Elle se rendit droit chez Marie Volkonsky, où l'attendait Ivacheff.

Toutes les dames étaient là, tranportées de curiosité. Mais, au lieu de tomber dans les bras de son fiancé, la jeune fille demeura immobile, muette, pâle, les yeux pleins de larmes. Elle semblait avoir de la peine à reconnaître, dans cet homme mûr et lourd, aux traits rudes, le svelte adolescent qui l'avait séduite autrefois, et lui, de son côté, ne paraissait pas retrouver dans cette voyageuse fanée la petite gouvernante française de dix-huit ans dont il avait conservé le souvenir. Visiblement, ils étaient déçus, et comme effrayés l'un par l'autre. « Une décision prise à la légère va-t-elle les obliger à vivre ensemble, en Sibérie, jusqu'à la fin de leurs jours ? pensa Sophie. Ne vaut-il pas mieux pour eux admettre leur erreur, se séparer, retourner, lui en prison, elle à Moscou ? A la place de Camille Le Dantu, je repartirais !... »

— Camille ! s'écria Ivacheff avec un effort méritoire. Ma Camille bien-aimée !...

Les yeux des dames se mouillèrent. Quelques mouchoirs s'échappèrent des réticules. Enfin, les sentiments allaient parler !

— Basile ! soupira Camille Le Dantu. Quel heureux jour !

Elle fit un pas vers Ivacheff et s'évanouit sur sa poitrine. Marie Volkonsky, prévoyant cette issue, s'était munie d'un flacon de sels. La jeune fille reprit connaissance, prononça le traditionnel : « Où suis-je ? » pleura un peu, remercia la dizaine de dames qui penchaient sur elle leurs sourires compétents et s'assit à côté de son fiancé, qui la considérait, ému, comme une ressuscitée.

Le mariage eut lieu une semaine plus tard, le 16 septembre, dans la petite église de Pétrovsk. Tous les prisonniers assistèrent à la cérémonie, qui, contrairement à l'étrange union de Pauline et d'Annenkoff, à Tchita, se déroula presque normalement. Pas de fers aux pieds du futur conjoint. Mais, derrière son dos, une sentinelle. Léparsky était parrain de noces, la princesse Volkonsky, marraine. Après la bénédiction, elle offrit un souper dans sa maison de la rue des Dames aux jeunes époux et à leurs amis. La table avait été dressée dans trois pièces communicantes. La nappe, décorée de fleurs, de flambeaux, de cristaux, envoyait aux visages un reflet de fête. Quinze domestiques en blouses rouges assuraient le service. Tous les plats, hors-d'œuvre, poissons, volailles, rôtis et tartes, avaient été préparés à domicile. Les vins venaient de France. Au dessert, il y eut des toasts et des discours. Léparsky présidait, ravi et congestionné, entre les deux princesses. A dix heures moins le quart, il annonça qu'il octroyait aux jeunes époux, en guise de voyage de noces, la permission de vivre ensemble, pendant huit jours, hors de la prison. Des applaudissements répondirent à cette initiative généreuse. Il salua comme un acteur. Son uniforme était déboutonné. Le champagne faisait pétiller ses yeux. Son neveu lui parla à l'oreille. Plusieurs fois, le général voulut l'écarter d'un revers de la main. Mais l'autre insistait.

— Tu m'embêtes ! grommelait Léparsky. Tu gâches tout !

Puis, à contrecœur, il déclara d'une voix forte :

— Messieurs, le couvre-feu va sonner dans dix minutes... Veuillez retourner dans vos cellules...

Tous les hommes se levèrent, sauf Ivacheff.

— Je suis désolé ! ajouta Léparsky en regardant les dames. Je vous assure que j'aurais préféré continuer cette petite fête !

— Nous allons avec eux, dirent les dames.

Il se frappa le front du plat de la main :

— C'est vrai ! J'oubliais ! Excusez-moi !...

Et il raccompagna tout le monde dans l'antichambre, où quatre soldats en armes attendaient les invités pour les reconduire au bagne.

Le lendemain, après le thé de six heures, les prisonniers se réunirent dans la grande cour pour débattre un problème soulevé, la veille, à l'issue de la cérémonie religieuse, par les princes Troubetzkoï et Volkonsky. Puisque les autorités refusaient aux détenus le droit de se rendre librement à la messe, ceux-ci ne pourraient-ils se cotiser pour faire construire une église dans la prison ? La dépense ne dépasserait pas douze mille roubles. L'*artel* était assez riche pour avancer cette somme. Quel retentissement dans le monde, si l'entreprise était menée à bien ! Peut-être le tsar se laisserait-il émouvoir par cet acte de piété collective ? L'exposé du prince Troubetzkoï émut aux larmes la plupart de ses auditeurs. Même ceux qui n'avaient pas beaucoup de religion paraissaient favorables à son idée. On en était déjà à discuter l'emplacement de l'édifice, quand Nicolas intervint :

— Ne craignez-vous pas qu'en construisant une église dans le pénitencier nous supprimions notre dernier lien avec le monde extérieur ? Il nous est permis, une fois par an, de nous mêler au reste de la population pour communier. Cette petite chance de participer à la vie des autres, nous allons la perdre si nous vous écoutons...

— C'est là un inconvénient secondaire en comparaison de l'immense réconfort que trouveront tous les gens pieux de notre groupe à fréquenter l'église selon leur cœur ! répondit le prince Troubetzkoï.

— Admettons !... Mais, cette église, elle sera érigée en matériaux nobles, solides...

— Ah ! oui ! Nous ne voulons pas d'une bicoque de bois comme celle de Pétrovsk !...

— Votre bâtiment durera donc des années... enfin, plus longtemps que nous !... Ne pensez-vous pas que, plus nous améliorerons le pénitencier, plus l'administration aura tendance à s'en servir ?

Tous les visages se figèrent.

— C'est absurde ! s'écria le prince Volkonsky.

— Pas tant que ça ! dit Zavalichine. Il serait, en effet, monstrueux que, par excès de zèle religieux, nous aidions à transformer ce bagne provisoire en bagne difinitif. Des générations de forçats seraient en droit de nous le reprocher dans l'avenir !

— Sans compter, dit Nicolas, que, si jamais une église existe dans ces murs, les gardiens relèveront le nom de ceux qui n'y vont pas ! Les athées, les libres penseurs seront vite repérés !...

— Léparsky est incapable d'une pareille vilenie ! dit le prince Troubetzkoï.

— Je ne parle pas pour lui, mais pour le commandant qui lui succédera un jour ou l'autre ! Vous connaissez comme moi les habitudes d'investigation policière de nos dirigeants. Ils seront trop contents d'exploiter le moyen que vous leur offrez de fouiller dans nos consciences !...

Cette affirmation abaissa l'enthousiasme de la plupart. Le prince Troubetzkoï resta un instant sans réplique, puis dit sèchement :

— Il faut considérer cette entreprise non avec sa raison, mais avec sa foi !

— Je ne suis pas moins croyant que vous ! dit Nicolas.

— Ce que vous venez de dire tendrait à prouver le contraire !

— Messieurs ! Messieurs ! Un peu de calme, je vous en prie ! dit Zavalichine.

Comme il était de petite taille, il avait escaladé une pierre pour se faire voir et entendre de tous. Les cheveux longs, la barbe fluviale et l'œil inspiré, il serrait sa Bible contre son cœur.

— Je ne pense pas que vous puissiez me reprocher d'être un athée, dit-il. Eh bien ! je trouve qu'Ozareff est dans le vrai. L'opinion religieuse de chacun est une affaire trop intime, trop grave, trop respectable, pour que les partisans de la construction d'une église, même s'ils sont en majorité, aient le droit d'imposer leur volonté aux autres. En agissant de la sorte, ils violeraient le principe sacré de la liberté de conscience. N'est-ce pas l'un des points pour lesquels nous avons toujours combattu ?

Ses camarades l'applaudirent, sauf une dizaine d'irréductibles, groupés autour des princes Volkonsky et Troubetzkoï.

— Puisque vous voulez mettre de l'argent dans une œuvre pie, voici ce que je vous propose, reprit Zavalichine. L'église de Pétrovsk, vous avez pu le constater hier, croule de partout. Consacrons donc les douze mille roubles dont vous avez parlé, prince, à l'édification d'une nouvelle église qui ne sera pas réservée aux forçats, mais ouverte à tout le monde, hors de la prison. Alors, notre action aura le caractère désintéressé des vraies entreprises chrétiennes. Nous pourrons être fiers d'avoir, nous les prisonniers, les réprouvés, offert un temple aux hommes libres. Cette maison de Dieu, bâtie avec nos deniers, sera un monument durable commémorant notre séjour dans cette ville !

— Un monument durable où nous n'aurons licence de nous rendre qu'une fois par an ! observa le prince Troubetzkoï. C'est payer bien cher le droit d'aller à la messe !

— Ce n'est pas en allant à la messe que l'homme gagne son paradis !

— J'aimerais avoir l'opinion d'un prêtre sur vos paroles.

— Aucun prêtre ne peut remplacer ceci ! dit Zavalichine, les yeux étincelants, en désignant sa Bible.

— Seriez-vous un protestant ? demanda le prince Volkonsky avec ironie.

— Je suis orthodoxe comme vous, mais je mets l'esprit au-dessus de la lettre, l'Evangile au-dessus des popes !

— Messieurs ! Prenez garde ! Nous nous égarons ! dit Nicolas. La question est de savoir si nous devons construire une église dans la prison ou hors de la prison ! Un point c'est tout ! Je propose de voter !

— Oui ! Oui ! Votons ! crièrent quelques voix. Autrement, on n'en sortira pas !

Youri Almazoff apporta du papier, des crayons, et passa dans les rangs avec un chapeau pour recueillir les bulletins. Le dépouillement eut lieu séance tenante et donna vingt-sept voix aux partisans de Zavalichine contre onze aux partisans de Troubetzkoï.

— C'est bon, dit le prince, je m'incline. Construisez donc une église pour les habitants de Pétrovsk. Mais je persiste à croire que votre munificence est absurde !

Pendant que les prisonniers discutaient les conséquences de leur résolution, Léparsky arriva, essoufflé, boitillant, le bicorne horizontal. Un gardien avait dû l'avertir qu'une réunion importante se tenait dans la cour. Il demanda des explications. A mesure que Zavalichine lui relatait les événements, sa figure devenait plus soucieuse sous le plumage solennel de son chapeau.

— Oui, oui, dit-il enfin, c'est une noble intention et je ne puis qu'y souscrire... Mais je ne sais si le gouverneur de la Sibérie orientale partagera mon avis... Je crains qu'il ne voie un peu de... comment dirais-je ?... d'ostentation dans votre désir de faire cadeau d'une église à la ville... Comme si elle n'était pas assez riche pour se payer ce qu'elle veut !...

— N'est-ce pas la vérité ? demanda Nicolas.

— Toutes les vérités ne sont pas bonnes à dire. Et puis, il y a quelque chose qui me chiffonne dans la façon dont vous avez décidé cela !

— Nous avons voté !

— Justement !... Il ne fallait pas... Il ne faut plus... Le vote est une habitude républicaine... Je n'aimerais pas la voir s'installer ici... Surtout quand il s'agit de trancher une question sacrée... C'est... c'est impie !... Le suffrage universel, la représentation populaire, la volonté du grand nombre... Encore un peu et vous allez jouer à l'assemblée constitutionnelle !... Laissez cela aux Français !...

Les décembristes se regardaient avec étonnement. Ils ne reconnaissaient plus leur vieux général dans ce pusillanime délégué de l'administration. Nicolas devina que Léparsky était dans un jour de scrupule et de résipiscence. Par moments, la fatigue, l'âge prenaient le dessus, et, oubliant sa générosité naturelle, il s'affolait, battait en retraite, rendossait en hâte la morale officielle que ses chefs lui avaient enseignée pendant plus d'un demi-siècle de service. Lut-il de l'ironie dans les yeux qui se fixaient sur lui ? Subitement, il se troubla et rompit les chiens :

— C'est bon, je verrai... Je ferai un rapport... J'espère que vous aurez gain de cause... Je vous salue, Messieurs...

Et il s'éloigna, un peu plus voûté qu'il n'était venu. Les prisonniers apprirent le lendemain, dimanche, en ouvrant les journaux, la capitulation de Varsovie. Sans doute Léparsky était-il déjà au courant de cette nouvelle quand il leur avait parlé, dans la cour. Une fois de plus, ils se divisèrent : il y avait ceux qui se réjouissaient parce qu'ils ne voyaient dans l'événement qu'une victoire de l'armée russe et ceux qui ressentaient comme un deuil cet échec d'une révolution libérale aux confins de l'empire. « Varsovie est aux pieds de Votre Majesté ! » avait écrit le généralissime Paskévitch dans son rapport au souverain. Le tsar, disait-on, avait reçu ce pli sur la route et, l'ayant lu, s'était agenouillé dans la boue pour remercier Dieu. Sa prière terminée, il avait dû songer au châtiment. On pouvait prévoir qu'il serait terrible.

A quelques jours de là, un service d'actions de grâces fut célébré à l'église de Pétrovsk. Tous les fonctionnaires de la ville avaient reçu l'ordre d'y assister en grande tenue. Agenouillé au premier rang, Léparsky écoutait le prêtre d'une religion qui n'était pas la sienne glorifier le Seigneur d'avoir aidé les Russes à écraser les Polonais. Il se signait et pensait : « Qu'est-ce que je fais là ? C'est une honte ! Je devrais crier, m'en aller, rendre mes décorations ! Et je ne peux pas ! Mon uniforme est plus fort que moi ! Il me colle à la peau, il me soutient, il me guide ! Si ceux de Varsovie me voyaient !... Avec ce nom : Léparsky !... Le nom de mes aïeux !... » Un chant triomphal s'enflait sous la voûte décolorée et craquelée. Des têtes serviles s'inclinaient au milieu d'un nuage d'encens. Soudain, les fidèles se relevèrent, tous ensemble. Léparsky fit comme eux. Qui pouvait le comprendre, dans cette assemblée d'automates ? Il avait mal aux genoux. Son menton tremblait. Des larmes coulaient sur ses vieilles joues.

3

Sur les onze épouses de décembristes qui habitaient Pétrovsk, il y en avait toujours une, au moins, qui était enceinte. Les accouchements se succédaient : chez les Annenkoff, chez les Volkonsky, chez les Ivacheff, chez les Troubetzkoï, chez les Rosen... A ces enfants nés en exil, près de la prison, leurs mères s'efforçaient de donner une éducation régulière. Elles avaient à cœur qu'ils fussent capables, plus tard, de prendre le rang qui leur revenait dans la société. Le tsar, pensaient-elles, n'exécuterait pas sa menace de les considérer toujours comme des descendants de forçats, comme des serfs de la Couronne. En attendant d'être réintégrés dans leurs droits, ils grandissaient tous ensemble, avec l'impression d'appartenir à une vaste famille. Les plus âgés de la bande avaient trois ans. Il ne pouvait être question de leur expliquer encore les conditions particulières de leur venue au monde. Pour eux, il était normal que leurs pères fussent enfermés la nuit dans une cellule et accompagnés, le jour, d'un gardien en armes. Chacun de ces bambins avait une telle quantité d'oncles et de tantes à aimer qu'il s'embrouillait un peu dans ses affections. Filles et garçons jouaient, l'après-midi, dans le jardin de Léparsky : il y avait là, l'hiver, une pente de neige pour les glissades, l'été, des balançoires, des tas de sable et un bassin peu profond pour lancer des bateaux. Absorbées par l'éducation de leur progéniture, la plupart des épouses n'avaient pas le loisir de s'ennuyer. Leurs maris, en revanche, commençaient à trouver le temps long. Après une flambée de passion pour les études, certains s'abandonnaient à la rêverie, au désœuvrement, aux réminiscences malsaines.

C'étaient les célibataires qui souffraient le plus de cette existence monotone. Le manque de femmes tourmentait certains jusqu'à la déraison. A force d'interpeller des filles en allant travailler au moulin, Youri Almazoff finit par aguicher l'une d'elles, Galina, qui promit de le rejoindre dans le pénitencier. Mais comment lui ferait-il franchir la porte ? Après avoir écarté dix solutions trop audacieuses, il décida d'utiliser à cet effet la charrette du marchand d'eau. L'homme accepta, moyennant un bon pourboire. Il cacha Galina dans un tonneau vide, l'entoura de tonneaux pleins, et se présenta, comme chaque soir, à six heures, avec son chargement, au poste de garde. Les sentinelles avaient été soudoyées. Elles laissèrent entrer la voiture, tirèrent la fille de sa cachette et la conduisirent à la cellule de Youri Almazoff. Quelques célibataires s'étaient alignés sur le perron pour la voir. Les yeux écarquillés, ils se retenaient difficilement de rire. Une demi-heure plus tard, la porte de Youri Almazoff se rouvrit en miaulant et la visiteuse reparut. C'était une blonde, assez jolie, habillée en paysanne, forte de croupe et de giron. Froissée, dépeignée, elle jetait autour d'elle des regards hardis. Svistounoff, Solovief et Modzalevsky l'arrêtèrent au passage et lui parlèrent à l'oreille. Elle mordilla les perles en verre de son collier et leur lança une promesse qu'ils saluèrent par des exclamations. Entre-temps, le charretier avait déchargé les tonneaux pleins et repris les tonneaux vides de la veille. Galina s'engouffra dans l'un d'eux, fit un sourire de déesse qui remonte au ciel et se laissa coiffer par le couvercle.

Le lendemain, elle revint avec trois amies dans trois autres tonneaux. Les demoiselles ne limitèrent pas leurs faveurs aux hommes qui les avaient invitées. Elles passèrent, avec des mines confuses et des rires chatouillés, de cellule en cellule. Les célibataires leur faisaient signe, à l'envi, du pas de leur porte. Le marchand d'eau attendit qu'elles eussent satisfait toute leur clientèle avant de les rembarquer. Cette fois, des maris, ayant assisté de loin au transbordement, craignirent que leurs épouses n'en fussent averties. Quel scandale si elles apprenaient que des filles de mauvaise vie exerçaient leur commerce dans ces murs ! Pouvait-on, quand on était gentilhomme, courir le risque qu'une princesse Troubetzkoï se trouvât nez à nez, dans un couloir, avec une catin sortant d'un lit ? Annenkoff et Mouravieff firent même observer que la pratique inaugurée par Youri Almazoff, outre qu'elle était immorale, privait l'ensemble des prisonniers d'une partie de l'eau à laquelle ils avaient droit. Le nombre des fûts restant le même d'une livraison à l'autre, chaque femme dans un tonneau, c'était autant de moins qu'ils avaient à boire. Soif pour soif, la leur était, disaient-ils, plus respectable que celle dont leurs camarades cherchaient l'assouvissement avec ces créatures. Nicolas, qui avait plus d'indulgence, prétendit que les grands froids allaient certainement ralentir le va-et-vient du marchand et, par conséquent, des filles qu'il transportait ; mais les neiges tombèrent, la rivière gela, les feux s'allumèrent dans les cheminées, sans que les besoins des célibataires en eau potable parussent subir la moindre diminution. En plein mois de janvier 1832, le charretier dut même, pour répondre à leurs demandes, doubler son chargement de barriques. Du coup, les maris décidèrent d'avoir une explication avec les responsables de ces désordres. La réunion se tint, à l'insu des dames, dans la resserre à outils du jardin. Ce fut le prince Troubetzkoï qui prit la parole au nom des ménages. Dès les premiers mots, il fut interrompu par Youri Almazoff :

— Pourquoi les hommes mariés auraient-ils seuls le droit de prendre du bon temps à la prison ? Pendant des années, nous avons supporté le spectacle de votre bonheur conjugal, alors que nous n'avions rien à nous mettre sous la dent ! Et maintenant que nous avons enfin trouvé le moyen de nous distraire un peu, vous venez nous faire la morale ?

Le grand nez du prince Troubetzkoï se releva d'indignation.

— Comment pouvez-vous comparer la vie digne que nous menons avec nos épouses et les rapports licencieux que vous entretenez avec ces filles de joie ?

— Tout en vous assurant de mon profond respect pour vos épouses, je ne saurais oublier qu'elles sont d'abord des femmes. N'auraient-elles que ce point commun avec les personnes qui nous rendent visite, j'estime que...

— Silence ! hurla le prince Troubetzkoï. Vos paroles constituent un outrage envers des femmes admirables, irréprochables, envers des anges ! Je ne le tolérerai pas ! Vous allez immédiatement me présenter des excuses !

— Pourquoi ? demanda le petit Youri Almazoff en blêmissant de rage. Je ne vous ai pas insulté !

— Si. En vous exprimant comme vous l'avez fait, vous m'avez infligé un affront personnel !

— Ce n'est pas du tout mon avis !

— Vous refusez de reconnaître vos torts ?

— Oui !

— Dans ce cas, j'exige une réparation. Considérez-vous comme giflé, Monsieur !

— Je suis à vos ordres, prince !

Les autres décembristes suivaient cet échange de propos avec un intérêt anachronique. Tous paraissaient avoir oublié que les deux hommes qui voulaient se battre en duel étaient des forçats et qu'en fait d'armes, ils ne possédaient qu'un couteau de poche soustrait à la vigilance des gardiens. Le premier, Nicolas sortit de cette aberration et murmura :

— Messieurs, messieurs, reprenez-vous, je vous en prie ! Nous sommes au bagne !

— Est-ce une raison pour que certains d'entre nous se conduisent comme des goujats ? répliqua le prince Troubetzkoï.

— Si vous craignez que les dames ne s'aperçoivent, un jour, de ce qui se passe chez nous, conseillez-leur d'habiter ailleurs, dit Svistounoff avec malice. Elles ont toutes une maison en ville !

— Ne dis donc pas de sottises ! grommela Nicolas. Ce qu'il faudrait, au moins, c'est que vous mettiez un peu plus de discrétion dans votre façon d'accueillir ces demoiselles !

— Elles arrivent dans des tonneaux. On ne peut être plus discret !

— Si encore vous n'en receviez qu'une à la fois !...

— Cela ne suffirait pas ! trancha Youri Almazoff. La prochaine livraison d'eau aura lieu demain, comme d'habitude.

Le prince Troubetzkoï renifla de dégoût.

— Venez, Messieurs, dit-il en s'adressant aux maris. Nous sommes vraiment ici en trop mauvaise compagnie !

Nicolas déplorait ce désaccord entre hommes mariés et célibataires. Jamais, à Tchita, pensait-il, une pareille animosité n'eût été possible. Là-bas, les prisonniers habitaient côte à côte, dans de vastes chambrées, sans distinction de fortune, de commodité, de condition sociale. A table, ils mangeaient ensemble, les mêmes plats. Peines et joies, tout était en commun. Quiconque se plaignait de n'avoir pas un moment de solitude devait reconnaître qu'en contrepartie une affection fraternelle l'entourait du matin au soir. A Pétrovsk, les améliorations apportées au sort des décembristes n'avaient servi qu'à souligner les différences qui existaient entre eux. Tout détenu ayant maintenant sa cellule personnelle l'avait meublée suivant ses moyens et ses goûts. Ceux qui ne recevaient pas d'argent de leurs proches logeaient dans des turnes d'une nudité monacale, ceux qui étaient plus riches se prélassaient dans des intérieurs douillets, décorés de tapis, de tableaux, de bibelots ; de deux amis condamnés pour le même crime politique, l'un était un loqueteux, l'autre portait des habits élégants. Vivant chacun chez soi, on prenait, peu à peu, l'habitude de vivre chacun pour soi. Après le règne de l'entraide commençait celui de l'égoïsme. L'installation des épouses dans le pénitencier avait aggravé encore ce danger de division. Leur seule présence dans ces murs était un ferment de jalousie et de discorde. Déjà, sous leur influence, les anciens compagnons d'armes s'assemblaient selon leur origine plus ou moins noble, leurs affinités mondaines. Les célibataires étaient excités, à leur insu, par ces jupes qui allaient et venaient dans la prison. Eussent-ils voulu rester sages que ce mouvement continuel de femmes autour d'eux les en eût empêchés. A tout moment, elles les ramenaient à leur idée fixe. Le scandale suscité par le prince Troubetzkoï à cause de la visite des filles était la première conséquence de la désagrégation de la communauté. Nicolas attendait la suite avec inquiétude.

Le lendemain, à six heures du soir, ponctuellement, le marchand pénétra dans la cour avec sa télègue. Des soldats rigolards l'escortaient. Youri Almazoff et quelques camarades s'étaient groupés devant le hangar pour assister au dépotage. Nicolas était parmi eux. Les célibataires s'amusaient à parier sur les tonneaux contenant des filles. Le charretier venait à peine de délivrer quatre paysannes, qui faisaient bouffer leurs jupes froissées autour d'elles, quand tous les visages se figèrent dans la peur. Léparsky avait surgi à l'angle de la palissade. Qui l'avait prévenu ? Troubetzkoï ? Nicolas ne

pouvait le croire. Il préférait supposer que la dénonciation émanait d'un gardien. La colère du général explosa avec tant de violence que les visiteuses rentrèrent précipitamment dans leurs tonneaux. Il fit le tour du chariot en donnant des coups de poing dans les flancs des barriques. Certaines rendaient un son mat, d'autres un son creux, et un cri de souris s'en échappait.
— Canaille ! gronda Léparsky en saisissant le marchand d'eau par le collet.
L'homme, qui était grand, fort et barbu, se mit à trembler.
— Ma bonne foi a été surprise, Votre Excellence, balbutia-t-il. Vous savez ce que c'est : on puise de l'eau dans une rivière et les ondines viennent avec !...
Cette explication poétique eut le don d'exaspérer Léparsky.
— Est-ce que tu te moques de moi, fils de chienne ? hurla-t-il. Je ferai pousser du bois vert sur tes épaules !
Epouvanté, le cocher bondit sur son siège, fouetta son attelage et repartit, sans avoir déchargé ni ses filles ni son eau.
Quand la place fut nette, Léparsky se tourna vers les prisonniers et dit énergiquement :
— Fornicateurs et dissimulateurs ! je venais vous parler de votre église, dont le gouverneur de la Sibérie orientale a eu la bonté d'approuver le projet, et je vous trouve avec des putains !
Il cria ainsi pendant trois minutes. Puis Youri Almazoff, avec douceur et déférence, lui exposa le point de vue des célibataires, qui, disait-il, étaient des hommes comme les autres et ne pouvaient, à leur âge et dans leur condition physique, se passer de femmes.
— Vous vous en êtes bien passé jusqu'ici ! répliqua le général.
— Au prix de quelles souffrances ! soupira Youri Almazoff. Le Dr Wolff pourrait vous dire que des privations de ce genre sont néfastes à la santé des individus normaux. Puisque vous ne voulez pas laisser entrer des filles dans la prison, permettez-nous d'aller les retrouver dehors. Au besoin, faites-nous accompagner par un soldat...
Cette proposition, que Youri Almazoff lançait sans y croire, parut apaiser l'humeur du général. Dès qu'on lui parlait d'organisation, il se sentait plus à l'aise. En toute chose, c'étaient d'abord le désordre, l'irrégularité, l'improvisation qui lui déplaisaient. Avec un soldat sur ses talons, un prisonnier était excusé d'avance pour toutes ses entreprises.
— Je verrai, dit-il, j'étudierai...
Et il repartit avec cette idée dans sa tête. Une semaine plus tard, il annonça que tout prisonnier qui en ferait la demande serait autorisé à se rendre en ville, sous escorte, « chez des personnes de sa connaissance ». Les premiers jours, ce fut une bousculade parmi les célibataires, à qui sortirait le plus souvent. Ensuite, leur ardeur se calma. Certains renoncèrent à leur permission. Les filles qu'ils rencontraient étaient vraiment par trop décevantes. La plupart du temps, les soldats qui les avaient accompagnés passaient

après eux pour le même prix. Il y eut quelques maladies que le Dr Wolff soigna avec dévouement, mais qui ne guérirent qu'à moitié.

Profitant de la licence concédée aux célibataires, les mariés réclamèrent le droit d'aller voir leurs épouses chez elles, rue des Dames. Ce que Léparsky avait accordé aux uns, il ne pouvait le refuser aux autres. Bientôt, il n'y eut plus assez de soldats pour suivre ces messieurs dans leurs déplacements. Quelques-uns reçurent la permission de se promener comme bon leur semblait, après avoir donné leur parole d'honneur de rentrer à la prison pour le couvre-feu. Puis, Léparsky autorisa les ménages à passer chez eux le dimanche. Quand les maris prolongeaient ce séjour jusqu'au mardi matin, il fermait les yeux. Les cellules des sections 1 et 12 étaient presque toujours vides. En revanche, les maisons de la rue des Dames prenaient de plus en plus d'importance. Les Volkonsky avaient à présent dix domestiques, les Troubetzkoï, huit, les Mouravieff, sept. Des convois de meubles, de tapis, de tableaux arrivaient de Saint-Pétersbourg. Camille s'était fait construire, elle aussi, une « villa », selon sa propre expression. En dépit du pronostic des dames, son union avec Ivacheff était apparemment heureuse. Ils se montraient souvent bras dessus, bras dessous, le regard enamouré, et répétaient, à qui voulait l'entendre, qu'ils n'auraient plus rien à demander à Dieu lorsqu'il leur aurait envoyé un fils. En attendant, Camille avait acheté une vache, des poules, des lapins et s'occupait passionnément d'élevage.

On commençait à se recevoir d'un appartement à l'autre. Pourtant, les notables de la ville évitaient de se compromettre en fréquentant les demeures des décembristes. Ceux-ci restaient toujours entre eux, bien qu'entourés de la considération générale. Seul Léparsky ne craignait pas la contagion. Il était le trait d'union entre les détenus et « la société ». En vérité, l'élite de Pétrovsk — gouverneur, chef de la police, directeur de l'usine, directeur des postes, ingénieurs et scribes de premier rang —, l'ennuyait. Quant aux épouses et aux filles de ces hauts fonctionnaires, il les trouvait laides, sottes, mal habillées et enflées d'une morgue provinciale. Sous les ordres de ce petit groupe administratif, vivait une population d'ouvriers libres et d'anciens forçats, employés à la fonderie. En bas, la misère, l'ignorance, en haut, la sécheresse de cœur, le manque de manières, l'absence d'idéal. Quelle différence avec le monde des prisonniers ! C'était parmi eux que Léparsky se sentait le plus à l'aise. Dans les salons de Pétrovsk, les mauvaises langues chuchotaient qu'il était amoureux des « dames de Sibérie » !

Le 24 avril, pour la sainte Elisabeth, fête de Mme Narychkine, celle-ci fit porter des invitations à tous les ménages de prisonniers et à quelques célibataires, par un valet de pied en livrée. Les épouses convinrent entre elles de s'habiller « un peu plus que d'habitude ». Sophie se contenta de revêtir sa robe « rose flamme », rehaussée, pour la circonstance, de rubans de velours noir. En pénétrant, au bras de Nicolas, dans le salon de Mme Narychkine, elle constata qu'elle était au-dessous du ton. La plupart des femmes avaient des coiffures de nattes, de fleurs artificielles et d'épis, des corsages très décolletés, des jupes de tulle ou de crêpe, semées de bouquets multicolores. Visiblement, les toilettes avaient été confectionnées en hâte, à la maison, mais toutes révélaient le souci d'éblouir. Les dames se complimentaient, s'exclamaient, jouaient du sourire, de l'œil et de l'éventail. Leur effort pour rappeler une réception à Saint-Pétersbourg était si évident que Sophie en éprouva un mélange d'agacement et de pitié. Elle était sûre qu'en dépit de leur mascarade elles ne pouvaient se donner le change. Au fond de leur allégresse devait persister comme un goût de prison.

— Chère, votre robe est tout à fait ravissante !

— Et votre coiffure ! Il faut absolument que vous me prêtiez votre soubrette ! Elle a des mains de fée ! Savez-vous ce que m'a dit la mienne ?...

Les messieurs, en frac noir et gilet blanc, avaient des mines compassées. A cause du nombre élevé des célibataires, il y avait dix hommes pour une femme. C'était une disproportion gênante, même pour celles qui aimaient être adulées.

Le général Léparsky, souffrant d'un œdème aux jambes, avait dû rester chez lui. Un petit orchestre de paysans avait pris place sur une estrade et jouait de la balalaïka en sourdine. Des valets passaient les rafraîchissements sur des plateaux. Les premières congratulations échangées, un froid tomba sur l'assistance. Personne n'avait plus rien à dire. Le sentiment d'être déguisés ôtait aux hommes leur esprit, aux femmes leur aisance. Nicolas se lança dans un débat politique avec le prince Troubetzkoï et le Dr Wolff. En France, Louis-Philippe, le roi-citoyen, avait rétabli l'ordre et confisqué à son profit la victoire populaire. En Pologne, le tsar avait aboli la Diète, l'armée polonaise, l'administration indépendante, relégué les chefs de l'insurrection dans des provinces lointaines et écrasé tout le pays sous sa domination. Cette sévérité excessive n'allait-elle pas susciter de nouvelles révoltes ? Les dames protestèrent :

— Pas de discussions sérieuses ce soir !

Elles s'étaient mis en tête de danser ! Ce serait la première fois depuis la condamnation de leurs maris. Les joueurs de balalaïka s'écartèrent et le décembriste Youchnevsky s'assit à un piano. Ses doigts attaquèrent vivement une valse. Pendant un long moment, les hommes se regardèrent, embarrassés. Ils n'osaient obéir à cette musique joyeuse, comme si elle les eût invités à un sacrilège. La cause qu'ils avaient servie, le châtiment qu'ils avaient encouru exigeaient d'eux, leur semblait-il, une dignité incompatible avec ce genre de réjouissances. Nicolas contemplait Sophie. Elle lui souriait, elle l'appelait, en silence. La lumière des candélabres dorait sa peau, avivait ses yeux.

Le prince Troubetzkoï s'inclina devant la maîtresse de maison. Ils ouvrirent le bal avec un rien de raideur dans le maintien. Tout le monde les observait, mais personne ne se décidait encore à les suivre. Youchnevsky, penché sur le piano, ajoutait à la mélodie des trilles, des arpèges, mille fioritures qui pinçaient le cœur. Soudain, oubliant le 14 décembre, la révolution, le bagne, Nicolas enlaça Sophie. Leurs pieds partirent en mesure dans une course ronde et légère. D'autres couples les rejoignirent. Bientôt, chaque dame eut son cavalier. La taille tenue, les épaules souples, le bras droit mollement étendu, Sophie se balançait, glissait avec grâce et ne quittait pas du regard le visage de Nicolas, empreint d'une expression grave et tendre. Il ne lui parlait pas, mais elle savait qu'il pensait comme elle à leur passé, à leur jeunesse, à d'autres bals, aux chances gâchées et à l'amour qui triomphe des épreuves du temps. « Comme autrefois... Presque comme autrefois... Mieux, peut-être... » Les glaces, les meubles, les flammes des candélabres, les figures des invités tournaient autour d'eux qui étaient le centre du monde. Prise de vertige, le souffle court, elle s'appuya, une seconde, à la poitrine de son mari. Il y avait en lui une force permanente qui la rassurait. Sans s'arrêter de danser, il la conduisit vers le fond de la salle. Elle se laissa tomber dans un fauteuil et renversa la tête :

— Je n'ai plus l'habitude ! dit-elle d'une voix entrecoupée.

Lui aussi était hors d'haleine, mais, par vanité, les narines pincées, les lèvres closes, il affectait de respirer calmement. Un peu de sueur perlait à son front où se gonflait une veine. Sophie s'aperçut qu'il avait mûri, vieilli, et en ressentit un étrange contentement. Comme si ce délicat flétrissement fût son œuvre à elle, comme s'il lui appartenait davantage parce qu'il avait des rides autour des yeux.

— Tu devrais faire danser la maîtresse de maison, chuchota-t-elle.

Il esquissa une grimace de gamin mal élevé et promit d'inviter Mme Narychkine à la prochaine contredanse. A ce moment, une bousculade se produisit du côté de la porte et le neveu de Léparsky s'avança parmi les danseurs. Il avait l'air si alarmé que la musique s'arrêta.

— Excusez-moi de troubler votre réunion, dit-il, mais le général Léparsky m'envoie vous prévenir que le général Ivanoff, aide de camp du ministre de la Guerre, est arrivé à l'improviste pour inspecter la prison. Il peut vouloir y aller tout de suite. Dépêchez-vous de regagner vos cellules. Vous vous changerez là-bas. Que les dames ne s'avisent pas de vous suivre ! Ce serait du plus mauvais effet ! Vite, Messieurs, vite : il y va de notre salut à tous !

Ce fut une ruée vers la sortie. La maîtresse de maison était au désespoir. Des hommes au visage bouleversé passaient devant elle, comme si le feu se fût déclaré dans son salon. Certains, même, oubliaient de lui baiser la main. Et il restait encore tant à manger, tant à boire, sur la table ! Nicolas embrassa Sophie, s'inclina devant Mme Narychkine et se précipita dehors. Heureusement, il n'y avait que la rue à traverser. Un peloton serré de fêtards, en frac et gilet blanc, défila au pas de course devant le poste de garde. Dix minutes plus tard, ils avaient tous dépouillé leurs habits de cérémonie pour redevenir des prisonniers mal vêtus.

Le général Ivanoff ne leur rendit visite que le lendemain matin. C'était un personnage si gras, si solennel et si décoré qu'il avait de la peine à se mouvoir. Léparsky l'accompagnait, livide, un rictus de douleur au coin de la lèvre. Il boitait, mais refusait de s'appuyer sur une canne. De temps à autre, il chuchotait à l'oreille de l'inspecteur des explications qui ressemblaient à des excuses. Quand ils pénétrèrent dans la chambre de Nicolas, celui-ci se leva pour les accueillir.

— Et voici Nicolas Mikhaïlovitch Ozareff, dit Léparsky. Rien à signaler.

Il devait répéter cette formule en présentant chaque prisonnier. Son air obséquieux était pénible à voir. Nicolas l'estimait trop pour ne pas souffrir de son abaissement devant cette outre de suffisance. De quoi s'inquiétait-il ? La seule mise à la retraite qu'il pût craindre, à son âge, c'était la mort ! Mais il n'y pensait pas. Il était encore en plein service.

— A quelle catégorie appartenez-vous ? demanda le général Ivanoff.
— A la quatrième, dit Nicolas.
— Avez-vous à vous plaindre du logement, de la nourriture ?
— Nullement, Votre Excellence !
— A quoi employez-vous vos loisirs ?
— A la lecture et à l'étude.
— Quel genre d'étude ?

Léparsky avait le visage anxieux d'un père dont le fils subit un examen difficile. Il remuait les lèvres en même temps que Nicolas, comme pour l'aider à répondre correctement aux questions.

— L'histoire, la politique, la philosophie, dit Nicolas.

Le général Ivanoff se rembrunit. La graisse de sa figure devint lourde et morose.

— Ce sont de fausses sciences, dit-il. Des sciences dangereuses !
— Il s'occupe aussi de travaux manuels, dit Léparsky précipitamment. Menuiserie... petite mécanique... La plupart de nos détenus ont appris des métiers en captivité... Cela leur servira lorsqu'ils seront envoyés en résidence forcée...
— Et leurs épouses, où sont-elles ? demanda le général Ivanoff.

Un muscle se mit à trembler sous la paupière gauche de Léparsky. Il bégaya :

— Dans leurs maisons... Elles viennent ici, de temps en temps, comme le règlement les y autorise, mais d'habitude... oui... elles restent chez elles. Ces messieurs n'ont le droit de leur rendre visite qu'en cas de maladie grave... et toujours... oui, toujours, sous la garde d'un soldat !... Là-dessus, je ne transige jamais !... Tout ce qu'on veut, mais sous surveillance !...

L'inspecteur sortit sans ajouter un mot. Léparsky le suivit en claudiquant. Au moment de passer le seuil, il jeta à Nicolas un regard de détresse.

Le général Ivanoff repartit le lendemain et Léparsky s'alita. Cette visite imprévue avait eu raison de sa résistance. Le cœur malade, les nerfs délabrés, il voulait écrire à l'empereur pour lui offrir sa démission. Il le dit au Dr Wolff, qui s'empressa de le répéter à ses camarades. L'affolement s'empara des prisonniers. Un autre commandant à Pétrovsk, cela signifiait pour eux, à coup sûr, le renforcement de la discipline pénitentiaire. Nicolas leur proposa de se rendre immédiatement en délégation auprès du général. Il les reçut, assis dans son lit, une veste militaire jetée sur ses épaules. Jamais il ne leur avait paru plus vieux ni plus las. Comme il n'était pas rasé depuis quelques jours, sa face, hérissée de poils blancs, semblait prise dans le givre. Il tenait une main appuyée sur son cœur et respirait difficilement.

— Il est impossible que vous nous quittiez, Votre Excellence, balbutia Nicolas. Que deviendrons-nous après votre départ ? Personne ne nous comprendra, ne nous aidera comme vous ! S'il le faut, nous ferons régner nous-mêmes la discipline que vous avez prescrite, à condition simplement que vous restiez !...

Ce discours émut Léparsky, dont toutes les rides se mirent à bouger, comme si son visage allait partir en morceaux. Des larmes séniles gonflèrent ses paupières. Il bafouilla :

— Vous êtes de bons garçons... Merci... Mais c'est au-dessus de mes forces... D'ailleurs, dans quelques jours, l'empereur me signifiera son mécontentement...

— Qu'en savez-vous ?

— Je l'ai deviné en observant Ivanoff. Il ne me disait rien, mais je lisais son rapport dans ses yeux. Peut-être, à l'heure qu'il est, mon remplaçant est-il déjà désigné ?

— Attendez au moins d'en être avisé officiellement, Votre Excellence !

— Je préfère prendre les devants.

— Par fierté ?

— Oui.

Le Dr Wolff, qui assistait à la discussion, intervint avec autorité :

— Vous n'êtes pas en état de trancher une question aussi importante ! Guérissez d'abord, vous déciderez ensuite !

Et, tourné vers ses camarades, il ajouta :

— Je vous prie de vous retirer, Messieurs. Son Excellence a besoin de repos.

Pendant un mois encore, les prisonniers vécurent dans l'angoisse. Léparsky ne quittait pas sa chambre. Chaque jour, il parlait de donner sa démission et, chaque jour, le Dr Wolff l'en dissuadait. Dans cette lutte quotidienne, les forces du malade déclinaient rapidement. Au degré de nervosité où il était parvenu, les médicaments habituels n'agissaient plus guère. Le Dr Wolff racontait que souvent le général se faisait apporter d'anciens dossiers, des témoignages de satisfaction datant des règnes de Catherine la Grande, de Paul Ier, d'Alexandre Ier, des cartes militaires aux plis déchirés par l'usage, les étalait sur son lit et les considérait d'un air hébété, durant des heures. Il revivait sa carrière, en silence.

Un dimanche matin, les prisonniers, assemblés dans la cour pour la distribution du courrier, virent paraître un revenant. Léparsky s'avançait vers eux, en s'appuyant légèrement au bras du Dr Wolff. Le général était en grand uniforme, avec toutes ses décorations sur la poitrine et l'écharpe de parade nouée autour du ventre. Sa figure était pâle encore, mais reposée. Son regard brillait d'une nouvelle jeunesse.

— Messieurs, dit-il, je tiens à vous faire savoir que l'empereur, sur le rapport du général Ivanoff, m'a adressé une lettre personnelle, pour me féliciter de l'organisation matérielle du pénitencier et de votre tenue au cours de l'inspection. Il autorise la construction de l'église à condition que les plans lui soient d'abord envoyés pour accord.

— Hourra ! cria Youri Almazoff.

Tous le soutinrent de leurs vivats. Léparsky souriait.

— J'espère que vous ne pensez plus à nous quitter, Votre Excellence ! dit Nicolas.

— On va essayer de faire encore un petit bout de chemin ensemble, grommela Léparsky en clignant des yeux.

Après son départ, le Dr Wolff confia aux prisonniers :

— Je n'y comprends rien ! Il était au plus mal, le cœur irrégulier, les jambes enflées. Il a reçu la lettre, et, comme par enchantement, l'œdème a diminué. Je l'ai vu de mes yeux ! Son vrai médecin, ce n'est pas moi, c'est le tsar !

4

La capitulation de Varsovie avait suscité chez les prisonniers l'espoir d'une prochaine amnistie. Mais aucune mesure de clémence n'avait suivi. La naissance d'un troisième tsarévitch n'avait pas davantage fléchi la sévérité de l'empereur. Maintenant, comme il fallait un but aux décembristes pour s'intéresser à l'avenir, ils se persuadaient qu'une réduction de peine leur serait accordée à l'occasion du dixième anniversaire de la révolte, le 14 décembre 1835. Encore trois ans à attendre !

L'été s'acheva brusquement par des averses glaciales et des chutes de neige. Le ciel se rapprocha de la terre. Tout Pétrovsk s'enfonça dans un hivernage lugubre. Au mois d'octobre, Alexandrine Mouravieff fit une fausse couche, qui l'affaiblit beaucoup. Peu après, elle prit froid, se mit à tousser et s'alita avec de la fièvre. Le Dr Wolff diagnostiqua une pleurite. L'organisme de la malade était si éprouvé qu'aucun remède ne lui apportait de soulagement. Elle soufflait petitement, par saccades, les poumons bloqués. Malgré ses précautions, au moindre effort respiratoire un point de côté lui déchirait la poitrine. La sueur coulait sur son visage blafard, aux traits creusés, aux pommettes violacées. Bientôt, elle ne se défendit plus contre la mort. Sa lucidité était effrayante pour ses proches. Elle reçut les derniers sacrements, fit ses adieux à son mari, mais demanda qu'on laissât dormir sa fille et se contenta de serrer dans ses bras la poupée de l'enfant. Elle couvrait de baisers cette figurine de chiffons et les larmes débordaient de ses paupières. Toutes les dames assistèrent, muettes d'horreur, à son agonie. Elle eut un mot pour chacune. A Sophie, elle dit dans un halètement :

— J'ai eu si peur, autrefois, que vous ne vous sépariez de votre mari !... Vous êtes faits l'un pour l'autre !... Restez ensemble... toujours... toujours !...

Sophie avait de la peine à garder les yeux secs. C'était sa meilleure amie qui s'en allait. La seule qui l'avait comprise et défendue. Deux chandelles éclairaient la chambre. La tête de la malade retomba sur l'oreiller. Sa peau était diaphane, ses lèvres s'ouvraient sur un souffle rauque. Elle poussa un profond soupir, révulsa ses prunelles et s'immobilisa tout à fait.

Nikita Mouravieff s'abattit sur le corps de sa femme et des sanglots secouèrent ses épaules. De l'autre côté du lit, se tenait, tête basse, le Dr Wolff, qui avait tant aimé Alexandrine mais n'avait pas su la sauver. Il ferma les yeux du cadavre. Léparsky arriva trop tard. Il fallut l'aider à s'agenouiller. Longtemps, il resta ainsi, priant ou rêvant, devant cette forme de cristal et de marbre, sans âge, inhumaine, impondérable. Tout le bagne défila dans la chambre. La morte, habillée dans sa plus jolie robe, semblait voir, à travers ses paupières closes, le lent passage de ceux dont elle avait partagé le sort.

Nicolas Bestoujeff confectionna lui-même un cercueil tendu de taffetas crème. Des forçats de droit commun déblayèrent la neige et creusèrent la fosse dans le sol gelé du cimetière. Tous les prisonniers, tenant un cierge à la main, suivirent l'office funèbre. Il faisait un tel froid dans l'église que Sophie en avait le cerveau perclus. Devant le catafalque encensé par le prêtre, elle songeait confusément à ses propres morts et regrettait de les sentir si lointains : son père, sa mère s'estompaient de plus en plus dans sa mémoire, la petite Marie, enlevée très tôt, paraissait n'avoir jamais existé, Nikita lui-même, avec le temps, perdait en précision, en chaleur, en vérité humaine ce qu'il gagnait en mystère. Seul de tous les défunts qu'elle avait connus, son beau-père, Michel Borissovitch, résistait à la lente érosion de l'oubli par son caractère brutal et son masque aux traits accusés. Elle ne le haïssait plus, mais l'évoquait parfois avec une sorte de crainte, comme s'il eût pu lui nuire encore par-delà la tombe. Après les dernières prières, six décembristes chargèrent le cercueil d'Alexandrine sur leurs épaules et sortirent dans l'air glacé. Derrière eux marchait Nikita Mouravieff, le dos rond. Sophie le regarda passer, avec un étonnement douloureux : ses cheveux avaient blanchi.

Le lendemain, Nicolas Bestoujeff entreprit d'ériger une petite chapelle au-dessus de la tombe. C'était le premier deuil qui frappait la communauté. Les femmes, qui veillaient ensemble sur l'orpheline, songeaient qu'elles aussi pouvaient disparaître, laissant des enfants en bas âge. « Que deviendront-ils sans nous ? » Cette question les obsédait toutes. Elles échangeaient des promesses solennelles, se confiaient leur progéniture les unes aux autres par testament, s'habillaient plus chaudement que d'habitude et s'alitaient au moindre malaise. Le Dr Wolff dut en gronder quelques-unes qui prenaient trop de médicaments.

Malgré la grande tristesse qui avait assombri la fin de l'année, il y eut des arbres de Noël dans toutes les demeures où se trouvaient des enfants. Les habitants de Pétrovsk allaient se promener dans la rue des Dames pour lorgner par les fenêtres les sapins ornés de friandises et d'étoiles de papier doré. Le nez collé aux carreaux, les enfants d'ouvriers enviaient les enfants de forçats.

La plus importante distribution de jouets eut lieu chez Pauline Annenkoff. Nicolas et Sophie assistaient à la fête. Un à un, les bambins endimanchés s'approchaient de la maîtresse de maison, assise près d'une montagne de paquets aux faveurs bleues et roses, recevaient leur cadeau et se précipitaient dans un coin pour le déballer. La petite Sacha Troubetzkoï venait de tomber sur son derrière en esquissant une révérence, quand, au milieu des rires, la porte s'ouvrit et Youri Almazoff parut, les yeux fous. Il agitait un journal au-dessus de sa tête comme une bannière et criait :

— Ecoutez !... Ecoutez tous !... La poste est arrivée !... Une grande nouvelle !... L'amnistie !...

Instantanément, les rires s'arrêtèrent, un cercle se forma autour du nouveau venu. Il étala sur la table un numéro de *l'Invalide russe*, du 25 novembre 1832. Le journal avait mis un mois pour parvenir à Pétrovsk. Le décret qu'il publiait datait du 8 novembre, jour où le quatrième fils de l'empereur, le grand-duc Michel Nicolaïevitch, avait été reçu sur les fonts baptismaux. « A cette occasion, désirant donner une nouvelle preuve de Notre mansuétude aux criminels d'Etat désignés ci-dessous, nous ordonnons une diminution de leur peine... » Suivait une liste de noms. Les condamnés des trois premières catégories bénéficiaient d'une réduction de cinq ans, ceux de la quatrième catégorie, à laquelle appartenait Nicolas, devaient être immédiatement libérés et envoyés en résidence surveillée, ou, s'ils le préféraient, affectés comme simples soldats dans l'armée qui se battait au Caucase. Oppressé par la joie, Nicolas saisit la main de Sophie et la porta à ses lèvres. Autour d'eux, les femmes radieuses chuchotaient, pleuraient, se signaient, les hommes s'arrachaient le journal pour vérifier si leur nom figurait bien sur la liste. Camille, lourdement enceinte, soupirait, les mains croisées sur son ventre :

— Le bébé que je porte aura trois ans lorsque nous partirons d'ici ! Ah ! Basile, élevons nos âmes vers le Seigneur !

— Cela ne fait plus que neuf ans pour nous ! disait Catherine Troubetzkoï. Et pour vous, Pauline ?

— Plus que cinq.

— Le temps passera vite !

— Dieu soit loué ! Dieu soit loué ! répétait Nathalie Fonvizine, le regard tourné vers l'icône du salon.

Tout au bonheur d'avoir reçu pour Noël ce présent inespéré du tsar, elles oubliaient les enfants qui attendaient, de leur côté, la suite des cadeaux. Filles et garçons restèrent un long moment interdits, à regarder les grandes personnes perdues dans un brouhaha de paroles, puis les plus timides commencèrent à pleurnicher, tandis que les plus effrontés s'emparaient des paquets destinés aux autres. Des batailles sournoises éclatèrent autour de la moindre poupée et du moindre sifflet de bois. Mais les cris et les larmes des petits ne dérangeaient pas les parents, qui continuaient à rire, à s'embrasser, à se congratuler, pour des raisons incompréhensibles. Comme les disputes s'aggravaient, des nounous intervinrent et emmenèrent la marmaille, ivre de sanglots, chaque combattant serrant sur sa poitrine un jouet qui, déjà, ne l'intéressait plus.

Quand tout le monde eut lu et relu le journal, le prince Troubetzkoï suggéra de rendre visite à Léparsky pour savoir s'il était au courant de la décision impériale. Les dames étant aussi impatientes que leurs maris d'être renseignées, ce fut un groupe d'une trentaine de personnes qui prit, dans la neige, le chemin de la maison du général. Il les accueillit avec bonhomie, les félicita sur la grâce dont ils étaient l'objet, mais affirma ne connaître la nouvelle, comme eux, que par les gazettes. Dès qu'il recevrait des instructions officielles sur les lieux de résidence assignés aux quinze condamnés de la quatrième catégorie, il les en aviserait. Quelques décembristes lui dirent qu'ils voulaient s'enrôler dans l'armée du Caucase. Le prince Odoïevsky paraissait, à cet égard, le plus décidé. Il sembla à Sophie que Nicolas le considérait avec envie. Sans doute eût-il choisi, lui aussi, d'aller combattre les Tcherkesses, s'il n'avait été marié ! Une fraction de seconde, elle se dit qu'elle lui était à charge, qu'elle l'empêchait de vivre à sa guise. Mais il se rapprocha d'elle et murmura :

— Libres, Sophie, nous allons être libres ! Est-ce que tu te rends compte de ce que cela représente ?

— Oui, dit-elle, mais où nous enverra-t-on ?

— Cela n'a aucune importance ! Avec toi, je suis prêt à planter ma tente dans un désert ! Et puis, après quelques années de Sibérie, ils nous permettront de rentrer chez nous, en Russie ! Tu verras ! Aie confiance !

Ils se touchaient de l'épaule. Leurs bras pendaient l'un contre l'autre. A hauteur de leurs cuisses, leurs doigts entrelacés formaient un nœud vivant.

Léparsky fit apporter du champagne. Il avait pris l'habitude d'en boire dans les grandes occasions, malgré les remontrances du Dr Wolff. Il dit joyeusement :

— Mesdames, Messieurs, je vous propose de trinquer à la santé de l'empereur qui vient de vous prouver à tous son immense sollicitude !

Il fut seul à lever son verre. Autour de lui, les visages s'étaient fermés, comme sur un signal. Les femmes paraissaient plus hostiles encore que les hommes. Une expression de tristesse passa dans les yeux de Léparsky. De nouveau, un fossé se creusait entre lui et les détenus. Sans doute se trouvait-il dans l'unique endroit de Russie où un toast de ce genre ne pouvait rencontrer d'écho. Inutile d'insister. Il vida son verre d'un trait et le fit remplir par le planton. Cette fois, le prince Troubetzkoï dit :

— A votre santé, à vous, Stanislas Romanovitch !

Tous, faisant un pas en avant, reprirent en chœur :

— Oui, oui ! A votre santé, Votre Excellence ! Longue vie et bonheur ! Merci pour tout !

Léparsky fronça les sourcils pour cacher son émotion. Ces libéraux intraitables l'acceptaient pour maître. S'il avait été à la place du tsar, personne ne se serait révolté le 14 décembre. L'idée lui parut si étrange qu'il craignit d'avoir trop bu. Le champagne lui piquait la langue. Ses yeux se mouillaient.

— A notre amitié ! dit-il d'une voix enrouée.

Et il choqua son verre contre les verres des prisonniers et de leurs femmes.

***

Les jours passaient, l'ordre de départ ne venait pas, et, après un élan d'enthousiasme, les condamnés de la quatrième catégorie envisageaient l'avenir avec angoisse. Ils avaient vécu si longtemps en étroite liaison de pensée avec leurs camarades qu'ils souffraient d'avoir à les quitter, sans doute pour toujours. Au chagrin de la séparation s'ajoutait une étrange panique devant les dimensions et les lois du monde qui commençait au-delà du bagne. Dans la petite communauté fermée, chaude, fraternelle de la prison, le manque de liberté était compensé par le sentiment d'une sécurité absolue. Là, personne n'était abandonné à lui-même. A la moindre difficulté matérielle ou morale, on s'aidait entre voisins. Ceux qui avaient connu cette atmosphère de dignité, de ferveur, de générosité, d'entente politique, ne pouvaient que craindre d'être jetés, du jour au lendemain, dans la société des hommes normaux. Loin d'aguerrir les décembristes, leur existence en vase clos les avait rendus plus vulnérables. S'ils avaient beaucoup appris en lisant des livres, en écoutant des conférences, ils n'avaient guère avancé dans la science de la vie. Ils allaient se trouver dépaysés, désarmés, parmi des gens qui ne pouvaient pas les comprendre. Des gens durs et positifs, chez qui la passion de l'argent remplaçait l'amour du prochain. Des gens qui n'avaient jamais entendu parler du 14 décembre 1825 !

Nicolas repassait ces idées dans sa tête, mais n'en disait rien à Sophie pour ne pas la décourager. Elle, de son côté, faisait un effort pour paraître vaillante. Elle vendit quelques meubles et acheta des vêtements chauds. La feuille de route arriva le 15 février : destination Irkoutsk. Là, le gouverneur Lavinsky indiquerait à chacun son lieu de relégation. Léparsky s'indignait que Benkendorff n'eût pas jugé utile de l'en informer personnellement : « On dirait qu'il s'agit d'un secret d'Etat ! Se méfierait-on de moi à Saint-Pétersbourg ? » Parmi les dames, seules Sophie, Elisabeth Narychkine et Nathalie Fonvizine devaient se mettre en voyage avec leurs maris. L'ordre gouvernemental prescrivait que les départs seraient échelonnés, à raison d'un tous les deux jours.

La dernière soirée de Nicolas et de Sophie à Pétrovsk fut triste. Ils firent le tour des cellules et embrassèrent ceux qui restaient. Puis, ils se rendirent chez Pauline Annenkoff, qui avait préparé un souper à leur intention. Léparsky était là, bouffi et morne, les yeux humides. Vers la fin du repas, il prit la parole pour souhaiter bonne route aux partants. Le ton était pompeux. Il avait appris son discours par cœur. Mais sa voix se cassa. Il jeta autour de lui un regard éperdu, baissa la tête et bredouilla dans sa moustache :

— Soyez heureux, mes enfants ! N'oubliez pas le vieillard dont vous avez éclairé les dernières années ! Je ne sais si j'ai pu adoucir votre séjour ici, mais j'ai fait de mon mieux !...

Il se moucha dans un grand mouchoir rouge, soupira, et reprit sa fourchette et son couteau, bien qu'il n'y eût plus rien dans son assiette.

Quand on se leva de table, le prince Troubetzkoï entraîna Nicolas dans un coin et dit :

— Ainsi, nous la construirons sans vous, cette église de Pétrovsk dont vous avez défendu l'idée avec tant d'éloquence ! Ah ! si les hommes savaient combien les événements peuvent déjouer leurs desseins, ils n'entreprendraient jamais rien de considérable. Tout est mieux ainsi. Je vous envie, mon cher ! La sortie de prison, c'est une seconde naissance ! Vous allez vivre, enfin !...

— Oui, dit Nicolas, mais parmi quelle sorte de gens ? Il me semble que je n'ai plus rien de commun avec la majorité de mes compatriotes. Envoyez-moi au pôle Nord, chez les pingouins, je ne serai pas plus dépaysé !...

Le lendemain, à l'aube, Nicolas et Sophie sortirent de leur maison. Deux traîneaux attendaient devant la porte : un pour eux, l'autre pour le sous-officier Bobrouïsky, chargé de les accompagner. Pendant que les domestiques arrimaient les bagages, des lanternes se montrèrent au bout de la rue. Elles approchaient en se balançant. Conduites par Marie Volkonsky, quelques dames venaient dire un dernier mot d'amitié aux voyageurs. Des détenus matinaux se glissèrent hors de la prison et se joignirent au groupe. Les petites flammes jaunes palpitaient dans leurs cages de verre et éclairaient, par intermittence, des visages émus. Une mousseline de neige tourbillonnait autour d'eux. Il gelait à pierre fendre. La robe des chevaux était givrée. Sophie avait de la peine à croire que ces mêmes femmes, qui pleuraient en se séparant d'elle, avaient été ses pires ennemies.

— Ecrivez-nous, Sophie !... Peut-être aurons-nous la chance d'être envoyés dans la même région que vous !... Bon voyage !... Que Dieu vous garde !...

Youri Almazoff s'approcha d'elle et chuchota :

— Permettez-moi de vous donner un baiser.

Elle le regarda, petit, maigre, les yeux sombres et brillants sous d'épais sourcils noirs.

— Je ne vous l'ai jamais dit, reprit-il, mais vous avez été souvent le prétexte de mes rêves. J'enviais, j'envie encore Nicolas. Je vais être très malheureux de ne plus vous voir !...

Elle lui tendit sa joue, qu'il effleura du bout des lèvres. D'autres hommes l'embrassèrent. Elle se sentait faible, désemparée, prête à crier : « Nous restons ! » Nicolas l'aida à monter dans le traîneau.

— Adieu, mes amis ! dit-elle. Adieu !...

Les maisons de la rue des Dames glissèrent devant elle. Blottie contre Nicolas, sous une couverture en peau d'ours, elle regardait partir ce petit monde amical que, probablement, elle ne reverrait jamais plus. Là-bas, dans un halo de lumière, des gens enracinés agitaient la main, secouaient des mouchoirs. Le traîneau dépassa la demeure du général. Une lampe brûlait derrière les vitres de son bureau. Déjà levé ? Les chevaux marchaient au pas. Leurs clochettes sonnaient faiblement dans l'air glacé. La neige, au sol, devenait noirâtre et terne, en même temps que se précisait une odeur de fonte chaude. On approchait de l'usine. Les hautes cheminées fumaient et, parfois, crachaient au ciel des gerbes d'étincelles rouges. Des ouvriers, lanterne au poing, se hâtaient vers le porche. Ils s'écartèrent devant le traîneau. Certains ôtèrent leur bonnet. Sophie se retourna et contempla quelques secondes, avec une infinie tristesse, cette procession de vers luisants dans le petit jour. Les maisons s'espaçaient, de plus en plus pauvres et sales.

La route montait, les patins grinçaient. Vint l'église, vieillotte, enfouie jusqu'au ventre dans la neige, avec ses joyeuses coupoles flottant dans la brume comme des ballons. Tout à côté, le cimetière. Parmi des centaines de croix rustiques, plantées de guingois dans le blanc, se dressait le caveau d'Alexandrine Mouravieff, construit en forme de chapelle, avec une image sainte au fronton et une veilleuse scintillant derrière des grilles fermées. Le cocher et Nicolas se signèrent. Le sous-officier, qui les suivait dans son traîneau, fit comme eux. Sophie inclina la tête et évoqua tendrement le souvenir de la disparue. Longtemps, elle pensa à leur amitié indécise, incomplète, puis ses idées se brouillèrent, le tintement des clochettes emplit son cerveau, et elle s'abandonna au mouvement de la course. L'attelage avait pris le trot. Nicolas entoura d'un bras les épaules de Sophie. La forêt s'ouvrit devant eux. Un poudroiement d'or traversait les branches entrecroisées. Le soleil se levait.

5

Les chevaux galopaient sur la terre gelée et leurs ombres obliques se déformaient en épousant les bosses du talus. Sophie regardait droit devant elle et n'apercevait que la plaine blanche, avec, au beau milieu, le dos du cocher, énorme, hirsute, dans sa touloupe en peau de loup. Un soleil jaune flottait dans un ciel de lait. Nicolas s'était assoupi, la tête ballante. Le traîneau venait de quitter Verkhné-Oudinsk et se dirigeait vers le lac Baïkal. Il y avait six jours qu'ils étaient en route, changeant d'attelage et de cocher à chaque relais. Leur sauf-conduit à trois cachets leur donnait le pas sur les voyageurs ordinaires. Un vent léger rasa le sol et souleva des panaches de neige. Mille paillettes scintillèrent dans l'espace et y demeurèrent en suspens. Les bornes qui jalonnaient le chemin disparurent dans le tourbillon. Le soleil se cacha. Un froid vif mordit Sophie au visage. Le cocher se retourna d'un bloc. Il s'était enroulé des chiffons autour de la figure pour ne pas avaler de poussière de neige. On ne voyait que ses yeux sous son chapeau. Il cria d'une voix détimbrée, à travers son bâillon :

— Faites comme moi !... Autrement, il y aura bientôt une boule de glace dans votre poitrine !...

Sophie réveilla Nicolas. Ils se nouèrent des mouchoirs sur la bouche et se renfoncèrent sous la couverture. La bourrasque devenait si violente qu'à deux pas des chevaux le regard se heurtait à un mur blanc. Malgré la capote de cuir baissée, la neige s'engouffrait par rafales à l'intérieur du traîneau. Dans ce néant brumeux, opalescent et glacé, l'ouragan gémissait avec une voix de femme. Pourtant, Sophie n'avait pas peur. La présence de Nicolas la rassurait.

Ils arrivèrent, à la nuit tombante, au relais. Un village vide, avec des monceaux de neige jusqu'au bord des fenêtres. Les chevaux se précipitèrent dans la cour de la maison de poste et s'arrêtèrent, la crinière ébouriffée, devant un perron de bois.

Dans la salle d'attente, régnaient une chaleur et une vapeur d'étuve. Une quinzaine de voyageurs, affalés sur les bancs, somnolaient dans l'odeur des bottes mouillées et de la soupe aux choux. Il n'y avait plus de chevaux. Mais le sous-officier Bobrouïsky se fâcha, montra son ordre de route à trois cachets et le maître de poste se rappela, tout à coup, qu'il lui restait un attelage frais à l'écurie. Le temps de se restaurer à la table d'hôte, d'avaler un verre de thé brûlant parfumé de rhum, et on repartit dans la nuit où dansaient de pâles phosphorescences.

D'étape en étape, les voyageurs atteignirent le Baïkal. Il était entièrement gelé, ce qui devait permettre de le traverser en traîneau. Le vent était tombé. Un soleil rouge grillait les derniers lambeaux de nuages. Les cimes des montagnes se découpaient en bleu vif sur ce flamboiement d'incendie. Leurs masses compactes entouraient l'immense miroir du lac. Une mer intérieure figée. Soixante verstes jusqu'au prochain relais. Quand le traîneau descendit de la berge et s'élança dans ce désert plat et blanc, le cœur de Sophie se serra. Elle avait entendu dire que, parfois, la carapace, à peine voilée de neige, cédait sous le poids des voitures. Conscients du danger, les chevaux volaient, l'encolure allongée, les sabots lestes. Aux cahots de la route succédait un glissement uniforme, étrange, apparenté aux évolutions des rêveurs entre ciel et terre. Lorsque le soleil fut au plus haut, toutes les couleurs disparurent et Sophie se trouva emprisonnée dans un prisme de cristal. Le froid lui mettait les os à nu. Ses narines étaient deux cornets indolores. Son haleine se condensait en vapeur. La vitesse de la course lui coupait la respiration. A plusieurs reprises, elle crut devenir aveugle dans ce rayonnement et ferma les yeux. En les rouvrant, elle découvrait le même univers inhabité, abstrait, géométrique, et, fascinée à nouveau, ne souhaitait plus en sortir. Nicolas lui tendit une gourde de rhum. Ils burent à tour de rôle, au goulot. Sophie se sentit toute remontée.

— Comme c'est beau, Nicolas ! chuchota-t-elle. Comme nous sommes heureux !

Un craquement sourd retentit. Une fente courut à la surface du lac. Le trait mince et vert avançait de biais, avec intelligence, pour barrer la route au traîneau. Le cocher fouetta ses bêtes et gagna la fissure de vitesse. Sophie se retourna, à demi morte de peur. Le deuxième traîneau était, lui aussi, du bon côté. Derrière eux, une plate-forme, découpée à l'emporte-pièce, pivotait, se balançait mollement, dans un clapotis sinistre. Le cocher se signa. Au loin, se dessinait déjà le bourrelet sale du rivage. Des joncs poudrés de givre en défendaient les abords. Sophie retrouva la terre ferme avec soulagement. Toute la traversée avait duré moins de trois heures.

Au relais, la feuille de route de Bobrouïsky fit miracle, une fois de plus. Tard dans la nuit, les deux traîneaux franchirent la barrière d'Irkoutsk, où tout dormait, même les sentinelles. Où aller, à cette heure avancée ? Sans hésiter, Sophie indiqua à Bobrouïsky l'auberge de Prosper Raboudin.

Ils frappèrent longtemps à la porte avant qu'un serviteur, engourdi de sommeil, ne consentît à entrebâiller le battant. D'une voix pâteuse, il annonça qu'il ne restait plus une chambre libre. Pendant que Nicolas parlementait avec lui, Prosper Raboudin, éveillé par le remue-ménage, apparut dans une robe de chambre mordorée, un bonnet de coton sur la tête, un gourdin à la main. En reconnaissant Sophie, son visage poupin trembla comme un plat de gelée ébranlé par une chiquenaude. Il s'écria :

— Ah ! mon Dieu ! Quelle joie de vous revoir ! Entrez vite ! Pour vous, il y aura toujours de la place ! Mais comment se fait-il qu'on vous ait laissé venir à Irkoutsk ?

— Mon mari, que voici, dit-elle, a fini son temps de bagne. On nous envoie en résidence surveillée. Nous ne savons pas encore où nous irons...

— C'est merveilleux ! dit Prosper Raboudin. Je suis très honoré, Monsieur. Avez-vous soupé, au moins ?

Sophie avoua que non. En un clin d'œil, il installa les voyageurs au bout de la table d'hôte, devant une montagne de viandes froides. Le sous-officier, par discrétion, s'assit à l'écart. Le dos rond, il dévorait avec hâte, en silence, comme s'il eût craint qu'on ne lui retirât les victuailles avant qu'il ne se fût rassasié. Prosper Raboudin ne quittait pas Nicolas des yeux, tout en questionnant Sophie sur sa vie au bagne. Elle ne pouvait se départir d'un sentiment de gêne : mille souvenirs de son premier séjour à Irkoutsk lui revenaient en mémoire. Ces murs décorés de gravures françaises, ces gros meubles, cette rampe d'escalier lui restituaient le fantôme d'un jeune serf blond, aux épaules de fer. Elle le suivait par la pensée, marchant d'un grand pas silencieux dans la maison. Prosper Raboudin savait-il seulement comment tout cela s'était terminé ? La fuite, l'arrestation, la mort sous le knout... Mais, oui ! On l'avait sûrement interrogé au moment de l'enquête ! Pourvu qu'il n'abordât pas ce sujet avec elle ! Il suffisait d'une allusion pour blesser Nicolas dans son amour-propre. Elle tremblait de tout perdre à cause d'un mot maladroit. Pourquoi était-elle venue dans cette auberge ? C'était le dernier endroit où elle aurait dû amener son mari. Au-dessus de la porte, un écriteau : « Il n'est bon bec que de Paris. » Sur le buffet, le reste d'une tarte qui affriolait les mouches.

— Pâtisserie française ! dit Prosper Raboudin en clignant de l'œil. En voulez-vous ?

— Non merci, dit Sophie.

Elle connaissait cette montagne de sucrerie pour y avoir goûté autrefois. Il insista :

— Un petit morceau. En souvenir !...

Elle se résigna. Il l'inquiétait par sa balourdise. Jusqu'à la fin du repas, elle parla avec un faux entrain de Tchita, de Pétrovsk, pour empêcher Prosper Raboudin d'orienter la conversation dans un sens épineux. Elle croyait déjà avoir gagné la partie, quand, profitant d'un silence, il dit ingénument :

— Au fait, vous devez m'en vouloir parce que je n'ai jamais répondu à certaines questions que vous me posiez dans vos lettres ! Mais je ne le pouvais pas sans risquer de vous nuire et de nuire à votre serf, qui m'avait quitté sans crier gare !...

— Je sais, je sais ! balbutia Sophie.

Elle glissa un regard à Nicolas. Il n'avait pas bronché ; il l'observait. Elle s'affola, pleine de honte et de colère. Et l'autre qui appuyait, avec une compassion pataude :

— Quelle affreuse tragédie !... S'il s'était confié à moi, s'il m'avait demandé conseil, je l'aurais retenu !... Mais il est parti comme un dément !... Ah ! jeunesse !... Vous avez dû en avoir bien du chagrin, ma pauvre dame !...

— Oui, dit-elle brièvement. N'en parlons plus.

Et elle pensa avec désespoir : « Il a tout gâché ! Ce soir, Nicolas ne sera plus le même ! »

— Tu dois être fatiguée, Sophie, dit Nicolas d'une voix étrange. Si nous allions nous coucher ?...

— Je vais vous conduire à vos appartements, s'écria Prosper Raboudin avec emphase.

Il les précéda dans l'escalier, poussa une porte. En franchissant le seuil, Sophie se crut revenue dans la chambre où elle avait logé autrefois. Son regard s'attacha au plancher peint en rouge, avec la crainte superstitieuse d'y voir se dessiner le corps de Nikita, tordu par la douleur. Mais les lattes parallèles refusaient le jeu. L'endroit était exorcisé. Prosper Raboudin alluma deux chandelles, souhaita une bonne nuit à ses clients et se retira sur la pointe des pantoufles.

Restée seule avec Nicolas, Sophie se mit sur ses gardes. Debout devant elle, il la dévisageait fixement. Il n'y avait pas de méfiance dans ses yeux. Mais un émerveillement tranquille. Elle sut que Nikita ne comptait plus pour lui. Aussitôt, tout devint léger dans sa tête, et elle en oublia sa fatigue. Une gaieté insolite la possédait. D'un geste brusque, elle enleva les épingles de sa coiffure. Ses cheveux tombèrent, dans un mouvement souple, sur ses épaules. Nicolas se pencha sur elle et l'enveloppa dans ses bras avec tant de force et tant de tendresse qu'elle se sentit à la fois désirée, protégée et comprise.

* * *

Le lendemain, ils se présentèrent au général Lavinsky, gouverneur de la Sibérie orientale. C'était un homme de haute taille, au visage lourd et paisible. Après avoir souhaité la bienvenue à ses visiteurs et leur avoir demandé des nouvelles de ce « bon vieux Léparsky », il ouvrit un dossier sur sa table, mouilla un doigt, tourna quelques pages et dit, dans un soupir :

— Avant de vous indiquer votre lieu de relégation, je tiens à vous préciser qu'il n'a pas été choisi par moi. Le gouvernement m'a envoyé une liste de localités et j'ai dû tirer au sort entre tous les condamnés de la quatrième catégorie pour déterminer la résidence de chacun. Si cette liste avait été établie par mes soins, je n'y aurais fait figurer que des villes ou des bourgades importantes. Mais, à Saint-Pétersbourg, on ne connaît pas la Sibérie. On se fie aux cartes, qui sont toutes fausses. On s'imagine qu'un petit rond noir avec un nom à côté désigne invariablement un gros village...

Sophie et Nicolas échangèrent un regard inquiet.

— Je m'empresse de dire, poursuivit Lavinsky, que vous avez de la chance ! Beaucoup de chance ! Le coin qui vous est échu, Mertvy Koultouk, au bord du Baïkal, est des plus pittoresques. Un hameau charmant, dans un site de rêve. Tous les plaisirs de la chasse et de la pêche. Vous aurez quinze déssiatines de bonne terre pour vous occuper de culture...

— Et nos camarades ? dit Nicolas. Y en aura-t-il qui viendront habiter dans les environs ?

— Ah ! non ! dit Lavinsky. J'ai des instructions pour disperser les prisonniers libérés aux quatre coins de la Sibérie. Même deux frères n'ont pas le droit de vivre ensemble. Encore heureux qu'on ne m'ait pas enjoint de séparer les ménages !

— Je ne comprends pas, murmura Sophie. Quel danger y aurait-il à laisser de vieux amis de captivité s'installer côte à côte ?

Un sourire allongea les lèvres du général :

— Cette question dépasse ma compétence. Néanmoins, je vous ferai observer qu'on s'étiole à rester toujours en contact avec les mêmes gens. L'esprit a besoin de se rafraîchir, de s'aérer. Ne battez-vous pas les cartes avant de commencer une nouvelle partie ?

Il dressa un doigt et ajouta solennellement :

— Une nouvelle partie va commencer pour vous ! Il est bon que vous l'abordiez dans un oubli total du passé ! Vous verrez, vous serez très heureux à Mertvy Koultouk !

— Où logerons-nous ? demanda Nicolas.

— Dans la maison d'un relégué. Je l'ai déjà prévenu de mettre une chambre, et même deux s'il le faut, à votre disposition.

— Et si nous ne nous plaisons pas chez cet homme ?...

— Vous pourrez toujours vous bâtir une maison un peu plus loin. Ce n'est pas l'espace qui manque !

— Quand devons-nous partir ?

— Demain. Je vous ferai porter à l'auberge une lettre contenant toutes les instructions relatives à votre séjour là-bas. Un cosaque vous escortera jusqu'au lieu de votre résidence. Je vous conseille de faire quelques achats avant de vous mettre en route.

Lavinsky se leva. L'audience était terminée. Sophie et Nicolas se retrouvèrent, abasourdis, dans l'antichambre. Ils ne savaient s'ils devaient se réjouir ou s'inquiéter de cette affectation lointaine. Au milieu de son désarroi, Sophie se rappela le lieutenant Kouvchinoff, qui lui était venu en aide, jadis, dans ses démêlés avec l'administration locale. Elle le fit demander par le planton. En quatre ans et demi, Kouvchinoff avait pris du poids et reçu de l'avancement. Ce fut un capitaine joufflu, à la calvitie précoce et au ventre replet, qui, dix minutes plus tard, s'inclina devant Sophie. Il avait changé de bureau et trônait maintenant dans une pièce immense, sous un portrait en pied de l'empereur. Etait-ce son nouveau grade ou la présence de Nicolas qui le rendait si peu aimable ? L'air dédaigneux, il affirma n'avoir, au sujet de Mertvy Koultouk, que des renseignements très favorables et désigna, sur une carte pendue au mur, un petit point, vers le sud, non loin de la frontière chinoise :

— C'est là !

Lorsque Sophie lui demanda timidement s'il ne serait pas possible, grâce à lui, d'obtenir une résidence plus proche d'Irkoutsk, il eut un haut-le-corps et son menton rentra dans son cou :

— Les ordres de Saint-Pétersbourg ne peuvent être remis en question, Madame. Je regrette...

Elle pensa que, seule, elle l'eût retourné.

En ressortant avec Nicolas, elle fut assourdie par les carillons des églises. Nulle part, lui semblait-il, les cloches ne rendaient un son plus clair qu'à Irkoutsk. Sans doute était-ce dû au fait que, par 39° au-dessous de zéro, l'air était d'une pureté idéale. Le bleu du ciel était aussi dur que le blanc de la neige. Beaucoup de monde dans les rues. Les étalages regorgeaient de denrées hétéroclites, européennes et orientales. Il y avait des années que Sophie et Nicolas n'avaient vu de vrais magasins. Ce n'était pas dans les misérables échoppes de Pétrovsk qu'ils eussent trouvé une telle variété de marchandises. Fourrures, châles, souliers, tissus, vaisselle, tout paraissait beau à Sophie, elle avait envie de tout acheter ! Mais sa raison luttait contre sa convoitise. Elle avait préparé une liste d'emplettes nécessaires et affirmait à Nicolas qu'elle saurait s'y tenir : sucre, sel, farine, riz, thé, chandelles, ficelles, hache, pelle, couteaux... Ils couraient d'une boutique à l'autre, se concertaient à mi-voix, repartaient parce que c'était « trop cher », revenaient parce que c'était « tout de même indispensable », demandaient de livrer le paquet à l'auberge et, à peine dégagés de ce souci, faisaient des comptes, avec fièvre, devant une nouvelle tentation. Plus de deux cents roubles en assignats y passèrent. Nicolas s'effraya de la dépense. Sophie lui démontra qu'ils n'auraient pu s'en tirer à moins. Tantôt c'était lui qui était inquiet de leur avenir et elle qui le remontait, tantôt c'était elle qui avouait son peu d'enthousiasme pour Mertvy Koultouk et lui qui la grondait d'être si vite découragée.

Le lendemain, au petit jour, un jeune cosaque vint les chercher à l'auberge avec deux traîneaux. Prosper Raboudin mit Sophie et Nicolas en voiture, les emmitoufla et les nantit de provisions de bouche pour une semaine. Le cosaque, un rouquin au nez retroussé, leur annonça qu'il avait ordre de les mener à destination en quarante-huit heures.

— Connais-tu Mertvy Koultouk ? lui demanda Nicolas.
— Non, dit l'homme. Des camarades à moi y ont été. Il paraît que la route est très mauvaise. On raconte aussi qu'il y a des ours dans les parages. Mais n'ayez pas peur, je sais me servir d'un fusil !

Il monta dans le deuxième traîneau avec les bagages. Prosper Raboudin renifla deux larmes, agita son mouchoir et les attelages s'ébranlèrent.

* * *

D'heure en heure, la forêt de sapins paraissait plus épaisse. Le traîneau s'enfonçait dans une colonnade sans fin. Il faisait aussi froid que sur le lac Baïkal. Pelotonnée contre Nicolas, Sophie ne pouvait remuer ni ses idées ni ses membres, comme si tout en elle eût été gelé. La fixité de son esprit était telle que, même lorsqu'on changeait de chevaux aux relais, elle ne s'éveillait pas de sa torpeur. La nuit vint et ils continuèrent leur voyage, toujours en terrain boisé. Maintenant, le chemin grimpait à flanc de montagne. Pas un craquement de branche, pas un cri de bête. De temps à autre, par une déchirure de la forêt, se montrait une étoile dans un tissu de ciel bleu foncé. Les chevaux soufflaient en secouant leurs clochettes.

Exténués par l'insomnie, Sophie et Nicolas regardèrent le jour se lever. Un masque de glace adhérait à leur visage. Subitement, les arbres devinrent des squelettes d'or, des épouvantails aux robes de pourpre. Le soleil, sautant par-dessus l'horizon, cribla le sous-bois de flèches enflammées. Toutes les facettes des cristaux de neige, toutes les écailles des branches, tous les biseaux des aiguilles de sapin scintillèrent à la fois. L'air immobile s'emplit de ces mille ricochets de lumière, au point qu'il fallait cligner des yeux pour n'être pas ébloui à mort. Peu à peu, l'offensive des rayons se calma. Derrière l'étagement vertigineux des rameaux, s'étala un champ d'azur d'une pureté inimaginable. Le traîneau passa un col balayé par le vent. La descente commença, raide et grinçante. Les arbres s'espacèrent. A l'horizon, apparut une barre de montagnes. Le cocher les désigna de son fouet et cria :

— Khama Daban ! Après, c'est la Chine !

A un détour de la piste, le paysage ouvrit ses ailes et se mit à planer. Tout en bas, ce bouclier de givre, c'était le lac Baïkal. Un peu en retrait, ces quelques points noirs, des yourtes de Bouriates.

— Mertvy Koultouk, dit le cocher.

Nicolas serra la main de Sophie avec force. L'angoisse les laissait sans voix. Après des heures de glissade silencieuse, ils atteignirent le pied de la montagne, dépassèrent les tentes des indigènes et s'arrêtèrent devant une isba isolée, bâtie en rondins. Un vieux moujik, noueux, boucané, à la barbe grise, sortit sur le perron et se courba dans un profond salut.

— Soyez les bienvenus, dit-il. Le gouverneur m'a averti, la semaine dernière. Je peux vous céder la moitié de ma maison. Ma vieille et moi occuperons l'autre partie. Il ne vous en coûtera que cinq roubles par mois.

— C'est bien, dit Nicolas. D'ailleurs, nous n'avons pas le choix, n'est-ce pas ?

— Eh, non ! A moins que vous ne préfériez vous installer chez les Bouriates ?

— Vous êtes les seuls Russes ici ?

— Oui. Moi et ma femme...

Il souriait. Le stigmate des anciens forçats se creusait, rose, dans sa joue brune. Nicolas aida Sophie à descendre de traîneau. Elle se tenait difficilement sur ses jambes ankylosées. Ses oreilles tintaient. Pendant une seconde, elle resta stupéfaite devant son nouveau destin. Elle n'arrivait pas à croire que cette cabane perdue marquât la fin du voyage. Au plus fort de son doute, elle n'avait jamais imaginé une pareille solitude. Le désespoir s'empara d'elle, comme un ouragan secoue un arbre. Elle tremblait de fatigue, de déception, de peur. Les larmes l'étouffaient.

— C'est impossible, Nicolas ! balbutia-t-elle. Jamais nous ne pourrons vivre ici ! Il faut faire quelque chose !...

Il la pressa dans ses bras, si abattu lui-même qu'il ne trouvait rien à dire pour la consoler. Une petite vieille, édentée et ridée, se montra à côté du maître de maison.

— Ma femme, Perpétue, dit-il. Moi je m'appelle Siméon. Nous serons heureux de vous aider. Votre chambre est prête. Donnez-vous la peine d'entrer...

Sophie et Nicolas suivirent leurs hôtes et pénétrèrent dans une pièce carrée et propre, meublée d'un lit, d'une table, d'un banc et d'un coffre de bois. Une agréable chaleur coulait d'un poêle de faïence. Des peaux de loup jonchaient le plancher raboteux. Trois petites fenêtres, tendues de vessie de poisson, transformaient la lumière du jour en une irradiation jaunâtre et visqueuse. Une veilleuse palpitait dans le coin des icônes. Le cocher et le cosaque apportèrent les bagages. Mais Sophie n'eut pas le courage de les déballer. Elle s'assit sur une malle, tête basse. Perpétue lui servit un bol de thé. Elle se jeta dessus, assoiffée. Une douce brûlure se répandit en elle et calma ses nerfs. Nicolas buvait, lui aussi, à longues lampées sifflantes. Perpétue les observait de son œil malin, perdu dans un gribouillis de ridules.

— Vous verrez, dit-elle, on s'habitue très bien au pays. Mon vieux et moi, ça fait quarante ans que nous y vivons. L'impératrice Catherine la Grande, que Dieu ait son âme, avait relégué Siméon ici, après dix ans de bagne. Siméon avait tué un gars, par mégarde, à cause de moi... Je n'étais pas sans péché... J'avais des yeux qui parlaient à tout le monde... Et lui, mon Siméon, il n'aimait pas ça... Il ne connaissait pas sa force, en ce temps-là... Une bêtise de jeunesse, et on n'a pas assez de toute son existence pour la payer !... C'est vrai que, le galant, ce n'était pas n'importe qui !... Un assesseur de collège ! C'est ça qui nous a perdus !... Et vous, barine, barynia, pourquoi vous a-t-on envoyés ici ? Avec un air si aimable, vous ne devez pas avoir beaucoup de crimes sur la conscience !...

— Laisse-les donc, idiote ! dit Siméon. Tu les ennuies ! Chacun a son ver qui le ronge ! A quoi bon en parler, puisque tu n'y changeras rien ?

— Nous sommes des politiques, annonça Nicolas.

— Qu'est-ce que ça veut dire ? demanda la vieille. A qui avez-vous causé du tort ?

— A personne.

— Alors pourquoi vous a-t-on punis ?

— Parce que nous voulions renverser le tsar et donner la liberté au peuple.

— Renverser le tsar ! s'écria Siméon. Dieu vous pardonne ! C'est plus grave que de tuer un assesseur de collège !

Il se signa et poursuivit :

— Une chose m'embête pour vous deux ! Que ferez-vous à la belle saison ? Ma vieille et moi, dès la fonte des neiges, nous allons loin de Mertvy Koultouk, dans les forêts, pour chasser la zibeline. Je vous proposerais bien de nous accompagner. Seulement, il y a par là-bas des mouches très mauvaises. Même avec un masque, on ne peut pas s'en protéger. Nous autres, nous avons la peau tannée. Mais vous, en huit jours elles vous donneraient la fièvre de la mort !

— Combien de temps restez-vous absents d'habitude ? dit Nicolas.

— Des mois et des mois, jusqu'à la fin de l'automne. Après, nous passons par Irkoutsk pour vendre les fourrures, payer la taxe, acheter des provisions. Oui, bien que relégués, nous avons le droit de nous déplacer un peu. Aux premiers froids, nous retournons dans notre maison. C'est comme ça !...

Nicolas pensa que la vie à Mertvy Koultouk serait plus supportable sans Perpétue et Siméon, qui devaient être de braves gens, certes, mais trop simples pour ne pas se révéler ennuyeux à la longue. La solitude plutôt que la promiscuité !

— Eh bien ! dit-il, en vous attendant, nous garderons l'isba et cultiverons nos quinze déssiatines de terre !

— Vous êtes courageux ! dit Perpétue. Dieu vous aidera. Mais faites attention : l'été, il y a tous les bagnards évadés, tous les *varnaks*, qui descendent de la montagne et passent par ici.

— Ce ne sont pas de mauvais bougres, observa Siméon. Ils demandent simplement qu'on les nourrisse. Si on leur refuse le pain, bien sûr, il leur arrive de piller, de brûler les maisons !...

— Et encore, s'exclama Perpétue, c'est très rare ! Nous autres, nous n'avons jamais eu de démêlés avec eux. Il est vrai que, maintenant, je suis vieille. Ils ne me regardent même pas. Autrefois, je me cachais. Je vous conseille d'en faire autant, barynia ! Belle et fraîche comme vous êtes, vous leur mettriez le feu du diable dans les veines ! Et alors, gare !...

Elle rit à petits hoquets pointus, dans un sautillement de verrues. Nicolas jeta un regard sur Sophie. L'idée qu'elle pût être molestée par des brigands l'emplit d'horreur. Il s'imagina, surpris en pleine nuit, assommé, ligoté, assistant au viol de sa femme. L'épouvante de la scène dut se refléter dans ses yeux, car Perpétue reprit avec bonhomie :

— Ne vous inquiétez donc pas, barine ! Si vous croyez en Dieu, il ne vous arrivera rien de mal. Le meilleur moyen pour vivre en paix, à Mertvy Koultouk, c'est de placer une icône au-dessus de la porte et une cruche d'eau avec un pain sur le perron. Les *varnaks* mangent le pain, boivent l'eau, se signent, passent leur chemin. Et tout le monde est content !

Pendant qu'elle parlait, Nicolas se précipita dehors à la recherche du cosaque. Il le trouva jouant aux cartes, dans un appentis, avec le cocher.

— Quand dois-tu repartir ?
— Demain matin.
— Je te donnerai une lettre pour le général Lavinsky.

Dix roubles glissés dans la main du cosaque affermirent son zèle. Nicolas revint dans la chambre, où Sophie ouvrait la grande malle. Dès qu'elle en eut tiré l'encrier, les plumes, le papier, il s'installa pour écrire. Il lui paraissait évident qu'en l'expédiant avec sa femme dans cet endroit écarté, Lavinsky ignorait à quels dangers il les exposait l'un et l'autre. Dans un style ferme, il peignit au général les inconvénients de Mertvy Koultouk, insista sur la solitude du lieu, les difficultés de ravitaillement, la menace des *varnaks,* et conclut en sollicitant, au nom de la charité la plus élémentaire, un prompt changement de résidence :

« Je n'aurais pas osé me plaindre à vous, Votre Excellence, si j'étais célibataire, mais j'ai trop le souci de la tranquillité, de l'honneur, de la vie de mon épouse, pour taire l'angoisse qui m'étreint devant les épreuves qui l'attendent ici. »

Sophie approuva les termes de la lettre et convint avec Nicolas que Lavinsky ne resterait pas indifférent à leurs doléances. Ils étaient arrivés à ce degré d'anxiété et de fatigue où l'esprit, ayant volé dans tous les sens, accepte n'importe quel espoir pour se percher dessus et prendre du repos.

Perpétue leur prépara le souper : choux aigres, pain noir et lait caillé. Ils mangèrent avec appétit et se couchèrent tôt. Serrés l'un contre l'autre, ils se sentaient seuls au monde et vulnérables comme des enfants. La maison craquait dans le froid de la nuit. Au moindre bruit, Sophie se hérissait de peur. Malgré son épuisement, elle ne put fermer l'œil jusqu'à l'aube.

Le lendemain, Nicolas remit la lettre au jeune cosaque et les deux traîneaux partirent, au son des clochettes. Debout sur le perron, Sophie les regarda s'éloigner, toute songeuse. La veille, stimulée par Nicolas, elle avait pu croire que leur requête avait quelque chance d'aboutir. Maintenant, au grand soleil, elle mesurait l'absurdité de cet appel, lancé du fond du désert vers un personnage inaccessible. Quand le dernier traîneau eut diminué jusqu'à disparaître dans le blanc de la neige, elle eut l'impression qu'il n'emportait aucun message, que Nicolas n'avait rien écrit, que tout cela n'était qu'un rêve dont elle s'éveillait à l'instant.

6

D'après Siméon, un sous-officier de liaison venait chaque mois d'Irkoutsk pour apporter le courrier et inspecter les lieux. Mais six semaines s'écoulèrent sans qu'aucun messager ne se montrât. Vraisemblablement, il n'y avait pas de lettres pour les relégués. Nicolas comprit que sa requête resterait toujours sans réponse. Jamais, ni à Tchita ni à Pétrovsk, il n'avait eu à ce point conscience d'être coupé du monde. Il n'osait exprimer le fond de sa pensée pour ne pas attrister Sophie, mais une angoisse l'étreignait à l'idée que, peut-être, dans trente ans, dans quarante ans, ils seraient deux vieillards, installés dans une cabane, au bord du Baïkal, racornis, solitaires, oubliés de tous, comme Siméon et Perpétue.

Cependant, Sophie avait pris vaillamment son parti de la vie rude et monotone de Mertvy Koultouk. Elle s'occupait du ménage avec Perpétue, tandis que Siméon enseignait à Nicolas l'art de consolider une toiture, de réparer un traîneau, de pêcher dans un trou de glace et de poser des collets. Les journées passaient vite et la sympathie grandissait entre les deux couples. Après s'être sentis très différents de leurs hôtes par la naissance et l'éducation, après avoir même souhaité leur départ, Sophie et Nicolas apprenaient à les aimer dans leur simplicité tranquille. Siméon et Perpétue n'étaient pas des paysans ordinaires. Originaires, tous deux, de la province de Nijni-Novgorod, ils y avaient vécu longtemps en cultivateurs libres, sur un lopin de terre qui était à eux. Leurs biens avaient été saisis et vendus après le procès. Quand le mari avait terminé son temps de bagne, la femme l'avait rejoint à Mertvy Koultouk. Ils étaient sans nouvelles de leurs trois fils et de leurs deux filles, laissés au pays et qui tous, maintenant, devaient avoir passé la quarantaine. Comme ni elle ni lui ne savaient tenir une plume, ils se contentaient d'imaginer ce qu'étaient devenus leurs enfants. Sophie se proposa pour écrire à leur place au village. Mais ils refusèrent : « Lorsque la vie a pris un pli, il ne faut pas le déranger. Le mieux, c'est encore qu'on nous oublie. » A vieillir ensemble, face à face, dans un complet isolement, ils avaient fini par se ressembler. Leurs caractères s'étaient polis, arrondis, en s'usant l'un contre l'autre, comme les galets du lac. Ce que l'homme disait, la femme aurait pu le dire, et vice versa. Jamais ils n'étaient pressés par le temps. A l'âge où tant d'autres regrettent leur jeunesse, ils donnaient l'impression d'avoir tout l'avenir devant eux. Rien ne les effrayait dans le monde : ni la solitude, ni le froid, ni les brigands, ni les loups, ni les fièvres, puisque ces choses avaient été voulues par Dieu. Dans un univers qu'ils voyaient pur comme aux premiers jours de la création, le travail même ne leur semblait pas une pénitence. « Regarde les montagnes et tu te sentiras riche ! » avait coutume de dire Perpétue.

Le soir, les deux ménages se réunissaient pour souper à la même table. Siméon racontait des histoires de chasse, Sophie évoquait des souvenirs de la rue des Dames. Ses hôtes l'écoutaient avec admiration citer des noms de princes et de princesses. Elle entraînait son auditoire dans un conte de fées. Subjuguée par son propre récit, elle avait l'illusion de relater la période la plus heureuse de sa vie. Que n'eût-elle donné pour voir le vieux Léparsky entrer tout à coup dans l'isba, son chapeau à plumes sous le bras, l'œil sévère et la moustache souriante ? Elle songeait à lui comme à un père. Et les autres, qu'étaient-ils devenus ? Le Dr Wolff, Youri Almazoff, Pauline Annenkoff,

Marie Volkonsky... Tant de monde autour d'elle, et, soudain, plus personne ! Elle avait écrit des lettres à toutes les dames et attendait la visite du sous-officier d'Irkoutsk pour les lui remettre. Mais, avec le temps qui passait, ce sous-officier se transformait en une figure mythique, qu'on espérait toujours et qui ne venait jamais.

Vers la mi-avril, la température se radoucit, la neige mollit, s'étoila. Siméon et Perpétue se préparèrent à partir. Elle enfouissait des provisions dans des sacs, lui nettoyait son fusil, aiguisait ses couteaux, suiffait des ficelles et coulait des balles. La neige fondit par plaques autour de l'isba. L'herbe se redressa. Des ruisseaux chantèrent. La nuit, quand tout était silencieux, on entendait craquer la glace sur le Baïkal. La dernière soirée des deux vieux à la maison fut triste. Ils renouvelèrent leurs recommandations et leurs bénédictions à ceux qui restaient. On but un verre de vodka que Siméon avait fabriquée lui-même. Il laissa le tonnelet à Nicolas, ainsi qu'un pistolet et une hache.

Le lendemain, à l'aube, les deux voyageurs, emmitouflés de fourrures, chargés de sacoches, de cordes et de paquets, se hissèrent sur leurs chevaux. Perpétue portait des pantalons de cuir et montait à califourchon. Son visage aux plissures de pruneau sec disparaissait à demi sous une énorme toque de renard. Elle souriait, un trou noir au milieu de la denture :

— Que Dieu vous garde ! On se reverra en hiver !

— Bonne chasse ! cria Sophie. Au revoir !

Une amertume lui venait dans la gorge. Les chevaux partirent sur le sentier boueux. Longtemps, Sophie suivit du regard ces deux étranges cavaliers, si vieux de face et si jeunes de dos. Ils trottaient dans un paysage déshabillé de ses neiges, où les derniers lambeaux de blancheur cédaient sous la pression des fleurs sauvages. Quand ils furent loin, Nicolas rentra avec Sophie dans la maison. Ils tombèrent dans les bras l'un de l'autre. Et la vie leur parut soudain plus difficile.

Nicolas renonça vite à défricher les quinze déssiatines de terre que le gouverneur lui avait allouées et se contenta de remettre en état le petit potager de Siméon. Pour varier l'ordinaire, il prenait du gibier au piège ou allait pêcher dans le Baïkal avec les Bouriates. Le lac l'attirait, le fascinait. Il aimait se promener au bord de l'eau, bavarder avec les indigènes et les aider à réparer leurs filets. Chaque fois qu'il s'embarquait avec eux, c'était pour lui une fête. Sophie l'enviait d'être resté si enthousiaste, malgré les épreuves et les années. La vie au grand air lui convenait. Il avait le teint bronzé, la démarche souple, l'œil clair. Elle se surprenait à penser qu'il avait embelli en mûrissant. Au crépuscule, il se barricadait dans l'isba avec elle, après avoir déposé du pain et une cruche d'eau sur le perron, à l'intention des *varnaks*. Souvent, la nuit, elle s'éveillait en sursaut : quelqu'un marchait autour de la maison. Transie de peur, elle touchait l'épaule de Nicolas. Il se dressait sur son séant et, sans allumer la chandelle, écoutait à son tour : c'était le vent dans les arbres, ou la pluie sur le toit, ou un oiseau nocturne poussant son cri d'angoisse. Pourtant, un matin, en ouvrant la porte, ils constatèrent que le pain avait disparu et que la cruche était vide. Le sang se glaça dans les veines de Sophie. Elle regardait des traces de pas dans la boue, devant le perron, et tremblait. Plusieurs nuits de suite, elle ne put dormir. Mais les fuyards, dont elle redoutait l'incursion, devaient passer ailleurs. Les provisions qu'elle leur destinait restaient intactes. Puis, de nouveau, un jour, elle ne retrouva ni le pain ni l'eau. Elle finit par s'habituer à ces visiteurs discrets. Ils revinrent fréquemment. Elle songeait à eux avec une crainte mêlée de curiosité, comme aux bêtes de la forêt qui s'aventuraient, elles aussi, jusqu'au seuil de la porte.

Le 23 mai, un sous-officier de liaison arriva enfin d'Irkoutsk avec le courrier. Il apportait une lettre du général Lavinsky avisant Nicolas que sa demande de changement de résidence avait été transmise par la voie hiérarchique à Saint-Pétersbourg, et une lettre du maréchal de la noblesse de Pskov envoyant à Sophie mille roubles de revenus et de bonnes nouvelles de son neveu. Elle voulut absolument garder le messager à souper. Il était jeune, sot et infatué. Mais c'était un visage neuf. Il venait de la ville. Deux jours auparavant, il avait vu des maisons, des magasins, des passants ! Elle l'interrogea avec avidité. Puis, elle lui expliqua en détail pourquoi elle désirait quitter Mertvy Koultouk, comme si ce personnage dérisoire avait pu appuyer sa requête. Il écoutait d'un air important et buvait comme quatre. On le coucha, ivre mort, dans le lit de Siméon. A son réveil, Sophie lui remit toutes les lettres qu'elle avait préparées pour les dames de Pétrovsk, plus une nouvelle protestation de Nicolas, adressée, cette fois, à Benkendorff. L'homme jura, l'œil mi clos et le teint brouillé, de revenir, jour pour jour, dans un mois. Une fois dans sa voiture, il se rendormit.

Après le départ du sous-officier, Nicolas poussa un soupir de soulagement. Il avait eu peur que cet imbécile, en s'attardant à Mertvy Koultouk, ne lui fît manquer sa partie de pêche. Sophie eut beau lui dire que le ciel était à la pluie, il répliqua que, par mauvais temps, l'esturgeon se laissait mieux prendre. Elle l'accompagna jusqu'au village de tentes et le regarda monter dans une barque à voile, avec quatre indigènes vifs et grimaçants comme des sapajous. Il lui promit d'être de retour avant la tombée de la nuit. Le bateau s'éloigna en dansant sur des vaguelettes courtes et crêtées d'écume. Debout à la poupe, les cheveux ébouriffés, la face brune déchirée par un rire blanc, il agitait la main. Il paraissait encore plus grand parmi les Bouriates qui étaient tous de petite taille. Sophie répondit à son geste aussi longtemps qu'elle put le voir.

Lorsqu'il fut loin, elle passa d'une yourte à l'autre, échangeant quelques mots aimables avec les habitants. Une soixantaine de Bouriates, répartis en huit familles. Il était difficile d'entrer en contact avec eux. Outre qu'ils baragouinaient à peine le russe, ils semblaient insensibles aux séductions de la propreté et de l'intelligence. Vivant comme dix siècles auparavant, ils appréhendaient tout ce qui risquait d'améliorer leur sort. Les femmes surtout considéraient Sophie avec méfiance, quand elle s'intéressait à leurs enfants. Elle les trouvait gracieux, amusants, étranges, avec leurs faces rondes et jaunes, leurs yeux bridés, leur air grave. Elle leur confectionnait des poupées de chiffons. Ils les acceptaient, mais elle ne les voyait jamais jouer avec. Le seul être à qui elle pût parler presque normalement était le vieux Vaoul, le chef de la tribu. Il était petit, borgne, avec un mufle tout plissé autour d'une large bouche, aux dents enduites de laque noire. Elle s'attarda sous sa tente. On y respirait cette odeur de viande avariée, de crasse et de sueur caractéristique des campements mongols. Vaoul fumait une pipe en argent. Elle dut accepter d'en tirer trois bouffées Lorsqu'elle lui eut rendu sa pipe, il dit :

— Maintenant, tu es de ma maison. Viens quand tu veux. Avec moi, il ne t'arrivera rien de mal. Tu sais, je suis un peu *chaman* : je parle avec les esprits de la terre et de l'eau...

Elle le remercia et rentra chez elle, où elle pensait avoir beaucoup d'ouvrage en retard. Mais, une fois dans sa chambre, elle ne sut plus que faire. Nicolas avait laissé sur la table un cahier où il consignait ses réflexions politiques. Elle le feuilleta avec l'attendrissement d'une mère penchée sur le journal intime de son fils. Elle le retrouvait si bien à travers cette prose ! Rien de fripé, rien d'usé dans ses idées. Comme jadis, il croyait au triomphe final de la liberté sur le despotisme, à la prédisposition des peuples au bonheur. Malgré l'expérience désastreuse des décembristes, il gardait une sorte d'innocence première, qui le sauvait du désespoir. Un autre cahier contenait le récit détaillé de la révolte du 14 décembre. Pour qui rédigeait-il ses souvenirs ? Si encore ils avaient eu un enfant !...

Sophie rêva un instant, soupira, reprit sa lecture. Peu à peu, la chambre s'obscurcit à ses yeux. Elle sortit sur le perron. Le ciel se couvrait, à l'ouest. Un brouillard orageux décapitait les montagnes. De lourdes éponges de vapeur violacée pendaient au-dessus du Baïkal. La pluie se mit à tomber. « Je le lui avais bien dit ! » pensa Sophie avec une douce colère. Et, avisant le manteau de Nicolas, qui était resté accroché à un clou, près de la porte, elle se fâcha davantage : « Il est pire qu'un gamin ! Pourvu qu'il ne prenne pas froid ! » Ce souci la tourmenta, par intervalles, jusqu'à l'approche du soir.

Au crépuscule, elle s'enveloppa dans une cape, prit le manteau de Nicolas sur le bras et descendit vers le rivage. Fouettée par l'averse, elle scruta l'horizon : pas de barque. Les vagues déferlaient sur la plage de galets avec une violence croissante. Leur écume jaunâtre s'étalait en crépitant jusqu'au pied des yourtes. Des gamins, tout nus, le crin bleu-noir, le sexe ballottant, s'amusaient à se laisser rouler par les lames. Ils ne poussaient pas un cri en jouant, ils ne riaient pas. Au loin, une colonne de brume reliait le ciel bas au lac démonté. L'ombre vint et le bouillonnement liquide se confondit avec les draperies de la nuit. Cependant, personne n'était inquiet parmi les Bouriates. Le vieux Vaoul dit à Sophie :

— Ils ont probablement accosté ailleurs, à cause du mauvais temps. Ils vont camper...

Elle regagna sa maison en songeant que cette aventure devait enchanter Nicolas, toujours avide d'imprévu. L'inconséquence de son mari la charmait et l'irritait tour à tour. Elle l'imaginait assis à croupetons devant un feu de bois. Les mains tendues vers les flammes, il écoutait les Bouriates raconter des histoires de présages et de sorcellerie.

Toute la nuit, elle entendit le vent hurler et la pluie battre le toit. L'isba craquait des jointures. La clenche de la porte sautait sur son mentonnet. Le lac montait à l'assaut du rivage. A l'aube, les rafales s'apaisèrent. Quand Sophie sortit sur le perron, un paysage silencieux, mouillé, innocent, l'entoura. Le Baïkal était d'une tranquillité angélique. Le soleil naissait à la fois dans le ciel et dans l'eau. Une citadelle de nuages s'éboulait mollement au zénith. Les montagnes elles-mêmes semblaient prêtes à se dissoudre dans l'air. Nicolas et ses compagnons allaient revenir, poussés par une petite brise amicale. Sophie prit le temps de se laver, de s'habiller, de boire une tasse de thé chaud et se rendit au village bouriate. Vaoul l'accueillit avec empressement et lui proposa d'entrer sous sa tente. Elle préféra rester dehors pour voir arriver le bateau.

— Ne sois pas trop pressée, dit Vaoul. Peut-être qu'ils profiteront du beau temps pour pêcher encore !

Elle s'indigna :

— Ah, non ! Il sait que je suis inquiète, que je l'attends !...

— Quand le poisson mord, il n'y a plus de femme qui compte !

Vaoul riait. Sa face était un soleil de rides. Sophie rit aussi, par bravade, mais le cœur n'y était pas. A mesure que les heures passaient, une appréhension s'emparait d'elle. Par moments, elle croyait distinguer une voile dans le scintillement des flots. L'illusion se dissipait et le vide qui succédait à ces élans d'espoir était de plus en plus difficile à supporter. Elle remarqua que les femmes bouriates dont les maris étaient partis avec Nicolas venaient maintenant, de temps à autre, se poster sur le rivage avec des figures soucieuses. A plusieurs reprises, elle essaya de leur parler. Mais elles ne répondaient pas, le dos rond, le front bas, le regard craintif. Leurs doigts noirs de crasse tripotaient des amulettes. Seul Vaoul conservait une confiance inébranlable :

— Ce sont de bons navigateurs. Il ne peut rien leur arriver !

Cette assurance, qui avait d'abord apaisé Sophie, l'exaspéra à la longue. A la tombée de la nuit, elle laissa éclater son angoisse :

— Nous ne pouvons rester ainsi, les bras croisés, à attendre !...

Vaoul cligna de l'œil gauche ; le droit était globuleux et pâle, comme un blanc d'œuf :

— Sois tranquille, j'ai consulté les esprits : ils sont pour nous. Demain, tout s'arrangera. En attendant, retourne chez toi. Tu as besoin de nourriture et de repos. Quand il y aura du nouveau, je te préviendrai.

Sophie refusa. Elle ne voulait pas s'éloigner du lac. Les Bouriates allumèrent des feux sur la plage pour guider les navigateurs. Le bois mouillé dégagea une fumée épaisse. Puis les flammes bondirent. La nuit s'anima. Des copeaux d'or se balancèrent au creux des vagues.

A l'heure de la soupe, chaque famille se replia dans sa tanière. Assis en cercle, hommes et femmes mangeaient de la viande séchée et buvaient du thé de brique. Sophie n'avait ni faim ni sommeil. Pourtant, elle accepta une litière dans la tente du chef. Il dormait là avec son épouse et ses quatre enfants. Les ronflements allaient du grave à l'aigu. L'odeur était insoutenable. Dans le noir, la crainte de Sophie augmentait à chaque battement de cœur. Il lui semblait entendre un pas sur les galets, le clapotis d'une rame touchant l'eau, un soupir, un gémissement. Elle se ruait dehors. Personne. Les flammes se mouraient. Là-bas, dans les ténèbres, des vagues aux chevelures blanches se poursuivaient indéfiniment. Sophie tournait la tête dans tous les sens, frissonnait de froid et de peur, rentrait sous la yourte et se recouchait pour quelques minutes. Son obsession était si forte qu'elle s'assoupit avec l'impression de continuer à veiller, debout, face au lac.

Tout à coup, la clarté du soleil embrasa ses rêves. Elle bondit sur ses jambes, constata que la tente était vide, courut jusqu'à la berge et vit Vaoul qui embarquait sur un mauvais canot, avec deux rameurs.

— Ils doivent s'être arrêtés quelque part pour réparer leur bateau ! cria-t-il. Je vais les chercher sur le lac. Pendant ce temps, d'autres hommes suivront la côte, à cheval. A nous tous, nous finirons bien par les trouver !

A l'ouest, des Bouriates, montés sur de petits chevaux velus, s'enfonçaient, en file, dans les joncs. La barque s'éloignait à grands coups de rames. Une main en visière pour se protéger du soleil, Sophie regardait cette mouche pattue nager dans le sirop du lac. Elle diminuait à vue d'œil. Bientôt, elle ne fut qu'un point noir sur une virgule d'ombre verte. Puis, il n'y eut plus rien. « Peut-être Nicolas s'est-il enfui, comme autrefois avec Filat ? pensa-t-elle. Peut-être apprendrai-je qu'il se trouve en Chine ou en Alaska ? Mais non, je suis folle, folle ! Il va revenir ! Il revient !... » Elle clignait des yeux et se cramponnait à son illusion, comme un joueur qui perd, s'entête et refuse de s'avouer vaincu. Ces alternatives d'espoir et de doute l'épuisaient. Son esprit et son corps ne faisaient qu'un dans la tension de l'expectative. Elle ne sentait même pas la cuisson du soleil sur sa figure. La femme de Vaoul lui apporta à manger. Elle secoua la tête négativement.

Les cavaliers envoyés par Vaoul revinrent au soleil couchant. Du plus loin qu'elle les vit, Sophie courut à leur rencontre. Ils allaient au pas, le long du littoral. Les derniers rayons du jour faisaient la roue derrière leurs silhouettes noires. Leurs ombres obliques se traînaient sur les galets de la plage. En s'approchant d'eux, Sophie remarqua qu'ils ramenaient de grands paquets roulés dans des prélarts et couchés en travers de leurs selles. L'un des Bouriates, qui parlait le russe, dit avec lenteur :

— On en a retrouvé trois sur cinq. La vague les a rejetés sur la côte.

Un gouffre s'ouvrit sous les pieds de Sophie. Elle se sentit faiblir et trembler. Brusquement, un cri affreux déchira sa gorge :

— Nicolas !

— Je crois que c'est celui-ci, dit le Bouriate en désignant le corps qu'il transportait. Tu veux voir ? Je vais le détacher, tout de suite.

7

Au bruit des pelletées de terre tombant sur le cercueil, Sophie inclina la tête. Chaque coup retentissait dans sa poitrine. Elle imaginait Nicolas couché entre les planches et écoutant, lui aussi, du fond de son obscurité, l'avalanche de mottes et de cailloux qui, peu à peu, le séparaient du monde. Elle ne pouvait s'habituer à l'idée qu'il fût mort. Même maintenant, elle gardait, sinon un espoir, du moins un doute. Nicolas n'avait pas cessé d'exister, il était ailleurs. Les deux autres cadavres avaient été retrouvés le lendemain, avec les débris du bateau. Il s'était ouvert sur un récif, pendant la tempête. Les Bouriates avaient enseveli leurs compagnons à même la terre. Pour Nicolas, ils avaient construit une caisse. Sophie regrettait qu'il n'y eût pas de prêtre pour bénir le corps. Avant la mise en bière, elle avait lu des prières, en russe. Avec un si mauvais accent que, sans doute, Nicolas en avait souri sous son masque horrible de noyé. Cette face blafarde, volumineuse, boursouflée, ce rictus idiot... Ce n'était pas lui, ce n'était pas lui !... La boîte résonnait sourdement. Déjà, on ne la voyait plus. Tous les Bouriates, hommes et femmes, se tenaient en cercle autour des deux fossoyeurs. L'endroit était bien choisi : à côté de la maison, face au lac. Le fer des pelles brillait au soleil. Quand le trou fut comblé, on planta sur le tertre une croix taillée dans le bois de l'épave. C'était fini. Les Bouriates défilèrent devant Sophie et la saluèrent, une main sur le cœur. Le chef de la tribu se présenta en dernier et dit :

— Je vais envoyer un homme à Irkoutsk pour prévenir le général que ton mari est mort.

Sophie le remercia et rentra chez elle. La maison était encore pleine de Nicolas : ses vêtements, ses papiers, ses livres... Trop de choses le conviaient ici ! Ce soir, il reviendrait. La preuve ? S'il était réellement mort, elle eût été plus malheureuse. Or, elle ne souffrait pas. Elle était anéantie. Un automate agissait à sa place, d'une façon méticuleuse et insensée. Elle rangeait la chambre, disposait la cruche d'eau et le pain sur le perron pour les *varnaks*, fermait la porte à clef, se couchait, soufflait sa chandelle.

Au milieu de la nuit, elle s'éveilla. Seule dans ce grand lit. Sa main cherche la place de Nicolas entre les draps, sur l'oreiller. Le vide. Le froid. Pour toujours. Ce que son esprit n'osait concevoir, son corps brusquement le comprit. Un sanglot lui ouvrit la poitrine. Elle se roula sur un souvenir. Dix-huit ans de vie commune, d'amour, de tristesse, de jalousie, de querelles, de projets, et, tout à coup, plus rien. Les larmes l'épuisèrent.

Au matin, elle s'aperçut que le pain avait disparu, que la cruche était vide. Ce n'était pas un rôdeur qui était venu, mais Nicolas. Et elle l'avait laissé dehors. Elle décida de ne plus fermer sa porte à clef. En même temps, elle se rendait compte que son idée était absurde, qu'elle divaguait. La notion de ce dédoublement lui était à la fois agréable et effrayante. Elle flottait entre ciel et terre.

Les jours passaient, sans qu'elle en eût conscience. Elle ne se demandait pas ce qu'elle allait devenir. Souvent, elle s'asseyait sur une pierre, devant la tombe de Nicolas, et s'abîmait dans une contemplation stérile. Vivre ? Pour qui ? Pour quoi ? Sa tâche terrestre n'était-elle pas terminée ? Elle avait donné le meilleur d'elle-même. Elle n'avait plus rien à dire à personne. Son intérêt n'était pas ici, mais dans le royaume des pensées incertaines, des choses impossibles...

Une semaine après l'enterrement, le Bouriate envoyé à Irkoutsk revint à bride abattue pour annoncer la visite imminente d'un « grand officier ». Et, en effet, le surlendemain, « le grand officier » arriva, dans une méchante calèche crottée, que traînaient quatre chevaux. Il s'agissait d'un simple lieutenant, dépêché par le général Lavinsky pour enquêter sur place. Dès l'abord, Sophie devina que ce jeune homme à la grosse tête blonde, plantée sur un petit corps, serait un ennemi pour elle. Il se nommait Pouzyreff et compensait sa courte taille par une suffisance qui l'obligeait à parler le menton haut et la narine dilatée. Assis dans l'isba, derrière la table de travail de Nicolas, il interrogea successivement tous les Bouriates sur les circonstances de l'accident et nota leurs dépositions dans un cahier. Puis, resté seul avec Sophie, il lui demanda de donner « sa version personnelle des événements ».

— Je n'ai rien à ajouter, dit-elle. Mon mari est parti. La tempête s'est levée. On l'a ramené mort.

La sobriété de ce récit ne fut pas du goût de Pouzyreff. Visiblement, il eût souhaité quelques contradictions entre les différents témoignages, des incohérences psychologiques, un mystère à résoudre, pour se faire valoir auprès de ses supérieurs.

— Ainsi, pour vous, c'est une affaire toute simple ? dit-il avec un sourire en biais.

— Hélas ! oui, Monsieur, répondit Sophie.

— J'espère que l'administration sera de cet avis. Mais vous admettrez qu'il m'est impossible de conclure officiellement au décès de votre mari, sans l'avoir constaté par moi-même.

— Vous arrivez bien tard !

— Je ne le nie pas, Madame. Et ma mission n'en est que plus délicate. Je vais être malheureusement obligé d'exhumer le corps.

Il prononça ces mots du bout des lèvres, en fixant sur Sophie un regard bleu et glacé. Elle resta une seconde sans comprendre, puis, soudain, une révolte la secoua. Remuer cette terre sacrée, troubler le repos de Nicolas, profaner ses restes pour un dernier contrôle de police, jamais !

— Je vous le défends ! cria-t-elle.

Pouzyreff eut un haut-le-corps :

— De quel droit ? Vous oubliez votre situation, Madame. Votre mari était un criminel d'Etat. Il se trouvait à Mertvy Koultouk en résidence surveillée. Qui me prouve qu'il ne s'est pas enfui en simulant un naufrage ? Qui me prouve que cette mort n'est pas une mise en scène ? Qui me prouve que la tombe n'est pas vide ?

Sophie avait pensé à tout sauf à cette supposition offensante et grotesque.

— Monsieur... Monsieur, balbutia-t-elle, croyez-vous que moi, sa femme, je pourrais me prêter à cette atroce comédie ? Si je vous jure que j'ai reconnu mon mari, que j'ai aidé à le coucher dans son cercueil, que...

Les larmes l'étouffaient. Pouzyreff se leva et dit :

— Je suis en service commandé. Quels que soient mes sentiments, j'exécute les ordres.

Il se dirigea vers la porte. Elle lui barra le chemin :

— Je vous en supplie, lieutenant, ne faites pas cela !

— Mais, Madame, puisque je dois certifier dans mon rapport...

— Eh bien ! Certifiez, certifiez... mais ne bouleversez pas la tombe de mon mari !...

— Vous me demandez de mentir à mes supérieurs ?

— Je vous demande de vous conduire en gentilhomme !

Il l'écarta du bras, sans répondre, et sortit sur le perron. Les Bouriates attendaient, devant la maison, immobiles, muets, sous leurs chapeaux pointus.

— Allez chercher des pelles, leur dit-il.

— N'y allez pas ! cria Sophie en se dressant derrière Pouzyreff. Il veut faire déterrer les morts !

Elle avait un visage blême, défait, aux yeux rouges.

— C'est vrai, ce qu'elle dit ? interrogea Vaoul.

— Je ne toucherai pas aux morts de votre tribu, promit le lieutenant. J'ai besoin de vérifier le décès du criminel d'Etat Ozareff. C'est tout !

Vaoul hocha sa vieille tête et grommela :

— Ne nous demande pas ça, chef. Pas à nous. C'est contre notre croyance. Quand le grand repos a commencé pour un homme, aucun Bouriate n'a le droit de le déranger. Si tu veux, nous te donnerons une pelle. Creuse toi-même...

Les yeux de Pouzyreff étincelèrent de fureur :

— Vous refusez d'obéir aux ordres du gouverneur ? Cela vous coûtera cher ! Je le signalerai !... Je le signalerai !... On enverra de la troupe !... On vous fera marcher au pas !... Mécréants !...

Les Bouriates échangeaient des regards ahuris. Vaoul se grattait la nuque, grimaçait, hésitait. Une minute de plus, et il dirait oui. Comme frappée de folie, Sophie s'arracha de sa place, traversa le potager, pénétra dans la cabane à outils, en ressortit avec une pelle et marcha vers la tombe. Sa raison chancelait. Elle n'était plus maîtresse de ses gestes. Si quelqu'un devait tirer Nicolas de son sommeil, ce ne serait pas un étranger, mais elle, sa femme devant Dieu. Elle marmonnait :

— Je le ferai, moi... Moi seule !...

Ses jambes s'empêtraient dans sa jupe. Avec force, elle planta la pelle dans la terre. Ce fut comme si elle eût porté un coup à un être vivant. L'affreuse vibration du choc courut le long de ses bras et atteignit son cœur. Les larmes jaillirent de ses yeux. Elle répétait obstinément :

— Je le ferai ! Je le ferai !

Pour la seconde fois, sa pelle entra dans le sol mou. Elle pesa du pied sur le fer pour l'enfoncer plus avant. Des mains rudes la saisirent. Elle se débattit, gémissant :

— Laissez-moi !

Mais les Bouriates la maintenaient prisonnière avec une fermeté respectueuse. Pouzyreff était devant elle, pâle comme un linge. Il bredouilla :

— Madame ! Madame !... Eh bien ?... C'est absurde !... Reprenez-vous !...

Elle tremblait et claquait des dents, sans comprendre ce qui lui arrivait. On lui enleva la pelle, on la ramena dans la maison, on l'assit dans un fauteuil, on lui servit une tasse de thé chaud. Perdue dans un brouillard nauséeux, elle vit Pouzyreff qui rangeait ses papiers dans une serviette en cuir rouge. Les Bouriates avaient disparu. N'étaient-ils pas en train de rouvrir la tombe ? Inquiète, elle se dressa sur ses jambes :

— Où sont-ils ? Je ne veux pas...

— Rassurez-vous, Madame, dit Pouzyreff. Nous nous passerons de l'exhumation. J'écrirai dans mon rapport que le nécessaire a été fait, que j'ai constaté, que tout est en règle... Hum !... C'est la routine, n'est-ce pas ?... Nous sommes obligés...

Il lui parlait avec une prévenance appuyée, comme s'il se fût adressé à quelqu'un d'anormal ; de toute évidence, il redoutait une nouvelle crise ; il était pressé de partir ; il fit deux petits saluts, sortit à reculons et sa calèche l'emporta.

Quand le bruit des clochettes se fut éteint, Sophie regarda autour d'elle et le chagrin, l'horreur la reprirent avec une violence redoublée. Seule, elle n'avait plus la moindre raison de se contenir. Le vide de la chambre l'effrayait. Un râle sourd laboura sa poitrine. Elle ne pleurait pas, elle hoquetait. Ses muscles se contractaient, son diaphragme sautait, sans qu'elle pût dominer l'affreux mouvement qui s'était emparé d'elle. Longtemps, elle se débattit dans le désespoir. Puis, ses forces l'abandonnèrent. Elle émergea de la tempête avec un cerveau vacant et des membres rompus. C'était la rémission, le repos. Il lui semblait qu'aucun coup du destin ne pouvait plus l'atteindre et que même sa peau était devenue insensible. On lui eût brûlé la main sans qu'elle tressaillît ! Parvenue à cet état d'inertie absolue, elle s'étonnait déjà d'avoir tant souffert, tant pleuré, devant le petit officier dépêché d'Irkoutsk pour rouvrir la tombe. Elle savait bien, pourtant, que son Nicolas à elle ne reposait pas sous cette terre. Pas une fois, elle n'avait perçu sa présence quand elle s'était recueillie au pied de la croix. L'idée lui vint que, si Pouzyreff avait réellement exhumé le cercueil, il n'eût rien trouvé à l'intérieur. Elle aurait dû le laisser faire ! Nicolas était parti sur le lac et y voguait encore. La dernière image qu'elle avait eue de lui, ce n'était pas un cadavre défiguré, mais un homme vivant, joyeux, dressé à l'arrière d'un bateau, agitant la main et riant de toutes ses dents blanches. Si elle voulait le rejoindre, elle devait partir à son tour. Fuir cet endroit où il ne reviendrait jamais. Rentrer en Russie... On ne pouvait pas le lui refuser, maintenant que son mari était mort. C'était lui et non elle qui avait été condamné à finir ses jours en Sibérie. Bien entendu, elle emmènerait les restes de Nicolas avec elle pour qu'ils fussent inhumés à Kachtanovka. Là-bas, il serait bien. A l'ombre d'un grand arbre. Entre son père et sa sœur.

Très agitée, elle se leva et courut à la tombe, pour demander conseil. Son esprit procédait par bonds désordonnés. Tantôt elle raisonnait en personne sensée, tantôt un déclic se produisait dans sa tête et elle se laissait aller à des suppositions extravagantes, qui la ravissaient au monde et la pénétraient de frayeur et de joie. Le soir descendait du haut des montagnes. Dans la pénombre, la croix, grossièrement clouée, était celle de n'importe qui. Sophie la regardait et n'en recevait pas de réponse. Pendant cinq minutes, elle demeura ainsi en face d'un inconnu qui n'avait rien à lui dire. Evidemment, tant qu'il n'aurait pas regagné Kachtanovka, il resterait muet. Elle frottait ses mains l'une contre l'autre, d'un geste machinal. Puis, elle se rendit au bord du lac, lustré de vert et de bleu, comme le plumage d'un paon. Une lune pâle se précisait dans le ciel encore clair. Longtemps, elle attendit, avec un grand sérieux, le retour du bateau de pêche qui avait emporté Nicolas. Devant ce gouffre d'obscurité lumineuse, tout était possible. Enfin, la nuit s'installa complètement.

Sophie rentra chez elle, mangea un peu, sans savoir pourquoi, se coucha et se prépara à ne pas dormir. Une pensée énergique se frayait un chemin à travers tous les obstacles, dans son cerveau. Quitter Mertvy Koultouk et cette tombe trompeuse, obtenir une feuille de route du général Lavinsky, retourner à Kachtanovka, sur les lieux mêmes où Nicolas et elle avaient été si heureux. Là-bas, dans le cercle de ses plus chers souvenirs, elle retrouverait le petit Serge. Il avait huit ans à présent, mais elle continuait à le voir tel qu'il était lorsqu'elle l'avait laissé : un bébé dans ses langes, avec une moue nourrie de lait et de gros yeux bruns, pailletés d'étincelles rieuses. A cette évocation, un flot de tendresse la souleva. Ah ! tenir dans ses bras, réchauffer, préserver, bercer cette vie à ses débuts ! Etre utile de nouveau ! Evidemment, il y aurait Sédoff, à Kachtanovka. Mais elle l'écarterait en le payant. C'était un homme toujours prêt à se vendre. Il suffisait d'y mettre le prix. Et elle était riche, puisque la moitié du domaine lui appartenait. Une fois Sédoff éloigné, le petit Serge serait tout à elle. A elle et à Nicolas. Ils s'occuperaient de lui, ensemble. Ils l'élèveraient dans leurs idées. Ils en feraient leur enfant. Cette conviction insolite devenait le centre de sa joie. Elle reprenait espoir ; elle apercevait un but, dans le lointain : la vieille maison de Kachtanovka, avec ses murs de crépi rose, son toit vert chou et les quatre colonnes de son perron.

Toute la nuit, elle y rêva avec une exaltation fiévreuse. Le lendemain, elle demanda à Vaoul de la conduire à Irkoutsk. Justement, il devait aller à la foire, pour échanger des fourrures et des vessies de poisson contre du thé de brique, des outils et du suif. Il dit à Sophie que, si elle pouvait attendre quinze jours, il la prendrait dans son chariot. Elle le remercia et s'exhorta à la patience.

La veille de son départ, comme elle était sûre de ne pas revenir à Mertvy Koultouk, elle distribua aux femmes bouriates les ustensiles de ménage dont elle n'aurait plus besoin.

8

— J'avoue que je suis fort surpris de vous voir ici, Madame, alors que je ne vous ai pas donné l'autorisation de vous déplacer, dit le général Lavinsky en invitant Sophie à s'asseoir devant lui, dans son bureau.

Le voyage en chariot, avec les Bouriates, l'avait épuisée. Elle appuya dans le fond du fauteuil ses reins endoloris, ses épaules lasses, regarda son interlocuteur dans les yeux et murmura :

— Je pensais qu'après la mort de mon mari, je n'étais pas personnellement tenue à résidence !

— La mort de votre mari ne modifie en rien vos devoirs envers l'administration, rétorqua-t-il en fronçant les sourcils. Je veux bien, par égard pour votre deuil, fermer les yeux sur l'irrégularité de votre arrivée dans cette ville. Je vous promets même de ne point faire de remontrances à vos convoyeurs. Mais je compte sur vous pour que pareille fantaisie ne se reproduise plus !

Elle ne s'attendait pas à cette réprimande et perdit un peu de sa confiance pour la suite de l'entretien. Lavinsky marqua un temps d'arrêt. Son visage se détendit. Puis, il dit avec l'expression d'un intérêt tout paternel :

— J'imagine que seul un motif très grave a pu vous inciter à venir, de votre propre chef, à Irkoutsk. De quoi s'agit-il ?

Sophie rassembla son courage et se lança dans le discours qu'elle avait préparé. Tandis qu'elle expliquait au général le désarroi où l'avait laissée la mort de Nicolas et l'impossibilité où elle était de continuer à vivre seule à Mertvy Koultouk, il l'écoutait d'un air de commisération infinie. Hochant la tête, soupirant pour elle, il paraissait la suivre, pas à pas, dans ses épreuves. Elle pouvait croire la partie gagnée.

— Mon mari étant mort, je n'ai plus aucune raison de rester ici, Excellence, dit-elle. Je voudrais retourner en Russie et y faire transporter le corps, afin qu'il soit inhumé dans notre propriété familiale, à Kachtanovka. Ne pourriez-vous m'aider dans mes démarches ?

Le buste de Lavinsky se raidit et grandit derrière le bureau. Ses yeux pâles s'arrondirent sous le double arc de ses sourcils levés. Il semblait aller de surprise en surprise avec cette visiteuse qui ne doutait de rien.

— Je suis désolé de vous décevoir, Madame, dit-il, mais, premièrement, il est interdit de déplacer la dépouille d'un ancien condamné politique, et, deuxièmement, la veuve d'un ancien condamné politique n'a pas le droit de quitter la Sibérie.

Sophie demeura interloquée. Comme un blessé étourdi par le choc, elle ne ressentait pas encore la profondeur du coup qu'elle avait reçu. Soudain, elle bredouilla :

— C'est impossible, Excellence ! La faute de mon mari s'est éteinte avec lui ! N'ayant pas été moi-même condamnée, je suis libre d'aller où bon me semble !

— Avant de rejoindre Nicolas Mikhaïlovitch Ozareff en Sibérie, n'avez-vous pas signé un papier par lequel vous reconnaissiez être assimilée à un criminel d'Etat ? demanda-t-il.

— Si, balbutia-t-elle.

Et le froid pénétra dans ses veines. Assise dans ce bureau solennel, où régnaient le bronze, l'acajou et le vert empire, elle avait l'impression de perdre contact avec tout ce qui était humain.

— On ne tient jamais assez compte des signatures qu'on distribue ! dit Lavinsky. Surtout les dames ! Du reste, Sa Majesté a tranché le point de droit qui vous préoccupe en Conseil des ministres, il y a quelques semaines, exactement le 18 avril 1833. Le mieux est encore que vous jetiez un coup d'œil sur le rapport officiel de la séance...

Il sortit d'une chemise une grande feuille de papier, couverte d'une écriture bouclée et portant le numéro d'ordre 762.

— Passez le préambule, reprit-il. Allez droit au paragraphe 2. C'est celui qui vous intéresse.

Il pointa son doigt sur une ligne. Sophie lut :

« Après la mort des criminels d'Etat, les épouses innocentes qui ont partagé leur sort seront réintégrées dans tous leurs droits, avec la possibilité d'administrer leur fortune et d'en toucher les revenus, mais uniquement dans les limites de la Sibérie. L'autorisation de retourner en Russie ne pourra être délivrée aux veuves desdits criminels d'Etat que dans des cas exceptionnels et devra être précédée d'une décision particulière de l'empereur. »

Elle reposa le papier sur le bureau. Sa déception était si forte qu'elle en avait le vertige. Lavinsky, la fenêtre, les tableaux, tout tremblait devant ses yeux. Ainsi, pendant des semaines, elle avait vécu dans la certitude d'un prompt retour en Russie, et cette pauvre revanche sur le destin lui était refusée. Une fois de plus, son avenir dépendait de la volonté du tsar. On eût dit qu'il goûtait un malin plaisir à tenir les gens sous sa griffe, à desserrer l'étreinte, puis à la resserrer, au moment où ses victimes allaient prendre leurs aises.

— Vous pouvez toujours faire une demande, dit Lavinsky évasivement.

— Aura-t-elle des chances d'aboutir ?

— J'en doute. Sa Majesté ne voudra pas créer un précédent.

Une rage méprisante secoua les nerfs de Sophie. En s'écroulant sur elle, ses illusions la laissaient encore plus démunie que naguère. Elle était confondue par la méchanceté des hommes au pouvoir. La Russie, songea-t-elle, était l'un des rares pays dont tout le monde, à l'étranger, s'accordait à aimer le peuple et à détester le gouvernement. « Et maintenant, que faire ? » Elle descendit en elle-même, à la recherche d'une réponse, d'un mot d'ordre, d'une direction, et ne découvrit qu'une solitude et une faiblesse sans recours.

— Je ne puis croire, Excellence, qu'on veuille me retenir indéfiniment en Sibérie alors que je n'ai rien fait pour mériter ce châtiment, dit-elle. Je suis une femme seule. Je ne constitue un danger pour personne...

— Certainement, Madame, dit Lavinsky avec un froid sourire. Mais vous avez tort de considérer la Sibérie comme un pays de restriction et de pénitence. On peut vivre très heureux sur cette belle terre russe. Je connais bien des gens d'ici qui ne voudraient pour rien au monde habiter ailleurs !

Elle ne l'écoutait pas. Ses idées tournaient en rond. Soudain, elle entrevit une chance de salut.

— Il y a une chose que vous semblez oublier, Excellence ! s'écria-t-elle avec fougue. Une chose très importante ! Je suis française !

— Eh bien ?

— Il est précisé dans votre document que le retour des veuves en Russie pourra être autorisé dans des cas exceptionnels ! Or, je représente un cas exceptionnel ! Sinon par mon malheur, du moins par ma nationalité !

Lavinsky réfléchit et concéda, du bout des lèvres :

— En effet... Je vous conseille de faire figurer cette observation dans votre requête... Cela vous servira, peut-être...

Elle exulta :

— Vous voyez bien !

Il esquissa une moue dubitative.

— Dès demain, reprit-elle, je vous apporterai une demande pour le transfert du corps de mon mari et pour mon propre départ ! En attendant la réponse de l'empereur, je retournerai à Pétrovsk, auprès du général Léparsky. Il a été si bon pour moi ! Tous mes amis sont restés là-bas ! Parmi eux, je me sentirai moins perdue !...

Elle s'apprêtait à prendre congé, mais Lavinsky hocha lourdement la tête et dit :

— Apportez-moi votre demande si vous voulez, mais il me sera impossible de vous renvoyer à Pétrovsk.

— Pourquoi ?

— Parce que cette localité est réservée aux forçats et à leurs épouses.

— Mon mari était un forçat !

— Il ne l'était plus lorsqu'il est mort !

— Qu'est-ce que cela change ?

— Du moment qu'il a été libéré, vous devez être considérée, vous-même, comme une femme libre et, par conséquent, vous ne pouvez plus vous fixer parmi des gens qui n'ont pas encore fini leur temps de bagne.

Cette remarque était si absurde qu'elle crut d'abord à une plaisanterie.

— Mais Pétrovsk serait le paradis, pour moi, en comparaison de Mertvy Koultouk ! s'exclama-t-elle. Vous ne souhaitez tout de même pas que je sois plus malheureuse une fois libérée qu'à l'époque où mon mari était prisonnier ! Au lieu d'être une mesure de clémence, la relégation équivaudrait à une aggravation de peine !

Pendant qu'elle parlait, il lui sembla que quelque chose en Lavinsky se fermait, se murait. Son œil devenait dur sous les sourcils froncés. Elle n'avait plus devant elle un officier vieillissant, décoré et affable, mais un être pétrifié, résistant, obtus, une énigme administrative.

— Il se peut qu'il en soit ainsi dans votre cas, dit-il. Mais je n'ai pas le droit de faire d'exception. N'ayant plus rien à voir avec les condamnés politiques, vous devez vivre loin d'eux. On ne mélange pas les catégories. Il y a des lieux de détention et des lieux de relégation. Si les relégués retournaient à leur gré parmi les détenus, jugez du désordre !

— Alors, qu'exigez-vous ? dit-elle dans un souffle.

— Vous allez regagner Mertvy Koultouk. Un officier vous y conduira, dès demain.

— Ne pourrais-je partir un peu plus tard, avec les Bouriates qui m'ont amenée ici ?

— Non, Madame. Ce serait contraire au règlement. Lorsque j'aurai la confirmation que vous êtes de nouveau à demeure, je demanderai au pouvoir central l'autorisation de vous assigner un lieu de résidence moins isolé : Kourgan, Tourinsk, voire même Irkoutsk...

Elle secoua les épaules :

— Tout m'est égal, pourvu que je puisse un jour rentrer en Russie !

Lavinsky se leva lentement. Un sourire d'ironie supérieure tirait sa moustache. Il baisa la main de Sophie et dit :

— Je vous souhaite de nous prouver qu'il vaut mieux être française que russe pour gagner la clémence impériale.

— Appuierez-vous ma requête, Excellence ? demanda-t-elle.

— Mais certainement !

Elle comprit qu'il n'en ferait rien.

Assis dans la calèche, à côté de Sophie, le lieutenant Pouzyreff ne la quittait pas du regard. Jusqu'au moment où il l'aurait ramenée à Mertvy Koultouk, il ne serait pas tranquille. Les chevaux attaquaient la dernière étape. Déjà, entre les troncs des sapins, scintillait le lac Baïkal. A mesure que Sophie se rapprochait du lieu de sa relégation, à son dépit se mêlait une étrange tendresse. Comme si ce pays, qu'elle avait voulu abandonner, lui fût redevenu cher à son insu. Quand elle aperçut, dans une dépression verdoyante, les yourtes bouriates et, plus loin, le toit incliné de l'isba, elle éprouva l'émotion d'un retour en famille. Quelqu'un l'attendait là-bas, avec une silencieuse impatience. Elle avait envie de courir vers la tombe de Nicolas. Que de choses à lui raconter ! Son voyage, sa visite à Lavinsky, son projet de revenir en Russie... Elle réussirait. Ils partiraient ensemble... Les clochettes de l'attelage emplissaient sa tête, les cahots la secouaient, l'ombre des arbres passait, telle une caresse de plumes grises, sur sa figure. Puis vint le plein soleil, le resplendissant azur de midi. Le lac s'étala à perte de vue, sans une cassure.

— Cramponnez-vous ! cria le cocher.

Les chevaux se lancèrent dans la descente.

NOTE DE L'AUTEUR

La légende s'est emparée très tôt des insurgés du 14 décembre 1825. Les plus grands poètes russes, de Pouchkine à Nékrassoff, ont chanté le martyre de ces héros de la liberté et de leurs admirables compagnes. Ainsi s'est affirmée, de génération en génération, l'idée que le séjour des décembristes en exil fut un enfer. Or, n'en déplaise aux âmes sensibles, la réalité fut tout autre. Il y a loin de l'effroyable « Maison des Morts » où Dostoïevsky vécut, enchaîné, parmi des assassins et des voleurs, aux bagnes « pour messieurs » de Tchita et de Pétrovsk, où les premiers révolutionnaires russes se retrouvèrent entre gens de bonne compagnie, sous la direction paterne du général Léparsky. Certes, leurs souffrances morales furent profondes, souvent intolérables, mais leur existence matérielle s'organisa, peu à peu, assez commodément. Ils l'ont raconté eux-mêmes dans leurs Mémoires, comme si, prévoyant la glorification dont ils allaient être l'objet, ils eussent voulu mettre la postérité en garde contre le mensonge. C'est en me fondant principalement sur les témoignages de ces forçats exceptionnels que j'ai écrit mon livre. Les conditions de leur captivité dans les pénitenciers de Tchita et de Pétrovsk, les discussions des femmes avec le commandant du bagne, les projets d'évasion, le voyage à pied à travers la Sibérie, tout cela est conforme à la vérité historique. Seule l'aventure de Sophie et de Nicolas a été inventée par moi de toutes pièces.

Les ouvrages traitant de l'affaire des décembristes sont innombrables. Le lecteur trouvera, ci-dessous, la liste des plus importants d'entre eux. Sauf indication contraire, il s'agit de publications en langue russe.

Annenkoff (Pauline), *Souvenirs.* (Moscou, 1932.)
Bassarguine, *Notes.* (Pétrograd, 1917.)
Béliaieff A. P., *Souvenirs d'un décembriste : ce qu'il a vécu, ce qu'il a ressenti.* (Saint-Pétersbourg, 1888.)
Bestoujeff N., *Articles et Lettres.* (Moscou-Leningrad, 1933.)

Bestoujeff (les frères), *Souvenirs*. (Moscou-Leningrad, 1951.)
Boulanova, *Le Roman d'un décembriste : Ivacheff*. (Moscou, 1933.)
Les Décembristes et leur temps (matériaux et articles). (Moscou, 1927 et 1932.)
Les Décembristes aux travaux forcés (matériaux et articles). (Moscou, 1925.)
Les Décembristes — écrivains. (Edition l'Héritage Littéraire, 3 volumes, Moscou, 1954-1956.)
Galitzine, *Souvenirs d'un exilé en Sibérie.*
Golouboff S., *La Flamme jaillit d'une étincelle*, roman. (Moscou-Leningrad, 1950.)
Gorbatchevsky, *Notes et Lettres*. (Moscou, 1925.)
Grunwald (Constantin de), *Alexandre Ier, le tsar mystique.* (En français. Amiot-Dumont, 1955.)
— *La Vie de Nicolas Ier.* (En français. Calmann-Lévy, 1946.)
Iakouchkine, *Notes, articles, lettres d'un décembriste.* (Moscou, 1951.)
Kotliarevsky, *Les Décembristes.*
Lorer N. I., *Souvenirs d'un décembriste.* (Moscou, 1931.)
Lounine, *Mémoires.*
Maximoff S., *La Sibérie et les travaux forcés.* (3 volumes. Saint-Pétersbourg, 1891.)
Méréjkovsky (Dmitri), *Le Mystère d'Alexandre Ier*, roman. (Traduit en français, édition Calmann-Lévy.)
— *Quatorze Décembre*, roman. (Traduit en français, édition Gallimard.)
Nétchkina, *Le 14 décembre.*
— *Le Mouvement des décembristes.* (Moscou, 1951.)
Obolensky, *Souvenirs d'un exilé en Sibérie.*
Odoievsky, *Œuvres.* (Académia-Moscou, 1934.)
Olivier (Daria), *Les Neiges de décembre*, roman. (En français. Edition Robert Laffont, 1957.)
— *L'Anneau de fer*, roman. (En français. Edition Robert Laffont, 1959.)
Poggio, *Souvenirs.*
Pouchine I. I., *Notes au sujet de Pouchkine et Lettres.* (Moscou-Leningrad, 1937-1949.)
Rosen A. E., *Souvenirs d'un décembriste.* (Saint-Pétersbourg, 1907.)
Safronoff, *Les Décembristes en déportation.*
Schegoleff, *Les Femmes des décembristes.* (Etudes Historiques.)
— *Les Décembristes.* (Moscou-Leningrad, 1926.)
Schilder, *L'Empereur Nicolas Ier.* (2 volumes. Saint-Pétersbourg, 1903.)
Troubetzkoï S. P., *Notes.* (Moscou, 1907.)
Tsétlin, *Les Décembristes : destin d'une génération.*
Tynianoff, *Kukhla*, roman.
Volkonsky (Marie), *Souvenirs.* (Leningrad, 1925.)

VOLKONSKY (Serge), *Notes.* (Saint-Pétersbourg, 1902.)
WALISZEWSKY K., *Le Règne d'Alexandre Ier.* (3 volumes, en français, Librairie Plon, 1925.)
ZAVALICHINE, *Souvenirs d'un décembriste.* (2 volumes, Munich, 1904. Moscou, 1938.)

SOPHIE
OU
LA FIN DES COMBATS

PREMIÈRE PARTIE

1

La porte s'ouvrit devant Sophie et elle franchit le seuil, en vacillant, chassée par la bourrasque. Le vent et la neige s'engouffrèrent dans le vestibule avec une force telle que Nathalie Fonvizine dut s'arc-bouter pour refermer le battant. Un peignoir de flanelle jaune enveloppait son corps aux formes rebondies. L'effort rougissait son visage mafflu. Pendant qu'elle poussait le verrou, Sophie s'adossa au mur et pressa ses deux mains sur sa poitrine. Elle était hors d'haleine et penchait la tête sous sa lourde toque de renard. Au bout d'un moment, elle se redressa, fixa sur Nathalie un regard étonné et dit :

— Comment, vous n'êtes pas encore prête ?

— Je ne pensais pas que vous viendriez avec cette tempête de neige ! soupira Nathalie.

— Habillez-vous vite ! Il faut partir !

— Par un temps pareil ? Ce serait de la folie ! Nous irons demain !

— Demain, il sera trop tard ! N'avez-vous pas envoyé Matriona au centre de triage ?

— Si ! Elle doit déjà y être, avec les provisions. Mais cela ne fait rien. Si elle ne nous voit pas venir, elle comprendra et retournera à la maison...

Tant de mollesse irrita Sophie. Quand elle avait pris une décision, elle ne pouvait y renoncer sans une véritable douleur physique.

— Eh bien ! J'irai seule, dit-elle en se dirigeant vers la porte.

— Oh ! non ! s'écria Nathalie. Attendez-moi ! J'en ai pour cinq minutes !

Et elle se précipita dans sa chambre. Sophie l'aida à s'habiller. Elles ressortirent ensemble, bras dessus bras dessous, courbées en deux pour lutter contre l'ouragan.

Une neige aux grains durs volait dans l'air et leur piquait les joues comme de la mitraille. Leurs yeux brouillés par la danse des flocons ne distinguaient rien à dix pas devant elles. Mais elles connaissaient trop le chemin pour risquer de se perdre. Elles y étaient allées si souvent, à ce centre de triage ! Dès qu'un convoi de prisonniers en route pour le bagne s'arrêtait à Tobolsk, les femmes des décembristes qui se trouvaient en résidence surveillée dans cette ville s'ingéniaient à faire parvenir aux forçats un peu d'argent et de nourriture. La police tolérait ces pratiques charitables parce qu'elles s'adressaient à des criminels de droit commun. Aujourd'hui, pour la première fois, il s'agissait de criminels politiques : un groupe de jeunes fous, qui, l'année dernière, un quart de siècle après les décembristes, avaient osé conspirer contre le tsar. Leur chef, Michel Pétrachevsky, était, disait-on, un socialiste, un fouriériste. Dénoncés par un espion, les malheureux avaient été jetés, comme leurs prédécesseurs, dans les cachots de la forteresse Saint-Pierre-et-Saint-Paul, et, après huit mois de prison, condamnés à mort. Mais, par une sinistre comédie, sur la place de l'exécution capitale, on leur avait annoncé que leur peine était commuée en travaux forcés. Cette aventure lamentable avait ému les survivants de l'insurrection du 14 décembre 1825. A peine avaient-ils appris l'arrivée des prisonniers à Tobolsk qu'ils s'étaient enquis du moyen d'entrer en contact avec eux. Comme Matriona, l'ancienne nourrice des enfants Fonvizine, était du dernier bien avec un sous-officier de garde au centre de triage, Nathalie l'avait chargée d'obtenir, pour elle et pour Sophie, une entrevue avec ceux que déjà on surnommait les « pétrachevtsy ». Si elle échouait, on s'adresserait à quelqu'un de plus haut placé.

Nathalie buta contre une motte gelée et mit un genou à terre.

— Courage ! Nous sommes presque arrivées ! dit Sophie en l'aidant à se relever.

— Vous verrez que ce sera pour rien !

— Auriez-vous peur ?

Nathalie se cambra sous l'insulte, raffermit son chapeau sur sa tête et dit :

— Allons !

Elles repartirent avec obstination, dans le vent glacial qui leur coupait la figure. Déjà, les maisons s'espaçaient, écrasées sous des toits volumineux et blancs. Un long mur de briques se déroula dans le tourbillonnement de la neige : la citadelle, la prison... Sophie sentit les battements de son cœur se précipiter. Elle s'étonnait d'être encore capable d'enthousiasme après tant d'épreuves. Depuis dix-sept ans que Nicolas était mort, elle subissait l'existence plus qu'elle n'y participait vraiment. Mais, par une sorte de discipline intérieure, chaque fois qu'elle était sur le point de sombrer dans le découragement, elle avait un sursaut, jetait les yeux autour d'elle et s'évertuait à découvrir une nouvelle raison de vivre. Constater que quelqu'un avait besoin d'elle était sa meilleure défense contre l'engourdissement de la solitude. Ce qui l'attirait, en cette minute, vers les condamnés politiques de passage à Tobolsk, ce n'étaient pas leurs idées (il y avait longtemps qu'elle était revenue de ces extravagances libérales !) mais la pensée des souffrances qui les attendaient au bagne. En les plaignant, elle oubliait son propre chagrin. Du reste, elle était obligée de convenir que les autorités lui avaient marqué beaucoup de mansuétude. Certes, elle n'avait jamais pu obtenir le droit de retourner en Russie, malgré toutes les lettres qu'elle avait adressées à l'empereur. Mais, par égard pour son deuil, on lui avait permis de quitter le hameau perdu de Mertvy Koultouk et de s'installer d'abord à Tourinsk. De Tourinsk, elle avait été transférée, cinq ans plus tard, à Kourgane. De Kourgane, dix ans plus tard, à Tobolsk. Là, elle avait retrouvé, avec une joie profonde, quelques anciens compagnons de captivité et leurs femmes : Ivan et Pauline Annenkoff, Michel et Nathalie Fonvizine, Svistounoff, Séménoff, Youri Almazoff, le Dr Wolff... On se réunissait entre amis, tantôt chez l'un tantôt chez l'autre, on évoquait les souvenirs de Tchita, de Pétrovsk, on se communiquait les lettres des décembristes disséminés sur l'immense territoire de la Sibérie. Tous avaient fini leur temps de bagne et vieillissaient maintenant, à demi libres, à demi heureux, sous la surveillance de la police. Quelle grisaille après les flammes de la passion et du désespoir ! Il semblait à Sophie qu'il n'y avait pas de caractère, si impétueux fût-il, qui résistât au prodigieux pouvoir d'absorption de ce pays. Elle pensait à une éponge, promenée sur une aquarelle, dont les teintes, une à une, pâlissent. N'était-elle pas un exemple de cette mystérieuse décoloration des âmes ?

— J'ai l'impression qu'ils ont doublé les sentinelles ! dit Nathalie en s'arrêtant.

— Toujours quand il y a un nouvel arrivage, dit Sophie en la reprenant par le bras.

Elles franchirent le porche et pénétrèrent dans le poste de garde, qui était sombre et sentait le chou. Près du poêle, siégeait un sous-officier rubicond, dont les moustaches en accolade soutenaient les bajoues. La nounou, Matriona, se dandinait devant lui, robuste et rose, en douillette bordée de fourrure. Elle portait un panier à chaque bras. Les soldats la regardaient avec envie. Mais, visiblement, c'était le sous-officier qui avait ses faveurs.

— Voilà justement ces dames ! s'écria-t-elle en faisant un large salut. Elles vous diront comme moi qu'elles ne viennent que par charité.

— La charité, la charité, grommela le sous-officier, qu'est-ce que ça signifie ? Vous me demanderiez de voir des droit commun, comme d'habitude, je ne dirais pas non. Mais là, avec des politiques, je suis obligé de me montrer sévère !

— Nous ne voulons rien d'autre que leur donner un peu de nourriture et le livre des Evangiles, dit Sophie.

— Vous ne leur parlerez pas en français ? demanda le sous-officier rendu soupçonneux par l'accent de la visiteuse.

— Je vous le promets, dit-elle.

— Parce que le français ! *Oh ! là, là, mademoiselle !...*

Il rit à pleine gorge. Puis son rire se figea, son visage prit une expression rêveuse, la bouche entrouverte, l'œil au plafond. C'était le moment : Sophie posa un billet de dix roubles, plié en quatre, sur la table. Le sous-officier fit semblant de ne pas le voir et se tourna vers Matriona, qui minaudait en tortillant à deux mains un coin de son tablier brodé :

— Alors, Nicéphore Martynitch, que décidez-vous ? Nous sommes à votre merci, faibles femmes !

— Bon, dit-il. Mais pas plus de dix minutes. Un de mes hommes vous accompagnera.

Tout en parlant, il avait empoché l'argent avec dextérité.

Un gardien partit pour ouvrir les portes. Les trois femmes lui emboîtèrent le pas. Il leur fit traverser une cour, les précéda dans un couloir, tira des verrous et, soudain, elles se trouvèrent dans une salle basse, peu éclairée et pleine de monde. Dans la pâle lumière qui tombait d'une fenêtre aux barreaux de fer, grouillait une foule d'hommes de tous âges, exsangues, loqueteux et barbus. Saisie à la gorge par une odeur de ménagerie, Sophie laissait courir ses yeux sur les visages qui se pressaient devant elle. Chaque fois qu'elle voyait des forçats, elle éprouvait le même malaise fait de honte et de pitié. Les condamnés à vie avaient la moitié du crâne rasé « en longueur », du front à la nuque ; les condamnés à temps, le devant de la tête rasé « en travers », d'une oreille à l'autre ; tous portaient sur la face une marque au fer rouge indiquant qu'ils étaient des criminels de droit commun. En vain Sophie cherchait-elle une figure intelligente parmi ces masques de bêtise, de vice et de misère. Les « politiques » devaient être parqués ailleurs. Au bourdonnement des voix, se mêlait le cliquetis des chaînes, traînant sur le sol. A entendre ce bruit familier, Sophie sentait tout son passé lui remonter en mémoire. Les premières années de bagne... Nicolas debout devant elle, les fers aux pieds... Il bougeait et les anneaux tintaient faiblement entre ses jambes... Un souvenir plus précis la visita et elle en fut incommodée, comme par une bouffée de chaleur.

Assis sous la fenêtre, devant un grand registre, un scribe cochait des noms sur une liste. Lui-même était un ancien forçat, avec des lettres tatouées sur le front. Le gardien lui parla à l'oreille. Ils rirent avec un bruit de tuyauterie engorgée. Puis le scribe demanda :

— Qui voulez-vous voir ?

— Pétrachevsky, dit Sophie.

— Il est à l'infirmerie.

Sophie eut une seconde d'affolement. Aucun autre nom ne lui venait en tête. Du regard, elle appela Nathalie à la rescousse. Celle-ci hésita, rougit et dit d'une voix défaillante :

— Alors... alors, Douroff !

— Qui ?

— Douroff ! répéta Nathalie.

Et, pour donner plus de poids à sa demande, elle ajouta précipitamment :

— C'est un de mes parents !

« Comme elle ment mal ! » pensa Sophie avec tendresse.

— Douroff ! Douroff ! dit le scribe en faisant glisser son gros doigt crasseux dans la colonne de gauche du registre. Ah ! voilà ! Cellule numéro 2 !

Il paraissait étonné lui-même de l'ordre qui régnait dans ses paperasses.

— Tout est là-dedans ! reprit-il en appliquant une claque sur son livre. Tout ! Donnez-moi mille aiguilles, je les classerai, je les inscrirai, il ne s'en perdra pas une seule !

Le gardien se dressa, face à la foule des bagnards, et cria :

— Eh ! vous autres ! Rangez-vous !

Dociles, les forçats s'écartèrent devant les visiteuses. Elles passèrent, baissant la tête, entre deux haies de mendiants enchaînés. Sophie devinait tous ces regards d'hommes attachés à elle, et qui s'étiraient, comme si, en se déplaçant, elle eût distendu le filet où elle était prise. Leur odeur, l'odeur de la pauvreté, de la prison, l'odeur du peuple russe... Reconnaissable entre mille ! Un murmure de malédiction ou de prière. Rapidement, elle fouilla dans son réticule et distribua un peu de monnaie, au hasard. Elle évitait de lever les yeux sur ceux à qui elle faisait l'aumône.

Le gardien s'arrêta devant une porte, l'ouvrit à l'aide de deux clefs différentes.

— Douroff ! hurla-t-il. On demande Douroff !

Et il invita les dames à entrer. Elles franchirent le seuil avec circonspection. Le cachot était plongé dans la pénombre. Contre le mur, des hommes reposaient sur des grabats. L'un d'eux se leva et s'avança en traînant ses chaînes.

— Nous venons vous faire une visite d'amitié, dit Sophie. Vous êtes bien monsieur Douroff ?

— Oui, balbutia-t-il.

On ne lui avait pas rasé la tête. Il était grand et maigre, le regard fiévreux. Un air de fatigue et de résignation était répandu sur son visage.

— Et vous, Mesdames, puis-je vous demander qui vous êtes ? dit-il. Pourquoi vous intéressez-vous à moi ?

Sophie se nomma et nomma Nathalie.

— Comment avez-vous dit ? s'écria-t-il. Ozareff, Fonvizine ? Vous existez donc réellement ? A force d'entendre parler des décembristes et de leurs admirables compagnes, j'avais fini par les considérer comme des personnages de légende ! Si vous saviez comme on vous vénère en Russie ! Et vous êtes là ! Après vingt-cinq ans de martyre, vous venez au secours de ceux qui ont pris votre relève ! Merci ! Merci !

Les larmes l'étouffaient. Il baisa les mains des deux femmes. La gorge contractée, Sophie se disait : « Mon Dieu ! comme il est jeune ! » Elle s'était figuré en venant qu'elle allait rencontrer des hommes de son âge et découvrait des garçons qui auraient pu être ses fils. « Nicolas n'était guère plus vieux à l'époque de son arrestation », pensa-t-elle encore. Et toutes les fibres de son corps se mirent à trembler. Attirés par les exclamations de Douroff, quatre de ses camarades s'approchèrent ; le cinquième resta couché.

Je vous présente Spéchneff, Lvoff, Grigorieff, Toll, dit Douroff. Nous avons tous été arrêtés et jugés ensemble. Mais nous n'aurons pas, comme vos maris, la chance de faire notre temps de bagne parmi des condamnés politiques. Nous ne sommes pas assez nombreux pour cela. On nous enverra dans quelque forteresse, avec des assassins et des voleurs !

Des tics nerveux secouaient sa figure.

— Nous voudrions vous aider, dit Nathalie. Que pouvons-nous faire pour vous ?

— Rien, rien !... Vous êtes venues, c'est déjà extraordinaire !... Avez-vous su, ici, ce qu'a été notre condamnation, notre simulacre d'exécution, le 22 décembre dernier ? Les troupes disposées en carré sur la place. Pétrachevsky, Mombelli, Grigorieff attachés aux poteaux d'infamie, un capuchon sur les yeux. Les soldats qui les mettent en joue. Et, tout à coup, contre-ordre : on ne tire pas ! L'auditeur lit la nouvelle sentence impériale. Au lieu de la mort, la Sibérie...

— Oui, nous sommes au courant, dit Sophie. Des amis nous ont écrit pour nous raconter cela.

— Déjà ?

— Les nouvelles vont vite en Sibérie, à condition qu'on ne les confie pas à la poste !

— Lorsqu'on m'a détaché, j'ai cru devenir fou, dit Grigorieff. Je riais, je pleurais...

— Moi, dit Spéchneff, je regrette de n'avoir pas été fusillé sur place.

— Comment peux-tu dire cela ? s'écria l'homme qui était resté allongé sur son grabat. C'est bête et c'est lâche ! La vie, quelle qu'elle soit, est admirable. La vie est partout la vie. La vie est en nous et non dans le monde qui nous entoure !

Sophie regarda l'inconnu à la dérobée et lui trouva un visage maladif et disgracieux. Des cheveux blonds hirsutes, un nez informe, une maigre moustache. Tout en parlant, il s'était laissé glisser à bas de sa couchette. Il s'approcha du groupe en soutenant ses chaînes d'une main, à hauteur des genoux.

— Je vous présente mon camarade Fédor Mikhaïlovitch Dostoïevsky, dit Douroff. Une brillante carrière littéraire lui était promise. Vous avez peut-être lu son livre, *les Pauvres Gens* ?

— Non, dit Sophie. Je regrette...

— Mesdames, dit le gardien, dépêchez-vous. Il ne faudrait pas que l'inspecteur vous trouve ici.

Nathalie fit signe à Matriona qui ouvrit ses deux paniers. L'un contenait du saucisson et des biscuits. L'autre, les livres des Evangiles.

— Je n'en ai que cinq exemplaires, dit-elle, et vous êtes six !

— Rassurez-vous, je me passerai très bien de cette lecture ! dit Spéchneff avec un sourire. Je suis athée.

Les autres acceptèrent avec reconnaissance. Dostoïevsky pressa le livre saint contre sa poitrine. Il avait un regard d'une force et d'une luminosité presque insupportables.

— Il y a un billet de dix roubles caché dans une fente de la couverture, chuchota Nathalie.

Comme le gardien s'impatientait, les prisonniers eux-mêmes prièrent les femmes de se retirer pour éviter un esclandre.

Elles se retrouvèrent dehors, trop émues pour parler. Chacune ruminait ses propres impressions en marchant. La bourrasque s'était apaisée. Il neigeait, à petites plumes sages, sur la ville grise et blanche. Çà et là, brillait, au loin, l'or voilé d'une coupole. Tout à coup, Sophie s'arrêta et dit :

— Que pensez-vous de notre visite ?

— Vous aviez raison ! s'écria Nathalie. Mille fois raison ! Je suis transportée ! Je ne sens plus ma fatigue !

— Il faut que nous nous arrangions pour les revoir plus tranquillement. Si nous en parlions à Macha ?

Macha, de son vrai nom Marie Frantzeff, était la fille du procureur du gouvernement à Tobolsk. Elle avait beaucoup d'amitié pour les décembristes et les soutenait toujours dans leurs entreprises charitables.

— Mais oui ! dit Nathalie. Comment n'y avons-nous pas songé plus tôt ? Elle interviendra auprès de son père. Et, si son père veut bien dire un mot à l'inspecteur de la prison...

Elles se regardèrent, radieuses, et se remirent en route avec un regain d'énergie. Matriona marchait derrière elles, ses paniers vides au bras. Marie Frantzeff habitait en bordure du jardin public.

Le lendemain, sur l'avis favorable du procureur, l'inspecteur de la prison invita Mmes Fonvizine et Ozareff à rencontrer les condamnés politiques dans son propre appartement. L'entrevue eut lieu sous la surveillance discrète d'un officier, qui feignait de lorgner par la fenêtre. Il y avait quelque chose d'insolite dans ces forçats en guenilles assis au milieu du salon. Leurs chaînes reposaient entre les pieds galbés des fauteuils. Ils parlaient avec des voix timides, enrouées. Puis l'officier se retira et ils s'enhardirent. Sophie les interrogea sur leurs opinions politiques. Leurs réponses la troublèrent beaucoup. Ils n'avaient pas de la révolution la même conception que les insurgés du 14 décembre 1825. Pour eux, il ne s'agissait plus simplement de libérer les serfs et d'imposer un régime constitutionnel en Russie, comme le souhaitaient jadis les décembristes, mais d'abolir la propriété individuelle, d'instituer une communauté où chacun travaillerait pour tous et où tous travailleraient pour chacun, de permettre au peuple de se gouverner lui-même... C'était surtout Pétrachevsky — barbe noire et regard de feu — qui soutenait ces idées. Il était sorti de l'infirmerie et semblait en bonne santé. A tout propos, il citait Charles Fourier, Proudhon, Saint-Simon, Herzen, Bakounine... Ses compagnons l'approuvaient par de petits hochements de tête. « Ils sont encore plus fous que nous ne l'étions ! » songea Sophie. L'officier revint et, prudemment, on parla d'autre chose. A quatre heures, la femme de l'inspecteur fit servir le thé. L'apparition du samovar sur la table bouleversa ces hommes qui, depuis longtemps, avaient oublié les douceurs de la vie familiale. Douroff réprima un sanglot. Dostoïevsky détourna la tête. Spéchneff dit entre ses dents :

— Oh ! il ne fallait pas !...

Nathalie Fonvizine et Sophie remplirent les verres, passèrent les gâteaux secs.

— Vous êtes très mal servi, Fédor Mikhaïlovitch. Encore un peu de biscuit...

Gelés, affamés, les bagnards s'efforçaient de garder de bonnes manières.

Ils s'appliquaient à boire lentement, à manger peu. Leur dignité dans la misère excitait la pitié de Sophie. Elle pensait qu'en aucun autre pays du monde une scène pareille n'eût été possible.

De tous les prisonniers, c'était Douroff qui lui paraissait le plus sympathique, à cause de ses traits réguliers et de son regard tendre. Détail curieux, il n'y avait pas un noble parmi eux, pas un fils de grande famille. L'esprit d'émancipation était descendu d'un étage dans la hiérarchie sociale. Un jour, peut-être, les idées libérales, venues d'en haut, creuseraient leur chemin plus loin encore, jusqu'aux basses couches de l'humanité. Alors le peuple, enfin éclairé, ne s'en remettrait plus à d'autres du soin de faire la révolution. Fallait-il l'espérer ou le craindre ? Nathalie Fonvizine offrit du thé à l'officier de garde, qui en avala deux verres coup sur coup. Ensuite, pour remercier les dames de leur attention, il quitta de nouveau la pièce. A peine eut-il refermé la porte derrière lui que Pétrachevsky se remit à parler de la vie heureuse que les hommes de demain pourraient mener dans les phalanstères, le travail s'y transformant en joie et l'obéissance en liberté. Ces propos passionnés amusaient Sophie et elle regrettait de n'en être pas dupe. Son manque de crédulité lui rappelait son âge. Qu'était-elle pour ces garçons ? Une vieille dame, qui avait cru jadis en la révolution, mais dont vingt-trois années de Sibérie avaient usé l'enthousiasme. Ils devaient la trouver aussi démodée dans ses idées que dans ses vêtements. La liberté ne se portait plus ainsi chez les jeunes.

L'officier reparut, au bout de dix minutes. Cette fois, il venait chercher les prisonniers pour les reconduire dans leur cachot. Ils se levèrent, dociles. Les dames leur fourrèrent encore des biscuits et des bonbons dans les poches :

— Que Dieu vous garde ! Nous vous écrirons !

Le bruit des chaînes s'éloigna dans le corridor. Sophie et Nathalie restèrent seules, tête basse, devant la table vide. La femme de l'inspecteur de la prison vint leur demander, un sourire mondain aux lèvres, si tout s'était bien passé. Elles la remercièrent de son hospitalité et se hâtèrent de partir à leur tour. On les attendait, pour le compte rendu, chez les Annenkoff.

En arrivant dans l'antichambre, le premier regard de Sophie fut pour le portemanteau. Au milieu de quelques pardessus insignifiants, pendus côte à côte aux patères, elle reconnut la pelisse du Dr Wolff et se réjouit. L'amitié tendre qu'il lui témoignait depuis qu'elle s'était installée à Tobolsk mettait un peu de chaleur dans sa vie. Nathalie la pressait d'entrer dans le salon, mais elle prit le temps de vérifier sa tenue devant une glace. La figure qui lui apparut ne fut pas tout à fait de son goût : le creux des joues marqué par la fatigue, le regard fort et sombre entre des paupières fanées, la bouche qui souriait tristement et, débordant la toque de fourrure, des bandeaux de cheveux bruns à peine striés d'argent. Heureusement, sa taille était restée mince et son port de tête n'avait pas fléchi. A cinquante-sept ans, elle en paraissait quarante-cinq. Elle dressa le cou, dégagea les épaules, alluma ses yeux dans le désir inconscient de plaire et passa le seuil en donnant le bras à Nathalie. Aussitôt, elles furent entourées par des visages de connaissance. Tous les décembristes en exil à Tobolsk se trouvaient là. Pauline Annenkoff conduisit les nouvelles venues vers une table servie. On se rassit autour d'elles dans un grand bruit de chaises. Elles protestèrent qu'elles avaient déjà pris le thé. Mais leurs paroles se perdirent dans le flot des questions :

— Alors ? Comment sont-ils ? Que vous ont-ils dit ?...

Elles racontèrent, l'une coupant l'autre, l'entrevue qu'elles venaient d'avoir avec les « pétrachevtsy ». Pendant tout le récit, Sophie ne cessa d'observer le Dr Wolff. Son visage au teint basané était barré d'une grosse moustache grise, mais ses sourcils étaient restés noirs. Derrière ses lunettes rondes, ses yeux avaient un regard intelligent et doux. A plusieurs reprises, Sophie perçut entre elle et lui un contact de pensées aussi rapide, aussi précis que le jaillissement d'une étincelle. Lorsqu'elle évoqua les opinions politiques de Pétrachevsky, les hommes redoublèrent d'attention. Sans doute certains mots avaient-ils gardé le don de les émouvoir. Ils écoutaient les échos des batailles de leur jeunesse. Tout à coup, ils parurent très vieux à Sophie. Même le Dr Wolff. Elle ne les avait jamais vus ainsi. Ivan Annenkoff était un gros monsieur désœuvré, paresseux, taciturne ; Youri Almazoff inclinait une face triangulaire de momie sous un crâne à demi chauve ; Pierre Svistounoff avait perdu ses dents de devant et sa bouche se creusait en entonnoir entre son menton proéminent et son nez pointu. Comment eût été Nicolas, s'il n'était mort à trente-neuf ans ? se demanda Sophie. Peut-être, pour leur amour à tous deux, valait-il mieux qu'elle ne l'ait pas vu vieillir, qu'il ne l'ait pas vue vieillir ? Surprise par cette idée, elle se retira de la conversation et laissa Nathalie parler à sa place. Le ton montait.

— Les théories de ces malheureux relèvent du socialisme le plus utopique ! grogna Ivan Annenkoff en engloutissant une cuillerée de confiture.

— Parfaitement, renchérit Svistounoff, nous étions tout de même plus proches de la réalité russe !

— La réalité russe, observa Youri Almazoff, c'est un pouvoir fort au-dessus d'un peuple faible. La structure géographique de notre pays le commande. Il n'y a pas à sortir de là !

— Vous êtes donc d'avis qu'il ne faudrait rien changer ? demanda le Dr Wolff avec un sourire ironique.

— Peut-être ! Nous nous sommes trompés ! Et les « pétrachevtsy » se sont trompés ! Tout à fait entre nous, je ne vois pas pourquoi nous leur dirions merci. Leur complot n'a servi qu'à renforcer la méfiance du tsar envers tout ce qui est libéral. S'il nous restait un vague espoir de retourner un jour en Russie, nous pouvons en faire notre deuil !

— Qu'est-ce que tu racontes ? cria Michel Fonvizine. Serais-tu devenu un suppôt de l'autocratie ?

— Messieurs, Messieurs, je réclame la parole ! vociféra Sémenoff en tapant le bord de la table avec une cuillère.

Soudain, avec une précision extraordinaire, Sophie imagina Nicolas prenant part au débat, le visage animé, les dents blanches. Puis, tout s'éteignit autour d'elle. Youri Almazoff avait raison : déjà, la révolution de 48 en France, les soulèvements populaires dans les états allemands, la folle entreprise des Hongrois prétendant s'affranchir du joug autrichien avaient convaincu le tsar que le poison des théories nouvelles risquait de gagner la Russie. La découverte, à Saint-Pétersbourg, d'une deuxième société secrète ne pouvait que le rendre plus intransigeant envers les survivants de la première. « Je finirai mes jours en Sibérie », pensa Sophie. Après des années de rébellion, elle s'était habituée insensiblement à cette conclusion mélancolique. Le parfum du thé et des confitures emplit sa tête, l'écœura doucement. Pauline Annenkoff voulut remplir sa tasse.

— Non, merci, chuchota Sophie.

Elle reporta ses yeux sur le Dr Wolff. Mais leurs regards ne se croisèrent pas. Il écoutait Michel Fonvizine, qui disait avec chaleur, en froissant sa serviette :

— Ce qui me console dans tout cela, c'est la pensée que notre sacrifice n'a pas été complètement inutile ! Les gens de la nouvelle génération ont peut-être des idées plus avancées que nous, ils sont socialistes, communistes, fouriéristes, mais ils ne seraient rien du tout si, le 14 décembre 1825, nous ne nous étions rassemblés sur la place du Sénat, face aux canons du grand-duc Nicolas Pavlovitch !

— Oui, dit Youri amèrement, nous leur avons rendu le service de préparer pour eux le chemin de la Sibérie.

— D'autres reprendront le flambeau, dit Ivan Annenkoff dans un bâillement.

— Les pauvres ! soupira Pauline.

Elle avait beaucoup engraissé avec l'âge. Dans l'épaisse pâtisserie de son visage, ses petits yeux étaient coincés comme deux raisins secs. Svistounoff éclata de rire :

— Vous avez l'air de considérer que les révolutionnaires seront toujours à plaindre, en Russie !

— Mais oui... N'ai-je pas raison ?...

— « Point n'est besoin d'espérer pour entreprendre ni de réussir pour persévérer ! » dit le Dr Wolff sentencieusement.

— Que c'est beau ! s'écria Nathalie.

— La formule n'est pas de moi !

— Et de qui ?

— De Guillaume d'Orange, à ce que je crois.

— Il a réussi ?

— Oui, à se faire beaucoup d'ennemis et à mourir assassiné.

— Vous êtes toujours aussi terriblement caustique, docteur ! dit Pauline en le menaçant du doigt.

Le Dr Wolff parut flatté d'avoir conservé cette réputation malgré les années. A regarder vivre ses amis, Sophie avait l'impression que tous, ici, jouaient le rôle de leur jeunesse, bien qu'ils n'eussent plus ni le physique ni le caractère de l'emploi. Mais, de même que les habitués d'un théâtre ne remarquent pas les rides des acteurs, qui, depuis un quart de siècle, incarnent pour eux les amoureux du répertoire, de même, à force de se rencontrer et d'évoquer ensemble leurs souvenirs, les décembristes de Tobolsk se prenaient les uns les autres pour ce qu'ils n'étaient plus. Au milieu de cette illusion collective, Sophie souffrait de sa propre lucidité. Elle dut se remettre dans le ton de son entourage. Nathalie Fonvizine envisageait maintenant la possibilité d'écrire aux « pétrachevsty » et de leur servir de marraine :

— Partout où ils passeront, il faudra qu'ils trouvent des décembristes pour les aider. Nous devrions créer une chaîne de bienfaisance...

— Vous êtes une sainte ! murmura Svistounoff.

Un crépuscule bleu gagnait la pièce. Les visages perdaient leurs contours. Seules brillaient dans la pénombre les dorures d'une icône et la panse du samovar. Une servante entra pour allumer les lampes. Les messieurs regardèrent leurs montres. Comme il se faisait tard, le Dr Wolff offrit à Sophie de la raccompagner chez elle.

2

Une demi-heure après avoir quitté Tobolsk, le traîneau s'arrêta en rase campagne. Il n'y avait pas de vent, mais le froid était vif. Pelotonnées l'une contre l'autre sous les couvertures, Sophie et Nathalie tournèrent les yeux vers la chaussée blanche, qui se perdait, au loin, dans le brouillard. D'après les renseignements qu'elles avaient pu recueillir la veille, au centre de triage, un premier convoi de condamnés politiques devait partir, ce matin, à huit heures, pour la forteresse d'Omsk. Les gendarmes d'escorte, attendris par un bon pourboire, avaient promis de ne pas s'opposer à une dernière entrevue, au bord de la route, entre les dames et les prisonniers. Sophie ne savait au juste pourquoi elle tenait tant à revoir ces jeunes gens avant le grand voyage qui allait, pour des années, les retrancher du monde. Il lui semblait, confusément, qu'elle avait une dette envers eux. Comme si elle eût été responsable indirectement de leur rêve politique et de ses conséquences. Les épreuves qu'elle avait subies avec Nicolas l'avaient rendue à jamais solidaire de tous ceux qui souffraient en Russie. Seule la mort la débarrasserait, pensait-elle, de cette encombrante, de cette dévorante pitié. Ses yeux se fatiguaient à scruter la nudité du paysage. Le cocher faisait le gros dos pour résister au froid. Des deux chevaux de l'attelage, l'un restait calme, l'autre renâclait, secouait la tête et soufflait de la vapeur par les naseaux. Des paillettes d'argent brillaient dans l'air immobile. Sophie sentit que son visage se désagrégeait lentement. Elle se frotta le nez, les oreilles, pour les ranimer.

— Ils sont en retard ! gémit Nathalie. Nous ne pouvons les attendre ainsi pendant des heures !...

— Ecoutez ! s'écria Sophie. Les clochettes !...

En effet, au fond du silence, il y eut comme un entrechoquement de glaçons. A peine perceptible d'abord, le son monta, se divisa, éclata, en même temps que, de l'abîme nébuleux, surgissaient deux troïkas échevelées. Arrivés à hauteur des dames, les traîneaux s'arrêtèrent. Chacun contenait un prisonnier et un gendarme. Sophie et Nathalie sautèrent dans la neige molle et s'approchèrent des voyageurs. Ils descendirent à leur tour, en tenant leurs chaînes. C'étaient Douroff et Dostoïevsky. Ils étaient vêtus de courtes houppelandes pénitentiaires et coiffés de bonnets de fourrure à oreillettes. La barbe de Douroff était blanche de givre. Le nez de Dostoïevsky pointait, bleu, dans une face blême. Ils baisèrent les mains qui se tendaient vers eux.

— Et vos compagnons, où sont-ils ? demanda Nathalie.

— Les départs s'échelonneront sur plusieurs jours, dit Douroff. Tâchez de les voir, eux aussi. Malheureusement, nous nous sommes renseignés, vous n'aurez pas le droit de nous écrire...

— Au début, sans doute, dit Sophie. Mais, peu à peu, la discipline se relâchera...

Nathalie appela l'un des gendarmes et lui glissa une lettre pour le prince Gortchakoff, gouverneur de la Sibérie occidentale, à Omsk. Elle était en relations amicales avec ce haut personnage et ne doutait pas qu'il témoignerait de la bienveillance aux jeunes gens qu'elle lui recommandait. Le gendarme jura que la missive serait remise en mains propres à son destinataire, mais supplia les dames d'abréger leurs adieux.

— Que le Seigneur vous bénisse ! dit Nathalie en faisant un signe de croix devant Douroff et Dostoïevsky.

Ils courbèrent la tête.

— Merci, merci pour tout, dit Douroff d'une voix enrouée.

Les deux hommes remontèrent chacun dans son traîneau. Un cri s'échappa des lèvres de Sophie :

— Ayez confiance ! Nous nous reverrons peut-être !...

Sa voix se brisait. Elle ne savait plus où elle en était de sa vie. N'étaient-ce pas des décembristes qui repartaient pour le bagne ? Les chevaux, éveillés par un coup de fouet, s'élancèrent en balançant leurs grandes têtes sombres. La neige volait autour de leurs sabots. Hors des caisses peintes en bleu, deux visages se penchaient pour regarder en arrière. Sophie et Nathalie agitèrent longtemps la main, puis, fatiguées de saluer le vide, retournèrent tristement à leur traîneau.

— On rentre en ville ? demanda le cocher.

— Oui, dit Nathalie. Vite ! Je suis gelée !...

L'équipage rebroussa chemin. Après dix minutes de course éperdue, il parut tout à coup à Sophie qu'une lumière éclairait son cerveau. L'évidence, qu'elle avait longtemps niée, s'imposait à elle sans effort, sans douleur, avec la calme plénitude des levers de soleil sur la neige. Jusqu'à présent, elle avait considéré que son installation à Tobolsk était provisoire. Sans croire à proprement parler qu'elle serait bientôt rappelée de l'exil, elle se contentait d'une isba misérable aux confins de la cité européenne. Elle trouvait presque réconfortant d'y être campée, comme si, en refusant de prendre ses aises, elle eût conjuré le sort qui cherchait à la maintenir en ces lieux. Il avait fallu l'arrivée des « pétrachevtsy » dans la ville pour la tirer de ses illusions. Ses conversations avec eux lui avaient ôté non seulement l'espoir de retourner en Russie, mais encore l'envie de regarder de ce côté-là. Pour la première fois depuis le début de sa relégation, elle choisissait la Sibérie. Elle se dit même, avec une pointe d'orgueil, qu'elle la choisissait *librement*. Il y avait une maison à vendre, près du jardin public. Le prix en était certes exorbitant. Mais en l'achetant, elle se rapprocherait de ses amis, qui, tous, habitaient ce quartier. Avoir un intérieur agréable. Ne plus vivre comme quelqu'un qui, d'une minute à l'autre, s'apprête à boucler ses malles ! Elle eut un élan de tendresse vers les malheureux qui, en partant pour le bagne, l'aidaient à retrouver son équilibre. Douroff, Dostoïevsky... Elle se souviendrait de ces noms.

A chaque cahot, sa tête ballait contre les capitons du dossier. Elle calcula qu'elle serait rentrée juste à temps pour donner sa leçon de français à la fille du directeur des Postes. Son succès comme professeur était si grand qu'elle devait refuser des élèves. Elle avait commencé à enseigner par désœuvrement, alors qu'elle se trouvait encore à Kourgane. Là-bas aussi, il y avait des décembristes en exil. Leur affolement à tous, lorsqu'au début du mois de juin 1837 ils avaient appris l'arrivée prochaine du tsarévitch Alexandre Nicolaïevitch ! Bercée par les mouvements du traîneau, Sophie revoyait la cohue endimanchée qui, au crépuscule, s'était avancée sur la route pour accueillir le grand-duc héritier. Des marchands ambulants vendaient des lampions, des chandelles. Bientôt, mille petites lumières s'étaient mises à palpiter dans la campagne, comme pour la nuit de Pâques. C'était la première fois, disait-on, qu'un membre de la famille impériale se rendait en Sibérie. Sa venue était attendue par les petites gens comme un événement surnaturel. Les heures passaient sans entamer la ferveur de la foule. Peu après minuit, un hurlement avait retenti au loin : « Hourra ! » Deux courriers de cabinet étaient passés, ventre à terre, et, derrière eux, des calèches, des dormeuses, roulant à grand fracas. Dans l'une d'elles se trouvait l'héritier du trône. Il n'avait vu personne et personne ne l'avait vu. On avait éteint les chandelles, les lampions, et on était rentré en ville pour apprendre que Son Altesse Impériale, épuisée par le voyage, avait sauté de sa voiture dans le lit préparé à son intention chez le gouverneur. Le lendemain, les décembristes avaient fait remettre au tsarévitch des suppliques pour leur retour en Russie. Le poète Joukovsky, de la suite du grand-duc, s'était entretenu longuement avec eux et leur avait promis d'appuyer leur requête. Une messe solennelle avait été célébrée le soir, à six heures. Sur l'ordre de Son Altesse Impériale, tous les relégués pour crime politique assistaient à la cérémonie. Etrange tableau : une foule de fonctionnaires chamarrés ; dans un coin, les révoltés du 14 décembre ; et, debout, seul, devant l'autel, le fils de Nicolas Ier. Il avait dix-neuf ans, à l'époque. Grand, mince, l'air doux et las. Sophie le voyait bien, dans le créneau formé par les épaules de deux chambellans. Lorsque le prêtre avait prononcé la belle prière pour le salut « des malades, des malheureux et des prisonniers... », il s'était tourné vers les décembristes et s'était signé avec lenteur en les regardant. Il était reparti le soir même, laissant derrière lui un immense espoir. Sophie, comme tous les autres, avait cru que le tsar se laisserait toucher par le rapport du grand-duc et autoriserait le rapatriement des condamnés politiques en Russie. La réponse de l'empereur ne s'était pas fait attendre : « En ce qui concerne ces messieurs, la route pour la Russie passe par le Caucase. » Par application de cette sentence, Lorer, Narychkine, Nazimoff, Likhareff, Rosen et bien d'autres avaient été incorporés comme simples soldats dans l'armée. La plupart d'entre eux devaient être tués au combat ou mourir du typhus. Malgré cette désillusion, Sophie avait encore adressé des lettres à l'empereur, à l'impératrice, à Benkendorff, à Orloff. Une par an, à peu près. Toujours pour rien. Maintenant, elle n'écrirait plus. C'était décidé. Elle se pencha vers Nathalie et dit :

— Vous savez, j'ai pris une grande résolution ! Je vais déménager pour me rapprocher de vous !

— Ah ! comme je suis heureuse ! s'écria Nathalie. Il faut que nous resserrions le cercle ! Nous sommes de moins en moins nombreuses à avoir connu certaines choses...

La pensée des morts traversa l'esprit de Sophie : Alexandrine Mouravieff, Camille Le Dentu, Ivacheff, Vadkovsky, Iouchnevsky, Kuhelbecker, les frères Borissoff, le général Léparsky... Le commandant du bagne s'était éteint au mois de mai 1837 et les derniers prisonniers encore détenus à Pétrovsk avaient suivi son enterrement comme celui d'un ami. Avec le recul du temps, Sophie appréciait mieux encore la naïveté et la générosité de ce vieux serviteur du régime impérial. Il lui avait écrit, après la disparition de Nicolas, une lettre si affectueuse !... Elle en chercha les termes dans sa mémoire, mais le mouvement de l'air sur son visage, la blancheur de la plaine dans ses yeux l'empêchaient de réfléchir comme elle l'aurait voulu. Au loin, sur la hauteur qui surplombait l'Irtych, se montraient les toits de la ville, couverts de neige et dominés par les tours et les clochers de l'ancienne forteresse.

Nathalie reconduisit Sophie en traîneau jusqu'à sa maison. Douniacha, la servante, se tenait sur le pas de la porte.

— Dépêchez-vous, barynia ! cria-t-elle. On vous attend !

Ayant embrassé Nathalie à la volée, Sophie se précipita dans le vestibule et tomba sur la petite Tatiana, la fille du directeur des Postes, debout, ses cahiers sous le bras. Elle avait treize ans, un visage rond semé de taches de rousseur et des yeux bleus, très pâles.

— Asseyez-vous, mon enfant, dit Sophie en la faisant entrer dans l'unique pièce confortable de l'isba. Nous allons commencer tout de suite. Que vous avais-je donné à apprendre ?

Tatiana se recueillit, leva son regard au plafond et récita d'une voix monocorde :

Un pauvre bûcheron, tout couvert de ramée...

Elle prononçait les mots français avec un accent russe si âpre et si chantant à la fois que Sophie se retenait de sourire. L'application de son élève l'attendrissait, comme un hommage maladroit rendu à la France. Il lui semblait admirable qu'au fond de la Sibérie le moindre fonctionnaire voulût élever ses enfants dans la langue de La Fontaine. A vivre en exil, depuis tant d'années, elle avait acquis une sensibilité maladive envers tout ce qui lui rappelait sa patrie. Si elle avait souri autrefois de quelques émigrés maniaques, collectionneurs de souvenirs, elle en arrivait elle-même, maintenant, à rassembler des bibelots, à découper des images dans des revues, pour reconstituer autour d'elle l'atmosphère d'un pays où elle ne reviendrait jamais plus. Les murs de la pièce s'ornaient de lithographies représentant les vieux métiers de Paris. Sur la table à ouvrage, reposaient quelques numéros du *Petit Courrier des Dames*. La pendule était un coq de bronze perché sur un tambour, avec cette devise gravée dans le socle de marbre : « Son cri réveillera le monde. » Et, sur un lutrin, s'étalait une partition illustrée : *Le Val d'Orléans,* « grande valse vendue au profit des Inondés de la Loire ». Chacune de ces acquisitions avait coûté à Sophie beaucoup de ruse et de persévérance. Certes, elle eût aimé avoir quelques estampes relatives à la révolution de février 1848, mais il était vain d'espérer trouver des documents de ce genre en Russie. Elle devait se contenter des comptes rendus édulcorés des journaux. En vérité, cette Seconde République, née d'un généreux sursaut populaire, lui semblait étrange, à distance. Elle ne comprenait pas qu'après avoir renversé la monarchie, ses compatriotes eussent élu comme chef de l'Etat un neveu de Napoléon, le prince Louis-Napoléon Bonaparte. Drapeau tricolore, *Marseillaise,* discours vibrants à l'Assemblée législative, tout cela était bel et bon, mais pourquoi n'avoir pas fait appel plutôt, pour diriger le pays, à des hommes d'un esprit libéral au-dessus de tout soupçon, tels que Ledru-Rollin ou Lamartine ? Décidément, il était impossible de porter un jugement là-dessus si on vivait loin de Paris. Il fallait se plonger dans ce bouillonnement de passions contradictoires pour y voir clair. Les chroniques des journaux vite lues et vite oubliées, les succès et les scandales de la Comédie-Française, les caricatures méchantes, les élégances tapageuses, les professions de foi, les bons mots, les attelages dans l'allée des Acacias, le bruit du marteau tapant sur l'enclume, du rabot sifflant dans les faubourgs, les chansons des rues, le cri du marchand d'eau, la musique des revues militaires, le fracas des voitures omnibus et, par-dessus ce remue-ménage quotidien, l'extraordinaire sentiment que toutes les opinions sont permises et qu'un éclat de rire suffit à renverser une statue, c'était cela que Sophie avait perdu en quittant la France. Elle y repensa tristement, tandis que, devant elle, la fille du directeur des Postes de Tobolsk ânonnait en dodelinant de la tête :

Le trépas vient tout guérir ;
Mais ne bougeons d'où nous sommes :
Plutôt souffrir que mourir,
C'est la devise des hommes.

— Très bien ! murmura Sophie.

Et on passa aux explications de mots. Tatiana n'était point sotte. Après avoir donné la définition de « ramée », de « faix », de « chaumine », de « fagot », elle voulut savoir s'il était vrai, comme le prétendait La Fontaine, que les hommes préféraient la souffrance à la mort.

— Pas tous ! dit Sophie avec un demi-sourire.

Elle songeait à ceux qui avaient risqué leur vie à Paris, sur les barricades, à Saint-Pétersbourg, sur la place du Sénat. Fuir la Sibérie, retourner en France... Elle en avait formé le projet autrefois. Mais il était impossible de transgresser la volonté de l'empereur. Sans passeport, elle serait arrêtée au premier relais. D'ailleurs, n'avait-elle pas pris, un instant plus tôt, la résolution de s'installer dans une maison plus agréable, près des Fonvizine et des Annenkoff ?

— Oui, dit la fillette. Par exemple, les soldats aiment mieux périr dans la bataille que d'être vaincus !

— Certains soldats.

— Les héros !

— C'est cela.

— Je déteste les héros.

— Pourquoi ?

— Je ne sais pas. Ils empêchent les autres de vivre tranquilles. Moi, ce qui me plaît, c'est la maison, la famille, la couture, les bébés. Est-ce que vous avez connu des héros ?

— Oui.

— Lesquels ?

Sophie se troubla, ouvrit un livre sur la table et dit brièvement :

— Nous allons faire une dictée. C'est un texte de La Bruyère... Vous y êtes ?... « Ménalque descend son escalier, ouvre sa porte pour sortir, il la referme... »

Tout en parlant avec lenteur, elle revint à son projet de déménagement. Des chiffres s'additionnaient dans sa tête. La dépense ne l'inquiétait pas. Elle ne manquait de rien, grâce aux revenus de la propriété de Kachtanovka. Le maréchal de la noblesse de Pskov lui envoyait régulièrement sa part, tous les trois mois. Mais jamais elle n'avait reçu la moindre lettre de son neveu. A croire que Serge ignorait son existence ! Il ne lui avait même pas écrit à la mort de Nicolas. Certainement, son père le tenait sous sa coupe. « Quel âge a-t-il maintenant ? Vingt-trois ans... Non ! Plus ! Vingt-cinq ! » Elle s'effraya et resta une seconde bouche bée. Comme le silence se prolongeait, Tatiana leva les yeux de son cahier. Son visage exprimait une curiosité affectueuse. Visiblement, Sophie l'intriguait. On racontait tant de choses, en ville, sur les décembristes ! Sans savoir au juste ce qu'on leur reprochait, les enfants devaient les considérer comme des êtres à part, plus instruits et plus malheureux que les autres, des réprouvés investis du don des langues, de l'arithmétique et de l'orthographe.

— « ...il voit que son épée est mise du côté droit, que ses bas sont rabattus sur ses talons, et que sa chemise est par-dessus ses chausses... », reprit Sophie.

— Qu'est-ce que c'est que des chausses, Madame ?
— Une espèce de culotte qui descend jusqu'aux genoux.

La plume se remit à glisser sur le papier. Sophie songea que, dans la plupart des bourgades sibériennes, il y avait maintenant un décembriste qui enseignait les rejetons des notables locaux. Certains même avaient créé des écoles. Cependant, par une singulière injustice, si les condamnés politiques se transformaient en éducateurs, leurs enfants étaient encore, dans bien des cas, considérés comme des serfs de la Couronne. En 1842, l'empereur s'était déclaré prêt à admettre les fils et les filles de ses anciens ennemis dans les établissements scolaires de l'Etat à condition qu'ils y fussent inscrits non point sous leur nom de famille — Troubetzkoï, Volkonsky, Davydoff, Annenkof —, mais sous le prénom de leur père, comme des moujiks ! Les parents avaient été unanimes à refuser cette grâce insultante et les enfants avaient poursuivi leurs études à la maison, sous la surveillance de leurs proches, mieux qu'ils ne l'eussent fait ailleurs. Enfin, en 1845, après la mort de Benkendorff, son successeur, le comte Alexis Orloff, avait obtenu de Nicolas Ier que les mesures draconiennes visant « la jeune génération » fussent rapportées. Par voie de conséquence, Alexandra et Lise Troubetzkoï, puis Nelly Volkonsky, avaient reçu le droit d'entrer à l'Institut des Jeunes Filles d'Irkoutsk, tandis que Michel Volkonsky et les fils des Annenkoff étaient admis comme internes au gymnase de la même ville. Mais, comme toujours en Russie, cet acte de clémence était accompagné de restrictions mesquines. Ainsi, Pauline Annenkoff, qui souffrait d'être séparée de ses enfants, n'avait jamais pu arracher aux autorités de Tobolsk un sauf-conduit pour aller les voir. Le moindre déplacement nécessitait des cachets et des signatures. Les lettres étaient ouvertes et retenues, parfois pendant une semaine, à la poste. Il arrivait que, sur une dénonciation anonyme, un policier se présentât au domicile d'un décembriste, posât quelques questions oiseuses et se retirât avec un sourire menaçant. Défense d'avoir un fusil de chasse, défense d'envoyer des daguerréotypes en Russie, défense d'apprendre l'escrime aux enfants... Soudain, Sophie se demanda si le directeur des Postes n'interrogeait pas Tatiana, quand elle rentrait à la maison, sur ce qu'elle avait vu et entendu chez son professeur de français. Elle croyait recevoir des élèves et c'étaient de petits espions qui s'asseyaient à sa table et écrivaient sous sa dictée.

— « On l'a vu une fois heurter du front contre celui d'un aveugle, s'embarrasser dans ses jambes, et tomber avec lui, chacun de son côté à la renverse... »

Tatiana eut un éclat de rire si clair, si franc que Sophie en fut rassurée. Dans ce monde affreux d'ennui et de délation, il fallait qu'elle résistât au penchant de déceler des ennemis partout.

— Que c'est drôle, Madame ! s'écria la fillette. Est-ce qu'il vit encore, La Bruyère ?

— Non, il est mort depuis plus de cent cinquante ans.

— Je ne pensais pas qu'on pouvait être drôle si longtemps après sa mort !

Sophie relut le texte, corrigea les fautes. Tatiana, debout derrière elle, se penchait en avant pour mieux voir et respirait dans sa nuque. Un parfum de gamine émue flottait autour de Sophie. Elle éprouva, une fois de plus, le regret de n'avoir pas d'enfant et d'en être réduite à élever ceux des autres.

— Sept fautes, dit-elle. Ce n'est pas brillant !

Tatiana baissa la tête. La leçon était finie. Déjà, dans l'antichambre, piétinaient les deux fils de Soumatokhoff, le plus gros cultivateur de la région. Sophie reconduisit Tatiana à la porte et fit entrer les garçons. Dix et douze ans ; de bonnes petites trognes de moujiks, aux joues rouges de froid ; ils abordaient juste l'étude du français ; tout en peinant sur la conjugaison du verbe être, ils jouaient à remuer des osselets dans leur poche ; Sophie dut les leur confisquer. Ensuite, ce fut le tour de la femme du curateur des établissements charitables, toute en frisettes et en froufrous, qui venait uniquement pour apprendre à placer quelques mots français dans la conversation. Elle exaspéra Sophie par ses mines, ses roucoulades et ses rires.

A midi et demi enfin, il se fit un grand calme dans la maison. Sur la table, débarrassée des livres et des cahiers, Douniacha apporta un plat de viande froide garnie de choux aigres. Habituée de longue date à ces repas solitaires, Sophie ne souffrait même plus du vide et du silence qui l'environnaient. Elle dînait rapidement, sans penser à la nourriture, et s'amusait parfois, en levant les yeux, de voir des fantômes de passants flotter derrière la vitre aux arborescences de givre. Sa cuillère attaquait une fade gelée de fruits arrosée de lait, quand il lui sembla reconnaître une silhouette d'homme, au col dressé et au large chapeau. Trois coups frappés à la porte : elle ne s'était pas trompée ! Une joie tumultueuse l'envahit.

— Va ouvrir, Douniacha, murmura-t-elle en se penchant vers une glace.

Elle releva une mèche de cheveux sur sa tempe, tira sa blouse dans sa ceinture et se tourna, souriante, vers le Dr Wolff qui entrait. Il avait un visage rayonnant de bonheur.

— Je viens de voir Pauline ! s'écria-t-il. Elle m'a dit que vous vouliez acheter la petite maison, près de chez elle ! Est-ce vrai ?

— Oui, répondit Sophie. Je crois que ce serait plus raisonnable. Je suis tellement mal installée ici !...

— Vous êtes surtout trop loin de nous ! Ne laissez pas passer cette occasion. Achetez ! Déménagez ! Vite !...

Elle sentit comme le poids d'une main sur son épaule et sa gêne augmenta.

— Avez-vous dîné ? demanda-t-elle.

— Bien sûr ! Entre deux rendez-vous, selon mon habitude.

— Vous prendrez bien un verre d'eau-de-vie de framboise ?

Il voulut refuser. Sophie insista. Elle avait l'impression qu'il était très important pour elle que le Dr Wolff goûtât cet alcool. Mais où était la bouteille ? Depuis le temps qu'elle n'y avait plus touché !... Elle ouvrit le buffet, souleva le couvercle du coffre à bois, courut à la cuisine... Rien ! Le Dr Wolff riait :

— Ne vous donnez pas tant de mal !

Elle enrageait : « Il va croire que je suis désordonnée, que je ne sais même pas ce que j'ai à la maison ! » Ce désagrément prenait dans sa tête des proportions dramatiques. Elle gourmanda Douniacha qui avait sûrement jeté la bouteille par mégarde. La fille éclata en sanglots.

— Aide-moi au lieu de pleurnicher ! dit Sophie.

Et le Dr Wolff qui entendait tout ! C'était ridicule ! Enfin, en déplaçant des fagots derrière le poêle, Douniacha découvrit le précieux flacon. Sophie l'apporta triomphalement sur la table. Le Dr Wolff dut se résigner. A la première gorgée, il décréta :

— Un vrai velours !

Elle le regardait siroter son eau-de-vie et se laissait aller à une secrète gratitude. Un homme dans sa maison, carré au creux d'un fauteuil, le verre à la main — ce spectacle contentait en elle un besoin féminin, vieux comme la terre, de se dévouer à de petites tâches matérielles et de créer le bien-être autour du mâle fatigué par son travail. Elle l'obligea à se resservir.

— Quand déménagez-vous ? demanda-t-il.

— Que vous êtes pressé ! dit-elle en riant. Je ne suis pas encore tout à fait décidée. J'aimerais revisiter les lieux...

— Voulez-vous que nous y allions ensemble maintenant ?

La voix était jeune, joyeuse, sans rapport avec l'homme grisonnant qui se tenait assis devant Sophie. Elle eut conscience de ce dédoublement et il lui sembla qu'elle-même avait une âme qui courait et un corps qui ne pouvait suivre.

— Le propriétaire, Polzoukhine, est un de mes clients, reprit-il. Vous obtiendrez de lui ce que vous voudrez ! Mais peut-être n'êtes-vous pas libre tout de suite ?

— Si, dit-elle en dressant la tête. Justement, je n'ai pas de leçon avant cinq heures...

Et elle se sentit pareille à une de ses élèves devant la promesse d'une récréation.

La maisonnette se composait de trois petites pièces délabrées au rez-de-chaussée et d'une grande pièce, à usage de billard, au premier étage. Par les fenêtres, on apercevait une rue large, bordée de façades en bois, peintes de couleurs vives. C'était le quartier européen, officiel, le quartier des fonctionnaires. Le propriétaire ne manqua pas de le faire observer à Sophie, pour se justifier de vendre si cher des locaux en si mauvais état. Il était cassé en deux, le teint cadavérique, la respiration sifflante. En parlant, il lorgnait d'un œil inquiet le Dr Wolff, qui, évidemment, tenait en laisse la meute des maladies et pouvait les lâcher sur lui à tout instant. Quand le médecin lui reprocha son âpreté au gain, il balbutia qu'il ne demandait qu'à discuter, qu'une diminution était toujours possible. Et, de concession en concession, pour ne pas s'aliéner la faveur d'un homme dont dépendaient sa santé et peut-être sa vie, il en vint à accepter le prix très raisonnable de mille deux cents roubles. Le Dr Wolff lui fit immédiatement signer un papier, afin d'être sûr qu'il ne se dédirait pas. Le bonhomme se retira en grognant, à la fois rassuré et furieux, comme s'il avait sauvé sa peau mais laissé sa bourse dans une mauvaise rencontre.

Restée seule avec le Dr Wolff, Sophie le remercia de son intervention et s'occupa d'imaginer sur place tous les aménagements praticables. Elle allait et venait avec décision, pivotait sur elle-même, ordonnait à un mur de reculer, à une fenêtre de se draper de rideaux, au plancher de reluire.

— Ici, je placerai la table et le gros buffet... Devant la croisée, mes deux fauteuils... Ma chambre, je la vois là !...

— Méfiez-vous, dit le Dr Wolff, cette pièce est orientée vers le nord.

— Vous avez raison. Mais celle d'à côté est trop petite. A moins d'abattre ce mur...

Le Dr Wolff tapota le mur, l'ausculta d'un air médical, et conclut :

— Vous pouvez y aller ! Ce n'est qu'une cloison !

Puis, tirant un crayon et un carnet de sa poche, il proposa à Sophie de tracer tout de suite un plan de l'ensemble. Elle mesura la dimension des pièces, en faisant de grands pas. Il portait sur son dessin les chiffres qu'elle lui annonçait. Cette collaboration affectueuse la gênait et la charmait dans le même temps. Elle se rendait compte qu'en associant cet homme à ses soucis d'installation future elle le traitait comme s'il eût réellement partagé sa vie. Eût-elle visité la maison avec son mari que leur conversation n'eût pas été différente. Il dépendait d'elle de faire cesser le jeu. Mais elle n'en eut pas le courage.

— C'est parfaitement clair ! dit-elle en regardant le croquis. Vous avez un talent de dessinateur que je ne soupçonnais pas !

Ils passèrent dans la pièce voisine. De nouveau, elle marcha devant lui, en comptant :

— Longueur, six pas. Vous y êtes ?

Il la regardait si intensément qu'elle devina qu'il était très loin de l'architecture.

— Et en largeur ? dit-il d'une voix sourde.

Cette fois, elle dut se contraindre pour mettre un pied devant l'autre. Ses mouvements les plus simples manquaient de naturel. Elle pensait à l'impression qu'elle produisait sur lui en arpentant la chambre.

— Quatre pas et demi, murmura-t-elle en arrivant à l'angle opposé.

Soudain, elle se dit que cette maison était trop grande pour une femme seule. Le Dr Wolff, lui, louait une chambre dans l'appartement d'un colonel en retraite, au bout de la rue. Là, il dormait, mangeait, recevait ses malades. Jamais il ne s'était plaint d'être logé à l'étroit. Pourquoi ne lui céderait-elle pas le premier étage ? Il en ferait un laboratoire, un dispensaire... Cette idée la réjouit, puis l'inquiéta. Elle n'avait pas le droit d'introduire un homme chez elle. Par égard pour le souvenir de Nicolas. Non qu'elle doutât d'elle-même, mais elle ne voulait pas donner prétexte aux gens de salir son passé par leurs clabaudages.

— Vous serez vraiment très bien ici, dit-il en la suivant dans l'antichambre.

Ils gravirent l'escalier et débouchèrent dans une salle aux tentures fanées, aux lambris décollés et au plancher gris de poussière. En plein milieu : un vieux billard, bas sur pattes, dont le drap était déchiré et maculé de cire.

— Magnifique ! s'écria le Dr Wolff. Avec votre permission, je viendrai, de temps en temps, faire quelques carambolages pour me délasser.

Sophie éprouva une émotion inattendue, démesurée, et balbutia :

— Mais oui ! Venez aussi souvent qu'il vous plaira ! Cette pièce... cette pièce sera un peu la vôtre !...

Si le Dr Wolff avait répondu deux mots aimables, n'importe quoi, elle se fût ressaisie. Mais il ne disait rien et la considérait fixement, avec tendresse. Sous ce regard pénétrant, tout ce qui aurait pu se calmer en elle tournait à l'extravagance. Elle le vit jouant au billard, sous une lampe à l'abat-jour vert, descendant l'escalier, allumant un cigare, appelant Douniacha, ouvrant la porte de la chambre comme s'il eût été chez lui. Sur le point de s'avouer qu'elle était troublée, elle préféra, par une esquive, négliger ses propres sentiments pour s'intéresser à ceux de l'autre. « Comme il me regarde ! Sûrement, il est amoureux de moi ! Il va me le dire ! Et s'il me demandait en mariage ? » Elle tâcha de changer le cours de ses réflexions et en fut incapable. Trois ans après la mort de Nicolas, Youri Almazoff lui avait offert de l'épouser. Elle avait refusé sans hésitation. Pour un peu, elle eût éclaté de rire au nez du brave garçon, qui se croyait investi, par son amitié envers un compagnon de bagne, du droit et du devoir de le remplacer auprès de sa veuve. Aujourd'hui, le problème était différent. Le Dr Wolff n'était pas un quelconque Youri Almazoff. Calme, doux, intelligent, courageux, il avait toujours agi selon la conception que Sophie se formait d'un homme de cœur. Elle l'admirait. Elle ne voulait pas lui causer de peine. La seule pensée d'avoir à lui dire non la glaçait. Et pourtant, il le faudrait, sans doute. Elle ne pouvait appartenir à un autre après Nicolas. Même si cet autre était de la grande famille des décembristes. D'ailleurs, elle était âgée, fanée. Cette union serait ridicule. Elle eut la perception d'un petit poids de chair molle sous son menton et tendit le cou. « Evidemment, je pourrais l'aider dans son métier, je pourrais m'occuper de ses malades, je pourrais, je pourrais... » Sa vie se meubla soudain, s'éclaira, prit une dimension et un sens extraordinaires. Un besoin maternel d'organisation et de sauvetage la possédait. Elle beurrait des tartines et faisait de la charpie. Surtout, elle était aimée ! Elle sortit de ce tourbillon, la tête rompue, le regard vague. Le voyage n'avait pas duré trois secondes. En face d'elle, le Dr Wolff l'observait toujours avec une gravité affectueuse. Allait-il se décider ? Elle l'espéra, elle le redouta. Il hocha la tête et dit :

— Savez-vous à quoi je pense ?

Elle eut de grands battements de cœur.

— Vous devriez transformer cette pièce en bibliothèque, reprit-il. Vous laisseriez le billard là où il se trouve et vous placeriez des volumes joliment reliés tout autour.

Elle cacha sa déception derrière un sourire :

— Ce serait une bonne idée ! Mais je n'ai pas assez de livres !

— Je vous apporterais les miens. Je ne sais où les mettre !
— Et si vous en aviez besoin ?
— Je viendrais les lire chez vous !

Elle fut reprise par l'agréable sensation d'oublier son âge, de quitter la terre. Le petit poids de chair neutre, sous son menton, s'effaça. La fatigue glissa de ses épaules. « Pourquoi serait-il interdit à des êtres comme nous d'unir leurs vies ? Il a aimé jadis la pauvre Alexandrine Mouravieff, j'ai aimé Nicolas. Tous deux sont morts. Nous ne renierons pas notre passé en essayant de créer ensemble un nouveau bonheur. » Il lui prit la main et la porta à ses lèvres :

— Chère Sophie, comme il est bon de vous voir ainsi, tout exaltée par la perspective de votre prochain emménagement ! Pour que vous soyez heureuse, il faut que vous ayez quelque chose à construire !

— Oui, dit-elle, la voix étranglée.

Et elle remarqua, avec surprise, qu'il faisait plus clair dans la pièce. Le soleil d'hiver émergeait de la brume. Des poussières d'or dansaient dans un rayon. Le drap vert du billard avait des reflets d'herbe tendre. Elle eut envie de rire, de respirer à pleins poumons, de marcher dans la neige.

— Si nous sortions ? dit-elle. Le beau temps est revenu !

Il la regarda interloqué, comme si, l'ayant perdue dans une galerie, il l'eût retrouvée entre deux colonnes, à un endroit où il ne l'attendait pas. Elle comprit qu'elle l'amusait, qu'elle l'intriguait et décela, au fond d'elle-même, maladroite, inemployée, la coquetterie de sa jeunesse.

Ils descendirent l'escalier et sortirent dans la rue, qui brillait, toute blanche, avec des ombres bleues au pied des maisons. Le sol était glissant. Le Dr Wolff arrondit son bras et Sophie s'appuya dessus, aussi légèrement que possible.

— Où allons-nous ? demanda-t-il.

Elle avança le menton :

— Par là...

Il n'y avait guère d'autre but de promenade à Tobolsk que la partie haute de la ville et la citadelle. L'enceinte crénelée, surmontée de tours, enfermait la cathédrale, l'église, le monastère, l'évêché, le palais du gouverneur, des casernes, la prison centrale. Ils errèrent quelques minutes entre de vieux bâtiments de brique et de maçonnerie. Le froid sec et le soleil clair conféraient à cette architecture un air de gaieté.

— Nous devrions saluer la cloche, proposa le Dr Wolff.

Sophie acquiesça de la tête en souriant. Ils pénétrèrent dans la cour de l'évêché, où se trouvait la fameuse cloche d'Ouglitch, qui, en 1591, avait donné le signal d'une insurrection. Le tsar Boris Godounoff, après s'être emparé des principaux émeutiers, les avait envoyés en Sibérie et avait expédié là-bas, en même temps, la cloche coupable de lèse-majesté. Pour que le châtiment fût complet, elle avait été privée de son battant et fouettée en place publique. Les décembristes l'appelaient « la doyenne des exilées ».

Sophie et le Dr Wolff s'arrêtèrent devant la lourde forme de bronze. Une toux se fit entendre derrière eux. Un policier, sorti de l'ombre, les observait.

Chaque fois que des décembristes s'aventuraient dans cette cour, un représentant de l'ordre s'attachait à leurs pas. Craignait-on, en haut lieu, que la cloche d'Ouglitch ne devînt un objet de culte pour les condamnés politiques ? A tout autre moment, Sophie se fût amusée à exaspérer le surveillant par des réflexions à double sens. Mais, cette fois-ci, elle avait surtout envie de se retrouver seule avec le Dr Wolff et d'oublier qu'ils étaient des réprouvés.

— Venez, murmura-t-elle. Cette cloche ne nous dira rien. On lui a arraché la langue !

Ils s'éloignèrent. Le policier les suivit, les mains derrière le dos, pendant quelques pas. Puis ils ne sentirent plus sa présence. En passant par les anciens remparts, ils découvrirent, tout en bas, le quartier pauvre avec ses maisonnettes bancales, ses bazars, et la steppe blanche, sans limites, coupée par le Tobol et l'Irtych, pris sous la glace. A côté de la forteresse, s'étendait le jardin public, semblable à tous ceux qui égayaient les villes de province en Russie. Un maigre bois de bouleaux, avec, au centre, un kiosque-restaurant fermé pendant l'hiver. Sur la terrasse qui dominait la route, s'élevait un obélisque de marbre, à la mémoire du cosaque Yermak, conquérant de la Sibérie : « 1581-1584 ». Des gamins tournaient autour du monument et se battaient à coups de boules de neige.

Sophie avisa un banc, au soleil. Le Dr Wolff le débarrassa de sa couche de givre, étala dessus, en guise de coussin, une écharpe de laine tricotée, et ils s'assirent côte à côte, face au paysage brumeux et scintillant. Le vent était tombé. Sophie ne sentait plus le froid sur sa figure. « Dans quatre mois, la fonte des neiges, la débâcle, le printemps ! pensait-elle. Alors, tout s'animera dans les bas quartiers de la ville ; une forêt de mâts bougera dans le port libéré des glaces ; la steppe fleurira à perte de vue ; les dames sortiront leurs chapeaux de paille ; un orchestre militaire jouera dans le kiosque ; le théâtre de Tobolsk affichera *Iphigénie en Aulide* ou quelque chose de ce genre ; je serai installée dans ma nouvelle maison ; seule, ou mariée peut-être... » Elle dut respirer profondément pour recouvrer son calme. Personne n'appelait Wolff par son prénom : Ferdinand. Ce n'était pas un prénom russe. Elle murmura :

— Ferdinand Bogdanovitch, je vous retiens, sans doute. Vous devez avoir des rendez-vous...

— Le rendez-vous que j'ai en ce moment est le plus important de tous, dit-il.

Sophie eut peur de cet engagement rapide et détourna la tête. Il fallait trouver un autre sujet de conversation. Elle se rappela les deux malheureux qui glissaient en traîneaux, de relais en relais, à travers la plaine blanche, vers le bagne. Son bonheur présent les lui avait fait oublier. Quel égoïsme affreux dans l'âme la mieux disposée à la compassion ! Elle balbutia, comme parlant en rêve :

— Où sont-ils maintenant ?
— Qui ? dit le Dr Wolff.
— Douroff et Dostoïevsky.

— C'est vrai, je ne vous ai pas demandé de leurs nouvelles. Les avez-vous vus, ce matin ?

— Oui. Ils étaient calmes, courageux... Plus courageux que moi qui les regardais partir ! Combien d'hommes devront encore perdre la liberté pour qu'un jour tous les hommes soient libres ?

— Tous les hommes ne seront jamais libres, dit le Dr Wolff. D'ailleurs, ils n'en ont pas tellement envie ! Ceux qui éprouvent réellement l'amour de la liberté sont rares. La majorité préfère ressembler au voisin, penser comme le voisin et même ne pas penser du tout !

— Vous êtes cynique !

— Cynique, non. Désabusé, peut-être. Plus je réfléchis, plus je me persuade qu'en exigeant pour nos semblables le droit d'agir à leur guise, nous sommes en contradiction avec la nature de l'homme qui est de s'agglomérer en troupeau. Si nous arrachons le pouvoir au tsar pour le donner au peuple, le peuple s'empressera de l'offrir à quelqu'un d'autre. Le peuple a mieux à faire qu'à se gouverner. Il a à travailler, à manger, à dormir, à s'amuser, à aimer, à procréer...

— Vous parlez du peuple russe !

— C'est le seul que je connaisse. Mais je suppose que le peuple français, lui aussi...

Sophie secoua la tête :

— Détrompez-vous. La notion de masse est slave, ou plutôt asiatique. Ici, on ressent la puissance écrasante des grands courants humains. En France, au contraire, chacun se prend pour le seul détenteur de la vérité. C'est le champ clos où s'affrontent toutes les opinions possibles, la patrie des dissonances folles, la réserve où grouillent les idées de demain...

— J'aime vous entendre parler de la France, dit le Dr Wolff en plissant les yeux. Vos joues deviennent toutes roses. Vos narines battent...

Elle crut qu'il se moquait d'elle, tant ces compliments convenaient peu à une femme de son âge. Mais il la couvait d'un regard si naïf qu'elle dut se rendre à l'évidence. Il ne voyait d'elle que ce qu'il voulait voir. Vite, elle effaça les deux petits sillons verticaux que l'attention creusait entre ses sourcils. Le soleil l'aveuglait. Elle baissa légèrement le front. Le Dr Wolff dit :

— Viendra-t-il un jour où vous ne regretterez plus votre pays ?

— Certainement pas, répondit-elle. Mais je me suis profondément attachée à la Russie. Je dirais, presque, à la Sibérie...

— Merci, dit-il d'une voix enrouée. Vous venez de me procurer une grande joie.

Elle frissonna et remonta son col d'une main tremblante.

— Vous avez froid ! s'écria-t-il. C'est ma faute ! Nous n'aurions pas dû nous asseoir sur ce banc !

Elle posa une main sur son poignet large et osseux :

— Mais non, je suis très bien. Seulement, il est tard. Mes élèves m'attendent. Partons, voulez-vous ?

Ils se levèrent. Des moineaux, qui picoraient autour de l'obélisque, s'envolèrent en pépiant. Sophie savait que le Dr Wolff ne lui dirait plus rien de décisif. Il avait laissé passer le moment... Elle en était soulagée, après avoir souhaité qu'il se déclarât. « J'ignore moi-même ce que je veux », pensa-t-elle avec mélancolie. Ils sortirent du jardin. Dans la rue, ils croisèrent plusieurs personnes de leur connaissance. Sophie répondit gracieusement à leur salut. Elle était fière d'être vue au bras du Dr Wolff.

3

Surpris par l'arrivée de Sophie, les ouvriers, qui bavardaient en grignotant des graines de tournesol, se remirent précipitamment au travail.

— Que vous avais-je dit ? murmura-t-elle en se penchant vers Nathalie et Pauline qui l'accompagnaient. Dès que j'ai le dos tourné, ils se croisent les bras !

Depuis un mois et demi que les réparations étaient en train, les menuisiers avaient à peine raboté le plancher et redressé les portes ; quant aux maçons, ils en étaient encore à enduire de plâtre le lattis du plafond. Ce n'étaient pas des gens de métier, mais d'anciens criminels de droit commun. Chaque lundi arrivait en ville un petit groupe de relégués. Aussitôt, les habitants de Tobolsk allaient dans la cour de la prison embaucher les hommes dont ils avaient besoin. Tarif : dix roubles par mois. Les laissés pour compte étaient expédiés dans les villages voisins. Sophie inspecta son monde avec accablement. Un énorme gaillard, barbu et ventru, maniait mollement la truelle. A côté de lui, un bossu plantait des clous dans une planche, sans conviction.

— Jamais cette maison ne sera prête pour Pâques ! gémit Sophie.

— Mais si, barynia ! dit le gros barbu. Vous verrez, tout ira très bien ! D'ailleurs, le docteur a promis de nous envoyer encore deux hommes, demain, pour nous aider !

— Vous avez vu le docteur ?

— Il est venu ce matin, jeter un coup d'œil.

Elle rougit. L'intérêt que Ferdinand Wolff portait à son installation lui semblait une déclaration de tendresse déguisée. Nathalie et Pauline l'observaient avec malice. Avaient-elles deviné le penchant qu'elle éprouvait pour le médecin ? Pourtant, ils ne s'étaient jamais avoué leur amour. Ce mot, du reste, ne convenait pas au sentiment calme et fort qui les liait l'un à l'autre.

— Et si j'emménageais avant la fin des travaux ? dit-elle. Je pourrais camper au rez-de-chaussée, pendant que les ouvriers termineraient le premier étage...

— Ce serait intenable ! s'écria Pauline. Le bruit, la poussière ! Soyez sage ! Le vrai bonheur est toujours le fruit d'une longue patience !

Sophie entrevit une intention ironique dans cette phrase. Depuis quelque temps, toutes les conversations lui paraissaient pleines de sous-entendus. Elle était à la fois flattée et confuse de cette fausse atmosphère de fiançailles.

— J'ai tout de même l'impression, dit-elle, que, si je me trouvais sur place du matin au soir, les travaux avanceraient plus vite.

— Et vos élèves ? dit Pauline. Comment les recevriez-vous ? Non, à mon avis...

Elle se tut, la langue coupée par la surprise. Dans l'encadrement de la porte venait de surgir un gendarme.

— Madame Ozareff ? demanda-t-il en saluant militairement.

Il était grand et fort, le visage rouge, bosselé comme un chaudron.

— C'est moi, dit Sophie.

— Veuillez me suivre chez le gouverneur.

Elle fut saisie d'une crainte froide :

— Chez le gouverneur ? Pourquoi ?

L'absurdité de cette question était si manifeste que, sans attendre la réponse, elle ajouta :

— Très bien. Retournez dans l'antichambre. Je viens tout de suite.

Le gendarme claqua des talons et disparut.

— Ah ! mon Dieu, que vous veut-on encore ? s'écria Nathalie en levant les yeux au plafond.

— C'est sûrement à cause de vos rencontres avec les gens de Pétrachevsky ! décréta Pauline.

— Si c'était cela, on n'aurait pas attendu près de deux mois pour me rappeler à l'ordre ! dit Sophie.

— Vous avez raison, dit Nathalie, je pense plutôt qu'on va vous reprocher les textes que vous faites apprendre aux enfants !

— Les fables de La Fontaine ?

— Certaines sont très subversives !

— On verra bien ! dit Sophie avec un sourire résigné.

Nathalie et Pauline l'accompagnèrent jusqu'à la citadelle. Chemin faisant, elles lui chuchotaient des encouragements. On ne la laisserait pas se débattre seule, on préviendrait tous les amis, on alerterait le procureur par l'intermédiaire de Marie Frantzeff... Derrière les trois femmes qui trottaient dans la neige, marchait le grand gendarme à la prunelle vide et aux bras ballants. Devant le palais du gouverneur, il fallut se séparer. Nathalie, les larmes aux yeux, bénit Sophie d'un signe de croix :

— Que Dieu vous assiste, ma colombe !

Sophie se retrouva dans une antichambre nue et glaciale. Cinq minutes plus tard, le gouverneur Engelke la recevait dans son bureau. Un feu brûlait dans une cheminée de marbre. Sur les murs, vert bouteille, se détachaient des cadres d'or. Mais on ne voyait pas ce que représentaient les tableaux, dont les couleurs s'étaient enfumées. Engelke était petit, gras, avec des lunettes d'argent et un ventre en tonnelet, porté par des jambes torses.

— Dans les ingrates fonctions que j'exerce, il est des minutes lumineuses, parmi lesquelles je compterai celle-ci, dit-il.

Sophie crut à un compliment et fit un sourire crispé. Elle était assise au bord de son fauteuil, le dos roide, et regardait fixement le gouverneur, en se demandant quel coup il se préparait à lui assener.

— Vous êtes, reprit-il, la vivante preuve que, dans un monde chrétien, il ne faut jamais s'abandonner au désespoir. Alors que tout semble perdu, brusquement les nuages se dispersent, le soleil luit, le bonheur est là !
— Que dois-je comprendre, Excellence ? demanda Sophie.
— Vous ne devinez pas ? dit Engelke en plissant un œil.
— Non, je vous assure...
— Quelque chose qui vous tient à cœur depuis très longtemps, quelque chose que vous réclamez à l'empereur dans toutes vos lettres...

Un vide se creusa dans la poitrine de Sophie. Elle eut peur de la question qu'elle allait poser. Enfin, elle balbutia :
— Mon retour en Russie ?
— Bien sûr ! s'écria Engelke. Votre retour en Russie ! Vous n'y croyiez plus, avouez-le !...
— Non, dit-elle, la voix blanche.

Il se gonfla de solennité joyeuse, brilla de l'œil, des dents, du menton et dit, en pesant ses mots :
— Je vous annonce que Sa Majesté, ayant pris connaissance de votre dernière requête, en date du 13 octobre 1849, a décidé, eu égard au fait que vous êtes française et que votre mari est mort depuis dix-sept ans, de vous autoriser à rentrer en Russie.

Sophie resta un moment interdite, comme si, à force d'espérer cet événement, elle avait perdu la faculté de s'en réjouir. Le gouverneur lui montra une feuille de papier frappée de l'aigle impériale. Machinalement, elle lut son nom au milieu du document. Cette grande page calligraphiée pour elle toute seule ! Elle marmonna :
— C'est incroyable !... Pourquoi maintenant ?... Pourquoi si tard ?...
— Il n'est jamais trop tard pour bien faire, comme on dit en France ! Je suppose que le remplacement de feu le comte Benkendorff par le comte Alexis Orloff vous a été favorable. Toutefois, je dois vous signaler que vous n'aurez pas le droit d'habiter à Saint-Pétersbourg ni à Moscou. Vous vous fixerez dans votre propriété de Kachtanovka et ne pourrez vous déplacer que dans un rayon de quinze verstes.

A mesure qu'il parlait, Sophie sentait monter en elle une tristesse incoercible. L'idée de la maison qu'elle venait d'acheter acheva de lui ôter tout courage. Elle voyait ses plus chers projets réduits à néant. Et, parmi ces ruines, Ferdinand Wolff, debout, étonné, les mains vides. Pourquoi avait-elle écrit toutes ces lettres à l'empereur ? Qu'espérait-elle trouver en Russie, à son retour ? Un neveu qui ne la connaissait que de nom, un domaine où personne n'avait besoin d'elle. En allant là-bas, elle s'exilerait pour la deuxième fois. Son pays, maintenant, c'était la Sibérie ; sa famille, les quelques décembristes dont elle avait partagé les souffrances depuis vingt-trois ans ; son avenir — l'un d'entre eux, peut-être... Au fond, si elle avait poursuivi ces démarches, c'était parce qu'elle était sûre du refus des autorités. Et voici qu'on la prenait au mot. Voici qu'on la punissait en l'exauçant. Elle eut conscience que le gouverneur attendait d'elle des paroles de gratitude. Mais son visage demeurait empesé. Elle murmura :

— Je vous remercie... Je suis très touchée...

Heureusement, Engelke prit son embarras pour un excès d'émotion.

— Et moi, je vous félicite, Madame, dit-il. Vous êtes la première personne à recevoir une pareille faveur de Sa Majesté. J'espère que vous saurez vous en montrer digne. Quand comptez-vous partir ?

— Je ne sais pas encore, dit Sophie. Tout cela est si nouveau pour moi ! Laissez-moi le temps de me ressaisir...

— Mais bien sûr ! Rien ne presse !...

Il la reconduisit jusqu'à la porte avec tous les égards dus à une femme de qualité. Sur le seuil, elle eut encore l'énergie de sourire. Mais, une fois dehors, ses pensées la reprirent si violemment qu'elle ne vit plus rien autour d'elle. Les décisions du tsar jouaient à contretemps avec les prières qui lui étaient adressées. Il savait très bien qu'il accablait Sophie en lui octroyant la liberté à cinquante-sept ans. Oblige-t-on quelqu'un à boire un verre d'eau dont il n'a pas envie, sous prétexte qu'il l'a réclamé jadis, quand il mourait de soif dans le désert ? Cependant elle pouvait refuser cette grâce. Elle la refuserait ! Au risque de passer pour une ingrate. Le scandale ne l'effrayait pas. « Je resterai. Je m'installerai dans ma nouvelle maison. Ferdinand Wolff viendra chez moi jouer au billard, lire, méditer, se reposer... » Elle sortit de la citadelle, portée par l'espoir et la colère. Sa première idée fut d'aller chez les Fonvizine pour leur rendre compte de son entrevue avec le gouverneur.

Elle était attendue : Nathalie, son mari, Pauline et Ivan Annenkoff, Pierre Svistounoff, Youri Almazoff. Mais Ferdinand Wolff n'était pas là. Il avait été appelé d'urgence pour soigner un malade dans quelque lointain village. Tant mieux ! Ainsi, elle serait plus à l'aise pour expliquer sa déception. Dans le salon provincial, aux gros meubles d'acajou noirci et aux murs violet tendre, l'atmosphère était à l'angoisse. Par habitude, chacun se préparait à une mauvaise nouvelle. Quand Sophie annonça la grâce dont elle était l'objet, une commotion joyeuse bouleversa tous les visages.

— Ma chérie, s'écria Pauline, c'est inespéré !

Ce fut le signal d'une grande démonstration d'allégresse. Etourdie par des exclamations discordantes, Sophie essaya d'affirmer qu'elle n'était pas satisfaite de cette solution. On ne l'écoutait pas, on la congratulait, on l'embrassait, on pleurait sur son épaule.

— La bonne messagère ! La colombe de l'arche ! Vous êtes la colombe de l'arche ! chevrotait Nathalie en se tamponnant les yeux avec un mouchoir.

A cet instant, il y eut un décrochement dans l'esprit de Sophie. Elle se vit engagée dans un malentendu affreux. Elle ne pouvait décevoir tous ces braves gens. Comme elle, ils avaient sollicité l'autorisation de rentrer en Russie. En acceptant la faveur impériale, elle créait un précédent dont, plus tard, ils se réclameraient. En la refusant, elle risquait de vexer le tsar et de lui ôter pour toujours le désir de leur être agréable. De quel poids étaient ses petites préférences de femme solitaire devant l'espoir de toutes ces grandes familles russes éloignées de la terre de leurs ancêtres, de tous ces fils, de toutes ces filles, nés en exil et qui ne pouvaient même plus prétendre au nom de leurs parents ?

— Vous êtes heureuse ? demanda Pauline.

— Mais oui ! murmura Sophie.

Elle se contraignait à sourire et ses joues flambaient, une boule se formait dans sa gorge.

— Ah ! que je vous envie ! s'exclama Nathalie en joignant les mains. Vous allez reparaître dans le monde libre comme une ressuscitée ! Vous donnerez de nos nouvelles à tous nos amis ! Pour la première fois, quelqu'un des nôtres pourra raconter ce que fut réellement notre vie !

— Tant de mensonges circulent sur notre compte ! soupira Pauline.

Sans doute ne pouvait-elle oublier cet abominable roman d'Alexandre Dumas, *Le Maître d'armes,* publié jadis à Paris et dont les exemplaires étaient parvenus jusqu'à Tobolsk. Son aventure avec Ivan Annenkoff y était relatée de façon scandaleuse. Renseigné par on ne savait qui, l'écrivain la représentait comme une grisette française, éprise d'un professeur d'escrime et vendant ses faveurs à un jeune noble russe dépravé. L'auteur eût mérité une leçon. Mais il vivait à l'autre bout du monde. Comment écrire de Sibérie en France ?

— Vous redresserez l'opinion des gens mal informés, reprit Pauline. Vous préparerez les esprits à l'idée de notre retour à tous !

— Croyez-vous vraiment que, nous aussi, nous pourrons revenir ? demanda Youri Almazoff avec une expression d'avidité pitoyable sur sa figure de vieux jeune homme pommadé.

— Je ne le croyais pas avant cette minute ! Mais, puisque le tsar a décidé de rappeler notre amie, tous les espoirs sont permis ! Elle ouvre la voie au rapatriement des autres !...

Chaque parole augmentait la sujétion de Sophie. « Et voilà, pensa-t-elle, maintenant il m'est tout à fait impossible de reculer. Ils me poussent ensemble dans le dos. Plus de petite maison, plus de salle de billard... Je dois partir et paraître contente. Contente de leur joie. Car, moi, je n'en ai aucune. Pas plus que je n'ai de liberté à l'instant où le tsar me l'accorde. »

— Qui sait si, dans deux ou trois ans, nous ne nous retrouverons pas tous en Russie ? dit Ivan Annenkoff rêveusement.

— Taisez-vous, Ivan Alexandrovitch ! s'écria Nathalie en se signant. Ce serait trop beau ! J'ai peur, si j'y pense, de lasser la bienveillance de Dieu ! Une femme qui part pour la Russie ! Montrez-moi comment c'est fait !

Elle saisit la main de Sophie et la pressa contre sa joue :

— Je voudrais être dans votre tête, chérie ! Savoir ce qui s'y passe !...

— Vous seriez très déçue ! dit Sophie en se dégageant avec douceur.

— Moi, grommela Youri Almazoff, je suis heureux que vous ayez obtenu le droit de rentrer en Russie et malheureux que vous nous quittiez ! Tobolsk sans vous sera sinistre !

— Mais puisque nous nous en irons tous bientôt ! dit Pierre Svistounoff.

Évidemment, ils voulaient s'en persuader les uns et les autres, pour atténuer la tristesse de la séparation. Sophie ressentit, comme une insuffisance d'air et de lumière, l'absence de Ferdinand Wolff. La porte qui séparait le salon de la salle à manger s'ouvrit à deux battants. Une table servie apparut, avec un samovar au milieu. Cette vue ranima les courages. Nathalie prit Sophie par le bras pour l'obliger à la suivre. Les dames burent du thé, les messieurs du vin de Madère. On se souriait, les yeux humides, comme dans un banquet de funérailles. A six heures, Sophie, épuisée d'émotion, invoqua une leçon pour rentrer chez elle.

★
★ ★

Le lendemain matin, elle se leva très tôt, sans presque avoir dormi, s'habilla, huma une tasse de thé brûlant et s'assit, désœuvrée, devant la fenêtre claire. Elle écoutait Douniacha fourgonner dans la cuisine et, le regard perdu, pensait à son prochain voyage. Puisque cette solution était inévitable, elle s'excitait à y prendre goût. Elle n'avait jamais pu revenir sur la tombe de son mari, à Mertvy Koultouk. Encore moins obtenir qu'il fût transporté ailleurs. Il resterait donc au bord du lac Baïkal, pour toujours. Mais, à Kachtanovka, elle retrouverait mieux qu'une croix sur un bourrelet de terre : l'âme de Nicolas, éparse dans l'air de la maison et de la campagne. Et puis, il y aurait Serge, là-bas, Serge qu'elle ne connaissait pas et dont la rencontre ouvrirait peut-être une ère de joie dans sa vie monotone. Serge qui ne pouvait être quelqu'un d'indifférent, puisqu'il était du sang de Nicolas. Serge qu'elle avait, tout enfant, aimé comme son fils !... Pour se persuader de sa chance, elle se rappelait la vieille maison avec ses colonnes blanches, l'allée de sapins noirs, un banc rustique, un étang, les pauvres villages des alentours. Que de morts mêlés à ces feuillages, à ces labours, à ces miroirs d'eau ! On respirait en ce lieu la douce amertume des bonheurs enfuis. Oui, elle y serait bien, parmi les souvenirs de Nicolas, de Marie et même de Michel Borissovitch. Elle renouerait le fil de son destin, après la tragique coupure de la Sibérie. Des cahiers d'élèves attendaient, sur la table. Elle feuilleta le premier, s'engagea dans un défilé de phrases puériles et, tout à coup, s'arrêta, l'esprit cabré. Ferdinand Wolff devait savoir qu'elle avait reçu l'autorisation de partir. S'il n'était pas venu lui en parler ce matin, c'était, sans doute, qu'il était pris par ses malades. Elle décida de passer chez lui. Souvent, elle lui avait rendu visite, pour discuter de choses moins importantes. Dix minutes de conversation entre deux rendez-vous : cela suffisait à éclairer leurs journées. Et sa leçon d'onze heures ? Tant pis, elle enverrait Douniacha pour décommander Tatiana et les fils Soumatokhoff. En un tournemain, elle fut habillée, coiffée et chaussée de bottillons de feutre. Il habitait à l'autre extrémité de la ville européenne. Sophie pressa le pas, poussée par la crainte d'arriver trop tard. Quand elle atteignit la porte du docteur, elle n'avait plus de jambes et son cœur lui battait dans la bouche.

Une servante, enveloppée de tant de fichus, de blouses et de jupes qu'elle ressemblait à une boule de chiffons, la fit entrer dans une pièce exiguë où cinq personnes étaient assises, en rang d'oignon, sur des chaises. Rien que des paysans laids et tristes, qui souffraient en silence. Ils avaient dans les yeux l'humble résignation des bêtes domestiques. Derrière la porte, Ferdinand Wolff parlait, en détachant chaque mot, de façon à être compris par quelqu'un de très simple. Cette voix sans visage émut Sophie, comme si, en l'écoutant, elle eût surpris un secret. Soudain, la porte s'ouvrit et Ferdinand Wolff parut, raccompagnant une vieille, qui serrait une bourse dans sa patte jaune et sèche de volaille. En apercevant Sophie, il sourit et chuchota en français :

— Oh ! vous êtes venue !... Justement, je comptais aller vous voir après avoir examiné mes malades !... Entrez vite !...

Elle pénétra dans un petit bureau, encombré de livres et de fioles. Une odeur de phénol la prit à la gorge ; l'encrier était un crâne de plâtre ; dans une corbeille, traînait de la charpie maculée de sang brun ; le papier des murs se décollait ; un paravent dissimulait à demi le lit de camp ; il faisait froid ; on se serait cru dans la chambre d'un vieil étudiant, sans goût, sans argent, sans femme.

Pendant que Sophie s'asseyait sur la chaise réservée aux malades, Ferdinand Wolff retroussa ses manches, versa de l'eau dans une cuvette et se lava les mains.

— Pauline m'a appris la grande nouvelle, dit-il. Vous devez être très contente !

Son visage lourd, aux rides tristes, au regard fatigué, démentait l'entrain de ses paroles. Il s'essuya avec une serviette à franges rouges. Sophie se sentit gênée, tout à coup, d'être là, devant lui, en visiteuse. Qu'allait-il se figurer ? Elle se contraignit au calme et dit :

— Bien sûr que je suis contente ! Contente et triste à la fois ! J'aurai du chagrin de quitter Tobolsk, notre groupe si gentil, si fraternel ! Mais on ne peut refuser la liberté !

— Oui, oui, grommela-t-il.

Et ils s'enfoncèrent, face à face, dans le silence. Au bout d'un moment, il reprit d'une voix plus ferme :

— D'ailleurs, si vous repoussiez la faveur impériale, on ne vous laisserait tout de même pas à Tobolsk. Le tsar n'a pas l'habitude d'essuyer des camouflets de ce genre sans riposter aussitôt. Pour vous châtier d'avoir mal répondu à sa mansuétude, il vous assignerait un autre lieu de résidence, quelque village perdu, au-delà du lac Baïkal !...

Elle n'y avait pas pensé. Un motif de plus pour partir. Tout se liguait contre elle. Ferdinand Wolff jeta la serviette chiffonnée dans un coin et s'assit derrière la table.

— C'est mieux ainsi, ajouta-t-il. Si vous étiez restée, je n'aurais pas eu le courage de continuer à me taire. Et ce que je vous aurais dit aurait tout gâché entre nous...

— Je ne vous comprends pas, Ferdinand Bogdanovitch, balbutia-t-elle.

En vérité, elle le comprenait si bien que la respiration lui manquait.

— Mais oui, Sophie, dit-il. Ayons le courage de considérer les choses en face. Vous auriez refusé. Et j'aurais été très malheureux... Tandis que maintenant, voyez, rien n'est changé, nous sommes des amis, de grands amis, comme autrefois...

Elle acquiesça d'un battement de paupières. Des secondes passèrent avec lenteur. Ils se regardaient intensément, chacun puisant dans les yeux de l'autre une raison d'aimer et de souffrir. Enfin, elle murmura :

— Quand je songe à la maison que j'ai achetée, où j'étais si impatiente de m'installer !...

— Vous n'aurez pas de peine à la revendre, dit-il.

— Je ne la revendrai pas. J'y ai mis trop de moi-même pour la laisser à des inconnus. D'ailleurs, je n'ai pas besoin d'argent. J'ai pensé...

Elle hésita, puis dit légèrement :

— J'ai pensé qu'il n'y avait pas de dispensaire à Tobolsk et que, peut-être, cette maison vous serait très utile pour recevoir vos malades...

Il eut un mouvement de surprise et l'observa plus attentivement par-dessus ses lunettes. Cette attitude le vieillissait.

— Si c'est pour mes malades, j'accepte, dit-il. Vous êtes très bonne...

Elle baissa le front. Ce n'était pas de la bonté. Elle ne songeait pas aux malades en offrant sa maison à Ferdinand Wolff. Simplement, il lui était agréable de savoir que, d'une façon ou d'une autre, il vivrait chez elle, qu'elle pourrait l'imaginer de loin.

Il jouait avec une plume d'oie. Ses phalanges étaient tachées par les acides. Un bouton manquait à son habit. Tout à l'heure, il mangerait vite, n'importe quoi, servi par la vieille domestique, sur un coin de table, entre la tête de mort et les bouquins.

Quelqu'un toussa derrière la porte. Sophie se rappela les malades qui attendaient. Elle n'avait plus rien à dire. Elle se leva.

— Serez-vous, ce soir, chez les Annenkoff ? demanda-t-il.

— Mais oui.

Tandis qu'il se penchait pour lui baiser la main, elle aperçut la peau de son crâne entre ses cheveux clairsemés. Ce signe d'usure physique la bouleversa et, en même temps, la confirma dans l'idée qu'un mariage entre eux, au déclin de leur vie, eût été ridicule et navrant. Un voile de larmes l'aveugla. Elle sortit rapidement, sans tourner la tête.

4

Les routes étant peu praticables pendant la fonte des neiges, Sophie décida de retarder son départ jusqu'à la fin du mois de mai. Ainsi, du moins, put-elle passer les fêtes de Pâques à Tobolsk, avec ses amis. Comme chaque année, dédaignant les pompes liturgiques de la cathédrale, ils écoutèrent la messe de minuit dans la petite église de la prison. La nef était pleine de bagnards enchaînés. Au moment des génuflexions, un cliquetis se mêlait au chant grave du chœur. Quand le prêtre annonça la résurrection du Christ, le bruit des fers s'enfla brusquement et toutes les têtes hideuses, aux crânes rasés, se balancèrent, de gauche à droite, pour l'accolade fraternelle. Assassins, voleurs, faussaires s'embrassaient dans la lueur des cierges et la fumée de l'encens. L'enfer célébrait l'espérance.

Dehors, Sophie et ses compagnons défilèrent entre deux rangées de prisonniers, qui tenaient des œufs colorés dans leurs mains. Ils vendaient aux amateurs ces petits cadeaux de l'administration.

Un souper était préparé chez les Fonvizine. Champagne et vodkas diverses arrosaient les hors-d'œuvre et le traditionnel cochon de lait au raifort. Six domestiques servaient deux tables, celle des grandes personnes et celle des enfants, qui étaient tous réunis à Tobolsk pour les vacances de Pâques. Sages et endimanchés, ceux que leurs camarades de classe traitaient de « fils de forçats » se racontaient à voix basse des histoires d'école avec autant de passion que leurs parents discutaient de politique européenne. Au dessert, il y eut des chansons et des toasts. Sophie regardait, de l'autre côté de la table, Ferdinand Wolff qui souriait tristement en levant son verre. On but à l'heureux voyage de Sophie. Elle répondit qu'elle n'était pas pressée de partir. La soirée s'acheva à quatre heures du matin.

Le lendemain, le gouverneur Engelke convoqua Sophie dans son bureau et lui dit :

— J'ai appris, à mon grand étonnement, qu'au cours d'un souper chez les Fonvizine vous avez affirmé ne pouvoir fixer la date de votre départ.

Sophie blêmit. Qui avait rapporté ce propos au gouverneur ? Un domestique, sans doute.

— C'est exact, dit-elle.

— Voilà qui est regrettable ! Si vous tardez encore, Sa Majesté pourrait prendre ombrage de votre peu d'empressement à profiter de la grâce qu'Elle vous a faite. Puisque vous hésitez, je vais décider à votre place. Vous quitterez Tobolsk le 12 mai prochain.

Une vague de froid toucha le cœur de Sophie. Elle balbutia :

— Ce... ce n'est pas possible !

— Pourquoi ?

— Je ne serai jamais prête !

— Mais si ! Vous aurez largement le temps de régler vos affaires et de préparer vos bagages. Un gendarme vous accompagnera.

Elle eut un haut-le-corps :

— Pourquoi un gendarme ? Je ne suis pas une criminelle !

— Nul n'en est plus persuadé que moi, Madame. Mais le règlement est formel. Vous ne pouvez voyager seule, puisque vous êtes rappelée d'exil à la condition de vous fixer dans votre propriété de Kachtanovka. Le gendarme d'escorte devra vous conduire d'ici au lieu de votre nouvelle résidence et obtenir une décharge du gouverneur général de la province de Pskov à qui incombera dans l'avenir le soin de vous surveiller.

— C'est une étrange liberté qui m'est offerte là !

— Pour la liberté comme pour toute chose, il faut un apprentissage, dit Engelke en souriant de biais. Nous guidons vos premiers pas avant de vous laisser courir à votre guise. Quoi de plus naturel ? Je fais établir votre passeport et votre feuille de route. Ils seront à votre disposition dès demain.

Elle le quitta, outrée, malheureuse, comme si, en quelques mots, il eût rapproché d'elle une échéance qu'elle voyait lointaine.

Le dimanche suivant, les Annenkoff donnèrent un bal pour la jeunesse. Leur fille aînée, Olga, était très belle. Un ingénieur des mines et un lieutenant de cavalerie la faisaient danser à tour de rôle. Les dames, en les regardant, hasardaient des pronostics de fiançailles. L'orchestre était composé d'anciens forçats. Le gouverneur Engelke avait condescendu à accepter l'invitation, ce qui était un succès pour les décembristes. Il se tenait près du buffet, avec les maîtres de maison. Ferdinand Wolff, lui, n'avait pu venir, appelé au dernier moment pour soigner un malade dans le quartier tartare. Sophie se sentait très seule. Les éclats de la musique l'assourdissaient. Elle s'étonnait du plaisir que prenaient les jeunes filles à tourner jusqu'au vertige dans les bras de leurs cavaliers. Son regard errant sur la foule accrochait au passage une robe rose ou bleue, des yeux brillants de gaieté, un ruban dans des cheveux blonds, une main gantée, un médaillon sur une chair de lait. Et tout cela lui semblait appartenir à un monde absurde et heureux, dont les raisons de vivre étaient différentes des siennes. A minuit, comme elle s'apprêtait à partir, Ferdinand Wolff apparut. Il jetait les yeux autour de lui avec inquiétude. Elle comprit qu'il la cherchait et en fut réconfortée. Dès qu'il l'aperçut, il se transfigura et se dirigea vers elle, en évitant les importuns qui tâchaient de le retenir. Il ne lui avait jamais reparlé de ses sentiments, depuis la conversation qu'ils avaient eue dans son bureau. Mais Sophie avait l'impression qu'en s'interdisant toute allusion à ce qui aurait pu être, ils aggravaient l'un et l'autre un trouble qu'ils eussent voulu étouffer.

Arrivé devant elle, il commença par l'entretenir de mille riens. Puis, naturellement, ils en vinrent à discuter des travaux qui se poursuivaient dans la petite maison. La salle du premier étage avait déjà été transformée en dortoir et allait recevoir six lits. Sophie le regrettait un peu. Elle eût aimé pouvoir imaginer Ferdinand Wolff jouant au billard avec des amis, le soir, après ses visites. Pour le reste, elle était enchantée de sa décision. Chaque jour, elle se rendait au chantier, comme si elle eût été personnellement intéressée à la réussite de l'ouvrage. Tout devait être terminé le 15 juin. Elle ne serait pas là pour l'inauguration du dispensaire :

— C'est trop injuste ! dit Ferdinand Wolff. Il faut que j'en parle au gouverneur. Je suis sûr que, si je lui explique nos raisons, il nous accordera un sursis d'un mois !

Et, malgré les protestations de Sophie, il alla chercher Engelke, qui fumait le cigare, entouré de messieurs déférents. Le gouverneur se laissa amener, trottant sur ses petites jambes, le bedon en avant, le sourire aux lèvres, mais, en présence de Sophie, il se montra aussi intraitable que par le passé.

— Fiez-vous à ma vieille expérience, dit-il. Quand une résolution est prise, en retarder l'application c'est multiplier les chances d'en souffrir.

D'ailleurs, je ne peux plus rien changer. J'ai transmis les dates à Saint-Pétersbourg. Vous êtes attendue en Russie, Madame !

Il s'inclina et tourna les talons, laissant Sophie et Ferdinand Wolff face à face. L'orchestre jouait une valse. Des couples virevoltaient, insouciants, sous le lustre aux petites flammes inégales. Un courant d'air venait d'une porte-fenêtre entrouverte. Sophie et Ferdinand Wolff sortirent sur le perron. La fraîcheur d'une nuit de printemps les enveloppa.

— Plus que huit jours ! dit Sophie.

— Engelke a raison, grommela Ferdinand Wolff avec une rage soudaine. Il vaudrait mieux que ce fût demain !

Des rires passèrent en farandole derrière leur dos. Les yeux levés vers le ciel semé d'étoiles, Sophie avait la sensation de tomber dans le vide. Pauline vint chercher le docteur parce qu'une jeune fille s'était foulé le pied en dansant.

5

Le 12 mai, à l'aube, un gendarme se présenta au domicile de Sophie. Trente ans au plus, grand et fort, le visage hâlé, la moustache noire hérissée comme un écouvillon, il déclara se nommer Dobroliouboff et avoir ordre d'accompagner la femme Ozareff jusqu'au terme de son voyage. Par égard pour elle, le gouverneur avait commandé deux tarantass : elle monta seule dans le premier, le second étant réservé à son garde du corps. L'itinéraire fixé par les autorités prévoyait un trajet d'un millier de verstes, par voie de terre, de Tobolsk à Perm. Là, Sophie et son compagnon devaient embarquer sur un bateau, qui, en suivant le cours de la Kama, puis en remontant la Volga, les amènerait en une semaine à Nijni-Novgorod. Il n'y aurait plus ensuite qu'à reprendre la route pour aller, de relais en relais, à Saint-Pétersbourg et à Kachtanovka dans la province de Pskov. En tout, près d'un mois de pérégrinations ! Sophie en avait fait plus pour rejoindre Nicolas à Tchita. Mais, à cette époque-là, elle était jeune, un espoir exaltant la guidait, elle se dévouait à une cause. Aujourd'hui, elle partait sans entrain, à la rencontre d'elle ne savait quoi. Ce qu'elle laissait ici comptait tellement plus que ce qu'elle pourrait trouver là-bas ! Elle fit ses adieux à Douniacha, qui sanglotait, à quelques voisins, et s'étonna qu'aucun de ses amis ne fût venu l'embrasser avant son départ. Il y avait bien eu, la veille, une soirée en son honneur, chez les Fonvizine ; on avait bu, pleuré, chanté ; mais elle avait cru qu'elle reverrait les décembristes ce matin encore. Leur désaffection la peina. En arrivant au hameau de Pod-Tchouvachy, elle eut l'explication du mystère : ils étaient tous réunis au bord de l'eau, près du bac qu'elle devait prendre pour traverser l'Irtych. Même deux de ses élèves s'étaient dérangés : la petite Tatiana et l'un des fils Soumatokhoff. Le gendarme, bon prince, consentit à un dernier échange de recommandations et de baisers.

Ferdinand Wolff n'était pas venu. Mais sa vieille servante était là. Elle remit à Sophie un papier plié en quatre et cacheté de cire noire. Sophie le glissa dans sa manche. Un ciel bleu tendre, strié de nuages blancs, dominait, au loin, les toits de la ville. Le fleuve charriait de minces glaçons. Sur les berges spongieuses, la nouvelle herbe se dressait par touffes.

— Madame Ozareff, je vous en prie, le passeur attend ! dit le gendarme.
— Une minute, une minute encore ! balbutia Sophie.

Nathalie se jeta sur elle, comme une assoiffée, l'étreignit, la palpa, la barbouilla de larmes, la couvrit de signes de croix. Puis, Sophie passa aux mains de Pauline, de Macha Frantzeff, d'Olga Annenkoff, et chacune lui chuchota quelque douceur à l'oreille. Les hommes se montrèrent, avec elle, aussi émus, mais moins bavards. Youri Almazoff, qui se prétendait « toujours amoureux et toujours meurtri », l'aida à remonter en voiture et lui baisa les deux mains en marmonnant :

— Ma jeunesse, ma jeunesse qui s'en va !

Elle avait hâte d'être loin pour lire la lettre de Ferdinand Wolff. Enfin, le bac, portant les deux tarantass, s'écarta de la rive. Sous les regards de Sophie, la déchirure entre le passé et le présent s'agrandit. Attachés au sol de l'exil, ses compagnons d'autrefois n'étaient déjà plus que des souvenirs. Elle agita son mouchoir, jusqu'au moment où les deux tarantass eurent retrouvé la terre ferme. Les chevaux, longtemps contenus, s'élancèrent sur la route. Sophie décacheta le pli de Ferdinand Wolff et lut, malgré les cahots :

« Ma chère et tendre amie,

« Jamais je n'oublierai ce que vous avez été pour moi. Si je continue à travailler, à vivre, ce sera pour me montrer digne de votre confiance. Excusez-moi de n'être pas venu, ce matin : je n'aurais pas supporté la curiosité compatissante de nos amis. Que va-t-il vous arriver, loin de moi ? Dieu vous garde, Sophie ! Je prierai pour vous. Je suis très malheureux. Il y a un tel vide soudain dans mon existence ! Adieu, adieu, Sophie ! »

« Ferdinand Wolff. »

Elle fléchit la tête. La tristesse montait en elle rapidement, la submergeait, l'étouffait. Puis, par une bizarre alchimie, un peu de bonheur se mêla à son désespoir. Elle s'abandonna à ce sentiment doux amer, à cette paix mélancolique, comme en donne parfois la contemplation d'un grand espace dénudé.

★
★ ★

Parcourant en sens inverse la route qu'elle avait suivie vingt-trois ans plus tôt, Sophie reconnaissait avec émotion certaines étapes de son premier voyage. Mais, alors, son compagnon était Nikita, dont la jeunesse éclairait le monde, et non ce pesant, cet inutile gendarme, sanglé dans un uniforme bleu. Dobroliouboff était peu loquace, mais avait un grand appétit. Il s'empiffrait aux relais et digérait en voiture. Cela ne l'empêchait pas de surveiller, d'un petit œil porcin, les moindres mouvements de Sophie pendant qu'on changeait de chevaux, à la maison de poste. Craignait-il de la voir s'enfuir à pied dans la steppe ou se glisser dans la voiture d'un autre voyageur ? Elle lui avait reproché un jour de la traiter en prisonnière, bien qu'elle fût redevenue une femme libre. Il avait répondu, sans se démonter :

— Vous n'êtes ni libre ni prisonnière ; vous êtes une prisonnière libre.

Cette formule avait paru à Sophie le juste reflet de la réalité russe. Dobroliouboff lui avait expliqué aussi que sa carrière dans la gendarmerie dépendait de l'exactitude avec laquelle il s'acquitterait de sa mission :

— Vous me considérez comme un gardien, mais c'est moi qui suis à votre merci, Madame. Qu'il vous arrive quelque chose, et mes chefs ne me le pardonneront pas. C'est pourquoi je vous prie de m'aider dans cette affaire. Si tout se passe bien, nous en aurons, vous et moi, beaucoup de satisfaction...

— Est-ce votre premier voyage à Saint-Pétersbourg ? demanda-t-elle.

— Le dix-septième.

— Toujours comme convoyeur ?

— Non, les autres fois je portais des plis officiels, dit-il en se gonflant de suffisance. Des dépêches pour des ministres. C'est moins agréable, parce qu'on n'a pas de compagnie !

A mesure qu'ils approchaient de l'Oural, le gendarme se dégelait et affectait même une certaine galanterie. Sophie le trouvait bien jeune pour être son gardien. Par manque de chevaux, ils durent passer la nuit à Ekaterinbourg, sur les banquettes de la maison de poste. Le matin, en prenant son thé avec Sophie dans la salle commune, Dobroliouboff marmonna d'un air embarrassé :

— Je me demande pourquoi nous voyageons dans deux tarantass !

Elle ne comprit pas tout de suite où il voulait en venir.

— C'est très bien ainsi, dit-elle.

— C'est très bien, mais ça coûte cher !

Elle s'indigna :

— Est-ce vous qui payez ?

— Non, bien sûr, c'est l'Etat ! J'ai sur moi la somme nécessaire pour régler tous les frais. Mais, si je puis faire des économies, ce sera autant de gagné pour moi. Notre solde est très maigre. J'ai de vieux parents, une sœur infirme. Cela vous gênerait vraiment si je montais dans votre voiture ? Nous ne sommes plus tellement loin de Perm !

Elle demeura interloquée, puis haussa les épaules :

— Si vous voulez !

— Je vous remercie, dit-il avec sentiment.

Et, aussitôt, il commanda du jambon, des œufs durs et un quatrième verre de thé.

Le tarantass de Sophie était assez spacieux pour qu'on pût y tenir à deux avec les bagages. Dobroliouboff s'assit en face d'elle, sur des sacs de paille, inclina la tête et se mit à ronfler. Des souvenirs de nourriture devaient lui parfumer la bouche. Sa moustache frémissait de plaisir. Sophie le regardait dormir et pensait aux amis qu'elle avait quittés et qu'elle ne reverrait jamais plus. Le destin des décembristes lui apparaissait encore plus étrange à distance. Dans leur jeunesse, ils avaient cru que leur mission était de combattre jusqu'à la mort pour leurs convictions politiques ; dans leur âge mûr, ils avaient abdiqué tout héroïsme pour se consacrer au défrichement des terres et des esprits. Grâce à eux, les rudes habitants de la Sibérie avaient vu, pour la première fois, avec stupeur, des gens qui aimaient lire des livres et écrire des lettres, des gens qui se passionnaient davantage pour les idées que pour l'argent, des gens qui n'avaient plus ni fortune ni situation, et dont cependant il était impossible de nier l'ascendant sur leur entourage. Quel que fût le village pourri où l'administration reléguait un de ces insurgés, on pouvait être sûr qu'il se rendrait utile, fonderait une bibliothèque, instruirait des enfants. Sophie se rappela avec amusement la réflexion d'un arpenteur de Kourgane : « Dommage qu'il n'y ait pas eu plus de décembristes arrêtés en 1825 ! Encore quelques centaines de forçats dans leur genre, et la Sibérie serait à la tête des pays civilisés ! » Elle sourit et se dit que, peut-être, pour les générations futures, la vraie gloire des décembristes ne serait pas de s'être révoltés, un jour, contre le tsar, mais d'avoir voué le reste de leur vie à la lutte contre l'apathie et l'ignorance de leurs semblables. Un homme comme Ferdinand Wolff, par exemple, était un piètre révolutionnaire, mais tous ceux qui l'avaient approché lui étaient redevables d'un enrichissement moral. Et Pouchine, Lounine, Poggio... Les seuls qui se fussent abaissés étaient ceux qui avaient épousé des femmes au-dessous de leur condition. Tel était le cas de Bassarguine, d'Obolensky, de Kuhelbecker, qui, par fatigue, par faiblesse, par horreur de la solitude, s'étaient mariés avec des paysannes ou des bonnes d'enfants. Il y en avait aussi qui avaient sombré dans l'alcoolisme et la misère. Mais ils étaient peu nombreux. Dans l'ensemble, presque tous avaient dignement surmonté l'épreuve de la relégation. En regagnant la Russie, Sophie avait l'impression de laisser derrière elle le pays des âmes nobles pour se rapprocher du pays des mensonges, des jalousies et des lâchetés devant le pouvoir. Saurait-elle respirer dans cet air confiné après avoir connu l'atmosphère salubre de la Sibérie ? Il est vrai qu'elle s'arrêterait peu de temps à Saint-Pétersbourg et qu'à Kachtanovka elle serait loin de toutes les intrigues !

La route coupait un pays non point montagneux mais ondulé, parsemé d'étangs et de petits lacs. Puis, la pente se raidit à l'entrée d'une épaisse forêt. Le gendarme se réveilla, jeta un regard autour de lui et dit :

— Nous traversons la propriété des Démidoff.

Une heure plus tard, on changea de chevaux, on prit une collation, on repartit au son des clochettes et, avant de se rendormir, Dobrolioùboff marmonna :

— Toujours la propriété des Démidoff !

Sophie se revit, enfant, penchée sur un livre d'images : le Chat Botté présentait les immenses domaines du marquis de Carabas. Toute une province aux mains d'un seul homme. Ce qui semblait incroyable en France était normal en Russie. Encore des verstes et des verstes de route bosselée, dans la poussière, le craquement des roues et l'odeur du cuir chaud. Les membres endoloris, la tête creuse et sonore, Sophie attendait avec impatience la prochaine halte. Le gendarme rota discrètement et ouvrit les yeux. Son estomac était réglé comme une horloge : il s'éveillait toujours dix minutes avant le relais. Le ciel s'assombrissait au-dessus des cimes noires et inégales des mélèzes. Soudain, la maison de poste surgit, grande, massive, toute en rondins, pareille à une montagne de bûches superposées.

— Ici, dit le gendarme, j'ai mangé autrefois d'extraordinaires gélinottes.

Le tarantass s'engouffra dans la cour. Des valets d'écurie sautèrent à la tête des chevaux et se laissèrent traîner par eux jusqu'à l'arrêt de la voiture.

Arrivés à Perm, Sophie et le gendarme apprirent que le bateau pour Nijni-Novgorod ne partirait que dans vingt-quatre heures. Vite, il fallait chercher une chambre pour la nuit. Ils en trouvèrent une à l'hôtel du Club. Un lit, mais pas d'oreiller, pas de traversin, pas de draps. Sophie se coucha tout habillée sur un matelas suspect, Dobroliouboff dormant dans la salle commune. Le lendemain, elle voulut visiter la ville. Son convoyeur lui fit observer qu'il était obligé de la suivre dans tous ses déplacements. Elle sortit donc, flanquée du gendarme qui cambrait la taille, troussait sa moustache et roulait des yeux.

Il n'y avait rien d'intéressant à voir dans ce grand bourg provincial. De larges rues rectilignes aux trottoirs en planches, des palissades enfermant un carré d'herbe et quelques bouleaux, de petites maisons de bois, toutes semblables, avec un perron, des rideaux de tulle et des pots de fleurs derrière les doubles fenêtres. C'était dimanche et tous les passants se hâtaient vers le jardin public, au bord de la Kama. Là, des allées de tilleuls, d'ormes et de frênes canalisaient le flot des promeneurs : musulmans aux longs caftans, jeunes filles tartares à la taille souple, officiers en uniforme vert, bourgeois en redingote noire et chapeau rond, dames russes habillées à la mode de Paris... Sophie et Dobroliouboff suivirent le mouvement, mitraillés de tous côtés par des regards curieux. Ils descendirent ainsi jusqu'au port. Un bateau à vapeur manœuvrait pour accoster. Sa haute cheminée fumait. Ses roues à aubes brassaient l'eau avec violence. Sophie n'avait jamais rien vu de pareil. Elle en était restée à l'époque de la marine à voile. Cette constatation lui donna la mesure du temps qu'elle avait passé en exil. Ne disait-on pas aussi qu'on pourrait se rendre bientôt par le chemin de fer de Moscou à Saint-Pétersbourg ? Les progrès de la science étaient vertigineux. A ce rythme-là, les hommes deviendraient fous d'orgueil. Le bateau remorquait une énorme barcasse, aux flancs percés de fenêtres grillagées. Derrière les barreaux, se pressait un salmigondis de visages blafards. Encore des forçats ! La prison flottante se rangea le long du quai. Sur le pont, des soldats s'affairaient, des officiers hurlaient des ordres, des marins ouvraient les écoutilles. Comme un ver sort d'un fruit, une procession de bagnards émergea lentement à l'air libre. Ils pouvaient être deux ou trois cents. Leurs faces hâves, barbues, disaient la fatigue d'un long voyage. Traînant leurs chaînes, ils descendirent la passerelle et s'assemblèrent en colonne par quatre. Ils étaient vêtus de capotes grises et certains portaient un losange de drap jaune cousu dans le dos.

— Ce sont bien des condamnés de droit commun ? demanda Sophie.

— Oui, dit Dobroliouboff. Rassurez-vous : il n'y a pas un politique dans le tas !

— Où va-t-on les mener ?

— A la maison d'arrêt, en attendant de les diriger sur Ekaterinbourg.

— Y a-t-il souvent des arrivages de bagnards, à Perm ?

— Deux fois par semaine, pendant la belle saison.

En effet, ce spectacle devait être habituel aux badauds, car ils contemplaient le débarquement avec indifférence. Des soldats, baïonnette au canon, encadrèrent les forçats. Un officier à cheval prit la tête du détachement. Le convoi se mit en marche, dans le tintement des chaînes balancées. Le public se dispersa pour aller vers le kiosque à musique, d'où s'échappaient les accords sautillants d'une polka. Dobroliouboff, qui observait Sophie du coin de l'œil, lui proposa, pour la distraire, de visiter, à l'autre bout du quai, le bateau sur lequel ils embarqueraient demain.

Il n'y avait que trois cabines particulières sur le bateau et toutes les trois étaient occupées. Sophie dut se contenter de réserver sa place, pour la nuit, sur l'un des canapés de la salle commune, qui servait à la fois de restaurant, de dortoir et de fumoir. Dans l'entrepont, s'entassaient les passagers guenilleux et odorants de la troisième classe. Au-dessus, s'élevait une plate-forme, à laquelle n'accédaient que les possesseurs d'un billet de première ou de seconde. Un kiosque, haut perché, permettait de contempler le paysage en se tenant à l'abri du soleil. Ce fut là que Sophie s'installa après avoir rangé ses bagages. Elle eût aimé être seule. Mais Dobroliouboff, qui la suivait comme son ombre, vint s'asseoir à côté d'elle, sur le banc. La rivière coulait entre des berges verdoyantes et boisées. A travers le grondement monotone des machines et le sourd clapotis de l'eau ruisselant sur les pales des roues, on percevait, au loin, des chants d'oiseaux. Le navire étant chauffé au bois, la fumée, que le vent rabattait sur le pont, avait un parfum agréable. Un bercement imperceptible agitait la coque. Sophie se laissait aller à une rêverie sinueuse. Soudain, elle remarqua que le gendarme, affalé contre son épaule, donnait des signes de malaise. Il s'épongeait le front, déboutonnait son col et déglutissait fortement sa salive. Son teint coloré virait au gris de cendre.

— Vous ne vous sentez pas bien ? demanda-t-elle.

— Pas très, marmonna Dobroliouboff. A chaque voyage, c'est la même chose. Je ne supporte pas le bateau.

— Pourtant, il ne tangue presque pas.

— Cela me suffit, soupira Dobroliouboff. Peut-être que si je mangeais un peu...

Il se leva sur des jambes molles et descendit dans la salle commune. Comme il était midi, Sophie décida de le suivre. Il n'y avait pas de table d'hôte à bord. Chacun pouvait se faire servir une collation à l'heure qui lui plaisait. Ayant mangé et bu, Dobroliouboff parut plus malade encore et se précipita dehors pour se soulager. Sophie le retrouva dans le kiosque, étendu de tout son long sur la banquette. Elle lui donna des sels à respirer et lui posa un mouchoir imbibé d'eau fraîche sur le front. C'était une situation très humiliante pour un gendarme. A plusieurs reprises, il murmura :

— Je suis déshonoré !

Puis, peu à peu, il s'habitua au mouvement du bateau, reboutonna son col et s'assit, l'œil brouillé et la bouche pâteuse. Quelques passagers, ayant assisté de loin à la scène, se détournèrent, par crainte qu'il ne leur reprochât leur indiscrétion. L'uniforme leur en imposait plus que le personnage.

Les rives de la Kama se bombaient en douces collines, se couronnaient de villages charmants. Au milieu d'un pré, apparaissait une plaque de neige entourée de fleurs. Le feuillage naissant des bouleaux et des trembles suspendait un pointillé vert tendre dans l'air bleu. De loin en loin, surgissait la barque à voile d'un pêcheur ou un énorme radeau de forestier, qui descendait le courant avec sa cargaison de planches et de rondins. Sur tout ce bois de construction et de chauffage, solidement assemblé, se dressait une isba, habitée par les mariniers et leur famille. Quand le steamer les dépassait, une grande vague soulevait le radeau et des enfants en chemises rouges agitaient la main et criaient avec des voix acides.

Vers six heures du soir, le navire accosta le long d'une jetée, pour renouveler sa provision de combustible. C'étaient des femmes qui s'occupaient du chargement. Jeunes ou vieilles, le teint cuit, un foulard de cotonnade noué sous le menton, elles allaient et venaient de la rive au bateau, transportant des piles de bûches sur des brancards. Parvenues au-dessus de la trappe centrale, elles y déversaient leur fardeau, qui s'écroulait dans la cale avec un fracas d'avalanche. Tous les habitants du village voisin s'étaient rassemblés sur la berge. Les hommes regardaient travailler leurs épouses ou leurs filles, mais ne les aidaient pas. Debout, pieds nus dans la poussière, des marchands offraient, sur des caisses de bois, du kwas, du lait, du poisson séché et de grossières pâtisseries. Quelques passagers de troisième classe descendirent à terre pour se ravitailler.

A huit heures du soir, le ciel était encore clair. Une lumière mauve indéfinissable irradiait des eaux lustrées de la Kama. Des insectes bourdonnaient autour d'un fanal. Dans les buissons du rivage, des rossignols se mirent à chanter. Jamais Sophie n'en avait entendu un si grand nombre. Une passagère revint à bord, les bras chargés de muguet fleuri.

— Ai-je le temps d'aller en chercher, moi aussi ? demanda Sophie.

— Avec votre permission, c'est moi qui irai ! s'écria Dobroliouboff.

Il se précipita à terre, disparut dans le crépuscule et resta si longtemps absent que Sophie crut qu'il ne reviendrait pas. Elle se demandait avec inquiétude ce qui se passerait si le bateau partait sans lui. Il avait tous les papiers : elle n'existait pas, administrativement, sans son passeport et sa feuille de route. Déjà, les femmes de peine, ayant fini leur chargement, s'alignaient sur la jetée pour se faire payer par le capitaine. Les machines se mettaient en marche et une vibration mécanique montait à travers le pont dans les jambes des voyageurs. Affolée, Sophie scrutait le rivage nocturne et priait de toutes ses forces pour qu'on lui rendît son gendarme. La cloche de bord retentit au-dessus de sa tête. Alors qu'elle se désespérait, comme une épouse délaissée, Dobroliouboff surgit, courant à pas menus sur l'étroite passerelle. Il rapportait quatre brins de muguet : tout ce qu'il avait pu trouver ! Elle le remercia, soulagée. Le navire s'éloigna de la berge en battant l'eau légèrement. Puis, il prit de la vitesse et s'entoura d'une collerette d'écume phosphorescente. La cheminée fumait très fort. L'inconvénient du chauffage au bois, c'était la quantité de flammèches qui s'échappaient vers le ciel et retombaient sur le pont. Dans la nuit calme, un véritable feu d'artifice dominait le bateau. De temps à autre, une femme poussait un petit cri et éteignait d'une tape l'escarbille qui s'était posée sur sa robe. On ne voyait plus les rives. Des lampes à pétrole s'allumèrent sur le navire. Dobroliouboff se plaignit d'avoir une faim de loup. Guéri de ses nausées, il rêvait d'un repas copieux, « à la sibérienne ».

Sophie le rejoignit dans la salle commune et se contenta de commander du thé, avec du pain et des confitures. Lui, en revanche, avala une soupe rafraîchissante, à base de fines herbes, de raifort, de choux et de kwas, où nageaient des morceaux de poisson fumé et de gros glaçons. Ensuite, vinrent un *sterlet* de la Volga, entouré de carottes et de câpres, de la viande en sauce et une gelée de framboise, si compacte que la cuillère restait plantée dedans à la verticale. Ayant arrosé le tout d'une bière de Kazan rousse et mousseuse, le gendarme se renversa sur le dossier de sa chaise avec un visage radieux. Sophie comprit que, s'il avait économisé l'argent du voyage en tarantass, ce n'était point tant pour secourir sa famille indigente que pour se payer de bons repas. Peut-être même cette famille n'existait-elle que dans son imagination. Elle l'admira dans sa ronde simplicité de goinfre. Comme la plupart des passagers s'étaient réunis pour souper à la même heure, il y avait beaucoup de monde autour de la grande table qui occupait le milieu de la salle. On se serrait les coudes et on mangeait, côte à côte, sans se connaître. Des serveurs tartares, en frac noir et tablier blanc, s'affairaient dans le dos des convives. Les conversations entrecroisées maintenaient, sous le plafond bas, un brouhaha de kermesse. Aux riches fumets de la nourriture se mêlait l'odeur des lampes à pétrole dont les mèches filaient. Pas un souffle d'air n'entrait par les fenêtres ouvertes. Sophie, incommodée, remonta sur le pont avec Dobroliouboff.

La nuit était si sombre que l'eau et le ciel se confondaient. Dans tout ce noir, les roues, en tournant, soulevaient des dentelles d'écume et la cheminée crachait des étincelles d'or. Le gendarme soupira profondément et dit :

— A Nijni-Novgorod, on pourra se reposer un jour ou deux, si vous voulez. Il y a là-bas de très bonnes auberges. La ville est gaie. Mais peut-être êtes-vous pressée d'arriver ?

— Oh ! non, dit Sophie.

— Personne ne vous attend ?

— Personne.

— Alors, c'est un triste voyage ?

Elle ne répondit pas. Fallait-il qu'elle fût pitoyable pour qu'un gendarme s'avisât de la plaindre ! La lettre de Ferdinand Wolff lui revint en mémoire : « Que va-t-il vous arriver, loin de moi ? » Elle eut peur de l'avenir.

— Il est tard, dit-elle. Je vais descendre.

Dobrolioubuff lui emboîta le pas. De nombreux passagers s'étaient déjà étendus, tout habillés, sur les couchettes de la salle commune. D'autres continuaient à boire du thé et à jouer aux cartes. Il n'y avait plus qu'une lampe sur deux d'allumée. Sophie s'allongea sur une banquette de cuir, les jambes enveloppées dans un plaid, son sac de voyage glissé sous la nuque en guise d'oreiller. Dobrolioubuff se recroquevilla, en chien de fusil, sur la banquette d'en face. A peine eut-il fermé les yeux qu'il se mit à ronfler. Sophie envia ce repos de brute rassasiée. Elle avait beau se tourner dans tous les sens, le sommeil fuyait ses paupières. Les gens assis à la grande table parlaient haut, riaient, sans se soucier de ceux qui voulaient dormir. Quatre gros marchands fêtaient, en buvant du champagne, la conclusion d'une affaire. Puis ils se mirent à chanter. Personne ne protesta. La fumée des pipes et des cigares flottait en écharpe entre les grêles colonnes qui soutenaient le plafond.

A deux heures du matin, il ne restait plus qu'une dizaine de joueurs qui claquaient des cartes sur la table en poussant des jurons. Enfin, eux aussi se couchèrent. Un marin éteignit les lampes. Seules brillèrent les veilleuses bleues et rouges suspendues dans le coin des icônes. Pour détendre ses nerfs, Sophie essaya de calculer dans combien de temps elle arriverait à Kachtanovka. Encore six jours de bateau, puis huit jours de voiture, plus... Elle s'embrouilla dans ses comptes et se désintéressa du résultat. La figure inclinée vers la cloison, elle sentait sa raison s'engourdir et ses membres se dénouer. Bientôt, le silence ne fut plus troublé autour d'elle que par les respirations rauques des passagers, le bruit sourd des machines et un ruissellement de cascade, qui provenait des roues à aubes tournant sans relâche dans l'eau.

Sophie et son convoyeur débarquèrent à Nijni-Novgorod le 1er juin, à midi, par un violent orage. Pendant qu'elle s'installait dans une chambre d'hôtel, petite mais propre, avec un vrai lit et de vrais draps, Dobrolioubuff se rendit au bureau du gouverneur pour faire viser la feuille de route. A toutes les haltes importantes, il devait signaler son passage pour permettre aux autorités de vérifier que le voyage se déroulait selon l'itinéraire et dans les délais prévus. Ensuite, il irait commander un tarantass et des chevaux afin de repartir le lendemain, par la route, en direction de Moscou. Après s'être lavée des pieds à la tête dans un baquet d'eau chaude et avoir changé de vêtements, Sophie s'assit à la fenêtre. La pluie coulait sur la vitre et le paysage se déformait dans ce déluge lourd et gris. Subitement, les nuages se déchirèrent, l'averse s'arrêta et les toits brillèrent dans le soleil. Sophie voulut profiter de l'éclaircie pour visiter la ville. Il y avait tant de choses à voir à Nijni-Novgorod : l'emplacement de la foire, le Kremlin, la cathédrale, le couvent Pétchersky !... Elle se préparait à sortir, lorsqu'on frappa à la porte de sa chambre. C'était Dobroliouboff. Elle lui trouva l'air important et préoccupé.

— Votre visite au gouverneur s'est bien passée ? demanda-t-elle.

Il fronça les sourcils :

— Oui et non. J'ai une mauvaise nouvelle pour vous. Un de vos parents est mort. Un dénommé Sédoff.

Elle pensa immédiatement à Serge, perdit le souffle et balbutia :

— Mon neveu ?... Serge... Serge Vladimirovitch Sédoff ?...

— Non, dit-il. Le père : Vladimir Karpovitch.

L'angoisse de Sophie tomba d'un seul coup. Une apathie lui succéda. La disparition de cet homme ne contentait même plus le besoin de vengeance qui l'avait si longtemps et si fortement tourmentée.

— Comment est-il mort ? demanda-t-elle.

Dobroliouboff grimaça du nez et de la moustache :

— Une sale histoire ! Il a été, paraît-il, assassiné par ses moujiks, le mois dernier. Le gouverneur vient de l'apprendre par une dépêche officielle. Il m'a dit de vous prévenir doucement. Il voudrait vous voir.

— Je vais y aller, dit-elle, je vais y aller tout de suite...

Mais elle ne bougeait pas. Ce meurtre, il lui semblait qu'elle l'avait déjà vécu dans une autre vie. C'était un dénouement connu. Une redite. Vladimir Karpovitch Sédoff ne pouvait finir autrement. Elle goûta, le temps d'un éclair, l'impression d'entrer en contact avec l'envers du monde. Son voyage prit une signification dont elle ne s'était pas avisée plus tôt. Serge orphelin. La route libre. Un élan d'espoir la souleva. « Mon Dieu ! que m'arrive-t-il ? Je suis heureuse ! » songea-t-elle avec un tremblement. Le gendarme, surpris, la regardait sourire dans le vide.

DEUXIÈME PARTIE

1

Un écriteau à demi effacé accrocha le regard de Sophie. Elle lut : Kachtanovka. Il se fit, dans tout son corps, un silence de préparation. Déjà, deux rangées de vieux sapins sombres et haillonneux s'écartaient devant elle, comme le jour où, pour la première fois, elle avait suivi cette allée. Elle arrivait de France avec un jeune mari qui devait la présenter à son père. Leur calèche dansait dans les ornières inégales. Elle portait une witchoura garnie de petit-gris. Nicolas lui serrait le bras, avec tendresse, avec inquiétude. Elle le regarda et vit à sa place un gendarme, à la rude moustache noire dans un visage luisant de sueur. Dobroliouboff dit :
— C'est un très beau domaine. Combien d'âmes ?
— Je ne sais pas, murmura-t-elle.
Le présent et le passé entrechoquaient leurs images dans sa tête, en un mouvement de ressac. Elle reconnaissait un carrefour, un rocher couvert de mousse, le toit de la cabane de bains, et chaque détail suscitait tant de réminiscences que l'air en était épaissi. Comment allait-elle retrouver Serge ? Elle avait beau essayer de se le figurer en homme, elle le revoyait toujours au berceau. Le pauvre garçon devait être très affecté par la mort de son père. Elle lui avait écrit pour lui exprimer ses condoléances et le prévenir de son arrivée. Et, en passant par Pskov, elle s'était présentée, avec le gendarme, chez le gouverneur. Tout était en règle. De grands cahots la secouèrent. La route avait toujours été défoncée à cet endroit. Un chien sortit des fourrés, puis un autre, et ils se mirent à courir en aboyant à côté de l'attelage. Des paysans se montrèrent au débouché d'un sentier. Ils ôtèrent leur chapeau devant la visiteuse. C'étaient, peut-être, les fils de ceux qu'elle avait soignés autrefois. Enfin, dans une trouée de lumière, surgit la maison. Cette façade au crépi rose écaillé, au toit vert et aux colonnes blanches appelait Sophie, de toutes ses fenêtres, comme un visage. Malade d'émotion, elle fouilla des yeux le groupe qui se tenait devant le perron. Rien que des domestiques. Serge était-il absent ? Le tarantass s'arrêta en grinçant et Dobroliouboff sauta à terre. Des serviteurs se précipitèrent sur les bagages.

Sophie descendit à son tour, et, tout à coup, ses jambes faiblirent, son cœur s'arrêta de battre. La double porte donnant sur le perron venait de s'ouvrir et Nicolas s'avançait vers elle. Nicolas à vingt-cinq ans, grand, mince, les épaules larges, le visage noble et régulier sous un casque de cheveux blonds. Il portait une redingote noire à col de velours, une cravate noire, des souliers noirs. Elle le reconnaissait et il ne la reconnaissait pas. Avait-elle tant vieilli ? Elle fut prise de vertige en face de ce revenant impossible. Puis, brisée, elle balbutia :

— Serge !... Ah ! mon Dieu, comme tu lui ressembles !...

Il lui baisa la main et l'invita à entrer, ainsi que le gendarme. Elle revit, comme à travers une brume, les trophées de chasse, les fusils, les coutelas qui décoraient le vestibule ; puis elle pénétra dans le bureau de son beau-père. Les mêmes rideaux vert épinard encadraient la fenêtre et, sur la table de travail, brillait le même presse-papier en malachite. Il était impossible de regarder cet objet sans imaginer les vieux doigts noueux de Michel Borissovitch qui le caressaient jadis machinalement. Sophie se laissa descendre dans un fauteuil. Aucun des êtres qu'elle avait connus à Kachtanovka n'était là pour la recevoir : Nicolas, Marie, Michel Borissovitch... morts, morts, morts !...

— Le voyage vous a fatiguée, ma tante ? dit Serge en français.

Elle tressaillit : la voix de Nicolas, en plus métallique peut-être. Mais Serge parlait le français moins bien que son oncle et avec un fort accent russe. Elle lui sut gré d'avoir appris cette langue, comme s'il l'eût fait par égard pour elle.

— Oui, marmonna-t-elle. Surtout la dernière étape...

En disant cela, elle l'observait intensément et essayait de déchiffrer sa figure. Il n'avait rien de sa mère. Rien de son père, non plus. Si, ces prunelles petites, sombres et fixes, ce pli dédaigneux de chaque côté de la bouche. Le reste, tout le reste, était de Nicolas. Elle se surprit à penser que cette manie des comparaisons était un défaut de vieille dame. Le gendarme toussota pour rappeler sa présence. Il se tenait sur le seuil, gêné, les bras ballants. Elle voulut lui faire servir une collation, mais il refusa : il devait repartir immédiatement pour Pskov.

— Eh bien ! adieu, dit-elle. Vous avez été pour moi un fort agréable compagnon de voyage.

Le gendarme rougit de plaisir. Elle lui glissa vingt roubles en assignats. Ils se séparèrent comme de vieux amis. Lorsqu'il eut refermé la porte, Sophie se tourna vers Serge. D'instinct, elle l'avait tutoyé en le voyant. Elle n'osa continuer.

— J'attendais d'être seule avec vous pour vous parler à cœur ouvert, dit-elle. Vous devez être si malheureux, Serge ! Ce qui s'est passé ici est abominable !

Il s'était adossé à la bibliothèque, les mains dans les poches, et regardait la pointe de ses souliers. Sur son visage, un air de dignité et de froideur. Cette retenue plaisait à Sophie.

— Comment est-ce arrivé ? reprit-elle. Le gouverneur de Pskov m'a simplement dit que les moujiks avaient attiré votre père dans un guet-apens...

— Oui, près de la cabane de bains, soi-disant pour lui montrer le plancher sur pilotis qu'ils devaient réparer... Là, ils l'ont assommé, étranglé... Ils étaient trois...

Il parlait lentement, sans intonation, en homme qui refuse de se laisser emporter.

— Et vous avez pu les identifier ? demanda Sophie.

— Très facilement. La commission d'enquête s'est transportée sur les lieux et a interrogé tous les paysans, tous les domestiques, tous les familiers. Les coupables ont été vite confondus. Ils sont en prison, à Pskov. On les jugera, je pense, le mois prochain...

Il y eut un silence. Serge fronça les sourcils et reprit son souffle. Par crainte de le tourmenter dans son chagrin, Sophie hésita un instant à poursuivre la conversation. Il y revint lui-même.

— Des crapules ! dit-il entre ses dents. Des bêtes féroces !

Ses yeux s'agrandirent, comme s'il eût contemplé un affreux spectacle, tout proche, et pourtant visible de lui seul.

— Pourquoi ont-ils tué votre père ? dit Sophie.

— Il était dur avec les moujiks. Dur, mais juste. Souvent, je lui avais conseillé de se méfier ; il ne m'écoutait pas. C'était lui qui dirigeait le domaine, depuis la mort de mon grand-père. Arrivé à ma majorité, je l'ai aidé de mon mieux. Nous nous entendions bien. Très bien, même. Quel homme remarquable ! Son intelligence, sa vivacité, son autorité en imposaient à tout le monde ! Depuis qu'il n'est plus là, je constate chaque jour davantage combien sa présence m'était utile...

Cet hommage rendu à Sédoff par son fils embarrassa Sophie. Elle aurait dû s'y attendre et, cependant, elle s'en irritait. D'autant plus qu'elle n'avait pas le droit de tirer Serge de son aveuglement. Soudain, elle se dit qu'il ne la connaissait que par les récits de son père. Quelles horreurs Sédoff lui avait-il racontées sur elle et sur Nicolas ? Il était étonnant que ce garçon la reçût avec courtoisie après le portrait que, sans doute, on lui avait tracé d'elle. Il était bien élevé. Que souhaiter de plus, pour l'heure ? Ce n'était pas la première fois qu'elle était accueillie avec hostilité à Kachtanovka. Mais, quand elle tenait tête à Michel Borissovitch, elle était jeune, ardente, indomptable, amoureuse. Aujourd'hui, elle se sentait la chair lourde, les os douloureux, devant cet adolescent plein de superbe indifférence.

— Je vous ai fait préparer votre chambre, dit-il en s'inclinant légèrement devant elle.

Sophie le remercia. Allons ! tout serait plus facile qu'elle ne le supposait. Elle le suivit ; il lui montrait le chemin, avec prévenance, ainsi qu'à une étrangère :

— Par ici, ma tante.

Dans l'escalier, il dit encore : « Attention ! les marches sont un peu hautes ! » comme si elle ne l'avait pas su avant lui.

Quand il ouvrit la porte de la chambre qu'elle avait occupée jadis avec

Nicolas, un malaise la saisit. Les meubles avaient changé de place. Les tentures s'étaient fanées. Tout paraissait plus petit, plus vieillot, plus délabré que dans sa mémoire. Elle regarda le lit, la table de nuit, l'icône, un chandelier de cuivre ; des souvenirs la remuèrent ; elle se mordit les lèvres pour ne pas pleurer.

— N'avez-vous besoin de rien ? dit Serge.

Elle fit signe que non. Il se retira discrètement, comme pour la laisser en conversation avec quelqu'un.

★★★

Le soir, Sophie et Serge se retrouvèrent en tête à tête, pour le souper, chacun à un bout de la grande table. Des domestiques inconnus faisaient le service. La chère était copieuse, lourde, épicée, comme du temps de Michel Borissovitch. Brusquement, Sophie eut l'impression qu'elle n'était plus seule avec son neveu, que le repas avait attiré d'autres convives autour d'elle, son beau-père, Nicolas, Marie, que tous étaient contents de la revoir, et elle eut un moment de bonheur insensé. Puis elle demanda :

— Qu'est devenu M. Lesur ?

— Il est mort un an après mon grand-père, dit Serge.

— Et Vassilissa ? La nounou Vassilissa ?

— Morte.

— Et Antipe ?

— Il vit encore, au village. Mais il est très vieux. Il n'a plus sa raison.

— Et le père Joseph ?

— Mort aussi, l'année du choléra.

Sophie cita encore quelques noms, se rendit compte qu'elle tisonnait un tas de cendres et revint à Michel Borissovitch. Elle voulut savoir quelle image Serge avait conservée de son grand-père.

— J'avais cinq ou six ans à peine, dit-il, quand il est mort. Je revois très vaguement un homme voûté, avec d'épais favoris blancs, de grosses lunettes. Il me permettait de jouer avec ses plumes d'oie, avec sa tabatière, avec les pièces de son échiquier. C'est tout...

Elle pensa à la somme d'attention, d'orgueil, de tendresse que Michel Borissovitch avait dû dépenser autour de son petit-fils et au peu de souvenir que celui-ci avait gardé de cette dévotion. Cruauté inconsciente de la jeunesse, qui ne s'élève qu'en oubliant ceux qui l'ont précédée. Le repas tirait à sa fin et Sophie se sentait de plus en plus seule, comme si tous les gens de son âge eussent disparu de la terre.

Après le souper, elle accepta le bras de Serge pour se rendre au bureau. Un serviteur alluma les lampes, car la nuit venait. Il faisait chaud. Des papillons fous entraient par la fenêtre ouverte. Sur un réchaud, brûlaient des charbons odorants dont les émanations écartaient les moustiques. Serge demanda la permission de fumer une pipe. Sophie le regarda battre le briquet, tirer à pleines joues sur le tuyau de buis et songea au bébé qu'elle avait apporté dans ses bras, par une nuit de vent et de pluie, à la maison. Que savait-il de sa mère ? Lui avait-on seulement dit qu'elle s'était pendue ?

— Vous aviez quelques mois lorsque je vous ai quitté, murmura-t-elle. Votre enfance n'a pas dû être douce. C'est la vieille Vassilissa qui vous a élevé ?

— Non. Mon père.

— Je veux dire... comme nourrice ?...

— Oui. Elle et bien d'autres ! Mais je ne me rappelle pas leur nom.

Sophie se pelotonna dans un fauteuil, dont le cuir frais collait à ses épaules.

— J'ai beaucoup aimé votre mère, dit-elle. Avant de mourir, elle m'avait chargée de veiller sur vous comme sur mon propre fils. Je n'ai pu lui tenir parole, parce que j'ai dû suivre mon mari en Sibérie. C'était une femme d'une sensibilité exceptionnelle, tendre et brûlante à la fois...

Les lèvres de Serge se plissèrent dans un sourire.

— Oui, marmonna-t-il, je crois qu'elle n'était pas très équilibrée.

L'indignation frappa Sophie.

— Pourquoi dites-vous cela ? balbutia-t-elle.

— Je ne fais que répéter ce que tout le monde raconte.

— Tout le monde ? C'est-à-dire votre père ?

— Entre autres, oui. Ma mère s'est tout de même tuée à cause d'une histoire absurde. Ce n'est pas parce que mon père avait été obligé de vendre quelques paysans pour payer ses dettes qu'elle devait se désespérer ainsi ! Elle prenait tout trop à cœur ! Vingt fois déjà elle avait tenté de se suicider !

Sophie écoutait se dérouler cette suite de mensonges qui, pour Serge, avaient force de vérité et elle souffrait de ne pouvoir le contredire immédiatement avec quelque chance d'être crue. Plus tard, elle essaierait de le convaincre. Pauvre Marie, qui avait tout manqué, même sa mort, et dont le suprême châtiment était, peut-être, le dédain dont son fils entourait sa mémoire !

— On ne peut juger les êtres si on ne les a pas directement connus, dit Sophie.

— Quand il m'est impossible de me former une opinion par moi-même, j'adopte celle des gens qui ont ma confiance.

— Et vous ne craignez jamais de vous tromper ?

— Il existe des témoignages irréfutables, des témoignages qui sont étayés par des faits !

— Voilà qui est fort inquiétant pour moi ! soupira Sophie.

— Je ne comprends pas pourquoi, ma tante.

— Si vous acceptez sans discussion ce que vous entendez dire par votre entourage, il est probable que vous n'éprouvez aucune sympathie envers ceux qu'il est convenu d'appeler les décembristes.

Les traits de Serge se tendirent brusquement, son regard se durcit.

— En effet, dit-il, je ne vous cacherai pas que je me sens très loin de ces messieurs.

— Sans partager leurs idées, vous pourriez compatir à leur sort !

Il redressa la taille :

— Excusez-moi, ma tante, mais je me refuse à plaindre des gens qui ont voulu mettre la Russie à feu et à sang pour satisfaire leurs ambitions personnelles. Je suis un ami de l'ordre. Il est normal que le gouvernement éloigne les individus qui risquent de troubler la vie de la société.

Elle le considéra avec une surprise attristée. Etait-ce bien le neveu de Nicolas qui parlait ainsi ? Michel Borissovitch lui-même n'eût pas tenu des propos plus réactionnaires. Si tous les jeunes Russes étaient comme ce garçon !... Elle se ressaisit en pensant que Nicolas, lorsqu'elle l'avait connu à Paris, avait, lui aussi, des opinions anti-libérales. Pour changer de conversation, elle demanda :

— Quelle est votre vie à Kachtanovka ? Voyez-vous beaucoup de voisins ?

— Le moins possible ! dit Serge. Ils ne sont guère intéressants !

— Je crois me rappeler pourtant qu'il y avait parmi eux des gens de bonne compagnie. Votre oncle était très lié autrefois avec Vassia Volkoff.

— Cela ne m'étonne pas, dit Serge. Volkoff passe dans le pays pour un républicain. Il a même été inquiété, paraît-il, au moment du procès des décembristes. Mais on ne l'a pas arrêté.

— Et sa mère ?

— Elle vit avec lui. Les sœurs se sont mariées à Moscou. Toutes des folles !

Sans se démonter, Sophie demanda à Serge des nouvelles de quelques autres connaissances. Chaque fois, il lui répondit d'un ton tranchant et avec méchanceté. A trente verstes à la ronde, il n'y avait pas un être humain qui trouvât grâce devant lui. Elle mit cette intransigeance sur le compte de la jeunesse et de la fatuité. Il voulait, à tout prix, passer auprès d'elle pour un homme de caractère. Un peu de fraîcheur entra par la fenêtre, avec le murmure des feuillages remués par le vent.

— Je ne puis croire que je suis revenue à Kachtanovka, dit Sophie. Malgré moi, il me semble que, derrière ces murs, c'est encore la Sibérie. J'y ai laissé de si bons amis !

— Vous regrettez d'avoir quitté Tobolsk ? demanda-t-il d'un air sarcastique.

— Il y avait de la grandeur d'âme, là-bas ! dit-elle en le regardant droit dans les yeux.

— La grandeur d'âme est le luxe de ceux qui n'ont rien à faire !

— Est-ce parce que vous aviez beaucoup à faire que vous n'avez jamais répondu à mes lettres ?

— Je ne vous connaissais pas.

— Ce n'est pas une raison, Serge !

Il s'inclina dans un salut moqueur :

— Pour moi, si, ma tante. Maintenant que je vous ai vue, c'est différent : si nous devons encore nous séparer, je ne manquerai pas de vous écrire. Mais nous ne nous séparerons plus ! D'abord, parce que vous n'avez pas le droit de bouger de Kachtanovka. Ensuite, parce que nous avons, ici, des intérêts communs. Ce domaine vous appartient autant qu'à moi. J'ai des comptes à vous rendre !

Il était si odieux que Sophie en arrivait à le trouver amusant.

— C'est vrai, dit-elle. Mais nous avons bien le temps de nous plonger dans les calculs.

— Non, non, j'insiste... Je veux que vous constatiez, dès à présent, le soin avec lequel nous avons tenu les livres...

Il ouvrit un registre sur une petite table, devant Sophie. Elle vit des chiffres alignés : « Dépenses, recettes... Coupes de bois... »

Penché sur son épaule, Serge lui expliquait la marche du domaine. Elle ne l'écoutait pas et regardait l'écriture : sèche, pointue, avec, par endroits, de grosses barres d'encre qui écorchaient le papier.

— Est-ce votre père qui a écrit cela ?
— Non, c'est moi. Si vous voulez vérifier...
— Demain, dit-elle en refermant le registre.
— Pourquoi ?
— Quelle paix dehors ! Je ne voudrais pas gâcher cet instant !

Il rangea le livre. Elle prêta l'oreille aux bruits de la maison. Tintement lointain de la vaisselle, craquement d'un meuble taraudé par les vers, battement régulier de l'horloge. L'envoûtement du passé agissait sur elle. Levant les yeux, elle aperçut Serge derrière le bureau et lui trouva un air anachronique. Il s'était trompé d'époque. Il n'avait rien à faire là. Puis, elle comprit que c'était elle qui n'était pas à sa place. Les morceaux du puzzle ne s'ajustaient pas bien. Elle fit un effort pour se remettre tout entière dans le présent. Serge souriait en silence. L'expression méchante avait disparu de sa figure. Quand on ne le provoquait pas dans ses opinions, il redevenait aimable. Sans doute n'était-il pas assez sûr de lui pour supporter la contradiction. Sa brusquerie était une défense de gamin. Cependant, il avait du courage, de la franchise. Elle appuya sa nuque au dossier du fauteuil, ferma les yeux, essaya de ne penser à rien. Une chouette ululait dans un arbre proche. Quelqu'un marchait dans la pièce en faisant grincer le parquet sous son pas. Ce pouvait être Nicolas, ou M. Lesur, ou Michel Borissovitch... Non, elle savait que c'était Serge. Elle le savait et n'en éprouvait aucun déplaisir. Il était entré dans sa vie, celui-là aussi, avec tous ses défauts. Elle avait de nouveau une famille. Un étrange contentement se développa en elle.

— Il est tard ! dit-elle. Je vais monter me coucher.

Serge voulut l'aider à se lever de son fauteuil. Elle l'écarta de la main et se dressa, toute seule, avec vivacité, par crainte qu'il ne la prît pour une vieille dame.

2

Après le dîner, tandis que Serge se retirait dans son bureau avec les registres du domaine, Sophie monta dans sa chambre. Elle ne pouvait attendre plus longtemps pour écrire à Ferdinand Wolff. Le début de la lettre l'embarrassa. Puis, soudain, elle retrouva le ton de leurs conversations et sa plume courut sur le papier. Elle raconta la fin de son voyage, son arrivée à Kachtanovka, ses premières impressions... Il était devant elle, sérieux et triste ; il l'écoutait. Elle lui demanda de ses nouvelles. En vérité, elle devait se surveiller pour ne pas mettre trop de tendresse dans ses questions. A la relecture, sa lettre lui sembla un peu réservée. C'était mieux ainsi. Elle écrivit aussi à Pauline Annenkoff, à Nathalie Fonvizine, à Marie Frantzeff. Demain, le cocher porterait le courrier à la poste de Pskov. Quand recevrait-elle une réponse ? Dans cet ordre d'idées, la sagesse était de ne rien espérer.

Elle alla se promener dans le parc, refit connaissance avec la tonnelle, un petit bois de bouleaux, une famille de châtaigniers centenaires, et revint, chargée de réminiscences nostalgiques, vers le bâtiment des communs. Les domestiques qu'elle vit là lui parurent nouveaux. La plupart étaient jeunes et de bonne figure. On avait dû renvoyer les vieux dans leurs villages. Si Sophie ignorait encore le nom de tous les serviteurs, eux savaient déjà qui elle était et lui témoignaient de la déférence. Serge lui avait réservé comme soubrette une paysanne blonde, plantureuse et souriante, qui s'appelait Zoé et était la femme du cocher David.

Il faisait si beau, que Sophie eut envie de faire immédiatement le tour des villages dépendant de la propriété. Elle ordonna à David d'atteler une calèche. Replacée dans le décor de sa jeunesse, elle retrouvait d'instinct le ton du commandement. Il lui semblait naturel de voir s'affairer autour d'elle une valetaille désœuvrée et obséquieuse. Elle monta dans la voiture et, quand les chevaux s'ébranlèrent au pas dans l'allée, elle se retourna et aperçut, à une fenêtre du bureau, Serge qui la regardait partir.

Passés les derniers arbres du parc, la route s'étirait dans une campagne à peine vallonnée. Des champs de blé, de seigle, de maïs, couraient à droite et à gauche, tachetés de légers boqueteaux. Ensuite, vint un champ de pommes de terre et Sophie se rappela que, jadis, il avait fallu menacer les paysans des verges pour les obliger à planter cette « herbe du diable », importée de l'étranger. Dans l'ensemble, il y avait plus de terres cultivées que du temps de Michel Borissovitch. L'administration des deux Sédoff, père et fils, avait été bienfaisante. Bercée par les ressorts de la calèche, Sophie ne se lassait pas d'admirer le domaine. Cette richesse, l'apparente liberté de sa promenade, le pouvoir dont elle disposait avec son neveu sur quelque deux mille paysans serfs, contrastaient avec l'interdiction qui lui était faite par le gouverneur de s'éloigner à plus de quinze verstes de Kachtanovka. La réflexion du gendarme lui revint en mémoire. « Vous êtes une prisonnière-libre ! » Elle s'amusa de cette situation ambiguë. Des bouleaux au feuillage mince dansèrent devant ses yeux ; une rivière brilla dans une dépression de terrain ; les isbas de Chatkovo apparurent entre des bouquets de tournesols. Surprises par l'arrivée de la voiture, quelques paysannes, qui parlaient au milieu de la rue, rentrèrent chez elles précipitamment. Autrefois, quand Sophie visitait le village, les habitants s'assemblaient autour d'elle avec amitié. Elle s'étonna de cette débandade et demanda au cocher :

— Pourquoi s'en vont-elles ?
— Eh ! elles ont peur, grommela-t-il.
— De quoi ?
— Est-ce qu'on sait ? Les femmes, chez nous, c'est craintif, c'est bête !...

D'un bout à l'autre de la rue, les portes se fermaient, comme si Sophie eût apporté la mort dans les plis de sa robe. Elle descendit de calèche, marcha vers la première maison, poussa le battant avec autorité et se trouva devant une famille tremblante. Deux femmes, une très vieille, l'autre un peu moins, et, autour d'elles, une marmaille en loques, d'où s'élevaient des regards d'une déchirante candeur. Couché en travers du four, assoupi dans la broussaille de sa barbe, le grand-père. Sur tout cela, l'ombre, la saleté et l'odeur d'une tanière trop peuplée. Pendant une seconde, on n'entendit que le bourdonnement des mouches, ivres de bonheur. Sophie dit qui elle était, d'où elle venait, et les deux femmes fondirent en larmes. Le grand-père glissa du four, se prosterna et alla chercher les voisins. Bientôt, il y eut un rassemblement autour de la maison et Sophie dut sortir pour se montrer. Tous les hommes et les femmes valides travaillaient dans les champs, mais les vieillards, les impotents, étaient nombreux. Sophie reconnaissait, çà et là, un visage, à travers un réseau de rides. Ces faces flétries étaient comme des pièces de monnaie dont on devine la valeur malgré l'usure du métal. Un nom, puis un autre, lui montaient aux lèvres :

— Ah ! mon Dieu, mais c'est Agaphon !... C'est Marthe !... C'est Arsène !...

Chaque fois, celui ou celle qu'elle avait appelé, s'exclamait, se signait, reniflait de gratitude.

— C'est Maximytch !
— Non, barynia, je suis son fils ! J'avais dix ans quand vous êtes partie !
— Et là, qui est-ce ? Je te connais, toi !... Nicanor !... Non ?
— Lui-même ! Que Dieu vous bénisse, barynia ! Vous n'avez pas changé !

Un chœur respectueux approuva en sourdine :
— Non, non, elle n'a pas changé !
— Toujours aussi belle ! Aussi bonne !

Une femme sanglota :
— Et ce pauvre Nicolas Mikhaïlovitch !

Le chœur reprit la plainte en l'amplifiant :
— Dieu ait son âme ! C'était un barine comme on n'en rencontrera plus ! Il a souffert pour nous, en Sibérie ! Et vous aussi, vous avez souffert, barynia ! Vous êtes des saints, tous les deux !

Sophie était émue de voir que les moujiks ne l'avaient pas oubliée. Pourtant, elle avait fait bien peu pour leur bonheur. Ils étaient si privés de tendresse, que les soins qu'elle leur avait prodigués autrefois avaient dû prendre dans leur souvenir une proportion démesurée. Elle remarqua des regards extatiques dirigés sur elle et sentit qu'en son absence une légende était née, contre laquelle elle ne pouvait rien. Plus on est pauvre, plus on a besoin de croire aux anges. Elle sourit, gênée, tendit les deux bras. Des baisers s'abattirent sur ses mains.

— Que de morts ! Que de morts ! soupira-t-elle.

— Le choléra en a pris beaucoup par ici ! dit Marthe. A commencer par notre petit père Michel Borissovitch ! Le royaume des cieux pour lui ! Il s'y trouve maintenant, entre sa fille et son fils !

Devant tous ces gens qui se signaient, en bénissant le nom de son beau-père, Sophie songea que les paysans avaient vite pardonné la dureté de leur maître. Encouragée par leur sympathie, elle voulut leur parler du meurtre de Vladimir Karpovitch Sédoff. Aussitôt, toute expression s'effaça des visages. Les uns se détournaient, d'autres plantaient leur regard en terre. On eût dit que Sophie les interrogeait sur quelqu'un qu'ils ne connaissaient pas. Enfin, le vieux Maximytch, qui était devenu maigre et noueux comme un paquet de cordes, eut le courage de rompre le silence.

— C'est un grand malheur ! dit-il.

Et il cracha entre ses pieds.

— Les assassins sont de votre village ? demanda Sophie.

— Oui, répondit Maximytch.

— Je les connais ?

— Non. Ce sont des jeunes : Ossip le roux, Fédka, Marc...

— Pourquoi ont-ils fait ça ?

— Dieu seul le sait. Ou le diable !

— Ils ont des parents parmi vous, une famille ?

— La femme d'Ossip le roux est aux champs... Ça, ce sont les vieux de Fédka et de Marc...

Sophie vit une paysanne qui essayait de se cacher derrière les autres et un grand moujik borgne, grêlé, qui baissait la tête. Elle s'approcha de lui et dit à mi-voix :

— Tes fils ont-ils eu d'autres histoires avant ?...

— Non, barynia, jamais !

— Qu'ont-ils dit quand on les a arrêtés ?

— Je ne sais pas... Il ne fait pas bon parler de ces choses, barynia... Excusez-nous...

Déjà, quelques femmes s'éloignaient du groupe avec des mines inquiètes. Sophie comprit qu'en insistant elle chasserait tout le monde.

— Je ne vois pas Antipe, dit-elle. Il habite bien ici ?

— Oui, mais il est allé ramasser du bois, dit Agaphon. Va le chercher, Mitka !

Un gamin partit en courant si fort que ses talons nus lui battaient les fesses. Reprenant ses habitudes, Sophie passa d'une maison à l'autre, réconforta un vieillard malade, admira des bébés dans leurs berceaux suspendus et rendit visite au père Hilarion, qui avait remplacé le père Joseph.

Le nouveau pope était jeune, triste, malingre, avec une petite barbe noire et pointue, comme trempée dans de la poix ; son épouse avait de la santé pour deux ; autour d'elle, les meubles luisaient de cire, des canaris jaunes chantaient dans une cage et une profusion de napperons tricotés, disposés sur toutes les surfaces planes, témoignaient de l'industrieux passe-temps de la maîtresse de maison. Le père Hilarion accueillit Sophie avec une politesse réservée et douceâtre. Visiblement, il se méfiait de cette Française dévouée au pape et qui, de surcroît, revenait des bagnes sibériens. Quand, après lui avoir parlé de sa paroisse, elle évoqua la mort violente de Vladimir Karpovitch Sédoff, il échangea avec sa femme un regard épouvanté. Sophie ne put leur tirer un mot sur la façon dont s'était déroulé le drame ni sur les motifs qui avaient inspiré les assassins.

— Que Dieu ne se détourne pas de notre humble village après cette abomination, c'est tout ce que je demande ! dit le père Hilarion.

Et il reconduisit Sophie, en la poussant même un peu pour qu'elle sortît plus vite. Justement, par-derrière l'église, arrivait Antipe, trottinant à côté du gamin qui était parti à sa recherche. Un Antipe rabougri, racorni, et dont la tignasse et la barbe rousses étaient maintenant d'un blanc pisseux. A la vue de Sophie, toutes ses rides se contractèrent ; sa bouche riait et ses yeux pleuraient ; il tomba à genoux devant elle et baisa le bas de sa robe. Elle le releva et le pria de la conduire chez lui : elle voulait lui parler seul à seul.

Il habitait au bout du village, dans une isba plus petite et plus sale que les autres. Pour que Sophie pût s'asseoir, il essuya le banc avec sa manche et chassa une poule qui picorait sous la table. Il était trop ému pour prononcer un mot. Debout devant sa maîtresse, il remuait les lèvres et hoquetait faiblement.

— Eh bien ! mon pauvre Antipe, dit-elle, nous voici réunis de nouveau, tous les deux ! Je ne supposais pas que je te reverrais un jour !

— Moi non plus, barynia ! gémit-il. Vous avez vieilli, et moi aussi j'ai vieilli ! Mais ce n'est pas la vieillesse qui est lourde à porter, c'est le malheur ! Je ne peux pas vous regarder sans penser à notre cher Nicolas Mikhaïlovitch, à notre clair soleil ! Qu'est-ce que la vie pour le chien, quand son maître est sous terre ? Il n'y a pas de second maître pour le chien ! Le chien se couche devant la tombe et attend que ses jours finissent !

Les larmes coulaient sur ses joues sales et y traçaient des sillons rosâtres.

— Quand on a su que Nicolas Mikhaïlovitch n'était plus, tout le village s'est saoulé pendant deux jours ! reprit-il avec fierté entre deux sanglots.

— Comment Vladimir Karpovitch Sédoff vous a-t-il annoncé la nouvelle ? demanda Sophie.

Antipe cessa instantanément de pleurer et ses petits yeux, encore humides, brillèrent de hargne :

— Pensez-vous qu'il allait se déranger pour nous annoncer quelque chose, celui-là ! Nous l'avons appris par les domestiques de la maison. De bouche à oreille. C'est plus sûr...

Soudain, il se donna un coup de poing sur le front et poursuivit avec emphase :

— Imbécile ! Tu t'étais juré de protéger le jeune barine toute sa vie, tu l'as soigné dans les bivouacs, tu l'as escorté sur les champs de bataille, tu l'as suivi jusque dans la France perverse (excusez, barynia !) et maintenant, il repose sous une croix, quelque part, au bout du monde, pendant que tu chauffes ta vilaine carcasse de serf au soleil ! Où est la justice ? Si vous m'aviez laissé vous accompagner en Sibérie, barynia, les choses se seraient passées autrement !

— Mais... c'est toi qui n'as pas voulu m'accompagner, Antipe ! dit Sophie en souriant. Rappelle-toi ! Tu suppliais Michel Borissovitch de ne pas t'envoyer chez les bagnards !

La fougue d'Antipe tomba et il se gratta la tête.

— Vraiment ? grommela-t-il. C'est drôle ! Dans ma caboche, tout était différent ! J'oublie, j'oublie !... C'est l'âge... En tout cas, vous auriez dû me forcer à y aller, barynia !... Je vous aurais rendu plus de services que ce pauvre Nikita, Dieu ait son âme !

— Tu es au courant, pour lui aussi ? murmura Sophie.

— Bien sûr ! Comme il était de Chatkovo, il a fallu le rayer sur le registre de la paroisse. C'est le barine qui lit les lettres et c'est le moujik qui sait tout avant lui !

— Et les parents de Nikita ? demanda-t-elle.

Antipe fit le simulacre de chasser une mouche avec la main et dit simplement :

— Le choléra.

— Les deux ?

— Oui... Son père et sa belle-mère... Oh ! ils n'étaient plus jeunes...

Il soupira, comme font les gens du peuple chaque fois qu'ils évoquent un mort. Sophie se dit qu'il n'avait jamais été plus lucide.

— Tu ne travailles plus à Kachtanovka ? demanda-t-elle.

— Non, dit-il avec un regard malin. La tête, la tête est fêlée. On ne peut pas compter sur moi comme domestique. On m'a renvoyé au village. Ici, je suis bien !

— Et les autres ?

— Quoi, les autres ?

— Les autres moujiks, sont-ils contents ?

— Vous avez déjà vu un moujik content, barynia ?

— Les terres ont l'air mieux cultivées qu'autrefois.

— Pour ça, oui. Mais qui en profite ?

Un chant monta dans la campagne et se rapprocha, clamé par une troupe en mouvement.

— Ce sont les nôtres qui rentrent, dit Antipe.

Sophie se leva, entrouvrit la porte et vit venir, par la route, des paysans qui marchaient en rang, comme des soldats, avec des pelles, des râteaux, des haches sur l'épaule. Derrière, s'avançaient les femmes, en fichu, poussant des brouettes. Tous les visages étaient luisants de sueur, tirés de fatigue, une expression hébétée dans le regard. Quatre hommes, armés de gourdins, encadraient le groupe.

— Qui sont ceux-là ? demanda Sophie.

— On les appelle les « conducteurs ». C'est le barine qui les choisit en dehors du village. Il les paye pour nous garder. Avec eux sur notre dos, pas de danger que le travail traîne !...

— Qu'est-ce que tu racontes ? Jamais, autrefois...

— Eh non, barynia ! Autrefois, c'était le bon temps. Le vieux barine criait, menaçait du knout, donnait une paire de gifles et, l'orage terminé, personne ne s'en portait plus mal. Aujourd'hui, avec les nouveaux messieurs, il n'y a plus de colère. Tout se passe froidement. Les « conducteurs » sont là pour appliquer la règle. Travaille ou on va te chatouiller les côtes !...

Sophie hésitait à croire Antipe. Il avait toujours eu la réputation d'un menteur.

— Est-ce parce que Vladimir Karpovitch était cruel avec ses paysans qu'ils l'ont tué ? demanda-t-elle.

— Peut-être bien ! Nous autres, nous ne sommes pas sur terre pour juger mais pour subir !

Dans les poils blancs de sa barbe, sa bouche riait, rouge et mouillée. Ses yeux se plissaient sur un fourmillement d'étincelles. Il secoua le front, comme s'il eût porté un bonnet à grelots :

— Aïe, ma tête, ma petite tête !

Sophie le quitta en lui promettant de revenir bientôt, échangea quelques mots, dans la rue, avec les travailleurs au retour des champs et remonta en calèche. Les « conducteurs » — une demi-douzaine — étaient assis sur le talus, à l'entrée du village, et bavardaient en grignotant des graines de tournesol. Ils saluèrent la barynia. Des bourreaux, pensa-t-elle, ne lui auraient pas marqué tant de politesse.

Serge l'attendait pour passer à table. Il portait une redingote noire, avec un gilet violet sombre à boutons d'améthyste. Une cravate de deuil, à trois tours, lui soutenait le menton. Son visage était lisse et agréablement coloré.

— Avez-vous fait une bonne promenade, ma tante ? demanda-t-il en s'asseyant devant elle dans la salle à manger aux fenêtres ouvertes sur le jardin.

— Excellente ! dit-elle.

Des serviteurs glissaient derrière son dos. Elle prit un peu de poisson en gelée dans son assiette. Ce n'était pas elle qui avait composé le menu. A l'avenir, il faudrait qu'elle revendiquât cette prérogative. Elle avait beau se répéter qu'elle était chez elle dans cette maison, à tout moment, sous le regard de son neveu, elle se sentait une invitée, une intruse. Ils mangèrent en silence, chacun enfermé dans ses propres réflexions, puis, pendant un changement de plats, Serge dit en français :

— Comment avez-vous trouvé le domaine ?

— Je n'ai pas encore eu le temps de me former une opinion, répondit-elle, mais il me semble que les terres sont bien exploitées.

— En cinq ans, nous avons doublé la production de blé, de maïs et de sarrasin, dit-il avec fierté, triplé la production de pommes de terre ! Nos concombres, nos betteraves, nos fèves sont les meilleurs de la région ! Nos fruits...

Elle l'interrompit avec douceur :

— Et nos moujiks ?

— Ils prolifèrent comme des lapins ! Deux mille âmes du temps de mon grand-père ! Deux mille sept cent cinquante aujourd'hui ! C'est un beau résultat !

— Sans doute, mais je les ai trouvés fatigués, soucieux... Qui sont ces « conducteurs » installés par vous dans les villages ? Ils me rappellent les gardes-chiourme sibériens !

— Vous leur faites trop d'honneur ! Ce ne sont que des surveillants.

— Armés de gourdins !

— Simple mesure d'intimidation. Le moujik est paresseux de nature. Si vous ne le menacez pas, il invente mille excuses pour ne pas travailler.

— Est-ce une idée de votre père ?

— Non, de moi. Mais mon père s'y était rallié avec enthousiasme. Je suppose que les moujiks vous ont présenté leurs doléances à ce sujet ?

— Pas du tout, dit-elle précipitamment.

— Ils le feront un jour ou l'autre. Ne les écoutez pas. Je vous soupçonne d'avoir l'âme trop sensible. Cela ne vaut rien, quand on dirige un vaste domaine. L'idéal serait d'avoir le cœur sec et l'esprit équitable.

— Est-ce votre cas ?

— Je le crois, oui, dit-il avec une gravité soudaine.

Un serviteur apporta une compote de fruits, un autre alluma les bougies de deux candélabres. La nuit était chaude, immobile et moite. Les vêtements de Sophie pesaient à ses épaules.

— Il faudra, dit Serge, que nous organisions notre vie. Je ne pense pas que vous teniez beaucoup à vous occuper de l'exploitation du domaine...

— De son exploitation, non ; de la condition des serfs, oui, dit-elle.

Il se rembrunit :

— Nos serfs ne manquent de rien, je vous assure !

— Peut-être d'un peu de charité...

— Ils prendront votre charité pour de la faiblesse. Non, non, ma tante, laissez de côté ces rêves humanitaires ! Je vous vois beaucoup mieux dirigeant la maison. Vous êtes une femme, les questions domestiques sont plus de votre ressort que les questions agricoles...

Elle préféra ne pas le contrarier tout de suite.

— Rien ne presse, dit-elle. Nous verrons plus tard quelles seront les attributions de chacun.

— Comme vous voulez, ma tante.

Elle remonta une mèche de cheveux sur sa tempe. Aussitôt, Serge claqua des doigts, et une servante, jaillie de l'ombre, agita un éventail devant le visage de Sophie pour la rafraîchir. L'éventail était parfumé au jasmin. Cette odeur douceâtre écœura Sophie qui fit la grimace.

— Vous n'aimez pas ? demanda-t-il.

— Non, je l'avoue...

Alors, il cria, en russe :

— Arrête, idiote !

La fille partit en courant. « Il est surtout mal élevé », pensa Sophie.

3

Il semblait à Sophie qu'elle ne se fatiguerait jamais de redécouvrir le charme de Kachtanovka. Les journées s'écoulaient si vite que, chaque soir, elle s'étonnait de n'avoir presque rien fait et de se sentir pourtant apaisée et heureuse. Elle dirigeait les domestiques, régnait sur les réserves de nourriture et les coffres de linge, commandait les repas, vérifiait les comptes de la vieille Zénaïde, qui avait succédé à Vassilissa dans les fonctions d' « économe », mais, le plus clair de son temps, elle le passait en promenades dans les champs et en visites aux villages. L'été avançait, dans le soleil, l'odeur de la terre craquelée et le bourdonnement des moucherons. Jamais, aux dires des anciens, le blé et le sarrasin n'avaient poussé si dru. La douce fourrure de l'avoine tremblait en longues moires au souffle du vent. Dans les grandes prairies proches de la rivière, l'herbe était haute, il fallait la faucher. Les paysans se mirent à l'ouvrage. Sophie faisait arrêter sa calèche au bord de la route pour les voir travailler. Ils progressaient en ligne oblique, et l'éclair de leurs faux couchait devant eux des vagues de verdure. A la fin, le paysage, tondu court, fut méconnaissable, rajeuni, ahuri. Par chance, il n'y eut qu'une pluie légère, les jours suivants. Des femmes en fichus multicolores aidèrent les hommes à empiler le fourrage en meules. Les charrettes commencèrent leur va-et-vient des champs aux hangars. Puis arriva le temps de la moisson. Tous les villages y participèrent. Des gerbes de blé doré s'alignèrent, à perte de vue. Serge surveillait personnellement les opérations. Les conducteurs avaient des faces de gendarmes. La récolte fut si bonne que le maître promit une distribution d'eau-de-vie après les fêtes de l'Assomption. Il demanda à Sophie de l'accompagner à l'église de Chatkovo, ce jour-là. Elle assista avec lui à la messe. Debout au premier rang des femmes, elle avait le sentiment de servir de bouclier à mille vies orthodoxes, laborieuses et obscures. Quand, après l'office, elle sortit avec son neveu sur le parvis, toutes les têtes s'inclinèrent devant eux. Tant de déférence la gênait, mais elle ne pouvait changer les mœurs de ces gens habitués, depuis des siècles, à la servilité. Serge l'aida à monter en voiture, s'assit à côté d'elle et murmura :

— Au fait, vous ai-je dit que je devais m'absenter demain ? Je vais à Pskov, témoigner au procès des assassins de mon père.

Sophie tressaillit. Depuis le temps que les trois moujiks croupissaient en prison, elle avait fini par admettre, inconsciemment, que leur affaire était réglée.

— Est-ce demain qu'on les juge ? balbutia-t-elle.
— Eh ! oui. Ce n'est pas trop tôt ! J'espère que la sentence sera impitoyable ! Malheureusement, la peine de mort n'existe pas dans notre pays pour les crimes de droit commun !

— Les débats auront lieu à huis clos, n'est-ce pas ?
— Bien sûr ! Nous ne sommes pas en France où les procès sont devenus des spectacles publics !
— Dommage ! dit-elle. J'aurais aimé assister au jugement.
La calèche partit, au son des clochettes.

* * *

Les trois moujiks, convaincus d'avoir assassiné leur maître, furent condamnés aux travaux forcés à perpétuité. Serge annonça le verdict à Sophie, le soir même, à table, avec une gravité qui ressemblait à de la tristesse. Elle crut que la pitié chrétienne l'emportait enfin, chez lui, sur le désir de vengeance, mais il poursuivit en déchiquetant une aile de poulet dans son assiette :

— Je vous avais dit, hier soir, que je souhaitais un châtiment exemplaire, eh bien ! je me trompais. Perdre trois serfs à la fois, c'est trop pénible ! Si encore il s'agissait de vieux !... Mais des gaillards comme ceux-là — jeunes, solides —, je ne les remplacerai jamais ! Ossip le rouquin vous taillait n'importe quel meuble en trois coups de hache, Fédka n'avait pas son pareil pour construire un tarantass !... Si j'avais su !...

— Quoi ? dit-elle. Vous ne les auriez pas dénoncés ?

Serge haussa les épaules :

— Si, bien sûr !... Il le fallait... Pour l'exemple !... Et puis... enfin... pour contenter la justice !... Mais tout de même, quand on les a emmenés après la sentence, j'ai senti qu'on m'arrachait quelque chose du ventre !...

— Que voilà une charité étrangement inspirée ! dit-elle.

— Je suis ainsi, ma tante ! J'ai l'instinct de propriété très développé. Tenez, je comprends fort bien le plaisir que vous éprouvez à vous promener en calèche dans le domaine. Moi aussi, quand je parcours les routes à cheval, quand je regarde les champs, les villages, les arbres, la rivière, les serfs, et que je me dis que tout cela m'appartient — nous appartient —, il me vient une ivresse dans l'âme. Je me sens maître après Dieu. Existe-t-il une plus haute volupté pour l'homme que l'exercice conscient de la toute-puissance ?

La froideur moqueuse qu'il affectait d'ordinaire fondait au feu d'une passion qu'il ne savait ni ne voulait dominer. Les serviteurs apportèrent une tarte aux abricots — un de ses desserts préférés, que Sophie avait commandé exprès, la veille — et il ne le remarqua même pas, tant il était exalté par la violence de son propos :

— Prendre une motte de terre dans sa main, la pétrir, et se dire qu'elle est un prolongement de vous-même ! Ordonner que les serfs fassent ceci ou cela, et ils le font, comme vos jambes vous obéissent quand vous leur commandez de marcher ! C'est le vrai bonheur ! La ville, les sorties, les amitiés extérieures ne m'intéressent pas...

Il pérora longtemps ainsi, devant son assiette pleine. Puis il engloutit la tarte en deux bouchées et se leva pour suivre Sophie dans le bureau. Elle prit une tapisserie dans la boîte à ouvrage et s'installa sous la lampe. Le dessin représentait une corbeille débordant de fleurs, dans le style de Redouté. Elle tirait les laines multicolores à travers le canevas. Du train dont elle allait, elle n'en aurait pas fini avant deux ans.

— N'avez-vous jamais songé à vous marier ? demanda-t-elle.

Il partit d'un rire sonore :

— Jamais ! Excusez-moi, ma tante, mais j'estime idiot de se mettre la corde au cou, quand on peut goûter les mêmes plaisirs en restant libre !

Elle avait déjà remarqué qu'une ou deux fois par semaine il s'habillait et allait passer la soirée en ville. Sans doute avait-il, là-bas, quelque liaison. A moins que, plus simplement, il ne voletât d'une fille à l'autre. Les prostituées ne manquaient pas à Pskov.

— Mais vous avez bien des amis ? dit-elle.
— Pas un.
— A votre âge, pourtant...
— A mon âge, comme aux autres, il faut vivre pour soi et brouter autour de son piquet. Que voulez-vous ? j'aime mon carré d'herbe ! Je l'aime passionnément !

Un air de gourmandise enflammait son visage. Il reprit sa respiration et continua :

— Il y a de quoi s'amuser sans sortir du domaine !... J'ai des projets extraordinaires !... Faire peindre toutes les isbas en blanc... A l'intérieur, on verrait, pendu au mur, dans un cadre, l'inventaire des ustensiles de ménage... Les paysans seraient tous habillés de la même façon... Quelque chose de propre, de joli, de commode... Il y aurait un emploi du temps, le même pour tous, que les conducteurs seraient chargés de faire respecter... On obligerait toutes les filles, toutes les veuves, à se marier... Une amende serait infligée à celles qui n'auraient pas d'enfants dans un délai donné... Ces enfants, dès l'âge de huit ans, seraient retirés à leur famille et élevés par des instructeurs spécialisés, pour devenir de parfaits travailleurs...

Elle l'interrompit :

— Ce que vous décrivez là me rappelle fort les colonies militaires que prônait Araktchéieff. Vous savez comment les choses se sont terminées ?...

— Si les paysans se sont révoltés dans les colonies militaires, c'est que la règle leur a été appliquée stupidement, par des fonctionnaires qui n'étaient pas directement intéressés au résultat. Moi, je serai pour mes serfs comme un père. Je ne les laisserai jamais mourir de faim, mais les verges seront conservées dans le sel, pour que les coups soient plus cuisants !

Sophie était partagée entre l'envie de rire et celle de s'effrayer devant cette naïveté énorme. Elle croyait entendre un enfant, la cervelle tournée par des rêves absurdes. Mais cet enfant avait le pouvoir de mettre toutes ses idées à exécution. Deux mille sept cent cinquante êtres vivants étaient soumis à son bon plaisir. Elle dit :

— Je ne vous conseille pas de tenter cette expérience.
— Pourquoi ?
— Parce que je m'y opposerai.
— Mais puisque ce sera pour le bien de nos paysans !

— Ce bien-là sera pire que le mal !

Serge se renfrogna. Sophie lut, sur sa figure, la contrariété du gamin dérangé dans son jeu. Il devait trouver qu'elle faisait exprès de ne pas le comprendre. Elle reprit sa tapisserie et murmura :

— Dites-vous bien, Serge, qu'un jour ou l'autre le tsar sera forcé d'émanciper les serfs. On en parle déjà. Des commissions ont été nommées, paraît-il, pour s'occuper de l'affaire.

— Jamais, s'écria-t-il, jamais notre empereur ne commettra cette folie ! Ce serait la ruine du pays, l'effondrement de toute la structure sociale russe, le chaos, l'injustice, parfaitement, l'injustice !

Il se tut, haletant, les oreilles rouges. Puis, peu à peu, son visage revint au calme. Il alluma une pipe, en tira deux bouffées, soupira, regarda la nuit par la fenêtre.

— Quand les envoie-t-on aux travaux forcés ? demanda Sophie.

— Demain, sans doute...

L'aiguille en suspens, elle pensa à ces hommes qui allaient partir, enchaînés, pour la Sibérie. Bien qu'ils fussent des assassins, elle ne pouvait s'empêcher de les plaindre. Ah ! la grisaille des visages fatigués, le cliquetis des fers, l'odeur des vêtements imprégnés de sueur et de crasse... Elle avait vu tant de forçats sur les routes, aux relais, aux centres de triage, qu'ils se confondaient dans sa tête comme les vagues de la mer.

4

L'été s'acheva par des pluies torrentielles. Mais toutes les récoltes, même celle de pommes de terre, furent rentrées à temps. Pendant plusieurs jours, Kachtanovka flotta comme une arche dans le déluge. Les routes étaient inondées, un pont de bois fut emporté. Serge enrageait de ne pouvoir aller négocier la vente de son blé en ville. Pourtant, au début du mois d'octobre, le soleil reparut, l'automne s'installa, brumeux et doux. Dès que les chemins furent de nouveau praticables, Serge partit pour Pskov. Il revint, le soir, crotté jusqu'aux yeux, mais fier d'avoir conclu l'affaire dans de bonnes conditions. Il rapportait un paquet de lettres qui, à cause du mauvais temps, étaient restées en souffrance à la poste. Avec un sourire éminemment ironique, il tendit à Sophie un pli marqué du cachet de Tobolsk. Elle faillit pleurer d'émotion en reconnaissant l'écriture de Pauline Annenkoff.

C'était la première fois que lui parvenaient des nouvelles de Sibérie. Elle monta dans sa chambre et se jeta sur ces pages couvertes d'une écriture serrée. D'après Pauline, ni elle, ni le Dr Wolff, ni aucun de leurs amis n'avaient reçu la moindre lettre de Sophie. De leur côté, ils lui avaient tous écrit, à plusieurs reprises, et s'inquiétaient qu'elle ne leur eût pas encore répondu. Sophie se désola, s'indigna : la poste russe était une institution abominable, dirigée par des espions ! Inutile de compter sur des lettres de Sibérie lorsqu'on en revenait soi-même !

« Peut-être aurai-je plus de chance avec cette missive qu'avec les précédentes, écrivait Pauline. Nous aimerions tant savoir ce que vous êtes devenue ! Ne nous oubliez pas, pour l'amour du ciel ! Ici, la vie n'a pas changé. Tout le monde est en bonne santé. Les enfants grandissent, le Dr Wolff a ouvert son dispensaire et ne sait où donner de la tête, car le nombre de ses malades augmente chaque jour. Nous parlons souvent de vous, avec lui. Vous ne pourriez lui faire de plus vif plaisir qu'en lui envoyant quelques lignes de votre main... »

Un flot de tendresse déferla sur Sophie, la ramollit, l'affaiblit, tandis que des idées simples la visitaient : « Il réussit... il est très occupé... C'est bien ! » Après s'être reprise, elle décida d'écrire, séance tenante, à Ferdinand Wolff. Mais la pensée que sa lettre n'arriverait sans doute pas à destination lui gâcha son entrain. Quand elle eut cacheté le pli, il lui sembla qu'elle n'avait su ni raconter sa vie ni exprimer ses sentiments.

Pendant le souper, Serge lui demanda, d'un ton négligeant, si tout allait bien chez ses amis « de l'autre côté de l'Oural ». Elle n'eut garde de relever l'insolence de sa question. Visiblement, il cherchait une petite querelle pour corser la soirée. Maintenant qu'elle le connaissait mieux, elle le jugeait comme un garçon égoïste, infatué, coléreux, mais avec qui, somme toute, il était possible de s'entendre, à condition de ne jamais lui parler du bonheur du peuple et de la forme idéale du gouvernement. On eût dit que certains mots du vocabulaire politique provoquaient, par commotion, un rétrécissement de son cerveau. Soudain, il se butait, son visage se fermait, devenait méchant et bête. Elle dévia la conversation en l'interrogeant sur la façon dont il avait mené les pourparlers avec les acheteurs de Pskov. Et, pendant qu'il se racontait, avec un plaisir évident, elle retourna, en songe, parmi sa vraie famille, composée de gens qui la comprenaient, qui l'aimaient, qui avaient subi les mêmes épreuves qu'elle et que, sans doute, elle ne reverrait plus.

Les jours suivants, elle attendit d'autres lettres. Quand le cocher revenait de la poste de Pskov, elle se précipitait sur le perron afin de savoir, vite, s'il ne rapportait rien pour elle dans sa sacoche. Il prit l'habitude, du plus loin qu'il la voyait, de secouer la tête négativement. Les déceptions s'ajoutaient l'une à l'autre et cependant elle s'obstinait dans l'espoir. L'heure du courrier passée, elle traînait, dolente, désœuvrée, dans le parc de Kachtanovka. Les allées étaient jonchées de feuilles mortes. De tous côtés, des arbres, à demi dépouillés par le vent, dressaient leurs fortes charpentes couronnées d'un frémissement de pourpre et de rouille. Dans ce flamboiement végétal, les sapins, sombres et coniques, faisaient figure de gigantesques éteignoirs. Au cours d'une de ses promenades, Sophie déboucha dans une clairière où elle était déjà venue souvent dans le passé. C'était le petit cimetière des maîtres. Derrière une grille, de simples croix de pierre, surmontées d'un toit en accent circonflexe : les ancêtres de Michel Borissovitch, des oncles, des tantes, Michel Borissovitch lui-même, sa femme, sa fille, enfin Vladimir

Karpovitch Sédoff. Celui-là n'avait rien à faire dans la réunion ! Une fois de plus, Sophie regretta que les autorités eussent refusé le transfert du corps de Nicolas. Elle eût aimé pouvoir lui parler ici, seule à seul, à travers la terre. Chaque année, elle avait plus de mal à l'imaginer vivant. Quand elle pensait à lui, elle voyait le grand lac lumineux auprès duquel il reposait, dans le murmure des vagues renouvelées. Ou bien encore, il se présentait à elle en noir et blanc, comme l'image d'un livre. Toujours immobile, irréel, sans épaisseur et sans chaleur. Une paysanne balayait les feuilles mortes autour des tombes. Sophie reprit, tête basse, le chemin de la maison.

Ce soir-là, par une coïncidence insolite, Serge lui annonça qu'il ferait dire, le 15 novembre prochain, à l'église de Chatkovo, une messe pour le repos de l'âme de son père, mort depuis juste six mois. En dépit des sentiments que lui inspirait Vladimir Karpovitch Sédoff, elle ne put refuser d'assister à l'office. D'autant que, par la même occasion, le prêtre appellerait la bénédiction de Dieu sur tous les défunts de la famille.

A l'aube du 15 novembre, le vent se leva avec force, poussant de lourds nuages gris au ras de l'horizon. Pendant que Serge et Sophie se rendaient en voiture à l'église, la pluie se mit à tomber. Malgré le mauvais temps, tous les paysans de Chatkovo et des villages voisins s'étaient rassemblés dans la nef. Des « conducteurs » les y avaient amenés comme du bétail. Serrés coude à coude, les hommes d'un côté, les femmes de l'autre, ils formaient une masse compacte, mais qui s'ouvrit en chuchotant pour laisser les maîtres s'avancer jusqu'à l'iconostase. Le père Hilarion était vêtu de noir, l'air tragique, l'étole croisée sur le dos. Un petit diacre rouquin tenait l'encensoir, d'où s'échappait une fumée bleuâtre au parfum oriental. Par les fenêtres haut perchées, tombait la lumière livide de l'orage. Dès le début de la messe, un roulement de tonnerre courut au loin. Quand le prêtre psalmodia l'oraison de pénitence : « Seigneur, maître de ma vie... », une houle agita les fidèles et ils s'agenouillèrent, écrasés par la conscience de leur indignité.

— « Seigneur, ouvre mes yeux de pécheur ! » poursuivit le prêtre d'une voix caverneuse.

Et le ciel se déchira avec fracas. Dans la lueur de l'éclair, les ors de l'iconostase flamboyèrent, puis tout s'éteignit. Le père Hilarion leva des yeux inquiets vers la voûte. Un second coup de tonnerre, plus violent et plus proche, fit trembler les vitres. Sophie observa Serge à la dérobée. Un genou en terre, le front incliné, il méditait, imperturbable. Alors, elle regarda en arrière : le peuple ne priait plus. Une épouvante sacrée était sur tous les visages. Figés sur place, les moujiks, leurs femmes, leurs enfants semblaient attendre la fin du monde. Ce fut dans ce bruit d'avalanche que se déroula toute la seconde moitié de l'office. Lorsque le prêtre en vint à parler du défunt et prononça le nom du « serviteur de Dieu Vladimir », un gémissement unanime lui répondit. Serge se signa. Les fidèles répétèrent son geste et, prosternés, frappèrent le sol de leur front. Enfin, le tonnerre s'éloigna, le ciel rengaina ses épées de feu.

En sortant de l'église, Sophie découvrit un village reverni par l'averse. Il ne pleuvait plus. L'air était pur, silencieux. Des nuages paisibles se reflétaient dans les flaques. Au moment de monter en calèche avec Serge, elle se ravisa et dit :

— Tout compte fait, je préfère vous laisser rentrer seul : j'ai quelques familles de moujiks à visiter ici. Pourrez-vous me renvoyer la voiture ?

Surpris par la soudaineté de cette décision, il ne sut que murmurer :

— Certainement, ma tante.

Mais ses yeux brillaient de rancune. Il bondit dans la calèche, dont les ressorts grincèrent, frappa du poing le dos du cocher et hurla :

— Va ! Va ! Triple imbécile !

Le départ fut si brutal que Sophie dut se reculer pour n'être pas éclaboussée. Déjà, autour d'elle, les moujiks se dispersaient, comme s'ils eussent craint qu'elle ne leur adressât la parole. La frayeur qu'ils avaient ressentie à l'église paraissait les obséder encore. Même le prêtre décampa sans un mot, même le staroste. En quelques minutes, Sophie se retrouva seule au milieu du village. Intriguée, elle essaya de relancer les paysans chez eux. Partout, on la reçut avec méfiance. Elle avait beau savoir le rôle de la superstition chez ces êtres arriérés, elle ne pouvait supposer qu'un simple orage les eût impressionnés à ce point. Il y avait autre chose qu'ils ne voulaient pas lui dire. En désespoir de cause, elle se rendit chez Antipe.

— Ah ! barynia ! s'écria-t-il en joignant les mains. Pourquoi êtes-vous venue ?

— Toi seul peux me renseigner, Antipe. Que se passe-t-il ? Tout le village a l'air terrorisé !

— Il y a de quoi, barynia ! Vous avez entendu le tonnerre à l'église ? L'homme a dépassé la mesure ! Il a commis le sacrilège !

Il se signait et jetait autour de lui des regards traqués.

— Quel sacrilège ? demanda Sophie.

— Cette messe, barynia, il n'avait pas le droit de la faire dire !

— N'est-ce pas une tradition ?...

— Pour suivre la tradition, il faut avoir la conscience tranquille ! Neuf jours après la mort de Vladimir Karpovitch, il y a eu un office funèbre et tout s'est bien passé. Quarante jours après, il y a eu un nouvel office funèbre et, cette fois encore, tout s'est bien passé. Mais aujourd'hui enfin, Dieu a donné sa réponse. Pendant que le fils indigne osait prier pour le repos du père, le ciel a protesté et tous les chrétiens l'ont compris. Ce qui m'étonne, c'est qu'il ne soit pas tombé foudroyé au milieu de l'église !

— Pourquoi le détestes-tu ? dit Sophie.

— Parce qu'il a fait condamner des innocents !

— Ce ne sont pas les trois moujiks qui ont tué Vladimir Karpovitch ?

— Non, barynia ! Ils l'ont trouvé mort, étranglé, dans la cabane de bains, un matin qu'ils allaient travailler là-bas ! Ils ont couru prévenir le jeune barine ! Et le jeune barine leur a dit : « C'est vous les coupables ! »

Etonnée par cette révélation, Sophie mit quelques secondes à rassembler ses esprits. Malgré le peu de confiance que lui inspirait son neveu, elle refusait de partager les vues d'Antipe.

— S'ils n'étaient pas coupables, ils n'avaient qu'à nier, dit-elle.

— Ils ont nié !
— Et puis ?
— Et puis, ils se sont laissé faire.
— Pourquoi ?
— Ce ne sont que des moujiks ! Un moujik, à la fin, doit toujours dire oui !
— On ne force pas un homme à avouer un crime qu'il n'a pas commis !
— Même en le menaçant de quatre cents coups de knout ?
— Qui les a menacés ?
— Bien malin qui pourrait le dire !... C'est une supposition...
— Et qui, d'après toi, est l'assassin ?
— Je n'en sais pas plus que vous !...
— En somme, tes soupçons ne reposent sur rien.
Il éclata d'un rire faux et servile.
— Sur rien, barynia ! Sur rien du tout !...
— Tout à l'heure, pourtant, tu disais...
Il fit un salut profond en ouvrant les bras et en avançant une jambe, le talon à terre, la pointe du pied levée :
— Tout à l'heure, j'étais fou ! Maintenant, je suis raisonnable ! Si vous croyez que les trois moujiks ont tué, c'est qu'ils ont tué réellement et qu'on a bien fait de les envoyer au bagne !
— Ils étaient peut-être en état de légitime défense, concéda-t-elle.
— Qu'est-ce que ça veut dire ?
— Si leur maître les avait frappés le premier...
— Ce doit être ça ! Il les a frappés le premier ! Et eux, couic, ils lui ont tordu le cou ! Paraît qu'il n'était pas beau à voir ! Tout bleu ! La langue sortie !...
Antipe se frottait les mains en parlant. Son visage avait une expression de férocité craintive.
— Si seulement il pouvait arriver au fils la même chose qu'au père ! dit-il encore.
— Tais-toi ! gronda Sophie.
Elle traversait un terrain louche, marécageux, qui fuyait sous ses pas. Ce qui l'agaçait le plus, c'était l'impossibilité d'interroger Serge sur les véritables circonstances du meurtre, sans qu'il la soupçonnât de s'être renseignée auprès des paysans. Comme s'il eût deviné les hésitations de sa maîtresse, Antipe proféra d'une voix chevrotante :
— Ne répétez à personne ce que je vous ai dit, barynia ! Ce sont des mensonges ! De sales mensonges de serf ! Même l'orage, il ne faut plus y penser ! Il a éclaté, comme ça, par hasard ! La vérité, c'est que notre bon maître a été étouffé par de méchants moujiks et que les méchants moujiks n'auront pas assez de toute leur vie pour expier ce crime !
Elle le quitta, plus troublée qu'elle ne l'aurait voulu. Entre-temps, la calèche était revenue au village. Il faisait sombre, froid et humide. Le cocher, David, aida Sophie à monter en voiture et lui enveloppa les jambes dans un plaid. Tout au long de la route, les chevaux pataugèrent dans la

boue. Enfin, entre les branches nues, apparurent les fenêtres éclairées de la maison.

Pendant le souper, Serge garda le silence. Son visage était sévère, ses gestes compassés. Ce fut seulement lorsque Sophie et lui se retrouvèrent dans le bureau qu'il laissa percer son mécontentement.

— Etait-il si important que vous restiez au village ? demanda-t-il.

— Je vous ai dit que j'avais affaire là-bas, répondit-elle en prenant son ouvrage.

— Avec les moujiks ? Vous vous intéressez trop à eux, ma tante ! Dieu sait ce qu'ils vous ont encore raconté après l'orage ! Le tonnerre, les éclairs, en pleine messe funèbre ! Bêtes comme ils sont, ils ont dû trouver là leur compte de malédictions !...

— Oh ! laissez-les... Ce sont des gens simples !...

Serge marchait de long en large devant elle. Il s'arrêta et dit rudement :

— Ne cherchez pas à les excuser ! Je sais qu'ils me haïssent, comme ils haïssaient mon père et mon grand-père, comme ils haïront toujours celui qui les commandera ! Plus on se montre doux avec ces animaux-là, plus ils deviennent exigeants, remuants !...

— Je me suis beaucoup occupée d'eux autrefois et je n'ai pas l'impression d'avoir jeté le désordre dans leurs esprits !

— Ce n'est pas ce qu'on m'a raconté ! Il paraît que vous prêchiez aux paysans les délices de la liberté et de l'égalité républicaines !

— Je ne sais qui vous a rapporté ces sottises, mais, du moins, à l'époque de Michel Borissovitch, il n'y a pas eu parmi les moujiks une seule révolte comme celle qui a coûté la vie à votre père !

Il dressa le menton. Ses narines se pincèrent, blanchirent.

— Mon père n'a pas succombé à une révolte, il a été assassiné lâchement, par des gredins !

— Ne les avait-il pas provoqués par des exactions ?

— Je vous prie de ne pas insulter sa mémoire !

— Vous m'avez dit vous-même qu'il était souvent très dur avec les moujiks !

Il la considéra, égaré de colère, et, ne trouvant rien de sensé à répondre, grommela :

— Je n'ai de comptes à rendre à personne !

— Moi non plus, Serge, dit-elle froidement. Et pourtant, vous m'en demandez.

Il ricana :

— Je me garde bien d'oublier que ce domaine vous appartient autant qu'à moi, ma tante. D'après les étranges dispositions testamentaires de mon grand-père, je ne peux même pas vous racheter votre part. Nous devons rester dans l'indivision jusqu'à la mort de l'un de nous deux. Si je disparais le premier, vous hériterez du tout. Si c'est vous qui...

— Où voulez-vous en venir ? trancha-t-elle.

— A ceci, qui est fort important : vous avez beau être à égalité de droits avec moi dans cette affaire, vous n'êtes qu'une reléguée. Le gouverneur de Pskov m'a chargé de votre surveillance. Vous devez donc vous soumettre à ma volonté. Je puis vous interdire tout agissement qui me paraîtrait suspect. Or, il me déplaît de penser que vous courez de village en village sous des prétextes charitables. Le paysan russe n'a que faire de la politique française. Les malheurs que vous avez déjà suscités en propageant vos théories révolutionnaires devraient vous inciter à plus de modestie. Restez à la maison, cela vaudra mieux pour tout le monde !

Elle faillit s'emporter, mais se maîtrisa et dit avec une terrible douceur :

— Serge, vous excédez les bornes, vous oubliez qui je suis, d'où je viens !

— Vous venez de Sibérie, où vous avez vécu parmi des condamnés politiques, ce qui est une mauvaise recommandation pour moi ! Vos idées, je ne veux à aucun prix qu'elles contaminent les gens de Kachtanovka ! Malgré tout le respect que je vous dois, ma tante, j'ai décidé de diriger le domaine à ma façon. Contentez-vous, comme je vous l'ai déjà dit, de vous occuper des questions domestiques, et nous resterons bons amis...

La violence de cette sortie la stupéfia. Jamais encore Serge ne lui avait parlé avec tant d'insolence. Pourquoi, aujourd'hui, cette mise au point comminatoire, ce brusque sursaut d'autorité ? On eût dit qu'il voulait la réduire une fois pour toutes à l'impuissance, comme s'il eût craint, en la laissant libre, de perdre tout pouvoir sur elle et sur les moujiks. Elle l'observait avec un intérêt passionné. Avait-elle réellement trouvé un jour qu'il ressemblait à Nicolas ? Il n'y avait rien de commun entre ces deux êtres, rien, sinon le modelé du visage et la couleur des cheveux. Serge avait volé le masque de son oncle pour s'en couvrir la face, mais ses yeux bruns et vifs le trahissaient. Sophie lisait en eux toute la méchanceté, toute la duplicité qu'elle avait décelées jadis chez Vladimir Karpovitch Sédoff. Renforcée dans son désir de lui tenir tête, elle dit d'un ton sec :

— Apprenez, Serge, qu'il n'est pas dans mes habitudes de plier devant la menace. Surtout lorsque celui qui prétend m'en imposer est un gamin de vingt-cinq ans, mon propre neveu. Je suis ici chez moi. J'agirai comme bon me semble !

Il y eut un silence. Elle reprit sa respiration et poursuivit avec un sourire moqueur :

— Si cela vous contrarie, vous pourrez toujours vous plaindre au gouverneur. Qui sait, peut-être, désespérant de me faire entendre raison, me renverra-t-il, sur votre demande, en Sibérie ? Je vous préviens tout de suite qu'une telle perspective n'est pas pour m'effrayer !

Quand elle se tut, il resta un moment sans réaction, puis son visage se détendit, son regard s'alluma, il dit d'une voix aimable :

— Ne vous fâchez pas, ma tante. Condamnés à vivre ensemble, sous ce toit, nous finirons bien par nous entendre. Je vous prie simplement de me prévenir lorsque vous voudrez aller vous promener dans les villages d'alentour.

Elle secoua le front :

— Je ne vous préviendrai pas, Serge. J'irai quand il me plaira, où il me plaira, dans un rayon de quinze verstes, puisque telle est la limite qui m'a été imposée par le gouvernement...

Serge s'assit sur le bras d'un fauteuil et baissa la tête. Il paraissait vaincu et, cependant, elle avait conscience qu'il ne se repliait sur lui-même que pour mieux l'attaquer ensuite. Après une longue pause, il bâilla, s'étira, fit craquer les phalanges de ses mains unies et marmonna :

— Vous ai-je dit que je partais demain matin pour Pskov ?

Elle se retint de sourire. Sans doute allait-il là-bas pour ses pauvres fredaines hebdomadaires. Il rentrerait assagi.

— Si vous avez quelques emplettes à faire, je suis à votre disposition, reprit-il.

— Je vous remercie, dit Sophie. Je compte me rendre moi-même en ville un de ces prochains jours.

Il lui lança un regard en dessous, se leva, grogna : « Bonsoir ! » et sortit.

5

Serge partit à cheval, tôt le matin, pour la ville. Quand il eut disparu au bout de l'allée, Sophie éprouva un sentiment de délivrance. Elle refusait de croire que les façons tranchantes de son neveu l'eussent impressionnée et, cependant, elle devait reconnaître que, lui absent, elle respirait mieux. Chaque fois qu'il s'en allait, la maison semblait s'éveiller d'une contrainte. Les portes claquaient ; on entendait rire aux éclats du côté des communs ; des enfants serfs se poursuivaient en courant autour de la grande pelouse... Après s'être habillée avec l'aide de Zoé, Sophie décida de se rendre non plus à Chatkovo, mais dans les autres villages qu'elle avait un peu négligés, ces derniers temps. Elle ouvrit la fenêtre et cria à un domestique qui passait de faire préparer sa calèche.

Une demi-heure plus tard, quand elle entra dans l'écurie, elle constata que rien n'était prêt. David, le cocher, n'était même pas en tenue. Elle se fâcha :

— On ne t'a pas prévenu que je voulais sortir ?

David eut un mouvement de recul et une expression de frayeur bouleversa son gros visage barbu.

— Si, barynia, bredouilla-t-il.

— Alors, qu'attends-tu pour faire atteler ?

Deux valets d'écurie, qui fourchaient du foin, se plaquèrent peureusement contre le mur, un autre se cacha derrière la croupe du cheval qu'il était en train de panser.

— C'est impossible, barynia ! dit David.

— Pourquoi ?

— Le jeune barine nous l'a défendu.

Sophie fut désarçonnée par cette réponse, puis elle se révolta.

— Quand je donne un ordre, il n'a pas à me contredire ! s'écria-t-elle. Je suis votre maîtresse !
— Certainement, barynia.
— Vous m'avez bien obéi jusqu'à ce jour ?
— Oui, barynia.
— Eh bien ! Alors ? Qu'y a-t-il de changé ? Je vous somme d'atteler cette calèche ! Vite ! Vite !

David poussa un long soupir, qui parut lui arracher les poumons, regarda les valets d'écurie à la dérobée et baissa le nez. Sa barbe se plia sur sa poitrine.
— Tu entends ce que je te dis ? demanda Sophie d'une voix forte.

Pas de réponse. Il se figeait, il s'alourdissait, on avait coulé du plomb dans sa tête. Sophie comprit qu'elle n'obtiendrait rien de ces hommes terrorisés.
— C'est bien, dit-elle, je me passerai de vous.

Elle décrocha un harnais pendu au mur, le posa sur le premier cheval venu, fixa les courroies comme elle l'avait vu faire, poussa la bête dans les brancards d'une calèche, serra la sous-ventrière, ajusta les traits, pendant que le cocher et les palefreniers, immobiles, perclus de crainte, suivaient ses gestes avec des yeux ronds. Quand elle monta sur le siège du conducteur, David gémit :
— Pardonnez-nous, barynia !

Elle fit claquer le fouet ; le cheval partit au pas dans l'allée et accéléra son allure ; Sophie, rudement secouée, dut réunir ses guides dans une main et retenir de l'autre son grand chapeau de paille à rubans qui menaçait de s'envoler. La route était un cloaque. Des giclures de boue jaune sautaient de chaque côté des roues. Dans les champs ramollis, se déplaçaient des silhouettes brumeuses de moujiks. Que pouvaient-ils bien faire par si mauvais temps ? Sophie visita successivement Tcherniakovo, Krapinovo, Bolotnoïé et jusqu'aux plus petits hameaux du domaine. Partout, elle retrouva la même atmosphère de tristesse dans l'ordre, d'anxiété dans le bien-être. Serge pouvait être fier de sa réussite : la discipline qu'il avait instaurée était si efficace que tous ses paysans, déjà, se ressemblaient... D'isba en isba, Sophie oublia l'heure du dîner ; au début de l'après-midi, elle décida de pousser jusqu'à Pskov pour acheter quelques médicaments dont elle aurait probablement besoin cet hiver, quand les routes seraient coupées par les neiges.

Conduisant sa calèche, elle arriva en ville vers trois heures. Une bruine crépusculaire pesait sur les toits mouillés. La rue principale n'était qu'une traînée de vase noirâtre, sur laquelle on avait jeté des bottes de paille. Dans la boutique de l'apothicaire, brûlaient deux lampes à huile, dont les reflets se multipliaient au flanc des bocaux. Pendant que le préparateur servait Sophie, elle entendit la porte s'ouvrir derrière elle, se retourna et vit une forte femme, au chapeau emplumé et au manteau bleu barbeau à galons noirs, qui franchissait le seuil avec majesté. Après une seconde d'indécision, elle éprouva un sentiment désagréable et reconnut Daria Philippovna. Comme elle avait vieilli et engraissé ! Ses yeux étaient coincés entre deux bourrelets de chair molle. La pâte de ses joues pendait de part et d'autre d'une bouche en cerise. Elle respirait péniblement, le ventre corseté, le poitrail en cuirasse. Même en se forçant, Sophie ne pouvait croire que Nicolas eût été l'amant de cette corpulente créature. Que faire ? Impossible d'éviter la rencontre. Le mieux était de s'en tenir à un petit salut sec... Elle se demandait encore quelle attitude prendre, lorsque Daria Philippovna, l'apercevant, s'épanouit dans un sourire et lui tendit les deux mains. Sophie se raidit et tenta, elle aussi, de sourire. L'aisance de cette femme la surprenait. Une seule explication : Daria Philippovna se figurait que Sophie avait toujours ignoré l'infidélité de son mari. La détromper ? A quoi bon ? Tant d'années avaient passé sur cette lamentable aventure !

— Chère, chère madame ! s'écria Daria Philippovna. Quelle émotion de vous revoir ! Je savais que vous étiez revenue ! Justement, je voulais vous écrire pour vous inviter à la maison ! Maintenant que je vous tiens, je ne vous lâche plus ! Vous êtes à Pskov pour faire des courses ? Moi aussi ! Nous irons donc ensemble !...

Cette bruyante amabilité eut raison des réticences de Sophie. A contrecœur, elle se laissa accompagner d'un magasin à l'autre. Parfois, elle croyait reconnaître, au loin, la silhouette de Serge et se demandait ce qu'il penserait en la voyant avec cette jacasse emplumée. Mais il était peu probable qu'il traînât dans les rues : il ne venait pas à Pskov pour flâner.

Les deux femmes échouèrent enfin dans l'atelier d'une couturière, Tamara Ivanovna, qui était un peu bossue, un peu bigle, mais avait des doigts de fée. Daria Philippovna essaya une robe en pou de soie amarante, qu'elle avait choisie, Dieu sait pourquoi, puisque, de son propre aveu, elle ne sortait jamais. Sophie promit de revenir pour commander quelque chose elle-même. Après l'essayage, Tamara Ivanovna proposa aux deux dames de passer dans l'arrière-salle où un samovar chauffait en permanence à l'intention des visiteuses altérées. Sophie, qui était fatiguée par sa longue promenade, accepta avec plaisir de prendre une tasse de thé. Ayant servi ses deux clientes, la couturière les laissa seules, car elle avait du travail en retard.

Il faisait déjà sombre dehors. Une lampe à huile bien astiquée et coiffée d'un abat-jour vert à franges éclairait la petite pièce où flottait une odeur d'empois. Le samovar chantait sous la théière pansue. Aux murs, s'alignaient des images découpées dans des journaux de modes français. Les sièges étaient recouverts de housses. Daria Philippovna lapait son thé avec des soupirs de contentement et, entre deux gorgées, posait à Sophie des questions qui prouvaient qu'elle s'intéressait aux épreuves des décembristes. Elle était bête mais bonne, indiscutablement. A tout propos, elle s'indignait, se désolait, gémissait : « Ah ! mon Dieu ! Quel calvaire a été le vôtre ! » Elle voulut savoir comment Nicolas était mort et pleura en écoutant le récit très simple de Sophie.

— Le pauvre ! Lui si gai, si insouciant, si courageux ! Je ne peux pas le croire ! Excusez-moi, je ne peux pas le croire !...

Elle se moucha. Son menton duveteux tremblait au-dessus de sa collerette. Deux femmes en deuil du même homme, devant un samovar. Et, des deux, c'était l'épouse légitime qui avait les yeux secs. Le ridicule de la situation apparut à Sophie et, pendant un moment, elle fut irritée de cette affliction qui s'étalait. Comme si elle eût craint de trahir son secret en se lamentant davantage, Daria Philippovna se versa une autre tasse de thé et dit :

— J'imagine avec quelle émotion vous avez retrouvé Kachtanovka ! Certes, bien des êtres manquent en ces lieux où vous avez été si heureuse ! Mais le décor, du moins, n'a pas changé et, à notre âge, il n'est pas de plus grand réconfort que la promenade quotidienne parmi les souvenirs !

L'expression « à notre âge » amusa Sophie, qui savait avoir dix ans de moins que son interlocutrice.

— Vous avez dû être surprise de tomber sur ce grand neveu ! reprit Daria Philippovna. Vous ne le connaissiez pour ainsi dire pas !

— Serge avait quelques mois lorsque je suis partie.

— Il est très bien de sa personne. Mais si sauvage ! On le voit rarement en ville. Moi, je trouve qu'il ressemble beaucoup à Nicolas !

— Physiquement, oui.

Daria Philippovna battit des paupières et exhala son regret :

— Pour le moral, bien sûr, c'est autre chose ! Vous entendez-vous bien avec lui ?

— Ni bien ni mal, répondit Sophie avec prudence.

— Je vous dis cela parce qu'il a été élevé dans des idées qui, évidemment, ne sont pas les vôtres !

— Je m'en suis déjà rendu compte, dit Sophie. Mais je ne suis pas une sectaire !

— Lui, si !

— C'est de son âge ! Il ne fait que répéter ce qu'il a entendu. Il aimait beaucoup son père...

— Je ne le crois pas, dit Daria Philippovna en hochant la tête. Ils se disputaient souvent.

Sophie s'étonna :

— A quel sujet ?

Cet aveu d'ignorance enflamma Daria Philippovna. La joie de renseigner quelqu'un parut sur son visage. Elle murmura :

— Comment, vous ne savez pas ? Toujours la même chose ! A cause de Kachtanovka ! Vous me comprenez ?...

— Non. J'ai trouvé que le domaine était très bien tenu, très bien exploité. Mieux que du temps de mon beau-père...

— Bien sûr ! Mais c'est grâce à votre neveu ! Uniquement grâce à lui !... D'ailleurs, cela tombe sous le sens !... Vous connaissez Vladimir Karpovitch !... Il aurait vendu la propriété, s'il avait pu, pour satisfaire ses caprices de joueur. Tant qu'il a été le tuteur de l'enfant, il en a profité (d'après ce qu'on m'a dit) pour se défaire de quelques paysans en cachette, écouler des moissons sur pied à bas prix, emprunter à un taux exorbitant. Quand Serge Vladimirovitch a eu atteint sa majorité, il a exigé des comptes. C'était fatal ! Il en est résulté des discussions très vives. On raconte que les éclats de voix s'entendaient des communs ! Moi, en toute conscience, je donne raison au fils. Savez-vous qu'il a la passion de la terre ? Le mois dernier, il a encore voulu m'acheter trois villages qui jouxtent votre propriété. J'ai dit non, parce que, moi aussi, ce que j'ai, c'est sacré, je le garde ! J'ai dit non, mais j'ai pensé : bravo !... Si seulement mon Vassia était comme lui !... Mais il se désintéresse complètement de notre chère Slavianka... Il vit chez moi comme à l'hôtel, en vieux célibataire, parmi ses livres... C'est consternant !... Heureusement, mes filles me donnent toutes les satisfactions que mon fils me refuse... Elles habitent Moscou... L'une est mariée à...

Elle partit dans des considérations familiales et Sophie, indifférente, s'isola comme sur un caillou au milieu d'un flot de paroles. De temps à autre, elle entendait : « Mon autre fille... Mon gendre... Mes petits-enfants... » et pensait : « Elle a toute une famille, nombreuse, chaude, grouillante. Comme une vraie femme, qui a fait son métier de donneuse de vie. Moi je n'ai personne, hormis Serge. Mais qui est Serge ?... » Elle s'interrogeait et s'inquiétait. Daria Philippovna lui toucha la main :

— Mon fils serait si heureux de vous voir !

— Moi aussi j'aimerais le voir, dit Sophie évasivement.

Les yeux bleus de Daria Philippovna pétillèrent :

— Il faut absolument que vous veniez prendre le thé à la maison, un de ces jours ! Jeudi prochain, cela vous conviendrait ?

D'abord, Sophie voulut refuser. Elle ne pouvait oublier que Nicolas s'était battu en duel autrefois contre Vassia Volkoff. Bien que les deux hommes se fussent plus ou moins réconciliés par la suite, le souvenir de cette dispute était encore lourd à supporter pour elle. Cependant, une curiosité la poussait. Elle s'entendit murmurer :

— Jeudi prochain ? Oui... Je vous remercie.

— Il n'y aura que mon fils et moi, je vous le promets ! Avez-vous déjà revu quelques connaissances ?

— Personne. Je ne suis pas pressée.

— Vous avez bien raison ! Laissez-les se languir ! Vous n'avez pas changé ! Il me semble que vous nous avez quittés hier ! Ce n'est pas comme moi ! Quand je me regarde dans ma glace, je crois voir ma pauvre maman !

Elle vida sa tasse de thé et tira de son sac un mouchoir en dentelle pour se tamponner les lèvres. Sophie jeta un regard vers la fenêtre et s'étonna de voir les vitres toutes noires. Il devait être plus de six heures. Elle aurait une longue route à faire, dans la nuit. Daria Philippovna la gronda d'être venue seule, sans cocher. Par fierté, Sophie répondit qu'elle aimait mieux conduire elle-même !

— Ce n'est guère prudent, dit Daria Philippovna. Voulez-vous que je demande à mes gens de vous raccompagner ?

Elle refusa. Les deux femmes se séparèrent dans la rue. Daria Philippovna avait quelques visites à faire. Sophie monta bravement dans sa calèche et partit. Après les dernières maisons de la ville, les ténèbres s'épaissirent. La campagne exhalait une odeur de champignon et de bois brûlé. Il n'y avait pas de lanterne à la voiture. Mais le cheval, connaissant la route, trottait au jugé.

Les yeux écarquillés sur l'ombre dansante, Sophie récapitulait un à un les événements de la journée et laissait croître sa colère contre Serge, qui avait interdit à David de lui obéir.

En descendant de voiture, devant le perron, elle sentit sa fatigue. Un gamin saisit le cheval au mors pour le ramener à l'écurie. Autour de la maison, régnait un calme insolite. Les fenêtres du bureau étaient éteintes. Personne dans le vestibule. Mais le chapeau et le manteau de Serge étaient accrochés à une patère : il était déjà revenu de Pskov. Elle allait pouvoir lui dire son indignation. Auparavant, elle voulait se rafraîchir, se rajuster. Elle monta dans sa chambre et appela Zoé, qui accourut pour l'aider à changer de robe. La fille avait les yeux rouges, la respiration entrecoupée.

— Qu'as-tu ? demanda Sophie. Tu as pleuré ?

— Oh ! non, barynia ! gémit Zoé.

Mais son menton, arrondi comme un œuf, continuait de bouger spasmodiquement.

— Je vois bien que si, dit Sophie. Tu peux tout me dire, à moi. C'est à cause de ton mari ?

— Oui, renifla Zoé.

— David a été méchant avec toi ? Il t'a battue ?

— C'est lui qu'on a battu !

— Qui l'a battu ?

— Les hommes du barine, tout à l'heure... Avant que vous n'arriviez... Cinquante coups de verges... Il a le dos en sang... Il est couché...

Sophie fronça les sourcils. La fureur lui remontait à la tête après une accalmie.

— Pourquoi l'a-t-on battu ? dit-elle d'une voix sourde.

Zoé détourna les yeux :

— A cause de vous, barynia.

De surprise, Sophie resta la bouche ouverte.

— A cause de moi ? murmura-t-elle enfin. C'est impossible !

— Si, barynia. Il devait vous empêcher de partir. Il n'a pas su. Alors, le jeune barine l'a fait fouetter au milieu de la cour...

Dans le silence qui suivit, Sophie fut sur le point de perdre le contrôle d'elle-même. Ses idées se soulevaient avec violence. Elle entendait battre son sang.

— Il a fait fouetter aussi les valets d'écurie, reprit Zoé. Mais, je vous en supplie, ne lui dites pas que je me suis plainte à vous ! Il serait furieux, il se vengerait ! Après tout, ce n'est pas grave ! David guérira bientôt ! Il est solide, malgré son âge !

— Non, non, cette fois, c'en est trop ! bredouilla Sophie, se parlant à elle-même.

Elle boutonna nerveusement son corsage et se précipita hors de la chambre. L'escalier trembla sous ses pieds. Persuadée que Serge était dans le bureau, elle y entra en coup de vent, s'arrêta, déconcertée, au milieu de la pièce sombre et vide, ressortit, jetant les yeux autour d'elle. Un domestique, qui traînait dans le vestibule, lui dit :

— Si vous cherchez le barine, il est dans sa chambre.

Sophie remonta l'escalier, suivit le couloir en sens inverse et frappa à la porte de Serge.

— Entrez, dit une voix affable.

Il était assis devant un petit bureau et compulsait des papiers. Une robe de chambre en brocart mordoré l'enveloppait jusqu'aux chevilles. Il se leva, resserra sa cordelière et son visage exprima la surprise que lui causait cette visite intempestive. Encore essoufflée d'avoir gravi les marches, Sophie dit avec colère :

— Pourquoi avez-vous fait battre David ?

Les sourcils de Serge se haussèrent sur son front :

— Je lui avais donné des ordres, ma tante.

— Ne les a-t-il pas exécutés ?

Il eut un imperceptible sourire. Sans doute avait-il prévu cette scène et goûtait-il un secret plaisir à conserver son calme devant cette femme exaspérée.

— Vous avez pu partir malgré tout, dit-il. Donc, David est coupable. Rassurez-vous, une bonne raclée n'a jamais fait de mal à un moujik. Cela active la circulation de son sang, qu'il a naturellement assez lourd. Evidemment, il ne faudrait pas abuser de cette discipline. Il dépend de vous seule que les choses en restent là ! Si vous voulez bien vous conformer à mes prescriptions, le cocher et les palefreniers ne seront plus inquiétés. En revanche, si vous recommencez votre escapade, je me verrai dans l'obligation de les faire passer par les verges. Je tiens à ce que tout soit en ordre chez moi. Chaque chose à sa place et chaque être à son rang. Puisque vous aimez tant les serfs, vous pouvez bien leur sacrifier un peu de votre indépendance. Charitable comme vous êtes, il vous en coûtera moins de demeurer à la maison que de penser qu'à cause de vous ces malheureux se font écorcher l'échine !...

Sophie l'écoutait avec horreur. Aucune des excuses qu'elle lui avait trouvées naguère ne tenait devant l'affirmation tranquille de cette méchanceté. Elle fixa sur lui un regard méprisant et dit en détachant chaque mot :

— Je vous jure, Serge, que, quoi qu'il arrive, vous ne toucherez plus à un cheveu de vos moujiks.

— Que vous me connaissez mal, ma tante !

— C'est vous qui me connaissez mal ! Je ne me laisserai pas intimider par votre chantage ! Si vous faites ce que vous avez dit, je remuerai ciel et terre, j'irai jusqu'au gouverneur !

— A pied ? demanda-t-il avec insolence.

— A pied, oui, s'il le faut ! Quelques verstes ne sont pas pour me faire peur. Je révélerai aux autorités la façon dont vous traitez vos serfs !...

Elle disait n'importe quoi, emportée par l'indignation, et, soudain, elle remarqua un vacillement dans les prunelles de Serge. Comme si, sans le savoir, elle l'eût touché à un point vulnérable. Ce désarroi fut si rapide qu'au moment où elle s'en avisait il s'était déjà ressaisi.

— Et vous vous imaginez que le gouverneur vous écoutera ? dit-il en ricanant.

— Je me suis déjà fait entendre de gens plus importants que lui, répliqua-t-elle.

— Au bagne ?

— Et à Saint-Pétersbourg ! Le seul fait que je sois revenue de Sibérie vous prouve à quel point je suis opiniâtre ! Je n'hésiterai pas à me servir de toutes mes relations pour que mes droits soient respectés dans cette maison !

— Nul ne songe à contester vos droits, dit-il, subitement apaisé.

— Si ! Vous osez interdire à mes gens d'obéir à mes ordres ! Vous leur infligez la torture pour obtenir leur soumission ! Vous vous servez d'eux pour me séquestrer ! Kachtanovka est à moi autant qu'à vous ! Ce qui se passe ici me déplaît, me révolte ! La police en sera avertie !...

Quand elle s'arrêta, hors d'haleine, à bout d'imprécations, Serge était un peu plus pâle que d'habitude. Les commissures de ses lèvres étaient infléchies vers le bas. Il eut un regard fuyant et murmura :

— A force de vivre parmi des bagnards, ma tante, vous avez perdu la notion de la distance qui doit séparer un serf de son maître !

Trop fatiguée pour continuer la dispute, elle le toisa, sortit rapidement et claqua la porte.

Dans sa chambre, elle retrouva Zoé en larmes.

— Sois tranquille, lui dit-elle. Désormais, vous êtes tous sous ma protection. Il ne peut rien vous arriver de fâcheux.

Elle affectait une confiance radieuse, mais, en réalité, elle n'était pas sûre de pouvoir défendre ses gens contre les violences de Serge. Si demain elle repartait seule, en calèche, pour une promenade, il était capable, par orgueil, par bravade grossière, de mettre sa menace à exécution. Et, en dépit de ce qu'elle lui avait dit, elle ne se voyait pas courant à Pskov pour se plaindre à un gouverneur qui refuserait, sans doute, de la recevoir. Elle était trop nouvelle dans le pays, trop mal notée ! Il fallait attendre une meilleure occasion pour engager l'épreuve de force. Dans sa jeunesse, elle eût dédaigné un pareil calcul ; elle se fût lancée, tête baissée, dans l'aventure. Maintenant, elle devait compter avec la fatigue de son corps et les remontrances de sa raison. Feindre de renoncer à la lutte pour mieux se préparer à bondir. L'adversaire était de taille. Un monstre, un second Sédoff, plus horrible que le premier, parce qu'il dissimulait sa sécheresse de cœur derrière un beau visage. Elle s'assit devant sa coiffeuse et se regarda dans la glace. Ses traits étaient creusés, un cerne bistre entourait ses yeux. N'avait-elle pas eu tort d'accepter l'invitation de Daria Philippovna ? Non ! Dans sa situation, elle ne pouvait se permettre de décourager une personne si bien intentionnée. Plus que jamais elle avait besoin d'aide ! Elle dénoua ses cheveux. Ses idées partirent à la dérive. Zoé prit un peigne et une brosse sur la table.

— C'est étrange, dit Sophie, tu es mariée avec David, mais il a au moins vingt ans de plus que toi !

— Vingt-sept, dit Zoé.

— Depuis quand es-tu sa femme ?

— Il y a trois ans que le barine défunt m'a obligée à l'épouser.
— Comment ça, obligée ?
— Oui, j'en aimais un autre... Pétia, le forgeron... Ça n'a pas plu à Vladimir Karpovitch... Il l'a marié à une vieille toute tordue, tout édentée, et moi, il m'a donnée à David... J'ai pleuré, pleuré, sur le moment !... Et puis, je me suis habituée... Ce n'est pas un mauvais homme... Il ne boit pas, il n'a pas la main lourde... Quelquefois, seulement, quand le soir vient et qu'il fait chaud, j'ai l'âme qui voudrait s'envoler !...

Elle poussa un soupir et se mit à coiffer Sophie avec des gestes lents.

Le soir, Sophie prit une grande résolution et descendit, très habillée et très calme, pour le souper. Elle ne voulait pas avoir l'air de céder, si peu que ce fût, aux intimidations de son neveu. Il sembla priser en connaisseur cette façon de le braver. Lui aussi s'était habillé avec soin, comme pour effacer par son élégance le souvenir des propos discourtois qu'il avait tenus. Assis de part et d'autre de la longue table, dans la lumière des candélabres et l'étincellement des cristaux, ils paraissaient fêter ensemble la guerre qu'ils s'étaient déclarée. Durant tout le repas, solennel et sinistre, Sophie demeura silencieuse, gourmée, mangeant à peine et ne regardant pas son vis-à-vis.

En sortant de table, ils passèrent dans le bureau et Sophie prit son ouvrage de tapisserie. Elle était décidée à ne monter se coucher qu'après être restée en bas un temps raisonnable. Paisiblement installée dans un fauteuil, elle tirait son aiguille et dessinait, point à point, sur le canevas, le pourtour d'une feuille verte. Serge, assis devant elle, lisait un journal illustré. Le poêle en faïence chauffait, craquait. Les chiens de garde aboyaient dans le parc obscur. « Il est le seul être au monde à qui je n'aie rien à dire ! » pensa Sophie avec tristesse. Le silence, à la longue, était si gênant que Serge grommela :

— Vous plairait-il d'avoir quelques nouvelles de France ? Un de vos écrivains, M. Honoré de Balzac, est mort le 18 du mois dernier... Le prince-président a quitté Paris pour visiter les départements de l'Ouest... On reparle d'une loi que votre Assemblée législative a votée sur la déportation... Y aurait-il des bagnes ailleurs qu'en Russie ?

Elle ne répondit pas. Il marqua une pause et reprit :

— Vous voyez, je reçois des journaux français. Les mêmes que du temps de mon père. Il s'intéressait beaucoup à la France ! En quels termes étiez-vous avec lui ?

Elle crut qu'il se moquait d'elle et répliqua promptement :

— Vous devez le savoir mieux que moi !

— Il m'a toujours parlé de vous avec beaucoup de considération, dit Serge.

Il posa son journal, croisa les jambes, inclina la tête et dit encore :

— Je trouve qu'en dépit des apparences nous avons, vous et moi, un point commun.

Elle leva les yeux de son ouvrage avec étonnement. Content de l'effet qu'il avait produit sur elle, il poursuivit d'un ton plus animé :

— Oui, ce domaine, vous l'aimez autant que moi ! Comme moi, vous êtes prête à tout sacrifier pour lui !

— Tout ? Non ! dit-elle. Je me passionne pour les êtres, non pour les choses. Ce qui m'attache à Kachtanovka, ce sont les gens qui l'habitent !

— Ils ne font qu'un avec la terre !

— Quand il s'agit de les vendre, peut-être !

Serge fronça les sourcils.

— Je n'en vendrai jamais un seul ! dit-il avec force. A cet égard, je ne suis pas du tout comme mon père !...

Ils se turent. La maison les entoura de sa rumeur. Une ondée fouetta les vitres. Puis Serge marmonna négligemment :

— Des amis m'ont dit vous avoir aperçue cet après-midi, en ville, avec Mme Volkoff.

— En effet, dit Sophie.

— Drôle de relation ! Comptez-vous la revoir ?

— Oui.

— Quand ?

— Cela ne vous regarde pas !

— J'ai besoin de le savoir.

— Pourquoi ?

— Pour donner des ordres au cocher !

— Ce n'est pas vous qui lui donnerez des ordres, mais moi ! Rappelez-vous ce que je vous ai dit tout à l'heure !

Les dents de Serge étincelèrent dans un éclat de rire :

— Eh bien ! ma tante, nous n'allons pas nous étriper pour des histoires d'écurie !... S'il vous plaît de courir à Slavianka pour y rencontrer cette vieille colporteuse de mensonges et le fils abruti qu'elle tient sous son talon, je mets à votre disposition toutes les voitures et tous les chevaux de la propriété ! David sera prévenu qu'il doit vous obéir comme à moi-même ! Ordonnez et vous serez servie !

Il s'inclina dans un salut comique. Sophie se demanda pourquoi il cédait si facilement. L'avait-elle impressionné par son ton résolu ou préparait-il une riposte qu'elle ne soupçonnait pas ? En vérité, elle était plus inquiète de le voir conciliant que s'il s'était montré intraitable. Un domestique apporta une carafe de liqueur et des verres sur un plateau. C'était le moment qu'avait fixé Sophie pour remonter dans sa chambre. Elle se leva et dit :

— Bonsoir, Serge.

Il allait se pencher pour lui baiser la main, mais elle ne lui en laissa pas le temps et se dirigea vivement vers la porte. En franchissant le seuil, elle se retourna et le vit qui se versait un verre d'alcool, le humait, l'avalait d'un trait en basculant la tête. Une réminiscence la troubla. Quelque chose de très lointain et de très doux, qu'elle ne savait pas définir, se déroulait dans sa mémoire. Elle y pensa sans arrêt, avec impatience, en se déshabillant. Une fois dans son lit, enfin, elle se rappela le jour où elle avait offert à Ferdinand

Wolff de l'eau-de-vie de framboise. Elle s'endormit, attendrie par ce souvenir.

6

Dans la calèche qui l'emportait vers Slavianka, Sophie essayait de se convaincre qu'elle avait eu raison d'accepter l'invitation de Daria Philippovna. Mais sa gêne persistait. Il lui semblait qu'elle allait se replonger dans la boue en rendant visite à ces deux êtres qui avaient été si intimement mêlés à l'histoire de sa disgrâce. En même temps, elle se sentait irrésistiblement attirée par eux, comme s'ils eussent été ses meilleurs alliés contre la solitude. Devant elle, le dos de David oscillait à chaque cahot. Il avait mis ses beaux habits pour la conduire. Cette fois, il n'avait pas peur : le barine avait confirmé les ordres de la barynia.

Par comparaison avec Kachtanovka, le domaine de Slavianka paraissait à demi abandonné. Beaucoup de champs restaient en friche, la route, à peine entretenue, était creusée de fondrières, les villages dressaient au bord de la chaussée des isbas sales, croulantes, des jardinets envahis d'orties. Il ne pleuvait pas, bien que les nuages fussent bas et sombres. Un vent glacé sifflait dans les branches. Le parc de la propriété, vaste, paisible et inculte, avait le charme mélancolique d'une forêt. A travers une déchirure de feuillages jaunes, Sophie aperçut la maison de maître, toute en bois, longue, enfumée, avec de petites fenêtres aux volets de couleur.

La calèche s'arrêta devant le perron et Daria Philippovna, engoncée dans une robe gris perle à volants, dévala les marches et se précipita vers son invitée. Etourdie par ses exclamations de bienvenue, Sophie se laissa conduire dans la salle à manger, où, sur une table ovale, dominée par un samovar rutilant, s'alignaient des pots de confiture et des pyramides de petits pains. A peine assise, elle vit arriver un homme qui avait l'air d'un chanteur italien sur le retour, ventripotent, grisonnant, avec de grands yeux noirs dans un masque adipeux. Il était vêtu avec négligence d'une veste de velours marron et d'un pantalon beige aux sous-pieds distendus. Avec un pincement au cœur, elle reconnut le beau, l'élégant Vassia Volkoff. Sa mère bêtifia, comme s'adressant à un jeune garçon :

— Eh bien ! La voici ! Elle est venue ! Tu avais tellement envie de la voir !
— Je t'en prie, maman ! dit-il d'un ton morne.

Il baisa la main de Sophie, s'assit, se laissa servir un verre de thé, écouta un moment, avec ennui, le bavardage des deux femmes, puis, profitant d'un silence, murmura, sans lever les yeux :

— Ma mère m'a raconté, au sujet de Nicolas... C'est affreux !... Je voulais vous dire que j'ai beaucoup pensé à lui, pendant les longues années qu'il a passées en exil... A lui et à tous ceux qui ont eu le courage de souffrir pour leurs opinions politiques... Vous savez que moi, par un étrange concours de circonstances, je ne me trouvais pas à Saint-Pétersbourg le jour de l'émeute... Des affaires de famille m'avaient appelé à Pskov...

— De très graves affaires de famille! souligna Daria Philippovna.

— Ainsi, par miracle, j'ai échappé au châtiment. On m'a convoqué, interrogé, relâché. Mais, bien que n'ayant pas été condamné, je me suis toujours senti solidaire de ceux qui sont partis pour la Sibérie. J'ai... j'ai pleuré pour eux... avec eux... J'ai conservé le culte de mes camarades... Encore aujourd'hui, il ne se passe pas de jour que je ne prie pour eux, vivants ou morts... Et mes idées... mes idées n'ont pas changé!...

Sophie suivait avec étonnement ce plaidoyer lamentable. Sans doute Vassia était-il honteux d'avoir abandonné les décembristes, à la dernière minute, sous un prétexte auquel lui-même ne croyait plus. Il cherchait, avec maladresse, à se justifier, comme si celle qui l'écoutait eût représenté à elle seule tous les hommes, toutes les femmes qui étaient restés en Sibérie. Pourtant, les années de vie paisible, à la campagne, auraient dû atténuer son remords. Tandis qu'il parlait, sa mère l'observait avec inquiétude.

— Tu as tort de t'échauffer, dit-elle enfin. Notre grande amie sait tout cela. Dans chaque catastrophe, il y a des victimes et des survivants; a-t-on jamais vu les survivants rougir de n'être pas des victimes?

— Tais-toi, maman, dit-il avec humeur.

Et, tourné vers Sophie, il demanda :

— Avez-vous eu l'occasion de parler de moi, là-bas, avec nos amis?

— Mais, oui, affirma-t-elle. Très souvent...

En vérité, elle avait l'impression que personne, parmi les décembristes, ne s'était jamais intéressé à Vassia Volkoff, pour l'absoudre ou pour le condamner.

— Que vous ont-ils dit de moi, Madame?

Elle mentit, par charité :

— Ils vous ont gardé leur confiance.

— Le fait que je n'aie pas été pris avec eux sur la place du Sénat?...

— Nul n'a songé à vous en tenir rigueur.

— Tu vois! triompha Daria Philippovna. Je vous remercie, chère Madame. Vous ne pouvez savoir le bien que vous nous faites. Vassia se rend malade avec ces histoires. Il s'imagine...

— Je ne m'imagine rien, dit Vassia avec fureur. De quoi te mêles-tu?

Daria Philippovna rentra la tête dans les épaules et glissa à Sophie un regard d'humble connivence.

— Et Nicolas? reprit Vassia. Nicolas?... Il n'a pas été déçu?...

— Par quoi?

— Mais par... enfin, par mon absence à ses côtés, le 14 décembre?...

— Il vous a envié d'être resté libre, c'est tout, dit Sophie. L'expérience du bagne restitue à chaque chose sa vraie valeur. Tout à coup, on comprend que le plus important dans la vie ce n'est pas une doctrine, si généreuse soit-elle, mais la santé, la liberté d'aller et de venir, des notions toutes simples...

Vassia l'écoutait avec avidité, le visage tendu.

— On ne parlait donc pas de politique, là-bas? demanda-t-il.

— Si, bien sûr ! Mais plutôt par habitude que par conviction sincère. En fait, la plupart de vos amis avaient reconnu l'impossibilité d'instaurer un régime constitutionnel en Russie avant de nombreuses années...

— Vassia, lui, est plus enragé que jamais ! dit Daria Philippovna dans un élan de fausse joie. Il lit, il lit !... Rien que des livres français subversifs !... Et, chaque fois que des gens viennent ici, il tient des propos républicains !... Il est d'une imprudence !... Un de ces jours, il se fera donner sur les doigts !...

— Pourquoi dis-tu cela, maman ? grommela Vassia. Tu sais bien que ce n'est pas vrai !

— Comment ce n'est pas vrai ? s'écria-t-elle. Rappelle-toi quand le directeur des Postes et sa femme ont déjeuné à la maison. Tu leur as parlé avec enthousiasme de ce prêtre français qui était plus près du peuple que du pape... Un certain Lamonnaie... ou Lamennais...

Vassia poussa un soupir et jeta sa figure dans ses mains, vieil enfant accablé par une mère autoritaire et bavarde. Aussitôt, Daria Philippovna se calma, comme si elle eût redouté, en insistant, de le précipiter dans une crise. Inclinée vers Sophie, elle lui confia entre haut et bas :

— Il ne veut pas que ce soit dit, mais allez dans sa chambre, vous verrez sa bibliothèque ! Notre ami commun Troussoff, le maréchal de la noblesse de Pskov, m'a affirmé : « C'est de la poudre de guerre ! »

Vassia releva la tête et un sourire triste effleura son visage :

— Oui, je me console du désœuvrement par la lecture. Plus on réfléchit, moins on a envie d'agir. Au lieu d'interdire les livres politiques en Russie, le gouvernement devrait en encourager la publication. Nous nous transformerions tous en rêveurs. Nous deviendrions inoffensifs...

Il tournait sa cuillère dans son verre à support d'argent.

— Bois, dit Daria Philippovna. C'est déjà tout froid !

Il obéit machinalement.

— Le plus pénible, reprit-elle, c'est qu'il n'a personne avec qui échanger des idées ! Moi, n'est-ce pas ? je ne connais pas grand-chose à ces questions... Nos amis sont plutôt d'un autre bord... Alors, il reste seul... Il rumine des heures entières dans sa chambre... Ce n'est pas sain !... Ah ! si Nicolas Mikhaïlovitch était encore de ce monde !...

Elle se moucha. Vassia lui décocha un regard de colère. Il y eut un silence, pendant lequel Sophie sentit s'appesantir sur elle les habitudes de cette mère et de ce fils, leur animosité maniaque, leur entente secrète dans la paresse, la négligence et la gourmandise. On respirait auprès d'eux comme un fumet de vieux ménage aigri et indissoluble. Vassia roulait des boulettes de pain entre ses doigts, nerveusement. Sophie se demanda, en l'observant, si l'échec de l'émeute du 14 décembre 1825, l'emprisonnement de ses amis et sa propre impunité n'avaient pas détraqué son caractère.

— Il faudra que vous veniez me voir à Kachtanovka avec votre mère, dit-elle.

Il sursauta. Son visage aux traits fins, noyés dans la graisse, eut une contraction peureuse, puis se raffermit.

— Je m'excuse, dit-il, c'est impossible !...
— Pourquoi ?
— A cause de votre neveu, Serge Vladimirovitch. Je ne puis supporter la façon dont il traite ses gens. Alors que la majorité des propriétaires fonciers, même les plus vieux, même les plus rétrogrades, sentent qu'on ne peut plus exploiter les serfs comme autrefois, que l'idée de l'émancipation est dans l'air, qu'il faut s'y préparer et y préparer le peuple, lui continue à se conduire en tyranneau de province. Il prend un plaisir sadique à aller jusqu'au bout des pouvoirs que la loi lui accorde. Il se croirait déshonoré de renoncer à une parcelle de son droit seigneurial. Regardez nos moujiks, ou ceux de nos voisins, les Guédéonoff, les Massloff... Quelle différence y a-t-il entre eux et des cultivateurs libres, à première vue ? Ils se figurent même que la terre est à eux. « Nous sommes à toi, barine, me disent-ils, mais la terre est à nous ! » Pensez-vous que les paysans de Kachtanovka parleraient ainsi à Serge Vladimirovitch ? Ils sont terrorisés, ils courbent le dos, ils se laissent frapper et tondre ! Des bêtes, il a fait d'eux des bêtes !...

Il haussait le ton. Un tremblement agitait ses mains.

— Quand je songe, reprit-il, que tant d'hommes éminents ont été envoyés en Sibérie pour avoir rêvé de libérer les serfs et que, vingt-cinq ans plus tard, le neveu d'un de ces hommes fait condamner des moujiks aux travaux forcés pour sauver sa peau, je doute que ces deux événements aient pu se dérouler dans le même pays !

D'abord, Sophie ne comprit pas le sens de cette protestation. Daria Philippovna s'agita :

— Tu exagères, Vassia ! Tu n'as aucune preuve !

— Tout le monde le sait et personne n'ose le dire ! s'écria-t-il en repoussant son assiette.

— Qu'est-ce que tout le monde sait ? demanda Sophie.

Il la considéra d'un air égaré et répondit tout d'un coup :

— C'est votre neveu qui a tué !

L'univers, autour de Sophie, perdit la couleur et le tranchant de la réalité. Un moment, elle flotta dans le vide. Enfin, rassemblant ses idées, elle balbutia :

— Ce n'est pas possible !... Son propre père ?...

— Il le détestait ! dit Vassia.

Sophie se tourna vers Daria Philippovna, qui acquiesça de la tête :

— Oui, je ne vous l'ai pas dit l'autre jour... J'hésitais à vous troubler davantage... Tu as peut-être tort de parler de cela, Vassia !

— Pourquoi ? Il faut mettre Mme Ozareff au courant de tout !

— Vous-même, qui vous a mis au courant ? interrogea Sophie.

— Vos domestiques l'ont dit à notre intendant. La veille de l'assassinat, il y a eu une scène horrible à Kachtanovka. Vladimir Karpovitch avait, paraît-il, signé une reconnaissance de dettes ou commis quelque autre folie... Son fils s'est enfermé avec lui dans le bureau, l'a insulté, l'a giflé. Toute la valetaille écoutait, épouvantée, dans le couloir. Puis, le père et le fils, fatigués de se crier des injures, se sont calmés et ont bu ensemble...

— Ce ne sont, peut-être, que des racontars d'office, murmura Sophie.

— Il n'y a pas de fumée sans feu, Madame ! Le lendemain, Vladimir Karpovitch était trouvé mort, étranglé, dans la cabane de bains.

— Et s'il s'agissait d'une simple coïncidence ? Il n'existe pas d'indices matériels permettant d'accuser mon neveu ! D'ailleurs, les moujiks ont avoué...

Vassia eut un rire haineux :

— On sait ce que valent les aveux des moujiks sous la menace du knout ! Quant aux indices matériels, la commission d'enquête n'a même pas cherché à en réunir ! Pour la tranquillité des consciences et le maintien de l'ordre, il valait mieux condamner trois serfs innocents qu'un barine coupable !... Un fait est certain : dans le pays, cette mort n'a étonné personne. On s'y attendait depuis longtemps. Cela ne pouvait pas finir autrement !...

Pendant qu'il parlait, Sophie songeait aux révélations d'Antipe. Lui aussi avait prétendu, entre deux grimaces, que les moujiks n'avaient pas massacré leur maître. Dans le silence intérieur que crée une extrême attention, elle sentit ses soupçons tourner à la certitude. Pourtant, elle ne voulait pas céder à la panique. Elle cherchait des arguments pour s'opposer à l'horreur qui l'envahissait. Daria Philippovna engloutit une cuillerée de confiture et soupira :

— C'est abominable ! Mais on n'y peut rien !

— Comment, on n'y peut rien ? s'écria Vassia. Il doit y avoir un moyen de faire éclater la vérité ! Si j'étais sur place...

— Moi, je suis sur place, dit Sophie, mais les moujiks se méfient de ceux qui leur veulent du bien. Impossible de savoir ce qu'ils pensent. Ils ont trop peur des représailles !

— Patience ! dit Vassia. Les langues se délieront ! Ne trouvez-vous pas intolérable que des malheureux, qui n'ont rien fait et dont on n'a même pas écouté les protestations, soient partis enchaînés pour la Sibérie ?

Cette phrase répondait si bien au trouble de Sophie qu'elle crut l'avoir prononcée elle-même. De tous les crimes dont une société était capable, l'erreur judiciaire volontairement commise lui semblait le plus odieux. Elle ne respirerait pas à l'aise, pensait-elle, tant qu'un doute subsisterait dans son esprit sur la culpabilité des trois serfs. Mais que faire ? Auprès de qui se renseigner ? Et comment, ensuite, obtenir la révision du jugement ? La notion de son impuissance l'accabla. Brusquement, elle comprit qu'elle ne pourrait pas rester dix minutes de plus à cette table. Elle avait besoin de retourner à Kachtanovka, de revoir Serge, de scruter son visage, de percer le mystère de ses sentiments. Quand elle annonça qu'elle était obligée de partir, Daria Philippovna se désola :

— Déjà ! Moi qui m'étais mis en tête de vous montrer le parc, la rivière, le moulin...

— N'insiste pas, maman ! intervint Vassia. Mme Ozareff n'a certainement pas l'esprit à se promener, en ce moment !

— J'avoue, murmura Sophie, que je suis encore sous le coup de ce que vous m'avez dit.

Il se pencha vers elle :

— Si vous apprenez du nouveau, faites-le-moi savoir, je vous en prie.

Daria Philippovna eut un sourire de mère comblée : enfin, son fils s'intéressait à quelque chose, manifestait de la sympathie envers quelqu'un !

— Bravo ! dit-elle. Il faut revenir nous voir très vite, chère amie !

— Oui, oui ! s'écria Vassia. Il le faut absolument !

Ses gros yeux noirs s'emplirent de larmes. Il ressembla à une vieille femme émotive. Sophie se leva. On voulut la retenir encore. Elle dut suivre Daria Philippovna dans le salon, admirer les portraits au daguerréotype des trois filles et de leurs maris, s'intéresser à une dentelle grossière qui se tricotait dans un village du domaine. Enfin, la mère et le fils raccompagnèrent leur invitée jusqu'à sa calèche. Après un brillant accès de colère, Vassia était retombé dans l'apathie. On eût dit qu'il avait oublié jusqu'à la cause de son indignation. Il courbait les épaules dans son veston froissé et ne levait pas les pieds en marchant. A deux reprises, Daria Philippovna voulut lui arranger son col. Il la repoussa :

— Laisse... Laisse donc !

Le trajet du retour parut interminable à Sophie. Une fois dans sa chambre, elle se reprit à souffrir d'impatience. Peu avant l'heure du souper, elle descendit dans le bureau, où Serge l'attendait pour passer à table. En le voyant, elle reçut un choc. Un visage aussi calme ne pouvait être celui d'un assassin. Il était impossible d'imaginer ce garçon, au maintien dégagé, aux traits aimables, serrant à pleins doigts le cou de son père jusqu'à l'asphyxie. Vassia était un fou et sa mère une imbécile ! Pourquoi les avait-elle écoutés ?

— Votre visite à Daria Philippovna a-t-elle été agréable ? demanda-t-il.

— Très agréable, dit Sophie, l'esprit ailleurs.

— Vous êtes rentrée bien tôt !

— J'étais un peu lasse. Je voulais me reposer.

— Ne préférez-vous pas souper dans votre chambre ?

— Mais non, pourquoi ?

Le valet de pied ouvrit la porte à deux battants. La table apparut, trop grande, avec ses flambeaux d'argent. La vue de ce décor familier acheva de rassurer Sophie.

7

— Ne me demandez pas ça, barynia ! soupira Antipe. Si je réponds, le toit s'écroulera sur ma tête !

Il leva un regard inquiet vers le plafond de son isba et se signa la poitrine. Sophie répéta la question :

— Puisque ce ne sont pas les moujiks qui ont tué Vladimir Karpovitch, qui est-ce ?

— Je vous assure que je ne le sais pas !

— Moi, je vais te le dire !
— Non ! Non ! bredouilla-t-il en arrondissant des prunelles épouvantées.
— C'est son fils.
Antipe tomba à genoux :
— Sainte Mère de Dieu ! Peut-on, sans pécher, prononcer de telles paroles devant les icônes ?
— Assez de grimaces ! J'ai besoin de savoir la vérité ! C'est lui, n'est-ce pas ?
— Oui, dit Antipe.

Et il promena les yeux autour de lui, comme pour vérifier que personne d'autre que Sophie ne l'avait entendu.

La porte et la fenêtre fermées maintenaient dans la pièce une pénombre odorante. Sur la table, il y avait une tranche de pain noir et du sel dans un morceau de journal.

— Comment peux-tu en être sûr ? demanda-t-elle.
— Je n'en suis pas tout à fait sûr !
— Mais presque ?
— Oui.
— Pourquoi ?

Il se releva en geignant et secoua sa grosse tête ridée et hirsute à la démancher.

— Quand on est vieux et qu'on n'a rien à faire toute la journée, on réfléchit, dit-il. C'est le 15 mai, au petit jour, que les trois moujiks ont soi-disant tué Vladimir Karpovitch dans la cabane de bains. Mais pourquoi sont-ils allés dans la cabane de bains ?

— Pour réparer le plancher, dit Sophie.
— Et qui leur a dit de réparer le plancher ?
— Je ne sais pas... Vladimir Karpovitch lui-même, sans doute...
— Non, barynia ! Son fils ! Serge Vladimirovitch est arrivé au village, à pied, le 14 mai, tard dans la soirée. Il avait l'air bizarre, les vêtements poussiéreux, une égratignure sur la joue. Il a ordonné à Ossip le roux, à Marc et à Fédka d'aller sans faute, le lendemain, avec leurs outils, au bord de la rivière, pour réparer le plancher de la cabane de bains. D'habitude, dans ces cas-là, un conducteur accompagne nos gars pour surveiller leur travail. C'est le règlement et Serge Vladimirovitch y tient beaucoup, vu que c'est lui qui l'a inventé. Eh bien ! ce soir du 14 mai, le voilà qui dit aux moujiks : « Pas besoin de conducteur, demain ! Allez-y entre vous ! Ce sera plus simple !... »

— Qu'y a-t-il de surprenant à cela ?
— Eh ! barynia, s'ils y étaient allés avec un conducteur, celui-ci n'aurait pas pu jurer, ensuite, sur l'Évangile, qu'il les avait vus étrangler leur maître. Mais ils se sont amenés là-bas tout seuls, naïfs comme des poussins. Ils sont tombés sur le cadavre. Effrayés, ils ont couru prévenir le jeune barine. Et lui, il n'attendait que ça. Il les a accusés d'avoir fait le coup. Mais le coup, c'est lui qui l'avait fait, la veille. Toute la maisonnée l'a entendu se disputer avec son père, dans le bureau. Après, ils se sont réconciliés, ils ont vidé une

bouteille et ils sont partis ensemble, bras dessus bras dessous, vers la cabane de bains. Qu'est-ce qu'ils allaient faire là-bas ? Peut-être se baigner, malgré le froid ! Quand on a bu, on a de ces idées !... C'était quasiment la nuit. Des domestiques les ont vus sortir de la maison, personne ne les a vus rentrer. Est-ce que vous comprenez, maintenant ?

Ce qui troublait le plus Sophie, c'était que Serge fût intervenu personnellement, la veille du meurtre, pour empêcher qu'un conducteur n'escortât les moujiks jusqu'à la cabane. Une telle manœuvre entraînait incontestablement une présomption de culpabilité contre celui qui l'avait ordonnée. Encore fallait-il que tout cela n'eût pas été inventé par Antipe ! Depuis qu'elle était arrivée à Kachtanovka, elle avait l'impression de tourner en rond dans le brouillard. Ici, le mensonge n'était qu'une des formes de la vérité. On ne pouvait compter sur personne, car chacun trichait pour sauver sa carcasse, perdre le voisin ou se donner de l'importance. Antipe, ayant lâché son paquet, tenait une main devant sa bouche, comme si la révélation qu'il avait faite lui eût cassé les dents au passage. Sophie alla vers la porte.

— Vous ne pouvez pas partir comme ça, barynia ! s'écria-t-il en lui barrant la route.

Il lui avait remis une bombe et elle allait la lancer n'importe où.

— Barynia, barynia ! reprit-il. Que voulez-vous faire ?

Elle ne répondit pas, l'écarta et sortit. Il courut derrière elle en boitillant. La calèche attendait au milieu du village. Comme Sophie montait en voiture, elle avisa un cheval de selle attaché à un piquet, devant l'église. Il n'y était pas lorsqu'elle était arrivée à Chatkovo. Elle reconnut la monture de Serge. Antipe suivit la direction de son regard et changea de visage.

— Notre barine ! chuchota-t-il. Aïe ! Aïe ! Aïe ! Qu'est-ce qu'on va lui raconter ?

— Mais rien ! Que crains-tu ? dit Sophie.

Au même instant, la porte du presbytère s'ouvrit et Serge parut sur le seuil, raccompagné par le prêtre et sa femme. Il prit congé d'eux et se dirigea vers Sophie, la démarche balancée, un sourire narquois aux lèvres :

— Quelle agréable rencontre ! Vous rendiez visite à cet aimable fou ?

Aussitôt, Antipe se ratatina, battit des paupières et passa un bout de langue entre ses dents. Il branlait de la tête et bafouillait :

— Barine, notre beau soleil ! Que les grâces du ciel te couronnent ! Tu devrais venir me voir, toi aussi ! Je te donnerais une puce ! Elle joue de l'harmonica ! Là où elle s'assied, tu creuses et tu trouves de l'or ! Qui n'a besoin d'or ? Même le tsar, dans son palais, en demande ! Et moi, je sais où il y en a ! A cause de ma puce !...

Il fit le simulacre de saisir une puce entre deux doigts, sur sa manche, cligna de l'œil et poursuivit :

— Tu veux la voir ?

Serge le repoussa d'une bourrade :

— Va-t'en, imbécile !

— Oh ! ma puce ! Où est-elle tombée ?

L'air consterné, il s'assit à croupetons et chercha par terre. Sophie se demanda s'il n'avait pas réellement perdu la raison sous le choc de la surprise. Mais un regard intelligent qu'il lui lança de bas en haut lui prouva qu'il feignait la folie pour avoir la paix.

— On devrait pouvoir supprimer des individus pareils ! grommela Serge. Ils ne servent à rien. Ils sont d'un mauvais exemple pour les autres...

— Nul n'a le droit de décider si un être est utile ou non, dit Sophie en le considérant, les yeux dans les yeux.

Il rit :

— Vous avez raison ! Ne nous substituons pas à Dieu ! Cela finirait par nous attirer des ennuis. Je dois me rendre à Krapinovo ! Irez-vous aussi de ce côté-là ? Nous pourrions faire la route ensemble...

— Non merci. Je préfère rentrer à la maison.

— Eh bien ! bonne promenade !

Il la salua, marcha vers son cheval, se mit en selle avec légèreté et partit, d'un trot vif, par le chemin boueux.

— Ouf ! dit Antipe en se redressant.

Mais il remarqua que le cocher le lorgnait par-dessus son épaule et, de méfiance, ravala sa langue.

— Surtout ne t'inquiète de rien ! lui dit Sophie. On ne te fera pas de mal ! En route, David !

Antipe esquissa des signes de croix devant les chevaux jusqu'au moment où la calèche s'ébranla.

A la sortie du village, Sophie cria au cocher :

— Pas si vite ! Je vais t'arrêter bientôt !

En allant à Chatkovo, elle avait vu une équipe de paysans qui désouchaient les abords d'un boqueteau. Elle se fit amener au plus près de cet endroit en voiture, et coupa à pied, par les champs, pour rejoindre les travailleurs. Ils l'accueillirent, chapeau bas. Un conducteur les surveillait, grand et fort, botté, barbu, la face cuite, le nez bleu et poreux. Elle le prit à part et lui demanda, tout à trac, si c'était bien sur l'ordre du jeune barine que, le 15 mai dernier, les moujiks s'étaient rendus à la cabane de bains sans être convoyés.

— Bien sûr ! dit-il. Autrement, vous pensez bien qu'on les aurait accompagnés, comme c'est la règle ! Mais pourquoi que vous me demandez ça ?

— Parce que, si ces hommes avaient décidé eux-mêmes de se passer de vous pour aller à la cabane de bains, ils auraient été doublement coupables !

— Ça, c'est vrai ! reconnut le conducteur, l'œil stupide.

— Vous l'avez dit à la commission d'enquête ?

— Quoi ?

— Que le jeune barine vous avait donné certaines instructions la veille du crime ?

— On ne nous l'a pas demandé.

— Cela pouvait être important !

— Oh ! non ! les messieurs de la justice ont très vite compris ce qui s'était passé. En dix minutes, les coupables n'ont plus su que dire. Ils ont avoué, sur l'Evangile. Alors, on a tout mis par écrit, les noms, les prénoms, les dates, avec des cachets et des signatures. C'est devenu officiel. Il n'y a plus à revenir là-dessus !

Pendant qu'il discourait, les paysans avaient relâché leur effort.

— Eh ! vous travaillez ou vous dormez, vous autres ? hurla-t-il sans méchanceté, en faisant des moulinets avec son gourdin.

Sophie revint sur ses pas. Son angoisse prenait des proportions telles qu'elle dut s'arrêter, incommodée par les battements de son cœur. David l'aida à remonter en voiture. Depuis que Serge lui avait ordonné d'obéir à Sophie, il était plein de prévenances pour elle.

— Vous êtes fatiguée, barynia, dit-il. Nous rentrons ?

— Non. Conduis-moi à la cabane de bains.

Il la dévisagea avec une frayeur superstitieuse :

— C'est un lieu maudit, barynia ! Il ne faut pas y aller !

Elle lui donna une tape sur l'épaule ; il se signa, siffla et fit partir les chevaux.

La cabane de bains était nichée dans la partie la plus sauvage du parc de Kachtanovka, au bas d'un sentier, entre deux saules pleureurs aux troncs inclinés et tordus. Une bicoque en rondins servait de vestiaire. Devant, s'étendait un plancher sur pilotis. Une échelle de bois permettait d'entrer dans l'eau sans s'accrocher aux herbes du bord. A un pieu, était attachée une barque plate, aux rames vermoulues. Sophie n'était presque jamais venue dans ce coin perdu, où il y avait, l'été, beaucoup de moustiques. Mais Nicolas, autrefois, y pêchait, s'y baignait, par les grandes chaleurs. Elle s'assit sur un tabouret et respira l'odeur de la vase. Il faisait froid et humide. Des reflets ronds comme des soucoupes dansaient au milieu du courant. Une collerette d'écume se formait autour d'un caillou. Le murmure continu de l'eau entraînait à la rêverie.

Sophie ne savait à quelle impulsion elle avait obéi en s'arrêtant ici. Le regard perdu dans le lointain, elle ne cherchait pas un indice, mais une inspiration. Il lui semblait qu'elle comprendrait mieux les circonstances du crime en y réfléchissant sur les lieux mêmes où il avait été commis. Deux mains de fer serrées autour d'un cou décharné, où la vie bat, gronde, s'essouffle ; des prunelles qui se révulsent ; la chute maladroite d'un corps sur le ponton. Elle abaissa les yeux. Le plancher, à ses pieds, s'étalait, nu et gris, mouillé, raboteux, d'une banalité fascinante. Quelques lattes étaient pourries : celles que les moujiks auraient dû remplacer. Personne n'y avait touché depuis le drame. Par les interstices, on apercevait l'eau qui filait. Sophie avait beau interroger ces choses qui avaient tout vu, tout entendu, elle n'en recevait pas de réponse. Un engourdissement montait de ses membres à son cerveau. Tout à coup, dans la fente d'une vieille planche, un objet minuscule et brillant attira son attention. Elle le ramassa : c'était un bouton d'améthyste. Où donc avait-elle vu les mêmes ? Sur un gilet de Serge... Cette constatation ne la troubla pas d'abord ; puis, il y eut dans son être une secousse qui ne dura que le temps d'un battement de cœur, mais la laissa affaiblie et glacée. Si ce bouton d'améthyste se trouvait là, c'était que

Serge l'avait perdu en luttant avec son père. Le doute n'était plus possible. Il fallait avertir la police. Verser cette pièce à conviction au dossier. Exiger la révision de la sentence. Mais ne lui répondrait-on pas que Serge avait pu perdre ce bouton n'importe quel jour, avant le crime, en se déshabillant pour se baigner dans la rivière ? Arrêtée en plein élan, elle mesura avec surprise jusqu'où son exaltation l'avait emportée. Comment ne s'était-elle pas rendu compte qu'elle construisait toute une fable sur rien ? Dans le creux de sa main, la petite pierre violette étincelait. Elle voulut la jeter à l'eau, se ravisa et la glissa dans un sac pendu à sa ceinture, comme elle eût fait d'un talisman. Même si la découverte de ce bouton d'améthyste n'était d'aucune importance, l'ordre que Serge avait donné aux conducteurs, la veille du crime, eût suffi à fonder une nouvelle accusation. En un clin d'œil, elle fut reprise par son agitation justicière. Ses idées bouillonnaient. Elle souffrait de n'avoir personne à qui confier ses soupçons. Ah ! comme il lui manquait aujourd'hui, son grand ami de Sibérie ! Lui l'eût calmée, réconfortée, conseillée... Elle eût supporté n'importe quoi, si seulement elle avait pu correspondre avec lui ! Mais il était clair maintenant que les lettres qu'ils s'écrivaient ne parviendraient jamais à destination. Pauline elle-même se taisait, s'éloignait... A regret, Sophie se leva et remonta le sentier qui conduisait à la route. David la regardait venir avec crainte, du haut de son siège. Les chevaux hennirent.

— Tout le temps que vous étiez là-bas, ils ont bougé leurs oreilles, barynia, dit-il. C'est signe qu'il y a un fantôme qui rôde. Allons-nous-en, vite !...

Elle s'assit sur la banquette, ferma les yeux et regretta de n'être qu'une femme solitaire, impuissante, devant un problème qui la dépassait.

Le vent hurla pendant les premières heures de la nuit, puis il se fit un grand silence. Le matin, en s'approchant de la fenêtre, Sophie découvrit un monde uniformément blanc. De gros flocons descendaient du ciel invisible. Derrière ce lent tissage, les lointains s'estompaient, les sapins s'effilaient en fumée, la route nivelée se confondait avec la pelouse. Il semblait à Sophie que le paysage se travestissait devant elle pour égarer ses soupçons. La neige accumulée effaçait les traces du crime. Tout, subitement, devenait pur, irréel, innocent.

8

Vassia Volkoff traversa le grand vestibule dallé, échangea quelques mots avec l'huissier qui se tenait près de la porte et revint s'asseoir à côté de Sophie en chuchotant :

— Il paraît que ce ne sera plus très long !

Elle le remercia. Sans lui, elle n'aurait pas osé demander cette audience. Dire qu'elle avait hésité trois semaines avant de retourner le voir à Slavianka ! En apprenant ce que lui avait raconté Antipe, il avait immédiatement décidé d'aller avec elle chez le gouverneur. Il était en parenté avec ce haut personnage et ne doutait pas de le persuader qu'il fallait réviser le procès pour « fait nouveau ». Autant il était mal fagoté chez lui, autant, pour cette sortie en ville, il s'était habillé et coiffé avec soin. Sa veulerie habituelle avait fait place à un air de mâle résolution. Piqué, roide, au bord de sa chaise, la pelisse largement ouverte sur un plastron blanc, il dardait dans le vide un regard inquisiteur. Pourtant, cette fière attitude ne suffisait pas à rassurer Sophie. A mesure que le temps passait, elle appréhendait davantage l'entrevue qu'elle allait avoir avec le conseiller d'Etat actuel Tcherkassoff, dont l'autorité s'étendait sur tout le gouvernement de Pskov. Une sonnette retentit, l'huissier disparut, revint et pria les visiteurs de le suivre.

Sophie pénétra dans un vaste bureau, orné de sièges à médaillons en velours cramoisi. Elle connaissait le gouverneur pour s'être présentée à lui, en arrivant à Pskov, au retour de la Sibérie. C'était un vieillard maigre et digne, dont les cheveux d'argent retombaient en crinière sur les épaules. Derrière lui, une grande glace au cadre doré, penchée en avant, reflétait le parquet au point de Hongrie. Il fit asseoir Sophie et Vassia dans deux fauteuils incommodes, se rassit lui-même à sa table de travail, distilla quelques propos aimables pour lier la conversation, puis, poussant un soupir, demanda ce qui lui valait l'honneur de cette visite. Au moment de lancer l'accusation, la tête de Sophie se vida, ses mains se refroidirent. Comme son hésitation se prolongeait, Vassia Volkoff lui adressa un regard d'encouragement. Soudain, sans l'avoir voulu, elle remua les lèvres :

— C'est au sujet du meurtre de Vladimir Karpovitch Sédoff...

Le visage du gouverneur devint si attentif qu'il ressembla à un cadavre.

— J'ai des révélations... des révélations capitales à faire, reprit-elle avec plus de force.

— Je vous écoute, Madame.

— La veille du crime, mon neveu s'est rendu au village de Chatkovo...

Maintenant, elle parlait avec une facilité déconcertante, sans avoir peur et sans chercher ses mots. Son récit se déroulait comme un ruban qu'on tire. Quand elle se tut, Tcherkassoff demeura impassible, au point qu'elle se demanda si elle n'avait pas tenu tout ce discours en rêve. Inquiet de ce long silence, Vassia Volkoff intervint :

— Ces faits m'ont paru si importants, Votre Excellence, que j'ai insisté auprès de Mme Ozareff pour qu'elle vous en informe. Connaissant votre passion de la justice, je n'ai pas douté une seconde que vous seriez bouleversé !...

— Je le serais peut-être si les coupables n'avaient pas reconnu leur forfait, marmonna le gouverneur avec un sourire.

— Ils savaient ce qui les attendait s'ils continuaient à protester de leur innocence ! dit Sophie.

Le gouverneur haussa le buste en prenant appui des deux mains sur le bord de la table. Ses sourcils poivre et sel se froncèrent.

— Madame, proféra-t-il sévèrement, vous avez une singulière conception de la justice russe. Le procès des assassins de Vladimir Karpovitch Sédoff a été entouré de toutes les garanties nécessaires. La sentence prononcée par le juge est irrévocable. Quant à l'accusation de parricide que vous portez contre votre neveu, je ne sais si vous en mesurez la gravité...

— J'ai bien réfléchi avant de me décider à vous en parler, Excellence...

— Vous n'avez pas encore assez réfléchi, Madame. Sinon, vous vous seriez rendu compte que Serge Vladimirovitch jouit dans ce pays d'une réputation irréprochable, qu'il n'a jamais eu maille à partir avec les autorités et que la mort de son père l'a affecté profondément ! J'ajoute que vous devriez être la dernière personne à déposer contre lui !

— Parce qu'il est mon neveu ? demanda-t-elle.

— Parce que vous revenez de Sibérie, Madame. Permettez-moi de vous dire que, dans votre situation, vous avez intérêt à vous montrer très discrète. Plus on vous oubliera, mieux cela vaudra pour vous. Il en va de même pour M. Volkoff, qui a cru habile d'appuyer votre démarche. Lui aussi ne doit sa tranquillité actuelle qu'à la bienveillance du tsar.

Vassia Volkoff baissa la tête, comme un élève réprimandé. Toute sa morgue avait disparu. Sophie ne put contenir son indignation. Elle s'écria :

— Ainsi, le fait d'avoir des idées libérales nous enlève, à l'un et à l'autre, le droit de porter plainte contre qui que ce soit !

— Il vous enlève le droit de porter plainte contre des personnes qui, contrairement à vous, sont au-dessus de tout reproche !

— Vous introduisez de fausses notions de politique dans la justice !

— C'est moins grave que d'introduire de fausses notions de justice dans la politique, à la façon de vos amis les conspirateurs ! Je devrais considérer votre intervention dans cette affaire comme une entreprise diffamatoire et vous en demander raison au nom de celui que vous attaquez. Mais je ne tiens pas à soulever un nouveau scandale dans le district. J'oublierai ce que vous m'avez dit. C'est tout ce que je puis vous promettre.

Pendant une seconde, le conseiller d'Etat actuel Tcherkassoff apparut à Sophie comme un personnage grotesque et mesquin, qui se perdait dans des soucis de procédure, alors que trois innocents étaient envoyés au bagne.

— Excellence, vous ne pouvez refuser de vérifier l'exactitude des faits que je vous rapporte ! balbutia-t-elle. La seule idée qu'une erreur judiciaire ait pu être commise devrait vous inciter à ordonner une contre-enquête. Je vous en supplie, au nom des malheureux qui...

— En voilà assez, Madame ! trancha le gouverneur. Gardez votre charité pour de meilleures causes !

Il se leva. L'âge semblait avoir vidé ce grand corps de tout son sang, ne laissant qu'une enveloppe de parchemin, qui se plissait au creux des joues. Il agita une sonnette entre ses doigts squelettiques. La porte s'ouvrit. Vassia susurra à l'oreille de Sophie :

— Il n'y a plus rien à faire. Partons...

Elle le suivit. Le traîneau de Vassia les attendait devant le palais du gouvernement. Sophie avait laissé son propre équipage à Slavianka. Il valait mieux, pensait-elle, que David, qui avait la langue bien pendue, ignorât qu'elle s'était rendue à Pskov ce jour-là. Vassia la fit asseoir à côté de lui dans la caisse, l'emmitoufla d'une couverture d'ours et prit les guides en mains. Le cheval secoua la tête sous son arc de bois colorié et partit, d'un pas moelleux, dans la neige. La barrière franchie, il accéléra son allure. Sous le ciel gris, la plaine s'étendait, blanche, terne, avec, çà et là, quelques grêles bouleaux dépouillés. Des corbeaux survolaient ce vide froid en croassant avec colère.

— Je vous demande pardon de vous avoir entraînée dans cette aventure, dit Vassia. Mais pouvais-je prévoir qu'on nous recevrait si mal ? Ah ! la Russie est un pays bien décourageant ! J'espère, en tout cas, que notre démarche ne nous attirera pas d'ennuis !...

— Quels ennuis pourrait-elle nous attirer ? demanda Sophie.

— Si votre neveu l'apprenait ?...

— Cela l'inciterait peut-être à me respecter davantage !

— Ou à mieux vous haïr !

— Il ne peut rien contre moi !

— Il ne pouvait rien, non plus, contre son père ! Voyez comme il s'est débarrassé de lui ! Méfiez-vous, Madame ! C'est un homme capable de tout ! Vous devriez solliciter du gouverneur un changement de résidence.

— Où irais-je ? Kachtanovka est le seul lieu au monde où je sois chez moi !

— N'avez-vous pas songé à retourner en France ?

— Si, bien sûr ! Mais c'est impossible ! Il a fallu dix-sept ans pour qu'on m'autorise à passer de Sibérie en Russie. Combien en faudrait-il pour qu'on m'autorisât maintenant à passer de Russie en France ? D'ailleurs, ce serait lâche ! Ma place est ici, parmi les paysans. Je peux beaucoup pour eux...

— Vous venez de constater le contraire !

— Je suis arrivée trop tard pour ceux-ci, j'aurai plus de chance avec d'autres.

Vassia remit son cheval au pas. Le froid parut moins vif à Sophie. Sans doute son compagnon n'était-il pas pressé de regagner Slavianka.

— Si vous étiez allée seule chez le gouverneur, peut-être vous aurait-il mieux reçue ! dit-il.

— Je croyais que vous étiez en excellents termes avec lui !

— Je le croyais aussi ! Mon père et lui étaient vaguement cousins. Admirez le résultat !... La vérité, c'est que je ne suis bon à rien ! Je porte la guigne à ceux que je veux secourir ! Cela date du 14 décembre 1825 ! Est-ce qu'il vous arrive de rêver aux pendus ?

— A quels pendus ?

— Aux chefs des décembristes : Ryléieff, Pestel, Mouravieff-Apostol, Bestoujeff-Rioumine, Kakhovsky...

— J'avoue que non, dit-elle.

— Moi, souvent je les vois, la nuit. Ils me tirent la langue du haut de leur potence. Ils m'injurient. Maintenant, en plus des cinq pendus, il y aura les trois moujiks innocents de Kachtanovka qui vont me tourmenter... Ce qui m'étonne le plus dans le monde, c'est que toutes les injustices, finalement, se digèrent. Des êtres qu'on croyait irremplaçables tombent, et les rangs se reforment, la vie continue...

Il clappa de la langue. Le cheval repartit au trot. Sophie se reposa dans le tintement des clochettes. Les lamentations de Vassia l'avaient agacée. Elle se remettait difficilement de son insuccès devant le gouverneur. L'idée qu'il lui faudrait accepter l'état de fait et vivre aux côtés d'un assassin que tout le monde considérait comme un honnête homme la rebutait au point qu'elle imaginait mal son retour à la maison. Elle reconnut les deux collines qui annonçaient l'approche de Slavianka. Un sourire fade reparut sur le visage de Vassia.

— Maman nous attend pour prendre le thé, dit-il.

D'abord, Sophie se déroba :

— C'est très aimable de sa part, mais je ne pourrai pas rester...

— Oh ! pourquoi ? Ne partez pas encore ! A moins que vous ne craigniez de mécontenter Serge Vladimirovitch en rentrant trop tard !...

Cette phrase suffit à retourner Sophie.

— J'ai tout mon temps, dit-elle.

— Eh bien ! alors ?...

Elle accepta l'invitation comme elle eût relevé un défi.

9

Jour après jour, Sophie s'enfonçait plus avant dans une situation fausse qu'elle exécrait et à laquelle elle n'imaginait pas d'issue. Elle ne pouvait ni dire à son neveu qu'elle avait voulu le dénoncer comme assassin ni jouer l'ignorance. Dès qu'elle l'apercevait, elle éprouvait un malaise fait de dégoût et de colère. Elle le regardait, affable, souriant, et voyait des mains de tueur au bout de ses manchettes blanches. Incapable de supporter ce défi permanent à la justice, elle s'ingéniait à éviter les occasions de le rencontrer. Mais, comme la neige bloquait les routes, Serge restait la plupart du temps à la maison. Alors, elle s'enfermait dans sa chambre. Parfois même, elle y prenait ses repas en prétextant une migraine. Il ne pouvait être dupe de ses excuses, mais feignait de les accepter, soit qu'il y trouvât son avantage, soit qu'il redoutât un esclandre. Ainsi, sans se concerter, en arrivèrent-ils à mener sous le même toit des existences parallèles. Cette paix haineuse épuisait Sophie. Pour se réconforter, elle se disait qu'elle n'avait pas encore joué toutes ses cartes, qu'elle finirait bien par démasquer le coupable.

Les fêtes de Noël passèrent, puis celles du Nouvel An, et elle dut se montrer avec Serge pour recevoir les vœux des domestiques. Le 5 janvier au soir, juste avant le souper, comme elle allait chercher un livre dans le bureau, il entra derrière elle et referma la porte. Elle se retourna, furieuse. Il dit :

— Pardonnez-moi de vous déranger, ma tante. Mais, ces dernières semaines, vous êtes insaisissable. Il m'a donc fallu vous aborder par surprise. Vous savez que, demain, c'est l'Epiphanie...

Sophie voyait déjà où il voulait en venir. De tout temps, les maîtres de Kachtanovka avaient assisté à la cérémonie de la bénédiction des eaux. Après les prières, des moujiks se baignaient dans un trou de glace. Elle se rappela Nikita émergeant de la rivière et prenant pied sur la neige, la face marbrée de froid, les yeux avivés de fierté juvénile, une croix de baptême sur sa poitrine imberbe...

— Je compte sur vous pour m'accompagner à Chatkovo où se déroulera l'office religieux en plein air, reprit Serge. Nous partirons à huit heures du matin, si vous n'y voyez pas d'inconvénient...

Le ton était aimable et le regard impérieux. Sophie sentit toute sa rancœur qui refluait dans sa tête.

— Non, dit-elle. Je n'irai pas !

— Comment, ma tante ? C'est un si grand jour ! Il faut que nos paysans vous voient à mes côtés pendant la cérémonie !

— Pour leur prouver qu'en dépit des apparences nous sommes d'accord sur tout ?

— Pour leur donner l'impression que, quoique catholique, vous ne dédaignez pas leur croyance.

— Ils n'ont pas besoin de me voir en prière pour savoir que je pense à eux !

— Soit, grommela-t-il. Je ne vais pas vous traîner là-bas de force. Mais laissez-moi vous dire que je vous trouve bien arrogante ! Votre conversation avec le gouverneur aurait pourtant dû vous donner à réfléchir !

Il souriait, les yeux mi-clos, la tête penchée sur l'épaule. Dans la minute qui suivit, Sophie éprouva une profonde angoisse. Puis un soulagement s'opéra en elle. Plus besoin de feindre. Elle allait pouvoir affronter l'ennemi à visage découvert. Qui avait renseigné Serge ? Le gouverneur lui-même, sans doute. Elle entendait un battement sourd dans les artères de son cou.

— Eh bien ! oui, prononça-t-elle d'une voix atone. J'ai vu le gouverneur. Je lui ai dit ce que je pensais du crime...

— Et il ne vous a pas convaincue de mon innocence ?

Elle le provoqua du regard et serra les dents. Il s'assit sur un coin de table, croisa ses jambes et imprima un faible balancement à son pied droit.

— Evidemment, murmura-t-il, vous êtes très difficile à persuader. Quand vous enfourchez une idée, bonne ou mauvaise, vous la cravachez et galopez d'une traite jusqu'au but, c'est-à-dire, la plupart du temps, jusqu'au fossé. Voyons les choses de près. Je ne tiens pas tant à me disculper qu'à vous démontrer qu'avec un peu de réflexion vous auriez pu vous éviter le ridicule d'une accusation contre nature...

— Ce qui est contre nature, s'écria-t-elle, c'est la façon dont vous avez laissé condamner ces trois paysans alors que... !

— Alors que c'était moi le coupable ? dit-il. Séduisante théorie ! Pourtant, les sentiments que je portais à mon père, et qui sont connus de tous, devraient suffire à me justifier...

— N'avez-vous pas eu une grave altercation avec lui, la veille du meurtre ?

— Si. Mais qu'est-ce que cela signifie ? Nous nous sommes disputés pour des questions d'argent...

— Vous avez échangé des coups !

— N'exagérons pas !

— On vous a entendus !

— Nous avions bu l'un et l'autre. Après nous être expliqués — un peu bruyamment, je l'avoue —, nous sommes allés nous promener du côté de la cabane de bains. Là, j'ai remarqué quelques lattes pourries et, laissant mon père rentrer seul à la maison, je me suis rendu à Chatkovo.

— A pied ? C'est impossible !...

— Pour vous, peut-être. Pas pour moi. J'aime marcher ! A Chatkovo, j'ai désigné trois moujiks pour réparer le plancher de la cabane, le lendemain matin.

— Vous avez pris soin de les envoyer là-bas sans la moindre escorte !

— Mes trois gaillards étaient d'excellents charpentiers. Ils n'avaient pas besoin de surveillance, alors que j'avais à peine assez de conducteurs pour suivre le travail des autres moujiks, dans les champs.

Cette explication toute simple déconcerta Sophie. Ses idées se mirent à flotter. Effrayée de la déroute qui gagnait son esprit, elle réagit avec force :

— Ceux qui vous ont vu, ce soir-là, sont tous d'accord pour dire que vous aviez l'air désemparé, que vos vêtements étaient froissés, que vous portiez une égratignure à la joue !

— N'ai-je pas reconnu que j'avais eu une querelle avec mon père ? dit Serge.

— Et puis, que s'est-il passé ? Vous êtes retourné à Kachtanovka et vous avez soupé avec votre père ?

— Non, il était déjà couché. Je lui ai souhaité une bonne nuit dans sa chambre.

— Personne ne l'a vu rentrer à la maison ! C'est étrange !

— Ce sont des choses qui arrivent.

— Et personne, non plus, ne l'a vu ressortir, le lendemain matin, pour aller à la cabane de bains !

— Les domestiques n'étaient pas encore levés.

— Quelle heure était-il donc ?

— Cinq heures du matin, je pense...

— Qu'allait-il faire si tôt au bord de la rivière ?

— Comment le saurais-je ? C'était un original ! Peut-être avait-il rendez-vous avec une fille serve ? Arrivé là-bas, il est tombé sur les moujiks qui se mettaient au travail ! Il les a insultés parce qu'ils le dérangeaient. Il leur a tapé dessus. L'un d'eux, en se défendant, lui a porté un mauvais coup.

Ensuite, craignant qu'il ne les dénonçât, ils l'ont achevé en l'étranglant et sont venus me raconter qu'ils avaient découvert son cadavre...

Il avait réponse à tout. Présentés par lui, les événements les plus suspects s'enchaînaient logiquement. Sophie ne trouvait plus d'arguments à lui opposer, mais, le cerveau vide, refusait encore de s'avouer vaincue. Pendant un long moment, il la laissa se débattre dans le silence, puis, toujours assis au bord de la table et balançant son pied, il dit avec un sourire sarcastique :

— Et maintenant, qu'allons-nous faire ?

Elle ne répondit pas.

— Vous avez comploté derrière mon dos, reprit-il. Vous avez alerté les autorités contre moi. Vous vous êtes déclarée mon ennemie, alors que je vous avais accueillie avec toute la bienveillance possible ! Il ne peut être question d'une réconciliation entre nous !

— Non, dit-elle.

— Certes, le gouvernement vous a assigné Kachtanovka comme résidence. Je dois donc accepter votre présence à la maison. Mais cette situation devient de plus en plus intolérable. Je ne vois qu'une solution au problème : votre départ. Il faut que vous sollicitiez l'autorisation d'habiter ailleurs. A Saint-Pétersbourg, à Moscou, à Paris, à Pékin... Où vous voulez ! Mais pas ici !...

Elle sentait qu'il avait raison et, pourtant, une force incoercible lui fit répliquer :

— Cela vous arrangerait que je parte ? Eh bien ! n'y comptez pas ! Je resterai ici, même s'il m'en coûte ! Ce domaine est à moi autant qu'à vous !

— Aussi continuerez-vous à toucher la moitié des revenus, où que vous soyez.

— Je ne pense pas à l'argent en disant cela ! Je pense aux gens... aux pauvres gens qui vivent sur cette terre... Tant que je serai parmi eux, je pourrai prendre leur défense contre vous !

— Contre moi ? Vous êtes bien naïve ! Vous avez vu de quel poids étaient vos avis auprès du gouverneur ! Résignez-vous donc à comprendre que vous n'êtes rien en Russie, que vous n'y avez aucun crédit, aucune sympathie, aucun avenir !... Partez !...

Il la chassait, il la chassait de chez elle ! Le sang à la tête, elle s'entendit crier :

— Jamais ! Jamais !...

Et elle se précipita pour sortir. Mais, plus prompt qu'elle, il s'adossa à la porte. La même attitude que son père quand il voulait terroriser la petite Marie. Dans la lumière de la lampe, son visage dur avait le poli du bronze. Sa peau luisait sur l'os de la mâchoire. Il y avait dans ses yeux une extraordinaire concentration de haine.

— Vous êtes trop pressée ! dit-il. Je n'ai pas fini. J'aime que tout soit en ordre chez moi, vous le savez. Voici donc ce que j'ai décidé pour l'avenir : vous prendrez tous vos repas dans votre chambre. Cela ne vous gênera pas, puisque vous avez déjà commencé à le faire de votre propre initiative. Vous cesserez de vous occuper de la maison. Aucun domestique ne vous obéira plus. Il leur sera même interdit de vous répondre. Seule votre soubrette, Zoé, aura le droit de vous servir. A la moindre incartade de votre part, les gens coupables de vous avoir écoutée seront passés par les verges !

— Vous avez déjà essayé, une fois, de me faire peur avec cette lâche mesure de coercition ! dit-elle, les lèvres tremblantes.

— Oui, et j'ai eu tort d'y renoncer sur vos instances. J'y reviens aujourd'hui avec une volonté affermie. Vous pourrez vous plaindre à qui bon vous semble, écrire au gouverneur, au tsar, au pape, je ne fléchirai pas ! Vous avez eu la preuve qu'on ne vous écoutait pas en haut lieu quand vous clamiez votre indignation ! Moi, j'ai eu la preuve qu'il n'y avait pas d'autre méthode avec vous que la force ! Vous finirez par plier ! Vous demanderez, vous supplierez qu'on vous laisse partir !

— Est-ce tout ? dit-elle en soutenant son regard.

— Oui.

— Laissez-moi passer.

Il s'écarta de la porte. Elle sortit. Dans l'escalier, elle fut saisie de vertige. L'énergie qu'elle avait dépensée pour tenir tête à Serge lui faisait brusquement défaut. Elle s'appuya à la rampe, reprit son souffle et continua de monter les marches, lentement. Une fois dans sa chambre, elle se laissa tomber dans un fauteuil. La tête penchée, elle essayait de dominer sa détresse. Qu'allait-elle devenir au milieu de cet univers hostile ? Une envie de pleurer l'envahit, mais ses yeux restèrent secs. Ce n'était pas de tristesse qu'elle eût versé des larmes, mais de dépit contre elle-même, de colère contre Serge. La pâle lueur de la lampe de chevet éclairait un coin du lit. Des flacons brillaient sur la tablette de la coiffeuse. Les vitres étaient argentées de givre. Derrière — la nuit, la neige, le silence.

A l'heure du souper, Zoé se présenta, portant un plateau chargé de viande froide et de fruits.

— Barynia, chuchota-t-elle, c'est affreux ! Le barine vient de réunir tous les domestiques dans le bureau. Il leur a dit...

— Je sais ce qu'il leur a dit, murmura Sophie.

— Moi seule devrai vous obéir...

— Je ne te donnerai pas beaucoup de travail, va !...

— Ce n'est pas ça, barynia !... Mais je voulais vous demander... pour David et pour tous les autres... vous ne ferez rien qui puisse fâcher le barine, n'est-ce pas ?...

Son visage rose et potelé avait une expression quémandeuse.

— Sois tranquille : aucun d'entre vous ne souffrira jamais par ma faute, dit Sophie.

— Oh ! merci, barynia ! s'écria Zoé.

Elle s'agenouilla devant sa maîtresse et lui baisa les mains. Sophie sentit sur sa peau cette haleine chaude d'animal familier. Elle tapota la joue de la fille. Zoé se releva, les yeux humides, et se mit à disposer le couvert sur une petite table. « Cette fois, pensa Sophie, je suis bien prisonnière ! »

10

Vers la mi-février, des tempêtes de neige isolèrent la maison. De rares traîneaux venaient encore des villages voisins. Mais la grande route était impraticable. Pskov se trouvait hors d'atteinte. Toutes les villes de Russie auraient pu disparaître, qu'on n'en aurait rien su. Au milieu de ce désert de blancheur et de froid, les habitants de Kachtanovka se repliaient frileusement dans la vieille demeure aux fenêtres calfeutrées. Il y avait assez de bois et de vivres pour soutenir, pendant des mois, le siège de l'hiver. Sophie, qui avait aimé autrefois cette solitude campagnarde, en souffrait aujourd'hui comme d'un étouffement. Les consignes de Serge étaient suivies à la lettre par tous les domestiques, à l'exception de Zoé. Ils évitaient de rencontrer la barynia pour ne pas s'attirer d'histoires. Si elle leur adressait la parole, même sans rien leur demander, ils prenaient un air stupide et restaient cois. Parfois, ils tournaient les talons et s'enfuyaient devant elle. Quand elle entrait à l'office, tous se taisaient d'un coup, et, sur les figures, se lisait une telle crainte qu'elle s'en allait pour ne pas les torturer davantage. Serge prenait ses repas seul dans la salle à manger et passait beaucoup de temps enfermé dans son bureau. Lorsqu'elle le croisait, par hasard, dans la maison, il ne la saluait pas, il ne la voyait pas. A force d'être ignorée par tant de gens, elle se demandait si elle existait encore. La notion de sa personnalité se perdait dans ce vide sans écho. Seule Zoé lui donnait encore la sensation d'être de ce monde. La pauvre fille n'avait pas grand-chose à lui dire. Mais, du moins, était-elle quelqu'un de vrai, avec des oreilles, une voix, un regard, un cœur. Par elle, Sophie savait ce qui se passait à Kachtanovka, ce que faisait le maître, de quoi on discutait aux cuisines. Combien de temps pourrait-elle se satisfaire de cette médiocre contrefaçon de la vie ? Ne succomberait-elle pas bientôt à l'accumulation de l'ennui ? « Tenir jusqu'au printemps, pensait-elle. Après, tout ira mieux ! »

Quand il ne faisait pas trop froid, elle sortait se promener dans le parc. La neige était si épaisse qu'il suffisait de s'écarter de l'allée pour enfoncer jusqu'au ventre. L'allée même était resserrée, encaissée entre deux énormes talus blancs. Marchant à petits pas dans l'étroit chemin gelé, Sophie s'emplissait les yeux du pâle rayonnement de ce monde englouti, d'où émergeaient les silhouettes funèbres des sapins. Un jour qu'elle s'abandonnait à la fascination du paysage, elle aperçut, au loin, la silhouette d'un cavalier. C'était Serge, rentrant de promenade. Il arrivait au galop. Elle vit grandir la tête du cheval, et, au-dessus, un visage animé par le vent de la course, les yeux étincelants, le bonnet de fourrure tiré sur l'oreille. Il ne ralentissait pas, il fonçait droit sur elle, il allait la bousculer. Instinctivement, elle se plaqua contre le remblai de neige. Une bourrasque noire la souffleta. Un pied botté faillit lui emporter la figure. Des mottes glacées la bombardèrent à bout portant. « Il est fou ! » pensa-t-elle quand il l'eut dépassée. Tout son corps tremblait. Elle crut que c'était de froid. Mais non, seule son émotion était responsable de ce malaise. Une phrase lui revint, que son neveu lui avait dite autrefois : « Nous devons rester dans l'indivision jusqu'à la mort de l'un de nous deux. » Puis, elle se rappela Vassia, la suppliant d'être prudente, parce qu'il jugeait Serge capable d'un nouveau crime pour s'approprier Kachtanovka. « Un homme qui a tué son père, se dit-elle, ne va pas hésiter devant le faible obstacle que je représente. Mais a-t-il vraiment tué son père ? Je ne le saurai jamais... » Tout à coup, il lui fut indifférent de mourir ou de vivre. Elle reprit le chemin de la maison. Des paysannes emmitouflées balayaient le perron. Elles avaient tout vu. Sophie leur sourit. Elles détournèrent la tête. Elle monta dans sa chambre et agita la sonnette pour appeler Zoé. Mais Zoé devait être loin : elle n'entendait pas, elle ne venait pas. A l'idée de rester plus longtemps seule, une horreur s'empara de Sophie. Elle était trop malheureuse. Elle avait envie de crier. Pour se calmer, elle prit du papier et écrivit à Ferdinand Wolff une lettre où elle lui racontait tout. Mais elle ne l'enverrait pas ; les censeurs l'arrêteraient au passage. Ayant noirci deux feuillets, elle les déchira. Le pas de Zoé, dans le couloir, fit battre son cœur. Elle se domina pour ne pas laisser éclater son contentement. Quoi qu'il advînt, elle devait garder ses distances, rester une vraie barynia pour les domestiques.

*
* *

Les jours se suivaient, désespérément identiques. Assise devant sa fenêtre, Sophie s'engourdissait à regarder, des heures entières, le parc blanc, où pas une ombre ne bougeait. Un poêle en faïence chauffait sa chambre. Mais, sous la porte, passait un courant d'air glacé. Elle remontait un châle sur ses épaules, ouvrait un livre, en lisait quelques lignes, le reposait tristement, prenait son ouvrage de tapisserie. Cet hiver ne finirait donc jamais ? Quand pourrait-elle de nouveau marcher dans la campagne verte ? La dernière semaine du grand carême, il y eut encore une tempête de neige. Mais les routes furent déblayées à temps et, le samedi saint, les domestiques purent accompagner leur maître à Chatkovo pour la messe de minuit. Aucune voiture n'ayant été mise à la disposition de Sophie, elle resta à la maison. D'ailleurs, elle n'eût pas accepté de paraître à l'église avec Serge. De loin, elle écouta le tintement irréel des cloches, qui annonçaient la résurrection du Seigneur. Le lendemain, Zoé lui apporta des œufs coloriés, qui avaient été bénits par le prêtre. Elles échangèrent le triple baiser pascal.

Le printemps n'était plus loin ; une tiédeur amicale passait dans l'air, en dépit de la neige persistante ; les bourgeons des châtaigniers, des bouleaux, des trembles, des groseilliers se gonflaient de sève sur les branches humides ; des plaques gelées glissaient des toits avec un bruit mat ; par terre, la neige mollissait, fondait, libérant l'herbe verte et drue, semée de fleurs ; tout le paysage se déshabillait sous le ciel bleu. Et, au-dessus de ce monde nouveau, encore trempé de boue, s'égosillaient les alouettes qui étaient revenues, comme chaque année, le jour des Quarante-Martyrs. Sophie émergea de la mauvaise saison avec une faiblesse dans tout le corps. Peut-être avait-elle pris froid dans sa chambre ? Le soleil qui brillait dehors la rassura. Pour la première fois, elle n'endossa pas son manteau fourré et sortit, vêtue légèrement et chaussée de petites bottes.

De tous côtés, couraient des ruisseaux éblouissants. Elle les enjambait ; ses pieds enfonçaient dans la vase ; et, plus loin, elle rencontrait une pellicule de glace, qui ne cédait pas encore, mais sous laquelle on voyait, par transparence, bouger des bulles brunes. Des vanneaux criaient autour de la rivière. Une abeille perdue passa en bourdonnant. Sophie la suivit du regard et sourit. Ses yeux clignaient dans la lumière trop forte. Elle ouvrait la bouche et buvait, à grands traits, un air parfumé de neige et de mousse. Le sentier où elle s'était engagée au hasard finit en fondrière. Elle pataugea, s'échauffa et retrouva la terre ferme. Elle était en nage. Des nuages gris couvrirent le soleil. Il fit très froid, tout à coup. Elle rentra à la maison.

Le soir, après le souper, elle se sentit glacée jusqu'au cœur et un long tremblement la secoua. Toute sa peau se hérissait, dansait sur ses os douloureux. Elle claquait des dents, trouvait cela ridicule, voulait s'arrêter et ne le pouvait pas. Comme Zoé s'inquiétait, elle se mit à rire nerveusement :

— Ce n'est rien. J'ai dû prendre un rhume. Aide-moi à me déshabiller et rajoute une couverture.

Une fois couchée, elle renvoya sa servante et éteignit la lampe de chevet. Mais elle ne pouvait dormir. Au milieu de la nuit, elle constata qu'elle avait les membres rompus, la poitrine oppressée, toussa, et un point de côté lui coupa le souffle. Elle essaya de retenir sa respiration. Des gouttes de sueur perlèrent à son front. Après avoir eu froid, elle étouffait de chaleur. « Je dois avoir beaucoup de fièvre », pensa-t-elle. Et elle se rappela Alexandrine Mouravieff, qui avait toussé, les poumons déchirés, la face exsangue, des semaines entières, avant de mourir. « Serais-je malade comme elle ? Non ! Non ! » Elle regretta d'avoir renvoyé Zoé, saisit la sonnette sur sa table, l'agita d'une main faible. Le son se perdit dans la maison endormie. Alors, elle appela : « Zoé ! Zoé ! » Mais, à chaque cri, un coup de poignard lui perçait le dos, du côté gauche. Elle renonça à se faire entendre et renversa la tête sur son oreiller moite de transpiration. Sa figure flambait comme dans un brasier. Ses cheveux collaient à son front. Sa langue était sèche. Pourquoi avait-elle éteint la lampe ? Elle n'avait pas la force de la rallumer. Personne ne viendrait la voir avant l'aube. Toute son attention se fixa sur le coin de la chambre où se trouvait la coiffeuse.

Enfin, une lueur blême apparut dans la glace. Le reflet du jour. Elle s'assoupit, rassurée. Quand elle rouvrit les yeux, Zoé, penchée sur elle, lui essuyait le visage avec un linge frais :

— Oh ! barynia, vous êtes malade ?...

Une idée joyeuse traversa l'esprit de Sophie.

— Oui, dit-elle. Appelle le docteur Wolff !

— Qui, barynia ?

— Le docteur Wolff, vite ! Il doit être au dispensaire...

A partir de ce moment, tout se brouilla dans son esprit. Les heures tournaient tantôt très vite, tantôt très lentement ; les ténèbres succédaient à la lumière ; Zoé s'en allait, revenait ; la nuit, elle dormait dans un fauteuil, près du lit. Sophie se fâcha :

— Eh bien ? As-tu prévenu le docteur Wolff ?

— J'ai demandé à notre barine, balbutia Zoé. Il dit qu'il ne veut pas de docteur dans la maison.

Alors, un voile se déchira dans la tête de Sophie. Elle se rappela où elle était et une affreuse détresse remplaça son exaltation. La Sibérie s'éloignait d'elle avec sa charge d'amis. Elle restait seule dans la vieille demeure de Kachtanovka, aux prises avec un homme qui voulait sa mort. Zoé sanglotait :

— Barynia ! barynia ! Je ne peux pas vous laisser sans soins et je ne sais pas ce qu'il faut faire ! Qu'allons-nous devenir ?

— Nous nous passerons de docteur, chuchota Sophie. Fais-moi des tisanes très chaudes...

Elle ne put en dire davantage. Chaque mot lui défonçait le thorax. Une toux sèche l'ébranla et, sous le choc de la souffrance, des larmes lui jaillirent des yeux. Zoé lui apporta une tisane si amère qu'elle refusa de la boire.

— C'est trop mauvais, soupira-t-elle. D'ailleurs, il est temps que je me lève ! Depuis combien d'heures suis-je couchée ?

— Depuis quatre jours, barynia.

Sophie trouva cette réponse très drôle, mais se retint de rire, par prudence. Le lendemain, Zoé lui annonça, en grand mystère :

— Le barine est parti pour la journée. J'ai demandé à Julie de passer vous voir, en cachette. C'est ma marraine. Elle connaît toutes les plantes. Elle vous guérira...

— Oh ! oui, gémit Sophie. Fais-la venir, s'il te plaît ! Je n'en peux plus !

Une vieille au museau de souris se glissa dans la chambre. Elle apportait, dans un panier, de petits pots, des bouquets d'herbes sèches, des linges, qu'elle étala sur la commode. Zoé l'aida à retirer la chemise de la barynia et à la frictionner rudement. Elles lui posèrent un cataplasme. Le dos brûlé, Sophie se remit à claquer des dents. On l'obligea à boire une mixture très aigre et une autre très sucrée. Sa tête s'emplit d'un bruit de roues. Maintenant, elle était sûre de mourir. C'était stupide ! Elle avait tant de choses à dire ! Comment était-ce déjà ? Elle ne trouvait plus ses mots. Elle hoqueta :

— Personne... Personne pour vous protéger contre ce monstre !... Si on le laisse faire, il vous tuera tous sous le knout !... Vous savez que c'est lui... c'est lui qui a assassiné son père !...

Zoé et Julie échangèrent un regard effrayé et se signèrent.

— Taisez-vous, barynia ! bredouilla Zoé. Il ne faut pas parler de ces choses !

— Si... Si... Répétez-le partout !... On l'arrêtera !... On relâchera les innocents !... Ah ! j'aurais tant voulu y arriver moi-même !... Mais je n'ai pas su !... C'est ma faute !... Jurez-moi, jurez-moi qu'après moi...

Elle ne put continuer, rompue en deux par une quinte de toux. Julie se dépêcha de ramasser son attirail et de disparaître, laissant derrière elle une odeur de térébinthe. Restée seule avec Zoé, Sophie se tut. Mais son cerveau travaillait toujours à une vitesse inhabituelle. Une idée chassait l'autre. A l'extrémité où elle était parvenue, elle ne comprenait pas pourquoi elle avait refusé de présenter une demande de retour en France. N'y aurait-il eu qu'une chance sur mille de convaincre le gouvernement, elle aurait dû essayer. L'orgueil de résister aux volontés de Serge lui avait fait perdre de vue la vraie valeur de l'enjeu. Que lui était la Russie auprès de son propre pays, quitté trente-cinq ans plus tôt ? Mourir en terre étrangère, abandonnée, détestée — alors qu'elle aurait pu finir ses jours au milieu d'une nature tempérée, dans la douce musique de la langue française ! Les vers de Racine, les ponts de la Seine, le vin de Bourgogne, les bons mots, les colères politiques... Elle dit à haute voix :

— Je me demande si on dîne toujours aussi bien chez les Frères Provençaux...

Elle avait parlé en français. Zoé arrondit les yeux. Un flot de tristesse souleva le cœur de Sophie. Elle ne savait plus si c'était de douleur ou de chagrin qu'elle gémissait. Les gens pieux avaient peut-être raison : elle allait retrouver Nicolas dans l'autre monde. Mais, plus elle pensait à lui, moins elle voyait son visage. Il était mort une première fois en tant qu'être de chair, une deuxième fois en tant que souvenir. Ce n'était pas vers une promesse de rencontre lumineuse qu'elle cheminait en haletant d'angoisse, mais vers un trou noir qui avait un goût d'ossements et de terre. Et, quand elle aurait disparu, Serge éclaterait de rire. Elle s'agita dans son lit :

— Non !... Je ne veux pas !... Je ne veux pas !...

Des pelletées sonores la recouvrirent. Elle dormit un siècle. De temps à autre, une laveuse de cadavres la remuait, la frottait avec des onguents qui sentaient mauvais, lui versait des breuvages bouillants dans la bouche, puis la recouchait dans son cercueil.

11

Assise dans son lit, le dos calé par des oreillers, Sophie n'osait croire qu'elle était guérie. Le mal s'était enfui aussi brusquement qu'il était venu. La semaine passée, une rude sudation l'avait saisie en pleine nuit, pour la laisser, à l'aube, exténuée et heureuse. Il y avait bien eu un retour de fièvre dans la journée, avec quintes de toux, crachats rougeâtres et douleurs vagues dans le dos, mais l'alerte avait été brève. Le lendemain, elle se sentait mieux. Depuis, elle ne cessait de reprendre des forces. Déjà, elle avait pu se lever et faire quelques pas dans la chambre. La fenêtre l'attirait. Derrière, c'étaient la lumière, les feuillages tendres, les routes déroulées dans la vapeur du matin... Elle avait plus que jamais soif de vivre. Et aussi de recommencer la lutte contre Serge. Sans savoir ce qu'elle entreprendrait, elle aimait à se persuader qu'elle n'avait pas dit son dernier mot. Zoé entra, portant une tasse de thé. Le dévouement de cette fille simple la renforçait dans l'idée qu'elle devait tenter l'impossible pour améliorer le sort des serfs de Kachtanovka. Elle but le thé, croqua deux rôties et voulut se lever. Zoé lui passa un déshabillé de soie rose, et la soutint pendant qu'elle marchait, sur ses jambes vacillantes, jusqu'à la fenêtre. Arrivée là, elle se laissa glisser, épuisée, essoufflée, dans un fauteuil. Une petite toux lui vint de cet effort. Elle avait encore les côtes endolories comme par un coup de bâton. Mais cette gêne était supportable, même quand elle respirait profondément. Elle se pencha vers la croisée et s'étonna de l'agitation qui régnait dans le parc. Des domestiques balayaient l'allée centrale, d'autres jetaient du sable dans les ornières pour les niveler, d'autres encore taillaient les buissons, au bord de la grande pelouse.

— Ils arrangent tout, vite, pour recevoir les invités, dit Zoé.
— Quels invités ?
— Je ne sais pas. Des messieurs importants, sans doute. Ils viennent pour le dîner. Six couverts ! Il y a un de ces remue-ménage aux cuisines ! Vous voulez que je vous dise ce qu'on leur servira ?

Sophie ne répondit pas, plongée dans une réflexion qui la séparait du monde. Il n'était guère dans les habitudes de Serge d'accueillir des étrangers à sa table. Pourquoi cette brusque exception ? Zoé babillait au-dessus de sa tête :

— Après, il y aura des *pelménis* au fenouil ; après, du saumon et du *lavaret* fumés ; après... après, une oie farcie... Ça ne vous fait pas envie, barynia ?
— Si, dit Sophie distraitement.
— Ah ! c'est signe que la santé revient ! Bien sûr, ce ne serait pas raisonnable pour vous de manger tout ça ! Mais je vous apporterai un peu de leur dessert. Ça ne vous fera pas de mal. Une sorte de pâte sucrée, avec, à l'intérieur...

Sophie lui coupa la parole :
— Le barine t'a-t-il demandé de mes nouvelles pendant ma maladie ?
— Non, barynia, murmura Zoé en baissant le front. Mais je lui ai tout de même dit, avant-hier, que vous étiez guérie.
— Et qu'a-t-il répondu ?
— Rien.

Il y eut un silence. Zoé ressortit de la chambre sur la pointe des pieds. Sophie continua de regarder par la fenêtre. Vers midi, l'affairement cessa dans le parc, les balayeurs se dispersèrent, comme des machinistes évacuant la scène d'un théâtre avant le lever du rideau. Toute la maison devint attentive. Après un assez long temps, deux calèches se montrèrent au bout de l'allée, contournèrent la pelouse et s'arrêtèrent devant le perron. Des valets se précipitèrent pour ouvrir les portières et baisser les marchepieds. A tour de rôle, surgirent deux hommes en manteaux militaires, une forte femme en rotonde de velours lilas, une autre femme, plus petite et plus mince, coiffée d'une toque jaune, un vieillard en uniforme et chapeau à plumes. Le cœur de Sophie reçut un coup : elle venait de reconnaître le gouverneur de Pskov. Déjà, le groupe gravissait le perron et disparaissait dans le péristyle. Les calèches vides s'éloignèrent.

Renversée dans son fauteuil, Sophie essayait de comprendre le sens de cette visite. De toute évidence, en conviant le gouverneur, Serge avait voulu prouver à sa tante que, même rétablie, elle ne pouvait rien contre lui, qu'il était le plus fort, qu'elle devait partir... Mais comment un personnage aussi important que Tcherkassoff avait-il accepté de venir à Kachtanovka après ce qu'elle lui avait dit ? Même s'il était convaincu de l'innocence de Serge, il aurait dû décliner l'invitation par égard pour elle. Les yeux à demi clos, elle écouta la maison s'animer : une voix de femme haut perchée, des rires d'hommes, des tintements de vaisselle, les pas précipités de la valetaille entre la salle à manger et l'office.

Zoé servit à Sophie son repas de convalescente : un bouillon, du poulet rôti et du blanc-manger ; en supplément, une tranche de gâteau à la crème. Un souvenir d'enfance la toucha : chez ses parents, quand elle était punie, une domestique lui apportait, en cachette, des friandises dans sa chambre.

— Ils en sont au saumon fumé, chuchota Zoé. J'ai demandé à Sabel, le valet de pied, comment ça marchait, là-bas. Paraît qu'ils trouvent tous que c'est très bon... Ils causent, ils causent, on les entend du couloir, mais on ne les comprend pas : c'est tout en français. Notre barine raconte des histoires qui les font rire...

Elle repartit, laissant Sophie rêveuse devant son assiette. La conscience de ce qui se passait en bas l'empêchait de penser à la nourriture. C'était, sous ses pieds, comme une réunion de conspirateurs. Sans doute ne s'agissait-il pas d'une véritable complicité entre Serge et le gouverneur, mais de cette alliance tacite qui unit les gens heureux, arrivés, casés, contre ceux qui prétendent les déranger dans leurs habitudes. De nouveau, se dressait devant elle le bloc d'injustices et de préjugés qu'elle avait si souvent trouvé sur sa route, en Russie. Devrait-elle, comme Sisyphe, pousser, jusqu'à la fin de ses jours, ce rocher ?

Zoé revint, les joues roses, la bouche pleine de nouvelles :

— Ils attaquent l'oie farcie, maintenant ! Le gouverneur boit beaucoup ! Déjà neuf petits verres de vodka ! C'est trop pour un homme de son âge ! Ah ! mon Dieu, mais vous n'avez rien mangé, barynia !...

— Je n'ai pas faim, dit Sophie. Quels sont les autres invités, à part le gouverneur ?

Zoé prit un air important :

— Son Excellence le directeur des Postes, Son Excellence le juge du district...

Sophie eut un sourire d'ironie amère et marmonna :

— Je comprends ! Je comprends ! Et les deux femmes ?

— L'épouse du gouverneur et sa demoiselle.

— Sa demoiselle ? répéta Sophie étonnée.

— Oui, barynia.

Sophie renvoya Zoé. Tout s'éclairait dans sa tête. Si le gouverneur avait une fille à marier, il devait naturellement ménager Serge, qui était l'un des meilleurs partis de la région. Et lui, bien que n'ayant aucune intention matrimoniale, jouait les empressés pour conserver le plus longtemps possible un puissant protecteur. C'était comique et hideux ! Ah ! que n'eût-elle donné pour assister à la réunion ! La mère et la fille endimanchées, empotées, radieuses, le père, digne et attendri, Serge en fiancé hésitant, le juge, le directeur des Postes... Une vraie pièce de Gogol !... Elle se demanda s'il avait été question d'elle pendant le dîner. Mais oui, pourquoi pas ? Serge avait certainement expliqué, d'un air contrit, que sa tante, relevant de maladie, n'avait pu descendre dans la salle à manger. Mais il avait bon espoir, elle se remettrait vite ! Sophie croyait l'entendre. Son sang bouillonnait. Vers quatre heures, il y eut un bruit de troupe piétinante. Les invités sortirent de la maison et s'arrêtèrent devant les calèches. Comment était la petite ? Sophie se rapprocha de la fenêtre et souleva le rideau de tulle, juste assez pour voir sans être vue. Serge, élégant et disert, pérorait, cherchant à retenir son monde. En face de lui, buvant ses paroles, se tenaient la femme du gouverneur, massive, hommasse, et sa fille, malingre, le dos rond, le coude étriqué, avec un long visage chevalin sous une toque de velours jaune. La disgrâce physique de cette enfant expliquait mieux encore la faveur dont Serge jouissait auprès de Tcherkassoff. Les dernières amabilités échangées, les visiteurs remontèrent en voiture. Serge les regarda s'éloigner, agita plusieurs fois la main, et, brusquement, leva les yeux vers la fenêtre de Sophie. Elle se rejeta en arrière. Trop tard ! Il l'avait aperçue !

A dater de ce jour, elle fut plus impatiente encore de se rétablir. Il lui semblait que tout son avenir à Kachtanovka dépendait du prompt retour de ses forces. Chaque matin, elle faisait quelques pas dans le parc et poussait sa promenade plus loin. Après trois semaines de cet exercice, elle se sentit assez solide pour aller à pied jusqu'à Chatkovo. La distance était de sept verstes à peine. En deux heures, elle y serait. Quelle surprise pour les moujiks, lorsqu'ils la verraient reparaître ! Elle avait besoin de leur parler pour reprendre confiance en elle-même. Par une claire matinée de juillet, elle se mit en route, après avoir prévenu Zoé qu'elle ne rentrerait pas pour le dîner.

Elle marchait lentement, d'un pas régulier, s'arrêtait dès qu'elle était essoufflée et s'asseyait sur un talus, la main gauche appliquée en travers du dos, à l'endroit où son poumon était encore sensible. Tant qu'elle fut dans le parc, sous les arbres, elle ne souffrit pas de la chaleur. Mais, une fois en rase campagne, la réverbération du soleil l'incommoda. Elle voulut accélérer son allure et dut y renoncer. La fatigue montait de ses jambes à ses reins. Ses yeux éblouis se fixaient jusqu'à l'hébétement sur la campagne qui s'étalait devant elle, muette, assoiffée, avec ses moissons d'or, ses douces collines, ses boqueteaux de velours vert. Des moustiques tournaient autour de son visage en feu. Dans le ciel d'un bleu cru, trois petits nuages blancs, immobiles, attendaient le retour du vent pour continuer leur voyage. Elle se dit qu'elle avait trop présumé de ses forces. Pourtant, dix minutes de repos, à l'ombre d'un groupe de peupliers, lui rendirent le courage de poursuivre. Elle couvrit les deux dernières verstes en marchant comme une automate, les mâchoires serrées, la prunelle fixe. Lorsqu'elle aperçut enfin l'écriteau : « Chatkovo : 67 feux ; hommes recensés : 215 ; femmes : 261 », elle eut un élan de joie. Mais elle arrivait à un mauvais moment. Elle aurait dû penser qu'à cette heure-là tous les travailleurs seraient loin. L'aspect à demi mort du village la déçut. Depuis le temps qu'elle rêvait à ses retrouvailles avec les moujiks, elle s'était inconsciemment préparée à l'idée d'un accueil chaleureux. Elle s'avança dans l'unique rue, attendant que, de tous côtés, les vieux, les impotents sortissent, comme d'habitude, à sa rencontre. Mais les maisons restaient fermées, sous le soleil brutal. Deux matrones, assises sur le pas de leur porte, rentrèrent précipitamment, avant qu'elle ne parvînt à leur hauteur ; le staroste, occupé à tailler un joug à la hache, tourna le dos pour ne pas la voir ; une fillette de dix ans, qui conduisait des oies à la mare, eut, en la croisant, un regard apeuré et ne répondit même pas à son salut. Sophie se crut reportée d'une année en arrière, au lendemain de son retour de Sibérie. Elle retrouvait exactement l'atmosphère d'hostilité anxieuse qu'elle avait connue le jour de sa première visite au village, quand tout le monde se méfiait encore de la « barynia française ». Après avoir lentement regagné l'amour, l'estime de ces gens, elle ne pouvait supposer qu'ils se fussent détachés d'elle pendant sa maladie. Que s'était-il passé depuis qu'elle ne les avait vus ? Le seul être sur qui elle pût compter, à Chatkovo, était Antipe. Elle se rendit droit chez lui, le découvrit dormant sur son four et le secoua par l'épaule. Eveillé en sursaut, il leva son bras replié comme pour se protéger d'un coup, puis, reconnaissant Sophie, sauta sur ses pieds et bredouilla :

— Ah ! barynia !... C'est vous ?... Mais... je... je croyais que vous n'aviez plus le droit de venir nous voir !...

Elle s'indigna :

— Qui a pu te dire cela ?

— Les conducteurs.

— Eh bien ! ils se sont trompés ! répliqua Sophie en s'asseyant, rompue de fatigue, sur un banc.

Elle s'adossa au mur et ferma les yeux. Des fleurs phosphorescentes se dessinaient sur le tissu rouge de ses paupières.

— Comment êtes-vous venue ? demanda Antipe.

— A pied.

Il ne parut nullement surpris de cette performance (pour un moujik, sept verstes, ce n'était rien !) et murmura :

— Le barine est au courant ?

— Non.

L'effarement arrondit les yeux d'Antipe et déboîta sa mâchoire :

— Aïe ! Aïe ! Alors, partez vite, barynia ! Si les conducteurs vous voient ici, je suis perdu !

Elle prostesta :

— Tu es fou ! Tu n'es pas un domestique de Kachtanovka pour avoir peur ! Je ne te commande rien !...

— C'est la même chose, barynia !... Le barine nous a prévenus !... Domestique ou moujik, celui qui vous écoutera, celui qui vous parlera — les verges !... Vous ne pouvez pas vouloir cela pour votre vieil Antipe, barynia !... Vous êtes trop bonne !...

Comme elle se taisait, consternée, il poursuivit avec une grimace en coin dans les poils de sa barbe :

— Nous avons su que vous étiez malade... Nous avons prié pour votre guérison... Mais voilà, pendant que vous étiez au lit, nous étions tranquilles... Maintenant, nous allons recommencer à trembler... Vous ne pouvez rien pour nous, barynia.... Laissez-nous, je vous en prie, dans notre misère et notre obéissance...

— Comment peux-tu dire cela, après t'être plaint à moi si souvent de la façon dont on vous traitait ? s'écria-t-elle.

— Se plaindre, ça soulage !... Je ne pensais pas que vous alliez tout remuer pour si peu !...

— Et aujourd'hui, tu voudrais que je renonce ?

— Oui, barynia... Vous nous faites plus de mal que de bien en venant... Partez... Pour l'amour du ciel, partez !...

Elle se leva et dit d'une voix détimbrée :

— C'est bon. Je m'en irai. Mais je suis trop lasse pour marcher jusqu'à Kachtanovka. Demande au staroste qu'il attelle une télègue et qu'il me ramène...

Antipe hocha la tête :

— Il ne voudra pas, barynia.

— Pourquoi ?

— Si ça se savait !...

Elle le poussa vers la porte :

— Va lui demander !... Je te l'ordonne !...

Il partit en courant. Restée seule dans l'isba, elle s'abandonna à une désillusion si amère qu'elle ne croyait pas en avoir éprouvé de semblable. En refusant son aide, Antipe lui ôtait sa dernière raison de vivre. Elle se découvrait ridicule soudain avec, dans le cœur, cette sollicitude dont personne ne voulait. C'était tout juste si ceux à qui elle s'intéressait ne lui tenaient pas rigueur de son dévouement. D'ailleurs, répudiée avec tous ses beaux sentiments, elle ne pouvait même pas accuser les moujiks d'ingratitude. Elle n'avait rien su faire pour eux, sinon s'agiter, imaginer, parler... Leur sort était réglé par d'autres ; et ils en avaient conscience. Voilà tout ! Qu'avait-elle espéré en venant ici ? Lever une armée d'amis contre le mauvais maître ? Elle qui critiquait Nicolas jadis, parce qu'il prenait ses rêves pour des réalités, voici qu'elle était plus folle que lui, à son âge et avec son expérience ! Elle eut envie de se courber, de se recroqueviller sur son désespoir. Antipe revint, la tête ballante :

— J'en étais sûr, barynia... Le staroste refuse... Tout le monde refuse...

Sophie n'insista pas. Elle sentait que, malgré sa volonté, elle ne pourrait obtenir d'elle-même un second effort.

— D'après toi, quel est le village le plus proche ? demanda-t-elle. Tcherniakovo ?

— Non, Koustarnoïé, dit Antipe. Mais il appartient aux Volkoff...

— Tant mieux ! Ce que mes propres moujiks refusent de faire pour moi, ceux des Volkoff le feront peut-être...

Antipe se tassa sous la réprimande, mais ne dit mot. Elle sortit. Après la pénombre de l'isba, la violente lumière du soleil la cloua sur place. Toute sa fatigue lui revint d'un seul coup.

— Si vous allez à Koustarnoïé, dit Antipe, le plus court, c'est de prendre par le sentier à gauche, tout de suite en sortant du village. Vingt minutes et vous y serez... Que Dieu vous garde !... Au revoir, barynia !...

— Au revoir, mon pauvre Antipe ! dit-elle, la gorge serrée.

Et elle se mit en marche, avec l'impression étrange que des centaines de personnes, cachées derrière les fenêtres, les palissades, les piles de bois, les tas de fumier, assistaient à son départ honteux.

Elle arriva au village de Koustarnoïé une demi-heure plus tard, la tête vide, les genoux tremblants, s'adressa au premier moujik venu et lui demanda de la conduire, en télègue, à Slavianka, chez ses maîtres.

De tout le trajet, malgré le soleil, les cahots, la poussière et la ronde exaspérante des mouches, elle ne vit rien, elle ne sentit rien. Une phrase d'Antipe la poursuivait : « Vous nous faites plus de mal que de bien en venant, barynia... Partez !... » Elle songea : « Pourquoi suis-je si acharnée à rester dans ce pays ? Pour défendre les moujiks ? — Ils ne veulent plus de moi ! Pour prouver que Serge est un assassin ? — Je n'en suis plus sûre moi-même. Je me bats contre des ombres. Je perds mon temps. En vérité, je me sens de plus en plus étrangère ici... » L'idée lui vint que cette rupture de contact avec la Russie avait commencé pour elle après la mort de Nicolas. Tant qu'il avait vécu, il l'avait aidée à comprendre l'âme de sa patrie ; elle avait reçu, à travers lui, l'enseignement d'un pays difficile à saisir ; elle avait pu se croire partout chez elle ; maintenant, elle supportait moins bien les déceptions que lui causaient les habitants de cette grande terre. Elle avait perdu à la fois son mari et son intercesseur auprès de la réalité russe.

Quand elle arriva à Slavianka, Daria Philippovna et Vassia avaient déjà fini de dîner et prenaient le café, sous les tilleuls. En la voyant descendre d'une télègue de paysan, ils se précipitèrent vers elle, avec des visages inquiets :

— Mon Dieu !... Que se passe-t-il ?... Avez-vous eu un accident avec votre voiture ?...

— Non, dit Sophie, en s'efforçant de sourire. C'est ma nouvelle façon de voyager !

Elle épousseta sa robe et se laissa conduire, ébahie de fatigue, jusqu'à un fauteuil en osier où elle s'écroula. Daria Philippovna lui fit boire un café très fort et très sucré.

— Remettez-vous, ma colombe, murmura-t-elle, penchée vers Sophie.

Vous êtes toute pâle ! C'est une telle joie pour nous de vous accueillir ! Sans nouvelles de vous depuis des mois, nous pensions que vous ne vouliez plus nous voir !

— Ma mère vous a écrit trois fois, dit Vassia. C'est mon piqueur qui a porté les lettres à Kachtanovka.

— On ne m'en a remis aucune, dit Sophie.

— Comment ?... Mais c'est impossible !... Votre neveu aurait osé ?...

— Cela vous surprend ?

Il y eut un silence de fureur impuissante. Vassia se rongeait les ongles.

— Et vous ne vous êtes même pas demandé pourquoi nous ne vous donnions plus signe de vie ? susurra Daria Philippovna.

— J'ai été très malade, dit Sophie.

— Seigneur ! Qu'avez-vous eu ? Qui vous a soignée ?

Après les déconvenues qu'elle avait subies, cet accent d'amitié toucha Sophie aux larmes. Elle avait un tel besoin de se confier qu'elle raconta tout, depuis sa dernière explication avec Serge jusqu'à la visite du gouverneur. Pendant le récit, Daria Philippovna respirait avec difficulté, une main sur sa poitrine, les yeux humides, les lèvres agitées de petits frémissements ; à côté d'elle, le visage doux et empâté de son fils se contractait dans une expression de fausse violence. Quand Sophie se tut, il soupira :

— Le plus terrible, c'est qu'on ne peut rien contre ce monstre !

Sophie le regarda avec surprise. Etait-ce là tout ce qu'il trouvait à dire, lui, l'intellectuel révolté, le lecteur de Saint-Simon et de Lamennais ? Sa phrase sonnait comme un écho lointain des paroles d'Antipe. Tous — moujiks incultes ou seigneurs libéraux — acceptaient les faits pour ne pas se compliquer l'existence. Daria Philippovna, cependant, était fort excitée par l'histoire de la fille du gouverneur :

— J'avais bien entendu dire, à Pskov, qu'il y avait quelque chose de ce côté-là, mais je ne voulais pas le croire ! La petite est si laide ! Et lui, il a des habitudes de garçon en ville !...

— Laisse, maman ! Cela n'a aucun intérêt ! grogna Vassia.

— Je ne suis pas de ton avis ! dit Daria Philippovna. Selon ce que Serge Vladimirovitch a dans la tête, tout l'avenir de notre amie peut être modifié !...

Elle posa une main sur le genou de Sophie et reprit affectueusement :

— Vous devez avoir hâte de vous reposer. Je vais vous installer dans la chambre de ma fille aînée. Vous fermerez les yeux un moment. Et, ce soir, notre cocher vous ramènera à Kachtanovka.

Sophie fut tentée de dire oui : des rideaux tirés, un lit moelleux, quelques heures d'oubli, dans le silence d'une maison bienveillante. Puis une pensée la traversa, si forte que, devant elle, tous les autres projets s'envolèrent.

— Je vous remercie, chère amie, balbutia-t-elle, mais je ne puis rester. Il faut immédiatement que j'aille à Pskov.

— A Pskov ? s'écria Daria Philippovna. Dans votre état ?

— Oui. C'est très important. Si votre cocher pouvait m'y conduire...

— C'est moi qui vous y conduirai, dit Vassia avec flamme. Et, de là, si vous le voulez, je vous raccompagnerai chez vous !

Daria Philippovna lui jeta un regard inquiet. Sans doute craignait-elle qu'il ne rencontrât Serge.

— J'accepte, dit Sophie, mais à condition que vous me laissiez dans le parc de Kachtanovka.

Vassia s'inclina, soulagé dans son appréhension et préservé dans son honneur. Daria Philippovna eut pour Sophie un sourire de gratitude maternelle.

★
★ ★

— D'où venez-vous ? dit Serge d'une voix rude.

Il était sorti du bureau en entendant le pas de Sophie dans l'antichambre, et se tenait devant elle, blanc de colère, les mâchoires serrées, les yeux en cabochons. Elle se félicita d'avoir insisté pour que Vassia n'entrât pas avec elle dans la maison. A quoi bon risquer une scène inutile et grotesque entre les deux hommes ?

— Eh bien ! reprit-il. Répondez ! D'où venez-vous ?

— De Pskov, dit-elle.

Il saisit une lampe sur la console et l'éleva, comme s'il avait eu besoin de voir le visage de Sophie en pleine lumière pour la croire. Boutonné dans sa redingote noire, les sourcils froncés, il ressemblait à un mari jaloux.

— Qu'alliez-vous faire à Pskov ? dit-il.

Elle était si épuisée qu'elle l'entendit à peine.

— Qu'alliez-vous faire à Pskov ? répéta-t-il en criant.

Elle tressaillit.

— J'ai vu le gouverneur, dit-elle.

— Le gouverneur ? Pourquoi ?

— Pour lui remettre ma demande de changement de résidence.

Il eut un haut-le-corps. Ses traits se détendirent. Un sourire allongea ses lèvres.

— C'est vrai ?

Elle inclina la tête.

Serge bomba la poitrine.

— Vous ne le regretterez pas, dit-il. J'appuierai votre requête. Toutes mes relations en feront autant. Où voulez-vous aller ? A Saint-Pétersbourg ? A Moscou ?...

— Je veux rentrer dans mon pays.

— En France ? dit-il avec un étonnement goguenard.

« En France... En France... En France !... »

Ce mot retentit aux oreilles de Sophie comme un appel répercuté à l'infini, dans la montagne. Au degré de fatigue où elle était parvenue, elle ne comprenait plus ce qui lui arrivait. La lumière de la lampe se fixa sur sa rétine, grandit, devint un soleil éblouissant. Puis tout s'éteignit, et elle tomba dans un gouffre.

TROISIÈME PARTIE

1

Sophie domina sa gêne et pria le gros monsieur chauve, assis près de la fenêtre du wagon, de changer de place avec elle. Il lui sourit avec l'ironie supérieure d'un habitué des trains et accepta.

— Serait-ce votre premier voyage par le chemin de fer, Madame ? demanda-t-il en se levant.

— Oui, Monsieur, murmura-t-elle en se levant aussi.

— C'est très impressionnant quand on ne connaît pas...

Elle acquiesça du menton. Pouvait-elle lui dire que, ce qui l'impressionnait, ce n'était pas d'être tirée par une machine à vapeur, mais de voir défiler derrière la vitre la terre de France qu'elle avait quittée trente-sept ans plus tôt ? Les autres voyageurs se tassèrent avec des visages rogues et rentrèrent leurs genoux pour permettre le chassé-croisé. Le gros monsieur passa devant Sophie en ravalant son ventre. Déséquilibrée par les cahots, elle se laissa tomber maladroitement sur la banquette et sourit à la ronde pour s'excuser. La locomotive siffla avec force. Le convoi roulait à une allure effrayante. Le plancher vibrait, les portières tressautaient, une targette claquait entre ses crampons. Dans l'encadrement de la fenêtre, s'écoulait une campagne rapide comme un fleuve en crue. Parfois, un groupe de maisons blanches à toits rouges frôlait la voiture de si près qu'instinctivement Sophie reculait la tête. Quand elle songeait que dans une heure et cinq minutes elle serait à Paris, il lui semblait que son rêve prenait la réalité de vitesse. Malgré l'appui du gouverneur, il lui avait fallu plus d'un an et demi de démarches avant que sa requête ne reçût l'approbation impériale. Une intervention de l'ambassadeur de France à Saint-Pétersbourg avait emporté la décision. Par une première mesure de faveur, on l'avait autorisée à résider à Pskov. Six mois plus tard, elle était transférée à Saint-Pétersbourg, où, chaque samedi, elle devait faire viser son permis de séjour au commissariat de police du quartier. Enfin, le 7 mars dernier, le général de cavalerie comte Orloff, directeur de la 3ᵉ section de la Chancellerie privée de Sa Majesté, l'avait convoquée pour lui annoncer qu'elle pouvait quitter la Russie. Quelques semaines lui avaient suffi pour régler ses affaires et, après la débâcle de la Néva, elle avait embarqué sur un navire de commerce russe, à destination du Havre. C'était un « voilier-barque » à trois mâts et à coque de fer, qui comprenait une dizaine de cabines pour les passagers. Lorsque Sophie avait vu décliner la masse du fort de Cronstadt, elle avait ressenti une angoisse, un déchirement qu'elle s'expliquait mal. Elle était à la fois heureuse de s'évader d'un pays où elle n'avait connu que la contrainte et le deuil, et malheureuse de laisser là-bas tout ce qui la rattachait à la vie : des souvenirs, une tombe, des amis. Sa séparation avec Serge avait été correcte et froide. Il était parvenu à ses fins. Restant seul à Kachtanovka, il continuerait de verser à sa tante la moitié des revenus du domaine. Un acte signé par-devant le gouverneur avait constaté cet accord. D'ailleurs, depuis qu'elle avait présenté sa demande de changement de résidence, elle avait retrouvé à la maison une vie normale et des domestiques obéissants. C'était une preuve supplémentaire que tout, dans la propriété, était soumis au pouvoir de son neveu. Maintenant, Sophie était convaincue qu'il n'y avait rien à faire pour elle sur ce coin de terre où elle avait eu la faiblesse de vouloir se rendre utile. Même l'idée de la culpabilité de Serge ne la tourmentait plus. Elle avait dépassé le temps de l'inquiétude et de la révolte. A Saint-Pétersbourg déjà, elle avait eu l'impression de commencer une autre existence. Quelques salons s'étaient timidement rouverts devant elle. Des connaissances de Nicolas l'avaient entourée de leur sollicitude. Mais, tout en acceptant leur prévenance, elle ne songeait qu'à préparer son départ. Qu'allait-elle trouver en France ? D'après ce que lui écrivait le notaire de la famille, Me Pelé, ses parents avaient liquidé tous leurs biens pour payer les dettes contractées dans les dernières années de leur vie. Il ne restait que l'hôtel de la rue de Grenelle, dont la toiture était en ruine, l'intérieur délabré et la moitié des meubles vendus. En transférant à une banque parisienne ses revenus de Kachtanovka, Sophie avait prié Me Pelé de faire exécuter dans la maison les réparations les plus urgentes et d'engager deux domestiques. Ainsi pensait-elle pouvoir s'installer, tant bien que mal, à son retour. Elle allait rentrer « chez elle » et il n'y aurait personne de sa famille ni de ses amis pour l'accueillir. Elle connaissait moins de monde en France qu'en Russie. Elle avait vécu plus longtemps en Russie qu'en France. Et pourtant, une fois en France, elle se sentait profondément, farouchement française !

Ah ! tous ces gens autour d'elle ignoraient leur bonheur d'être les citoyens d'un pays libre. Il est vrai que, lorsqu'elle avait signé sa requête, en juillet 1851, la France était encore une république et qu'aujourd'hui, en mai 1853, elle était redevenue un empire. Mais cet empire-là devait être assez débonnaire ! Selon ce qu'on racontait à Saint-Pétersbourg, Napoléon III n'avait rien d'un Nicolas Ier. Son amour du peuple était sincère et, s'il avait fait arrêter et exiler quelques opposants à sa politique, après le coup d'Etat du 2-Décembre, on lui prêtait l'intention de les amnistier. Autant la tyrannie paraissait naturelle en Russie, autant elle était inconcevable en France. Il suffisait de regarder des Français pour se convaincre qu'ils n'étaient pas opprimés. En mettant pied à terre, au Havre, Sophie avait été frappée de l'air désinvolte qu'affectaient les gens les plus simples. Cette même impression, elle l'avait retrouvée sur le quai d'embarquement du chemin de fer. Parmi les voyageurs qui prenaient le train de Paris, ceux de troisième classe avaient tous des paniers d'où dépassaient des pains appétissants, des saucissons, des bouteilles de vin. En première, on était plus gourmé et moins porté sur la nourriture. Mais, singulièrement, il n'y avait pas un abîme entre le bourgeois et l'homme du peuple, comme en Russie entre le seigneur et le serf. Ici, le riche et le pauvre, quoique distincts par le costume, les manières, le langage, appartenaient à la même nation, alors que, là-bas, on pouvait presque parler d'une différence de races. Tout à coup, Sophie comprit que, ce qui la déroutait depuis son arrivée en France, c'était l'absence de moujiks. Leurs faces candides, barbues, craquelées de soleil, manquaient à son univers. A la pensée qu'elle n'en verrait plus un seul, jamais, une étrange tristesse altéra son bonheur. Ce fut si rapide qu'elle en eut à peine conscience. Déjà, elle retournait avidement au spectacle de son pays qui se déroulait devant elle. Comme tout était petit en France, après les immenses espaces russes ! Les champs minuscules, peignés, ratissés ; les barrières dressées entre des propriétés grandes comme des mouchoirs de poche ; les villages sagement groupés autour de leur clocher, dont la pointe effilée surprenait l'œil après les bulbes bleus, verts et or des clochers orthodoxes... Là-bas, au loin, cette vibration de brume mauve, cet amoncellement crayeux, ce miroitement de mille vitres, n'étaient-ce pas les faubourgs de Paris ? Les voyageurs s'agitèrent ; une dame humecta son mouchoir avec l'eau d'un flacon et essuya son visage, qui était marqué de suie ; le gros monsieur tira sur son gilet et dit :

— Nous allons traverser le pont d'Asnières. Celui-ci est encore en bois. On en construit un en fer, par-dessus, qui sera bientôt livré à la circulation. Nous aurons alors un bel ouvrage d'art !...

Sophie colla son front à la vitre. Avec une lenteur inquiétante, le train s'engagea sur une passerelle de charpente qui tremblait. Chacun retint sa respiration. En contrebas, brillait le fleuve, avec ses berges molles, ses lavandières tapant le linge et ses bateaux de pêcheurs glissant au fil de l'eau. Lorsque le dernier wagon eût touché la terre ferme, la locomotive exhala un soupir de délivrance et accéléra son allure. Les maisons s'entassaient, petites, laides, sales. Un rempart, coupé de bastions et précédé d'un robuste glacis, se dressa devant le convoi. C'étaient les nouvelles fortifications dont Sophie avait entendu parler en Russie mais dont elle ne soupçonnait pas l'importance. Le train passa entre deux demi-lunes, plongea dans un tunnel. Une diabolique odeur de fumée envahit le compartiment et tout le monde se mit à tousser. Enfin, le convoi émergea des ténèbres, les passagers s'ébrouèrent, soufflèrent, rajustèrent leurs vêtements. Le long des rails, apparurent les ateliers, les magasins, les dépôts de marchandises. Encore quelques tours de roues et les quais de débarquement s'avancèrent avec lenteur. Une verrière encrassée ternit l'éclat du soleil. La locomotive s'arrêta, une forte secousse jeta les voyageurs les uns sur les autres.

De tous côtés, les facteurs accouraient pour proposer leurs services. Sophie confia ses bagages à l'un d'eux qui avait une tête ronde, des moustaches frisées et des yeux insolents. Elle le rejoignit dans la grande salle de l'octroi. Juché sur une malle, il l'appelait en agitant les bras, à la façon d'un sémaphore. Soudain, elle se trouva prise dans la cohue des voyageurs. Des hommes coiffés d'un tuyau de poêle ou d'une casquette, des femmes en capeline, en bonnet, en fichu, des enfants ahuris, qu'on tirait par la main, une mer de visages et, par-dessus cela, le bourdonnement léger de la langue française. Un employé de l'octroi fit ouvrir à Sophie sa valise, son sac de nuit et se déclara satisfait. Le facteur porta ses bagages à la sortie du débarcadère. Dans la rue Saint-Lazare, des fiacres attendaient en file. Elle monta dans un cabriolet, dont le cocher n'avait pas de barbe — ce qui eût paru tout à fait anormal en Russie —, veilla au chargement de ses valises, donna un pourboire trop généreux au facteur et prononça le plus naturellement qu'elle put :

— 81, rue de Grenelle.

L'attelage s'engagea dans un flot de voitures qui descendaient vers la place de la Madeleine. Dominant l'enchevêtrement des calèches à la Daumont, des coupés et des cabs, un lourd omnibus se traînait, avec, au sommet, un cocher morose enfermé dans une houppelande et coiffé d'un chapeau ciré. Les passants étaient nombreux sur les trottoirs ; les uns marchaient vite, d'un air préoccupé ; d'autres s'arrêtaient aux devantures des magasins qui, toutes, semblaient contenir des merveilles. Quand le fiacre déboucha sur la place de la Concorde, Sophie reçut en plein visage cette architecture de lumière, de blancheur et de majesté. Mais qu'y avait-il de changé, par ici ? Ah ! oui, l'affreux obélisque, planté au centre de l'esplanade comme un pivot de pierre autour duquel viraient les équipages. Quelle faute de goût ! En revanche, on avait bien fait de combler les fossés. Et ces deux belles fontaines jaillissantes, elles n'existaient pas autrefois ! Ni ces hauts candélabres ! Ni ces statues sur les pavillons de Gabriel ! Une partie des voitures se déversait à droite, dans l'avenue des Champs-Elysées, dont les feuillages sagement alignés conduisaient à l'Arc de Triomphe. De l'autre côté de l'eau, le Palais-Bourbon dressait sa fausse colonnade grecque. Le fiacre franchit le pont, remonta la rue de Bourgogne, tourna dans la rue de Grenelle, pénétra sous un porche, s'arrêta au milieu d'une cour pavée et Sophie, émue à en perdre le souffle, vit devant elle la maison de son enfance.

La façade s'était écaillée, il n'y avait pas de rideaux aux fenêtres, l'herbe avait poussé entre les dalles du perron, mais la vieille demeure gardait un air de sérénité et de noblesse. Un domestique inconnu, jeune, rubicond, avec de grandes oreilles, s'avança vers Sophie. Sa livrée marron, trop étroite, ne boutonnait pas par-devant. Une soubrette pâlotte le suivait. Ils se présentèrent : Justin et Valentine. Le notaire les avait engagés la semaine dernière. Ils avaient « fait le plus gros ». Madame voudrait bien les commander pour le reste. Elle leur dit de s'occuper des bagages et rentra seule dans la maison.

Le vestibule était désert, de rares meubles flottaient dans le salon trop vaste et, sur les murs vert d'eau, décolorés par le soleil, des taches rectangulaires, d'un ton plus foncé, rappelaient l'emplacement des tableaux disparus. En promenant les yeux sur ce qui restait du naufrage, Sophie reconnaissait avec amitié un fauteuil, un guéridon, une commode en marqueterie, une tapisserie cachant une porte. L'odeur même de la maison s'était miraculeusement conservée dans ces lieux depuis longtemps inhabités, une odeur subtile, où se mélangeaient les effluves de l'étoffe moisie, de la cire, de la peinture sèche, du bois vermoulu. Les narines ouvertes, l'esprit tendu, Sophie reculait à travers les années. En revenant à Kachtanovka, elle s'était replongée dans les souvenirs de son mariage avec Nicolas ; ici, elle se retrouvait entre ses parents, telle qu'elle était avant de l'avoir connu. Une âcre tristesse l'envahit à la pensée que son père et sa mère étaient morts alors qu'elle était si loin d'eux. En gâchant sa vie n'avait-elle pas gâché la leur ? Ils l'avaient mal aimée et elle le leur avait rendu. Tout cela était lamentable ! Elle regarda l'espace entre la fenêtre et la porte, et une jeune fille, qui s'était souvent tenue là, se dressa devant elle, svelte, vêtue d'une robe bleue, le front à la vitre, un livre à la main. Personne encore dans son existence. Elle était impatiente d'agir, de se dévouer, d'admirer, d'adorer. Le tout était de découvrir un homme digne de son estime. Elle avait lu Plutarque. Elle se voulait héroïque. Une seconde Mme Roland. Derrière elle, son père et sa mère échangeaient des propos dénués d'intérêt sur leurs relations ou sur leurs domestiques. Le soir tombait dans le jardin. Cette heure crépusculaire oppressait Sophie. Elle se contempla dans la glace, au-dessus de la cheminée, et se vit maquillée en vieille dame. Une perruque grisonnante sur le crâne, des rides maladroitement crayonnées autour du menton, une ombre plombée sous les yeux, le regard fixe... Pourquoi s'était-elle fait cette tête ? Ramenée brutalement à la réalité, elle reconnut avec tendresse, dans ce visage las, tout ce qui témoignait des échecs, des deuils, des déceptions de sa vie. Elle eut froid. La maison était humide. Pourtant, on était au mois de mai.

— Vous allumerez du feu, dit-elle par-dessus son épaule à Justin qui entrait.

— Bien, Madame. Me Pelé a dit qu'il viendrait voir Madame dans la soirée. Valentine et moi ne savions pas où Madame voudrait avoir sa chambre. Nous avons choisi celle qui nous paraissait le mieux, au rez-de-chaussée...

— Vous avez bien fait, dit-elle.

C'était l'ancien petit salon, où sa mère se tenait pendant les soirées d'hiver. On y avait apporté un lit qu'elle ne connaissait pas, une table de toilette, deux fauteuils dépareillés, une coiffeuse, une armoire, un tapis... Les bagages étaient empilés dans un coin. Il fallait les déballer. Quel ennui ! Elle chargea Valentine de ranger le linge et les robes provisoirement, et continua sa visite.

Elle entrouvrait les portes, jetait un regard indiscret à l'intérieur, comme si elle se fût promenée dans le logis d'une autre. De la chambre de ses parents, ne subsistaient que des murs nus ; la chambre où avait dormi Nicolas, lors de son séjour à Paris, avait conservé pour tout mobilier un lit défoncé, dont le baldaquin jaune tombait en loques. Elle monta l'escalier, entra dans la bibliothèque où elle l'avait vu la première fois, jeune, grand, avec sa chevelure blonde et son bel uniforme d'officier aux gardes de Lithuanie. Comme elle le haïssait alors d'être russe et vainqueur ! Un canapé perdait son crin par une déchirure. Sur des rayons poussiéreux, s'alignaient encore quelques livres. Les plus précieux avaient disparu. Sophie lut des noms d'auteurs, au hasard : J.-J. Rousseau, Montesquieu, Voltaire... Un peu plus loin, Champlitte. Son premier mari. Il l'avait si peu marquée qu'elle s'en souvenait à peine. Elle était la femme de Nicolas et de lui seul. Machinalement, elle prit un petit volume relié en chagrin, le feuilleta : *Lettres sur le progrès incessant de l'esprit humain,* par le marquis de Champlitte. La naïveté du titre l'ébahit. Comment avait-elle pu admirer cela ? Elle remit l'ouvrage à sa place, redescendit l'escalier, sortit dans le jardin. Laissé à l'abandon, il était devenu un carré de mauvaises herbes et de buissons épineux. De ce fouillis de verdure, émergeait, gracieuse et maniérée, la statue de Cupidon. Le bout de son nez était cassé, il manquait un morceau de son arc. Dans les arbres, déjà touffus, des oiseaux chantaient. Au-delà, on entendait la rumeur de la ville. Sophie ne savait si elle était gaie ou triste. Le bonheur d'avoir retrouvé Paris s'associait en elle à la mélancolie d'être seule dans ce pèlerinage. Seule et si âgée sur les lieux où elle avait commencé sa vie ! « On s'agite, on aime, on déteste, on espère, on se passionne pour mille choses qui, le lendemain, vous paraissent insignifiantes, et on revient à son point de départ, les mains vides ! pensa-t-elle. Quel est donc le sens d'une destinée comme la mienne ? »

La fraîcheur et l'ombre du soir la chassèrent du jardin. Dans le salon, Justin avait allumé un feu de bois. Elle ordonna que le souper lui fût servi là, sur une petite table. Valentine était à la fois femme de chambre et cuisinière, aux gages de vingt-cinq francs par mois, plus le vin. Sophie revêtit une robe d'intérieur, mit ses cheveux à l'aise sous une fanchon de dentelle et s'assit devant un caneton aux olives. Elle finissait de souper, quand le notaire s'annonça. Âgé d'une quarantaine d'années, rondouillard, cosmétiqué et le teint fleuri, il était le successeur de celui qu'elle avait connu. En quelques mots, il l'informa de sa situation de fortune, qui n'était pas brillante. Mais il importait peu à Sophie de n'avoir aucune source de revenus en France, puisqu'elle devait recevoir régulièrement de l'argent de Russie. Rien qu'avec la somme envoyée par elle de Saint-Pétersbourg à Paris, elle avait de quoi vivre deux ou trois ans. Au besoin, elle jouerait à la Bourse. (On disait que cela rapportait gros !) Me Pelé l'en dissuada. Il avait l'air pondéré, scrupuleux. Elle lui promit de suivre ses conseils et signa les papiers qu'il lui présentait. Avant de partir, il lui donna les meilleurs renseignements sur les domestiques qu'il avait engagés et lui demanda si elle en voulait d'autres. Elle refusa. Ces deux-là lui suffisaient amplement ; elle n'avait pas l'intention de mener une existence mondaine ; du reste, elle ne comptait plus d'amis en France.

— Il vous en viendra très vite, dit Me Pelé. Et davantage que vous ne le souhaitez !

Elle se coucha, étourdie de fatigue, dormit lourdement et s'éveilla tôt le matin, avec le sentiment d'avoir quelque chose de très important à entreprendre. Mais, après avoir organisé le travail de Justin et de Valentine, elle se trouva désœuvrée. L'après-midi avançait. Il faisait beau. Elle sortit. Le mouvement de la rue l'amusa. Les concierges bâillaient sur le pas de leur porte, des vendeurs ambulants poussaient des voitures à bras dans la rue de Bourgogne et criaient leur marchandise avec des voix éraillées, un porteur d'eau la dépassa, les épaules pliées sous un cercle de bois auquel étaient suspendus des seaux pleins. Conduite par ses souvenirs, elle se rendit rue Jacob, à la librairie de son vieil ami, Augustin Vavasseur. Mais le magasin était fermé, les volets mis, l'enseigne : « Au Berger fidèle » à demi effacée. Elle voulut se renseigner auprès du concierge et tomba sur un personnage à la face mafflue et à l'œil soupçonneux, le ventre ceint d'un tablier sale, une chique au coin de la bouche. Une pancarte dominait la loge : « Parlez au portier. »

— Vavasseur ? Il est parti, grogna-t-il.
— Pour où ?
— J'en sais rien.
— Y a-t-il longtemps ?...
— Ça fait plusieurs mois.
— Mais... il doit revenir ?
— Pas de si tôt ! C'est qui qui le demande ?
— Pardon ?
— Votre nom ?

Sophie pensa qu'il y avait quelque manœuvre policière là-dessous et murmura :

— Mon nom ne vous dirait rien.

Cependant, elle hésitait à s'en aller. Elle songeait à ses autres amis, les Poitevin, qui habitaient jadis dans la même maison. Mais ils étaient si âgés à l'époque où elle les avait connus qu'ils devaient être morts depuis longtemps. Par acquit de conscience, elle demanda :

— Et M. et Mme Poitevin ?

Le concierge fronça les sourcils :

— Connais pas !

Puis, il se frappa le front :

— Ah ! oui, les deux vieux ! Le mari était paralysé, je crois... Ils sont morts, lui d'abord, elle ensuite. Je venais juste de prendre mon service. Ça fait vingt-cinq, vingt-six ans !...

Sophie s'éloigna, le cœur lourd. Elle savait que les Poitevin ne pouvaient plus être de ce monde. Mais Vavasseur ? Celui-là était incorrigible ! Sans doute, ne se sentant plus en sécurité, avait-il transporté ailleurs son commerce peu florissant et son humeur séditieuse. Elle ne retrouverait jamais sa piste.

De la rue Jacob, elle se rendit à une station de voitures de remise, et choisit un beau cabriolet à quatre roues, attelé de deux chevaux robustes, qu'elle loua au mois, avec un cocher en livrée. Le surveillant lui proposa un groom en supplément. Elle déclina cette offre somptuaire. Le cocher se nommait Basile et portait un chapeau haut de forme. Des favoris roux en côtelettes encadraient son visage bouffi de prétention. Visiblement, il voulait être pris pour un cocher de maître. Afin de faciliter l'illusion, le numéro de sa voiture était tracé légèrement en rouge sur fond noir. De loin, on ne le remarquait même pas.

Pour commencer, Sophie pria Basile de la conduire aux Champs-Elysées. La promenade lui parut encore plus belle et plus animée que du temps de sa jeunesse. Dans aucune ville du monde, les arbres n'étaient aussi nombreux qu'à Paris. Il y avait une amitié très française entre les vieilles pierres et les feuillages neufs. L'avenue s'ouvrait avec la majesté d'un estuaire. Un nimbe de poussière entourait le miroitement des vitres, des laques et des harnais d'argent. Tous les types de véhicules, depuis le noble coupé aux portières armoriées jusqu'à la confortable calèche bourgeoise, en passant par le colimaçon de la femme légère et le brougham du dandy, se croisaient, se frôlaient, et, de l'un à l'autre, s'échangeaient de piquants regards de curiosité. Parfois, des cavaliers revenant du Bois abordaient une voiture découverte et saluaient une grande capeline de paille aux rubans multicolores. Sophie examinait les toilettes avec un intérêt passionné. Elle dut convenir que la mode était très jolie, en France, cette saison. Subitement, elle se sentit vêtue comme une provinciale. Sa robe lui pesait. Son chapeau lui serrait le front. Il faudrait y remédier au plus tôt. Le martèlement des sabots accompagnait ses réflexions d'une musique syncopée. Après un coup d'œil à l'Arc de Triomphe — enfin achevé ! — elle se fit ramener au carré Marigny, mit pied à terre et s'avança dans les jardins. Là aussi, que de changements ! Enfouis sous les arbres, des bals, des restaurants, un cirque, des baraques de foire, et, grouillant autour de ces frêles édifices de toile peinturlurée, une foule de badauds ensorcelés par les flonflons des orchestres et le parfum du cidre, des gaufres et des saucisses. Quand elle remonta en voiture, son cocher, le chapeau sur l'oreille, fredonnait :

« O Pomaré, reine des cœurs sensibles !... »

Elle rentra à la maison, enchantée. Justin lui avait acheté les journaux. Elle les parcourut avec amusement. C'était le mémorial d'un pays heureux : l'empereur s'était marié au début de l'année ; son épouse était belle, spirituelle, élégante ; tout le peuple semblait éperdu d'amour pour ses souverains ; on annonçait de grands travaux dans la ville, de nouveaux spectacles dans les théâtres, un bal aux Tuileries...

Sautant les nouvelles politiques, Sophie se précipita sur la rubrique de la mode, illustrée de dessins. L'air de Paris l'excitait à la coquetterie. Alors qu'à Kachtanovka elle portait des robes très simples et n'éprouvait pas le besoin d'en changer, ici son regard caressait avec convoitise les gravures représentant d'extraordinaires toilettes de bal. « La robe ronde, en moire antique rose tendre, est garnie de trois volants d'Angleterre, surmontés d'une guirlande en feuillages de crêpe rose, touchés d'argent... » Elle lisait, imaginait, approuvait, s'étonnait de prendre tant de goût à des choses si futiles. Cette gravité dans le divertissement était, à coup sûr, le signe d'une convalescence inespérée, d'un merveilleux retour aux origines. Le journal glissa de ses genoux. Elle tourna les yeux vers la glace de sa psyché. Etait-ce une question de lumière ? de climat ? elle se trouvait plus jeune qu'à Tobolsk, plus dégagée, plus légère. Elle regretta que Ferdinand Wolff ne pût la voir chez elle, en Parisienne. Dire qu'elle n'avait pas eu un mot de sa main depuis qu'elle l'avait quitté ! Pas plus à Saint-Pétersbourg qu'à Kachtanovka ! Mais le courrier passait peut-être plus facilement de Russie en Sibérie qu'en sens inverse. Il était fort possible qu'il eût reçu quelques lettres d'elle, alors qu'elle était toujours sans nouvelles de lui. Cette idée absurde la soutenait dans sa solitude. Elle se donnait cette excuse pour ne pas se décourager devant le vide. Toute remuée de tendresse, elle ouvrit son secrétaire, trempa sa plume dans l'encre et écrivit à son grand ami, sans espoir de réponse, comme elle eût jeté des pages dans le vent.

2

Les jours suivants, Sophie fut dominée par le souci de son installation. Aménager les pièces du rez-de-chaussée, où elle avait l'intention de vivre, laissant le premier étage à l'abandon, commander du linge de maison, de la vaisselle, des ustensiles de cuisine, houspiller le tapissier qui n'en finissait pas de réparer les fauteuils, courir les magasins de modes et les couturières — il lui semblait qu'elle n'aurait pas assez d'une année pour prendre le vent de Paris et arranger sa nouvelle existence. Elle avait craint d'être déçue par son retour en France, et tout lui plaisait ici, les êtres et les pierres, le goût du pain et la couleur du ciel. Rien que le fait d'entendre parler le français dans la rue lui paraissait un prodige dont elle ne se lasserait jamais. Souvent, au cours d'une promenade, ou seule dans sa chambre, elle était saisie d'un bonheur aigu et sans cause, comme elle en avait connu quand elle était très jeune fille. Cette impression d'être en accord de toute son âme avec une vérité naturelle, aucune parole ne pouvait en traduire la douceur. Dans cet état d'euphorie, elle acheta, coup sur coup, pour le salon, une encoignure d'ébène et une petite bibliothèque en poirier noirci, décorée d'émaux de couleur. La satisfaction qu'elle éprouvait à contempler ces meubles modernes l'aidait à oublier que la dépense était disproportionnée à ses moyens.

Un soir, comme elle se reposait dans sa chambre, Justin lui annonça une visite : la baronne de Charlaz. D'étonnement, Sophie resta quelques secondes indécise : « Comment a-t-elle appris mon retour ? » Elle était touchée que Delphine se fût souvenue d'elle. Certes, après avoir été très liées dans leur enfance, elles avaient de moins en moins sympathisé et, les dernières années de son séjour à Paris, Sophie ne rencontrait plus que rarement son ancienne amie de pension. Mais elle gardait encore une image amusée de cette personne de vertu légère et d'esprit allègre, dont la réputation offusquait les honnêtes gens. Nicolas, qui n'avait pas toujours bon goût, lui avait dit autrefois qu'il trouvait Delphine jolie. Peut-être même lui avait-il fait la cour ? Il n'y avait pas d'homme, à Paris, qu'elle n'eût cherché à séduire.

Sophie se rajusta devant la glace, avec un soin particulier, vérifia sa coiffure, se composa un visage aimable et passa dans le salon pour affronter celle que ses familiers surnommaient jadis « l'ensorceleuse ».

Une petite dame sèche, toute en violet sombre, se leva d'un fauteuil à son approche. Elle avait un visage fripé, dont la peau épousait si étroitement l'ossature qu'on eût dit une tête de mort sous un chapeau à plumes. Dans ce mélange de rides et de poudre, brillaient deux yeux bleus d'une vivacité charmante. Sa seule coquetterie était encore le sourire. Sophie eut un serrement de cœur en recevant dans ses bras cette ruine friable et parfumée.

— Ah ! Sophie ! s'écria la visiteuse. Est-ce possible ? Vous ? Vous ? Après tant d'années ?...

Elles s'assirent côte à côte, sur un canapé, en se tenant par les mains, comme autrefois au couvent. C'était ridicule, mais Sophie ne pouvait se dégager sans offenser Delphine. Il n'y avait pas si longtemps, sa rencontre avec Daria Philippovna lui avait procuré le même choc pour les mêmes raisons. « Revoir, usée, fanée, une femme qu'on a connue jeune, c'est terrible ! songea-t-elle. Sans doute, Delphine éprouve-t-elle devant moi la même surprise navrée et n'ose-t-elle pas me le dire. Nous nous plaignons l'une l'autre en silence. Nous mesurons, l'une sur l'autre, les ravages des ans... » Trop émue pour trouver rien à dire, elle baissa la tête. Il y eut entre elles un silence de larmes contenues. Enfin, Delphine murmura :

— Vous avez eu bien des malheurs, ma pauvre amie !

— Comment avez-vous su ?... dit Sophie.

— D'abord par la sœur de la princesse Troubetzkoï, Mme Wanda de Kosakovska, qui habite Paris. Puis par M. Nicolas Tourguénieff (1), qui était très lié avec les décembristes ; mais il a eu la chance de se trouver hors de Russie au moment où ils ont fait leur coup d'Etat. Enfin, par les journaux, par les livres... J'ai lu *Le Maître d'armes,* d'Alexandre Dumas !

— Un tissu de mensonges !

— Peut-être ! Mais des mensonges de ce style ne sont pas à dédaigner ! Ils suscitent autour de vous et de vos amis un courant de curiosité, de sympathie. Le grand public sait qui vous êtes...

— Je ne cherche pas la notoriété, Delphine. Je vous avouerai même que je n'ai jamais autant souhaité passer inaperçue !

— Comme je vous comprends ! soupira Delphine. Le monde, le bruit, c'était bon autrefois ! Savez-vous que j'ai passé par la même épreuve que vous, ma chère ? Moi aussi, j'ai perdu mon mari, il y a quinze ans !...

Sophie dut se forcer pour paraître affligée. Pouvait-on comparer des deuils si différents ? Le baron de Charlaz étant deux fois plus âgé que Delphine, sa mort n'avait rien de surprenant, alors que Nicolas avait disparu en pleine

---

(1) Nicolas Ivanovitch Tourguénieff (1789-1871), homme politique et écrivain, longtemps exilé en France, à ne pas confondre avec le célèbre romancier russe Ivan Serguéïévitch Tourguénieff (1818-1883).

jeunesse, en pleine vigueur... Mais peut-être, après avoir trompé son mari toute sa vie, Delphine lui vouait-elle un culte sincère par-delà le tombeau. Souvent, le souvenir d'un homme est plus utile à la femme que l'homme lui-même. C'est le moment crépusculaire où se tressent les couronnes, où naissent les légendes... « Dieu me préserve de cette maladie de respectabilité à retardement ! » pensa Sophie. Pendant quelques minutes elles parlèrent de leurs amis communs, dont beaucoup étaient morts, de Nicolas, que Delphine disait avoir fort peu connu, des parents de Sophie, des troubles politiques qu'avait traversés la France pendant ces dernières années... Delphine, qui, jadis, était légitimiste, avouait maintenant s'être ralliée de tout cœur à Napoléon III.

— La république était finie, pourrie, impuissante, dit-elle, nous courions à l'anarchie, quand il a pris les rênes de l'Etat ! Et de cela, tout le monde était conscient ! Les résultats écrasants du plébiscite en sont la preuve ! La nation entière a voté pour Napoléon, à droite comme à gauche, sauf quelques fous ! Je sais que vous avez toujours eu des idées un peu... mettons socialistes !... Eh bien ! si curieux que cela puisse vous paraître, ce serait une raison de plus pour vous d'admirer l'empereur ! Il aime le peuple, c'est le peuple qui l'a choisi et il gouvernera pour le peuple ! Sans pour cela froisser la bourgeoisie ! Depuis qu'il est là, on respire, on croit de nouveau à la paix, à la fraternité, à la justice...

— Je ne vous ai jamais connu cet engouement pour un homme d'Etat, dit Sophie en souriant.

— C'est que, celui-ci, j'ai eu la chance de l'approcher. Je puis donc parler de lui à bon escient. Oui, j'ai été invitée plusieurs fois aux Tuileries...

Elle prononça ces mots d'un ton modeste, mais, visiblement, elle était fière de son accession à la sphère du pouvoir.

— Un être de tout premier ordre, précisa-t-elle. Noble, intelligent, résolu, sensible ! Et l'impératrice, quelle grâce, quelle beauté ! Elle voudra sûrement vous connaître !

— Je me demande pourquoi !

— Parce qu'elle est curieuse de toutes les souffrances humaines. D'ailleurs, elle et moi nous intéressons aux mêmes œuvres de bienfaisance. Si je vous disais que je passe le plus clair de mon temps à m'occuper d'une Société de Charité maternelle !...

Sophie arrondit les yeux sur cette créature qui, à force de passer d'un homme à l'autre, avait fini par les aimer tous. La vertu lui était venue avec les rides. Comment retrouver la femme jolie, facile et un peu commune d'autrefois dans cette vieille personne au maintien digne et à l'esprit bienveillant ?

— Il ne tient qu'à vous d'avoir une existence aussi remplie que la mienne, reprit Delphine. Créez-vous quelques obligations qui vous réchauffent le cœur. On n'a pas encore inventé de meilleur remède que la société contre la solitude ! A ce propos, je vous signale qu'il y a beaucoup de Russes à Paris. Tous sont des gens charmants. C'est d'ailleurs par M. Nicolas Kisseleff, ambassadeur de Russie en France, que j'ai appris votre arrivée. Vous devriez peut-être lui faire une visite...

— Si vous saviez combien j'ai fait de visites aux gouverneurs, aux généraux, aux directeurs de départements ministériels en Russie, vous comprendriez que je n'ai guère envie de recommencer ici !

— Bon ! Bon ! dit Delphine en riant. Laissons donc de côté les personnages officiels. En tout cas, il y a un salon où vous ne pouvez refuser de paraître, c'est celui de la princesse de Lieven. Toute la petite colonie russe de Paris s'y réunit le dimanche pour rencontrer les plus beaux esprits français de notre temps. La princesse m'a dit qu'elle avait l'intention de vous inviter. Je vous préviens pour que vous ne soyez pas surprise...

— C'est très aimable de sa part, dit Sophie. N'est-elle pas née Benkendorff ?

— Si ; son mari, le prince de Lieven, s'est distingué comme ambassadeur à Londres. Elle-même a été dame d'honneur de l'impératrice de Russie...

— Que fait-elle donc à Paris ?

— Il y a une vingtaine d'années, elle a eu un immense chagrin. Deux de ses fils sont morts de la fièvre scarlatine. Alors, elle a quitté la Cour. Elle s'est même séparée de son mari avec qui elle ne s'entendait pas très bien. Et, prétextant que le climat de Saint-Pétersbourg lui était néfaste, elle est venue se fixer ici, dans son entresol de la rue Saint-Florentin, par amour de la France. On dit qu'elle a été l'amie de Metternich et que Guizot est très épris d'elle, bien qu'elle ait soixante-dix ans. Le comte de Morny est un habitué de son salon. Lord Aberdeen lui écrit chaque semaine. Elle est aussi en correspondance suivie avec l'impératrice Alexandra Fédorovna, qui lui a conservé beaucoup de tendresse. Bref, elle est très influente ici comme là-bas. C'est une sorte d'ambassadrice officieuse de la Russie en France. On l'a surnommée la Sibylle de l'Europe. Vraiment, il faut que vous la connaissiez !...

Sophie songea aux espoirs que ses amis de Sibérie avaient placés en elle. Pouvait-elle négliger l'occasion de plaider leur cause auprès d'une personne si bien introduite à la Cour ?

— L'ennui, c'est que je n'ai rien à me mettre, dit-elle.

— Rassurez-vous, dit Delphine, chez la princesse de Lieven, on fait plus attention à l'esprit qu'à la toilette ! D'ailleurs, je suis sûre que vous vous calomniez. Telle que je vous connais, vous avez déjà dû vous commander quelques robes charmantes ! Si vous voulez de bonnes adresses de fournisseurs...

La conversation s'égara dans les chiffons. Sophie ne remarquait plus les rides sur le visage de Delphine. A se parler comme autrefois, elles rajeunissaient l'une devant l'autre. Pour elles seules, pendant une heure, elles eurent dix-huit ans.

Delphine se leva et tourna dans le salon en inspectant les meubles à travers son face-à-main.

— Vous avez arrangé votre intérieur avec un goût exquis ! dit-elle d'une voix chantante. L'encoignure est un pur chef-d'œuvre ! Et cette bibliothèque en poirier noirci, ne serait-elle pas signée Fourdinois ?

— Si ! avoua Sophie, tout heureuse que son achat fût apprécié d'une femme qui, évidemment, était experte en belles choses.

Ensuite, Delphine s'extasia sur des objets que Sophie avait rapportés de Russie : un encrier en malachite à sujet de bronze, quelques statuettes de porcelaine représentant des moujiks russes dansant, un jeu d'estampes : « Vues de Saint-Pétersbourg en 1812. »

— Quelle est cette place ? demandait Delphine. Et ce pont ?

Sophie donnait des explications avec une bizarre fierté. Elle se rappela le temps où, dans une isba sibérienne, elle collectionnait des souvenirs de Paris. Ce balancement de son esprit d'un pays à l'autre ne s'arrêterait-il jamais ? Soudain, elle fut envahie d'allégresse à l'idée d'avoir retrouvé une amie, de n'être plus seule en France, de pouvoir, désormais, échanger ses impressions avec quelqu'un de sa nationalité, de son rang, de son âge. Elle prit rendez-vous avec Delphine pour le lendemain.

Sophie avait tellement perdu l'habitude du monde qu'en pénétrant dans le grand salon blanc et or de la princesse de Lieven elle fut étonnée par le nombre de gens qui s'y trouvaient réunis. Devant elle, sous la lumière des lustres, se pressaient des robes lourdement ornées, qui laissaient les épaules nues et s'évasaient vers le bas, donnant aux femmes un aspect de calices renversés. Dans ce remuement de soie, de brocart et de moire antique, les fracs des hommes tranchaient par leur teinte funèbre et leur coupe nette, inspirée de la cosse de haricot. Le parfum de la poudre chaude et du cosmétique flottait au-dessus des têtes et le bourdonnement continu des conversations avait quelque chose de bien élevé, de melliflue et d'intarissable. Un annonceur aboyait les noms à la porte. Des laquais à perruque et à bas blancs passaient des rafraîchissements aux couleurs variées. Laissant courir ses regards sur les visages, Sophie se demandait si elle était assez habillée avec cette robe de dentelle prune à jupes étagées, que « Madame Louise Pierson », couturière, lui avait livrée la veille. Sa garniture de cheveux, en feuillages vernis, venait de chez Alexandrine, ses gants longs de chez Mayer, son éventail de chez Duvelleroy. Il y avait longtemps qu'elle n'avait éprouvé la sensation d'une pareille harmonie. En l'apercevant, Delphine se récria d'admiration.

— Vous aussi, vous avez une toilette ravissante, dit Sophie en détaillant la robe en taffetas vert de son amie, qu'égayaient des fleurs artificielles en gaze jaune pâle.

— La robe n'est pas mal, dit Delphine, mais les jupons de crin sont trop volumineux ! Cela me gêne pour marcher ! Venez vite ! On vous attend ! On est impatiente de vous voir !

Elle saisit la main de Sophie et l'entraîna vers le fond du salon, où, à demi allongée sur un sofa, se tenait une vieille femme sèche, dure, au regard vif et aux cheveux blancs, coiffés d'un bonnet de dentelle. Une robe de velours noir l'enveloppait du cou aux chevilles. Sur son corsage, brillait le chiffre de diamants des dames d'honneur de l'impératrice Alexandra Fédorovna. Une petite cour de messieurs âgés et graves l'entourait. Delphine lui présenta Sophie et s'éclipsa sur un semblant de révérence. La princesse examina la nouvelle venue des pieds à la tête avec une tranquillité souveraine, la pria de s'asseoir près d'elle sur une chaise et dit, en français, d'une voix fêlée :

— Je suis bien aise de vous voir chez moi, Madame. Vous allez me donner des nouvelles de mon pays.

— Je crois, princesse, que vous en savez davantage que moi sur ce qui se passe en Russie, dit Sophie avec un sourire.

— Je sais ce qui se passe à Saint-Pétersbourg, mais la vraie Russie est ailleurs. Certains prétendent même que, de nos jours, il faut la chercher de l'autre côté de l'Oural !

Il y eut des rires dans le groupe des messieurs. Contente de son effet, la princesse ajouta :

— Des êtres chers à mon cœur se trouvent encore là-bas : les Troubetzkoï, les Volkonsky. Que savez-vous d'eux ?

Sophie répondit qu'elle ignorait ce qu'ils étaient devenus depuis son départ de Sibérie, mais raconta, le plus simplement qu'elle put, leur vie commune, jadis, à Tchita et à Pétrovsk. Ce récit émut la princesse.

— C'est abominable ! dit-elle. Quelle qu'ait été la faute de ces garçons, l'empereur aurait dû les gracier, depuis le temps ! Son entêtement est absurde, inique, anti-chrétien !

Les hommes qui l'encadraient firent chorus avec elle. Sophie s'étonna qu'une personne si proche de la famille impériale portât publiquement sur le tsar un jugement si sévère. Craignant un piège, elle se garda de renchérir. Comme piquée de cette méfiance, la princesse se pencha vers elle et poursuivit à mi-voix :

— Vous savez, Madame, d'une certaine façon, je suis, moi aussi, une persécutée. Le tsar est furieux que je refuse de rentrer en Russie. Il a tout fait pour contraindre mon mari à me ramener. Comme je m'obstinais, il l'a sommé de rompre. Maintenant, Nicolas Ier s'est résigné : il me laisse là où je suis, il lit les lettres que j'écris à l'impératrice, il en fait son profit, mais, au fond, il me déteste !

— J'ai peine à le croire, princesse, dit Sophie.

— Si, si, il me déteste ! C'est un homme extraordinaire, plus intelligent et plus fort qu'on ne le suppose, mais sa rancune l'étouffe. Il ne sait pas pardonner ! Vos amis décembristes ne me démentiraient pas !

— Vous pensez qu'il n'y a plus aucune chance pour eux ?

— J'en ai parlé cent fois dans mes lettres à l'impératrice. Je vous promets de le faire encore. Ce sera en pure perte, hélas !

Leur conversation fut interrompue par d'autres invités qui venaient saluer la maîtresse de maison. Elle en présenta quelques-uns à Sophie. Les grands noms français alternaient avec les grands noms russes. Sophie entendait : Dolgoroukoff, Tourguénieff, Ermoloff, Chouvaloff, Démidoff, et s'étonnait que tant de sujets du tsar fussent domiciliés à Paris. Tous étaient vêtus à la dernière mode et parlaient le français avec volupté, avec ivresse, en roulant les r. Visiblement, ils forçaient leur talent pour paraître très parisiens. Il en résultait une impression de comédie assez pénible.

Un homme âgé, voûté, au visage glabre et aux yeux pensifs, s'approcha de Sophie en s'appuyant de tout son poids sur une canne à pommeau d'or. Sophie reconnut Nicolas Tourguénieff, que la princesse lui avait présenté cinq minutes auparavant. Il la prit à part pour lui parler de ses amis de Sibérie. On eût dit qu'il voulait se justifier devant elle de s'être trouvé à l'étranger au moment de la révolte. En l'écoutant, Sophie pensa aux explications embarrassées de Vassia Volkoff. Tous deux étaient atteints de la même maladie : après avoir échappé au châtiment des conjurés, ils vivaient dans le remords d'avoir eu plus de chance que leurs camarades. Mais Nicolas Tourguénieff était d'une autre envergure que le misérable Vassia. Son regard brillait d'intelligence, il émanait de lui un air de calme, d'honnêteté et de résolution. En quelques mots, il raconta comment, réfugié à Edimbourg, il avait reçu l'ordre du tsar de comparaître devant la commission d'enquête pour complicité avec les décembristes, comment il avait refusé de quitter la Grande-Bretagne et comment il avait été condamné à mort, puis aux travaux forcés, par contumace. Depuis, il s'était installé en France, dans une villa, près de Bougival. Son idée fixe était l'abolition du servage en Russie. Il espérait contribuer à cette réforme par ses écrits.

— Il y a six ans, j'ai publié en français un ouvrage qui a fait quelque bruit : *La Russie et les Russes,* dit-il. Je vais vous l'envoyer. J'y étudie tout ce qui ne marche pas dans notre pays. Cela me permet, en passant, de rendre hommage à mes amis les décembristes...

La rose et blonde Mme Griboff, entendant ces paroles, joignit les mains et s'écria :

— Ah ! oui, lisez-le, c'est un livre admirable ! Seul un homme aimant profondément son pays pouvait le critiquer ainsi !

Et, tournée vers Sophie, elle ajouta :

— Savez-vous que, moi aussi, je suis très proche de certains décembristes ? Vous avez certainement connu Youri Almazoff, en Sibérie. Je suis sa nièce. Evidemment, j'étais trop jeune lorsqu'il a été arrêté pour me souvenir de lui. Mais ma mère m'en a beaucoup parlé. Je voudrais vous demander une faveur : faites-moi le plaisir de venir souper à la maison, le 18 juin prochain.

En souvenir de Youri Almazoff, Sophie accepta de grand cœur. Quand Mme Griboff se fut éloignée, ravie d'avoir si facilement obtenu gain de cause, Nicolas Tourguénieff chuchota :

— Elle est catholique !

— Ah ! oui ? murmura Sophie sans marquer la moindre surprise.

— Je veux dire qu'elle était orthodoxe et qu'elle s'est fait baptiser catholique. Elle, son mari, son fils... et ils ne sont pas les seuls ! Le prince Gagarine, le comte Chouvaloff, Nicolaï... Il y a en France tout un petit clan de Russes qui ont changé — Dieu sait pourquoi ! — de religion. Sur eux règne la très vertueuse Mme Swetchine. Vous avez sûrement entendu parler d'elle !

— Oui, dit Sophie, sa renommée est venue jusqu'en Russie. C'est, dit-on, une sorte de sainte...

— Une sainte très entreprenante. Elle fait du prosélytisme. Quand on va chez elle, elle vous demande des nouvelles de votre âme comme elle vous demanderait des nouvelles de votre rhume de cerveau !

Sophie décela une pointe d'acrimonie dans l'opinion de Nicolas Tourguénieff sur les orthodoxes convertis au catholicisme. Cela se comprenait de la part d'un homme qui, bien qu'émigré en France, se croyait plus russe que ses compatriotes restés chez eux. Il y avait certainement, dans cette petite colonie brillante et oisive, des rivalités, des jalousies, des divergences d'idées, que recouvrait tant bien que mal le vernis de la politesse française. Tous ces boyards travestis en dandys, tous ces propriétaires de terres et de serfs devaient chercher à Paris une culture plus raffinée, une vie plus douce, une plus grande liberté ; mais ils trichaient avec eux-mêmes ; le fond de leur caractère était russe ; en s'expatriant, ils adoptaient les façons de la société cosmopolite et demeuraient asservis aux préjugés de leur lointaine patrie... Sophie s'arrêta au milieu de ses réflexions, surprise de leur incohérence et de leur sévérité. Devant ces exilés plus ou moins volontaires, elle se sentait tantôt intransigeante comme une vraie Russe qui ne pardonnerait pas à ses concitoyens de préférer les plaisirs de l'Occident à ceux de son pays natal, tantôt méfiante comme une Française xénophobe qui souffrirait de voir des étrangers s'installer sur son sol. Un vieux monsieur très distingué l'ayant interrogée sur la dernière saison théâtrale à Saint-Pétersbourg, elle crut avoir affaire à un Russe et apprit avec confusion qu'il s'agissait du comte de Sainte-Aulaire ; en revanche, une dame entre deux âges, exubérante et emplumée, qu'elle prenait pour une Française, se retourna d'un bloc en s'entendant appeler Nastassia Constantinovna. La France et la Russie échangeaient leurs masques. C'était un jeu de société dont Sophie était la devineresse. Il y eut un grand mouvement dans la salle : on chuchota que le comte de Morny arrivait. Mais l'annonceur détrompa tout le monde en clamant un nom inconnu, sans particule.

— Il avait pourtant promis de venir ! se lamentait Delphine. Je voulais lui demander s'il était exact que l'impératrice s'apprêtait à distribuer cent mille francs aux Sociétés de Charité maternelle.

— S'il ne vient pas, Guizot, lui, viendra, dit Nicolas Tourguénieff.

— Que voulez-vous que je fasse de Guizot ? Guizot, c'est le passé...

— Un passé qui pourrait renaître de ses cendres !

— Chut ! si on vous entendait !...

— Est-il possible que M. Guizot rencontre ici le comte de Morny ? demanda Sophie.

— Eh ! oui, chère Madame, dit Nicolas Tourguénieff. C'est un miracle de notre princesse. Tous ses amis d'autrefois, Guizot en tête, étaient parmi les vaincus du coup d'Etat du 2-Décembre. Après la proclamation de l'empire, elle aurait pu refuser sa porte aux triomphateurs. Mais elle est trop avide d'informations. Elle ne saurait vivre sans respirer le fumet des affaires publiques. Elle a donc invité chez elle les nouveaux dirigeants, sans répudier les anciens. Pour les contraindre tous à se réunir autour de son canapé, il fallait un tact, une diplomatie dont bien peu de femmes eussent été capables !...

En parlant, il s'était rapproché du sofa sur lequel se tenait la princesse de Lieven, toujours à demi étendue, un éventail de jais palpitant devant son thorax squelettique.

— Que complotez-vous encore ? dit-elle en dressant sa petite tête de serpent au bout d'un long cou décharné.

— Je faisais à Mme Ozareff les honneurs de notre société russe de Paris, dit-il.

— Il n'y a pas de quoi en être fier ! répliqua la princesse. Les défauts de chacun s'accusent à l'étranger. J'en sais quelque chose, moi qui ai passé les trois quarts de ma vie hors de mon pays. Mais, que voulez-vous ? je ne me sens bien qu'en France. Est-ce ma faute si je ne suis pas née ici ?

Elle soupira, posa une main froide comme une grenouille sur la main de Sophie et poursuivit :

— Je regrette que notre chère Wanda de Kosakovska n'ait pu venir aujourd'hui ! Vous lui auriez parlé de sa sœur, la princesse Troubetzkoï !...

— Où est Wanda ? demanda le comte de Sainte-Aulaire.

— A Nice, je crois.

— En cette saison ?

— Oui, c'est une drôle d'idée ! Elle nous reviendra cuite comme une galette. Savez-vous, Madame, que c'est elle qui a incité M. Alfred de Vigny à écrire son poème sur les décembristes ?

— Un poème sur les décembristes ? murmura Sophie. Je n'en ai jamais entendu parler...

Son ignorance enchanta la princesse de Lieven. Elle exultait, la bouche grande et mobile, l'œil enflammé :

— Vous, l'une des principales intéressées ?... C'est un comble !... Pourtant, ce poème date de cinq ou six ans !... Il est vrai qu'il n'a pas encore été publié !... J'en ai une copie manuscrite. Vous plairait-il d'en prendre connaissance ?

Sans attendre la réponse de Sophie, elle l'obligea à s'asseoir près d'elle et dit à une jeune fille, qui devait être sa secrétaire :

— Allez vite dans mon cabinet de travail. Ouvrez le tiroir de gauche. Vous trouverez, sur le dessus, un grand papier...

La jeune fille revint avec le poème et la princesse pria Nicolas Tourguénieff de le lire. Il s'affala dans un fauteuil et allongea sur un tabouret sa jambe malade. Quelques invités firent cercle autour de lui. Après avoir toussoté pour s'éclaircir la gorge, il commença d'un ton emphatique. Le poème était une sorte de dialogue, au bal, entre un poète français et une jeune Russe, Wanda. Questionnée par le poète, Wanda lui racontait comment sa sœur, une princesse, avait décidé d'accompagner son mari en

Sibérie, pour y boire, « chaque matin, les larmes du devoir ». Les souffrances du prisonnier étaient décrites en termes véhéments :

> *La fatigue a courbé sa poitrine écrasée ;*
> *Le froid gonfle ses pieds dans ces chemins mauvais ;*
> *La neige tombe en flots sur sa tête rasée,*
> *Il brise les glaçons sur le bord des marais...*

A mesure que le poème se développait, Sophie était de plus en plus gênée par l'enflure du style et la fausseté de l'image. D'avoir partagé l'exil des décembristes la rendait maladivement sensible à toute altération de la vérité. Elle savait bien que cette œuvre avait été écrite pour glorifier ses amis, mais l'exagération lyrique, en cette affaire, la choquait davantage que ne l'eût fait l'indifférence. Quand elle entendait parler du « tombeau du mineur », de la femme soutenant le bras de son mari qui maniait « l'épieu », du lin tissé par elle pour un « linceul mortuaire », les souvenirs de Tchita se levaient, tout chauds, dans sa mémoire et protestaient. Elle revoyait le départ des décembristes pour les corvées, avec leur attirail de pique-nique, Nicolas et Youri Almazoff jouant aux échecs sur une pierre, au bord de l'eau, le général Léparsky prenant le thé avec ses détenus, les promenades en calèche avec Pauline Annenkoff, Marie Volkonsky, Nathalie Fonvizine — tout ce mélange d'amitié, de nostalgie, d'espoir, de contrainte, tout ce bonheur dans le malheur, que seul un être ayant vécu là-bas pouvait comprendre.

Cependant, Nicolas Tourguénieff, fronçant les sourcils et haussant la voix, lisait à présent la réponse du poète indigné aux révélations de Wanda :

> *Tandis que vous parliez, je sentais dans mes veines*
> *Les imprécations bouillonner sourdement.*
> *Vous ne maudissez pas, ô vous, femmes Romaines !*
> *Vous traînez votre joug silencieusement.*
> *Eponines du Nord, vous dormez dans vos tombes,*
> *Vous soutenez l'esclave au fond des catacombes...*

Les regards convergeaient sur Sophie. Chacun guettait ses impressions. Elle en avait conscience et souffrait d'être ainsi livrée en spectacle. C'étaient toutes les épouses des décembristes, c'était elle-même qu'à travers la sœur de Wanda l'auteur comparait aux héroïnes de l'antiquité. Elle se sentait indigne de cet hommage. Qu'avait-elle fait d'extraordinaire en rejoignant son mari sur les lieux de sa déportation ? Pourquoi transformer Catherine Troubetzkoï et ses compagnes en statues du devoir, alors qu'elles étaient des êtres de chair et de sang, avec leur courage et leur faiblesse ?

Soudain, elle eut envie de crier : « Ce n'est pas vrai ! Nous n'étions pas si grandes, ni nobles, si désintéressées ! Notre vie était moins tragique ! Moins tragique et plus triste dans la simplicité, la médiocrité, les petites jalousies, l'ennui quotidien, la dégradation des sentiments, l'usure des caractères ! De quoi se mêle-t-il, M. Alfred de Vigny, avec son inspiration pompeuse ? Qu'il nous laisse en paix ! Qu'il se taise ! » Mais elle n'avait plus le droit de détruire cette légende qui l'irritait. Elle n'était pas seule en cause. Ses amis, restés là-bas, avaient besoin de l'auréole des martyrs. Leur pardon, leur retour en Russie seraient peut-être dus, quelque jour, à la publicité poétique faite autour de leur infortune. A cet égard, tout ce qui pouvait les rendre sympathiques, pitoyables, sublimes méritait l'encouragement. « Tant pis pour la vérité, pensa-t-elle, si leur bonheur est au prix d'un mensonge ! » Une fois de plus, comme à Tobolsk, par solidarité avec eux, elle renonçait à être elle-même. Prisonnière d'un mythe, il fallait qu'elle subît jusqu'au bout la honte d'être surestimée. Maintenant, dans une péroraison vengeresse, le poète s'en prenait à Nicolas Ier qui, malgré le temps passé, refusait l'amnistie aux rebelles :

Silencieux devant son armée en silence
Le Czar, en mesurant la cuirasse et la lance,
Passera sa revue et toujours se taira.

C'était fini. Des dames soupirèrent derrière leurs éventails. Delphine se moucha avec émotion. Puis, des exclamations se croisèrent :

— C'est génial ! Déchirant !
— Il faudra que je le recopie !
— Vigny est un grand poète !
— Je préfère Hugo !
— Parce qu'il s'est exilé ?
— Eh bien ! qu'en pensez-vous ? demanda la princesse de Lieven à Sophie. Le tableau est-il ressemblant ?

Sophie banda sa volonté, essaya de sourire et murmura :
— C'est un très beau poème... Trop beau, peut-être... Enfin, je veux dire... nous ne méritons pas cet honneur... Après tout, nous n'avons fait que notre devoir de femmes...
— Allons donc ! s'écria la princesse de Lieven. Vous avez été admirables. Mais il ne vous appartient pas d'en juger. Pour ce qui est du récit, je pense que vous avez fait la part de la transposition poétique. M. Alfred de Vigny a mis bonne mesure de romantisme dans son propos. Il serait sûrement très touché d'apprendre que vous, une réchappée des geôles sibériennes, vous appréciez ses vers. Voulez-vous que je vous ménage une entrevue avec lui ?
— Non, non, je vous remercie, balbutia Sophie.
— Pourquoi ?
— Je ne sais pas... Cela m'embarrasserait plutôt...

Elle était furieuse de ne pas trouver de meilleure excuse à sa dérobade. Ces hommes, ces femmes, inconnus d'elle, et qui la considéraient avec avidité, lui ôtaient soudain toute assurance. Heureusement, la princesse de Lieven, prenant en pitié son désarroi, orienta la conversation vers un autre thème : les récents désaccords de la Russie et de la Sublime Porte, au sujet du protectorat du tsar sur les chrétiens grecs de l'Empire ottoman. Bien que le prince Menschikoff eût présenté un ultimatum au sultan sur ce point et que l'ultimatum eût été rejeté, rien ne laissait croire à un risque de guerre.

— Les Turcs ne bougeront pas s'ils ne sont pas soutenus par la France, disait la princesse de Lieven. Et la France ne bougera pas, parce qu'il est sans exemple qu'un régime qui vient de s'installer et qui n'a pas encore consolidé ses assises se lance dans une aventure militaire alors que ses frontières ne sont pas menacées.

Ce raisonnement était si clair que tout le monde en parut convaincu. Seul, le comte de Sainte-Aulaire osa dire :

— Vous parlez de la France et vous oubliez l'Angleterre, princesse. L'Angleterre n'a pas les mêmes soucis intérieurs que nous. Lord Stratford de Redcliffe me semble tout à fait résolu à contrecarrer, à Constantinople, les desseins de la Russie. Ce faisant, il n'obéit pas seulement à la ligne générale de la diplomatie britannique, mais à une haine personnelle contre Nicolas Ier qui lui avait, si je ne m'abuse, refusé son agrément comme ambassadeur à Saint-Pétersbourg...

— J'en aurais fait autant à la place du tsar ! s'écria la princesse de Lieven. Ce Redcliffe est un personnage sinistre. Quand il est passé par Paris, sa vue m'a donné le frisson. Sans compter qu'il portait une cravate noire et verte, le dimanche, dans mon salon, alors que vous avez tous, Messieurs, le bon goût de porter une cravate blanche !

Le rire de l'assistance alla en s'élargissant et la princesse reprit :

— Non, il n'y aura pas de conflit armé. Simplement, un marchandage de diplomates. Lord Aberdeen me l'a confirmé dans sa dernière lettre.

Sachant que la princesse entretenait une correspondance suivie avec le Premier ministre d'Angleterre, quelques hommes, assoiffés de politique, la cernèrent de près, comme s'ils se fussent penchés sur une source. Sophie profita de ce mouvement pour s'éloigner. Par-delà un barrage de fracs sombres, elle entendait monter des noms, toujours les mêmes : Menschikoff, Redcliffe, Nesselrode, Abdul-Medjid... On avait oublié les décembristes. Ils comptaient si peu aujourd'hui, dans l'immense remuement des peuples !

Elle retrouva Delphine dans un cercle de dames qui devisaient de mode et de théâtre. Là non plus, elle ne se sentit pas à l'aise. Elle en conclut qu'elle était trop fraîchement arrivée en France pour ne pas souffrir du dépaysement. Comme on s'impose une discipline, elle se contraignit à rester une demi-heure encore, parlant aux uns et aux autres, souriant, l'œil attentif et l'esprit distrait. Enfin, elle prit congé de la princesse de Lieven, qui lui fit de grands compliments et la pria de revenir, aussi souvent qu'elle le voudrait. Elle se préparait à franchir la porte, lorsque l'annonceur cria :

— Son Excellence, monsieur le comte de Morny.

Un frémissement parcourut le salon, les invités se rangèrent sur deux haies et Sophie aperçut un homme en habit noir, la figure mince et pâle, le front dégarni, qui cambrait la taille en marchant, à la façon d'un militaire. Sur le passage du demi-frère de l'empereur, les messieurs s'inclinaient un peu, les dames souriaient d'un air attirant. Il alla droit à la princesse de

Lieven et lui baisa la main. Puis la foule les déroba aux yeux de Sophie. La soirée battait son plein. Sur les sièges bas, les femmes se réunissaient, semblait-il, non par affinité, mais par couleurs de robes ; les hommes, debout dans leurs fracs, le buste empesé, toutes décorations dehors, se rengorgeaient et parlaient d'abondance. Tous les visages, même les plus vieux, portaient une expression tendue, surexcitée, d'acteurs en représentation. Sophie se faufila entre les groupes et déboucha au sommet du grand escalier, que bordaient des corbeilles de fleurs et des plantes vertes. Le brouhaha des conversations s'éteignit dans son dos. Une agréable fraîcheur l'enveloppa. Deux couples, qui venaient d'arriver, montaient les marches à sa rencontre. Elle admira une jeune femme au décolleté royal, dont la traîne soyeuse glissait en sifflant à chaque pas, détourna la tête en passant elle-même devant une glace, et pria un valet de lui appeler sa calèche.

3

Après une semaine d'attente, Sophie se persuada que Nicolas Tourguénieff avait oublié sa promesse et décida d'acheter elle-même ce livre sur la Russie et les Russes dont il lui avait parlé. Ne sachant à quel libraire s'adresser, elle repassa, sans espoir, par la rue Jacob. A sa grande surprise, elle trouva le magasin ouvert. Derrière la vitre poussiéreuse de la devanture, s'alignaient, comme autrefois, des volumes aux reliures détériorées. Il était impossible de voir ce qui se passait à l'intérieur. Elle poussa la porte, reçut, comme une goutte d'eau sur le crâne, le tintement de la clochette, et découvrit une jeune femme au visage maladif et à la mise négligée, entourée de quatre enfants ; le cadet pouvait avoir deux ans et l'aîné douze à peine.

— M. Vavasseur est-il là ? interrogea Sophie.
— Non, Madame, dit la jeune femme en s'avançant pour l'accueillir.
— Je suis une de ses vieilles amies. J'aimerais avoir de ses nouvelles. Peut-être pourriez-vous... ?

La jeune femme secoua la tête négativement, le regard craintif. Deux de ses enfants se collèrent contre ses jupes. Comme elle continuait à se taire, Sophie se demanda qui elle était : une parente, une voisine chargée de garder la boutique ?

— M. Vavasseur vous a bien dit où on pouvait le joindre ! reprit-elle. Vous êtes de sa famille ?
— Je suis sa femme.

Sophie tomba de haut : son interlocutrice devait avoir vingt-huit ans, alors que Vavasseur marchait sur la soixantaine. De toute façon, il était surprenant que ce célibataire farouche se fût résigné au mariage.

— Comme je suis heureuse de vous connaître ! dit Sophie. Peut-être vous a-t-il parlé de moi ? Je suis Sophie Ozareff... Sophie de Champlitte, si vous préférez...

Un sourire détendit les traits fatigués de Mme Vavasseur.

— Oh! s'écria-t-elle, bien sûr qu'il m'a parlé de vous! Il sera si content quand il saura que vous êtes revenue! Mais comment avez-vous fait pour quitter la Russie?

— Ce serait trop long à vous expliquer. L'essentiel est que j'y sois parvenue. Maintenant, me voici en France, et libre pour toujours! Où est votre mari?

— En prison, dit Mme Vavasseur.

Sophie ne fut qu'à demi étonnée.

— Ah! mon Dieu! dit-elle. Qu'a-t-il fait?

Mme Vavasseur leva les yeux au plafond et soupira :

— Vous le demandez? Toujours la même chose! Il a conspiré contre le gouvernement!

— Contre quel gouvernement?

— Contre tous. Mais c'est le dernier en date qui l'a fait coffrer! A partir du moment où Louis-Napoléon a été élu président de la République, Augustin est entré en guerre contre lui. En a-t-il imprimé des pamphlets, des journaux clandestins, des proclamations révolutionnaires! C'est sûrement notre concierge qui l'a dénoncé!

— Il a, en effet, une tête de mouchard, dit Sophie. Je comprends qu'il m'ait si mal reçue quand je suis venue la première fois!

— Vous êtes déjà venue et le magasin était fermé? C'est stupide, je n'ouvre plus que deux ou trois fois par semaine! Il y a si peu de clients, que c'est plutôt pour aérer que pour vendre! Quand mon mari reviendra, il faudra qu'il se refasse un achalandage.

— Il n'a pas été condamné pour longtemps, j'espère?

— On ne sait pas au juste. Une première fois, il a été arrêté avec ses amis après le coup d'Etat du 2-Décembre et libéré au bout de six mois. Aussitôt, il a récidivé. Et je t'écris, et je te complote!... En octobre dernier, ils l'ont repincé. Là, il en a pris pour un an et un jour. Mais j'ai fait une demande. Je pense qu'on le relâchera avant terme. Ça m'arrangerait bien! Un père de famille! Un homme âgé! Un commerçant payant patente!...

— Où l'a-t-on incarcéré?

— A Sainte-Pélagie. Je vais le voir là-bas régulièrement.

— Ne pourrais-je le voir, moi aussi?

— C'est bien facile! Evidemment, il vous faudrait une autorisation spéciale, parce que vous n'êtes pas une parente. Mais je connais un commis à la Préfecture de police qui m'arrange tous les laissez-passer que je veux en vingt-quatre heures. Après-demain, cela vous conviendrait?

— A merveille! Si je pouvais faire quelque chose pour lui!...

— Oh! oui, dit Mme Vavasseur en joignant les mains, vous avez sûrement des relations dans les hautes sphères!

Elle était simplette et touchante, parmi ses bambins mal tenus. Vraisemblablement, elle ne comprenait rien à la politique, béait d'admiration devant la science de son mari et tremblait qu'il ne finît plus mal encore, la laissant sur la paille avec sa nichée.

— J'irai donc vous chercher, après-demain, à deux heures, reprit-elle. Où habitez-vous ?

— 81 rue de Grenelle, dit Sophie.

Et, se souvenant du but de sa visite, elle demanda :

— Pendant que j'y pense, n'auriez-vous pas un livre de Nicolas Tourguénieff : *La Russie et les Russes* ?

— Peut-être bien. Je remplace mon mari au magasin, mais je ne suis guère au courant. Tous les livres sur la Russie sont dans ce coin. Regardez vous-même...

Pendant que Sophie se dirigeait vers le fond de la boutique, le plus jeune fils de Vavasseur, qui rampait par terre, se cogna le front au comptoir et éclata en sanglots. Sophie le ramassa, le berça et le rendit à sa mère. C'était un bambin bouffi et triste. Mme Vavasseur le moucha et, énervée, donna une taloche au plus grand, qui attachait des chaises ensemble avec une ficelle.

— Vous avez de beaux enfants ! dit Sophie. Comment se nomment-ils ?

— Le petiot, c'est Maximilien-François-Isidore...

Sophie eut un sourire amusé.

— Oui, reprit Mme Vavasseur, à cause de Robespierre ; le moyen c'est Pierre-Joseph, à cause de Proudhon ; l'aîné c'est Claude-Henri, à cause de Saint-Simon...

Sophie contempla avec attendrissement ces grands hommes retombés en enfance.

— Et la fille ? dit-elle.

— Anne-Joseph. Comme Théroigne de Méricourt !

— Un héritage lourd à porter !

— Moi, je n'aime pas tellement ces prénoms ! J'ai dit à mon mari que c'était ridicule ! Mais allez donc lui faire entendre raison !...

Sur un rayon, à hauteur d'homme, Sophie découvrit l'ouvrage de Nicolas Tourguénieff, en trois volumes. Elle les mit de côté et continua de fouiller parmi les bouquins, dont la poussière lui veloutait les doigts. Plus loin, s'alignaient quelques exemplaires d'un opuscule à couverture bleue : *Le Peuple russe et le socialisme, lettre à Monsieur J. Michelet, professeur au Collège de France*. Elle sortit l'une de ces brochures et la feuilleta.

— Mon mari connaissait l'auteur, dit Mme Vavasseur. Alors, il a pris beaucoup de ces petits livres en dépôt. Mais ça ne se vend pas du tout !

Sophie lut le nom sur la couverture : Iscander.

— Il a signé Iscander, mais son vrai nom c'est Herzen, reprit Mme Vavasseur. Alexandre Herzen... Un Russe... Il est venu souvent au magasin. Un homme gentil, distingué, qui a dû quitter son pays à cause de ses opinions politiques. Vous n'en avez pas entendu parler, là-bas ?

— Si, dit Sophie. A Tobolsk, en Sibérie. Mais je n'ai rien lu de lui.

Elle revit les jeunes exaltés du complot de Pétrachevsky discutant de Bakounine, de Proudhon, de Herzen, dans le salon de l'inspecteur de la prison. Tout se tenait. De pays en pays, d'année en année, le même fil liait ceux qui combattaient pour une liberté insaisissable et changeante.

— Habite-t-il encore la France ? demanda-t-elle.

— Plus maintenant, dit Mme Vavasseur. On l'a expulsé, voilà bien deux ans, parce qu'il avait publié des choses contre le gouvernement. Vous savez qu'il a perdu sa mère et son fils dans un naufrage, au large d'Hyères ? Puis, c'est sa femme qui est morte. Entre nous, elle lui avait fait porter les cornes ! Maintenant, il est comme fou de chagrin. Il vit à Londres. Vous prenez ce livre ?

— Oui, dit Sophie.

Elle dut insister pour payer son acquisition. Mme Vavasseur la retint et l'obligea à boire un doigt de madère. Anne-Joseph et Pierre-Joseph se disputaient, tirant chacun sur la jambe d'une poupée. Maximilien-François-Isidore avait trouvé une épingle dans une rainure du parquet et il fallut la lui confisquer, malgré ses cris. A l'écart de la bousculade, Claude-Henri, un livre sur les genoux, coloriait des images en chantonnant. Maintenant que les enfants s'étaient habitués à la visiteuse, leur naturel reprenait le dessus. Mme Vavasseur, toujours l'œil sur l'un ou sur l'autre, pouvait difficilement soutenir une conversation. Elle finit par gémir :

— Il leur faut un père à ces petits ! Ils me rendront folle !

Et, comme Sophie s'apprêtait à prendre congé, elle la pria de l'appeler désormais Louise.

* * *

A peine rentrée chez elle, Sophie parcourut l'ouvrage de Nicolas Tourguénieff, qu'elle trouva sérieux, documenté, équitable. Les pages consacrées à ses camarades décembristes témoignaient d'une amitié sincère. Son plan d'émancipation des serfs était cohérent. Mais elle avait l'impression que, tout cela, elle le savait avant de l'avoir lu. En revanche, la brochure de Herzen lui procura le choc d'une révélation. Répondant à Michelet qui accusait la Russie d'être un Etat barbare, il se déclarait d'accord avec l'auteur sur toutes les critiques adressées au gouvernement, mais prenait avec fureur la défense du peuple. Pour lui, la seule force qui pouvait s'opposer à l'autocratie délirante du tsar, c'était la masse paysanne. Et cela parce que les serfs ignoraient la propriété individuelle et vivaient en associations communales sur les terres d'autrui. Ainsi, avaient-ils dans leur sang la notion du « communisme », qui, un jour, changerait la face du monde. « Quel bonheur pour le peuple russe d'être resté en dehors de tout mouvement politique, en dehors même de la civilisation européenne, qui, nécessairement, lui aurait miné sa commune, écrivait Herzen... L'Europe, à son premier pas dans la révolution sociale, rencontre ce peuple qui lui apporte une réalisation rudimentaire, demi-sauvage, mais enfin une réalisation quelconque du partage continuel des terres parmi les ouvriers agricoles... L'homme de la Russie future c'est le moujik, comme l'homme de la France régénérée sera l'ouvrier... » En fin de compte, tout en préconisant de jeter bas le régime actuel, Herzen n'indiquait pas par quoi le remplacer. Son seul espoir, il le mettait dans la communauté agraire. N'était-ce pas une gageure d'intellectuel ? Sophie reposa le livre. Le calme de sa demeure parisienne l'étonna, après les sentiments qui l'avaient agitée. L'abat-jour de la lampe dessinait un cercle de lumière, au milieu duquel elle était assise. Par la fenêtre entrouverte sur le crépuscule du jardin, entraient les pépiements des oiseaux qui tournoyaient autour de leurs nids. Bientôt, Justin viendrait annoncer à Madame qu'elle était servie. Elle passa la main sur ses yeux fatigués. « C'est étrange, songea-t-elle, j'arrive en France, tout heureuse d'avoir quitté la Russie, et les premiers livres que je lis sont précisément des livres sur la Russie !... »

* * *

Louise vint à l'heure dite, flanquée d'Anne-Joseph et de Claude-Henri. Comme Sophie s'étonnait qu'elle ne fût pas seule, elle expliqua :

— Les enfants ont l'habitude. Je les emmène toujours là-bas, à tour de rôle, pour que leur père les voie...

Elle tenait un paquet sous chaque bras. Sa capote de paille, aux crevés garnis de rubans cerise, était deux fois trop grande pour son visage émacié. Claude-Henri portait une longue blouse bleue sur un pantalon court et une casquette de velours à visière vernie. Anne-Joseph se guindait dans une jupe rose évasée, d'où dépassaient des pantalons à festons. Visiblement, ils s'étaient tous endimanchés pour cette visite. Sophie prit deux bouteilles de champagne qu'elle avait fait monter de la cave.

— Oh ! il ne faut pas ! susurra Louise. Vous le comblez !...

On se serra, à quatre, dans la calèche. Quand Sophie ordonna à Basile de les conduire à Sainte-Pélagie, il arrondit un œil scandalisé et se fit répéter l'adresse. Pendant tout le trajet, à travers les rues ensoleillées, les enfants jabotèrent comme s'ils s'étaient rendus à la promenade. Dans la rue du Puits-de-l'Ermite, la prison les prit sous son ombre. C'était une bâtisse grise, massive, dont la façade menaçait ruine, malgré les grossiers raccords de maçonnerie qui en rompaient la continuité. Par endroits, s'ouvraient des fenêtres étroites et fortement grillagées. La calèche s'arrêta. On mit pied à terre. Des passants se retournèrent en chuchotant. Louise frappa la porte avec son lourd marteau de fer.

— Il y a de tout à Sainte-Pélagie, dit-elle. Même des condamnés de droit commun. Mais on ne mélange pas les genres. Les politiques sont groupés au Pavillon des Princes !

Ces derniers mots furent prononcés par elle avec une nuance de fierté. Des pas se rapprochèrent. Un judas s'ouvrit sur un gros œil luisant. Louise montra les permis de visite et le vantail pivota sur ses gonds avec un bâillement affamé. Dans le vestibule, le guichetier, bonhomme, examina encore une fois les papiers, tapota la joue des enfants qu'il avait l'air de bien connaître, toisa Sophie de la tête aux pieds et chargea un gardien de conduire « la petite famille » jusqu'à M. Vavasseur.

On s'engagea dans une galerie sombre et fraîche, aux murs suintants d'humidité. De part et d'autre de ce passage, s'alignaient des portes énormes, dont les verrous occupaient le quart de la surface. Avant même de s'en être rendu compte, Sophie fut saisie par l'odeur de la prison. Les narines ouvertes, elle se crut revenue en Sibérie, dans quelque centre de triage. Partout, la misère humaine sentait mauvais. Mais, sur ce fond de puanteur internationale, jouaient des variations infinies. Ainsi, les relents de cuisine étaient différents. Les exhalaisons du chou aigre et du kwass, caractéristiques de la Russie, étaient remplacées ici par celles du pot-au-feu et de la piquette. On entendait des grognements, des toux, derrière les parois aveugles. Cette termitière était habitée dans ses moindres alvéoles.

— C'est par là qu'on va au Pavillon des Princes, dit Louise. Au début, mon mari couchait dans un dortoir, avec vingt autres détenus, ensuite, on l'a logé à la Grande Sibérie.

— La Grande Sibérie ? dit Sophie intriguée. Qu'est-ce que c'est ?

— Une salle importante, au cinquième, pour plusieurs prisonniers. On l'appelle ainsi parce qu'elle est la plus froide. Mon époux, qui est fragile des bronches, a demandé à changer. Maintenant, il a sa chambre particulière, au quatrième. Je l'ai meublée avec des objets de la maison, pour qu'il se sente un peu chez lui...

Sophie songea aux femmes des décembristes arrangeant les cellules de leurs maris dans le bagne de Pétrovsk. Décidément, il existait des similitudes troublantes entre les régimes pénitentiaires des pays les plus éloignés.

Elles abordèrent un large escalier de pierre. On était chez les politiques. L'atmosphère changea. Si le premier étage, réservé à l'administration, était calme, au deuxième, déjà, Sophie remarqua une grande agitation. Toutes les portes sur le couloir étaient ouvertes. Des jeunes gens barbus fumaient la pipe autour d'un poêle en fonte, sur lequel mijotait une marmite. Sans doute mangeait-on à n'importe quelle heure dans cette maison — quand l'ennui vous prenait. Quelques détenus saluèrent avec empressement Mme Vavasseur. Elle leur demanda :

— Mon mari est-il là-haut ?

— Probablement, nous ne l'avons pas vu de la journée.

Au-dessus, éclatèrent des rires de femmes. Deux lorettes effrontées coquetaient, dans l'encadrement d'une porte, avec un prisonnier invisible. Dans le même corridor, une vieille mère, en capeline de veuve, se promenait à petits pas avec son fils, qui baissait la tête. Au troisième, toute une chambrée se disputait. Sophie entendit :

— ... Liberté étranglée... la personnalité du tyran... Tant que le peuple... je te dis que tant que le peuple !... Non, non, il faut renverser et reconstruire !...

Puis, les clameurs se turent. Une femme chanta. Elle avait une belle voix triste. Sophie s'arrêta, essoufflée. Ce malaise lui rappela son âge. Elle posa une main sur sa poitrine.

— Encore un étage, dit Louise.

Elles reprirent leur ascension. Une créature très peinte et très parfumée descendait les marches à leur rencontre. Les enfants la regardèrent avec stupeur, comme si elle eût été un cerf-volant qui passait.

— C'est inadmissible ! siffla Louise.

Le gardien qui la précédait soupira :

— Eh ! oui, que voulez-vous ? il n'y a plus de moralité dans cette maison ! On devrait pouvoir y venir en famille ! Et c'est tout juste si on ne s'y fait pas raccrocher pis que dans la rue des Fossés-du-Temple ! Vous voilà arrivées. Je vous laisse...

Louise arrangea son chapeau, tira la blouse de son fils, défripa la jupe de sa fille et, rayonnante d'allégresse conjugale, tapa d'un doigt léger à la porte d'une cellule.

— Entrez ! grogna une voix rogue.

Elle ouvrit le battant, poussa ses enfants devant elle, attendit qu'ils eussent fini d'embrasser leur père, et annonça :

— Augustin, j'ai une surprise pour toi ! Regarde !...

En franchissant le seuil, Sophie aperçut, dans un fauteuil, un vieillard décharné, le col de la chemise ouvert, les cheveux gris en désordre, la prunelle brillante comme un tesson de bouteille. Il se leva et considéra Sophie longuement. Ses rides tremblaient, s'envolaient. Il rajeunissait à vue d'œil. Enfin, il grommela :

— Je savais que vous étiez arrivée à Paris !

— Est-ce possible ? dit-elle.

— A Sainte-Pélagie, on est mieux renseigné que partout ailleurs ! Les nouvelles se télégraphient vite du monde extérieur à la prison ! Ah ! chère Sophie ! confidente et alliée de mes premiers combats, quel bonheur de vous revoir ! J'ai su votre tragique aventure ! Vous êtes restée fidèle, en Russie, à votre vocation révolutionnaire, comme je suis resté fidèle à la mienne, en France ! Mais vous êtes libre, et je suis encore au cachot ! Vous allez tout me raconter ! Il me faut des détails !...

Il lui avait saisi les mains et plongeait un regard exigeant dans ses yeux. Elle était lasse de se répéter. D'un jour à l'autre, sa relation des faits lui semblait moins sincère. Comme si elle eût récité un monologue, dont elle connaissait d'avance l'effet sur le public. Elle se demandait même si, à force de parler d'elle et de ses amis, elle ne versait pas dans cette fausse littérature qu'elle reprochait aux thuriféraires des décembristes. A contrecœur, elle évoqua pour Vavasseur la révolte du 14 décembre, les années de bagne et d'exil, la fraternité qui liait entre eux les prisonniers, la mort de Nicolas... Il l'écoutait avec passion. Son visage était secoué de tics. Enfin, il s'écria :

— Votre sacrifice n'aura pas été vain !

— C'est ce qu'on dit toujours quand on veut consoler quelqu'un d'une défaite ! murmura-t-elle.

— Dans une affaire pareille, il n'y a pas de défaite, il n'y a que des temps de répit, pendant lesquels de nouveaux combattants relèvent les anciens !

— Peut-être, mais je constate que les années passent, que les générations se succèdent, et qu'on trouve toujours la même race de gens au pouvoir et la même race de gens en prison.

— Patience ! Nous avançons !...

— En tournant en rond dans vos cellules ?

— Non, non, assez de politique ! s'exclama Louise avec une brusque énergie.

Elle obligea son mari et Sophie à s'asseoir et déballa les paquets, qui contenaient, l'un des livres, l'autre une tarte. Anne-Joseph alla chercher des assiettes et des verres dans un buffet qui certainement n'avait pas été fourni par l'administration. Pour le reste, le mobilier se composait de sièges dépareillés, d'une table à écrire, d'un lit de sangles, d'une cuvette et d'un pot à eau. Dans un coin, par terre, s'élevaient des piles de papiers. Le jour venait par une fenêtre carrée aux gros barreaux de fer. La cellule pouvait mesurer cinq pas sur six. Aux murs, pendaient quelques estampes de 1848 représentant des combats de barricades et une caricature de Napoléon III.

— Comment se fait-il qu'on vous autorise à garder ces gravures ? demanda Sophie.

— Je suis ici chez moi, répliqua fièrement Vavasseur. On a le droit de m'incarcérer, mais pas de m'arracher mes convictions !

— Décidément, l'Empire français est plus tolérant que l'Empire russe ! Au bagne de Pétrovsk, nous pouvions meubler nos cellules à notre guise, mais il eût fait beau voir que l'un de nous accrochât aux murs des images subversives ! Etes-vous astreints à des corvées ?

— Il ne manquerait plus que ça ! Notre statut est celui des prisonniers de guerre ! Pour le ménage, ce sont des auxiliaires, des prisonniers de droit commun qui s'en chargent, moyennant quinze francs par mois.

— Et la nourriture ?

— Elle est convenable. Si nous ne voulons pas de l'ordinaire, nous pouvons manger à la cantine ou nous faire apporter des repas du restaurant.

— Mais votre correspondance est surveillée ?

— Je le suppose. En tout cas, on nous laisse écrire ce que bon nous semble et les lettres arrivent à destination.

— Chez nous, les cellules n'étaient bouclées que pour la nuit.

— Chez nous aussi. Le reste du temps, nous pouvons nous promener dans la prison, aller d'une cellule à l'autre, descendre dans la cour à n'importe quelle heure, organiser des réunions, recevoir des amis, donner des dîners de plusieurs personnes dans notre cellule...

— En somme, il ne vous manque que de pouvoir sortir !

— Nous le pouvons, de temps en temps, à condition d'être rentrés pour minuit.

Sophie hocha la tête d'un air entendu : le général Léparsky n'avait rien inventé.

— A quand la prochaine sortie ? demanda-t-elle.

— Dans un peu plus d'un mois, dit Louise vivement. On fera une petite fête à la maison !

Ses yeux brillaient d'un bonheur timide. Longtemps, Sophie et Vavasseur discutèrent de leurs expériences pénitentiaires respectives, comparant les geôles russes et françaises, appréciant ceci, critiquant cela, gravement, en connaisseurs. Puis, pendant qu'Anne-Joseph disposait les assiettes et les verres sur la table, Sophie se leva pour lire les inscriptions taillées dans la pierre des murs. Parmi une confusion de noms et de dates, elle déchiffra quelques citations vengeresses : « Presque toujours, c'est par la loi qu'on persécute et qu'on tyrannise. — Lamennais. » « Meurs s'il le faut, mais dis la vérité ! — Marat. » « Parler sans agir est la forme la plus vile de la trahison... — Vavasseur. »

Elle se rassit en pensant : « Il n'a pas changé. » Et elle en éprouva une gêne, comme si elle se fût essoufflée à marcher aux côtés d'un homme plus jeune qu'elle.

— Comment avez-vous trouvé la France ? demanda-t-il soudain.

— Merveilleuse ! dit-elle, prise au dépourvu.

Il fronça les sourcils.

— Ça y est, tu recommences ! dit Louise. Ne peux-tu parler d'autre chose ? Regarde ce que Madame t'a apporté !

Sophie avait oublié les deux bouteilles de champagne. Elle les posa sur la table. Vavasseur empoigna l'une d'elles et se mit à la décapuchonner, en marmonnant :

— C'est bien aimable...

Puis, il reprit :

— Ainsi, vous avez trouvé la France merveilleuse ?

— Par comparaison avec la Russie, oui, dit Sophie.

— Ce régime ?...

— Je ne peux pas le juger encore. Mais je suis obligée de constater qu'après avoir goûté de la république, la majorité des Français a voté le retour à l'autocratie. Pour quelqu'un qui met la volonté du peuple au-dessus de tout, il est difficile de négliger ce fait !

Le bouchon sauta au plafond ; la mousse déborda du goulot ; les enfants battirent des mains ; Vavasseur inclina la bouteille au-dessus des verres.

— Je ne sais qui vous avez rencontré depuis votre arrivée ici, mais permettez-moi de vous dire qu'on vous a mal renseignée ! gronda-t-il. Le peuple a été dupé par un aventurier qui, tout en se proclamant fidèle au principe du suffrage universel, n'a jamais eu d'autre ambition que de gouverner seul. S'il a réussi son coup d'Etat du 2-Décembre, c'est qu'il avait préalablement endormi les masses ouvrières par des promesses. Et puis, il avait l'armée pour lui. En un tournemain, tous les chefs de l'opposition ont été arrêtés, expulsés... Edgar Quinet, Victor Hugo, Dussoubs et j'en passe... On a déporté des hommes par centaines, à Cayenne, en Algérie... Journaux interdits, organisations secrètes démantelées, la police fourrant son nez partout ! La paix par le vide, la sagesse par la menace !...

— C'est terrible ! dit Sophie. Je n'ai pas su cela...

— Parce que vous n'avez pas frappé à la bonne porte en arrivant à Paris !

— S'il en est ainsi, le pouvoir impérial ne compte plus d'opposants !

— On ne peut faucher d'un seul coup toutes les têtes qui dépassent. La république a été pendant quatre ans le gouvernement légal du pays. Grâce à elle, des doctrines se sont propagées dans la masse, des espérances sont nées, que le despotisme, si brutal soit-il, ne parviendra plus à étouffer. La police nous traque, les mouchards sont partout. Mais, déjà, un mouvement se dessine parmi la jeunesse du quartier Latin, dans les ateliers, dans les usines et même dans certains salons !...

Il leva son verre.

— A la république ! dit-il.

— Tu en as donné trop aux enfants ! dit Louise.

— Un jour pareil, ça ne pourra pas leur faire de mal !

On trinqua, on but, et Vavasseur s'essuya la moustache. Ses yeux scintillaient d'une joie haineuse.

— Un de ces quatre matins, tout pétera ! dit-il.

Louise découpa la tarte. Sophie pensa que la France avait un visage bien différent, suivant qu'on la regardait du salon de la princesse de Lieven ou d'un cachot de Sainte-Pélagie. Où était la vérité ? Entre les deux extrêmes, sans doute. L'humeur du pays n'était ni aussi claire que le prétendaient les partisans de l'empereur, ni aussi sombre que l'affirmaient ceux de la république. Et pourtant, irrésistiblement, c'était à ces derniers qu'elle était tentée de donner raison. Elle écouta avec intérêt Vavasseur lui parler de certains professeurs de l'Université qui refusaient de prêter serment, des étudiants qui transportaient des brochures illégales publiées à l'étranger, des jeunes avocats qui organisaient entre eux des conférences politiques hebdomadaires...

Parfois, un prisonnier frappait à la porte, entrebâillait le battant, disait : « Oh ! pardon ! Tu es occupé ! » et s'en allait. Anne-Joseph, ayant fini sa tarte, recousait des boutons aux chemises de son père. Claude-Henri se balançait sur sa chaise au risque de la casser. Sa mère lui allongea une claque. Il se mit à pleurer. Elle le menaça de le donner au guichetier s'il n'était pas sage.

— Ça m'est égal ! dit-il.

Vavasseur l'envoya au coin, pour insolence. Puis, il remplit les verres, une seconde fois. Le champagne l'attendrissait. Il passa un bras autour des épaules de sa femme.

— Ah ! ma petite Louise ! dit-il. Je t'en fais voir ! Mais avant trois ans, nom de Dieu, nous aurons gain de cause !...

— Depuis le temps que tu me répètes ça, murmura-t-elle.

— J'y pense, pour ma prochaine sortie, j'inviterai Proudhon à la maison ! Je veux que notre amie fasse sa connaissance ! Ça c'est un homme ! Un génie ! Un voyant ! Je me prosterne devant lui !...

Il vida son verre, clappa de la langue et rectifia :

— Je me prosterne devant lui, mais je ne suis pas toujours d'accord avec ses idées. Vous savez qu'il a passé un bon bout de temps à Sainte-Pélagie ? C'est même là qu'il s'est marié ! On l'a libéré l'année dernière. Depuis, il se tient coi !

Un souffle d'air tiède entra par la fenêtre, portant un parfum si capiteux que Sophie demanda :

— Qu'est-ce que ça sent ?

— Nous sommes à deux pas du Jardin des Plantes, dit Louise. Dès qu'il fait chaud, l'air embaume !

— Une délicate attention de plus à notre égard ! s'écria Vavasseur. Et malgré ça, je ne suis pas content !...

— Je peux revenir du coin ? demanda Claude-Henri.

— Non, dit le père.

Des pas précipités retentirent dans l'escalier. Un chœur de voix fortes entonna *la Marseillaise*. Au loin, d'autres voix, moins nombreuses, répondirent par *O Richard, ô mon roi !* Les deux hymnes ennemis se mêlèrent en une cacophonie, coupée de hurlements. Vavasseur éclata de rire :

— Vous entendez ? Quel charivari ! C'est devenu une tradition ! Il y a encore quelques orléanistes à Sainte-Pélagie. Chaque soir, à la même heure, les républicains leur donnent l'aubade et ils répondent. A part ça, on s'aime bien, on se respecte, vu qu'on est tous des victimes de ce Robert Macaire couronné !

— Que faites-vous toute la journée ? demanda Sophie.

— J'écris, j'écris pour mettre au point ma théorie de l'Etat, dit-il. Une grosse affaire ! Entre nous, je n'ai jamais aussi bien travaillé qu'en prison !

— Il est pourtant grand temps que tu en sortes ! dit Louise. Madame m'a promis qu'elle verrait, de son côté, si elle pouvait faire quelque chose pour toi...

— Je n'ai pas tellement de relations ! dit Sophie. Peut-être que, par la princesse de Lieven...

— Celle-là, ricana Vavasseur, c'est une drôle de citoyenne ! Elle ménage la chèvre et le chou. Une risette à l'empire, une à la république, une à la France, une à la Russie... Tous ces Russes riches, séduisants, cultivés, me paraissent trop aimables pour être honnêtes. Ils sont à Paris par amour de la démocratie ou de l'art, mais tel conseiller de commerce en off ou en sky étudie avec soin nos usines, tel officier d'artillerie à la retraite examine nos fonderies par curiosité personnelle et, de là, va à Liège et à Seraing continuer ses investigations, telle femme du monde donne des réceptions pour faire bavarder nos ministres...

— Dites tout de suite que vous prenez tous les Russes de Paris pour des espions !

— Ce n'est pas pour rien que le tsar les laisse séjourner à l'étranger !

Sophie se domina. Elle ne comprenait plus pourquoi elle s'était emportée. N'avait-elle pas été agacée elle-même par quelques Russes trop francisés qu'elle avait rencontrés chez la princesse de Lieven ? En vérité, si elle était disposée à critiquer ces expatriés somptueux, elle ne tolérait pas qu'un autre le fît à sa place. Comme s'il y avait eu entre elle et eux des liens de famille qui l'autorisaient à les juger sévèrement tout en leur gardant sa sympathie, alors qu'un Vavasseur, qui les considérait d'un point de vue strictement français, ne pouvait émettre à leur égard que des avis entachés d'ignorance, de sottise et d'aigreur. Louise était consternée.

— Tu vois, Augustin, dit-elle, tu as fait de la peine à Madame ! Cette princesse aurait pu t'aider...

— Mais je ne demande pas mieux ! dit-il en riant. Même si Arsène

Houssaye me proposait ses services pour me tirer de Sainte-Pélagie, je lui tendrais les deux mains !

Sophie rit à son tour.

— Je m'étonne, dit-elle, que vous attaquiez les Russes de France après avoir connu Herzen.

— C'est vrai, convint Vavasseur. Celui-là, c'est un pur, un frère. Mais citez-m'en d'autres qui lui ressemblent ?

On rappela Claude-Henri de son coin. Une cloche sonna. Il était temps de partir. Les adieux des époux furent tendres.

— Tu n'as besoin de rien ? disait Louise. Je t'ai laissé de la tarte... La prochaine fois, je te rapporterai tes chaussettes raccommodées...

Il souleva son fils et sa fille, ensemble, dans ses bras, les embrassa, les reposa à terre, puissant, fatigué et doux — père de famille en même temps que lutteur politique.

En sortant de la prison, Sophie retrouva avec plaisir la lumière et l'animation du monde libre. Le crépuscule n'avait pas encore assombri les rues. Un soleil rouge brillait dans les plus hautes fenêtres des maisons. Le cocher bavardait avec un factionnaire nonchalant, adossé à sa guérite. Louise suggéra de rentrer à pied pour donner de l'exercice aux enfants. Cette proposition enchanta Sophie et elle renvoya Basile, qui partit, vexé, conduisant les chevaux du bout des doigts.

Les deux femmes prirent par les quais de la Seine. Anne-Joseph et Claude-Henri marchaient devant elles en se tenant par la main. A hauteur de Notre-Dame, Louise soupira.

— Que c'est beau ! Dire qu'il ne voit pas ça !

— Le voyait-il quand il était libre ? demanda Sophie.

4

L'enveloppe avait été timbrée en Prusse ; l'écriture de l'adresse était inconnue de Sophie ; elle fit sauter le cachet et trouva une lettre de Ferdinand Wolff. L'étonnement, la joie, la crainte l'attaquèrent avec une violence telle que sa raison, un instant, vacilla. Que faisait-il en Allemagne ? Avait-il été libéré ? S'était-il enfui ? Mais non, la lettre portait en tête : « Tobolsk, le 23 mars 1853. » Des nouvelles vieilles d'à peine trois mois ! C'était inespéré. Elle se précipita dessus, comme une affamée :

« Chère grande amie,

« Je vous ai écrit plus de dix fois à Kachtanovka, mais, sans doute, aucune de mes lettres n'est-elle arrivée jusqu'à vous comme aucune des vôtres n'est arrivée jusqu'à vos amis. Si, pourtant : Marie Frantzeff, qui, en sa qualité de fille du procureur du gouvernement, est, plus ou moins, à l'abri de la censure, a reçu le mot que vous lui avez envoyé quand vous avez décidé de quitter la Russie. C'est ainsi que j'ai su votre future adresse à Paris. Convaincu que vous y êtes maintenant, je profite d'une occasion exceptionnelle : un jeune diplomate allemand, de passage à Tobolsk, veut bien se charger de vous faire parvenir ces quelques lignes, que j'écris en hâte. Le fait que vous soyez en France facilitera la correspondance entre nous. Vous pourrez me répondre à l'adresse ci-dessous, à Berlin, aux bons soins du Dr Gottfried August König. Comme vous devez être heureuse, chère Sophie, d'avoir retrouvé votre pays ! Vous l'aimez tant ! Vous en parliez si bien ! Je me rappelle encore ce que vous m'en disiez, lorsque nous visitions ensemble cette maison de Tobolsk, aujourd'hui transformée, grâce à vous, en dispensaire. Les minutes passées près de vous, dans ces pièces glacées, délabrées, sont parmi les plus belles de mon existence. Je reviens souvent à ces souvenirs pour reprendre courage et pour m'attrister tout à la fois. Egoïstement, je regrette que vous vous soyez davantage éloignée de moi en vous fixant à Paris. J'ai peur que la distance, le changement de vie, le brillant de la civilisation occidentale ne vous fassent oublier vos amis de Sibérie. Dites-moi ce que vous devenez ! Décrivez-moi votre maison, vos meubles, vos robes, votre coiffure !... C'est très important pour un vieil ours dans mon genre ! Avec ces détails, je me fabriquerai des rêves délicieux pour les longs hivers sibériens ! Parlez-moi aussi de vos amis. Car vous en avez sûrement ! Et ils doivent être plus divertissants que les braves lourdauds de Tobolsk ! Voilà que je suis jaloux ! Ah ! les spectacles, les bals, les salons parisiens !... Ici, tout est gris, monotone, provincial ; nos amis vieillissent paisiblement ; les jeunes se marient, se dispersent ; je travaille quatorze heures par jour et projette d'agrandir le dispensaire. Et, au milieu de tout cela, je pense constamment à vous... »

L'écriture, au bas de la page, devenait si serrée que Sophie ne put déchiffrer la suite. Elle s'était acheté un face-à-main, la semaine dernière. Vite, elle le sortit d'un tiroir et le porta à ses yeux :

« Votre cher souvenir ne me quitte pas. Je vous parle chaque nuit en secret. Lorsque j'ai une décision à prendre, je vous demande votre avis, lorsque je suis content de la guérison d'un malade, je vous associe à mon bonheur, lorsque je suis fatigué (cela m'arrive souvent), je m'imagine que vous me grondez, et c'est très agréable... »

Les yeux de Sophie se voilèrent. Un émoi juvénile la pénétrait, qu'elle jugeait absurde sans pouvoir le combattre. Elle n'était plus seule dans l'existence. La conscience d'une amitié masculine lui redonnait le goût d'elle-même. A mille lieues de Ferdinand Wolff, elle s'épanouissait dans la chaleur de son admiration.

Quand elle sut chaque phrase de la lettre par cœur, elle songea à répondre. Son cœur débordait. Elle raconta à Ferdinand Wolff sa vie à Paris, ses achats, ses sorties, mais l'assura qu'elle n'en oubliait pas, pour autant, les êtres chers qu'elle avait laissés à Tobolsk. « Un jour, vous serez libéré, écrivit-elle. Alors, peut-être viendrez-vous ici. Je vous ferai connaître cette ville que j'aime, je vous présenterai à mes amis... » Elle se berça de ce rêve qu'elle savait irréalisable. Puis, après une courte hésitation, elle ajouta : « Vous voyez, moi aussi, je pense à vous constamment, parmi toutes les occupations qui me sollicitent sans me distraire. » Un accès de pudeur l'empêcha d'en dire plus. Elle termina par une formule de politesse banale et signa : « Sophie Ozareff. »

Six pages ! Elle les relut, les glissa dans une première enveloppe au nom du Dr Wolff et enferma le tout dans une seconde enveloppe plus grande, adressée au Dr Gottfried August König. L'importance de l'envoi était telle qu'elle décida de se rendre elle-même à la poste centrale de la rue Jean-Jacques-Rousseau, pour être sûre que sa lettre serait bien affranchie et partirait pour Berlin dans les plus brefs délais.

En ressortant du bureau, elle rayonnait : le contact était rétabli entre elle et ses amis de Sibérie. Même si elle ne recevait qu'une lettre par an de Ferdinand Wolff, elle serait contente. Dans son âme habituée à la méditation, les sentiments n'ont pas besoin de beaucoup d'aliments matériels pour survivre. Marchant dans la rue, Sophie s'estimait plus riche que n'importe quelle jeune femme qui la croisait.

Elle était invitée à souper, ce jour-là, chez Mme Griboff. Ce fut en pensant à Ferdinand Wolff qu'elle choisit sa robe. A table, elle fut particulièrement brillante. Cependant, ce n'était pas pour les personnes présentes qu'elle souriait, plaisantait, ou laissait partir son regard dans le vide avec une expression mélancolique. A part un vieil abbé aux cheveux longs et elle-même, il n'y avait que des Russes parmi les convives. Mais tous ces Russes étaient convertis au catholicisme. Ils formaient, selon l'expression de la maîtresse de maison, « le petit troupeau ». Tandis que des valets en bas blancs servaient un chaud-froid de perdreau, Mme Griboff exposa un projet qui lui était venu en tête : la création à Paris d'un pensionnat pour les enfants russes, où ils pussent être élevés dans la connaissance de leur langue natale, le respect de leur lointaine patrie et l'attachement à l'Eglise romaine.

— Car il ne saurait être question pour nos fils et nos filles d'être moins russes en devenant catholiques ! précisa-t-elle.

Les autres convives approuvèrent cette affirmation avec bruit. Visiblement, ils avaient tous peur de passer pour des gens qui renient leurs origines. Séparés de leurs compatriotes par leur confession, ils ne s'en accrochaient qu'avec plus de ferveur au seul sentiment qu'ils eussent encore en commun avec eux, l'orgueil national, l'espoir d'un avenir glorieux pour leur pays. Sophie se pencha vers son voisin de gauche, M. Krestoff, ancien secrétaire d'ambassade, qui, sa carrière terminée, était resté à Paris, et demanda à mi-voix :

— De quel œil le tsar voit-il certains de ses sujets se détourner de la tradition orthodoxe ?

Au même instant, il se fit un silence autour d'elle. Ce qu'elle destinait à un seul, tous l'avaient entendu. Les visages se figèrent. Dans cette salle à manger parisienne, où le cuir rouge des sièges tranchait sur la verdure profonde des tapisseries, l'ombre de Nicolas Ier venait d'entrer, toute sanglée, toute bottée.

— Pourquoi le cacher ? dit M. Krestoff. Le tsar est furieux. Il nous considère presque comme des traîtres. Il refuse de comprendre que, placés dans l'alternative d'obéir à ses ordres ou à ceux de notre conscience, nous n'ayons pas hésité !

La réponse toucha Sophie par sa franchise. Elle regardait ces gens graves, paisibles, un peu tristes, et comprenait leur drame.

— Mais il ne vous est pas interdit de retourner en Russie ? dit-elle.
— Non, pas précisément, répondit M. Krestoff. Cependant, si nous y allions, l'accueil serait probablement réservé, voire hostile...
— Et nous sommes si bien en France ! soupira une jeune femme enceinte au regard bleu ciel.
— Pourvu que ces satanés Turcs ne brouillent pas les relations entre nos deux pays ! dit M. Griboff.

Il avait une barbiche en forme de pinceau et huit cheveux noirs barraient sa calvitie.

L'abbé, qui avait eu, la veille, une entrevue avec un sénateur important, calma tout le monde. La paix ne serait pas troublée à propos des affaires d'Orient. Bien que la flotte anglaise de Malte eût rejoint la flotte française dans le voisinage des Dardanelles et que les Russes fussent à quelques lieues des frontières de la Moldavie, sur la rive du Prut, jamais on n'avait été si près d'un règlement amiable.

— Il ne faut pas se laisser fasciner par la balançoire diplomatique, renchérit M. Krestoff. La baisse des fonds publics à la Bourse n'est pas autre chose qu'une manœuvre pour asphyxier les petits épargnants. Il paraît que certains ont été ruinés en dix minutes !

Sophie se félicita d'avoir suivi les avis de Me Pelé qui lui avait déconseillé de jouer à la Bourse. A coup sûr, elle eût tout perdu. Après le dessert, on passa au salon, pour prendre le café, à la française. Il y avait là des fleurs dans des vases sang de bœuf, des plaques de faïence incrustées dans le plafond, des trumeaux décorés par un émule maladroit de Boucher, des vitrines pleines de menus objets poussiéreux, des tentures de lampas, des tapis persans, le tout baignant dans la lumière jaune d'une dizaine de lampes à modérateur. Mme Griboff entraîna Sophie à l'écart, dans l'embrasure d'une fenêtre, afin de la questionner sur Youri Almazoff, dont elle ne devait guère se soucier, l'ayant à peine connu. Puis, elle prit la tasse vide des mains de Sophie, la posa sur un guéridon et soupira :

— C'est une condition bien étrange que d'être russe de cœur, catholique de religion et de vivre en France sans pouvoir renoncer à la Russie ! Certains de nos compatriotes nous jugent sévèrement. J'espère que, vous, vous nous comprenez, Madame.

— Bien sûr ! dit Sophie avec effort. Y a-t-il longtemps que vous avez embrassé la foi catholique ?

— Neuf ans. Ce fut, pour mon mari et pour moi, un cas de conscience terrible. Mme Swetchine nous a aidés. Et le R. P. Gagarine aussi...

Tandis qu'elle parlait, Sophie observait, du coin de l'œil, le vieil abbé, qu'entourait un cercle d'ouailles déférentes. Mme Griboff surprit son regard et dit, soudain :

— Auriez-vous préféré voir un prêtre orthodoxe à ma table ?

Sophie tressaillit et murmura :

— Mais non ! Pourquoi ?

Et elle pensa qu'en effet elle eût été plus à l'aise si un pope barbu l'avait accueillie parmi ces Russes exilés.

5

A l'approche des vacances, une fièvre de soirées mondaines s'empara des Parisiens, comme si, avant de partir pour la campagne, le château familial ou la ville d'eau, chaque maîtresse de maison eût tenu à rendre au plus vite les invitations qu'elle avait acceptées dans l'année. Delphine de Charlaz organisa un grand *raout* chez elle, avec pianiste, cantatrice, diseur de poèmes et tombola de charité. Sophie donna, elle aussi, une réception. Elle attendait une cinquantaine de personnes ; il en vint deux cents. Toutes étaient évidemment poussées par la curiosité de voir où habitait cette réchappée des bagnes tsaristes et comment elle traitait ses amis. De la première à la dernière minute, elle eut l'impression de subir un examen. Elle avait engagé des domestiques pour la journée et souffrait de constater que leur livrée était défraîchie. Il y avait de la presse autour du buffet : le punch et la glace n'allaient-ils pas manquer ? Dix fois, elle gourmanda des valets somnolents qui tardaient à repasser les sandwiches et les petits fours. Tout en surveillant à la dérobée le déroulement du service, elle évoluait de groupe en groupe, feignait de se passionner pour des conversations décousues, lançait un compliment, en recevait un autre et souriait à s'en fatiguer les mâchoires. La princesse de Lieven, qui lui avait fait l'honneur de se déranger, la félicita sur le charme discret de son intérieur et resta l'une des dernières, ce qui était un signe de succès.

Après le départ de ses invités, Sophie inspecta philosophiquement son salon saccagé où des verres et des assiettes sales traînaient sur la cheminée, le rebord des fenêtres et les guéridons de marqueterie, rentra dans sa chambre et se mit à sa correspondance : Daria Philippovna, Marie Frantzeff, Pauline Annenkoff — en bavardant avec ses amis de Russie, elle quittait un vêtement d'emprunt et redevenait elle-même. Bien qu'elle n'eût reçu aucune réponse de Ferdinand Wolff, elle lui écrivit de nouveau, à Berlin. Cette fois, elle osa, dans la formule terminale, l'assurer de son « affectueux souvenir ». Longtemps, elle ne put s'endormir et se retourna dans son lit, oppressée, énervée, en songeant à l'audace de cet aveu.

Le lendemain, Delphine la surprit à sa toilette et lui affirma qu'il n'était question en ville que de la réception offerte par « la séduisante Mme Ozareff ». Sophie devina la flatterie mais s'y laissa prendre. A mesure qu'elle élargissait le cercle de ses relations, elle s'étonnait que ses compatriotes fussent aussi mal renseignés sur la Russie. Les mieux informés avaient lu le récit du voyage de Custine, croyaient que Moscou restait ensevelie sous les neiges neuf mois sur douze, et ne connaissaient Pouchkine que parce qu'il avait été tué, seize ans plus tôt, en duel, par un Français, le baron Georges de Heeckeren d'Anthès. Celui-ci se trouvait d'ailleurs maintenant à Paris, où son crédit politique fleurissait. Le brillant chevalier-garde, qui avait privé la Russie de son plus grand poète, était devenu sénateur d'Empire. On proposa à Sophie de le lui présenter. Elle refusa, prenant d'instinct le parti des Russes dans cette querelle. En revanche, elle considéra comme un honneur d'approcher certains phénix artistiques, philosophiques, littéraires, dont tout le monde parlait dans son entourage. Chez Mme d'Agoult, elle rencontra Littré, qui était si laid et si savant qu'elle n'osa échanger deux mots avec lui ; chez Mme Swetchine, petite vieille douceâtre, habillée de bure brune, coiffée de dentelle et parfumée à la violette, elle eut l'impression que la perfection morale de l'hôtesse incitait tous ses familiers à prendre des visages d'anges ; chez Jules Simon, elle écouta Hippolyte Carnot jurer la fermeté de ses convictions démocratiques. Vavasseur n'avait pas menti : l'espérance républicaine demeurait chevillée au cœur de certains, qui se souvenaient des beaux jours de 1848. Pourtant, cette constatation, qui aurait dû la réjouir, la laissait indifférente. Il lui semblait qu'un ressort s'était brisé en elle et qu'elle avait perdu la faculté de vibrer aux sollicitations de la politique. Elle retourna néanmoins chez la princesse de Lieven et lui parla du cas de Vavasseur. La princesse promit d'user de son influence auprès du comte de Morny pour hâter la libération du prisonnier. Par malchance, trois jours plus tard, le 5 juillet, la police découvrit un complot contre la vie de l'empereur. Tous les journaux mentionnèrent l'arrestation d'une douzaine de membres d'une société secrète, en plein Opéra-Comique, pendant une représentation à laquelle assistaient les souverains. La princesse de Lieven fit savoir à Sophie que le moment était mal choisi pour intercéder en faveur de son protégé.

Delphine de Charlaz se préparait à partir pour Vichy ; d'autres, parmi les relations de Sophie, avaient jeté leur dévolu sur Trouville, sur Etretat, sur Biarritz. Il semblait que le fait de rester à Paris à l'époque de la canicule fût considéré par tous comme un signe de mauvais ton. Brusquement, les beaux quartiers se vidèrent de leurs habitants et les provinciaux envahirent les rues. Les théâtres affichèrent de grosses comédies ou des drames larmoyants, à l'usage du public le plus bas. Aux heures chaudes, des hommes s'alignaient en file devant le guichet des bains Deligny, sur la Seine. Le bal Mabille et le Château des Fleurs refusaient du monde. Au Théâtre impérial du Cirque, les lycéens et leurs parents s'instruisaient en regardant une pièce à grand fracas sur les victoires du Consulat et l'Empire. Le 15 août, pour la fête de l'empereur, il y eut un défilé militaire, des feux d'artifice, et Sophie, terrée dans son salon, entendit longtemps la rumeur de la foule satisfaite. Ce Paris d'où tous les gens importants avaient fui la reposait de l'autre.

Le samedi 20 août, l'empereur et l'impératrice partirent pour Dieppe par train spécial et la capitale, écrasée de soleil, entra en léthargie. Sophie se proposait d'aller prendre le frais au bois de Boulogne, en calèche, quand Mme Vavasseur se fit annoncer : après quelques ajournements dus à la malveillance de l'administration pénitentiaire, son mari venait enfin d'obtenir une permission de minuit pour le lendemain dimanche. Ses amis avaient improvisé une petite fête en son honneur, à la librairie de la rue Jacob. Sophie promit de s'y rendre et offrit d'apporter des plats préparés et des boissons. Mais Louise affirma, du haut de sa dignité ménagère, qu'elle n'avait besoin de rien.

En effet, quand Sophie pénétra, le jour suivant, dans la boutique, elle trouva le comptoir recouvert d'une nappe et garni de viandes froides, de salades diverses et de bouteilles de vin. Une trentaine de personnes se pressaient dans cet espace réduit. Peu de femmes — quatre ou cinq au plus ; les hommes étaient, dans l'ensemble, pauvrement vêtus, portaient la barbe et avaient le verbe sonore. Au milieu de ce tohu-bohu, trônait Augustin Vavasseur, en manches de chemise, la face luisante de transpiration, une gaieté insensée dans les yeux. Dès qu'il se fut emparé de Sophie, elle n'eut plus rien à dire. Elevant la voix pour être entendu de tous, il raconta ce qu'elle avait fait en France d'abord, en Russie ensuite, pour la cause de la république. A l'en croire, c'était elle qui avait transplanté l'idée de liberté à Saint-Pétersbourg ; le mouvement décembriste était son œuvre ; et, même au bagne, elle n'avait cessé de prêcher la lutte contre le tsar. Les jeunes, autour d'elle, la regardaient comme si elle eût été un personnage historique, la grand-mère de la révolution. Elle eut beau protester contre l'exagération de ces éloges, la légende était lancée. Alors que, dans le salon de la princesse de Lieven, on l'admirait pour son dévouement conjugal, ici c'était son dévouement politique qui était porté aux nues. Dans un cas comme dans l'autre, les gens se trompaient sur elle. Cette réputation usurpée lui était intolérable. Après en avoir ri, elle souhaitait rentrer dans un trou. Mais on l'interrogeait maintenant, on écoutait ses moindres propos avec une déférence absurde. Que pensait-elle de l'avenir du tsarisme ? Croyait-elle que la France évoluerait, sans à-coups, vers un régime démocratique ? Elle avait envie de dire qu'elle n'en savait pas plus que ses questionneurs et que, du reste, elle était fatiguée, depuis longtemps, du vain bourdonnement des parlotes politiques. Mais elle ne voulait pas blesser les amis de Vavasseur, qui étaient tous des socialistes sincères. En vérité, leurs convictions ressemblaient fort à celles des jeunes gens du complot de Pétrachevsky. Pour les uns comme pour les autres, la grande idée n'était plus le libéralisme né de la Révolution française, mais une association populaire en vue de partager les dons de la nature. Leur soif d'égalité et de justice, leur mépris pour les distinctions qui ne venaient pas du mérite les conduisaient tout droit au rêve d'une société uniforme, où personne ne posséderait rien et où chacun bénéficierait du travail de tous. La lutte contre le despotisme, qu'avaient menée leurs devanciers, devenait pour eux une lutte contre la propriété. Ils se réclamaient de Herzen, de Fourier, de Proudhon et d'un certain Karl

Marx, dont Sophie n'avait jamais entendu parler. Comme ils s'échauffaient en discutant, Sophie demanda à Vavasseur s'il ne craignait pas que le concierge, qui certainement était aux écoutes, les dénonçât. Il répondit fièrement que, ce qui se disait chez lui, entre quatre murs, ne pouvait lui être imputé à crime. Elle admira que, tout en dénigrant le régime, il fît confiance à la police au point de se croire protégé par la règle du jeu.

Louise passait entre les invités et les priait de se servir. Comme il n'y avait pas assez de sièges pour tout le monde, beaucoup mangeaient et buvaient debout, adossés aux rayons pleins de livres. Les lampes à pétrole fumaient dans une atmosphère méphitique. Un faible courant d'air entrait par l'imposte en demi-lune ouverte sur la rue. Incommodée par la chaleur, Sophie s'assit près du comptoir, déplia son éventail et l'agita devant son visage. Une colonnade de pantalons l'entourait. Soudain, au milieu des voix, retentirent quatre coups secs, frappés à la porte.

— C'est lui ! cria Vavasseur avec joie.

Il tira la targette, ouvrit le battant et fit entrer un homme massif et souriant. Le nouveau venu portait une redingote verte. Il ôta son chapeau et serra les mains qui se tendaient vers lui. Son grand front d'ivoire surplombait de petits yeux myopes, déformés par des besicles ; un épais nuage de barbe entourait son menton ; il ressemblait à un rude instituteur de campagne. Vavasseur le conduisit vers Sophie et annonça d'un ton superbe :

— Je vous présente Proudhon ! Vous savez qui il est, je veux qu'il sache qui vous êtes !

Et il recommença, à l'intention de Proudhon, le panégyrique de celle qui, disait-il, avait été l'égérie des décembristes. Elle dut le prier de se taire, tant il l'agaçait par son emphase. Les autres invités, cependant, avaient formé un cercle autour d'eux. Pour changer de conversation, Sophie demanda à Proudhon ce qu'il était en train d'écrire.

— Bien des choses ! dit-il. Une histoire de la démocratie, des notes pour une étude sur Napoléon...

Il avait l'air ennuyé, distrait. Un jeune énergumène chevelu l'ayant questionné, avec un rien d'insolence, sur ses « nouveaux rapports avec le pouvoir », il marmonna :

— Je n'ai pas à me plaindre... On me laisse tranquille...

— Et pour cause ! Vous avez fait, dit-on, soumission au régime !

— Vous êtes mal renseigné, jeune homme ! gronda Proudhon. C'est précisément parce que je n'ai aucune estime pour Louis-Napoléon que je ne veux pas le combattre ouvertement. Par son incapacité, il servira mieux nos desseins que nous ne saurions le faire par notre talent. En essayant de le renverser avant que l'opinion publique entière ne l'ait pris en exécration, nous le transformerions en martyr et l'autorité de son successeur sur le pays serait renforcée. Au contraire, en le laissant se compromettre de mensonge en mensonge, trébucher d'erreur en erreur, nous gagnerons à coup sûr !

— Ainsi, d'après vous, il est absurde de vouloir rester en prison, en exil, par fidélité à l'idéal démocratique ? demanda un autre adolescent dressé sur ses ergots.

— Parfaitement ! Tous ceux qui refusent l'amnistie sont des sots ! Je n'ai pas hésité une seconde, moi, à profiter de la liberté qui m'était offerte ! Je me conduis bien en apparence. Je publie avec l'autorisation du gouvernement. J'attends l'heure où le misérable mannequin poussé sur la scène par le coup d'Etat du 2-Décembre s'écroulera de lui-même...

— C'est une notion bien bourgeoise de la révolution !

— Et puis après ? Je veux, en effet, concilier la bourgeoisie et le prolétariat, le salaire et le capital, dans un communisme sans haine. Je veux faire rentrer dans la société, par une combinaison économique, les richesses qui en sont sorties par une autre combinaison économique. Je veux brûler la propriété à petit feu, par crainte de lui redonner une certaine valeur mystique en organisant une Saint-Barthélemy des propriétaires !

Ces paroles modérées jetèrent la consternation dans l'auditoire.

— Libre à vous de croire que l'Empire s'achèvera dans la lassitude et la pourriture, dit Vavasseur. Mais moi, je ne peux plus attendre. De génération en génération, des théoriciens prudents remettent à plus tard l'instant de l'action décisive. Il me semble que si quelques hommes courageux s'unissaient pour culbuter le régime...

Proudhon haussa ses lourdes épaules :

— Je ne serai pas des vôtres dans cette entreprise. La violence politique est une notion périmée. Le socialisme a besoin d'économistes et non de bouchers !

— Si l'empereur vous appelait demain en consultation, vous iriez donc le voir ?

— Sans doute ! Et, comme il se prétend féru de progrès social, je l'encouragerais à améliorer par mille mesures généreuses le sort des petites gens, je ferais en sorte qu'il prît à sa charge un chapitre de notre programme et se brouillât ainsi avec les vieux partis, bref je me servirais de lui pour préparer l'avènement de la démocratie !

— Je vous admire, dit Vavasseur. Moi, si j'étais appelé demain en consultation par Napoléon III, j'irais peut-être mais je dissimulerais une bombe sous les pans de ma redingote !

Il y eut un éclat de rire unanime, qui désarma les esprits tendus jusqu'au malaise. Puis quelqu'un fit allusion aux risques de guerre et Vavasseur déclara :

— Ce serait éminemment souhaitable !

— Comment pouvez-vous dire cela ? s'écria Sophie indignée.

— Mais voyons, chère amie, réfléchissez ! rétorqua Vavasseur. La guerre constituerait une épreuve fatale pour Napoléon III. Ayant envoyé ses troupes au diable, du côté de la Turquie, il n'aurait plus grand monde pour le protéger en cas de soulèvement populaire ! Tout vrai révolutionnaire doit espérer qu'on s'étripera ferme en Orient ! Malheureusement, les diplomates sont en train d'arranger les choses. La France met de l'eau dans son vin et la Russie dans sa vodka. Pour occuper nos généraux, on se bornera à poursuivre la pacification de l'Algérie. Les braves Kabyles continueront à se faire massacrer pour la gloire de Mac-Mahon et le public, en lisant les journaux, se persuadera de la force invincible de l'empire !

L'ironie amère de Vavasseur indisposait Sophie. Etait-ce un effet de l'âge ? — elle avait l'impression qu'aucune idée politique ne méritait une effusion de sang. Autrefois, le choix des moyens l'embarrassait peu, lorsque la fin lui semblait juste. Aujourd'hui, elle était comme malade de tendresse envers le genre humain. Proudhon, avec son solide bon sens, était-il le seul ici à pouvoir la comprendre ? Il s'était tu, pensif, mécontent, retiré dans sa barbe. Vavasseur et ses amis parlaient maintenant des proscrits de Londres. Ensuite, on en vint à échanger des histoires drôles sur Sainte-Pélagie. La porte conduisant à l'arrière-boutique s'entrebâilla et des têtes d'enfants s'étagèrent dans l'ouverture. Les prunelles écarquillées, ils suivaient le jeu incompréhensible des grandes personnes. Louise les renvoya dans leur domaine avec une tranche de brioche pour chacun. Peu après, Proudhon dit que sa femme était souffrante, qu'il lui avait promis de rentrer tôt et s'en alla, les épaules rondes.

Dès qu'il eut refermé la porte, le ton monta, comme dans une classe après le départ du surveillant. Manifestement, cet homme intelligent et fort gênait les autres dans leur désir de folie révolutionnaire. Certains se mirent à discuter des chances d'un attentat contre Napoléon III. Sophie observa Vavasseur qui jubilait, une lumière d'explosion dans les yeux. Sans doute était-il de ces éternels révoltés pour qui tout régime politique est insupportable. Si demain la France était conforme à ce qu'il désirait aujourd'hui, il trouverait un prétexte pour passer de nouveau dans l'opposition. Il n'était heureux que dans le dénigrement, le complot, la haine. Au milieu de ces menaces de mort, Louise, souriante, allait, venait, proposait des sucreries. Sophie voulut prendre congé à son tour : elle manquait d'air. Louise la supplia de patienter quelques minutes encore : la permission d'Augustin expirait à minuit. On le raccompagnerait tous ensemble à la prison... Elle était si touchante dans son effort de persuasion que Sophie se laissa convaincre.

Il ne restait plus que huit personnes dans le magasin, quand Vavasseur, ayant lorgné sa montre, annonça :

— Il est temps que je parte, mes amis ! J'ai donné ma parole !

Louise éteignit les lampes et le petit groupe se retrouva dans la rue. Augustin et sa femme montèrent dans la calèche de Sophie, les autres invités se répartirent dans deux fiacres, et la caravane s'ébranla au trot. Les sabots des chevaux secouaient des morceaux de ville endormie. Toutes les fenêtres étaient éteintes, mais, de loin en loin, brillait une pâle lanterne. Les ombres des voitures se traînaient, en se déformant, sur les murs couleur de lune. Parfois, se lisait une inscription au charbon : « Vive Barbès ! » ou « A bas Bonaparte ! » On mit pied à terre au coin de la rue de la Clef. Vingt-cinq minutes de retard. Ce n'était pas grave. Un factionnaire dormait debout dans sa guérite. Vavasseur embrassa sa femme, serra les mains de Sophie, tapota l'épaule de ses amis et soupira :

— « Vous qui entrez ici, laissez toute espérance ! »

On le réconforta :
— Allons ! Courage ! Tu n'en as plus pour longtemps !
— Quand tu seras sorti du trou, nous entreprendrons de grandes choses !
— Es-tu sûr que tu n'as rien oublié ? demanda Louise.

Il se ragaillardit, frappa du marteau contre la porte et croisa les bras sur sa poitrine, dans la pose d'un homme qui attend avec sérénité la venue du bourreau. Le judas s'ouvrit. Une voix rogue demanda :
— Qu'est-ce que vous voulez ?
— Je rentre, dit Vavasseur.
— Votre nom ?
— Vavasseur, Augustin-Jean-Marie.
— Attendez une seconde.

Le guichetier s'éloigna. Sans doute allait-il consulter son registre.
— Pour un peu, il refuserait de me recevoir ! dit Vavasseur furieux.

Deux minutes passèrent. Dans la maison d'en face, une fenêtre s'ouvrit, au second étage, quelqu'un vida une cuvette sur le pavé. Le guichetier revint et dit :
— C'est d'accord.

La porte tourna sur ses gonds. Vavasseur franchit le seuil, tête haute.

6

La poste russe avait des fantaisies inexplicables : après des mois de silence, Sophie reçut tout à coup une lettre de Vassia Volkoff. Il s'excusait de lui répondre à la place de sa mère, qui était au lit avec une jaunisse :

« ... Sans doute aimeriez-vous avoir des nouvelles de Kachtanovka ? Eh bien ! votre neveu est devenu tout à fait étrange : plus question de mariage entre lui et la fille du gouverneur. La petite l'a échappé belle ! J'ai d'ailleurs l'impression qu'il n'épousera jamais personne. Son domaine lui tient lieu de femme. L'idée de son pouvoir sur sa terre et sur ceux qui l'habitent le grise. Cela tourne à la mégalomanie. Me croirez-vous si je vous dis qu'il a fait peindre toutes les maisons de paysans en blanc cru, avec un numéro noir sur le côté, que les serfs de chaque village portent des chemises de couleur différente (bleues pour Chatkovo, vertes pour Bolotnoïé, etc.), qu'ils se rendent au travail au son du tambour, sous les ordres de quelques « conducteurs » armés de gourdins, bref que la propriété entière prend l'allure d'un champ de manœuvres, avec des hameaux pour casernes et des moujiks pour soldats ? Tout cela serait simplement comique, si tant de malheureux n'étaient victimes de cette lubie ! Notez qu'ils ne s'en plaignent pas : ils sont bien nourris, bien logés, assurés de ne manquer de rien dans l'avenir... Je disais hier à ma mère combien j'étais heureux que vous n'ayez pas assisté à cette enrégimentation de vos serfs. Impuissante à vous y opposer, vous en seriez tombée malade... Je rêve de votre vie à Paris, capitale de l'esprit et de l'élégance. Vous ne devez pas avoir une minute à vous... Ici, l'existence est monotone, comme un de ces larges fleuves russes que vous connaissez. Ma journée est un long bâillement. Même lire ne m'intéresse plus. J'échange, entre le matin et le soir, quatre phrases banales avec ma mère, je mange trop, je bois sans soif... Il y a eu, avant-hier, un gros orage... Notre jument noire est morte en mettant bas... La dernière récolte de pommes de terre a été excellente... »

Sophie lisait et changeait de monde. Peu à peu, elle était reprise par ses préoccupations d'autrefois : le sort des moujiks, la moisson, les menaces de grêle... C'était comme si, sur le point de s'acclimater en France, elle eût respiré une bouffée d'air russe. Elle en voulut soudain à ce pays lointain de ne pas mieux se laisser oublier. Qu'avait-elle à voir encore avec les gens de Kachtanovka ? Serge, Antipe, David le cocher, Zoé la femme de chambre, Daria Philippovna, Vassia. Des ombres ! Elle posa son face-à-main et referma la lettre dans ses plis. Son trouble augmentait. La joie qu'elle avait d'abord éprouvée se muait en une mélancolie stérile. Au lieu de sortir se promener, comme elle en avait formé le projet, elle resta chez elle, repassant des souvenirs, ouvrant des tiroirs et classant des feuillets jaunis. Quel étrange résidu de factures, d'attestations administratives, de passeports, de programmes de théâtre, de lettres oubliées laissait derrière elle une existence humaine ! Serge ne lui avait pas écrit une seule fois depuis qu'elle avait quitté la Russie, mais ses envois d'argent tombaient avec une régularité irréprochable. Elle n'avait pas, non plus, de nouvelle lettre de Sibérie. Que le courrier des décembristes fût intercepté par la censure n'aurait pas dû empêcher Marie Frantzeff, protégée par les hautes fonctions de son père, de correspondre avec la France. Comment vivait Ferdinand Wolff ? Sophie l'évoqua dans sa petite chambre, parlant à un malade, rédigeant une ordonnance. Un bonheur aigu la pénétra. Elle se sentit aimée, à distance, pour toujours. Jusqu'au soir elle demeura ainsi, rangeant des documents inutiles. A neuf heures, lasse de tout ce passé remué à la fourche, elle soupa, frileusement, devant le feu allumé dans la cheminée.

Le mois de septembre était humide et froid. Déjà, de nombreux Parisiens rentraient de vacances. Delphine débarqua, régénérée par les eaux de Vichy, et voulut immédiatement reprendre la vie mondaine. Sophie l'accompagna à un bal masqué, donné par un riche armateur, à la Porte-Saint-Martin, après le spectacle. On dansait sur la scène, au son d'un orchestre dont les musiciens étaient costumés en pompiers. Entre les panneaux de toile peinte représentant un jardin à la française, s'agitaient des mousquetaires, des geishas, des mignons, des grognards, des sylphides, des colombines, des marquises et des gladiateurs. Sophie, assise dans une loge, s'amusait de ce remue-ménage. Beaucoup parmi les invitées lui paraissaient jolies, les yeux scintillants dans les trous du masque, la gorge ronde, provocante, le pied leste. L'âge venant, elle était de plus en plus sensible à la beauté des femmes. La fraîcheur d'un visage, la grâce d'un mouvement excitaient sa sympathie. Tout être qui débutait dans l'existence l'attirait irrésistiblement et appelait son soutien. Jusqu'aux premières lueurs de l'aube, elle ne sentit pas sa fatigue. Quand elle quitta la salle avec Delphine, les boutiquiers ôtaient les volets de bois de leurs magasins ; des ménagères en papillotes descendaient dans la rue ; aux portes des restaurants, les enleveurs d'ordures chargeaient les écailles d'huîtres dans des tombereaux ; une clarté rose montait dans le ciel et coulait sur les toits, entre les créneaux noirs des cheminées. La calèche roulait à vive allure dans ce Paris somnolent et mal lavé. Sophie songeait à son lit, avec délices. Elle se croyait exténuée pour la semaine, mais, le lendemain, elle se rendit, d'un bon pied, au Gymnase pour voir *le Pressoir*, une pièce paysanne de George Sand, et, le surlendemain, au Théâtre-Français, où une comédie-ballet de Molière, *le Mariage forcé*, l'enchanta par la légèreté du texte et l'aisance des acteurs. Au foyer, les habitués parlaient avec dépit du récent départ de Mlle Rachel, que le tsar avait engagée au Théâtre impérial de Saint-Pétersbourg pour une centaine de représentations. On chuchotait qu'elle toucherait quatre cent mille francs sur la cassette particulière de l'empereur. De ces rumeurs, Sophie ne retenait qu'une chose : si le tsar appelait Mlle Rachel en Russie, c'était que la guerre n'était pas pour demain. Pourtant, après une période d'accalmie, les journaux se remplissaient de nouvelles alarmantes. La Turquie raidissait son attitude. La conférence d'Olmütz entre le tsar et ses alliés prussiens et autrichiens n'avait rien donné. Seul un miracle pouvait détourner l'orage. Tel n'était pas, cependant, l'avis du comte Kisseleff, chargé d'affaires de Russie à Paris, que Sophie approcha un soir, chez la princesse de Lieven. Il affichait un optimisme béat. A peine rassurée par les propos de ce haut personnage, Sophie lut, dans le *Journal des débats,* que les hostilités entre Russes et Turcs avaient commencé.

 Au début du mois de novembre, les gazettes publièrent la proclamation de Nicolas Ier, répondant à la déclaration de guerre de la Turquie : il demandait au Très-Haut de bénir ses armes dans « la sainte et juste cause » que ses « pieux ancêtres » avaient toujours défendue. Malgré cette profession de foi, les Russes de Paris se raccrochaient à l'espoir que rien ne troublerait les rapports de leur patrie avec la France. « Les motifs de cette guerre sont trop ridicules pour être soutenus par des pays civilisés, disait la princesse de Lieven. De quoi s'agit-il, au fait ? De la plus ou moins grande protection à accorder par le tsar à quelques prêtres dont la religion n'est ni celle de la France ni celle de l'Angleterre ! Et, pour cette question qui ne les concerne en rien, l'Angleterre et la France iraient verser leur sang ?... » Des commentateurs plus sérieux faisaient observer que, si la France n'était pas directement intéressée dans cette affaire, l'Angleterre, elle, enviait les progrès du commerce moscovite et la pénétration toujours plus accentuée des Russes dans la région danubienne, dans l'Asie centrale et dans l'Extrême-Orient. Sophie, qui, naguère, lisait peu les journaux, les achetait tous maintenant et s'énervait de leurs nouvelles contradictoires. Au cours d'un engagement à Oltenitza, sur le Danube, les Russes du prince Gortchakoff avaient, disait-on, subi une sanglante défaite devant les Turcs d'Omer Pacha ; en revanche, le 30 novembre, l'amiral Nakhimoff, à la tête de six vaisseaux de ligne, avait forcé l'entrée de la rade de Sinope et détruit en une heure une puissante escadre ottomane. Ces premières actions, menées de part et d'autre avec fureur, laissaient présager que la guerre serait longue et meurtrière. Déjà, insensiblement, l'opinion publique, à Paris, se déclarait hostile à la Russie. Dans les milieux bien pensants, on estimait que l'attitude de la France dans l'affaire des Lieux saints était inspirée par une haute pensée religieuse. Victor Hugo, dont le livre *Les Châtiments* passait clandestinement la frontière, traitait Nicolas Ier de « tyran », de « vampire » et plaignait le peuple russe asservi à sa volonté.

Il faisait très froid. Sophie était dépaysée par cet hiver grisâtre. Ce serait la première fois, depuis une trentaine d'années, qu'elle ne verrait pas de neige pour Noël et la Saint-Sylvestre. Il lui semblait que les fêtes y perdraient de leur poésie. Elle s'était si bien habituée à la coutume nordique des sapins décorés de jouets et de bougies qu'elle regrettait l'indifférence des Parisiens à cet égard. Ici, on ne pensait qu'à la messe de minuit, aux étrennes et aux bals. Dans les quartiers élégants, les étalages des magasins rivalisaient de richesse. Les gens s'abordaient avec des mines réjouies. Mais où était le mystère léger — mi-chrétien, mi-païen — fait de gel, de légende et d'intimité familiale des Noëls de là-bas ? Souvent, au cours de ses sorties en ville, elle levait les yeux vers les fenêtres et s'attristait de ne pas apercevoir, derrière le voile des rideaux, la silhouette sombre et conique de l'arbre dont rêvaient tous les enfants de Russie. A Kachtanovka, songeait-elle, la naissance du Christ ne serait célébrée que douze jours plus tard, à cause du décalage entre les calendriers grégorien et julien. En ce moment, dans toutes les villes et dans tous les villages orthodoxes, les ménagères préparaient des provisions maigres pour la dernière semaine du carême. Elle accompagna Delphine à la messe de minuit, mais refusa de réveillonner avec elle et resta le jour de Noël, seule, à la maison, entourée de livres.

Le lendemain, elle était encore au lit, lorsque Valentine lui apporta, sur un plateau, sa collation du matin et son courrier. L'une des lettres était timbrée de Tobolsk. Sophie la décacheta avec des mains tremblantes. Pouvait-elle espérer un meilleur cadeau de fin d'année ?

C'était Marie Frantzeff qui lui écrivait. Elle parcourut le début, puis son regard, comme attiré par un accident de terrain, se posa sur une ligne au milieu de la page : « Notre cher Dr Wolff... » Plus loin, le mot : « mort ». Un choc ébranla le cerveau de Sophie. Il ne pouvait y avoir de rapport entre ces deux membres de phrase. L'angoisse au cœur, elle revint en arrière et lut : « Notre cher Dr Wolff, qui a fait tant de bien autour de lui, est mort le 14 mai dernier. Une fièvre cérébrale a eu raison de son organisme miné par la fatigue. Il travaillait trop ; il ne se réservait pas une heure de repos dans la journée ; pour nous tous, cette perte a été horrible... » Sophie renversa la tête sur l'oreiller et, pendant quelques secondes, il lui sembla qu'elle baignait dans un grand espace désert, lugubre et solennel. Tout son corps était comme rompu par une catastrophe. Une amertume lui vint dans la gorge. Des larmes piquèrent ses yeux. Elle haletait, elle tremblait, elle se mordait les lèvres jusqu'au sang. Soudain, elle se précipita vers son secrétaire, ouvrit un tiroir, y prit la lettre de Ferdinand Wolff et la considéra d'un air égaré, à travers son face-à-main. Quand elle l'avait reçue, au mois de juin, il était déjà mort. C'était à un mort qu'elle avait répondu, avec allégresse, avec espoir, avec coquetterie ! A un mort qu'elle avait adressé l'aveu déguisé de sa tendresse ! A un mort qu'elle avait écrit, dernièrement encore, pour raconter ses visites, ses projets ! « Pauvre ! Pauvre ! se disait-elle. Comme c'est bête ! Si j'étais restée près de lui, si j'avais veillé sur sa santé, peut-être vivrait-il aujourd'hui ? » Elle l'imaginait, râlant, seul, sur son petit lit de fer, dans la chambre mal éclairée. L'avait-il appelée dans son délire ? Elle eût voulu connaître sa dernière pensée. Puis, elle se résigna : à quoi bon ? Des souvenirs décousus flottaient dans sa mémoire : une attitude familière de Ferdinand Wolff, la tête penchée sur l'épaule, la calotte de velours repoussée sur la nuque, son sourire sceptique, ses mains fines rongées par les acides... Lentement, le visage du médecin se déformait, rajeunissait, devenait celui de Nicolas. Et cette métamorphose n'étonnait pas Sophie. « Ferdinand Wolff, c'est Nicolas », pensa-t-elle avec l'impression de réfléchir très vite et de n'être pas tout à fait dans son état normal. De deuil en deuil, la surface sensible de son âme se rétrécissait. Bientôt, il ne lui resterait même plus assez de conscience pour souffrir.

Elle passa toute la matinée au lit, engourdie, stupéfaite. A midi, Valentine l'aida à s'habiller. Elle déjeuna machinalement, sur une petite table, dans le salon. La pluie ruisselait sur les vitres. Il n'y avait pas de neige, il n'y en aurait plus jamais. Elle but trois tasses de café, très noir. Son regard s'arrêta sur les flammes qui dansaient dans la cheminée. Il se déroulait là d'extraordinaires histoires de chevalerie, dont les personnages étaient des étincelles et les décors des châteaux d'or, de pourpre et de charbon fumant. Au milieu de sa rêverie, Justin entra et dit :

— M. Vavasseur fait demander à Madame si elle peut le recevoir.

Sophie eut un mouvement de contrariété. Elle eût aimé rester seule avec sa peine. Mais sans doute Augustin avait-il obtenu quelques heures de permission pour les fêtes. Elle ne pouvait refuser de le voir.

— Faites entrer, dit-elle avec ennui.

Et elle se composa un visage.

Du seuil, Vavasseur cria :

— Ça y est ! Je suis libre ! Un cadeau de l'empereur pour le Nouvel An des prisonniers méritants !

Sa vieille face craquait de joie sous sa tignasse hirsute et grise.

— C'est magnifique ! dit Sophie avec un faux entrain. Nos démarches à tous n'auront donc pas été inutiles. Quand vous a-t-on relâché ?

— Ce matin. Et, vous voyez, ma première visite a été pour vous !

— Je suis très touchée ! J'imagine avec quel bonheur vous avez retrouvé votre femme, vos enfants ! Maintenant, il s'agit de vous faire oublier !

Vavasseur fronça les sourcils et dit, du coin de la bouche :

— Il s'agit surtout de préparer l'avenir. Je suis là pour vous parler affaires. Vous savez que nos amis sont prêts à l'action !

— Quels amis ? Quelle action ? dit-elle avec brusquerie.

Il s'assit près de la cheminée et tendit les mains vers les flammes. La pointe de son nez, son menton, sa lèvre supérieure, éclairés par en dessous, avaient le brillant du cuivre. Il remuait les doigts, doucement, dans la chaleur du foyer.

— Le moment est venu de jeter bas ce César de carnaval ! dit-il. Une organisation est en train de se créer, qui groupera les républicains sincères. J'ai tout de suite pensé à vous pour en faire partie...

Elle soupira :

— Je suis fatiguée, Vavasseur. N'avez-vous pas entendu ce que vous a dit Proudhon ? Il est préférable de laisser les événements suivre leur cours et la situation se dégrader d'elle-même...

Il bondit sur ses jambes et se mit à marcher de long en large, d'un pas sec de héron. Son regard balayait la pièce avec une violence exterminatrice.

— Les conceptions de Proudhon sont dépassées, dit-il. C'est un apôtre, non un technicien. Abandonné à lui-même, il tournerait en rond dans un cercle d'axiomes admirables. Les vrais ouvriers de la révolution ne sont pas ceux qui rêvent, mais ceux qui risquent leur peau dans des entreprises aussi peu idéales que possible. Vos décembristes n'ont pas hésité à prendre les armes. Pourquoi serions-nous moins courageux que les Russes ? Seulement, nous ne commettrons pas l'erreur de débuter par une sédition militaire. Avant de s'attaquer à l'empire, il faut supprimer l'empereur. C'est facile. On peut le tuer à l'Hippodrome, lancer une bombe sur lui à l'Opéra, faire sauter son train pendant un voyage officiel. J'ai des amis chimistes qui sont très capables de confectionner une machine infernale !...

Elle l'écouta d'abord avec étonnement, puis une colère la secoua devant tant de fanatisme. Tuer, toujours tuer, soulever des foules aveugles, renverser un pouvoir pour le remplacer par un autre qui, à l'usage, ne vaudrait guère mieux... Elle en avait assez de ce jeu absurde et sanglant, où les meilleurs des hommes usaient leur intelligence ! D'ailleurs, que lui parlait-on de politique, alors qu'elle venait d'apprendre la disparition de son seul ami ? Cette mort lui en rappelait d'autres, dont elle ne guérirait jamais. Du haut de sa tristesse, elle voyait Vavasseur comme un affreux pantin, ridicule et malfaisant. Tout ce qu'il disait était mesquin, stupide, en comparaison des deuils qui la frappaient sans cesse. Quand donc comprendrait-il que, ce qu'il y avait d'important dans la vie, ce n'étaient pas Napoléon III ou Nicolas Ier, mais des gens dont l'Histoire ne retiendrait pas le nom, des gens simples, honnêtes, admirables, qui s'appelaient Ferdinand Wolff, Nicolas Ozareff, Nikita ?... Elle s'entendit prononcer d'une voix calme :

— Vavasseur, vos histoires ne m'intéressent plus.

Il fit un écart et la regarda sévèrement :

— Pardon ?... Que voulez-vous dire ?...

— J'ai passé l'âge des complots, des batailles !...

— Ah ! non ! s'écria-t-il. Vous n'avez pas le droit de refuser ! Pas vous ! Tous ceux qui, en Russie, sont morts pour la même cause vous poussent dans le dos. Nous avons besoin d'un porte-étendard. Votre passé vous désigne pour ce rôle. Que vous le vouliez ou non, vous serez des nôtres, vous êtes déjà des nôtres !

— Si je viens parmi vous, ce sera pour prêcher la tolérance, dit-elle.

Il ricana :

— Est-ce votre séjour en Sibérie qui vous a rendue si respectueuse de l'ordre établi ?

— Peut-être. Tant de gens ont souffert, sont morts devant moi, en vain, que, maintenant, la politique me répugne !

— En parlant ainsi vous faites le jeu de l'autocratie ! Seriez-vous pour Napoléon III contre le peuple ?

— Je suis pour la paix, pour l'oubli, au bout d'une existence gâchée.

Il baissa la tête :

— Je suis consterné !

Sophie le plaignit pour la déception qu'elle lui causait et murmura :

— Il ne faut pas, Vavasseur. Vous me placiez trop haut. C'était ridicule ! Laissez-moi vivre mes dernières années, non selon vos désirs, mais selon mes moyens.

Dans le silence qui suivit, une bûche s'écroula. Vavasseur, immobile, tendait vers le feu sa face de vieux diable pensif. Tout à coup, il lança un regard furibond à Sophie et dit avec violence, comme s'il eût craché sur elle :

— J'aurais dû m'y attendre ! Vous n'êtes qu'une femme !

Il sortit et claqua la porte. Elle prit la lettre de Marie Frantzeff et relut lentement le passage qui avait trait à la mort de Ferdinand Wolff.

7

Les navires, alignés à l'entrée de la rade, avaient ouvert le feu, tous en même temps. A leurs flancs, se gonflaient des nuages de fumée blanche. Au loin, dans la ville étagée sur une hauteur, des batteries côtières ripostaient faiblement. Un incendie s'était déclaré dans un entrepôt. Sur la gauche, une poudrière venait d'exploser, lançant au ciel des débris incandescents, au milieu d'un formidable crachement de vapeur. Cette image du journal *l'Illustration* fascinait Sophie. Pour la dixième fois, elle relut la légende : « Bombardement du port d'Odessa. » Elle ne pouvait se résoudre à accepter une conjoncture aussi monstrueuse que l'état de guerre entre la Russie et la France. Deux mois, déjà, que les diplomates avaient donné la parole aux militaires ! Ce qui paraissait impossible s'était déroulé le plus naturellement du monde : le 7 février 1854, le comte Nicolas Kisseleff et tout le personnel de l'ambassade de Russie avaient bouclé leurs malles et pris le train. Si leur départ s'était effectué de façon très discrète, il n'en avait pas été de même pour les membres de la petite colonie russe de Paris. Considérés du jour au lendemain comme les citoyens d'une nation ennemie, ils avaient dû, eux aussi, repasser la frontière. Leur séparation d'avec la société française avait donné lieu à des scènes déchirantes. La plupart d'entre eux avaient préféré ne pas retourner dans leur pays, mais se fixer le plus près possible de la France, en attendant la chance d'y revenir. Ainsi, réfugiés en Belgique, en Allemagne, en Suisse, des sujets de Nicolas Ier continuaient de correspondre avec leurs amis de Paris et déploraient dans leurs lettres la dureté d'une guerre que ni les uns ni les autres n'avaient voulue. La princesse de Lieven, après avoir essayé d'obtenir, par le comte de Morny, le droit de rester dans son appartement de la rue Saint-Florentin, avait été obligée elle-même de s'installer à Bruxelles. On disait que, de là, elle s'efforçait encore d'agir sur le cours des événements, en écrivant chaque jour à Paris, à Saint-Pétersbourg et à Londres.

La disparition de tous ces Russes avait un peu désemparé Sophie. Certes, elle ne les fréquentait guère depuis quelque temps. Mais l'idée qu'elle pouvait, n'importe quand, les rencontrer dans un salon et les entendre parler français avec l'accent slave lui apportait une sorte de tranquillité morale. Elle lut machinalement le récit de la brillante action des flottes anglaise et française contre le port d'Odessa, passa le courrier de Paris, la causerie littéraire et se plongea dans un article qui racontait en détail la façon dont la déclaration de la guerre avait été annoncée aux escadres combinées de la mer Noire : « Midi sonne et le signal de *Guerre à la Russie* paraît aux mâts des vaisseaux. Les couleurs des nations alliées se déploient aux trois mâts de tous les navires. Les cris trois fois répétés de la flotte française : *Vive l'empereur !* se mêlent aux hurrahs éclatants des équipages anglais ; c'est à qui acclamera avec plus d'enthousiasme cet événement si désiré. » Un sourire mélancolique monta aux lèvres de Sophie. Le mensonge de ce journalisme patriotique l'écœurait. « Un événement si désiré ! » Par qui ? se demanda-t-elle. Il était peu probable que ce fût par les braves marins français qui, demain, après demain, allaient risquer leur vie pour la défense des droits de la Sublime Porte ! Elle regarda, sur la gravure qui accompagnait le texte, les minuscules silhouettes des matelots, rangés debout le long des vergues, pour saluer l'annonce des prochains combats. Les pavillons français, anglais et turc flottaient côte-à-côte dans le vent. Une neige serrée tombait du ciel bas et gris sur une mer agitée. Sophie referma le journal, plia son face-à-main et tourna les yeux vers la fenêtre. Triste printemps. Il pleuvait. Des branches noires, à peine feuillues, s'égouttaient dans le jardin. Delphine avait promis de passer, vers cinq heures. Elles parleraient encore de la guerre. Bien entendu, depuis la rupture des relations diplomatiques entre la France et la Russie, Sophie ne recevait plus d'argent de son neveu. Il aurait pu continuer à lui en envoyer par l'intermédiaire d'une tierce personne résidant dans un pays neutre, mais il était trop heureux, sans doute, d'avoir cette excuse pour ne plus l'aider. Privée de revenus, elle avait calculé qu'il lui resterait de quoi vivre pendant une année. D'ici là, vraisemblablement, la guerre serait finie. C'était du moins ce qu'on disait dans les salons où elle se rendait encore, par habitude. Là, les nouvelles du théâtre des opérations n'empêchaient pas les gens de s'intéresser aux toilettes, aux tables tournantes et aux courses du Champ-de-Mars et de Chantilly. Le bon usage voulait même qu'on évitât de médire des Russes. On les traitait en ennemis honorables. Mais Sophie avait le pressentiment que, tôt ou tard, la haute société se laisserait gagner par l'enthousiasme patriotique. Elle ne pouvait oublier qu'au lendemain de la déclaration de la guerre le peuple de Paris avait accompagné en chantant, pendant trois lieues, les régiments qui partaient pour rejoindre leur corps d'armée. L'archevêque Sibour avait lancé un mandement dans lequel il déclarait : « La guerre est une nécessité ; il en sortira assurément quelque bien ! » Les théâtres affichaient des pièces de circonstance où l'adversaire était ridiculisé. Ici, on jouait *Les Russes,* là *Les Cosaques,* ou *La Rencontre sur le Danube* ou *Les Russes peints par eux-mêmes,* cette dernière comédie n'étant d'ailleurs qu'une grossière adaptation du *Révizor* de Gogol. Chaque jour voyait paraître des libelles haineux sur « le pays du knout » ; les caricaturistes s'en prenaient au « tsar sanguinaire » et à ses « boyards dépravés » ; Adrien Peladan publiait un ouvrage intitulé *La Russie au ban de l'univers et du catholicisme;* dernièrement encore, en passant par le boulevard des Italiens, Sophie avait remarqué, à l'étalage de la « Librairie nouvelle », un opuscule édité par cette maison : *La Vérité sur l'Empereur Nicolas.* C'était signé : *Un Russe.* Interrogé par Sophie, le marchand, avec un sourire entendu, lui avait confié que, derrière cet anonymat, se cachait M. Alexandre Herzen. Elle avait acheté le livre, l'avait lu d'une traite et en gardait l'amertume que donne le spectacle d'une mauvaise action. Tout en partageant l'animosité de Herzen contre le tsar, elle déplorait que l'auteur eût osé élever la voix en pleine guerre pour approuver ceux qui, à Paris et à Londres, calomniaient son pays. Il y avait là, pensait-elle, une trahison qu'aucune intention politique ne suffisait à justifier. Le seul parti digne d'un exilé était le silence. Elle s'aperçut que, depuis un moment, elle avait oublié *l'Illustration* sur ses genoux et qu'elle souffrait, les yeux grands ouverts, de ne pouvoir être, à fond, ni pour les Français ni pour les Russes. Chaque moquerie, chaque injure dirigée contre la Russie la blessait au plus vif de ses souvenirs. Elle avait connu la même colère jadis, quand son beau-père critiquait la France, par taquinerie. Mais alors elle n'avait devant elle qu'un seul contradicteur. Aujourd'hui, une nation entière partait dans la folie du dénigrement. Cette guerre, dont d'aucuns cherchaient à exalter les motifs et à célébrer les hauts faits, avait pour elle l'horreur d'une guerre fratricide. Et encore, pour l'instant, il ne s'agissait que de lointaines opérations du côté du Danube ! Que serait-ce si, mettant leurs plans à exécution, les flottes française et anglaise attaquaient la Russie, au nord, par la Baltique ? Une tuerie aux portes de Saint-Pétersbourg !...

Elle était si absorbée dans ses méditations que Delphine arriva sans qu'elle se fût avisée de l'heure. Valentine leur servit du thé sur une petite table, dans le salon. Comme d'habitude, Delphine était pleine d'histoires : Mlle Rachel, la tête tournée par le succès qu'elle avait remporté en Russie, venait de donner sa démission au Théâtre-Français ; l'élection de Mgr Dupanloup à l'Académie était, disait-on, assurée ; on parlait de créer des trains de plaisir pour Constantinople ; la mode était, de nouveau, à la dentelle et aux coloris sévères... Sophie écoutait, approuvait, souriait, distraite un instant de son principal souci. Soudain, Delphine prit un visage important et évoqua un projet dont elle avait déjà entretenu Sophie : elle voulait organiser chez elle une loterie au profit des familles de soldats de l'armée d'Orient.

— Après les fêtes de Pâques, ce sera la meilleure époque ! dit-elle. Je réunirai une société très brillante ! Il faut absolument que vous fassiez partie du comité !

— Oh ! non, Delphine ! supplia Sophie. Vous savez que le monde m'attire de moins en moins !

— Cependant, vous devriez avoir à cœur d'y paraître de plus en plus !

— Pourquoi ?

— Pour dissiper certains bruits qui circulent sur votre compte. Trop de gens s'imaginent que votre sympathie pour les Russes vous fait oublier que vous êtes française !

Sophie rougit et murmura :

— C'est indigne !

— Croyez bien que je prends chaque fois votre défense ! dit Delphine en croquant un biscuit. Mais on ne sauve pas une réputation par des paroles.

— Je suis, en effet, très malheureuse de cette guerre ! dit Sophie. Je souhaite qu'elle finisse au plus vite ! Quelle que soit l'issue des combats, il n'y aura pour moi ni vainqueur ni vaincu !

Delphine poussa un soupir de reproche :

— Voilà des choses que vous ne devriez pas dire autour de vous, Sophie !

— Vous ne pouvez pas comprendre !...

— En tout cas, votre vie russe est terminée. Vous êtes revenue parmi nous, pour toujours. Il faut vous efforcer de nous suivre dans nos élans !

— Même si vous vous trompez ?

— Oui, Sophie.

Il y eut un silence pesant. Sophie éprouvait jusque dans sa chair la sensation d'un impossible partage.

— Ma loterie est une œuvre non de politique mais de charité, reprit Delphine. Vous ne renoncerez pas à vos idées en m'aidant. Il y aura beaucoup à faire. Recueillir les dons en nature, vendre les billets... Mon lot le plus important sera un bon pour un portrait par Winterhalter...

Peu à peu, Sophie se laissait prendre par l'enthousiasme de Delphine. Elle n'avait jamais su résister à un certain ton d'amitié et de décision.

— Eh bien, soit ! dit-elle, je serai des vôtres.

Delphine avait bien fait les choses. Au-dessus de la table qui supportait les lots — pendulettes, pantoufles brodées, boîtes à musique, bonnets de dentelle, tabatières... — s'étirait une banderole avec cette inscription : « Gloire à notre vaillante armée d'Orient. » Des figures en carton peint, de grandeur naturelle, représentant des soldats au garde-à-vous, s'adossaient à chaque colonne du salon. Les trumeaux étaient décorés de drapeaux français, anglais et turcs liés en faisceaux. Un portrait de Napoléon III pendait devant la glace de la cheminée. Le buffet était flanqué de deux petits canons prêtés par un antiquaire. Sur une estrade, une fillette, aux cheveux ornés de cocardes tricolores, sortait des billets d'une corbeille. C'était M. Samson, du Théâtre-Français, qui annonçait les numéros gagnants au fur et à mesure du tirage. Il avait une voix de tonnerre, mais personne ne l'écoutait. On n'était pas venu dans l'espoir de se voir attribuer quelque babiole, mais pour se rencontrer entre gens d'un certain milieu. Il eût même été du plus mauvais ton de paraître s'intéresser aux objets exposés. Tout le faubourg Saint-Germain était là. Abasourdie par le brouhaha des conversations, Sophie évoluait entre des sénateurs en tenue — l'habit bleu brodé d'or, le pantalon de casimir blanc et l'épée au côté —, des curés dodus, roses et rasés de près, des officiers roides comme des tiges d'acier avec une impériale et des moustaches passées à la pommade hongroise, des hommes de lettres, de science ou de haut négoce, en frac noir et cravate blanche, et toutes sortes de femmes, jeunes, vieilles, jolies, laides, en jupes ballonnées, châles multicolores et diadèmes de fleurs artificielles. Un parfum sucré se dégageait d'elles et leurs voix résonnaient sur un registre aigu. Au milieu de tout ce monde, Delphine, en robe couleur de miel, savourait le succès de son entreprise. Elle se déplaçait continuellement, appelait beaucoup de gens par leur prénom et mêlait la mode, le théâtre, la guerre et la charité dans un babillage étincelant et futile. A un moment, comme elle se trouvait près de Sophie, un cercle se forma autour d'elles et les emprisonna. Un lieutenant de la garde, fier de son nouvel uniforme, expliquait à deux jeunes filles pâmées combien il était impatient d'être expédié avec son régiment sur les lieux des combats.

— Il nous faut effacer la honte de la retraite de 1812 ! disait-il. La leçon que Napoléon Ier n'a pas donnée aux Russes, Napoléon III la leur donnera !

Il avait un visage d'enfant au-dessus de son habit bleu, à parements rouges, plastron blanc et épaulettes d'or.

— Je vous présente le vicomte de Caillelet, dit Delphine à Sophie.

Il claqua des talons et s'inclina avec une sécheresse militaire. Sophie ne put résister au désir de le plaisanter sur son ardeur belliqueuse.

— Vous êtes bien jeune, Monsieur, pour nourrir une telle rancune contre les Russes ! lui dit-elle en souriant.

— J'ai les souvenirs de mes parents pour héritage, Madame ! répliqua-t-il.

Elle hocha la tête dans un mouvement qu'elle savait gracieux :

— Aucune querelle ne finirait jamais, si les fils continuaient à penser comme leurs pères.

— En temps de guerre, il faut détester pour vaincre !

— Détester qui ? Le tsar, le peuple russe, les moujiks de là-bas ?...

Le vicomte de Caillelet se troubla et fronça les sourcils, qu'il avait minces et blonds.

— Sa Majesté l'empereur nous a tracé notre devoir, Madame, dit-il. J'obéis, je ne discute pas.

— Bien répondu, lieutenant ! s'écria un vieillard à face de lune, que Sophie avait déjà rencontré plusieurs fois dans des salons.

Et, tourné vers elle, il ajouta sévèrement :

— Comment pouvez-vous, Madame, vous complaire à démoraliser par vos propos un défenseur de la patrie ?

— Est-ce démoraliser un défenseur de la patrie que de le rappeler à des sentiments humains ? demanda-t-elle.

— Parfaitement ! En temps de guerre, il faut avoir des idées nettes comme le tranchant d'un sabre !

— Et bêtes comme des boulets de canon !

Le vieillard eut un haut-le-corps et son visage s'empourpra.

— Madame, dit-il, si vous ne savez pas qui je suis, je sais, moi, qui vous êtes. Les épreuves que, dit-on, vous avez subies en Russie auraient dû vous rendre deux fois plus française !

— Mais je suis française ! Autant que vous, plus que vous, peut-être ! s'exclama-t-elle.

— On ne le dirait pas ! siffla quelqu'un dans son dos.

— L'ambassadeur de Russie est parti, mais il nous a laissé une ambassadrice ! observa un autre.

Sophie fut brusquement suffoquée de colère. Une vague de sang lui sauta aux joues. Elle parcourut du regard les figures hostiles qui l'entouraient. Delphine lui serra la main et chuchota :

— Ma chérie, ce n'est rien !... Calmez-vous !...

Dominant le tumulte, la voix de Samson annonçait :

— Le numéro 187 gagne une statuette en bronze représentant le sacrifice du jeune Bara. Le numéro 12, une boîte à ouvrage...

Sophie tourna les talons et se dirigea vers la sortie. Sur son passage, les gens s'écartaient de mauvaise grâce. « Et je suis en France ! pensait-elle. En France ! Chez moi ! » Des larmes de rage lui brouillaient les yeux. A travers un voile déformant, elle revit la grande banderole : « Gloire à notre vaillante armée d'Orient », des plantes vertes, des drapeaux... Delphine la rattrapa :

— Vous n'allez pas partir maintenant ? C'est un malentendu ! Une sottise !...

— Non ! gémit-elle. Laissez-moi ! J'ai eu tort de venir ! Vous voyez bien que ma place n'est pas ici !

Elle se dégagea et se jeta dans le vestibule, où des valets somnolents veillaient sur une jonchée de manteaux.

8

Les journaux chantaient victoire : à peine débarquées à Gallipoli et à Varna, l'armée française du maréchal Saint-Arnaud et l'armée anglaise de lord Raglan avaient contraint les Russes à lever le siège de Silistrie et à évacuer les principautés danubiennes. Malheureusement, le choléra et le typhus menaçaient d'entamer le courage des troupes. L'été commença dans l'angoisse, car, d'après les rares renseignements qui passaient dans la presse, l'état sanitaire des soldats s'aggravait avec la chaleur. Le 15 août, la Saint-Napoléon fut célébrée avec plus de solennité encore que l'année précédente, en l'absence de l'empereur qui voyageait dans le Midi : salves d'artillerie, *Te Deum,* joutes nautiques sur la Seine et grand concours de voitures publiques décorées de drapeaux tricolores, d'aigles dorées et de bouquets de fleurs. Tous les théâtres jouaient gratis. La Porte-Saint-Martin donnait une pièce sur *Schamyl,* le chef circassien, l'irréductible ennemi de Nicolas Ier ; le Cirque Impérial — une pantomime militaire représentant la levée du siège de Silistrie et la mort glorieuse de Mussa Pacha. Partout, les musulmans étaient à l'honneur et les Russes villipendés. A cinq heures, Sophie, qui s'était réfugiée au fond de son jardin pendant les réjouissances patriotiques, vit s'élever dans les airs un immense ballon portant l'inscription : « Turquie, Angleterre, France. » Le lendemain matin, elle lut avec émotion, dans les journaux, la proclamation de l'empereur à l'armée d'Orient. Tant de Parisiens avaient leurs fils sous les drapeaux ! « Ils se couvrent de gloire, écrivait un chroniqueur, mais leurs souffrances sont grandes. » Puis ce fut l'annonce du rembarquement des troupes franco-anglaises, de leur transport à Eupatoria et des premiers combats en Crimée. Le 20 septembre, les alliés, lancés dans une charge héroïque, enlevaient les hauteurs de l'Alma ; aussitôt après, commençait le siège de Sébastopol. Les fausses nouvelles se multipliaient. Un jour, la citadelle était prise, le tsar demandait la paix ; le lendemain, rien n'avait changé, les adversaires s'enterraient face à face, la guerre serait longue... Depuis l'altercation survenue au cours de la loterie, Sophie refusait toutes les invitations. Quand Delphine passait la voir, elles évitaient, d'un commun accord, les conversations politiques. Il en résultait entre elles une gêne qui ressemblait à de la dissimulation.

Un matin, comme Sophie s'apprêtait à sortir, Justin vint l'avertir, dans sa chambre, que deux messieurs désiraient lui parler. Il avait l'épaule basse, le regard fuyant.

— Je n'attends personne, dit-elle étonnée. Leur avez-vous demandé leurs noms ?

— Je n'ai pas cru devoir, Madame...

— Eh bien ! vous avez eu tort. Allez-y !

— C'est que, Madame... ils m'ont dit qu'ils étaient de la police...

Une appréhension effleura Sophie. Que lui voulait-on encore ?

— Faites-les entrer au salon, dit-elle brièvement.

Elle avait déjà le chapeau sur la tête. Au moment de le retirer, elle se ravisa. En se montrant ainsi à ses visiteurs, elle leur prouverait qu'elle était sur le point de partir, qu'ils la dérangeaient.

Elle les trouva déambulant dans la pièce, le nez fureteur, les mains dans le dos. Ils se tournèrent vers elle avec un ensemble comique. L'un était grand et maigre, l'autre petit et gros ; tous deux portaient une longue redingote sombre boutonnée jusqu'au cou. Un chapeau haut de forme et un gourdin complétaient cet accoutrement. Avant que Sophie eût pu prononcer un mot, le plus grand des deux lui dit d'un ton rogue :

— Nous avons ordre de perquisitionner chez vous, Madame.

Et il lui mit sous les yeux un papier à en-tête de la Préfecture de police. Sophie lut son nom écrit en lettres grasses, au milieu de la page. Des signatures gribouillées et un cachet authentifiaient le document. Elle resta un instant suspendue dans le vide, incapable de comprendre ce qui lui arrivait ni de déterminer ce qu'elle devait dire pour se défendre. Enfin, elle s'écria :

— C'est impossible, Monsieur ! Que me reproche-t-on ?

— Vous le saurez en temps voulu. Laissez-nous travailler, je vous prie...

L'un des hommes se dirigea vers un secrétaire, l'autre vers une commode. Sophie ne songea même pas à protester. Elle savait, par expérience, qu'il est superflu de parler raison à un policier chargé d'exécuter un ordre.

— Les clefs ? demanda l'homme.

— C'est inutile, Monsieur, dit Sophie. Tout est ouvert.

Ils plongèrent leurs bras jusqu'aux coudes dans les tiroirs, remuant des papiers avec une dextérité professionnelle. Ce fut comme s'ils eussent touché la peau de Sophie à pleins doigts. Elle se raidit de répulsion. Tout recommençait, en France comme en Russie. Une fatalité administrative au visage stupide la poursuivait d'âge en âge, de pays en pays. Soudain, elle vit, dans les mains des policiers, les lettres de Nicolas, de Ferdinand Wolff, de Pauline Annenkoff, de Nathalie Fonvizine... Elle les avait relues et classées dernièrement. Son sang bondit. Elle balbutia :

— Messieurs ! Laissez cela ! Ce sont des lettres personnelles !

Sans sourciller, le petit gros empocha une liasse de feuillets, en donna autant à son collègue et dit :

— On vous les rendra après en avoir pris connaissance. Passons à côté. Si vous voulez nous montrer le chemin...

Guidés par elle, ils ouvrirent toutes les portes, fouillèrent toutes les armoires, retournèrent le linge, secouèrent les robes, tapotèrent les murs, examinèrent les livres dans la bibliothèque. Puis le grand maigre, ayant noté quelques mots dans son calepin, déclara :

— Veuillez nous suivre.

— Où ? demanda-t-elle.

— A la Préfecture de police.

Une terreur la saisit au ventre. On allait l'arrêter, l'emprisonner. Pourquoi ? Le fait d'être complètement innocente, loin de la rassurer, l'inquiétait vaguement. Au degré d'absurdité où elle était parvenue, il lui semblait qu'elle se fût mieux défendue si elle avait eu quelque crime précis sur la conscience.

— Mais puisque je vous répète que je n'ai rien fait ! dit-elle.

Pour toute réponse, le petit gros lui prit rudement le bras. Elle se dégagea d'un mouvement vif. Dans l'antichambre, Justin et Valentine, perclus de crainte, la regardèrent passer entre deux policiers comme une voleuse. Elle leur dit :

— Ce n'est rien ! Je serai bientôt de retour !

Et elle s'efforça de sourire, par crânerie. Un coupé l'attendait au milieu de la cour. Elle monta dedans, sans l'aide de personne. L'un des hommes s'assit près d'elle sur la banquette, l'autre se jucha à côté du cocher. Pendant tout le trajet, le voisin de Sophie ne lui adressa pas la parole. Enfermée dans une boîte avec cet inconnu qui sentait le vin et le tabac, elle manquait d'air. A chaque cahot, elle touchait un coude, un genou. Enfin, les roues tressautèrent en franchissant un profond caniveau.

La cour pavée de la Préfecture de police, de longs couloirs gris encombrés de solliciteurs ou de coupables, des ouvriers en casquette, des filles en bonnet de Saint-Lazare, des crachoirs blancs, des portes vitrées, des écriteaux : en traversant cet univers sinistre, Sophie se rappela que Nicolas était venu la chercher, ici même, un jour qu'elle avait été arrêtée par erreur. C'était en 1815, peu de temps avant leur mariage. Il était en grand uniforme de garde de Lithuanie. Son air amoureux et inquiet l'avait touchée. Nul n'accourait pour la défendre aujourd'hui. Elle ne pouvait compter que sur elle-même. Qu'avait-il dit en la voyant ?

— Entrez, grommela le petit gros en poussant une porte.

Elle pénétra dans une pièce aux murs vert pâle, dont le fond était occupé par un cartonnier. Un homme, tout en front et en mâchoires, était assis derrière un bureau de chêne. Des favoris laineux, d'un gris jaunâtre, pendaient le long de ses joues. Il leva les yeux sur Sophie et ressembla soudain à un batracien attentif. Les deux policiers déposèrent sur sa table les lettres, les papiers qu'ils avaient saisis. Il les renvoya d'un mouvement de tête. Resté seul avec Sophie, il se présenta comme étant l'inspecteur Martinelli et l'invita à prendre place, devant lui, sur une chaise de paille.

— Monsieur, dit-elle, je suis stupéfaite, je ne comprends pas...

Il l'arrêta d'un geste de la main :

— Vous allez tout comprendre, Madame, mais, auparavant, il me faudra vous poser quelques questions. Vos nom, prénoms, date de naissance...

Tandis qu'elle répondait, il l'écoutait à peine. Visiblement, il savait déjà tout cela. Elle remarqua, dans un coin de la pièce, un scribe bossu, juché sur un tabouret, devant un haut pupitre. Il notait ses moindres mots d'une plume aux barbes frémissantes. Brusquement, Martinelli se pencha en avant et demanda :

— Vos moyens de subsistance vous venaient de Russie, n'est-ce pas ?

— Oui, dit-elle. Est-ce contraire aux lois ?

— Nullement ! Cependant, si mes renseignements sont exacts, vous n'étiez pas très bien vue dans ce pays. Votre mari avait été condamné pour son appartenance à une société secrète. Au lieu de le désavouer, vous l'aviez suivi en Sibérie...

— Aurait-on l'intention de rouvrir en France le procès des décembristes ?

— Non, mais cela nous fournit une indication.

— Sur quoi ?

— Sur vos préférences politiques.

Elle éclata :

— C'est insensé ! Nous sommes en guerre contre la Russie et vous me poursuivez de vos soupçons, alors que je suis une victime de l'impérialisme russe ! Êtes-vous aux ordres de Nicolas Ier ou de Napoléon III ?

Martinelli sourit et sa face de caoutchouc changea de forme. Plus large que haute, elle s'évasait, à la base, sur le socle d'un col blanc.

— Une distinction s'impose, Madame ! dit-il. Sur le plan de la politique extérieure, nous sommes évidemment contre les Russes. Mais, sur le plan de la politique intérieure, nos intérêts et nos soucis rejoignent les leurs. Comme eux, nous luttons pour le maintien de l'ordre et la défense de la légalité. Le fait d'avoir été un agitateur à Saint-Pétersbourg ne constitue pas une recommandation pour la police de Paris. Au contraire ! Vous nous arrivez de là-bas avec un dangereux bagage d'habitudes subversives. Une légende vous entoure...

Enfin, il éclairait sa lanterne. Elle reprit espoir.

— Je ne sors presque jamais ! dit-elle. Je ne vois personne ! Je ne m'occupe pas de politique !...

— On vous a cependant entendue tenir en public des discours déprimants, pour ne pas dire anti-français !

Immédiatement, elle pensa que des mouchards avaient rapporté, en le déformant, ce qu'elle avait dit chez Delphine. Un dégoût la prit de cette fausse liberté, si peu conforme à ce qu'elle attendait de la France.

— En Russie, on m'accusait d'être une espionne française, dit-elle, en France, on m'accuse d'être une espionne russe !

Martinelli croisa ses mains sur son ventre et un regard mince et froid coula entre ses paupières adipeuses.

— Remplacez le mot « russe » et le mot « français » par le mot « révolutionnaire » et vous comprendrez, dit-il.

— Pourquoi révolutionnaire et non républicaine ?

— Excusez-moi, je ne distingue pas très bien la nuance !

— La révolution est un moyen, la république est une fin, dit-elle.

— Et l'empire ?

Elle ne répondit pas.

— A propos, reprit-il, n'êtes-vous pas en relation avec un certain Vavasseur ?

« Nous y voilà ! » songea t elle. Et elle murmura :

— Si.

— Vous lui avez rendu visite à Sainte-Pélagie ; puis chez lui, à la librairie du « Berger fidèle ».

— C'est exact.

— Il vient d'être arrêté. Nous le soupçonnons d'avoir participé à un complot contre la vie de l'empereur. Je suppose que vous n'êtes au courant de rien.

— Absolument de rien ! dit Sophie.

Et son cœur faiblit.

— Il ne vous a pas proposé d'entrer dans la conspiration ?
— Non.
— Vous représentez pourtant un symbole vivant pour lui et pour ses camarades !
— Il a dû se rendre compte que j'étais devenue hostile à ses idées !
— Le lui avez-vous dit ?
— Oui, je crois.
— Donc, il vous a entretenue de son projet ?
Elle rougit et balbutia :
— Jamais de façon précise.
— Mais en passant... à mots couverts ?...
— Peut-être, je ne m'en souviens plus...
Martinelli se renversa dans son fauteuil :
— Vous auriez intérêt à me parler franchement.
— C'est ce que je fais.
— Non, Madame.
Sophie tressaillit. Le cycle des accusations reprenait, alors qu'elle avait cru y échapper en quittant la Russie. Elle se vit traînée devant des juges, confondue sur de faux témoignages, emprisonnée, exilée. Cette fois, ce ne serait pas pour rejoindre son mari qu'elle abandonnerait tout. Qu'avait-elle de commun avec Vavasseur ? Elle le détestait, elle condamnait sa politique aventureuse, elle ne vivait plus que pour les habitudes sereines de l'âge mûr, pour la chaleur de la maison retrouvée.
— Je vous jure, affirma-t-elle, que je ne sais rien de plus !
Et elle eut honte de se défendre ainsi. Pourquoi fallait-il que, dans la majorité des cas, la rançon de la paix fût l'humiliation ?
— Dites-moi qui était dans le coup avec lui et je vous relâche ! grommela Martinelli d'un ton radouci.
Elle haussa les épaules :
— Je ne peux pas... Il faudrait que j'invente !
— Je vais vous guider : Antonin Lacroix, Marcel Pièdeferre, Georges Klaus...
— Je n'en ai jamais entendu parler !
— Et Proudhon ? Vous l'avez bien rencontré, rue Jacob ?
— En effet !
— Que disait-il ?
— Rien de très sensé.
— Bref, tout le monde était d'accord pour se réjouir des premiers résultats du régime ?
— Je n'ai pas prétendu cela, Monsieur. Certains invités avaient des idées sociales avancées. Mais ils les exposaient posément, sans violence. L'empereur même, s'il les avait entendus, n'aurait pu en prendre ombrage.
— Ce n'est pas ce qu'on m'a rapporté !
— Eh bien ! admettez qu'on vous ait mal renseigné, pour une fois !
Elle s'était ressaisie, peu à peu. Son expérience des interrogatoires l'aidait à dominer la situation. Martinelli passa la main à rebrousse-nez sur son

visage. Il paraissait excédé par l'obstination de Sophie. Elle devina que son avenir se jouait à pile ou face derrière ce front volumineux. Elle était encore libre. Et dans une minute ? Les battements de son cœur sonnaient jusque dans ses mâchoires. Lentement, Martinelli prit les lettres de Nicolas sur la table et les déplia, l'une après l'autre. Elle pensa aux mots d'amour qui défilaient sous cet œil d'argousin.

— De qui sont ces lettres ? demanda-t-il.
— De mon mari.
— Et celle-ci ?
— D'un ami de Sibérie.
— Un décembriste, lui aussi ?
— Oui, Monsieur.

Il se replongea dans sa lecture. Une lumière sous-marine entrait par la fenêtre. La plume du scribe grinçait. Une odeur de poussière arrosée montait du plancher raboteux. Soudain, Martinelli repoussa le tas de lettres vers Sophie :

— Reprenez ça !

Elle les glissa dans son sac à main. Le paquet était si gros qu'elle dut laisser le fermoir entrouvert.

— Je verrai s'il y a lieu de donner une suite à cette affaire, dit-il encore. Pour l'instant, vous êtes libre !

Elle ressentit un soulagement dans sa poitrine. Pourtant, elle savait que la police ne renonce pas facilement à ses soupçons. Si cet inspecteur la laissait partir, c'était assurément pour la faire filer à distance et tâcher d'en apprendre davantage sur les gens qu'elle fréquentait. Le scribe s'était arrêté d'écrire. Elle se leva. Martinelli la raccompagna jusqu'à la porte avec beaucoup d'amabilité.

Elle retraversa l'enfer monotone des corridors. Des sergents de ville bavardaient, bicorne à bicorne, dans la cour. Par la moustache et la barbiche, ils ressemblaient tous à Napoléon III. Un panier à salade passa sous le porche, avec fracas, et se rangea devant le perron principal. Dans la rue de Jérusalem, la lumière et le bruit étourdirent Sophie et elle sourit à la vie qui reprenait. Sur le Pont-Neuf, elle se retourna pour voir si elle n'était pas suivie. Mais il y avait trop de monde autour des étalages. Tous les visages se confondaient. Tondeurs de chiens, décrotteurs, rétameurs, fondeurs de cuillères, marchands de chapeaux, de rubans, de mort-aux-rats, de pastilles du sérail criaient à qui mieux mieux pour attirer le chaland. Elle se hâta d'échapper à la cohue. Une inquiétude restait collée à son dos. Elle se redressa, par discipline. Il y avait longtemps qu'elle n'avait connu cette impression de poursuite. Même en Russie, les derniers mois, il lui arrivait d'oublier qu'elle était suspecte. Valentine et Justin l'attendaient à la maison, la mine compatissante.

— C'était une erreur ! leur dit-elle.

Ils firent semblant de la croire. Pendant son absence, ils avaient rangé la chambre. Il n'y avait plus trace du passage de la police dans l'appartement. Sophie regarda les meubles, autour d'elle, avec gratitude, comme on retrouve des amis après un accident qui aurait pu vous coûter la vie. Valentine lui proposa de l'aider à se déshabiller, à se mettre au lit.

— Pourquoi ? Je ne suis nullement fatiguée ! dit Sophie avec vivacité.

Elle renvoya la soubrette, s'assit dans un fauteuil, et ses nerfs, longtemps crispés, la trahirent. Un tremblement la secouait, elle souhaitait verser des larmes et ne le pouvait pas. Plus jeune, pensait-elle, elle se fût mieux défendue contre l'émotion. Etait-ce parce qu'elle avait failli être emprisonnée elle-même qu'elle était si préoccupée soudain du sort de Vavasseur ? Elle le condamnait et elle le plaignait à la fois. Un fou, un illuminé. Poussé par son idée fixe, il ne pouvait finir autrement. Elle l'avait prévenu. Il s'était moqué d'elle : « Vous n'êtes qu'une femme ! » Cette exclamation sonnait encore dans la tête de Sophie. Elle réfléchissait à tous ceux qui, comme Vavasseur, avaient sacrifié leur liberté, leur sécurité, leur famille à une conviction politique. Décidément, les hommes avaient dans le sang le goût des perspectives grandioses. Neuf fois sur dix, leur agitation n'aboutissait à rien. Le seul bien qui se faisait au monde provenait d'initiatives modestes, quotidiennes, féminines. Elle-même, quand avait-elle été le plus utile à ses semblables ? Quand elle se grisait de théories politiques violentes, à Paris, ou quand elle se contentait de soigner les moujiks de Kachtanovka ? C'était là-bas, sur le terrain de la misère et de l'ignorance, qu'elle aurait pu, le mieux, accomplir son destin de femme. Serge s'y était opposé. A cause de lui, elle avait dû renoncer à une existence qui l'eût rendue fière d'elle-même. Elle rêva un instant à tout le bonheur qu'elle aurait distribué à ces êtres simples, s'il n'avait été là pour l'en empêcher. Dommage. La route était coupée. Il fallait songer à autre chose. Tout à coup, elle s'inquiéta de Louise. La malheureuse devait être aussi bas que possible. Sur-le-champ, la fatigue de Sophie s'envola. Elle remit son chapeau, son manteau, et ressortit dans la rue.

Elle trouva Louise en larmes, dans la librairie. Une femme épaisse et âgée — sa mère, sans doute — était assise près d'elle et lui tapotait les mains. Les enfants jouaient à la toupie derrière le comptoir. Louise leva sur Sophie un regard noyé et dit :

— Ah ! je n'ai pas de chance ! Il m'avait pourtant promis que, cette fois, il serait prudent !

9

Bien que l'accusation eût été incapable de prouver l'existence d'un complot contre l'empereur, Augustin Vavasseur fut condamné à cinq ans de prison ferme et incarcéré à Belle-Ile, où se trouvaient déjà de nombreux détenus politiques. Désemparée par ce nouveau coup, Louise prit l'habitude de rendre visite, plusieurs fois par semaine, à Sophie, pour lui parler de son chagrin, lui demander conseil et lui lire les lettres qu'elle recevait de son mari. Il ne se plaignait pas trop du régime pénitentiaire, disait le plus grand bien de ses camarades, affirmait que ses convictions républicaines s'étaient renforcées dans l'épreuve et racontait comment il employait ses loisirs à travailler la terre et à étudier la musique.

— Il me semble qu'il est plus heureux en prison avec des hommes de son parti qu'à la librairie avec moi ! soupirait Louise.

Elle avait un petit air peuple qui amusait Sophie et la reposait des mensonges du monde. Leurs deux solitudes s'accordaient en de paisibles rencontres. Elles prenaient le thé ensemble et, ensuite, Louise bavardait de mille riens, devant Sophie qui l'écoutait, penchée sur sa tapisserie. Pas une fois, Delphine de Charlaz ne vint troubler leur tête-à-tête. Sans doute ne pouvait-elle se permettre, dans sa situation, de continuer à fréquenter une personne politiquement compromise. Tous les salons honorables avaient d'ailleurs suivi son exemple. Sophie était heureuse de n'être plus invitée nulle part. Le manque d'argent l'obligeait à se restreindre. Eût-elle voulu sortir qu'elle n'aurait pu se payer les toilettes nécessaires pour tenir son rang. De temps à autre, Louise amenait un de ses enfants, et il demeurait dans un coin à feuilleter des livres d'images. C'était sa mère qui s'occupait du reste de la famille et gardait le magasin. Les clients étaient rares, les gains médiocres, mais il fallait à tout prix assurer un petit courant de commerce pour que Vavasseur pût reprendre l'affaire à son retour. Sophie avait bien essayé d'aider Louise ; mais celle-ci avait toujours refusé son offre, disant qu'elle avait des économies ; sa dignité était de ne rien devoir à personne. En arrivant, elle annonçait :

— Aujourd'hui, j'ai été suivie.

Ou bien :

— Je ne sais ce qu'est devenu mon mouchard ; je ne l'ai pas vu, ce matin !

Sophie, elle aussi, avait un mouchard attaché à ses pas. Elle s'y était accoutumée et le saluait d'un hochement de tête quand elle le surprenait à un tournant de rue. Le lendemain, il était remplacé par un autre, tout aussi reconnaissable par ses vêtements sévères et son expression chafouine. On s'occupait beaucoup d'elle, à la police. Mais elle avait le sentiment que, peu à peu, ces messieurs se fatigueraient de la soupçonner. L'essentiel était que la guerre finît vite !

Cependant, le siège de Sébastopol s'éternisait, suscitant de part et d'autre des prodiges d'héroïsme. On racontait qu'il y avait une telle courtoisie entre les adversaires que, après s'être battus à mort pendant des heures, ils profitaient de la trêve pour bavarder amicalement et échanger de menus cadeaux. Chaque fois qu'elle entendait rapporter un trait de chevalerie chez un officier russe, Sophie en était émue. Elle eût voulu faire partager à tous ses compatriotes l'estime que lui inspiraient les actuels ennemis de la France. Souvent, elle parlait à Louise de ses souvenirs de Sibérie. Lorsqu'elle prononçait le nom de Nicolas ou de Ferdinand Wolff, son cœur changeait de rythme. Louise l'écoutait, subjuguée, la bouche entrouverte dans une moue d'enfant. Elle était charmante dans son ignorance. Quand elle ne venait pas pendant un jour ou deux, Sophie s'ennuyait. « Pourquoi me suis-je attachée à cette petite ? pensait-elle. Je ne sais rien d'elle, ou si peu de chose ! Je n'ai même pas l'impression de l'avoir choisie ! Elle n'est là que pour m'empêcher d'avoir le vertige devant le vide... » Le samedi 3 mars, pendant qu'elles prenaient le thé, face à face, Justin apporta les journaux. Il avait un visage papelard.

— Madame sait la nouvelle ? chuchota-t-il. Le tsar est mort !
— Que dites-vous là ? s'écria Sophie.

Et elle prit *le Moniteur universel,* qu'il lui tendait sur un plateau. La nouvelle s'étalait en première page, à la rubrique « non officielle ». Une joie grave frappa Sophie et se répercuta en elle profondément. L'empereur avait succombé, disait-on, à une sorte de paralysie du poumon. En réalité, les revers subis par ses troupes en Crimée avaient dû miner sa résistance. Quelles seraient les conséquences politiques de l'événement ? Sophie voulait croire que la guerre s'arrêterait par la disparition de celui qui en avait été le principal instigateur. Elle développa ce point de vue devant Louise, qui l'écouta, en buvant son thé à petites gorgées. Pour la première fois, cette passivité souriante irrita Sophie.

Après le départ de la jeune femme, elle se retrouva seule dans le salon, parmi des gazettes chiffonnées. L'ombre venant, elle commençait tout juste à comprendre que Nicolas Ier n'était plus. Ainsi, ce bloc de marbre inébranlable avait fini, lui aussi, par s'effacer de l'horizon. Combien d'hommes avaient souffert par sa faute ! Avant-hier, les décembristes enterrés vivants en Sibérie, hier, les « pétrachevtsy », aujourd'hui, les soldats sacrifiés à Sébastopol ! La volonté aveugle de ce potentat, son intelligence rude et limitée, son absence de pitié, de finesse, de cœur avaient infléchi, pendant trente ans, le destin de millions d'êtres. Elle-même avait eu sa vie écrasée par l'orgueil et la cruauté du maître de la Russie. Qui pouvait le pleurer, hormis quelques courtisans dont il avait fait la fortune ? De la Baltique au Pacifique, de l'océan Glacial aux frontières du sud, le peuple russe tout entier devait pousser un soupir de soulagement. C'était surtout en Sibérie, pensait-elle, que ce deuil national serait accueilli avec joie. Malheureusement, la plupart des condamnés politiques étaient morts dans l'attente de l'amnistie : Nicolas depuis plus de vingt ans, Ferdinand Wolff depuis deux ans à peine. Elle imagina les survivants réunis chez l'un ou chez l'autre, à Irkoutsk, à Tobolsk, à Kourgane, pour commenter l'événement autour d'un samovar. Un conciliabule de squelettes. Sûrement, le nouveau tsar, Alexandre II, allait leur pardonner. On le disait cultivé, indulgent, sincère. Elle se rappelait avec quelle émotion elle l'avait aperçu, jeune tsarévitch timide, lors de sa visite à Kourgane, en 1837. Son signe de croix devant les décembristes, au moment de la prière pour les réprouvés... Il libérerait les condamnés politiques et conclurait l'armistice. A moins qu'il ne fût mal entouré. Pourvu qu'il n'eût pas conservé les conseillers de son père ! Elle regretta de n'avoir pas un Russe auprès d'elle avec qui elle pût échanger des idées. Les Français étaient incapables de la comprendre. Pour eux, la mort de Nicolas Ier, c'était une affaire de politique étrangère. Pour elle, une affaire de famille.

Elle passa une mauvaise nuit et, les jours suivants, guetta avec une impatience croissante le déroulement des opérations. Mais, si les gazettes multipliaient les dépêches retraçant l'agonie édifiante de Nicolas Ier, il ne semblait pas que son héritier fût pressé de mettre un terme aux combats. Sans doute Alexandre II attendait-il d'être couronné empereur au Kremlin pour prendre une décision aussi importante. Cela risquait de durer plusieurs mois ! Pour l'instant, on se bornait, en Russie, à changer de généraux. Dans le camp des alliés, pour marquer solennellement l'accord franco-britannique, Napoléon III et l'impératrice se rendaient en Angleterre. A leur retour, l'empereur échappait aux balles d'un assassin sur les Champs-Elysées, et tous les journaux bénissaient la Providence. En lisant les éloges adressés par la presse au souverain, Sophie aurait pu se croire en Russie. Il est vrai que les Français avaient sujet d'être fiers de leur chef, puisque le gouvernement menait de front avec succès les entreprises de la guerre et celles de la paix. L'effort militaire déployé autour de Sébastopol n'empêchait pas les démolitions et les reconstructions dans la capitale, ni les fêtes en l'honneur de l'armée ou des monarques étrangers. De toutes parts s'ouvraient des chantiers de pierre de taille. L'édification du nouveau Louvre se poursuivait en même temps que la rue de Rivoli était prolongée jusqu'à l'Hôtel de Ville et que des maisons géantes, de six étages, poussaient au bord du boulevard de Strasbourg. Mais c'était dans les Champs-Elysées que les ouvriers travaillaient le plus fiévreusement, pour achever le bâtiment du Palais de l'Industrie où devait se tenir l'Exposition universelle de 1855. Le 15 mai enfin, le monument fut débarrassé de ses derniers échafaudages et reçut la visite des souverains. Il n'était question dans les journaux que des merveilles assemblées en ces lieux par vingt mille exposants, tant français qu'étrangers. La Russie elle-même avait été invitée à envoyer les produits de son agriculture et de ses usines, mais avait décliné cette offre « pour cause de guerre ».

Louise, très excitée par les comptes rendus des gazettes, voulut absolument visiter l'Exposition avec Sophie. Elles s'y rendirent un matin et furent à demi étouffées par la foule. Le courant des badauds les poussait devant des étalages qu'elles avaient à peine le temps d'entrevoir. Dans l'immense nef, grouillante, bourdonnante, surchauffée par les rayons du soleil qui tombaient droit des verrières, les tissus de laine voisinaient avec la céramique et les bronzes d'ameublement avec la petite bijouterie. Des noms de pays lointains se lisaient sur des écriteaux énormes : Etats-Unis, Egypte, Grèce, Chine... Le monde entier avait donné son amitié à la France. L'absence de la Russie passait inaperçue. Sophie eût aimé parcourir toute l'Exposition, mais, après deux heures de cheminement laborieux dans la cohue et la poussière, elle se sentit fatiguée et s'assit sur une banquette. Ce fut à ce moment que Louise découvrit quelqu'un de sa connaissance, près du trophée de l'ébénisterie : un homme jeune et mal vêtu, au visage agréable entouré d'une barbe blonde, légère comme de la dentelle. Il semblait attendre qu'elle le remarquât. Elle le présenta comme étant Martial Louvois, artiste peintre, un ami de Vavasseur. Sophie se rappela confusément l'avoir rencontré à la librairie du « Berger fidèle », le soir où tous les camarades d'Augustin s'y trouvaient réunis. Il s'offrit à guider les deux femmes dans l'annexe des Beaux-Arts. A cette proposition, la figure de Louise s'anima d'une gaieté un peu suspecte. Soudain, la peinture moderne la passionnait.

— Oh ! oui, allons-y ! s'écria-t-elle.

Amusée par cette métamorphose, Sophie accepta. De tous côtés, le monde affluait dans les salles où les chefs de l'Ecole française avaient exposé leurs tableaux. On se pâmait devant *l'Odalisque couchée*, de M. Ingres, *le Massacre de Scio*, de M. Delacroix, *le Grand Bazar turc*, de M. Decamps, ou *le Pilori*, de M. Glaize. Les commentaires du public irritaient Martial Louvois, qui avançait d'une toile à l'autre, les mains dans les poches, l'œil mauvais. Il se prétendait « naturaliste » et ne jurait que par des peintres dont Sophie n'avait jamais entendu parler. Au milieu de la visite, il conclut : « Tout cela est sordide ! » Quelques personnes se retournèrent sur lui avec indignation.

— Sortons, dit-il. Nous serons mieux dans un café. Je vous expliquerai ce que c'est que la vraie peinture !

Louise acquiesça d'emblée, avec un grand élan qui fit palpiter les fleurs de son chapeau. Mais Sophie était trop lasse : elle préféra rentrer chez elle.

Le lendemain, en revoyant Louise, elle lui demanda des nouvelles de Martial Louvois.

— Il m'a ennuyée toute la soirée, à me parler d'art et de philosophie, dit Louise. Vous avez bien fait de ne pas rester !

Pourtant, à dater de ce jour, elle s'habilla avec plus de recherche. La venue de l'été la rendait coquette. Ses visites à Sophie s'espacèrent. Evidemment, elle était occupée ailleurs. Sophie plaignit Vavasseur, mais ne se reconnut pas le droit de morigéner la coupable. Cette passionnette lui semblait ridicule, auprès de l'immense angoisse qui l'étreignait chaque jour davantage à la lecture des journaux. Les commentaires ampoulés que suscitaient, dans toutes les feuilles, la visite de la reine Victoria à Paris, les concerts aux Tuileries ou les spectacles des théâtres parisiens ne parvenaient pas à masquer la réalité affreuse de la guerre. De temps à autre, un communiqué laconique précisait que l'enlèvement des blessés sur les champs de bataille s'était amélioré ou que le nombre des morts du côté français n'était pas très considérable. Bien entendu, les Russes, eux, étaient plus durement touchés. Les prisonniers faits dans leurs rangs avouaient qu'à présent personne, à Sébastopol, ne croyait à la victoire. On se battait et on mourait pour l'honneur. Prise du Mamelon-Vert, affaire de Tchernaïa, attaque de la tour de Malakoff, derrière ces expressions banales, quelles montagnes de cadavres ! « Tout va bien, tout marche, nous avançons », télégraphiait le général Pélissier, nouveau commandant de l'armée d'Orient au ministre de la Guerre. Les journaux illustrés publiaient des dessins terribles, représentant des combats au corps à corps, parmi les fumées en choux-fleurs des explosions. Les zouaves avaient de nobles visages sous leur chéchia, les Russes, des mufles de tigres. Soudain, le 10 septembre, dans *le Moniteur universel*, une dépêche imprimée en première page : « Korabelnaya et la partie sud de Sébastopol n'existent plus. L'ennemi, voyant notre solide occupation à Malakoff, s'est décidé à évacuer la place, après en avoir ruiné et fait sauter par la mine presque toutes les défenses. »

Le lendemain, la prise de Sébastopol était confirmée et l'empereur ordonnait qu'un *Te Deum* fût célébré à Notre-Dame, tandis que tous les théâtres de Paris joueraient gratis. Un débordement d'enthousiasme salua cette nouvelle. Sophie se dit qu'après un tel coup le tsar mettrait bas les armes. La pensée de la paix prochaine la réconciliait avec l'allégresse délirante de la foule. Mais combien de temps faudrait-il aux Français et aux Russes pour oublier le sang versé ? La journée du 13 septembre fut vouée à la liesse populaire. Justin et Valentine demandèrent à Sophie la permission de sortir pour fêter la victoire. Elle les y autorisa volontiers, heureuse de rester seule à la maison. Une grosse rumeur de foire battait les murs. Sur le tard,

Louise arriva, rose, froissée, décoiffée, et raconta qu'elle avait assisté à un spectacle en matinée, à l'Opéra. Devant une toile de fond représentant Sébastopol, un chanteur avait récité un poème à la gloire de l'armée française.

— C'était beau ! J'en avais les larmes aux yeux ! J'ai crié avec tout le monde ! Ce soir, il y aura des illuminations. M. Martial Louvois a un ami qui habite à côté de l'Hôtel de Ville. De ses fenêtres, on verra le feu de Bengale. Ne voulez-vous pas venir avec nous ?

Sophie remercia, refusa, un peu honteuse de son manque d'entrain devant cette petite femme échauffée. Louise s'envola, ailée de patriotisme et d'amour. La prise de Sébastopol lui était une excuse de plus pour tromper son mari.

10

Le dimanche 30 mars 1856, à deux heures de l'après-midi, le canon des Invalides tonna pour annoncer la signature de la paix. Depuis plus d'un mois que les pourparlers se déroulaient à Paris entre les plénipotentiaires des pays alliés et de la Russie, le public attendait cette nouvelle d'un jour à l'autre. Les drapeaux, les lampions étaient prêts dans chaque maison. Immédiatement, ils apparurent aux façades. Sur l'ordre de Sophie, Justin se précipita pour pavoiser le porche de l'hôtel. Cet événement, tombant deux semaines après la naissance du prince impérial, portait l'exaltation populaire à son comble. Sophie sortit dans la rue et vit un attroupement devant une affiche fraîchement collée : « Congrès de Paris. La paix a été signée aujourd'hui à une heure, à l'hôtel des Affaires étrangères... » L'émotion lui coupait les jambes. Elle se dit que son bonheur était sans commune mesure avec celui des gens qui l'entouraient, puisqu'elle se réjouissait à la fois pour la France et pour la Russie. Cette double félicité, provenant d'un double amour, lui donnait envie de pleurer. Des vendeurs de journaux la bousculaient. A côté d'elle, un soldat amputé d'un bras riait dans sa barbe rousse, une femme en deuil s'appuyait contre l'épaule de son mari qui soulevait son chapeau d'un geste théâtral. Des cloches sonnaient au loin. Sophie se dépêcha de rentrer chez elle, comme si elle eût craint de dissiper son allégresse dans la foule.

Les jours suivants furent marqués par des revues et des réceptions officielles. On racontait que Napoléon III se montrait particulièrement aimable avec le comte Alexis Orloff, représentant la Russie. Des deux côtés, le désir de recoudre ce qui avait été déchiré par la guerre semblait évident. Aussitôt le traité de paix ratifié, le tsar et l'empereur échangèrent des congratulations fraternelles ; l'ambassade de Russie à Paris entrabâilla ses portes en attendant le retour du ministre, comte Kisseleff ; le comte de Morny, nommé ambassadeur extraordinaire de France en Russie, s'apprêta à partir pour Saint-Pétersbourg où le palais Vorontzoff-Dachkoff avait été loué à son intention. Avant même la fin de la guerre, la princesse de Lieven avait obtenu l'autorisation de se réinstaller dans son entresol de la rue Saint-Florentin. Peu à peu, d'autres Russes, timides, craintifs, reparurent à Paris et leurs amis français accueillirent à bras ouverts ces convalescents étonnés. Sophie reçut la visite inopinée de Delphine, qui comptait absolument sur elle pour son prochain *raout* :

— C'est absurde ! Nous nous sommes perdues de vue ! Il y aura chez moi beaucoup de gens que vous connaissez et qui n'ont cessé de me demander de vos nouvelles !

Devant ce retour d'intérêt, Sophie conclut qu'elle n'était plus une pestiférée. Du reste, depuis quelque temps, elle pouvait sortir sans être suivie. Dédaignée par la police, il était naturel qu'elle rentrât en grâce auprès des honnêtes gens. Elle se rendit, par curiosité, à la réception de Delphine et en revint étourdie par le chatoiement des toilettes et la banalité des propos. Elle avait perdu l'habitude de ces grandes parades de l'élégance, de la médisance et de la fatuité. Sa robe était démodée. Cette circonstance la contrariait. Il eût fallu qu'elle renouvelât tout son équipage. Mais, bien que les correspondances postales eussent repris normalement avec la Russie, elle ne recevait toujours pas d'argent de son neveu. Elle s'était adressée en vain au gouverneur et au maréchal de la noblesse de Pskov. Fallait-il qu'elle écrivît à Serge directement ? Elle ne pouvait s'y résoudre ! De toute évidence, il avait trouvé si commode de ne plus lui verser de revenus pendant la guerre qu'il allait continuer à l'ignorer maintenant. Elle était trop fière pour lui réclamer son dû en le menaçant d'un procès. Au fond, cet argent, elle n'avait jamais eu l'impression d'y avoir droit. Il lui venait de son beau-père qu'elle détestait. L'idée d'être, en quelque sorte, entretenue par un mort la gênait davantage depuis que Nicolas n'était plus auprès d'elle. Après tout, Serge était le seul descendant de Michel Borissovitch. Kachtanovka devait lui appartenir en entier. Toute disposition contraire n'était que jeu d'écritures... Il l'avait bernée ? La belle affaire ! Elle n'en était pas à une avanie près. Restait à décider quels seraient à présent ses moyens d'existence. Elle envisagea la situation froidement : le plus simple serait de mettre en location le premier étage de la maison. Ses goûts étaient assez modestes pour qu'elle pût vivre sur les sommes que lui rapporterait le loyer. Au besoin, elle donnerait des leçons de français, d'histoire, de géographie, comme à Tobolsk. La perspective de la pauvreté et du travail ne l'effrayait pas. Elle retrouvait en y songeant son ardeur de jadis et presque une raison d'espérer. Pour commencer, elle renvoya le cocher et la voiture de remise. Puis, elle signifia son congé à Justin. Il le prit très mal, vexé et dédaigneux à la fois, chipotant sur les gages. Valentine pleurait en attendant son tour. Sophie lui promit de ne se séparer d'elle qu'à toute extrémité. Elle se disait que Serge eût bien ri s'il l'avait vue si embarrassée devant ses domestiques. Ces derniers temps, elle pensait souvent à son neveu. Quand elle l'évoquait, il avait toujours un pli sarcastique aux lèvres et de la haine dans les yeux. Elle n'avait même plus Louise pour la distraire. Absorbée par ses amours coupables, la jeune femme avait oublié le chemin de la rue de Grenelle. En vérité, Sophie eût été gênée de la recevoir. La franchise entre elles étant devenue impossible, de quoi auraient-elles parlé ?

Un matin, Valentine remit à sa maîtresse une lettre portant l'en-tête officiel du maréchal de la noblesse de Pskov. Elle l'ouvrit avec appréhension, essuya les verres de son face-à-main et lut :

« Madame,

« J'ai le pénible devoir de vous annoncer que votre neveu, Serge Vladimirovitch Sédoff, est décédé le 7 février dernier, dans des circonstances tragiques. Des troubles ayant éclaté dans le domaine, il a voulu haranguer ses paysans et a été lâchement massacré par eux. Bien entendu, les misérables ont été immédiatement arrêtés, jugés et envoyés en Sibérie. L'interruption des relations postales pendant la guerre m'a empêché de vous tenir au courant de ces faits, ce dont vous voudrez bien m'excuser. D'après les dispositions testamentaires de Michel Borissovitch Ozareff, la disparition de Serge Vladimirovitch vous laisse seule héritière de la propriété. Les papiers constatant cet état de choses ont été expédiés au consulat général de Russie à Paris, qui les transmettra à la chancellerie du ministère des Affaires étrangères. Sans doute serez-vous convoquée sous peu par cette haute administration française. Ai-je besoin de vous dire que, d'accord avec le gouverneur, j'ai placé un intendant à Kachtanovka pour diriger l'exploitation de vos terres dans l'attente des décisions que vous ne manquerez pas de prendre à cet égard ?... »

Jusqu'à la fin de la lettre, elle eut le sentiment de n'être pas tout à fait éveillée. L'atmosphère de cauchemar, dont elle s'était évadée en quittant Kachtanovka, la reprenait ; cette impression d'appartenir à un monde illogique où toutes les violences sont à craindre, où maîtres et serfs sont liés par un étrange contrat de cruauté, où la fortune et la misère se nourrissent l'une de l'autre, où l'âme des morts pénètre la chair des vivants. Quand Serge faisait battre ses paysans, il savait que chaque coup lui serait compté. Il le savait et il ne pouvait s'empêcher d'être toujours plus dur. Comme s'il avait hâte de voir se déchaîner la catastrophe qui l'emporterait. La fascination du gouffre. Les seigneurs de Kachtanovka y plongeaient tous, l'un après l'autre. Une malédiction planait sur la famille. Cette idée superstitieuse agaçait Sophie, qui la récusait et y cédait tour à tour. Elle songeait à Serge, défiguré, ensanglanté, aux moujiks expédiés en Sibérie, au désordre des esprits dans les villages, et marchait de long en large, à travers le salon, pour tâcher de calmer ses nerfs. Soudain, elle se dit qu'elle avait sans doute accusé son neveu à la légère. En succombant sous les coups de ses paysans, il démontrait que son père avait pu être tué de la même façon. Maintenant, malgré qu'elle en eût, elle devait convenir que des serfs, poussés à bout, étaient capables d'assassiner leur maître. Et après ?... Les soupçons qui pesaient sur Serge étaient trop lourds pour être levés par ce seul argument. Qu'il fût ou non un parricide ne modifiait en rien ses torts envers les moujiks. Elle n'allait pas s'attendrir sur lui après ce qu'elle avait vu à Kachtanovka ! Comment faire pour en savoir davantage sur les circonstances du meurtre ? Le mieux était encore de se rendre au consulat général de Russie.

Un fiacre la conduisit, en deux tours de roues, au numéro 33 du Faubourg-Saint-Honoré. Elle traversa une cour sablée et gravit un perron que protégeait une marquise de verre en rotonde. Le suisse, à large baudrier d'or, l'accueillit au haut des marches, lui demanda ce qu'elle désirait et la remit entre les mains d'un huissier à chaîne. Le consulat et l'ambassade, logés dans le même hôtel, étaient sens dessus dessous. Après une absence de deux ans, les fonctionnaires se réinstallaient. Il y avait des caisses de bois blanc et des monceaux de paille dans l'antichambre, vaste comme une nef. Des ouvriers fixaient le tapis rouge de l'escalier d'honneur. Arrivée au palier du premier étage, Sophie dut attendre que l'huissier l'eût annoncée. Il revint bientôt et lui expliqua, en mauvais français, que M. le Consul général n'était pas là, mais que son secrétaire particulier, M. Scriabine, se ferait un plaisir de la recevoir.

Elle croyait trouver un personnage important et tomba sur un petit jeune homme, blondin et poupin, assis sous un grand portrait d'Alexandre II. Ce devait être le premier poste de Scriabine à l'étranger, car il paraissait grisé d'être à son bureau, accueillant une femme. Quand Sophie lui eut exposé le but de sa visite, il exulta. Justement, il avait reçu, la veille, un rapport sur l'affaire. Il n'en revenait pas de pouvoir, sur-le-champ, prouver sa compétence. En une minute, il exécuta la pantomime du diplomate surchargé de besogne, fouillant dans ses archives et découvrant le document voulu. Puis, se rappelant qu'il s'agissait en somme d'un assassinat, il prit un air funèbre et confirma que Serge Vladimirovitch Sédoff avait rendu l'âme à Dieu, le 7 février dernier.

— Une bien pénible conjoncture ! dit-il en soupirant.

— Comment cela s'est-il passé ? demanda Sophie.

— D'après le compte rendu que j'ai sous les yeux, Serge Vladimirovitch Sédoff avait voulu imposer à ses paysans un travail de nuit, pour déblayer des neiges la route qui traverse le domaine. Les moujiks ont refusé de lui obéir. Il est allé à cheval, à leur rencontre. Une altercation a suivi. Les misérables ont osé lever la main sur leur maître... Je suis désolé, Madame, de vous donner des détails si cruels !... Permettez-moi, en tout cas, de vous présenter mes condoléances !...

Ce témoignage de compassion rencontra un tel vide dans le cœur de Sophie qu'elle en fut gênée. Il n'était pas dans son caractère de feindre le chagrin quand tout était calme en elle. Pourtant, elle devait sauver les apparences. Elle remercia et dit :

— De quel village étaient les meurtriers ?

— De Krapinovo et de Chatkovo.

— Savez-vous quels moujiks, au juste, ont été condamnés ?

— Oui... attendez une seconde...

Il lut une liste de six noms. Elle n'en connaissait aucun. Cette constatation la soulagea.

— A présent, reprit-il, tout est rentré dans l'ordre. Comme vous l'a écrit, sans doute, le maréchal de la noblesse de Pskov, un intendant dirige votre domaine. Vous avez donc le temps de réfléchir avant de vous déterminer.

Sophie le regarda, interloquée. Elle n'avait pas encore pris conscience qu'elle était seule propriétaire de Kachtanovka. Tous ces champs, tous ces villages, tous ces moujiks ! Qu'allait-elle en faire, maintenant qu'elle habitait la France ? Emanciper les serfs ? Bien sûr, mais, libérés du jour au lendemain après une vie entière d'obéissance, ils auraient encore plus besoin d'elle pour veiller sur eux, les aider, les instruire dans l'apprentissage de leur nouveau destin. Laisser les choses en état et charger un intendant d'administrer son domaine et de lui en expédier les revenus ? Elle avait trop le respect du travail humain pour considérer Kachtanovka comme une simple source de profit. Puisqu'il lui était impossible de s'occuper elle-même de ses gens et de ses terres, elle préférait les vendre. Ses paysans seraient plus heureux sous les ordres d'un autre maître que sous la froide surveillance d'un gérant appointé par elle. Peut-être faudrait-il qu'elle se rendît en Russie pour réaliser cette opération ? Eh bien ! un tel voyage ne l'effrayait pas. Elle irait, elle reviendrait... Parvenue à ce point, elle se demanda si la vente était praticable dans l'état actuel de la succession. N'existait-il pas des délais légaux à observer ? Interrogé à ce sujet, Scriabine la rassura. Rien ne s'opposerait à une cession de la propriété, aussitôt qu'elle en aurait exprimé le désir. Néanmoins, pour le voyage en Russie, il lui conseillait d'attendre la fin des fêtes du couronnement, qui devaient commencer le 26 août prochain.

— C'est un événement d'une telle importance, en Russie, dit-il, qu'actuellement le pays entier s'y prépare avec fièvre. Du plus haut gouverneur de province au dernier des assesseurs de collège, personne n'a plus la tête à son travail. Vous vendriez votre bien dans de mauvaises conditions. Laissez donc passer le temps des réjouissances !...

Elle convint qu'il avait raison. Rien ne pressait. En la raccompagnant, il la félicita d'avoir choisi la solution la plus raisonnable : celle de la vente.

— Vous savez, quand on n'est pas sur place pour diriger une exploitation agricole, mieux vaut y renoncer ! dit-il. D'autant que, d'après les indications que je possède, votre propriété représente un beau capital. Ne vous laissez pas faire par les marchands. Maintenez vos prix. Et revenez me voir, pour le visa. On vous le délivrera en quarante-huit heures.

Pendant qu'il parlait, Sophie respira, dans la galerie, une odeur de plat russe venue de quelque lointaine cuisine : un hachis de viande parfumé au fenouil et noyé de crème, sans doute. Ses idées se brouillèrent. Scriabine lui baisa la main. L'huissier étant occupé ailleurs, ce fut un valet de pied, en culottes courtes et livrée bleue et or, qui la reconduisit, par le grand escalier, jusqu'à l'antichambre. Elle le regarda à la dérobée. Sous sa perruque poudrée à marteau, il avait une face de paysan sibérien, aux pommettes saillantes et au nez camard.

En sortant du consulat général, elle se sentit dépaysée comme après un long voyage. Devant elle, un soleil cru blanchissait la chaussée et allumait des couleurs de papillon dans les toilettes des femmes. Le bruit de la ville l'entoura, sans la distraire de ses pensées. Elle traversa la place de la Concorde, avec, sur ses talons, tous les moujiks de Kachtanovka.

Le lendemain matin, elle trouva, dans son courrier, une lettre de Daria Philippovna qui lui racontait, à peu de chose près, ce qu'elle savait déjà :

« Je n'ai pas voulu vous écrire à ce sujet tant que l'affaire ne serait pas jugée, par crainte de me mettre dans un mauvais cas. A présent que votre neveu est sous terre (Dieu ait son âme !) et ses assassins aux travaux forcés (Dieu leur pardonne !), je ne puis résister au désir de vous dire combien tout cela nous a bouleversés, mon fils et moi. Une histoire horrible ! Savez-vous que les moujiks l'ont tiré à bas de son cheval, roué de coups, étranglé, noyé dans la rivière en le poussant par un trou de la glace ? Les « conducteurs », sur lesquels il comptait pour le protéger, se sont croisé les bras. Eux aussi avaient fini par le détester. Et pourtant, il les payait bien ! Je n'en ai pas dormi pendant deux nuits ! Depuis la guerre, les émeutes de moujiks sont nombreuses dans notre région. Même à Slavianka, ils boivent et relèvent le nez ! Quelle triste époque ! L'intendant qui a été placé chez vous est un homme de premier ordre, un Allemand. D'après Vassia, vous pouvez avoir confiance en lui. Sans doute, maintenant que vous êtes fixée à Paris, votre maison de Kachtanovka ne présente-t-elle plus d'intérêt pour vous ! Tout le monde, ici, pense que vous allez vendre ce beau domaine. Cela m'afflige fort, car, vous le savez, Vassia et moi aimions beaucoup vous avoir pour voisine ! Nous en parlons, parfois, à la veillée ! Mais, entre nous, je crois que vous avez raison. L'avenir des grandes propriétés foncières est bien sombre. La culture ne rapporte plus rien, le paysan se fait paresseux, difficile. Partout, règnent l'insécurité et le manque d'argent. On raconte que notre nouveau tsar — un ange de douceur et de générosité ! — est fermement résolu à émanciper les serfs dans les prochaines années. C'est une noble intention et Vassia en est tout ému. Il dit que ce sera l'aube d'une ère nouvelle pour la Russie, la réalisation du vœu de ses amis. Dieu l'entende ! Mais j'ai peur, pour ma part, qu'une fois libérés, nos moujiks ne sachent pas se conduire et que l'économie du pays n'en soit perturbée. « Raison de plus pour me séparer de Kachtanovka ! » me direz-vous. Eh ! oui, je suis ainsi, je prêche contre mon saint. Quoi que vous décidiez, j'espère que vous viendrez régler toutes ces questions sur place. Vous revoir, ne fût-ce que quelques jours, adoucirait le chagrin que j'éprouve à l'idée qu'un étranger s'installera bientôt, peut-être, sur vos terres... »

11

La nouvelle de l'héritage de Sophie se répandit très vite dans les salons parisiens. Delphine en conçut autant de joie que si cette chance lui fût échue à elle-même. Elle ne quittait plus son amie et prétendait la conseiller sur tout. A l'entendre, il fallait restaurer l'hôtel de la rue de Grenelle, acheter des meubles de qualité, rafraîchir tentures et peintures, embaucher des domestiques. Sophie, qui venait à peine de toucher les arriérés des revenus du domaine, refusait d'engager de grosses dépenses avant d'avoir vendu Kachtanovka. Il lui semblait que ces aménagements pouvaient attendre son retour de Russie et qu'elle aurait même l'esprit plus libre, à ce moment-là, pour en décider. Néanmoins, elle accepta de se commander quelques robes. Encore s'agissait-il de toilettes de voyage et non de réception. Delphine, qui assistait à tous ses essayages, lui dit un jour, pendant qu'elle s'abandonnait, devant la glace de sa chambre, aux mains d'une couturière hérissée d'épingles :

— Vous avez tort de remettre à demain l'embellissement de votre intérieur. Des travaux de ce genre sont longs à exécuter, et il faut absolument que votre maison et vous-même soyez prêtes pour la saison d'hiver !

— Le mal ne sera pas grand si je suis de quelques mois en retard ! dit Sophie.

— Si, ma chère ! Vous ne pouvez plus vous permettre d'être à la traîne des mondanités !

— Allons donc ! s'écria Sophie. Je vis loin de tout, je n'intéresse personne !...

— C'est ce qui vous trompe ! Les temps ont changé ! Votre situation promet de devenir exceptionnelle...

Comme Sophie ne réagissait pas, Delphine tendit le visage et poursuivit, à voix basse, d'un air de conspiration :

— Vos attaches avec la Russie d'une part, avec la France de l'autre, vous désignent tout naturellement pour un rôle de médiation entre ces deux mondes. La princesse de Lieven est vieille. Elle ne reçoit guère. On ne l'écoute plus. Je vous vois très bien prenant sa place !

Sophie éclata de rire :

— Vous plaisantez ! Je n'ai ni l'envergure ni le goût de ce genre d'emploi !

— Pour ce qui est de l'envergure, vous vous mésestimez ! Pour ce qui est du goût, il vous viendra peu à peu ! N'aimeriez-vous pas peser sur l'opinion de vos concitoyens en ce qui concerne leurs rapports avec la Russie ?

Sophie haussa les épaules ; la couturière, à genoux sur le tapis, se plaignit de ne pouvoir travailler dans ces conditions ; Delphine lui fit observer que la manche était trop plate du haut, puis s'exclama en battant des paupières :

— Ah ! Sophie ! comme je voudrais vous convaincre ! Vous n'allez pas, après ce que vous avez vécu, vous désintéresser des affaires publiques ! J'en causais, l'autre jour, avec Mme d'Agoult. Elle est tout à fait de mon école. Elle estime...

Delphine parla longtemps ainsi, exaltant les mérites de la femme du monde auprès de qui des hommes éminents cherchent l'inspiration de leur carrière en fumant des cigares et en buvant du punch. Quelle meilleure utilisation Sophie pouvait-elle faire de sa fortune qu'en la consacrant à créer, au cœur de Paris, une sorte de foyer intellectuel franco-russe ?

— Tournez-vous, je vous en prie, Madame, dit la couturière. La manche vous convient-elle maintenant ?

Sophie pivota sur ses talons. Sa psyché lui montra une dame mûre, les cheveux bruns striés d'argent, le front bombé, le sourcil net, l'œil noir et vif, le nez finement aquilin, le menton maigre et carré, la bouche serrée dans une expression d'énergie féminine. Une robe aubergine, bâtie à gros points de fil blanc, lui moulait le buste et s'évasait en ballon dans le bas.

— Oui, c'est très bien, dit-elle.

Et elle pensa : « Prendre rang dans la société parisienne. Essayer d'expliquer la Russie aux Français. Pourquoi pas ? L'argent que me rapportera la vente de Kachtanovka me permettra de recevoir beaucoup de monde. Je m'imposerai. Je me rendrai utile, enfin ! » Un choc l'arrêta dans sa méditation. De nouveau, elle butait sur l'idée de vendre le domaine. Céder à des étrangers cette terre pleine de souvenirs, négocier le prix des moujiks — tant par tête, comme pour du bétail —, en aurait-elle la force ? « Et pourtant, il le faut, se dit-elle. La mort de Serge ne change rien. Je n'ai plus à connaître de ce pays, de ces serfs. Ils ne m'aiment pas, ils me l'ont prouvé. Et moi, je ne me sens plus capable de m'occuper d'eux, émancipés ou non, comme j'avais tenté de le faire autrefois. L'obstacle est tombé trop tard. On ne réchauffe pas une passion déçue. Si seulement mon enfant avait vécu, j'aurais eu quelqu'un à qui laisser ce bien en héritage. Mais moi disparue, que deviendra la propriété ? Personne pour me succéder. C'est affreux ! Ah ! vite, vite, que tout cela finisse, que je n'entende plus parler de Kachtanovka ! » Elle se pencha vers Delphine, qui l'observait du fond d'un fauteuil, et murmura :

— Vous voyez grand ! Mais peut-être avez-vous raison ! J'aimerais me dévouer, en France, à ce rapprochement de deux peuples que je connais bien ! Surtout après une guerre si sanglante ! Nous en reparlerons à mon retour de voyage...

Delphine se leva et lui saisit les deux mains en disant :

— Je suis contente de vous retrouver ainsi, résolue et lucide, pleine de confiance en l'avenir ! Cette robe vous sied à merveille !

Le visage de la couturière s'éclaira : enfin on parlait son langage ! Elle suggéra de rajouter un volant, très léger, en bas. Une discussion s'engagea entre les trois femmes.

L'excitation qui préludait aux fêtes du couronnement, en Russie, semblait, peu à peu, gagner la France. La presse parisienne relatait avec complaisance les préparatifs de ces journées extraordinaires, la décoration somptueuse de Moscou, l'ordonnance probable du cortège et la signification de certains rites orthodoxes. Les mêmes chroniqueurs qui avaient prêché la guerre à outrance contre les barbares s'attendrissaient maintenant sur les mœurs pittoresques de ce grand peuple et louaient la noble figure d'Alexandre II. C'était le comte de Morny en personne qui devait conduire la délégation française. Un tel honneur était, disait-on, amplement ressenti à Saint-Pétersbourg.

Au lendemain du sacre, Sophie lut dans *le Moniteur universel,* une dépêche qui la troubla. Parmi les dispositions du manifeste promulgué par le nouveau tsar à l'occasion de son avènement au trône, le correspondant du journal avait noté ceci : « On gracie complètement 31 conjurés de 1825, qui étaient encore exilés en Sibérie. » Ainsi, le châtiment des décembristes était enfin terminé ! Après trente ans de travaux forcés et de bannissement, ils allaient recevoir le droit de revenir sur les lieux de leur jeunesse heureuse. Sophie parcourut plusieurs fois ces lignes imprimées en petits caractères et ses yeux s'emplirent de larmes au souvenir de ses amis.

A quelque temps de là, elle reçut une lettre de Marie Frantzeff, lui confirmant la nouvelle :

« Nous ne savions rien encore en Sibérie. Mais Michel, le fils des Volkonsky, se trouvait à Moscou au moment du couronnement. Ce fut lui que l'empereur, dans une pensée délicate, chargea d'apporter le message de grâce aux décembristes. Il partit comme un fou et ne mit que quinze jours pour parcourir son long chemin. En arrivant chez son père, il ne pouvait plus se tenir sur ses jambes et, de fatigue, avait perdu la voix. Vous imaginez la joie de nos amis ! Une joie qui, d'ailleurs, assez rapidement se tempéra de tristesse. A leur âge avancé, il est difficile de changer d'habitudes. Ils se préparent, en soupirant, à quitter un pays qu'ils connaissent bien pour une patrie incertaine. D'ailleurs, il leur sera interdit de résider à Moscou et à Saint-Pétersbourg. Les journaux parlent de 31 proscrits ! En réalité, ils ne sont plus que 19. Ceux qui ont des enfants se félicitent, par esprit de famille, que l'honneur et la liberté leur soient rendus. Mais les autres, je vous le dis entre nous, se seraient volontiers passés de cette tardive mesure de clémence. Ils se sentent moralement tenus d'accepter la grâce qui leur est faite et pleurent quand je leur parle de leur départ. Moi aussi, je suis très malheureuse. Que vais-je devenir quand ils seront loin ?... Des événements plus récents, plus tragiques, repoussent déjà leur histoire au second plan. Après la guerre de Crimée et ses sanglantes séquelles, le passé auquel nous tenons recule d'un siècle ! Comment avez-vous vécu ces abominables années ? Quels sont aujourd'hui les sentiments des Français à notre égard ?... »

Sophie répondit à cette lettre avec chaleur. Elle écrivit également à Pauline Annenkoff et à Marie Volkonsky pour les féliciter de leur prochain retour en Russie. Au moment de cacheter la dernière enveloppe, elle tomba en rêverie, les mains inertes, le regard lointain. Une lampe à globe éclairait la tablette du secrétaire. Derrière les fenêtres noires, le vent d'automne soufflait. Elle calcula que, dans neuf jours, elle serait partie. Cette fois, elle avait changé d'itinéraire. Le chemin de fer la conduirait de Paris à Stettin, par Cologne et Berlin ; et, à Stettin, elle prendrait un bateau à vapeur jusqu'à Saint-Pétersbourg. C'était, aux dires des connaisseurs, le trajet le plus rationnel. Il ne lui faudrait guère plus d'un mois pour régler ses affaires à Pskov. Débarrassée de Kachtanovka, comme elle se sentirait légère ! Elle repensa aux transformations qu'elle avait décidé d'apporter à son hôtel de la rue de Grenelle. A côté du grand salon meublé à l'ancienne, elle aurait un boudoir de goût moderne, avec des sièges capitonnés, une fontaine murale en porcelaine, un sofa, des coussins à pompons, des rideaux épais à franges. Elle avait déjà choisi les tons dominants de l'ensemble : rose et gris de perle. On disait que c'étaient les couleurs préférées de l'impératrice. Ne serait-ce pas trop fade ? Des soucis infimes l'envahirent en tourbillonnant. Tout à coup, elle s'imagina recevant chez elle, à Paris, les Fonvizine, les Annenkoff, les Volkonsky, tous ses amis de Sibérie. Ils la regardaient tristement, sans la comprendre. Elle se remémora une phrase de la Bible, que certains décembristes citaient autrefois avec complaisance : « La lumière des Justes donne la joie. La lampe des méchants s'éteindra. » La lampe des méchants s'était éteinte avec la mort du tsar. Mais où était la joie des Justes ? Ils étaient trop vieux pour se réjouir ; ils avaient tout perdu à cause d'une idée ; et d'autres, après eux, allaient tout perdre, pour rien, pour rien ! L'air était plein de grands rêves morts, de nobles projets avortés. Mais peut-être ce désir obstiné de changer la face du monde était-il la marque même de l'homme, dans la fantasmagorie gigantesque où chaque génération effaçait l'ancienne et où tout était toujours à recommencer ? Peut-être le besoin de se passionner était-il plus important que le besoin d'être heureux ? Peut-être n'y avait-il d'existence gâchée que celle qui avait été conduite prudemment ? Nul n'avait le droit de se plaindre tant qu'il voyait devant lui une route ouverte. L'effort, qu'il fût ou non couronné de succès, payait celui qui l'avait accompli. S'il en était ainsi, qui pouvait affirmer que les décembristes s'étaient battus en vain, que Nicolas avait manqué sa vie ? Sophie se leva, remuée par toutes ces pensées contradictoires, ouvrit le tiroir d'une commode, y prit de vieilles lettres, un portrait en médaillon. Des souvenirs tendres se ranimaient en elle. Un jeune officier ennemi entrait dans le salon. Grand et blond, les dents blanches dans une face hâlée. Il la regardait avec respect, avec admiration. De ces belles années, il ne restait pas plus que de la courbe tracée dans le ciel par la pierre que jette un enfant. Elle serra les mains sur sa poitrine. Un volet claquait dans le vent. Elle se rappela certaines nuits de Kachtanovka, le bruit furieux des arbres autour de la maison, l'allée des sapins noirs sous la neige, les grelots d'une troïka au loin... Des voix joyeuses criaient : « Barynia ! Barynia ! Quelqu'un arrive !... » Il y avait longtemps que personne ne l'avait appelée barynia.

Valentine frappa à la porte et parut, souriante, avec une tasse de bouillon sur un plateau. Sophie lui fit signe d'approcher. Tout était si calme dans sa vie ! Etait-ce vraiment la fin des combats ?

Malgré les protestations de Sophie, Delphine avait voulu l'accompagner à la gare du Nord. Arrivées trois quarts d'heure avant le départ du train, elles s'étaient réfugiées dans la salle d'attente des premières classes et, assises côte à côte, les jupes bouffantes, le dos roide, elles se taisaient. C'était le soir. La lumière blanche du gaz tombait de quelques lampes haut suspendues. A tout moment, la porte s'ouvrait pour laisser pénétrer de nouveaux voyageurs. Messieurs coiffés du noir tuyau de poêle, dames emmitouflées dans des cache-poussière, enfants sages, enrubannés, et grooms en bottes à revers et casquette galonnée, portant les sacs de nuit et les paniers à provisions de la famille. Ayant installé leur nichée sur des banquettes, les hommes s'assemblaient pour parler et fumer, l'esprit libre, devant les deux cheminées monumentales qui donnaient à ce lieu de passage un air de château de la Renaissance. Partout, le fer forgé répondait au bois chantourné et au stuc. Derrière une baie vitrée, des convois manœuvraient, dans une furieuse effusion de vapeur. Le plancher vibrait comme dans un moulin. A chaque coup de sifflet, les femmes sursautaient, inquiètes. Delphine tenait un mouchoir devant sa bouche, à cause de l'odeur du charbon. Quand il ne resta plus que vingt-cinq minutes à attendre, elle répéta à Sophie les recommandations que lui inspiraient son amitié et son expérience.

Un employé vint les avertir qu'il était temps de monter en wagon. Elles sortirent et se mêlèrent à la cohue de l'embarcadère. Là, plus de distinction de classes. Des têtes ahuries roulaient, toutes dans le même sens, comme des pommes hors d'un panier. A la lueur des becs de gaz, Sophie entrevit une file de voitures, dont des ouvriers vérifiaient les roues, une locomotive qui fumait. Quelqu'un criait dans un porte-voix :

— Les voyageurs pour Cologne, Berlin, Stettin !...

La pluie tombait sur la verrière inclinée. Des bouffées de vent sautaient à la figure des deux femmes. Un facteur marchait devant elles, portant les bagages. Il aida Sophie à monter dans le wagon. Sa crinoline la gêna pour escalader le marchepied. Une fois enfermée dans son compartiment, elle se pencha par l'ouverture de la portière. Delphine se tenait sur le quai, les mains enfouies dans un manchon de fourrure. Son visage poudré, momifié, s'encadrait entre les brides d'un cabriolet tout en coques de rubans mauves et citron. Elle avait cent ans !

— Promettez-moi que vous reviendrez très vite, dit-elle.

— Mais oui !

— Vous savez que, le 25 novembre, j'ai cette soirée musicale chez moi !

— Je n'aurais garde de l'oublier !

— Alors, à bientôt !

— A bientôt !...

Elles se souriaient, agitaient doucement leurs mains gantées, mais le train ne partait pas encore. L'aiguille des minutes se traînait sur le cadran de l'horloge qui dominait la galerie de l'ouest. Enfin, il y eut un coup de sifflet déchirant. Les wagons frémirent, s'entrechoquèrent, tirés par une force aveugle. Une rangée de visages inconnus défila lentement devant Sophie. Elle vit Delphine qui s'éloignait en secouant un petit mouchoir. Des gens hurlaient :

— Au revoir ! Au revoir ! Bon voyage ! A bientôt !

— A bientôt ! cria Sophie.

Mais, au fond d'elle-même, elle savait déjà qu'elle n'aurait pas le courage de vendre ses paysans et qu'elle finirait sa vie à Kachtanovka.

*Achevé d'imprimer le 30 janvier 1979
sur presse CAMERON,
dans les ateliers de la S.E.P.C.
à Saint-Amand-Montrond (Cher)*

Dépôt légal : 1er trimestre 1979.
N° d'Édition : 8996. N° d'Impression : 1674-686.